OETINGER TASCHENBUCH

Josephine Angelini, geboren in Massachusetts / USA, ist Expertin auf dem Gebiet der Halbgötter: In New York studierte sie Angewandte Theaterwissenschaft mit den Schwerpunkten »Antike tragische Helden« und »Griechische Mythologie«. Mit ihrem Debüt *Göttlich verdammt* landete sie auf Anhieb einen Bestseller. Die Autorin lebt mit ihrem Ehemann, einem Drehbuchautor, und drei Katzen in Los Angeles.

Josephine Angelini

Göttlich verloren

Aus dem Amerikanischen von
Simone Wiemken

Oetinger Taschenbuch

Außerdem von Josephine Angelini bei
Oetinger Taschenbuch erschienen:

Göttlich verdammt (Band 1)
Göttlich verliebt (Band 3)
Everflame – Feuerprobe (Band 1)
Everflame – Tränenpfad (Band 2)

MIX
Papier aus verantwortungsvollen Quellen
FSC® C014496
FSC www.fsc.org

Sonderausgabe
1. Auflage 2017
Oetinger Taschenbuch in der Verlag Friedrich Oetinger GmbH,
Poppenbütteler Chaussee 53, 22397 Hamburg
November 2017

Originaltitel: *Dreamless*

Aus dem Amerikanischen von Simone Wiemken
Umschlaggestaltung: Hanna Hörl Designbüro und Geviert Büro für Kommunikationsdesign, München, unter Verwendung eines Motivs von © Dressler, Foto: Daniela Glunz, Hamburg; Model: Amanda Caroline Johansen
Typografie: © Hafen Werbeagentur, Hamburg
Druck: GGP Media GmbH,
Karl-Marx-Straße 24, 07381 Pößneck, Deutschland
ISBN 978-3-8415-0462-3

www.oetinger-taschenbuch.de

Für meinen Mann mit all meiner Liebe

Prolog

Am Montag fiel die Schule aus. Teile der Insel waren immer noch ohne Strom und im Ortskern waren einige Straßen wegen der Sturmschäden unpassierbar.

Ja, klar doch, dachte Zach, als er das Haus verließ. *Es war der »Sturm«, der die halbe Stadt demoliert hat, nicht diese Familie von Freaks, die so schnell rennen, dass sie sogar Autos überholen.*

Nur um von seinem Dad wegzukommen, joggte er ein paar Blocks. Es war ihm unheimlich auf die Nerven gegangen, sich immer wieder anhören zu müssen, wie sich sein Vater darüber beschwerte, dass die Mannschaft das Footballtraining verpasste, obwohl es ihn doch eigentlich nur ärgerte, dass er einen Tag ohne seine drei Starspieler verbringen musste – die unglaublichen Delos-Jungs.

Zach ging die India Street hinunter, um sich wie Dutzende anderer Gaffer die zerstörten Stufen des Athenäums anzusehen. Es hieß, dass es in der vergangenen Nacht einen Kurzschluss in einer elektrischen Leitung gegeben habe, die dann gerissen und so heiß geworden sei, dass der Asphalt geschmolzen sei. Zach sah das Loch im Boden und auch die gerissene Stromleitung, aber er wusste, dass die Leitung dies unmöglich verursacht haben konnte.

Genauso sicher wusste er, dass das durchgebrannte Leuchtschild über der Tür des Mädchenumkleideraums nicht *drei Meter entfernt* einen riesigen Brandfleck ins Gras geschmort haben konnte.

Warum kapierten das die anderen nicht? Waren sie so von den Delos-Kids geblendet, dass sie bereitwillig übersahen, dass die Marmorstufen der Bibliothek ganz bestimmt nicht vom Wind zerbrochen waren? Sahen die denn nicht, dass mehr dahintersteckte? Für Zach lag das klar auf der Hand. Er hatte versucht, Helen zu warnen, aber sie war zu sehr in Lucas verknallt, um zu erkennen, was los war. Zach wusste zwar, dass sie ihnen auf eine gewisse Weise ähnlich war, aber er hatte es trotzdem versucht. Leider galt für sie dasselbe wie für den Rest der Insel – und seinen Dad. Sie alle waren von dieser Familie geblendet.

Zach wanderte durch die Stadt und starrte gereizt die Dummköpfe an, die der geschmolzene Asphalt total aus dem Häuschen brachte, bis Matt ihn entdeckte und zu sich winkte.

»Ist das nicht irre?«, sagte Matt, als Zach zu ihm ans Polizeiabsperrband trat. »Es heißt, dass das die Starkstromleitung gewesen ist, die auf die Insel führt. Echt unglaublich, was?«

»Wow. Ein Loch. Wie unglaublich«, höhnte Zach sarkastisch.

»Findest du das nicht interessant?«, fragte Matt und hob eine Braue.

»Ich glaube nur nicht, dass eine Stromleitung so was verursacht.«

»Was soll es denn sonst gewesen sein?«, fragte Matt auf seine gewohnt analytische Art und deutete auf die Zerstörungen, die sich vor ihnen ausbreiteten.

Zach lächelte ein wenig. Matt war klüger, als die meisten Leute ahnten. Er sah gut aus, trug die richtigen Klamotten, war Kapitän des Golfteams und stammte aus einer alten und angesehenen Familie. Außerdem besaß er die Begabung, auch mit den angesagten Leuten reden zu können, und das sogar über interessante Dinge wie etwa Sport. Zach vermutete sogar, dass Matt zu den beliebtesten Schülern gehören könnte, wenn er nur wollte, aber aus irgendeinem Grund hatte Matt seinen Platz im »Ich-bin-cool-Team« aufgegeben und sich stattdessen zum Oberstreber gewandelt. Das musste etwas mit Helen zu tun haben.

Zach hatte immer noch nicht herausgefunden, wieso Helen mit den Strebern abhing, obwohl sie hübscher war als jeder Filmstar und jedes Supermodel, das er je gesehen hatte. Die Tatsache, dass sie trotzdem das Mauerblümchen spielte, war ein weiterer Teil des Geheimnisses, das sie umgab, und steigerte außerdem ihre Attraktivität. Sie war die Art Frau, für die Männer *alles* taten. Zum Beispiel, ihren gesellschaftlichen Status aufgeben, stehlen oder sogar kämpfen …

»Ich war nicht dabei«, beantwortete Zach endlich Matts Frage. »Aber für mich sieht es so aus, als hätte das jemand mit Absicht gemacht. Als wäre derjenige überzeugt, nie erwischt zu werden.«

»Du glaubst wirklich, jemand hat … was? Die Bücherei in Schutt und Asche gelegt, ein Starkstromkabel mit bloßen Händen durchgerissen und damit ein eins zwanzig tiefes Loch in den Asphalt gebrannt … und das alles nur aus Jux?«, fragte Matt ihn gelassen. Er verengte die Augen und bedachte Zach mit einem leicht amüsierten Lächeln.

»Keine Ahnung«, musste Zach zugeben. Dann kam ihm ein Gedanke. »Aber vielleicht weißt du es. Schließlich hängst du in letzter Zeit dauernd mit Ariadne ab.«

»Ja, und?«, konterte Matt ruhig. »Was hat das damit zu tun?«

Wusste Matt, was Sache war? Hatten die Delos-Kids Matt eingeweiht, während sie ihn im Dunkeln ließen? Zach musterte Matt einen Moment lang, kam dann aber zu dem Schluss, dass Matt sich einfach nur für diese Delos-Familie einsetzte, wie es auch jeder andere tat, sobald Zach auch nur andeutete, wie merkwürdig diese Sippe war.

»Wer sagt, dass es etwas damit zu tun hat? Ich meine doch nur, dass ich noch nie ein gerissenes Starkstromkabel gesehen habe. Du etwa?«

»Dann sind also die Polizei und die Typen vom Wasser- und Elektrizitätswerk und alle anderen, die für die Bewältigung von Naturkatastrophen ausgebildet sind, auf dem Holzweg, und du hast recht?«

So wie Matt es hinstellte, kam sich Zach fast ein bisschen albern vor. Er konnte schließlich nicht behaupten, dass eine Familie von Supermännern dabei war, die Insel zu übernehmen. Das würde sich total verrückt anhören. Also heuchelte Zach Desinteresse, sah über die Straße auf die demolierten Stufen des Athenäums und zuckte mit den Schultern.

Dabei fiel ihm jemand auf, eine besondere Person wie Helen – und wie diese verdammten Delos-Kids. Nur, dass dieser Typ anders war. Er hatte etwas Nichtmenschliches an sich.

Wenn er sich bewegte, musste man unwillkürlich an ein Insekt denken.

»Wie auch immer. Im Grunde ist es mir egal, was hier passiert ist«, behauptete Zach und gab sich gelangweilt. »Noch viel Spaß beim Reinstarren in das Loch.«

Er setzte sich in Bewegung, denn er wollte nicht noch mehr Zeit mit jemandem verschwenden, der so eindeutig auf der Seite der Delos war. Er wollte wissen, wo dieser Freak hinging, und vielleicht auch herausfinden, was sie alle vor ihm verbargen.

Er folgte dem Fremden bis zu einer traumhaften Jacht im Hafen. Sie sah aus wie aus einem Märchen. Hohe Masten, Deck aus Teakholz, Fiberglasrumpf und rote Segel. Zach ging mit offenem Mund darauf zu. Diese Jacht war das Schönste, das er je gesehen hatte, mit Ausnahme eines Gesichts … ihres Gesichts.

Zach spürte, wie ihm jemand auf die Schulter tippte, und als er sich umdrehte, wurde die Welt um ihn herum dunkel.

1

Blut quoll unter Helens zerrissenen Fingernägeln hervor, sammelte sich an ihrer Nagelhaut und floss von dort in kleinen Rinnsalen über ihre Fingerknöchel. Trotz ihrer Schmerzen umklammerte sie den Vorsprung mit der linken Hand noch fester, damit sie die rechte an der Kante vorwärtsschieben konnte. Sand und Blut drohten ihre Fingerspitzen abrutschen zu lassen, und ihre Hände waren mittlerweile schmerzhaft verkrampft. Sie krallte sich mit der rechten Hand fest, hatte aber nicht mehr die Kraft, sich noch ein Stück weiter zu ziehen.

Mit einem Keuchen rutschte Helen wieder zurück und hing nur noch mit einer Hand am Sims. Das Beet mit den toten Blumen sechs Stockwerke unter ihr war mit moosigen Ziegelsteinen und Dachschindeln übersät, die von der baufälligen Villa abgestürzt und unten zerschellt waren. Auch ohne hinunterzusehen, wusste sie, was ihr passieren würde, wenn sie an diesem bröckelnden Fenstersims den Halt verlor. Noch einmal versuchte sie, ein Bein aufs Sims hochzuschwingen, aber je mehr sie strampelte, desto unsicherer wurde ihr Griff.

Ein Schluchzer entrang sich ihren aufgebissenen Lippen. Sie hing nun schon an diesem Sims, seit sie in dieser Nacht in die Unterwelt hinabgestiegen war. Es kam ihr vor, als wären seitdem Stunden vergan-

gen, vielleicht sogar Tage, und sie war mit ihrer Kraft am Ende. Helen schrie frustriert auf. Sie musste von dieser Kante herunter und die Furien finden. Sie war der Deszender und dies war ihre Aufgabe. Die Furien in der Unterwelt aufspüren, sie irgendwie besiegen und die Scions von ihrem Einfluss befreien. Eigentlich sollte sie diesen Kreislauf der Rache beenden, der die Scions zwang, einander zu töten, und was tat sie stattdessen? Sie hing an diesem blöden Fenstersims.

Sie wollte nicht abstürzen, aber ihr war auch klar, dass sie die Furien nie finden würde, wenn sie sich noch eine Ewigkeit an dieses Sims klammerte. Und in der Unterwelt dauerte jede Nacht eine Ewigkeit. Sie musste diese Nacht beenden und dann in einer neuen Ewigkeit einen weiteren, hoffentlich erfolgreicheren Versuch starten. Und wenn sie es nicht schaffte, sich hochzuziehen, blieb nur ein Ausweg.

Die Finger von Helens linker Hand zuckten und begannen abzurutschen. Sie versuchte, sich einzureden, dass es besser war, nicht dagegen anzukämpfen, sondern sich einfach fallen zu lassen, denn dann wäre es wenigstens vorbei. Trotzdem mobilisierte sie alle Kraftreserven ihrer rechten Hand, um sich festzuklammern. Helen hatte zu viel Angst loszulassen. Vor Anstrengung biss sie sich auf die ohnehin schon blutige Lippe, aber die Finger ihrer rechten Hand glitten unaufhaltsam ab. Sie konnte sich nicht mehr halten.

Als sie auf dem Boden aufschlug, hörte sie, wie ihr linkes Bein brach.

Helen presste sich hastig die Hand auf den Mund, um in ihrem stillen Zimmer auf Nantucket nicht loszuschreien. Sie schmeckte den groben Staub der Unterwelt an ihren verkrampften Fingern. Im matten blaugrauen Licht der einsetzenden Morgendämmerung lauschte sie, wie ihr Vater aufstand. Zum Glück schien er nichts mitbekommen zu haben und ging schließlich nach unten, um das Frühstück vorzubereiten wie sonst auch.

Helen blieb im Bett, zitterte wegen des gebrochenen Beins und der gezerrten Muskeln und wartete darauf, dass sich ihr Körper selbst heilte. Tränen rannen ihr übers Gesicht und hinterließen heiße Spuren auf ihrer kalten Haut. Es war eiskalt in ihrem Zimmer.

Aus Erfahrung wusste Helen, dass sie etwas essen musste, um die Heilung abzuschließen, aber mit einem gebrochenen Bein konnte sie nicht nach unten gehen. Also zwang sie sich, ruhig liegen zu bleiben und zu warten. Es war nur eine Frage der Zeit, bis sie sich wieder bewegen, aufstehen und hinuntergehen konnte. Bis es so weit war, würde sie liegen bleiben und behaupten, sie hätte verschlafen. Sie würde ihr verletztes Bein vor ihrem Vater verstecken, so gut es ging, und beim Frühstück lächeln und mit ihm plaudern wie gewohnt. Und sobald sie etwas gegessen hatte, würden ihre Verletzungen vollends heilen.

Es würde ihr schon bald besser gehen, versicherte sie sich selbst und weinte so leise sie konnte. Sie musste nur durchhalten.

Jemand wedelte Helen mit der Hand vor der Nase herum.

»Was?«, fragte sie erschrocken. Sie sah sich zu Matt um, der ihr mit diesem Zeichen bedeutete, wieder auf die Erde zurückzukehren.

»Tut mir leid, Lennie, aber ich kapier das immer noch nicht. Was ist ein Rogue-Scion?«, fragte er mit gerunzelter Stirn.

»Ich bin ein Rogue«, antwortete sie, ein wenig zu laut. Sie war einen Moment lang in ihre eigenen Gedanken vertieft gewesen und hatte noch nicht wieder in die Unterhaltung zurückgefunden.

Helen setzte sich aufrechter hin, sah sich um und musste feststellen, dass alle anderen sie anstarrten. Mit Ausnahme von Lucas. Er betrachtete die Hände in seinem Schoß und seine Lippen waren fest zusammengepresst.

Helen, Lucas, Ariadne und Jason saßen nach der Schule am Küchentisch der Delos und versuchten, Matt und Claire alles zu erklären, was sie über Halbgötter wissen mussten. Die beiden waren Helens beste Freunde, und obwohl beide kluge Köpfe waren, gab es in Helens Vergangenheit doch vieles, das sie nicht wussten. Und nach allem, was Matt und Claire für sie getan hatten, verdienten sie Antworten. Immerhin hatten sie vor sieben Tagen ihr Leben aufs Spiel gesetzt, um Helen und der Familie Delos zu helfen.

Sieben Tage erst, dachte Helen und zählte sie an den Fingern ab, um sich zu vergewissern, dass es stimmte. *Nach dieser ganzen Zeit in der Unterwelt kommt es mir eher vor wie sieben Wochen.*

»Es klingt kompliziert, aber das ist es eigentlich nicht«, sagte Ariadne, als klar wurde, dass Helen nicht weitersprechen würde. »Es gibt vier Häuser und diese vier Häuser sind seit dem Trojanischen Krieg verfeindet. Deswegen stacheln uns die Furien an, jemanden von einem anderen Haus zu töten. Es geht dabei um Blutrache.«

»Vor einer Million Jahren hat jemand aus dem Haus von Atreus jemand aus dem Haus von Theben umgebracht, und man erwartet von *euch*, dass ihr diese Blutschuld bezahlt?«, fragte Matt voller Zweifel.

»So ungefähr. Allerdings war es viel mehr als nur ein Toter. Du darfst nicht vergessen, dass wir hier vom Trojanischen Krieg reden. Da sind viele Leute gestorben, sowohl Halbgott-Scions als auch Normalsterbliche wie du«, erklärte Ariadne mit einem entschuldigenden Grinsen.

»Ich *weiß*, dass der Krieg eine Menge Leben gekostet hat, aber was bringt euch diese Blut-für-Blut-Geschichte eigentlich?«, hakte Matt nach. »Das endet doch nie. Das ist doch Irrsinn.«

Lucas lachte humorlos, schaute von seinem Schoß auf und sah Matt in die Augen. »Du hast recht. Die Furien treiben uns in den Wahnsinn, Matt«, sagte er ruhig und geduldig. »Sie verfolgen uns, bis wir daran zerbrechen.«

Helen kannte diesen Tonfall. Sie nannte ihn insgeheim Lucas' Professorenstimme. Wenn er so dozierte, hätte sie ihm den ganzen Tag zuhören können, auch wenn sie inzwischen wusste, dass dieses Verlangen falsch war.

»Sie bringen uns dazu, dass wir einander umbringen wollen, um einer verdrehten Form von Gerechtigkeit Genüge zu tun«, fuhr Lucas im selben gemessenen Ton fort. »Einer ermordet jemanden aus unserem Haus, wir revanchieren uns mit dem Mord an einem seiner Angehörigen, und so geht das nun schon seit dreieinhalbtausend Jahren. Und wenn ein Scion jemanden aus seinem eigenen Haus umbringt, wird er zum Ausgestoßenen.«

»Wie Hector«, bemerkte Matt zögerlich. Den Namen ihres Bruders und Cousins laut auszusprechen, ließ den Fluch der Furien sofort wieder aufflammen und brachte den Delos-Clan in Rage. Matt hatte es nur gewagt, um ganz sicherzugehen. »Er hat euren Cousin Kreon getötet, weil Kreon eure Tante Pandora umgebracht hat, und jetzt verspürt ihr den unwiderstehlichen Drang, ihn zu töten, obwohl ihr ihn immer noch liebt. Also für mich hat das nicht das Geringste mit Gerechtigkeit zu tun.«

Helen sah sich um und stellte fest, dass Ariadne, Jason und Lucas mit den Zähnen knirschten. Jason war der Erste, der sich wieder in den Griff bekam.

»Deswegen ist das, was Helen tut, so wichtig«, erklärte er. »Sie geht in die Unterwelt, um die Furien zu besiegen und dieses sinnlose Töten zu beenden.«

Matt hätte gern noch weitere Fragen gestellt. Er verstand die Sache mit den Furien immer noch nicht recht, aber er merkte natürlich, dass dieses Thema alle anderen am Tisch sehr belastete. Claire wollte aber noch einige Punkte geklärt wissen.

»Okay. Das ist dann also ein Ausgestoßener. Aber Rogues wie Lennie sind Scions, deren Eltern aus verschiedenen Häusern stammen, aber nur *ein* Haus kann sie für sich beanspruchen, richtig? Das bedeutet, dass sie dem anderen Haus gegenüber immer noch diese Blutschuld haben?« Claire versuchte, sich möglichst vorsichtig auszudrücken, weil sie wusste, wie schwer das für Helen war, aber sie musste es aussprechen. »Du wurdest von deiner Mutter Daphne beansprucht. Oder vielmehr von ihrem Haus.«

»Dem Haus von Atreus«, bestätigte Helen deprimiert und musste wieder daran denken, wie ihre lange verschollene Mutter vor neun Tagen wiederaufgetaucht war und ihr mit einer sehr unerfreulichen Neuigkeit das Leben ruiniert hatte.

»Und dein richtiger Vater – nicht Jerry, obwohl ich gestehen muss, Lennie, dass Jerry für mich immer dein richtiger Dad sein wird«, verkündete Claire entschieden, bevor sie zum Thema zurückkam. »Dein biologischer Vater, den du nie kennengelernt hast und der vor deiner Geburt starb …«

»Gehörte zum Haus von Theben.« Einen Moment lang trafen sich die Blicke von Helen und Lucas, doch dann wendete sie schnell die Augen ab. »Ajax Delos.«

»Unser Onkel«, fügte Jason hinzu und schloss Ariadne und Lucas in seinen Blick ein.

»Richtig«, bestätigte Claire unbehaglich. Sie schaute von Helen zu Lucas, doch beide wichen ihr aus. »Und da ihr beide zu verfeindeten Häusern gehört, wolltet ihr euch anfangs gegenseitig umbringen. Bis ihr …« Sie verstummte.

»Bis Helen und ich die Blutschuld zwischen unseren Häusern damit beglichen haben, dass wir beinahe füreinander gestorben sind«, beendete Lucas ihren Satz mit bleierner Stimme und schien damit alle zu warnen, bloß nicht nach der besonderen Beziehung zwischen ihm und Helen zu fragen.

Helen hätte sich am liebsten ein Loch in den Fliesenboden der Küche gegraben und wäre darin verschwunden. Sie spürte, wie die unausgesprochenen Fragen der anderen auf ihr lasteten.

Sie fragten sich, wie weit Helen und Lucas gegangen waren, bevor sie von ihrer Verwandtschaft erfahren hatten. Waren es wirklich nur Küsse gewesen oder sehr viel mehr?

Und: *Wollen* sie es immer noch tun, obwohl sie jetzt wissen, dass sie Cousin und Cousine sind?

Und: Tun sie es vielleicht immer noch? Es wäre kein Problem für sie, weil sie ja beide fliegen können. Vielleicht schleichen sie sich jede Nacht raus und …

»Helen? Wir müssen zurück an die Arbeit«, sagte Cassandra,

und der Befehlston in ihrer Stimme war nicht zu überhören. Sie war an der Küchentür aufgetaucht und stemmte eine Faust in ihre jungenhaft schmale Hüfte.

Als Helen vom Küchentisch aufstand, erhaschte Lucas ihren Blick und schenkte ihr ein winziges, aufmunterndes Lächeln. Helen erwiderte es kaum wahrnehmbar, und als sie Cassandra in die Bibliothek der Delos folgte, fühlte sie sich schon bedeutend ruhiger und selbstsicherer. Cassandra schloss die Tür, und die beiden Mädchen machten sich erneut auf die Suche nach irgendetwas, das Helen ihre Mission erleichtern würde.

Helen kam um die Ecke und musste feststellen, dass ihr ein Regenbogen aus Rost den Weg versperrte. Ein Wolkenkratzer war so über die Straße gebogen, als hätte ihn eine Riesenhand geknickt wie einen Getreidehalm.

Helen wischte sich den juckenden Schweiß von der Stirn und suchte nach dem sichersten Weg über den rissigen Beton und den umgestürzten Stahl. Es würde schwierig werden hinüberzuklettern, aber auch alle anderen Gebäude dieser verlassenen Stadt zerfielen unter dem gnadenlosen Heranrücken der sie umgebenden Wüste. Es war sinnlos, es woanders zu versuchen. Alle Straßen waren mit irgendwelchem Schutt versperrt, und außerdem wusste Helen ohnehin nicht, in welche Richtung sie sollte. Ihr blieb nichts anderes übrig, als weiter voranzugehen.

Mit dem beißenden Geruch von rostendem Metall in der Nase stieg sie über ein scharfkantiges Gitter. Plötzlich ertönte ein tiefes, fast klagendes Ächzen. Ein Bolzen sprang heraus und über ihr löste sich ein Eisenteil. Rost und Sand rieselten auf sie herab. Instinktiv riss Helen die Hände hoch, um sich zu schützen, aber hier in der Unterwelt hatte sie keine Scion-Kräfte. Sie landete schmerzhaft auf dem Rücken, lang ausgestreckt unter dem schweren Eisenteil. Es lag auf ihrem Bauch und sie konnte sich nicht rühren.

Helen versuchte, sich darunter herauszuwinden, aber sie hatte solche grauenhaften Schmerzen im Becken, dass sie die Beine nicht bewegen konnte. Es war eindeutig etwas gebrochen – das Becken, die Wirbelsäule, vielleicht auch beides.

Helen kniff die Augen zusammen und schützte sie mit einer Hand vor der Helligkeit. Sie schluckte gegen ihren Durst an. Sie saß in der Falle wie eine Schildkröte auf dem Rücken. Am Himmel stand keine einzige Wolke, die ihr etwas Erleichterung verschaffte.

Es gab nur diese gleißende Helligkeit und die unbarmherzige Hitze …

Helen trottete aus Miss Bees Sozialkundeunterricht und unterdrückte ein Gähnen. Ihr Kopf fühlte sich so ausgestopft und heiß an wie ein Thanksgiving-Truthahn in der Röhre. Der Schultag neigte sich dem Ende zu, aber das war kein Trost. Helen sah hinunter auf ihre Füße und musste daran denken, was sie erwartete. Sie stieg jede Nacht in die Unterwelt hinab und landete in einer grässlichen Landschaft nach der anderen. Sie hatte keine Ahnung, wieso sie an manchen Orten mehrmals war und an anderen nur einmal, aber sie vermutete, dass es etwas mit ihrer Stimmung zu tun hatte. Je missgelaunter sie beim Einschlafen war, desto schlimmer war ihr Erlebnis in der Unterwelt.

Helen, die sich immer noch auf ihre Füße konzentrierte, spürte plötzlich, wie jemand auf dem vollen Schulflur ihre Finger streifte. Sie schaute auf und direkt in Lucas' juwelenblaue Augen. Da atmete sie scharf ein, ähnlich einem kurzen Seufzer der Überraschung, und konnte den Blick nicht von ihm abwenden.

Lucas sah sie sanft und ein wenig neckisch an und sein Mund verzog sich zum Anflug eines geheimen Lächelns. Da sie sich immer noch in verschiedene Richtungen bewegten, drehten beide beim Gehen den Kopf, um den Augenkontakt nicht zu verlieren. Ihr identisches Lächeln wurde mit jedem Moment, der verging, deutlicher. Helen warf verspielt ihre Haare zurück, beendete damit den kurzen Flirt und setzte ihren Weg mit einem breiten Grinsen im Gesicht fort.

Ein Blick von Lucas, und sie fühlte sich stärker. Wieder lebendig. Sie konnte ihn beim Weggehen leise lachen hören, sehr zufrieden, als wüsste er genau, welche Wirkung er auf sie hatte. Auch Helen musste kichern und schüttelte über sich selbst den Kopf. Und dann fiel ihr Blick auf Jason.

Er und Claire waren ein paar Schritte hinter Lucas gegangen und er hatte alles beobachtet. Seine Lippen waren sorgenvoll verkniffen und sein Blick wirkte traurig. Er bedachte Helen mit einem missbilligenden Kopfschütteln. Sie starrte schnell wieder auf den Boden und wurde knallrot.

Sie waren verwandt, das wusste Helen. Es war falsch, mit ihm zu flirten. Aber sie fühlte sich *besser*, wenn sie es tat – was sonst nichts anderes vermochte. Sollte sie das alles durchstehen und dann auch noch auf Lucas' tröstendes Lächeln verzichten? Helen ging zu ihrer letzten Schulstunde, setzte sich an den Tisch und kämpfte beim Auspacken ihrer Hefte mit den Tränen.

Lange Splitter umgaben Helen und zwangen sie, ganz stillzuhalten, um nicht von einem von ihnen aufgespießt zu werden. Sie war im Stamm des einzigen Baumes gefangen, der in diesem trockenen, dürren Busch-

land wuchs. Wenn sie zu tief einatmete, stachen ihr die Splitter in die Haut. Ihre Arme waren hinter ihrem Rücken eingeklemmt und die Beine so schmerzhaft verdreht, dass ihr Oberkörper vornüberhing. Ein langer Holzsplitter war direkt auf ihr rechtes Auge gerichtet. Wenn sie bei dem Versuch, sich zu befreien, den Kopf nach vorn bewegte – oder auch nur vor Erschöpfung ein wenig zusammensackte –, würde sie sich das Auge ausstechen.

»Was soll ich denn tun?«, fragte sie niemand Bestimmten wimmernd. Helen wusste, dass sie auf sich allein gestellt war.

»Was soll ich denn tun?«, schrie sie plötzlich, und an Brust und Rücken brannte ein Dutzend kleiner Stichwunden.

Das Schreien half nicht, aber das Wütendwerden schon. Es half ihr, sich auf das Unvermeidliche vorzubereiten. Sie hatte sich selbst in diese Lage gebracht, natürlich unabsichtlich, und sie wusste, wie sie wieder herauskam. Normalerweise befreiten Schmerzen sie aus der Unterwelt. Sofern sie nicht starb, war Helen ziemlich sicher, dass sie die Unterwelt verlassen und in ihrem Bett aufwachen würde. Sie würde verletzt sein und Schmerzen haben, aber sie wäre zumindest wieder draußen.

Sie starrte den langen Splitter vor ihrem Auge an und wusste, was sie zu tun hatte. Allerdings wusste sie nicht, ob sie dazu fähig war. Als die Wut, die sie angefeuert hatte, wieder nachließ, weinte sie verzweifelte Tränen, die ihr über die Wangen liefen. Sie hörte ihre eigenen, halb erstickten Schluchzer in dem engen Baumstamm-Gefängnis. Minuten vergingen und Helens Arme und Beine verkrampften sich in ihrer unnatürlichen Haltung.

Die Zeit würde nichts an der Situation ändern. Tränen würden nichts an der Situation ändern. Sie hatte nur eine einzige Wahl und sie konnte es entweder sofort tun oder nach weiteren qualvollen Stunden. Helen war ein Scion und damit Zielscheibe der Furien. Sie hatte nie eine andere Wahl gehabt als diese eine. Und mit diesem Gedanken kam die Wut zurück.

Mit einer gezielten Bewegung ruckte sie ihren Kopf nach vorn.

Lucas konnte den Blick nicht von Helen abwenden. Sogar von der anderen Seite der Küche aus konnte er sehen, dass die dünne Haut über ihren hohen Wangenknochen so blass war, dass sie durch die darunter liegenden Adern bläulich wirkte. Er hätte schwören können, dass ihre Arme mit verblassenden Blutergüssen übersät gewesen waren, als sie am Morgen gekommen war, um mit Cassandra in der Bibliothek zu arbeiten.

Helen hatte inzwischen einen verstörten und gehetzten Ausdruck im Gesicht. Sie sah noch verängstigter aus als ein paar Wochen zuvor, als sie alle geglaubt hatten, dass Tantalus und die fanatischen Hundert Cousins hinter ihr her waren. Cassandra hatte kürzlich eine Vision gehabt, dass die Hundert zurzeit ihre ganze Energie darauf verwandten, Hector und Daphne zu finden, und dass Helen nichts zu befürchten hatte. Aber wenn es nicht die Hundert waren, die Helen so verstört hatten, musste es etwas in der Unterwelt sein. Lucas fragte sich, ob sie da unten gejagt oder vielleicht sogar gefoltert wurde.

Diese Vorstellung zerriss ihn innerlich. Es kam ihm vor, als säße in seinem Brustkorb ein wildes Tier, das sich durch die Rippen nach draußen fraß. Er musste die Zähne fest zusammenbeißen, um das gereizte Knurren zu unterdrücken, das in ihm aufstieg. Er war in letzter Zeit so *wütend* und das beunruhigte ihn. Aber noch schlimmer als diese ständige Gereiztheit war die Sorge um Helen.

Zusehen zu müssen, wie sie beim kleinsten Laut zusammenzuckte oder plötzlich mit großen Augen erstarrte, versetzte ihn in Panik. Es war Lucas ein körperliches Bedürfnis, Helen zu beschützen. Es fühlte sich fast wie ein Ganzkörper-Tic an, der ihm zuschrie, sich zwischen sie und die Gefahr zu werfen. Aber er konnte ihr bei dieser Sache nicht helfen. Er konnte nicht in die Unterwelt hinabsteigen, ohne vorher zu sterben.

An diesem Problem arbeitete er noch. Es gab nur wenige Personen, die in die Unterwelt gehen konnten und überlebten – in der gesamten Geschichte der griechischen Mythologie waren es höchstens eine Handvoll Leute. Aber er würde auf jeden Fall weiter nach einer Lösung suchen. Lucas war schon immer gut darin gewesen, Probleme zu lösen – vor allem vermeintlich »unlösbare«. Was vermutlich der Grund war, wieso es ihn so quälte, Helen in diesem Zustand zu sehen.

Er konnte diese Aufgabe nicht für sie bewältigen. Sie war dort unten auf sich allein gestellt, und es gab nichts, was er dagegen tun konnte.

»Sohn. Warum setzt du dich nicht zu mir?«, fragte Castor und riss Lucas damit aus seinen Gedanken. Sein Vater deutete auf den Stuhl zu seiner Rechten. Inzwischen hatte sich auch der Rest der Familie zum sonntäglichen Abendessen eingefunden.

»Das ist Cassandras Platz«, lehnte Lucas mit einem Kopfschütteln ab, obwohl er in Wirklichkeit gedacht hatte, dass es *Hectors* war. Lucas konnte es nicht ertragen, einen Platz einzunehmen, der nie hätte frei werden dürfen. Also setzte er sich stattdessen links von seinem Vater auf die Bank.

»Also wirklich, Dad«, scherzte Cassandra und nahm den Platz

ein, den sie automatisch übernommen hatte, nachdem Hector für den Mord an Tantalus' einzigem Sohn Kreon zum Ausgestoßenen geworden war. »Das war doch wohl kein Wink mit dem Zaunpfahl, oder?«

»Müsstest du das nicht als Erste wissen? Was für ein Orakel bist du eigentlich?«, neckte Castor sie und pikte ihr in den Bauch, bis sie quietschte.

Lucas erkannte natürlich, dass sein Vater die seltene Gelegenheit nutzte, mit Cassandra herumzualbern, weil diese Zeiten fast vorbei waren. Als Orakel entfernte sich seine kleine Schwester immer weiter von der Familie und der ganzen Menschheit. Schon bald würde sie nichts Menschliches mehr haben und nur noch das kalte Instrument der Parzen sein, und dann spielte es auch keine Rolle mehr, wie sehr ihre Familie sie liebte.

Castor ergriff jede Chance, mit seiner Tochter zu scherzen, aber diesmal merkte Lucas, dass er nicht mit ganzem Herzen dabei war. Er war mit seinen Gedanken woanders. Aus irgendeinem Grund wollte er nicht, dass Lucas sich auf seinen gewohnten Platz setzte.

Einen Augenblick später erkannte er den Grund, denn Helen setzte sich auf den Platz, der quasi durch Gewohnheitsrecht ihrer geworden war. Als sie über die Bank stieg und sich neben ihn setzte, blieb Lucas das Stirnrunzeln seines Vaters nicht verborgen.

Lucas ignorierte die Missbilligung seines Vaters und genoss es stattdessen, Helen neben sich zu spüren. Obwohl sie offensichtlich unter dem litt, was in der Unterwelt geschah, erfüllte ihre Anwesenheit Lucas mit neuer Kraft. Ihre Figur, ihr weicher Arm, der ihn manchmal streifte, wenn sie Teller herumreichten, ihre klare, helle Stimme, wenn sie sich an der Unterhaltung beteiligte – alles an Helen berührte ihn im tiefsten Innern und besänftigte das wilde Tier in seiner Brust.

Er wünschte nur, dasselbe auch für sie tun zu können. Beim Essen fragte Lucas sich wieder, was Helen wohl in der Unterwelt erlebte, aber ihm war auch klar, dass er sie erst danach fragen konnte, wenn sie allein waren. Vor der Familie konnte sie lügen, aber bei ihm war das unmöglich.

»Hey«, rief er ihr später zu und hielt sie auf dem Flur auf. Sie erstarrte kurz, aber als sie sich ihm zuwendete, wurden ihre Züge wieder weicher.

»Hey«, hauchte sie zur Antwort und trat näher an ihn heran.

»Schlimme Nacht?«

Sie nickte und rückte noch näher, bis er den Mandelduft der Seife riechen konnte, mit der sie sich gerade die Hände gewaschen hatte. Lucas vermutete, dass ihr nicht klar war, welche Anziehungskraft sie aufeinander ausübten, aber er wusste es.

»Erzähl mir davon.«

»Es ist einfach nur hart«, versuchte sie, seine Frage mit einem Schulterzucken abzutun.

»Beschreib es.«

»Da war dieser Felsen.« Sie verstummte, rieb sich die Handgelenke und schüttelte mit verkniffener Miene den Kopf. »Ich kann nicht. Ich will so wenig wie möglich daran denken. Es tut mir leid, Lucas. Ich will dich damit nicht verärgern«, sagte sie hastig, als sie sein frustriertes Gesicht bemerkte.

Er sah sie einen Moment lang an und fragte sich, wie es möglich war, dass sie seine Gefühle so falsch deutete. Er versuchte, ihr die nächste Frage möglichst ruhig zu stellen, aber sie hörte sich doch harscher an, als er beabsichtigt hatte.

»Tut dir da unten jemand weh?«

»Außer mir ist da unten niemand«, antwortete sie. Aber etwas an ihrem Tonfall verriet Lucas, dass diese Einsamkeit sogar schlimmer war als jede Art von Folter.

»Du hast dich verletzt.« Er streckte die Hand nach ihr aus und folgte mit einem Finger der Kontur der verblassten Prellungen, die er dort gesehen hatte.

Ihr Gesicht war verschlossen. »In der Unterwelt habe ich keine Superkräfte. Aber es heilt alles, wenn ich aufwache.«

»Rede mit mir«, lockte er sie aus der Reserve. »Du weißt, du kannst mir alles erzählen.«

»Ich weiß, dass ich das kann, aber wenn ich es tue, werde ich es bereuen«, stöhnte sie, allerdings mit einem Anflug von Humor. Das gab Lucas genug Hoffnung für einen weiteren Versuch, denn er wollte sie unbedingt wieder lächeln sehen.

»Was? Raus damit!«, verlangte er grinsend. »Wie schmerzhaft kann es schon sein, mit mir darüber zu reden?«

Ihr Lächeln erlosch und sie sah ihn an. Ihr Mund öffnete sich ein wenig, sodass er den glatten inneren Rand ihrer Unterlippe sehen konnte. Er erinnerte sich noch gut daran, wie es sich angefühlt hatte, sie zu küssen, und erstarrte – um sich bloß nicht über sie zu beugen und diesen süßen Geschmack noch einmal zu kosten.

»Grauenvoll schmerzhaft«, wisperte sie.

»Helen! Wie lange brauchst du, um auf die Toilette –« Cassandra verstummte abrupt, als sie Lucas den Flur hinunter verschwinden sah und Helen mit hochrotem Kopf in Richtung Bibliothek eilte.

Helen rannte durch das Zimmer mit der halb abgelösten Blumentapete und machte einen Bogen um die verrotteten Fußbodendielen rund um die feuchte, schimmelige Couch. Es kam ihr vor, als würde das Ding sie hasserfüllt anstarren, als sie daran vorbeilief. Sie war schon ein Dutzend Mal hier gewesen, vielleicht sogar öfter. Aber diesmal nahm sie weder die linke noch die rechte Tür, weil sie bereits wusste, dass sie ins Nirgendwo führten. Sie erkannte, dass sie nichts mehr zu verlieren hatte, und steuerte den Wandschrank an.

In der Ecke hing ein vermoderter alter Wollmantel. Der Kragen war mit Schuppen übersät und der Mantel roch wie ein kranker alter Mann. Er bedrängte sie, als versuchte er, sie aus seinem Reich zu vertreiben. Helen ignorierte den ekelhaften Mantel und durchsuchte den Wandschrank, bis sie eine weitere Tür in einer der Seitenwände entdeckte. Die Öffnung war gerade groß genug für ein Kleinkind. Sie ließ sich auf die Knie nieder und plötzlich gruselte sie sich furchtbar vor dem alten Mantel, der zu beobachten schien, wie sie sich bückte, als wollte er ihr in den Ausschnitt starren. Sie kroch durch die winzige Öffnung.

Der nächste Raum war ein staubiges Ankleidezimmer, in dem der Geruch von jahrhundertealten schweren Parfüms hing. Aber wenigstens gab es hier ein Fenster. Helen rannte darauf zu und hoffte, dass sie hinausspringen und sich so aus dieser schrecklichen Falle befreien konnte. Voller Hoffnung riss sie die schimmelnden Vorhänge zur Seite.

Das Fenster war zugemauert. Sie schlug mit den Fäusten auf das Mauerwerk ein, anfangs waren es nur leichte Schläge, aber mit zuneh-

mender Wut schlug sie härter dagegen, bis ihre Fingerknöchel vollkommen zerschunden waren. In diesem Labyrinth aus Zimmern war alles vermodert und verrottet – bis auf die Ausgänge. Die waren so massiv wie in Fort Knox.

Es kam Helen vor, als würde sie bereits tagelang in diesem Haus festsitzen. Sie war mittlerweile so verzweifelt, dass sie sogar schon die Augen geschlossen hatte in der Hoffnung, einzuschlafen und in ihrem eigenen Bett wieder aufzuwachen. Es hatte nicht geklappt. Helen hatte noch nicht herausgefunden, wie sie die Unterwelt betreten und wieder verlassen konnte, ohne sich dabei jedes Mal halb umzubringen. Sie hatte Angst, dass sie diesmal wirklich sterben würde, und wollte nicht darüber nachdenken, was sie tun musste, um sich zu befreien.

Weiße Punkte tanzten vor ihren Augen und sie war nun schon mehrmals fast vor Durst und Erschöpfung in Ohnmacht gefallen. Sie hatte so lange kein Wasser mehr getrunken, dass allmählich sogar der zähflüssige Glibber, der aus den Wasserleitungen dieses Höllenlochs quoll, halbwegs appetitlich aussah.

Merkwürdig war, dass Helen in diesem Teil der Unterwelt größere Angst hatte als je zuvor, auch wenn sie hier nicht in unmittelbarer Gefahr schwebte. Sie hing nicht an einer Klippe oder war in einem Baumstamm gefangen oder mit den Handgelenken an einen Felsen gekettet, der sie bergab mitriss und in eine Schlucht zu stürzen drohte.

Sie war einfach nur in einem Haus, einem nie endenden Haus ohne Ausgänge.

Die Besuche in den Bereichen der Unterwelt, bei denen sie nicht in unmittelbarer Gefahr schwebte, dauerten gewöhnlich am längsten und entpuppten sich auf Dauer als die schlimmsten. Durst, Hunger und die quälende Einsamkeit waren die härtesten Prüfungen. Die Hölle brauchte gar kein Feuer, um ihr zuzusetzen. Die endlose Zeit und das Alleinsein reichten vollkommen aus.

Helen setzte sich unter das zugemauerte Fenster und versuchte, sich vorzustellen, wie es sein würde, den Rest ihres Lebens in einem Haus zuzubringen, in dem sie unerwünscht war.

Während des Footballtrainings fing es an zu schütten und ab dem Zeitpunkt war an ein sinnvolles Training nicht mehr zu denken. Die Spieler fanden Spaß daran, einander umzurennen und durch den Matsch zu schlittern, was dem Rasen natürlich gar nicht gut bekam. Schließlich gab Coach Brant es auf und schickte die Mannschaft nach Hause. Als sie ihre Sachen packten, beobachtete Lucas den Coach unauffällig, denn ihm war nicht verborgen geblieben, dass ihr Trainer an diesem Tag nicht mit ganzem Herzen dabei gewesen war. Sein Sohn Zach hatte die Mannschaft am Tag zuvor verlassen. Wie man hörte, hatte der Coach das persönlich genommen, und Lucas fragte sich, wie schlimm der Streit zwischen den beiden wohl gewesen war. Zach hatte an diesem Tag in der Schule gefehlt.

Lucas konnte sich vorstellen, wie Zach sich fühlte. Er wusste, wie es war, wenn der eigene Vater von einem enttäuscht war.

»Luke! Lass uns abhauen! Ich erfriere!«, brüllte Jason. Er riss schon auf dem Weg zum Umkleideraum seine Ausrüstung herunter, und Lucas musste rennen, um ihn einzuholen.

Sie fuhren ohne Umweg nach Hause und stürmten nass und hungrig in die Küche. Helen und Claire waren schon dort und natürlich auch Lucas' Mutter. Die Mädchen trugen noch ihren durchweichten Laufdress, und während sie sich abtrockneten, sahen sie Noel erwartungsvoll an. Im ersten Moment war Helen alles, was Lucas wahrnahm. Ihre Haare waren zerzaust und auf ihren langen nackten Beinen glitzerten die Regentropfen.

Dann hörte er ein Flüstern im Ohr und blanker Hass durchfuhr ihn. Seine Mutter war am Telefon. Und die Stimme am anderen Ende gehörte Hector.

»Nein, Lucas, nicht!«, warnte Helen mit zittriger Stimme. »Noel, leg auf!«

Lucas und Jason stürmten von den Furien getrieben auf die Stimme des Ausgestoßenen zu. Helen trat vor Noel. Sie hob einfach nur die Hände, als wollte sie damit »Stopp« signalisieren, und die zwei rannten gegen sie wie gegen eine Ziegelmauer. Beide wurden so heftig zurückgeworfen, dass sie auf dem Boden landeten und nach Luft schnappten. Helen wich keinen Zentimeter zurück.

»Es tut mir so leid!«, beteuerte Helen und beugte sich besorgt über sie. »Aber ich konnte nicht zulassen, dass ihr euch auf Noel stürzt.«

»Du brauchst dich nicht zu entschuldigen«, schnaufte Lucas und rieb sich die schmerzende Brust. Er hatte nicht gewusst, dass Helen *so* stark war, aber er war ausgesprochen froh darüber. Seine Mutter sah zwar schockiert aus, aber ihr und Claire war nichts passiert. Und das war das Wichtigste.

»Mmhm«, machte Jason, was ausdrücken sollte, dass er derselben Meinung war wie Lucas. Claire hockte sich neben ihn und klopfte ihm mitfühlend auf die Schulter. Er setzte sich auf und versuchte, wieder zu Atem zu kommen.

»Ich habe euch beide nicht so früh erwartet«, stammelte Noel. »Er ruft immer an, wenn er weiß, dass ihr beim Training seid …«

»Es ist nicht deine Schuld, Mom«, versicherte Lucas ihr. Er zog Jason auf die Füße. »Alles okay, Cousin?«

»Nein«, antwortete Jason ehrlich. Er atmete noch ein paarmal tief ein, aber eigentlich war es nicht der Stoß gegen die Brust, der ihm am meisten wehtat. »Ich *hasse* das.«

Die Cousins tauschten einen gequälten Blick. Beide vermissten Hector und litten darunter, was die Furien ihnen antaten. Dann fuhr Jason abrupt herum und verschwand durch die Hintertür hinaus in den Regen.

»Jason, warte«, rief Claire und rannte ihm nach.

»Ich habe nicht so früh mit euch gerechnet«, sagte Noel mehr zu sich selbst als zu ihrem Sohn, als bräuchte sie diese Rechtfertigung. Lucas ging zu seiner Mutter und drückte ihr einen Kuss auf die Stirn.

»Mach dir keine Sorgen. Es wird alles wieder gut«, versicherte er ihr mit erstickter Stimme.

Er musste hier weg. Immer noch mit diesem Kloß im Hals verzog er sich nach oben, um sich umzuziehen. Schon auf dem Flur vor seinem Zimmer streifte er sich das Hemd über den Kopf und hörte plötzlich Helens Stimme hinter sich.

»Ich fand eigentlich immer, dass du gut lügen kannst«, sagte sie leise. »Aber als du ›Es wird alles wieder gut‹ gesagt hast, habe nicht einmal ich es geglaubt.«

Lucas ließ das durchweichte Hemd auf den Boden fallen und drehte sich zu Helen um, denn nach dem Schreck in der Küche konnte er ihr nicht widerstehen. Er zog sie an sich und legte das

Gesicht an ihren Hals. Sie schmiegte sich an ihn, stützte sein Gewicht, während sich seine breiten Schultern um sie legten, und sie hielt ihn in den Armen, bis er sich genug beruhigt hatte, um zu sprechen.

»Ein Teil von mir will losziehen und ihn suchen. Ihn jagen«, gestand er, denn es gab niemand außer Helen, dem er diese Gefühle anvertrauen konnte. »Jede Nacht träume ich davon, wie ich ihn auf den Stufen der Bücherei mit bloßen Händen töte. Ich sehe mich, wie ich wieder und wieder auf ihn einschlage, und dann wache ich auf und denke, dass ich ihn diesmal *wirklich* umgebracht haben könnte. Und dann bin ich erleichtert …«

Helen fuhr ihm über das nasse Haar, strich es glatt und ließ die Hände über seinen Nacken, die Schultern, die harten Rückenmuskeln wandern und zog ihn enger an sich. »Ich beende das«, versprach sie. »Das schwöre ich, Lucas, ich werde die Furien finden und aufhalten.«

Lucas zog sich weit genug zurück, sodass er Helen ansehen konnte, und schüttelte den Kopf. »Nein, ich wollte dich nicht noch mehr unter Druck setzen. Es ist schon schlimm genug für mich, dass das alles auf dir lastet.«

»Ich weiß.«

Mehr sagte sie nicht. Kein Selbstmitleid, kein »Bedauere mich«. Sie akzeptierte ihr Schicksal – einfach so. Lucas sah sie an und ließ die Finger über ihr perfektes Gesicht wandern.

Er liebte ihre Augen. Sie veränderten sich ständig, und Lucas hatte im Kopf längst eine Liste erstellt, was welche Farbe bedeutete. Wenn sie lachte, waren ihre Augen hell bernsteinfarben, wie Honig in einem Glas, das auf einer sonnigen Fensterbank steht.

Wenn er sie küsste, wurden sie dunkler und nahmen die Farbe von mahagonifarbenem Leder an, allerdings mit roten und goldenen Funken. Gerade jetzt wurden ihre Augen dunkel – eine Einladung ihrer Lippen an seine.

»Lucas!«, brüllte sein Vater. Helen und Lucas sprangen auseinander und fuhren herum zu Castor, der mit weißem Gesicht und starrer Körperhaltung am oberen Treppenabsatz aufgetaucht war. »Zieh dir ein Hemd an und komm in mein Arbeitszimmer. Helen, geh nach Hause.«

»Dad, sie hat nicht …«

»Sofort!«, schrie sein Vater. Lucas hatte ihn noch nie so wütend erlebt.

Helen ergriff die Flucht. Sie drückte sich mit gesenktem Kopf an Castor vorbei und rannte aus dem Haus, bevor Noel fragen konnte, was los war.

»Hinsetzen.«

»Es war meine Schuld. Sie hat sich Sorgen um mich gemacht«, begann Lucas, sich zu verteidigen.

»Das ist mir egal«, sagte Castor, und sein Blick bohrte sich in die Augen seines Sohnes. »Es ist mir egal, wie unschuldig es begonnen hat. Geendet hat es jedenfalls damit, dass du halb nackt die Arme um sie gelegt hast und ihr nur zwei Schritte von deinem Bett entfernt wart.«

»Ich hatte nicht vor, sie –« Lucas konnte diese Lüge nicht zu Ende führen. Er *hatte* vorgehabt, sie zu küssen, und wenn er erst damit angefangen hätte, hätten ihn nur Helen oder eine Flutwelle dazu bringen können, wieder aufzuhören. Ehrlich gesagt störte es Lucas schon lange nicht mehr, dass irgendein Onkel, den er nie kennengelernt hatte, Helens Vater war. Er liebte sie, und daran würde sich nichts ändern, egal, wie oft ihm alle sagten, wie falsch das war.

»Lass mich dir etwas erklären.«

»Wir sind Cousin und Cousine, ich weiß«, unterbrach ihn Lucas. »Glaubst du, ich weiß nicht, dass sie genauso eng mit mir verwandt ist wie Ariadne? Aber es *fühlt* sich nicht danach *an*.«

»Mach dir nichts vor«, sagte Castor düster. »Inzest gab es bei Scions schon seit Ödipus. Und es gab auch in diesem Haus schon andere, die sich in ihre Cousins oder Cousinen verliebt haben – wie du und Helen.«

»Was ist aus ihnen geworden?«, fragte Lucas vorsichtig. Er ahnte bereits, dass ihm die Antwort seines Vaters nicht gefallen würde.

»Das Ergebnis war immer dasselbe.« Castor fixierte seinen Sohn. »Wie Ödipus' Tochter Elektra leiden die Kinder von eng verwandten Scions immer an unserem größten Fluch. Wahnsinn.«

Lucas setzte sich aufrechter hin und suchte fieberhaft nach einem Ausweg aus diesem Dilemma. »Wir – wir müssen doch keine Kinder kriegen.«

Es gab kein Warnzeichen, keinen Hinweis darauf, dass Lucas es zu weit getrieben hatte. Ohne einen Ton von sich zu geben, stürzte sich sein Vater auf ihn wie ein wütender Stier. Lucas sprang auf, wusste aber nicht, was er tun sollte. Er war doppelt so stark wie sein Vater, aber er wehrte sich nicht, als Castor ihn an den Schultern packte und gegen die Wand stieß. Castor starrte ihm so wütend in die Augen, dass Lucas einen Moment lang davon überzeugt war, dass sein Vater ihn hasste.

»Wie kannst du so selbstsüchtig sein?«, knurrte Castor voller Verachtung. »Es gibt nicht einmal mehr genug Scion-Partner für jeden von euch, und du entscheidest einfach, dass ihr keine Kinder wollt. Wir reden hier von der Erhaltung unserer *Art*, Lucas!« Um seine Worte zu unterstreichen, stieß er Lucas so heftig gegen die Wand, dass sie zu bröckeln begann. »Die vier Häuser müssen überleben und getrennt bleiben, damit der Waffenstillstand gesichert ist und die Götter auf dem Olymp bleiben, denn andernfalls müsste jeder Sterbliche auf diesem Planeten darunter leiden.«

»Das weiß ich!«, brüllte Lucas. Der Putz von der beschädigten Wand rieselte auf sie herab und erfüllte die Luft mit seinem Staub. Lucas versuchte, sich aus dem Griff seines Vaters zu befreien. »Aber es gibt doch genügend andere Scions, die die Art erhalten können! Was ist schon dabei, wenn Helen und ich keine Kinder wollen?«

»Helen und ihre Mutter sind die Letzten ihres Hauses! Helen muss einen Erben hervorbringen, um das Haus von Atreus zu erhalten und die Häuser voneinander getrennt zu halten; nicht nur für diese Generation, sondern für alle, die noch kommen!«

Castor brüllte immer noch. Er schien den weißen Staub und den bröckelnden Putz nicht wahrzunehmen. Es war fast, als würde alles, woran sein Vater bisher geglaubt hatte, auf Lucas' Kopf prasseln und ihn ersticken.

»Der Waffenstillstand hält nun schon viele Tausend Jahre und er muss noch viele Tausend weitere Jahre bestehen, sonst machen die Götter des Olymp Sterbliche und Scions wieder zu ihren

Spielzeugen – brechen Kriege vom Zaun, vergewaltigen Frauen und verhängen schreckliche Flüche, wie es ihnen gefällt«, fuhr Castor unbarmherzig fort. »Du glaubst vielleicht, dass ein paar Hundert von uns ausreichen, unsere Art und den Waffenstillstand zu erhalten, aber das reicht nicht aus, um die Götter zu überdauern. Wir müssen bestehen bleiben, und um das zu erreichen, muss sich jeder Einzelne von uns fortpflanzen.«

»Was erwartest du von uns?« Jetzt schrie Lucas zurück, stieß seinen Vater von sich und löste sich von der eingedrückten und fast durchbrochenen Wand. »Ich werde tun, was für mein Haus nötig ist, und das wird Helen auch tun. Wir werden Kinder von anderen bekommen, wenn es das ist, was von uns erwartet wird – auch das werden wir irgendwie überleben! Aber verlang nicht, dass ich mich von Helen fernhalte, denn das kann ich nicht. Wir werden mit allem fertig, nur damit nicht.«

Sie funkelten einander an, außer Atem und mit weißem Staub bedeckt, der ihnen auf der verschwitzten Haut klebte.

»Ist es so einfach für dich zu entscheiden, womit Helen fertigwird und womit nicht? Hast du sie dir in letzter Zeit mal angesehen?«, fragte Castor grob und ließ seinen Sohn mit angewiderter Miene los. »Sie leidet, Lucas.«

»Das weiß ich! Denkst du, ich würde nicht *alles* tun, um ihr zu helfen?«

»Alles? Dann halt dich von ihr fern.«

Es schien, als wäre Castors Ärger plötzlich verraucht, und statt zu schreien redete er nun ganz ruhig mit Lucas.

»Ist dir in den Sinn gekommen, dass das, was sie in der Unterwelt zu tun versucht, nicht nur für Frieden zwischen den Häusern sorgen, sondern auch Hector wieder in die Familie zurückbringen kann? Wir haben so viel verloren. Ajax, Aileen, Pandora.« Castors Stimme brach beim Namen seiner kleinen Schwester. Ihr Tod war für sie beide noch viel zu nah. »Helen muss etwas ertragen, das sich keiner von uns vorstellen kann, und sie braucht ihre ganze Kraft, um es durchzustehen. Um unser aller willen.«

»Aber ich kann ihr helfen«, beteuerte Lucas, der seinen Vater auf seiner Seite wissen wollte. »Ich kann ihr zwar nicht in die Unterwelt folgen, aber ich kann ihr zuhören und sie unterstützen.«

»Du denkst, dass du ihr hilfst, aber du bringst sie um«, widersprach Castor und schüttelte traurig den Kopf. »Du hast vielleicht deinen Frieden mit den Gefühlen gemacht, die du für sie hast, aber sie kommt nicht damit zurecht, was sie für dich empfindet. Ihr seid verwandt und ihre Schuldgefühle zerreißen sie. Wieso bist du der Einzige, der das nicht erkennt? Es gibt tausend Gründe, aus denen du dich von ihr fernhalten musst, aber wenn sie dir alle egal sind, dann halte dich wenigstens fern von Helen, weil es für *sie* das Beste ist.«

Lucas wollte widersprechen, aber er konnte es nicht. Er musste wieder daran denken, wie Helen gesagt hatte, dass sie »es bereuen« würde, wenn sie ihm von der Unterwelt erzählte. Sein Vater hatte recht. Je näher sie sich kamen, desto mehr tat er Helen weh. Von allen Argumenten, die sein Vater vorgebracht hatte, traf ihn dieses besonders hart. Er schlurfte zur Couch und ließ sich in die Polster fallen, damit sein Vater seine zitternden Knie nicht sah.

»Was soll ich denn tun?« Lucas wusste nicht weiter. »Es ist wie

Wasser, das bergab fließt. Sie treibt einfach auf mich zu. Und ich kann sie nicht wegstoßen.«

»Dann errichte einen Staudamm.« Castor seufzte, setzte sich Lucas gegenüber und rieb sich den Mörtelstaub vom Gesicht. Er sah jetzt viel kleiner aus. Als hätte er den Kampf verloren, obwohl er doch eigentlich gewonnen und Lucas alles genommen hatte. »Du musst derjenige sein, der es beendet. Keine vertraulichen Gespräche, keine Flirts in der Schule und keine verstohlenen Plaudereien auf dunklen Fluren mehr. Du musst sie dazu bringen, dass sie dich hasst, mein Sohn.«

Helen und Cassandra arbeiteten in der Bibliothek und versuchten, etwas – irgendetwas – zu finden, das Helen in der Unterwelt helfen konnte. Es war ein frustrierender Nachmittag. Je mehr die Mädchen lasen, desto überzeugter waren sie, dass mindestens die Hälfte der Texte über den Hades von mittelalterlichen Schreiberlingen stammte, die auf Drogen gewesen sein mussten.

»Hast du im Hades je sprechende Skelette toter Pferde gesehen?«, fragte Cassandra skeptisch.

»Nö. Keine sprechenden Skelette. Pferde eingeschlossen«, antwortete Helen und rieb sich die Augen.

»Dann kann dieser Schwachsinn wohl auf den ›Der Typ war eindeutig high‹-Stapel wandern.« Cassandra legte die Schriftrolle weg und musterte Helen einen Moment lang. »Wie fühlst du dich?«

Helen zuckte mit den Schultern und schüttelte den Kopf, denn sie wollte nicht darüber reden. Seit Castor sie und Lucas vor seinem Zimmer erwischt hatte, war sie auf Zehenspitzen durchs

Haus geschlichen, wenn sie zu ihren Studien mit Cassandra kam. Die Nächte hatte sie eingesperrt im Höllenhaus verbracht.

Normalerweise konnte Helen sich in der Unterwelt darauf verlassen, mindestens ein oder zwei Nächte pro Woche einen endlosen Strand entlangzulaufen, der niemals ans Meer führte. Der endlose Strand war nervig, weil sie nie irgendwo ankam, aber verglichen mit den Aufenthalten im Höllenhaus war der Strand der reinste Urlaub. Sie wusste nicht, wie lange sie es noch ertragen konnte, und sie konnte mit niemandem darüber reden. Wie sollte sie auch den perversen Wollmantel und die widerlichen pfirsichfarbenen Vorhänge erklären, ohne sich lächerlich zu machen?

»Ich glaube, ich gehe jetzt nach Hause, etwas essen«, sagte Helen und versuchte, nicht an die Nacht zu denken, die ihr bevorstand.

»Aber es ist Sonntag. Da isst du doch mit uns, oder?«

»Ach, ich fürchte, das würde eurem Dad nicht recht sein.« *Und Lucas wohl auch nicht*, fügte sie in Gedanken hinzu. Er hatte sie nicht mehr angesehen, seit sie von Castor erwischt worden waren. Helen hatte ihm auf dem Schulflur zwar mehrmals zugelächelt, aber er war an ihr vorbeigegangen, als wäre sie gar nicht da.

»Das ist doch Unsinn«, wehrte Cassandra ihren Einwand energisch ab. »Du gehörst zur Familie. Und wenn du nicht mit uns zu Abend isst, wird meine Mutter beleidigt sein.«

Sie ging um den Tisch herum, nahm Helen bei der Hand und führte sie aus der Bibliothek. Helen war von dieser untypisch herzlichen Geste so verblüfft, dass sie wortlos gehorchte.

Es war schon später, als die Mädchen gedacht hatten, und Jason, Ariadne, Pallas, Noel, Castor und Lucas saßen bereits am Tisch. Cassandra setzte sich auf ihren Stammplatz an der Seite ihres Vaters. Der einzige freie Platz war auf der Bank zwischen Ariadne und Lucas.

Als Helen über die Bank stieg, stieß sie Lucas versehentlich an, und beim Hinsetzen streifte sie seinen Arm.

Lucas erstarrte und versuchte, ihr auszuweichen.

»Tut mir leid«, murmelte Helen verlegen und bemühte sich, den Arm wegzuziehen, aber es war einfach zu wenig Platz auf der voll besetzten Bank. Sie spürte sein Unbehagen, griff unter dem Tisch nach seiner Hand und drückte sie kurz, als wollte sie fragen: »Was ist los mit dir?«

Lucas riss seine Hand weg. Der Blick, mit dem er sie bedachte, war so voller Hass, dass ihr das Blut in den Adern gefror. Im Raum wurde es still, und alle hörten auf, sich zu unterhalten. Sie alle hatten nur noch Augen für Helen und Lucas.

Ohne Vorwarnung stieß Lucas die Bank weg und Helen, Ariadne und Jason landeten auf dem Boden. Lucas baute sich über Helen auf und starrte auf sie herab. Sein Gesicht war verzerrt vor Wut.

Sogar als sie noch von den Furien besessen gewesen waren und sich bis aufs Blut bekämpft hatten, hatte Helen nie Angst vor Lucas gehabt. Aber jetzt sahen seine Augen so schwarz und fremd aus – als wäre er gar nicht mehr *er selbst*. Helen wusste, dass das kein Lichtreflex war. In Lucas war ein Schatten herangewachsen, der das Leuchten seiner blauen Augen ausgelöscht hatte.

»Wir halten uns nicht an den Händen. Du redest nicht mit mir. Du siehst mich nicht einmal mehr an, hast du das KAPIERT?«, fuhr er sie gnadenlos an. Seine Stimme schwoll von einem rauen Flüstern zu heiserem Geschrei an. Helen war so geschockt, dass sie auf dem Fußboden vor ihm wegrobbte.

»Lucas, das reicht!« Fassungslosigkeit war aus Noels entsetzter Stimme herauszuhören. Sie erkannte ihren Sohn ebenso wenig wieder wie Helen.

»Wir sind keine Freunde«, knurrte Lucas. Er ignorierte seine Mutter und beugte sich immer noch drohend über Helen. Sie schob ihren zitternden Körper auf der Flucht vor ihm mit den Fersen über den Boden und ihre Turnschuhe machten klägliche Quietschgeräusche auf den Fliesen.

»Luke, was zur Hölle soll das?«, schrie Jason ihn an, aber auch das ignorierte Lucas.

»Wir hängen nicht zusammen ab oder albern herum oder teilen Dinge miteinander. Und falls du dir JEMALS einbildest, du hättest das RECHT, neben mir zu sitzen …«

Lucas bückte sich, um Helen zu packen, aber sein Vater hielt von hinten seine Oberarme fest, um zu verhindern, dass er ihr etwas antat. Und dann sah Helen Lucas etwas tun, was sie nie für möglich gehalten hätte.

Er fuhr herum und schlug seinen Vater. Der Schlag war so heftig, dass Castor durch die halbe Küche geschleudert wurde und in den Schrank mit den Tassen und Gläsern über der Spüle krachte.

Noel schrie auf, als die Glas- und Porzellansplitter in alle Richtungen flogen. Sie war die einzige Normalsterbliche in einem

Raum mit kämpfenden Scions und lief Gefahr, ernsthaft verletzt zu werden.

Ariadne sprang vor Noel und beschützte sie mit ihrem Körper, und Jason und Pallas warfen sich auf Lucas und versuchten, ihn zu Boden zu ringen.

Helen war klar, dass ihre Anwesenheit seine Wut nur noch mehr anstachelte, und so rappelte sie sich auf, hastete zur Hintertür, wobei sie auf den Scherben ausrutschte, und sprang in den Himmel.

Auf dem Flug nach Hause horchte sie in der dünnen Luft hoch oben auf die Geräusche ihres Körpers. Körper sind nicht leise. Nimmt man sie mit an lautlose Orte wie die Unterwelt oder die Atmosphäre, hört man alle möglichen Schnauf- und Brodelgeräusche. Aber Helens Körper war totenstill. Sie konnte nicht einmal ihren Herzschlag hören. Nach allem, was sie gerade erlebt hatte, hätte es schlagen müssen wie verrückt, aber alles, was sie spürte, war ein fast unerträglicher Druck, als würde ein Riese auf ihrer Brust knien.

Vielleicht schlug ihr Herz nicht mehr, weil es in der Mitte durchgebrochen und stehen geblieben war.

»Ist es das, was du wolltest?«, schrie Lucas seinen Vater an, während er darum kämpfte, sich zu befreien. »Meinst du, dass sie mich jetzt *genug* hasst?«

»Lasst ihn los!«, befahl Castor Pallas und Jason.

Die beiden zögerten, ließen Lucas aber nicht sofort frei. Sie sahen zuerst Castor an, um sich zu vergewissern, dass er es ernst meinte. Er nickte ihnen zu, bevor er sein Urteil sprach.

»Verlass dieses Haus, Lucas. Ich will dich nicht mehr sehen, bis du gelernt hast, deine Kräfte zu kontrollieren, wenn deine Mutter im Raum ist.«

Lucas erstarrte. Er schaute gerade rechtzeitig auf, um zu sehen, wie Ariadne einen Tropfen Blut von Noels Gesicht wischte und ihre glühenden Hände die Schnittwunde sofort verheilen ließen.

Eine alte Erinnerung – noch aus der Zeit, bevor er sprechen konnte – stürzte auf Lucas ein. Selbst als Kleinkind war er stärker gewesen als seine Mutter, und während eines Trotzanfalls hatte er sie weggestoßen, als sie ihn mit einem Küsschen hatte beruhigen wollen. Damals hatte er ihr die Lippe blutig geschlagen.

Lucas erinnerte sich an die Laute, die sie damals ausgestoßen hatte – Laute, die ihn noch heute mit Scham erfüllten. Er hatte diesen Augenblick sein ganzes Leben bedauert und seine Mutter seitdem nie härter angefasst als das Blütenblatt einer Rose. Aber jetzt blutete sie wieder. Seinetwegen.

Lucas befreite seine Arme aus dem Griff von Pallas und Jason, stieß die Hintertür auf und flog in den dunklen Nachthimmel. Es war ihm egal, wohin der Wind ihn trug.

2

Helen atmete flach und hastig. Sie war nun schon die fünfte Nacht in Folge an derselben Stelle der Unterwelt gelandet und wusste, dass sie sich möglichst wenig bewegen durfte, um nicht so schnell im Treibsand zu versinken. Selbst wenn sie normal atmete, zog es sie tiefer in die Grube.

Ihr war vollkommen klar, dass sie die Qual nur verlängerte, aber sie konnte den Gedanken einfach nicht ertragen, schon wieder in dem ekligen Sand zu versinken. Treibsand ist nichts Sauberes. Er ist voll von den modernden Leichen seiner früheren Opfer. Während Helen tiefer und tiefer hinabgezogen wurde, spürte sie, wie die verwesten Körper aller möglichen Kreaturen gegen sie stießen. In der vergangenen Nacht hatte ihre Hand irgendwo in der widerwärtigen Masse ein Gesicht gestreift – das Gesicht eines Menschen.

Eine Gasblase blubberte an die Oberfläche und verbreitete eine stinkende Wolke. Helen musste sich übergeben. Wenn sie gleich unterging, würde der stinkende Sand in ihre Nase dringen, ihre Augen verkleben und ihren Mund füllen. Obwohl Helen erst bis zum Bauch im Treibsand steckte, wusste sie, dass es jeden Moment passierte. Sie fing an zu weinen. Sie hielt es nicht länger aus.

»Was soll ich denn sonst tun?«, schrie sie und sank ein bisschen tiefer. Sie wusste, dass es sinnlos war, wild herumzustrampeln, aber vielleicht schaffte sie es diesmal, das trockene Riedgras auf der anderen Seite des Lochs zu erreichen und sich daran festzuhalten, bevor der schlammige Sand sie verschluckte. Sie watete vorwärts, aber mit jeder Bewegung zog es sie tiefer in den Sand. Als sie schließlich bis zur Brust eingesunken war, konnte sie sich nicht mehr bewegen. Der Druck des Treibsands presste die Luft aus ihrer Lunge, als würde ein schweres Gewicht auf ihrer Brust lasten – es war, als kniete ein Riese auf ihr.

»Ja, ich hab's kapiert!«, schluchzte sie. »Ich lande hier, wenn ich beim Einschlafen aufgewühlt bin. Aber wie soll ich beeinflussen, wie ich mich fühle?«

Der Treibsand reichte schon bis zu ihrem Hals. Helen legte den Kopf in den Nacken und reckte das Kinn nach oben, als würde bloße Willenskraft ausreichen, sie an der Oberfläche zu halten.

»Ich kann das nicht länger allein machen«, schrie sie in den klaren Himmel. »Jemand muss mir helfen.«

»Helen!«, rief eine tiefe, unbekannte Stimme.

Es war das erste Mal, dass Helen in der Unterwelt eine Stimme hörte, und im ersten Moment war sie überzeugt, dass sie halluzinierte. Sie reckte immer noch krampfhaft den Kopf hoch, konnte ihn aber nicht drehen, ohne dabei im Treibsand unterzugehen.

»Greif nach mir, wenn du kannst«, sagte der junge Mann mit gepresster Stimme, als hinge er bereits über dem Rand des Lochs, um so dicht wie möglich an sie heranzukommen. »Komm schon, streng dich an! Gib mir deine Hand!«

In diesem Moment füllte der Sand ihre Ohren, und sie konnte nicht mehr hören, was er ihr zuschrie. Alles, was sie noch sehen konnte, war das Aufblitzen von etwas Goldenem – ein helles Leuchten, das ihr in dem matten, unheilvollen Licht der Unterwelt vorkam wie der rettende Lichtstrahl eines Leuchtturms. Aus dem Augenwinkel erhaschte sie einen flüchtigen Blick auf ein markantes Kinn und einen wohlgeformten Mund. Und dann spürte Helen unter der Oberfläche des Treibsands, wie eine warme, starke Hand ihre ergriff und daran zog.

Helen wachte in ihrem Bett auf und schreckte hoch. Hektisch kratzte sie sich den Schlamm aus den Ohren. Das Adrenalin ließ ihr Herz immer noch rasen wie verrückt, aber sie zwang sich, stillzuhalten und zu horchen.

Sie hörte, wie Jerry unten in der Küche krächzende Laute von sich gab – immer wieder unterbrochen von einem schrillen »Wuppedi-wupp«, das besser auf eine überfüllte Tanzfläche gepasst hätte als in Helens gemütliches Zuhause auf Nantucket. Jerry *sang*. Zumindest glaubte er das.

Helen lachte erleichtert auf. Sie war sicher daheim, und diesmal hatte sie sich nichts gebrochen, sich nicht aufgespießt und war auch nicht in stinkendem Morast ertrunken. Jemand hatte sie gerettet.

Oder hatte sie sich das nur eingebildet?

Sie dachte zurück an die tiefe Stimme und die warme Hand, die sie aus dem Treibsand gezogen hatte. Heilende Scions wie Jason und Ariadne konnten ihren Geist in die Unterwelt hinabschicken, aber es gab niemanden außer Helen, der dorthin konnte, solange die Seele noch mit dem Körper verbunden war. Das war unmöglich. Und Helen war im Tartaros gewesen – der tiefsten Tiefe des Hades. Dorthin waren nicht einmal die stärksten Heiler vorgedrungen. Sehnte sie sich so verzweifelt nach Hilfe, dass sie halluzinierte?

Voller Zweifel, ob das alles wirklich passiert war, setzte sich Helen in ihrem nassen, schmutzigen Bett auf und hörte zu, wie ihr Vater beim Frühstückmachen »Kiss« von Prince verunstaltete.

Jerry brachte den Text des Liedes vollkommen durcheinander – was bewies, dass er bester Laune war. Zwischen ihm und Kate lief es so gut, dass Helen ihren Vater in den letzten drei Wochen kaum zu Gesicht bekommen hatte. Sogar ihr erprobtes System, sich wochenweise mit dem Küchendienst abzuwechseln, war vollkommen durcheinandergeraten, aber das störte Helen nicht. Hauptsache, ihr Vater war glücklich.

Jerry sang die Zeile »you don't have to be beautiful« nun schon zum vierten Mal hintereinander, vermutlich, weil ihm der Rest des Textes nicht mehr einfiel. Helen schüttelte lächelnd den Kopf und dankte ihren Glückssternen für einen Vater wie Jerry, auch wenn der ein lausiger Sänger war. Sie hatte keine Ahnung, warum er sich keine Liedtexte merken konnte, aber sie nahm an, dass es etwas damit zu tun hatte, dass er ihr Vater war. Väter sollten nicht in der Lage sein, die Lieder von Prince perfekt zu singen. Es wäre irgendwie falsch, wenn sie es könnten.

Helen schlug die Bettdecke zurück und startete ihr Putzritual. Vor zwei Wochen war Claire mit ihr aufs Festland gefahren, wo sie diese speziellen Plastiklaken gekauft hatten, die Mütter benutzen, wenn ihre Kinder Bettnässer sind. Claire hatte während des gesamten Ausflugs Witze über die »Prinzessin in der Pfütze« gemacht. Helen hatte das nicht gestört. Die Laken waren ungemütlich, und sie zu kaufen war total peinlich gewesen, aber sie waren unbedingt nötig, weil sie jede Nacht entweder blutend oder vollkommen verdreckt aus der Unterwelt zurückkam.

Sie stand auf und zog ihr Bett ab, so schnell sie konnte. Im Wäschezimmer zog sie die dreckigen Schlafshorts aus und warf das zerrissene T-Shirt weg. Was an Bettwäsche noch zu retten war, wanderte in die Waschmaschine. Sie duschte kurz und beseitigte dann die schlammigen Fußabdrücke, die sie auf dem Boden hinterlassen hatte.

Ein paar Tage zuvor hatte sie überlegt, ihre Scion-Schnelligkeit für diese lästige morgendliche Putzaktion einzusetzen, aber dann entschieden, dass es ihren Dad zu Tode erschrecken würde, wenn er sie jemals dabei überraschte. Also musste Helen entweder schon vor Morgengrauen aufstehen oder in normalem Menschentempo herumrasen, um alle Spuren zu beseitigen. Helen lief die Zeit davon, und so zwängte sie sich mit feuchten Beinen in eine Jeans und versuchte, sich gleichzeitig einen Pullover über die nassen Haare zu ziehen. Es war so kalt im Zimmer, dass sich ihre Ohrläppchen anfühlten wie eingefroren.

»Lennie! Dein Frühstück wird kalt!«, rief Jerry von unten.

»Ich komme glei… Mist!«, fluchte Helen, als sie über ihre Schultasche stolperte. Sie hatte den Pullover noch nicht ganz angezogen – er verdeckte ihr Gesicht und hielt ihre Arme ausgestreckt über dem Kopf gefangen.

Nachdem sie einen Moment wild wedelnd um ihr Gleichgewicht gekämpft hatte, musste Helen über sich selbst lachen und konnte kaum fassen, wie eine Halbgöttin so tölpelhaft sein konnte. Vermutlich lag es daran, dass sie immer noch müde war. Helen zog ihren Pullover herunter, schnappte sich ihre Schulsachen und rannte die Treppe hinunter, bevor ihr Vater wieder anfing, »Kiss« zu singen.

Jerry hatte das volle Frühstücksprogramm aufgefahren. Es gab Eier, Speck, Würstchen, Müsli mit Nüssen und Trockenobst und natürlich Kürbispfannkuchen. Die mochten Helen und Jerry besonders gern, und zu Halloween, das in anderthalb Wochen stattfand, stand Kürbis in allen möglichen Variationen auf dem Speiseplan. Es war eine Art Wettstreit zwischen den beiden. Sieger wurde derjenige, der es schaffte, Kürbis in ein Gericht zu schmuggeln, ohne dass es der andere merkte.

Die ganze Kürbisgeschichte hatte angefangen, als Helen noch klein war. Sie hatte sich einmal im Oktober darüber beschwert, dass die Kürbisse nur zur Dekoration verwendet wurden, und obwohl sie die Kürbislaternen liebte, war es doch eine ungeheure Verschwendung von Nahrungsmitteln. Jerry hatte ihr zugestimmt, und von da an hatten sie begonnen, das Fruchtfleisch, das beim Schnitzen der Kürbisgesichter anfiel, nicht mehr wegzuwerfen.

Allerdings mussten sie feststellen, dass der geschmacksneutrale Kürbis praktisch ungenießbar war. Hätten sie nicht lauter kreative Wege gefunden, ihn zu verarbeiten, wäre ihr »Rettet-den-Kürbis-Kreuzzug« wohl schnell wieder vorbei gewesen.

Es hatte einen Haufen schlecht schmeckender Fehlschläge gegeben, von denen das Kürbiseis der schlimmste war. Die Kürbispfannkuchen hingegen waren eine echte Erfolgsstory. Sie wurden Ende Oktober bei den Hamiltons zu einer ähnlichen

Familientradition wie der Truthahn zu Thanksgiving. Helen fiel auf, dass Jerry sogar frische Schlagsahne zubereitet hatte, die sie auf die Pfannkuchen geben konnte. Das machte sie so schuldbewusst, dass sie ihn kaum ansehen konnte. Er machte sich Sorgen um sie.

»Endlich! Was hast du da oben gemacht? Eine Decke gehäkelt?«, scherzte Jerry, der sich seine Besorgnis nicht anmerken lassen wollte, Helen aber dennoch prüfend ansah.

Er schaffte es jedoch nicht, seine Sorgen komplett zu verheimlichen, was seine geweiteten Augen und die verkniffenen Lippen verrieten, aber dann drehte er sich zum Herd um und begann, ihr Frühstück hinzustellen. Jerry wollte seiner Tochter keine Vorhaltungen machen, aber Helen war in den letzten drei Wochen sehr dünn geworden – wirklich supermager – und dieses üppige Frühstück war seine Art, etwas dagegen zu tun, ohne sie mit einem langen, öden Vortrag zu langweilen. Helen liebte es, wie ihr Dad mit solchen Sachen umging. Er nervte sie nicht so wie andere Eltern, deren Tochter sich in eine Vogelscheuche verwandelte, aber er sorgte sich dennoch so sehr um sie, dass er versuchte, etwas dagegen zu unternehmen.

Helen lächelte ihren Vater tapfer an, nahm sich einen Teller und begann, sich das Essen in den Mund zu stopfen. Es schmeckte alles wie Sägemehl, aber sie quälte sich trotzdem durch die Kalorien. Sie wollte auf keinen Fall riskieren, dass ihr Dad sich auch noch Sorgen um ihre Gesundheit machte, obwohl sie ehrlich zugeben musste, dass sie das bereits selbst tat.

Die Verletzungen, die sie sich in der Unterwelt zuzog, heilten zwar immer schnell, aber sie wurde jeden Tag schwächer. Doch sie hatte keine Wahl – sie musste weitermachen, bis sie die Furien gefunden hatte, egal, wie krank die Unterwelt sie machte. Sie hatte ein Versprechen gegeben. Auch wenn Lucas sie jetzt hasste, würde sie dieses Versprechen einhalten.

»Lennie, Speck muss man kauen«, sagte ihr Dad sarkastisch. »Der löst sich im Mund nicht von selbst auf.«

»Ist das wahr?« Helen merkte, dass sie reglos dagesessen hatte, und zwang sich, normal zu reagieren und die Situation mit einem Scherz zu entschärfen. »Und das sagst du mir erst jetzt?«

Während ihr Dad kicherte, riss sie ihre Gedanken von Lucas los und dachte stattdessen an all die Hausaufgaben, die sie nicht gemacht hatte. Sie hatte noch nicht einmal die *Odyssee* ausgelesen, weil sie einfach keine Zeit dazu hatte.

Es schien beinahe, als hätte alles, was auf Helens To-do-Liste stand, schon gestern erledigt werden müssen. Dazu kam noch, dass ihr Lieblingslehrer Hergie sie immer wieder dazu drängte, an seinem Leistungskurs teilzunehmen. Als bräuchte sie noch mehr Zwangslektüre.

Claire fuhr in dem neuen Hybridauto vor, das ihre Eltern ihr gekauft hatten, und brüllte »Hup-hup!« aus dem Fenster, statt tatsächlich zu hupen. Jerry versuchte, möglichst unauffällig zu beobachten, was seine Tochter aß, was Helen zwang, sich den Rest ihres Pfannkuchens in den Mund zu stopfen, obwohl sie beinahe daran erstickte. Dann rannte sie mit offenen Schnürsenkeln aus dem Haus.

Sie stürmte die Stufen hinunter und warf im Laufen einen Blick auf den Witwensteg, obwohl sie wusste, dass er leer war.

Lucas hatte keinen Zweifel daran gelassen, dass er nie wieder auf ihrem Witwensteg sitzen würde. Sie wusste also nicht, wieso sie überhaupt nach oben sah, aber sie konnte nichts dagegen tun.

»Knöpf deinen Mantel zu, es ist lausig kalt«, wies Claire Helen sofort nach dem Einsteigen an. »Lennie? Du siehst furchtbar aus«, fuhr sie fort und legte den Gang ein.

»Äh … auch dir einen guten Morgen«, konterte Helen. Claire war schon seit frühester Kindheit ihre beste Freundin und durfte ihr deswegen die Meinung sagen, wann immer sie wollte. Aber musste sie unbedingt so früh damit anfangen? Helen machte den Mund auf und wollte es erklären, aber Claire war nicht zu stoppen.

»Dir fallen die Klamotten vom Leib, deine Nägel sind abgekaut bis zum Anschlag und deine Lippen sind ganz rau«, warf Claire ihr vor und erstickte damit Helens schwache Protestversuche im Keim. Sie fuhr mit Schwung die Auffahrt hinunter. »Und unter den Augen hast du so dunkle Ränder, als hätte dir jemand zwei blaue Augen verpasst! *Versuchst* du wenigstens, auf dich aufzupassen?«

»Klar versuche ich das«, antwortete Helen empört und kämpfte immer noch mit den Knöpfen ihres Mantels, aber die Knopflöcher zu treffen kam ihr plötzlich schwieriger vor als eine chinesische Rechenaufgabe. Sie gab es auf, sah Claire an und hob frustriert die Hände. »Ich esse *hier oben*, aber in der Unterwelt gibt es kein Essen, und anscheinend schaffe ich es nicht, genug in mich hineinzustopfen, um das auszugleichen. Und ich versuche es, das kannst du mir glauben. Mein Dad hat mir gerade ein Frühstück aufgedrängt, an dem sogar ein Footballstürmer erstickt wäre.«

»Du könntest wenigstens ein bisschen Rouge auflegen oder so. Du bist weiß wie eine Wand.«

»Ich weiß, dass ich furchtbar aussehe. Aber es gibt Wichtigeres. Außerdem ist diese ganze Unterweltgeschichte nicht gerade ein Spaziergang, nur damit du es weißt!«

»Dann geh doch nicht jede Nacht hinunter!«, rief Claire aus, als wäre das vollkommen logisch. »Nimm dir eine Auszeit, wenn du sie brauchst! Es ist doch wohl klar, dass du dieses Problem nicht in ein paar Wochen lösen kannst!«

»Soll ich die Furien vielleicht behandeln wie einen Teilzeitjob?«, fauchte Helen zurück.

»Allerdings!«, schrie Claire, und da sie besser im Anschreien war als jeder andere, rutschte Helen tiefer in ihren Sitz und ließ sich von ihrer Freundin weiter beschimpfen. »Ich ertrage das nun schon drei Wochen und mir reicht's! Du wirst die Furien nie finden, wenn du so übermüdet bist, dass du schon über deine eigenen blöden Riesenfüße fällst!«

Es dauerte einen Moment, doch dann prustete Helen los. Claire versuchte, keine Miene zu verziehen, gab es aber schnell auf und lachte ihr unnachahmliches Lachen, als sie auf den Schulparkplatz fuhren.

»Niemand würde schlecht von dir denken, wenn du beschließt, deine Ausflüge nach da unten auf ein- oder zweimal pro Woche zu beschränken«, sagte Claire sanft, als sie ausstiegen und auf den Haupteingang zusteuerten. »Ich begreife sowieso nicht, wie du dich zwingen kannst, überhaupt dorthin zu gehen. Ich könnte das nicht.« Claire schauderte und musste wieder daran denken, wie sie beinahe ums Leben gekommen war, als Matt Lucas mit dem Wagen angefahren hatte. Diesen Unfall hatte Claire nur knapp überlebt und ihre Seele war schon hinuntergewandert ins trockene Land – den Vorhof der Unterwelt. Die Erinnerung an diesen Ort machte ihr sogar Wochen später noch Angst.

»Doch, das könntest du, wenn du müsstest, Gig. Außerdem funktioniert das nicht so. Es ist nichts, was ich bewusst entscheide.« Helen legte Claire einen Arm um die Schultern, um sie von der grässlichen Erinnerung an den Durst und die Einsamkeit im trockenen Land abzulenken. »Ich schlafe einfach ein und lande dort. Bis jetzt kann ich es nicht kontrollieren.«

»Wieso weiß Cassandra das nicht? Sie ist doch so clever und hat so viel recherchiert«, bemerkte Claire spitz. Helen schüttelte nur den Kopf und hatte wirklich keine Lust, in den Zickenkrieg zu geraten, der zwischen Claire und Cassandra herrschte.

»Gib Cassandra nicht die Schuld«, sagte sie vorsichtig. »Es gibt leider kein Handbuch für den Abstieg in die Unterwelt. Zumindest haben wir noch keins in diesem Haufen von altgriechischem und lateinischem Zeug gefunden, das die Delos ihr Archiv nennen. Cassandra tut, was sie kann.«

»Dann ist das ja geklärt«, sagte Claire. Sie verengte ihre Augen zu Schlitzen und verschränkte die Arme vor der Brust.

»Was ist geklärt?«, fragte Helen misstrauisch und drehte am Zahlenschloss ihres Schließfachs.

»Dass Cassandra und du es nicht allein schafft. Du brauchst Hilfe. Ob Cassandra es will oder nicht, ich werde dir helfen.« Claire zuckte mit den Schultern, als wäre das vollkommen logisch, was es natürlich nicht war.

Cassandra hatte beteuert, dass die Archive *nur* von Orakeln und den Priesterinnen und Priestern des Apoll benutzt werden durften, obwohl es in den letzten dreieinhalbtausend Jahren eigentlich keine Priesterinnen oder Priester des Apoll gegeben hatte. Matt, Claire, Jason und Ariadne hatten Cassandra mehrfach ihre Hilfe angeboten, aber sie hatte stets abgelehnt, weil die Tradition das nicht erlaubte und der Bruch einer Tradition für einen Scion keine Kleinigkeit war.

Die Parzen hatten ohnehin schon etwas gegen die Scions, aber Scions, die Traditionen verletzten, fanden sich ziemlich schnell auf der Extra-Hassliste der Parzen wieder. Außerdem waren die meisten Aufzeichnungen im Archiv mit Flüchen gegen Außenseiter belegt. Cassandra hatte Helen den Zugang zur Bibliothek nur gestattet, weil es vermutlich keinen Fluch gab, der ihr etwas antun konnte. Helen wurde vom Cestus beschützt. In der richtigen Welt gab es praktisch nichts, das sie verletzen konnte. Aber für Claire galt das nicht.

Helen folgte ihrer sturen Freundin durch den Schulflur und merkte, wie ihre Schultern bei jedem Schritt tiefer sanken. Sie hasste es, sich mit Cassandra streiten zu müssen, aber wenn Claire sich etwas in den Kopf gesetzt hatte, war jede Diskussion sinnlos. Helen hoffte nur, dass Claires Pläne nicht dazu führten, dass sie dauerhaft verflucht wurde und fortan unter Pickeln oder Läusen oder sonst etwas Ekligem zu leiden hatte. Claire konnte dabei ernsthaft verletzt werden.

Die Glocke läutete genau in dem Moment, als Claire und Helen in die Aula hetzten. Mr Hergesheimer oder »Hergie«, wie er hinter seinem Rücken genannt wurde, bedachte sie mit einem missbilligenden Blick. Es war fast, als könnte er riechen, was Claire ausheckte. Hergie trug den beiden auf, am nächsten Morgen über das Wort des Tages zu referieren – sozusagen als vorbeugende Strafe für das, was sie offensichtlich ausbrüteten. Von diesem Moment an wurde Helens Tag nur noch schlimmer.

Helen war noch nie eine besonders eifrige Schülerin gewesen, aber seit sie sich jede Nacht durch die Unterwelt quälte, war ihr Interesse am Unterricht vollends verschwunden. Sie musste sich in jeder Stunde Vorwürfe anhören, aber zumindest war einer ihrer Mitschüler noch schlechter als sie.

Als sich ihr Physiklehrer Zach vornahm, weil dieser die Versuchsbeschreibung nicht vorweisen konnte, fragte sich Helen, was mit ihm los war. Zach hatte immer zu den Typen gehört, die zu jeder Tageszeit hellwach wirkten. Meistens war er sogar ein bisschen zu wach und steckte seine Nase in Dinge, die ihn nichts angingen. Helen hatte ihn noch nie so weggetreten erlebt. Sie versuchte, seinen Blick zu erhaschen und ihm mitfühlend zuzulächeln, aber er wandte sich ab.

Helen starrte sein verschlossenes Gesicht an, bis ihrem übermüdeten Gehirn wieder einfiel, dass vor etwa einer Woche jemand erwähnt hatte, dass Zach das Footballteam verlassen hatte. Zachs Vater, Mr Brant, war der Footballtrainer, und Helen wusste, dass er seinen Sohn dazu drängte, in allem, was er tat, perfekt zu sein. Mr Brant würde seinem Sohn niemals kampflos erlauben, den Sport aufzugeben. Helen fragte sich, was zwischen ihnen vorgefallen war. Was immer es war, es musste schlimm gewesen sein. Zach sah grauenvoll aus.

Als die Glocke das Ende der Stunde anzeigte, versuchte Helen, Zachs Arm zu berühren, und wollte ihn fragen, ob er okay war, aber er tat so, als wäre sie gar nicht da, und verließ den Raum. Es hatte eine Zeit gegeben, in der sie und Zach Freunde gewesen waren – er hatte auf dem Schulhof seine Tier-Cracker mit ihr geteilt –, aber jetzt wollte er sie nicht einmal mehr ansehen.

Helen nahm sich gerade vor, Claire beim Geländelauf über Zach und seinen merkwürdigen Zustand auszufragen, als sie Lucas entdeckte. In diesem Moment löste sich jeder andere Gedanke auf wie eine Kreidezeichnung im Regen.

Er hielt jemandem die Tür auf, und zwar so weit oben, dass ein jüngerer Schüler problemlos unter seinem Arm durchgehen konnte. Sein Blick wanderte durch den Flur, bis er Helen entdeckte. Sofort verengten sich seine Augen.

Helen erstarrte. Es fühlte sich auch diesmal an, als würde jemand auf ihrer Brust knien. *Das ist nicht Lucas*, dachte sie und war nicht in der Lage, zu atmen oder sich zu bewegen.

Nachdem Lucas im Schülerstrom untergetaucht war, schleppte sich Helen zum Umkleideraum, um sich für den Geländelauf umzuziehen. Ihr Kopf war so leer gefegt wie der Himmel nach einem Gewitter.

Als Claire kam, fing Helen sofort an, ihr Fragen zu stellen. Sie hatte diesen Trick ein paar Wochen zuvor entdeckt, als sie gemerkt hatte, dass sie ihre Freundin nur mit Fragen bombardieren musste, wenn sie nicht selbst gefragt werden wollte, wie es ihr ging. Und diesmal wollte Claire wirklich reden. Jason hatte einen schlechten Tag und Claire machte sich Sorgen um ihn.

Die beiden waren nicht offiziell ein Paar, aber seit Jason sie geheilt hatte, war zwischen ihnen mehr als nur Freundschaft. Sie waren sich schnell sehr nahegekommen und inzwischen war sie Jasons engste Vertraute.

»Gehst du nach dem Training zu ihm?«, fragte Helen ruhig.

»Ja, ich will ihn jetzt nicht allein lassen. Zumal Lucas immer noch weg ist.«

»Was soll das heißen?«, fragte Helen alarmiert. »War er nicht mehr zu Hause, seit …« *Seit er mich abserviert, seinen Vater geschlagen und seine Mutter gefährdet hat und dafür aus dem Haus gejagt wurde?,* beendete Helen ihren Satz im Kopf.

Claire schien genau zu wissen, was sie dachte, und drückte tröstend Helens Hand.

»Nein, er ist seitdem ein paarmal da gewesen. Er hat sich bei seinen Eltern entschuldigt und sie haben ihm natürlich verziehen. Aber er ist nie lange zu Hause. Niemand weiß, wohin er geht oder was er macht, und ehrlich gesagt haben alle zu viel Angst vor ihm, um ihn zu fragen. Er hat sich verändert, Lennie. Er redet mit niemandem mehr, außer vielleicht mit Cassandra. Er verschwindet sofort nach der Schule, und manchmal taucht er erst um ein oder zwei Uhr nachts wieder auf, wenn er überhaupt nach Hause kommt. Seine Eltern lassen ihn gehen, denn seit Hector nicht mehr da ist, kann ihn *keiner* mehr aufhalten. Jason macht sich Sorgen um ihn«, berichtete Claire. Sie warf Helen einen prüfenden Blick zu. »Du hast ihn in letzter Zeit auch nicht gesehen, oder?«

»Doch, heute. Aber nur für eine Sekunde auf dem Flur«, berichtete Helen und beendete die Fragestunde, bevor Claire sich erkundigen konnte, wie sie sich fühlte. »Hör mal, ich muss ein bisschen Gas geben. Ist das okay für dich oder möchtest du lieber noch reden?«

»Geh ruhig«, sagte Claire mit einem besorgten Stirnrunzeln.

Helen lächelte Claire kurz zu, um ihr zu beweisen, dass es ihr gut ging, auch wenn das nicht stimmte, und dann sprintete sie los, um ihren Lauf in einer Zeit zu beenden, die ihrer Trainerin die Illusion vermittelte, dass sie sich Mühe gab.

Lucas entdeckte Helen auf dem Flur und zwang sich eine finstere Miene aufs Gesicht, weil sie ihn entweder hassen oder fürchten sollte – was immer nötig war, um sie von ihm fernzuhalten. Zu ihrem eigenen Besten.

Aber Lucas sah weder Hass noch Furcht in ihren Augen. Sie wendete sich nicht von ihm ab, wie er es beabsichtigt hatte. Sie sah einfach nur verloren aus.

Es tat so weh, aber Lucas zwang sich dennoch, ihr den Rücken zuzudrehen und wegzugehen.

Er hatte Helen doch nur vertreiben wollen.

Aber dann war alles außer Kontrolle geraten: der Angriff auf seinen Vater; seine blutende Mutter; diese rasende Wut, die er verspürte. Lucas wusste, wie sich Wut anfühlte. Er und Hector hatten sich bis aufs Blut bekämpft, seit sie alt genug waren, um auf zwei Beinen zu stehen. Aber was er jetzt empfand, war neu für ihn. Er hatte etwas in sich zum Leben erweckt, etwas, von dem er nicht gewusst hatte, dass es überhaupt in ihm war.

Der Geist war aus der Lampe entwichen und wollte nicht wieder hinein.

Helen war mit dem Lauftraining lange vor Claire fertig und beschloss, zu Fuß zur Arbeit zu gehen, damit sie Zeit zum Nachdenken hatte. Sie schickte Claire eine SMS, dass sie keine Mitfahrgelegenheit zum News Store brauchte, und musste gegen den Verdacht ankämpfen, dass Claire darüber vermutlich erleichtert sein würde.

Bis jetzt waren sie einander nie ausgewichen, aber die Dinge hatten sich geändert. Ihre Leben entwickelten sich in verschiedene Richtungen, und Helen fragte sich bereits, ob ihre Freundschaft jemals wieder so sein würde wie früher. Dieser Gedanke trieb ihr die Tränen in die Augen.

Als Helen auf der Surfside Road in Richtung Stadtzentrum lief, wurde es immer kälter. Ihr Mantel war aufgeknöpft, und die Riemen ihrer Schultasche und der Sporttasche, die sie jeweils auf einer Schulter trug, zogen den Mantel so weit auseinander, dass sie ihn nicht zuknöpfen konnte. Genervt streifte Helen ihre beiden Taschen ab. Doch als sie sich vorbeugte, um sie auf den Boden zu stellen, befiel sie ein merkwürdiges Schwindelgefühl. Einen Moment lang kam es ihr so vor, als würde der Bürgersteig nicht richtig mit der Straße zusammenpassen, als wäre ihre Tiefenwahrnehmung plötzlich gestört.

Helen schnappte nach Luft und richtete sich schnell wieder auf. Sie streckte vorsichtshalber einen Arm aus für den Fall, dass sie umkippte, und wartete darauf, dass ihr das Blut nicht länger zu Kopf stieg. Das Schwindelgefühl verschwand sofort wieder, aber es wurde durch eine noch unheimlichere Empfindung ersetzt. Helen fühlte sich beobachtet, als stünde jemand direkt vor ihr und starrte ihr in die Augen.

Sie wich einen Schritt zurück und griff nach vorn, aber da war nur Luft. Helen sah sich nervös um, machte auf dem Absatz kehrt, packte ihre Taschen und rannte weg. Cassandra hatte vorhergesagt, dass Helen zumindest in den nächsten paar Tagen keinen Angriff zu befürchten brauchte, aber sie hatte nie behauptet, dass Helen vollständig unbehelligt bleiben würde. Helen war überzeugt, dass sie von einem der Hundert Cousins beobachtet wurde, hätte aber nie erwartet, dass sie das so paranoid machen würde. Plötzlich hatte sie das Gefühl, als würde ihr jemand in den Nacken schnaufen. Dieser Gedanke ließ sie in den News Store rasen, als wäre der Leibhaftige hinter ihr her.

»Was ist los?«, fragte Kate. Sie sah an Helen vorbei, um zu sehen, was sie so erschreckt hatte. »Ist jemand hinter dir her?«

»Es ist nichts«, beteuerte Helen mit einem falschen Lächeln. »Ich wollte nur schnell aus der Kälte kommen.«

Kate war nicht überzeugt, aber Helen drückte sich schnell an ihr vorbei und verstaute ihre Schulsachen hinter dem Tresen, bevor Kate auf die Idee kam, sie noch weiter auszufragen.

»Hast du nach dem Sport schon etwas gegessen?«, fragte Kate. »Geh nach hinten und mach dir ein Sandwich«, befahl sie, als Helen nicht sofort antwortete.

»Ich habe eigentlich keinen Hunger«, begann Helen, aber Kate unterbrach sie gereizt.

»Ist das dein letztes Wort? Überleg es dir gut«, warnte Kate und stemmte sich eine mehlbestäubte Faust in die rundliche Hüfte.

Helen klappte den Mund zu und verzog sich ins Hinterzimmer. Anscheinend gaben ihr Jerry und Kate die Schuld dafür, dass sie so dünn geworden war. Aber sie konnte den beiden nicht erklären, was wirklich mit ihr los war.

Helen strich Erdnussbutter auf einen Brotkanten und träufelte Honig darauf, bevor sie einen großen Bissen nahm. Sie kaute mechanisch und nahm den pappigen Brotklumpen und die nussig-süße Paste, die ihr den Mund verkleisterten, kaum wahr. Sie hatte ohnehin die meiste Zeit das Gefühl, an etwas zu ersticken – als steckte ein Haufen Worte in ihrem Rachen fest. Was war ein bisschen Erdnussbutter im Vergleich dazu?

Sie kippte ein Glas Milch hinunter und schleppte sich wieder nach vorn in den Laden, immer noch mit dem Gefühl, dass sie für etwas die Schuld bekam, für das sie nichts konnte. Um Kate zu bestrafen, ging sie ihr den Rest des Abends aus dem Weg.

Nachdem Helen ein paar unbehagliche Stunden lang auf Zehenspitzen im News Store herumgeschlichen war, log sie, dass Claire sie abholen würde. Draußen in der Dunkelheit vergewisserte sie sich, dass sie niemand beobachtete, und sprang dann in die Nachtluft, um nach Hause zu fliegen. Sie stieg so hoch auf, dass die dünne Luft in ihren Lungen brannte und ihr das Atmen schwerfiel.

Sie hatte Lucas einmal versprochen, dass sie die Insel nicht verlassen würde, bevor sie mehr Erfahrung mit Flügen übers Meer hatte, und technisch gesehen hatte sie dieses Versprechen gehalten. Sie war immer noch über Nantucket, mittlerweile nur *sehr* hoch darüber. Helen stieg immer höher, bis sie das Netz der nächtlichen Beleuchtung erkennen konnte, das sich über den ganzen Bundesstaat erstreckte. Sie flog, bis ihr die Augen tränten und die Tränen auf ihren Wangen gefroren.

Sie streckte sich lang aus und ließ ihren Körper dahinsegeln, bis ihr Kopf vollkommen leer war. So musste es sich anfühlen, ohne Angst im Meer zu schwimmen – allerdings bevorzugte Helen das Schwimmen in einem Meer aus Sternen. Sie ließ sich treiben, bis Kälte und Einsamkeit unerträglich wurden, und machte sich erst dann auf den Rückweg zur Erde.

Helen landete in ihrem Garten und rannte zur Vordertür hinein. Sie hoffte nur, dass Jerry nicht aufgefallen war, dass gar kein Wagen vorgefahren war, um sie abzusetzen, aber Jerry war zum Glück nicht in der Küche. Sie schaute kurz in sein Schlafzimmer, aber da war er auch nicht. Erst dann fiel ihr ein, dass Freitag war. Er und Kate hatten sicher gemeinsame Pläne. Und da sie den ganzen Abend kaum ein Wort mit Kate gewechselt hatte, war Helen natürlich auch nicht auf die Idee gekommen, sie zu fragen, ob Jerry die Nacht bei ihr verbringen wollte. Jetzt ärgerte sie sich über ihr kindisches Verhalten. Das Haus war zu leer und die Stille lastete schmerzhaft auf ihr.

Helen wusch sich das Gesicht, putzte die Zähne und ging ins Bett. Sie hielt die Augen offen, so lange sie konnte, und versuchte, wach zu bleiben, obwohl sie so müde war, dass ihr fast die Tränen kamen.

Wenn sie einschlief, würde sie wieder in die Unterwelt abtauchen, in der die Einsamkeit noch viel schlimmer war als in der realen Welt. Aber je länger sie sich wach hielt, desto mehr dachte sie an Lucas. Helen rieb sich das Gesicht und versuchte, die Tränen zurückzudrängen. Das unerträgliche Gewicht lastete schon wieder auf ihrer Brust.

Sie konnte sich kein Selbstmitleid leisten, sonst würde sie

schon in wenigen Augenblicken wieder in der stinkenden Treibsandgrube stecken. Doch dann kam ihr ein Gedanke.

Vielleicht würde sie diesmal in der Unterwelt nicht allein sein.

Ihr war klar, dass ihr Retter vermutlich eine Sinnestäuschung gewesen war, aber mit einem Trugbild zu reden war immer noch besser, als allein durch die Hölle zu gehen.

Sie konzentrierte sich auf die tiefe Stimme, die sie gehört hatte, und erlaubte sich, endlich einzuschlafen. Dabei dachte sie an das Aufblitzen des Goldes, den wohlgeformten Mund und daran, wie es sich angehört hatte, als er ihren Namen gesagt und ihr die Hand entgegengestreckt hatte …

Helen war auf einer hügeligen, mit totem Gras bedeckten Prärie gelandet. In diesem Teil der Unterwelt war sie schon vorher gewesen, aber es hatte sich etwas verändert. Sie konnte nicht genau sagen, was es war, aber es fühlte sich alles etwas anders an. Zum einen waren Geräusche zu hören. Helen konnte sich nicht erinnern, in der Unterwelt jemals einen Laut gehört zu haben, der nicht von ihr selbst gekommen war – nicht einmal das Rascheln des Windes im Gras.

Aber jetzt fühlte sich die Unterwelt irgendwie *real* an und nicht mehr wie ein Teil eines grausigen Albtraums. Das hatte Helen schon einmal erlebt, wenn auch nur ganz kurz, als sie wie durch ein Wunder aus dem Treibsand gerettet worden war. Dieser neue Eindruck der Unterwelt war schockierend, aber Helen empfand dennoch ein Gefühl der Erleichterung. Aus irgendeinem Grund kam ihr der Hades nicht mehr so höllisch vor. Sie sah sich um und musste an die Szene in *Der Zauberer von Oz* denken, in der Dorothy zum ersten Mal alles in Farbe sieht.

Sie starrte in die Ferne und sah etwas Goldenes aufblitzen und hörte, wie etwas laut kreischte. Da fand ein Kampf statt und der Geräuschkulisse nach war es ein brutaler Kampf. Wenigstens konnte Helen sich jetzt sicher sein. Der Typ mit den warmen Händen war kein Trugbild.

Sie rannte auf das Getöse zu, so schnell sie konnte.

Als sie über eine kleine Anhöhe stürmte, sah sie einen großen Mann mit wild wuchernden roten Locken, der mit einem Dolch auf das Geier-Fledermaus-Vieh einhackte, das um seinen Kopf herumflatterte. Als Helen näher heraneilte, sah sie, wie die Harpyie zischend und fauchend versuchte, den Mann mit den Klauen zu zerreißen. Obwohl er um sein Leben kämpfte, fiel Helen auf, dass der Rotschopf dringend einen Haarschnitt brauchte.

»Rotschopf« gewann einen Moment lang die Oberhand und Helen sah ihn halb überrascht und halb triumphierend lächeln. Aber als ihm dann klar wurde, dass er immer noch nicht gewonnen hatte, verwandelte sich sein Lächeln schnell in ein schiefes Grinsen, mit dem er sich anscheinend selbst tadelte. Trotz des erbitterten Kampfes schien er Sinn für Humor zu haben.

»Hey!«, schrie Helen, als sie sich den ungleichen Kämpfern näherte.

Der Rotschopf und die Harpyie erstarrten mitten im Kampf, beide waren noch in die Kehle des anderen verkrallt. Der Mann verzog den Mund zu einem überraschten Lächeln.

»Helen«, würgte er krächzend hervor, als wäre er es gewohnt, ständig messerscharfe Klauen um den Hals zu haben. Seine lockere Art verblüffte Helen so sehr, dass sie beinahe losgelacht hätte. Dann veränderte sich erneut alles.

Die Welt wurde langsamer und fester um sie herum, und Helen wusste, dass in der realen Welt ihr Körper jeden Moment aufwachte. Ein Teil ihres Gehirns registrierte ein nerviges plärrendes Geräusch, das ein ganzes Universum weit entfernt war, und sie wusste, dass sie den Rotschopf nie erreichen würde, bevor sie ganz wach war. Helen sah sich hektisch um, fand einen dicken Stein, hob ihn auf und schleuderte ihn auf das fliegende Monster …

… und der Stein aus der Unterwelt sauste direkt durch das Fenster ihres Zimmers und ließ die Scheibe in tausend Scherben zerspringen.

3

Helen setzte sich im Bett auf und lauschte dem penetranten Schrillen ihres Weckers. Ausgerechnet in der einzigen Nacht, in der sie gern in der Unterwelt geblieben wäre, wurde sie geweckt. Es war noch dunkel, aber sie konnte trotzdem erkennen, welchen Schaden sie angerichtet hatte.

Jerry würde sie umbringen. Auch wenn Kate ihm noch so oft versicherte, dass Helen eine seltene »Schlafstörung« hatte – diesmal würde Jerry sie auf jeden Fall umbringen.

Ihr Dad hatte diesen Fimmel mit dem sparsamen Heizen – als wäre der Thermostat ihres Heizkessels direkt mit seinem Gehirn verdrahtet – und schon jetzt wehte ein eisiger Wind durch das riesige Loch in ihrer Fensterscheibe. Helen schlug sich gegen die Stirn und ließ sich ins Kissen zurückfallen.

Der Hausarrest war ihr sicher, das fliegende Monster hatte den Rotschopf vermutlich verschlungen, und das alles nur, weil sie mitten in der Nacht aufstehen musste, um zu einem Wettkampf auf dem Festland zu fahren.

Highschool-Sport war eine komplizierte Sache, wenn man auf

einer winzigen Insel lebte. Um gegen andere Schulen antreten zu können, mussten sie entweder mit der Fähre übersetzen oder fliegen, und das bedeutete für Helen und ihre Teamkollegen, dass sie vor Morgengrauen aufstehen mussten. Manchmal hasste sie es wirklich, auf Nantucket zu leben.

Sie unterdrückte ein Gähnen, versuchte, die Vorstellung zu verdrängen, wie Rotschopf einen grauenvollen Tod starb, und stand auf. Mit Klebeband befestigte sie eine Decke vor der kaputten Fensterscheibe, verschlang ein paar Cornflakes und machte sich auf den Weg zum Inselflugplatz. Ironischerweise flog sie zum Wettkampf. Aber sie konnte natürlich nicht selbst zum Festland fliegen. Das Flugzeug zu verpassen und dann trotzdem beim Sportfest aufzutauchen, würde alle möglichen Fragen aufwerfen, und deshalb hatte sie sich für die einzig vernünftige Lösung entschieden.

Sie landete ein Stück vom Flugplatz entfernt und joggte den Rest des Wegs, während sich der Himmel zartrosa färbte. Als sie Claire auf den Parkplatz fahren sah, rannte sie zu ihr, damit sie gemeinsam in die wartende Propellermaschine einsteigen konnten. Helen wollte ihr unbedingt von dem Rotschopf erzählen, aber bevor sie etwas sagen konnte, verdrehte Claire bereits die Augen und packte Helens Schultern.

»Schlimmer wird's nicht, was?«, murmelte Claire gereizt und öffnete Helens schief zugeknöpften Mantel, um die Knöpfe so zu schließen, wie es sich gehörte. »Du siehst aus wie eine Fünfjährige. Muss ich jetzt auch noch jeden Morgen zu dir kommen und dich anziehen?«

»Hamilton!«, bellte Coach Tar, bevor Helen sich eine Retourkutsche ausdenken, geschweige denn Claire erzählen konnte, was sie in der Nacht erlebt hatte. »Du sitzt bei mir. Wir müssen deine Strategie besprechen.«

»Ich muss dir was erzählen«, stieß Helen hastig hervor, während sie rückwärts auf die Trainerin zuging. »Ich habe jemanden getroffen, *letzte Nacht.*« Claire machte große Augen, aber Helen konnte nicht weitersprechen.

Auf dem ganzen Flug schwatzte der Coach darüber, wie Helen diesen Läufer überholen und jenen Läufer das Tempo machen lassen sollte – vollkommen sinnlose Anweisungen angesichts der Tatsache, dass sie locker die Schallmauer durchbrechen konnte, wenn sie das wollte. Helen hörte mit einem Ohr zu und versuchte, sich nicht allzu viele Sorgen um den Rotschopf zu machen.

Er war groß, breit und kräftig gebaut, und es hatte ausgesehen, als könnte er mit dem Dolch umgehen, mit dem er sich verteidigt hatte. Helen redete sich ein, dass es ihm gut ging, aber ganz überzeugt war sie nicht.

Er war bestimmt ein Scion. Oder vielleicht auch nur ein eins neunzig großer, muskelbepackter und unglaublich gut aussehender Normalsterblicher mit einem umwerfenden Lächeln. Und wenn das der Fall war, war der arme Kerl jetzt vermutlich tot. Kein Sterblicher konnte eine Harpyie besiegen.

Den ganzen Vormittag suchte Helen nach einer Gelegenheit, mit Claire zu reden, aber es wollte einfach nicht klappen. Helen lief ihr erstes Rennen und versuchte, es mit nicht allzu viel Vorsprung zu gewinnen, obwohl sie mit ihren Gedanken woanders war – sie überlegte, ob es möglich war, dass jemand im Reich der

Toten ums Leben kam. Diese sinnlosen Überlegungen lenkten sie so sehr ab, dass sie viel zu schnell lief. Sie tat so, als wäre sie außer Atem, als ihr bewusst wurde, dass alle Zuschauer sie mit offenem Mund anstarrten. Alle außer einem.

Zach Brant wirkte kein bisschen überrascht, als Helen an ihm vorbeiraste wie Speedy Gonzales. Tatsächlich sah er ein bisschen gelangweilt aus. Helen hatte keine Ahnung, was Zach beim Wettkampf wollte, denn bisher hatte er das Laufteam nie zu Veranstaltungen begleitet. Aber da er den Blick keinen Moment von ihr abwandte, vermutete Helen, dass er gekommen war, um ihr zuzusehen, obwohl sie keine Ahnung hatte, wieso. Es hatte eine Zeit gegeben, da hätte sie vermutet, dass er es tat, weil er in sie verknallt war, aber diese Zeit war längst vorbei. In den letzten Tagen schien es, als wollte er nichts mehr mit ihr zu tun haben.

Helen gewann ihr Rennen und feuerte dann Claire bei einem ihrer Läufe an, bis sie sich endlich an der Dreisprungbahn trafen.

»Also, was war los?«, japste Claire, die noch ganz außer Atem war.

»Da war …« Helen verstummte. »Lass uns da rübergehen«, sagte sie und zeigte auf ein freies Feld jenseits des Sportplatzes. Auf dem Platz waren zu viele Leute und Zach stand auch in der Nähe.

Helen hatte das Gefühl, als müsste sie platzen, wenn sie Claire nicht endlich erzählen konnte, was sie erlebt hatte. Im Gehen flüsterte sie ihr zu: »Da war ein Mensch. Ein *lebendiger* Mensch.«

»Aber ich dachte, du wärst die Einzige, die körperlich in die Unterwelt gehen kann.«

»Das dachte ich auch! Aber letzte Nacht war da dieser Junge.

Also, eigentlich kein *Junge* mehr. Ich meine, er war einfach der Hammer! Ein Typ, ungefähr in unserem Alter oder so.«

»Was hat er da unten gemacht?«, wollte Claire wissen. Sie schien nicht überzeugt, dass Helen ihn tatsächlich gesehen hatte.

»Er hat sich von einer Harpyie den Allerwertesten aufreißen lassen«, berichtete Helen. »Aber in der Nacht davor hat er mich aus dem Treibsand gezogen. Einer seiner Arme glänzt, als wäre er vergoldet.« Claire musterte sie voller Zweifel, und Helen wurde bewusst, wie verrückt sich das anhörte. »Du glaubst, ich bin nicht ganz dicht, stimmt's? Hört sich verrückt an, oder? Und eigentlich sollte es unmöglich sein.«

»Äh, entschuldige mal«, sagte Claire plötzlich. Sie funkelte über Helens Schulter hinweg Zach an, der ihnen gefolgt war. »Das hier ist ein Privatgespräch.«

Zach zuckte mit den Achseln, ging aber nicht weg. Claire betrachtete seine Anwesenheit als Herausforderung. Sie befahl ihm in ihrem besten Kommandoton, dass er sich verziehen solle, aber er rührte sich immer noch nicht. Also ergriff Claire schließlich Helens Hand und zog sie mit sich übers Feld bis an den Waldrand. Zach konnte ihnen nicht folgen, ohne einen Riesenaufstand von Claire zu riskieren, aber er wandte sich auch nicht ab. Er blieb einfach stehen und sah zu, wie Claire Helen ins Gebüsch zerrte.

»Muss das sein?«, beschwerte sich Helen, als sie in einen stacheligen Busch trat und ihren Pferdeschwanz von einem mit Flechten bewachsenen Birkenzweig befreien musste.

»Zach benimmt sich in letzter Zeit echt komisch, und ich will nicht, dass er uns beobachtet«, erklärte Claire mit finsterer Miene.

»Du meinst wohl eher, dass er nicht weggegangen ist, obwohl du es ihm befohlen hast. Und jetzt schleppst du mich durchs Gestrüpp, weil du nicht willst, dass er gewinnt«, verbesserte Helen sie kichernd.

»Das auch. Und jetzt erzähl mir genau, was passiert ist«, drängte Claire, doch diesmal wurden sie vom Geräusch raschelnder Blätter unterbrochen. Es kam aus den Tiefen des Waldes.

Ein großer Mann trat aus dem Unterholz hervor. Helen stieß Claire hinter sich und stellte sich mutig der Gefahr.

»Ist euch Mädels nicht klar, dass sich bei Highschool-Sportveranstaltungen die merkwürdigsten Typen im Gebüsch herumdrücken?«, fragte der blonde Hüne streng.

»Hector!« Helen atmete erleichtert auf und warf sich in seine offenen Arme.

»Wie läuft's denn so?«, fragte er lachend und drückte sie fest an sich. Claire gesellte sich zu ihnen und umarmte Hector ebenfalls, verpasste ihm aber danach sofort einen Hieb auf die Brust.

»Was machst du hier?«, fragte sie ihn missbilligend. »Das ist viel zu gefährlich.«

»Reg dich ab, Laufender Meter«, sagte Hector, aber das Lächeln verschwand aus seinem Gesicht. »Ich habe heute Morgen mit Tante Noel gesprochen. Sie hat mir gesagt, dass niemand von der Familie hier sein würde.«

»Das stimmt, und wir sind froh, dich zu sehen«, beteuerte Helen hastig und kniff Claire zur Strafe für ihre unsensible Bemerkung.

»Natürlich sind wir froh, dich zu sehen!«, rief Claire und rieb sich ihren Arm. »Ich habe das nicht so gemeint, Hector. Wie geht's dir denn?«

»Unwichtig«, sagte er mit einem Kopfschütteln. »Ich will wissen, wie es euch geht. Und Luke, nach allem, was letzte Woche passiert ist«, fügte er gedämpft hinzu.

Helen wollte nicht zusammenzucken, aber sie konnte es nicht vermeiden.

»Es ist schlimm«, sagte Claire traurig.

»Ja, ich weiß. Ich habe mit Tante Noel gesprochen. Ich kann immer noch nicht glauben, dass Luke zu so etwas fähig ist.« Hectors Stimme klang grob, aber er sah Helen dennoch mitfühlend an.

Helen versuchte, sich auf Hectors Schmerz zu konzentrieren statt auf ihren eigenen. Sie hatte zwar Lucas verloren, aber Hector seine ganze Familie. Er machte sich solche Sorgen um sie, dass er sogar den ganzen Tag während eines blöden Sportfests in den Büschen herumlungerte, nur um jemanden zu treffen, der seiner Familie halbwegs nahestand.

Abgesehen von Daphne, die er kaum kannte, war Hector allein. Helen begriff, dass Hector von all den Menschen in ihrem Leben vermutlich am besten verstand, was sie durchmachte, was eigentlich komisch war, weil sie erst vor Kurzem aufgehört hatten, sich anzufeinden.

»Wie geht's meiner Mutter?«, platzte Helen heraus, um das traurige Schweigen zu beenden, das zwischen ihnen herrschte. Hector wich ihrem Blick aus.

»Sie ist … beschäftigt«, war alles, was er über Daphne sagen wollte, und er sah wieder Claire an, um das Thema zu wechseln.

Normalerweise sprach Hector immer aus, was er dachte, ob es die anderen nun hören wollten oder nicht. Aber so wie er Helens Frage ausgewichen war, hätte sie zu gern gewusst, was ihre zwielichtige Mutter nun schon wieder vorhatte. Helen hatte in den vergangenen drei Wochen öfter versucht, Kontakt zu ihr aufzunehmen, aber nie eine Antwort erhalten. Wich Helens Mutter ihr mit Absicht aus? Sie hatte keine Chance, weiter bei Hector nachzuhaken. Er war zu sehr damit beschäftigt, Claire mit der Frage aufzuziehen, ob sie tatsächlich immer kleiner wurde. Als die beiden anfingen, sich spielerisch herumzuschubsen, versank der Wald plötzlich in einer bedrohlichen Dunkelheit.

Helen schauderte unwillkürlich und sah sich panisch um. Natürlich wusste sie, dass Kreon tot war, aber trotzdem konnte sie beinahe spüren, wie er aus seinem Grab heraus versuchte, sie in diese grauenhafte Dunkelheit zu ziehen.

Hector bemerkte die veränderten Lichtverhältnisse im selben Moment wie Helen. Er legte Claire schützend eine Hand auf die Schulter. Helen erhaschte seinen Blick. Sie kannten diese unheimliche Erscheinung nur zu gut.

»Ein Schattenmeister?«, flüsterte Helen. »Ich dachte, Kreon wäre der einzige gewesen.«

»Dachte ich auch«, flüsterte Hector zurück. Sein Blick huschte auf der Suche nach einem Gegner hin und her. Aber die Dunkelheit war wie ein schwarzer Vorhang, der immer näher kam und sie einhüllte. Sie konnten nur noch ein paar Meter weit sehen. »Nimm Claire und lauf.«

»Ich lasse dich nicht –«, begann Helen.

»LAUFT!«, brüllte Hector, als ein blitzendes Schwert den schwarzen Vorhang durchschnitt und auf ihn zusauste.

Hector verbog seinen Oberkörper so weit nach hinten, dass er Claire dabei umwarf. Die Bronzeklinge zischte an seiner Brust vorbei und bohrte sich tief in den halb gefrorenen Waldboden. Hector trat mit Wucht in den heranrückenden Schatten, was seinen Angreifer durch die Luft fliegen und das Schwert im Boden stecken bleiben ließ.

Mit einer fließenden Bewegung richtete Hector seinen Oberkörper wieder auf und schnappte sich das Schwert. Er riss es aus dem Boden und benutzte den Schwung der Bewegung, um es dem nächsten Angreifer, der aus dem Dunkel kam, über die Brust zu ziehen. Dabei bewegte er sich die ganze Zeit schneller als der Flügelschlag eines Kolibris.

Helen spürte, wie etwas Metallisches ihre Wange traf, und sah trotz des diffusen Lichts, wie sich unter ihrem rechten Auge eine Pfeilspitze aufpilzte wie eine Löwenzahnblüte. Obwohl sie nicht verletzt war, wich sie unwillkürlich zurück, bis sie mit den Fersen gegen Claires Bein stieß.

Helen stand Wache über ihrer sterblichen Freundin. Claire war heftig zu Boden gegangen und so geschockt, dass sie nicht aufstehen und ganz bestimmt nicht rennen konnte. Helen baute sich zwischen Claire und den Angreifern auf und rief ihren Blitz herbei.

Das Geräusch einer knallenden Bullenpeitsche und der abgestandene Geruch von Ozon erfüllten die Luft, als das Licht aus Helens Händen sprühte und ein Gitter aus elektrischem Strom bildete, das sie und Claire beschützte. Die unnatürliche Dunkelheit des Schattenmeisters löste sich unter dem Schein der blauen Flamme auf und es wurde nicht weniger als ein Dutzend bewaffneter Scions sichtbar. *Wo sind die alle hergekommen?*, fragte Helen sich. *Wie haben sich so viele an uns anschleichen können?*

In der Mitte und etwas weiter hinter den Angreifern, wo sich normalerweise die Befehlshaber der Fußtruppen aufhielten, wie Hector ihr beigebracht hatte, erhaschte Helen einen Blick auf ein gruseliges Gesicht, das einem Alien glich. *Es*, was immer es war, hatte rote Augen. Es sah sie direkt an und wich dann zurück, bis es wieder von der Dunkelheit des Schattenmeisters verschluckt wurde.

»Zu viele!«, schnaufte Hector und wehrte zwei weitere Männer ab.

»Hinter uns!«, schrie Helen, als sie herumfuhr, weil vier weitere Kämpfer von den Seiten heranrückten. Sie schickte ihnen einen schwachen Blitz entgegen – stark genug, sie bewusstlos zu machen, aber nicht zu töten. Dummerweise kostete es Helen viel mehr Kraft, ihre Blitze kontrolliert einzusetzen, als sie einfach herausschießen zu lassen.

Helen wurde schwindelig. Sie zwang ihre Augen zur Scharfeinstellung, als drei der vier Männer zu Boden gingen. Der vierte kam immer noch auf sie zu. Sie hatte schon fast das gesamte Wasser in ihrem Körper verbraucht, der durch den Langstreckenlauf ohnehin leicht ausgetrocknet war, und es waren keine Reserven für einen weiteren Blitz mehr vorhanden. Sie konnte zwar noch einen hervorbringen, der alle Angreifer töten würde, aber das brachte sie nicht übers Herz.

Sie sprang über Claire, die immer noch nach Luft rang, und

versuchte, den übrig gebliebenen Scion niederzuschlagen. Helen war allerdings noch nie gut im Austeilen gewesen und er nahm ihren Schlag kaum wahr. Er schlug so heftig zurück, dass sie auf Claire fiel und Sternchen sah.

Etwas Dunkles stieß vom Himmel herab, landete auf Helens Angreifer und schleuderte ihn in die Bäume. Es war Lucas. Helen stockte bei seinem Anblick der Atem. Sie konnte nicht fassen, wo er so schnell hergekommen war. Lucas sah mit ausdruckslosem Gesicht auf Helen herab und warf sich dann auf die Hauptgruppe der angreifenden Scions.

Helen hörte Hector brüllen und sah, dass mehrere Männer versuchten, seine Arme und Beine mit Ketten und schweren Handschellen zu fesseln. Helen sprang auf, um ihm zu helfen, während Lucas sich um die Kämpfer kümmerte, die noch nicht zu Boden gegangen waren. Schneller, als man zusehen konnte, hatte Lucas zwei weitere Angreifer entwaffnet und verletzt, noch bevor Helen es bis zu Hector geschafft hatte.

Als der gruselige Anführer des Trupps merkte, dass seine kleine Armee gegen Helen, Hector und Lucas keine Chance hatte, stieß er ein schrilles Geräusch aus, und der Angriff endete so abrupt, wie er begonnen hatte. Die Verwundeten wurden abtransportiert, die Waffen wurden eingesammelt, und dann waren die Angreifer auch schon zwischen den Bäumen verschwunden, ehe Helen sich die Haare aus dem verschwitzten Gesicht streichen konnte.

Sie sah, wie Lucas ihnen den Rücken zudrehte und erstarrte. Hector hatte die Hände an den Schläfen und presste sie gegen die Seiten seines Kopfes, als müsste er verhindern, dass ihm der Schädel platzte.

»Nein, Hector! Nicht!«, schrie Claire und stürzte sich auf ihn. Sie hielt ihm die Augen zu, damit er Lucas nicht sah. Aber obwohl Claire an ihm hing wie eine Klette, konnte Helen sehen, wie Hector die Zornesröte ins Gesicht stieg.

Lucas bemühte sich so krampfhaft, sich zurückzuhalten, dass er am ganzen Körper zitterte, doch schließlich gab er der Versuchung nach. Mit einem irren Ausdruck im Gesicht fuhr er zu Hector herum. Die Furien hatten ihn fest im Griff und befahlen ihm, seinen Cousin zu töten.

»Bitte, Lucas, geh! Geh!«, keuchte Helen durch ihre ausgedörrte Kehle. Er hatte ihr zwar befohlen, ihn nie wieder anzufassen, aber das war ihr jetzt egal. Sie sprang auf ihn zu, legte die Hände auf seine Schultern und schob ihn von Claire und Hector weg.

Aber Lucas konnte den Blick nicht von Hector abwenden. In seinem Drang, den Ausgestoßenen zu töten, stieß er Helen hart zu Boden. Sie schrie auf, denn bei der Landung auf dem unebenen Waldboden verdrehte sich schmerzhaft ihr Handgelenk.

Ihr Schmerzensschrei schien Lucas aus seiner Mordlust zu reißen. Er sah hinab auf Helen, die auf dem Boden kniete und sich das verletzte Handgelenk hielt.

»Es tut mir leid«, wisperte er. Noch bevor Helen aufstehen konnte, war er schon in die Luft gesprungen und weggeflogen.

Sie starrte hinter ihm her. Sein Name hing ihr in der Kehle und drohte sie zu ersticken. Sie wollte ihn zurückrufen und eine Erklärung verlangen. Wenn Lucas sie hasste, wieso entschuldigte er sich dann bei ihr? Wieso war er ihr überhaupt zu Hilfe gekommen?

»Len, komm zu dir!«, schrie Claire und zerrte an Helens Arm. »Es brennt!«

Helen riss ihren Blick von dem Teil des Himmels los, in den Lucas verschwunden war, und sah sich um, während Claire sie auf die Füße zerrte. Aus dem trockenen Gestrüpp quoll Rauch auf, und sie konnten schon die ersten aufgeregten Rufe der Leute hören, die vom Sportfest in Richtung Waldrand liefen.

»Deine Blitze haben das Feuer ausgelöst«, erklärte Hector hastig. »Ich muss weg. Ich dürfte gar nicht hier sein.«

»Was war das eben?«, fragte Helen und hielt Hector damit noch einen Moment auf.

»Eine Kampfeinheit der Hundert Cousins. Unser lieber Onkel Tantalus will Rache für Kreon und wird nicht aufgeben, bevor ich gefangen bin. Ich habe keine Ahnung, wie sie mich gefunden haben«, sagte er noch und fügte einen unanständigen Fluch hinzu. »Pass auf dich auf, kleine Cousine. Ich melde mich bald wieder.«

»Warte!«, schrie Helen ihm nach, aber da kamen auch schon die ersten Schaulustigen angerannt, die das Feuer sehen wollten, und Hector musste verschwinden. »Ich wollte noch über das Ding reden, das die Befehle gegeben hat«, fügte sie halblaut hinzu, als Hector bereits im Wald untergetaucht war.

Helen überließ es Claire, die passende Ausrede zu erfinden. Es war fast ein Kinderspiel für sie, alle zu überzeugen, dass es ein Gewitter in einem ungewöhnlich eng begrenzten Gebiet gewesen war. Viele der Zeugen hatten Blitze und dunkle Wolken über dem Wald gesehen. Claire brauchte nur noch zu beteuern, dass sie und Helen als unschuldige Zuschauer zufällig als Erste angekommen waren. Helen war sich nicht ganz sicher, aber sie glaubte zu sehen, wie Zach bei dieser Lügengeschichte angewidert das Gesicht verzog. Sie fragte sich, ob er das Ganze womöglich beobachtet hatte. Aber wenn das der Fall war, wieso sagte er dann nichts?

Auf dem Heimflug warfen sich Helen und Claire immer wieder besorgte Blicke zu. Sie wollten nicht riskieren, von ihren Teamkollegen belauscht zu werden. Da keine von beiden die Nacht allein verbringen wollte, verabredeten sie, dass Claire bei Helen übernachten würde.

Sofort nach dem Aussteigen stürzte Claire auf Jason zu. Er wirkte blass und angespannt, doch die beiden sahen sich so verliebt an, dass es Helen fast das Herz zerriss.

»Luke wusste nicht, ob du verletzt bist oder nicht«, stieß Jason hervor und schob die Hände in Claires Jacke. In ihrem Schutz fuhr er mit seinen sanft glühenden Heilerhänden leicht über Claires Arme und Rippen und untersuchte sie auf Knochenbrüche oder innere Blutungen. »Er hat gesagt, dass du von einem Scion umgerannt wurdest …«

»Es geht ihr gut«, versuchte Helen, ihn zu beruhigen.

»Natürlich glaubst *du*, dass es ihr gut geht. Du hast ja keine Ahnung, wie leicht man verletzt werden kann. *Du* bist unverwundbar«, fuhr Jason sie an, und seine Stimme hob sich bei jedem Satz ein wenig mehr.

»Ich würde nie zulassen, dass ihr etwas …«, begann Helen fassungslos, aber Claire berührte ihren Arm und brachte sie damit zum Schweigen.

»Jason, es geht mir gut«, sagte Claire geduldig und legte ihm die andere Hand auf den Arm. Sie hielt Jason und Helen fest, als wollte sie die Kluft zwischen ihnen mit ihren Armen überbrücken.

Als Jason schließlich nickte und eingestand, dass Claire nichts fehlte, schien eine schwere Last von ihm abzufallen. Dann gingen sie auf Claires Wagen zu, und er funkelte Helen trotzdem an, als könnte er ihr nicht trauen.

Auf dem Weg zum Parkplatz wiederholte Claire die Unterhaltung, die sie mit Hector geführt hatten, aber viele Informationen konnte sie Jason nicht geben.

»Ich habe die meiste Zeit auf dem Hintern gesessen. Es ging auch alles so schnell«, fügte sie verlegen hinzu.

»Da war dieser gruselige Anführer«, berichtete Helen Jason. »Der sah irgendwie anders aus.«

»Davon hat Luke nichts gesagt«, bemerkte Jason mit einem Kopfschütteln.

»Vielleicht hat er ihn nicht gesehen«, sagte Helen, die es nicht über sich brachte, seinen Namen auszusprechen. »Es war auch ein Schattenmeister dabei.«

»Das wissen wir«, sagte Jason und warf Claire einen besorgten Blick zu. »Lucas hat es erwähnt.«

»Was hat Lucas überhaupt dort gemacht?«, wollte Claire wissen.

»Hat er nicht gesagt«, erwiderte Jason mit einem müden Schulterzucken. »Luke scheint neuerdings der Meinung zu sein, dass er niemandem mehr eine Erklärung schuldet.«

»Ist er okay?«, fragte Helen ruhig. Jason schürzte die Lippen.

»Natürlich«, sagte er und hob die Hände, als könnte er nichts anderes sagen, obwohl sie doch beide wussten, dass es nicht stimmte.

»Es macht dir doch nichts aus, allein nach Hause zu gehen, oder?«, fragte Claire Helen, als Jason sich auf den Weg gemacht hatte, um sein Auto zu holen. Helen brauchte einen Moment, um zu kapieren, was sich hier gerade abspielte. Sie war wie vor den Kopf gestoßen. Claire ließ sie für Jason sitzen.

»Hector hat gesagt, dass sie hinter ihm her waren, nicht hinter mir. Ich bin also nicht in Gefahr«, antwortete Helen eisig.

»Das hatte ich nicht gemeint«, erklärte Claire mit gehobenen Brauen. Dann brachte sie Helen dazu, sie anzusehen. »Hector wird gejagt und Jason ist deswegen total fertig. Er braucht jemanden zum Reden.«

Helen verkniff sich die Bemerkung, die ihr auf der Zunge lag. Sie konnte nicht behaupten, dass es ihr nichts ausmachte, wenn Claire einfach ihre Pläne über den Haufen warf, denn das wäre gelogen. Sie wusste natürlich, dass sie sich kindisch aufführte, aber sie konnte nichts dagegen tun. Am liebsten hätte sie gesagt, dass auch sie jemanden zum Reden brauchte. Helen wartete mit Claire, bis Jason in die Parklücke neben Claires Auto fuhr, aber sie sagte kein Wort. Als die beiden weg waren, suchte sie sich ein ruhiges Plätzchen, sah sich um, ob sie auch niemand beobachtete, und flog nach Hause.

Helen umkreiste das Haus ein paarmal und betrachtete den leeren Witwensteg. Einen kurzen Augenblick lang hatte sie die Hoffnung, dass Lucas dort sitzen und auf sie warten würde. Es war beinahe, als könnte sie ihn dort fühlen, als würde sein Geist dort auf und ab gehen und den Horizont nach ihr absuchen.

Aber sie war allein, wie üblich in letzter Zeit.

Helen landete im Garten und betrat das Haus. Jerry hatte ihr einen Zettel geschrieben und ihr einen Eintopf hingestellt, der schon fast kalt war. Er und Kate arbeiteten heute länger. Es war Liefertag, deshalb würden sie Stunden damit zubringen, die Regale aufzufüllen und Inventur zu machen. Helen stand nur im Schein des Flurlichts in der Küche und lauschte den Geräuschen des leeren Hauses. Die Stille war bedrückend.

Helen sah sich in der dunklen Küche um und dachte an den Hinterhalt, den sie wenige Stunden zuvor überlebt hatte. Er erinnerte sie daran, wie Kreon sie überfallen hatte, genau hier, wo sie gerade stand. Lucas war gekommen und hatte ihr das Leben gerettet. Helen drückte sich die Finger auf die Augen, bis sie hellblaue Punkte vor sich tanzen sah, und redete sich ein, dass es in Ordnung war, was sie damals für ihn empfunden hatte, weil sie noch nicht gewusst hatte, dass sie verwandt waren. Aber jetzt, wo sie *wusste*, dass Lucas ihr Cousin war, durfte sie nicht in dieser Erinnerung schwelgen.

Helen konnte nicht länger herumstehen und an Lucas denken. Auf das Nachdenken würde hysterisches Weinen folgen, und Helen konnte sich nicht erlauben, vor dem Einschlafen zu weinen, denn dann würde sie in der Unterwelt grausam leiden.

Also schaltete sie ihre Erinnerungen ab, ging nach oben und machte sich bettfertig. Sie hätte gern noch mit jemandem gesprochen, bevor sie sich hinlegte, aber es kam ihr vor, als wäre nie jemand für sie da, nicht einmal Jerry oder Kate.

Helen stellte fest, dass ihr Dad die Decke, die sie über das Loch in ihrem Fenster geklebt hatte, durch eine blaue Plane ersetzt hatte, und musste lächeln. Er war zwar vielleicht nicht den ganzen Tag da, um mit ihr zu reden, aber zumindest liebte ihr Vater sie so sehr, dass er ihre kleinen Katastrophen zu reparieren versuchte. Sie überprüfte, ob die Klebestreifen fest hafteten. Die Plane war gut verklebt, aber im Zimmer war es trotzdem so kalt, dass Helen ihren Atem sehen konnte. Zögerlich stieg sie in ihr kaltes Bett und zog sich die Winterdecke bis ans Kinn, um schnell warm zu werden.

Helen sah sich im Zimmer um. Die Stille pochte in ihren Ohren und die Wände schienen immer näher zu rücken. Sie wollte nicht mehr der Deszender sein. Sie hatte schon so sehr gelitten und trotzdem nichts erfahren und war ihrem Ziel, die Rogues und die Ausgestoßenen von den Furien zu befreien, kein Stück näher gekommen. Sie war eine Versagerin.

Helen war am Ende ihrer Kräfte. Sie war schon jenseits aller Müdigkeit, aber in diesem Zustand durfte sie nicht einschlafen. Wenn sie das tat, konnte sie nicht sicher sein, dass sie noch die Kraft hatte, wieder aufzuwachen. Sie brauchte irgendetwas, auf das sie sich freuen konnte.

Ein Gedankenfragment blitzte vor ihrem inneren Auge auf – das Bild einer starken Hand, die sich ihr entgegenstreckte. Und hinter dieser Hand war noch ein Mund, der lächelte, als er ihren Namen aussprach.

Helen wünschte sich nicht nur einen Freund, sie brauchte dringend einen. Und um ihn zu finden, würde sie auch in die Hölle hinabsteigen.

Automedon sah, wie die Erbin des Hauses von Atreus ihr Haus zweimal umkreiste, hoch oben am Nachthimmel, bevor sie schließlich in ihrem Garten landete. Im ersten Moment dachte er, dass sie in der Luft blieb, weil sie ihn entdeckt hatte. Er versank tiefer in den Büschen des Nachbarhauses und verfiel in die unnatürliche Reglosigkeit, zu der nur eine Kreatur von nicht menschlicher Abstammung in der Lage war. Er wusste, dass die Erbin Kräfte besaß, die nicht unterschätzt werden durften. Er hatte schon seit vielen Jahren nicht mehr solche Blitze gesehen, wie sie beim Kampf im Wald verschossen wurden.

Aber wie die meisten modernen Scions hatte sie keine Vorstellung von ihrem wahren Potenzial. Keines dieser Kinder wusste, dass Macht ausgeübt werden musste. Die Starken *mussten* herrschen. Das hatte die Natur so vorgesehen, von der kleinsten Amöbe bis zum großen Leviathan. Die Schwachen sterben und die Stärkste wird Königin.

Automedon nutzte seine Willenskraft, um das Chitin in seiner Haut aushärten zu lassen, bis er erkannte, dass die Erbin ihn nicht gesehen hatte und er seine starre Tarnung aufgeben konnte.

Die Erbin nahm sich Zeit für die Landung und observierte zunächst die eingezäunte Plattform auf ihrem Dach. Merkwürdig, dachte er, es war fast, als erwartete sie dort oben jemanden, doch in den drei Wochen, die er sie nun schon beobachtete, hatte er dort nie jemanden gesehen. Er fügte ihr Interesse am Witwensteg seiner Liste der Erkenntnisse über sie hinzu, denn sein Instinkt verriet ihm, dass dieser Ort mehr zu bedeuten hatte, als auf den ersten Blick zu erkennen war.

Sie landete im Garten und schaute über ihre Schulter. Dabei fiel ihr das Mondlicht auf die glatte Wange. Vor langer Zeit hatte Automedon dieses liebreizende Gesicht schon einmal gesehen, in einem fernen Land, geküsst vom selben Mond, als es zurückgeblickt hatte auf das Meer aus Blut, das ihretwegen vergossen worden war.

Die Erbin betrat das Haus, schaltete aber kein Licht an. Automedon hörte, wie sie verharrte und in der Küche ganz still stand. Ihr ungewöhnliches Verhalten erweckte in ihm den Verdacht, dass einer der Hundert Cousins durch den vergeblichen Versuch, den Ausgestoßenen zu fangen, womöglich so gereizt war, dass er sich Tantalus' Befehlen widersetzte. War sonst noch jemand im Haus? Automedon erhob sich aus den Büschen. Die Erbin durfte nicht angerührt werden, noch nicht. Er machte einen Schritt aufs Haus zu und hörte, wie sie nach oben ging. Sie betrat das Badezimmer, schaltete das Licht ein und begann, sich zu waschen. Es schien alles in Ordnung zu sein. Automedon kehrte in sein Versteck zurück und lauschte.

Er konnte hören, wie sich die Erbin in ihr Bett legte. Ihr Atem ging schnell, als hätte sie Angst. Automedon streckte den Rüssel aus, der unter seiner menschlich aussehenden Zunge lag, und kostete ihre Pheromone. Sie hatte Angst, aber da war noch mehr in ihrer chemischen Signatur. Es kamen die widersprüchlichsten Emotionen an die Oberfläche, die ihre Körperchemie so schnell veränderten, dass Automedon sie nicht eindeutig identifizieren konnte. Ihre Mission lastete schwer auf ihr. Er hörte sie ein paarmal schniefen, doch allmählich entspannte sie sich und ihr schneller Atem wich dem langsamen Rhythmus des Schlafs. Als sie das Portal öffnete, saugte die unirdische Kälte des Nichts das letzte bisschen Wärme aus ihrem Zimmer.

Für eine Millisekunde verschwand ihr Körper aus dieser Welt, aber Automedon wusste, dass er zurückkehren würde wie bei den anderen Deszendern vor ihr, lebendig und funktionsfähig, aber mit dem sterilen Staub einer anderen Welt bedeckt. Sie würde dann unnatürlich still liegen und Stunden später die Augen öffnen und nur noch wissen, dass sie in der Unterwelt gewesen war – ihrem Empfinden zufolge eine Ewigkeit lang.

Die Erbin konnte stundenlang in dieser schlafenden Haltung verharren, aber nach Wochen des Beobachtens hatte Automedon festgestellt, dass dieser Deszender nie wirklich schlief. Er war in ihr Zimmer gekrochen, hatte sich an die Decke gehängt und auf die verräterischen Bewegungen der Augen unter den Lidern gewartet, die den tiefen, heilenden Schlaf anzeigten, den Sterbliche brauchten. Aber sie kamen nie.

Ohne richtigen Schlaf wurde sie von Nacht zu Nacht schwächer, bis der Moment kam, in dem sein Meister zuschlagen würde.

4

Helen atmete wieder einmal die abgestandene Luft der Unterwelt. Sie sah sich hektisch um, weil sie fürchtete, dass die Sache mit dem positiven Denken nicht geklappt hatte und sie wieder in der Grube gelandet war.

»Wanderst du immer im Schlafanzug in der Hölle herum?«, fragte eine spöttische Stimme. Helen fuhr herum und musste feststellen, dass der Rotschopf nur ein paar Meter entfernt stand.

»Was?«, stieß Helen hervor und sah an sich herunter. Sie trug ein Schlafshirt und Shorts, die mit kleinen Kürbissen und fauchenden schwarzen Katzen bedruckt waren.

»Versteh mich nicht falsch. Ich steh auf deine Shorts, und das Halloween-Motiv ist der Brüller, aber ich friere schon, wenn ich dich nur ansehe.«

Der Rotschopf zog seine Jacke aus und streifte sie Helen über, ohne zu fragen, ob sie tatsächlich fror. Sie überlegte kurz, ob sie protestieren sollte, aber als sie die Wärme seiner Jacke spürte, erkannte sie, dass sie sich wirklich beinahe den Hintern abgefroren hatte, und beschloss, die freundliche Geste zu akzeptieren.

»Ich trage das, womit ich ins Bett gegangen bin«, verteidigte sich Helen und zog ihre langen Haare unter dem Kragen der Jacke hervor. Bisher hatte sie sich nie Gedanken darüber gemacht, was sie bei ihren Ausflügen in die Unterwelt anhatte. »Und was ist mit dir? Gehst du immer mit dem Goldgestrüpp am Arm schlafen?«

Er sah auf seinen Arm und kicherte leise. Helen konnte sich nicht erinnern, in der Unterwelt jemals ein Lachen gehört zu haben, und es fiel ihr auch jetzt noch schwer, es zu glauben.

»Bisschen zu viel Glitzerkram? So besser?« Der Zweig aus purem Gold, der an seinem Unterarm hochwuchs, schrumpfte zusammen, bis nur noch ein dicker goldener Armreif mit eingraviertem Blattmuster übrig blieb, der sein Handgelenk eng umschloss. Helen hatte bisher nur einen einzigen Gegenstand gesehen, der sich so wundersam verwandeln konnte: den Cestus von Aphrodite, den sie in Form eines Herzanhängers an ihrer Kette trug.

»Wer *bist* du?«

»Ich bin Orion Evander. Oberhaupt des Hauses von Rom, Erbe des Hauses von Athen, Dritter Führer der Rogue-Scions und Träger des Goldenen Zweiges von Aeneas«, verkündete er mit tiefer und eindrucksvoller Stimme.

»Oh, wow«, bemerkte Helen sarkastisch. »Muss ich mich jetzt verbeugen?«

Zu ihrer Verblüffung lachte Orion auch diesmal. Trotz seiner hochgestochenen Titel schien der Typ nicht besonders hochnäsig zu sein.

»Daphne hat gesagt, dass du über besondere Kräfte verfügst,

aber nie erwähnt, was für eine spitze Zunge du hast«, sagte Orion. Helens Grinsen verschwand sofort.

»Woher kennst du meine … Daphne?«, fragte sie, und es war schon fast peinlich, wie sie das Wort *Mutter* vermied.

»Ich kenne sie schon mein ganzes Leben«, antwortete Orion. Er trat einen Schritt näher an Helen heran und sah ihr in die Augen, damit sie begriff, dass er jetzt nicht mehr herumalberte. »Daphne ist ein großes Risiko eingegangen, als sie mir half herzukommen, damit ich dir beistehe. Hat sie dir nicht gesagt, dass ich kommen würde?«

Helen schüttelte den Kopf und schaute auf den Boden, denn sie musste an all die unerwiderten Anrufe denken, die sie auf Daphnes Voicemail hinterlassen hatte.

»Wir reden nicht viel miteinander«, murmelte Helen. Es war ihr unangenehm, dies vor einem Fremden einzugestehen, aber Orion sah sie nicht an, als hielte er sie für eine schreckliche Tochter. Stattdessen nickte er kurz, als wüsste er genau, was in Helen vorging. Dann wurde sein Blick freundlicher.

»Also, auch wenn ihr euch nicht sehr nahesteht, wollte Daphne doch, dass du … DUCKEN!« Er schrie das letzte Wort, packte Helen und drückte sie nach unten.

Ein knurrender schwarzer Hund sprang über Helen hinweg und gegen Orions Brust. Orion wurde durch den Aufprall umgeworfen, hatte aber schon den Dolch in der einen Hand und versuchte mit der anderen, den Hund an der Kehle von sich wegzuschieben. Helen, die nicht wusste, was sie tun sollte, sah zu, wie Orion mit dem Messer auf den Kopf der Bestie einstach. Da er auf dem Rücken lag, konnte er nicht weit genug ausholen, um dem Hund einen tödlichen Stich zu versetzen. Die Krallen der Bestie kratzten an Orions Brust und hinterließen breite blutige Risswunden.

»Nur zusehen gilt nicht!«, brüllte Orion unter den Angriffen. »Tritt ihm in die Rippen!«

Helen überwand ihren Schreck, verlagerte ihr Gewicht auf den linken Fuß und trat mit aller Kraft zu. Es schien dem Höllenhund kein bisschen wehzutun. Das Einzige, was der Tritt bewirkte, war, seine Aufmerksamkeit jetzt auf sie zu lenken. Helen stolperte rückwärts. Die Bestie richtete ihre roten Augen auf sie. Sie schrie vor Angst, als der Hund sie ansprang.

»Helen!«, rief Orion erschrocken. Er packte das Monster am Schwanz und riss es von ihr weg.

Die speicheltriefenden Kiefer schnappten nur Zentimeter vor Helens Gesicht zu. Sie hielt sich schützend die Arme vors Gesicht und hörte deswegen nur, wie der Höllenhund vor Schmerz aufjaulte, als Orion ihm die Klinge ins Genick stieß.

Helen wurde aus dem Schlaf gerissen und strampelte mit Armen und Beinen, als würde sie von einer hohen Welle überrollt. Sie war zurück in ihrem Zimmer.

»Nicht schon wieder!«, schrie sie in die Dunkelheit.

Helen konnte nicht fassen, dass es ihr wieder passiert war. Wenn ihr Kampf gegen die Furien irgendwann Erfolg haben sollte, *musste* sie lernen, ihre Wege in die Unterwelt in den Griff zu bekommen. Vor allem jetzt, wo sie Orion gefunden hatte. Sie konnte nicht dauernd verschwinden, wenn er in Gefahr war.

Helen verschwendete keine Sekunde. Sie rief sofort ihre Mutter an, um sie über Orion auszufragen, landete aber wie üblich nach dem zweiten Läuten bei der Voicemail. Sie hinterließ ihrer Mutter eine Nachricht, aber statt ihr von Orion zu erzählen, fragte Helen sie, ob sie ihr absichtlich aus dem Weg ging. Dann beendete sie ihre weinerliche Ansprache und ärgerte sich über sich selbst. Daphne war nie für sie da gewesen. Helen fragte sich, wieso sie überhaupt versuchte, Kontakt zu ihr aufzunehmen.

Helen rieb sich mit beiden Händen übers Gesicht. Es ging ihr gut, aber ob das auch für Orion galt? Sie würde sich nie verzeihen, wenn ihm etwas passierte. Helen wollte unter die Bettdecke kriechen und wieder in die Unterwelt abtauchen, aber ihr war klar, dass das sinnlos war. Zeit und Raum waren dort unten ganz anders, und selbst wenn sie sofort hinabstieg, würde sie nicht am selben Ort oder in derselben Zeit landen.

Frustriert verschränkte sie die Arme vor ihrer Brust und merkte erst da, dass sie immer noch Orions Jacke trug. Sie tastete die Taschen ab und fand seine Brieftasche. Nach etwa einer halben Sekunde waren ihre Gewissensbisse überwunden und sie schaute hinein.

Orion hatte zwei Führerscheine – einen aus Kanada und einen aus Massachusetts. Auf beiden stand, dass er achtzehn Jahre alt war, aber auf keinem der beiden Führerscheine war sein Nachname Evander. Auf dem amerikanischen Führerschein hieß er Tiber und auf dem kanadischen war sein Nachname Attica. Er hatte auch einen Schülerausweis von der Milton Academy, einer bekannten Schule an der Südküste von Massachusetts, der auf den Namen Ryan Smith ausgestellt war.

Smith. Ja, klar. Helen fragte sich, ob alle Scions so fantasielos waren, wenn es um ihre Decknamen ging, oder ob »Smith« vielleicht so etwas wie ein Standardwitz unter Halbgöttern war.

Sie suchte in den restlichen Taschen seiner Jacke nach weiteren Informationen, aber alles, was sie fand, waren vier Dollar und eine Büroklammer. Ruhelos lief sie in ihrem eiskalten Zimmer herum und überlegte, was sie nun tun sollte. Sie wollte unbedingt wissen, wie es Orion erging, war aber nicht sicher, ob es eine gute Idee war, in seinem Leben herumzustochern. Mit seinen vier verschiedenen Nachnamen war Orion offensichtlich ein ziemlicher Geheimniskrämer. Helen konnte nicht nach ihm suchen, ohne die Tarnung zu gefährden, die er sich aufgebaut hatte.

Sie fragte sich, wozu er all diese Namen brauchte, erkannte dann aber schnell den Grund dafür. Die Hundert Cousins wollten alle anderen Häuser auslöschen, und bevor Helen und ihre Mutter aufgetaucht waren, hatten sie sich für die letzten Scions der Welt gehalten. Als Anführer des Hauses von Rom und Erbe des Hauses von Athen hatte Orion vermutlich sein ganzes Leben auf der Flucht verbracht und sich vor den Hundert Cousins versteckt, der stärksten Macht im Haus von Theben. Die Hundert hatten es sich zur Lebensaufgabe gemacht, die Scions der anderen drei Häuser aufzuspüren und zu töten. Wenn Helen nach Orion suchte, würde sie ihn an sie verraten. Genau wie Hector, wie ihr plötzlich bewusst wurde.

Bisher war sie nicht auf diesen Gedanken gekommen, aber jetzt war Helen überzeugt, dass Hector durch ihre Schuld aufgespürt worden war. Cassandra hatte zwar vorhergesehen, dass sie zurzeit nicht aktiv Jagd auf sie machten, aber sie hatte auch gesagt, dass sie weiterhin unter Beobachtung stand – vermutlich überwachten die Hundert Cousins jede ihrer Bewegungen. Und Hector war sofort entdeckt worden, als er Kontakt zu ihr aufgenommen hatte. Wenn Helen sich auf die Suche nach Orion machte, würde sie die Hundert geradewegs zu ihm führen.

Helen schauderte – vor Kälte, aber auch vor Angst. Sie zog sich Orions Jacke enger um die Schultern und erkannte, dass sie jetzt nicht wieder einschlafen konnte. Also ging sie nach unten, wärmte etwas von dem Eintopf auf, den ihr Vater hingestellt hatte, und setzte sich an den Küchentisch, um zu essen und sich zu überlegen, was sie als Nächstes tun sollte.

Nachdem sie aufgegessen hatte, ging sie zurück ins Bett und hatte immer noch nicht entschieden, ob sie der Delos-Familie von Orion erzählen sollte. Ein Teil von ihr war mittlerweile sogar davon überzeugt, dass es sicherer für Orion war, wenn sie sich möglichst weit von ihm fernhielt.

»Auf die Knie, Sklave«, befahl Automedon und wandte sich der aufgehenden Sonne zu.

Zach tat, was ihm gesagt wurde. Er hörte seinen Gebieter etwas auf Griechisch murmeln und sah, wie er einen wunderschönen juwelenbesetzten Dolch aus der Scheide an seiner Hüfte zog. Automedon verstummte, küsste die Klinge und sah auf Zach herab.

»Welche Hand ist deine stärkere?«, fragte er beinahe freundlich, was Zach Angst machte.

»Meine linke.«

»Das Zeichen von Ares«, bemerkte Automedon freudig überrascht.

Zach wusste nicht, was er dazu sagen sollte. Schließlich konnte er nichts dafür, dass er Linkshänder war, wie konnte das also ein Kompliment sein? Er beschloss, den Mund zu halten. Sein Gebieter hatte es ohnehin am liebsten, wenn er möglichst wenig sagte.

»Streck sie aus«, verlangte Automedon.

Zach streckte seine linke Hand aus und versuchte, ihr Zittern zu unterdrücken. Sein Gebieter hasste jedes Zeichen von Schwäche.

»Siehst du diesen Dolch?«, fragte Automedon, ohne eine Antwort zu erwarten. »Das war der Dolch meines Blutsbruders. Seine Mutter gab ihm diese Waffe, bevor er in den Krieg zog. Hübsch, nicht wahr?«

Zach nickte ernst. Seine ausgestreckte Hand bebte in der kalten Morgendämmerung.

»Wusstest du, dass ein Teil der Seele eines Kriegers in seinen Waffen und seiner Rüstung steckt? Und wenn du im Kampf fällst und dein Gegner deine Waffen und deine Rüstung an sich nimmt, dass ihm dann auch ein Teil deiner Seele gehört?«

Zach nickte. In der *Ilias* waren mehrere erbitterte Kämpfe um Waffen beschrieben. Mehr als einer der großen Helden war im ehrlosen Kampf um die Rüstung eines anderen gestorben. Zach wusste, dass diese Waffengeschichte wichtig war.

»Das liegt daran, dass wir alle auf unsere Waffen schwören. Es ist der *Eid*, der die Seele in das Metall eingehen lässt«, erklärte

Automedon eindringlich. Zach nickte, damit sein Gebieter sah, dass er verstand. »Ich habe diesem Dolch meine Treue geschworen wie schon mein Bruder vor mir. Ich habe geschworen, zu dienen oder zu sterben.«

Zach fühlte ein Brennen in seiner Handfläche, als wäre eine glühende Nadel hindurchgestoßen worden. Als er hinschaute, musste er feststellen, dass er stark blutete. Es war allerdings nur eine Fleischwunde und würde keinen bleibenden Schaden hinterlassen. Automedon packte sein Handgelenk und lenkte den Blutstrom über die Klinge des Dolchs, bis beide Seiten und alle Kanten mit Zachs Blut bedeckt waren.

»Schwöre bei deinem Blut, das sich über diese Klinge ergießt, dass du dienen oder sterben wirst.«

Welche Wahl hatte er schon?

»Ich schwöre.«

Am nächsten Morgen hatte sich Helen wieder einmal bei Cassandra in der Delos-Bibliothek eingefunden, zu einem »Sonntag mit Sibylle«, wie sie diese Treffen insgeheim nannte. Sie hatte immer noch nicht entschieden, ob sie der Familie von Orion erzählen sollte oder nicht. Sie war schon zweimal kurz davor gewesen, Cassandra zu fragen, ob sie »sehen« konnte, ob Orion noch am Leben war, aber beide Male hatte sie es dann doch gelassen. Und vor einem dritten Versuch blieb sie verschont, weil Claire in die Bibliothek stürmte, dicht gefolgt von Matt, Jason und Ariadne. Alle vier wollten unbedingt bei den Nachforschungen helfen.

»Das Thema hatten wir doch schon«, wehrte Cassandra ab.

»Wir können das Risiko nicht eingehen. Einige dieser Schriftrollen sind mit Flüchen belegt, die ungeweihten Personen schwer schaden können.«

Die anderen drei sahen Claire erwartungsvoll an.

»Dann weihst du uns eben«, verlangte Claire. Sie verschränkte die Arme vor der Brust und sah Cassandra herausfordernd an. »Mach uns zu Priestern und Priesterinnen von Apoll.«

»Sag das noch mal«, murmelte Jason und sah Claire an. Er war so verblüfft, dass sein Gesicht fast keine Regung zeigte.

»Das ist der Plan, an dem du seit zwei Tagen arbeitest? Der, über den wir uns *keine Sorgen* machen sollen?«, vergewisserte sich Matt mit zunehmend schriller Stimme.

»Allerdings«, bestätigte Claire vollkommen gelassen.

»Oh nein. Ich werde auf keinen Fall eine Priesterin«, verkündete Ariadne und schüttelte entschieden den Kopf. »Versteht mich nicht falsch, ich würde mein Leben riskieren, um Helen zu helfen, aber dem Klerus beitreten? Nie im Leben.«

»Wieso nicht? Weißt du überhaupt, was es bedeutet, eine Priesterin zu werden?«, fragte Claire. »Ich habe einiges darüber gelesen und kann euch versichern, dass es nicht das ist, was ihr alle denkt.«

Claire erklärte ihnen, dass die alten Griechen diese ganze Priestersache viel lockerer sahen als moderne Religionen. Sie durften keine Kinder bekommen, während sie Apoll dienten, aber man erwartete nicht, dass sie ihr ganzes Leben Priester oder Priesterinnen blieben. Sie konnten das Amt aufgeben, wann immer sie wollten. Es gab ein paar kleine Regeln – man musste bestimmte Körperteile sauber halten, regelmäßig Opfer darbringen und dabei einige einfache Beschwörungen aufsagen und außerdem bei Neumond zu Ehren von Apolls Zwillingsschwester Artemis einen Tag fasten. Das war alles.

»Oh. Okay, dann bin ich dabei«, sagte Ariadne grinsend und zuckte mit den Schultern. »Ich habe kein Problem damit, mich zwischen den Zehen zu waschen, bevor ich mich an den Esstisch setze, aber verlangt nicht von mir, dass ich aufhöre zu …«

»Wir haben es kapiert, Ari«, unterbrach Jason sie, denn er wollte nicht wissen, was seine Schwester auf keinen Fall aufgeben wollte. »Und wie gehen wir jetzt vor?«

»Es gibt doch sicher irgendeine Prüfung, die wir ablegen müssen?«, vermutete Matt fasziniert. Die Vorstellung, einer von Apolls Priestern zu werden, schien ihm zu gefallen.

»Die Parzen entscheiden, wer Priester werden darf. Und das Orakel weiht die Auserkorenen«, erklärte Claire und sah Cassandra vielsagend an.

»Ich?«, fragte Cassandra schockiert. »Ich weiß gar nicht, wie …«

Cassandra verstummte, als Claire ihr verlegen ein altes Pergament hinhielt. Es stammte ganz offensichtlich aus der Bibliothek der Familie, was bewies, dass Claire sich hineingeschlichen und vermutlich tagelang möglicherweise verfluchte Dokumente durchgesehen hatte, bis sie endlich fündig geworden war. Als allen klar wurde, welches Risiko sie auf sich genommen hatte, herrschte einen Moment lang Schweigen im Raum.

»Ich musste etwas tun!«, protestierte Claire, obwohl niemand etwas gesagt hatte. »Helen geht jede Nacht buchstäblich *durch die Hölle* …«

»Und was bringt dich auf die Idee, dass Helen wichtiger ist als du?«, fragte Jason gereizt, und sein Gesicht wurde vor Ärger ganz rot. »Das Zeug in diesen Schriftrollen hätte dich umbringen können!«

»Ich kann doch nicht einfach zusehen, wie meine beste Freundin leidet! Das kannst du vergessen, auch wenn ich *nur eine Sterbliche* bin«, schrie Claire zurück.

»Das habe ich nicht so gemeint und das weißt du ganz genau«, verteidigte er sich, hob die Hände und schnaufte frustriert.

»Leute«, sagte Helen und versuchte, sie mit der allgemein bekannten Handbewegung für »Auszeit« zu besänftigen.

»Halt du dich da raus!«, brüllte Jason sie an. Er rauschte auf dem Weg zur Tür an Helen vorbei. »Du bist nicht der Mittelpunkt von *jedermanns* Universum, nur damit du es weißt!«

Die Tür knallte hinter ihm zu, gefolgt von einem unbehaglichen Schweigen. Einen Moment später drehte sich Claire zu Cassandra um.

»Kannst du es tun?«, fragte Claire. Helen stellte verblüfft fest, dass Tränen in ihren Augen glitzerten. »Kannst du uns zu Priestern weihen oder nicht?«

Cassandra schaute von den Schriftrollen auf, in denen sie gelesen hatte, seit Claire sie ihr gegeben hatte, und nahm sich einen Moment Zeit, ihre Gedanken zu sammeln.

Helen kam es so vor, als hätte der Streit zwischen Claire und Jason Cassandra ebenso wenig interessiert wie eine Fernsehsoap, die im Hintergrund lief, während sie las. Irgendwie war das noch deprimierender als der ganze Streit. Auch wenn Jason neuerdings ständig etwas an Helen auszusetzen hatte, kümmerten sie sich doch umeinander. Helen wusste nicht, ob das auch noch für Cassandra galt.

»Ja, das kann ich«, sagte Cassandra. »Aber das ist nicht die richtige Frage.«

»*Sollte* Cassandra uns weihen, Sibylle?«, fragte Matt so vorsichtig, als würde er eine riskante Theorie auf die Probe stellen, die ihm ebenso gut um die Ohren fliegen konnte.

Der Raum wurde kalt. Die unheimliche, schimmernde Aura des Orakels ergriff Besitz von Cassandras Mädchenkörper, beugte ihre Schultern, bis sie krumm dastand wie eine alte Frau und ihr Gesicht in tiefem Schatten lag. Als sie das Wort ergriff, war ihre Stimme ein Chor, denn die drei Parzen sprachen aus ihr.

»Ihr seid alle für würdig befunden, und euch soll von den Erkenntnissen, die ihr sucht, kein Leid zugefügt werden. Aber seid gewarnt. Ihr werdet alle leiden müssen.«

Der grellrote Schein der Aura verlosch und Cassandra brach zusammen.

Bevor sich auch nur einer von ihnen von dem Schock erholen konnte, die lähmende Anwesenheit der *Moirai* miterlebt zu haben, war Lucas bereits an der Seite seiner Schwester aufgetaucht, hob sie auf und nahm sie in die Arme.

»Wann bist du reingekommen?«, fragte Ariadne und sah mit großen Augen erst zur Tür und dann zu Lucas. Er ignorierte sie. Seine ganze Aufmerksamkeit galt seiner kleinen Schwester.

Cassandras Lider flatterten, und ihr Kopf ruckte, als sie das Bewusstsein wiedererlangte. Lucas hielt sie fest. Er lächelte sie an und sie lächelte zurück. Worte waren zwischen ihnen nicht nötig. Helen hätte alles dafür gegeben, so von Lucas angelächelt zu werden. Sein Gesicht war wunderschön, wenn er lächelte. Sie wollte es so gerne berühren.

Lucas drängte sich an Matt vorbei und trug Cassandra aus der Bibliothek. Helen fiel auf, dass er sich vollkommen lautlos bewegte. Irgendwie hatte Lucas, der die Fähigkeit besaß, die Luft zu manipulieren, in den letzten paar Wochen gelernt, eine Art lautloses Vakuum um sich zu erschaffen. Es war fast, als wäre er gar nicht mehr da. Helens Herz fühlte sich in ihrer Brust plötzlich so eng an, dass sie glaubte, ersticken zu müssen. Lucas löschte sich aus, und das tat er vermutlich nur, damit er nicht mit ihr im selben Raum sein musste. So sehr hasste er sie.

Claire warnte sie, dass sie die Schriftrollen erst gefahrlos studieren konnten, wenn sie zu Priestern geweiht waren. Sie mussten also warten, bis Cassandra in der Lage war, das Ritual zu vollziehen. Die anderen verließen nachdenklich die Bibliothek, aber Helen blieb noch einen Moment, um ihre Fassung zurückzugewinnen.

Jedes Mal, wenn sie Lucas sah, wurde es schlimmer. Er veränderte sich, jedoch nicht zu seinem Vorteil. Es geschah etwas mit Lucas, das *falsch* war.

Helen blinzelte wütend ihre Tränen weg. Sie hatte nicht mehr das Recht, sich Sorgen um ihn zu machen. Sie war nicht seine Freundin. Sie durfte ihn nicht einmal mehr ansehen.

Helen schüttelte diese Gedanken hastig ab, bevor sie sie noch weiter quälten. Sie musste etwas tun. Bewegung. Action. Das war ihre einzige Chance.

Als Helen die Bibliothek verließ, kam sie an Claire und Jason vorbei, die auf den Stufen einer der vielen Treppen im Delos-

Haus saßen. Es sah so aus, als wäre die hitzige Phase ihres Streits vorbei und als wären die beiden auf dem Weg der Versöhnung. Sie hielten Händchen beim Reden. Da Claire so klein war, saß sie auf einer höheren Stufe als Jason, und die beiden steckten die Köpfe so dicht zusammen, als wollten sie ineinanderkriechen.

Helen verzog sich durch die Hintertür, um nicht länger zusehen zu müssen. Vom Tennisplatz, der zur Kampfarena umfunktioniert worden war, kamen klackende Geräusche und lautes Schnaufen, und sie schlenderte hin, um nachzusehen, wer dort trainierte. Ihr erster Gedanke war, dass es Castor und Pallas sein mussten, aber als sie die Arena erreichte, sah sie, dass Ariadne und Matt mit Übungsschwertern aus Holz kämpften wie Gladiatoren. Als Matt auf den Hintern plumpste, verzog Helen mitfühlend das Gesicht. Sie wusste genau, was er gerade durchmachte.

»Gut, Matt«, sagte Ariadne und streckte ihm die Hand hin, um ihm aufzuhelfen. »Aber du lässt immer noch deine Deckung fallen, wenn du …« Ariadne verstummte, als sie sah, dass Helen sie beobachtete.

»Ich wusste nicht, dass du Matt das Kämpfen beibringst«, sagte Helen verlegen. Ariadne und Matt waren ganz rot geworden. Sie tauschten nervöse Blicke und schauten dann betreten zu Helen hinüber.

»Was ist denn los?«, fragte Helen, die nicht verstand, wieso die beiden so schuldbewusst wirkten.

»Mein Dad will nicht, dass Normalsterbliche in irgendwelche Kämpfe verwickelt werden«, gestand Ariadne. »Er hat uns gewissermaßen verboten, Matt zu zeigen, wie man mit dem Schwert umgeht.«

»Und wieso machst du es dann?«, fragte Helen, aber sie bekam keine Antwort. Helen stellte sich vor, wie Matt gegen jemanden wie Kreon antrat, und dieser Gedanke machte ihr Angst. Sie musste einfach etwas sagen. »Matt, ich weiß, dass du ein guter Sportler bist, aber selbst mit noch so viel Training wäre es Selbstmord, wenn du dich einem Scion in den Weg stellst.«

»Das weiß ich!«, knurrte er. »Aber was soll ich tun, wenn ich mitten in einen Kampf gerate oder wieder einen von euch mit dem Auto anfahre? Nur rumstehen und darauf warten, dass jemand kommt und mich rettet? Ich wäre tot, wenn ich das täte. Aber so habe ich wenigstens eine Chance.«

»Scions greifen gewöhnlich keine Normalsterblichen an. Das ist jetzt nicht persönlich gemeint, aber wir empfinden es als unehrenhaft«, erklärte Helen verlegen. Sie wollte Matt nicht beleidigen, aber es war die Wahrheit.

»Es braucht keinen Angriff, um Matt zu verletzen. Oder zu töten«, verteidigte sich Ariadne mit bebender Stimme.

»Das ist mir klar, aber …«, begann Helen sanft, brach dann aber ab. Sie fürchtete, dass Matt sich nach ein paar Wochen Training womöglich einbildete, es mit einem der Hundert aufnehmen zu können, was der pure Wahnsinn war. »Leute, das ist echt keine gute Idee.«

»Ich kann nicht einfach rumstehen und nichts tun! Ich habe keine Angst!«, schrie Matt sie an. Ariadne trat vor und legte ihm beruhigend die Hand auf den Arm.

»Das hilft uns nicht weiter«, sagte sie gelassen und sah dann Helen mit stählernem Blick an. »Ich finde, es ist nicht richtig, wenn er unter Scions ist und nicht einmal weiß, wie man ein Schwert hält. Es ist mir ehrlich gesagt egal, ob der Rest der Familie anderer Meinung ist. Ich werde ihn unterrichten. Die einzige Frage ist nun, ob du es meinem Vater sagen wirst oder nicht.«

»Natürlich nicht!«, beteuerte Helen gereizt und sah Matt flehentlich an. »Aber Matt, *bitte* versuch nicht, gegen einen Scion zu kämpfen, wenn es nicht unbedingt nötig ist!«

»Von mir aus«, knurrte Matt erbittert. »Aber nimm bitte zur Kenntnis, dass ich nicht nutzlos bin, auch wenn ich kein Auto über meinen Kopf heben kann.«

Helen konnte sich nicht erinnern, Matt jemals so gereizt erlebt zu haben. Sie wollte ihn fragen, was mit ihm los war, aber sie fand einfach nicht die richtigen Worte. Wenn sie ehrlich war, hätte sie es lieber gesehen, wenn er etwas feiger gewesen wäre. Dann würde er vermutlich länger leben, aber das konnte sie ihm schlecht sagen.

Als Helen nicht sofort etwas erwiderte, verließ Matt die Arena, dicht gefolgt von Ariadne. Als sie ein paar Schritte entfernt waren, hörte Helen, wie Ariadne etwas Tröstendes zu Matt sagte, doch er wehrte ihre Worte frustriert ab. Die beiden redeten beim Weggehen weiter miteinander, aber Helen versuchte nicht, sie zu belauschen. Sie war einfach zu müde dazu.

Sie setzte sich in den Sand und vergrub das Gesicht in den Händen. Es gab niemanden, an den sie sich wenden konnte, niemanden, mit dem sie wenigstens ein paar Minuten reden konnte, bevor sie sich wieder ihrer scheinbar unlösbaren Mission in der Unterwelt widmen musste.

Die Sonne ging bereits unter. Ein weiterer Tag endete und damit brach eine weitere Nacht in der Unterwelt an. Helen hob den Kopf und versuchte, genügend Energie für den Heimflug aufzubringen, aber sie war so erschöpft, dass sie kaum noch klar sehen konnte. Aber wenn sie noch länger blieb, würde sie einschlafen, und sie wollte nicht hinabsteigen, solange sie noch auf dem Grundstück der Delos war.

Sie rappelte sich auf und verspürte dabei erneut das merkwürdige Schwindelgefühl. Es war, als würde ein Stück von der Welt abbrechen und sich in ein Bild verwandeln, um das sich ihr Körper drehte. Helen fiel auf die Knie und versuchte, sich nicht zu übergeben. Der Sand verschwamm vor ihren Augen, und einen Moment lang glaubte sie, tatsächlich eine Bewegung gesehen zu haben. Sie hielt ganz still und schloss die Augen.

Sie konnte einen Herzschlag hören. Und es war nicht ihrer.

»Wer ist da?«, flüsterte sie, und ihr Blick huschte suchend umher. Sie rief einen Ball aus Elektrizität herbei und hielt ihn in der Hand. »Komm näher und ich töte dich.«

Helen wartete noch einen Moment, aber es kam keine Reaktion. Genau genommen rührte sich überhaupt nichts. Es war eigentlich sehr friedlich. Helen bewegte ihre Hand und der Kugelblitz rann in einem Funkenregen durch ihre Finger und erlosch gefahrlos im Sand. Sie schüttelte den Kopf und lachte über sich selbst, konnte aber nicht verhindern, dass ihr Lachen etwas hysterisch klang. Sie drehte allmählich durch, das war ihr klar.

Zu Hause angekommen, begann sie, das Abendessen für sich und ihren Dad zu kochen, aber dann kam ein Anruf von Jerry. An seinem knappen Ton erkannte Helen, dass er sie wegen des zerbrochenen Fensters am liebsten angeschrien hätte, aber da er anrief, um ihr zu sagen, dass es im Laden ein Riesenproblem mit einer Lieferung Luftballons in Spinnenform gab und er sie deswegen eine weitere Nacht allein lassen musste, fühlte er sich schuldig genug, um die Sache mit dem Fenster durchgehen zu lassen. Helen versuchte, nicht zu mürrisch zu klingen, als sie ihm versicherte, wie leid es ihr tat, dass er schon wieder so lange arbeiten musste. Dann legte sie auf und starrte die halb zubereitete Mahlzeit an, die sie jetzt weder zu Ende kochen noch essen wollte. Sie räumte alles wieder weg, so gut es ging, aß an der Spüle stehend eine Schale Müsli und ging dann nach oben, um sich bettfertig zu machen.

Helen warf sich Orions Jacke über die Schulter und öffnete ihre Zimmertür. Eigentlich wollte sie eintreten, aber ihre Füße weigerten sich. Ihr Zimmer war immer ihre Zuflucht gewesen, ihr Rückzugsort, aber das war vorbei. Jetzt war es der Ort, an dem sie jede Nacht litt. Und außerdem war es kalt wie in einem Iglu.

Helen stand auf der Türschwelle, holte tief Luft und stieß sie in einer großen Atemwolke wieder aus.

»Also gut, Orion Wie-immer-dein-Nachname-ist«, sagte sie zu ihrem leeren Zimmer, als sie es schließlich doch betrat, die Tür hinter sich schloss und ihre Gummistiefel anzog. »Ich hoffe, es war dein Ernst, dass du mir helfen willst, denn ich habe noch nie so dringend Hilfe gebraucht wie jetzt.«

Natürlich tauchte Orion nicht auf. Helen kam es so vor, als würde sie einen ganzen Tag um den Asphodeliengrund herumwandern. Sie lief durch den glitschigen Schlamm der Ebene rund um diese

Wiese mit den gruseligen Blumen und hoffte, dass Orion bald auftauchen würde, was er nicht tat.

Helen vermied die Wiese, weil die Blumen sie deprimierten. Asphodelien hatten blasse, geruchlose Blüten, die steif und in regelmäßigen Abständen aus dem Boden ragten wie Grabsteine. Sie hatte gelesen, dass diese Blüten die einzige Nahrung der hungrigen Schatten der Unterwelt waren, und obwohl Helen noch keinen Schatten gesehen hatte, spürte sie ihre Anwesenheit, fühlte ihre Blicke.

In der Hoffnung, dass sie neben ihm landen würde, hatte sich Helen vor dem Schlafengehen auf Orion konzentriert. Sie wusste zwar nicht allzu viel über die Unterwelt, aber ihr war klar, dass sie ihn nur treffen konnte, wenn er in derselben Nacht hinabstieg wie sie. Sie lief auf und ab und hoffte, dass er noch kommen würde, aber ihr Gefühl sagte ihr, dass sie direkt vor ihm hinabsteigen musste, wenn sie ihn treffen wollte. Auf ihn zu warten, hatte keinen Sinn.

Je mehr Helen darüber nachdachte, desto unsicherer wurde sie, ob Orion in der nächsten Nacht auftauchen würde. Vielleicht hatte er inzwischen die Nase voll von der Unterwelt.

Sie versuchte, es von der guten Seite zu sehen. Er hatte ihr zumindest den Tipp gegeben, sich praktischer anzuziehen, bevor sie sich schlafen legte. Natürlich wäre es schwierig, Jerry zu erklären, warum sie mit Gummistiefeln ins Bett ging, aber das war entschieden besser, als barfuß durch diesen ekligen Morast zu waten.

Am Montagmorgen wachte Helen auf und seufzte deprimiert, weil es nichts gab, auf das sie sich abends beim Schlafengehen freuen konnte. Natürlich war Orion nie Teil der Abmachung gewesen, das war ihr klar. Sie hatte immer gedacht, dass sie alles allein machen müsste. Zögernd wälzte sie sich aus dem Bett, um den Schmutz der Nacht wegzuputzen und sich für die Schule fertig zu machen.

5

Gut geschlafen?, lautete die SMS von der unbekannten Rufnummer. Helen prallte gegen Claires Rücken und rannte sie beinahe um.

»Pass doch auf, Lennie!«, beschwerte sich Claire lautstark. Helen wich hastig zur Seite aus und versuchte, ihr Gleichgewicht wiederzufinden, ohne auf die Füße ihrer Freundin zu treten.

»Sorry, Gig …«, murmelte Helen abgelenkt, weil sie bereits *Wer bist du?* tippte.

»Mit wem simst du?«, fragte Claire neugierig.

Hast du mich schon vergessen? Bin ich nicht interessant genug 4 you?, lautete die Antwort. Clever, dachte Helen. So clever, dass sie beschloss, es zu riskieren.

4? Wegen der 4 Nachnamen?, schrieb Helen zurück. Auf ihrem Gesicht breitete sich der Anflug eines Lächelns aus und sie hatte plötzlich einen erstaunlich großen Schmetterling im Bauch.

»Lennie? Was ist los?« Claire nahm Helen am Arm und steuerte sie über den Flur in Richtung Cafeteria.

»Ich denke, das könnte dieser Orion sein – der Typ, den ich in der Unterwelt getroffen habe. Ich habe ihm allerdings nie meine Nummer gegeben«, murmelte Helen.

Claire steuerte Helen sicher durch die Cafeteria, während Helen auf das Display ihres Handys starrte. Wenn es ein Trick war, verriet sie Orion womöglich, aber um ganz sicher zu sein, musste sie ihren geheimnisvollen Anrufer auf die Probe stellen. Wenn irgendein Unbekannter ihre Nummer hatte, konnte auch sie in Gefahr sein. Endlich kam eine Antwort.

Ha! 4 Namen, aber nur 1 Jacke. Erfriere!! Treffen heute Nacht?, schrieb Orion, und jetzt war Helen sicher, dass er es war. Niemand sonst konnte von der Jacke wissen, die sie ihm versehentlich geklaut hatte und in der sie seitdem schlief. Helen hatte noch nicht einmal Claire von ihr erzählt.

Klar, ich werde da sein – und dich nicht allein schmoren lassen, antwortete sie. Erst nach dem Absenden merkte sie, wie zickig sich die zweite Hälfte ihrer Nachricht anhörte, und hätte sie zu gern rückgängig gemacht. Helen hatte stundenlang auf ihn gewartet. Natürlich hatten sie kein Date oder so etwas gehabt. Es war einfach nur das erste Mal gewesen, dass sie auf einen Jungen gewartet hatte, der dann nicht aufgetaucht war. Kein tolles Gefühl.

Hey, das ist unfair. Konnte gestern nicht zu den Höhlen. Heute Prüfungen, kam Orions verzögerte Antwort.

Höhlen? Helen hatte keine Ahnung, was er damit meinte. Aber seine Ausrede erleichterte sie so sehr, dass sie selbst erstaunt war. Sie wollte jedoch nicht über den Grund dafür nachdenken und beschloss, zuerst die wichtigen Punkte zu klären. Zum Beispiel, wie Orion sie gefunden hatte.

Woher hast du meine Nummer?, fragte Helen, während Claire sie auf ihren Stammplatz dirigierte und ihr Mittagessen für sie auspackte.

Daphne.

Was? Wann? Helen presste die Daumen so hart auf die Tasten, dass sie sich zwingen musste locker zu lassen, um ihr Telefon nicht durchzubrechen.

Äh … vor 5 Minuten? Muss los.

Hast du mit ihr GEREDET?

Helen starrte mit offenem Mund das Display an, aber als nicht sofort eine Antwort kam, wusste sie, dass die Unterhaltung beendet war.

»Orion also, hm?«, fragte Claire spitz. »Du hast mir nicht erzählt, dass du seinen Namen kennst.«

»Du hast ja auch nicht mehr nach ihm gefragt.«

»Tut mir leid«, murmelte Claire kleinlaut. »Ich war zu sehr damit beschäftigt, Cassandra und Jason bei der Suche nach der Schriftrolle aus dem Weg zu gehen. Also, erzähl schon. Was war mit ihm?«

»Wir haben geredet.« Helen biss geistesabwesend von dem Sandwich ab, das Claire ihr in die Hand gedrückt hatte.

Sie wollte Orion am liebsten gleich ein Dutzend Fragen stellen, aber ihre Antworten würde sie erst in der Nacht bekommen. Als Erstes würde sie ihn fragen, wieso Daphne seine Anrufe annahm, ihre aber nicht. Orion hatte gesagt, dass er Daphne schon sein ganzes Leben kannte. Vielleicht stand sie ihm besonders nah. Näher als ihrer eigenen Tochter? Helen hatte keine Ahnung, wie sie das finden sollte.

»Erzählst du mir nun von diesem Orion-Typen oder soll ich einfach nur dasitzen und dir beim Kauen zugucken?«, fragte Claire und hob die Brauen. »Und wieso bist du so schlecht gelaunt?«

»Ich bin nicht schlecht gelaunt!«

»Und wieso siehst du dann so mürrisch aus?«

»Ich weiß einfach nicht, was ich von all dem halten soll.«

»Von was denn?«, schrie Claire schon fast vor lauter Frustration.

Und wieder erkannte Helen, dass es inzwischen vieles gab, das sie und Claire nicht mehr miteinander teilten.

Helen fing an, leise und schnell zu berichten, um die ganze Geschichte loszuwerden, bevor die Mittagspause endete. Sie begann damit, wie Orion versucht hatte, sie aus dem Treibsand zu ziehen. Dann beschrieb sie den goldenen Zweig an seinem Arm und dass er nun schon zweimal bösartige Höllenbestien bekämpfen musste, obwohl sie dort unten nie irgendwelche Lebewesen gesehen hatte, und wie er sie bei einem dieser Angriffe beschützt hatte.

»Ich möchte aber nicht, dass du Jason von ihm erzählst, okay? Abgesehen von den SMS gerade eben habe ich bisher erst einmal mit Orion gesprochen und weiß deshalb noch nicht, was ich von ihm halten soll. Er hat gesagt, dass Daphne ihn hinuntergeschickt hat, damit er mir hilft«, berichtete Helen und schüttelte verwirrt den Kopf. »Und ehrlich gesagt, Gig, habe ich keine Ahnung, was sie jetzt wieder im Schilde führt. Es kommt mir vor, als würde sie ständig irgendwelche verrückten Pläne ausbrüten.«

»Aber das heißt doch nicht, dass Orion das auch tut. Du hast in der Unterwelt keine Superkräfte, nicht wahr?«, fragte Claire. »Und der Typ ist ein guter Kämpfer?«

»Er ist ein unglaublicher Kämpfer, und nach allem, was ich bisher gesehen habe, braucht er keine Superkräfte, um sich zu verteidigen. Er hat dieses Monster, das mich angesprungen hat, gewissermaßen mit bloßen Händen getötet.«

»Dann führt Daphne vielleicht nichts anderes im Schilde, als dich am Leben zu erhalten. Immerhin hat er dich schon bei eurer ersten Begegnung gerettet.«

Helen wollte widersprechen, aber Claire hatte wie üblich das bessere Argument. Daphne wollte die Furien loswerden, und Cassandra zufolge war Helen die Einzige, die das schaffen konnte. Außerdem war sie Daphnes Tochter und alleinige Erbin. Aber Helen bezweifelte dennoch, dass Daphne sie nur schützen wollte.

Nachdem sie eine Weile an ihrer Unterlippe genagt und versucht hatte, einen Fehler in Claires Argumentation zu finden, musste Helen sich eingestehen, dass sie nur anderer Meinung war, weil Daphne sie als Baby im Stich gelassen hatte. Sie traute ihr einfach nicht. Vielleicht war sie zu streng mit ihr. Vielleicht versuchte Daphne diesmal wirklich, nur zu helfen.

»Okay, du hast recht … es ist nur so, dass ich ein echtes Problem habe mit Beth oder Daphne oder wie immer sie sich nennt. Wahrscheinlich wäre ich nicht so misstrauisch, wenn sie gelegentlich mal meine Anrufe entgegennehmen würde«, erklärte Helen gereizt. »Ich erwarte ja nicht, dass sie mir haarklein erzählt, was sie gerade macht, aber es wäre zumindest ganz nett zu erfahren, in welchem Land sie sich aufhält.«

»Hast du schon mal daran gedacht, dass es vielleicht sicherer für dich sein könnte, nicht zu wissen, wo sie ist und was sie tut?«, fragte Claire sanft. Helen machte den Mund auf, um zu widersprechen, klappte ihn aber gleich wieder zu, denn sie konnte auch diesen Stich nicht gewinnen. Trotzdem hätte sie zu gern gewusst, wo zur Hölle Daphne war.

Daphne hielt den Atem an und verharrte vollkommen reglos. Sie hatte es geschafft, ihre Lunge davon zu überzeugen, dass sie nur einen Bruchteil der Luft brauchte, die sie sonst einatmete, aber gegen ihr rasendes Herz konnte sie nichts tun. Der Mann, den zu töten sie geschworen hatte, war im Nebenzimmer. Sie musste sich irgendwie beruhigen, sonst hätte sie ihr Opfer ganz umsonst gebracht.

Von ihrem Versteck in seinem Schlafzimmer konnte sie ihn im angrenzenden Arbeitszimmer hören. Er saß am Sekretär und schrieb die unzähligen Briefe, mit denen er seine Anhänger, die Hundert Cousins, befehligte. Sie stellte sich seine einst so gemeißelten Gesichtszüge und das verblichene blonde Haar vor, und ihre Zähne knirschten bei dem Gedanken, ihn in Stücke zu reißen. Nach so vielen Jahren trennten Daphne nur noch wenige Meter von Tantalus, dem Anführer des Hauses von Theben und dem Mörder ihres geliebten Ehemanns Ajax.

Es waren mittlerweile Stunden vergangen und Tantalus schrieb immer noch. Daphne wusste, dass jeder dieser Briefe, über denen Tantalus brütete, von verschiedenen Kurieren zu allen Postämtern entlang der Küste gebracht und von dort verschickt werden würde. Er legte größten Wert darauf, seinen Aufenthaltsort geheim zu halten, was erklärte, wieso sie neunzehn Jahre gebraucht hatte, um ihn aufzuspüren. Dazu war sie dem Leichnam seines Sohns Kreon gefolgt, hatte die sterblichen Überreste bei der Überführung nach Portugal keinen Augenblick aus den Augen gelassen und auf der Reise unzählige Male die Gestalt gewechselt. Sie hatte geahnt, dass Tantalus lange genug auftauchen würde, um die rituelle Münze in den Mund seines einzigen Sohnes zu legen, und sie hatte recht gehabt.

Endlich hörte sie, wie Tantalus den Stift weglegte und aufstand. Er rief den normalsterblichen Hausangestellten herein, der die Briefe an die Kuriere übergeben sollte. Dann schenkte er sich ein Glas aus seiner gut bestückten Hausbar ein. Es dauerte einen Moment, bis der Geruch bis zu ihr vordrang, aber sie erkannte seinen Drink sofort. Bourbon. Kein Cognac, kein teurer Whisky, sondern süßer Bourbon aus Kentucky. Er nippte ein paarmal daran und inhalierte den Duft. Dann betrat er sein Schlafzimmer, schloss die Tür hinter sich und fing an, mit ihr zu reden.

»Du solltest wissen, Daphne, dass einer der Briefe an den Myrmidonen gerichtet ist, der auf meinen Befehl auf Nantucket vor dem hübschen kleinen Haus deiner Tochter in seinem Nest sitzt. Wenn er nichts mehr von mir hört, ist sie so gut wie tot.«

Daphne hätte beinahe laut aufgestöhnt. Sie wusste, dass Tantalus die Wahrheit sagte, was den Myrmidonen betraf. Er hatte die Eingreiftruppe angeführt, von der Hector bei Helens Sportfest überfallen worden war. Wenn dieses *Ding* Helen beobachtete und nicht Hector, wie sie angenommen hatte, dann blieb ihr keine Wahl. Sie schluckte gegen ihren rasenden Herzschlag an und kam aus ihrem Versteck.

Tantalus starrte sie an und seine Augen huschten über ihr Gesicht und ihren Körper. Seine gierigen Blicke verursachten ihr eine Gänsehaut, und sie konzentrierte sich stattdessen auf den kleinen Rest Bourbon in seinem Glas, den sie gerochen hatte. So hatte er sie also aufgespürt.

»Du hast mich *gerochen*, stimmt's?«, fragte sie, obwohl ihre Stimme Mühe hatte, sich an dem bitteren Kloß in ihrem Hals vorbeizuquetschen.

»Ja«, hauchte er verzweifelt und beinahe entschuldigend. »Selbst nach all den Jahren erinnere ich mich an den Duft deiner Haare.«

Daphne ließ zur Warnung einen Funken auf ihrer Handfläche aufblitzen. »Wenn du deine Wachen rufst, töte ich dich an Ort und Stelle und lasse es darauf ankommen, dass ich schneller bei meiner Tochter bin als dieser Brief.«

»Und wenn du den Brief nach Nantucket abfängst, was dann? Bildest du dir wirklich ein, du könntest einen fünftausend Jahre alten Myrmidonen töten? Einen, der Seite an Seite mit Achill gekämpft hat?«

»Nicht allein«, entgegnete Daphne eisig. »Aber mit deinen Brüdern und ihren Kindern? Es ist denkbar, dass wir das Monster mit vereinten Kräften besiegen.«

»Aber höchst unwahrscheinlich«, widersprach Tantalus. »Und es würde uns beide einiges kosten. Du weißt, dass sich Hector als Erster in den Kampf stürzen und als Erster sterben wird. Und ich frage mich, ob du es erträgst, ihn noch einmal zu verlieren … Er sieht Ajax *so* ähnlich. Aber ich bin neugierig – ist er auch genauso gut im Bett?«

»Du widerliches Tier!« Daphne versprühte knisternde Funken, bekam sich schließlich aber wieder unter Kontrolle.

Das war sein Plan. Er wollte, dass sie in nutzloser Wut all ihre Blitze vergeudete und dann wehrlos war. So wie in der Nacht, als sie Ajax verlor. Aber jetzt war sie älter und klüger.

Es kostete viel mehr Energie, die Blitze so zu dosieren, dass sie die Zielperson nur betäubten und nicht töteten, aber durch langjährige Übung hatte Daphne ihre Blitzkräfte in den Griff bekommen. Sie schoss einen kleinen blauen Blitz durch den Raum, der Tantalus in die Knie zwang.

»Du hast einen Myrmidonen vor das Fenster meiner Tochter gesetzt und keinen Scion. Warum nicht?«, fragte sie ruhig. Als er nicht antwortete, durchquerte sie den Raum und berührte ihn mit ihrer glühenden Hand. Tantalus seufzte, bis ihre Fingerspitzen ihm einen Stromschlag versetzten.

»Sie ist geschützt … vom einzig überlebenden Erben meines Hauses«, schnaufte er, und sein ganzer Körper zuckte unter den schmerzhaften Stromstößen. »Kann nicht zulassen … noch mehr Ausgestoßene. Atlantis ist … jetzt schon zu weit weg.«

Er weiß immer noch nichts über die Rogues, dachte Daphne.

»Das Insekt gehört keinem Scion-Haus an und würde nicht ausgestoßen, selbst wenn es Helen und alle Mitglieder der Delos-Familie auf Nantucket tötet. Was dir im Übrigen eine Menge Ärger ersparen würde«, fuhr Daphne fort und erhöhte die Stromstärke. »Wieso hast du ihm also noch nicht den Angriff befohlen?«

»Wie sollte ich … dich daran hindern … mich zu töten … wenn ich keine Geisel habe?«, japste er. Daphne beendete den

Stromfluss, damit er deutlich sprechen konnte. »Ich will über Atlantis herrschen und nicht nur lange genug leben, um es zu sehen. Aber dafür muss ich wieder Teil meines Hauses werden.«

Seine Brust krampfte sich zusammen und er krümmte sich vor Schmerzen. Einen Moment später holte Tantalus tief Luft und lächelte Daphne in das hypnotisierend schöne Gesicht.

»Ich wusste, dass du mich eines Tages finden und herkommen würdest.«

Jemand klopfte energisch an die Tür und rief ein paar besorgte Worte auf Portugiesisch. Tantalus warf einen Blick zur Tür und sah dann wieder Daphne an. Sie schüttelte den Kopf, um ihm zu bedeuten, dass er den Mund halten sollte. Sie sprach kein Portugiesisch und konnte nicht riskieren, Tantalus reden zu lassen, auch wenn sein Schweigen sie schließlich verraten würde. Sie hörte, wie der Wachmann an der Tür zögerte und dann losrannte, vermutlich um Verstärkung zu holen. Sie packte Tantalus am Hemdkragen und fletschte die Zähne.

»Ich werde *immer* hinter der Tür, unter dem Bett oder hinter der nächsten Ecke sein und auf meine Chance warten, dich zu töten. Es ist in meinem Blut«, zischte sie ihm hasserfüllt ins Ohr.

Er verstand, was sie damit meinte, und lächelte. Daphne hatte einen Eid geschworen, der unverbrüchlicher war als jeder Vertrag unter Normalsterblichen. Sie würde ihn eines Tagen töten müssen, denn wenn sie es *nicht* tat, würde es sie umbringen.

»Hasst du mich so sehr?«, fragte er – beinahe fasziniert davon, dass Daphne ihr Leben mit seinem verband, selbst wenn es dabei nur um den Tod ging. Inzwischen waren weitere Wachen eingetroffen und hämmerten an die Tür, aber Tantalus ignorierte sie.

»Nein. Ich habe Ajax so sehr geliebt und tue es noch immer.« Sie stellte erfreut fest, wie sehr es Tantalus verletzte, dass es jemanden gab, den sie mehr liebte als ihn. »Und jetzt sag mir, was du von Helen willst.«

»Was *du* willst, meine Liebe, meine Göttin, meine zukünftige Königin von Atlantis«, intonierte Tantalus, der wieder unter dem Einfluss von Daphnes betörendem Gesicht stand. Die Wachen begannen, die mit Beton und Stahl verstärkte Tür aufzubrechen, was Daphne zwang, von Tantalus zurückzutreten.

»Und was will ich?«, fragte sie, und ihre Augen huschten auf der Suche nach einem Fluchtweg über die dicken Steinwände des Raumes. Es gab keinen zweiten Ausgang.

Daphne warf einen Blick auf die Brustwehr hinter sich, von der es steil hinunter ins Meer ging. Sie schaute auf, in der Hoffnung, einen Weg über das Dach der Zitadelle zu finden, aber der Überhang versperrte ihr die Sicht. Sie konnte nicht fliegen wie Helen. Sie konnte aber auch nicht schwimmen. Daphne lief die Zeit davon, aber sie wollte hören, was Tantalus zu sagen hatte, bevor sie aus dem Fenster sprang und versuchte, irgendwie das Ertrinken zu vermeiden. Sie funkelte Tantalus an und sammelte den Rest ihrer Funken zusammen, um ihn zum Reden zu zwingen. Er schaute traurig lächelnd zu ihr auf, als täte ihm die Aussicht, sie gehen zu lassen, mehr weh als die Tatsache, dass sie sein Leben bedrohte.

»Ich will, dass Helen in der Unterwelt Erfolg hat und uns alle von den Furien befreit«, antwortete er schließlich und deutete auf das prunkvolle Gefängnis, in dem er als Ausgestoßener leben musste. »Sie ist meine einzige Hoffnung.«

»Verdammt noch mal!«, fluchte Orion lautstark, duckte sich instinktiv und hechtete zur Seite. »Tauchst du immer so plötzlich in der Hölle auf?«

Sie standen auf einem öden Stück der Salzebene am Rand eines Meeres, das Helen bisher noch nie erreicht hatte und von dem sie deshalb annahm, dass es überhaupt nicht existierte. Das war noch eine nette Begleiterscheinung der Hölle – sie versprach einem Landschaften, die nie auftauchten. Helen warf einen Blick auf Orions panisches Gesicht und erkannte, dass sie sich beinahe in seiner hinteren Hosentasche materialisiert hatte.

»Tut mir leid«, sagte sie verlegen. »Ich wollte dir nicht so auf die Pelle rücken.«

»Du hast mich zu Tode erschreckt! Gibt es keinen Weg, mich vorzuwarnen?« Orion presste sich immer noch eine Hand an die Brust, aber er musste auch ein bisschen lachen, was ansteckend wirkte.

»Ich fürchte nicht«, erklärte Helen kichernd. Es war ein nervöses Kichern, aber sie versuchte, diese Tatsache zu ignorieren. Sie hatte befürchtet, dass er nicht kommen würde, und nie damit gerechnet, dass sie sich so über seine Anwesenheit freuen würde.

»Hey, ich habe dich zwar zu Tode erschreckt, aber zumindest habe ich daran gedacht, deine Jacke mitzubringen.« Mit einem Schulterzucken ließ sie die Jacke von ihren Armen gleiten und senkte dabei den Kopf, damit er nicht sah, wie rot sie geworden war.

»Ach ja? Und was willst du anziehen?«, fragte er und musterte ihre nackten Arme. Helen erstarrte mitten in der Bewegung. Sie hatte vergessen, ihre eigene Jacke unter seiner anzuziehen, und trug nur ein T-Shirt.

»Äh … upps.«

»Behalte sie erst mal«, sagte er und schüttelte den Kopf, als hätte er nichts anderes erwartet. »Gib mir aber meine Brieftasche.«

»Du kriegst deine Jacke wieder, wenn die Nacht vorbei ist«, versprach Helen und reichte ihm die Brieftasche.

»Na, klar doch.«

»Doch, ehrlich!«

»Hör mal, willst du wirklich die ganze Nacht darüber diskutieren, ob Mädchen *jemals* die Klamotten zurückgeben, die sie sich von Jungs geliehen haben? Denn soweit ich festgestellt habe, kann eine Nacht hier eine ganze Ewigkeit dauern.«

Helen grinste. Sie musste sich wieder ins Gedächtnis rufen, dass sie eigentlich gar nichts über Orion wusste, denn mittlerweile kam es ihr vor, als wären sie alte Freunde.

»Wer *bist* du?«, fragte sie und versuchte, nicht allzu hingerissen zu klingen. Jemanden wie ihn hatte sie noch nie getroffen. Orion war zweifellos so hart im Nehmen wie die Delos-Jungs, aber im Gegensatz zu ihnen, die zur Angeberei neigten, war Orion bodenständiger und beinahe bescheiden. »Woher kommst du?«

Orion stöhnte. »Anscheinend brauchen wir doch diese Ewigkeit. Ursprünglich stamme ich aus Neufundland. Hör mal, meine Lebensgeschichte ist echt kompliziert, deshalb sollten wir uns ein Versteck suchen, bevor uns irgendwas Hässliches aufspürt.«

»Ach, danach wollte ich dich auch schon fragen«, sagte Helen, als sie sich vom nicht existierenden Meer abwandten und eine Fläche mit hohem Sumpfgras ansteuerten. »Wieso taucht jedes Mal, wenn wir zusammen sind, irgendein grässliches Monster auf, das uns zum Frühstück verspeisen will?«

»Der Zweig von Aeneas«, sagte er und zeigte auf das leuchtend goldene Armband an seinem Handgelenk. »Er wurde von einem meiner Vorfahren von einem magischen Baum geschnitten, der am Rand der Unterwelt wächst, und dummerweise zieht er Monster an wie Insekten zu einer Grillparty.«

»Wieso nimmst du das Ding nicht ab?«, fragte Helen, als wäre das die einzig logische Folgerung.

»Weil Ihr, Auserwählte Prinzessin, kommen und gehen könnt, wie es Euch beliebt.« Er hielt ein hohes Riedbüschel auseinander, damit sie hindurchgehen konnte. Helen wollte diesen Punkt bestreiten, aber sie bekam keine Gelegenheit dazu. »Ich brauche den Zweig, um die Tore zwischen den Welten zu öffnen. Ohne ihn würde ich jetzt in einem Höhlensystem in Massachusetts herumwandern und mich hoffnungslos verirren.«

»Höhlen?«, fragte Helen, denn Orion hatte so etwas schon einmal erwähnt. »Das Tor zur Unterwelt ist in einer Höhle in *Massachusetts*?« Helen konnte es nicht fassen. Orion schmunzelte und erklärte es ihr.

»Es gibt Hunderte, vielleicht sogar Tausende Tore zur Unterwelt, überall auf der Welt. Die meisten davon sind an sehr kalten Stellen tief in irgendwelchen Höhlen. Sie sind sozusagen Übergänge, aus denen aber erst Tore in die Unterwelt werden, wenn man irgendeinen Schlüssel hat. Soweit ich weiß, ist der Zweig das einzige erhalten gebliebene Relikt, mit dem es geht, und als Erbe des Aeneas gibt es außer mir wohl niemanden, der ihn benutzen kann.«

Das ergab Sinn. Helen trug den Cestus, ein uraltes Relikt der Göttin Aphrodite, das nur einer Frau aus dem Haus von Atreus gehorchte.

»Aber ich dachte, dass Magie hier unten nicht funktioniert«, sagte Helen und berührte unwillkürlich den Anhänger an ihrer Kette. Da sie bei fast jedem ihrer Ausflüge in die Unterwelt Verletzungen davontrug, hatte sie längst erkannt, dass der Zauber des Cestus hier nicht wirkte.

»Nur Unterweltzauber wirkt in der Unterwelt«, antwortete Orion. »Dies ist ein anderes Reich als unseres und es hat seine eigenen Regeln. Das hast du doch sicher gemerkt. Wir haben hier unten auch keine Scion-Kräfte.«

»Ja, *das* ist mir aufgefallen«, sagte Helen. Ihre Bemerkung veranlasste Orion, der ihnen gerade einen Weg durch die hohe Vegetation trampelte, sich zu ihr umzusehen. Er blieb stehen, überlegte kurz und musste dann lachen, weil ihm klar wurde, worauf Helen anspielte.

»Der Höllenhund! Du hast ihn angestarrt wie ein verschrecktes Kaninchen!«

Helen kicherte verlegen, was ihre Schultern zum Beben brachte. »Ich wusste nicht, was ich tun sollte! Ich weiß nicht, wie ich ohne meine Blitze kämpfen soll!«

»Du hast so versteinert dagestanden, als hättest du einen Asthmaanfall oder so was«, alberte er. »Ich habe schon überlegt, Daphne zu fragen, ob vielleicht ein Inhalator helfen würde …«

Als ihm auffiel, wie schnell Helens Stimmung bei der Erwähnung ihrer Mutter umschlug, verstummte er hastig. Sie konnte es nicht ausstehen, wie beiläufig er sie »Daphne« nannte, als wären die beiden beste Freunde.

»So schlimm?«, fragte er nach einem Augenblick angespannten Schweigens mitfühlend.

»Ich weiß nicht, was du meinst«, fauchte Helen. Sie wollte anfangen, sich ihren eigenen Weg durch das Riedgras zu bahnen, aber Orion legte ihr eine Hand auf die Schulter und drehte sie zu sich herum.

»Ich bin auch ein Rogue«, sagte er ruhig. »Ich weiß, wie es ist, die eigene Familie zu hassen.«

Ein Blick in seine traurigen Augen ließ Helens Ärger verrauchen. Wie von selbst hob sich ihre Hand, um ihn zu berühren, und sie musste sie im letzten Augenblick zurückreißen. Einen Moment lang hatte sie vergessen, dass Rogues wie sie nur von einem Haus beansprucht werden konnten. Die Hälfte von Orions Familie fühlte sich verpflichtet, ihn zu töten, wenn sie ihn jemals zu Gesicht bekam. Die Furien waren wie Magnete, die verfeindete Parteien zueinanderzogen, bis sie zusammenstießen. Helen war auf einer winzigen Insel versteckt gewesen und trotzdem hatte das Haus von Theben sie gefunden. Sie konnte nur vermuten, dass Orion etwas Ähnliches passiert war.

»Haben du und deine Familie je einen Weg gefunden, die Furien loszuwerden? Du weißt schon, wie ich und die Delos?«, fragte Helen. Sie wollte Lucas' Namen nicht aussprechen und auch nicht darüber reden, wie sie beide abgestürzt waren und einander gerettet hatten. Sie hoffte, dass Daphne Orion schon etwas aus ihrer Vergangenheit erzählt hatte.

Er verstand sofort, was Helen meinte. »Nein«, sagte er knapp. »Ich schulde dem Haus meiner Mutter, dem Haus von Rom, immer noch meine Blutrache.«

»Aber du kannst mit ihr zusammen sein, oder?«, fragte Helen zögerlich.

»Nein, kann ich nicht«, widersprach er mit aller Entschiedenheit. Da fiel Helen wieder ein, dass er der *Anführer* des Hauses von Rom war und nicht sein *Erbe*. Er musste den Titel seiner Mutter geerbt haben, als sie starb.

»Dann bist du von der Seite deines Vaters beansprucht worden? Dem Haus von Athen?«, fragte sie, um das Gespräch von seiner Mutter wegzulenken.

»Stimmt«, sagte er und wandte sich ab, weil Helen ihm keine weiteren Fragen stellen sollte.

»Hey, tut mir leid, aber ich würde das gern kapieren. Außerdem warst du es, der mit diesem Familienkram angefangen hat. Du hast zuerst nach meiner Mutter gefragt.«

»Es stimmt, ich habe damit angefangen.« Orion hob die Hände und gab einen frustrierten Laut von sich. »Ich bin gut im Zuhören, nicht im Reden, und ich habe keine Ahnung, wie du dich gerade fühlst, weil ich hier unten meine Kräfte nicht habe. Ich kann nicht in dein Herz sehen und das macht mich irre.« Er schüttelte nachdenklich den Kopf. »Ich schätze, normale Typen fühlen sich immer so. Das ist echt gruselig, also lass mich bitte einen Moment nachdenken, okay?«

»Okay.« Helen konnte ihn nicht ansehen.

»Ich fange noch mal an«, sagte er, und es klang beinahe wie eine Warnung. Helen nickte und kicherte nervös.

»Alles klar. Aber diesmal von Anfang an.« Helen bemühte sich, gelassen zu klingen und mit dem peinlichen Gekicher aufzuhören.

»Also gut. Es geht los. Ich bin der Anführer des Hauses von Rom, aber weil mich das Haus von Athen für sich beansprucht hat, jagt mich das Haus von Rom seit meiner Geburt. Doch aus gewissen komplizierten Gründen hat mich auch das Haus von Athen nie akzeptiert.« Orion sah Helen an und zwang sich weiterzureden. »Als ich zehn war, wurde mein Vater Daedalus ein Ausgestoßener, als er mich vor einem meiner Cousins beschützt hat. Er musste den Sohn seines eigenen Bruders töten, um mein Leben zu retten. Seitdem konnte ich nicht mehr in seine Nähe kommen. Die Furien hetzen uns auf, uns gegenseitig –«

»Ich weiß.« Helen unterbrach ihn hastig, damit er die Worte nicht aussprechen musste. Orion nickte kurz.

Helen hatte plötzlich ein Bild vor Augen, wie sie versuchte, Jerry zu töten, und verdrängte es schnell wieder, denn die Vorstellung, ihren Vater anzugreifen, war unerträglich.

»Alle, mit denen ich verwandt bin, wollen mich aus dem einen oder anderen Grund tot sehen, und deshalb verstecke ich mich schon fast mein ganzes Leben. Es tut mir leid, dass ich dich so angefahren habe, aber es fällt mir schwer, so offen über alles zu sprechen … meistens nimmt es ein böses Ende, wenn ich jemandem zu nahekomme.«

»Du bist auf dich allein gestellt, seit du zehn Jahre alt warst?«, fragte Helen fassungslos, denn sie hatte noch nicht alles verdaut, was er ihr erzählt hatte. »Vor beiden Teilen deiner Familie auf der Flucht?«

»Und ich musste meine Existenz vor den Hundert geheim halten.« Orion starrte auf den Boden, um seine finstere Miene zu verbergen. »Daphne hat mir geholfen, wann immer sie konnte. Sie war da, als das Haus von Athen das erste Mal versucht hat, mich umzubringen. Sie hat versucht, meinem Dad zu helfen, und mir das Leben gerettet. Damit war ihre Seite der Blutschuld an mein Haus bezahlt, allerdings stehe ich noch in der Schuld beim Haus von Atreus. Hat Daphne dir nichts davon gesagt?«

»Wie ich schon sagte, meine Mutter und ich reden nicht viel miteinander.« War es zu viel verlangt, dass Daphne sie wenigstens über ein paar wichtige Dinge informierte? »Wie hat sie dich und deinen Dad überhaupt gefunden?«

»Daphne ist auf einem Kreuzzug zur Befreiung der Rogues und Ausgestoßenen, und zwar schon seit mindestens zwanzig Jahren. Sie ist durch die ganze Welt gereist, und da die Furien Scions zueinanderziehen, hat sie bei jeder Begegnung mit einem Scion auch eine Auseinandersetzung erlebt. Sie kann Unmengen *irrer* Geschichten erzählen. Ich kann nicht fassen, dass du keine davon gehört hast.«

Natürlich hatte Helen keine Ahnung, wovon Orion redete. Sie wusste kaum etwas über ihre vermeintliche Mutter Beth Smith-Hamilton, aber Daphne Atreus war ihr noch fremder.

»Auf jeden Fall hat sie viele Leben gerettet, darunter auch meins, und deswegen kann sie sich gefahrlos mit jedem Mitglied jedes Hauses treffen. So ist sie auch zur Anführerin der Rogues und Ausgestoßenen geworden.«

Helens Unterkiefer klappte herunter. Ihre Mutter war eine Heldin? Ihre undurchsichtige, unzuverlässige, *nicht erreichbare*

Mutter – an die sich Helen nicht einmal erinnern konnte – sollte so etwas wie der Heiland der Scions sein? Wenn das stimmte, dann spielte entweder das Universum verrückt oder Helens Wahrnehmung.

»Hör zu, ich habe dir das alles unter anderem erzählt, weil ich dachte, dass es dir dann leichter fällt, Daphne zu verzeihen. Und in dieser Hinsicht musst du mir vertrauen, Helen – du musst deiner Mutter verzeihen. Nicht um ihretwillen, sondern um deinetwillen.«

»Wieso verteidigst du sie?«, fragte Helen misstrauisch. Sie dachte daran, wie der Cestus Menschen beeinflussen konnte, und fragte sich, ob Daphne ihn kontrollierte. »Hat sie dir aufgetragen, mir das alles zu erzählen?«

»Nein! Du verstehst ganz falsch, was ich … Daphne hat mir nie gesagt, was ich dir erzählen soll«, stotterte er. Helen stieß ein verächtliches Schnauben aus, das ihn verstummen ließ. Sie war schon wieder wütend, wusste aber nicht, wieso. Und es nicht zu wissen machte sie noch wütender. Sie wandte sich von ihm ab und stürmte durch das hohe Riedgras.

Helen ließ das Gras hinter sich und nahm einen steilen Hügel in Angriff, der mit den Gesteinsbrocken einer zusammengestürzten mittelalterlichen Burg übersät war. Als sie an der Ruine vorbeimarschierte, fragte sich Helen, wieso sie so wütend war. Sie begriff, dass es nicht nur einen Grund gab. Es waren mehrere Dinge, die sie so ärgerten, und sie musste sich mit allen gleichzeitig herumschlagen.

Erstens hatte Daphne Orion in die Unterwelt geschickt, ohne es auch nur zu erwähnen. Zweitens hinderte Cassandra Claire und Matt daran, ihr zu helfen, obwohl sie es war, die jede Nacht durch die Unterwelt geschleift wurde, und nicht Cassandra. Und Lucas … wieso war er so gemein zu ihr? Selbst wenn er sie hasste, wie konnte er ihr das antun? Zum ersten Mal war Helen nicht mehr traurig über sein Verhalten, sondern richtig wütend.

Während sie bergauf stürmte und dabei ihre Gefühle analysierte, wurde Helen eines klar: Sie war vor allem wütend auf sich selbst. Ihre Trauer hatte sie so gelähmt, dass sie keine Entscheidungen mehr getroffen hatte. Sie hatte sich treiben lassen wie ein Blatt im Wind. Damit musste jetzt Schluss sein.

Außer Atem lehnte sich Helen gegen einen massiven, moosbewachsenen Granitblock, der einst zur Außenwand der Burgruine gehört hatte. Sie wirbelte herum, um Orion anzufauchen, der Mühe hatte, ihr zu folgen.

»Weißt du überhaupt, wieso du hier bist?«, fuhr sie ihn an.

»Ich bin hier, um zu helfen«, schnaufte er atemlos.

»Du sagst, dass meine Mutter dich geschickt hat. Weißt du, was der Cestus ist?«

»Ich bin ein Sohn der Aphrodite«, bemerkte er. »Der Cestus wirkt bei mir nicht. Daphne kann Herzen nur beeinflussen. Ich dagegen kann sie *kontrollieren.*«

»Oh, wow, das ist eine ziemlich erschreckende Fähigkeit«, murmelte Helen. »Aber du scheinst trotzdem ungewöhnlich bereitwillig zu tun, was Daphne von dir will. Hat sie dich irgendwie in der Hand?«

»Nein! Ich bin nicht wegen *Daphne* hier, du doofe Nuss! Ich bin hier, weil das, was du vorhast, einfach fantastisch ist und vermutlich auch das Wichtigste, was je ein Scion seit dem Trojanischen Krieg getan hat! Die Furien haben meine Familie zerstört, und ich würde alles dafür tun, dass sie dasselbe nicht auch mit anderen Familien machen. Du bist der Deszender, und es ist deine Mission, aber ohne deine Scion-Kräfte bist du eine *erbärmliche* Kämpferin. Ich bin hier, um dich aus allen stinkenden Löchern zu ziehen, in die du fällst, damit du lange genug am Leben bleibst, um das zu tun, was deine Bestimmung ist!«

Helen klappte den Mund wieder zu. Es war eindeutig, dass Orion ehrlich zu ihr war. Er hatte keine Hintergedanken, auch wenn sie immer noch vermutete, dass Daphne hinter all dem steckte. Aber je länger Helen ihm in die Augen sah, desto überzeugter wurde sie, dass er wirklich alles tun würde, um ihr beim Besiegen der Furien zu helfen.

Der Zweig von Aeneas war zwar ein Magnet für Monster, aber sie verstand, dass Orion ihr helfen musste, so gut er konnte, weil es ihn verrückt machen würde, nur zuzusehen. Und Helen war auch klar, dass sie vor Traurigkeit verrückt werden würde, wenn sie alles allein durchstehen musste. *Sie* brauchte Hilfe und *Orion* musste helfen – sie ergänzten sich also perfekt.

»Es tut mir leid, Orion. Was ich gesagt habe, war nicht fair. Es ist nur so, dass ich das Gefühl habe, dass so viele Leute mir sagen wollen, was ich zu tun habe, aber dass mir keiner wirklich etwas *sagt* …« Helen verstummte, auf der Suche nach den richtigen Worten.

»Schon klar. Du bist so wichtig, dass alle Angst haben, das Falsche zu dir zu sagen.« Er setzte sich für einen Augenblick ins Gras. »Aber ich habe keine Angst, Helen. Ich erzähle dir alles, was ich weiß, wenn du das willst.«

Ein unheilvolles Heulen hallte durchs Tal. Orion sprang auf und sein Kopf fuhr suchend herum. Er griff unter sein Hemd und zog das lange Messer heraus, packte Helens Schulter mit der anderen Hand und begann, sie vor sich herzuschieben.

»Auf den Berg«, befahl er knapp.

Helen warf einen Blick zurück und musste feststellen, dass in einiger Entfernung die hohen Grasbüschel breitflächig platt gewalzt wurden. Die Bedrohung kam geradewegs auf sie zu. Helen hatte genug gesehen, um zu erkennen, dass das, was da durch das Marschland auf sie zukam, *gigantisch* war.

Ohne ihre Scion-Kräfte und ihre Schnelligkeit hatte sie das Gefühl, sich nur im Schritttempo zu bewegen. Orion schob sie den steilen Hügel hinauf, eine Hand am Messer und die andere an ihrem Rücken. Das Ding im Gras holte schnell auf.

»Geh!«, brüllte Orion ihr ins Ohr.

»Was meinst du mit ›geh‹? Wohin denn?«, kreischte sie verständnislos. Orion stieß sie, so hart er konnte, den Berg hinauf. Helen stolperte auf Händen und Knien bergan.

Sie warf einen Blick auf Orion, der ein paar Schritte entfernt stand und sich dem Ding stellte, das Helen zwar näher kommen hörte, aber immer noch nicht sah. Orion sah sich kurz zu ihr um, und seine grünen Augen starrten sie so intensiv an, dass es fast aussah, als würden sie glühen. Helen hatte diesen Blick schon einmal gesehen und wusste, was er bedeutete. Er würde sich der Bestie stellen. Sie konnte nicht weglaufen und ihn allein kämpfen lassen. Also schlitterte sie bergab, um an seiner Seite zu sein.

»Verschwinde von hier!«, schrie er sie an.

»Und wo zur Hölle soll ich …«

6

Es wurde gerade hell. Helen wachte vollkommen durchgefroren in ihrem Bett auf und griff hektisch nach einem jungen Mann, der ihr Zimmer nie betreten hatte.

»Nein!«, rief sie mit krächzender Stimme. In ihrem Zimmer war es so eisig, dass sie Dampfwolken ausatmete. »Oh, nein, nein, nein, das darf nicht wahr sein!«

Helen sprang aus dem Bett und ging auf tauben Beinen zu ihrem Schreibtisch, um das Handy zu holen. Sie hatte eine neue SMS. Hastig scrollte sie hinunter und las:

Das war knapp. Geh jetzt ins Bett. Schreib mir nachher.

Sie setzte sich auf die Bettkante. Trotz ihrer klappernden Zähne lachte sie erleichtert auf. Es war so kalt im Zimmer, dass sie beinahe erfror. Sie warf einen Blick auf die Zeitangabe. Orion hatte die SMS um 4:22 geschickt. Jetzt war es ungefähr halb sieben, und Helen fragte sich, ob das schon als »nachher« galt. Doch sie fand, dass es albern war, sich nicht zu melden, und schrieb: *Bist du noch in einem Stück?*

Sie wartete ein paar Minuten, aber es kam keine Antwort. Am liebsten wäre Helen aufs Festland geflogen, um an der Milton

Academy nach Orion zu suchen, aber sie konnte nicht riskieren, die Schule zu schwänzen. Schließlich gab sie den Gedanken auf und fing an, sich für die Schule fertig zu machen.

Sie stand auf und musste feststellen, dass sie immer noch Orions Jacke trug. Sie konnte förmlich hören, wie er sie deswegen aufzog, obwohl es diesmal nicht ihre Schuld gewesen war, dass sie ihm die Jacke schon wieder nicht zurückgegeben hatte. Sie senkte den Kopf und fuhr langsam mit der Wange und der Unterlippe über den Kragen. Er roch nach ihm – frisch und ein bisschen wild.

Fast gereizt ließ sie die Jacke von ihren Schultern gleiten und befahl sich, mit den Albernheiten aufzuhören. Sie nahm ihr Handy mit ins Badezimmer, für den Fall, dass Orion sich meldete, und sie dachte sogar daran, sich unter der Dusche die Haare zu waschen.

Beim Abtrocknen und Zähneputzen entschied sie, dass es an der Zeit war, sich nicht länger der Gnade der Unterwelt auszuliefern. Sie wanderte dort nun schon ziellos herum seit … nun, jedenfalls viel länger als in der vergleichbaren Zeitspanne echter Zeit. Sie schuldete es Orion, sich einen besseren Plan auszudenken.

In der Schule machte sich Helen als Erstes auf die Suche nach Cassandra.

»Wir müssen uns heute Abend treffen«, sagte Helen zu ihr.

»Ist gut«, erwiderte Cassandra ruhig. »Ist letzte Nacht etwas geschehen?«

»Es gibt etwas, das ich der ganzen Familie sagen will. Und jeder ist eingeladen. Claire, Jason, Matt, Ari«, fügte Helen hinzu und setzte sich im überfüllten Flur wieder in Bewegung.

»Sie sind noch nicht so weit«, protestierte Cassandra, aber Helen ließ sie nicht ausreden.

»Dann sorg dafür, dass sie es werden. Ich habe genug Zeit verschwendet.« Helen gab Cassandra keine Gelegenheit für Widerworte.

»Wie wär's heute Abend mit ein bisschen Altgriechisch?«, fragte Helen Matt und Claire bei der Morgenversammlung.

»Ich bin dabei!«, sagte Matt sofort, wie es sich für einen Streber gehörte. »Sollen wir irgendwas mitbringen?«

»Claire?«, fragte Helen und sah ihre Freundin an, denn Matt wollte wissen, was für die Priesterweihe gebraucht wurde. »Du hast die Schriftrolle doch gefunden.«

»Trotzdem habe ich keine Ahnung«, sagte sie. »Ich habe das Ding nicht ganz durchgelesen. Schließlich bin ich nicht lebensmüde.«

»Ich bin sicher, dass Cassandra es weiß. Wir werden es schon herausfinden«, sagte Helen zuversichtlich.

»Woher dieser Sinneswandel?«, wollte Matt wissen. »Bisher warst du doch nicht begeistert von der Idee, uns in die ›Studiengruppe‹ zu lassen.«

»Und das hat mir auch unheimlich viel gebracht«, sagte Helen sarkastisch. »Sehen wir den Tatsachen ins Auge, Matt. Du und Claire, ihr habt mich seit dem Kindergarten auf alle Prüfungen vorbereitet. Und letzte Nacht ist mir klar geworden, dass ich versucht habe, diese Prüfung allein zu bestehen, und dass das vermutlich der Grund ist, warum ich ständig durchfalle.«

Sie hätte Matt auch gern von Orion erzählt, aber ihr fiel auf, dass Zach sie anstarrte. Deshalb beschloss sie, damit zu warten, bis am Abend alle versammelt waren. Das Läuten der Schulglocke beendete ihre Unterhaltung. Auf dem Weg zu ihrem ersten Kurs fragte sich Helen, wie viel Zach wohl gehört hatte.

Orion meldete sich erst in der Mittagspause wieder bei Helen, aber seine SMS bestanden nur aus einzelnen Worten wie *schnarch* und *Burger* und *H2O*. Helen verstand genau, was er damit sagen wollte. Sie wusste nicht, wie lange sie und Orion in der letzten Nacht in der Unterwelt verbracht hatten, aber wie üblich war sie nach ihrer Rückkehr müde, hungrig und unglaublich durstig gewesen. Wenigstens gab es jetzt jemanden in ihrem Leben, der wusste, was sie dort unten wirklich durchmachte. Sie fragte ihn, wie er es geschafft hatte, ohne abgebissene Körperteile aus der Hölle zu entkommen, aber seine Antwort war nur: *Da würde ich Daumenkrämpfe kriegen*. Helen vermutete, dass er es ihr entweder selbst erzählen oder aber nicht darüber reden wollte, also hakte sie nicht nach.

Am Abend erklärte Cassandra sich bereit, Matt, Claire, Jason und Ariadne in der Arena zu Priestern zu weihen. Castor, Pallas, Helen und Lucas waren als Zeugen dabei. Cassandra rezitierte etwas auf Altgriechisch und verbrannte gleichzeitig einige harzige Holzstücke in einem Bronzebehälter, der laut Jason eine Kohlenpfanne war. Dann griff Castor nach einem Käfig, in dem kleine Vögel saßen, die sofort zu zwitschern begannen, als er das Tuch wegzog.

»Wartet mal, wofür sind die?«, fragte Claire mit einem Anflug von Hysterie.

»Sei lieber froh, dass die Zeremonie nichts Größeres erfordert, wie ein Pferd oder eine Kuh«, flüsterte Jason Claire zu.

Cassandra verbeugte sich vor ihrem Vater und hielt ihm die Hände entgegen. Castor zog einen winzigen Dolch aus dem Gürtel und legte ihn auf die Handflächen seiner Tochter. Sofort begann Cassandra, leuchtend grün, rot und blau zu schimmern – es waren die eisigen Farbtöne der alten, dreigeteilten Aura des Orakels. Von den drei Parzen besessen, wendete sich Cassandra Matt zu und bot ihm das Messer an.

»Schneide dem Opfer den Kopf ab und wirf den Kadaver ins Feuer, Sterblicher. Du wurdest für würdig befunden«, verkündeten die drei Stimmen in gruseliger Harmonie.

Matt zögerte einen Moment, griff dann in den Käfig, umfasste mit einer Hand einen der zappelnden Vögel und hielt das Messer in der anderen. Im Schein des Feuers konnte Helen sehen, wie angewidert er war und wie sehr seine Hände zitterten, als er den Schnitt ausführte.

Zum Glück wurde er nicht ohnmächtig und das Opfer war schnell gebracht. Ariadne und Jason folgten seinem Beispiel so ungerührt, als hätten sie so etwas schon öfter getan, was wohl der Fall war, wie Helen vermutete. Claire war die Einzige, die es nicht übers Herz brachte, und Jason musste ihre Hand führen.

Als alle vier geweiht waren, verließen die Parzen Cassandra augenblicklich, und das Feuer erlosch von selbst. Cassandra schwankte ein wenig und hielt sich an Lucas fest, konnte aber recht schnell wieder allein stehen.

Auf dem Rückweg in die Bibliothek vergoss Claire ein paar Tränen über das, was sie getan hatte. Helen wollte zu ihr gehen und sie trösten, aber Jason hatte sie schon an sich gezogen und flüsterte ihr aufmunternde Worte ins Ohr. Einen Moment lang drückte Claire ihr Gesicht an Jasons Brust und ließ sich von ihm führen.

Angesichts dieser Zärtlichkeiten konnte Helen nicht anders – sie musste zu Lucas hinübersehen, der auf der anderen Seite der Gruppe ging. Er hatte sich so weit von ihr entfernt, wie es nur ging, und schaute kein einziges Mal zu einem von ihnen auf. Helen sah wieder weg. Sie spürte, wie sich erneut das Gewicht auf ihrer Brust niederließ, aber diesmal war das Gefühl, zerquetscht zu werden, fast unerträglich. Sie musste aufhören, jedes Mal weiche Knie zu bekommen, wenn sie Lucas ansah, und sich stattdessen auf ihre Aufgabe konzentrieren. Es stand zu viel auf dem Spiel.

Als sie alle die Bibliothek erreicht hatten, sah Matt immer noch ein bisschen grünlich im Gesicht aus. Helen begann sofort zu reden, bevor ihn jemand – zweifellos in bester Absicht – fragte, ob er sich übergeben würde oder nicht.

Sie erzählte allen von Orion, seinen Kämpfen in der Unterwelt und seiner Verbindung zu ihrer Mutter. Die anderen fragten sich, wie er die Unterwelt betreten konnte, und waren erstaunt, dass es außer Helen noch jemanden gab, der dort unten überleben konnte. Helen erklärte, dass Orion den Zweig des Aeneas besaß, der es ihm erlaubte, zwischen den Welten umherzureisen.

»Und er ist ganz sicher nicht nur ein Geist«, beteuerte Helen. »Er hat mir seine Jacke geliehen, und ich hatte sie immer noch an, als ich am Morgen aufgewacht bin.«

»Dieser Einbruch ins Museum?«, sagte Castor sofort zu seinem Bruder, als Helen den Zweig erwähnte.

»Bestimmt. Es wurde nur ein Stück alter Goldschmiedekunst

gestohlen. Ein *goldenes Blatt*«, antwortete Pallas. »Und die Diebin war eine unbekannte Frau, die einfach hineinmarschiert ist, ihre Hand durch das Panzerglas gerammt hat und wieder verschwand. Eine Frau, die sich nicht einmal die Mühe gemacht hat, sich zu maskieren, die nichts benutzte als ihre bloßen Hände und dabei anscheinend keinen einzigen Tropfen Blut vergossen hat.«

»Lasst mich raten«, sagte Helen betrübt. »Meine Mutter, richtig?«

»Aber wieso würde Daphne den Zweig stehlen und ihn dann Orion geben?«, fragte Jason. »Er ist ein so *machtvolles* Objekt.«

»Orion hat mir erzählt, dass er von Aeneas abstammt und deshalb der Einzige ist, der den Zweig benutzen kann«, berichtete Helen.

»Dann ist er der Erbe des Hauses von Rom«, stellte Castor beeindruckt fest.

»Eigentlich ist er der Anführer *dieses* Hauses. Woher wusstest du das?«, fragte Helen.

»Du hast die *Aeneis* noch nicht gelesen, oder?«, fragte Castor ohne den geringsten Vorwurf. »Aeneas war im Trojanischen Krieg der beste General Hectors und einer der wenigen Überlebenden, als Troja fiel. Er war außerdem der Gründer Roms und des Scion-Hauses von Rom.«

»*Und* er war der Sohn von Aphrodite.« Ariadne grinste Helen mit Verschwörermiene an. »Also ist dieser Orion so heiß wie … Autsch!«

Jason hatte seiner taktlosen Zwillingsschwester unter dem Tisch einen Tritt verpasst. Als sie ihn ansah, schüttelte er den Kopf, damit sie bloß nicht weiterredete. Helen hatte ohnehin schon das Gefühl, als würde ihr Gesicht in Flammen stehen, obwohl sie nicht einmal wusste, wieso. Sie hatte nichts getan, dessen sie sich schämen musste.

»Du hast eben ›dieses‹ Hauses gesagt, als wäre er noch mit anderen verbunden«, sagte Lucas, ohne Helen anzusehen.

»Das stimmt«, murmelte Helen. »Orion ist der Anführer des Hauses von Rom, aber auch der Erbe des Hauses von Athen.«

Sofort redeten alle wild durcheinander. Anscheinend war Orion der erste Scion, der zwei Häuser geerbt hatte, was wirklich ungewöhnlich war, wie Helen erkannte, weil die Furien alles daransetzten, die Häuser getrennt zu halten. Helen schnappte Bruchstücke der Unterhaltungen um sie herum auf und bekam mit, dass es eine Prophezeiung über Orion gab, die ziemlich beunruhigend klang.

»He, wartet mal«, unterbrach Helen, als die anderen anfingen, auf eine Art über Orion zu sprechen, die ihr gar nicht gefiel. »Kann mir bitte jemand erklären, was los ist?«

»Da gibt es nicht viel zu erklären«, versicherte ihr Cassandra energisch. »Vor dem Trojanischen Krieg gab es eine Prophezeiung von Kassandra von Troja. Sie hat vorhergesehen, dass es einen Mehr-Erben geben würde – wir vermuten, dass damit ein Scion gemeint ist, der mehr als ein Haus erbt. Dieser Mehr-Erbe oder das ›Gefäß, in dem sich königliches Scion-Blut mischt‹, um es korrekt wiederzugeben, ist einer von drei Scions, von denen wir glauben, dass sie die drei großen Götter ersetzen sollen – Zeus, Poseidon und Hades. Diese drei Scions werden über den Himmel, die Meere und das Land der Toten herrschen – natürlich nur, wenn es ihnen gelingt, die Götter zu stürzen und ihre

Plätze einzunehmen. Die Existenz eines Mehr-Erben ist ein Zeichen, dass das Ende der Zeiten bevorsteht. Das letzte Gefecht.«

»Er ist als der Tyrann bekannt«, meldete sich Lucas zu Wort, und alle Blicke im ansonsten reglosen Raum richteten sich auf ihn. »Er wird beschrieben als ›in Bitternis geboren‹ und soll in der Lage sein, ›alle Städte der Sterblichen dem Erdboden gleichzumachen‹.«

»Wie eine Art Jüngstes Scion-Gericht?«, flüsterte Claire Jason zu, aber in der Stille der Bibliothek hörten natürlich alle ihre Frage.

»Nein, meine Liebe, so ist das nicht gemeint«, sagte Pallas beruhigend und drückte kurz Claires Hand. »Unserer Überlieferung zufolge bekommen wir Scions am Ende der Zeiten die Gelegenheit, um unsere Unsterblichkeit zu kämpfen. Es ist nicht als Ende der Welt gedacht. Allerdings würden es die meisten Sterblichen nicht überleben, wenn die Letzte Schlacht schlecht läuft. Das Auftauchen des Tyrannen ist eines der Zeichen, dass es beginnt.«

»Der Prophezeiung zufolge entscheidet die Wahl, die der Tyrann trifft, über unser aller Schicksal – das der Götter, der Scions und der Sterblichen gleichermaßen. Das ist alles, was wir wissen«, fügte Castor hinzu.

»Ihr müsst aber bedenken, dass dies nur ein Teil einer sehr langen und komplizierten Prophezeiung ist«, erklärte Ariadne Helen, Matt und Claire. »Und dass es Diskussionen darüber gibt, ob die Weissagung wörtlich überliefert wurde oder ob Teile davon nur Dichtkunst sind wie die *Ilias*.«

»Also könnte diese Prophezeiung auch nur wohlformulierter

Unsinn sein, aber ihr habt trotzdem beschlossen, dass Orion dieser Tyrann ist?«, fragte Helen fassungslos. Als niemand antwortete, fügte sie hinzu: »Das ist nicht fair.«

Lucas zuckte mit den Schultern. Seine Zähne waren fest zusammengebissen und er starrte auf den Boden. Der Rest des Delos-Clans tauschte verstohlene Blicke aus. Helen sah von einem zum anderen und warf dann entnervt die Hände hoch.

»Ihr kennt ihn doch gar nicht«, verteidigte sie sich.

»Du doch auch nicht«, entgegnete Lucas grob. Er schaute auf und sah ihr zum ersten Mal seit einer Woche wieder in die Augen. Die Intensität seines Blickes verschlug Helen förmlich den Atem. Einen Moment lang herrschte angespanntes Schweigen und alle beobachteten Lucas wie erstarrt. Dann senkte er seinen Blick wieder.

»Aber so ist er gar nicht«, murmelte Helen fast unhörbar und schüttelte den Kopf. »Orion könnte niemals ein Tyrann sein. Er ist wirklich nett und … *mitfühlend.*«

»Genau wie Hades«, bemerkte Cassandra, und es klang, als würde sie von einem alten Freund sprechen. »Von allen Göttern ist Hades der mitfühlendste. Schließlich heißt es, dass er derjenige ist, der gemeinsam mit dir zusieht, wenn dein Leben vor deinen Augen vorbeizieht. Vielleicht ist es Orions Mitgefühl, das ihn zum passenden Ersatz für Hades macht.«

Helen hatte keine Ahnung, wie sie das widerlegen sollte, aber in ihrem Herzen wusste sie, dass es falsch von Cassandra war, Orion mit Hades zu vergleichen oder ihn als Tyrannen zu bezeichnen. Orion war so voller Lebensfreude und Zuversicht – er hatte sie sogar *in der Hölle* zum Lachen gebracht. Wie sollte ein Typ wie er jemals den Platz von Hades einnehmen und die Scion-Version vom Gott der Toten werden? Das passte nicht zu ihm.

»Nichts davon ist in Stein gemeißelt, Helen«, versuchte Ariadne, sie zu beruhigen, denn sie merkte natürlich, wie sehr sich Helen in ihre Verzweiflung hineinsteigerte. »Wenn du sagst, dass Orion einer von den Guten ist, glaube ich dir das.«

»Orion hat so sehr unter den Furien gelitten, dass er jetzt sein Leben aufs Spiel setzt, um mir dabei zu helfen, sie loszuwerden, damit niemand anders so leiden muss wie er. So was würde ein schlechter Mensch doch nicht machen«, beteuerte Helen.

»Scheint so, als würdest du ihn besser kennen, als du zugibst«, sagte Lucas steif.

»Ich habe ihn nur zweimal getroffen, aber die Zeit ist dort unten anders. Als wären wir tagelang dort gewesen. Ich behaupte nicht, dass ich alles über ihn weiß, denn das wäre gelogen. Aber ich vertraue ihm.«

Helen spürte, dass Lucas immer noch gereizt war, aber er sagte kein Wort mehr. In gewisser Hinsicht wäre es ihr sogar lieber gewesen, wenn er sie wieder angeschrien hätte. Dann wüsste sie wenigstens, was in ihm vorging.

»Lass uns hoffen, dass du recht hast, Helen. Um unser aller willen«, sagte Cassandra zögernd. Dann stand sie auf und widmete sich wieder den Schriftrollen, was für alle ein Zeichen war, dass sie entlassen waren. Sie verließen die Bibliothek und verzogen sich in die Küche.

Da die letzten Priesterweihen vermutlich vor einer Ewigkeit stattgefunden hatten, hatte Noel zur Feier des aktuellen Anlasses ein Mini-Festessen zubereitet. Helen musste angesichts des Festmahls lächeln, denn inzwischen wusste sie natürlich, wie wichtig Essen für die Delos-Familie war. Kämpfe, Feiern, Heilungen – jedes bedeutende Ereignis und manchmal auch nur ein Sonntagmorgen veranlasste sie, sich zum gemeinsamen Mahl zusammenzusetzen. Das machte ihr Haus zu einem Heim. Helen war klar, dass sie als Cousine ein Teil der Familie war, aber sie fühlte sich nicht mehr willkommen. Sie wusste genau, wenn sie blieb, würde Lucas gehen. Also zögerte Helen an der Küchentür.

»Geh da rein und iss!«, befahl Claire ausgelassen und schob sie von hinten durch die Tür.

»Ha! Bin ich so dünn?«

»Noch viel dünner.«

»Ich kann nicht, Claire«, sagte Helen heiser.

»Er ist schon weg. Gerade abgedampft. Aber ich versteh dich.« Claire zuckte mit den Schultern. »Es tut mir zwar leid, dass du nicht zur Feier bleibst, aber ich kann dir keinen Vorwurf machen. An deiner Stelle würde ich mich dabei auch nicht wohlfühlen.«

»Das war echt mutig von dir«, sagte Helen ernst. »Es hat viel Überwindung gekostet, Priesterin zu werden.«

»Ich hätte es schon früher tun sollen«, sagte Claire ruhig. »Ich habe dich schon viel zu lange ohne Hilfe da unten herumwandern lassen und nun … *sieh dich an*. Es tut mir so leid, Lennie.«

»Sehe ich so schrecklich aus?«

»Ja«, antwortete Claire unverblümt. »Du siehst total traurig aus.«

Helen nickte. Sie wusste genau, dass ihre Freundin nicht gemein war, sondern nur ehrlich. Sie drückte Claire kurz und verschwand durch die Hintertür, bevor sie jemand dazu drängen würde, sich an den Tisch zu setzen. Helen wollte gerade losfliegen, als sie jemand über den Rasen auf sich zukommen hörte.

»Sag mir wenigstens, dass du ihn da unten nicht das Kommando übernehmen lässt«, meinte Lucas mit knurriger Stimme. Er blieb etwa drei Meter von Helen entfernt stehen, aber sie wich trotzdem zurück. Seine Haltung hatte etwas Drohendes, das Helen nicht gefiel.

»Tu ich nicht«, sagte sie. »Orion ist nicht, was du denkst. Ich sagte doch schon, dass er mir nur helfen will.«

»Klar. Ich bin sicher, dass er nichts anderes will.« Lucas sprach emotionslos und eisig. »Du kannst mit ihm herummachen, so viel du willst, aber dir ist klar, dass ihr nicht richtig zusammenkommen könnt, oder?«

Helens Unterkiefer klappte nach unten. »Ich bin nicht mit ihm *zusammen*«, schnaufte sie, beinahe atemlos vor Schreck.

»Der Sinn des Ganzen ist, die Häuser *getrennt* zu halten«, knurrte Lucas verbittert, ohne auf ihre Antwort einzugehen. »Egal, wie verführerisch dieser Typ ist oder wie oft er dir seine Jacke leiht, du darfst nicht vergessen, dass er der Erbe von zwei Häusern ist und du die Erbin eines anderen. Also schlag ihn dir aus dem Kopf!«

»Okay. Ich werde versuchen, mich zurückzuhalten, und ihn nicht in dieser niedlichen kleinen Kapelle *in der Hölle* heiraten. Du weißt schon, die neben der stinkenden Grube voller verwesender Leichen!« Jetzt war Helen wirklich wütend. Am liebsten hätte sie ihn angeschrien, aber sie zwang sich zur Ruhe. »Das ist doch lächerlich! Wieso sagst du so was?«

»Weil ich nicht will, dass dich ein hirnloser römischer Schönling von deiner Mission ablenkt.«

»Sprich nicht so von Orion«, warnte Helen ihn. »Er ist mein Freund.«

Helen hatte schon vorher erlebt, wie Lucas wütend wurde, aber sie hatte ihn noch nie so boshaft über jemanden sprechen hören. Er schien ihre Enttäuschung zu spüren und schaute einen Moment lang weg.

»Schön. Dann ist er dein Freund«, sagte Lucas ruhig und wieder ganz kontrolliert. »Aber vergiss nicht, dass es *deine* Mission ist. Das Orakel hat vorhergesagt, dass du sie erfüllen musst. Lass dich nicht verwirren. Was du in der Unterwelt zu tun hast, ist so schwierig, dass der Tyrann gar nicht gegen dich kämpfen muss, damit du versagst. Es würde schon reichen, wenn er dich nur ablenkt.«

Plötzlich hatte Helen es satt, sich seinen Vortrag anzuhören. Lucas hatte kein Recht, ihr vorzuschreiben, was sie zu tun hatte, und brauchte sie ganz bestimmt nicht daran zu erinnern, was ihre Pflicht war. Sie trat einen Schritt auf ihn zu.

»Ich bin nicht abgelenkt, und ich weiß, dass es meine Mission ist. Aber *allein* erreiche ich gar nichts. Du hast ja keine Ahnung, wie es da unten ist!«

»Doch, ich weiß es«, flüsterte er, kaum dass Helen ausgesprochen hatte. Da fiel es ihr wieder ein. Lucas war schon einmal in der Unterwelt gewesen, und zwar in der Nacht, in der sie abgestürzt waren. Sie war ihm jetzt so nahe, dass sie seine Augen sehen konnte. Sie waren von einem so intensiven Blau, dass sie beinahe schwarz wirkten, und sie lagen tief in den Höhlen. Sein

Gesicht wirkte dünner, und er war so blass, als hätte er schon seit Wochen keine Sonne mehr gesehen.

»Dann solltest du wissen, dass es fast unmöglich ist, dort zu überleben, wenn einem keiner hilft«, sagte Helen, und ihr stockte fast der Atem, weil er so schlecht aussah. »Und Orion hilft mir. Er lenkt mich nicht ab. Er ist große Risiken eingegangen, um für mich da zu sein, und in meinem Herzen weiß ich, dass er die Furien genauso stoppen will wie wir – vielleicht sogar noch mehr als wir. Ich glaube nicht, dass er dieser fiese Tyrann ist, von dem alle reden. Und ich werde meinen Freund nicht wegen einer uralten Prophezeiung verurteilen, die womöglich nur ein Haufen poetischer Unsinn ist.«

»Das ist sehr fair von dir, Helen, aber vergiss nicht, dass diese Prophezeiungen immer auch ein Körnchen Wahrheit enthalten, egal, wie viel poetischer Unsinn sie auch sein mögen.«

»Was ist denn *los* mit dir? Du warst doch sonst nicht so!«, rief Helen aus und erhob zum ersten Mal ihre Stimme. Es war ihr egal, ob der Rest der Familie angerannt kam und sie zusammen sehen würde. Sie ging noch einen Schritt auf ihn zu, und diesmal war er es, der zurückwich. »Sonst hast du doch immer über diesen Blödsinn vom ›unausweichlichen Schicksal‹ gelacht!«

»Ganz genau.«

Er brauchte nicht auszusprechen, was er damit meinte. Sie wusste, dass er von ihnen beiden sprach. Helen traten Tränen in die Augen, aber sie wollte auf keinen Fall vor ihm losheulen. Bevor die Tränen zu fließen begannen, sprang sie in den Abendhimmel und flog heim.

Es würde bald hell werden. Der tiefschwarze Nachthimmel verblasste zu mitternachtsblau und würde schon bald in die hellen Töne des Sonnenaufgangs getaucht werden. Daphne wusste nicht, ob das gut oder schlecht war. Sie hatte schon vor Stunden aufgehört zu zittern, was bedeutete, dass sie unterkühlt war. Die Sonne würde sie zwar wärmen, aber auch noch weiter austrocknen. Sie hatte fast das gesamte Wasser in ihrem Körper dazu verwendet, Blitze auf Tantalus abzuschießen, und das war vor siebenundzwanzig Stunden gewesen – bevor sie sich ins Meer gestürzt hatte.

Daphne verlagerte ihr Gewicht auf dem Treibgut, an das sie sich klammerte, seit sie ihren Körper aus dem Fenster geschleudert hatte. Sie war über dreißig Meter tief ins tosende Wasser gefallen und mehrfach gegen die Felsen geschmettert worden. Die Wunde an ihrer Stirn hatte sich geschlossen, und drei ihrer vier gebrochenen Rippen waren geheilt, aber die vierte würde erst heilen, wenn sie aß und trank. Auch ihr linkes Handgelenk war immer noch gebrochen, aber die Rippe quälte sie am meisten. Jeder Atemzug, jedes Heben und Senken der Wellen bereitete ihr Schmerzen.

Daphne hob den Kopf und verdrehte ihn qualvoll, um nach Land Ausschau zu halten. Die Flut kam. Sie würde sie dichter ans Land befördern, wie schon am Morgen zuvor. Sie konnte nur hoffen, dass Tantalus' Wachen es entweder aufgegeben hatten, den Strand nach ihr abzusuchen, oder dass sie mittlerweile so weit vom Grundstück entfernt war, dass sie sich gefahrlos ans Ufer tragen lassen konnte. Ihr war klar, dass sie im Wasser nicht ewig überleben konnte. Das Treibgut begann bereits zu sinken. Ob da nun Wachen waren oder nicht – Daphne musste es bald ans Land schaffen, oder sie würde ertrinken.

Sie hing tief im Wasser und sah jedes Mal zum Strand hinüber, wenn eine Welle sie hochhob. Sie entdeckte einen großen Mann, der aufs Wasser zurannte. Er zog sein Hemd aus und seine blonden Locken funkelten in den ersten Sonnenstrahlen wie pures Gold.

Ihr geliebter Ajax, ein wahrer Sohn der Sonne, kam bei Sonnenaufgang, um sie zu retten.

Daphne wollte vor Freude aufschreien, doch aus ihrer zugeschwollenen Kehle kam nur ein tonloses Keuchen. Obwohl ihre trockenen Lippen dabei aufrissen, lächelte sie beim Anblick ihres wundervollen Ehemanns, der sie gleich in die Arme schließen und sie vor jeder Gefahr beschützen würde. Wie er es immer getan hatte, bevor er ermordet wurde.

Doch Ajax war tot und es tat immer noch so weh. Wieso sollte sie noch kämpfen, wenn ihr geliebter Mann am Fluss Styx auf sie wartete? Sie dachte an die furchtbare Lüge, die sie ihrer Tochter aufgetischt hatte, und jetzt, wo sie starb, bedauerte sie es einen Moment lang, Helen in dem Glauben zurückzulassen, dass sie Lucas' Cousine war. Ihr verletzter Körper entspannte sich und sie ließ den Zwilling ihres Mannes nicht aus den Augen.

Seine muskulösen Oberschenkel durchpflügten das Wasser, das ihnen nicht den normalen Widerstand entgegensetzte. Dann tauchte er unter und sie sah ihn auf sich zuschwimmen wie einen Delfin. Als sie unterging, hörte Daphne, wie Hector, der Sohn des Pallas, die See anrief und ihr befahl, ihren beinahe leblosen Körper zu stützen.

Daphne spürte, wie ihr Gesicht wieder nach oben gehoben wurde, und holte keuchend Luft. Sie hustete das widerliche Salzwasser aus, das in ihrer Lunge brodelte, und versuchte vergebens, die Worte *Myrmidone* und *Helen* hervorzuwürgen. Alles, was sie sehen konnte, war Hectors besorgtes Gesicht. Am Ende ihrer Kräfte angekommen, verlor Daphne das Bewusstsein.

7

In den nächsten paar Tagen tauchte Orion nicht auf. Helen musste jede Nacht in die Unterwelt, ob sie wollte oder nicht, aber sie hatte ihm gesagt, dass er seine Zeit nicht damit verschwenden sollte, sie zu treffen, solange sie keinen Plan hatten.

Im Moment bin ich allein besser dran, schrieb sie ihm, während Claire sie zur Schule fuhr. *Schließlich bist du es, den die Monster zum Anbeißen finden.*

Clevere Monster. Ich bin ja auch lecker.

Sagt wer?

Glaubst du mir nicht? Probier doch selbst.

Ach? Und wie?

Darfst mich beißen.

Helen prustete los. Claire sah sie auf dem Weg über den Schulparkplatz fragend an.

»Was schreibt ihr euch?«, wollte sie wissen.

»Nichts Besonderes«, murmelte Helen und ließ das Handy in der Tasche verschwinden.

Aber als sie und Orion sich im Laufe des Tages weitere Nachrichten schickten und Witze darüber rissen, wie anstrengend ihr Doppelleben war, bekam Helen zunehmend den Eindruck, dass er ein bisschen *zu* erleichtert war, eine Zeit lang nicht in die Unterwelt zu müssen.

Du musst nicht gerade Freudensprünge bei der Vorstellung machen, mich heute Nacht NICHT zu treffen, schrieb sie ihm auf dem Weg in die Cafeteria ein wenig gereizt.

Bin NICHT froh, dich nicht zu sehen, aber froh, weil ich lernen muss. Kann mir das Internat nur mit einem Vollstipendium leisten und bin zu pleite für was anderes. Schlechte Noten = obdachloser Orion. ☹

Helen betrachtete die Nachricht mit gerunzelter Stirn. Sie merkte natürlich, dass er den Trauer-Smiley angefügt hatte, um der Botschaft die Schärfe zu nehmen, aber sie stellte sich trotzdem vor, wie es sein musste, wenn man keinen anderen Ort zum Leben hatte als ein Internat.

Und wohin gehst du in den Sommerferien? Oder Weihnachten? Bleibst du allein in der Schule?

Ups. Da fragst du was …, antwortete er erst nach einer ganzen Weile. *Im Sommer arbeite ich. Weihnachten helfe ich ehrenamtlich.*

Und als du noch klein warst? Als du 10 warst? Helen erinnerte sich, dass er seit diesem Alter auf sich allein gestellt war. *In dem Alter konntest du noch keinen Job annehmen.*

Nicht in diesem Land. Aber lassen wir das. Muss zum Unterricht.

»Helen?«, sagte Matt und verkniff sich ein Grinsen. »Willst du die ganze Mittagspause mit Orion simsen?«

»Tut mir leid«, murmelte Helen mit finsterer Miene. Sie steckte ihr Handy weg und fragte sich, welches Land Orion gemeint hatte.

»Ist zwischen euch etwas vorgefallen?«, fragte Ariadne. »Du wirkst ein bisschen gereizt.«

»Nein, alles in Ordnung«, versicherte Helen so fröhlich sie konnte. Die anderen sahen sie zwar ungläubig an, aber sie konnte ihnen nicht sagen, was in der SMS gestanden hatte. Das war privat.

Orion schickte ihr am Abend noch eine »Viel Glück in der Unterwelt«-SMS, aber sie kam so spät an, dass Helen sie erst am Morgen las. Es war eindeutig, dass er ihr auswich – wahrscheinlich, weil er nicht über seine Kindheit reden wollte. Helen beschloss, das Thema ruhen zu lassen, bis er ihr mehr vertraute. Sie wollte nichts überstürzen und war richtig überrascht, dass ihr das Warten nichts ausmachte. Was war schon so schlimm daran, dass sie ein wenig härter daran arbeiten musste, sein Vertrauen zu gewinnen? Er war den Aufwand wert.

»Ist das Orion?«, fragte Claire misstrauisch, als Helen hektisch ihr vibrierendes Handy aus der Tasche zog.

»Er schreibt, dass er etwas gefunden hat«, sagte Helen und ignorierte Claires bohrende Blicke.

Ihre beste Freundin musterte sie besorgt, und Helen hoffte nur, dass Claire nichts sagen würde. Sie hatte wirklich nicht die Energie für eines von Claires »Magst du diesen Jungen oder *magst* du diesen Jungen«-Verhören.

»Was ist es?«, wollte Cassandra wissen.

»Eine Schriftrolle aus einem privaten Tagebuch von Mark Anton, in dem vom Leben nach dem Tod die Rede ist. Er möchte wissen, ob er es einscannen und dir mailen soll.«

Cassandra rieb sich die Augen. Sie saßen nun schon den dritten Nachmittag in Folge in der Bibliothek der Delos und suchten nach irgendeinem Hinweis, aus dem sich ein Plan entwickeln ließ. Bis jetzt ohne Erfolg.

»Mark Anton? Wie bei *Antonius und Cleopatra*?«, fragte Ariadne mit einem Glitzern in den Augen. »Die hat wirklich nichts anbrennen lassen.«

Helen grinste zustimmend und leitete die Frage an Orion weiter. Seine Antwort kam prompt. »Ja, genau dieser Römer. Ich vermute, er ist ein Verwandter der Cousine seiner Mutter. Es ist zwar ziemlich kompliziert, aber wenn man weit genug zurückgeht, stellt sich heraus, dass Orions Mutter sowohl mit Mark Anton als auch mit Julius Cäsar verwandt war.«

»Ja, und wenn man noch weiter zurückgeht, wird sich vermutlich herausstellen, dass wir beide verwandt sind«, bemerkte Claire trocken. Sie fuhr sich durchs tiefschwarze Haar, um darauf hinzuweisen, wie sehr sich ihre Gene von denen der blonden Helen unterschieden.

»Hm. So habe ich das noch nie betrachtet, aber du hast vermutlich recht, Gig«, musste Helen zugeben. Dann tauchte ein verstörender Gedanke in ihrem Kopf auf, aber Cassandra unterbrach den Denkprozess.

»Helen, schreib Orion, dass er sich die Mühe sparen kann. Mark Anton wollte Pharao werden, also hat ihn nur das ägyptische Leben nach dem Tod interessiert.«

Helen begann, Cassandras Antwort einzutippen, und fügte auch das »Danke schön« hinzu, das Cassandra mit voller Absicht weggelassen hatte.

»Warte mal kurz, Len«, sagte Matt, bevor sie die SMS abschicken konnte. »Nur weil Orions Information aus einer anderen Kultur stammt, muss sie nicht falsch sein.«

»Ich stimme Matt zu«, sagte Jason und wachte aus seinem Studierdämmerzustand auf. »Die Ägypter waren besessen von einem Leben nach dem Tod. Es kann gut sein, dass sie viel mehr über die Unterwelt wussten als die Griechen. Vielleicht haben sie genau die Infos, die Helen braucht, um sich dort unten zurechtzufinden. Wir könnten etwas übersehen, wenn wir voreingenommen sind und nur die Aufzeichnungen der Griechen gelten lassen.«

»Natürlich, es ist durchaus möglich, dass die Ägypter eine dreidimensionale Karte der Unterwelt hatten, komplett mit allen magischen Passwörtern!«, fuhr Cassandra ihn sarkastisch an. »Aber Mark Anton war ein *römischer* Kriegsherr. Und ein ägyptischer Priester, der über das Wissen verfügte, das Helen braucht, wäre eher gestorben, als einem *Eroberer* auch nur eines der heiligen Geheimnisse der Unterwelt zu verraten!«

Alle verstanden, dass Cassandra sie auf diese Weise daran erinnern wollte, dass dieselbe Hingabe auch von Apolls neu geweihten Priestern und Priesterinnen erwartet wurde. Jason und Ariadne waren mit diesen Erwartungen groß geworden. Aber Matt und Claire nahmen sich die Zeit, darüber nachzudenken. Helen beobachtete, wie sich ihre beiden ältesten Freunde beunruhigte Blicke zuwarfen. Als die beiden dann anfingen, eine ernste Entschlossenheit auszustrahlen, war sie richtig stolz auf sie.

Helen dachte gerade, wie unglaublich toll ihre Freunde waren, als ihr Blick auf Jason fiel. Er sah Claire an, als hätte sie gerade

Weihnachten abgesagt. Als er merkte, dass Helen ihn beobachtete, schaute er schnell weg, aber Helen fand trotzdem, dass er blass wirkte.

»Was wir wirklich brauchen, sind die Verlorenen Prophezeiungen.« Cassandra begann, im Zimmer herumzuwandern.

»Wären es dann nicht die ›Gefundenen‹ Prophezeiungen?«, alberte Matt.

»Was meinst du damit?«, sagte Claire, ohne auf den dummen Witz einzugehen. »Was sind die Verlorenen Prophezeiungen?«

»Ein Mysterium«, antwortete Jason mit einem Kopfschütteln. »Es soll sich dabei um eine Sammlung der Prophezeiungen handeln, die Kassandra von Troja vor und während des zehn Jahre dauernden Trojanischen Krieges gemacht hat. Aber niemand weiß, was sich dahinter verbirgt.«

»Ist ja irre. Wie sind sie verloren gegangen?«, wollte Claire wissen.

»Kassandra von Troja ist von Apoll verflucht worden, stets klare Prophezeiungen abzugeben – was übrigens kein Kinderspiel ist –, die dann aber niemand glauben würde«, erklärte Cassandra abgelenkt.

Helen erinnerte sich an diese Geschichte, auch wenn sie nur ein kleiner Teil der *Ilias* war. Apoll hatte sich kurz vor dem Krieg in Kassandra von Troja verliebt. Als sie ihm sagte, dass sie Jungfrau bleiben wollte, und seine Annäherungsversuche ablehnte, verfluchte er sie.

»Apolls Fluch ließ alle denken, dass Kassandra verrückt geworden war. Die Priester haben zwar noch niedergeschrieben, was sie im Krieg vorhergesehen hat, aber sie hielten es nicht für besonders wichtig. Die meisten dieser Aufzeichnungen sind verschwunden oder es haben nur Bruchstücke überlebt«, bemerkte Ariadne so niedergeschlagen, als müsste sie sich für ihre Vorfahren schämen. »Deswegen sind auch alle Prophezeiungen über den Tyrannen so lückenhaft. Kein moderner Scion hat sie jemals gefunden.«

»Was für eine Verschwendung«, murmelte Matt düster. »Ich wüsste zu gern, wie oft die Götter mit einem Verbrechen wie diesem davongekommen sind, nur weil sie Götter waren.«

Ariadne fuhr bei Matts bitterem Tonfall verdutzt herum. Sie war erstaunt, ihn so hitzig zu sehen, aber Helen kannte diese Seite von Matt bereits. Er hatte es schon immer gehasst, wenn jemand schikaniert wurde. Schon früher konnte er es nicht leiden, wenn Leute den starken Mann markierten. Das war einer der Hauptgründe, wieso er Rechtsanwalt werden wollte. Matt fand, dass die Starken die Schwachen beschützen sollten, statt sie herumzuschubsen, und Helen sah, wie wütend ihn die Vorstellung machte, dass Apoll ein junges Mädchen verfluchte, nur weil es nicht mit ihm schlafen wollte.

Helen musste zugeben, dass Matt irgendwie recht hatte. Die meiste Zeit führten sich die Götter wirklich wie große, übernatürliche Idioten auf. Helen fragte sich, wieso die Menschen sie überhaupt jemals angebetet hatten. Während sie noch darüber nachdachte, brummte ihr Handy erneut.

»Orion schreibt, dass das Tagebuch ein Reinfall war«, berichtete Helen. Bei seiner nächsten Bemerkung musste sie lachen. »Er schreibt auch, dass Mark Anton dumm wie Brot war.«

»Oh, echt? Wie schade«, sagte Ariadne und klimperte enttäuscht mit ihren unglaublich langen Wimpern. »Auf dem Papier war er immer so ein romantischer Typ.«

»Shakespeare kann selbst den letzten Volltrottel gut aussehen lassen«, bemerkte Matt, und die Tatsache, dass Ariadnes Schwärmerei für einen toten Typen im Keim erstickt worden war, ließ ihn grinsen. Er sah zu Helen hinüber. »Weißt du, es ist echt schön, dich mal wieder fröhlich zu sehen, Lennie.«

»Nun, immerhin ist Freitagabend. Da kann ich mir das wohl mal erlauben, oder?«, scherzte Helen, aber niemand lachte. Alle außer Cassandra sahen sie erwartungsvoll an. »Was?«, fragte sie schließlich, als immer noch niemand etwas sagte.

»Nichts«, meinte Claire schließlich gereizt. Sie stand auf und reckte sich, um damit anzuzeigen, dass der Abend für sie beendet war. Cassandra verstand den Hinweis und verließ die Bibliothek ohne ein Wort des Abschieds. Alle anderen erhoben sich ebenfalls und sammelten ihre Sachen zusammen.

»Hast du Lust, zu bleiben und einen Film zu sehen?«, fragte Jason Claire hoffnungsvoll. Mit einem Blick in die Runde schloss er alle anderen in die Einladung ein. »Schließlich *ist* Freitag.«

Matt warf Ariadne einen Blick zu. Sie lächelte ihn an. Dann sahen alle zu Helen. Sie wollte nicht allein nach Hause gehen, aber sie würde es auch nicht ertragen, mit zwei hormonbefeuerten Nicht-ganz-Pärchen in einem abgedunkelten Raum zu sitzen.

»Ich wäre schon eingeschlafen, bevor das Popcorn aus der Mikrowelle kommt«, log Helen und zwang sich zum Lachen. »Amüsiert ihr euch, aber ich brauche ein bisschen Schlaf.«

Keiner der anderen widersprach oder versuchte, sie zum Bleiben zu überreden. Als Helen das Haus verließ, fragte sie sich, ob ihre Freunde nichts gesagt hatten, weil sie wussten, dass sie Schlaf brauchte, oder weil sie sie nicht dabeihaben wollten. Sie konnte ihnen keinen Vorwurf machen, wenn sie lieber unter sich waren – niemand mochte das fünfte Rad am Wagen, und ein fünftes Rad mit Liebeskummer schon gar nicht.

Helen atmete die kühle Herbstluft ein und schaute hoch in den klaren Nachthimmel, in den sie gleich fliegen wollte. Ihr Blick wanderte zu den drei hellen Sternen des Oriongürtels und sie lächelte das Sternbild an.

Plötzlich hatte sie Lust, nach Hause zu laufen statt zu fliegen. Es war zwar weit, zwischen dem Haus der Delos und ihrem lag fast die ganze Länge der Insel, aber sie war inzwischen daran gewöhnt, stundenlang in der Dunkelheit herumzuwandern. Helen steckte die Hände in die Taschen und begann, die Straße entlangzugehen, ohne weiter darüber nachzudenken. Sie warf noch einen Blick nach oben, und ihr wurde klar, was sie wirklich wollte. Sie wollte mit Orion zusammen sein, auch wenn *dieser* Orion nur ein Haufen Sterne war. Sie vermisste ihn.

Helen hatte die halbe Milestone Road hinter sich gebracht und sich gefragt, ob man sie wohl für verrückt halten würde, wenn jemand sah, wie sie mitten in der Nacht durch den dunklen, unbesiedelten Teil der Insel wanderte, als ihr Telefon losbrummte. Die Nummer war unterdrückt. Einen Augenblick lang überlegte sie, ob es Orion sein konnte. Sie antwortete hastig, weil sie hoffte, dass er es war. Als sie Hectors Stimme am anderen Ende der Leitung erkannte, war sie so verblüfft, dass sie kaum eine Begrüßung stammeln konnte.

»Helen? Halt den Schnabel und hör zu«, unterbrach er sie auf seine übliche direkte Art. »Wo bist du?«

»Ich gehe gerade nach Hause. Wieso, was ist los?«, fragte sie, denn sein schroffer Ton hatte sie neugierig gemacht.

»Du gehst? Woher kommst du?«

»Von deinem Haus. Ich meine, deinem alten Haus.« Sie biss sich auf die Lippe in der Hoffnung, dass sie nichts Dummes gesagt hatte.

»Wieso *fliegst* du nicht?« Er schrie sie praktisch an.

»Weil ich lieber zu Fuß … Was ist denn eigentlich los?«

Hector berichtete hastig, wie Daphne Tantalus konfrontiert hatte und dabei verletzt worden und über einen Tag lang auf See verschollen gewesen war. Er erzählte, dass Daphne drei Tage gebraucht hatte, um sich so weit zu erholen, dass sie Hector von dem Myrmidonen erzählen konnte, der vor Helens Tür in seinem Nest hockte.

Helen war klar, dass sie sich eigentlich um ihre Mutter sorgen sollte, aber sie hatte das Wort *Mimidone* verstanden und musste Hector unterbrechen, um zu fragen, was das war.

»Hast du die *Ilias* nicht gelesen?«, fuhr Hector sie hitzig an. Helen konnte sich gut vorstellen, wie er vor lauter Ärger blau anlief.

»Klar hab ich das!«, beteuerte sie.

Hector fluchte lauthals und erklärte dann, so ruhig er konnte, dass Myrmidonen die Elitesoldaten waren, die mit Achill im Trojanischen Krieg gekämpft hatten. Helen hatte von Achills Spezialtruppe von Albtraumsoldaten gelesen. Myrmidonen waren keine Menschen, sondern *Ameisen*, denen Zeus menschliche Gestalt verliehen hatte.

»Dieser gruselige Typ, der uns beim Sportfest angegriffen hat!«, rief Helen und schlug sich die Hand vor den Mund. Jetzt wurde ihr klar, wieso sie der Anführer des Trupps, der *General*, so beunruhigt hatte. »Und ich dachte immer, ›Arbeiterameisen‹ wären alle weiblich«, fügte sie verwirrt hinzu.

»Ja, und ich dachte immer, Ameisen würden aussehen wie Ameisen und Menschen wie Menschen«, konterte Hector trocken. »Lass dich nicht täuschen, Helen. Dieses Ding ist kein Mensch und es hat definitiv nicht dieselben Gefühle wie wir. Ganz zu schweigen davon, dass es ungeheuer stark ist und viele tausend Jahre Kampferfahrung hat.«

Helen dachte an eine Sendung über Ameisen, die sie im Fernsehen gesehen hatte. Sie konnten tagelang marschieren, Lasten heben, die hundertmal so schwer waren wie sie selbst, und manche Arten waren ungeheuer aggressiv.

Helen sah sich auf der dunklen Straße um und wünschte sich plötzlich, dass Hector bei ihr wäre, auch wenn er die meiste Zeit eine Nervensäge war. Sie wünschte auch, dass sie besser aufgepasst hätte, als er mit ihr gekämpft hatte. Dann wüsste sie jetzt wenigstens, wie man sich verteidigte.

»Und was soll ich jetzt machen?«, fragte Helen.

»Flieg los. Er kann nicht fliegen. Du bist in der Luft eigentlich immer sicherer, Helen. Versuch, von jetzt an daran zu denken, okay?«, wies er sie an. »Geh zurück zu meiner Familie und erzähl ihnen, was ich dir gesagt habe. Dann bleib bei Ariadne. Sie wird auf dich aufpassen. Lucas und Jason werden das Nest finden. Mein Vater und mein Onkel werden nach New York reisen müssen, um diese Angelegenheit vor die Hundert zu bringen.

In der Zwischenzeit wird Cassandra die Entscheidungen treffen. Dir dürfte nichts passieren.«

Wie der große General, der er immer werden sollte, hatte Hector jeden Schritt präzise geplant. Trotzdem fand Helen, dass er sich nicht sehr überzeugend anhörte, als er versprach, dass sie in Sicherheit sein würde.

»Du hast echt Angst vor diesem Myrmidonen, oder?«, fragte Helen und schwang sich in die Luft.

Die Vorstellung, dass Hector vor etwas Angst haben könnte, versetzte Helen noch mehr in Panik als die einsame Landstraße. Sie hörte ihn seufzen.

»Myrmidonen werden schon seit Tausenden von Jahren von Scions als Auftragskiller benutzt. Abgesehen vom Haus von Rom, das sein eigenes Instrument für die Morde an Angehörigen hat, geht jeder Scion, der einen Verwandten umbringen will, ohne ausgestoßen zu werden, zu einem Myrmidonen. Natürlich ist das nichts, worüber wir reden. Myrmidonen sind ein Teil unserer Welt und nicht alle von ihnen sind ehrlose Mörder. Aber einige schon. Sie sind körperlich stärker als wir und müssen sich keine Sorgen um die Furien machen. Jemanden zum Ausspionieren der eigenen Familie zu benutzen, ist ein deutlicher Hinweis auf ein geplantes Attentat, was meinem Vater und meinem Onkel das Recht gibt, ein formelles Treffen der Hundert einzuberufen. Wir nennen so etwas ein Konzil.«

»Aber das ist doch gut, oder?«, fragte Helen nervös. »Castor und Pallas können dieses Konzildings machen und das Vieh loswerden, richtig?«

»*Wenn* sie beweisen können, dass du Ajax' Tochter und damit

Teil der Familie bist, würden die Hundert Tantalus dazu bringen, den Myrmidonen abzuziehen. Wenn es ihnen nicht gelingt, bist du für die Hundert nur ein Mitglied des Hauses von Atreus und damit der Feind. Aber ich weiß nicht, was sie tun werden. Ich kann ja nicht dabei sein.« Er hörte sich enttäuscht an, als müsste er sich dafür entschuldigen, dass er Helen alleinließ, obwohl sie in Gefahr schwebte, was total verrückt war. Schließlich war er im *Exil*. Bevor sie etwas sagen konnte, fuhr Hector eindringlich fort: »Tu genau, was ich dir sage, dann brauche ich mir weniger Sorgen um dich zu machen. Einverstanden?«

»Einverstanden«, versprach sie und fühlte sich schon jetzt schuldig, weil sie nicht vorhatte, dieses Versprechen zu halten.

Sie redeten noch kurz über Daphne, allerdings wollte ihr Hector nicht verraten, wo sie war. Er versicherte Helen, dass sich ihre Mutter vollständig erholen würde, und versprach, sich wieder zu melden.

Nach Beendigung des Gesprächs flog Helen auf ihre Seite der Insel, um auf eigene Faust nach dem »Nest« zu suchen. Sie wollte zumindest wissen, wo es war, und sichergehen, dass ihrem Vater nichts fehlte. Außerdem wollte sie diejenige sein, die entschied, ob die Situation gefährlich war oder nicht. Helen war kein kleines Mädchen mehr. Sie war durchaus fähig, sich selbst einen Überblick zu verschaffen und dann zu entscheiden, ob es Sinn machte, alle in Aufruhr zu versetzen. Dazu kam, dass sie nicht gerade hilflos war. Sie hatte den Cestus, der sie unverwundbar machte, und ihre Blitze, mit denen sie das Vieh erledigen konnte, wenn es ihr oder Jerry zu nahe kam.

Helen suchte die Nachbarschaft ab. Sie stellte sich das Nest groß vor und nahm an, dass es leicht zu finden war. Aber sie entdeckte nichts. Sie wollte schon aufgeben, als ihr an der Wand des Nachbarhauses hinter einem Rhododendron eine kleine Wölbung auffiel, als hätte die Wand plötzlich eine Beule bekommen.

Es war so unauffällig, dass Helens sterbliche Nachbarn es nie bemerkt hätten. Das Nest war perfekt getarnt und ähnelte sowohl in der Farbe als auch in der Textur den Holzschindeln der Fassade. Der Myrmidone hatte sogar die Fugen zwischen den Schindeln nachgeahmt, was das Nest wie eine optische Täuschung wirken ließ.

Helen starrte es einen Moment lang an, um zu sehen, ob sich darin etwas bewegte. Das Herz schlug ihr bis zum Hals. Als sie nicht das geringste Geräusch vernahm, beschloss sie, genauer nachzusehen. Sie pustete sich in die schwitzigen Handflächen und segelte dichter an das Nest heran. Es bestand aus einem zementähnlichen Material und war von unzähligen Gucklöchern durchbrochen. Wie erwartet, waren die meisten der Löcher auf ihr Haus gerichtet. Aus diesem Winkel konnte sie sogar einen Teil ihres Zimmers sehen.

Ihre Nackenhaare sträubten sich bei dem Gedanken, dass irgendein Rieseninsekt sie beim Ausziehen beobachtet hatte. Plötzlich hörte sie ein zwitscherndes Geräusch.

Helen schoss mit den Füßen voran in Sicherheit. Wie ein rückwärtsfliegender Pfeil gewann sie an Höhe und starrte dabei auf die Stelle, von der das Geräusch gekommen war. Auf dem Rasen der Nachbarn entdeckte sie dasselbe skelettartige Gesicht und die vorquellenden roten Augen wie schon beim Angriff im

Wald. Es sah zu ihr hoch, und sein Kopf ruckte so schnell hin und her, dass Helen angst und bange wurde. Sie flog über die Insel und landete einen Moment später auf dem Delos-Anwesen.

Erst als Helen eilig auf die Haustür zuging, wurde ihr bewusst, wie spät es war. Alle schliefen längst. Sie spähte durch die dunklen Fenster und trat nervös von einem Fuß auf den anderen, denn es war ihr total peinlich, um zwei Uhr nachts zu klingeln und alle aufzuwecken. Immerhin war sie nicht in unmittelbarer Gefahr. Wenn sie Hector richtig verstanden hatte, beobachtete sie der Myrmidone schon seit Wochen und hatte bisher nicht angegriffen. Helen überlegte, ob sie einfach nach Hause gehen, sich selbst um das Nest kümmern und ihren Cousins am nächsten Morgen davon berichten sollte.

Sie hörte ein Geräusch hinter sich und fuhr panisch herum.

»Was machst du hier draußen?«, flüsterte Lucas und landete auf dem Rasen. Dann marschierte er sofort energischen Schrittes auf sie zu. Seine finstere Miene wurde weicher, als er sah, wie aufgelöst Helen war. An der Art, wie sie sich umsah, konnte er erkennen, dass es nichts mit ihm zu tun hatte. »Was ist passiert?«, fragte er streng.

»Ich …«, begann sie atemlos, brach dann aber ab, weil ihr ein beunruhigender Gedanke kam. »Kommst du *jetzt erst* nach Hause? Wo warst du?«

»Unterwegs«, sagte er abweisend. Lucas kam immer näher, bis er so dicht bei ihr stand, dass sie den Kopf in den Nacken legen musste, um zu ihm aufzusehen. Aber sie würde ganz bestimmt nicht vor ihm zurückweichen. Sie hatte keine Angst mehr vor ihm. »Und jetzt beantworte meine Frage. Was ist passiert?«

»Hector hat angerufen. Daphne hat herausgefunden, dass Tantalus einen Myrmidonen geschickt hat, der mich beobachtet. Das Ding hat mich gerade dabei erwischt, wie ich mir sein Nest angesehen habe, so vor ein paar Sekunden.«

Ohne Vorwarnung griff Lucas zu, packte Helen um die Hüften und warf sie hoch in die Luft. Durch den Schwung, den er ihr gegeben hatte, segelte sie zwanzig Meter hoch. Lucas schoss an ihr vorbei und ergriff ihre Hand. Er zog sie in einem unglaublichen Tempo hinter sich her. Helens Ohren knackten bei dem Mini-Überschallknall, den sie und Lucas erzeugten.

»Wo ist das Nest? Bei eurem Haus?«, überschrie er hektisch das Rauschen des Windes.

»Bei unseren Nachbarn. Lucas, halt an!« Helen hatte Angst, nicht vor ihm, aber vor der Geschwindigkeit. Er wurde langsamer und sah sie an, aber er stoppte nicht und ließ auch ihre Hand nicht los. Er flog dicht neben sie und schaute ihr direkt in die Augen.

»Hat er dich gebissen?«

»Nein.«

»Hat Hector dir gesagt, dass du allein nach dem Nest suchen sollst?« Er feuerte seine Worte so schnell ab, dass ihr kaum Zeit blieb, darüber nachzudenken, was er sagte.

Helen tat der Kopf weh und vor ihren Augen verschwamm alles. Sie waren so hoch oben, dass die Luft gefährlich dünn wurde. Nicht einmal Halbgötter konnten im Weltraum überleben und Lucas hatte sie bis an den Rand der Atmosphäre befördert.

»Hector hat gesagt, dass ich nicht in seine Nähe gehen soll …

aber ich wollte es selbst sehen, bevor ich alle in Panik versetze. Lucas, wir müssen weiter runter!«, flehte sie.

Lucas warf einen Blick auf Helens Brust und sah, wie sie nach Luft rang. Er flog näher an sie heran. Sie spürte, wie er für eine Wolke aus Atemluft sorgte, die beide umgab. Als Helen den Sauerstoff einatmete, fühlte sie sich sofort besser.

»Wir können uns noch mehr atembare Luft herholen, aber zuerst musst du dich entspannen«, sagte Lucas. Er hörte sich wieder an wie früher.

»Wie hoch sind wir?« Sie starrte ihn an und konnte nicht fassen, dass er so nett zu ihr war.

»Sieh nach unten, Helen.«

Vollkommen hingerissen folgte sie seinem Blick auf die Aussicht, die sich ihnen bot.

Sie und Lucas schwebten schwerelos über der sich langsam drehenden Erde. Der schwarze Himmel und ein weiß-blauer Schimmer der Atmosphäre hüllten den Planeten ein. Die Stille und die unendliche Weite des Alls schienen noch zu betonen, wie kostbar und wundervoll ihre kleinen Inseln aus Leben tatsächlich waren.

Es war das Herrlichste, das Helen jemals gesehen hatte, aber sie konnte es nicht wirklich genießen. Falls sie jemals wieder eine solche Höhe erreichte, würde sie immer daran denken müssen, dass es Lucas gewesen war, der sie *zuerst* hierhergebracht hatte. Nun gab es wieder etwas, das sie teilten. Sie war so durcheinander, dass ihr beinahe die Tränen kamen. Wie zufällig hatte sich Lucas wieder in ihr Herz geschlichen, und das, nachdem *er* ihr befohlen hatte, sich von ihm fernzuhalten.

»Wieso zeigst du mir das? Oder bringst mir überhaupt etwas bei?«, stieß Helen hervor, obwohl sie an ihren Worten fast erstickte. »Du hasst mich doch.«

»Das habe ich nie gesagt.« Seine Stimme war vollkommen emotionslos.

»Wir sollten wieder runter«, sagte sie und zwang sich, ihn nicht länger anzusehen. Das war nicht fair. Er durfte nicht so mit ihren Gefühlen spielen.

Lucas nickte und ergriff Helens Hand. Sie versuchte, sich loszureißen, aber Lucas hielt sie ganz fest.

»Nicht, Helen«, sagte er. »Ich weiß, dass du mich nicht anfassen willst, aber du könntest hier oben das Bewusstsein verlieren.«

Am liebsten hätte Helen geschrien, dass er total falschlag. *Ihn anzufassen* war so ziemlich das Einzige, was sie wollte, und dieses Verlangen fraß sie fast auf. In diesem Augenblick stellte sie sich vor, wie sie immer dichter an ihn herandriftete und sich an ihm rieb, bis sie die Körperwärme spüren konnte, die durch die Öffnungen seiner Kleidung entwich. Sie stellte sich vor, wie sein Geruch sie traf wie eine Welle und wie sie auf dieser Welle reiten würde. Natürlich wusste sie, dass sie solche Gedanken nicht haben sollte, aber sie konnte nichts dagegen tun. Ob richtig oder falsch, ob sie nun ihre Gefühle ausleben durfte oder nicht – das war es, was sie wirklich wollte.

Sie wollte jedoch nicht, dass er sie so unterschiedlich behandelte, dass sie nicht mehr wusste, wie sie sich verhalten sollte. Sie wusste nicht einmal mehr, wer sie in seiner Gegenwart eigentlich *sein* sollte. Dafür hasste sie ihn, aber – was noch schlimmer war –

sie war auch enttäuscht von sich selbst, weil sie ihn immer noch begehrte, obwohl er sie so schlecht behandelt hatte.

Weil sie sich ihrer Gedanken schämte, konnte sie Lucas nicht ansehen, als sie eine niedrigere Flughöhe erreicht hatten. Als sie auch außerhalb seines Luftstroms wieder normal atmen konnte, erkannte Helen, dass sie sich über einem dunklen Teil des Kontinents befanden. Sie suchte nach den vertrauten glühenden Lichtnetzen, die sie als Boston, Manhattan und Washington bei Nacht kannte, und konnte es nicht fassen, als sie sie schließlich entdeckte. Nach Helens Schätzung waren sie *Hunderte* Kilometer entfernt.

»Wie schnell sind wir?«, fragte sie Lucas fasziniert.

»Also, die Lichtgeschwindigkeit habe ich bisher nicht geknackt – noch nicht«, antwortete er mit einem verschmitzten Funkeln in den Augen. Helen starrte ihn an und konnte nicht fassen, dass er sich wieder benahm wie immer. Es fühlte sich richtig an. Das war der Lucas, den sie kannte. Er lächelte sie an, doch dann sanken seine Mundwinkel herab und sein Gesicht wurde erneut ausdruckslos.

Helen hatte das Gefühl, unwiderstehlich von ihm angezogen zu werden. Ihr wurde klar, dass Lucas ein emotionales schwarzes Loch für sie war. Wenn sie in seiner Nähe war, *konnte* sich ihr Herz nicht abwenden. Helen ließ seine Hand los und flog ein Stück vor ihm. Sie brauchte einen Moment, um sich wieder in den Griff zu bekommen.

Sie zwang sich, ihre Gedanken auf die aktuelle Bedrohung zu richten und sich zu konzentrieren. Wenn sie ihr Gehirn nicht beschäftigte, war sie verloren.

»Aus eurer Reaktion schließe ich, dass dieser Myrmidone ein echtes Problem ist«, sagte sie.

»Ja, ein echt großes Problem, Helen. Myrmidonen sind schneller und stärker als Scions, aber noch schlimmer ist, dass sie keine Empfindungen haben wie wir. Dass dich einer beobachtet, ist wirklich eine böse Sache. Und ich habe nicht einmal bemerkt, dass einer da war.« Er seufzte, als wäre es seine Schuld.

»Wie hättest du das denn wissen sollen? Wir haben uns doch über eine Woche nicht gesehen.«

»Komm«, sagte Lucas und nahm Kurs auf die Ostküste, ohne auf Helens letzte Bemerkung einzugehen. »Wir müssen zurück und es der Familie sagen.«

Sie nickte und übernahm die Führung. Auf dem Weg nach unten hielten sie sich nicht an den Händen und Helen spürte Lucas neben sich. Sie versuchte, sich einzureden, dass ihre perfekte Harmonie nur Einbildung war, aber ihr Handeln widerlegte das. Sie landeten gleichzeitig, wechselten in den Schwerezustand und gingen aufs Haus zu, ohne ein einziges Mal aus dem Gleichtakt zu geraten.

Lucas betrat lautstark das Haus, schaltete das Licht ein und rief nach dem Rest der Familie. Kurz darauf saßen alle in der Küche, und Helen berichtete zum zweiten Mal, was sie in dieser Nacht erlebt hatte, mit Ausnahme ihres Ausflugs in die Erdumlaufbahn mit Lucas.

»Das verlangt nach einem Konzil«, sagte Castor zu seinem Bruder. »Einen Myrmidonen ins Spiel zu bringen, könnte als kriegerische Handlung innerhalb des Hauses angesehen werden.«

»Konntest du das Gesicht des Myrmidonen sehen?«, fragte

Cassandra. Helen nickte und versuchte, ein Schaudern zu unterdrücken, als sie wieder daran dachte, wie er mit dem Kopf geruckt hatte wie ein Alien.

»Er hatte rote Augen«, antwortete Helen angewidert.

»Hat Hector zufällig den Namen des Myrmidonen erwähnt?«, fragte Pallas Helen betont ruhig. »Es würde helfen, wenn wir wüssten, mit welchem wir es zu tun haben.«

»Nein. Aber wenn er sich das nächste Mal meldet, kann ich ihn fragen«, bot Helen freundlich an, weil sie wusste, dass es Pallas bereits aufregte, wenn sie Hectors Namen aussprach. Helen merkte jedoch, dass Pallas sich nichts sehnlicher wünschte, als direkt mit seinem Sohn sprechen zu können. Es war nicht richtig, dass Hector nicht bei ihnen sein konnte. Sie brauchten ihn.

Cassandra führte alle in die Bibliothek. Sie ging schnurstracks auf ein Buch zu, dessen Seiten so brüchig waren, dass bereits jede einzelne Seite in einer Klarsichthülle steckte. Helen stellte sich hinter Cassandra, als diese sorgfältig die Seiten umblätterte, und ihr fiel auf, dass das Buch wirklich alt war – ungefähr so alt wie König Artus.

»Dies ist ein Kodex aus der Zeit der Kreuzzüge«, sagte Cassandra und hielt ein Gemälde von einem Ritter in schwarzer Rüstung hoch. Wie der Myrmidone hatte er vorquellende rote Augen und ein skelettartiges Gesicht.

»Das sieht ihm ähnlich«, sagte Helen und betrachtete das Bild. Es war ein großartiges Kunstwerk, aber dennoch ein Gemälde, kein Foto. Helen zuckte mit den Schultern. »Aber ganz sicher bin ich nicht. Sehen alle Myrmidonen gleich aus?«

»Nein, einige hatten schwarze Facettenaugen und andere rötliche Haut. Ein paar sollen auch Fühler gehabt haben, die sie unter ihren Helmen verbargen«, antwortete Castor zögernd. »Helen, bist du sicher, dass der, den du gesehen hast, *rote* Augen hat?«

»Ja, daran besteht kein Zweifel«, bestätigte Helen entschieden. »Sie haben sogar geglänzt.«

»Automedon«, sagte Pallas und sah Castor an. Zum ersten Mal, seit Helen ihn kannte, stieß Castor einen Fluch aus, und zwar einen ziemlich unanständigen, bevor er seinem Bruder zunickte.

»Macht Sinn«, sagte Cassandra. »Kein Scion hat je behauptet, ihn getötet zu haben.«

»Weil es keiner konnte.« Lucas sah zu Helen hinüber und schüttelte langsam den Kopf, als könnte er nicht begreifen, was gerade passierte. »Er ist unsterblich.«

»Also, *das* kapiere ich nicht«, sagte Helen nervös. Sie suchte nach etwas, das so logisch war, dass es die Situation weniger bedrohlich machte. »Wenn Myrmidonen unsterblich sind, wieso wimmelt es dann nicht überall von ihnen?«

»Oh, sie können in der Schlacht getötet werden. Und die meisten sind auch irgendwann im Lauf der Geschichte gefallen. Aber das ist der Haken bei Automedon«, sagte Ariadne beinahe entschuldigend. »Es gibt Berichte von Kriegern, die Automedon den Kopf abgeschlagen haben, aber er hat ihn aufgehoben, wieder aufgesetzt und einfach weitergekämpft.«

»Das ist doch ein Witz, oder?«, fragte Helen ungläubig. »Wie soll denn das gehen? Er ist kein Gott – oder etwa doch?«, fügte sie hastig hinzu, für den Fall, dass sie etwas missverstanden hatte.

»Nein, er ist kein Gott«, antwortete Cassandra. »Aber er könnte das Blut mit einem teilen. Das ist nur eine Vermutung, aber falls Automedon vor Tausenden von Jahren der Blutsbruder eines der Unsterblichen wurde, bevor sie alle auf den Olymp verbannt wurden, dann kann er nicht getötet werden, nicht einmal in einer Schlacht.«

»Blutsbrüder? Im Ernst?« Helen konnte es nicht glauben. Sie stellte sich zwei Kinder in einem Baumhaus vor, die sich mit einer Sicherheitsnadel in den Finger stachen.

»Für Scions ist eine Blutsbrüderschaft eine heilige Handlung, die eigentlich nur im Kampf stattfindet«, erklärte Jason mit einem Lächeln, denn er schien zu ahnen, was in Helens Kopf vorging. »Du musst bereit sein, für den anderen zu sterben und der andere für dich. Und dann müsst ihr euer Blut vermischen, während ihr einander das Leben rettet.«

Helens Blick huschte hinüber zu Lucas. Sie musste wieder daran denken, wie sie den Fluch der Furien abgeschüttelt hatten, indem sie beinahe füreinander gestorben waren. Helen konnte Lucas ansehen, dass er genau dasselbe dachte. Sie hatten in der Nacht ihres Absturzes zwar ihr Blut nicht vermischt, aber sie hatten einander das Leben gerettet und waren deshalb für immer verbunden.

»Man kann es nicht einfach planen. Es ist etwas, das in Extremsituationen passiert«, erklärte Lucas Helen. »Und wenn beide Blutsbrüder überleben, teilen sie manchmal auch ein paar ihrer Scion-Kräfte mit dem anderen. Nun stell dir vor, das mit einem Gott zu tun. Theoretisch würde dich das unsterblich machen.«

»Aber ihr wisst doch nicht *mit Sicherheit*, dass das bei Automedon der Fall ist«, protestierte Helen. »Cassandra hat doch gesagt, dass es nur eine Vermutung ist.«

»Aber Cassandras Vermutungen sind meistens ziemlich zutreffend«, knurrte er, schon wieder gereizt.

»Ihr macht eine Riesensache daraus, seit ich euch davon erzählt habe! Je mehr ich darüber nachdenke, desto mehr bezweifle ich, dass ich in Gefahr bin«, verteidigte sich Helen.

Lucas wurde ganz blass vor Ärger.

»Das reicht!«, brüllte Noel von der Tür aus. »Lucas, geh nach oben und ins Bett!« Lucas fuhr zu seiner Mutter herum, aber Noel gab ihm keine Gelegenheit für Widerworte. »Ich habe es satt, euch dauernd streiten zu sehen! Ihr seid so müde, dass ihr nicht mehr denken könnt. Helen, geh mit Ariadne nach oben. Du übernachtest hier.«

»Ich kann meinen Vater nicht mit diesem *Ding* im Nachbargarten allein lassen«, sagte Helen und stützte sich müde auf Castors Schreibtisch. Noel hatte recht. Die endlose Herumrennerei und die ewigen Streitereien mit Lucas hatten sie ausgezehrt. Sie war am Ende ihrer Kräfte.

»Vertrau mir, wenn du hier bist, wird die Kreatur nicht weit weg sein. Ich weiß, dass dir das schwerfallen wird, aber dein Vater und Kate werden sicherer sein, wenn du dich von ihnen fernhältst«, sagte Noel, so freundlich sie konnte, doch ihre Worte klangen trotzdem ziemlich energisch. »Lucas, ich will, dass du mit deinem Vater und deinem Onkel zum Konzil fährst. Ich denke, es tut dir gut, eine Zeit lang in New York zu bleiben.«

»Noel! Er ist noch nicht achtzehn«, begann Castor zu widersprechen.

»Aber er wird einmal der Erbe des Hauses von Theben sein, Castor«, gab Pallas zu bedenken. »Kreon ist tot. Nach Tantalus bist du der Nächste. Damit bist du der älteste Erbe. Lucas hat jedes Recht, dem Konzil beizuwohnen, auch wenn er noch nicht erwachsen ist.«

»Tantalus kann noch ein weiteres Kind bekommen«, bemerkte Castor ungeduldig.

»Der Ausgestoßene, todgeweiht, wird keine weiteren Kinder zeugen«, intonierte Cassandra in mehreren Stimmen aus der Zimmerecke.

Helen schauderte, als hätte ihr jemand kaltes Wasser über den Rücken gekippt. Alle starrten die unheimliche Aura des Orakels an, die Cassandras Gesicht umgab, und die roten, blauen und grünen Lichter, die wie Geistererscheinungen an ihrem Körper herunterliefen. Ihr eigentlich hübsches Gesicht war gerunzelt wie das einer alten Frau.

»Lucas, Sohn der Sonne, war immer der vorherbestimmte Erbe des Hauses von Theben. So will es das Schicksal.«

Dann erlosch die Aura plötzlich und Cassandra schrumpfte wieder auf ihre Normalgröße. Sie schaute panisch zu ihrer Familie und schlang die Arme eng um sich, als wollte sie in ihrer Kleidung versinken. Helen hätte sie gern getröstet, aber es war eine Kälte um sie, die Helen Angst machte. Sie konnte sich einfach nicht überwinden, auch nur einen Schritt auf das verstörte Mädchen zuzugehen.

»Geht jetzt ins Bett«, brach Noel das Schweigen mit zittriger Stimme.

Sie schob alle in Richtung Tür und sorgte dafür, dass sie nach oben gingen, während Cassandra allein in der Bibliothek zurückblieb. Helen schleppte sich die Treppe hoch und fiel aufs

Gästebett, ohne sich auszuziehen oder das Bett auch nur aufzudecken.

Als sie am nächsten Morgen aufwachte, war sie mit getrocknetem Schlamm bedeckt. Helen war in so finsterer Stimmung eingeschlafen, dass sie in der Unterwelt in einem urzeitlichen Sumpf gelandet war. Es war nicht die Treibsandgrube gewesen, was schon ein Fortschritt war, aber *gestunken* hatte der Sumpf trotzdem. Es hatte sie ihre ganze Kraft gekostet, das modrige Wasser beim Durchwaten nicht in den Mund zu bekommen, und sie hatte die ganze Zeit befürchtet, einen falschen Schritt zu tun und zu ertrinken. Nach dieser Nacht war sie beim Aufwachen noch müder als beim Schlafengehen.

Helen quälte sich aus dem Bett und merkte erst da, dass ihr Shirt total zerrissen war und ihr kleine Zweige und Blätter in den Haaren hingen. Außerdem hatte sie nur noch einen Schuh an. Natürlich begegnete sie Lucas auf dem Weg ins Bad. Er stand reglos da und starrte sie einen Moment lang an; seine Augen wanderten über ihre zerfetzte Kleidung.

»Was? Willst du mich wieder anschreien?«, fauchte Helen müde.

»Nein.« Seine Stimme brach. »Ich streite nicht mehr mit dir. Es hilft offensichtlich nicht.«

»Und was *dann*?«

»Ich kann das nicht«, sagte er mehr zu sich selbst als zu Helen. »Mein Vater lag falsch.«

Ihr übermüdetes Gehirn versuchte immer noch, einen Sinn in seinen Worten zu finden, als er bereits das nächstbeste Fenster aufriss und hinaussprang.

Helen sah ihm nach, als er wegflog, aber sie war zu müde, um sich noch mehr Gedanken zu machen. Sie setzte ihren Weg ins Badezimmer fort und verteilte dabei den Schmutz über den ganzen Flur. Sie betrachtete die Schweinerei, die sie hinterließ, und dachte daran, wie viel schlimmer es werden würde, wenn sie sich auszog. Die einzige Lösung, die ihrem nahezu gelähmten Gehirn einfiel, war, angezogen unter die Dusche zu gehen. Doch als sie mit der Zitrusduftseife über ihr zerrissenes Shirt rubbelte, musste sie lachen.

Ariadne klopfte an die Tür. Helen presste sich eine Hand auf den Mund, doch es war bereits zu spät. Ariadne betrachtete Helens Schweigen als schlechtes Zeichen und stürmte ins Badezimmer.

»Helen! Bist du … Oh, wow.« Durch die Glastür der Dusche war deutlich zu sehen, dass Helen vollständig angezogen war. »Äh, hast du zufällig einen Schritt vergessen?«

Helen prustete erneut los. Die Situation war so albern, dass man eigentlich nur darüber lachen konnte.

»Trägst du da drin einen *Schuh*?«, schnaufte Ariadne.

»Ich bin … nur mit einem … aufgewacht!« Helen hob ihren nackten Fuß und zeigte darauf. Beide Mädchen lachten geradezu hysterisch über Helens wackelnde Zehen.

Ariadne half Helen, sich sauber zu machen, und dann brachten sie das verschmutzte Bettzeug und die nassen Sachen in die Waschküche. Als sie endlich zum Frühstück erschienen, waren alle anderen schon fast fertig.

»Wo ist Lucas?«, fragte Noel und reckte besorgt den Kopf, um hinter Helen nachzusehen.

»Aus dem Fenster gesprungen«, sagte Helen. Sie nahm sich einen Becher und schenkte sich Kaffee ein. Alle starrten sie an. »Das war kein Witz. Wir sind uns auf dem Flur begegnet, und als er mich sah, ist er buchstäblich aus dem Fenster gesprungen. Noch jemand Kaffee?«

»Hat er gesagt, wohin er wollte?«, fragte Jason deutlich beunruhigt.

»Nein«, antwortete sie ungerührt.

Helens Hände zitterten, aber sie gab trotzdem etwas Milch zu ihrem Kaffee und nahm einen Schluck. In ihrem Zustand würde Kaffee vielleicht sogar beruhigend wirken. Es kam ihr vor, als wäre ihr ganzer Körper gleichzeitig heiß und kalt.

»Helen? Geht es dir nicht gut?«, fragte Noel und musterte sie kritisch.

Helen schüttelte den Kopf. Scions bekamen keine normalen Menschenkrankheiten, aber als sie sich mit der Hand über die Stirn fuhr, war sie schweißnass. Helen starrte immer noch ihre Hand an, als draußen nahezu lautlos ein Elektroauto vorfuhr.

»Lennie! Schwing deinen Hintern hier raus und hilf uns mit den Büchern!«, brüllte Claire von der Auffahrt.

Helen drehte sich zum Fenster und sah, wie Matt und Claire aus dem Wagen stiegen. Froh über die Unterbrechung, flüchtete Helen vor Noels prüfenden Blicken, um den beiden zu helfen.

»Wir haben gehört, dass du ein Ameisenproblem hast«, bemerkte Claire grinsend und stapelte Bücher auf Helens ausgestreckte Arme.

»Weil es genau das ist, was ich brauche, richtig?« Helen lachte trübselig. »Noch mehr Probleme.«

»Keine Sorge, Len. Wir werden Gruppen bilden und im Schichtbetrieb daran arbeiten.« Matt klang so überzeugt. Er warf sich einen Rucksack voller Bücher über die Schulter, schlug den Kofferraumdeckel zu und legte Helen auf dem Weg ins Haus einen Arm um die Schultern. »Es hat schon seine Gründe, dass uns die Tierschutzgruppe der Schule hasst wie die Pest.«

Als Helen, Claire und Matt das Haus betreten wollten, hörten sie, wie sich Castor und Pallas verabschiedeten, und sie beschlossen, die Familie einen Moment allein zu lassen. Wenn Helen es richtig verstanden hatte, war dieses Konzil eine wichtige Sache, vergleichbar mit einem Verfahren vor dem Obersten Gerichtshof in Kombination mit einem internationalen Gipfeltreffen. Wenn es begonnen hatte, durfte niemand abreisen, bevor ein Entschluss gefasst worden war, und deshalb dauerten diese Versammlungen manchmal Wochen.

Helen versuchte, nicht zu lauschen, als sie sich verabschiedeten, aber als sie hörte, wie Castor Noel zur Seite nahm und sie fragte, ob Lucas mitkommen würde oder nicht, war Helen plötzlich ganz Ohr.

»Ich weiß nicht, wo er steckt. Er könnte bereits in Tibet sein«, antwortete Noel resigniert. »Ich hatte gehofft, dass er für ein paar Wochen mit euch nach New York gehen würde. Dann wäre er aus dem Haus und könnte vielleicht …«

»Könnte was?«, fragte Castor betrübt, als Noel nicht weitersprach. »Lass ihn doch einfach in Ruhe.«

»Ich habe ihn in Ruhe gelassen und es hat nichts gebracht!«, ereiferte sich Noel. »Er ist immer so wütend, Castor, und ich finde, es wird schlimmer – nicht besser.«

»Ich weiß. Er hat sich verändert, Noel, und ich fürchte, wir müssen uns damit abfinden, dass es eine bleibende Veränderung ist. Ich hatte gehofft, dass er nur *mich* hassen würde, aber er scheint die ganze Welt zu hassen«, sagte Castor bedrückt. »Und ich kann ihm, ehrlich gesagt, keinen Vorwurf daraus machen. Stell dir vor, uns hätte jemand getrennt, so wie ich es mit den beiden gemacht habe.«

»Du hattest keine Wahl. Sie sind Cousins. Daran wird sich nichts ändern«, versicherte ihm Noel mitfühlend. »Aber trotzdem, wenn dein Vater uns das angetan hätte, was du mit Lucas gemacht hast –«

»Ich weiß nicht, was ich ihm dann angetan hätte«, sagte Castor. Helen hörte, wie sich die beiden küssten, und sie schaltete sofort ihr Scion-Hörvermögen aus.

»Lasst uns in die Bibliothek gehen und mit der Arbeit anfangen!«, sagte sie extralaut zu Claire und Matt und steuerte einen der Seiteneingänge an. Ihre Gedanken überschlugen sich.

Hatte Castor sie und Lucas wirklich getrennt, und wenn ja, wieso? Helen dachte wieder an den Ausbruch beim Abendessen, und sie erinnerte sich, dass Lucas auf Castor genauso wütend gewesen war wie auf sie – vielleicht sogar noch mehr. Hatte Lucas sie so verletzt, weil sein Vater es *befohlen* hatte?

»Len? Du weiß, ich liebe dich, aber du musst wirklich aufhören, dich ständig wegzubeamen«, sagte Claire mit einem frechen Grinsen. Helen sah sich um und erkannte, dass sie mitten auf dem Flur stehen geblieben war.

»Upps, sorry!«, sagte sie und hastete hinter ihren Freunden her.

Lucas umkreiste das Getty Museum, ein strahlend weißes Bauwerk auf einem der Hügel von Los Angeles, das sehr an den Parthenon erinnerte. Und da der Parthenon ursprünglich eine Schatzkammer gewesen war, fand Lucas es sehr passend, dass er das Museum aufsuchte, um ein paar Münzen an sich zu bringen.

Er suchte nach einem Platz, an dem er ungesehen landen konnte, denn dafür würde er seinen Flug so verlangsamen müssen, dass man ihn sehen konnte. Lucas' Anflug war schneller, als das menschliche Auge wahrnehmen konnte, und er landete so leichtfüßig, dass er keine Spuren hinterließ. Im Moment des Bodenkontakts bewegte er sich halb rennend, halb fliegend so schnell auf die Tür zu, dass eine Überwachungskamera bestenfalls einen verwischten Streifen aufzeichnen würde. An der Tür angekommen, erstarrte Lucas und verschwand.

In den letzten paar Wochen hatte er gelernt, reglos dazustehen und das Licht so zu verteilen, dass man seinen Körper nicht wahrnahm. Anfangs, bevor er die Unsichtbarkeit richtig beherrschte, konnten Scions noch erkennen, wie er sich vom Hintergrund abhob. Zum Glück war das nur einem einzigen Scion gelungen und das war sein eigener dummer Fehler gewesen.

Nachdem er eine halbe Stunde gewartet hatte, kam der Hausmeister mit einer Harke in der einen Hand und der Thermoskanne mit seinem Morgenkaffee in der anderen Hand aus der Tür. Lucas schlüpfte an ihm vorbei und betrat das Museum, ohne den Alarm auszulösen. Natürlich hätte er auch die Tür aus den Angeln reißen können, aber er durfte keine Aufmerksamkeit auf sich lenken. Lucas hatte keine Ahnung, ob sein Plan funktionieren würde, aber er wollte nicht, dass seine Familie misstrauisch wurde und sich einmischte.

Man hatte ihn gelehrt, dass Museen heilige Orte waren, weil sie so viele Scion-Relikte enthielten, und er hätte nie gedacht, dass er einmal in ein Museum einbrechen würde. Aber er war verzweifelt. Er musste Helen unbedingt helfen.

Sein Vater lag falsch. Ein Blick auf Helen hatte gereicht – ihre zerrissene Kleidung und dieser schwarze Schlamm aus der Unterwelt –, und Lucas war sicher gewesen, dass nicht *er* Helens Problem war. Er hatte getan, was sein Vater befohlen hatte, aber sie litt immer noch. Sich von ihr fernzuhalten, reichte nicht aus.

Lucas wusste, dass Helen stark war, und er vertraute ihrem Urteilsvermögen, auch wenn er manchmal anderer Meinung war. Sie hatte beteuert, dass Orion ihr half, und sosehr es ihn innerlich auffraß, sich die beiden zusammen vorzustellen, hatte er doch nichts mehr dazu gesagt.

Als er an dem Morgen nach Pandoras Tod auf Helens Witwensteg den Sonnenaufgang beobachtet hatte, hatte er sich geschworen, alles auszuhalten, solange Helen ein erfülltes und glückliches Leben führte. Er hatte keine Gefühle mehr zugelassen, um sie zu vertreiben. Aber an diesem Morgen hatte sie noch schlechter ausgesehen als zu dem Zeitpunkt, als er mit ihr Schluss gemacht hatte.

Was immer mit ihr passierte, es ging viel tiefer als das, was sie wegen ihrer hoffnungslosen Liebe empfand.

Lucas bewegte sich so schnell durch die Säle des Museums, dass sein Gesicht nicht aufgenommen werden konnte. Obwohl sich seine Umgebung mit jeder Nanosekunde änderte, wusste Lucas, wohin er musste. Es waren genügend Schilder da, die ihm die Richtung wiesen. DIE SCHÄTZE DES ANTIKEN GRIECHENLAND waren sehr beliebt und die kürzlich entdeckten Goldfunde schon auf der ganzen Welt gezeigt worden. Diesen Monat war das Getty Museum an der Reihe und zur Feier des Anlasses hingen überall seidene Banner.

Das Museum hatte auch unzählige Bilder der Artefakte ins Internet gestellt. Wie im protzigen Südkalifornien üblich, waren die kleineren, weniger eindrucksvollen Goldstücke, die andere Museen nicht auf ihren Webseiten gezeigt hatten, hier in großen funkelnden Gruppenbildern abgebildet worden. In Los Angeles trug man gern dick auf, und nachdem Lucas zwei Wochen lang durch die Welt geflogen war und jedes Museum abgesucht hatte, war er endlich fündig geworden. Zu Hause im Internet.

Verglichen mit den anderen Funden war die kleine Handvoll Goldmünzen kaum der Rede wert. Er musste zu einem der hinteren Schaukästen, um sie zu finden, aber als er sie entdeckt hatte, verschwendete er keine Zeit. Soweit er wusste, waren diese Münzen – in die jeweils eine Mohnblume eingraviert war – die letzten erhalten gebliebenen Obolusse, die zu Ehren von Morpheus geprägt worden waren, dem Gott der Träume.

Lucas steckte sie alle ein.

»Wir drehen uns im Kreis!«, stöhnte Helen und starrte die Decke der Bibliothek an. »Ich weiß, dass es idiotisch klingt, aber da unten gibt es nicht so etwas wie geografischen Fortschritt. Habe ich den Strand schon erwähnt, der nicht ans Meer führt? Da ist nur feuchter Sand, als würde gerade Ebbe herrschen, aber es gibt keinen Ozean. Es ist einfach nur ein Strand!«

Sie war so müde, dass sie nicht mehr klar denken konnte, und dazu kam noch, dass sie immer wieder unkontrollierbar schauderte, was ihr Angst machte. Sie durfte jetzt nicht krank werden. Helens Handy brummte und riss sie aus ihren wirren Gedanken. Orion wollte wissen, ob die »Genialen Griechen« schon etwas gefunden hatten. Sie musste über seinen Spitznamen für ihre Studiengruppe schmunzeln und simste zurück, dass dies leider nicht der Fall war, und fragte ihn, was sich am römischen Ende tat.

Nur das Übliche: Kriege und Orgien. Total öde, schrieb er. *Zumindest fast* ☺

»Ist das schon wieder Orion?«, fragte Ariadne mit verkniffener Miene. Helen schaute kurz auf und nickte abwesend, weil sie bereits wieder tippte.

Sie verstand, wieso alle so beunruhigt waren – sie mussten sicherstellen, dass die Häuser getrennt blieben –, aber manchmal war Helen deswegen ein wenig beleidigt. Zugegeben, Orion sah umwerfend aus. Und er war mutig. Und humorvoll. Aber das bedeutete trotzdem nicht, dass sie miteinander gingen oder so.

»Warte mal! Du kannst Orion finden?«, rief Claire aus, was Helens Gedanken vollends zum Stillstand brachte.

»Ja, das sagte ich doch. Ich konzentriere mich auf sein Gesicht und tauche direkt neben ihm auf, genauso wie Jason und Ariadne, wenn sie jemanden vom Rand der Unterwelt zurückholen. Aber ich kann ihn nur finden, wenn er in derselben Unendlichkeit ist«, antwortete Helen. »Ansonsten würde ich ihn nie finden, selbst wenn er im selben Augenblick … ach, vergesst es.«

»Helen, das habe ich längst kapiert«, erklärte Claire hitzig. »Aber ist Orion der einzige Mensch, den du finden kannst, indem du nur an ihn *denkst*?«

»Ich habe schon versucht, die Furien auf diese Weise zu finden, Gig – und nicht nur ein Mal. Es hat nie geklappt.«

»Weil sie keine *Menschen* sind«, sagte Claire, die ihre Aufregung kaum noch bezähmen konnte. »Was, wenn du dich auf jemanden konzentrieren würdest, der da unten lebt? Meinst du, du könntest diese Person als eine Art Wegweiser benutzen?«

»Es ist das Land der Toten, Gig. Nach jemandem zu suchen, der da unten *lebt*, ist etwas widersinnig, findest du nicht?«, fragte Helen, die Claires Logik nicht folgen konnte.

»Nicht, wenn sie entführt wurde, mit *Leib* und *Seele*, und zwar vom großen Boss höchstpersönlich«, sagte Claire. Sie verschränkte die Arme vor der Brust und grinste, als wüsste sie ein Geheimnis.

Jason stieß einen überraschten Laut aus. »Wie bist du so klug geworden?«, fragte er und sah Claire bewundernd an.

»Frag nicht, freu dich lieber«, antwortete sie grinsend.

Ariadne, Helen und Matt tauschten verständnislose Blicke, während Jason und Claire sich anlächelten, als hätten sie ganz vergessen, dass sie nicht allein im Raum waren.

»Äh, hallo? Ich unterbreche ja nur ungern, aber wovon redet ihr?«, fragte Matt.

Jason stand auf und ging zu einem der Bücherstapel. Er brachte ein altes Buch mit und legte es aufgeschlagen vor Helen hin. Darin war das Gemälde einer jungen schwarzen Frau, die vom Betrachter wegging, sich aber über die Schulter umsah. Sie war in eine Robe aus Blumen gekleidet und trug eine Krone, die mit Juwelen in der Größe von Weintrauben besetzt war. Ihr Körper war so anmutig wie der einer Balletttänzerin und selbst im Profil war ihr Gesicht unglaublich schön. Doch trotz ihrer offensichtlichen Schönheit und ihres Reichtums strahlte sie eine bedrückende Traurigkeit aus.

»Ach ja«, sagte Ariadne leise. »Jetzt erinnere ich mich.«

»Wer ist sie?«, fragte Helen, die vom Gemälde dieser wunderschönen traurigen Frau merkwürdig berührt war.

»Persephone, die Göttin der Blumen und Königin der Unterwelt«, antwortete Jason. »Sie ist eigentlich ein Scion. Die einzige Tochter von Demeter, der Göttin der Erde. Hades hat Persephone entführt und mit einem Trick dazu gebracht, ihn zu heiraten. Jetzt ist sie gezwungen, den Herbst und Winter in der Unterwelt zu verbringen. Es heißt, Hades hätte ihr einen Nachtgarten an seinen Palast gebaut. Persephones Garten.«

»Sie darf die Unterwelt nur im Frühling und Sommer verlassen und ihre Mutter besuchen. Wenn sie auf die Erde zurückkehrt, lässt sie überall Blumen aufblühen, wohin sie geht.« Ariadne klang ganz verträumt, als würde sie der Gedanke verzaubern, wie Persephone die Welt zum Blühen brachte.

»Es ist Oktober. Sie müsste jetzt da unten sein«, fügte Matt hoffnungsvoll hinzu.

»Und ihr seid sicher, dass sie keine Unsterbliche ist?« Helen runzelte zweifelnd die Stirn. »Wie kann sie immer noch am Leben sein?«

»Hades hat einen Handel mit Thanatos, dem Gott des Todes, geschlossen. Persephone kann nicht sterben, bevor Hades es gestattet«, sagte Cassandra von der anderen Seite des Zimmers, was Helen erschrocken zusammenfahren ließ.

Sie hatte vergessen, dass Cassandra dort saß und einen Brief an ihren Vater schrieb, der immer noch in New York war. Castor und Pallas durften nur schriftliche Nachrichten empfangen, solange sie im Konzil waren, und sie hatten um genauere Informationen zum Myrmidonen gebeten. Cassandra hatte schon immer die Fähigkeit besessen, reglos wie eine Statue zu verharren, und in letzter Zeit war diese Angewohnheit wirklich unheimlich. Doch jetzt setzte sie sich zu den anderen und betrachtete mit gerunzelter Stirn das Bild von Persephone.

»Sie sitzt da unten also fest«, sagte Helen und konzentrierte sich wieder auf Persephones traurige Gestalt.

»Aber sie könnte dir trotzdem helfen«, sagte Cassandra. »Sie weiß alles über die Unterwelt.«

»Sie ist eine Gefangene«, knurrte Helen. »*Wir* sollten *ihr* helfen. Also, Orion und ich.«

»Unmöglich«, erklärte Cassandra kategorisch. »Nicht einmal Zeus konnte Hades dazu bringen, Persephone freizulassen, als Demeter sie zurückverlangt hat. Daraufhin hat Demeter der Welt eine Eiszeit verpasst, die beinahe die Menschheit ausgerottet hätte.«

»Er ist ein Entführer!«, empörte sich Matt. »Wieso ist Hades nicht auf den Olymp verbannt wie der Rest von denen? Er ist einer der drei großen Götter. Müsste er nicht Teil des Waffenstillstandes sein?«

»Hades ist der älteste Bruder der Großen Drei, also ist er technisch gesehen wohl ein Gott des Olymp, aber er war schon immer anders. Ich kann mich an keinen Text erinnern, in dem steht, dass er jemals auf dem Olymp war«, sagte Cassandra mit einem entschuldigenden Lächeln. »Die Unterwelt wird auch ›Hades‹ genannt, weil sie sein Reich ist. Sie ist kein Teil des Waffenstillstandes und darüber hinaus auch kein Teil dieser Welt.«

»Die Unterwelt hat ihre eigenen Regeln«, bestätigte Helen. Sie verstand diese Zusammenhänge besser als die anderen. »Und ihr glaubt wirklich, dass Persephone nur zu gern ein paar dieser Regeln brechen würde?«

»Ich kann nichts versprechen, aber wenn dir da unten jemand helfen kann, wird sie es vermutlich sein«, sagte Jason. »Sie ist die Königin.«

Helens Handy vibrierte.

Willst du Julius Cäsars schweinischen Lieblingswitz hören?, schrieb Orion.

Triff mich heute Nacht, antwortete Helen. *Ich glaube, wir haben etwas entdeckt.*

8

Helen sah das Croissant an und bedauerte, dass ein Röntgenblick nicht zu ihren Scion-Fähigkeiten gehörte. Sie hätte zu gern gewusst, was sich unter der Blätterteigkruste verbarg. Wenn es Spinat war, konnte es wieder aufs Tablett wandern. Wenn es aber Schinken und Käse war, durfte es in ihren Magen wandern.

»Lennie? Du starrst das Ding jetzt schon seit zehn Minuten an«, stellte Kate sachlich fest. »Wenn du noch länger wartest, wird es pappig, bevor du reinbeißen kannst.«

Helen richtete sich auf und versuchte zu lachen, als wäre alles wie immer. Doch ihr Lachen kam verzögert und klang gezwungen. Kate musterte sie irritiert und sah dann bedeutungsvoll das Croissant an. Helen biss pflichtgemäß hinein und bereute es sofort. Spinat. Aber zumindest hatte sie jetzt etwas zu tun, das sie wach hielt, und sie *musste* für den Rest ihrer Schicht wach bleiben, auch wenn sie dafür die ekligsten Dinge essen musste.

Ihre Gedanken setzten schon den ganzen Abend alle paar Minuten aus, und wenn sie versehentlich einschlief, ohne an Orion zu denken, würde sie ihn nicht wie geplant in der Unterwelt treffen. Aber noch wichtiger war, dass sie auf keinen Fall einnicken und eine Mikrosekunde später im News Store wieder aufwachen durfte, von Kopf bis Fuß bedeckt mit irgendwelchem ekligen Glibber aus der Unterwelt.

Die letzten paar Tage hatte Helen panische Angst gehabt, in der Schule oder bei der Arbeit einzuschlafen, hinabzusteigen und vor allen anderen vollkommen verdreckt wieder aufzuwachen. Vor allem *diesen* Abend durfte das nicht passieren. Sie war so müde wie noch nie in ihrem Leben, und Zach lungerte im News Store an einem der Tische von Kate's Cakes herum, wo Helen an diesem Abend Dienst hatte.

Sie hatte mehrmals versucht, sich mit ihm zu unterhalten und herauszufinden, was er dort ganz allein an einem Samstagabend machte, aber er hatte keine Lust auf Konversation. Er bestellte nur immer wieder Kaffee und Kuchen und tippte so abgelenkt auf seinem Laptop herum, als wollte er sich damit nur die Zeit vertreiben. Er nahm kein einziges Mal Augenkontakt zu ihr auf. Aber immer, wenn Helen ihn dabei erwischte, dass er sie anstarrte, was für ihren Geschmack viel zu oft geschah, stellte er seinen angewiderten Gesichtsausdruck zur Schau.

Um sich wach zu halten, wischte Helen gerade zum tausendsten Mal den Tresen ab, als die Glocke über der Tür bimmelte. Am liebsten hätte sie losgekreischt. Es war schon so spät und sie würden gleich schließen. Sie wollte nur noch, dass der Abend endlich endete, damit sie die Einnahmen zählen, nach Hause gehen und ins Bett fallen konnte. Sie hatte bereits geplant, Zach Punkt zehn Uhr an die Luft zu setzen, aber jetzt noch einen neuen Kunden zu bedienen konnte ewig dauern. Dann hörte sie Kate freudig überrascht aufschreien.

»Hector!«

Helen brauchte keine halbe Sekunde, um hinter dem Tresen hervorzuspringen und sich zusammen mit Kate in Hectors Arme zu werfen.

Hector hob sie beide mühelos hoch, jede mit einem Arm. Gewöhnlich dauerte es keine fünf Sekunden, bis er etwas sagte, was Helen auf die Palme brachte, aber wenn er lächelte und sie so fest drückte wie jetzt, störte es sie kein bisschen, wie nervtötend er normalerweise war. Es fühlte sich so an, als würde sie die Sonne umarmen – nichts als wohltuende Wärme und Licht.

»Daran könnte ich mich gewöhnen!«, bemerkte Hector schmunzelnd. Er hielt sie immer noch hoch und drückte sie, bis ihnen die Luft wegblieb.

»Aber ich habe erst vor ein paar Stunden mit Noel gesprochen! Sie hat gesagt, du wärst noch in Europa beim Studium. Was machst du auf Nantucket?«, fragte Kate, nachdem Hector sie wieder abgesetzt hatte.

»Ich hatte Heimweh«, sagte er mit einem Schulterzucken. Helen wusste, dass das die Wahrheit war – im Gegensatz zu der Story vom Studium in Europa. »Es ist aber nur ein Kurzbesuch. Ich kann nicht lange bleiben.«

Die drei plauderten noch ein paar Minuten, doch Hector warf Helen immer wieder besorgte Blicke zu. Helen wusste, wenn sogar Hector sich Sorgen um sie machte, musste sie wirklich verheerend aussehen. Sie entschuldigte sich und verschwand im Waschraum, um sich kaltes Wasser ins Gesicht zu spritzen.

Als Helen zurückkehrte, saß Zach nicht mehr auf seinem Platz, sondern hastete gerade dorthin *zurück*. Er raffte seine Sachen zusammen und flüchtete mit gesenktem Blick aus dem Café. Helen folgte ihm zögernd nach vorn und beobachtete, wie er an Hector vorbei zur Tür hinausrannte. Hector betrachtete sein merkwürdiges Verhalten mit gehobenen Brauen.

»Gott, wie wir ihn vermissen werden«, sagte Kate sarkastisch. Sie warf einen Blick auf die Uhr. »Wisst ihr was? Wenn ich mich beeile, kann ich das Geld vor der letzten Abholung zur Bank bringen. Kannst du allein abschließen, Lennie?«

»Ich helfe ihr«, bot Hector an, was Kate zum Lächeln brachte.

»Bist du sicher? Du weißt, dass ich nur mit Futter bezahlen kann, oder?«, warnte Kate ihn neckisch.

»Abgemacht.«

»Du bist der Beste! Pack dir so viel von den Resten für die Familie ein, wie du willst«, sagte Kate noch, bevor sie ihre Sachen nahm und zur Tür ging.

»Das mache ich«, sagte Hector, als sie den Laden verließ. Er gab sich zum Abschied zwar fröhlich, aber als sie weg war, verschwand das Grinsen aus seinem Gesicht.

So gern er Kates Vorschlag in die Tat umgesetzt hätte, war es doch undenkbar, dass er seiner Familie ihren Kuchen mitbrachte. Helen berührte tröstend seine Schulter und zog ihn in ihre Arme, als sie sah, wie er den Kopf schüttelte.

»Ich konnte nicht wegbleiben. Ich musste jemanden sehen, der mit mir verwandt ist.« Er drückte Helen so fest, als könnte er durch sie seine ganze Familie umarmen. »Ich bin froh, dass ich wenigstens mit dir zusammen sein kann, Prinzessin.«

Als Helen die Umarmung erwiderte, stieg trotz ihrer Zuneigung eine Wut in ihr auf, die jedoch nichts damit zu tun hatte, dass er sie immer noch »Prinzessin« nannte, obwohl sie ihm schon hundertmal gesagt hatte, dass er das lassen sollte. Wie konnten es die Furien wagen, Hector von den Menschen fernzuhalten, die er liebte? Er war seiner Familie treuer ergeben als jeder andere, den Helen kannte. Die Delos-Familie brauchte seine Stärke im Moment mehr als je zuvor, aber er war ein Ausgestoßener. Helen musste Persephone finden und sie um Hilfe bitten. Sie musste diesen Irrsinn beenden.

»Bist du nur gekommen, um mal wieder gedrückt zu werden?«, fragte Helen frech, um damit die Stimmung aufzulockern.

»Nein«, antwortete er ernst. »Natürlich steh ich auf eine Umarmung von dir, aber da ist noch etwas anderes. Hast du schon von dem Einbruch ins Getty Museum gehört?«

Als Helen den Kopf schüttelte, zog Hector ein Blatt Papier aus der Jackentasche und zeigte es ihr.

»Das kann nur ein Scion gemacht haben«, stellte Helen fest, nachdem sie alles über die Umstände des Diebstahls und die Beschreibung der gestohlenen Gegenstände gelesen hatte. »Wer war es?«

»Wir wissen es nicht. Daphne hat alle Rogues und Ausgestoßenen gefragt, aber bis jetzt hat es niemand zugegeben.« Hector strich sich mit dem Daumen über die Unterlippe. Diese Geste hatte Helen auch schon bei seinem Vater gesehen, wenn dieser nachdachte. »Wir haben noch nicht herausgefunden, wieso diese Goldmünzen, und *nur* diese, gestohlen wurden. Soweit wir wissen, haben sie für keines der vier Häuser eine magische Bedeutung.«

»Ich werde die Familie danach fragen«, versprach Helen und steckte das Blatt Papier in die hintere Tasche ihrer Jeans. Dann hielt sie sich hastig die Hand vor den Mund, um ein Gähnen zu unterdrücken. »Tut mir leid, Hector. Ich kann kaum noch die Augen offen halten.«

»Auf dem Weg hierher habe ich mir selbst am meisten leidgetan, aber weißt du was? Jetzt, wo ich hier bin, mache ich mir mehr Sorgen um dich. Du siehst total fertig aus.«

»Ja, ja, ich weiß.« Helen lachte verlegen und versuchte, ihre Haare glatt zu streichen und die Kleidung zurechtzuzupfen. »Die Unterwelt ist wirklich *genau* so mies, wie man sie sich vorstellt. Aber wenigstens bin ich da unten nicht mehr allein – das ist doch auch schon was.«

»Orion. Er ist in Ordnung«, sagte Hector mit einem ernsten Nicken. Helen sah ihn verblüfft an, und er fuhr fort: »Ich habe ihn natürlich nie persönlich getroffen. Du weißt schon, wegen der Furien. Aber Daphne hat die Verbindung zwischen uns hergestellt, nachdem ich hier wegmusste. Wir simsen gelegentlich und er war immer für mich da. Er hatte ein hartes Leben und weiß, was ich durchmache. Ich finde, dass man gut mit ihm reden kann.«

»Das stimmt. Es fällt einem wirklich leicht, mit Orion zu reden«, bestätigte Helen nachdenklich. Sie fragte sich, ob Hector mehr über Orions Kindheit wusste als sie. Der Gedanke störte sie irgendwie. *Sie* wollte diejenige sein, der Orion seine Geheimnisse erzählte, auch wenn sie keine Ahnung hatte, warum sie so dachte.

»Und auf ihn ist Verlass. Er hat mir geholfen, Daphne zu finden, als sie auf dem Meer verschollen war. Er ist ein sehr mächtiger Scion, Helen. Aber ich denke, er ist ein noch besserer Freund.«

»Wow. Du *schwärmst* ja richtig von ihm«, stellte Helen fest, die kaum fassen konnte, solche Lobeshymnen ausgerechnet von Hector zu hören. »Was ist los mit dir? Stehst du neuerdings auf Kerle?«

»Werd ja nicht frech«, wehrte Hector Helens Neckerei entschieden ab. »Ich sage nur, dass ich ihn mag. Das ist alles.«

»Das geht mir genauso«, sagte Helen leise, weil sie nicht wusste, was Hector sonst von ihr hören wollte.

»Und dagegen ist auch nichts einzuwenden. Auch dann nicht, wenn du ihn mehr als nur *magst*. Das wäre auch okay«, sagte Hector. »Aber er ist der Erbe der Häuser von Athen und Rom und du bist die Erbin des Hauses von Atreus. Du weißt, was das bedeutet?«

»Dass wir beide zusammen drei der vier Häuser repräsentieren«, sagte Helen mit einem Stirnrunzeln.

Insgeheim hatte sie gehofft, dass es Eifersucht gewesen war, die Lucas so gegen Orion hetzen ließ, aber je mehr sie darüber nachdachte, desto mehr zweifelte sie daran. Vielleicht war es ihm egal, ob Helen mit einem anderen Typen zusammen war. Vielleicht ging es ihm nur darum, die Häuser getrennt zu halten.

»Es ist nicht so, dass ihr nicht eine Zeit lang Spaß miteinander haben könnt«, versicherte Hector hastig, weil er Helens schmerzlichen Gesichtsausdruck missdeutete. »Aber ihr dürft auf keinen Fall …«

»Auf keinen Fall *was*?« Helen sah Hector trotzig an und verschränkte die Arme. »Nein, sprich weiter. Ich will unbedingt hören, was ich laut Scion-Regelbuch mit Orion machen oder nicht machen darf.«

»Du kannst Spaß haben – sogar sehr *viel* Spaß, wenn du willst. Man sagt nicht umsonst, dass Scions aus dem Haus von Rom darin besonders gut sein sollen. Aber du darfst ihm gefühlsmäßig nicht zu nahekommen, Helen«, warnte er sie ernsthaft. »Keine Kinder, keine langfristige Beziehung, und verlieb dich um der Götter willen bloß nicht in ihn. Die Häuser müssen getrennt bleiben.«

Es war irgendwie abartig, mit Hector darüber zu sprechen, aber andererseits auch wieder nicht. Helen wusste, dass er nicht über sie urteilte oder ihr einen sinnlosen Vortrag hielt – er wollte nur sichergehen, dass sie das tat, was für alle am besten war.

»Wir sind nur Freunde«, versicherte ihm Helen. »Keiner von uns will mehr.«

Hector musterte sie einen Moment lang, fast so, als würde er sie bedauern.

»Die ganze Welt könnte in dich verliebt sein und du würdest es nicht mal merken, stimmt's? Wie dieser komische Junge, der nur dasitzt, damit er dich stundenlang ansehen kann.«

»Du meinst Zach?« Helen schüttelte den Kopf. »Vor zwei Jahren hättest du damit vielleicht recht gehabt. Aber jetzt nicht mehr. Zach *hasst* mich.«

»Und wieso verbringt er dann den Samstagabend hier?«, fragte Hector zweifelnd.

Ihm kam ein Gedanke und er sah sich aufmerksam um, bis sein Blick schließlich auf dem Tresen landete. Sein Gesicht erstarrte.

»Er weiß es«, flüsterte er.

»Unmöglich. Ich habe ihm nie etwas erzählt.«

»Lässt du dein Handy immer so offen rumliegen?«

Hector deutete auf den Tresen, und tatsächlich, Helens Handy lag neben dem Lappen, mit dem sie geputzt hatte. Sie ließ es bei der Arbeit *niemals* offen herumliegen, vor allem nicht, seit Orion ihr schrieb.

Helen hastete zum Tresen und schnappte nach dem Telefon. Sie scrollte durch den ersten Text, der aufleuchtete. Es war ihre gesamte Unterhaltung mit Orion, einschließlich ihres Plans, sich in der Unterwelt zu treffen.

Zach musste das Handy aus ihrer Tasche genommen und ihre SMS durchsucht haben. Helen starrte ungläubig das Display an und ihr Verstand war wie eingefroren. Wie hatte Zach sie so verraten können?

»Er war doch auch beim Sportfest, oder?« Hector machte ein grimmiges Gesicht und seine Augen waren nur noch schmale Schlitze. »Ich habe ihn am Waldrand gesehen, wie er dir und Claire gefolgt ist. Kurz bevor die Hundert ›wie durch ein Wunder‹ aus dem Wald kamen.«

»Ja, er war da«, murmelte Helen, immer noch fassungslos. »Ich habe ihm vertraut! Nicht genug, um ihm von meinen Kräften zu erzählen, aber ich hätte nie gedacht, dass er etwas tun würde, das mir schadet.«

»Nun, er weiß es und er muss mit den Hundert in Kontakt stehen. Nur so konnten sie mich aufspüren.« Hector warf einen Blick auf das Handy und seufzte abgrundtief. »Und jetzt wissen die Hundert auch von Orion.«

Dieser Gedanke war Helen noch nicht gekommen, aber jetzt, wo Hector es erwähnte, geriet sie in Panik. Als Rogue hatte Orion seine Existenz schon sein ganzes Leben vor dem Haus von Theben verborgen und jetzt hatte Helens Unachtsamkeit die Hundert auf seine Spur gebracht. Sie begann, hektisch eine Nachricht zu tippen.

»Schreib ihm auch, dass er sein Handy loswerden muss«, riet Hector, der aus den Fenstern des News Store spähte und nach Anzeichen eines bevorstehenden Angriffs Ausschau hielt. Helen erklärte Orion die Situation so schnell, wie es ihre Daumen zuließen.

Orion wirkte nicht sehr überrascht.

Noch bevor ich dich getroffen habe, wusste ich, dass sie mich irgendwann finden. Keine Panik. Ich bin auf so was vorbereitet.

Helen konnte nicht fassen, wie er so ruhig bleiben konnte. Sie gestand ihm, dass jemand ihre gesamte SMS-Unterhaltung gelesen hatte, aber er war der Meinung, dass alles, was sie geschrieben hatten, für Außenstehende keinen Sinn ergab.

Er versicherte ihr, dass seine Telefonnummer nicht zu ihm zurückzuverfolgen war, und beteuerte mehrmals, dass ihm keine Gefahr drohte.

Das sind Fanatiker. Die bringen dich um, schrieb sie und konnte nicht begreifen, wieso er nicht längst seine Koffer packte.

Hör zu, ich habe die 4 Nachnamen (die du kennst) nicht umsonst. Vertrau mir, o.k.? Sehen uns heute Nacht wie geplant.

Helen lächelte ihr Handy an. Sie war erleichtert, dass er immer noch bereit war, ihr zu helfen. Aber dann wurde sie wütend. Orion hatte kaum reagiert, als sie ihm gesagt hatte, dass er aufgeflogen war. Wusste er nicht, wie gefährlich die Hundert Cousins waren?

»Was ist los?«, fragte Hector, als er von einem Kontrollgang in die Gasse hinter dem Laden zurückkam und ihre wütende Miene sah.

»Er sagt, dass er Vorkehrungen getroffen hat.«

»Dann mach dir keine Sorgen um ihn. Orion ist schon Mordanschlägen ausgewichen, seit er laufen kann. Wenn er sagt, dass er die nötigen Vorkehrungen getroffen hat, dann stimmt das.« Hector schien so überzeugt von Orions Fähigkeit, sich selbst zu schützen, dass Helen nichts mehr dazu einfiel. »Konzentrier du dich auf deine Aufgabe«, sagte er über die Schulter und warf einen Blick hinaus auf die menschenleere Straße. »Ich muss zurück zu Daphne und ihr davon erzählen.«

»Du willst da *rausgehen*?«, schrie Helen ungläubig und sprang auf ihn zu, um ihn aufzuhalten. »Aber die könnten draußen lauern! Da ist ein neuer Schattenmeister, das weißt du doch!«

»Denk strategisch, Helen. Da die Hundert nicht vor ein paar Minuten angegriffen haben, als ich nicht damit gerechnet habe und ein leichtes Ziel war, bedeutet das, dass sie heute nicht mehr zuschlagen werden. Die eigentliche Frage, die sich jeder gute General stellen würde, ist jedoch, wieso sie nicht kommen und mich holen, obwohl sie wissen, dass ich hier bin.« Er betrachtete Helen nachdenklich.

»Warum siehst du mich so an?«, wollte sie wissen und zeigte mit dem Finger auf Hector. »Was weißt du, das ich nicht weiß?«

Hector lächelte und schüttelte den Kopf, als hätte Helen von selbst darauf kommen müssen.

»Ich weiß, dass viele Leute darauf hoffen, dass du Erfolg hast. Es ist ihnen so wichtig, dass sie mich kampflos ziehen lassen, nur damit dein Abstieg heute Nacht nicht gefährdet ist.« Er öffnete die Hintertür und küsste Helen auf die Stirn. »Vergiss aber nicht, dass die Menschen, die dich wirklich lieben, *dich* viel mehr brauchen als deinen *Erfolg*. Was immer du und Orion heute Nacht in der Unterwelt geplant habt, pass auf dich auf, Prinzessin.«

»Verdammter Mist!«, brüllte Helen.

»Was sollte denn passieren?«, fragte Orion erwartungsvoll.

Sie hatte gerade versucht, sich Persephones Gesicht vorzustellen und sich und Orion in die Gegenwart der Königin zu befördern. Aber sie hatten sich keinen Millimeter bewegt. Helen marschierte aufgebracht im Kreis herum und trat gegen kleine Zweige, bis ihr auffiel, dass es in Wirklichkeit winzige vergilbte Knochen waren.

»Wieso kann das nicht einfach *funktionieren*?«, stöhnte sie. »Ich will nur ein einziges Mal einen Plan haben, der dann auch klappt. Ist das zu viel verlangt?«

Orion machte den Mund auf, um etwas Beruhigendes zu sagen.

»Natürlich nicht!« Helen ließ ihn nicht zu Wort kommen und ihr Wutausbruch nahm Fahrt auf. »Hier unten funktioniert nichts! Nicht unsere Fähigkeiten, nicht mal die Geografie. Dieser See da vorn hängt an einem Abhang! Er sollte ein *Fluss* sein, aber oh nein, nicht hier unten! Das würde ja zu viel Sinn ergeben!«

»Okay, okay! Du hast gewonnen! Es ist total verrückt«, sagte Orion kichernd. Er legte die Hände auf ihre Oberarme und hielt sie fest, bis sie ihn ansah. »Reg dich ab. Wir denken uns was anderes aus.«

»Es ist ja nur, weil alle auf mich zählen. Und ich dachte wirklich, wir hätten einen Plan.« Helen seufzte. Ihre Wut war verraucht. Sie ließ ihren Kopf nach vorn gegen Orions Brust fallen. Sie war so müde. Orion ließ sie gewähren und strich ihr beruhigend über den Rücken.

»Soll ich dir die Wahrheit sagen? Ich habe nie geglaubt, dass es klappen würde«, sagte er vorsichtig.

»Ehrlich?« Helen sah enttäuscht zu ihm auf. »Wieso nicht?«

»Nun, du hast Persephones Gesicht nie gesehen, nur ein Bild von ihr.«

»Aber als ich das erste Mal in deiner Nähe aufgetaucht bin, habe ich auch nicht dein ganzes Gesicht gesehen. Alles, was ich mir vorgestellt habe, waren deine Stimme und deine Hände und … dein Mund.« Helen tat sich mit diesen letzten Worten schwer und ihr Blick fiel unwillkürlich auf Orions Lippen.

»Aber das sind immer noch echte Teile von mir – nicht nur Gemälde«, sagte Orion ruhig und schaute weg. »Außerdem weißt du doch gar nicht, ob Persephone wirklich so aussieht wie auf dem Bild.«

»Und wann wolltest du mir das sagen?«, fragte Helen und boxte ihm gegen die Schulter, um die Situation mit ein wenig Humor zu entschärfen. »Warum hast du nichts gesagt?«

»Was zur Hölle weiß ich schon?«, sagte er. »Hör mal, bis wir etwas gefunden haben, das funktioniert, sollten wir keine Idee als unsinnig abtun. Wir werden eine Lösung finden, aber nur, wenn wir nicht zu engstirnig an die Sache herangehen.«

Helen spürte, wie ihr Herz leichter wurde. Orion wusste genau, wie er mit ihren vom Schlafmangel verursachten Stimmungsschwankungen umgehen musste. Irgendwie war es in seiner Gegenwart in Ordnung, wenn sie sich so gab, wie sie wirklich war – so verrückt das auch sein mochte.

»Danke.« Sie lächelte zu ihm auf.

Helen konnte unter ihrer Hand sein Herz pochen hören. Es schlug heftig. Seine Atmung wurde schneller und jeder Atemzug blieb in seiner Lunge stecken. Helen war sich plötzlich sehr bewusst, dass er sie in den Armen hielt, und ihr Rücken spannte sich unter dem leichten Druck seiner Hände. Ein intensiver Augenblick verstrich. Helen hatte das Gefühl, dass Orion auf *sie* wartete. Um zu verbergen, dass sie fast genauso außer Atem war wie er, lachte sie nervös und wand sich aus seiner Umarmung.

»Du hast recht. Wir sollten für alle Ideen offen sein«, sagte sie und wich einen Schritt zurück.

Was zum Teufel mache ich hier?, dachte sie und ballte die Fäuste, bis sich die Nägel schmerzhaft in ihre Handfläche gruben.

Sie wusste genau, was sie gerade machte – sie versuchte, *nicht* daran zu denken, dass sie »viel Spaß« mit einem Scion aus dem Haus von Rom haben konnte, wie Hector so schön gesagt hatte. Was hatte er damit gemeint? Immerhin war es das Haus von Aphrodite …

»Du hast nicht zufällig welche, oder? Ideen, meine ich«, fuhr sie fort und verdrängte den Gedanken daran, *wie viel* Spaß sie wohl mit Orion haben durfte.

»Ich glaube, ich habe tatsächlich eine«, sagte er und wechselte so schnell die Gangart, dass Helen sich fragte, ob sie die Situation richtig interpretiert hatte. Orion betrachtete aufmerksam den schrägen See und nagte dabei an seiner Unterlippe.

»Ich höre«, sagte sie, um ihn zu erinnern, dass sie noch da war.

Hatte er daran gedacht, sie zu küssen, oder machte sie sich nur etwas vor? Helen beobachtete, wie er die Zähne sanft über seine Unterlippe gleiten ließ, und wusste nicht, welche dieser beiden Versionen ihr lieber war.

Wieso musste Orion ein Erbe sein? Wieso konnte er nicht einfach ein toller Typ sein, den sie kennengelernt hatte, am besten ein Normalsterblicher, der nichts mit diesem Waffenstillstands-Unsinn zu tun hatte? Alles wäre so viel einfacher, wenn Orion ein normaler Mensch wäre.

»Bei allem, was ich über die Unterwelt gelesen habe, gab es nur ein paar Dinge, die immer wieder erwähnt wurden«, fuhr er fort, ohne zu ahnen, was in Helens Kopf vorging. »Es ist fast, als wären es die einzigen Dinge hier unten, über die sich alle Historiker einig sind.«

Helen begann, alles aufzuzählen, worauf das Orions Beschreibung passen konnte.

»Also, wir sind gerade in Erebus – dem öden Nirgendwo. Dann ist da noch der Asphodeliengrund: gruselig. Und Tartaros: igitt.«

»Ich war nur einmal da – bei unserem ersten, äh, *Treffen*«, sagte Orion als Anspielung darauf, wie er Helen aus dem Treibsand gezogen hatte. »Das hat mir gereicht.«

»Da sind alle Titanen gefangen. Kein besonders netter Ort, um die Ewigkeit dort zu verbringen«, stellte sie ernst fest. »Also, es gibt Tartaros, Erebos, den Asphodeliengrund, die Elysischen

Felder – gewissermaßen der Himmel. Ich bin sicher, dass ich dort noch nicht war. Was habe ich vergessen? Ach ja, da sind noch die fünf Flüsse. Die *Flüsse*!«, rief Helen aus und begriff erst jetzt, worauf Orion hinauswollte. »Hier unten dreht sich alles um die Flüsse, richtig?«

In Helens Kopf tauchte eine vage Ahnung von einem Fluss auf, fast wie eine Erinnerung aus einem Fiebertraum – mehr Gefühl als tatsächliches Bild –, aber sie wusste nicht, welcher Fluss es war. Als sie versuchte, sich darauf zu konzentrieren, verblich die Erinnerung wie ein Fisch, der in trübem Wasser verschwindet.

»Der Styx, der Acheron, all die anderen. Die definieren hier unten den Raum, nicht wahr?«, überlegte Orion, der diesen neuen Ansatz verfolgte. »Sie könnten uns führen wie Pfade.«

»Und wie kommst du auf so unglaublich geniale Ideen?«, fragte Helen voller Bewunderung. Der Gedanke, der kurz vorher in ihrem Kopf aufgetaucht war, war wieder verschwunden, als hätte er nie existiert.

»Durch deine Bemerkung über deinen Lieblingssee da drüben«, antwortete Orion grinsend. »Er sollte eigentlich ein Fluss sein, ist aber keiner. Das hat mich auf die Idee gebracht, dass die Flüsse anders sein müssen. Die übrige Landschaft hier unten verändert sich dauernd, als wäre sie austauschbar. Aber die Flüsse bleiben an ihrem Platz. Sie sind immer da. Ich meine, sogar die Normalsterblichen kennen den Styx, stimmt's? Die Flüsse kommen in jedem halbwegs zuverlässigen Bericht über die Unterwelt vor, den ich bisher gelesen habe, und in den meisten Büchern steht, dass alle Flüsse irgendwo zusammenfließen.«

»Also müssen wir nur irgendeinen Fluss finden, ihm folgen,

und landen schließlich an dem, den wir brauchen«, sagte Helen und sah Orion dabei in die Augen. »Persephones Garten befindet sich neben dem Palast von Hades und der Palast soll an einem Fluss stehen. Finden wir diesen Fluss, finden wir auch Persephone.«

»Ja, aber das wird uns noch Kopfschmerzen bereiten. Der Fluss, der den Palast von Hades umgibt, ist Phlegethon, der Fluss des Ewigen Feuers. Den lockeren Spaziergang am Ufer können wir uns dort abschminken.« Orion runzelte nachdenklich die Stirn. »Und dann müssen wir auch noch Persephone überreden, dass sie uns hilft, die Furien loszuwerden.«

Plötzlich brach Orion den Augenkontakt ab und sah sich nervös um, als hätte er etwas gehört.

»Was?«, fragte Helen. Sie warf einen Blick über ihre Schulter, konnte aber keine Bedrohung entdecken.

»Nichts. Komm mit«, sagte er beunruhigt. Orion zog an Helens Arm, damit sie sich schneller bewegte.

»Was soll die Hetzerei? Hast du was gesehen?«, fragte Helen, als sie neben Orion hereilte, aber er antwortete nicht. »Sag mir wenigstens, ob es Zähne hat, okay?«

»Hast du von dem Einbruch ins Getty Museum gehört?«, fragte er unerwartet.

»Äh, ja«, sagte Helen, vollkommen verblüfft von seinem plötzlichen Themenwechsel. »Meinst du, dass der Einbruch etwas mit dem zu tun hat, was du gerade gesehen hast?«

»Ich weiß nicht, was ich gesehen habe, aber wir waren auf jeden Fall zu lange am selben Ort«, sagte er verärgert. »Das hätte ich verhindern müssen. Ich kann nicht fassen, dass ich …«

Helen wartete darauf, dass Orion seinen Satz beendete. Doch stattdessen ging er mit gerunzelter Stirn neben ihr her. Helen sah sich immer wieder um, aber sie konnte nichts Bedrohliches ausmachen.

Die winzigen Knochen auf dem Boden, die Helen so achtlos herumgekickt hatte, wurden größer, je weiter sie gingen. Schon nach wenigen Metern waren sie von Mäuse- über Katzen- bis zu Elefantengröße angewachsen. Kurz darauf bewegten sie sich zwischen Skeletten, die um ein Vielfaches größer waren als die von Dinosauriern. Helen schaute zu den riesigen verkalkten Strukturen auf, und es kam ihr vor, als würden sie einen Wald aus Knochen durchqueren.

Gigantische Rippen wölbten sich über ihnen wie die Bögen einer gotischen Kathedrale. Massive Gelenke, überzogen von verzweigten Kolonien toter und staubiger Flechten, lagen wie Felsbrocken im Weg. Helen fiel auf, dass die Skelette vollkommen durcheinander waren, als wären Hunderte Kreaturen von der Größe eines Wolkenkratzers übereinandergestapelt gestorben. Die Überreste waren so riesig, dass es Helen vorkam, als würde sie normale Knochen durch ein Mikroskop betrachten. Sie ließ ihre Hand über eine der löchrigen Oberflächen gleiten und sah Orion fragend an.

»Weißt du, was das für Kreaturen waren?«, flüsterte sie. Orion schlug die Augen nieder und schluckte.

»Die Frostriesen. Ich habe Geschichten darüber gelesen, aber nie geglaubt, dass es sie wirklich gab. Dieser Ort ist verflucht, Helen.«

»Was ist hier passiert?«, wisperte sie, denn der Anblick der gigantischen Knochen und Orions Betroffenheit weckten Ehrfurcht in ihr.

»Es ist ein ganzes Schlachtfeld, das direkt in die Unterwelt verfrachtet wurde. Das ist nur möglich, wenn der letzte Krieger gefallen ist. Die Frostriesen sind jetzt ausgestorben«, sagte er mit einer monotonen Hoffnungslosigkeit in der Stimme, die gar nicht zu ihm passte. »Ich hatte Albträume von einem anderen Schlachtfeld, das in die Unterwelt transportiert wurde. Nur dass die Knochen in meinen Träumen nicht von den Frostriesen stammen, sondern von Scions.«

Er kniff die Lippen zusammen, und Helen musste wieder daran denken, was Hector gesagt hatte. Orion hatte ein hartes Leben geführt. Das spürte sie nun in ihm.

Sie drehte den Kopf nach oben, bis sie seinen Blick erhaschte. Dann rüttelte sie sanft an seinem Arm.

»Hey«, sagte sie. »Weißt du, was mich am Geschichtsunterricht immer am meisten genervt hat?«

»Was?« Orion wurde durch diese scheinbar zusammenhanglose Frage aus seiner düsteren Stimmung gerissen, genau wie Helen es beabsichtigt hatte.

»Es geht dabei immer nur um Kriege und Schlachten und wer wen besiegt hat.« Helen legte beide Hände um einen seiner massiven Unterarme und setzte sich mit ihm im Schlepptau wieder in Bewegung. »Weißt du, was ich finde?«

»Was?«

Er fing wieder an zu lächeln und war bereit, auf ihr Spiel einzugehen. Helen war froh, dass die Wolken, die sein Gesicht verdunkelt hatten, so schnell abgezogen waren. Es war beinahe, als würde sie die Fähigkeit besitzen, sie ganz nach Lust und Laune zu vertreiben.

»Ich finde, für jede Schlacht, die wir auswendig lernen müssen, sollten sie uns auch mindestens zwei tolle Dinge beibringen. Zum Beispiel, wie viele Leute jedes Jahr von Feuerwehrmännern gerettet werden oder wie viele Menschen schon auf dem Mond waren. Weißt du, was das Schlimmste ist? Ich habe keine Ahnung, wie viele es waren.«

»Ich auch nicht«, gestand Orion mit einem Lächeln.

»Aber wir sollten es wissen! Wir sind Amerikaner!«

»Also, offiziell bin ich Kanadier.«

»Das ist dicht genug dran!«, versicherte ihm Helen und fuchtelte hitzig mit einer Hand herum. »Ich meine doch nur, dass die Menschen zu den tollsten Dingen fähig sind – wieso müssen wir uns dann nur ihre Kriege ansehen? Die Menschheit kann es doch besser.«

»Aber ihr seid keine Menschen, also nicht richtig, nicht *ganz* menschlich. Hübscher kleiner Göttersohn«, zischte leise eine schmeichlerische Stimme.

Helen sah etwas aufblitzen, als Orion eine der vielen Klingen hervorzog, die er unter seiner Kleidung versteckt trug. Er schob Helen hinter sich und seine Finger krallten sich in ihre Hüfte, damit sie dort blieb und nichts Idiotisches tat, wie etwa hervorzuspringen und um sich zu schlagen.

»Komm hervor und zeig dich«, forderte Orion den Gegner heraus. Seine Stimme war ruhig und kalt – fast als hätte er darauf gewartet, dass so etwas passierte.

Helen hasste es, ohne ihre Blitze völlig hilflos zu sein, und beschloss zu lernen, wie man als Sterblicher kämpfte, sobald sie wieder in der richtigen Welt war. Falls sie jemals in die richtige Welt zurückkam.

Ein dünnes, schrilles Lachen hallte durch den Wald aus Knochen und ein unheimlicher Singsang drang zu ihnen hinüber.

»Dickes Göttersöhnchen! Größer als die meisten, wie der Jäger, dessen Namen er trägt! Willst du gegen mich kämpfen, dummer Himmelsjäger? Sei gewarnt! Ich habe den Krieg erfunden. Krieg, meine kleinen Schönheiten, und ich habe ihn erfunden. Aber nein, der Himmelsjäger wird nicht weichen. Er wird kämpfen! Und sie für immer durch die Nacht jagen. Weil sie so hübschhübschhübsch ist!«

Der Singsang mündete in ein kindliches Gelächter, das Helen Angst machte. Während Orion sich suchend um sich selbst drehte, erhaschte Helen einen Blick auf einen langen, dürren Mann, der durch die Grabstätte der Frostriesen schlich. Er war knochig, fast nackt und am ganzen Körper mit bläulichen Schnörkeln bemalt wie ein Wilder aus der Steinzeit.

»So sehr wie meine Schwester, meine Geliebte. So sehr wie das Gesicht! Oh! Das Gesicht, das geliebt hat, das Schiffe in See stechen ließ und das so viel BlutBlutBlut vergossen hat! Wieder, wieder! Ich will noch einmal das Spiel mit den hübschen kleinen Götterkinderchen spielen!« Kichernd sprang er herbei und versuchte, Orion von Helen wegzulocken, aber Orion fiel nicht darauf herein.

Als der Wilde näher kam, konnte Helen ihn genauer sehen. Voller Entsetzen drückte sie sich enger an Orions Rücken. Der Wilde hatte vorquellende graue Augen und lange verfilzte Haare, die ursprünglich vielleicht hellblond oder weiß, jetzt aber mit blauer Farbe und getrocknetem Blut verkrustet waren. Aus seiner Haut quoll Blut hervor. Es lief ihm aus der Nase und den Ohren – sogar aus seiner *Kopfhaut*, als würde ihm sein verrottetes Gehirn aus jeder Pore treten.

In der Hand hielt er ein stumpfes Schwert, das an den Kanten vom Rost orange verfärbt war. Als Helen mit Orion herumfuhr, um einer der Attacken des Wilden auszuweichen, erhaschte sie seinen Geruch. Er stank so nach Verwesung, dass sich ihr beinahe der Magen umdrehte. Er roch nach saurem Schweiß und modrigem Fleisch.

»Ares«, flüsterte Orion Helen über die Schulter zu, als der Gott hysterisch kichernd davonsprang, um sich zwischen den Knochen zu verstecken. »Keine Angst, Helen. Er ist ein Feigling.«

»Er ist verrückt«, wisperte Helen hektisch zurück. »Er ist total durchgeknallt!«

»Das sind die meisten Götter, allerdings soll Ares mit Abstand der verrückteste sein«, sagte Orion mit einem beruhigenden Lächeln. »Keine Angst, ich werde ihn nicht in deine Nähe lassen.«

»Äh, Orion? Wenn er ein Gott ist, kann er dich dann nicht ganz einfach töten?«, fragte Helen vorsichtig.

»Wenn wir hier unten keine Halbgottkräfte haben, wieso sollte er dann seine Gottkräfte haben?«, fragte er mit einem Schulterzucken. »Außerdem rennt *er* gerade vor *uns* weg. Das ist im Allgemeinen ein gutes Zeichen.«

Das ergab Sinn, aber Helen war noch nicht überzeugt. Sie

konnte den verrückten Gott vor sich hin summen hören, als er sich von ihnen entfernte. Sehr ängstlich hörte er sich nicht an.

»Du da, kleiner Göttersohn! Versteckst dich vor den anderen?«, rief Ares plötzlich ein paar Hundert Meter entfernt aus. »Wie unpraktisch. Ihr solltet alle zusammen sein, wenn ich mein Lieblingsspiel mit euch spiele! Bald, bald. Zunächst lasse ich es durchgehen. Ich schaue erst einmal zu, wie ihr mit dem Schoßtier meines Onkels spielt. Es geht los, kleiner Göttersohn!«

»Mit wem redet der?«, flüsterte Orion Helen zu.

»Keine Ahnung, mit uns jedenfalls nicht. Meinst du, dass er Wahnvorstellungen hat?«, überlegte Helen.

»Ich weiß es nicht. Vorhin dachte ich, ich hätte gesehen …« Orions Satz wurde abrupt unterbrochen.

Ein gigantisches Heulen hallte durch den Knochenwald. Es war so tief und laut, dass Helen die Vibrationen bis in ihren Magen fühlte. Ein zweites und ein drittes Heulen folgten und jedes war ein bisschen anders als das vorherige. Helen erstarrte.

»Zerberus«, keuchte Orion angsterfüllt. »Lauf!«

Er packte Helens Arm und zog sie mit sich, was sie aus ihrer Angststarre riss. Dann rannten sie um ihr Leben und das gackernde Lachen von Ares gellte in ihren Ohren.

Sie hechteten über morsche Knochen und versuchten, das Heulen hinter sich zu lassen und nicht in eine Sackgasse zu geraten. Zum Glück wurden die Knochen immer kleiner, als sie im Zickzack das andere Ende des Friedhofs ansteuerten.

»Weißt du, wohin wir rennen?«, schnaufte Helen. Orion reckte das Handgelenk aus dem Ärmel seiner Jacke und betrachtete das goldene Armband.

»Es glüht, wenn ich in der Nähe eines Tores bin«, rief er ihr zu.

Helen sprintete um einen besonders scharfkantigen Beckenknochen herum und warf dann ebenfalls einen Blick auf das Armband. Es glühte nicht im Geringsten. Und das Heulen von Hades' dreiköpfigem Höllenhund kam mit jeder Sekunde näher.

»Helen. Du musst aufwachen«, sagte Orion entschlossen.

»Ich gehe nirgendwohin.«

»Hier wird nicht diskutiert!«, brüllte er sie wütend an. »Wach auf!«

Helen schüttelte trotzig den Kopf. Orion packte sie grob am Arm und zwang sie anzuhalten. Er schüttelte ihre Schultern und starrte ihr in die Augen.

»Wach. Auf.«

»Nein. Wir gehen zusammen oder gar nicht.«

Ein weiteres Heulen zerriss die Luft. Beide fuhren herum und sahen, wie Zerberus, der nicht mehr weit von ihnen entfernt war, durch die schwindende Deckung des Knochenfriedhofs auf sie zustürmte.

Aus Helens Kehle kam bei seinem Anblick nur noch ein entsetztes Fiepen. Sie wusste nicht, was sie erwartet hatte – vielleicht einen Pitbull oder einen Mastiff mit dem Kopf eines Dobermanns, um das Trio komplett zu machen. Der Anblick irgendwelcher bekannter Hunderassen wäre zumindest ein Trost gewesen. Aber sie hätte wissen müssen, dass keine dieser bekannten *zahmen* Rassen vor vielen Äonen existiert hatte, als dieses Monstrum das Licht der Welt erblickt hatte.

Zerberus war ein Wolf. Ein sechs Meter großer, dreiköpfiger Wolf mit geifernden Kiefern und keinem einzigen zahmen Chromosom im ganzen Körper. Als einer der Köpfe nach ihr schnappte, verdrehten sich die Augen, bis nur noch das Weiße zu sehen war. Ein Kopf hatte es auf Helen abgesehen, die anderen beiden auf Orion. Auf dem gemeinsamen Hals sträubten sich die Nackenhaare und alle drei Köpfe nahmen eine geduckte Angriffshaltung ein. Erst trat eine Pfote vor, dann die andere und aus allen drei Kehlen kam ein tiefes Knurren.

»AIIIJAAIJAAA!«

Ein gellender Ton störte die tödliche Konzentration des Höllenhundes, gefolgt von einem Hagel von Knochenstücken, die auf seinen linken Kopf einprasselten.

Alle drei Köpfe reagierten sofort. Zerberus wirbelte herum und jagte hinter dem mysteriösen Ton her, ohne Helen und Orion weiter zu beachten. Helen versuchte zu erkennen, wer sie gerettet hatte, aber sie konnte nur einen Schatten zwischen den knorrigen Knochenstümpfen verschwinden sehen.

»Lauf-lauf-lauf!«, feuerte Orion sie hoffnungsvoll an und drehte Helen herum. Er griff nach ihrer Hand und wollte mit ihr auf eine Felswand zurennen, die in einiger Entfernung aufgetaucht war. Helen zögerte.

»Wir müssen zurück! Wir können doch nicht …«

»Und wie wir das können!«, rief er und zerrte sie hinter sich her. »Du musst nicht heldenhafter sein als jeder andere, begreif das endlich!«

»Ich hatte doch gar nicht vor …«, wollte Helen sich verteidigen, aber beim nächsten wütenden Bellen von Zerberus überlegte sie es sich anders. Anscheinend war der Höllenhund wieder hinter ihnen her. Es war Zeit, den Mund zu halten und zu rennen.

Hand in Hand stürmten Helen und Orion Hals über Kopf auf die Felswand zu. Sie waren beide hellwach. Helen hatte keine Ahnung, wie viele Stunden sie bereits in der Unterwelt waren und wie viele Kilometer sie in dieser nicht schätzbaren Zeit zurückgelegt hatten. Ihr Mund war so trocken, dass das Zahnfleisch schmerzte, und ihre Füße fühlten sich in den Stiefeln geschwollen und wund an. Orion keuchte an ihrer Seite so heftig, als würde jeder Atemzug seine Lunge mit Sandpapier bearbeiten.

Helen warf einen Blick auf Orions Hand, die ihre fest umklammerte, und stellte fest, dass sein Armreif zu glühen begann. Mit jedem Schritt zur Felswand wuchs der goldene Schimmer, bis sie schließlich beide von einem goldenen Schein eingehüllt waren. Helen riss den Blick von Orions golden leuchtendem Körper los und starrte den glühenden Riss an, der sich zwischen den dunklen Felsen auftat.

»Hab keine Angst! Lauf einfach weiter«, schrie er, als sie auf die Gesteinsmassen zurannten.

Helen hörte das Aufschlagen der riesigen Pfoten, denn der Höllenhund kam schnell näher. Der Boden bebte, und die Luft wurde heiß und feucht, denn Zerberus schnaufte Helen buchstäblich in den Nacken.

Die Felsen teilten sich nicht. Sie wichen nicht auseinander, um Helen und Orion eine praktische Öffnung zu bieten. Helen klammerte sich fest an Orions Hand und rannte ohne das geringste Zögern weiter.

Sie sprangen durch die massive Felswand, segelten über einen

Abgrund und prallten gegen etwas, das offenbar eine weitere Felswand war. Helen hörte ein Krachen, als ihr Kopf gegen die harte Oberfläche knallte. Vollkommen atemlos wartete sie darauf, dass sie an der Wand herunterrutschte und auf dem Boden aufschlug, aber nichts dergleichen geschah. Es dauerte einen Moment, bis sie erkannte, dass die Schwerkraft eine Hundertachtzig-Grad-Wendung beschrieben hatte und sie längst auf dem Boden lag. Auf einem eisigen Boden an einem sehr kalten, sehr dunklen Ort.

»Helen?« Orions besorgte Stimme hallte durch die Dunkelheit.

Sie versuchte, ihm zu antworten, aber alles, was sie hervorbrachte, war ein pfeifendes Keuchen. Als sie den Kopf hob, äußerte ihr Magen einen schwächlichen Protest.

»Oh nein«, hörte sie Orion hauchen, als er in der Dunkelheit auf sie zuschlurfte. Sie hörte ein Klicken, ein Knirschen und dann leuchtete die Flamme eines Feuerzeugs auf. Sie musste schnell die Augen schließen, sonst hätte sie sich ganz sicher übergeben. »Oh, Helen, dein Kopf …«

»K-kalt«, war alles, was sie hervorbringen konnte. Hier war es sogar noch kälter als in ihrem Zimmer und sie konnte nicht entrinnen. Sie wackelte mit den Fingern, was auch funktionierte, aber aus irgendeinem Grund konnte sie die Arme nicht bewegen.

»Ich weiß, Helen, ich weiß.« Er bewegte sich hektisch um sie herum, flüsterte aber beschwichtigend auf sie ein, als müsste er ein Kind beruhigen oder vielleicht ein verletztes Tier. »Du hast dir den Kopf angeschlagen und wir sind noch im Portal – weder hier noch dort. Du kannst dich nicht selbst heilen, wenn ich dich nicht bewege, verstehst du das?«

»Hmm«, murmelte sie undeutlich. Allmählich versetzte es sie in Panik, dass sie keine Kontrolle über ihre Gliedmaßen hatte.

Sie spürte, wie Orion seine Hände unter ihren ausgestreckten Körper schob und einen Moment seine Kräfte sammelte. Dann schoss ein Schmerz von ihrer Schläfe bis hinunter zu ihren Zehen.

Orion redete die ganze Zeit mit ihr, als er sie aus der Kälte an einen etwas wärmeren Ort brachte, aber Helen bekam nicht mit, was er sagte. Sie war zu sehr damit beschäftigt, sich nicht zu übergeben. Die ganze Welt wackelte und drehte sich, und sie konnte es nicht erwarten, dass Orions harte Schritte endlich endeten. Jedes Mal, wenn er einen Fuß aufsetzte, fühlte es sich an, als würde er auf ihren Kopf treten. Aber schließlich hockte er sich hin und hielt sie auf seinem Schoß in den Armen. Helen hörte, wie er nochmals das Feuerzeug aufschnappen ließ.

Durch ihre geschlossenen Lider sah sie einen hellen Schein und wusste, dass Orion eine Kerze angezündet hatte. Sie fühlte, wie er ihr das Haar aus dem Gesicht strich und sie so dicht an sich zog, dass er sie in seine Jacke hüllen konnte. Einen Moment später ging es ihr schon etwas besser.

»Wieso ist mir so schlecht?«, fragte sie, als ihre Stimme wieder funktionierte.

»Noch nie eine Gehirnerschütterung gehabt?«, antwortete er fast amüsiert mit einer Gegenfrage. »Keine Angst. Deine Heilung schreitet schnell voran, seit ich dich vom Portal weggebracht habe. Du hast in diesem Teil der Höhle deine Scion-Kräfte wieder; es wird dir also bald wieder gut gehen.«

»Okay«, sagte sie voller Vertrauen. Wenn Orion sagte, dass sie wieder in Ordnung kam, dann glaubte sie ihm das. Nach ein paar Minuten fühlte sie sich schon fast wie immer und entspannte sich in seinen Armen. Orion erstarrte.

»Ich muss dich jetzt verlassen«, sagte er mit sanfter Stimme.

»Wie meinst du das?«, sagte Helen und sah zu ihm auf. Er betrachtete sie traurig.

»Wir sind zurück in der Welt der Lebenden, Helen. Sie werden hinter uns her sein.«

Er hatte kaum ausgesprochen, als sie ein erbärmliches Schluchzen hörten. Orion verzog schmerzlich das Gesicht und seufzte abgrundtief. Mit einer schnellen Bewegung trat er die Kerze aus und versuchte, Helen von seinem Schoß zu schubsen, damit er in der plötzlichen Dunkelheit aufspringen konnte.

Jeder Muskel in Helens Körper spannte sich, was ihn daran hinderte, Schwung zum Aufstehen zu holen. Sie presste Orion eine Hand auf die Brust, stieß ihn zurück und schwang ein Bein über ihn, um ihn am Boden zu halten. Eine Welle der Wut schwappte über sie, als sie seine Hüften mit ihren Oberschenkeln zusammendrückte.

»Du gehst nirgendwohin«, sagte sie. Ihre Stimme war tief und hasserfüllt.

»Nein, Helen. Nicht«, flehte Orion, obwohl er wusste, dass es zu spät war.

Die Furien hatten Helen im Griff und befahlen ihr, Orion zu töten.

9

Um sicherzugehen, dass Hector ihm nicht folgte, drehte Zach eine letzte Inselrunde. Erst dann kehrte er zum Schiff seines Gebieters zurück. Hector war zwar ein Ausgestoßener, aber er schaffte es trotzdem, seiner Familie Informationen zukommen zu lassen, und Zach konnte sich keinen Fehler leisten. Sollte er Hector versehentlich zu ihrer Basis auf dem Schiff mit den roten Segeln führen, würde Automedon ihn umbringen.

Zach schaltete den Motor ab und starrte die elegante Jacht an, die sanft am nächtlichen Anleger schaukelte. Bei der Vorstellung, an Bord gehen und Automedon seinen Bericht abliefern zu müssen, wurden seine Handflächen schweißnass, und sein Magen begann zu rumoren. Der persönliche Bericht war nur eine Formalität – Zach hatte den gestohlenen SMS-Verkehr sofort an seinen Gebieter gemailt –, aber Automedon erinnerte seinen Laufburschen immer gern daran, dass jede Sekunde seines Lebens ihm gehörte.

Es gab keinen Ausweg für Zach. Und daran war nur Helen schuld. Dieses Miststück.

Er hatte nur wissen wollen, was sie all die Jahre verborgen hatte. Er hatte versucht, unter vier Augen mit ihr zu reden, aber obwohl er so viel Einfühlungsvermögen vorgetäuscht hatte, wollte sie ihm nichts verraten. Hätte sie ihn beachtet und wäre sie vielleicht auch ein paarmal mit ihm ausgegangen, dann wäre nichts von dem hier passiert.

Inzwischen hatte Zach alle Antworten bekommen, die er haben wollte – und noch viele weitere, die er nicht gewollt hatte. Automedon kam aus einer Zeit, in der nur das Timing darüber entschied, wer Herr war und wer Sklave, und Zach war einfach zur falschen Zeit am falschen Ort gewesen.

Zach stieg aus dem Auto und redete sich ein, dass sein Gebieter ihn zumindest genug respektierte, um ehrlich zu ihm zu sein. Er hatte ihm eine wichtige Aufgabe übertragen. Er sollte seine früheren Freunde ausspionieren, vor allem Helen, und seinem Gebieter alles berichten, was er über ihre Mission in der Unterwelt in Erfahrung brachte. Das war zugegebenermaßen ziemlich unehrenhaft, aber zumindest war es sein Ticket in diese Welt. Helen war hochnäsig. Und die Delos-Jungs? Die waren so damit beschäftigt, mit ihren Muskelpaketen zu protzen und mit jedem heißen Mädchen der Insel zu schlafen, dass sie einen unbedeutenden Normalsterblichen wie ihn gar nicht wahrnahmen.

Heute hatte er seinem Gebieter einen guten Dienst erwiesen, auch wenn die Information, die er geliefert hatte, nicht willkommen war. Zach hatte den Beweis erbracht, dass es noch einen weiteren überlebenden Rogue gab, und wenn es zwei waren – Helen und dieser Orion –, dann konnten da draußen noch viel mehr von ihnen sein.

Zach war kein Idiot. Er hatte nicht lange gebraucht, die Politik zu begreifen und zu erfahren, was das ultimative Ziel war. Atlantis wiederauferstehen zu lassen, würde die Scions unsterblich machen, und nach vielen Tausend Jahren in einer Pattsituation mit den Göttern waren die Hundert Cousins fest entschlossen, sich zu nehmen, was ihnen zustand.

Es gab ein paar Einwände vom Delos-Clan wegen eines großen Kriegs, der dadurch ausgelöst werden würde, aber Zachs Gebieter hatte ihm alles erklärt. Ein Krieg wäre eine schlechte Wahl für die Götter. Die Hundert, die nach der Auferstehung von Atlantis unsterblich sein würden, waren den zwölf Göttern des Olymp um *mindestens* achtundachtzig Krieger überlegen, und außerdem wusste jeder, dass zu den Hundert Cousins in Wirklichkeit viel mehr gehörten als nur hundert.

Wenn die Olympier wirklich zu kämpfen versuchten, würden sie sich praktisch sofort ergeben müssen. Dann hätte die Menschheit endlich Götter, die sie verstanden, Götter, die einst selbst sterblich waren. Vielleicht würden die Gebete der Menschen dann nicht mehr ignoriert, sondern endlich *erhört* werden.

Das alles fand Zach vollkommen logisch. Er war überzeugt, sich für die richtige Seite entschieden zu haben.

Allerdings hörte er seinen Gebieter manchmal schreckliche Dinge sagen, zum Beispiel, dass er sich wünschte, die Menschheit würde endlich ausgelöscht oder in hirnlose Sklaven verwandelt werden wie in einer Ameisenkolonie. Mehr als einmal hatte Automedon gesagt, dass er es begrüßen würde, wenn sein Meister »die Welt sauber wischte«. Zach hatte den Meister seines Gebieters nie getroffen, aber nach allem, was er gehört hatte, wollte er das auch nicht. Bloß nicht.

Zach betrat die Jacht und hörte unter Deck Stimmen. Es roch säuerlich und vergoren – ein Geruch, der an verdorbene Milch erinnerte. Im ersten Moment ließ ihn der Gestank der Besucher zurückzucken, aber er zwang sich, ihn zu ignorieren. Sein Gebieter roch auch oft ziemlich merkwürdig. Automedon sah äußerlich zwar beinahe menschlich aus, hatte aber ein Exoskelett statt einer Haut und atmete nicht durch den Mund, sondern durch kleine Öffnungen überall am Körper. Er roch nicht menschlich – eher wie trockenes Laub, das mit Moschus vermischt war.

Zach suchte sich auf dem leeren Oberdeck einen Sitzplatz. Die anderen Mitglieder der Hundert, die mit Automedon auf die Insel gekommen waren, hatte Tantalus kurz nach dem Zusammenstoß mit Hector, Lucas und Helen zurückbeordert. Zach wusste nicht genau, wieso, aber er nahm an, dass es etwas mit dem Angriff auf Tantalus zu tun hatte. Was immer passiert war, musste bedeutend gewesen sein, wenn es Tantalus' Leibgarde veranlasste, die Wagenburg zu schließen. Zach wusste nur, dass ein ganzes Bataillon der Hundert Cousins abkommandiert worden war, auf der ganzen Welt nach irgendeiner mysteriösen Frau zu suchen.

Die Debatte unter Deck wurde kurz hitzig, beruhigte sich aber schnell wieder, als eine der Parteien nachgab. Zach war klug genug, nicht zu stören, und wartete auf einer der Teakbänke.

Sie wussten natürlich, dass er da war. Zach hatte längst gemerkt, dass sein Gebieter ihn immer hörte, auch wenn er noch so leise schlich. Wer immer da unten bei ihm war, hatte dieselbe Gabe – es war entweder ein hochrangiger Scion oder jemand mit noch mehr Macht. Sein Gebieter würde diesen unterwürfigen Ton nie bei jemandem anschlagen, der unter seiner Würde war, und es gab nur wenige Wesen auf der Erde, die er als überlegen ansah.

Als er hörte, dass sich die Gruppe aus der Kabine auf den Weg an Deck machte, erhob sich Zach respektvoll. Seinem Gebieter folgten eine große Frau und ein blasser junger Mann. Mit ihrer unaufdringlichen Schönheit und den leuchtenden grauen Augen sahen sie aus wie Models, und sie bewegten sich, als würden sie schweben

Aber bei genauerem Hinsehen war zu viel Weiß in ihren grauen Augen und sie schienen zu hecheln, statt zu atmen. Zach wich zurück, und das missgelaunte Gesicht seines Gebieters verriet ihm, dass er einen schrecklichen Fehler gemacht hatte. Die hechelnde Frau zuckte mit dem Kopf in seine Richtung, ähnlich einer Schlange, die ihr Opfer auswählt.

»Auf die Knie, Sklave!«, befahl Automedon.

Zach ließ sich auf die Knie fallen, starrte aber weiter wie hypnotisiert die unglaublich *hässliche* Frau an. Er hatte einen Moment gebraucht, bis er es wahrnahm, aber trotz ihrer Größe und ihrer markanten Gesichtszüge war sie kein wunderschönes Model. Sie war genauso abstoßend wie der gebückt neben ihr herstolpernde Junge.

Sie waren die Quelle des widerlichen Gestanks – saure Milch mit Schwefel. Der Geruch ließ seine Augen tränen und er musste sie schließen. Chaotische, gewalttätige Fantasien schossen ihm plötzlich durch den Kopf. Er wollte am liebsten jemanden zusammenschlagen oder etwas in Brand stecken.

»Endlich etwas Ehrerbietung«, zischte die Frau.

»Er ist unbedeutend«, sagte Automedon abschätzig.

»Ist er zu dumm, seine Pflicht zu erfüllen?«

»Keineswegs. Er ist an diesem Ort aufgewachsen und dem Gesicht recht verbunden«, antwortete Automedon. »*Wenn* diese die drei Erben aus der Prophezeiung sind, erwarte ich, dass sich mein Sklave genau so benimmt, wie wir es brauchen. Wie ein neidischer Mensch.«

»Gut.«

Zach hörte die Frau und den jungen Mann nicht weggehen, aber als er die Augen wieder aufmachte, waren sie weg. Nur der widerliche Gestank war noch da. Wieder überkam ihn dieses unerklärliche Gefühl, und er sah sich auf dem Deck nach etwas um, das er zerschlagen konnte.

Die Furien flüsterten Namen und stießen herzzerreißende Schluchzer aus.

Helen versuchte, sich einzureden, dass sie die Hand von Orions Brust nehmen und sich zurückziehen musste. Sie spürte, dass er unter ihr lag, konnte ihn in der stockdunklen Höhle aber nicht sehen. Das würde helfen. Wenn sie nur aufhören könnte, ihn zu berühren, würde sie sich beruhigen, und sie *musste* sich beruhigen, denn sie war so wütend, dass sogar die Erde zu beben schien.

Aber sie zog sich nicht zurück. Ohne eine bewusste Entscheidung zu treffen, krallte sie die Finger in sein Hemd und zerrte ihn dichter an sich heran.

Ein weiteres Beben erschütterte den Höhlenboden, und diesmal merkte sie, dass sie es sich nicht nur eingebildet hatte. Das Beben war so stark, dass es sie von Orion herunterwarf. Als sich die Erde aufbäumte, erfüllte ein gewaltiger Donnerschlag die Höhle. Helen hörte, wie Orion nach Luft schnappte und ihren Namen keuchte. Irgendwie war er unter ihr hervorgekrochen, aber sie wusste, dass er noch in der Nähe war.

Helen brauchte unbedingt Licht und überlegte, einen Blitz zu erzeugen. Aber sie war durch den langen Aufenthalt in der Unterwelt vollkommen ausgetrocknet und dieser Zustand machte ihre Blitze gefährlich instabil. Wenn sie keine Kontrolle über die Blitze hatte, konnte ihr womöglich ein Blitz mit ganzer Wucht entgleiten und die vom Erdbeben geschwächte Höhle zum Einsturz bringen. Der Cestus beschützte Helen vor Waffen, nicht vor dummen Entscheidungen, und die Erde würde sie genauso schnell ersticken, wie das Meer sie ertränken konnte.

»Helen. Geh«, würgte Orion mit rauer Stimme hervor. *»Bitte.«*

Seine Stimme half ihr, ihn zu orten.

Sie stürzte sich auf ihn und presste ihn zwischen ihren Knien auf den Boden. Sie spürte, wie er mit beiden Händen ihre Unterarme packte, damit sie nicht auf ihn einschlagen konnte. Er hielt mit jeder Hand eines ihrer Handgelenke umklammert.

Während sie rangen, spürte Helen eine *dritte* Hand, so federleicht wie Luft. Aber es war eindeutig Orions Hand, die sie berührte. Helen schauderte und zuckte vor der Berührung zurück.

Mit unglaublicher Sanftheit fuhr Orions dritte Hand durch ihre Kleidung und über ihre Haut. Dann legte sie sich um die Stelle, an der ihr Lachen seinen Ursprung hatte – dieselbe Stelle, die so schrecklich wehtat, seit sie Lucas verloren hatte.

Natürlich wusste Helen, dass es in ihrer Brust kein Organ gab, das für ihre Emotionen zuständig war, aber es fühlte sich trotzdem an, als hielte Orion den Mittelpunkt ihres Herzens in seiner unsichtbaren Hand.

Sie erstarrte, ganz überwältigt von dieser neuen Empfindung. Orion setzte sich auf und ihre Gesichter waren in der Dunkelheit nur Zentimeter voneinander entfernt.

»Wir müssen einander nicht wehtun, Helen«, hauchte er sanft. Seine Lippen strichen über die überaus empfindliche Stelle zwischen ihrem Ohr und dem Kiefer. Die feinen Härchen auf Helens Wange richteten sich auf und reagierten auf Orions Mund, als würde er sie magisch anziehen. Ihre Fäuste entspannten sich und gaben die kämpferische Haltung auf. Zögerlich sanken sie herab, bis ihre Handflächen schließlich auf Orions breiten Schultern lagen.

In ihrem Innern breitete sich Orions dritte Hand in fünf Richtungen aus, als würde er seine fünf Finger strecken. Die innerliche Berührung strömte in ihre Arme und Beine und der fünfte Finger reckte sich hinauf in ihren Kopf.

»Ich könnte dir nie etwas tun.« Seine Stimme brach und die echten Hände glitten an ihrem Rücken hinab bis zu den Hüften.

»Ich will dir auch nicht wehtun«, flüsterte Helen leise.

»Das dürfen sie nicht!«

Eindringliches Geflüster erfüllte die Höhle und schwoll zu lautem Geschrei an. Die Furien gerieten vollkommen außer sich, und zum ersten Mal, seit Helen ihnen begegnet war, berührten sie sie.

Sie kamen immer näher und stießen mit den Köpfen und ihren brüchigen, aschebestäubten Gliedmaßen gegen Helens Rücken. Sie taumelten vorwärts, zerkratzten ihr das Gesicht, zogen an ihren Haaren und zerrten mit ihren scharfen Nägeln an ihr herum, um sie aus Orions Bann zu reißen.

Tausend ungerächte Morde blitzten blutrot in Helens Gedanken auf.

»Töte ihn! Töte ihn jetzt!«, zischten sie. *»Er ist dem Haus von Atreus etwas schuldig. Lass ihn mit Blut bezahlen!«*

Von den Furien überwältigt, entglitt Helens Herz der unsichtbaren Hand und war sofort von Hass erfüllt. Sie richtete den Oberkörper auf und schlug Orion, so hart sie konnte – sie wollte ihm die Faust in den Hals rammen.

Welche Kontrolle Orion auch immer über sie gehabt hatte, sie war verloren. Die Furien hetzten auch ihn auf. Er knurrte wie ein Tier, sprang vor, packte Helens Oberarme und stieß sie grob auf den Rücken. Jetzt, wo er seine Scion-Kräfte wiederhatte, war er schneller und stärker, als sie es für möglich gehalten hatte. Hector hatte recht. Orion verfügte über ungeheure Kräfte. Helen versuchte, sich zu befreien, aber es war zu spät. Er war ihr bei Weitem überlegen und sie hatte seiner Größe und Kraft nichts entgegenzusetzen.

Sie konnte nur einen Blitz-Ausbruch riskieren und Strom über ihre Haut laufen lassen. Sie hoffte, Orion damit in die Bewusstlosigkeit zu schocken, aber ihre Erschöpfung machte ihr einen Strich durch die Rechnung, und der Schlag, den sie ihm verpasste, machte ihn nur noch wütender. Orion schrie und wand sich vor Schmerz, ließ sie aber nicht los. Als er sich von dem Stromschlag erholt hatte, stützte er sich schwer auf ihre Schultern und presste ihren Rücken so hart gegen den feuchten Höhlenboden, dass sie kaum noch Luft bekam.

Da erkannte Helen, dass sie Orion unterschätzt hatte und dafür bezahlen würde. Sie konnte ihn immer noch nicht sehen, aber sie spürte seinen Körper über sich. Ihr war bisher nie aufgefallen, wie *groß* er war – vermutlich, weil sie bisher keinen Grund hatte, ihn zu fürchten. Sie drückte hilflos gegen sein Gesicht und seine Kehle – sie konnte diesen Kampf nicht gewinnen. Sie war verletzt, ausgetrocknet und vollkommen erschöpft. Orion würde sie töten.

Helen traf eine Entscheidung. Lieber ließ sie sich unter ein paar Tausend Tonnen Geröll begraben, als sich von ihm umbringen zu lassen. Sie entspannte sich und rief einen richtigen Blitz hervor – einen, der ihn auf jeden Fall töten und vermutlich auch die Höhle einstürzen lassen würde. Allerdings kam sie nicht dazu, ihn freizusetzen.

Orion ließ sie plötzlich los und stand auf, als würde er aus einem bösen Traum erwachen. Sie hörte ihn in der Dunkelheit hektisch von ihr abrücken. Helen horchte angestrengt und wartete auf einen neuerlichen Angriff.

Irgendwo knirschten Orions Stiefel. Die Furien lockten Helen zischend zu seinem Versteck. Sie wollten sie leiten, wollten, dass sie ein Ende machte.

Aber jetzt, wo sie ihn nicht mehr berührte, kamen Helen Zweifel. Orion war doch nicht ihr Feind, oder doch? Eigentlich hatte sie ihn gern – so gern, dass sie fürchtete, ihn verletzt zu haben. Aber die undurchdringliche Dunkelheit gab nichts preis, sosehr Helen sich auch bemühte, etwas zu erkennen.

Sie musste zwei Dinge wissen. Zum einen, ob es ihm gut ging. Und zum anderen, ob er sie angreifen würde.

Helen nutzte die ganze Kraft, die ihr noch geblieben war, für eine kontrollierte Ladung und erzeugte auf ihrer Handfläche einen kleinen Ball aus glühender Elektrizität, den sie hoch über ihren Kopf hielt. Ihr Blick huschte über die spitzen Stalaktiten und Stalagmiten, bis sie Orion entdeckte. Er war bis an die andere Wandseite der kleinen Höhle zurückgewichen und hatte die Augen fest zugekniffen. Blut lief ihm übers Kinn.

»Wenn du mich töten willst, tu es, während meine Augen geschlossen sind.« Seine tiefe Stimme hallte ruhig und selbstsicher durch die dunklen Tunnel der Höhle. »Ich werde mich nicht wehren.«

Licht zu erzeugen, war ein Fehler gewesen. Jetzt konnte Helen sehen, wie die Furien mit den Zähnen knirschten und sich mit den Fingernägeln selbst zerkratzten, die Kleider zerfetzten und dunkelrote Furchen auf der bleichen, feuchten Haut hinterließen.

Helen stand auf und ging wie ein Roboter auf Orion zu, ähnlich einem mechanischen Killer, der von Zahnrädern angetrieben wird anstatt von Gedanken. In einer Ekstase des Hasses fiel sie vor ihm auf die Knie und schob die rechte Hand unter sein Hemd.

Sie ließ die Hand über seinen Gürtel wandern und suchte nach dem Messer, von dem sie wusste, dass er es am Rücken trug. Ihm war zweifellos klar, was sie da tat, aber er machte keine Anstalten, sie aufzuhalten. Helen zog das Messer aus der Scheide und drückte ihm die Spitze an die Brust.

»Ich will das nicht tun«, sagte sie. Ihre Stimme bebte, und ihre Sicht war durch die Tränen verschleiert, die sich in ihren Augen sammelten und von dort aus über ihre Wangen rannen. »Aber ich muss.«

Orion hielt die Augen geschlossen. Seine Hände pressten sich an die Höhlenwand. Im kalten Licht der elektrischen Ladung tauchten die geisterhaft weißen Gliedmaßen und das aschefarbene Haar der Furien immer wieder in Helens Augenwinkel auf.

»Ich spüre sie auch. Die Blutgier«, wisperte er leise. »Es ist okay. Ich bin bereit.«

»Sieh mich an.«

Orion öffnete seine leuchtend grünen Augen. Die Furien kreischten.

Ein jungenhafter, überraschter Ausdruck huschte über sein Gesicht. Er begann schnell und flach zu atmen und sein Kopf senkte sich langsam zu Helen hinab, Zentimeter für Zentimeter, bis seine Lippen sanft über ihre strichen. Mit einer Hand umfasste sie sein Gesicht, zog seinen Mund noch dichter an ihren heran, als sie plötzlich etwas Klebriges zwischen ihren Fingern spürte. Helen wich zurück und schaute hinab.

Sie hatte Blut an ihrer Hand.

Aus ihrer Erstarrung gerissen, schaute Helen genauer hin und sah, wie sich auf Orions Hemd ein großer dunkler Fleck ausbreitete. Sie hatte ihn gestochen. Und je näher sie einander kamen, desto tiefer bohrte sie die Klinge in ihn hinein. Er ließ es ohne jede Gegenwehr geschehen.

Als Helen erkannte, was sie getan hatte, riss sie das Messer aus Orions Brust und warf es scheppernd zu Boden.

Er kippte mit einem leisen Stöhnen nach vorn und brach vor ihren Knien zusammen.

Voller Entsetzen grub Helen die Fersen in den glitschigen Boden und wich hektisch vor Orions reglosem Körper zurück, bis sie mit dem Rücken gegen die Wand der Höhle stieß. Sie ließ ihren Ball aus Licht erlöschen, verharrte reglos und lauschte auf ein Lebenszeichen von ihm. Die Furien flüsterten ihr zu, zu beenden, was sie angefangen hatte, aber sie war zu geschockt, um zu gehorchen.

»Orion?«, rief sie durch die Höhle.

Sie würde ihn hinaustragen. So tief war die Klinge nicht eingedrungen, er konnte also nur bewusstlos sein. Oder? *Doch, ganz sicher*, sagte sie sich mit Entschiedenheit. Wenn er zu schwer verletzt war, um sich selbst zu heilen, würde sie ihn zu Jason und Ariadne bringen, die ihn heilen konnten. Es war ihr egal, wie erschöpft sie war und wie weit sie ihn tragen musste. Orion musste leben, kostete es, was es wollte.

Aber die Furien … sie würden sogar Jason und Ariadne aufstacheln, Orion zu töten. Vorausgesetzt, dass es Helen gelang, den Furien auf dem Rückweg nach Nantucket zu widerstehen. Wie sollte sie sich in seiner Gegenwart selbst trauen können, nach allem, was sie ihm gerade angetan hatte?

»Orion, sag was!«, rief Helen in die Dunkelheit. »Du darfst nicht sterben!«

»Also, irgendwann sterbe ich bestimmt. Aber jetzt noch nicht«, stöhnte er. Das Gewisper der Furien wurde wieder lauter. »Du musst von hier verschwinden.«

»Ich will dich nicht verlassen. Du bist verletzt.«

»Ich bin fast geheilt. Folge dem Wasser bergauf. Es wird dich hinausführen.« Orion schluckte mühsam. »Bitte, geh weg von mir!«

Jetzt redeten die Furien auf Orion ein und lockten ihn in Helens Richtung. Sie konnte hören, wie sie ihn anflehten, sie zu töten. Er stieß einen verzweifelten Laut aus, und Helen spürte, wie er auf sie zusprang.

Helen wich seinem Angriff nur um Haaresbreite aus, gab die Schwerkraft auf und flog hoch in die Luft. Im Fliegen nahm sie die feinsten Luftströme wahr, bis hin zu den zarten Verwirbelungen um die Stalaktiten, die von der Decke hingen. Die Luftströme halfen ihr, den Weg aus der Höhle zu finden.

Sie spürte aber auch die Luftwirbel, die Orions Arme verursachten, als er in der Dunkelheit blindlings nach ihr tastete. Helen war klar, dass sie ihn sofort verlassen musste, weil sonst einer von ihnen die Nacht nicht überleben würde. Sie segelte aus der Höhle und die gewundenen Tunnel hinauf, bis sie das matte Frühmorgenlicht durch den Höhleneingang schimmern sah.

Helen stieg höher, um sich zu orientieren. Sie sah hinunter auf die immer noch dunkle Landschaft und stellte fest, dass sie nicht weit von der Südküste von Massachusetts entfernt war. Sie änderte die Richtung und flog der aufgehenden Sonne entgegen übers Meer nach Osten.

Irgendwo über Martha's Vineyard fing sie an zu weinen. Sie musste immer wieder an Orions erstaunten Blick denken, als sie mit dem Messer auf ihn eingestochen hatte.

Ein Schluchzer brach aus ihr heraus und sie presste sich eine

Hand auf den Mund. Dabei bemerkte sie, dass ihre Hand immer noch mit Orions Blut bedeckt war. Sie hatte ihn tatsächlich beinahe umgebracht und der Beweis dafür war in ihre Haut eingedrungen. Hätte er sie nicht geküsst, wäre er jetzt tot.

Helen ging in einen gefährlichen Sturzflug über. Sie versuchte, ihre Augen von den Tränen zu befreien. Aber je mehr sie versuchte, ihr Schluchzen zu unterdrücken, desto schlimmer wurde es. Was hatte Orion mit ihrem Herzen gemacht?

Helens Kontrolle über den Wind begann nachzulassen und sie wurde herumgewirbelt wie eine Plastiktüte im Sturm. Sie fiel vom Himmel und steuerte die blaue Plane vor ihrem Zimmerfenster an.

Sie riss sie zur Seite, landete im Bett und vergrub den Kopf sofort unter dem kalten Kopfkissen, um ihre Schluchzer zu dämpfen. Sie konnte ihren Vater nebenan schnarchen hören – zum Glück hatte er keine Ahnung, dass seine Tochter fast zur Mörderin geworden war.

Helen weinte sich aus, so leise sie konnte, und obwohl sie sehr müde war, hielt sie sich wach. Sie konnte den Gedanken nicht ertragen, wieder in der Unterwelt zu landen, obwohl sie natürlich wusste, dass es keinen Unterschied machte. Dieser Kreislauf endete ohnehin niemals. Ob sie schlief oder wach blieb, was machte das schon? Sie fand keine Ruhe, egal, was sie tat.

Zach sah, wie Helen die blaue Plane an ihrem Fenster anhob und darunter *hindurchflog*. Er hatte seinen Gebieter schon einige Dinge tun sehen, die eigentlich unmöglich waren, aber ein Mädchen, das er schon sein ganzes Leben kannte, *fliegen* zu sehen, war etwas, das er kaum begreifen konnte. Sie war ihm schon immer vorgekommen wie ein Engel, so wunderschön, dass es fast wehtat, sie anzusehen, aber im Flug sah Helen wirklich aus wie eine Göttin. Aber sie hatte auch aufgelöst gewirkt. Er fragte sich, was ihr zugestoßen war. Was immer es war, es konnte nichts Gutes gewesen sein. Zach nahm an, dass sie immer noch keinen Erfolg in der Unterwelt gehabt hatte.

Und wie zum Teufel hatte sie das Haus verlassen? Er begann zu schwitzen. Irgendwie hatte Helen in ihrem Zimmer das Licht ausgemacht und war dann eine halbe Stunde später in der Luft hinter ihm aufgetaucht. Konnte sie sich jetzt auch noch von einem Ort zum nächsten zaubern? Was sollte er seinem Gebieter sagen?

Zach wusste, dass ein Bericht fällig war. Er drehte sich um und wollte zu seinem Auto gehen, das ein Stück entfernt parkte, und fuhr entsetzt zusammen. Automedon stand hinter ihm, so still wie ein Grab.

»Wie hat die Erbin das Haus verlassen?«, fragte er ruhig.

»Sie ist gleich eingeschlafen … Sie ist nicht hinausgegangen, das schwöre ich.«

»Ich rieche deine Angst«, sagte Automedon, und seine roten Augen glänzten in der Dunkelheit. »Deine Augen sind zu langsam, um sie zu sehen. Ich kann dir diese Aufgabe nicht länger anvertrauen.«

»Gebieter, ich …«

Automedon schüttelte den Kopf. Das reichte, um Zach verstummen zu lassen.

»Die Schwester meines Meisters hat von ihrem Bruder gehört.

Sie sind nahezu bereit«, fuhr Automedon auf seine emotionslose Art fort. »Wir müssen Vorbereitungen treffen, das Gesicht gefangen zu nehmen.«

»Die Schwester des Meisters?«, fragte Zach neugierig. »Aber Pandora ist tot. Meint Ihr nicht Tantalus' Ehefrau Mildred?« Zach fiel auf die Knie und die Luft verließ schlagartig seinen Brustkorb. Automedon hatte ihm so schnell in den Bauch geschlagen, dass er die fliegende Faust nicht einmal gesehen hatte.

»Du stellst zu viele Fragen«, sagte Automedon.

Zach schnappte nach Luft und hielt sich den Bauch. Jetzt war er sicher, dass Automedon einen anderen Meister hatte. Er arbeitete nicht mehr für Tantalus, und Zach vermutete, dass es etwas mit der großen nicht menschlichen Frau und dem missgebildeten Jungen zu tun hatte. Wer immer sie war, sie übermittelte die Anweisungen ihres Bruders, und dieser Bruder war Automedons wahrer Meister. Zach wusste, dass Automedon ihm nicht genug vertraute, um ihm zu sagen, für wen er arbeitete, aber das bedeutete nicht, dass er es nicht selbst herausfinden konnte. Er musste nur vorsichtig sein.

»Vergebt mir, Gebieter«, keuchte Zach und stand auf, immer noch vor Schmerzen gekrümmt. »Ich besorge Euch, was Ihr braucht. Gebt mir Eure Anweisungen.«

Automedons Mund zuckte, als könnte er Zachs unaufrichtigen Eifer förmlich riechen. Zach versuchte, loyale Gedanken zu denken. Sein Leben hing buchstäblich davon ab.

»Seile, einen Pfahl, eine Kohlenpfanne. Weißt du, was das ist?«

»Eine zeremonielle Bronzepfanne, in der man glühende Kohlen oder Feuer hält«, antwortete Zach ausdruckslos. Sein Gebieter nickte.

»Halte diese Dinge bereit. Wenn die Zeit gekommen ist, wird alles *sehr* schnell gehen.«

Helen setzte sich auf, hielt sich den schmerzenden Kopf und stellte dabei fest, dass sie immer noch voller Blut und Schmutz war. Ihr Gesicht schien zu glühen, obwohl es in ihrem Zimmer eiskalt war. Auf dem Wasserglas, das auf ihrem Nachttisch stand, war sogar eine Eisschicht.

Sie zwang sich zum Aufstehen und taumelte unter die Dusche. Sie versuchte, nicht ständig daran zu denken, wie Orion sie angesehen hatte, wie verloren er gewirkt hatte. Der Begriff *niedergestochen* hallte in ihrem kaum noch funktionsfähigen Gehirn herum und verband sich merkwürdigerweise mit der Erinnerung daran, wie er sie berührt hatte.

Helen wusste, dass Orion Herzen kontrollieren konnte, aber dieses Wissen hatte sie nicht auf das vorbereitet, was sie gefühlt hatte, als er in sie hineingegriffen hatte. Es hatte ein bisschen wehgetan, aber auf eine gute Weise – die *beste* Weise, wie Helen jetzt erkannte. Ihr glühendes Gesicht wurde plötzlich noch heißer und sie kniff die Augen zu und drehte sich direkt in den Brausestrahl. Einen Moment lang hatte es sich angefühlt, als könnte Orion alles mit ihr machen, was er wollte, und Helen wusste, dass sie es zugelassen hätte. Und was noch schlimmer war – sie hatte den Verdacht, dass er sie auch dazu hätte bringen können, dass sie es gern tat, was auch immer er von ihr verlangte.

»Helen!«, brüllte Jerry und riss sie damit aus ihrer Träumerei.

Er nannte sie nur Helen, wenn er sauer auf sie war. »Warum ist es so *verflucht* kalt in diesem *verfluchten* Haus … *verflucht* noch mal!«

Das war's, dachte Helen. *Jetzt habe ich meinen Vater so wütend gemacht, dass er sogar vergisst, wie man als normaler Mensch redet.*

Jerry kam an die Badezimmertür und schrie durch die Tür auf sie ein. Helen konnte sich gut vorstellen, wie er da draußen stand, mit dem Finger wutentbrannt in Richtung Tür wedelte und sich so aufregte, dass er Worte wie *verantwortungslos* und *rücksichtslos* durcheinanderbrachte und etwas wie *veransichtslos* daraus machte.

Helen stellte die Dusche ab und zog ihren Bademantel über. Sie öffnete die Tür und bedachte ihren Vater mit einem strengen Blick. Was immer Jerry noch herausschreien wollte, erstarb angesichts von Helens Gesichtsausdruck zu einem harmlosen Fiepen.

»Dad«, sagte sie und versuchte, einigermaßen ruhig zu bleiben, denn sie konnte nicht riskieren, dass ihr die ohnehin bis zum Zerreißen gespannten Nerven durchgingen. »Die *Situation* ist folgende: Ich habe bereits Mr. Tanis vom Eisenwarenladen angerufen, und er war am *Freitag* hier, um das Fenster auszumessen. *Daraufhin* hat er die Scheibe bei einer Glaserei auf dem Festland bestellt, weil dieses Haus so alt ist, dass *nichts* davon Standardgröße hat. Wir müssen darauf warten, dass die Glaserei die Fensterscheibe *herstellt*, sie zu *uns* verschifft und Mr. Tanis sie einbaut. Aber bis dahin wird es *verdammt noch mal lausig kalt in meinem Zimmer sein, okay?*«

»Okay«, sagte er hastig und wich vor Helens plötzlichem Anfall von Gereiztheit zurück. »Hauptsache, du kümmerst dich darum.«

»Das tue ich!«

»Gut.« Er trat nervös von einem Fuß auf den anderen und sah Helen reuevoll an. »Was möchtest du zum Frühstück essen?«

Helen lächelte ihn an und war wieder einmal froh, dass Daphne sie von allen Türschwellen ausgerechnet auf der von Jerry zurückgelassen hatte.

»Kürbispfannkuchen?«, sagte sie und schniefte. Wie ein kleines Mädchen wischte sie sich ihre laufende Nase am Ärmel des Bademantels ab.

»Bist du krank? Was ist los mit dir, Len? Du siehst aus, als wärst du einmal durch die Hölle und zurück gelaufen.«

Helen lachte und verkniff sich die Bemerkung, wie genau er den Nagel auf den Kopf getroffen hatte. Ihre plötzliche gute Laune verwirrte Jerry noch mehr. Er wich mit leicht panischer Miene vor ihr zurück und ging nach unten, um ihr Pfannkuchen zu machen.

In einen dicken Wollpullover und noch dickere Wollsocken gehüllt, folgte ihm Helen eine Weile später, um ihm zu helfen. Etwa eine Stunde lang saßen sie in der Küche, frühstückten und teilten sich die Sonntagszeitung. Jedes Mal, wenn Orion sich in ihre Gedanken schlich, versuchte sie, sich abzulenken.

Sie konnte es sich nicht leisten, ihn zu gern zu haben. Das war ihr klar. Aber es tauchten immer wieder kleine Details vor ihrem inneren Auge auf – der kleine Schönheitsfleck, der wie eine dunkle Träne oben auf seiner rechten Wange saß; die kleinen Grübchen, wenn er lächelte.

»Gehst du nachher zu Kate?«, fragte sie ihren Dad, um sich von Orion abzulenken.

»Ich wollte erst wissen, wie deine Pläne sind«, antwortete er. »Gehst du zu Luke?«

Helen hielt unwillkürlich die Luft an, und sie versuchte, so zu tun, als wäre ihr Magen nicht gerade bis auf den Fußboden gestürzt. Einen Augenblick lang musste sie gegen die Stimme in ihrem Kopf ankämpfen, die ihr ständig das Wort *untreu* zuflüsterte. Aber sie und Lucas waren kein Paar. Was machte es dann schon, wenn sie an Orion dachte?

»Ich gehe zu *Ariadne*, Dad. Wir machen dieses Ding; also geh ruhig zu Kate. Ich werde ohnehin nicht da sein.«

»Noch ein Schulprojekt?«, fragte er so unschuldig, dass Helen merkte, dass ihr Vater die Ausreden allmählich nicht mehr glaubte.

»Eigentlich nicht«, gestand Helen. Sie war zu müde, um die ganzen Lügen aufrechtzuerhalten, und entschied, es ausnahmsweise mit der Wahrheit zu versuchen. »Sie bringt mir Selbstverteidigung bei.«

»Was?«, stieß er vollkommen geschockt hervor. »Wieso?«

»Ich möchte lernen, mich zu schützen.«

Erst als sie es aussprach, wurde Helen bewusst, dass sie es tatsächlich wollte. Sie konnte sich nicht für den Rest ihres Lebens hinter anderen Leuten verstecken. Irgendwann würden keine edlen Ritter mehr übrig sein – vor allem, wenn sie weiterhin mit dem Messer auf sie losging.

Orion hätte längst eine SMS schicken müssen. Wo steckte er bloß?

»Oh, verstehe.« Jerry runzelte nachdenklich die Stirn. »Lennie, ich gebe es auf. Gehst du nun mit Lucas oder nicht? Ich weiß es nämlich nicht, Kate weiß es nicht und du siehst wirklich mies aus. Habt ihr euch getrennt? Hat er dir etwas getan?«

»Er hat nichts getan, Dad. So war das nicht«, murmelte Helen. Sie war immer noch nicht fähig, Lucas' Namen auszusprechen. »Wir sind nur Freunde.«

»Freunde. Im Ernst? Lennie, du siehst aus wie der Tod.«

Helen verkniff sich ein Lachen. »Vielleicht kriege ich eine Grippe oder so was. Mach dir keine Sorgen. Das geht vorbei.«

»Reden wir jetzt von der Grippe oder von Lucas?«

Helens Handy vibrierte. Sie schnappte hektisch danach, aber es war nur Claire, die wissen wollte, wo sie war.

»Was ist denn jetzt los?«, fragte Jerry.

»Ach, nichts«, sagte Helen, die immer noch ihr Telefon anstarrte. Wieso hatte sie noch keine Nachricht von Orion bekommen?

»Du siehst enttäuscht aus.«

»Ich muss los. Claire ist auf dem Weg hierher«, log sie und ignorierte die letzte Bemerkung ihres Vaters, denn sie war nicht enttäuscht. Sie machte sich Sorgen und das war etwas ganz anderes.

Was hatte Orion bloß mit ihr gemacht? Sie konnte immer noch seine Hände auf sich spüren und fühlte, wie er sie enger an sich zog, obwohl sie doch wusste, dass er kilometerweit entfernt auf dem Festland war.

Ihr wurde ganz schwindelig, und sie streckte eine Hand aus, um sich abzustützen. In ihrer Eile, diesen merkwürdigen Empfindungen zu entfliehen, gab sie ihrem Vater einen Abschiedskuss, zog schnell Schuhe und Mantel an und rannte aus dem Haus.

Die Eingangsstufen verschwammen vor ihren Augen und ein vertrauter Geruch hing in der Luft. Helen fuhr auf dem Absatz herum. Orientierungslos fiel sie auf die Knie und tastete herum, als hätte man ihr die Augen verbunden. Etwas stimmte nicht mit ihrem Sehvermögen. Der Himmel über ihr wirkte irgendwie verzerrt, als hätte man ihn durchgerissen und dann etwas versetzt wieder zusammengenäht.

Helen spürte Wärme – wundervolle, tröstende Wärme in einer eisigen Umgebung. Als würde eine unsichtbare Sonne sie wärmen. Sie schloss die Augen und streckte die Hand aus, um die Wärme zu berühren, die eine Schattenlänge entfernt war, aber bevor sie sie anfassen konnte, löste sie sich in der kalten Oktoberluft auf und verschwand.

Tränen brannten in Helens Augen. Sie wedelte mit beiden Händen vor sich in der Luft herum, aber da war nichts.

Komm zu mir, Traumlose. Ich vermisse dich in meinen Armen.

Helen erstarrte und sah sich um. Sie hatte eine Stimme flüstern hören.

Die Stimme war zwar aus ihrem Kopf gekommen, aber es war definitiv nicht ihre eigene gewesen. Aber sie hatte so beruhigend geklungen, dass Helen sie gern noch einmal gehört hätte.

Helen rappelte sich auf und warf einen verlegenen Blick zu den Fenstern der Nachbarn. Sie hoffte nur, dass sie keiner gesehen hatte. Sie hätte nicht gewusst, wie sie ihnen ihr merkwürdiges Verhalten erklären sollte – sie konnte es sich nicht einmal selbst erklären. Dann kam ihr ein beängstigender Gedanke. Unscharfes Sehen, Gleichgewichtsstörungen und heiße und kalte Schauder waren bekannte Nebenwirkungen von Schlafentzug. Es war gut möglich, dass sie sich das Ganze nur eingebildet hatte.

Helen konnte es sich nicht leisten, in Panik zu geraten. Sie schüttelte ihre Angst ab, joggte ein Stück vom Haus weg, und als sie sicher war, nicht beobachtet zu werden, flog sie los. Einen Moment später landete sie in der Arena der Delos, direkt neben Ariadne und Matt, die bereits beim Training waren. Matt kreischte vor Schreck auf wie ein kleines Mädchen.

»Zum Teufel, Lennie!« Er ruderte mit den Armen, um sein Gleichgewicht wiederzufinden. »Du bist direkt vom Himmel gefallen!«

»Tut mir leid! Ich habe nicht nachgedacht«, entschuldigte sich Helen.

Sie hatte vergessen, dass Matt sie noch nie hatte fliegen sehen, aber sie war so erstaunt gewesen, dass Ariadne und Matt in aller Öffentlichkeit trainierten, dass sie nicht daran gedacht hatte, unauffällig zu landen. Sie wollte Matt gerade fragen, ob Ariadnes Vater seine Meinung geändert hatte, als sie Claire in der Ecke losprusten hörte.

»Mein Gott, Matt! Einen so schrillen Ton habe ich zuletzt in der fünften Klasse von dir gehört.« Claire drückte sich das in Leder gebundene Buch, in dem sie gelesen hatte, an die Brust.

»Sehr witzig.« Anscheinend war Matt noch nicht bereit, sich von ihr aufziehen zu lassen. Er sah Helen streng an. »Was machst du hier draußen, Len? Wieso bist du nicht bei Cassandra in der Bibliothek?«

»Wozu? Claire ist zehnmal besser im Recherchieren als ich.

Ich würde ihr nur im Weg stehen und Bücher aus den Regalen nehmen, die ich nicht halb so gut verstehe wie sie.« Helen deutete mit großer Geste auf Claire, die es selbst im Sitzen fertigbrachte, sich geschmeichelt zu verbeugen. »Außerdem ist Lesen nicht das, was ich jetzt brauche. Ich brauche Nahkampfunterricht von Ariadne.«

Ariadne betrachtete Helen zweifelnd. »Helen? Du weißt, ich hab dich echt gern, aber ich steh nicht drauf, gegrillt zu werden. Wieso fliegst du nicht aufs Festland, suchst dir einen schönen dicken Baum, den du in Brand stecken kannst, und wir betrachten das Ganze als erledigt?«

»Ihr versteht das nicht«, widersprach Helen energisch.

Alle starrten sie an, und sie begriff, dass sie zu hitzig reagiert und die anderen erschreckt hatte. Sie sah an sich hinunter und merkte, dass ihre Hände von statischer Elektrizität umgeben waren. Hastig löschte sie den beginnenden Blitz. Um wieder klar denken zu können, schüttelte sie den Kopf und konzentrierte sich. Sie wusste, dass ihr das Gehirn Streiche spielte und sie sehr vorsichtig sein musste.

»Dann erklär es uns. Was verstehen wir nicht?«, fragte Ariadne sachlich.

»Ich muss lernen, auch *ohne* meine Kräfte mit jemandem zu kämpfen. Ich muss in der Lage sein, ohne meine Scion-Kräfte oder meine anderen Fähigkeiten jemanden zu überwältigen, der mindestens so groß und stark ist wie Matt.«

»Und wieso?«, fragte Claire unverblümt.

»Letzte Nacht hatten Orion und ich in der Unterwelt einen Zusammenstoß mit Ares.«

Die anderen sahen sie mit großen Augen an. Ihr betäubtes Gehirn registrierte ein paar Stunden zu spät, dass es vermutlich besser gewesen wäre, wegen dieser Ares-Sache jemanden zu informieren. Einem Gott zu begegnen, war schließlich nicht alltäglich. Aber sie war so damit beschäftigt gewesen, was zwischen ihr und Orion in der Höhle passiert war, dass sie überhaupt nicht mehr an das gedacht hatte, was sich *vorher* ereignet hatte, als sie noch in der Unterwelt waren.

Was zwischen ihnen gewesen war, fand Helen viel wichtiger als einen Gott, vor allem jetzt, wo sich ihr Verdacht erhärtete, dass Orion ihr absichtlich aus dem Weg ging. Trotzdem hätte sie daran denken müssen, jemandem von Ares zu erzählen. *Wieso kann ich meine Gedanken nicht mehr kontrollieren?*, fragte Helen sich dumpf.

Weil du mich brauchst. Komm. Ich verspreche dir süße Träume.

Helen drehte sich hektisch um sich selbst und suchte nach dem Sprecher. Aber dann wurde ihr klar, dass die Stimme auch diesmal nur in ihren Gedanken gewesen war. Sie holte ein paarmal Luft und schüttelte den Kopf, um die Gedanken zu vertreiben, die geisterhaft grelle Lichtspuren vor ihren Augen zucken ließen.

»Helen? Alles okay?«, fragte Ariadne und berührte Helens Ellbogen sanft mit ihren heilenden Händen. Helen lächelte, aber sie zog dennoch den Arm weg.

»Ares ist vor Orion weggelaufen, weil deutlich zu erkennen ist, dass er weiß, wie man kämpft, ob mit oder ohne Scion-Kräfte. Aber ich kann das nicht«, sagte Helen und nutzte ihre ganze Willenskraft, um sich zu konzentrieren. »Ich muss lernen, mich auch allein gegen Ares zur Wehr zu setzen.«

Vor allem, wenn Orion sie jetzt hasste und nie wieder sehen wollte. Bei dem Gedanken, ohne ihn in die Unterwelt zurückkehren zu müssen, wurde ihr ganz schlecht.

»Ares. Du meinst nicht zufällig *den* Ares, den Gott des Krieges?« Claire hörte sich an, als wollte sie nur sicherstellen, dass sie alle dasselbe verstanden.

»Genau der«, sagte Helen mit einem bedauernden Nicken.

»Und was ist passiert?«, rief Matt frustriert. »Hast du mit ihm geredet?«

»Es war keine normale Unterhaltung. Er ist verrückt, Matt – und ich meine, *echt* durchgeknallt. Er hat geredet, als würde er Gedichte rezitieren, und er hat überall geblutet. Sogar seine *Haare* haben geblutet, falls du dir das vorstellen kannst, aber ich glaube nicht, dass das alles sein Blut war.« Helen senkte den Blick und sah, dass ihre Hände zitterten. Sie zitterte am ganzen Körper.

Im hellen Tageslicht fragte sich Helen plötzlich, ob sie sich die Begegnung mit Ares vielleicht nur eingebildet hatte. Alles um sie herum sah zwar echt aus, aber es wirkte nachgemacht. Die Farben waren zu intensiv, und die Stimmen taten ihr in den Ohren weh, als wären sie viel zu laut.

»Also, wir vermuten, dass Ares in der Unterwelt genauso sterblich ist wie wir.« Helen versuchte, die Gedanken in ihrem Kopf durch Reden zu betäuben. »Aber er ist immer noch ein großer Kerl und weiß, wie man kämpft. Ich kann mich nicht gegen ihn wehren, wenn ich nicht weiß, wie. Ich brauche dich, um es zu lernen, Ari. Hilfst du mir?«

»Du wirst ihr Sparringspartner sein müssen, damit ich sie unterrichten kann«, sagte Ariadne zu Matt. »Traust du dir das zu?«

»Eigentlich nicht. Aber das spielt keine Rolle – ich mache es«, antwortete er.

»In den Kampfkäfig«, befahl Ariadne ernst. »Matt. Zieh einen *gi* an. Ich will nicht, dass deine Straßenkleidung später voller Blut ist.«

Während Helen und Matt trainierten, ging Claire ins Haus, um dem Rest der Familie von Helens Zusammenstoß mit Ares zu berichten und vielleicht irgendeinen Plan zu schmieden. Ariadne schonte Matt und Helen nicht und sie arbeiteten stundenlang. Helen hatte mehr als einmal das Gefühl, nicht ihrer lieben, zierlichen Freundin gegenüberzustehen, sondern von Hector gedrillt zu werden.

Matt zu schlagen, fiel ihr schwer. Er trug eine Schutzausrüstung, damit er nicht verletzt wurde, aber Helen zögerte trotzdem oft genug. Sie wollte Matt nicht wehtun. Das brachte sie wieder zurück zu Orion und ihre Schuldgefühle überwältigten sie.

Die Furien hatten sie dazu gebracht. Sie hatte ihn doch eigentlich gar nicht verletzen wollen. Auch wenn sie ihn in dem Moment, in dem sie vor ihm gekniet hatte, wirklich umbringen wollte. Es gab nur eine weitere Person, die ein so überwältigendes Gefühl in ihr ausgelöst hatte.

Es waren die Furien, sagte sich Helen streng. *Es war nur Instinkt, keine echten Gefühle.*

Aber wenn sie so grauenhafte Instinkte hatte, wie sollte sie sich dann noch selbst trauen können? Es kam ihr vor, als wäre alles, was sie instinktiv wollte, unmoralisch, schmerzhaft oder einfach nur falsch. Sie hatte keine Ahnung, wie es weitergehen sollte.

Zu müde, um die Arme zu heben, ließ Helen die Hände sinken. Matt schlug ihr ins Gesicht.

»Gott, Lennie! Ohne deine Blitze bist du eine echte Niete«, rief Claire, die in den Käfig zurückgekehrt war.

»Danke, Gig«, sagte Helen sarkastisch und stand zögernd wieder auf. »Was haben Cassandra und Jason gesagt?«

»Dass sie versuchen wollen, an einer Lösung zu arbeiten.« Claire verzog das Gesicht. »Soll ich ehrlich sein? Ich glaube, keiner von denen hat eine Ahnung, wie es weitergehen soll.«

»Super«, murmelte Helen, die sich von Matt auf die Beine helfen ließ.

»Komm schon«, sagte er aufmunternd. »Zurück an die Arbeit.«

Helen wollte nicht mehr trainieren, aber sie wusste, dass Matt recht hatte. Ihr lief die Zeit davon. Sie würde spätestens heute Nacht wieder in die Unterwelt gehen müssen, und es kam ihr vor, als müsste sie bis dahin hundert Dinge auf einmal machen … kämpfen lernen, planen, wie sie Ares begegnen sollte, Theorien entwickeln, was er dort unten vorhatte. Sie brauchte die anderen, die ihr halfen, sonst würde sie es nie schaffen. Aber Helen fühlte sich verantwortlich, als wäre nur sie es, die das alles erledigen sollte.

In diesem Moment hätte sie fast alles dafür gegeben, Hector anzurufen und um Rat zu fragen oder per SMS mit Orion herumzualbern. Und Lucas … Helens Gedanken blieben stehen. Es gab tausend Dinge, für die sie Lucas brauchte. Wieso war immer alles so kompliziert?

»Konzentration!«, brüllte Ariadne.

Matt nutzte seinen Vorteil, schlug zu und fegte Helen von den

Beinen. Sie landete hart auf dem Rücken, starrte hinauf zu der nackten Glühbirne über dem Käfig und fragte sich, was bisher alles schiefgegangen war. Wie ein Blitz zogen all ihre Fehler vor ihrem inneren Auge vorbei.

Der erste Fehler: Hector – es war ihre Schuld, dass man ihn ausgestoßen hatte. Sie hätte ihn daran hindern müssen, Kreon zu töten. Aber weil sie zu viel Angst vor der Dunkelheit des Schattenmeisters gehabt hatte, war Hector gezwungen gewesen, *ihren* Feind für sie zu töten. Und jetzt durfte er sich seiner Familie nicht mehr nähern.

Der zweite Fehler: Orion – er hatte den Furien widerstanden, obwohl er sie mühelos hätte töten können. Und sie hatte ihm zum Dank das Messer in die Brust gestoßen. Und jetzt sah es aus, als hätte sie ihn verloren.

Der dritte Fehler: Lucas. Immer wieder Lucas.

Allein an seinen Namen zu denken, brachte Helens wirbelnde Gedanken zum Stillstand. Einen Augenblick lang war da nichts außer seinem Namen, der einen erleuchteten Pfad in ihr umwölktes Gehirn brannte.

»Lennie? Alles okay?«, fragte Matt nervös. Da merkte Helen, dass sie immer noch auf der Matte lag und nachdachte.

»Alles super«, sagte sie und berührte die geschwollene Lippe, die er ihr mit dem letzten Schlag verpasst hatte. Sie schaute zu Matt auf, der kampfbereit mit erhobenen Fäusten über ihr stand. »Weißt du was, Matt? Aus dir ist ein echter Schlägertyp geworden.«

Matt verdrehte die Augen und wandte sich mit angewiderter Miene ab, als wollte Helen ihn nur ärgern. Aber das stimmte nicht. Matt hatte in den letzten Wochen Muskeln zugelegt und stand jetzt wie ein Kämpfer vor ihr. Wenn Helen ihn ansah und ausblendete, dass es Matt war, wirkte er beinahe bedrohlich. Und irgendwie ziemlich süß, musste sie sich eingestehen, obwohl sie ihn immer noch als eine Art Bruder betrachtete.

»Stehst du wieder auf oder hast du genug Prügel gekriegt?«, rief Claire angesichts ihrer niedergestreckten Freundin fröhlich.

»Definitiv genug«, sagte Helen.

»Gut, weil du nämlich einen Haufen SMS von Orion hast«, sagte Claire, die bereits schamlos Helens Nachrichten las. »Wow, er scheint echt gestresst. Was ist passiert?«

Claire bekam keine Gelegenheit für weitere Fragen, denn Helen hechtete aus dem Käfig und riss ihr Handy an sich.

Orion hatte ihr ein halbes Dutzend Nachrichten hinterlassen. Sie begannen witzig, als wollte er die Situation entschärfen, wurden dann aber immer ernster. Die vorletzte SMS, die er geschickt hatte, lautete: *Wir können das hinter uns lassen, oder?*

Und zehn Minuten später hatte er geschrieben: *Ich schätze, die letzte Nacht vergessen wir nicht so schnell wieder.*

»Was ist letzte Nacht passiert?«, fragte Claire, die über Helens Schulter mitlas. »Habt ihr beide …?« Helens gereizte Miene ließ sie verstummen.

»Was wolltest du wissen, Gig?«, fragte Helen, um ihre Verlegenheit zu überspielen. Sie wollte nicht darüber reden, wie Orion sie berührt hatte, nicht einmal mit Claire. Das war privat, aber noch wichtiger war, dass es die anderen gegen Orion einnehmen konnte.

Sie alle kannten die Bedingungen des Waffenstillstandes. Sie würden nicht wollen, dass sie Orion wiedersah, wenn sie glaubten, dass sie in ihn verliebt war. Aber verliebt oder nicht, Helen wusste, dass sie ohne ihn in der Unterwelt nichts erreichen würde. Sie brauchte ihn. Sie hoffte nur, dass sie ihn nicht zu sehr brauchen würde.

»Claire wollte keine Anspielung machen, Helen«, versicherte Matt ihr ruhig. »Wir machen uns nur Sorgen. Aus diesen Nachrichten ist deutlich zu entnehmen, dass ihr beide euch nahesteht.«

»Wisst ihr, was? Ich habe es satt, ständig diese Blicke von euch zu kassieren, wenn Orion mir simst«, verteidigte sich Helen. »Natürlich stehen wir uns nahe! Wir gehen gemeinsam durch die Hölle. Die *richtige* Hölle, kapiert? Und die letzte Nacht war schlimm – wirklich schlimm. Nach allem, was ich getan habe, war ich nicht sicher, ob ich jemals wieder von ihm hören würde.«

»Was war denn?«, fragte Matt betont sachlich, weil er natürlich mitbekam, wie Helens Stimme brach. Das half ihr, sich wieder unter Kontrolle zu bekommen und ihnen alles zu berichten.

Sie erzählte ihnen von Zerberus, der mysteriösen Person, die ihn abgelenkt hatte, und davon, wie sie und Orion um ihr Leben zum Portal gerannt waren. Dann berichtete sie mit düsterer, monotoner Stimme, wie ihnen die Furien erschienen waren.

»Er hat ihnen widerstanden, aber ich schätze, ich war nicht stark genug«, gestand sie. »Ich habe ihm in die Augen gesehen und ihn mit seinem eigenen Messer niedergestochen.«

Während ich ihn geküsst habe, fügte sie in Gedanken hinzu, doch das würde sie nie laut aussprechen.

Alle sahen sie schockiert an. Ihr traten Tränen in die Augen, und sie wischte sie ärgerlich weg und wünschte nur, auch die Erinnerung an Orions Gesicht wegwischen zu können. Er hatte so überrascht und verletzt ausgesehen. Weil sie ihn verraten hatte.

»Ja, ich weiß. Ich bin ein furchtbarer Mensch. Und jetzt lasst mich bitte eine Sekunde in Ruhe, damit ich ihm antworten kann.«

Die drei versicherten Helen, dass sie jetzt nicht schlecht von ihr dachten und dass es nicht ihre Schuld war, dass sie Orion angegriffen hatte, aber Helen drehte ihnen den Rücken zu und konzentrierte sich auf ihr Handy. Im Moment war es ihr viel wichtiger, sich mit Orion auszusöhnen, als sich von den Freunden versichern zu lassen, dass es nicht ihre Schuld war.

Es tut mir so leid, schrieb Helen. *Bitte, bitte, bitte verzeih mir.*

Sie wartete. Doch es kam keine Antwort. Sie scrollte noch einmal durch die anderen Nachrichten, die er geschickt hatte. Sie hörten sich nicht an, als würde er sie hassen, aber vielleicht hatte er inzwischen darüber nachgedacht und es sich anders überlegt. Womöglich sah sie ihn nie wieder. In ihrer Verzweiflung schickte sie ihm eine SMS nach der anderen:

Wenn Du mir nicht vergibst, schwöre ich, dass ich nie wieder schlafe.

Orion? Antworte wenigstens.

Bitte rede mit mir.

Nach jeder Nachricht starrte Helen aufs Display und wartete auf eine Antwort, aber es kam keine. Nach ein paar Minuten setzte sie sich vollkommen erledigt auf den Boden. Ihr ganzer Körper war heiß und zittrig, und ihr Kopf fühlte sich an, als hätten riesige Hände ihr Gesicht gepackt.

»Immer noch nichts von Orion?«, fragte Ariadne. Helen schüttelte den Kopf und rieb sich die Augen. Wie lange starrte sie nun schon ihr Handy an? Sie sah sich um und musste feststellen, dass auch Cassandra und Jason im Trainingsbereich aufgetaucht waren. Helen fuhr sich übers Gesicht und schauderte, weil sie plötzlich fror.

»Du musst uns von dieser Ablenkung erzählen, die du erwähnt hast und die Zerberus von eurer Fährte gelockt hat«, verlangte Cassandra.

»Wir konnten nicht sehen, wer es war«, sagte Helen.

»Es erscheint unmöglich«, bemerkte Cassandra zweifelnd.

»War es vielleicht eine von den Harpyien?«, fragte Jason freundlich.

»Es war keine Harpyie, Jason. Es war die Stimme eines *Menschen*, eines lebendigen Menschen, der riskiert hat, von einem sehr großen dreiköpfigen Wolf gefressen zu werden, nur um uns zu helfen. Ich weiß, wie verrückt sich das anhört – aber Orion hat es auch gehört. Es war keine Einbildung.«

Ich bin auch keine Einbildung, meine Schöne. Ich warte auf dich.

Helen richtete sich auf, neigte den Kopf zur Seite und versuchte herauszufinden, woher diese Stimme kam. Es war nicht zu übersehen, dass die anderen sie nicht gehört hatten.

»Kommst du mit uns in die Bibliothek, Helen?«, fragte Cassandra, aber eigentlich war es eher ein Befehl. »Jason und ich wollen mit dir reden.«

Jason nickte Ariadne im Vorbeigehen knapp zu. Seine Lippen waren ärgerlich verkniffen. Helen fiel auf, dass er Claire und Matt keines Blickes würdigte. Er ging eiskalt an ihnen vorbei. Sie beobachtete, wie Claire Jason hinterherschaute und ihn am liebsten zurückgerufen hätte. Helen spürte, dass zwischen den dreien etwas vorgefallen war, und sie vermutete, dass es etwas damit zu tun hatte, wie offen Ariadne jetzt mit Matt trainierte.

Sie gingen nach oben in die Bibliothek. Durch die große Glasfront mit der Aussicht auf den Ozean konnte Helen sehen, dass es bereits dämmrig wurde. Ein weiterer Tag endete, aber für Helen war es nur ein Wechsel der Beleuchtung. Sie betrachtete den kupferroten Horizont, der in wechselnden Streifen zwischen Meer und Himmel dunkler, heller und wieder dunkler wurde, und fand, dass diese Abstufungen der Art entsprachen, wie sie die Tage und Nächte wahrnahm.

Sie musste bald schlafen gehen. Auch wenn Orion sich weigerte, sie wiederzusehen, musste sie irgendwann die Augen schließen und wieder in die Unterwelt gehen. Allein.

»Helen?« Cassandra klang besorgt.

Helen merkte, dass ihre Gedanken schon wieder auf Wanderschaft gegangen waren, und fragte sich, wie lange sie aus dem Fenster gestarrt hatte.

»Ihr wolltet mit mir reden?«, fragte sie und bemühte sich, ganz normal zu klingen. Ihre Nase war verstopft und fing wieder an zu laufen. Jason und Cassandra sahen sich an, als hätten sie nicht abgesprochen, wer zuerst reden sollte.

»Wir wollten mal hören, wie es dir geht«, sagte Cassandra schließlich.

»Ging schon besser.« Helen sah von einem zum anderen, denn sie spürte, dass etwas im Busch war.

»Soll ich dich mal durchchecken?«, bot Jason zögernd an. »Vielleicht kann ich helfen.«

»Das ist süß von dir, aber solange du kein Nickerchen für mich machen kannst, hat es wohl wenig Sinn.«

»Warum lässt du es ihn nicht versuchen?«, fragte Cassandra, ein wenig zu liebenswürdig.

»Also gut, was ist hier los?« Jetzt wurde Helen energisch. Wieder tauschten die beiden bedeutungsschwere Blicke. »Hey, ich bin noch da. Ich kriege mit, wie ihr euch anseht.«

»Also gut. Ich will, dass Jason dich durchcheckt, weil wir wissen wollen, ob die Ausflüge in die Unterwelt deinem Gehirn geschadet haben.« Cassandra hatte offensichtlich genug davon, höflich um den heißen Brei herumzureden.

»Sie will damit nur sagen, dass uns aufgefallen ist, dass du oft abwesend bist und es mit deiner Gesundheit nicht zum Besten steht«, versuchte Jason, die Wogen zu glätten.

»Jason, das reicht. Sie will, dass wir Klartext reden, also tue ich das, auch wenn du dafür zu zartbesaitet bist.« Cassandras entschiedene Geste ließ sie sehr viel älter wirken.

»Helen, Scions sind nur für eine einzige Krankheit anfällig. *Geistes*krankheit. Halbgötter kriegen keinen Schnupfen. Sie werden verrückt.«

»Du kannst es ihr natürlich auch an den Kopf werfen, Cass. Was genau das ist, was wir nicht tun wollen«, warf Jason ihr vor und verdrehte die Augen. »Helen, wir wollen damit nicht sagen, dass du verrückt bist …«

»Nein, aber ihr denkt, dass ich auf dem besten Weg bin, stimmt's?« Helen und Cassandra sahen sich an.

Cassandra hatte sich verändert. Was immer von dem liebenswerten kleinen Mädchen noch übrig war, das Helen kennengelernt hatte, war entweder verschwunden oder so tief begraben, dass Helen es vermutlich nie wieder sehen würde. Helen musste zugeben, dass sie kein Fan von der Frau war, die die Stelle von Lucas' kleiner Schwester eingenommen hatte. Ehrlich gesagt fand sie, dass diese neue Cassandra ein Biest war, und wenn sie so weitermachte, würde sie ihr das ins Gesicht sagen.

»Wir müssen wissen, ob du noch in der Lage bist, zu Ende zu führen, was du in der Unterwelt begonnen hast«, fuhr Cassandra fort, ohne sich von Helens herausforderndem Blick einschüchtern zu lassen.

»Und wenn ich Nein sage, was würdest du dann machen? Was könnte irgendwer dann machen?«, antwortete Helen mit einem Schulterzucken. »Der Prophezeiung zufolge bin ich die Einzige, die die Furien loswerden kann, und ich steige jede Nacht hinab, ob ich will oder nicht. Was macht es also für einen Unterschied, ob ich damit fertigwerde oder nicht?«

»Die Wahrheit? Gar keinen. Aber wir würden die Informationen, die du uns bringst, dann mit anderen Augen sehen«, gestand Jason sachlich. »Wir *wollen* ja glauben, dass das, was du uns von der letzten Nacht erzählt hast, wahr ist, aber …«

»Machst du Witze?«

»Du hast gesagt, dass du dort einem Gott begegnet bist – einem Gott, der seit Tausenden von Jahren auf dem Olymp gefangen ist! Dann behauptest du, dass außer dir und Orion noch ein weiterer *lebendiger* Mensch aus dem Nichts in der Unterwelt aufgetaucht ist und euch auf wundersame Weise das Leben gerettet hat«, sagte Cassandra laut. »Wie soll dieser andere Mensch denn in die Unterwelt gekommen sein?«

»Ich weiß es nicht! Ich habe es im ersten Moment ja selbst nicht geglaubt, aber ich war nicht die Einzige, die das alles gesehen hat. Fragt doch Orion. Er wird euch genau dasselbe sagen.«

»Und wer sagt, dass deine Wahnvorstellungen Orions Betrachtung der Unterwelt nicht genauso beeinflussen wie deine?«, warf Cassandra Helen an den Kopf. »Du bist der Deszender, nicht er! Du hast uns unzählige Male erzählt, dass du an einem schrecklichen Ort landest, wenn du in schlechter Stimmung ins Bett gehst. Und wenn du ins Bett gehst und *Stimmen hörst*, die nicht da sind, was geschieht dann?«

»Woher weißt du, dass ich Stimmen höre?«, flüsterte Helen. Jason sah sie mitfühlend an, als könnten alle anderen etwas sehen, das Helen nicht sah.

»Wir wollen doch nur damit sagen, dass du die Landschaft der Unterwelt bis zu einem gewissen Grad kontrollieren kannst. Dann musst du auch in Betracht ziehen, dass du vielleicht ganze Erlebnisse selbst erschaffst.«

Helen schüttelte unglücklich den Kopf, denn sie konnte nicht glauben, was die anderen sagten. Wenn sie recht hatten, was war dann real? Sie wollte sich nicht auf diese Vorstellung einlassen. Sie musste an ein paar Dinge glauben können, sonst konnte sie ebenso gut gleich aufgeben. Aber das durfte sie nicht, selbst wenn sie es wollte. Zu viele Leute zählten auf sie. Leute wie Hector und Orion. Leute, die sie sehr gernhatte.

»Cass, du bist das Orakel«, sagte Helen. »Kannst du nicht einfach in meine Zukunft sehen und mir sagen, ob ich verrückt werde?«

»Ich kann dich nicht sehen«, antwortete Cassandra etwas lauter als nötig. Sie gab einen erstickten Laut von sich und begann, im Zimmer herumzumarschieren. »Ich kann dich nicht sehen, und ich war nie in der Lage, Orion zu sehen. Ich weiß nicht, wieso. Vielleicht liegt es daran, dass ihr euch nur in der Unterwelt trefft und ich nur die Zukunft dieses Universums sehen kann, oder vielleicht …«

»Was?«, fragte Helen herausfordernd. »Du wolltest diese Unterhaltung, Cassandra. Nun führ sie auch zu Ende.«

»Vielleicht werdet du und Orion verrückt und habt keine Zukunft mehr, die ich vorhersehen kann«, sagte Cassandra müde und warf Jason einen unsicheren Blick zu. Er schaute sie warnend an.

»Nein.« Helen stand auf. Sie spürte, wie der Druck in ihrem Kopf nachließ und ihre Nase wieder zu laufen begann. »Ich höre zwar, was du sagst, aber du irrst dich. Ich weiß, dass ich an meine Grenzen gebracht werde, was mir viel abverlangt, aber ich werde nicht verrückt.«

Jason seufzte und ließ den Kopf in die Hände sinken, als wäre er genauso müde und genervt wie Helen. Doch dann war er plötzlich wieder voller Energie. Mit drei schnellen Schritten war er am Schreibtisch seines Vaters und zog eine Handvoll Taschentücher aus der Schachtel, die dort stand.

»Hier«, sagte er eindringlich und deutete mit den Taschentüchern auf Helens Gesicht.

Helen hob verunsichert die Hand und berührte ihre Nase. Als sie die Hand wieder wegnahm, war sie voller Blut.

»Scions haben nicht grundlos Nasenbluten.« Cassandras Gesichtsausdruck war undurchdringlich. »Jason und ich glauben, dass das Problem viel schlimmer ist, als alle anderen zugeben wollen.«

Helen wischte das Blut weg, so gut es ging, und sah erst Cassandra und dann Jason an. Beide wichen ihrem Blick aus.

»Jason«, sagte Helen, und in ihre gereizte Stimme schlich sich ein flehentlicher Unterton. »Raus mit der Sprache. *Wie viel* schlimmer?«

»Wir glauben, dass du stirbst«, antwortete er ruhig. »Wir wissen nicht genau, wieso, und haben deswegen keine Ahnung, wie wir dir helfen sollen.«

10

Matt schlang sich ein Handtuch um die Hüften und setzte sich auf die Holzbank vor den Duschen der Folterkammer oder des »Trainingsbereichs«, wie die Delos-Familie sie nannte. Mit Halbgöttern zusammen zu sein, war nicht einfach, aber er konnte nicht den Kopf in den Sand stecken und so tun, als wäre die Welt immer noch so sicher und vorhersehbar wie vorher. Matts ganzes Leben, seine ganze Zukunft hatten sich in der Sekunde verändert, als er vor knapp einem Monat Lucas mit seinem Wagen angefahren hatte.

Er betrachtete seine rechte Hand und verzog schmerzerfüllt das Gesicht. So geschwollen und dunkelrot verfärbt waren seine Knöchel normalerweise nie. Er versuchte, die Schmerzen zu ignorieren. Als er Ariadne das letzte Mal gesagt hatte, dass er sich etwas gebrochen hatte, hatte sie es geheilt und danach ganz grau ausgesehen. So wollte er sie nie wieder erleben, vor allem nicht durch seine Schuld.

Matt würde sich noch einen Moment in den feuchtwarmen Dampfwolken der Dusche entspannen und dann zu dem kleinen Kühlschrank in der Ecke gehen und einen Eisbeutel auf seine

Hand legen. Das sollte reichen, und wenn nicht, war es auch egal – schließlich war er Linkshänder. Sein Handy klingelte, und als er danach griff, hielt er sich unwillkürlich die Seite.

»Ja?«, knurrte er abgelenkt und ging zum Spiegel. Auf seinen Rippen war ein geschwollener roter Striemen. *Super*, dachte er. *Wenigstens passen die blauen Flecken am Oberkörper jetzt zu denen am Schienbein.*.

»Hey, Mann.«

»Zach?«, zischte Matt. Sofort vergaß er seine Schmerzen und fuhr herum, um sicherzugehen, dass Jason oder Lucas nicht hereingekommen waren. »Was, zum Teufel …«

»Ich weiß, ich weiß. Ich brauche nur …«

»Bitte *mich* nicht um einen Gefallen«, warnte ihn Matt. »Davon habe ich dir im Laufe der Jahre schon mehr als genug getan.«

»Ich wollte dich nicht um einen Gefallen bitten, ich wollte nur … Würdest du dich mit mir treffen?« Zach klang verzweifelt. »Nur zum Reden? Ich will einfach nur mit dir reden!«

»Ich weiß nicht, Mann.« Matt seufzte. »Ich fürchte, die Zeiten sind vorbei. Ich meine, wir haben unsere Seiten gewählt, oder? Nachdem du Hector verraten hast, sucht jetzt jedes Mitglied der Familie Delos nach einem Grund, dir in den Hintern zu treten. Also halte dich fern, okay?«

»Okay«, sagte Zach so leise, dass Matt ihn kaum noch hören konnte. Seine Stimme bebte, als hätte er Todesangst. »Ich hätte nur einen Freund gebraucht.«

»Zach …«, begann Matt, aber die Verbindung brach ab. Er rief Zach nicht zurück.

Bist du im Bett?

Als Helen sah, dass die SMS von Orion war, hätte sie beinahe ihr Handy fallen lassen, was eine Katastrophe gewesen wäre, weil sie ein paar Hundert Meter hoch flog und er keine andere Möglichkeit hatte, sie zu erreichen. Sie erholte sich von ihrem Schrecken, schwebte in der Luft und mahnte sich zur Ruhe, als sie eine Antwort eintippte.

Fast. Treffen wir uns?, antwortete sie und fragte sich, ob bei den Emoticons in ihrem Handy wohl ein hoffnungsvoller Smiley dabei war.

Ja. Muss dich sehen. Fahre gerade zur Höhle.

Bis dann.

Helen war außer sich vor Glück, dass Orion sich endlich gemeldet hatte, aber sie war trotzdem noch besorgt. Es fühlte sich nicht an, als hätte er ihr vergeben. Sie hätte viel dafür gegeben, sein Gesicht zu sehen oder seine Stimme zu hören, statt sich nur mit einem kurzen Text zu begnügen, den er hastig während der Autofahrt geschrieben hatte.

Sie landete in ihrem Garten und rannte ins Haus

»Weißt du eigentlich, wie spät es ist?«, rief Jerry empört, als sie an ihm vorbei zur Treppe raste.

»Vier Minuten vor elf«, rief Helen zurück und stürmte die Treppe hoch und direkt ins Badezimmer. »Bestraf mich morgen, okay? Ich muss jetzt wirklich ins Bett!«

Sie konnte ihren Dad unten gereizt vor sich hin murmeln hören, wie problemlos Helen als kleines Mädchen gewesen war. Extra laut erinnerte er daran, wie hilfsbereit sie in diesem Alter war, wie sie alles getan hatte, was von ihr erwartet wurde, und dann fragte er die Zimmerdecke, wieso Töchter nicht *immer* klein bleiben konnten. Helen ignorierte ihn, wusch sich das Gesicht und putzte ihre Zähne.

Sie konnte an nichts anderes denken als an ihr Treffen mit Orion. Sie hatte keine Ahnung, was sie zu ihm sagen sollte, aber das war auch egal. Sie musste ihn unbedingt sehen.

Bevor sie in ihr Zimmer ging, zog sie warme Socken und die Stiefel an, die sie auf den Flur gestellt hatte, für den Fall, dass es drinnen genauso kalt war wie draußen. Die Tür klemmte. Sie stieß sie gewaltsam auf und der Türrahmen knarrte protestierend. Ihre ersten Schritte knirschten, als wäre sie auf einen Teppich aus Cornflakes getreten. Helen sah sich um und erkannte den Grund dafür.

Das ganze Zimmer war mit Raureif bedeckt. Der Tisch, das Bett, der Fußboden und sogar die Wände waren mit glitzernden Eiskristallen überzogen. Beim Ausatmen bildeten sich kleine Wölkchen vor ihrem Mund. Fassungslos schaute Helen nach oben und musste feststellen, dass über ihrem Bett kleine Eiszapfen an der Decke hingen. Es musste in ihrem Zimmer mindestens zehn oder fünfzehn Grad kälter sein als draußen. *Wie kann das sein?* Sie vermutete, dass es etwas mit der Unterwelt zu tun hatte. Helen fiel wieder ein, dass auch die Höhle, die zu Orions Portal führte, eiskalt gewesen war.

Helen schloss die Tür hinter sich, hoffte sehr, dass ihr Zimmer bis zum Morgen abtauen würde, und deckte ihr Bett auf. Ihr Wecker stand auf 23:11 Uhr. Helen zog den Reißverschluss ihrer Jacke ganz nach oben, biss entschlossen die Zähne zusammen und legte sich unter ihre steife, kalte Bettdecke.

Als Helen auftauchte, ging Orion bereits den unendlichen Strand entlang, der nie zu irgendeinem Meer führte.

»Hi«, sagte er schüchtern, als wäre es ihre erste Begegnung.

»Hi«, antwortete Helen bemüht fröhlich. Sie war wirklich nervös und wollte unbedingt die Stimmung zwischen ihnen auflockern. »Sind wir noch Freunde, oder bist du nur hergekommen, um mir zu sagen, wo ich mir meine Mission hinstecken soll?«

Orion lächelte sie traurig an. Helen schluckte gegen das Engegefühl in ihrer Kehle an. Sie wusste nicht, was sie tun sollte, wenn Orion ihr nicht mehr helfen wollte. Vielleicht würde sie ihn nie wiedersehen.

»Es tut mir *leid*! Es tut mir ehrlich leid! Ich wollte dich nicht verletzen!«

Das hörte sich furchtbar an. Helens Augen begannen zu brennen. Beim Anblick ihrer Tränen wurde Orion regelrecht panisch. Wäre Helen nicht so aufgelöst gewesen, hätte sie seinen Gesichtsausdruck vielleicht sogar komisch gefunden.

»He! Immer mit der Ruhe, ich bin nicht sauer auf dich. Eigentlich müsstest du sauer auf mich sein.«

»Wieso sollte ich sauer auf dich sein?«, fragte Helen verständnislos. Sie fuhr sich mit dem Handrücken über die Augen und versuchte, ihm ins Gesicht zu sehen. Er wich ihrem Blick aus.

»Ich habe dich gezwungen, Helen. Ich habe versucht –«, er brach ab und suchte nach den richtigen Worten. »Einige Scions aus dem Haus von Rom können Herzen so gut beeinflussen, dass sogar Mitglieder verfeindeter Häuser miteinander reden können, als gäbe es die Furien nicht. Ich weiß, dass auch ich die Fähigkeit dazu besitze, aber mir hat nie jemand beigebracht, wie es geht.

Ich habe es in der Höhle bei dir versucht, aber stattdessen etwas gemacht, was ich einem anderen Menschen niemals antun wollte. Ich habe dich manipuliert und dich dazu gebracht, mich zu küssen, und das tut mir unendlich leid.«

»Mir nicht«, sagte Helen so schnell, dass sie ihn fast nicht ausreden ließ. Er öffnete den Mund, um zu widersprechen, aber sie ließ ihn nicht zu Wort kommen. »Hättest du es nicht getan, hätte ich dich getötet. Ich glaube, ich hätte damit nicht leben können. Ich hätte dich beinahe umgebracht«, wiederholte Helen. Ihre Kehle war schon wieder wie zugeschnürt bei dem Gedanken, dass sie fast etwas getan hätte, mit dem ihr Gewissen niemals fertiggeworden wäre.

»Hey. Mir geht's gut, also keine Tränen mehr, okay?« Er nahm sie bei den Schultern und zog sie an sich. Helen ließ sich dankbar gegen seine Brust sinken. »Glaub mir, ich habe schon viel schlimmere Dinge getan. Deswegen möchte ich, dass du jetzt gründlich darüber nachdenkst, ob du mich weiterhin dabeihaben willst.«

»Bist du doof?«, murmelte sie gedämpft in seine Brust. Jetzt, wo das Schlimmste vorbei war, konnte sie wieder lachen. »Natürlich will ich dich dabeihaben. Ich *brauche* dich. Ich will heute Nacht nicht von Monstern angefallen werden.«

»Helen, das ist kein Witz. Ich könnte viel Schlimmeres anrichten, als dich nur zu töten.«

»Wie meinst du das?« Helen musste wieder daran denken, wie er in ihr Innerstes gegriffen hatte und dass es irgendwie wehgetan hatte, obwohl das Gefühl schön gewesen war. Er war so sanft. Sie stellte sich vor, wie schrecklich es sich angefühlt hätte, wenn er nicht so sanft gewesen wäre. »Geht es um deine unsichtbare Hand?«

»Meine was?«, fragte Orion verwirrt. Doch dann wurde er plötzlich rot und senkte den Blick.

Er zog sich von Helen zurück und brachte etwas Abstand zwischen sie. Helen trat verlegen von einem Bein aufs andere.

»Tut mir leid, ich wusste nicht, wie ich es sonst nennen sollte«, stammelte sie verschämt und war überzeugt, etwas total Peinliches gesagt zu haben. »Es hat sich angefühlt, als hättest du in meine Brust gegriffen. Und ich habe mir eine Hand vorgestellt.«

»Du musst dich dafür nicht entschuldigen. Nenn es, wie du willst. Bisher hat es nur noch niemand so genannt. Nicht dass ich es schon oft getan hätte«, fügte er hastig hinzu. »Ich wusste schon immer, dass das nicht die Art von Liebe ist, die ich will. Erzwungen, meine ich.«

»Nein, das würde ich auch nicht wollen. Das ist schon eine erstaunliche Begabung, die du hast«, sagte Helen vorsichtig. Sie wollte ihn nicht vor den Kopf stoßen, aber wenn sie ehrlich war, machte es ihr Angst. »Kann das jeder aus dem Haus von Rom?«

»Nein«, versicherte Orion. »Aber sie können dich überzeugen – und denk nicht, dass das weniger schlimm ist. Manchmal reicht ein kleiner Schubs aus, damit sich jemand zwischen richtig und falsch entscheidet, aber soweit ich weiß, bin ich der Einzige, der die Herzen von Menschen beeinflussen kann. Oder sie für immer brechen. Und das ist noch nicht das Schlimmste, was ich beherrsche.«

Helen konnte sich kaum etwas Schlimmeres vorstellen als ein auf Dauer gebrochenes Herz, aber etwas an der Art, wie sich seine Augen weiteten und furchtsam in ihre Höhlen sanken, verriet ihr, dass *er* es konnte.

»Und was ist das Schlimmste, das du tun kannst?«, fragte sie sanft. Orion biss die Zähne zusammen.

»Ich kann Erdbeben verursachen.«

»Okay«, sagte Helen verständnislos. »Und was ist daran so schlimm?«

Er starrte sie einen Moment lang ungläubig an. »Helen … hast du jemals von einem *lang ersehnten* Erdbeben gehört? Eines, bei dem hinterher alle sagen: ›Hey, toll, dass wir dieses verheerende Erdbeben hatten! Was für ein Glück, dass all meine Bekannten tot sind und die ganze Stadt jetzt nur noch ein Schutthaufen ist!‹«

Eigentlich wollte Helen nicht lachen, aber sie konnte sich nicht beherrschen. Frustriert wollte sich Orion von ihr abwenden, aber sie ließ ihn nicht gehen. Mit beiden Händen umfasste sie einen seiner kräftigen Unterarme und zog daran, bis er sich wieder zu ihr umdrehte.

»Geh nicht weg. Rede mit mir«, verlangte sie und hätte sich für ihr Lachen am liebsten selbst einen Tritt verpasst. »Erklär mir diese Sache mit den Erdbeben.«

Orion ließ den Kopf hängen und griff nach ihrer Hand. Beim Reden spielte er nervös mit ihren Fingern und rollte sie zwischen seinen, als würde der Druck ihn beruhigen. Diese Geste erinnerte Helen an eine andere Situation, als Lucas ihre Hand gehalten hatte. Beinahe hätte sie ihre Hand weggezogen, aber sie tat es dann doch nicht. Orion brauchte sie und sie wollte für ihn da sein. Immer. Waffenstillstand hin oder her – Helen konnte sich nicht einreden, dass es falsch sein sollte, mit Orion befreundet zu sein.

»Du weißt, dass meines Vaters Seite, das Haus von Athen, von Theseus abstammt, einem Scion von Poseidon«, begann er. »Und obwohl das nur sehr selten vorkommt, wurde ich mit *allen* Fähigkeiten des Poseidon geboren, darunter auch der Fähigkeit, Erdbeben auszulösen. Wenn ein Scion mit dieser besonderen Begabung geboren wird, verlangt das Gesetz unseres Hauses, dass das Baby ausgesetzt wird. Aber mein Vater brachte das nicht übers Herz.«

»Was meinst du mit ›ausgesetzt‹?« Helen bekam eine Gänsehaut.

»Es wird auf einen Berg gelegt, um an den Einflüssen des Wetters zu sterben.« Orion hob den Blick und sah ihr in die Augen. »Es gilt als heilige Pflicht aller Eltern, deren Babys mit dieser Begabung geboren werden, um auf diese Weise die Gemeinschaft zu schützen.«

»*Heilige Pflicht*? Das ist grausam! Hat dein Haus wirklich erwartet, dass dein Vater dich zum Sterben auf einen Berg bringt?«

»Mein Haus nimmt dieses Gesetz sehr ernst, Helen, und mein Vater hat es gebrochen. Als ich zehn war, fanden sie heraus, dass ich noch am Leben war, und kamen, um mich zu holen. Drei meiner Cousins sind tot, nur weil mein Vater diese Entscheidung getroffen hat. Sie hatten alle Väter, die sie geliebt haben, zwei von ihnen hatten eine Frau und Söhne, die sie geliebt haben, und jetzt sind sie tot – wegen mir.«

Das konnte Helen nachvollziehen. Sein Vater hatte getötet, um ihn zu beschützen, aber die Angreifer hatten genau das verloren, was Daedalus beschützen wollte. Und wieder war es zu einem neuen Teufelskreis des Tötens und der Rache gekommen.

»Ist dein Dad – Daedalus, richtig? – deswegen ausgestoßen worden?« Sie fragte behutsam, um ihn nicht zu sehr unter Druck zu setzen. Orion nickte, starrte aber weiterhin auf den Boden. Da wurde Helen plötzlich alles klar. »Du bist *ihrer* Meinung! Du denkst, dass dein Vater dich hätte aussetzen sollen.«

»Ich weiß nicht, was er hätte tun sollen, ich weiß nur, was er getan hat. Und was daraus geworden ist«, murmelte Orion düster. »Und bevor du die Gesetze meines Hauses verurteilst, denk darüber nach, wie viele Sterbliche – nicht nur Scions, sondern auch unschuldige normale Leute wie dein Vater Jerry – von mir getötet werden könnten. Hast du das Erdbeben in der Höhle gespürt? Weißt du, wie viele andere Leute es gespürt haben oder ob jemand verletzt wurde? Also, ich weiß es nicht.«

Helen dachte wieder an ihren Kampf in der Höhle und wie sich der Boden unter ihr aufgebäumt hatte. Da bekam sie eine Ahnung davon, wie stark Orion wirklich war, und das war ihr unheimlich. Aber es war auch aufregend. Orion *war* gefährlich, aber nicht so, wie er glaubte.

»Und ich hätte viel Schlimmeres anrichten können.« Seine Stimme klang zittrig. »Helen, ich kann ganze Städte vernichten, Inseln im Meer versinken lassen oder sogar ein Stück von diesem Kontinent absprengen, wenn ich es darauf anlege.«

Helen sah die Verzweiflung in seinen Augen und legte eine Hand auf seinen Arm, um ihn zu beruhigen. Er zitterte am ganzen Körper. Sie erkannte, dass es ihn zu Tode ängstigte, wozu er fähig war, und auch, dass er allein den *Gedanken* an all die Verwüstung grauenhaft fand. Das verriet ihr alles, was sie über ihn wissen musste.

»Du bist zu furchtbaren Dingen fähig, also musst du ein Monster sein. Ich weiß nicht, wieso ich mich noch mit dir abgebe«, sagte Helen grob.

Orion schaute auf, tief getroffen, bis er sie grinsen sah. Sie schüttelte mitfühlend den Kopf, als wäre es nicht zu glauben, dass er ihre Worte tatsächlich für bare Münze genommen hatte.

»Ich bin gefährlich, wenn ich außer Kontrolle gerate. Und wir beide und dann noch die Furien …« Er verstummte unsicher, auf der verzweifelten Suche nach den richtigen Worten, mit denen er Helen die Situation begreiflich machen konnte. »Ich könnte viele Leute verletzen, Helen.«

»Ich verstehe. Du hättest mir in der Höhle auf eine Million Arten wehtun und dabei gleichzeitig eine Million Leute töten können. Aber das hast du nicht getan. Du bist ein besserer Mensch, als du denkst. Ich vertraue dir vollkommen.«

»Ehrlich?«, fragte er. »Du hast wirklich keine Angst vor mir?«

»Vielleicht sollte ich das. Aber ich habe wirklich keine Angst vor dir«, antwortete sie sanft. »Weißt du, als die Delos-Familie zum ersten Mal meine Blitze gesehen hat, haben die mich angestarrt, als wäre ich eine Massenvernichtungswaffe. Aber ich habe seitdem keine Großstädte niedergebrannt. Es sind nicht unsere Fähigkeiten, die uns sicher oder gefährlich machen, sondern die Entscheidungen, die wir treffen. Das solltest du am besten wissen.«

Orion schüttelte den Kopf. »Aber da gibt es diese Prophezeiung«, sagte er.

»Oh Mann, nicht schon wieder dieser Unsinn!«, widersprach

Helen energisch. »Willst du wissen, was ich denke? Ich glaube, dass all diese uralten Prophezeiungen so voll mit poetischem Blödsinn sind, dass kein Mensch mehr versteht, was sie eigentlich aussagen sollen. Du bist nicht der große böse Tyrann, Orion. Und das wirst du auch nie sein.«

»Ich hoffe, du hast recht«, murmelte er so leise, dass Helen ihn kaum hörte.

»Du hast solche Angst vor dir selbst«, stellte sie fest, und es machte sie wirklich traurig, dass er nicht einsah, was für ein Fehler das war.

»Ja, schon, aber ich habe auch jeden Grund dazu.«

»Also gut, ich wollte eigentlich nicht fragen, aber jetzt kann ich nicht anders. Du hast vorhin gesagt, dass du viel schlimmere Dinge getan hast als ich, und das war kurz nachdem ich einem meiner besten Freunde ein Messer in die Brust gestoßen habe. Was also betrachtest du als schlimmer?«

Orion lächelte zögerlich, als müsste er gründlich darüber nachdenken. Helen beobachtete ihn schmunzelnd. Er war ein kluger Kopf, und wenn ihm etwas wichtig war, nahm er sich immer die Zeit, darüber nachzudenken. Das mochte sie an ihm. Es erinnerte sie ein wenig an Matt.

»Können wir diese Unterhaltung später weiterführen?«, fragte er schließlich. »Ich verspreche, dass ich es dir eines Tages erzähle, aber nicht jetzt, einverstanden?«

»Klar. Wann immer du so weit bist.«

Er sah sie mit zusammengekniffenen Lippen an und versuchte, den harten Kerl vorzutäuschen, aber seine Augen wirkten verletzlich, was ihn sehr jung aussehen ließ.

»Bin ich wirklich einer deiner besten Freunde?«, fragte er leise.

»Ja, klar«, bestätigte Helen, obwohl es sie ein bisschen nervös machte, weil sie vielleicht nicht zugeben sollte, wie viel er ihr bedeutete. Aber andererseits ging es hier nur um Freundschaft – und nicht um irgendeine Beziehung, die den Waffenstillstand gefährden könnte. »Bin ich denn keine deiner besten Freundinnen?«

Orion nickte ein wenig betrübt. »Ich hatte nie viele Freunde«, gestand er. »Da ich nie wusste, wann ich verschwinden muss, hat es sich nie gelohnt, wenn du verstehst, was ich meine.«

Er lächelte zwar dabei, wirkte aber immer noch bedrückt, als gingen ihm tausend Dinge gleichzeitig im Kopf herum. Helen bedrängte ihn nicht. Er musste ein furchtbar einsames Leben geführt haben. Bei diesem Gedanken wurde sie fast von ihrem Mitgefühl überwältigt.

Sie wusste, dass sie eine Grenze zwischen sich und Orion nicht überschreiten durfte. Aber jedes Mal, wenn sie ihn sah, fühlte sie sich mehr zu ihm hingezogen. Sie *wollte* ihn nicht mehr aus ihrem Leben aussperren.

Außerdem ist es sowieso egal, dachte sie rebellisch. *Ich lebe ohnehin nicht mehr lange genug für eine längerfristige Beziehung. Also ist der Waffenstillstand nicht in Gefahr.*

Sie gingen in eine beliebige Richtung, in die ihre Füße sie zufällig trugen. Es war ja nicht so, als hätten sie nur eine bestimmte Zeit zur Verfügung oder müssten irgendwann irgendwo ankommen. Technisch gesehen konnten sie so lange in der Unterwelt bleiben, wie sie es ohne Essen und Trinken aushielten, und obwohl Helen schon sehr durstig war, hatte sie inzwischen gelernt, damit zu leben.

Auf ihrer Wanderung übernahm Helen das Reden und erzählte Orion von Claire, Matt und ihrem Vater Jerry. Eigentlich hätte sie einen stärkeren Drang verspüren müssen, voranzukommen, aber das war nicht der Fall. Sie war überzeugt, dass sie und Orion irgendwann diesen verwünschten Fluss finden würden, den sie suchten und der sie zu Persephones Garten führen würde.

Helen überlegte, ob sie Orion sagen sollte, dass sie bald sterben würde, aber sie brachte es nicht übers Herz. Außerdem konnte Orion nichts dagegen tun. Das konnte keiner. Sie hatte keine Garantie, dass ihre Ausflüge in die Unterwelt endeten, wenn sie die Furien fand – und dass damit ihr Leben gerettet würde. Helen musste sich mit der Tatsache abfinden, dass diese Mission womöglich die letzte war, die sie je beendete.

Wenigstens ist es etwas, für das es sich zu sterben lohnt, dachte Helen.

Sie schaute zu Orion hinüber und wusste genau, dass ihr deutlich schlimmere Dinge hätten passieren können. Der Hades war ein gefährlicher Ort, aber wenigstens hatte sie Orion hier getroffen. *Das beweist mal wieder, dass diese Sprüche über das Schicksal Quatsch sind*, dachte sie abschätzig. *Selbst wenn einem jemand die Zukunft vorhersagt, weiß man doch erst, was Sache ist, wenn man sie erlebt.*

Helen kam eine so verrückte Idee, dass sie laut auflachte.

»Was ist?«, fragte Orion und warf ihr einen neugierigen Blick zu.

»Ach, nichts«, antwortete sie immer noch kichernd. Sie passte nicht auf, wohin sie trat, und wäre beinahe über ein paar lose Steine im Sand gefallen. Hastig hielt sie sich an Orions Arm fest. »Ich dachte nur gerade, wie toll es wäre, wenn wir zufällig über das stolperten, was wir suchen.«

»Ja, das wäre super«, sagte er und half ihr, das Gleichgewicht wiederzufinden. »Die meisten Leute würden hier am liebsten so schnell wie möglich wieder verschwinden.«

»Das meinte ich nicht«, sagte sie verlegen. »Ich habe nicht gedacht, dass unsere Mission *jetzt sofort* zu Ende sein soll. Aber ich wünschte, Persephones Garten würde wie durch Zauberei vor uns auftauchen.«

Die Landschaft veränderte sich.

Es gab keine Vorwarnung, keinen Windstoß oder eine Überblendung wie in einem alten Film. Eine Sekunde schlenderten sie noch bei Tag den niemals endenden Strand entlang und in der nächsten Sekunde waren sie plötzlich ganz woanders. An einem dunklen, Furcht einflößenden Ort.

Zu ihrer Linken erhob sich ein massives Bauwerk aus einem metallisch schwarz schimmernden Gestein in den toten, sternenlosen Himmel. Die Brustwehren starrten auf sie herab wie hasserfüllte Augen, und die Außenmauern schienen in der Entfernung nebelhaft die Form zu verändern, als könnten sie es nicht leiden, direkt angeschaut zu werden.

Hinter der schwarzen Burg schoss ein feiner Vorhang aus Feuer hoch, der die unfruchtbare Ebene beleuchtete. Helen folgte den Flammen hinunter zu ihrem Ursprung und begriff, dass es sich um den Phlegethon handeln musste, den Fluss des Ewigen Feuers, der den Palast von Hades umgab.

Direkt vor Helen und Orion erhob sich etwas, das aussah wie eine schmiedeeiserne Kuppel von der Größe eines Fußballfeldes. Sie bestand aus demselben Material wie die Burg, aber hier war das Material nicht zu Blöcken gehauen, sondern zu schmuckvollen Schnörkeln geformt worden. Unter der Riesenkuppel lag ein weitläufiger Garten. Es sah aus, als hätte der Erbauer die Tatsache verschleiern wollen, dass der Garten unter einem gewaltigen Käfig lag, indem er ihn möglichst elegant gestaltet hatte.

Das schwarze Material schimmerte in allen Farben. Blau und Purpur und sogar warme Töne wie Rot und Orange tauchten auf und verschwanden dann wieder wie Rauch. Es sah aus wie ein Regenbogen, der von Ruß bedeckt war – ein Wunder des Lichts, für immer gefangen in der Dunkelheit.

»Wow«, hauchte Orion. Er sah sich um, genauso fasziniert von der bedrohlichen Burg und dem Garten wie Helen. Dann sah er hinunter auf ihre Hände, die immer noch seinen Arm umklammerten, und grinste frech. »Danke fürs Mitnehmen.«

»Dank mir lieber noch nicht«, flüsterte Helen.

Sie starrte das Haupttor zu dem Riesenkäfig entgeistert an. Das Schloss daran war größer als ihr Oberkörper, aber es gab kein Schlüsselloch.

»Da stimmt etwas nicht«, wisperte Orion, als sein Blick schließlich auch auf das Schloss fiel.

»Nein, ganz und gar nicht«, bestätigte Helen gereizt.

Diese ganze Anlage machte sie wütend. Dieses wunderschöne Gebilde war nichts anderes als ein Gefängnis für eine junge Frau, die aus ihrem Zuhause entführt und dann zu einer widerlichen

Heirat gezwungen worden war. Helen stürmte auf das verschlossene Tor zu und trat mit aller Kraft dagegen.

»Persephone!«, brüllte Helen. »Ich weiß, dass du da drin bist!«

»Bist du wahnsinnig?« Orion rannte Helen hinterher und versuchte, ihr den Mund zuzuhalten, aber sie schüttelte ihn ab.

»Lass mich ein!«, schrie sie so fordernd wie eine Königin. »Ich *verlange sofortigen* Zutritt zu Persephones Garten!«

Das Tor klickte und schwang dann mit einem unheimlichen Knarren auf. Orion sah Helen erstaunt an.

»Wenn du sagst, was du willst, dann passiert es.«

Helen nickte, obwohl sie immer noch nicht kapierte, wieso das funktionierte. Sie dachte wieder an den Anfang ihrer Unterhaltung zurück und daran, wie sie halb im Scherz zu Orion gesagt hatte, dass sie in dieser Nacht nicht von Monstern angefallen werden wollte. Und sie waren lange unterwegs gewesen, ohne irgendein Monster zu sehen. Dann hatte sie sich gewünscht, dass Persephones Garten wie durch Zauberei auftauchte, und hier war er.

»Aber ich muss *genau* wissen, was ich will, und es laut aussprechen, um es zu bekommen«, stellte sie fest.

Ihr Gesicht verzog sich, und sie stöhnte bei dem Gedanken an alles, was sie bisher durchgemacht hatte. An der Kante gehangen. Im Baum eingesperrt. Im Höllenhaus gefangen. Und das Schlimmste – im Treibsand untergegangen. Ihre Knie wurden plötzlich ganz weich, aber sie würde *nicht* zusammenbrechen. Nicht jetzt.

»Ich habe hier unten so oft gelitten und hätte es beenden können, wann immer ich wollte«, fuhr sie verbittert fort. »Ich hätte es nur laut sagen müssen und es wäre geschehen. Das ist fast zu einfach.«

»Wie jung du bist!« Eine wohlklingende, aber traurige Stimme drang aus dem goldenen Riesenkäfig zu ihnen heraus. »Zu wissen, was man will, und das Selbstvertrauen zu haben, es laut auszusprechen, gehört zu den schwierigsten Dingen im Leben, junge Prinzessin.«

Helen dachte kurz darüber nach und musste dann eingestehen, dass es stimmte. Wenn sie nach Lucas fragen würde und ihn bekäme, würde sie sich eine Schuld aufladen, die viel mehr schmerzte als jeder gebrochene Knochen.

»Kommt herein und besucht mich. Ich verspreche, dass euch nichts geschieht«, fuhr die Stimme einladend fort.

Helen und Orion tauschten einen Blick und schritten nebeneinander durch das Tor in Persephones Garten.

Licht und Schatten erzeugten ein Wechselspiel vom Boden bis zur Decke. Das matte Licht, das durch den Käfig und die merkwürdigen Bäume fiel, landete auf dunkelgrünen Blättern und brachte sie zum Funkeln und Glitzern.

Helen kam dicht an ein paar Blumen vorbei, die sie für Lilien hielt, und schnappte nach Luft, als sie die Blumen auf ihrer Haut spürte. Sie schaute genauer hin und erkannte, dass es in Wirklichkeit purpurne Edelsteine waren, filigran geschliffen und so ineinander verwoben, dass perfekte Nachbildungen echter Blüten entstanden waren. Bei genauerem Hinsehen bemerkte sie auch, dass die Blätter ebenfalls nicht echt, sondern aus Seidenfäden gesponnen waren. Nichts war echt. Hier wuchs keine einzige richtige Pflanze.

»So wunderschön«, hauchte Orion.

Im ersten Moment dachte Helen, dass er die Juwelenblüten meinte, aber als sie zu ihm hinübersah, merkte sie, dass er den Pfad hinunterschaute und die schönste Frau betrachtete, die Helen je gesehen hatte.

Sie war sehr groß, graziös wie ein Schwan und hatte eine so tiefschwarze Haut, dass sie beinahe blau schimmerte. Sie schien nicht viel älter zu sein als Helen, aber die Art, wie sie sich bewegte – gütig und würdevoll –, ließ sie viel älter wirken. Ihr langer Hals war mit Ketten aus riesigen funkelnden Diamanten geschmückt, die im Vergleich zu ihren großen schimmernden Augen aber geradezu glanzlos erschienen. Auf ihrem glänzenden knielangen Haar trug sie eine mehrschichtige Krone aus Edelsteinen. Sie war in eine Robe aus duftenden Rosenblütenblättern gehüllt, auf denen der Tau glitzerte. Die Blütenblätter waren oben weiß und wurden immer dunkler bis zu ihren Füßen, die von tiefroten Rosenblättern umgeben waren.

Unter ihren nackten Füßen, an denen unzählige Zehenringe schillerten, spross ein nie endender Teppich aus Wildblumen, die aufblühten und sofort wieder verwelkten. Bei jedem ihrer Schritte erwachte eine wahre Blütenpracht zum Leben, die aber beim ersten Kontakt mit der unfruchtbaren Erde der Unterwelt verdorrte und starb.

»Furchtbar, nicht wahr?«, sagte Persephone mit ihrer bezaubernden Stimme und sah hinab auf die sterbenden Blumen unter ihren Füßen. »Meine Essenz erzeugt sie, aber in der Unterwelt habe ich nicht die Fähigkeit, sie zu erhalten. Hier unten kann kein Pflänzchen lange überleben.«

Beim Sprechen sah sie Helen direkt in die Augen. *Sie weiß, dass ich sterbe*, dachte Helen.

Helen warf Orion einen unauffälligen Blick zu, aber er schien den wortlosen Austausch nicht mitbekommen zu haben. Helen lächelte die Königin dankbar an. Orion sollte nicht wissen, dass ihr nicht mehr viel Zeit blieb. Wenn er wusste, dass sie starb, würde er vermutlich anders mit ihr umgehen.

Orion trat vor und neigte Kopf und Schultern in einer respektvollen Verbeugung.

»Lady Persephone, Königin des Hades, wir kommen, einen Gefallen zu erbitten«, sagte er mit formeller Stimme. Es klang komisch, passte aber irgendwie zu ihrer Situation. Helen stellte verblüfft fest, dass Orion genau wie die Kinder der Familie Delos als Scion aufgezogen worden war und mühelos von moderner Alltagssprache zu geschliffenen Manieren wechseln konnte.

»Ist es gestattet, näher zu treten?«, fragte er.

»Komm, setz dich und sei willkommen«, sagte sie und deutete auf eine Bank aus Onyx am Rande des Pfads. »Hier in meinem Garten bist du willkommen, wenn auch sonst nirgendwo, junger Erbe zweier verfeindeter Häuser.« Sie machte einen so graziösen Knicks, dass selbst eine Ballerina vor Neid erblasst wäre.

Orions Lippen waren plötzlich fest zusammengekniffen. Im ersten Moment dachte Helen, dass ihn die Erwähnung seiner Kindheit ärgerte, aber als sie genauer hinsah, erkannte sie, dass ihn seine Gefühle überwältigt hatten.

Erst jetzt begriff Helen etwas, das ihr bisher nicht wirklich klar gewesen war. Orion war nie von irgendwem akzeptiert worden. Die eine Hälfte seiner Familie hasste ihn, weil er nicht als Baby ausgesetzt worden und auf einem Berg gestorben war, und die andere Hälfte hasste ihn, weil die Furien sie dazu anstachelte. Seine Mutter war tot, und sein Anblick reichte aus, um seinen Vater in einen von den Furien verursachten Blutrausch zu versetzen. Hatte irgendein Scion, abgesehen von Daphne, die nichts ohne Hintergedanken tat, ihn jemals so freundlich eingeladen, sich neben ihn zu setzen?

Orions ernstes Gesicht ließ Helen vermuten, dass Persephone der einzige Scion war, der ihn jemals formell willkommen geheißen hatte.

Er ist nur in der Hölle willkommen, dachte Helen, und diese Vorstellung verursachte ihr Herzschmerzen.

Als Persephone auffiel, dass Helen noch immer dastand und sie anstarrte, streckte sie eine Hand aus, um auch Helen auf die Bank einzuladen.

Helen wurde rot und senkte verlegen den Kopf. Sie war schon wieder dabei erwischt worden, wie sie vor sich hin träumte, und konnte sich nicht erinnern, wann sie sich noch blöder vorgekommen war als in diesem Augenblick. Jetzt wünschte sie sich nur, auch die ganzen Verse über die Höflichkeitsfloskeln in der *Ilias* gelesen und nicht nur überflogen zu haben. Persephone schien ihre Verlegenheit zu spüren und lächelte sie freundlich an.

»Das zeremonielle Getue können wir uns schenken. Wenn ich es recht bedenke, sollte ich wohl sowieso diejenige sein, die sich vor dir verbeugt«, sagte Persephone neckisch.

»Hey, ich bin doch nicht die mit der Krone«, konterte Helen lachend, denn sie hatte das Gefühl, dass es in Ordnung war, einen Scherz zu machen. Persephone lächelte, wurde dann aber wieder ernst.

»Noch nicht«, sagte sie geheimnisvoll und fuhr dann selbstsicher fort: »Ihr sucht einen Weg, die Furien zu töten.«

Orion und Helen sahen sich an, geschockt von dieser unverblümten Feststellung.

»Ja«, bestätigte Orion entschieden. »Ich will sie töten.«

»Nein, willst du nicht.« Persephone richtete ihre funkelnden Augen auf Orion. »Du willst ihnen *helfen*. Sie brauchen dich ganz dringend, damit du sie von ihrem Leiden erlöst, mein Lieber. Weißt du, wer die Furien sind?«

»Wissen wir nicht«, mischte sich Helen ein, die es nicht leiden konnte, wie vertraut die umwerfend schöne Göttin mit Orion redete. »Aber wir würden es gern erfahren.«

»Die Furien sind drei junge Schwestern – entsprungen aus dem Blut von Uranos, als ihn sein Sohn, der Titan Kronos, angriff. Die Furien wurden im Moment ihrer Schöpfung von den Parzen entführt und gezwungen, ihre Rolle in einem großen Drama zu spielen. Der Schmerz, den sie fühlen, ist echt, und die Last, die sie tragen müssen …« Persephone brach ab und sah Orion flehentlich an. »Sie sind immer noch kaum mehr als Kinder und haben nie auch nur einen einzigen Augenblick der Freude erlebt. Du weißt, was ich damit meine, mein Prinz. *Du* weißt, was sie erleiden müssen.«

»Hass«, sagte er und schaute Helen von der Seite an. Sie musste wieder daran denken, wie schrecklich es gewesen war, als sie in der Höhle diesen Hass auf ihn verspürt hatte, und wusste, dass er genau dasselbe dachte.

»Wir müssen ihnen helfen«, flüsterte Helen ihm zu. Orion nickte. Sie waren sich einig. »Wir müssen sie befreien.«

»Die Furien und die Scions«, bestätigte Orion entschlossen.

»Ja«, sagte Helen. »Und ich verspreche, dass ich auch Euch befreien werde, Eure Hoheit.«

»Nein, nicht!«, rief Persephone hastig aus. Sie sprach so schnell sie konnte. »Helen, du wirst nicht mehr lange überleben, ohne zu träumen! Du musst den Furien Wasser aus dem Fluss …«

Der Name des Flusses wurde von einer donnernden Stimme übertönt.

»HELEN, DU BIST NICHT LÄNGER WILLKOMMEN.«

Helen spürte, wie ihr ganzer Körper hochgehoben und aus der Unterwelt geschleudert wurde, als wäre sie von einer Riesenhand gepackt und weggeworfen worden. Einen Augenblick lang glaubte sie, ein riesiges Gesicht vor sich zu sehen. Es kam ihr bekannt vor. Seine leuchtend grünen Augen waren so traurig …

Helen erwachte in ihrem Bett. Sie setzte sich aufrecht und wirbelte dabei die Eiskristalle auf, die sich auf ihrer Bettdecke gebildet hatten und die jetzt wie funkelnde Diamanten durch die eisige Luft segelten. Helens Gesicht fühlte sich steif an. Sie zog eine Hand unter der Decke hervor und berührte ihre taube Wange. Obwohl ihre Finger vor Kälte fast gefühllos waren, merkte sie, dass ihr Gesicht von einer dünnen Eisschicht überzogen war. Sie fasste in ihre Haare und stellte fest, dass sie zu dicken Eisschnüren gefroren waren.

Helen atmete schnell und stieß bei jedem Atemzug kleine Wolken aus. Sie sah sich um und versuchte, ihr Zittern zu unterdrücken. Ihr ganzes Zimmer war zugefroren. Helen griff nach dem Wecker auf dem Nachttisch und musste mit dem Daumen die Eisschicht wegwischen, bevor sie die Uhrzeit sehen konnte. Das Display sprang vor ihren Augen von 23:11 auf 23:12 Uhr.

Obwohl es sich angefühlt hatte, als wären sie und Orion tagelang in der Unterwelt gewesen, hatte sie in Wirklichkeit ihre Augen erst vor Sekunden geschlossen und war trotzdem schon komplett durchgefroren. Die Kälte wurde eindeutig schlimmer. Helen fragte sich, ob ihr Körper beim nächsten Abstieg in die Unterwelt wohl zum Eisblock gefrieren würde.

Aber dann fragte sie sich auch, ob sie überhaupt jemals wieder hinuntergehen würde. Immerhin hatte Hades ihr gesagt, dass sie nicht mehr willkommen war. Das hörte sich nicht besonders gut an.

Helen stieg aus dem Bett und schlitterte über den vereisten Boden zu ihrem Handy, aber sie hatte noch keine SMS von Orion. Er war wahrscheinlich noch auf dem Rückweg von den Höhlen. In der Unterwelt stand die Zeit still, was bedeutete, dass Orion in derselben Sekunde, in der er durch das Portal trat, auch wieder herauskam, ohne dass es eine Rolle spielte, wie lange er auf der anderen Seite gewesen war. Wenn sie Glück hatten, kam Orion erst jetzt zurück, nachdem er lang genug geblieben war, um zu hören, was Persephone zu sagen hatte. Sie konnte nur hoffen, dass er das erreicht hatte, wobei sie so kläglich versagt hatte.

Helen konnte nicht aufhören zu zittern. Sie musste dringend ihr Zimmer verlassen und sich aufwärmen. Sie dachte zurück an Hectors Lektion am Strand, kurz nachdem er sie beinahe ertränkt hatte. Helen war unverwundbar, wenn es um Waffen ging, aber sie war nicht unsterblich, und extreme Kälte konnte sie ebenso töten wie das Ertrinken.

Sie stemmte die zugefrorene Zimmertür so leise auf, wie es ging, und schaute sich dann vorsichtig auf dem Flur um. Zum Glück saß ihr Vater noch im Wohnzimmer vor dem Fernseher. Sie schloss die Tür hinter sich, schob den Zugluftstopper vor den Türspalt, damit ihr Vater die unnatürliche Kälte in ihrem Zimmer nicht bemerkte, und rief nach unten, dass sie ein Bad nehmen würde, um besser einschlafen zu können. Jerry grummelte etwas darüber, dass sie einfach die Augen zumachen und es mehr als eine Sekunde lang versuchen sollte, aber er stellte zumindest keine Fragen, und es kamen auch keine Einwände.

Auf dem Weg ins Badezimmer schlug sich Helen zur Strafe für ihre dämliche Aktion in der Unterwelt ein paarmal mit dem Handy gegen die Stirn. Sie konnte nicht fassen, dass sie so dumm gewesen war. Der Hades war vermutlich nicht der beste Ort, um über die Befreiung der gefangenen Königin zu reden, weil »der Boss« sicher die ganze Zeit zuhörte. Und Helen hatte gedroht, Hades das Einzige im ganzen Multiversum wegzunehmen, das ihm wirklich etwas bedeutete – seine Königin. *So was Blödes!* Und jetzt war Helen aus der Unterwelt verbannt worden. Wie zum Teufel sollte sie ihre Mission erfüllen, wenn sie nicht mehr hinabsteigen durfte?

Als sie sich auszog und die Wanne mit heißem Wasser volllaufen ließ, dachte sie noch einmal an das Treffen mit Persephone. Sie fand es merkwürdig, dass Hades nicht eingegriffen hatte, als sie und Orion darüber gesprochen hatten, die Furien zu befreien.

Erst als sie ihr vorlautes Mundwerk aufmachen und davon reden musste, seine Königin zu befreien, war Hades energisch geworden.

Helen setzte sich zögerlich ins heiße Wasser, das Handy noch in der Hand, und dachte nach. Dann seufzte sie, ließ sich genüsslich ins Wasser sinken und überlegte, wie sie ihr Zimmer auftauen sollte, bevor ihr Vater etwas merkte. Plötzlich vibrierte ihr Handy.

Bist du wach?, schrieb Orion.

OMG, hast du den Namen des Flusses gehört?, schrieb Helen zurück.

Wovon redest du? Ich bin rausgeflogen, nachdem P gesagt hat, dass du sterben würdest.

Oh. Da war noch mehr, antwortete Helen und hoffte, dass Orion diese ganze Sache mit dem Sterben ignorieren würde, wenn sie es auch tat. *Sie hat gesagt, dass wir den Furien Wasser aus dem Fluss … Ich hab den Namen nicht mitgekriegt, weil ich auch rausgeworfen wurde.*

Trotzdem gute Info. Ich werde den richtigen Fluss schon finden.

Warte, »du wirst«? Was ist aus »wir werden« geworden?

Welchen Teil von »sterben« hast du nicht verstanden?

Das ist doch nur, wenn ich nicht träume.

Du träumst nicht?

Nicht, wenn ich runtergehe.

Dann gehst du nicht mehr.

Sein Befehlston gefiel Helen gar nicht.

Nicht deine Entscheidung, simste sie zurück.

Keine Diskussion. Punkt.

Du kontrollierst das nicht.

Trotzdem. Und jetzt Schluss. Ich muss fahren.

Die nächsten zehn Minuten planschte Helen in der Wanne herum und führte Selbstgespräche. Er hatte etwas übersehen – etwas, das sie ihm erklären musste –, aber sie kam nicht darauf, was es war. Sie versuchte, ihn mit allen möglichen Nachrichten wieder in die Diskussion zu ziehen. Sie drohte sogar damit, ins Bett zu gehen und sofort wieder hinabzusteigen. Da kam endlich eine lange Antwort, eine von denen, für die man extra anhält, um sie zu schreiben.

Wenn du zurück ins Bett gehst, schwöre ich, dass ich nach Nantucket schwimme, deine Tür eintrete und Jerry alles erzähle. Dann kannst du ihm erklären, wieso du sterben willst. Halte dich aus der UW fern. Das ist mein Ernst.

Damit zu drohen, dass er ihrem Vater alles sagte, war ein Tiefschlag – sie hatte Orion gesagt, dass Jerry eine »Flugverbotszone« war, und er hatte geschworen, diesen Grundsatz nie zu verletzen. Allerdings musste sie zugeben, dass die Drohung, ihren Dad zu informieren, die einzige wirksame gewesen wäre, falls sie tatsächlich vorgehabt hätte, wieder in die Unterwelt zu gehen. Orion kannte sie gut. Sie fragte sich, wie er das in der relativ kurzen Zeit geschafft hatte. Einen Moment lang lächelte sie ihr Handy an, zwang sich dann aber, damit aufzuhören. Sie konnte es nicht leiden, wenn man ihr Vorschriften machte, aber sie fand es nett, dass er sie so gernhatte, dass er es zumindest versuchte.

Ich kann sowieso nicht mehr hin, gestand sie nach einer längeren Funkstille. *Hades hat mich verbannt und uns beide aus der UW geworfen, weil ich gedroht habe, P zu befreien. Kannst du noch hin?*

Glaub schon. Du wurdest verbannt? Wow. Also gibt es doch einen guten Gott. Komisch, dass es ausgerechnet Hades ist.

Helen wusste, dass er nur um ihre Sicherheit besorgt war, aber irgendetwas war nicht logisch an der Sache. Helen hatte schon angefangen zu tippen, bevor sie wusste, was sie schreiben wollte. Endlich begriff ihr zerstreutes Gehirn, was so schlimm an ihrer Verbannung war und wieso sie Orion so hitzig widersprochen hatte.

Aber denk doch an die Prophezeiung, tippte sie wild. *Ich bin der Deszender – die einzige Person, die fähig sein soll, die Furien loszuwerden. Wenn ich es nicht tue, wie viele Leute werden dann noch leiden? Du würdest deinen Dad nie wiedersehen.*

Helen biss sich auf die Lippe und überlegte fieberhaft, ob sie ihm schreiben sollte, was sie wirklich dachte.

Wir würden uns nie wiedersehen. Ich glaube, das könnte ich nicht ertragen, schrieb sie schließlich doch und fügte in Gedanken *zumindest, solange ich noch lebe* hinzu.

Lange Zeit kam keine Antwort von Orion, und Helen fürchtete bereits, einen Riesenfehler gemacht zu haben. Um sich von ihm abzulenken, schickte sie eine Mail an Cassandra und die anderen und berichtete ihnen, was in der Unterwelt passiert war. Dann starrte sie das dunkle Display ihres Handys an, bis sie ihren Vater die Treppe heraufkommen und ins Bett gehen hörte. Orion hatte sich immer noch nicht gemeldet.

Helen stieg aus der Wanne und trocknete sich ab. Sie wusste nicht genau, was sie als Nächstes tun sollte, aber in ihr eisiges Zimmer würde sie nicht zurückkehren. Es gab immer noch die Couch im Wohnzimmer, aber sie entschied, dass es vollkommen egal war, ob sie sich hinlegte oder nicht. Sie hatte ohnehin keinen Überblick mehr, wie viele Wochen sie keinen richtigen Schlaf mehr bekommen hatte.

Also verbrachte sie eine Ewigkeit im Badezimmer und zog das ganze Pflegeprogramm durch, das sie so lange vernachlässigt hatte. Sie schnitt sich die Nägel und cremte ihren ganzen Körper ein. Als sie fertig war, wischte sie den Dampf vom Spiegel und betrachtete sich zum ersten Mal seit langer Zeit. Das Erste, was ihr ins Auge fiel, war die Kette ihrer Mutter. Sie hob sich deutlich von ihrer geröteten Haut ab und schimmerte an ihrem Hals, als hätte ihr das Verwöhnprogramm neue Kraft verliehen. Dann musterte Helen ihr Gesicht.

Es war dasselbe Gesicht, für das vor Ewigkeiten so viele Leute gestorben waren, für das noch heute so viele starben. Scions töteten einander, um Morde zu rächen, die bis zu den Mauern von Troja zurückreichten – bis zu dieser ersten Frau, die genau dasselbe Gesicht besessen hatte, das Helen jetzt im Spiegel anschaute.

Welches Gesicht war das wert? Das ergab keinen Sinn. Es musste mehr dahinterstecken. All dieses Leid konnte sich nicht nur um ein Mädchen drehen, egal, wie hübsch es war. Es musste noch etwas anderes geben, das nicht in den Büchern stand.

Sie hörte ihr Handy brummen und stieß in ihrer Hast, es zu greifen, die Hälfte ihrer Fläschchen und Tiegel um. Hektisch schnappte sie danach und erwischte sie, bevor sie auf den Boden schepperten und ihren Dad aufweckten. Sie musste ein nervöses Kichern unterdrücken, stellte alles wieder an seinen Platz und las erst dann die Nachricht.

Ich hab nachgedacht. Wenn es das ist, was dich am Leben erhält, bin ich dazu bereit, antwortete Orion fast eine Stunde nach ihrer letzten Nachricht. *Ich lasse dich gehen, ich lasse die Mission sausen, aber ich lasse dich nicht sterben.*

Helen sank fassungslos auf den Wannenrand. Seine Entscheidung verdammte Orion zu einem Leben auf der Flucht, ohne Zuhause, ohne Familie. Er war bereit, das alles zu ertragen – für sie.

Oder tat er es auch für ihr blödes Gesicht? Schließlich kannten sie sich kaum. Was konnte eine solche Selbstaufopferung denn sonst auslösen?

Daphne hatte ihre fast identischen Gesichter als verflucht bezeichnet, und Helen hatte immer angenommen, dass ihre Gesichter sie verflucht hatten. Aber jetzt fragte sie sich zum ersten Mal, ob ihre Mutter womöglich gemeint hatte, dass ihre Gesichter die Menschen verfluchten, die sie *ansahen*. Die Vorstellung, dass Orion alles aufgab, was er sich immer gewünscht hatte, nur weil es ihr gefährlich werden konnte, war Helen gar nicht recht. Es stand so viel mehr auf dem Spiel als nur das Leben einer Person, auch wenn dieses Leben ihr eigenes war.

Helen fasste einen Entschluss. Es war egal, ob sie in ihn verknallt war oder er in sie. Orion durfte jetzt nicht aufgeben. Nicht nur wegen der Konsequenzen für ihn, sondern wegen der Konsequenzen für sie alle. Wenn niemand die Furien loswurde, was sollte dann aus Hector und den anderen Ausgestoßenen werden? Und aus allen anderen Scions? Helen fiel wieder ein, wie Orion ihr von seinem Traum erzählt hatte, in dem das Gräberfeld im Hades aus den Knochen von Scions bestanden hatte, und sie erkannte jetzt, dass es mehr als nur ein Albtraum gewesen war. Orion hatte in diesem Traum eine Warnung erhalten, da war Helen ganz sicher. Der Teufelskreis musste beendet werden, sonst würden sie irgendwann genauso aussterben wie die Frostriesen.

Du Idiot. Sie schlug so heftig mit den Fingern auf die Tastatur ein, als könnte sie ihm damit die Worte direkt in seinen opferbereiten Dickschädel hämmern. *Wenn du unsere Mission aufgibst, kannst du was erleben! Ich werde einen Weg finden, dieses Traum- und Verbannungsproblem zu lösen, und dann werden wir die Furien gemeinsam befreien. Und in der Zwischenzeit MACH GEFÄLLIGST WEITER. Kapiert?*

Sie drückte auf SENDEN und wartete. Lange Zeit kam nichts. Helen begann mehrmals, eine neue Nachricht zu verfassen, löschte sie aber jedes Mal wieder. Sie war so müde, dass ihr die Augen tränten.

Als sie gähnen musste, fühlte sie plötzlich, wie hinter ihren Augen etwas knackte und dass ihre Oberlippe auf einmal ganz feucht war. Sie berührte ihren Mund und hatte Blut an den Fingern. Bevor das Blut auf den Boden tropfte, presste sie sich hastig ein Taschentuch an die Nase und wartete darauf, dass die Blutung nachließ. Nachdem sie sich das Gesicht gewaschen und ihr Handy finster angestarrt hatte, als könnte sie Orion damit zu einer Antwort zwingen, leuchtete das Display endlich auf.

Erst mal musst du mich kriegen, Hamilton, aber du wirst mich nie finden, klar?

Er alberte wieder herum, was ein gutes Zeichen war. Helen wusste, wie schwer ihm diese Entscheidung gefallen sein musste, und wollte ganz sicher sein. Sie brauchte so etwas wie ein Versprechen von ihm für den Fall, dass sie es nicht bis zum Ende ihrer Mission schaffte.

Schwörst du? Dass du weitermachst, egal, was kommt?, schrieb sie. Er reagierte nicht sofort und so hakte sie nach. *Hallo? Schwörst du?*

Sorry. Geh gerade ins Bett. Ja, ich mach weiter.

Helen lächelte und ließ sich vom Badewannenrand auf den Boden gleiten. Sie wickelte sich in ihren Bademantel, schlüpfte in die Hausschuhe und streckte sich auf einem behelfsmäßigen Bett aus feuchtwarmen Handtüchern aus. Sie stellte sich vor, wie er gerade im Internat ins Bett ging und das Handy in der Hand hielt.

Ich wusste, dass auf dich Verlass ist, schrieb sie.

Für immer und ewig. Wo bist du?

Im Bett, antwortete sie, obwohl es eigentlich »auf dem Boden« hätte heißen müssen.

Ja, ich auch. Du kannst endlich schlafen. Ich ebenso. Bin total fertig.

Helen wollte nicht aufhören, mit ihm zu simsen. Sie hätte die ganze Nacht aufbleiben und mit ihm plaudern können, aber ihr war endlich wieder warm, nachdem sie – jahrelang, wie es ihr vorkam – gefroren hatte. Ihr fielen die Augen zu.

Gute Nacht, Orion.

Süße Träume.

11

Helen öffnete die Augen. Es fühlte sich nicht an, als würde sie aufwachen, was vermutlich daran lag, dass sie nicht wirklich geschlafen hatte. Es kam ihr eher so vor, als wäre sie bewusstlos geschlagen worden und ein paar Stunden später wieder zu sich gekommen. Wie ein Schnitt bei einem Filmdreh – gerade hatte Helen noch Orions letzte Nachricht gelesen und im nächsten Moment hatte sie die Badematte vor Augen. Die Sonne war aufgegangen, ihre Haare waren trocken und sie hörte ihren Vater aufstehen.

Das aufgeputschte, schwitzige Gefühl am ganzen Körper verriet ihr, dass sich ihr Gehirn zwar für ein paar Stunden abgeschaltet hatte, sie aber trotzdem nicht in den dringend benötigten Tiefschlaf gefunden hatte. Sie war nicht in der Unterwelt gewesen, was eine Erleichterung war, aber sie hatte auch nicht geträumt. Das war schlecht. Persephone zufolge blieb ihr nicht mehr viel Zeit, und Helen hatte keine Ahnung, wie lange sie noch durchhalten konnte, ohne zu träumen.

Als sie hörte, wie Jerry seinen Kleiderschrank öffnete, sprang sie auf, hängte die Badetücher weg, auf denen sie übernachtet hatte, und begann hastig mit dem Zähneputzen, damit ihr Vater glaubte, sie wäre kurz vor ihm ins Badezimmer gegangen.

Es war Montag, der Start in eine neue Woche, und Helen war mit dem Kochen an der Reihe. Sie rannte in ihr vereistes Zimmer und fürchtete sich vor dem, was sie dort erwartete, doch zu ihrer Überraschung war das Eis fast weggetaut. Die grausige Kälte musste etwas damit zu tun haben, dass sie ihr Bett in ein Portal in die Unterwelt verwandelt hatte. Und da sie in der vergangenen Nacht nicht hinabgestiegen war, hatte sich die Kälte ein wenig verzogen. Es war zwar immer noch so kalt wie in einem Kühlhaus, und das Tauwasser hatte alles durchfeuchtet, aber wenigstens brauchte sie diesmal keinen Föhn, um die Schubladen ihrer Wäschekommode zu öffnen.

Bis jetzt hatte sie vor ihrem Vater verbergen können, wie kalt es wirklich in ihrem Zimmer war, doch das würde nicht mehr lange funktionieren. Aber wenn Jerry es merkte, konnte sie ohnehin nichts daran ändern. Sie hoffte nur, dass er nicht in ihr Zimmer kam. Schließlich hatte sie zurzeit genug andere Sorgen. Wie den Myrmidonen, der sie vermutlich gerade beobachtete. Helen verdrängte diesen Gedanken, so gut es ging, versteckte sich aber dennoch im Schrank, bevor sie ihre Sachen auszog.

Sie zog sich so schnell an, wie es ging, und bibberte die paar Sekunden, in denen sie nichts anhatte. Dann rannte sie nach unten, um sich am Herd zu wärmen. Sie drehte die Flammen des Gasherds ganz weit auf. Als die Luft um sie herum vor Hitze waberte, seufzte sie zufrieden und schloss die Augen. Aber etwas stimmte nicht. Sie hatte das Gefühl, nicht allein zu sein, und sah sich suchend um. Die Luft tanzte noch einen Moment vor ihrer Nase und wurde dann wieder ruhig.

Helen war verunsichert. Sie hörte zwar keine Stimmen, aber ihr kam es trotzdem so vor, als wäre noch jemand in der Küche, was offensichtlich nicht der Fall war. Helen war überzeugt, dass sie langsam durchdrehte. Ihr blieb nicht mehr viel Zeit, aber bis zur nächsten Nacht war daran nichts zu ändern. Also wendete sie sich wieder dem Herd zu und machte Frühstück.

Als die Kürbispfannkuchen fertig waren, warf sie einen Blick auf die Küchenuhr. Ihr Vater war spät dran, und so gab sie sich noch ein bisschen Extramühe und streute durch eine fledermausförmige Form Puderzucker auf den Pfannkuchenstapel, was sie schon gemacht hatten, als Helen noch klein gewesen war. Danach schaute sie wieder auf die Uhr. Sie wollte gerade vom Fuß der Treppe aus nach Jerry rufen, als sie ihn herunterkommen hörte.

»Wieso hat das so lange …« Helen erstarrte beim Anblick ihres Vaters.

Er hatte sein Gesicht grün geschminkt und trug ein ausgefranstes schwarzes Kleid, rot-weiß gestreifte Strümpfe und eine schwarze Perücke. In der Hand hielt er einen spitzen Hexenhut mit breitem Seidenband und einer Silberschnalle. Einen Moment lang starrte Helen ihn mit offenem Mund an.

»Ich habe mit Kate gewettet und verloren«, gestand er verlegen.

»Oh Mann. Davon muss ich ein Foto machen.« Ihre Schultern bebten vor Lachen, als sie nach ihrem Handy griff. Sie machte schnell einen Schnappschuss von ihrem Dad, bevor er die Flucht ergreifen konnte, und schickte das Foto sofort an jeden, den sie kannte. »Ist heute schon Halloween? Ich habe irgendwie den Überblick verloren.«

»Nein, erst morgen«, sagte er und setzte sich an den Tisch, um seine Pfannkuchen zu essen. »Ich muss zwei volle Tage in diesem Outfit überstehen. Danach werde ich nie wieder Halloween feiern.«

An Halloween brummte das Geschäft im News Store, und trotz Jerrys Geschimpfe wegen des Kleides wusste Helen ganz genau, dass er Feiertage liebte und Spaß daran hatte, sich zu verkleiden. Helen fragte ihren Vater, ob er Hilfe im Laden brauchte, aber er wehrte sofort ab.

»Du siehst grüner im Gesicht aus als ich«, stellte er besorgt fest. »Willst du die Schule heute lieber ausfallen lassen?«

»Mir geht's gut«, beteuerte Helen mit einem Schulterzucken und starrte auf ihren Teller, damit sie ihn nicht anschauen musste. Sie wusste ehrlich gesagt nicht, ob es ihr wirklich gut ging, aber sie konnte ihrem Vater nicht ins Gesicht lügen.

Claire fuhr in ihrem nahezu lautlosen Auto vor, öffnete das Beifahrerfenster und drehte den Song im Radio voll auf, statt zu hupen.

»Ich gehe jetzt lieber, bevor die Nachbarn die Polizei rufen«, sagte Helen, raffte ihre Schulsachen zusammen und rannte aus dem Haus.

»Komm gleich nach der Schule nach Hause; du brauchst Ruhe!«, rief ihr Jerry nach. Helen winkte kurz zum Zeichen, dass sie ihn gehört hatte, wusste aber, dass sie ihm den Gefallen nicht tun konnte. Sie musste mit Ariadne für ihre Rückkehr in die Unterwelt trainieren. Helens Uhr lief unaufhörlich, und sie musste eine Menge Versprechen einhalten, bevor sie aufhörte zu ticken.

Lucas beobachtete, wie Helen aus dem Haus rannte und in Claires Wagen sprang. Sie sah erschöpft und ausgezehrt aus, aber das Lächeln, mit dem sie Claire begrüßte, war leuchtend und wunderschön und voller Liebe. So war Helen eben. Auch wenn sie selbst litt, hatte sie diese beinahe magische Fähigkeit, anderen ihr Herz zu öffnen. Nur in ihrer Nähe zu sein, reichte bereits aus, dass er sich *geliebt* fühlte, auch wenn er wusste, dass ihre Liebe nicht mehr ihm galt.

An diesem Morgen hatte sie ihn wieder beinahe erwischt, und er hatte mittlerweile den Verdacht, dass er ihr Angst machte. Irgendwie konnte sie ihn immer noch spüren. Lucas musste herausfinden, woran das lag, denn er würde ganz sicher nicht aufhören, sie zu bewachen. Nicht, bis er sicher war, dass Automedon endgültig verschwunden war.

Claire und Helen fingen beim Losfahren an zu singen und verunstalteten einen seiner Lieblingssongs von Bob Marley. Helen sang wirklich grauenhaft. Das war eines der Dinge, die er besonders an ihr mochte. Jedes Mal, wenn sie losjaulte wie eine getretene Katze, wollte er sie am liebsten in den Arm nehmen und küssen.

Wieder einmal ermahnte er sich, dass Helen seine Cousine war. Er ließ seinen Umhang aus Licht fallen und stieg in die Luft auf, damit er sein Handy einschalten und in den Tag starten konnte. Er hatte bereits eine SMS.

Ich weiß, dass du mit uns da unten warst. Und ich glaube, ich weiß auch, wie, lautete die Nachricht. *Wir müssen reden.*

Wer bist du?, schrieb Lucas zurück, obwohl er es bereits wusste. Wer sonst sollte es sein? Aber er wollte diesem Typen kein Stück entgegenkommen. Er konnte es nicht. Er war zu wütend.

Orion.

Aber ihn auch noch dazu aufzufordern, seinen Namen zu simsen, machte es nicht gerade besser. Den Namen des Typen zu sehen und sich vorzustellen, wie Helen ihn aussprach, fraß ihn vor Ärger fast auf. Die Wut wurde täglich schlimmer, und es kostete ihn seine ganze Selbstbeherrschung, sein Handy nicht ins Meer zu schleudern.

Na super. Was willst du?, schrieb Lucas, als sich seine Fäuste wieder so weit gelockert hatten, dass er tippen konnte. Es war schlimm genug, Helen loslassen zu müssen, aber musste ihm jetzt auch noch der Typ schreiben, mit dem sie ihre Nächte verbrachte?

Du bist sauer – kann ich verstehen. Aber uns bleibt keine Zeit für so was. Helen stirbt.

»Du hast gute Laune!«, stellte Helen ausgelassen fest.

»Und wie!«, rief Claire und strahlte übers ganze Gesicht.

»Oh, sag es nicht! Rote Wangen, verklärter Blick … *Could you be loved? Oh, yeah!*«

Helen schmetterte die letzte Zeile des Bob-Marley-Songs, den sie und Claire mitgesungen hatten. Er beschrieb Claires ausgelassene Stimmung perfekt, und sie stimmte bei dem »Oh, yeah« ein, was Helens unausgesprochene Frage mehr als beantwortete.

»Was soll ich sagen? Er ist eben fast ein Gott.« Claire seufzte und kicherte mädchenhaft, während sie in Richtung Schule fuhr.

»Was ist passiert?«, schrie Helen ganz aufgekratzt. Es war so schön, endlich wieder zu lachen, dass Helen alles andere in ihrem Leben vergaß und nur noch Claires strahlendes Gesicht sah.

»Er hat mich ENDLICH geküsst! Gestern Abend«, jubelte sie. »Er ist an unserer *Hauswand* hochgeklettert! Kannst du dir das vorstellen?«

»Äh, ja.« Helen grinste und zuckte mit den Schultern.

»Oh, ja, natürlich kannst du das«, sagte Claire und hakte diesen Punkt als unbedeutend ab. »Also, ich habe mein Fenster aufgemacht, um ihn anzumeckern, dass er meine Großmutter wecken würde – du weißt ja, dass sie sogar hört, wenn der Hund des übernächsten Nachbarn pupst. Aber er hat gesagt, dass er mich unbedingt sehen *müsste*. Dass er es nicht länger ohne mich *aushalten* würde, und dann hat er mich *geküsst*! Ist das nicht der beste erste Kuss aller Zeiten?«

»Na endlich! Wieso hat das auch so lange gedauert?«, fragte Helen lachend. Aus dem Lachen wurde jedoch schnell ein entsetztes Quieken, als Claire an einem Stoppschild hart auf die Bremse trat. Von beiden Seiten der Straße wurden sie empört angehupt.

»Ach, keine Ahnung.« Claire fuhr weiter, ohne sich darum zu kümmern, dass sie beinahe einen Unfall verursacht hätte. »Er glaubt, dass ich zu zart bin, dass ich nicht weiß, in welcher Gefahr ich schwebe – bla, bla, bla. Als hätte ich nicht mein ganzes Leben mit einem Scion verbracht. Total albern, stimmt's?«

»Ja, total«, sagte Helen, doch sie verzog trotzdem besorgt das

Gesicht wegen Claires lockerer Einstellung den Scions gegenüber, aber auch wegen ihrer riskanten Fahrweise. »Weißt du was, Gig? Verliebt zu sein, macht einen nicht immun gegen Autounfälle.«

»Das weiß ich! Gott, du klingst schon wie *Jason*!«, beklagte sich Claire, aber als sie seinen Namen aussprach, schmolz sie schon wieder dahin. Sie fuhr auf ihren gewohnten Parkplatz an der Schule, stellte den Motor ab und sah Helen an. »Ich bin so verliebt«, verkündete sie seufzend.

»Nicht zu übersehen!«, stellte Helen grinsend fest. Sie wusste, dass Jason sie neuerdings nicht mehr mochte, aber auch wenn er sie wie Luft behandelte, brauchte Claire ihre Unterstützung. »Jason ist wirklich ein toller Typ. Gig, ich freue mich so für euch beide.«

»Aber er ist kein Japaner«, sagte Claire plötzlich betrübt. »Wie soll ich ihn meinen Eltern vorstellen?«

»Vielleicht stört es sie gar nicht«, meinte Helen mit einem Schulterzucken. »Sie haben sich doch auch an mich gewöhnt, oder?«

Claire sah sie zweifelnd an und schüttelte den Kopf.

»Wie bitte?«, rief Helen aus. Sie konnte es nicht fassen. »Wir sind schon unser ganzes Leben lang Freundinnen und deine Eltern mögen mich immer noch nicht?«

»Meine Mom liebt dich! Aber, Lennie, das musst du verstehen, du bist so groß und lächelst so oft. Das findet meine Grandma überhaupt nicht cool.«

»Das glaube ich nicht«, murmelte Helen empört, als sie ausstiegen und über den Parkplatz liefen. »Ich habe mehr Zeit mit der alten Fledermaus verbracht als …«

»Sie ist traditionell!«, verteidigte Claire sie.

»Sie ist rassistisch!«, widersprach Helen, und Claire sagte nichts mehr, weil sie wusste, dass Helen in gewisser Weise recht hatte. »Jason ist perfekt für dich, Gig. Lass dich nicht hinreißen, es zu beenden, nur weil er kein Japaner ist! Immerhin war der Typ bereit, für dich zu sterben.«

»Ich weiß«, sagte Claire, und ihre Stimme klang vor Rührung plötzlich ganz sanft. Sie blieb wie angewurzelt stehen, obwohl um sie herum alle ins Gebäude eilten, um nicht zu spät zu kommen. Helen blieb mit ihr stehen, denn so verletzlich gab sich Claire nur selten. »Ich hatte da unten solche Angst, Len. Ich war so verloren und durstig, weißt du? Und dann … war er da. Ich kann immer noch nicht glauben, dass er gekommen ist, um mich von diesem schrecklichen Ort wegzubringen.«

Helen wartete, bis Claire sich wieder beruhigt hatte. Die quälenden Gefühle rund um Claires Beinahetod erinnerten sie daran, wie grässlich die Unterwelt tatsächlich war. Orion hatte sie in ihren Augen so drastisch verändert, dass sie es nicht mehr als Strafe empfand, hinuntergehen zu müssen. Solange er bei ihr war, machte es beinahe Spaß, dort zu sein.

»Aber ich liebe ihn nicht nur, weil er mich gerettet hat«, fuhr Claire fort und riss Helen aus ihrer Träumerei. »Jason ist einer der besten Menschen, die ich je getroffen habe. Ich würde ihn in jedem Fall bewundern.«

»Dann vergiss, was deine Großmutter denkt«, wies Helen sie mit einem energischen Nicken an.

»Ah, ich wünschte, das könnte ich! Aber die alte Schnepfe gibt nie auf«, stöhnte Claire und öffnete die Tür. Lachend betraten die beiden das Gebäude. Helen hatte schon ganz vergessen, wie viel Spaß es machte, mit Claire herumzualbern. Gut gelaunt begannen sie den Schultag.

Der Rest des Vormittags erwies sich dann aber als ausgesprochen anstrengend. Helen musste sich zum Wachbleiben zwingen, und ihre Lehrer ermahnten sie mehrmals, weil sie beinahe einschlief. Irgendwie brachte sie den Vormittag hinter sich und traf sich zur Mittagspause mit Claire.

Sie saßen an ihrem gewohnten Tisch in der Cafeteria, als Helen Matt hereinkommen sah und ihn zu sich winkte. Als er auf dem Weg zu ihnen war, stieß Claire Helen mit dem Ellbogen an und machte sie auf all die Mädchen aufmerksam, die Matt anstarrten und dann hektisch zu flüstern begannen.

Er hatte einen Riss an der Lippe und abgeschürfte Fingerknöchel, die offensichtlich bei einem Kampf verletzt worden waren. Sein Shirt, das noch vor einem Monat etwas zu weit gewesen war, saß jetzt fast zu eng an seinem Oberkörper. Durch das leicht dehnbare Material war deutlich zu sehen, wie sich seine Brust- und Schultermuskeln abzeichneten. Er hatte den Babyspeck im Gesicht verloren, was seine Züge markanter und erwachsener wirken ließ. Er bewegte sich sogar anders, als wäre er zu allem bereit.

»Oh mein Gott«, stieß Claire fassungslos aus. »Lennie, seit wann ist Matt ein solcher *Hengst*?«

Helen wäre beinahe an ihrem Sandwich erstickt und musste hastig schlucken, um etwas zu sagen. »Irre, nicht? Matt ist plötzlich zum echten Hingucker geworden!«

Claire und Helen verstummten, sahen sich an und riefen

genau gleichzeitig: »NEIN!« Dann brachen sie in Gelächter aus.

»Was ist los?«, fragte Matt, als er bei ihnen ankam. Er deutete auf Helens Sandwich und meinte: »Schmelzkäse und Gurke?«

»Nein, Sahneschnitte, es ist nicht das Sandwich«, entgegnete Claire, die sich die Lachtränen aus den Augen wischen musste. »Du bist es! Du bist jetzt offiziell ein total heißer Typ!«

»Ach, Quatsch«, sagte er und wurde plötzlich knallrot. Sein Blick huschte zu Ariadne, die an einem anderen Tisch stehen geblieben war, um mit einigen Mitschülern zu plaudern, doch dann schaute er schnell wieder weg.

»Du solltest den ersten Schritt wagen«, sagte Helen leise zu ihm, während Claire damit beschäftigt war, Ariadne an ihren Tisch zu winken.

»Und eine Abfuhr kassieren?«, erwiderte er niedergeschlagen. »Nein, danke.«

»Du weißt doch gar nicht …«, begann Helen, aber Matt unterbrach sie sofort.

»Doch, ich weiß es.«

Als Ariadne sich zu ihnen setzte, ließ Helen das Thema fallen, obwohl sie ehrlich gesagt nicht sah, wo Matts Problem war. Sie wusste genau, dass Ariadne sich etwas aus ihm machte, und vielleicht sollte Matt nur seinen Mut zusammennehmen und sie küssen, wie Jason es bei Claire getan hatte. Das erinnerte Helen wieder an Orion und daran, wie sich seine Lippen angefühlt hatten.

»Helen?«, sagte Ariadne. Helen schaute auf und musste feststellen, dass alle sie anstarrten.

»Ja?«, sagte sie etwas erschrocken.

»Du hast kein Wort von dem gehört, was wir gerade gesagt haben, oder?«, fragte Cassandra.

»Tut mir leid«, sagte Helen verlegen. *Wann ist Cassandra gekommen?*, fragte sie sich.

»Hast du letzte Nacht geträumt?«, wollte sie wissen. Helen schüttelte den Kopf. Cassandra lehnte sich in ihrem Stuhl zurück, verschränkte die Arme und schürzte nachdenklich ihre natürlich roten Lippen.

»Warum hast du nichts gesagt?«, fragte Claire und sah Helen gleichermaßen besorgt und schuldbewusst an.

»Keine Ahnung«, murmelte Helen. »Ich habe schon so lange nicht mehr geträumt, dass ich wohl vergessen habe, es zu erwähnen.«

»Orion hat es nicht vergessen«, sagte Cassandra auf ihre übliche ungerührte Art. Doch dann veränderte sich ihr Gesichtsausdruck dramatisch und sie beugte sich zu Helen hinüber und sah dabei eine Sekunde lang aus wie ein ganz normales, neugieriges Mädchen. »Ist Orion immer so …« Sie verstummte, weil es ihr nicht gelang, die richtigen Worte zu finden.

»Witzig? Stur? Riesig?«, rasselte Helen herunter und versuchte, Cassandras Frage mit jedem Orion-typischen Adjektiv zu beantworten, das in ihrem verschlafenen Hirn auftauchte.

»Ist er wirklich so groß?«, fragte Ariadne. »Wie der ursprüngliche Orion?«

»Er ist ein echter Riese«, antwortete Helen hastig und versuchte, nicht rot zu werden. In ihrem Kopf tauchten noch weitere Worte auf, mit denen sie Orion beschreiben konnte, aber die behielt sie lieber für sich. »Hilf mir, Cass. Ist er immer so …?«

»Unvorhersehbar« war das Wort, für das sich Cassandra schließlich entschied.

»Ja. Das ist sogar eine perfekte Beschreibung. Aber woher weißt du das?«

»Ich habe ihn nicht kommen sehen«, sagte Cassandra mehr zu sich selbst als zu den anderen.

»Was redest du da? Hat er dir eine Nachricht geschickt oder was?«, fragte Helen, die gar nichts mehr verstand. »Ich habe ihm nie deine Nummer gegeben.«

»Aber Lucas«, sagte Cassandra, als wüsste das bereits jeder.

»Was?«

»Orion hat meinem Bruder heute Morgen eine SMS geschickt.«

»Woher hat Orion …« Helen brach ab, weil ihr der Atem stockte. Sie brachte es nicht fertig, Orions und Lucas' Namen in einem Satz zu erwähnen.

Die Glocke läutete, und alle sammelten ihre Sachen ein – bis auf Helen, die wieder ins Leere starrte und an Lucas dachte. Helen wusste, dass sie so übermüdet war, dass bereits ihre Gehirnfunktionen litten, aber ihr war trotzdem klar, dass es Lucas' Name war, der in ihrem Kopf gerade dieses Durcheinander vollbrachte.

»Warum hast du nichts gesagt, Len?«, fragte Claire gekränkt. Als Helen nicht auf die Glocke reagierte, nahm sie ihre Freundin ganz selbstverständlich am Arm und zog sie mit sich zum Klassenraum.

»Was gesagt?«, murmelte Helen immer noch ganz weggetreten.

»Heute Morgen! Du hast kein Wort darüber verloren, dass du … du hast mich die ganze Zeit von Jason reden lassen, als wäre nichts los.«

»Gig, nicht«, sagte Helen sanft. »Ich höre mir viel lieber an, wie glücklich *du* bist, als darüber zu reden, wie *fertig* ich bin. Ehrlich. Es hilft mir, wenn ich höre, dass immer noch gute Dinge in der Welt passieren, vor allem, wenn sie dir passieren. Ich möchte, dass du für den Rest deines Lebens total glücklich bist, egal, was aus mir wird. Das weißt du, oder?«

»Oh mein Gott, du stirbst wirklich?«, keuchte Claire leise. »Jason hat es gesagt, aber ich habe ihm nicht geglaubt.«

»Noch bin ich nicht tot«, beteuerte Helen mit einem kurzen Auflachen und betrat rückwärtsgehend den Klassenraum. »Geh zu deinem Kurs, Gig. Ich bin ganz sicher, dass ich zumindest Sozialkunde noch überleben werde.«

Claire winkte ihr traurig zu und eilte den Flur entlang. Helen setzte sich auf ihren gewohnten Platz. Als Zach plötzlich auftauchte und sich neben sie setzte, war sie fassungslos. Er wollte etwas sagen, aber sie ließ ihn nicht zu Wort kommen.

»Du hast vielleicht Nerven«, fuhr Helen ihn an. Sie stand auf und nahm ihre Bücher, aber als sie weggehen wollte, griff Zach nach ihrem Arm.

»Bitte, Helen, du bist in Gefahr. Morgen …«, flüsterte er ihr eindringlich zu.

»Fass mich nicht an«, zischte Helen und befreite ihr Handgelenk aus seinem Griff.

Zach sah sie verzweifelt an. Einen Moment lang tat er Helen sogar leid. Aber dann musste sie daran denken, wie Hector seinetwegen beim Sportfest beinahe getötet worden war, und ihr weich gewordenes Herz verwandelte sich wieder in Stein. Sie kannte Zach zwar schon seit der Grundschule, aber diese Zeit war längst vorbei. Helen setzte sich an einen anderen Tisch und sah Zach nicht mehr an.

Nach der Schule und dem Lauftraining fuhren Helen und Claire zum Delos-Anwesen. Als sie ankamen, war niemand da. Nicht einmal Noel, die mit einem an den Kühlschrank geklebten Zettel jede hungrige Person informierte, dass nichts zu essen da war und sie in ein paar Stunden mit neuen Einkäufen zurückkommen würde. Claire und Helen verzogen das Gesicht und durchstöberten dann die Vorratsschränke auf der Suche nach etwas, mit dem sie ihre nach dem Sport knurrenden Mägen besänftigen konnten. Als sie sich über die letzten Vorräte hermachten, fragten sie sich, wieso das Haus so ungewöhnlich leer war.

Pallas und Castor waren noch in New York und diskutierten im Konzil. Ihrem letzten Brief zufolge war noch keine Entscheidung darüber gefallen, ob der Myrmidone zurückgerufen werden sollte, aber zumindest war beschlossen worden, dass er sich nicht auf der Insel niederlassen durfte. Was übrigens sinnlos war, weil sich herausgestellt hatte, dass er auf einer Jacht lebte. Jason und Lucas waren beim Footballtraining, und da Cassandras Cello nicht in der Bibliothek stand, nahmen Helen und Claire an, dass sie und Ariadne noch in der Schule waren und für die Aufführung probten.

Irgendwie hatten sich die beiden dazu überreden lassen, die Musik für das Stück *Ein Sommernachtstraum* zu spielen, das die Theater-AG einstudierte. Im Grunde hatte keine der beiden Zeit dafür und Cassandra hasste es ganz besonders. Sie sah keinen Sinn mehr darin, sich normal zu geben, zumal ihr unterentwickelter Körper und ihre unheimliche Reglosigkeit doch offensichtlich machten, dass sie nicht normal war. Helen wusste natürlich, wie wichtig es war, den Schein zu wahren, aber sie konnte Cassandra verstehen. Auch wenn sie noch so viele freiwillige Aufgaben übernahm, wirkte sie doch nicht wie ein normaler Teenager, also wieso quälte man das arme Mädchen noch mit dieser Aufführung?

»Hey, Gig«, sagte Helen beiläufig, nachdem sie und Claire Jasons geheimen Schoko-Cookie-Vorrat vernichtet hatten. »Was wiegst du eigentlich?«

»Genau jetzt? Schätzungsweise tausend Kilo«, sagte sie und wischte sich ein paar Cookie-Krümel vom Schoß. »Wieso?«

»Ich möchte was ausprobieren, das gefährlich sein könnte. Bist du dabei?«

»Na klar, ich bin so was von dabei, was immer es ist«, beteuerte Claire sofort mit einem todesmutigen Grinsen.

Auf dem Weg in die Arena alberten Helen und Claire herum, und Claire versuchte ständig, ihre viel größere und unnatürlich starke Freundin mit der Hüfte wegzustoßen, mit der Schulter umzuschubsen oder anders zu Fall zu bringen. Als sie nach viel Gestolper und Gekicher schließlich die Mitte des Sandplatzes erreicht hatten, wurde Helen ernst und verlangte von Claire, dass sie stillstand. Sie trat dicht an Claire heran und konzentrierte sich auf das Gewicht ihrer zierlichen Freundin.

»Len, das kitzelt!« Claire kicherte. »Was machst du da?«

»Ich versuche, dich schwerelos zu machen, damit ich dir endlich zeigen kann, wie es sich anfühlt, wenn man fliegt«, murmelte Helen, deren Augen immer noch fest geschlossen waren. »Leg die Hände auf meine Schultern, okay?«

Eifrig tat Claire, was Helen gesagt hatte. Sie hatte schon immer wissen wollen, wie es sich für Helen und Lucas anfühlte, schwerelos durch die Lüfte zu segeln, aber bisher hatte Helen ihren Fähigkeiten nicht genug vertraut, um einen Versuch mit Claire zu wagen. Lucas hatte sie gewarnt, dass es sehr schwierig wäre, mit jemandem zu fliegen, aber das beunruhigte Helen nicht mehr. Sie ging vielmehr davon aus, dass sie es jetzt versuchen musste, weil sie später vielleicht nicht mehr die Gelegenheit dazu bekam.

Claire hatte sich kaum an Helen geklammert, da flogen sie schon drei Meter über der Erde. Claire schnappte überwältigt nach Luft.

»Das fühlt sich … Das ist *toll*!« Claire war beinahe sprachlos vor Begeisterung, und obwohl Helen immer noch damit beschäftigt war, sich auf den gemeinsamen Flug zu konzentrieren, musste sie lächeln.

Der Flug war wirklich toll, und trotz Lucas' Warnung stellte Helen fest, dass es zwar etwas kompliziert war, Claire mitzunehmen, aber kein bisschen anstrengend. Sie wusste, dass Lucas sie nicht absichtlich falsch informiert hatte, und so blieb ihr nichts anderes übrig, als sich einzugestehen, was er ihr die ganze Zeit gesagt hatte. Sie *war* stärker als er. Diese Erkenntnis verlieh ihr genug Mut, um noch höher aufzusteigen.

»Was zum Teufel macht ihr da?«, schrie Jason am Boden und erschreckte sie beide.

Claire kreischte vor Schreck auf und Helens Konzentration

ließ sofort nach. Bevor sie sich wieder fangen konnte, waren sie schon im Sturzflug. Helen schaute nach unten und stellte fest, dass sie höher aufgestiegen waren, als sie gedacht hatte. Obwohl sie und Claire schon ein weites Stück abgestürzt waren, flogen sie immer noch etwa zehn Meter über Jason, Cassandra, Ariadne und Matt, die alle mit entsetzten Gesichtern zu ihnen hochstarrten.

»Lass sie sofort runter!«, befahl Jason wutentbrannt.

»Jason, mir geht's gut«, versuchte Claire, ihn zu beruhigen, aber er wollte nicht zuhören.

»*Sofort*, Helen«, brüllte er. Sogar aus dieser Höhe konnte Helen sehen, dass er vor Wut knallrot angelaufen war. Sie entschied, lieber zu tun, was er sagte, bevor ihm eine Ader platzte, und so begann sie, Claire langsam zu ihm hinunterzulassen.

Sie war immer noch rund drei Meter vom Boden entfernt, als Jason hochsprang und Claire an sich riss, was Helen zwang, sie loszulassen. Er war so wütend, dass er Claire nicht einmal ansehen konnte, nachdem er sie wieder auf die eigenen Füße gestellt hatte. Stattdessen stürzte er sich sofort auf Helen, als sie vor ihm landete.

»Wie kannst du nur so selbstsüchtig sein?«, fuhr er sie an.

»Selbstsüchtig?«, japste Helen fassungslos. »*Ich* bin selbstsüchtig?«

»Ist dir je in den Sinn gekommen, wie schwer Claire sich verletzen könnte, wenn du sie fallen lässt?« Er wurde mit jedem Wort lauter und ausfallender. »Hast du überhaupt eine *Vorstellung* davon, wie lange ein gebrochenes Bein einem Sterblichen wehtut, auch nachdem es geheilt ist? Manche haben Schmerzen bis an den Rest ihres Lebens!«

»Jason.« Claire versuchte, sich einzumischen, aber Helen schrie bereits zurück.

»Sie ist meine beste Freundin!«, keifte sie ihn an. »Ich würde nie zulassen, dass ihr etwas geschieht!«

»Das kannst du nicht versprechen. Das kann ihr *keiner* von uns versprechen, weil wir sind, was wir sind!«, schrie er zurück.

»Jason …« Ariadne legte ihrem Zwillingsbruder beruhigend eine Hand auf den Arm. Er schüttelte sie grob ab und fuhr zu ihr herum.

»Du bist nicht besser, Ari. Du willst nicht mit Matt gehen, glaubst aber, dass es helfen würde, ihn zu *trainieren*?«, warf er ihr voller Verachtung an den Kopf. »Wie oft müssen wir es erleben, bis wir endlich der Wahrheit ins Gesicht sehen? Normalsterbliche leben in der Gegenwart von Scions nicht lange. Oder ist dir noch nicht aufgefallen, dass wir keine Mutter mehr haben?«

»Jason! Es reicht!«, rief Ariadne aus. Der Schock trieb ihr die Tränen in die Augen.

Aber Jason hatte bereits sein ganzes Pulver verschossen. Er wirbelte herum, wich Claires Händen aus und stürmte hinaus auf den dämmrigen Strand. Claire, die ihm nachlaufen wollte, sah Helen Hilfe suchend an. Helen hauchte nur: »Tut mir leid.« Claire seufzte und zuckte mit den Schultern, als gäbe es nichts, was eine von ihnen tun konnte. Dann drehte sie sich um und rannte hinter Jason her, der schon fast von der Abenddämmerung verschluckt worden war.

»Das sind meine Mutter Aileen und Tante Noel, als sie zusammen in New York auf dem College waren«, sagte Ariadne. Sie hatte ein Foto zwischen den Seiten eines Buches hervorgeholt, das im Regal über ihrem Bett stand, und sprang nun herunter, um es Helen zu zeigen.

Das Foto zeigte zwei unglaublich hübsche junge Frauen, die hinter einem voll besetzten Bartresen standen und Drinks ausschenkten. Die beiden strahlten eine solche Lebenslust aus, dass Helen sie einfach bewundern musste. Sie schienen sich köstlich dabei zu amüsieren, den Leuten, die sich in mehreren Reihen vor ihnen drängten, mehrfarbige Cocktails zu servieren.

»Sieh dir Noel an!«, rief Helen überrascht. »Trägt sie da etwa eine Lederhose?«

»Allerdings«, bestätigte Ariadne mit einem gequälten Gesichtsausdruck. »Ich schätze, sie und meine Mutter waren ziemlich wild drauf, als sie jung waren. Sie haben in Nachtklubs und angesagten Restaurants der ganzen Stadt gejobbt, um sich die Studiengebühren zu verdienen. So haben sie übrigens auch meinen Dad und Onkel Castor kennengelernt. In einem *Nachtklub.*«

»Deine Mom war wunderschön«, sagte Helen bewundernd. Aileen war zwar schlank, aber trotzdem kurvig und sehr weiblich. Sie hatte das dicke schwarze Haar und die tiefgoldbraune Haut einer Lateinamerikanerin. »Aber sie sieht nicht aus …«

»Wie einer von uns? Nein. Scions sehen immer aus wie andere Scions aus der Geschichte. Wir erben nichts von unseren normalsterblichen Elternteilen«, sagte Ariadne traurig. »Ich schätze, es wäre leichter für meinen Dad, wenn etwas von ihr in uns weiterleben würde. Er hat sie sehr geliebt – das tut er noch heute.«

»Ja, ich weiß«, murmelte Helen und war ziemlich überrascht, dass sie es tatsächlich wusste. Irgendwie konnte sie spüren, wie sehr diese Fremde auf dem Foto geliebt worden war. Wenn sie sich ansah, wie Aileen und Noel auf dem Bild miteinander lachten, musste sie unwillkürlich an sich und Claire denken. »Sie standen sich sehr nah, nicht wahr?«

»Beste Freundinnen seit dem Babyalter«, erklärte Ariadne bedeutungsvoll. »Alles in unserem Leben folgt einem Kreislauf, Helen, einem Muster. Bestimmte Abläufe wiederholen sich bei Scions immer wieder. Zwei Brüder oder Cousins, die aufgezogen wurden wie Brüder, die sich in zwei Schwestern oder *Beinahe*-Schwestern verlieben, ist einer dieser Kreisläufe.«

»Und nur eine dieser Frauen ist noch am Leben«, sagte Helen leise und verstand nun auch, wieso Jason so ausgeflippt war. »Aber Jason braucht keine Angst zu haben. Ich würde eher sterben, als zuzulassen, dass Claire etwas passiert.«

»Leider haben Scions in dieser Hinsicht keine Wahl«, bemerkte Ariadne mit gerunzelter Stirn. »Mein Vater wäre auch für meine Mutter gestorben, aber meistens kommt es nicht zu einer heroischen Schlacht, in der du den Menschen retten kannst, den du liebst. Manchmal sterben Leute einfach. Vor allem in unserer Nähe.«

»Was ist mit deiner Mom passiert?« Helen hatte diese Frage noch nie gestellt, obwohl sie sich schon so lange kannten. Vielleicht hatte Jason doch recht, überlegte Helen. Vielleicht war sie zu selbstsüchtig.

»Falscher Ort, falsche Zeit« war alles, was Ariadne sagte, als sie Helen das Foto ihrer lachenden Mutter aus den Fingern nahm und es liebevoll wieder zwischen die Seiten von *Anne auf Green Gables* legte. »Die meisten Scions tun fast alles, um keinen Normalsterblichen zu töten. Aber leider kommt nur zu oft jemand durch unglückliche Umstände zu Tode, nur weil er oder sie sich *in der Nähe* eines Scions befindet. Deswegen finden mein Vater und mein Bruder, dass wir uns von allen fernhalten sollten, die verletzt werden könnten.«

»Aber du trainierst Matt.«

»Ich habe meine Mutter nie kennengelernt. Aber jeder erzählt mir, dass sie nicht auf den Mund gefallen war und ein feuriges Temperament hatte.« Ariadne schüttelte betrübt den Kopf. »Aber das allein reicht nicht. Mein Vater hat meiner Mutter nie etwas darüber erzählt, wie Scions kämpfen, und ich glaube, dass das etwas damit zu tun hat, wie sie gestorben ist. Ich weiß, dass Matt niemals einen Scion besiegen kann, aber darum geht es nicht. Wenn ich ihm nicht zumindest die grundlegenden Fähigkeiten vermittelt hätte, würde ich es mir nie verzeihen, wenn ihm etwas zustieße. Ergibt das für dich einen Sinn?«

Helen nickte und nahm Ariadnes zitternde Hände zwischen ihre. »Das tut es. Ich wusste allerdings nicht, dass die Dinge zwischen dir und Matt so ernst sind.«

»So ist das nicht«, bestritt Ariadne schnell. Sie warf entnervt den Kopf zurück und seufzte. Diese Geste hatte Helen schon oft bei Jason gesehen, wenn er mit Claire stritt. »Die Wahrheit? Ich weiß nicht, was zwischen mir und Matt ist. Ich kann nicht entscheiden, ob ich beleidigt sein soll, weil er nicht den ersten Schritt macht, oder ob ich dankbar sein soll, weil er mich nicht in Versuchung führt.«

Es war unverkennbar, wie hin- und hergerissen Ariadne war. Helen wusste nicht, was sie sagen sollte, aber vermutlich brauchte Ariadne auch niemanden, der ihr sagte, was sie tun sollte. Also versuchte Helen gar nicht erst, gute Ratschläge zu geben, sondern saß einfach nur bei ihr und hielt ihre Hand, während Ariadne über alles nachdachte.

»Ari, weißt du, wo …«, rief Lucas und stürmte ins Zimmer. Als er Helen sah, erstarrte er. »Entschuldigt, ich hätte anklopfen sollen.«

»Wen suchst du?«, fragte Ariadne gereizt.

Lucas senkte den Blick und schloss die Tür, ohne auf ihre Frage zu antworten. Helen befahl sich, wieder normal zu atmen, aber Ariadne hatte trotzdem etwas gemerkt.

»Du auch? Immer noch?«, fragte sie leicht genervt. »Helen. Er ist dein *Cousin.*«

»Das weiß ich«, sagte Helen gequält und hob beschwichtigend die Hände. »Glaubst du, dass ich so empfinden will? Weißt du eigentlich, dass ich es *vorziehe*, in der Unterwelt zu sein, weil ich dort wenigstens nicht diesem Irrsinn ausgesetzt bin? Wie *falsch* ist das denn?«

»Diese ganze Sache ist vollkommen falsch«, sagte Ariadne mitfühlend. »Es tut mir so leid für euch beide, aber du musst damit aufhören. Inzest, auch wenn es sich um zwei Scions handelt, die es unabsichtlich tun, weil sie nicht wissen, dass sie verwandt sind, ist ein weiteres Thema, das sich immer und immer wiederholt. Und es endet stets auf dieselbe schreckliche Weise. Das weißt du, oder?«

»Ja. Ich habe *Ödipus Rex* gelesen und weiß, wie die Geschichte endet. Aber was soll ich denn tun? Gibt es irgendein uraltes Hausmittelchen, das mich dazu bringt, ihn nicht länger zu lieben?«, fragte Helen sarkastisch.

»Haltet euch doch einfach voneinander fern!«, fauchte Ariadne.

»Du warst doch dabei, als er den Verstand verloren und mir verboten hat, ihn auch nur *anzusehen*«, ereiferte sich Helen. »Und wie lange hat das gedauert? Neun Tage? Wir können uns nicht voneinander fernhalten. Die Umstände bringen uns immer wieder zusammen, egal, was wir einander antun.«

Helen war verzweifelt und Ariadnes mitleidiger Blick brachte das Fass zum Überlaufen. Helen sprang auf und begann, im Zimmer herumzuwandern. »Ich bin buchstäblich in die Hölle und wieder zurück gelaufen und habe nach einem Ort gesucht, die Gefühle loszuwerden, die ich für ihn habe, aber ich habe kein Loch gefunden, das groß oder tief genug war, um sie darin zu begraben. Also sag mir bitte, wenn du eine Idee hast, denn ich bin mit meinem Latein am Ende – ganz abgesehen davon, dass mir die Zeit davonläuft, wenn Cassandra recht hat.«

Helen spürte wieder das Knacken hinter ihren Augen und hob die Hand, um das warme Blut zu verbergen, das ihr über die Lippen lief. Ariadne saß schockiert auf der Bettkante, während Helen zum Fenster lief, es aufriss und hinaussprang.

Sie flog senkrecht nach oben. Sie wollte noch einmal sehen, wie die dünne blaue Linie rund um die Erde in den schwarzen Nachthimmel überging. Sie wollte diesen Anblick im Kopf haben, wenn sie ins Bett ging. Sie war ziemlich sicher, dass sie nie wieder aufwachen würde, wenn sie nicht vorher irgendeine wundersame Erscheinung gehabt hätte.

Sie wischte sich das gefrorene Blut mit dem Saum ihres Shirts vom Gesicht, so gut es ging, und betrachtete die sich langsam drehende Erde. Es wurde Nacht auf ihrer Seite des Planeten, aber sie konnte dennoch die feine Schicht der Atmosphäre ausmachen. Es war nur ein zarter silbriger Schimmer, der das Leben auf der einen Seite vom eisigen Nichts auf der anderen trennte. Helen bewunderte, wie etwas, das so zart aussah, so mächtig sein konnte. *Und wieder ein Geschenk von Lucas*, dachte sie bei diesem Anblick, der sie ganz traurig machte.

Helen schloss die Augen und ließ sich treiben. Sie flog höher als jemals zuvor, und die Anziehungskraft der Erde war so gering, dass sie einen Moment lang überlegte, ob sie den letzten Schwerkraftfaden durchtrennen und bis zum Mond treiben konnte.

Eine Hand krallte sich von hinten in ihre Jacke und zog sie so heftig zurück, dass es ihr fast die Kleider vom Leib riss. Helen trudelte abwärts und sah sich zu Lucas' gequältem Gesicht um. Er zog sie immer näher zu sich heran.

»Was machst du so weit oben?«, keuchte er ihr ins Ohr und drückte sie auf dem Rückflug zur Erde fest an seine Brust. Seine Kehle war vor lauter Sorge so zugeschnürt, dass seine Stimme immer wieder brach. »Wolltest du dich in den Weltraum treiben lassen? Du weißt, dass dich das umgebracht hätte, oder?«

»Ich weiß, Lucas. Ich … es fühlt sich gut an, einfach loszulassen.« Ihr wurde bewusst, dass sie zum ersten Mal seit einer Ewigkeit seinen Namen laut ausgesprochen hatte. Es war eine solche Erleichterung, seinen Namen wieder in den Mund zu nehmen, dass sie laut auflachte. »Ich mache das manchmal ganz gern. Du etwa nicht?«

»Doch, ich auch«, musste er gestehen. Er hielt sie weiterhin fest und vergrub sein Gesicht immer tiefer an ihrem Hals, während er sie aus der kalten Nachtluft flog. »Aber deine Augen waren geschlossen. Ich dachte, du wärst ohnmächtig geworden«, flüsterte er ihr ins Ohr.

»Tut mir leid. Ich dachte, ich wäre allein«, flüsterte sie zurück.

Ihr war klar, dass sie eigentlich fragen musste, wieso Lucas plötzlich bei ihr aufgetaucht war, aber ehrlich gesagt war es ihr egal. Sie hielt ihn immer fester umklammert, als könnte sie in seine Brust hineinkriechen und sich seinen Körper umlegen wie einen Mantel.

Das war Lucas, und sie wollte ihn festhalten, wollte die Person festhalten, die er in diesem Augenblick verkörperte, bevor er sich wieder in den wütenden Fremden verwandelte. Er seufzte tief und sagte ihren Namen, bevor er sich aus ihrer Umarmung löste und nach dem Witwensteg Ausschau hielt.

»Wo ist Jerry?«, fragte er, als sie über dem Haus schwebten. Der alte Geländewagen stand nicht in der Auffahrt und im Haus brannte kein Licht.

»Wahrscheinlich noch im Laden«, sagte Helen, die den Blick nicht von Lucas abwenden konnte. »Kommst du mit rein? Oder wird es dann wieder schlimm zwischen uns?«

»Ich habe dir doch versprochen, dass wir nicht mehr streiten. Es hat ohnehin nicht funktioniert«, sagte Lucas und zog Helen mit sich hinunter auf den Witwensteg.

»Du *hast* es aber mit Absicht getan, oder?« Einen Moment lang standen sie nur da und sahen sich an. »Hatte dein Vater etwas damit zu tun?«

»Es war meine Entscheidung«, behauptete er sofort.

Sie wartete auf eine Erklärung, aber Lucas äußerte sich dazu nicht weiter. Er brachte keine Ausreden vor oder schob die Schuld auf jemand anderen. Stattdessen überließ er Helen die Entscheidung, was als Nächstes zwischen ihnen passieren sollte. Sie boxte ihm frustriert gegen die Brust, nicht so hart, dass sie ihn verletzte, aber hart genug, dass er es spürte. Er tat nichts, um sie aufzuhalten.

»Wie konntest du mir das antun!«, fauchte sie ihn an.

»Helen.« Er schnappte nach ihren geballten Fäusten und drückte sie an seine Brust. »Was hätte ich denn sonst tun sollen? Wir waren schon wieder die ganze Zeit zusammen. Wir haben zusammengesessen und einander unsere tiefsten Geheimnisse erzählt und das hat dich total durcheinandergebracht. Du musst an wichtigere Dinge denken als an mich.«

»Hast du eine Ahnung, wie sehr das wehgetan hat?«, fragte sie ihn mit tränenerstickter Stimme. Am liebsten hätte sie ihn noch einmal geschlagen, aber ihre Hände schienen ein Eigenleben zu führen, denn die Fäuste waren verschwunden, und ihre Finger streichelten jetzt sanft über sein Gesicht.

»Ja«, sagte er so gefühlvoll, dass Helen klar wurde, dass ihre Trennung ihn genauso belastet hatte wie sie. »Und ich werde für den Rest meines Lebens die Konsequenzen tragen müssen.«

Helen runzelte betroffen die Stirn. Sie wusste, dass er nicht übertrieb – Lucas hatte sich verändert. Sein Gesicht war so blass, dass es das Mondlicht reflektierte, und seine Augen schimmerten so tiefblau, dass sie beinahe schwarz wirkten. Er war immer noch wunderschön, aber so traurig, dass es fast wehtat, ihn anzusehen.

Nach allem, was sie seinetwegen durchgemacht hatte, hätte sie sich eigentlich wünschen müssen, ihn irgendwie dafür zu bestrafen. Stattdessen hatte sie inzwischen sogar die Arme um seinen Hals geschlungen und er strich ihr mit beiden Händen über den Rücken. Sie war überhaupt nicht mehr wütend auf ihn.

Helen sah ihm in die Augen und entdeckte die merkwürdige Finsternis, die sich dort einschlich und das Strahlen zu ersticken drohte, das sie so an ihm liebte. Aber bevor sie eine Möglichkeit fand, ihn zu fragen, was er mit »Konsequenzen« gemeint hatte, wechselte Lucas das Thema und befreite sich aus ihrer Umarmung.

»Ich hatte heute eine lange SMS-Unterhaltung mit Orion«, sagte er und hielt Helen die Tür auf, die vom Witwensteg hinab ins Haus führte. »Er hatte den Verdacht, dass du uns nicht alles erzählst, was in der Unterwelt vorgeht. Er hat mich um Hilfe gebeten, weil er sich sehr viel aus dir macht.«

»Das weiß ich.« Helen führte Lucas durchs Haus bis in ihr kaltes Zimmer. »Aber er liegt falsch. Ich verheimliche niemandem etwas. Ich habe nur festgestellt, dass mir ohnehin keiner helfen kann, wieso soll ich also alle Einzelheiten erzählen? Ich *träume* nicht, Lucas. Was glaubt Orion, wie du oder jemand anders das hinkriegen sollte?«

Lucas ließ sich auf die Bettkante sinken, zog die Jacke aus und streifte seine Schuhe ab. Er fühlte sich in Helens Zimmer wie zu Hause, und auch Helen hatte das Gefühl, dass er hierher gehörte, obwohl sie natürlich beide wussten, wie falsch es war.

»Ich bin neulich in der Unterwelt gewesen. Eigentlich nur, um zu sehen, ob ich dir irgendwie helfen kann – natürlich, ohne mich einzumischen. Aber nach ein paar Stunden habe ich dann nur noch euch beide beobachtet. Aus verschiedenen Gründen«, gestand Lucas, der jetzt offensichtlich alle Karten auf den Tisch legen wollte. »Aber ich wurde unvorsichtig. Orion hat mich entdeckt und auch herausgefunden, wie ich es gemacht habe. Er hat sich heute bei mir gemeldet, um mir zu sagen, *wieso* du stirbst, und zusammen haben wir herausgefunden, dass ich die einzige Sache besitze, die dich retten kann. Also schätze ich, dass ich tatsächlich einen Weg gefunden habe, dir zu helfen.« Er schwang die Beine auf ihr Bett und streckte sich lang aus.

Helen war sprachlos. Sie hätte ihn die ganze Nacht anstarren können, wie er so in ihrem Bett lag, aber sie kam nicht über das hinweg, was er gerade gesagt hatte.

»Du bist in der Unterwelt gewesen? Wann? Wie?«, fragte sie und versuchte, nicht laut loszukreischen.

»Samstagnacht. Ares hat gesehen, wie ich mich in diesem Knochengrab versteckt habe, und hat mit mir gesprochen. Ich war der andere ›kleine Göttersohn‹. Erinnerst du dich? Und dann habe ich Zerberus abgelenkt, als sie hinter euch her war.«

»Warte mal, das Vieh ist eine *sie*?«, fragte Helen entgeistert.

»Allerdings«, bestätigte er grinsend. »Zerberus ist eine Wölfin. Und jetzt geh dich waschen. Ich warte solange hier.«

»Aber …«

»Beeil dich«, drängte er. »Ich musste warten, bis ich dich außer Reichweite unserer Familien erwische, um dir das zu bringen, was dir helfen wird, denn ich halte es nicht sehr viel länger aus, dich so krank zu sehen.«

Helen raste ins Badezimmer, aber sie zitterte so, dass sie sich beinahe die Zähne mit Seife geputzt und das Gesicht mit Zahnpasta gewaschen hätte. Sie machte alles auf einmal: ausziehen, waschen, Zahnseide benutzen, Haare kämmen, einen frischen Schlafanzug anziehen und in ihr Zimmer zurückrennen.

Lucas war noch da, wie er versprochen hatte, und Helens letzte bohrende Zweifel lösten sich in Luft auf. Die unnatürliche Trennung war vorüber und sie würden sich nicht mehr anschreien oder gegenseitig wegstoßen.

»Oh, gut. Ich halluziniere also nicht«, sagte sie, nur halb im Scherz. »Oder träume.«

»Aber du musst träumen«, sagte er sanft und musterte sie. Helen schüttelte den Kopf.

»Das hier ist besser«, sagte sie entschieden. »Auch wenn es mich umbringt: Wach zu bleiben und dich in meinem Bett zu sehen, ist besser als jeder Traum.«

»Du sollst so was doch nicht sagen«, ermahnte er sie.

Lucas schloss einen Moment lang die Augen. Als er sie wieder öffnete, lächelte er und hob einladend eine Ecke der Bettdecke an. Helen sprang unter die Decke, außer sich vor Glück. Es war ihr egal, ob es richtig oder falsch war. Wenn sie schon starb, dachte sie sich, konnte sie ebenso gut glücklich sterben. Helen drehte sich auf den Rücken und streckte ihm die Arme entgegen, aber er umfasste ihr Gesicht mit beiden Händen und drückte sie zurück ins Kissen. Er beugte sich auf der Decke über sie, sodass sie sich darunter kaum noch rühren konnte.

»Das hier ist ein Obolus«, sagte er und zeigte ihr eine kleine Goldmünze. »Wir Scions legen sie unter die Zunge geliebter Verstorbener, bevor wir ihre Körper bestatten. Eigentlich ist der Obolus die Bezahlung für Charon, den Fährmann, der die Toten vom Schattenland über den Styx in die Unterwelt befördert. Aber dieser Obolus ist etwas anderes und sehr selten. Er wurde nicht für den Fährmann gemacht, sondern für einen anderen Bewohner des Schattenlandes.«

Lucas hielt die Münze hoch, damit Helen sie genau betrachten konnte. Auf einer Seite waren Sterne eingeprägt und auf der anderen Seite eine Blume.

»Ist das eine Mohnblume?«, fragte Helen und überlegte, wo sie diese kleine Goldmünze schon einmal gesehen hatte. Ein Zeitungsartikel tauchte vor ihrem inneren Auge auf. »Du hast sie aus dem Getty Museum gestohlen! Lucas, du bist in ein Museum eingebrochen!«

»Das ist einer der Gründe, wieso meine Familie nicht wissen darf, dass ich hier bin und diesen Versuch wage. Aber du kennst den wahren Grund … Cousine«, fügte Lucas hinzu.

Plötzlich beugte er sich zu ihr herunter und strich mit den Lippen über ihre Wange. Es war jedoch kein Kuss, sondern fühlte sich eher an, als wollte er sie einatmen. Seine warmen Lippen so dicht an ihrer Haut zu spüren, ließ Helen erschaudern.

Sie wusste genau, wieso er das alles vor seiner Familie geheim halten musste. Der Diebstahl war nichts im Vergleich zu den Dingen, die sie gerade taten. Helen wusste natürlich, dass es nicht richtig war, neben jemandem zu liegen, mit dem sie verwandt war, aber sie schaffte es nicht, ihrem Körper das Verlangen nach Lucas auszutreiben. Matt war so etwas wie ein Bruder für sie, Orion war neu und fremd und so intensiv, dass er schon beinahe gefährlich wirkte, aber Lucas fühlte sich einfach *richtig* an. Lucas war ihr Zuhause.

Wieso war sie nur so durcheinander? Sie drängte sich sanft gegen ihn, damit er ein Stück zurückwich und sie ansah. Sie brauchte Antworten, und sie konnte nicht denken, wenn sie seinem Gesicht so nah war.

»Lucas, warum hast du die Münzen gestohlen?«

»Dieser Obolus ist nicht für Charon. Er ist für Morpheus geprägt worden, den Gott der Träume. Er wird deinen Körper ins Land der Träume befördern, sobald du einschläfst.«

»Das Land der Träume und das Reich der Toten liegen direkt nebeneinander«, sagte Helen, die jetzt begriff, warum er es getan hatte. »Du hast sie gestohlen, um mir hinabzufolgen, richtig?«

Er nickte und strich ihr mit den Fingern übers Gesicht. »Einer alten Legende zufolge lässt Morpheus einen *mitsamt dem Körper* ins Land der Träume, wenn man ihm einen Mohnblumen-Obolus bringt. Ich dachte mir, wenn ich ihm einen Handel anbiete, lässt er mich sein Land durchqueren und ermöglicht mir den Zugang zur Unterwelt. Ich wusste nicht, ob es klappen würde, aber was für eine Wahl hatte ich denn? Als ich dich Samstagmorgen auf dem Flur getroffen habe …«

»Bist du aus dem Fenster gesprungen«, erinnerte Helen ihn. Doch dann musste sie lächeln, weil ihr einfiel, dass sie mit Ariadne genau dasselbe gemacht hatte.

»Um die hier zu stehlen«, sagte er und lächelte sie an. »Ich wusste, dass es dir schlecht ging, dass es nicht geholfen hat, dich von mir fernzuhalten, und dass ich nicht länger tatenlos zusehen konnte. Ich musste hinunter in die Unterwelt und herausfinden, was wirklich los war. Orion hat mich bemerkt, als ich euch gefolgt bin, und ist von allein darauf gekommen, wer ich bin. Außerdem hat er sich halbwegs zusammengereimt, wie ich in die Unterwelt gelangt bin.«

»Halbwegs?«, hakte Helen nach.

»Er dachte, da ich ein Sohn von Apoll bin, müsste es etwas mit Musik zu tun haben. Eigentlich eine naheliegende Vermutung«, gab Lucas zu.

»Du singst wirklich toll«, sagte Helen. Sie wollte Lucas am Reden halten, nur um weiter seine Stimme zu hören. »Aber wieso Musik?«

»Orion dachte zuerst, ich hätte dasselbe gemacht wie Orpheus, der seiner toten Frau in die Unterwelt gefolgt ist und versucht hat, sie wieder ins Leben zu singen. Aber schließlich hat er die gestohlenen Münzen mit mir in Verbindung gebracht, von *Orpheus* auf *Morpheus* geschlossen und erraten, wie ich es gemacht habe. Dann hat er mir gesagt, wieso du so krank bist, und mir geraten, das hier mit dir zu versuchen.« Helen kam der Verdacht, dass noch viel mehr gesagt worden war, als Lucas zugab. »Er ist ein kluger Kopf.«

»Was? Seid ihr jetzt die besten Freunde?«, fragte Helen und hob die Brauen. Lucas schluckte schwer. Helen strich ihm besorgt über die Wange, als könnte sie die Traurigkeit wegwischen, die so plötzlich in seinem Gesicht erschienen war.

»Ich respektiere ihn. Auch wenn er nicht tun will, was ich sage.« Seine Stimme klang gequält. »Und jetzt schlaf.«

»Ich bin nicht müde«, sagte sie hastig, was ihr ein Auflachen von Lucas einbrachte.

»Du bist vollkommen erledigt! Keine Widerworte mehr«, befahl er streng, doch sein Grinsen nahm den Worten die Schärfe. »Bitte Morpheus, dir wieder Träume zu schenken. Er war sehr freundlich zu mir. Ich bin sicher, dass er auch dir helfen wird, wenn er kann.«

»Bleibst du bei mir?«, fragte Helen und sah ihn verliebt an. »Bitte bleib.«

»Solange ich es aushalten kann«, versprach er bibbernd. »Ich friere nicht leicht, aber hier ist es wirklich unerträglich kalt.«

»Was du nicht sagst.« Helen verdrehte die Augen. »Komm und halt mich warm.«

Lucas blieb auf der Bettdecke liegen und ermöglichte Helen, eine bequeme Schlafposition einzunehmen.

»Mach den Mund auf«, wisperte er.

Helen spürte, wie er zitterte, als er ihr die schwere Goldmünze unter die Zunge legte. Sie war noch warm von seinem Körper, schmeckte ein bisschen salzig und ihr Gewicht fühlte sich in Helens Mund erstaunlich angenehm an. Lucas hob die Hand und schloss sanft ihre Lider. Mit seiner Hand noch auf ihren Augen spürte Helen, wie seine Lippen ihre Wange streiften, als er sich über sie beugte, um ihr etwas ins Ohr zu flüstern.

»Lass dich von Morpheus nicht verführen …«

Nachtblaue Seidenstreifen umgaben Helen und über ihr funkelte der Sternenhimmel. Sie war in einem Zelt, das kein Dach hatte, nur wabernde Seiten aus dunklen, glatten Tüchern, die im Takt der sanften Brise zu atmen schienen. Hier und dort erhoben sich zwischen den Zeltbahnen schmucklose dorische Säulen aus schwarzem Marmor. Matte Lichtlein tanzten durch die Gänge und schwebten in der Nachtluft herum. Als eines auf Helen zutrieb, erkannte sie, dass es kleine Kerzenflammen im Innern von schimmernden Blasen waren.

Das Gras unter ihren Füßen war mit Mohnblumen übersät, deren Blüten im Wind wippten. Trotz der Dunkelheit spürte Helen den kühlen Tau auf den Blumen und konnte die goldene Kapsel im Innern der blutroten Blüten funkeln sehen.

Etwa ein Dutzend Schritte jenseits der Stelle, an der sie die Nachtwelt betreten hatte, bedeckten seidene Laken und weiche Kissen in Mitternachtsblau, Dunkelgrau und tiefstem Purpur das größte und luxuriöseste Bett, das Helen je gesehen hatte. Darüber funkelten die Sterne. Aus den dunklen Kissenbergen tauchte plötzlich ein Paar weißer Arme auf, gefolgt von der nackten Brust eines Mannes, der sich genüsslich reckte und streckte.

»Ich habe nach dir gerufen, meine Schöne. Ich bin so froh, dass du endlich hier bist.« Seine Stimme klang vertraut. »Schönheit und Schlaf. Schlafende Schönheit. Wir sind füreinander gemacht, weißt du? Das beweisen all diese Redewendungen. Und jetzt komm und leg dich zu mir.«

Sein Tonfall hatte etwas so Verlockendes, dass Helen auf das Bett zuging. Er klang so beruhigend und angenehm, dass er das sanfteste Wesen in diesem oder irgendeinem anderen Universum sein musste.

Sie schaute in das gigantische Bett und sah Morpheus, den Gott der Träume. Er hatte die weißeste Haut, die Helen je gesehen hatte, schwarz glänzende, gewellte Haare und lange, muskulöse Arme und Beine. Sein Oberkörper war nackt, und er trug nur eine Schlafanzughose in einem dunklen Rot, das wie alle anderen Dinge in seinem Schlafpalast beinahe schwarz wirkte.

Morpheus schaute mit erschreckend weißblauen Augen, die aussahen wie flüssiges Quecksilber, zu Helen auf und schmiegte sich in die dunklen Laken. *Denn du wirst ruhen auf den Schwingen der Nacht, weißer als frischer Schnee auf eines Raben Rücken*, dachte Helen angesichts des Kontrastes zwischen seiner Haut und dem Bettzeug und fragte sich, warum ihr diese Gedichtzeilen plötzlich eingefallen waren. Wer immer sie geschrieben hatte, musste viele Nächte mit Morpheus verbracht haben.

»Dann war es *deine* Stimme in meinem Kopf«, stellte Helen fest und lächelte auf den wunderschönen Mann herab. »Ich dachte, ich würde verrückt.«

»Das wurdest du, Schönheit. Deswegen konntest du mich so klar hören. Ich habe dich immer und immer wieder gerufen, aber du hast mich ignoriert, und so bin ich schließlich gegangen. Aber jetzt komm endlich und leg dich hin«, verlangte er und streckte ihr eine seiner milchweißen Hände entgegen. »Es ist viel zu lange her, seit ich dich in meinen Armen gehalten habe.«

Helen brauchte nicht darüber nachzudenken. Sie hatte diesen Gott zwar noch nie gesehen, aber sie kannte ihn. Schließlich hatte sie fast jede Nacht ihres Lebens in seinen Armen verbracht. Es gab nichts, was Morpheus nicht über sie wusste, kein verruchtes kleines Geheimnis, das er nicht kannte, aber er schien sie trotzdem zu lieben. So, wie er sie mit seinen sternenfunkelnden Augen ansah, schien es sogar, als wäre er ganz vernarrt in sie.

Sie lächelte erleichtert, nahm seine Hand und ließ den Kopf mit einem Seufzen gegen seine glatte, mondstrahlweiße Brust sinken. Jeder Muskel ihres Körpers entspannte sich, als Wellen der Gelassenheit über sie hinwegströmten. Zum ersten Mal seit Monaten schlief Helen wieder. Wenige Momente in den Armen des Gottes wogen die langen traumlosen Wochen mehr als auf.

Morpheus brummte wohlig und streichelte Helens Gesicht. Sanft öffnete er ihre Lippen, fuhr mit zwei Fingern in den Mund und nahm die Münze an sich.

»Du hättest nicht dafür bezahlen müssen, mich zu sehen. In den vielen Stunden, die du vor und nach deinem Abstieg in die Unterwelt die Augen geschlossen hattest, hätte es dir freigestanden zu träumen. Du hättest mit all den anderen schlafenden Geistern hereinschweben können, wann immer du wolltest«, sagte er und deutete auf die verspielten Winde, die die Zeltwände bearbeiteten und gelegentlich eindrangen und seine langen, weichen Haare zerzausten. »Du kannst das besser kontrollieren, als du denkst, Helen. Du kannst auch ohne Obolus mit deinem Körper zu mir kommen.«

»Aber ich kann dich nicht besuchen«, protestierte Helen verwirrt. »Auch wenn ich nicht in der Unterwelt war, konnte ich nicht träumen.«

»Aber nur, weil du dich vor dem fürchtest, was du in deinen Träumen vorfindest, und nicht, weil dich eine äußere Kraft daran hindert. Deine Sehnsüchte verursachen dir solche Schuldgefühle, dass du dich der Sache nicht einmal im Schlaf stellen willst.« Morpheus hob Helen so hoch, dass sie ihm direkt ins Gesicht sah.

Er vergrub die Finger in ihren Haaren und breitete sie wie einen goldenen Vorhang um sich aus.

»Ich kann träumen, wann immer ich will?«, fragte Helen, obwohl sie die Antwort längst kannte. Seit Helen erfahren hatte, dass Lucas ihr Cousin war, hatte sie bewusst entschieden, nicht mehr zu träumen. Sie hatte es sich nur nie eingestanden.

»Meine Schönheit. Ich hasse es, jemanden so leiden zu sehen, vor allem dich. Bleib bei mir und sei meine Königin, dann lasse ich all deine Träume wahr werden.«

Das Gesicht und der Körper unter ihr verwandelten sich in eine vertrautere Form. Helen schnappte nach Luft und wich zurück. Es war Lucas, der sich aufsetzte und sanft nach ihren Armen griff.

»Ich kann Lucas sein, sooft du willst, und du brauchst keine Schuldgefühle zu haben, weil ich es nicht wirklich bin«, sagte er und zog Helen an sich. Sie ließ es geschehen, denn es war schließlich nur ein Traum. Sie ließ die Hände über seine Brust gleiten und erlaubte ihm, sie zart zu küssen. »Ich kann aber auch jeder andere sein. Wie dieser andere, den du so sehr willst. Vielleicht sogar noch mehr …«

Helen spürte, wie der Mund an ihren Lippen voller und weicher wurde und wie sich die nackten Schultern unter ihren Händen vergrößerten. Sie öffnete die Augen und stellte fest, dass Orion sie küsste. Helen befreite sich und fragte sich, was Morpheus damit bezweckte. Er kannte ihre geheimsten Träume, also wieso hatte er Lucas in Orion verwandelt?

Helen musste unwillkürlich lachen, als er sie angrinste und in die Seite knuffte. Er war so *witzig,* und mit ihm zusammen zu sein war so unkompliziert. Bei Lucas konnte sie die sein, die sie war, aber bei Orion konnte sie jede Person sein, die sie wollte. Diese Vorstellung war zu schön.

Doch dann verschwand die ausgelassene Stimmung so schnell, wie sie gekommen war, und Orions Gesicht wurde ernst.

Plötzlich verstand Helen Lucas' Warnung. Sie durfte sich nicht verführen lassen, denn dann würde sie dieses Bett nie wieder verlassen. Obwohl es ihr schwerfiel, schüttelte Helen den Kopf und hinderte Orion auf diese Weise daran, sie zu küssen. Morpheus nahm wieder seine eigene Gestalt an und stützte sich mit einem jungenhaften Seufzer auf beide Ellbogen.

»Du bist wirklich verführerisch«, sagte Helen traurig.

Einen Moment lang dachte sie darüber nach, wie es wäre, für immer bei Morpheus in seinem Traumpalast zu bleiben. Sie fuhr mit den Fingern durch sein Haar und schuf aus seinen Locken ein Mitternachtszelt um ihre Gesichter, wie er es nur Momente zuvor mit ihren sonnenblonden Haaren getan hatte.

»Aber ich kann nicht bleiben«, sagte sie, schob ihn weg und setzte sich auf. »Es gibt zu viele Dinge auf der Welt, die ich noch erreichen muss.«

»Gefährliche Dinge«, warnte er mit echter Besorgnis. »Ares sucht im Schattenland nach dir.«

»Weißt du auch, wieso er mich sucht?«

»Du weißt, warum.« Morpheus lachte leise auf. »Er beobachtet deine Fortschritte. Was du hier in der Unterwelt tust, wird viele Leben verändern, darunter auch ein paar unsterbliche. Ob die Veränderungen zum Besseren oder zum Schlechteren sein werden, vermag niemand zu sagen.«

»Wie ist Ares hierhergekommen, Morpheus? Hilft Hades ihm dabei, den Waffenstillstand zu brechen?« Helen war überzeugt, dass Morpheus ehrlich antworten würde.

»Die Unterwelt, das trockene Land und das Schattenland sind kein Teil des Waffenstillstands. Die zwölf Götter des Olymp dürfen die Erde nicht betreten, aber das ist der einzige Schwur, den sie geleistet haben. Viele kleinere Götter treiben sich auf der Erde herum und alle Götter kommen und gehen von hier auf den Olymp … und an andere Orte.« Morpheus runzelte nachdenklich die Stirn, aber dann wandte er sich wieder Helen zu und nahm sie in die Arme. »Bleib bei mir. Hier in meinem Reich kann ich dich beschützen, draußen nicht. Ich sehe alle Träume, auch die der anderen Götter, und ich weiß, dass Ares kaum mehr als ein Tier ist. Sein einziger Lebenszweck ist es, Leid und Zerstörung anzurichten, und er will dir unbedingt Schaden zufügen.«

»Er ist ein Widerling, da hast du vollkommen recht. Aber ich kann *trotzdem* nicht bleiben und mich bei dir verstecken.« Helen stöhnte, denn sie ahnte schon jetzt, dass sie sich später noch für diese Entscheidung verfluchen würde. »Egal, wie gefährlich es ist – ich muss zurück.«

»Meine tapfere Schöne.« Der Gott der Träume lächelte bewundernd auf sie herab.

»Wirst du mir helfen, Morpheus?«, fragte Helen und streichelte über seine glänzenden Haare. »Ich muss zurück in die Unterwelt. Es haben schon zu viele zu lange gelitten.«

»Ich weiß.« Morpheus schaute weg, während er Helens Bitte überdachte. »Es steht mir nicht zu, darüber zu urteilen, ob deine

Mission gut oder schlecht ist, aber auf jeden Fall bewundere ich deinen Mut, sie in Angriff zu nehmen. Ich hasse es, dich gehen zu lassen, aber ich verstehe die Gründe, aus denen du gehst.«

Helen wusste zwar, dass sie es womöglich übertrieb, aber sie entschied, es zu riskieren und einen weiteren Gefallen zu erbitten.

»Weißt du, welchen Fluss Persephone gemeint hat? Den, dessen Wasser ich brauche, um die Furien zu befreien?«, fragte sie. Morpheus neigte den Kopf zur Seite, als versuchte er, sich an etwas zu erinnern.

»Ich glaube, ich *wusste* es mal«, sagte er mit einem verwunderten Stirnrunzeln. »Aber jetzt nicht mehr. Tut mir leid, Schönheit, ich habe es vergessen. Du wirst es selbst herausfinden müssen.«

Morpheus küsste ihre Nasenspitze und wälzte sich aus dem Bett. Dann drehte er sich um, hob sie mühelos aus den zerknitterten Laken und setzte sie mit einem Ausdruck des Bedauerns auf dem kühlen Rasen ab. Hand in Hand schlenderten sie gemächlich durch seinen Palast.

Sie kamen an vielen Räumen mit fantastischen Traumbildern vorbei. Helen sah Wasserfälle in allen nur erdenklichen Farben, gepanzerte Drachen, die unermessliche Reichtümer bewachten und aus deren Nüstern Feuer sprühte, und geflügelte Elfen, die um die schwebenden Lichtlein herumtanzten. Aber der atemberaubendste Raum war eine riesige funkelnde Höhle, in der Berge aus Münzen dicht an dicht lagen.

Über jedem Berg schwebte eine große gemauerte Röhre schwerelos am Nachthimmel. Manche schienen einige Hundert

Jahre alt zu sein und waren moosbedeckt, andere sahen ziemlich neu und modern aus.

»Was ist das für ein Ort?«, fragte sie staunend. Die Höhle schien kein Ende zu nehmen – jedenfalls erstreckte sie sich so weit in die Dunkelheit, dass sie kein Ende sehen konnte.

»Hast du noch nie eine Münze in einen Brunnen geworfen und dir etwas gewünscht?«, fragte Morpheus. »Alle Wunschbrunnen der Vergangenheit und Gegenwart münden ins Land der Träume. Eigentlich ist das ein Irrtum. Ich kann den Menschen ihre Träume im richtigen Leben nicht erfüllen, auch wenn sie mich mit noch so viel Geld überschütten. Ich kann ihnen bloß die schönsten Bilder ihrer Wünsche zeigen, wenn sie schlafen. Ich versuche, sie so real zu machen, wie ich kann.«

»Das finde ich sehr anständig von dir.«

»Nun, ich finde, es gehört sich nicht, das Geld der Menschen zu nehmen, ohne ihnen etwas Anständiges dafür zu geben«, sagte er mit einem verschlagenen Grinsen. »Und das alles könnte von nun an dir gehören, das weißt du, oder?«

»Ehrlich?«, fragte Helen und hob eine Braue. »Dein warmes Bett war verlockender als alle Goldmünzen der Welt.«

Wie auf ein Stichwort hörte Helen etwas klimpern und sah, wie sich einer der Riesenhaufen bewegte, um einen weiteren glitzernden Wunsch willkommen zu heißen.

»Das schmeichelt mir aber sehr.«

Morpheus führte sie aus der Wunschbrunnenhöhle und aus dem Palast. Unter einem Vordach blieben sie stehen, und Helen ließ den Blick über den Palastgarten bis zu einem großen Baum schweifen, der ganz allein inmitten einer riesigen Ebene stand.

»Hinter diesem Baum beginnt das Land der Toten. Stell dich unter die Äste und sag Hades, dass du nicht vorhast, seine Königin zu entführen. Wenn du es ernst meinst, wird er dich nicht daran hindern, die Unterwelt zu betreten.«

»Woher will er wissen, dass es mir ernst ist?«, fragte Helen verwundert. »Ist Hades ein Falschfinder?«

»In gewisser Weise schon. Er kann den Menschen ins Herz sehen – eine absolut notwendige Begabung für den Herrscher über die Unterwelt. Er muss in der Lage sein, die Seelen der Toten zu beurteilen und zu entscheiden, welche weitergeschickt werden.« Morpheus erklärte ihr dies mit einem Lächeln, das Helen nicht deuten konnte.

»Was genau meinst du damit?«, fragte sie angesichts seiner unerklärlichen Miene. Aber Morpheus schüttelte nur den Kopf und lächelte. Er begleitete sie bis zu dem großen Baum.

»Wenn du direkt unter dem Baum stehst, tu, was du willst, aber sieh auf keinen Fall nach oben in die Zweige«, warnte er sie ernst.

»Warum nicht?«, fragte Helen, die sich vor der Antwort fürchtete. »Was ist in den Zweigen?«

»Albträume. Beachte sie nicht, dann können sie dir nichts tun.« Bedauernd ließ er ihre Hand los. »Ich muss dich jetzt verlassen.«

»Wirklich?«, fragte Helen und warf einen ängstlichen Blick auf den Albtraumbaum. Morpheus nickte und begann, sich zu entfernen. »Aber wie komme ich wieder nach Hause?«, fragte sie, bevor er zu weit weg war.

»Du brauchst nur aufzuwachen. Und, Helen«, rief er noch, als wollte er sie warnen. »Denk in den kommenden Tagen immer daran, dass Träume zwar wahr werden, das Träumen aber schwerfällt.«

Morpheus verschwand zwischen den Sternen und den schwebenden Lichtern auf dem dunklen Rasen. Ohne ihn fühlte Helen sich plötzlich sehr allein. Sie betrachtete den Albtraumbaum und ballte entschlossen die Fäuste. Je schneller sie es hinter sich brachte, desto besser. Mit gesenktem Blick trat sie unter das Geäst.

Sofort spürte Helen, dass sich eine Unmenge *Dinge* über ihr bewegten. Sie hörte fremdartige Laute und das Kratzen von Krallen, als die schattenhaften Kreaturen im Baum herumhuschten. Die Zweige raschelten und bebten, und schließlich knarrten sie unheimlich, denn die Albträume sprangen immer hektischer von einem Ast zum nächsten, in dem verzweifelten Bemühen, ihre Aufmerksamkeit auf sich zu lenken.

Helen musste sich zusammenreißen, nicht nach oben zu sehen. Einen Moment lang spürte sie, wie sich einer von ihnen herunterbeugte und direkt vor ihrem Gesicht hing. Sie fühlte seine drohende Anwesenheit und wie er sie anstarrte. Helen zwang sich wegzuschauen und biss die Zähne zusammen, damit sie nicht vor Angst aufeinanderschlugen. Sie holte tief Luft und sah hinüber in die Unterwelt.

»Hades! Ich verspreche, dass ich nicht versuchen werde, Persephone zu befreien«, brüllte Helen hinaus in das öde Land.

Sosehr Helen es hasste, jemanden seinem Schicksal zu überlassen, wusste sie doch auch, was sie zu tun hatte. Persephone war eine von den Prinzessinnen, die selbst zusehen mussten, wie sie auch ohne einen Ritter in schimmernder Rüstung aus dem

Burgturm kamen. Aber das bedeutete nicht, dass es Helen gefallen musste.

»Aber ich *empfehle dringend*, dass du das Richtige tust und sie selbst freilässt«, fügte sie hinzu.

Die Albträume verstummten. Helen hörte Schritte vor sich, als käme jemand auf sie zu, aber sie hielt die Augen trotzdem weiter auf den Boden gerichtet, falls es nur ein Trick war.

»Was weißt du von Richtig oder Falsch?«, fragte eine unerwartet freundliche Stimme.

Helen wagte es aufzuschauen, denn sie hatte das Gefühl, dass die Albträume verschwunden waren. Vor ihr stand ein sehr großer, kräftiger Mann. Die Schatten, die ihn einhüllten, sahen aus wie große Hände, die nach dem Licht griffen. Diesen Effekt hatte Helen schon vorher gesehen. Es war dieselbe bösartige Dunkelheit, mit der sich die Schattenmeister umgaben. Doch dann verzog sich die Dunkelheit plötzlich und Helen konnte Hades erkennen, den Herrn über das Totenreich.

Er war in eine schlichte schwarze Toga gekleidet. Eine Kapuze verbarg seine Augen und darunter bedeckten die Wangenplatten seines glänzenden schwarzen Helms fast das ganze Gesicht mit Ausnahme der unteren Hälfte seiner Nase und des Mundes. Helen erinnerte sich, einmal gelesen zu haben, dass der Helm Hades unsichtbar machen konnte und der Helm der Dunkelheit genannt wurde.

Ihr Blick huschte von dem, was sie nicht sehen konnte, zu seinem restlichen Körper. Hades war beeindruckend groß und bewegte sich sehr anmutig. Er trug seine Toga elegant über den nackten muskulösen Arm drapiert und seine Lippen waren voll und leuchtend rot. Obwohl ein Großteil seines Gesichts verdeckt war, sah der Rest von ihm gesund und jugendlich aus. Helen konnte den Blick nicht von ihm abwenden.

»Was weiß jemand, der so jung ist wie du, über Gerechtigkeit?«, fragte er, während Helen ihn immer noch anstarrte.

»Nicht viel, schätze ich«, antwortete sie schließlich verlegen, denn sie war immer noch damit beschäftigt, seinen Anblick zu verarbeiten. »Aber sogar ich weiß, dass es falsch ist, eine Frau vor der Welt wegzusperren. Vor allem in der *heutigen* Zeit.«

Verblüffenderweise musste Hades lächeln und Helen entspannte sich etwas. Diese Reaktion ließ ihn irgendwie zugänglicher und menschlicher erscheinen.

»Ich bin nicht das Ungeheuer, für das du mich hältst, Nichte«, versicherte Hades ernsthaft. »Ich habe zugestimmt, meinem Eid treu zu bleiben und der Herr der Toten zu sein, aber dieser Ort ist gegen die Natur meiner Frau. Sie kann hier stets nur ein paar Monate überleben.«

Das wusste Helen. Er hatte seine Position als Herrscher über das Totenreich nur zufällig erlangt. Während seine Brüder die Meere und den Himmel zwischen sich aufgeteilt hatten, war er in die Unterwelt verbannt worden. An den einzigen Ort, an dem die Liebe seines Lebens nicht lange überleben konnte. Es war tragisch, eine schreckliche Ironie des Schicksals, aber es war dennoch seine Entscheidung, Persephone gefangen zu halten – auch wenn die Parzen ihm dieses Blatt gegeben hatten.

»Warum zwingst du sie dann hierzubleiben, wenn du doch weißt, dass sie darunter leidet?«

»Wir alle brauchen Freude in unserem Leben, einen Grund

zum Weitermachen. Persephone ist meine einzige Freude, und wenn wir zusammen sind, bin ich ihre Freude. Du bist jung, aber ich glaube, du weißt, wie es sich anfühlt, von dem getrennt zu sein, den du liebst.«

»Es tut mir für euch beide leid«, sagte Helen traurig. »Aber ich finde trotzdem, dass du sie gehen lassen solltest. Lass ihr die Würde, selbst zu entscheiden, ob sie bei dir bleiben will oder nicht.«

Das Komische war, dass Helen spüren konnte, wie Hades bei ihrer kleinen Ansprache jeder ihrer Gefühlsregungen gefolgt war. Sie wusste, dass er in ihrem Herzen lesen konnte, aber sie konnte nicht entscheiden, ob die Tatsache, dass er am Tag ihres Todes noch einmal über ihr Herzen urteilen würde, sie ängstigen oder freuen sollte.

»Du darfst hinabsteigen, wann immer du willst, Nichte«, sagte er großzügig. »Aber ich *empfehle dringend*, dass du dein Orakel befragst, was es von dieser Mission hält.«

Helen spürte, wie sie von seiner Riesenhand sanft hochgehoben und vorsichtig in ihr eigenes Bett gelegt wurde. Später wachte sie in ihrem Zimmer auf, halb erfroren und mit Eiskristallen bedeckt, aber zum ersten Mal seit langer Zeit auch richtig ausgeschlafen. Der Platz neben ihr im Bett war leer.

Lucas war gegangen und insgeheim war Helen froh darüber. Neben ihm aufzuwachen, wäre für sie beide hart gewesen, vor allem nach ihrem Erlebnis mit Morpheus.

Als Helen daran zurückdachte, überfielen sie heftige Schuldgefühle, obwohl sie sich einzureden versuchte, dass das keinen Sinn ergab. Sie konnte Lucas gar nicht mit Orion betrügen, weil sie überhaupt nicht mit Lucas zusammen sein durfte. Es war vollkommen egal, wer sich wie für sie anfühlte. Sie und Lucas würden nie ein Paar werden.

Sie musste sich damit abfinden. Manche Leute waren eben nicht dazu bestimmt, glücklich vereint bis an ihr seliges Ende zu leben, egal, was sie füreinander empfanden. Hades und Persephone waren das perfekte Beispiel dafür. Hades hatte ihr erzählt, dass er und Persephone die Freude des anderen waren, aber sie waren dennoch beide unglücklich. Ihre »Liebe« zwang sie, in Gefängnissen zu leben, in denen der eine halb tot war, wenn sie zusammen waren, und der andere halb tot, wenn sie getrennt waren. Das war keine Freude. Freude war das Gegenteil von einem Gefängnis. Sie öffnete das Herz, anstatt es einzuschließen. Freude war Freiheit und nicht Traurigkeit, Verbitterung und Hass …

Helen hatte einen Geistesblitz.

Sie warf die steif gefrorene Decke von sich, stolperte auf ihren kalten Beinen zum Schreibtisch und schnappte nach dem Handy.

Ich glaube, ich weiß, was die Furien brauchen, simste sie Orion. *Freude. Wir müssen zum Fluss der Freude. Triff mich heute Nacht.*

Daphne schenkte den Wein ein und ermahnte sich, fest auf beiden Beinen zu stehen wie die große schwere Frau, die sie zurzeit darstellte, und nicht auf einem Bein, wie sie es normalerweise ganz gerne tat. Der schwere Körper war eine Last für sie und verursachte ihr Rückenschmerzen. Sie war fast eins achtzig groß und wog über hundert Kilo, und es war nicht leicht, ihr inneres Bewusstsein auf dieses Körpergewicht umzustellen.

Sie versuchte, ein Gähnen zu unterdrücken. Ein Konzil war nie besonders amüsant, aber in der Gestalt von Mildred Delos' weiblichem Leibwächter daran teilzunehmen, war ziemlich anstrengend – nicht nur wegen des zusätzlichen Gewichts, sondern weil Mildred Delos ein echtes Miststück war. Sie überreagierte *grundsätzlich* – wie ein ängstlicher kleiner Köter, der ständig knurrt und kläfft, weil er weiß, dass er von viel größeren Tieren umgeben ist, die ihn liebend gern als Imbiss verspeisen würden.

»Scylla! Haben Sie etwa den Pinot Gris aufgemacht?«, fauchte Mildred gereizt. »Ich sagte *Grigio*, nicht *Gris*. Das ist eine ganz andere Traube.«

»Mein Fehler«, sagte Scylla alias Daphne gelassen. Sie kannte den Unterschied zwischen beiden Weinen und hatte sie mit Absicht vertauscht. Es machte einfach zu viel Spaß, Mildred zu reizen. »Soll ich den Grigio aufmachen?«

»Nein, dieser hier tut es auch«, entschied Mildred herablassend. »Und jetzt gehen Sie und stellen sich irgendwo hin. Ich kann es nicht leiden, wenn Sie die ganze Zeit um mich herum sind.«

Daphne stellte sich an die Wand. Mildred konnte so viel knurren, wie sie wollte, aber damit täuschte sie niemanden. Seit Kreons Tod war sie nutzlos. Sie hatte kein Scion-Kind mehr, das ihr eine Stellung unter den Hundert verlieh, und wenn sie kein weiteres Kind von Tantalus bekam, würde sie entmachtet bleiben – nicht mehr als eine kleine Fußnote in der langen Geschichte des Hauses von Theben. Mildred war eine ehrgeizige Frau, und Daphne wusste, dass sie versuchen würde, möglichst bald wieder schwanger zu werden. Und das erforderte die Anwesenheit ihres Ehemanns.

Hätte es einen anderen Weg gegeben, Tantalus wiederzufinden, hätte Daphne ihn nur zu gern beschritten, aber das Konzil als Mildreds Leibwache zu infiltrieren, schlug zwei Fliegen mit einer Klappe. Daphne musste anwesend sein für den Fall, dass sie etwas tun konnte, um Castor und Pallas dabei zu unterstützen, Automedon von ihrer Tochter fernzuhalten.

Castor und Pallas wussten natürlich nicht, dass sie da war oder dass Hector ein paar Nächte pro Woche in einem von Daphnes sicheren Häusern in Manhattan übernachtete, aber das spielte keine Rolle. Nachdem Daphne nun schon über ein Jahrzehnt von den Furien befreit und in der Lage war, in den Körper jeder Frau zu schlüpfen, den sie wollte, hatte sie schon immer die Fähigkeit besessen, andere Häuser von innen heraus zu beeinflussen. Sobald Castor und Pallas ihrer Tochter Automedon vom Hals geschafft hatten, würde Daphne Tantalus endlich töten können.

Mildreds Handy klingelte. Sie schaute aufs Display und meldete sich hastig.

»Tantalus. Hast du meine Aufzeichnungen bekommen?«, fragte Mildred mit einer etwas schrilleren Stimme als sonst.

Sie hatte Tantalus Mitschnitte der täglichen Treffen geschickt, und obwohl Telefonate verboten waren, rief er sie jeden Abend mit detaillierten Instruktionen an. Daphne konnte beide Seiten ihrer Unterhaltung hören, denn Tantalus musste laut sprechen, damit seine menschliche Frau ihn hörte, was definitiv laut genug für jeden Scion war, selbst wenn er sich am anderen Ende des Zimmers befand. Bis jetzt hatte Tantalus seiner Frau nicht gesagt, wo er sich aufhielt, und sie hatte nicht danach gefragt. Anscheinend vertrauten sie niemandem diese Information an, nicht einmal Mildreds Leibwächter.

»Ja, habe ich«, antwortete er kalt. »Die bezeichnen mich immer noch als Ausgestoßenen. Dagegen solltest du etwas unternehmen.«

»Wie denn? Die Hundert hören nicht mehr auf mich. Jetzt hören sie nur noch auf Castor, und seit er herausgefunden hat, dass du ausgestoßen bist, spricht er es offen aus. Du hast viele Anhänger verloren«, informierte sie ihn vorwurfsvoll. »Und so wie die Dinge stehen, kann ich nichts dagegen unternehmen.«

»Nicht schon wieder«, seufzte er. »Unser Sohn ist kaum einen Monat tot und schon willst du ihn ersetzen.«

Es folgte ein langes, unbehagliches Schweigen.

»Automedon reagiert nur schleppend auf meine Anrufe«, sagte Tantalus knapp. »Und wenn er sich meldet, hat er immer irgendeine wenig zufriedenstellende Ausrede.«

»Nein«, stieß Mildred aus und erhob sich halb von ihrem Stuhl. »Was soll das heißen?«

Daphne musste sich bemühen, ein ausdrucksloses Gesicht zu wahren. Myrmidonen waren absolut zuverlässige Krieger. Sie ignorierten *niemals* ihre Befehle.

»Ich bin nicht sicher«, seufzte Tantalus. »Es muss nichts bedeuten, es kann aber auch sein, dass er für jemand anderen arbeitet. Vielleicht hat er schon einem anderen Meister gedient, als ich ihn verpflichtet habe. Auf jeden Fall glaube ich, dass ich ihn nicht mehr unter Kontrolle habe und ihn nicht davon abhalten kann, Helen zu töten, falls es das ist, was sein anderer Meister will. Das *darf* nicht passieren, sonst bin ich ein toter Mann. Daphne hat geschworen …«

»Musst du sie immer wieder erwähnen?«, fuhr Mildred ihn an und zog in bitterer Verachtung die Oberlippe kraus. »Tust du das, nur um ihren Namen zu sagen?«

»Halte Augen und Ohren offen, *Frau*«, warnte Tantalus streng. »Oder ich lebe nicht mehr lange genug, um dir den Scion-Nachwuchs zu geben, den du brauchst, um deinen Thron zurückzubekommen.«

12

Der Morgen an Halloween war bedeckt und diesig, wie es sich gehörte. Die bunten Farben des Herbstes hoben sich von einem Hintergrund aus bedrohlichen dunklen Wolken ab wie auf der Leinwand eines Künstlers. Es war kalt. Nicht so kalt, dass man es draußen nicht aushielt, aber doch kalt genug, um sich zum Mittagessen eine heiße Suppe zu wünschen.

Helen verschickte eine SMS an die Familie Delos, um sie zu informieren, dass Hades eingewilligt hatte, sie wieder in die Unterwelt zu lassen, und dass sie außer Lebensgefahr war. Sie erwähnte jedoch nicht den Obolus von Lucas und auch nicht die Einzelheiten ihrer Begegnung mit Morpheus. Sie wollte es Lucas überlassen, was sie davon der Familie sagen würden

Ein paar von ihnen antworteten, weil sie wissen wollten, wie sie es nach der Verbannung geschafft hatte, wieder in der Unterwelt geduldet zu werden, aber sie reagierte nicht darauf, sondern fragte stattdessen, woher die Schattenmeister ihre Begabung hatten.

Sie hat sich im Mittelalter entwickelt und ist seitdem im Haus von Theben verbreitet, antwortete Cassandra.

Das bedeutete, dass die Fähigkeit nur rund tausend Jahre alt war. Für Normalsterbliche war das eine lange Zeit, aber nicht für Scions, die ihre Vorfahren rund viermal so weit zurückverfolgen konnten. *Okay. Aber woher kommt sie?*

Niemand wusste es.

Helen zog sich an, suchte ihre Schulsachen zusammen und ging nach unten, um ihrem Vater Frühstück zu machen. Jerry hatte bereits einen Tag als Hexe in seinem Kleid verbracht und dabei festgestellt, dass daran nur eines peinlich war – die Tatsache, dass er sich mit seinem Kostüm nicht *genug* Mühe gegeben hatte. Nachdem er von diversen Kunden gute Ratschläge bekommen hatte, wie er es verbessern konnte, beschloss er, seinem Outfit den letzten Schliff zu verleihen. Er trug jetzt zu seinem Kleid noch ein Korsett, blauen Lippenstift, Ohrclips und spitze Stiefel.

»Dad. Ich finde, wir sollten uns mal über deinen Klamottengeschmack unterhalten«, sagte Helen mit gespielter Ernsthaftigkeit, als sie ihm Kaffee einschenkte. »Nur weil die anderen Kinder so rumlaufen …«

»Ich weiß, ich weiß«, wehrte er ab und grinste auf seinen Frühstücksteller mit gebratenem Speck. »Aber ich kann mich unmöglich von Mr Tanis vom Eisenwarenladen übertrumpfen lassen. Er hat sich dieses Jahr als Pirat verkleidet und du solltest seine Perücke sehen! Die muss ein Vermögen gekostet haben. Und vom Kino an der Ecke wollen wir gar nicht erst reden. Die verteilen jeden Abend kostenlos Popcorn. Natürlich ist das Popcorn von Kate viel besser, aber wir müssen Geld dafür verlangen.«

Helen aß ihre Kürbispfannkuchen – die letzten für dieses Jahr –, trank ihren Kaffee und hörte zu, wie sich ihr Vater beschwerte, obwohl sie genau wusste, dass er in seinem Kostüm jede Minute in vollen Zügen genoss. Sie fühlte sich beinahe wohl. Sie hatte keine Kopfschmerzen, die Augen tränten nicht und zum ersten Mal seit Wochen tat ihr nicht mehr alles weh. Sie war zwar nicht gerade glücklich, aber zumindest verspürte sie ein friedliches Gefühl in sich.

Diese Gefühl hing zum Teil damit zusammen, dass Helen überzeugt war, noch jemanden im Raum zu fühlen. Aber jetzt machte ihr das keine Angst mehr. Es beruhigte sie sogar. Sie hatte vergessen, Morpheus zu fragen, ob er die »unsichtbare Sonne« war, die sie spürte, aber als sie das letzte Mal diese Empfindung gehabt hatte, war gleichzeitig seine Stimme zu hören gewesen, also konnte es eigentlich nur er sein.

»Helen?«, sagte Jerry und sah sie erwartungsvoll an.

»Ja, Dad?« Ihre Gedanken waren schon wieder auf Wanderschaft gegangen.

»Kannst du vielleicht nach der Schule im Laden helfen?«, fragte er. »Louis würde gerne mit Juan und der kleinen Marivi eine Süßes-oder-Saures-Runde drehen. Es wäre das erste Mal für seine Tochter …«

»Natürlich! Kein Problem!«, beteuerte Helen schuldbewusst. »Sag Louis, dass ich ihm viel Spaß wünsche. Ich werde da sein.«

Sie hatte von Morpheus geträumt. Oder dachte sie eigentlich an Lucas … oder an Orion? Ihre Wangen wurden so rot, dass sie zu pochen anfingen. Hastig stand sie vom Tisch auf und raffte ihre Schulsachen zusammen.

»Bist du sicher, dass es dir gut geht?«, fragte Jerry zweifelnd, als er zusah, wie sie ihre Bücher in die Tasche stopfte und ihr Handy auf neue Nachrichten überprüfte. Claire hatte eine SMS geschickt.

»Ja, mir geht's gut«, antwortete Helen abgelenkt. Claire würde nicht kommen, um sie abzuholen, weil man sie verpflichtet hatte, schon früh in der Schule zu erscheinen und bei der Dekoration für Halloween zu helfen. »So ein Mist. Ich muss mit dem blöden Rad fahren«, stöhnte Helen und verzog auf dem Weg zur Hintertür angewidert das Gesicht.

»Bist du sicher, dass du kommen kannst …?«

»Ja! Ich werde da sein«, fiel Helen ihm gereizt ins Wort. Widerwillig holte sie ihr uraltes Fahrrad aus der Garage und musste feststellen, dass es im vergangenen Monat deutlich mehr Rost angesetzt hatte, als wissenschaftlich zu erklären war.

»Viel Spaß in der Schule«, rief ihr Vater ihr nach.

Helen verdrehte die Augen, dachte: *Ja, den werde ich ganz bestimmt haben*, und radelte los. Sie war nur noch knapp einen Block von der Schule entfernt, als sie von einem Autofahrer beinahe von der Straße gedrängt wurde. Um nicht von dem Raser gestreift zu werden, musste sie auf den unbefestigten Randstreifen ausweichen und auch noch durch die größte aller Schlammpfützen fahren.

Ein Schwall öligen Wassers klatschte auf ihre Beine und durchweichte sie von der Hüfte abwärts. Helen trat hart auf die Bremse und brauchte einen Moment, um zu begreifen, was los war. Sie konnte nicht fassen, dass sie so viel von der eisigen Schlammbrühe abbekommen hatte.

Sie warf einen Blick in die Pfütze. Im Wasser dümpelte ein totes Eichhörnchen herum. Sie schnupperte an ihren Sachen und tatsächlich, sie mieften definitiv nach Verwesung.

»Unfassbar«, murmelte Helen vor sich hin. Normalerweise war sie nicht so ungeschickt, vor allem nicht nach einer Nacht voller Träume, und sie konnte nicht glauben, dass ihr so etwas passierte.

Sie warf einen Blick auf die Uhr und sah, dass sie nicht umkehren und sich umziehen konnte. Dann würde sie zu spät kommen und dafür zum Nachsitzen verdonnert werden. Aber sie hatte versprochen, gleich nach der Schule die Schicht von Louis zu übernehmen. Helen entschied, lieber den ganzen Tag nach Eichhörnchen zu stinken, als zwei kleinen Kindern Halloween zu vermiesen. Außerdem waren die zwei wirklich total süß.

Helen seufzte und wollte wieder losfahren, was aber nicht ging, weil ihr Vorderreifen platt war. Als sie das Bein zum Absteigen über den Sattel schwang, hörte sie etwas reißen.

Irgendwie war der Saum ihrer Jeans in die Kette geraten und sie hatte fast das ganze Hosenbein aufgerissen. Helen verlagerte hastig ihr Gewicht, um die Jeans nicht noch mehr zu zerfetzen, aber dann rutschte sie auf ein paar Kieseln aus und landete der Länge nach in der Pfütze. Das Rad landete auf ihr und hinderte sie am Aufstehen. Ihre Superkräfte führten dazu, dass sich der Rahmen vollkommen verbog.

»Verdammt! Was geht hier eigentlich vor?«, sagte Helen wütend. Sie hörte ein zwitscherndes Lachen und musste feststellen, dass auf der anderen Straßenseite eine groß gewachsene, dünne Frau stand und ihr grinsend zusah.

Helen merkte sofort, dass mit dieser Frau etwas nicht stimmte. Sie hatte hohe, geschwungene Wangenknochen und gewellte weißblonde Haare, die ihr bis zu den Kniekehlen reichten. Im ersten Moment hielt Helen sie für einen Filmstar, denn mit ihren Gesichtszügen und den langen Haaren hätte sie wunderschön sein müssen. Aber das verächtliche Grinsen auf ihren Lippen und ihr ausdrucksloser, schlangenartiger Blick machten sie richtig hässlich. So schön ihr Körper auch sein sollte, der verseuchte Geist in ihr machte sie so abstoßend, dass man sie kaum ansehen konnte.

»Wer sind Sie?«, rief Helen. Der Anblick der Frau bereitete ihr eine Gänsehaut.

Die Frau schüttelte aber nur den Kopf und wackelte damit hin und her wie eine Kobra, die ohne jede Gefühlsregung eine nichts ahnende Maus anvisiert. Dann brach sie den Augenkontakt ab und hüpfte davon. Helen starrte ihr entsetzt nach und dachte: *Wieso hüpft die denn?*

Helen befreite sich sehr vorsichtig aus der widerlichen Pfütze für den Fall, dass darin womöglich noch eine Bärenfalle verborgen war, und setzte sich neben ihr kaputtes Fahrrad. Ihr war klar, dass es kein Halloween-Kostüm gewesen war, was sie gerade gesehen hatte, und dass ihr kleiner Unfall kein Zufall gewesen war. Gerade war etwas Merkwürdiges geschehen, aber sie hatte keine Ahnung, was.

Helen hob sich ihr demoliertes Rad auf die Schulter und ging den Rest des Schulwegs zu Fuß. Sie ließ das Rad in der Nähe der Fahrradständer fallen und betrat die Aula genauso nass und dreckig, wie sie aus der Pfütze gekommen war.

Etliche der anderen Schüler waren kostümiert und mehr als einer trug zerrissene Jeans und war mit unechtem Schmutz versehen. Aber es war trotzdem nicht zu übersehen, dass Helen triefnass war, fror und mit echtem Schlamm bedeckt war. Schockierte Blicke folgten ihr auf dem Weg zu ihrem Platz. Matt und Claire richteten sich erschrocken auf, als sie sie sahen. Helen flüsterte ihnen zu: »Ich bin okay.« Matt ließ sich wieder auf seinen Platz zurückrutschen, war aber immer noch beunruhigt.

»Helen? Darf ich annehmen, dass diese Duftnote, die meine Nase umweht, ein integraler Bestandteil deines Halloween-Kostüms ist?«, fragte Hergie auf seine übliche humorvolle Art. »Vielleicht so etwas wie ›Zombies letzte Versuchung‹?«

»Ach, ich dachte, ich nenne es lieber ›Eau de toter Pups‹«, antwortete sie genauso cool wie er. Normalerweise war Helen respektvoller, aber sie verspürte den Drang, Hergie ein bisschen zu ärgern.

»Bitte geh in den Waschraum und sieh zu, dass du den Gestank loswirst. Ich bewundere deine Kreativität, aber dein Kostüm lenkt zu sehr vom Unterricht ab. Schließlich gibt es an dieser Institution ein paar Schüler, die etwas *lernen* wollen«, wies er sie grinsend an. Helen grinste zurück. Hergie war wirklich einzigartig. »Ich werde dir einen Freistundenpass ausstellen …«

»Aber, Mr Hergesheimer, ich habe keine Sachen zum Wechseln dabei. Ich werde Hilfe brauchen …«

»Ich habe nichts anderes erwartet. Also einen Pass für dich und einen für deine Sitznachbarin.« Er riss zwei der unbezahlbaren Papierstreifen ab, die es Helen und Claire erlaubten, sich die nächsten zwei Stunden ungehindert auf allen Fluren herumzutreiben.

Claire sah aufgeregt zu Helen hinüber und versuchte erfolgreich, nicht loszukreischen. Die beiden standen von ihren Plätzen auf und nahmen mit bescheiden gesenkten Köpfen ihre Pässe entgegen. Einen Freistundenpass von Hergie zu bekommen, war so, als würde man zum Ritter geschlagen. Es machte einen zwar nicht reich, aber man konnte den Rest des Schuljahrs damit angeben.

»Lennie, du stinkst«, murmelte Claire auf dem Weg zur Tür.

»Du glaubst nie, was mir gerade passiert ist«, murmelte Helen zurück und berichtete dann von ihrem Zusammenstoß mit der gruseligen Frau am Straßenrand. Claire hörte fasziniert zu und steuerte das Schultheater an. »Was sollen wir denn hier?«, fragte Helen, als sie merkte, wohin sie gingen.

»Du brauchst was zum Anziehen«, sagte Claire mit einem Schulterzucken und führte Helen in den Kostümfundus. Sie ging schnurstracks auf den Ständer mit den hauchzarten, glitzernden Feenkostümen zu und hielt auf der Suche nach der richtigen Größe eines nach dem anderen an Helens Körper. »Bist du sicher, dass es nicht irgendeine bekloppte Touristin in einem Halloween-Kostüm war? Das hier müsste passen. Es sind aber Flügel dran.«

»Ich steh auf Flügel. Und diese Frau war auf keinen Fall ein Mensch. Sie war fast zwei Meter groß und ist *gehüpft*«, sagte Helen, die mühelos von einem Thema zum anderen wechseln konnte. »Kriegen wir keinen Ärger?«

»Ich bin im Kostümkomitee. Außerdem geben wir es zurück.«

Claire lächelte Helen frech an und nahm sich ebenfalls ein Kostüm. »Und jetzt ab in den Umkleideraum. Bei deinem Gestank tränen mir die Augen.«

Während Helen duschte und sich die Haare wusch, zog sich Claire ihr Kostüm an und trug vor einem der Spiegel passendes Glitzer-Make-up auf. Claire verlangte, dass Helen ihr die unheimliche Frau genau beschrieb, aber Helen konnte ihrem ersten Eindruck nicht viel hinzufügen.

»Es war schwierig, sie genau anzusehen, Gig. Ich war nämlich gerade damit beschäftigt, Brustschwimmen in einer Pfütze zu üben, in der ein totes Nagetier herumdümpelte.« Helen trocknete sich ab und zwängte sich in den schimmernden Hauch von Nichts, den Claire für sie ausgesucht hatte, wobei sie sehr aufpassen musste, sich an den Flügelspitzen kein Auge auszustechen.

»Ich werde es nachher Matt und Ari erzählen – vielleicht haben sie eine Idee. Und jetzt komm raus und lass mich dein Kostüm sehen!«

»Welche Figuren aus dem *Sommernachtstraum* sind wir?« Helens Unterkiefer klappte herunter, als sie Claires Outfit sah. »Oh, das sieht toll aus! Das Spinnwebmuster ist der Hammer!«

»Ich bin die Spinnwebe, wie man sieht, und du bist die Motte. Die sind klasse, nicht wahr? Meine Großmutter hat die Pailletten angenäht.«

»Diese Flügel sind ein Traum.« Helen schwebte in der Luft und tat so, als wäre sie überrascht, dass sie flog. »Und sie funktionieren sogar!«

Claire packte Helens Fuß und zog sie mit einem Schmollgesicht wieder auf den Boden. »Jason hat mich schwören lassen, dass ich nie wieder mit dir fliege. Und jetzt, wo ich weiß, was mir entgeht, nervt es mich noch mehr, dir dabei zuzusehen.«

»Ich rede mit ihm«, bot Helen an. »Wenn er weiß, wie leicht es mir fällt, einen Passagier mitzunehmen, sieht er vielleicht ein, dass es gar nicht so gefährlich ist, und ändert seine Meinung.«

»Das bezweifle ich«, sagte Claire und schüttelte mürrisch den Kopf. »Nicht dass es eine Rolle spielen würde. Ich glaube nämlich, dass wir heute miteinander Schluss gemacht haben, aber was weiß ich schon?«

»Und was soll das bedeuten?«, fragte Helen, stemmte sich eine Hand in die Hüfte und runzelte die Stirn.

»Das bedeutet, dass er mir sagt, dass er nicht mehr mit mir gehen will, und im nächsten Augenblick überholt er zu Fuß mein Auto und fleht mich an, zu ihm zurückzukommen. Und zehn Minuten später macht er dann wieder Schluss.«

»Gestern Abend?«, wollte Helen wissen.

»Genau. Als ich beleidigt abziehen wollte, hat er mich geküsst.« Sie seufzte und ballte frustriert die Fäuste. »Jason macht das dauernd mit mir. Das macht mich total irre.«

Claire wischte ihre verworrenen Gedanken mit einer Handbewegung weg, legte die Hand auf Helens Schulter und schob sie zum Händetrockner. Sie drückte auf den Knopf und bedeutete Helen, sich über das Gebläse zu beugen, was jeden Versuch, weitere Fragen über Jason zu stellen, im Keim erstickte. Helen kapierte den Wink, dass Claire nicht darüber sprechen wollte, und ließ sich stattdessen von ihrer Freundin die Haare »stylen«.

Das Ergebnis war eine verrückte, zerzauste Hochfrisur, die

Claire unbedingt mit goldglitzerndem Haarspray festzementieren wollte. Normalerweise hätte Helen sich gegen all das Glitzerzeug zur Wehr gesetzt, aber sie musste zugeben, dass es zu ihrem Kostüm passte. Außerdem war Halloween.

An diesem Tag trugen die meisten Schüler noch viel prunkvollere Kostüme. Helen hatte noch nie so viele kostümierte Leute gesehen. Die Stimmung auf den Gängen war irgendwie aufgeheizt. Die Schüler gingen förmlich die Wände hoch und die Lehrer unternahmen nichts dagegen.

»Ist das Parcours?«, fragte Helen Claire, als ein Oberstufenschüler an einer Wand hochrannte und mit einem Rückwärtssalto wieder herunterkam.

»Glaub schon«, sagte Claire unsicher. »Äh … will niemand den Typen aufhalten?«

»Sieht nicht so aus«, sagte Helen. Die beiden sahen sich an und prusteten los. Was ging es sie an? Sie hatten Freistundenpässe von Hergie. Sie hatten Besseres zu tun.

Nachdem sie ihre Gesichter nachgeschminkt und ihre Frisuren mit neuem Glitter bestäubt hatten und ihnen immer neue Ausreden eingefallen waren, durch die Flure zu schlendern, war schon fast Mittagszeit. Stunden später flanierten sie in ihren märchenhaften Kostümen gerade an Miss Bees Sozialkundekurs vorbei, als die Glocke läutete. Alle Schüler strömten aus dem Kurs, in dem auch Claire gewesen wäre, wenn sie sich denn die Mühe gemacht hätte, hinzugehen.

»Ups. Sieht aus, als hätten wir uns verspätet«, stellte Claire mit einem verschlagenen Grinsen fest.

Helen lachte noch darüber, als jemand ihren Oberarm packte

und sie zurückzog. Die Luft um sie herum verschwamm und löste sich in Facetten auf, als hätte jemand sie schrumpfen lassen und ins Innere eines Diamanten gezerrt. Als sich ihre Augen den neuen Lichtverhältnissen angepasst hatten, stand sie auf der anderen Seite des Flurs und wurde von Lucas gegen ein Schließfach gedrückt.

»Wo warst du?«, flüsterte er direkt in ihr Ohr. »Beweg dich nicht, sonst können sie uns sehen. Steh ganz still und erzähl mir, was dir heute Morgen passiert ist.«

»Heute Morgen?«, wiederholte Helen verblüfft.

»Matt hat gesagt, dass du ausgesehen hast, als wärst du angegriffen worden. Und dann bist du mit Claire *für den Rest des Tages* einfach verschwunden. Die Schule ist fast vorbei. Wir waren verrückt vor Sorge.«

»Ich musste duschen und mich umziehen. Wir haben nicht auf die Zeit geachtet.« Die Ausrede klang selbst in ihren Ohren wenig überzeugend. Sie hatte keine Ahnung, wieso weder sie noch Claire daran gedacht hatten, zum Unterricht zu gehen.

Sie warf einen Blick über Lucas' Schulter, versuchte herauszufinden, was los war, und bemerkte Jason, der ein ängstliches Gesicht machte. Er nahm Claires Hand, zog sie dicht an sich und führte sie den Flur hinunter. Niemand beachtete Helen und Lucas. Sie standen so nah beieinander – schon fast ineinander –, aber Matt ging einfach an ihnen vorbei, als hätte er nichts gesehen, und dasselbe machte auch Ariadne. Da stimmte etwas nicht. Hätte Ariadne Helen und Lucas so dicht zusammen gesehen, wäre ihnen ein missbilligender Blick sicher gewesen.

»Was ist hier los?«, flüsterte Helen.

»Ich beuge das Licht so, dass uns keiner sehen kann«, erklärte Lucas leise.

»Dann sind wir unsichtbar?«, hauchte Helen.

»Ja.«

Jetzt machte plötzlich alles Sinn. Helens verschwommenes Sehen, das unheimliche Gefühl, nicht allein zu sein, Lucas' Verschwinden und wie er plötzlich aus dem Nichts aufgetaucht war – das alles lag daran, dass er *die ganze Zeit* da gewesen war.

»Dann warst du meine unsichtbare Sonne?«

Sie spürte, wie sein Bauch, der eng an ihren gepresst war, bebte, als er beinahe erschrocken auflachte. Seine Lippen formten lautlos die Worte »unsichtbare Sonne«. Helen zwang sich, ihm in die Augen zu sehen.

»Lucas«, schimpfte sie leise. »Du hast mir Angst gemacht. Anfangs habe ich gedacht, dass mit meinen Augen etwas nicht stimmt, und dann dachte ich, ich würde verrückt.«

»Tut mir leid. Ich habe gemerkt, dass ich dir Angst gemacht habe, und wollte aufhören, aber ich konnte es nicht«, gestand er verlegen.

»Wieso nicht?«

»Hör zu. Nur weil ich dich von mir weggestoßen habe, bedeutet das nicht, dass ich mich auch von dir fernhalten kann«, sagte er und lachte ein wenig über sich selbst. »Es fing damit an, dass ich gelernt habe, wie man das Licht beugt, aber mittlerweile ist etwas anderes daraus geworden. Etwas, von dem ich *nie* dachte, dass ich es kann.« Er verstummte und verzog schmerzlich das Gesicht. »Ich habe gelernt, wie man sich unsichtbar macht, damit ich weiterhin in deiner Nähe sein konnte.«

»Warst du die ganze Zeit da?«, fragte Helen beunruhigt und dachte an tausend private Dinge, die er womöglich gesehen hatte.

»Natürlich nicht. Ich vermisse dich zwar, aber ich bin nicht pervers«, beteuerte er, schaute aber weg und wurde rot. »Du hast immer *gewusst*, wenn ich da war, Helen. Im Gegensatz zu allen anderen kannst du meine Gegenwart auch dann spüren, wenn ich unsichtbar bin. Das kann sonst keiner.«

Helen wusste nicht, was sie dazu sagen sollte. Eigentlich wollte sie ihn küssen, sonst nichts. Aber da das nicht infrage kam, hielt sie nur still und sah ihn an.

Die Glocke läutete, und ein Dutzend Türen wurde im selben Augenblick geschlossen, aber Helen und Lucas rührten sich nicht. Auf dem Flur rannten immer noch ein paar Schüler herum, die eine Möglichkeit suchten, Unsinn zu machen. Merkwürdigerweise kam kein Lehrer, um ihnen Einhalt zu gebieten. Es war ein Tag ohne Regeln. Helen war es jedenfalls egal, ob sie Ärger bekam. Sie verspürte plötzlich den Drang, etwas zu zerstören. Sie konnte sich nicht erinnern, so etwas jemals zuvor gefühlt zu haben.

Über Lucas' Schulter erhaschte Helen einen Blick auf die gruselige Frau vom Straßenrand, die nun den Flur entlangging.

»Direkt hinter dir«, hauchte Helen leise. Lucas drehte sich ganz langsam um. »Ich habe sie heute Morgen gesehen, und ich hatte das Gefühl, als wäre genau in diesem Augenblick alles schiefgegangen. Deswegen habe ich ausgesehen wie nach einem Angriff.«

»Sie ist keine Sterbliche«, flüsterte Lucas Helen zu, als die Frau an ihnen vorbeiging.

»Kann sie uns sehen?«, fragte Helen, aber Lucas schüttelte nur abgelenkt den Kopf. Helen sah, wie sich seine Nasenlöcher weiteten, und bemerkte sofort den Grund dafür.

Die gruselige Person stank nach verfaulten Eiern und verdorbener Milch. Es war derselbe Gestank, von dem Helen gedacht hatte, dass er von dem toten Eichhörnchen gekommen war – der Gestank, der an ihr gehangen hatte, bis sie ihn unter der Dusche abgeschrubbt hatte.

Der Gestank schien die Wände zu durchdringen, und in jedem Klassenraum, an dem die Dämonin vorbeiging, brach Chaos aus. Erst war es nur Geschrei, dann folgten Gepolter und Schreie, als würden plötzlich alle mit Tischen und Stühlen werfen. Notebooks und Bücher flogen durch die Luft. Kurz darauf wurden die Türen aufgestoßen und die Schüler strömten heraus, dicht gefolgt von den Lehrern. Aber die Lehrer sorgten nicht für Ordnung. Sie waren genauso aufgestachelt.

Helen und Lucas beobachteten fassungslos, wie Miss Bee, ihre sonst so gelassene Sozialkundelehrerin, wutentbrannt gegen ein Schließfach trat. Helen sah Lucas an und merkte, dass er gegen den Drang kämpfte, ebenfalls etwas zu zerstören. Sie spürte dieses Verlangen auch schon den ganzen Tag, das erkannte sie jetzt. Deswegen hatte sie sich mit dem Kostüm und dem ganzen Glitzerzeug einverstanden erklärt und fünf Stunden geschwänzt statt nur die erlaubten zwei. Helen hatte große Lust, richtig auf den Putz zu hauen.

»Denk gar nicht daran«, wisperte Lucas streng.

»Was?«, wisperte Helen zurück. Sie biss sich auf die Unterlippe, um Unschuld vorzutäuschen. »Würdest du nicht auch gern etwas Schlimmes tun?«

»Doch, schon«, sagte er und zog Helen noch ein bisschen enger an sich. Sie spürte, wie sein Körper eine Hitzewelle erzeugte, als hätte sie gerade die Tür eines heißen Ofens geöffnet, und sie drückte sich fester an ihn. Er hielt den Atem an und zwang sich, den Blick von ihr abzuwenden. »Wir müssen hier raus.«

Lucas nahm Helens Hand und sprintete mit ihr los. Sie begriff sofort, wieso er das machte. Wenn sie sich schnell genug bewegten, würden sie unsichtbar bleiben und von Lucas' Lichtumhang in eine so schnelle Bewegung übergehen, dass ihnen die Augen der Sterblichen nicht folgen konnten. Es war so aufregend, mit Scion-Geschwindigkeit durch die Flure ihrer Highschool zu rasen, dass Helen am liebsten laut gejubelt hätte.

Draußen stiegen Helen und Lucas sofort auf und schossen hoch über die Insel, weit fort von der unheimlichen Frau, die ihre Schule gerade in einen Affenkäfig im Zoo verwandelte. Als sie über dem Meer dahinsegelten, drehte sich Lucas zu Helen um und lächelte.

»Vielleicht waren die Flügel auf diesen Gemälden doch nicht so falsch.«

Sie wusste sofort, wovon er redete. Als er ihr das Landen nach dem Flug beigebracht hatte, hatte sie über ihm geschwebt, während er ihr die Arme entgegenstreckte. Sie hatte erwähnt, dass sie einmal ein Gemälde gesehen hatte, das sie daran erinnerte. Allerdings war das Wesen ein Engel gewesen. Er hatte behauptet, dass die Engelsflügel Unsinn waren. Jetzt schien er davon nicht mehr so überzeugt zu sein.

Helen hatte das Gefühl, als wären diese ersten Flugstunden eine Ewigkeit her, aber ihr war dennoch jede Einzelheit dieses traumhaften Erlebnisses bewusst. Es war kaum zu fassen, wie sehr es noch wehtat.

Helen entschied, dass die Redewendung »Die Zeit heilt alle Wunden« totaler Blödsinn war und vermutlich nur für Leute galt, die sich ohnehin nichts merken konnten. Die Zeit, die sie von Lucas getrennt gewesen war, hatte gar nichts geheilt. Sie vermisste ihn nur umso mehr, wenn sie nicht bei ihm war. Sogar der Meter Abstand, der sie jetzt voneinander trennte, war unerträglich. Helen, die es nicht länger aushielt, flog näher heran und versuchte, ihn festzuhalten.

»Lucas, ich …« Helen griff nach ihm, aber er zuckte mit beinahe panischer Miene zurück, bevor sie ihren Satz beenden oder ihn berühren konnte.

»Schick Orion eine SMS und sag ihm, was passiert ist«, sagte er mit lauter, nervöser Stimme. Er brauchte einen Moment, um seine Lautstärke wieder herunterzuschrauben. »Er ist viel herumgekommen und hat einiges erlebt. Vielleicht weiß er, wer diese Frau ist, oder zumindest, womit wir es zu tun haben.«

»Okay.« Helen ließ verlegen die Hände sinken und versuchte, nicht so verzweifelt zu wirken, wie sie sich fühlte. »Ich sollte gehen. Ich habe meinem Dad versprochen, heute im Laden zu arbeiten.«

»Ich sollte meine Schwester suchen und sicherstellen, dass wir alle okay sind«, sagte Lucas emotionslos. Er konnte sie nicht einmal ansehen. »Ich werde allen sagen, was wir auf dem Flur gesehen haben. Vielleicht hat jemand eine Theorie. Und, Helen?«

»Ja?«

»Lass uns diese Sache mit der Unsichtbarkeit noch eine Weile geheim halten. Sagen wir einfach, wir hätten uns in all dem Trubel versteckt.«

»Was ist mit den Goldmünzen?«, fragte sie sachlich und löste sich von ihm. »Ich bin bisher allen Fragen ausgewichen, wie ich letzte Nacht wieder in die Unterwelt gekommen bin, aber ich kann Cassandra nicht ewig abwimmeln. Sie kann im Moment zwar nicht meine Zukunft voraussehen, aber früher oder später wird sie etwas über dich und diese Obolusse sehen.«

»Ich werde wohl zugeben müssen, dass ich sie gestohlen habe«, sagte er seufzend. »Aber wir sollten meiner Familie lieber nicht sagen, dass ich dir gestern Abend im Bett einen davon gegeben habe.«

Helen war klar, dass er diese Bemerkung nur gemacht hatte, um sie darauf hinzuweisen, dass seine Distanz ihr gegenüber richtig war. Er hatte sie vor einem schlimmen Fehler bewahrt, aber es tat trotzdem weh.

Sie trennten sich, und Helen kehrte in die Schule zurück, um ihre Sachen zu holen. Sie versuchte, sich Lucas aus dem Kopf zu schlagen. *Er ist mein Cousin,* sagte sie immer wieder halblaut vor sich hin, bis das Gefühl der Zurückweisung durch Schuldgefühle ersetzt wurde. Jetzt kam sie sich total blöd vor, dass sie nach ihm gegriffen hatte. Was hatte sie sich nur dabei gedacht?

Helen hatte den Verdacht, dass Lucas ihr nur gesagt hatte, dass sie Orion die Neuigkeiten simsen sollte, damit sie an ihn dachte –

als würde sich ein Junge vergewissern, ob der Freund des Mädchens wusste, dass sie gerade zusammen waren. Je mehr sie darüber nachdachte, desto mehr ärgerte sie dieses Verhalten. Glaubte Lucas, dass sie und Orion ein Paar waren? Helen hätte zu gern gewusst, was die beiden über sie geredet hatten.

Helen warf ihr demoliertes Fahrrad in den Müllcontainer, betrat die Schule durch den Seiteneingang und eilte die leeren Flure hinunter. Überall lagen kaputte Tische, Stühle und ausgekippte Mülleimer herum. Die ganze Schule war verwüstet und stank nach der Dämonin. Helen ging zu ihrem Schließfach, nahm ihre Tasche und legte sich einen Pullover über die Arme, um sich, so gut es ging, gegen die Kälte zu schützen, ohne das geliehene Kostüm zu beschädigen. Dann machte sie sich auf den Weg in den News Store. Sie wollte nicht länger in der Schule bleiben und womöglich noch einmal dieser widerwärtigen Frau begegnen.

Auf der Straße nahm Helen eine bedrohliche, beinahe gefährliche Stimmung wahr. Das herbstliche Sonnenuntergangslicht verlieh den festlich geschmückten Straßen einen lebendigen Eindruck. In der Stadt wehten schwarze und orangefarbene Halloween-Banner im Wind und die Kürbislaternen flackerten vor den Türen der alten Walfängerhäuser und warfen unheimliche Schatten auf das Kopfsteinpflaster. Helen drückte ihren Pullover enger an sich und sah sich auf der Suche nach der Quelle der Bedrohung misstrauisch um.

Es waren bereits Dutzende von Grüppchen unterwegs, um Süßes oder Saures zu verlangen. Um diese Uhrzeit waren es überwiegend Kinder in Begleitung ihrer Eltern, aber ein oder zwei der kostümierten Horden waren offensichtlich nicht auf der Jagd nach Süßigkeiten. Diese Gruppen strahlten eine so aggressive Energie aus, als zeigten ihre Monstermasken ihren wahren Charakter. Helen erkannte niemanden aus diesen Gruppen, was merkwürdig war. Normalerweise hätte sie schon die Hälfte ihrer Mitschüler treffen müssen, aber auf den Straßen schienen nur Fremde unterwegs zu sein, was eigentlich unmöglich war, denn die Touristensaison war längst zu Ende.

Etwas stimmte eindeutig nicht. Helen war nicht um ihre eigene Sicherheit besorgt, aber trotzdem beunruhigt. Es waren noch so viele kleine Kinder unterwegs, und sie wünschte nur, dass diejenigen, die wirklich nur an den Naschereien interessiert waren, noch ein wenig länger zu Hause geblieben wären. Sie betrat den News Store mit einem besorgten Stirnrunzeln und überlegte, ob sie Louis anrufen und ihm raten sollte, die Runde mit Juan und Marivi dieses Jahr früher zu beenden.

»Niedliche Flügel, Prinzessin«, bemerkte ein Mann.

»Hector!«, jubelte Helen und warf sich in seine Arme – obwohl er schon wieder diesen verhassten Spitznamen verwendet hatte. Er fing sie auf und einen Moment lang hing sie an seinem Hals. »Irgendwann bringe ich dir noch bei, mich nicht länger so zu nennen.«

»Nicht in diesem Leben.« Er versuchte zu scherzen, aber sie merkte sofort, dass etwas nicht stimmte. Er wirkte angespannt. Sie ließ ihn los und musterte ihn eingehend.

»Was ist mit dir passiert?«, fragte sie und fuhr mit einem Finger über eine dünne rosafarbene Narbe, die an seiner Wange bereits verheilte.

»Familie«, sagte er mit einem traurigen Lächeln.

»Sind die Hundert immer noch hinter dir her?«

»Natürlich sind sie das«, sagte er mit einem Schulterzucken. »Du bist die Einzige, bei der ich sicher bin. Tantalus würde es nicht riskieren, dass dir etwas passiert und er damit seine einzige Chance gefährdet, die Furien loszuwerden.«

Helen runzelte die Stirn und fragte sich, ob sie sich darüber freuen sollte oder nicht. Eigentlich wollte sie nichts tun, was Tantalus oder den Hundert half, aber was für eine Wahl hatte sie schon? Hector *nicht* helfen, weil das auch Tantalus zugutekam? Sie hatte keine Wahl und sie wusste es.

»Du bist ja eiskalt!«, stellte er fest und rieb ihre Arme, um sie aufzuwärmen. »Wo ist der Rest deiner Klamotten, Cousinchen?«

»Lange Geschichte«, schmunzelte Helen. »Also mach es dir bequem, damit ich dir alles erzählen kann.«

»Ich muss dir auch was erzählen«, sagte er ernst und lud ihre Schultasche hinter dem Tresen ab. Helen schaute zu ihm auf und stellte betroffen fest, wie abgekämpft er aussah.

»Bist du okay?«, fragte sie, denn er sah wirklich krank aus.

»Mach schon«, sagte er. »Wir haben ein bisschen Zeit, aber so viel nun auch wieder nicht.«

Helen rannte los, um Kate und ihrem Vater zu sagen, dass sie da war, und musste dann den Bestand ihrer Kasse zählen. In der Zwischenzeit verwöhnte Kate Hector mit heißem Cidre und so viel süßem Nussgebäck, wie er essen konnte. Helen arbeitete derweil an ihrer Kasse und sortierte im ziemlich leeren Laden die Kreditkartenbelege.

Als alles erledigt und Kate wieder in ihre Bäckerei verschwunden war, informierte Helen Hector über alles, was sich in der Unterwelt ereignet hatte. Allerdings änderte sie die Geschichte mit den gestohlenen Obolussen ein wenig und stellte es so dar, als hätte Lucas sie nur für sie gestohlen und nicht auch für sich selbst. Zum Schluss berichtete sie noch von dem Aufruhr an der Schule. Hector hörte aufmerksam zu und machte dann ein betroffenes Gesicht.

»Ihr Name ist Eris«, sagte er. »Sie ist die Göttin des Unfriedens oder des Chaos, je nachdem, welche Übersetzung man zugrunde legt. Wo immer sie auftaucht, brechen Unruhen, Streitigkeiten und Aufstände aus. Alles, was schiefgehen kann, geht auch schief. Sie ist die Schwester und Vertraute von Ares und sehr, sehr gefährlich.«

»Hector, was ist los?«

»Ich bin gekommen, um dich zu warnen. Vor etwa zwei Stunden habe ich Thanatos auf der Madison Avenue in New York gesehen, genau vor dem Haus, in dem das Haus von Theben sein Konzil hält.«

»Wer ist Thanatos?«, fragte Helen, obwohl ihr der Name bekannt vorkam.

»Thanatos ist der Gott des Todes«, erklärte Hector. Helen nickte, denn ihr fiel wieder ein, dass Cassandra ihn schon einmal erwähnt hatte. »Er ist der Sensenmann – schwarzer Umhang und darunter nur Knochen, allerdings ohne Sense. Dieses Gerät wurde ihm erst im Mittelalter angedichtet. Zum Glück haben die meisten Leute auf der Straße nur gedacht, dass er ein Typ in einem besonders irren Kostüm war, aber es waren auch ein paar dabei, die *sensibler* waren und gespürt haben, was Sache war. Die haben schreiend die Flucht ergriffen.«

»Was hat er da gemacht?«

»Ich bin nicht zum Plaudern stehen geblieben. Thanatos muss einen nur berühren, um zu töten, deswegen habe ich ihn deiner Mutter und ihren Blitzen überlassen.« Hector zuckte mit den Schultern. »Wir wissen nicht, wieso sich die kleineren Götter jetzt überall herumtreiben. Daphne hat mich sofort hergeschickt, damit du das Orakel fragst, ob es etwas gesehen hat.«

»Ich rufe Cassandra gleich an.« Helen holte ihr Handy heraus.

»Da ist noch etwas«, sagte Hector zögernd. »Wir haben den Verdacht, dass Automedon nicht mehr für Tantalus arbeitet. Wir wissen nicht, wer jetzt seine Strippen zieht. Es kann sein, dass er dich eine Zeit lang beobachtet hat und mittlerweile weiß, wozu du fähig bist, und das Risiko nicht eingehen will. Er hat dich noch nicht angegriffen, also keine Panik. Halte aber trotzdem die Augen offen.«

»Super«, murmelte Helen und lachte humorlos. »Gibt es vielleicht noch etwas, das du mir sagen willst? Ich habe nämlich wieder angefangen zu träumen und könnte noch etwas mehr Albtraummaterial gebrauchen.«

Sie streckte Hector die Hand entgegen und lächelte ihn mitfühlend an. Ihr war nicht entgangen, dass er es vermieden hatte, Cassandras Namen zu sagen, und stattdessen ihren Titel benutzt hatte. Er vermisste sie alle so sehr. Hector schlug verlegen die Augen nieder.

»Es wird nicht mehr lange dauern«, versprach Helen ihm leise und hörte zu, wie das Telefon klingelte und klingelte. »Du wirst schon bald wieder bei deiner Familie sein.«

»Du hast etwas herausgefunden?«, horchte er auf. »Wieso hast du das nicht gleich gesagt?«

»Orion und ich sind ziemlich sicher, dass wir wissen, was wir brauchen. Das einzige Problem ist, dass ich keine Ahnung habe, wie ich die Furien finden soll, sobald ich es habe«, sagte Helen. Sie gab es auf, Cassandra zu erreichen, und wählte stattdessen Matts Nummer. »Ich wollte nichts sagen, falls es nicht klappt, aber wir werden es heute Nacht versuchen.«

Matts Handy leitete sie direkt zur Voicemail. Sie versuchte es bei Claire, Jason, Ariadne und sogar Lucas, aber sie landete entweder direkt auf der Mailbox oder bekam keine Verbindung.

»Meldet sich keiner von ihnen?«, fragte Hector mit wachsender Besorgnis, als ein Anruf nach dem anderen fehlschlug.

»Das ist doch verrückt!«, fauchte Helen und begann, eine SMS zu tippen. Doch Hector nahm ihr das Handy weg und löschte sie wieder.

»Helen, geh nach Hause«, befahl er leise und eindringlich. Er gab ihr das Handy zurück, stand auf und sah sich alarmiert um. »Geh sofort nach Hause – du musst in die Unterwelt.«

Ein Labortisch aus dem Chemieraum der Nantucket Highschool flog durch das Ladenfenster des News Store, ließ das Glas in tausend Stücke zerspringen und fegte die Displays zu Boden. Der modrige Gestank von Eris wehte herein. Helen kämpfte gegen den Drang, etwas in Brand zu stecken, denn sie wusste, dass ihre Gefühle nicht echt waren, sondern von einer bösartigen Göttin manipuliert wurden. Als sie im hinteren Teil des Ladens

Kunden schreien hörte, wurde sie aus ihrer Zerstörungslaune gerissen. Sie hechtete über den Tresen, aber Hector streckte den Arm aus und hinderte sie daran, nach hinten zu rennen.

»Ich beschütze Kate und Jerry – auch vor sich selbst, wenn nötig. Du gehst in die Unterwelt«, sagte er streng. Helen sah ihn an und nickte, um zu zeigen, dass sie seine Anweisung verstanden hatte.

»Spiel nicht den Helden«, befahl sie ebenso streng. »Wenn die Hundert oder deine Angehörigen auftauchen, dann mach, dass du wegkommst.«

»Lauf, Prinzessin«, sagte Hector und küsste sie auf die Stirn. »Wir zählen auf dich.«

Helen rannte aus dem News Store. Sie hörte, wie Hector ihrem Vater einredete, sie würde die Polizei holen. Draußen wich sie der aufgeheizten Menge aus, huschte in eine dunkle Gasse, in der sie nicht beobachtet werden konnte, und flog los. Sie segelte unter der blauen Plane hindurch, die immer noch vor ihrem Fenster hing, und landete direkt im Bett. Sie hoffte nur, dass sie irgendwann ruhig genug sein würde, um einzuschlafen.

Helens Füße landeten unsanft zwischen den Reihen steriler weißer Blumen. Es war ihre erste harte Landung, was wahrscheinlich daran lag, dass sie so dringend in die Unterwelt gewollt hatte. Helen drehte sich einmal um sich selbst und musste feststellen, dass sie im verhassten Asphodeliengrund gelandet war. Zum Glück nicht allein. Bis sie Orion ein paar Meter entfernt entdeckte, war ihr nicht einmal bewusst gewesen, dass sie sich Sorgen um ihn gemacht hatte.

»Orion!«, rief sie erleichtert. Sie rannte durch die grabsteinähnlichen Blumen auf ihn zu. Er nahm sie in die Arme, doch seine Stirn war gerunzelt.

»Was ist los?«, fragte er, während er sie drückte. »Bist du verletzt?«

»Mir fehlt nichts«, sagte sie und musste über ihren eigenen Überschwang lachen, ließ ihn aber trotzdem nicht los. Erst als sie sich wieder beruhigt hatte, löste sie sich aus seinen Armen und sah zu ihm auf. »Ich muss dir was erzählen.«

»Ich will es hören, aber kannst du vorher etwas tun? Kannst du laut sagen, dass uns nie wieder etwas angreifen soll, während wir hier unten sind?«, fragte er erwartungsvoll.

»Ich will, dass uns nie wieder etwas angreift, während wir hier unten sind«, wiederholte Helen mit Nachdruck. »Gute Idee.«

»Danke. Mir gefällt dein Kostüm. Aber weißt du was? Ich glaube, dass du in deinen knappen Shorts mit den fauchenden Katzen drauf wärmer angezogen wärst. Die haben mehr bedeckt.«

Helen starrte ihn schockiert an. Sie konnte nicht fassen, dass er sich tatsächlich an ihren Halloween-Schlafanzug erinnerte.

»Du hast keine Ahnung, was mir heute Morgen passiert ist! Ich *musste* das hier anziehen«, verteidigte sie sich und versuchte, nicht rot zu werden.

»Du siehst wunderschön aus. Nicht dass das etwas Neues wäre«, fügte er sanft hinzu.

Helen sah ihn vollkommen verdutzt an und betrachtete dann so eingehend eine Asphodelie, als wäre es das interessanteste

Ding im Universum. Sie spürte, wie Orion ihr näher kam, und versuchte, nicht auszuflippen. Sie hatte Orion in der vergangenen Nacht nicht geküsst. Es war Morpheus in der Gestalt von Orion gewesen, was ein großer Unterschied war. Und der echte Orion wusste davon nichts, also hatte sie keinen Grund, in seiner Gegenwart verlegen zu sein. Was sie aber trotzdem war. In ihrem Kopf hörte Helen Hector sagen, dass sie viel Spaß mit Orion haben konnte, wenn sie das wollte, und das brachte sie von ihrem ursprünglichen Gedanken ab.

»Jetzt erzähl mir, was dir heute Morgen passiert ist«, verlangte er und sah sie mit besorgt gerunzelter Stirn an.

Das riss Helen aus ihrer Träumerei, und sie berichtete von ihrem Sturz mit dem Rad, dem Schüleraufstand, den Eris an ihrer Schule angestiftet hatte, Thanatos, der auf den Straßen von Manhattan herumlief, und dem Angriff auf den News Store kurz vor ihrem Abstieg in die Unterwelt. Orion hörte schweigend zu, doch seine Kiefermuskeln spannten sich immer fester an.

»Bist du okay?«, fragte er sie betont ruhig.

»Ja, aber ich fühle mich schrecklich!«, platzte es aus Helen heraus. »Ich habe Kate und meinen Vater mitten in dem Krawall alleingelassen. Wie konnte ich das nur tun?«

»Hector wird nicht zulassen, dass ihnen etwas passiert«, versicherte ihr Orion voller Überzeugung. »Er wird sie mit seinem Leben beschützen.«

»Ich weiß, aber das macht es fast noch schlimmer«, sagte Helen beunruhigt. »Orion, was ist, wenn die Delos-Familie in den Laden kommt, um nach mir zu sehen, und Hector dort vorfindet?«

»Du meinst, was ist, wenn *Lucas* kommt, um nach dir zu sehen, und Hector vorfindet. Du machst dir keine Sorgen wegen Jason oder Ariadne«, stellte er leicht gereizt klar.

»Die Zwillinge sind anders. Schon bevor Hector ausgestoßen wurde, haben er und Lucas dauernd gekämpft, und manchmal war es richtig schlimm«, sagte sie mit zittriger Stimme. »Als würden sie schon immer auf etwas Schreckliches zusteuern, und ich fürchte, dass es wieder einer von diesen Scion-Teufelskreisen ist, die das Schicksal so geplant hat.«

»Lucas und Hector sind praktisch Brüder und Brüder kämpfen nun mal«, sagte Orion, als wäre das ganz logisch. »Nicht alles in unserem Leben muss gleich ein Teufelskreis sein.«

»Ich weiß. Aber die Furien! Die beiden werden nicht aufhören können.«

»Deswegen sind wir hier unten. Wir haben alle Zeit der Welt, und ich hoffe, dass wir das Furienproblem heute Nacht lösen können«, sagte Orion. Er brachte sie zum Stehen und fuhr mit den Fingerspitzen über ihr Handgelenk. Es war eine federleichte Berührung, aber sie sorgte für ihre Aufmerksamkeit.

»*Falls* wir sie überhaupt finden«, murmelte Helen deprimiert. »Ich habe keine Ahnung, wo die Furien sind.«

Orion trat einen Schritt zurück, zog die Riemen seines Rucksacks straff und musterte Helen.

»Du bist kurz davor, in Panik zu geraten, stimmt's? Tu das nicht.« Er war vollkommen ernst. »Du musst genau hier sein, in der Unterwelt, und nicht in der richtigen Welt gegen einen wütenden Mob kämpfen. Das kann jedes Mitglied der Delos-Familie für dich tun, aber du bist die Einzige, die das hier tun kann. Also lass uns zuerst das Wasser holen und dann sehen wir weiter.«

Er hatte recht. Sie mussten hier in der Unterwelt tun, was sie konnten, denn sonst würde sich in der richtigen Welt niemals etwas zum Besseren wenden.

»Alles klar. So machen wir es.« Sie streckte die Arme aus, legte sie um Orions Hals und spürte seine schweren Hände auf ihren Hüften. »Ich möchte, dass wir zum Fluss der Freude in den Elysischen Feldern gebracht werden«, sagte sie mit fester Stimme.

Weiches Sonnenlicht fiel durch das Blätterdach der Trauerweiden. Ein Rasenteppich aus dichtem grünen *lebendigen* Gras dämpfte ihre Schritte und Helen konnte das Plätschern des Wassers hören. Nicht weit entfernt entdeckte sie eine weite, offene Fläche mit kniehohem Gras und pastellfarbenen Wildblumen, die von Bienen und Schmetterlingen umkreist wurden wie kleine Planeten.

Es schien keine Sonne über ihnen. Stattdessen sah es so aus, als käme das Licht direkt aus der Luft, und es schuf die Illusion verschiedener Tageszeiten. Das intensive Licht, das durch die Kronen der Trauerweiden auf Helen und Orion fiel, ließ erahnen, dass es später Nachmittag war, aber auf der Wildblumenwiese schien das Licht des frühen Morgens – noch ganz unschuldig und taufeucht.

Orion ergriff Helens Hand und hielt sie locker fest, während er sich umsah. Eine Brise wehte ihm ins Gesicht und blies ihm die Locken aus der Stirn. Helen beobachtete, wie er das Gesicht in den sanften Wind drehte, die Augen schloss und tief einatmete. Als sie es ihm nachmachte, stellte sie fest, dass die Luft frisch und anregend war, als enthielte sie besonders viel Sauerstoff. Helen konnte sich nicht erinnern, etwas so Grundlegendes jemals so genossen zu haben.

Als sie die Augen wieder aufmachte, betrachtete Orion sie liebevoll. Er berührte den Saum ihres Kostüms und schüttelte den Kopf.

»Du hast die Flügel extra hierfür eingeplant, gib's zu«, scherzte er. Helen lachte laut auf.

»Tut mir leid, aber so clever bin ich nicht.«

»Wer's glaubt. Komm, kleine Fee. Ich glaube, ich höre unseren Bach plätschern.« Orion führte sie auf das Geräusch zu.

»Woher sollen wir wissen, dass es wirklich der Fluss der Freude ist?«, fragte sie. Doch sie hatte noch nicht einmal ausgesprochen, als ihr klar wurde, dass sie es bereits wusste.

Als sie an das kristallklare Wasser kamen, empfand Helen etwas, das sich anfühlte, als würden in ihrer Brust freudetrunkene Bläschen aufperlen. Sie verspürte den Drang, ausgelassen herumzutanzen, breitete die Arme aus und wirbelte im Kreis herum.

Orion setzte seinen Rucksack ab. Er kniete sich hin und öffnete den Reißverschluss, doch dann hielt er plötzlich inne. Er legte sich eine Hand auf die Brust und presste fest dagegen, als versuchte er, sein Herz wieder an die Stelle zu drücken, an die es gehörte. Er schaute zu Helen auf und lachte lautlos, doch für Helen sah es eher so aus, als würde er gleich in Tränen ausbrechen. Sie hörte auf zu tanzen und ging zu ihm.

»Ich habe das noch nie gefühlt«, sagte er beinahe entschuldigend. »Ich dachte nicht, dass ich es *könnte*.«

»Du dachtest, dass du niemals Freude empfinden würdest?«

Helen kniete sich neben ihn und betrachtete seine überwältigte Miene. Orion schüttelte den Kopf, schluckte schwer und zog Helen dann plötzlich an sich und drückte sie ganz fest.

»Jetzt weiß ich es«, wisperte er und ließ sie genauso abrupt los, wie er sie an sich gezogen hatte. Sie wusste nicht, was er meinte, aber er gab ihr keine Gelegenheit zu fragen. Er drückte Helen eine leere Feldflasche in die Hand und tauchte die beiden anderen, die er aus seinem Rucksack geholt hatte, ins Wasser des Flusses.

Sofort, als seine Finger das Wasser berührten, liefen ihm dicke Tränen über die Wangen, und ein erschrockenes Aufschluchzen ließ seine Brust beben. Helen hockte sich neben ihn ans Ufer, tauchte ihre Flasche ein und berührte die Freude. Anders als für Orion war es für sie nicht das erste Mal, aber nach so viel Trauer und den Verlusten der vergangenen Wochen weinte sie dennoch, als hätte sie noch nie Freude erlebt.

Als alle drei Flaschen gefüllt waren, schraubten sie sie zu. Helen dachte nicht daran, das Wasser zu trinken, und so energisch, wie Orion seine Flaschen zuschraubte, war klar zu erkennen, dass auch er nicht die Absicht hatte. Helen wusste tief in ihrem Herzen, dass ein winziger Schluck genügen würde, um sie für immer an diesem Ort festzuhalten. Allerdings verspürte sie schon jetzt eine tiefe Sehnsucht in sich, weil dieser perfekte Augenblick gleich vorüber sein würde. Sie wünschte nur, für immer bleiben und die Finger in den Fluss der Freude tauchen zu können.

»Du wirst eines Tages wieder herkommen.«

Aus ihren Träumen gerissen, schaute Helen zu Orion auf. Er streckte ihr lächelnd eine Hand entgegen, um ihr aufzuhelfen. Das durch die Blätter fallende Licht umspielte seine Haare wie ein Heiligenschein. Seine grünen Augen strahlten und die Wimpern waren vom Weinen noch ganz feucht. Sie griff nach seiner Hand und richtete sich auf, immer noch ein wenig schniefend, nachdem das größte Entzücken nun vorbei war.

»Genau wie du«, sagte sie. Orion senkte den Blick.

»Mir hat es schon gereicht, es ein Mal zu erleben, Helen. Ich werde es nie wieder vergessen. Und ich werde auch nie vergessen, dass du es warst, die mich hierhergebracht hat.«

»Du glaubst wirklich, dass du nie wieder herkommen wirst?«, fragte Helen ungläubig und sah zu, wie Orion die Feldflaschen im Rucksack verstaute.

Er antwortete nicht.

»Wir werden uns in acht oder neun Jahrzehnten hier wiedersehen«, verkündete sie entschieden. Orion lachte und schwang sich mit einem Schmunzeln den Rucksack auf den Rücken.

»Acht oder neun? Dir ist klar, dass wir Scions sind?«, fragte er, nahm ihre Hand und zog sie mit sich auf die Morgenwiese. »Unser Mindesthaltbarkeitsdatum läuft bekanntermaßen ziemlich früh ab.«

»Das wird bei uns anders sein«, widersprach Helen. »Nicht nur bei uns beiden, sondern bei unserer ganzen Generation.«

»Das muss es«, sagte Orion ruhig und neigte nachdenklich den Kopf zur Seite.

Helen warf ihm einen Blick zu, weil sie dachte, dass er wieder in eine seiner düsteren Stimmungen verfallen war, aber sie hatte sich getäuscht. Er lächelte auf eine Weise, die Helen für hoffnungsvoll hielt. Da musste auch sie lächeln, denn es machte sie glücklich, Hand in Hand mit ihm durch die Wiese zu wandern. Ihre Glückseligkeit war nicht mit dem überwältigenden Gefühl der Freude zu vergleichen, das sie am Fluss gespürt hatte, denn das hätte sie kaum länger ausgehalten. Sie erkannte jetzt, dass es ihr das Herz gebrochen hätte, wenn sie noch länger dort geblieben wäre.

Je weiter sie sich vom Fluss der Freude entfernten, desto klarer wurde Helens Kopf. Sie warf einen Blick auf ihre Hand. Sie hatte sie so lange ins Wasser gehalten, dass die Haut ganz runzelig geworden war. Wie lange hatte sie am Ufer gekniet?

Bei jedem weiteren Schritt war sie froh, dass Orion sie mitgenommen hatte. Wahrscheinlich war er genauso verzaubert gewesen wie sie. Aber trotzdem hatte er sich in den Griff bekommen und sogar noch die Kraft aufgebracht, sie mit sich zu ziehen.

»Wie hast du das gemacht?«, fragte Helen leise. »Wie konntest du dich vom Wasser losreißen?«

»Es gibt etwas, das ich mir noch mehr wünsche«, war alles, was er dazu sagte.

»Was kann man sich noch mehr wünschen als niemals endende Freude?«

»Gerechtigkeit.« Er drehte sich zu Helen und nahm ihre Hände in seine. »Da sind drei unschuldige Schwestern, die schon seit ewigen Zeiten leiden, aber nicht, weil sie etwas Schlimmes getan hätten, sondern weil die Parzen im Moment ihrer Geburt beschlossen haben, dass das Leiden ihr Schicksal sein soll. Das ist nicht richtig. Niemand hat es verdient, ins Leid hineingeboren zu werden, und ich habe vor, mich für diejenigen einzusetzen, denen das Schicksal so übel mitgespielt hat. Das ist mir viel wichtiger als Freude, Helen. Hilf mir. Du weißt, wo die Furien sind – da bin ich ganz sicher. Denk nach.«

Er sprach mit einer solchen Überzeugung, solchem Mitgefühl, dass Helen ihn mit offenem Mund anstarrte. Ein paar Herzschläge lang war ihr Gehirn wie leer gefegt, und dann fing eine kleine Stimme in ihrem Kopf an, sie anzuschreien, was für ein schlechter Mensch sie war.

Sie war nicht so unbeirrbar wie Claire oder so geduldig wie Matt. Sie hatte nicht den unfehlbaren Instinkt von Hector oder auch nur die Hälfte von Lucas' Intelligenz. Sie war ganz bestimmt nicht so großzügig wie Ariadne und Jason oder so mitfühlend und selbstlos wie Orion. Sie war einfach nur Helen. Sie hatte keine Ahnung, wieso sie der Deszender war und nicht einer der anderen, viel wertvolleren Menschen.

Warum zum Teufel hatte sie diese Aufgabe überhaupt übertragen bekommen und war hier in der Unterwelt gelandet? Sie wusste nur noch, dass sie eines Nachts eingeschlafen und in einer Wüste wieder aufgewacht war.

Einer so trockenen Wüste voller Felsen und so scharfer Dornen, dass ich beim Gehen eine Spur aus blutigen Fußabdrücken hinter mir zurückgelassen habe, erinnerte sie sich. *Einer Wüste mit einem einzelnen verkrüppelten Baum an einem Hügel, und unter dem Baum waren drei verzweifelte Schwestern, die uralt und wie kleine Mädchen zugleich aussahen. Sie haben mir schluchzend die Arme entgegengestreckt.*

Helen schnappte nach Luft und hielt Orions Hände fest umklammert. Sie hatte immer gewusst, wo sie die Furien finden konnten. Sie hatten sie von Anfang an um Hilfe angefleht.

»Ich möchte, dass wir an dem Baum am Hügel im Trockenen Land erscheinen«, verkündete sie und sah dem verblüfften Orion dabei in die Augen.

13

Als Helen in Richtung Heimat davonflog, war Lucas über dem Ozean geblieben und hatte ihr hinterhergesehen. Er fragte sich nicht zum ersten Mal, wieso all die Normalsterblichen, mit denen Helen aufgewachsen war, nie gemerkt hatten, dass sie etwas Übernatürliches an sich hatte. Auch wenn sie in ihrem Innern ganz normal war, war ihre Schönheit doch übermenschlich. Vor allem, wenn sie ihm so die Arme entgegenstreckte und seinen Namen sagte wie gerade eben.

Da wäre er beinahe weich geworden. Aber bei dem Gedanken, was dann womöglich passiert wäre, krampfte sich sein Magen zusammen, allerdings nur, weil er so sehr wollte, *dass* es passierte. Sie waren nur Zentimeter davon entfernt gewesen, eine Dummheit zu machen, und wenn sie nicht bald aufhörte, ihn auf ihre nervtötend unschuldige Art zu reizen, würde es irgendwann passieren, dessen war Lucas sich sicher.

Er hatte Helen angelogen. In Wahrheit war er mehr als einmal unter der blauen Plane vor ihrem zerbrochenen Fenster durchgeschlüpft und hatte ihr beim Schlafen zugesehen. Danach hatte er zwar immer Schuldgefühle gehabt, aber er konnte einfach nicht damit aufhören. Er hatte sich so sehr bemüht, sich von ihr fernzuhalten, war dann aber doch immer wieder in ihrem Zimmer gelandet und hatte sich später dafür gehasst. Lucas war klar, dass er eines Tages nicht mehr stark genug sein würde, einfach wegzugehen, und dass er dann zu ihr ins Bett steigen und mehr tun würde, als sie nur im Arm zu halten. Deswegen musste er dafür sorgen, dass Helen sich von ihm entfernte.

Lucas hatte bereits alles versucht, ihr sogar Angst gemacht, um sie zu vertreiben, aber nichts davon hatte funktioniert. Orion war seine letzte Rettung. Lucas kniff einen Moment lang die Augen zu und hoffte, dass Orion tun würde, worin er so gut war. Lucas hatte ihn gebeten, dafür zu sorgen, dass Helen aufhörte, ihn zu lieben. Dass sie nie wieder versuchte, ihn zu berühren, ihn nie wieder so ansah wie gerade eben. Lucas hätte sich am liebsten eingeredet, dass es das Beste war, wenn sie ihr Leben weiterlebte, auch wenn es mit einem anderen Typen war. Aber da gab es leider einen Haken.

Helen konnte auch nicht mit Orion zusammen sein – jedenfalls nicht auf Dauer. Das war das Einzige, was Lucas davon abhielt, den Verstand zu verlieren. Die beiden konnten nie ein gemeinsames Leben führen. Aber das bedeutete nicht, dass sie nicht miteinander …

Er verdrängte diesen Gedanken, bevor er davon überwältigt wurde. Es verbreiteten sich schon jetzt die dunklen Wolken um ihn und färbten den Himmel schwarz. Er zwang sich zur Ruhe und auch dazu, sich Helen und Orion *nicht* zusammen vorzustellen, denn das konnte er leider nur zu gut.

Lucas hatte Orion zwar noch nie zu Gesicht bekommen, aber er konnte sich trotzdem ein recht gutes Bild von ihm machen. Er war ein Nachkomme von Adonis, dem Liebhaber von Aphrodite. Und da Aphrodite diesen Typen allen anderen vorgezogen hatte, gab es im Haus von Rom regelmäßig Nachkommen, die aussahen wie er, so wie auch das Haus von Theben den Archetyp von Hector immer wieder hervorbrachte. Auf mindestens der Hälfte aller Gemälde und Skulpturen der Renaissance sahen die Männer aus wie Adonis, denn die alten Meister wie Caravaggio, Michelangelo und Raffael waren von Orions Vorfahren geradezu besessen gewesen. Florenz war förmlich mit Bildern der Söhne des Hauses von Rom überschwemmt.

Aber für die Entstehung einer Legende brauchte es mehr als nur gutes Aussehen, vor allem unter den Scions mit ihrem vielfältigen Genmaterial. Es war kein Zufall, dass Casanova und Romeo, die vermutlich berühmtesten Liebhaber der Geschichte, aus Italien kamen. Orion als einen »gut aussehenden Bastard« zu bezeichnen, war zwar korrekt, beschrieb aber nicht einmal ansatzweise, welche Wirkung er auf Frauen hatte. Die Kinder von Aphrodite waren unwiderstehlich und die meisten konnten die Emotionen anderer Leute bis zu einem gewissen Grad beeinflussen. Orion hatte ihm jedoch erzählt, dass seine Fähigkeiten weit darüber hinausgingen.

Orion hatte eine seltene Begabung. Er konnte Helen mit einer leichten Berührung dazu bringen, dass sie nicht länger in Lucas verliebt war. Und wenn das nicht schon schlimm genug war, konnte Orion Helen auch noch so beeinflussen, dass sie eine Beziehung mit ihm einging, die den Waffenstillstand nicht gefährdete – keine Bedingungen, keine Liebe, nur Sex. Dieser Kerl konnte mit Helen machen, was er wollte, und es gab nichts, was Lucas dagegen unternehmen konnte.

Bei diesen Gedanken hätte Lucas am liebsten etwas in Stücke gerissen, aber vermutlich machte sich die Familie inzwischen Sorgen um ihn, und deshalb zwang er sich, nach Hause zu fliegen.

Zum Glück schien Orion aus irgendeinem Grund Skrupel zu haben, seine Begabung einzusetzen – sogar wenn es darum ging, sich selbst zu verteidigen. Und nachdem er die beiden zusammen in der Unterwelt gesehen hatte, wusste Lucas, dass Orion Helen niemals zu etwas zwingen würde. Lucas war sogar überzeugt, dass Orion sie mit seinem Leben beschützen würde. Dafür hasste er Orion ein bisschen weniger, was es nicht gerade leichter machte. Lucas wollte Orion so gern hassen, aber da er das nicht konnte, blieb ihm nichts anderes übrig, als sich selbst zu hassen.

Lucas flog über die Ostküste und blieb über dem Wasser, damit er nicht zu hoch steigen musste. Er hatte seine Jacke im Schließfach in der Schule gelassen, aber das spielte eigentlich keine Rolle. Er konnte sich warm denken, wann immer es nötig war. Aber er hatte im Moment keine Zeit, mit dieser neuen Fähigkeit herumzuspielen. Schon eine Sekunde später landete er im eigenen Garten.

Sofort überfielen ihn Schuldgefühle und er sah sich suchend nach seiner kleinen Schwester um. Er hätte sie nicht allein in der Schule zurücklassen dürfen, nur um Helen wegzubringen. Jetzt, wo die Parzen fast jeden Tag Besitz von ihr ergriffen, war Cassandra noch verletzlicher als ein normalsterbliches Kind. Es kostete sie ihre ganze Kraft, die Heimsuchungen zu überleben, und die Tatsache, dass sie überlebte, nachdem so viele Orakel vor ihr gestorben waren, ließ Lucas vermuten, dass sie stärker war als er. Aber auch wenn sie noch so stark war – jedes Mal, wenn die Parzen sich ihres Körpers bemächtigten, konnte sie vor Schwäche kaum noch aufrecht stehen.

Einmal hatte er Cassandra auf der Treppe sitzend vorgefunden. Sie war nach ein paar Stufen so erschöpft gewesen, dass sie sich hinsetzen musste, um wieder zu Atem zu kommen. Lucas hatte sie in ihr Zimmer getragen, obwohl es ihn Überwindung gekostet hatte, sich ihr zu nähern. Die Aura der Parzen war immer noch um sie gewesen, und obwohl Lucas seine kleine Schwester sehr liebte, verursachten ihm die Parzen eine Gänsehaut.

Auch Cassandra hatte Angst vor ihnen und musste trotzdem mehrmals pro Woche ihre Anwesenheit in ihrem Körper ertragen. Lucas konnte sich nicht vorstellen, wie sich diese geistige und körperliche Übernahme anfühlte, aber so, wie seine Schwester danach aussah, musste es schrecklich sein.

Die Tatsache, dass seine kleine Schwester so viel Leid ertragen musste und er nichts dagegen tun konnte, machte ihn *sehr* wütend.

Auf dem Weg über den Rasen versuchte Lucas, seine Wut unter Kontrolle zu bekommen, und schwor sich, in Zukunft vorsichtiger zu sein. Inzwischen gab es so vieles, das ihn wütend machte. Seit er bei diesem katastrophalen Abendessen seinen Vater geschlagen hatte, hatte sich bei ihm eine Art Nebenwirkung eingestellt, die mit seiner Wut verbunden war.

Als Helen beim Sportfest von den Hundert umstellt gewesen war, hatte sich diese Nebenwirkung zum ersten Mal in voller

Ausprägung gezeigt, aber dort war sie nicht zum ersten Mal aufgetreten. Es hatte schon bei dem Streit mit seinem Vater angefangen.

Ein Teil von ihm hätte gern mit Jason oder Cassandra darüber gesprochen, um vielleicht besser damit fertigzuwerden, aber bisher hatte er sich nicht dazu durchringen können. Seine Familie würde sich dann nur noch mehr Sorgen machen. Schließlich beunruhigte es sogar ihn selbst.

Lucas hätte es auf dem Schulflur beinahe Helen gebeichtet, aber die Worte wollten einfach nicht über seine Lippen kommen. Sie hatte solche Angst vor Kreon gehabt, und Lucas würde es nicht ertragen, wenn sie auch ihn so ansehen würde. Er hatte immer noch nicht entschieden, ob er mit jemandem darüber reden sollte, auch wenn seine allwissende Schwester es sicher irgendwann herausfinden würde.

»Cassandra?«, rief Lucas, als er in die Küche kam. »Jason?«

»Wir sind hier«, antwortete Jason aus der Bibliothek.

Jasons Stimme hörte sich anders an als sonst. Irgendwie angespannt, aber vermutlich lag es daran, dass er sich immer noch darüber ärgerte, wie Claire und Helen in der Schule verschwunden waren und sie alle sich deswegen Sorgen gemacht hatten. Wie Jason mit Claire umging, brachte Lucas auf die Palme. Er wünschte, sein Cousin würde endlich aufwachen und erkennen, was für ein Glück er hatte. Er hatte sich in jemanden verliebt, den er tatsächlich haben konnte.

Die schwere Doppeltür der Bibliothek war nur angelehnt, und noch bevor Lucas den Raum betrat, spürte er die Anspannung und die Gereiztheit in den Stimmen aller Anwesenden.

»Wo warst du?«, fragte Cassandra misstrauisch. Das machte sie in letzter Zeit dauernd, obwohl sie die Antwort meistens schon kannte.

»Was ist hier los?«, fragte Lucas und ignorierte ihre Frage.

»Matt hat endlich beschlossen, uns etwas mitzuteilen«, sagte Jason mürrisch. Ihm stand die Zornesröte im Gesicht. Lucas hatte ihn schon ein paarmal so wütend erlebt und wusste aus Erfahrung, wie schwierig es war, Jason zu reizen. Er sah Matt an und hob fragend die Brauen.

»Ich habe mit Zach gesprochen. Er hat mich vorgestern Abend angerufen und mich gewarnt, dass heute etwas passieren würde, er aber nicht genau wüsste, was«, gestand Matt.

»Wieso hast du nichts gesagt, Matt?«, fragte Ariadne gekränkt. »Auch wenn Zach keine Einzelheiten kannte, hättest du uns doch warnen können.«

Da lauert das nächste Problem, dachte Lucas. Aber es führte kein Weg daran vorbei. Scions verliebten sich grundsätzlich sehr früh, weil sie häufig jung starben. Zumindest war an Ariadnes Geschmack nichts auszusetzen. Matt hatte seine Loyalität gegenüber dem Haus von Theben mehr als einmal bewiesen. Was die Situation noch verwirrender machte. Normalerweise traf Matt vernünftigere Entscheidungen und machte nicht solche Fehler.

»Das versteht ihr nicht«, antwortete Matt grimmig.

»Versuch's doch mal«, sagte Lucas ärgerlich. Er hasste es, wenn Normalsterbliche so taten, als wären sie ganz anders als Scions, als hätten sie nicht alle dieselben Gefühle.

»Wenn ich euch gesagt hätte, was er mir erzählt hat, was hättet ihr dann mit ihm gemacht? Ihn verhört? Oder verprügelt?« Matt wurde immer hitziger. »Der Typ lügt wie gedruckt. Das meiste, was er sagt, ist totaler Mist, und ich dachte, dass das auch für seine sogenannte Warnung gilt. Er hat keine Ahnung, wo er hineingeraten ist!«

»Und damit ist alles wieder in Ordnung?«, fuhr Jason ihn an.

Der Streit nahm seinen Lauf und die Gemüter erhitzten sich immer mehr. Lucas lebte noch nicht lange auf Nantucket, aber er hatte in der Schule in jedem einzelnen Kurs mit Matt zusammengesessen. Er hatte mit ihm mehr Zeit verbracht als mit dem eigenen Vater und konnte sich nicht erinnern, ihn jemals zuvor wütend erlebt zu haben. Genau wie Jason war Matt eigentlich sehr ausgeglichen, aber im Moment waren beide so wütend, dass sie kaum noch klar denken konnten. Alle Anwesenden waren gereizt.

So viel Streiterei ist nicht normal, dachte Lucas. *Unfrieden*. Der Krawall in der Schule, die unkontrollierbare Wut – sogar die engelhafte, wohlerzogene *Helen* hatte den Drang verspürt, etwas Böses zu tun. Es passte alles zusammen.

»Eris«, sagte er laut und hätte sich am liebsten selbst einen Tritt versetzt. »Hört mal. Wenn Ares sich in der Unterwelt mit Helen herumstreiten wollte, ist es nur logisch, dass seine Schwester versucht, dasselbe in der wirklichen Welt zu tun. Der Waffenstillstand betrifft sie nicht – sie ist keine von den Zwölf. Sie kann ihre Kraft hier auf der Erde einsetzen.«

»Oh Götter! Natürlich!« Cassandra fuhr sich mit der Hand übers Gesicht und lächelte zu ihm auf. »Wie konnte mir das entgehen?«

»Nun, ich hatte mehr Hinweise als du. Ich habe sie sogar gesehen«, berichtete er. »Auf dem Schulflur, als Helen und ich in Deckung gegangen sind. Eris und Ares sind sich sehr ähnlich, als wären sie Zwillinge oder so, abgesehen davon, dass Ares voller blauer Tattoos ist. Die hat Eris nicht.«

»Woher weißt du, wie Ares aussieht?«, fragte Claire und sah Lucas durchdringend an. »Die Griechen haben ihn so sehr gehasst, dass sie keine Mythen über ihn erdacht haben – geschweige denn sein Aussehen beschrieben.«

War ja klar, dass Claire darüber stolpern würde, dachte Lucas. Er seufzte und gestand alles.

»Ich habe Ares gesehen. Ich habe einen Weg in die Unterwelt gefunden und war dabei, als Ares auf Helen und Orion gestoßen ist.«

Während ihn alle mit offenem Mund anstarrten, berichtete er von seinem Raubzug im Getty Museum, der Wirkung der Obolusse und wie er Helen einen davon gegeben hatte.

»Und das hast du uns nicht erzählt, weil ...?«, fragte Ariadne mit zusammengebissenen Zähnen.

»Das versteht ihr nicht«, sagte er und benutzte absichtlich Matts Formulierung. »Wichtig ist doch nur, dass Helen wieder träumen kann.«

»Hör zu, uns allen liegt viel daran, Helen zu beschützen, und wenn du mit diesem Vorschlag zu uns gekommen wärst, hätten wir dir bei dem Einbruch geholfen, um ihr Leben zu retten, das weißt du ganz genau. Wieso hast du es also allein durchgezogen? Luke, was ist, wenn dich jemand gesehen hat?«, fragte Jason besorgt. »Das Museum ist doch voller Überwachungskameras.«

»Die sind kein Problem«, versicherte ihm Lucas voller Überzeugung.

Jason sah ihn zweifelnd an, aber Lucas schüttelte warnend den Kopf. Jason kannte ihn gut genug, um zu wissen, dass Lucas versuchte, ihm etwas mitzuteilen. Also ging er auf den Wink ein und ließ das Thema vorerst fallen, doch Lucas war klar, dass er seine Unsichtbarkeit vermutlich keinen weiteren Tag verheimlichen konnte, nachdem Jason jetzt misstrauisch geworden war. Aber er war bereit, dieses Geheimnis zu lüften, solange niemand das zweite, viel schlimmere Geheimnis ahnte.

»Kinder!«, rief Noel aufgeregt an der Haustür. Alle reagierten sofort auf ihren ängstlichen Tonfall.

»Mom?«, rief Lucas zurück und sprang auf. Einen Moment später tauchte sie außer Atem in der Bibliothek auf, sah sich hektisch um und zählte die Anwesenden. Sie kam jedoch nicht auf die erhoffte Zahl.

»Wo ist Helen?«, fragte sie mit wachsender Besorgnis.

»Ich habe sie bei der Arbeit zurückgelassen«, antwortete Lucas schnell.

»Oh nein«, murmelte Noel und begann, eine Nummer in ihr Handy einzugeben. Lucas erkannte die Nummer seines Vaters. Castor war immer noch im Konzil mit den Hundert. Das Konzil jetzt zu verlassen, würde alles zunichtemachen, was bisher beschlossen worden war, das wusste seine Mutter.

»Mom! Bist du sicher, dass du das tun willst?«

»Das Konzil ist mir egal! Castor und Pallas müssen *sofort* herkommen. Im Stadtzentrum finden Straßenschlachten statt. Genau vor dem News Store!«

Hitze umhüllte Helen und der Schweiß kribbelte und brannte auf ihrer Haut. Die staubtrockene Luft roch nach frisch angezündeten Streichhölzern und waberte wie die Oberfläche eines Sees. Gleißendes Licht blendete sie, obwohl es keine echte Sonne gab.

Orion ließ Helens Hände los, damit er sich umdrehen und sich den einzigen Baum im Trockenen Land ansehen konnte. Drei kleine Mädchen standen in seinem Schatten und weinten so sehr, dass ihre dürren Schultern bebten. Orion bedeutete Helen, ihn zu begleiten, damit sie den Furien gemeinsam gegenübertreten konnten. Die drei Schwestern klammerten sich verängstigt aneinander. Als Orion einen Schritt näher auf sie zukam, drängten sie sich noch enger zusammen.

»Warte.« Helen legte Orion zögernd eine Hand auf den Arm. »Ich will ihnen keine Angst machen.«

»Bist du gekommen, uns zu töten, Deszender?«, fragte eine von ihnen. Ihre Stimme war die eines Kindes, allerdings ganz rau vom vielen Weinen. Jetzt, wo Helen sie zum ersten Mal deutlich sah, ohne von ihnen aufgehetzt zu werden, fragte sie sich, wie sie den Eindruck gewinnen konnte, dass es erwachsene Frauen waren. Diese drei Mädchen waren noch Kinder.

»Wir wissen, wie ihr Scions uns hasst und dass ihr uns tot sehen wollt«, klagte die eine. »Aber daraus wird nichts.«

»Wir wollen euch nichts tun. Wir kommen, um zu helfen.« Helen hob beschwichtigend die Hände. »Habt ihr mich nicht genau deswegen das erste Mal hierhergeführt? Damit ich eines Tages wiederkomme und euch helfe?«

Die Furien schnieften und klammerten sich verstört aneinander fest. Orion nahm ganz langsam seinen Rucksack ab, legte ihn auf den Boden und warf den Schwestern einen beruhigenden Blick zu, mit dem er sich vergewisserte, dass er sie nicht erschreckte. Seine Taktik schien zu funktionieren. Die Furien beobachteten ihn mit großen Augen und ängstlicher Miene, aber sie wirkten jetzt etwas weniger panisch.

»Wir haben euch etwas zu trinken mitgebracht«, sagte er freundlich, öffnete den Reißverschluss des Rucksacks und holte die drei Feldflaschen heraus.

»Gift?«, fragte die linke Schwester misstrauisch. »Zweifellos ein Trick, um uns in den Tartaros zu schicken. Ich sagte es euch doch schon. Das wird nicht funktionieren.«

»Schwestern. Vielleicht ist es so am besten«, sagte die Kleinste auf der rechten Seite mit einem so dünnen Stimmchen, dass es kaum zu hören war. »Ich bin so müde.«

»Ich weiß, dass ihr müde seid«, sagte Helen, der die drei Mädchen unendlich leidtaten. »Und ich weiß, wie es sich anfühlt, wenn man wirklich müde ist.«

»Wir wollen euer Leid lindern«, sagte Orion. Er klang so aufrichtig, dass die linke Schwester tatsächlich einen unsicheren Schritt auf ihn zu machte.

»Unser Leid wird niemals enden«, sagte die Anführerin in der Mitte und zog ihre Schwester wieder zurück. »Ihr Scions mögt Frieden finden und von Zeit zu Zeit sogar glücklich sein, aber wir Erinnyen sind immer gequält. Wir wurden aus dem Blut geboren, das ein Sohn beim Angriff auf den eigenen Vater vergoss. Es ist unser Schicksal, diesen ungerechten Tod zu rächen.«

Die Sprecherin funkelte Orion an, der die Furien flehentlich betrachtete. Helen trat einen Schritt näher an ihn heran. Er schien zu vergessen, wieso sie hier waren. Das passte gar nicht zu Orion.

»Ich habe meinen Vater nicht getötet, sosehr die Parzen das auch gewollt haben«, verkündete er mit klarer Stimme. »Ich wurde in die Bitterkeit hineingeboren, aber ich habe entschieden, dass ich nicht verbittert sein will.«

»Uns steht diese Entscheidung nicht frei, Prinz«, wisperte die kleinste Schwester. »Die Morde sind für immer in unseren Köpfen.«

»Wir Erinnyen können niemals das Blut vergessen, das euresgleichen vergossen hat. Wir erinnern uns an jede Untat«, erklärte die Anführerin tieftraurig. Wieder fingen die drei Mädchen an zu weinen.

»Und deswegen sind wir hier. Meine Freundin und ich finden, dass ihr lange genug für die Sünden der Scions gelitten habt«, sagte Orion mit seiner beruhigenden Stimme. »Wir möchten euch nur etwas Wasser zu trinken geben. Habt ihr keinen Durst?«

»Wir hatten seit mehr als dreitausend Jahren keinen Tropfen Wasser«, sagte die linke Schwester.

Alle drei gerieten in Versuchung. Es war selbst im Schatten ihres elenden Baums so heiß und trocken, dass sogar Helen, die eigentlich Entbehrungen gewöhnt war, nur zu gern wenigstens ihren Mund befeuchtet hätte. Schließlich trat die kleinste Schwester vor. Ihre Beinchen waren so dürr, dass es ein Wunder war, dass sie nicht zusammenklappte.

»Ich bin sehr durstig. Ich möchte trinken«, sagte sie mit ihrer zarten Flüsterstimme.

Ihre dünnen Arme zitterten, als sie die Hände ausstreckte.

Orion schraubte den Deckel ab und half ihr, die Flasche festzuhalten und an die Lippen zu führen. Sie nahm einen winzigen Schluck und schaute schockiert zu Orion auf. Dann riss sie die Flasche an sich, legte den Kopf zurück und trank den gesamten Inhalt mit großen, glucksenden Zügen aus. Danach begann sie zu schwanken und Orion musste sie festhalten. Er warf Helen einen hoffnungsvollen Blick zu.

»Du hast sie umgebracht!«, stieß die mittlere Schwester entsetzt hervor.

»Er kann keine von uns töten«, widersprach die Anführerin. »Sieh doch, sie bewegt sich.«

Die Kleinste klammerte sich an den Saum von Orions Hemd und vergrub das Gesicht an seiner Brust. Er streichelte ihr mit der freien Hand übers Haar und sprach ihr sanft ins Ohr, als ihre Schultern zu beben begannen. Helen konnte seinem Tonfall entnehmen, dass er ihr sagte, dass sie beruhigt sein konnte und ihr nichts geschehen würde. Die kleinste Furie warf plötzlich den Kopf zurück und lachte.

»Schwestern«, seufzte sie. »Es ist … himmlisch! Die Erben haben uns den Himmel zum Trinken mitgebracht!«

Helen reichte den beiden anderen Furien hastig ihre Flaschen und beobachtete, wie sie genauso euphorisch wurden. Die Kleinste küsste Orion voller Dankbarkeit auf die Wange und warf sich dann in die Arme ihrer beiden größeren Schwestern. Die drei kicherten vor Freude, umarmten sich und hopsten lachend und jauchzend herum. Sie sahen aus wie drei junge Mädchen auf einer Pyjamaparty.

Helen warf Orion einen Blick zu und musste feststellen, dass er die drei Mädchen zwar fasziniert, aber auch mit gemischten Gefühlen beobachtete. Sie stellte sich dicht neben ihn, um ihn spüren zu lassen, dass sie für ihn da war. Die Erwähnung seines Vaters schien ihn erschüttert zu haben, aber dieses Problem war jetzt aus der Welt geschafft. Die Scions waren von den Furien befreit und er und sein Vater würden schon bald wieder vereint sein.

»Du hattest recht«, sagte Helen. Orion sah fragend auf sie herab. »Sie zu erlösen ist viel besser als ewige Glückseligkeit.«

Die beiden richteten ihre Aufmerksamkeit wieder auf die ausgelassenen Mädchen. Dann zuckte Helen mit den Schultern, grinste und tat so, als müsste sie ihre letzte Bemerkung noch einmal überdenken. Orion lachte über ihren Witz, sagte aber nichts. Er legte ihr nur eine Hand auf die Schulter, während sie zusahen, wie sich die Schwestern in den Armen lagen und herumtanzten.

Die Kleinste war die Erste, die sich von den anderen löste. Es sah so aus, als wäre sie von der ganzen Aufregung erschöpft und müsste sich einen Moment ausruhen. Sie wankte von den anderen weg und hielt sich eine Hand vor die Augen. Orion ließ Helen los und wollte dem Mädchen zu Hilfe kommen, denn inzwischen taumelte es herum, als würde es jeden Moment zusammenbrechen. Die jüngste Furie ließ den Kopf hängen. Rote Tropfen befleckten ihr weißes Kleid, als sie blutige Tränen weinte. Ihre Schwestern zogen sie von Orion weg und fragten, was mit ihr los war. Aber kurz darauf begannen auch sie wieder zu weinen.

»Was ist passiert?«, fragte Helen Orion entgeistert.

»Ich weiß es nicht. Sie hat gesagt, dass sie ihre Gesichter nicht aus dem Kopf bekommt«, antwortete er mit einem Stirnrunzeln. Die drei Schwestern standen dicht beieinander und flüsterten. Offenbar trafen sie eine Entscheidung, denn die Anführerin kam auf Helen und Orion zu.

»Anscheinend konnte die Glückseligkeit nicht von Dauer sein«, sagte sie.

Die beiden anderen Mädchen klammerten sich weinend aneinander und Helen wollte ihnen unbedingt beistehen. Orion hockte sich hin, sammelte die leeren Feldflaschen ein und suchte verzweifelt nach irgendwelchen letzten Tropfen, aber alle drei Flaschen waren leer.

»Wir holen euch mehr davon«, versprach er, aber die Anführerin schüttelte den Kopf.

»So gern ich dieses Gefühl noch einmal verspüren würde, fürchte ich doch, dass es niemals von Dauer sein kann«, sagte sie traurig. »Wir können dieses Geschenk nicht mit gleicher Münze zurückzahlen, aber zum Dank für diese segensreichen Momente, die ihr uns ermöglicht habt, möchten wir euch etwas geben.«

»Eine Gabe für ein Geschenk, das wir niemals vergessen werden«, versicherte die mittlere Schwester.

»Wir erlassen euch beiden eure Blutschuld«, sagte die Anführerin und schwenkte die Hand durch die Luft, als würde sie Helen und Orion segnen. »Wir werden euch nie wieder heimsuchen.«

Sie wich zurück, gesellte sich zu ihren Schwestern und die drei verzogen sich wieder in den Schatten ihres Baums.

»Wartet! Gebt noch nicht auf«, flehte Orion. »Vielleicht haben wir nicht genug Wasser mitgebracht. Wenn wir euch mehr holen …«

»Orion, nicht«, sagte Helen und verhinderte, dass er den Mädchen nachlief. »Sie haben recht. Wir könnten ihnen das Wasser bis in alle Ewigkeit bringen, aber Glückseligkeit ist vergänglich – sie ist kein Dauerzustand. Das ist mir jetzt klar. Persephone muss einen anderen Fluss gemeint haben.«

»Und wenn nicht?«, fragte Orion so verzweifelt, dass seine Stimme brach. »Was, wenn das hier unsere einzige Möglichkeit ist, ihnen zu helfen?«

Helen sah in seine leuchtend grünen Augen und schüttelte stumm den Kopf. Sie wusste nicht, was sie jetzt tun sollten. Das kleinste Mädchen reckte den Kopf aus dem Schatten hervor.

»Danke«, wisperte es, bevor es wieder in der Dunkelheit hinter dem Baumstamm verschwand.

»Wir müssen ihnen helfen!«, sagte Orion eindringlich. »Wir können sie nicht bis in alle Ewigkeit so leiden lassen!«

»Das werden wir auch nicht! Ich schwöre dir, dass wir nicht aufhören, bis wir den richtigen Fluss gefunden haben!« Plötzlich verschwamm alles vor Helens Augen, und sie krallte sich in Orions Shirt, um nicht umzukippen.

»Was ist los?«, fragte Orion. Die Landschaft wurde unscharf, und Helen fühlte, wie sich die Welt verlangsamte, als würde sie aufwachen.

»Ich glaube, sie wollen, dass wir gehen«, sagte sie. Sie schlang die Arme um Orions Hals und hielt sich an ihm fest …

Als Matt und Claire merkten, dass der Verkehr zum Erliegen gekommen war, ließen sie das Auto stehen und rannten durch die dunklen Straßen aufs Stadtzentrum zu.

Eigentlich hätten sie nicht unterwegs sein sollen, aber sie wollten nicht in der Sicherheit des Delos-Anwesens herumsitzen, während die Scions zum Kämpfen ausschwärmten. Matt war sogar ziemlich beleidigt, weil Ariadne ihn förmlich angefleht hatte, im Haus zu bleiben, als wäre er ein Kind, das sich nicht selbst verteidigen konnte. Er hatte protestieren wollen, aber Ariadne, Lucas und Jason waren so schnell weggerannt, dass Matt ihnen kaum mit den Augen folgen, geschweige denn seine Empörung in Worte fassen konnte. Es ärgerte ihn maßlos, wenn sie sich so verhielten.

Cassandra hatte sie gewarnt, nicht zu gehen, weil es die anderen richtig sauer machen würde. Matt mochte es viel lieber, wenn sie ihre Vernunft benutzte, um die Zukunft vorherzusagen – als normaler Mensch, nicht als Orakel. Er konnte mittlerweile nicht einmal mehr hinsehen, wenn die Parzen aus ihr auftauchten, als würden sie sich unter ihrer Haut hervorgraben.

Das war eines der vielen Dinge, die Matt dazu brachten, den Wert der Scion-Begabungen anzuzweifeln, ganz zu schweigen von den sogenannten Göttern, die sie den Scions verliehen hatten. Welchen Sinn hatten die Parzen, wenn sie Menschen nur benutzten wie Gefäße, die man füllte, wieder leerte und schließlich wegwarf? Sosehr Matt Gewalt verabscheute, bei dem Gedanken daran, was die Parzen den Scions antaten, hätte er nur zu gern etwas Kampfsport praktiziert.

Als er und Claire sich dem Stadtzentrum näherten, hörten sie Rufe und Schreie, aber die Stimmen schienen nichts miteinander zu tun zu haben. In einer Straße kreischten die Leute vor

Angst, in einer anderen war aggressives Gejohle zu hören. Es war beinahe, als würden die Menschen verschiedene Filme sehen.

»Warte, Claire«, sagte Matt, als sie um eine schlecht beleuchtete Kurve kamen. »Hier brennt die Straßenbeleuchtung nicht mehr.«

»Aber zum News Store geht es hier entlang«, protestierte sie.

»Ich weiß, aber lass uns lieber einen Umweg machen, damit wir in der Gasse hinter dem Laden herauskommen. Ich möchte erst wissen, was hier los ist, bevor ich mich auf der Hauptstraße sehen lasse.«

Claire war einverstanden und Matt führte sie zur Hintertür des News Store. Es war still in der Gasse hinter dem Laden, obwohl sie natürlich den Lärm von der Hauptstraße hören konnten. Sie hatten beide das Gefühl, dass in der Nähe etwas Großes passierte, aber es kam ihnen so vor, als wären sie gar nicht davon betroffen.

»Gott, ist das dunkel«, murmelte Claire. Man konnte ihr die Angst förmlich anhören.

»Das ist keine normale Dunkelheit«, flüsterte Matt nervös, als sie den News Store durch die Hintertür betraten.

»Ich glaube, ich habe so was schon mal gesehen«, wisperte Claire und rieb sich die Arme – vor Kälte und vor Angst. »Als Hector beim Sportfest von Automedon und den Hundert angegriffen wurde, hat diese gruselige Schwärze auch alles eingehüllt. Ich glaube, es bedeutet, dass ein Schattenmeister hier war.«

Der Laden war verwüstet. Tische waren umgekippt, Gläser mit Süßigkeiten waren auf dem Boden zerplatzt, und alles war mit einer Schicht Mehl überzogen, das jemand offensichtlich mit Absicht aus ein paar aufgerissenen Säcken verteilt hatte. Matt und

Claire arbeiteten sich bis zur Ladentür vor und suchten nach Verletzten, die möglicherweise bewusstlos waren, und hofften inständig, dass sie weder Jerry noch Kate finden würden. Zum Glück war der News Store menschenleer.

Je mehr sie sich der Vordertür näherten, desto undurchdringlicher wurde die Schwärze, und Matt und Claire stolperten blindlings hinaus auf die Straße. Dort mussten sie kurz warten, bis sich ihre Augen an die vom Schattenmeister zurückgelassene nebelhafte Dunkelheit gewöhnt hatten. Eine Horde kostümierter Leute kam die Straße herunter, angeführt von einer großen Frau. Als sich die Dunkelheit verzog, wich Matt instinktiv einen Schritt zurück.

»Das muss Eris sein«, sagte er halblaut zu Claire.

»Und wer ist das?«, fragte sie und schaute in die andere Richtung. Sie zeigte auf einen großen, dünnen Jungen, der aussah, als hätte man ihn aus Ersatzteilen zusammengebaut. Die Arme waren zu lang für seinen Körper, seine Schultern hingen herab und er hatte O-Beine. Obwohl er so groß war, sah es aus, als würde er *kriechen,* anstatt zu laufen. Claire, die immer noch in stummer Panik auf ihn zeigte, wich zurück, bis sie gegen Matt stieß. Er konnte fühlen, wie sie am ganzen Körper zitterte, und ihre keuchenden Atemzüge drohten in panische Schreie überzugehen.

Matt kannte sie schon seit der gemeinsamen Kindergartenzeit, und eines wusste er genau: Claire Aoki war keine ängstliche Person. Aber als Matt sich umsah, musste er feststellen, dass auch die anderen Leute hysterisch herumrannten und vor lauter Angst außer sich waren. Es machte den Eindruck, als würde jeder Einzelne von seinem schlimmsten Albtraum heimgesucht.

»Das muss ein weiterer Gott sein.« Auch Matts Stimme bebte. »Claire, denk nach! Eris ist die Schwester von Ares und das personifizierte Chaos – sie bringt die Leute dazu, alles kaputt zu schlagen. Und was fühlen wir, wenn wir uns diesen gruseligen Jungen ansehen?«

»Panik?«, keuchte Claire, die krampfhaft versuchte, nicht zu hyperventilieren. »Aber ich dachte immer, der Gott Pan wäre ein Ziegenbock!«

»Nein, das ist nicht dieser Satyr! Da gab es doch noch einen anderen«, überlegte Matt, und der Familienstammbaum der Götter tauchte vor seinem inneren Auge auf. »Ares, der Gott des Krieges, geht mit Eris, der Göttin des Unfriedens, und sie werden begleitet von seinem Sohn Phobos. Dieser widerwärtige Junge muss Phobos sein, der Angst und Schrecken verbreitet.«

»Matt«, schnaufte Claire und deutete mit einem Arm in die eine und mit dem anderen in die andere Richtung. »Die treiben die Leute aufeinander zu!«

Matt war wie vom Donner gerührt. Eris und ihr Neffe führten ihre aufgeheizten Gruppen über die angrenzenden Straßen auf die große Kreuzung zu, an der auch der News Store lag.

Mit jedem Schritt brachten die schrecklichen Götter ihr Gefolge dem unvermeidlichen Zusammenstoß ein bisschen näher. Selbst Matt und Claire, die sich krampfhaft bemühten, ihre Gefühle unter Kontrolle zu behalten, spürten den Wahnsinn in sich aufsteigen. Und wie ein Korken aus einer geschüttelten Champagnerflasche unvermeidlich herausspringt, prallte die Gruppe um Phobos schließlich mit der zerstörungswütigen Horde von

Eris zusammen, und es brach absolute Panik aus. Matt entdeckte Eris mitten im Getümmel. Sie lachte zufrieden und ihr missgestalteter Neffe hatte ein boshaftes Grinsen im Gesicht.

Die kostümierten Randalierer gingen in einem Rausch aus Zerstörungswut und Angst aufeinander los. Matt und Claire blieb nichts anderes übrig, als in Deckung zu gehen. Matt packte Claires Hand, zog sie hinter ein geparktes Auto und schützte sie mit dem eigenen Körper vor fliegenden Glasscherben und anderen gefährlichen Gegenständen.

Die beiden hielten sich aneinander fest und versuchten, ihre Emotionen so weit unter Kontrolle zu behalten, dass sie sich nicht an der Straßenschlacht beteiligten. Die Luft stank nach saurer Milch und brennendem Plastik, und Matt fiel auf, dass die Stärke des Geruchs die Leute beeinflusste – je intensiver er wurde, desto mehr kochten die Gefühle hoch; bei ihm ebenso wie bei allen anderen.

Das Licht der Straßenlaterne über ihnen wurde matter und verschwand dann ganz, denn die Kreuzung war auf einmal in totale Dunkelheit getaucht. Matt konnte plötzlich keinen Meter weit sehen.

»Was macht ihr hier?«, knurrte eine Stimme aus der Schwärze.

Die Stimme von Lucas, erkannte Matt erschrocken.

»Kommt mit«, sagte Lucas. Er streckte ihnen aus seinem wabernden schwarzen Umhang die Hand entgegen und bedeutete den beiden, ihm zu folgen. »Ich verstecke euch hier drin, bis ihr in Sicherheit seid.«

Matt und Claire zögerten, denn sie trauten sich nicht in seine Nähe. Ihr Misstrauen führte dazu, dass sich die Schatten auflösten und sich von Lucas wegbewegten. Es war etwas Bedrohliches in seiner Stimme und an der Art, wie die letzten Schattenfetzen an ihm hingen. Seine blauen Augen waren schwarz und er wirkte so *wütend*.

»Äh, Lucas?«, fragte Claire ungewöhnlich schüchtern. »Bist du so was wie … ein Schattenmeister?«

Er machte ein betroffenes Gesicht und nickte bedrückt.

»Und was hast du sonst noch vor uns geheim gehalten?«, fragte Matt, der so verdutzt war, dass er nur noch flüsterte.

Lucas machte den Mund auf und sah flehentlich von Matt zu Claire, aber gerade als er etwas sagen wollte, tauchten Jason und Ariadne neben ihnen auf, und ein Dutzend Fragen sprudelte aus ihnen heraus. Lucas hob die Hände und versuchte zu erklären, dass er erst vor Kurzem gemerkt hatte, dass er ein Schattenmeister war, als sie zum zweiten Mal unterbrochen wurden.

»Leute! Wo ist Helen?«, rief Kate hektisch. Sie alle fuhren zu Kate herum, die humpelnd auf den verwüsteten News Store zulief. Ihre Kleidung war zerrissen, ihre Frisur zerzaust, und sie war so voller Schmutz und Mehl, als hätte sie sich kämpfend auf dem Boden gewälzt.

Begleitet wurde sie von Hector, der Jerry in seinen Armen trug. Helens Vater war bewusstlos und hatte eine stark blutende Kopfwunde.

Hectors Augen wurden groß und ihm klappte der Unterkiefer herunter. Matt fuhr herum und sah das Aufglühen der Wut in den Augen von Lucas, Ariadne und Jason. Er konnte nicht hören, was sie hörten, aber er konnte ihnen an den Gesichtern ablesen, dass die Furien von ihnen Besitz ergriffen hatten.

»Jason, nein!«, schrie Claire und warf sich ihm in den Weg, bevor er seinen Bruder angreifen konnte.

»Ich nehme Ariadne!«, brüllte Matt und stürzte sich auf sie.

Ariadne zischte ihn an und zerkratzte ihm Hals und Brust, hörte aber schnell wieder damit auf, als sie sein Blut fließen sah. Matt ignorierte seine Verletzungen, hielt ihr die Augen zu und drückte sie fest an sich. Sie bebte vor Wut. Matt riskierte einen Blick und sah, wie Lucas den Kopf neigte wie ein Löwe auf der Jagd und dann einen Schritt auf Hector zuging.

Es war niemand mehr da, der ihn festhalten konnte.

14

Helen machte die Augen auf, und nach einem Blick auf ihr eisverkrustetes Kopfkissen wusste sie, dass sie wieder in ihrem Zimmer war. Es war dunkel, aber es war die marineblaue Dunkelheit des frühen Abends, nicht das Stockdunkel der Nacht. Sie lag mit dem Gesicht nach unten auf etwas, das uneben und warm war – und eindeutig nicht ihre Matratze.

Helen stützte sich auf die Ellbogen und sah hinab auf Orions schlafendes Gesicht. Eigentlich sollte sie sich sofort von ihm zurückziehen, doch sie zögerte. Er runzelte im Schlaf ein wenig die Stirn und aus irgendeinem Grund fand Helen das total süß.

In der Unterwelt hatte er einfach nur umwerfend ausgesehen, aber in der richtigen Welt hypnotisierte er sie geradezu mit seiner Schönheit. Alles an ihm passte perfekt zusammen. Seine wie in Stein gemeißelten Wangen betonten den kräftigen Hals, der in eine muskulöse Brust überging. Natürlich wusste Helen, dass das unwiderstehliche Aussehen typisch für die Söhne von Aphrodite war, aber das schmälerte seine Anziehungskraft nicht im Geringsten. Er brauchte zwar immer noch einen anständigen Haarschnitt, aber er war trotzdem ein Adonis, das Sinnbild männlicher Schönheit. Das war er schon die ganze Zeit gewesen, erkannte Helen jetzt, und je länger sie ihn anstarrte, desto schwerer wurde es, auch nur ans Wegsehen *zu denken*.

Helen konnte sich nicht bremsen – ihre Neugier verleitete sie, mit einem Finger über seine Unterlippe zu fahren. Sie wollte nur wissen, ob sie so weich war, wie sie sie in Erinnerung hatte, so weich, wie Morpheus sie ihr vorgespielt hatte.

Orions Muskeln spannten sich unter ihr und bei ihrer Berührung riss er die Augen auf. Noch nicht ganz wach, packte er Helen und wollte sie von sich wegstoßen.

»Ich bin's!«, schrie sie und klammerte sich an seinen Schultern fest, um nicht von ihm durch die nächste Wand geworfen zu werden.

Orion setzte sich auf und sah sich einen Moment lang verständnislos und ein wenig erschrocken um. Er löste den Klammergriff, mit dem er Helen gepackt hatte, und fuhr mit den Fingerspitzen über die tauende Eisschicht auf der Bettdecke. Mit einem amüsierten Lächeln zerrieb er den Rest der Kristalle zwischen den Fingern.

Helen sah ihm an, dass er die Verbindung zwischen der schnell schwindenden Kälte in ihrem Zimmer und der dauerhaften unnatürlichen Kälte in der Höhle mit dem Portal herstellte. Es war wirklich erstaunlich, wie vertraut sie mit Orions Mimik war und wie sie sogar seine Gedanken lesen konnte. Es war fast, als würde sie ihn schon ihr ganzes Leben lang kennen. *Oder länger*, dachte sie mit einem Schaudern.

»Ist das dein Zimmer?«, fragte er. Helen nickte lächelnd. Er sah sie misstrauisch an. »Und wozu brauchst du dieses Plastiklaken?«

Beide prusteten los.

»Das musste ich kaufen! Ich habe meine normalen Laken immer mit dem Dreck aus der Unterwelt ruiniert!«, verteidigte sie sich und schlug Orion empört aufs Bein. Er schnappte sich ihre Hand und hielt sie an seinem Oberschenkel fest.

»Helen, sei ehrlich«, neckte er sie. »Du machst immer noch ins Bett, gib's zu!«

Sie lächelte, schüttelte aber gleichzeitig den Kopf als Warnung an ihn, es nicht auf die Spitze zu treiben. Dann erstarb ihr albernes Kichern plötzlich und wich einer gewissen Spannung. Aus irgendeinem unerklärlichen Grund lag Helens Hand auf seinem Oberschenkel. Sie zog sie hastig weg, doch merkwürdigerweise landete ihre Hand sofort auf seiner Wade.

Orion ließ den Kopf ins Kissen sinken und berührte gleichzeitig Helens Oberarm, als müsste er sich vergewissern, dass sie tatsächlich da war.

»Ich greife dich nicht an«, flüsterte er beinahe ungläubig. Er ließ die Finger über ihren Arm gleiten und legte die Handfläche um ihren Ellbogen. »Die Furien haben uns wirklich befreit.«

»Das haben sie«, wisperte sie zurück. »Jetzt kannst du nach Hause gehen.«

Orion schaute sie mit ernster Miene an. »Wir beide sind zwar erlöst, aber es ist noch nicht vorbei, das weißt du, oder?«

»Noch nicht«, bestätigte sie kaum hörbar. »Aber ich würde es verstehen, wenn du jetzt wichtigere Dinge zu erledigen hättest.«

»Wovon redest du?«, fragte er und sah sie neugierig an.

»Du bist frei. Du kannst mit deinem Vater leben.« Helen konnte ihn nicht ansehen. Sie sah sich nach etwas um, mit dem sie ihre Hände beschäftigen konnte, und stellte dabei fest, dass sie immer noch das Kostüm mit den Feenflügeln trug. Sie streifte die Flügel ab und sagte so gelassen, wie sie konnte: »Ich würde es verstehen, wenn du jetzt nicht mehr mit mir in die Unterwelt gehen willst.«

Orions Lippen öffneten sich überrascht und er sah Helen prüfend an. »Unfassbar«, murmelte er. »Nach allem, was ich dir von mir erzählt habe.«

Orion warf mit einer verärgerten Armbewegung die zerknüllte Bettdecke zur Seite und wollte aufstehen, aber Helen packte seine Arme und hielt ihn fest.

»Hey. Du hast deinen Vater nicht mehr gesehen, seit du zehn warst, und außerdem ist das Ganze nicht deine Mission. Es ist meine. Ich musste es zumindest ansprechen«, fügte sie ernst hinzu.

»Ich habe es dir doch schon gesagt. Ich bin dabei bis zum Ende, egal, was passiert.«

»Ich hatte gehofft, dass du das sagen würdest«, flüsterte sie und lächelte ihn dankbar an. Seine missmutige Miene wich einem Lächeln und er ließ sich von Helen wieder in ihr Kissen drücken.

Sie konnte nicht aufhören, ihn zu berühren. Wahrscheinlich hatte Orion sein ganzes Leben lang die Mädchen abwehren müssen, und es war Helen irgendwie peinlich, dass sie sich genauso benahm wie all die anderen.

»Also leg das Ding noch nicht ab, okay?«, sagte sie und berührte den Zweig von Aeneas, den er immer noch in Form eines goldenen Armbands trug.

»Ich glaube, es geht sowieso nicht ab«, sagte er sanft.

Orion schien sich wieder zu entspannen, gleichzeitig aber auch wachsamer zu werden, und sie fragte sich, ob er wohl sehen konnte, wie ihr Herz hämmerte. Einen kurzen Augenblick lang war Helen überzeugt, dass er sie küssen würde.

Dann geriet sie in Panik und fragte sich, was sie tun sollte, wenn es geschah. Dies war kein Traum, und Helen war nicht sicher, ob sie schon zu einem Kuss bereit war.

»Es ist okay. Ich habe es nicht eilig, Helen«, sagte er ruhig. »Es ist mir sogar lieber, wenn wir uns Zeit lassen.«

Bei dem Wort »Zeit« durchfuhr Helen eine Welle der Panik. Sie sprang aus dem Bett, rannte ans Fenster und hob die blaue Plane an. Aus dem Stadtzentrum drang ungewöhnlicher Lärm.

»Oh mein Gott, ich kann nicht fassen, dass ich das vergessen habe!«, jammerte sie hysterisch. Sie packte Orion am Arm und zwang ihn, mit ihr aus dem zerbrochenen Fenster zu springen. »Ich habe meine Familie mitten in einem Aufstand alleingelassen!«

Nach der Landung rannten sie los. Helen übernahm die Führung, und als sie kurz darauf den Ortskern erreichten, blieb sie wie angewurzelt stehen. Sie traute ihren Augen nicht. Leute, die sie jeden Tag sah, mit denen sie plauderte und denen sie Muffins und Kaffee servierte, versuchten, einander in Stücke zu reißen. Sogar uniformierte Polizisten und Feuerwehrleute liefen Amok und schlugen Autoscheiben ein oder prügelten sich auf der Straße.

»Was willst du tun?«, fragte Orion kampfbereit. »Ich kenne die Stadt und die Leute nicht. Wer ist hier der Böse?«

Helen zuckte hilflos mit den Schultern. Hier kämpfte jeder gegen jeden. Sie drehte sich einmal um sich selbst, um zu entscheiden, wen sie schützen und wen sie bekämpfen sollte. Aber all diese Leute waren ihre Nachbarn, und soweit sie es erkennen konnte, verletzten sie einander nur aus reiner Panik. Sie sah, wie sich etwas einen Weg durch die Kämpfenden bahnte, und steuerte darauf zu.

Automedon, dem ihr alter Kumpel Zach brav hinterherlief, warf hilflose Menschen aus dem Weg. Mit seiner übermenschlichen Kraft ließ er jeden, der ihm in die Quere kam, durch die Luft fliegen. Der Myrmidone legte es nicht darauf an, die Leute zu verletzen – es war ihm egal, ob sie lebten oder starben.

Direkt in Automedons Weg lag ein Mann am Boden. Neben ihm standen in einem Haufen verstreuter Halloween-Süßigkeiten ein kleines Mädchen in einem Prinzessinnenkostüm und ein Junge, der als Bär verkleidet war. Das kleine Mädchen weinte ganz furchtbar und stieß in dem vergeblichen Bemühen, den Mann zu wecken, immer wieder gegen seinen Rücken. Der tapfere kleine Junge stellte sich Automedon in den Weg, die Hände in den pelzigen Bärenpfoten zu Fäusten geballt und bereit, den bewusstlosen Mann und seine hilflose kleine Schwester zu verteidigen. Beim Näherkommen erkannte Helen, dass der Mann Louis war und die Kinder Marivi und Juan.

Automedon schaute kaum hin. Fast beiläufig stieß er Juan zur Seite und sein kleiner Körper flog über die Köpfe der Menge hinweg. Orion bewegte sich so schnell, dass er an Helens Seite verschwamm. Sie selbst stand unter Schock. Zachs Gesicht verzerrte sich zu einer Maske der Angst, und er hechtete in Deckung, als ein schneeweißer Blitz aus Helens Brust hervorschoss und Automedon traf.

Sie dachte nicht nach. Nicht darüber, ob die Leute sie beobachteten oder ob sie das Insekt aus strategischen Gründen verschonen sollte. Helen sah nur noch, wie Juan in seinem süßen Teddybärkostüm durch die Luft flog. Sie hob die linke Hand, konzentrierte den Energiestrom und verwandelte Automedon in eine brennende Fackel.

Automedon wand sich vor Schmerzen. Als seine Haut von feurigem Orange zu mattem Rot verglühte, fiel er auf die Knie, dann auf die Seite und blieb schließlich – schwarz verkohlt – reglos liegen.

»Helen, hör auf!«, brüllte Orion. »Er ist tot!«

Helen schaltete den Strahl mit einem lauten Knallen ab, ließ die linke Hand sinken und betrachtete das verkohlte Etwas, das einmal Automedon gewesen war. Zach sprang auf und raste davon. Helen ließ ihn laufen und drehte sich zu Orion um.

Er hatte Juan bei sich. In seinen Riesenarmen sah der Kleine aus wie ein Plüschteddy. Helen hob unwillkürlich eine Hand zum Mund und wagte nicht zu fragen, wie schlimm es war.

»Er ist okay, ich habe ihn gefangen, bevor er auf den Boden aufgeschlagen ist«, sagte Orion beruhigend und kam auf sie zu. »Aber wir sollten die Kinder von der Straße schaffen.«

Sie sahen auf Marivi hinab, die Helen mit großen Augen und offenem Mund anstarrte.

»Weißt du, wer ich bin?«, fragte Helen. Marivi nickte, aber ihr

Gesicht war immer noch starr. »Kommst du mit uns?« Wieder nickte Marivi wortlos.

Als Helen dem Mädchen einen Arm entgegenstreckte, sprang es hoch, klammerte sich an ihrem Hals fest und schlang die Beine so fest um Helens Hüfte, wie es nur konnte. Orion legte Helen den kleinen Juan in den anderen Arm und beugte sich dann über Louis, der zumindest noch zu atmen schien.

»Er ist bewusstlos, aber er wird es schaffen«, sagte Orion und hob ihn ohne das geringste Zögern hoch. »Gibt es hier irgendwo einen sicheren Ort? Die Krankenhäuser werden heute Nacht überfüllt sein.«

»Äh … der News Store?«, schlug Helen unsicher vor. »Da ist ein Erste-Hilfe-Kasten und vielleicht ist auch meine Familie dort.«

»Klingt gut«, sagte Orion und bedeutete Helen, ihm den Weg zu zeigen.

Als sie losgehen wollten, regte sich plötzlich Automedons verkohlter Körper. Sie hörten ein trockenes Knistern, und auf seinem Rücken bildete sich ein langer Riss, unter dem eine neue Hautschicht zum Vorschein kam. Er *atmete*. Marivi vergrub ihr Gesicht an Helens Hals, um nicht länger hinsehen zu müssen.

Helen und Orion tauschten einen geschockten Blick. Plötzlich platzte Automedons Hülle auf, und er stieg aus seiner verbrannten Haut wie ein Krebs, der seinen alten Panzer abwirft. Automedon hockte schleimbedeckt neben dem, was bisher seine Haut gewesen war, und schaute mit milchigen, von einer trüben Schicht überzogenen Augen lächelnd zu Helen auf.

»Das hat wehgetan«, verkündete er auf eine unbeteiligte, beinahe roboterhafte Art, und von seinem Mund trieften Speichelfäden. Er warf einen Blick auf Orion und dann auf sein goldenes Armband. Seine tränenden Augen verengten sich. »Der dritte Erbe. Schön, Euch wiederzusehen, General Aeneas.«

Ein langes klebriges Riechorgan entrollte sich unter Automedons menschlicher Zunge und erstreckte sich pulsierend in Orions Richtung. Dann rollte sich das röhrenförmige Organ wieder ein und verschwand mit einem Schlucken in Automedons Mund. Einen Moment lang war Helen überzeugt, dass sie sich übergeben würde.

»Los, komm! Bevor das Ding stark genug zum Aufstehen ist«, knurrte Orion ihr ins Ohr, und die beiden rannten so schnell davon, wie sie es mit den Verletzten im Arm konnten.

Noch bevor sie in Sichtweite des News Store waren, merkte Helen, dass etwas ganz und gar nicht stimmte. Unter ihren Füßen bebte der Boden und sie warf Orion einen besorgten Blick zu.

»Das war ich nicht!«, sagte er sofort. »Das sind Aufschlagbeben.«

Als sie um die letzte Ecke bogen, wurden sie in Dunkelheit eingehüllt.

»Schattenmeister!«, schrie Helen Orion zu. »Die Hundert müssen hier irgendwo sein. Sie haben einen Neuen. Er war auch bei meinem Sportfest …«

Helen wurde unwillkürlich langsamer, als die Dunkelheit ein wenig nachließ. Sie kannte diese spezielle Schwärze, denn sie hatte sie schon mehr als einmal erlebt. Durch die Schattenfetzen, die zugriffen wie Hände aus schwarzem Rauch, sah sie, wie

Hector die Quelle der Dunkelheit wiederholt auf den Bürgersteig schmetterte. Es war Lucas. Doch der gewann sofort wieder die Oberhand, stürzte sich auf Hector und schlug brutal auf ihn ein. Helen erwachte aus ihrer Erstarrung, schrie etwas Unverständliches und rannte den Rest des Weges, dicht gefolgt von Orion.

»Helen!«, rief Kate, und Helen bremste auf der Stelle ab.

Sie folgte Kates Stimme und sah, dass sie bei Jerry hockte, der bewusstlos war und stark blutete. Neben ihr hielten Claire und Matt Jason und Ari so fest, dass sie Helen weder sehen noch hören konnten. Orion legte Luis neben Jerry, Helen übergab die Kinder an Kate, warf ihrem Vater einen besorgten Blick zu und stürzte sich auf Lucas.

Als sie ihn von Hector herunterstieß, sah sie, wie Orion Hector von hinten ansprang und ihm in einem Würgegriff den Arm um den Hals legte. Helen nutzte ihre Superkräfte, um Lucas zu Boden zu reißen. Sie versuchte, ihn unten zu halten, aber er war schon immer der bessere Ringer gewesen und schlüpfte mühelos unter ihr heraus. Er hielt ihre Arme über dem Kopf fest, und obwohl sie stärker war, saß sie in dieser Position in der Falle. Helen überlegte, ihm einen Schlag zu versetzen, aber sie war zu ausgetrocknet von der Ladung, die sie Automedon verpasst hatte, und wusste, dass sie ihre Blitze in diesem Zustand nicht gut genug kontrollieren konnte.

»Bitte, Lucas, tu das nicht!« Als letzten Ausweg verlegte Helen sich aufs Betteln. Beim Klang ihrer Stimme zögerte er kurz und schien aus seinem Rausch zu erwachen. Er machte ein verwirrtes Gesicht und sprang von ihr herunter.

»Ich bringe Hector von hier weg«, rief Orion und rang mit Hector, der versuchte, sich loszureißen. »Komm mit, großer Junge. Es wird Zeit, dass du schwimmen gehst!«

Schnell wie der Blitz schaffte es Orion, Hectors Angriffslust zu beenden und ihn in Richtung Ozean zu schleppen. Sobald der Ausgestoßene weit genug weg war, um die Delos-Familie nicht mehr aufzuhetzen, verwandelte sich ihre Wut in unendliches Bedauern. Claire und Matt ließen Jason und Ari los und Lucas ließ den Kopf in die blutigen Hände sinken und verbarg seine Augen. Helen hätte ihn zu gern getröstet, aber sie wusste, dass sie ihn lieber nicht berühren sollte. Also sah sie ihn nur an und das Herz schlug ihr bis zum Hals.

»Ich wusste immer, dass *mehr* in dir steckt. Etwas Verborgenes, aber ich hätte nie … Was ist hier los?«, fragte Kate, deren Stimme nur noch als heiseres Flüstern herauskam. Helen drehte sich zu ihr um und sah, dass sie kurz vor dem Ausflippen war. »Weiß dein Vater Bescheid?«

»Nein. Kate. Bitte«, stammelte Helen. Sie betrachtete die blutende Kopfwunde ihres Vaters und war sofort außer sich vor Sorge.

»Lasst uns alle nach drinnen bringen«, sagte Matt ruhig und ließ den Blick erst über die schockierten Gesichter der Freunde wandern und dann zu den Straßenschlachten, die immer noch tobten. »Das ist zunächst das Wichtigste. Wir müssen von der Straße weg.«

Sie trugen die Verletzten in den Cafébereich des News Store und legten sie dort auf die gepolsterten Bänke. Die Zwillinge machten sich sofort daran, die Schwere ihrer Verletzungen zu beurteilen. Louis hatte nur eine Gehirnerschütterung, aber der kleine Juan hatte vier gebrochene Rippen und einen gebrochenen Arm. Die Zwillinge tauschten wortlos einen Blick und begannen mit ihrer Arbeit.

»Bleibt ein bisschen zurück«, warnte Claire Kate und Marivi, die die glühenden Hände der Zwillinge entgeistert anstarrten. »Es ist okay, ehrlich. Das Heilen ist eine ihrer Begabungen.«

»Was meinst du mit Begabungen?«, flehte Kate. »Helen, du musst mir sagen, was hier vorgeht!«

Helen wusste nicht, was sie sagen sollte. Sie sah hinab auf ihren Vater und dann wieder zu Kate. »Ich bin eine Halbgöttin«, platzte es schließlich aus ihr heraus. »Es tut mir leid, aber ich habe jetzt keine Zeit, dir alles zu erklären.«

»Schon verstanden!«, sagte Claire angesichts von Kates entgeisterter Miene laut. »Also, eins muss man dir lassen, Helen. Du fällst immer mit der Tür ins Haus. Kate, ich muss dich warnen. Die Story kann ein wenig dauern.«

Claire begann, der armen Kate einen Schnellkurs in griechischer Mythologie zu verpassen. Helen hauchte »Danke« in ihre Richtung und winkte dann Matt und Lucas zu sich. Sie berichtete ihnen von ihrem Zusammentreffen mit Automedon, wie sie ihn verbrannt und wie er seine verkohlte Haut einfach abgeworfen hatte.

»Ist Zach okay?«, fragte Matt.

»Als ich ihn das letzte Mal gesehen habe, ist er die Surfside runtergerannt«, antwortete Helen gleichgültig. »Er war bei Automedon, Matt, und wurde nicht von ihm niedergewalzt wie Louis und seine Kinder, also schätze ich, dass es ihm gut geht.«

Matt sah Lucas fragend an. »Können alle Myrmidonen Blitze überleben?«

»Nein«, sagte Lucas. »Sie haben keine Begabungen wie Scions, aber sie sind sehr stark. Stärker als die meisten Scions.«

»Selbst wenn er zehnmal stärker ist als du – das hätte er nicht überleben dürfen«, versicherte ihm Helen düster. »Automedon muss irgendwie unsterblich geworden sein. Vielleicht ist er wirklich der Blutsbruder eines Gottes, wie Cassandra vermutet hat. Lucas, ich habe ihn mit einem Blitz getroffen, der *Blei* schmelzen kann.«

Lucas runzelte nachdenklich die Stirn. Helen hätte ihm nur zu gern tausend Fragen gestellt, vor allem, seit wann er ein Schattenmeister war, aber das Aufblitzen von etwas Hellem erregte ihre Aufmerksamkeit, und sie beschloss, dass die Fragestunde noch warten musste. Gemeinsam mit Matt und Lucas ging sie zu den Verletzten. Die Zwillinge hatten zuerst den kleinen Jungen geheilt, damit er ohne Angst aufwachen konnte. Ariadne und Jason kümmerten sich noch einen Moment lang um Louis und erklärten ihn für geheilt.

Noch etwas benommen nahm Louis seine Kinder und eilte aus dem News Store, weil er sich vergewissern wollte, ob seine Frau zu Hause in Sicherheit war. Bevor ihr Vater sie zur Hintertür hinaustrug, legte Marivi ihren Zeigefinger an die Lippen, als wollte sie ihnen versprechen, sie nie zu verraten.

Die Zwillinge, die nach der Heilung von Juan ganz grau und erschöpft aussahen, konzentrierten sich jetzt auf Jerry. Nach einer kurzen Untersuchung tauschten sie einen von diesen bedeutungsvollen Blicken. Helen war fest davon überzeugt, dass sie sich durch Gedankenübertragung unterhielten. Aber bevor Helen sie fragen konnte, wie schlimm die Kopfwunde ihres Vaters war, kehrte Orion vom Meer zurück. Als er auf sie zukam, stampfte er ein paarmal mit dem Fuß auf und schüttelte dabei die Wassertropfen aus seinen Haaren. Er schaffte es tatsächlich, in wenigen Sekunden vollkommen trocken zu werden.

»Wie geht's Hector?«, fragte Lucas mit zittriger Stimme.

»Er ist erschüttert, aber in Sicherheit«, antwortete Orion.

Lucas ließ den Kopf hängen und nickte.

»Wie kommt es, dass du hier bist?«, fragte Jason ihn ungläubig. »Wieso greifen wir dich nicht an?«

»Also, die Kurzfassung ist, dass Helen und ich falschlagen – was aber zumindest einen Vorteil hatte. Wir haben … nun, so etwas wie eine vorzeitige Entlassung von den Furien bekommen.«

»Aber das große Problem haben wir nicht gelöst. Noch nicht«, sagte Helen und konnte niemandem in die Augen sehen. Sie fühlte sich schuldig, weil sie und Orion von den Furien begnadigt worden waren, während der Rest ihrer Familie weiter leiden musste.

»Du bist Hectors kleine Schwester?«, fragte Orion und lächelte Ariadne warmherzig an. »Er hat mir aufgetragen, dir zu sagen, dass du dir keine Sorgen um ihn machen sollst. Er sagt, dass du dir immer die meisten Sorgen um andere machst.«

Ariadne versuchte, Orion anzulächeln, aber sie brachte es nicht fertig. Sie drehte sich wieder zu Jerry um und wischte sich mit dem Handrücken die Tränen ab. Helen beobachtete Lucas, der am Boden zerstört war.

Er war der Einzige gewesen, der Hector angegriffen hatte.

Die anderen hatten sich zurückgehalten und er hatte es nicht gekonnt. Diese Bürde würde immer auf ihm lasten. Lucas war der Paris dieser Generation und damit der vorherbestimmte Sündenbock in diesem Epos. Seitdem er auch noch mit dem Makel gestraft war, ein Schattenmeister zu sein, konnte es nur noch schlimmer werden.

In ihm wuchs eine Dunkelheit heran. Helen fragte sich, ob sie schon immer da gewesen war – und darauf gewartet hatte, sich zu zeigen – oder ob sie die Folge von dem war, was zwischen ihnen passierte. Sie merkte genau, dass er sich kaum noch beherrschen konnte. Er war immer so zuversichtlich, so lebendig gewesen. Er hatte *gestrahlt*, aber jetzt lag er im Schatten.

Etwas zerbrach in Helen. Sie hatte es satt, die Menschen, die sie liebte, für etwas leiden zu sehen, auf das sie keinen Einfluss hatten. Es gab nichts, was sie für ihren Vater tun konnte, aber sie hatte eine Möglichkeit, dem Rest der Familie zu helfen.

»Ich habe das alles so satt. Du nicht auch?«, sagte sie zu Orion.

»Und ob«, antwortete er, denn er hatte sofort begriffen, worauf Helen hinauswollte. Sie sah ihn unverwandt an, schwor einen Eid und verlangte dasselbe auch von ihm.

»Wir steigen hinab. Wir bleiben unten, bis wir den richtigen Fluss gefunden haben«, verkündete Helen entschieden. »Egal, wie lange du und ich in der Unterwelt bleiben müssen, wir werden dafür sorgen, dass es auch für alle anderen *heute Nacht* endet.«

Orions Mundwinkel verzogen sich zum leisen Anflug eines Lächelns und seine verkrampften Kiefer lockerten sich.

»Ich kann aber nicht im Scion-Tempo durch die Höhlen rasen, denn das könnte sie zum Einsturz bringen. Ich werde ein paar

Minuten brauchen, um die Höhlen auf dem Festland zu erreichen, und es dauert eine weitere halbe Stunde, zum Portal hinabzusteigen«, sagte er. »Ich treffe dich dort.« Mit diesen Worten wandte er sich ab und rannte davon.

»Passt gut auf meinen Dad auf«, sagte Helen zu den Zwillingen und Kate und ging auf die Tür zu.

»Wohin gehst du?«, fragte Lucas und hielt sie am Arm fest, als sie an ihm vorbeilief.

»Nach Hause. Ins Bett. In die Unterwelt«, zählte Helen ihre Pläne auf.

»Du willst dich einfach ins Bett legen, in einem Zimmer mit einem kaputten Fenster, und das, nachdem du gerade einen Myrmidonen ziemlich sauer gemacht hast?« Lucas sah sie frustriert an. »Das empfindest du als *sicheren* Plan?«

»Also, ich …«, stotterte Helen, die sich fragte, wie sie diese wichtigen Details hatte übersehen können.

Lucas fiel ihr ins Wort und knurrte etwas darüber, dass er ihretwegen noch einen Nervenzusammenbruch erleiden würde. Er hielt immer noch ihren Oberarm fest, drehte sie um und schob sie in Richtung Tür.

»Ich bewache Helen, während sie in die Unterwelt hinabsteigt«, rief er Jason zu. »Wenn etwas passiert, erreichst du mich über das Handy.«

»Alles klar.« Jason versuchte, sich möglichst tatkräftig zu geben. »Wir bringen alle zu uns nach Hause. Da können wir uns besser um Jerry kümmern und die anderen beschützen.«

»Gute Idee«, lobte Lucas.

»Halt uns auf dem Laufenden, Bruder«, verlangte Jason, der

ihn absichtlich als »Bruder« bezeichnete. Lucas schlug die Augen nieder, lächelte aber trotzdem dankbar.

Helen und Lucas liefen hinaus in das Chaos auf der Straße und flogen sofort los. Von oben konnten sie die Menschenmenge gut beobachten. Helen spürte, wie Lucas abbremste, und schaute in dieselbe Richtung wie er. Eris rannte durch eine verlassene Gasse, verfolgt von zwei großen Männern mit Schwertern.

»Mein Vater und mein Onkel«, überschrie Lucas den kalten Wind.

»Sollen wir ihnen helfen?«, rief Helen mit klappernden Zähnen. Lucas legte einen Arm um sie und begann, ihre nackten Schultern mit seinen warmen Händen zu reiben. Helen fragte sich nicht zum ersten Mal, wieso er immer so viel Wärme ausstrahlte.

»Die werden damit fertig«, sagte er. Lucas zog Helen an sich, um sie warm zu halten, und steuerte sie auf ihr Haus zu. »Konzentrier dich auf deine Aufgabe, nicht auf ihre.«

Helen hatte keine Ahnung, wie er es schaffte, seine Gefühle so sorgsam voneinander zu trennen. Sein Vater war dort unten und kämpfte gegen eine Göttin, aber er zog seine Aufgabe durch. Sie erkannte, wie unglaublich diszipliniert Lucas war, und sie versuchte, es ihm nachzumachen, aber es wollte nicht klappen. Ihre Gedanken wanderten immer wieder zu Jerry, zu den Zwillingen, zu Hector und vor allem zu der Tatsache, dass Lucas den Arm um sie gelegt hatte.

Helen folgte Lucas unter der blauen Plane hindurch und landete in ihrem Zimmer. Er führte sie direkt zu ihrem ungemachten Bett und versuchte, sie hineinzulegen.

»Ich weiß nicht, was ich tun soll«, sagte Helen, die nicht ins Bett wollte.

»Warum fängst du nicht damit an, dass du dich hinsetzt?«, fragte er gelassen.

»All diese tapferen Worte, dass wir das Ganze heute Nacht beenden, und in Wirklichkeit habe ich nicht die geringste Ahnung, wie ich das anstellen soll.« Helen war kurz davor, in Tränen auszubrechen.

»Komm her«, sagte er, griff nach ihrer Hand und zog sie neben sich auf die Bettkante.

»Weißt du, was das Schlimmste ist?«

»Was denn?«

»Dass mir das im Moment alles vollkommen egal ist«, sagte sie, und nun liefen ihr doch die Tränen über die Wangen. »Es ist mir egal, dass du ein Schattenmeister bist und dass du schon *wieder* Geheimnisse vor mir hast.«

»Ich wollte es dir heute auf dem Schulflur sagen, ehrlich. Aber ich konnte es nicht. Ich schätze, ich wollte es mir selbst nicht eingestehen, und es auszusprechen hätte es real werden lassen.«

»Aber es ist mir egal, was du bist!«, sagte sie und schaffte es kaum, es nicht herauszuschreien. »Es ist mir egal, dass du ein Schattenmeister bist oder mein Cousin. Es ist mir sogar egal, dass ich in ungefähr zehn Minuten in die Unterwelt muss, um die Scions zu retten. Lucas, von mir aus könnte die ganze Welt in Flammen stehen, und trotzdem kann ich nur daran denken, wie glücklich es mich macht, hier mit dir zusammen zu sein. Ist das nicht total krank?«

Lucas seufzte. »Was sollen wir nur tun?«

»Ich weiß es nicht«, murmelte sie verloren und nahm Lucas in die Arme. »Nichts hilft.«

»Du musst dein Leben weiterleben, Helen«, verlangte er verzweifelt.

»Das weiß ich!«, schluchzte sie und legte das Kinn auf seine Schulter. Je mehr sie daran dachte, ihn loslassen zu müssen, desto fester drückte sie ihn an sich. »Aber ich kann nicht.«

»Du musst mich vergessen«, drängte er. »Das ist unsere einzige Chance, dass einer von uns das hier überlebt.«

»Wie soll ich dich vergessen?«, fragte Helen, und sein alberner Vorschlag ließ sie kurz auflachen. »Du bist ein viel zu großer Teil von mir. Ich müsste erst vergessen, wer *ich* bin, bevor ich vergessen könnte, wer *du* bist.«

Die Art, wie Lucas sie festhielt, erlaubte ihr einen Blick auf ihr Spiegelbild in ihrem Schminkspiegel gegenüber dem Bett. Gerade als sie das Wort *vergessen* aussprach, sah sie das Wort *ERINNERN* auf ihrem Spiegel stehen.

Sie hatte vollkommen vergessen, dass sie einen Spiegel besaß.

Schon seit einem Monat hatte sie nicht mehr an ihn gedacht oder hineingesehen. Auf dem Spiegel standen mit quietschgrünem Eyeliner die Worte *DER FLUSS, AN DEN ICH MICH NICHT ERINNERN KANN* und *ICH HABE IHN WIEDER GESEHEN*. Das war komisch. Sie und Orion suchten doch nach einem Fluss, oder?

»Warte mal«, sagte Helen, befreite sich aus der Umarmung und sah Lucas an. »Gibt es in der Unterwelt einen Fluss, der einen *alles* vergessen lässt?«

»Lethe«, antwortete Lucas sofort. »Die Seelen toter Scions trinken aus dem Fluss Lethe, um ihr früheres Leben zu vergessen, bevor sie wiedergeboren werden.«

»Die Furien bezeichnen sich selbst als die, ›die nie vergeben und nie vergessen‹, richtig? Aber was, wenn sie gezwungen werden, alles zu vergessen, sogar, wer sie sind?«

»Sie würden jede Blutschuld vergessen. Die Scions wären frei«, sagte Lucas so leise, dass es kaum mehr als ein Hauchen war.

Einen Moment später sahen sich beide verwirrt im Zimmer um.

»*Was* war das doch gleich für ein Fluss?«, fragte sie mit einem verlegenen Grinsen. »Es geht nämlich darum, wie ich mich da unten fortbewege. Ich muss mich ganz präzise äußern, sonst komme ich nie ans Ziel.«

»Ah, warte … ich hab's gleich …« Lucas zögerte kurz und musste über seine eigene Zerstreutheit lachen. »Lethe! Du musst zum Fluss Lethe!«

»Lethe. Genau! Und … was mache ich, wenn ich dort bin?«

»Ich weiß es nicht«, sagte er, und in seiner Stimme schwang ein Hauch von Panik mit. »Merkst du, was hier passiert?«

»Ja«, sagte Helen. Sie ballte die Fäuste und versuchte, sich zu konzentrieren. »Dieser Fluss blockiert meine Erinnerung, sobald ich anfange, über ihn nachzudenken. Das bedeutet, ich sollte nicht an ihn denken, richtig?«

»Das stimmt. Denk nicht darüber nach, sondern tu einfach, was getan werden muss.« Lucas drehte sich zu Helens Nachttisch um und kramte in der Schublade nach einem alten Filzstift. Er schrieb ihr die Worte *Lethe* und *Furien* auf den Unterarm und betrachtete sie sofort verwirrt. »Ich habe keine Ahnung, wieso ich das gerade getan habe.«

»Ich werde jetzt gehen«, verkündete Helen, denn sie vergaß auch schon wieder alles Mögliche, und beschloss, dass sie lieber handeln sollte, als noch länger nachzudenken. »Und für den Fall, dass ich auch vergesse zurückzukommen, möchte ich, dass du weißt, dass ich dich immer noch liebe.«

»Ich liebe dich auch immer noch.« Ein Lächeln umspielte seine Lippen.

»Ich sollte jetzt gehen.«

Helen streckte sich im Bett aus und schaute Lucas tief in die Augen. Es gab im Moment nichts, vor dem Helen Angst haben musste, aber sie hatte irgendwie den Verdacht, dass ihr Gefahr drohen könnte.

»Sag es Orion nicht!«, stieß Lucas plötzlich hervor, als wäre ihm der Gedanke erst jetzt gekommen. »Dann vergisst er es auch. Erinnere du dich nur daran, wohin ihr gehen müsst, und dann soll er sich daran erinnern, was ihr tun müsst, wenn ihr dort seid.«

»In Ordnung.« Mit einem Seufzer zog Helen die Bettdecke höher. Ihr war unglaublich kalt.

Lucas sah sie an und lächelte verliebt.

»Warum halten wir uns eigentlich ständig voneinander fern?«, fragte Helen und versuchte, ihre schweren Lider offen zu halten. »Wir passen doch perfekt zusammen.«

»Das tun wir«, bestätigte er und schauderte plötzlich. »Es wird kälter, als hätten wir hier einen Temperatursturz.«

»Hier ist es immer so kalt«, murmelte sie und wischte ein paar

Eiskristalle von ihrer Bettdecke. »Warum kommst du nicht zu mir unter die Decke und hältst mich warm?«

»Okay«, sagte er, und obwohl er die Stirn runzelte, als würde ihn etwas daran stören, zu Helen ins Bett zu steigen, tat er es doch. Er kuschelte sich an sie, und Helen seufzte, als er sie dicht an seine Brust zog. Sie wollte sich zu ihm umdrehen und ihn küssen, aber er hielt sie auf und sagte mit klappernden Zähnen: »Du bist müde. Schlaf jetzt, Helen.«

Sie war müde – richtig müde. Sie war schon jetzt halb eingeschlafen. Helen wäre so gern bei Lucas geblieben, solange er sie in den Armen hielt, aber ihr fielen die Augen zu. Die Welt schmolz dahin und sie fiel kopfüber in die Unterwelt.

Sollte ich hier nicht jemanden treffen?, überlegte sie. *Ach ja! Orion …*

15

Wie eine Spinne kroch Automedon auf Händen und Füßen über den Meeresboden, so schnell er konnte, um den dritten Erben nicht zu verlieren. Unter Wasser war der große Scion wirklich schnell, der schnellste, den Automedon je gesehen hatte, und er musste sich anstrengen, um mit ihm mitzuhalten. Er hatte seinen Geruch gespeichert und würde ihn an Land jederzeit wiederfinden, aber unter Wasser war das nicht möglich. Dennoch durfte er Orion nicht entkommen lassen.

Automedon musste das Portal finden, das er benutzte, so lautete der Befehl seines Meisters – auch wenn der Myrmidone das ein wenig lachhaft fand. Sein Meister hatte eine Vorliebe für Situationen, die er als »poetisch« bezeichnete. Nachdem Automedon im Laden belauscht hatte, wie die Erben so tapfer schworen, ihre Mission zu erfüllen oder dabei zu sterben (wozu es nach seiner Meinung allmählich Zeit wurde), war der junge Prinz jetzt auf dem Weg.

Sie waren so jung und so vertrauensselig, dass sie in aller Offenheit über ihren Teilerfolg bei den Furien berichtet hatten. Sie hatten sich nicht einmal vergewissert, dass sie nicht belauscht wurden. Ihr Gesicht war so offen und arglos, ganz anders als bei ihrer verschlagenen Mutter. Die veränderte ihr Aussehen und ihren Geruch beim ersten Anzeichen von Gefahr. Sie aufzuspüren, war unmöglich – vor allem, seit sie den neuen Hector ausbildete.

Der neue Hector war nicht zu unterschätzen, und zum ersten Mal seit dreieinhalbtausend Jahren verachtete Automedon den Scion nicht, der den Namen des großen Kriegers trug. Er war der Erste, der ihn wirklich verdiente, auch wenn er noch viel zu lernen hatte.

Aber auch den Prinzen durfte man nicht unterschätzen. Ebenso wenig den Liebhaber. Wie der tote Lord hatte auch er die Hand von Nyx auf sich und verfügte damit über eine Magie, die älter war als die Götter, sogar älter als die Titanen. Er war gefährlich, sogar sehr. Je länger Automedon die neue Generation beobachtete, desto überzeugter war er, dass sein Meister recht hatte. Sie mussten mit ihnen fertigwerden, bevor sie ihr volles Potenzial erreichten. Sie waren ganz anders als alle vor ihnen, vor allem das Gesicht.

Sie war wesentlich begabter als die anderen. Die kleine Kostprobe ihrer Kraft, die diese neue Helena ihn erst vor wenigen Minuten hatte spüren lassen, war ein faszinierender Schmerz gewesen – ein wahrer Moment der Erweckung für Automedon. Er hoffte, ihr dieses Gefühl in Kürze zurückgeben zu können.

Auf dem Festland von Massachusetts sprintete er aus dem Wasser an den Strand. Er nahm Orions Fährte auf, verlor sie aber sofort wieder. Sie war wie abgeschnitten. Automedon versuchte, ruhig zu bleiben, während er weiter danach suchte.

Er konnte doch nicht fliegen, oder? Automedon sprang in die Luft, und es dauerte beunruhigend lange, bis er endlich die Spur des jungen Prinzen in der Brise aufspürte. Automedon dehnte seinen Sprung so lange wie möglich aus und erkannte, dass die Spur einen hohen Bogen beschrieb, der schließlich auf den Boden zurückführte.

Orion war hochgesprungen, nachdem er aus dem Wasser gekommen war. Das konnte nur bedeuten, dass er mit Verfolgern rechnete. *Sehr clever*, dachte Automedon beeindruckt. *Er ist offenbar schon früher gejagt worden. Aber noch nie von mir.*

An Land fiel es Automedon schwer, Schritt zu halten, aber zumindest war es hier einfacher, der Fährte zu folgen, als unter Wasser. Der junge Prinz bemühte sich nach Kräften, Haken zu schlagen und seine eigene Spur zu kreuzen, um mögliche Verfolger zu verwirren. Ein Bluthund wäre vielleicht auf Orions Tricks hereingefallen, aber Myrmidonen waren keine Bluthunde. Sie waren viel bessere Fährtenleser, als es Hunde je sein konnten.

Der junge Prinz führte Automedon in eine dunkle Höhle und ließ sich vom Wasser leiten. Automedon musste zurückbleiben, um seine Anwesenheit in den hallenden Gängen nicht zu verraten. Die Dunkelheit störte ihn nicht. Er schmeckte seinen Weg und folgte der chemischen Signatur, die der Prinz hinter sich herzog.

Auf einmal wurde die Luft unnatürlich kalt, was bedeutete, dass das Portal nicht mehr weit war. Automedon huschte dicht an Orion heran, verharrte reglos und rief seinen Meister mit einem sehr alten Gebet lautlos zu sich. Seine Gedanken waren erfüllt vom Kreischen der Geier, und da wusste er, dass der Meister ihn gehört hatte.

Der Erbe öffnete das Portal und sprang ins Land der Toten. In dem Sekundenbruchteil, bevor sich das Portal wieder schloss, sprang Automedon herbei und zog seinen Meister hindurch in die neutrale Zone.

Helen landete mit einem dumpfen Aufschlag neben Orion. Sie wanderten an einem Strand entlang, der kein Ende zu nehmen schien – auf der einen Seite erreichte er nie den Ozean und auf der anderen Seite ging er nicht ins Land über. Helen sah sich um und hoffte auf irgendeinen Hinweis, der ihr sagen würde, was sie als Nächstes tun sollte. Der Gedanke an einen Fluss tauchte immer wieder in ihrem Kopf auf. Plötzlich wurde ihr bewusst, dass sie keine Ahnung hatte, was sie hier tat, wieso sie mit einem Typen an einem einsamen Strand herumwanderte, an dem weit und breit keine Menschenseele zu sehen war. Es war *Lucas*, mit dem sie sonst über einsame Strände wanderte.

Betrog sie Lucas etwa?

Nie im Leben! Nicht einmal dieser gut aussehende Typ neben ihr (sie konnte sich nicht an seinen Namen erinnern, obwohl sie ziemlich sicher war, ihn zu kennen) löste dieses Gefühl aus, das sie nur bei Lucas hatte. Allerdings wusste sie im Moment nicht, was das für ein Gefühl war, denn es fiel ihr schwer, sich sein Gesicht vorzustellen.

Und wo waren eigentlich die Sonne, der Mond oder die Sterne? Sollte nicht wenigstens *etwas* davon am Himmel zu sehen sein?

»Ich glaube, dass mir jemand gefolgt ist, aber ich denke nicht, dass er es durch das Portal geschafft hat«, sagte ihr gut aussehender Begleiter. »Ich konnte ihn zwar nicht sehen, aber wer immer der Kerl ist, er ist ziemlich gut.«

Ich bin in der Unterwelt, wurde Helen plötzlich bewusst. *Und ich bin hier, weil ich irgendwas in einzelne Abschnitte zerlegen soll.*

»Hi«, sagte sie unsicher.

»Hi«, antwortete der Typ irritiert. »Helen, was ist los?«

»Ich weiß nicht, was ich hier mit dir mache«, gestand sie ehrlich und war erleichtert, dass zumindest er sie erkannt hatte und sie mit ihrem Namen ansprach. »Aber *du* weißt es, oder?«

»Natürlich«, erwiderte er leicht empört. »Wir sind hier, um …«

»Sag es nicht!«, rief Helen schnell. Sie sprang hoch und hielt ihm den Mund zu, bevor er ein weiteres Wort sagen konnte. »Wir müssen das in kleine Abschnitte unterteilen oder so. Ich weiß ungefähr, wohin wir müssen, aber du musst dir merken, was wir tun sollen, wenn wir da sind, sonst schaffen wir nie, weswegen wir hergekommen sind. Ich glaube jedenfalls, dass Lucas das so gesagt hat.«

»Okay, das kann ich machen. Aber wieso bist du so merkwürdig? Ist dir etwas zugestoßen? Bitte, sag es mir …«, flehte der gut aussehende Typ sie an. »Bist du verletzt?«

»Ich kann mich nicht erinnern!« Helen lachte, weil sie das vage Gefühl hatte, sich total albern zu benehmen, während er so besorgt um sie war. Was Helen übrigens ganz süß fand. »Es wird alles gut gehen. Du erinnerst dich an deinen Teil – aber sag mir nicht, was es ist –, und ich mache das andere. Du weißt schon, dieses Ding, das ich machen muss?«

»Weil du der *Deszender* bist?«, fragte er zögerlich.

»Ja, genau, das bin ich!«, bestätigte Helen freudestrahlend. »Aber was genau ist es, das nur ich tun kann und niemand sonst?«

»Du kannst dafür sorgen, dass wir zu dem Fluss kommen, an den wir müssen, indem du einfach seinen Namen laut aussprichst«, sagte er vorsichtig.

»Genau!«

Einem Instinkt folgend, schlang Helen dem gut aussehenden Typen die Arme um den Hals, aber sie hatte keine Ahnung, was sie dann tun sollte. Sie wandte den Blick von seinem hinreißenden Mund ab, und direkt vor ihrer Nase tauchten die Worte *Lethe* und *Furien* auf, die jemand auf ihren Unterarm geschrieben hatte. Aus einer Laune heraus beschloss sie, es zu versuchen. Was sollte schon passieren – und irgendetwas mussten sie schließlich unternehmen.

»Ich möchte, dass wir wie durch Zauberhand am Fluss … Lethe erscheinen.«

Helen fand sich an einem Flussufer inmitten eines öden Landstrichs wieder und starrte hinauf zu einem umwerfenden Typen. Sie hatte die Arme um ihn gelegt, und er hatte seine Hände auf ihren Hüften, aber sie wusste nicht, wie das zu erklären war.

»Du siehst toll aus«, sagte sie ihm, weil es keinen Grund gab, es nicht zu tun.

»Du aber auch«, entgegnete er überrascht. »Außerdem kommst du mir bekannt vor, aber ich weiß nicht mehr, wo wir uns getroffen haben. Warst du mal in Schweden?«

»Ich weiß es nicht!«, lachte Helen. »Kann schon sein.«

»Nein, da war es nicht«, sagte er und runzelte verwirrt die

Stirn. »Wir müssen irgendwas tun. Das Wasser!«, rief er plötzlich aus, ließ Helen los und nahm seinen Rucksack ab. Helen hatte das Gefühl, diese Bewegung schon einmal gesehen zu haben, auch wenn sie sich nicht mehr an den Jungen erinnern konnte, der sie gemacht hatte.

»Ich komme mir vor, als hätte ich das schon einmal erlebt«, stellte Helen beunruhigt fest. »Es ist fast, als würde ich dich kennen.«

»Du kennst mich. Du kannst dich nur nicht daran erinnern, denn genau darum geht es hier. Ums Vergessen«, sagte er beinahe beleidigt und holte die drei Feldflaschen aus seinem Rucksack. »Weißt du, Helen, wenn deine Idee nicht so Furcht einflößend wäre, würde ich glatt behaupten, dass sie das Genialste ist, was ich je gehört habe.« Er sah sie durchdringend an. »Ich bin Orion und du bist Helen, und wir sind hier, um dieses besondere Wasser zu schöpfen und es drei sehr durstigen Mädchen zu bringen.«

»Ich weiß nicht, wieso, aber das hört sich *genau* richtig an. Gib her«, sagte sie und streckte die Hand nach den Feldflaschen aus. »Ich denke, dass ich das machen muss.«

»Du hast recht, es ist deine Aufgabe. Mein Job kommt erst noch.« Er biss vor lauter Konzentration die Zähne zusammen. »Ich muss mich daran *erinnern.*«

Helen starrte voller Zweifel in das trübe Wasser. Bleiche Fische tauchten immer wieder an der Oberfläche auf wie tölpelhafte Geister. Sie schienen nicht klug genug zu sein, sich vor ihr zu fürchten, und Helen war klar, dass sie mühelos einen der Fische streicheln könnte, aber allein der Gedanke, die Hand in dieses Wasser zu stecken, ließ sie zurückschrecken.

Sie wusste, dass sie die Flaschen füllen musste, obwohl sie sich nicht vorstellen konnte, dass jemand freiwillig daraus trinken würde, egal, wie durstig er war. Helen hielt die Feldflaschen an den Riemen ins Wasser und ließ sie volllaufen. Der gut aussehende Typ streckte die Hand aus, um ihr die erste Flasche abzunehmen und den Deckel wieder aufzuschrauben, aber sie zog sie hastig aus seiner Reichweite.

»Fass sie nicht an! Fass das Wasser nicht an!«, kreischte Helen, als ein Tropfen nur knapp seine Hand verfehlte. Er sah sie so schockiert an, dass sie sich für ihren Ausbruch schämte. »Tut mir leid. Ich denke nur, dass es nicht sehr hygienisch ist«, sagte sie wesentlich ruhiger.

»Wir müssen unsere Reise fortsetzen, Helen«, erklärte er sachlich. »Und dazu müssen die Flaschen verschlossen sein.«

»Ich mache das.«

Helen schraubte die Deckel auf, legte die Feldflaschen in den Rucksack, den er ihr aufhielt, und rieb sich einen Wassertropfen zwischen den Fingern weg. Er zog den Reißverschluss des Rucksacks zu, steckte die Arme durch die Riemen und legte ihr dann erwartungsvoll die Hände um die Hüften. Sie wich vor ihm zurück.

Er sah unglaublich gut aus, aber sollte er sich nicht wenigstens zuerst vorstellen?

»Entschuldige, wer bist du eigentlich?«, fragte sie misstrauisch.

»Orion«, sagte er, wie aus der Pistole geschossen, als hätte er damit gerechnet, dass sie irgendwann nach seinem Namen fragen würde. Dann wurde sein Blick plötzlich traurig und er sah sie nachdenklich an. »Und weißt du, wer *du* bist?«

Helen zögerte verdutzt.

»Wie merkwürdig«, sagte sie. »Mir scheint, ich habe meinen Namen vergessen.«

»Claire, geh und hilf Kate«, sagte Matt und packte Jerrys Schultern weiter unten, um mehr von seinem Gewicht zu übernehmen. »Sie kann nicht mehr.«

Um Kate zu entlasten, übernahm Claire eines von Jerrys Beinen. Der Weg zu Claires Auto war weiter, als Matt in Erinnerung hatte. Wenn sie Glück hatten, stand es noch da, wo sie es abgestellt hatten. Er hoffte inständig, dass niemand es in Brand gesteckt oder die Reifen aufgeschlitzt hatte. Wenn es nicht mehr fahrbereit war, würde er Jerry ganz allein zum News Store zurücktragen müssen. Kate und Claire waren am Ende ihrer Kräfte, und die Zwillinge waren so erschöpft, dass sie kaum noch einen Fuß vor den anderen setzen konnten.

Ari und Jason hatten Jerry bisher nur stabilisiert, aber es stand nicht gut um Helens Vater. Sie mussten ihn zum Anwesen der Delos bringen, wo die Zwillinge langsam und stetig an seiner Heilung arbeiten konnten, statt ihn in kürzester Zeit versorgen zu müssen, was sie furchtbar anstrengte.

Ariadnes Gesicht hatte schon jetzt eine beunruhigende grünliche Färbung angenommen. Matt wollte ihr so gern beistehen, aber er wusste nicht, wie er helfen sollte. Wenn er doch nur ein Scion wäre – dann wüsste er sicher, was zu tun war.

Auf dem zwanzigminütigen Marsch zu Claires Auto stützten sich die Zwillinge gegenseitig und machten sich in ihrer privaten Sprache, die außer ihnen niemand verstand, gegenseitig Mut. Es dauerte eine Ewigkeit, bis alle im Auto saßen, und dann musste Matt auch noch um den Wagen herumlaufen und Claires Tür schließen, weil sie nicht mehr die Kraft hatte, den Arm zu heben.

»Ruf mich an, wenn du etwas brauchst«, sagte Matt zu ihr.

»Wovon redest du da?« Claire hockte vollkommen erledigt auf dem Fahrersitz. »Kommst du nicht mit?«

»Nein. Ich muss Zach finden.«

»Was?«, protestierte Ariadne kraftlos vom Rücksitz. »Matt, er ist ein Verräter!«

»Ein Verräter, der mich kontaktiert hat, mir sagen wollte, dass das hier passieren wird, und von dem ich mich abgewandt habe. Zach ist mein Freund, Ari«, sagte Matt ruhig. »Ich kann nicht zulassen, dass er noch tiefer in diese Sache hineingerät. Ich muss ihm helfen.«

»Es ist nicht deine Schuld«, begann Ariadne zu widersprechen, aber Jason zog sie sanft an sich.

»Spar deine Kräfte. Du weißt, dass wir uns schonen müssen«, wisperte er ihr ins Ohr. Ariadne suchte seinen Blick und beruhigte sich sofort wieder. Jason schaute zu Matt auf. »Geh und rette deinen Freund. Viel Glück, Matt.«

Matt nickte kurz zum Abschied, klopfte leicht auf das Dach von Claires Wagen und rannte zurück in Richtung Stadtzentrum. Das Zentrum *seiner* Stadt, dachte er finster, nicht das einer verrückten Göttin, und dann begann er, zwischen all den maskierten Leuten nach Zach zu suchen.

»Leg die Arme um mich«, verlangte der Mann.

»Wieso?«, fragte sie nervös und versuchte, nicht zu kichern. Er grinste sie schelmisch an.

»Leg einfach die Arme um meinen Hals«, wiederholte er, bis sie schließlich einwilligte. »Und jetzt sprich mir nach … Ich will, dass wir … äh.« Er verstummte und nagte nachdenklich an seiner Unterlippe.

»Ich will, dass wir … äh«, äffte sie ihn nach, um ihn zu ärgern.

»Ich weiß nicht mehr, was ich sagen wollte«, gestand er mit einem verlegenen Lachen.

»Dann kann es nicht besonders wichtig gewesen sein, oder?«, stellte sie logisch fest. »Was machen wir hier eigentlich?«

»Keine Ahnung. Aber was immer wir hier wollen, ist mir absolut recht.« Er ließ seine Hände von ihren Hüften den Rücken hochwandern und drückte sie dabei fester an sich.

»Sind wir ein Paar?«, fragte sie.

»Sicher bin ich nicht, aber es scheint so«, antwortete er und deutete mit einem Kopfnicken auf ihre enge Umarmung. »Probieren wir es aus.« Sein Mund landete auf ihrem und er küsste sie.

Ihre Knie wurden ganz weich. Der Typ war ein *unglaublicher* Küsser. Das einzige Problem war nur, dass sie keine Ahnung hatte, wer er war. Sie zog sich zurück, blinzelte ein paarmal, um wieder einen klaren Kopf zu bekommen, und spürte, dass etwas nicht stimmte.

»Warte. Ist dein Name Lucas?«, fragte sie.

»Nein. Ich bin … Moment mal. Gleich hab ich es. Ich bin Orion«, verkündete er schließlich.

»Wahrscheinlich werde ich mir dafür später selbst einen Tritt verpassen, aber ich denke nicht, dass wir eine Beziehung haben.«

»Ehrlich nicht?«, fragte er zweifelnd. »Das hat sich aber gerade sehr gut angefühlt.«

»Ja, das hat es«, bestätigte sie nachdenklich. »Weißt du was? Ich würde mich nur ungern irren, also sollten wir es vielleicht noch einmal überprüfen.« Sie küsste ihn, und um ganz sicherzugehen, küsste sie ihn noch einmal. Eine kleine Stimme in ihrem Kopf wisperte immer wieder *Das ist er nicht.*

Helen versuchte, die Stimme zu ignorieren, und obwohl sie selbst anderer Meinung war, hörte die lästige Stimme erst auf, als sie sich von ihm befreite.

»Es tut mir leid, aber ich glaube, es ist nicht richtig, was wir hier tun«, sagte sie zögerlich und konnte nicht widerstehen, ein letztes Mal mit den Fingern durch seine weichen Locken zu fahren. Diese Bewegung kam ihr merkwürdig vertraut vor. Sie sah ihn verwirrt an und dabei fiel ihr auf, dass er etwas auf seinen Rücken gebunden hatte.

»Wieso trägst du einen Rucksack?«

»Ich weiß nicht«, sagte er und griff nach hinten, um ihn zu berühren, als hätte er ihn selbst gerade erst bemerkt. Seine Augen wurden groß, und er schnappte nach Luft, als seine Hand die Form der Feldflaschen ertastete. In den Flaschen gluckste es. »Das Wasser! Helen, lass mich deinen Arm sehen«, verlangte er. Er lehnte sich zurück und las, was auf der Innenseite ihres Unterarms geschrieben stand. Sie hörte den Namen *Helen,* und ihr fiel wieder ein, dass es ihr Name war.

»Entschuldige, ich hätte es beinahe selbst vergessen«, sagte er mit bebender Stimme. Er legte ihre Arme um seinen Hals und seine Hände um ihre Hüften, diesmal aber ohne die Absicht, sie zu verführen. »Sprich mir Folgendes nach: Ich will, dass wir bei den Furien auftauchen.«

Helen sah einen knorrigen Baum vor ihrem inneren Auge und einen Hügel voller scharfkantiger Felsen und Dornen. Etwas sagte ihr, dass diese Bilder wichtig waren und sie sie erwähnen sollte.

»Ich will, dass wir auf dem Hügel unter dem Baum der Furien erscheinen«, sagte sie klar und deutlich.

Die Hitze war unerträglich, aber das gleißende Licht war noch schlimmer. Helen schützte ihre Augen mit der flachen Hand und blinzelte ein paarmal, um das Druckgefühl loszuwerden, mit dem ihre Pupillen gegen die unnatürliche Helligkeit protestierten. Die Luft war so trocken, dass sie bitter und beißend schmeckte – als würde sie versuchen, den letzten Tropfen Feuchtigkeit aus Helens Mund zu brennen.

Sie leckte sich über die trockenen Lippen und sah sich um. Ein paar Schritte entfernt stand ein Baum, der so alt und vertrocknet war, dass er eher an ein verdrehtes Seil erinnerte als an eine Pflanze. Im Schatten dieses Baums standen drei zitternde Mädchen.

»Wir haben euch doch gesagt, dass ihr eure Zeit nicht verschwenden sollt«, sagte das Mädchen in der Mitte. »Wir sind ein hoffnungsloser Fall.«

»Unsinn«, widersprach Orion fröhlich. Er nahm Helens Hand und ging mit ihr auf den Baum zu. Die Furien wichen vor ihnen zurück.

»Nein, du verstehst das nicht! Ich kann es nicht ertragen, noch einmal diese Freude zu empfinden und sie dann wieder zu verlieren«, wisperte die Kleinste, und ihre Stimme klang leiser als das Rascheln von welkem Laub.

»Ich ebenso wenig«, bestätigte die Anführerin.

»Ich auch nicht«, sagte die Dritte.

»Ich finde, wir sollten nicht trinken, Schwestern«, entschied die Kleinste. »Unser Los ist auch so schwer genug.«

Die Furien wichen noch weiter vor Helen und Orion zurück bis in den dunklen Schatten ihres Baums. Helen merkte, dass sie vor etwas zurückscheuten, das sie glücklich machen würde, auch wenn es nur für einen kurzen Moment war.

Sie erkannte sich selbst in diesem Verhalten wieder und in dem Augenblick ging ihr ein Licht auf. Lucas. Würde sie Lucas *wirklich* lieber für immer vergessen? Helens Erinnerungen kamen zurück und brachen über sie herein. Sie sah den Leuchtturm auf der Landspitze, ihren Treffpunkt mit Lucas. Sie sah aber auch einen anderen Leuchtturm, achteckig und so groß wie ein Wolkenkratzer. Dort wartete Lucas auf sie und wollte sie bitten, mit ihm durchzubrennen. Im schräg einfallenden Winterlicht schimmerte er in seiner Rüstung wie die Sonne.

»Ich weiß genau, was du meinst«, sagte sie zu der kleinsten Schwester und versuchte, das Bild von Lucas aus dem Kopf zu bekommen, wie er einen bronzefarbenen Brustharnisch ablegte. »Und soweit es mich betrifft, ist das abschließende Urteil über ›Es ist besser, geliebt und seine Liebe verloren zu haben‹ noch nicht gesprochen. Aber das hier ist anders. Es wird euch nicht komplett verschlingen und dann im Stich lassen, wie das bei Freude immer der Fall ist. Diesmal haben wir euch etwas mitgebracht, das hoffentlich für immer sein wird.«

»Was ist es?«, fragte die Anführerin mit einem Anflug von Hoffnung.

»Es ist Glückseligkeit.«

Orion sah sie scharf an, aber sie nickte ihm zu. Immer noch nicht ganz überzeugt, trat er vor und nahm den Rucksack ab. Als er die drei Feldflaschen herausholte, konnten die Furien das Wasser schwappen hören, was ihrem Widerstand ein Ende setzte.

»Ich bin so durstig«, jammerte die Dritte und taumelte verzweifelt vorwärts, um sich eine Flasche zu nehmen. Die beiden Schwestern machten es ihr nach und die Furien leerten die Feldflaschen in großen Zügen.

»Glaubst du das wirklich? Dass Vergessen glückselig macht?«, fragte Orion Helen leise. An der Art, wie er sie ansah, erkannte sie, dass auch er all seine Erinnerungen wiedererlangt hatte.

»Für sie? Auf jeden Fall.«

»Und für dich?«, hakte er nach, doch darauf hatte Helen keine Antwort. Er schaute weg und seine Muskeln spannten sich. »Ich will nichts von heute Nacht je vergessen. Oder dich.«

»Nein, so meinte ich das nicht«, begann Helen hastig, denn ihr wurde klar, dass sie ihn verletzt hatte. Sie wollte ihm gerade erklären, dass sie nicht davon gesprochen hatte, dass sie ihren Kuss vergessen wollte, obwohl schon der Gedanke daran sie von Kopf bis Fuß erröten ließ, aber da schüttelte Orion den Kopf und zeigte auf die Furien. Sie hatten ihre Feldflaschen geleert und sahen sich nun schüchtern um, lachten und tauschten verlegene Blicke, als warteten sie darauf, dass etwas geschah.

»Hallo«, sagte Helen. Die Furien sahen einander ängstlich an.

»Wir tun euch nichts«, versicherte ihnen Orion so beruhigend, als wären sie verschreckte Tiere. »Wir sind eure Freunde.«

»Hallo, Freunde?«, sagte die Anführerin und hob dann fragend die Hände. »Entschuldigt meine Verwirrung. Es ist nicht so, dass ich nicht glaube, dass ihr unsere Freunde seid, das Problem ist nur, dass ich nicht weiß, wer *wir* sind.«

Ihre Schwestern lächelten und starrten auf den Boden. Sie waren erleichtert, dass der Grund für ihre Ängstlichkeit nun ans Licht gekommen war.

»Ihr seid drei Schwestern, die einander sehr gernhaben. Man kennt euch als Eumeniden. Ihr seid die Sanftmütigen«, erklärte Helen ihnen, obwohl sie sich kaum noch an die *Orestie* von Aischylos erinnern konnte. Es war der erste griechische Mythos gewesen, den sie gelesen hatte, sogar noch bevor sie wusste, dass sie ein Scion war. Das schien eine Ewigkeit her zu sein. »Ihr habt eine sehr wichtige Aufgabe. Und zwar …«

»Ihr hört Menschen an, denen schreckliche Verbrechen zur Last gelegt werden, und beschützt sie, wenn sie unschuldig angeklagt wurden«, half Orion Helen aus der Klemme.

Die drei Eumeniden sahen sich an und lächelten, als spürten sie, dass die beiden ihnen die Wahrheit sagten. Sie umarmten und begrüßten einander als Schwestern, hatten aber noch nicht recht verstanden, was mit ihnen geschehen war, was Helen beunruhigte.

»Ich habe eine ganze Menge von diesem Stück nur überflogen. Ich weiß nicht viel über die Eumeniden«, flüsterte Helen Orion zu.

»Ich auch nicht«, wisperte er zurück. »Was sollen wir tun? Wir können sie nicht so zurücklassen.«

»Ich kann euch zu jemandem bringen, der alles viel besser erklären kann«, sagte sie laut genug, dass es auch die drei Mädchen hörten. »Fasst euch alle an den Händen. Ich bringe euch zur Königin.«

Bei der Vorstellung, einer Königin zu begegnen, erröteten die Mädchen vor Verlegenheit, aber sie gehorchten Helen. Sie alle stellten sich im Kreis auf und hielten sich an den Händen. Helen hatte noch nie versucht, so viele Leute auf einmal zu bewegen, aber sie war sicher, dass sie es konnte.

Persephone schien sie bereits zu erwarten. Vielleicht saß sie aber auch nur in ihrem Garten und starrte Löcher in die Luft. Was immer Persephone gerade getan hatte, die Ankunft von Helen, Orion und den Eumeniden schien sie auf jeden Fall nicht zu überraschen.

Sie hieß alle mit ihrer gewohnten Freundlichkeit willkommen. Ganz selbstverständlich und ohne große Erklärungen von Helen und Orion erklärte sich Persephone einverstanden, den Schwestern alles über ihr neues Leben beizubringen. Das Erste, was sie den Eumeniden anbot, war eine Zuflucht in ihrem Palast und das Zweite ein Bad. Die drei Schwestern seufzten vor Glück, endlich den Staub des Trockenen Landes loszuwerden.

Persephone brachte ihre Gäste an den Rand des Gartens zu einer imposanten Treppe, die zum schwarzen Palast von Hades hinaufführte. Am Fuß der diamantglitzernden Treppe informierte sie Helen und Orion höflich, dass sie nicht weitergehen durften. Sie selbst schritt die Stufen hinauf, bis sie auf halber Höhe war, und sprach sie dann sehr formell an. Helen hatte das Gefühl, dass es sich um eine Art Ritual handelte, vielleicht so etwas wie ein Segen oder aber ein Fluch.

»Im Laufe der Jahrtausende war es das Schicksal von vielen, das zu versuchen, was ihr vollbracht habt. Sie alle haben versagt. Die meisten Deszender und ihre Gefährten wollten die Furien töten oder den Fluch durch Zauberei oder Erpressung brechen. Ihr wart die Einzigen, die so bescheiden waren, meinem Rat zu folgen, und dann so tapfer, Mitgefühl walten zu lassen statt roher Gewalt. Ich hoffe, dass ihr diese Lektion auch in den Zeiten nicht vergesst, die noch kommen werden.«

Plötzlich hob sie die Stimme, als wollte sie eine Ansprache vor einer Menschenmenge halten.

»Ich habe die Auferstehung der zwei Erben erlebt und verkünde, dass sie erfolgreich waren. Als Königin der Unterwelt erkläre ich sie für würdig.«

Helen hatte das unheimliche Gefühl, von unzähligen geisterhaften Augen beobachtet zu werden. Sie machte es wie Orion, kreuzte die Arme vor der Brust und verbeugte sich vor der Königin. Eine Woge aus Gedankenfragmenten rauschte an ihnen vorbei und die Ängste der Toten, ihre Zweifel und ihre Hoffnungen hingen in der Luft wie halb ausgesprochene Fragen. Damit war das Ritual beendet.

»Würdig wozu?«, flüsterte Helen Orion zu, aber er zuckte nur mit den Schultern, denn seine Aufmerksamkeit galt der dunklen Tür, die in den Palast führte. Eine Person in einem Umhang kam hinter der Tür am oberen Ende der Treppe hervor. Obwohl man ihnen den Zugang zum Palast untersagt hatte, wollte Orion die Stufen hochsteigen, als würde ihn die Erscheinung magisch anziehen.

»Orion, nicht!«, rief Helen ängstlich, packte ihn am Arm und riss ihn zurück. »Das ist Hades. Du darfst nicht einmal in seine *Nähe* gehen.«

Sie hielt Orion eisern fest, denn sie war überzeugt, dass etwas Furchtbares passieren würde, wenn sich Mensch und Gott Auge in Auge gegenüberstanden. Orion gab nach und kam zu ihr zurück.

»Deszender«, sagte Hades freundlich und ließ sich von Orions angriffslustigem Verhalten nicht beeindrucken. Obwohl er nicht laut sprach, trug seine Stimme dennoch sehr weit, und seine Missbilligung war nicht zu überhören. »Du hast nicht getan, was ich dir geraten habe.«

»Dafür entschuldige ich mich, Herr.« Helen zermarterte sich den Kopf, kam aber nicht darauf, was er ihr geraten hatte.

Es tauchten nur eine Menge verwirrender Bilder auf. Eine Fahrt auf der Fähre von Nantucket zum Festland verwandelte sich in das Holzdeck eines riesigen Schlachtschiffs mit knarrenden Rudern. Ein Spaziergang an einem weißen Sandstrand wurde plötzlich zu einem Spaziergang an einem blutgetränkten Strand. Sie blinzelte und versuchte, diese verstörenden Bilder loszuwerden. Sie wusste, dass sie sie schon einmal gesehen hatte, konnte sich aber nicht mehr genau daran erinnern.

»Hol das nach, Nichte. Den Scions läuft die Zeit davon«, warnte Hades sie traurig, bevor er und seine Königin sich in die Schatten ihres Palastes zurückzogen.

»Was soll das heißen?«, fragte Orion Helen eindringlich. »Was meint er mit ›Den Scions läuft die Zeit davon‹?«

»Ich … hab … keine Ahnung!«, stotterte sie.

»Und was hat Hades dir geraten?« Orion versuchte, gelassen zu bleiben, aber Helen merkte, dass es ihm schwerfiel. »Helen, denk nach!«

»Ich sollte dem Orakel eine Frage stellen!«, stieß sie plötzlich mit schriller Stimme hervor. »Etwas über die Mission.«

»*Was* solltest du fragen?«

»Ich sollte Cassandra fragen, ob sie es für eine gute Idee hält, die Furien zu befreien. Aber das ist Unsinn, weil sie mir dabei geholfen hat, es zu erreichen, also ist sie natürlich dafür.«

Orion runzelte düster die Stirn, und Helen wurde klar, dass sie eine Dummheit gemacht hatte. Jetzt, wo sie darüber nachdachte, kam es ihr unglaublich unbedacht vor, dass sie den Ratschlag des Gottes ignoriert hatte.

»Tut mir leid«, murmelte sie betreten.

»Nun, jetzt ist es sowieso zu spät. Außerdem gebe ich nicht viel auf Prophezeiungen. Mach dir deswegen keine Sorgen«, sagte er ungerührt. Aber er konnte sie immer noch nicht ansehen. Helen entschuldigte sich noch einmal und versprach, Cassandra so bald wie möglich zu befragen. Orion starrte jedoch weiterhin gedankenverloren auf den Boden. Helen streckte die Hand aus, um seinen Arm zu berühren und so seine Aufmerksamkeit auf sich zu lenken.

Doch bevor sie ihn anfassen konnte, spürte sie, wie sie von einer Riesenhand hochgehoben wurde. Sie taumelte gegen Orion und klammerte sich an ihm fest.

Matt hob die bewusstlose Frau von der Straße, öffnete ein verlassenes Auto und ließ sie auf dem Sitz zurück. Im Auto war sie hoffentlich sicherer aufgehoben als auf der Straße. Viele der Menschen, über die die panische Horde hinweggetrampelt war, waren mittlerweile wieder zu Verstand gekommen und baten ihn um Hilfe. Matt tat, was er konnte, aber nachdem er einige der Verletzten versorgt hatte, rannte er weiter, obwohl er ein schlechtes Gewissen hatte, alle anderen im Stich zu lassen.

Aber zuerst musste er Zach finden, und zwar, solange er noch etwas Kraft hatte. Ihm tat jeder Muskel seines Körpers weh.

Matt rieb sich eine der schmerzenden Stellen und drehte sich suchend um. Er hatte keine Ahnung, wo er zuerst nachsehen sollte. Ihm fiel wieder ein, dass Helen erwähnt hatte, Zach wäre die Surfside hinuntergerannt. Matt lief in dieselbe Richtung und landete schließlich auf dem Schulgelände.

Jemand war auf dem Footballfeld und warf perfekte Spiralpässe in ein Tor. Als Matt über das knisternde gefrorene Gras trabte, landete Zach gerade einen weiteren Volltreffer im Netz.

»Hast du das gesehen?«, fragte Zach, würdigte Matt aber kaum eines Blickes. »Der war doch gut, oder?«

»Ja, super. Aber du warst schon immer ein guter Werfer. Du könntest auf dem College spielen«, antwortete Matt, der nun nah genug war, um Zach im hellen Mondschein zu sehen. Er sah furchtbar aus – bleich, verschwitzt und gehetzt. Hätte Matt es nicht besser gewusst, wäre er überzeugt gewesen, dass Zach Drogen nahm. »Darum geht es also? Football?«

»Wie machst du das?«, fragte Zach verbittert. »Wie kannst du mit ihnen rumhängen? Zusehen, wie sie Sachen machen, die du nicht kannst, und sie nicht dafür hassen?«

»Manchmal ist es schwer«, gab Matt zu. »Verdammt. Ich wünschte, ich könnte fliegen.«

»Echt?«, fragte Zach mit einem Auflachen. Doch dahinter verbargen sich Tränen, und Matt hatte das Gefühl, als würden sie jeden Augenblick hervorbrechen. »Es ist, als würde man eines Tages aufwachen, und plötzlich sind da all diese Eindringlinge, die einem alle Chancen wegnehmen. Die sind nicht von hier und trotzdem müssen wir mit ihnen konkurrieren? Das ist nicht fair.«

Jetzt hörte sich Zach irgendwie bedrohlich an. Und unnatürlich ruhig, obwohl Matt genau wusste, dass er alles andere als ruhig war. Er stellte sich unauffällig etwas standfester hin für den Fall, dass Zach etwas Unüberlegtes machte.

»Ich kenne einen Haufen Scions, die dasselbe darüber sagen würden, was gerade mit ihnen passiert«, sagte Matt gelassen. »Ich verstehe aber, was du meinst, Zach, ehrlich. Ich habe sie auch schon oft beneidet und manchmal sogar ein bisschen gehasst. Aber dann sage ich mir, dass sie es sich nicht ausgesucht haben, Scions zu sein, und ich habe noch keinen getroffen, der nicht darunter leiden musste. Ich kann ihnen nicht vorwerfen, dass sie so geboren wurden, wie sie sind, vor allem, da sie deswegen alle so viel verloren haben.«

»Nun, du warst eben schon immer der bessere Mensch«, stieß Zach verächtlich hervor und wollte sich abwenden.

»Komm mit mir. Komm zum Haus der Delos. Wir finden eine Lösung.«

»Bist du verrückt? Sieh mich an, Mann!« Zach stieß Matt brutal zur Seite und riss sein Shirt so weit hoch, dass Matt die großen schwarzen Blutergüsse sehen konnte, die Zachs Brust bedeckten. »So behandelt er mich, wenn ich *loyal* bin.«

»Sie werden dich beschützen. Das werden wir alle«, versprach Matt, den es entsetzte, was seinem Freund passiert war. Er versuchte jedoch, sich nichts anmerken zu lassen. Zach verengte die Augen und ließ sein Shirt wieder fallen.

»Ach, jetzt fühlst du dich mies? Jetzt willst du mir helfen? Lass mich raten, du willst doch irgendwas.«

»Ich will, dass du am Leben bleibst!« Matt war so empört, dass er Zach am liebsten verprügelt hätte, aber stattdessen brüllte er ihn an. »Ich habe mich geirrt. Ich hätte schon für dich da sein sollen, als du das erste Mal zu mir gekommen bist. Das weiß ich jetzt und es tut mir leid. Aber auch wenn du mir nie verzeihst und mir das die nächsten fünfzig Jahre vorwirfst, will ich trotzdem nicht, dass du *stirbst*, du dämlicher Idiot! Brauche ich wirklich noch einen anderen Grund, dir zu helfen?«

»Nein«, murmelte Zach verlegen. »Du bist wahrscheinlich der einzige Mensch auf der Welt, der bereit ist, mir zu helfen. Aber es hat keinen Sinn. Früher oder später wird er mich töten.« Er wandte sich ab und ging über das Spielfeld davon.

»Dann müssen wir ihn eben zuerst töten«, rief Matt ihm nach.

»Du weißt doch gar nicht, wie«, rief Zach verächtlich zurück, ohne sich umzudrehen.

»Wieso? Ist er der Blutsbruder von einem Gott?«

Zach erstarrte und blieb stehen.

»Von welchem?«, hakte Matt nach und ging ein paar Schritte

auf Zach zu. »Sag mir, welcher Gott es ist, dann finden wir vielleicht eine Möglichkeit, ihn loszuwerden!«

Zach drehte sich um, aber er hob die Hände, um Matt zu warnen, dass er ihm nicht folgen sollte. Im Rückwärtsgehen sah er Matt kalt und hoffnungslos an.

»Geh nach Hause, Mann. Und hör auf, den Scions zu helfen! Der Aufruhr von heute Abend ist nichts im Vergleich zu dem, was noch kommen wird, und ich will nicht, dass dir etwas passiert. Die Götter haben in der Hölle einen speziellen Ort für Normalsterbliche reserviert, die sich gegen sie stellen.«

»Woher weißt du, was die Götter planen?«, rief Matt ihm nach. »Arbeitet Automedon nicht für Tantalus? Zach, antworte mir! Welcher Gott ist Automedons Blutsbruder?«

Aber Zach verschwand in der Dunkelheit.

16

Helen?«, sagte Orion von weit weg.

»Götter, seid ihr schwer«, stöhnte Lucas.

Helen konnte nicht begreifen, wieso die beiden so einen Lärm machten, obwohl sie schlafen wollte. So etwas gehörte sich nicht.

»Tut mir leid, ich habe nicht erwartet, dass es hier so *überfüllt* sein würde«, erwiderte Orion gereizt. Helen versuchte, sich zu erinnern, wo sie war.

»Es ist nicht, was du denkst. Ich bin nur hier, um bei ihrem Abstieg in die Unterwelt auf sie aufzupassen«, verteidigte sich Lucas. »Weißt du was? Wenn sie nicht aufwacht, schubs sie runter.«

»Müsst ihr so laut sein?«, murmelte Helen mürrisch und öffnete nun doch die Augen.

Erst da merkte sie, dass sie mit dem Gesicht nach unten auf Orion lag, der wiederum Lucas unter sich eingeklemmt hatte. Sie alle stapelten sich in Helens kleinem Bett, in die Bettdecke verstrickt und mit einer dünnen Eisschicht bedeckt, die an den Zuckerguss auf einem Kuchen erinnerte. Nach allem, was in der

Unterwelt passiert war, hatte Helen ganz vergessen, dass Lucas sie vor ihrem Abstieg in den Armen gehalten hatte, und obwohl in diesem anderen Universum viel Zeit verstrichen war, waren eigentlich nur Millisekunden vergangen, bevor sie in den Armen von Orion wieder aufgetaucht war.

Helen sah hinab auf die zwei Scions und versuchte, nicht rot zu werden. Es gab schließlich nichts, wofür sie sich schämen musste.

»Wieso seid ihr so verdammt schwer?«, keuchte Lucas, dem die Luft aus der Lunge gequetscht wurde. »Ich habe schon Schulbusse müheloser hochgestemmt.«

»Weiß nicht«, murmelte Helen und bemühte sich krampfhaft, sich von der Schwerkraft zu befreien. Es funktionierte nicht richtig, aber zumindest wurde sie ein bisschen leichter. »Was ist denn jetzt los?«

»Was meinst du?«, fragte Orion.

»Ich kann nicht schweben!« Sie schauderte, als das Eis in ihren Haaren schmolz und ihr das kalte Wasser über den Nacken rann.

»Beruhige dich und versuch es noch einmal«, riet Lucas ihr.

Und tatsächlich, ein paar Augenblicke später klappte es wieder. Sie schwebte über Orion, befreite sich von der Bettdecke und trieb dann ein Stück von ihm weg.

»Das ist ja irre«, murmelte Orion und starrte Helen überwältigt an, während er von Lucas herunter und aus dem Bett stieg.

»Hast du Helen noch nie fliegen sehen?«, fragte Lucas, doch dann wurde ihm der Grund dafür bewusst. »Ach ja, keine Superkräfte in der Unterwelt«, sagte er mehr zu sich selbst und starrte nachdenklich die schnell schmelzende Eisschicht auf Helens Bett an.

»Lucas, wir haben es geschafft«, sagte Helen. »Wir sind frei. Wir alle – die Scions und die Furien.«

»Bist du sicher?«, vergewisserte er sich und wagte so etwas wie ein Lächeln.

»Es gibt nur einen Weg, es herauszufinden«, sagte Orion. Er holte sein Handy heraus, wählte eine Nummer und wartete, bis sich am anderen Ende jemand meldete. »Hector. Wir glauben, es ist vorbei. Komm zu Helens Haus, so schnell du kannst.« Er beendete das Gespräch und sah Helen und Lucas gelassen an. Lucas machte große Augen – er war nicht überzeugt.

»Bist du sicher, dass das eine gute Idee ist?«, fragte Helen Orion unsicher.

»Nein, er hat recht«, sagte Lucas und schien sich für einen weiteren Kampf gegen seinen Cousin zu wappnen. »Es ist besser, es auszuprobieren, wenn nur wir vier dabei sind. So ist es sicherer.«

»Alles klar, aber können wir das bitte draußen machen?«, fragte Helen verlegen. »Mein Dad liebt dieses Haus nämlich wirklich sehr.«

Helen hatte den Satz kaum ausgesprochen, als sie von der Sorge um Jerry überwältigt wurde. Sie hatte jeden Gedanken an ihn in ihren Hinterkopf verbannt, um sich ganz auf ihre Aufgabe zu konzentrieren, aber jetzt, wo sie nicht mehr wie eine Verrückte durch den vermutlich längsten Tag ihres Lebens hetzte, musste Helen unbedingt herausfinden, wie es ihrem Vater ging.

Sie begleitete Lucas und Orion in den Garten und holte dann ihr Handy heraus, um Claire anzurufen.

»Wie geht's meinem Dad?«, fragte sie sofort, als Claire sich meldete.

»Er lebt«, sagte Claire zögernd. »Hör zu, Lennie, ich werde dich nicht anlügen. Es sieht schlecht aus. Wir sind gerade auf dem Weg zum Anwesen. Dort werden sich Jason und Ari um ihn kümmern, aber darüber hinaus weiß ich nicht, was ich dir sagen soll. Ich sitze am Steuer, also lass uns jetzt Schluss machen. Ich rufe dich an, sobald es etwas Neues gibt, okay?«

»Okay«, wollte Helen antworten, aber sie brachte nur ein Flüstern heraus. Sie steckte das Handy wieder ein und wischte sich hastig die Tränen weg, bevor sie aufschaute. Orion und Lucas sahen sie an.

»Ist Jerry …?«, begann Orion.

»Es steht schlecht um ihn«, berichtete Helen mit ungewohnt matter Stimme.

Helen fing an, nervös herumzulaufen. Sie fuhr sich mit den Fingern durch das zerzauste Haar und zupfte an ihrer Kleidung herum. Es war beinahe, als würden ihre Arme und Beine plötzlich haltlos im Wind herumwehen wie die Wimpel über der Verkaufsfläche eines Gebrauchtwagenhändlers. Ohne Jerry war sie kaum mehr als ein Fähnchen im Wind.

»Jason und Ariadne sind wirklich gut, Helen«, versicherte Lucas ihr leise. »Sie werden um ihn kämpfen. Das weißt du, oder?«

»Ja«, sagte Helen abgelenkt und marschierte weiter herum. »Und wenn sie ihn nicht retten können, werde ich da runtergehen und ihn …«

»Sag es nicht, Helen«, unterbrach Orion sie hastig. »Du bist zwar der Deszender, aber Hades ist immer noch Herr über das

Totenreich. Hast du schon vergessen, wie er reagiert hat, als du gesagt hast, du würdest Persephone befreien? Wie mühelos er da mit dir fertiggeworden ist? Du darfst nicht einmal daran *denken.*«

»Meinen Vater kriegt er nicht«, sagte Helen und stand plötzlich still. Sie sah zu Orion auf, als wollte sie ihn herausfordern, ihr zu widersprechen. »Wenn es sein muss, werde ich die ganze Unterwelt auf den Kopf stellen, aber meinen Vater *kriegt er nicht.*«

»Helen«, sagte Lucas, dessen Gesicht vor Angst ganz starr war, »kein Sterblicher kann ihn betrügen oder besiegen. Bitte hör zu …«

»Lucas?« Die Stimme kam vom anderen Ende des dunklen Gartens.

Lucas fuhr herum, um sich Hector entgegenzustellen, der über den Rasen auf sie zukam. Was immer er gerade zu Helen hatte sagen wollen, war vergessen. Hector blieb ein paar Schritte vor Lucas stehen. Beide musterten sich angespannt und warteten auf das Erscheinen der Furien.

»Wow. Ich glaub das nicht«, wisperte Lucas, der zu schockiert war, sich zu bewegen. Er sah Helen entgeistert an. »Du hast es wirklich geschafft.«

Die Cousins gingen aufeinander zu, fielen sich in die Arme, drückten einander ganz fest und entschuldigten sich gleichzeitig für alles, was zwischen ihnen vorgefallen war. Während Helen sie beobachtete, spürte sie Orions Blicke auf sich. Sie schaute zu ihm auf und musste feststellen, wie besorgt er sie ansah.

»Prinzessin!«, rief Hector. Er ließ Lucas los und Helen kam in den Genuss einer seiner liebevollen Umarmungen. »Ich wusste, dass du es schaffst.«

»Ich hatte aber auch viel Hilfe.« Helen musste kichern, weil Hector sie hochhob und ganz fest drückte.

»Hab ich gehört«, sagte Hector und setzte sie wieder ab. Er verpasste auch Orion eine Umarmung, klopfte ihm freundschaftlich auf den Rücken und sah Lucas fragend an. »Wo ist der Rest der Familie?«

»Sie sind fast alle zu Hause, aber vor weniger als einer Stunde habe ich gesehen, wie unsere Väter in dem Aufruhr unterwegs waren und gegen Eris gekämpft haben. Es sah aus, als hätten sie sie in die Enge getrieben, aber ich habe nicht mitbekommen, ob jemand hinter Phobos her war. Es kann also sein, dass er immer noch sein Unwesen treibt.« Lucas lieferte seinen Bericht so präzise ab, als müsste er einen Vorgesetzten über den aktuellen Stand der Dinge informieren.

»Ich wüsste zu gern, wieso all diese kleinen Götter nach so vielen Jahrzehnten der Stille ausgerechnet jetzt auf der Bildfläche erscheinen.« Hector nagte an seiner Unterlippe. Sein Blick huschte hinüber zu Helen, und ihre Schultern sanken herab, als sie begriff, was er meinte. Wieso war nur immer alles ihre Schuld?

»Warte. Wo sind denn noch kleine Götter aufgetaucht?«, fragte Orion und tauschte einen verwirrten Blick mit Lucas. Hector berichtete den beiden, wie Thanatos das Konzil in New York gesprengt hatte, und auch, dass Automedon offenbar seinen Vertrag mit Tantalus gebrochen hatte.

»Wo ist Daphne?«, fragte Orion besorgt.

»Als ich sie zuletzt gesehen habe, hat sie gerade Skeletor in Flammen aufgehen lassen. Wieso? Hättest du gern deinen eigenen Kampf?«, fragte Hector Orion mit einem herausfordernden Grinsen.

»Zum Teufel, ja«, antwortete Orion sofort und grinste zurück. Helen fand, dass die beiden die Aussicht, sich mit den Göttern herumzuschlagen, ein wenig zu sehr genossen.

Sie schüttelte den Kopf, um wieder klar denken zu können. Aus irgendeinem Grund sah sie Orion und Hector immer wieder in einer Rüstung. Als Hector Lucas zu dem bevorstehenden Kampf einlud, wurde es noch schlimmer. Einen Moment lang sah es tatsächlich so aus, als würde Lucas eine Toga tragen.

»Wartet mal. Helens Dad ist verletzt worden. Und ich muss gestehen, dass mir die Vorstellung nicht gefällt, sie mitten im Krawall herumlaufen zu lassen, solange Automedon noch nicht erledigt ist«, gab Lucas zu bedenken, bevor die anderen losstürmen konnten. Er warf Helen einen Blick zu, und als er ihren Gesichtsausdruck sah, runzelte er besorgt die Stirn. »Helen? Alles in Ordnung?«

»Ja, klar«, beteuerte sie, schüttelte ihre verstörenden Gedanken ab und massierte sich die Schläfen. »Ich bin nur so müde, dass ich schon Dinge sehe, die nicht da sind.« *Wie einen von Fackeln erhellten Marmorpalast und einen Haufen Krieger in Rüstungen.*

»Dann geh zu deinem Vater«, sagte Hector. »Ich persönlich denke zwar, dass du mit dem Myrmidonen fertigwirst, aber das erledigen wir gern für dich. Bleib in Sicherheit. Wir drei schaffen das auch allein.«

»Nein, ich sollte euch helfen.«

»Geh«, befahl Orion und grinste sie an. »Wenn wir Probleme

haben, darfst du kommen und uns mit deinen Megablitzen retten, okay?«

»Bist du sicher?«, vergewisserte sie sich mit einem dankbaren Lächeln und schwang sich in die Luft.

»Das ist echt der Hammer«, hauchte Orion, der sofort alles andere vergaß und nur noch bestaunte, wie Helen über ihm schwebte. Aus einem Impuls heraus streckte er den Arm aus und fuhr ihr zart mit den Fingern über die Wade. Helen schluckte gegen den Kloß an, den sie plötzlich im Hals hatte, und sah zu Lucas, der jedoch betont wegschaute. Orion folgte ihrem Blick und ließ verlegen die Hand sinken.

»Mach dich vom Acker, Prinzessin«, sagte Hector mitfühlend. »Kümmere dich um Jerry.«

Helen konnte nicht anders – sie sah Lucas an und hauchte ihm unhörbar »Pass auf dich auf« zu, bevor die drei in Richtung Zentrum aufbrachen.

»Du auch«, hauchte er zurück und sah sie warmherzig an. Lucas fuhr herum und rannte hinter Hector und Orion her. Helen blieb atemlos in der Luft hängen. Sie sah den dreien nach und konnte nicht entscheiden, wem sie Beachtung schenken sollte – Lucas oder Orion. Ihre Aufmerksamkeit war so zwischen beiden hin- und hergerissen, dass sie sich vorkam, als würde sie einem Tennismatch zusehen.

Zutiefst verwirrt flog Helen nach Siasconset, landete im Garten der Delos und zwang sich, von nun an nur noch an ihren Vater zu denken. Sie stürmte ins Haus und traf als Erstes auf Noel, die hektisch in der Küche herumwirtschaftete.

»Helen!«, sagte sie und schaute kaum von dem Riesentopf auf, in dem sie gerade rührte. »Geh nach unten, am Sportraum vorbei und in den Keller. Da stehen drei Gefriertruhen. Öffne die kleine und bring mir den großen Rostbraten. Schnell, schnell! Alle werden Hunger haben.«

»Kleine Truhe, großer Braten. Alles klar«, sagte Helen und sprintete los. Sie versuchte gar nicht erst zu diskutieren. Auch wenn sie die Familie noch nicht so lange kannte, wusste sie doch, dass in Noels Küche auch Noels Gesetze galten. Schon eine halbe Sekunde später war sie zurück und legte den gefrorenen Braten, der fast die Größe eines ganzen Ochsen hatte, in das Spülbecken, auf das Noel wortlos zeigte.

»Sie sind mit Jerry im Gästezimmer, in dem du sonst immer schläfst«, sagte Noel, die sich erst jetzt zu Helen umdrehte und sie mitfühlend ansah. »Sei aber leise. Und wenn die Zwillinge schlafen, weck sie nicht auf. Das könnte ihnen schaden.«

»Ist gut. Danke«, sagte Helen.

Sie wusste nicht, was sie mit sich anfangen sollte. Natürlich sollte sie nach oben gehen und nach ihrem Vater schauen, aber sie wollte ihn nicht sehen, wenn er verletzt war. Sie war schon wieder vollkommen aufgelöst.

Als Noel bemerkte, wie nervös Helen war, legte sie ihren Kochlöffel zur Seite, wischte sich die Hände ab und nahm Helen in den Arm. Zuerst war Helen starr vor Schreck, aber dann entspannte sie sich und wollte sich aus der Umarmung am liebsten nicht mehr lösen. Noel duftete nach einer Mischung aus Brotteig und Babypuder. Helen konnte sich nicht erinnern, dass jemand außer Kate sich jemals so weich und angenehm angefühlt hatte. Es war, als würde man einen warmen Muffin umarmen.

»Besser?«, fragte Noel. Sie ließ Helen los und musterte sie von Kopf bis Fuß. »Du siehst erledigt aus. Hast du wieder aufgehört zu träumen?«

»Nein, ich kann träumen«, sagte Helen und lachte kurz auf, während sie ihr mittlerweile zerrissenes und schmutziges Kostüm glatt strich. Sie fragte sich, woher Noel von dieser Traumsache wusste. »Es war einfach nur ein *sehr* langer Tag.«

»Ich weiß, Liebes. Und du hast so viel erreicht«, sagte Noel. Sie nahm Helens Gesicht in beide Hände und sah ihr liebevoll in die Augen. »Danke, dass du mir meinen Hector zurückgebracht hast.« Noel küsste sie auf die Stirn. Diese Geste erinnerte Helen an Lucas. Was sie zu der Frage brachte …

»Warte. Woher weißt du das mit Hector? Das war doch erst vor fünf Minuten.«

»All meine Jungs rufen mich *sofort* an, wenn es entweder sehr gute oder sehr schlechte Nachrichten gibt. Es sind die Zwischenberichte, mit denen sie sich eher schwertun«, fügte Noel mit einem Grinsen hinzu. »Das wirst du eines Tages selbst merken.« Dann drehte sie sich wieder zur Arbeitsplatte um, hackte auf etwas ein, als hätte es sie persönlich beleidigt, und warf die bedauernswerten Stücke in einen brodelnden Topf.

Zu ihrem eigenen Erstaunen war es diesmal Helen, die ihre Arme von der Seite um Noel schlang und sie umarmte. Noel küsste sie auf den Kopf und strich ihr übers Haar, während sie weiterrührte, als wäre es ganz normal, dass ihr die Kinder bei jeder Gelegenheit beiläufig ihre Zuneigung zeigten und sie ebenso beiläufig von ihr erwidert wurde. Wesentlich gefasster machte sich Helen auf den Weg nach oben, um nach ihrem Vater zu sehen.

Automedon ließ seinen Meister im Zwischenreich am Fuß der Höhle zurück, kam wieder nach oben und rief seinen Sklaven zu sich. Der sterbliche Junge war noch nicht an sein neues Leben als Diener gewöhnt, aber zu seinem Glück war er halbwegs intelligent und machte nicht allzu viele Fehler. Nachdem Automedon den Weg zu den Höhlen beschrieben und sich nach dem Stand der Planung erkundigt hatte, kehrte er nach Nantucket zurück, immer noch nicht sicher, ob der Fluch der Furien wirklich aufgehoben war oder nicht. Er war jedoch bereit, das Risiko einzugehen, und würde seinen Plan in jedem Fall verfolgen, aber er brauchte volle achtunddreißig Minuten, um das Gesicht zu finden.

Zuerst suchte Automedon bei ihr zu Hause, aber dort hing nur noch ihr Geruch im Garten. Er schmeckte, dass sie nicht allein gewesen war und dass sich sogar der Ausgestoßene dort aufgehalten hatte. Ein kurzer Blick auf den Boden verriet Automedon, dass es keinen von den Furien angestachelten Kampf gegeben hatte. Dafür gab es nur eine einzige Erklärung.

Helen hatte Erfolg gehabt. Nachdem er so lange gewartet und zugesehen hatte, wie sich so viele Generationen als unwürdig erwiesen hatten, war es endlich geschehen. Sein Meister hatte recht gehabt. Sie hatte tatsächlich nur einen kleinen Schubs in die richtige Richtung gebraucht, etwas Hilfestellung, und dann die Lösung gefunden. Dies war keine, die nur so aussah. Dieses Mädchen war die Prinzessin, auf die er so lange gewartet hatte – die wahre Helena.

Angestachelt von diesem Sieg, untersuchte Automedon die Spuren. Sie waren noch so frisch, dass er sogar die Emotionen der Scions schmecken konnte, die sie hinterlassen hatten. Es hing nichts außer Brüderlichkeit in der Luft – Brüderlichkeit und unsterbliche Liebe. Der Geschmack der Liebe erhob sich und verblasste in den Luftwirbeln des Himmels. Sie musste weggeflogen sein. Die Männer waren eindeutig in Richtung Zentrum gerannt, zu dem Ablenkungsmanöver, das er so sorgfältig inszeniert hatte, um die kleine Armee mächtiger Scions zu beschäftigen, damit sie keine Zeit hatten, seine neue – wie Automedon selbst vor den Göttern geschworen hätte – *wahre* Helena zu bewachen. Bis jetzt verlief alles genau nach Plan, abgesehen vom wichtigsten Teil, der noch bevorstand.

Automedon verharrte ganz still. Er durfte keine Bewegung verschwenden. Dies war das Ereignis, auf das sie dreieinhalbtausend Jahre gewartet hatten. Alles war perfekt, alles war so, wie es vorherbestimmt war – mit einem kleinen Haken. Er musste Helen finden.

Sie war nicht im Haus ihres sterblichen Vaters. Sie war nicht bei ihrem Geliebten. Sie war nicht in der Schule. Wenn sie nicht die Insel verlassen hatte, was sie fast nie tat, blieb nur noch ein Ort übrig. Der Ableger des Hauses von Theben in Siasconset.

Die Zwillinge lagen neben Jerry in dem großen weißen Bett, in dem sie auch Helen nach ihrem Absturz mit Lucas geheilt hatten. Jerry sah blass und eingefallen aus. Die Zwillinge ruhten auf der Decke, zusammengerollt wie Katzen, und schliefen sehr unruhig.

Sie keuchten, ihre Finger verkrampften sich immer wieder zu Klauen, und sie runzelten gleichzeitig die Stirn, als erlebten sie denselben schrecklichen Albtraum. Die Luft im Zimmer war so trocken wie in der Wüste. Das verriet Helen, dass sie Jerry an den Rand des Trockenen Landes gefolgt waren, wo sie versuchten, seine verängstigte Seele wieder in seinen Körper zurückzulocken. Sie kämpften mit aller Kraft, das war eindeutig, aber beide waren schweißbedeckt und leichenblass. Helen war klar, dass sie nicht mehr lange durchhalten würden.

Als sie ins Zimmer kam, stand Kate von einem Stuhl in der Ecke auf und fiel ihr in die Arme. Während sie einander festhielten, bemerkte Helen ihre Freundin Claire, die auf Jasons Seite des Bettes auf dem Boden saß. Sie warf Helen einen verzweifelten Blick zu und stand mühsam auf. Die drei beschlossen wortlos, zum Reden in ein anderes Zimmer zu gehen, um das Trio im Krankenbett nicht zu stören.

Zufällig wählte Kate das Zimmer von Lucas. Helen wollte schon zurückweichen, aber dann konnte sie der Versuchung doch nicht widerstehen, den Dingen nahe zu sein, die ihm gehörten.

»Wie sieht es aus?«, fragte Helen.

»Jason sagt, dass Jerry sich dort unten verirrt hat. Er sagt, dass alles hätte vorbei sein müssen, noch bevor wir ins Auto gestiegen und hergefahren sind«, berichtete Claire ruhig. Kate konnte sich nicht länger beherrschen und platzte dazwischen.

»Aber dann hat sich irgendein gemeiner Gott eingemischt. Er muss Jerrys Geist in die falsche Richtung gelockt haben, während wir ihn zum Auto trugen«, sagte Kate zittrig. »Und jetzt können ihn die Zwillinge nicht mehr finden.«

»Morpheus hat sich mit Ariadne an der Grenze zu seinem

Land getroffen und ihr gesagt, dass es Ares war, der deinen Dad in die Irre geführt hat«, sagte Claire leise.

»Wieso versucht der Gott des Krieges, deinen Vater zu töten?«, fragte Kate, deren Stimme so bebte, dass ihre Hysterie nicht zu überhören war. Kate war eigentlich ein praktischer Mensch und neigte nicht zu Gefühlsausbrüchen, aber es fiel ihr immer noch schwer zu begreifen, dass alles, was sie bisher als Mythos betrachtet hatte, wahr sein sollte. Helen nahm ihre Hand und drückte sie tröstend.

»Ich hätte es euch sagen sollen«, murmelte sie und konnte Kate kaum in die Augen sehen. »Ich dachte, ich könnte euch beschützen, wenn ich euch verschone; dass du und Dad euer Leben leben könntet, wenn ihr von nichts wisst. Jetzt klingt das total idiotisch, aber ich dachte wirklich, dass es funktioniert, und es tut mir leid. Ares ist hinter mir her. Ich weiß nicht, wieso, aber er benutzt Dad als Köder.«

»Okay«, sagte Kate, wischte sich eine Träne weg und schürzte energisch die Lippen. »Was können wir dagegen tun? Wie können wir Jerry retten?«

»Nicht wir«, flüsterte Helen düster. Sie musste wieder daran denken, wie Morpheus sie gewarnt hatte, dass Ares davon träumte, ihr wehzutun. »Ich. Ares will mich.«

»Und du willst dich ihm einfach stellen, richtig?«, fragte Cassandra von der Tür aus. Helen drehte sich um und musste feststellen, dass Cassandra verärgert die Arme verschränkt hielt. »Obwohl du weißt, dass es vermutlich eine Falle ist?«

»Ja. Und ich muss sofort gehen.«

»Lennie, das ist so ziemlich das Dämlichste, was du jemals

gesagt hast«, verkündete Claire fassungslos. »Sogar *Matt* ist ein besserer Kämpfer als du und er ist nicht mal ein Scion. Und du glaubst, dass du allein mit Ares fertigwirst?«

»Ja«, sagte Helen kühl und sah in ihre schockierten Gesichter. »Ich bin der Deszender. Ich kann die Unterwelt kontrollieren und Ares kann das nicht. Ich weiß zwar nicht, was das über mich aussagt, dass ich diesen Ort beherrschen kann, aber es ist so. Hier oben hätte ich gegen ihn keine Chance. Aber in der Unterwelt kann ich ihn schlagen – zumindest lange genug, um meinen Vater zurückzuholen. Das weiß ich.«

Helen ging zu Lucas' Bett und schlug die Decke zurück.

»Helen, dein Vater würde nicht wollen, dass du dich für ihn in Gefahr begibst«, sagte Claire energisch. Sie legte Helen eine Hand auf die Schulter und drehte sie zu sich herum. Helen konnte sich nicht erinnern, wann ihre Freundin sie das letzte Mal mit ihrem vollen Namen angesprochen hatte. Claire, Kate und Cassandra wollten sie aufhalten, was ihnen nicht schwerfallen würde. Wenn es ihr nicht gelang, sie zu überzeugen, brauchten die drei sie nur wach zu halten.

»Ich weiß, dass mein Dad das nicht wollen würde, aber … da hat er eben Pech gehabt!«, zischte Helen grob. Sie versuchte, nicht laut zu werden. »Er wird sterben, wenn ich ihn nicht von Ares weghole, und wenn die Zwillinge noch länger dort unten bleiben, werden auch sie sterben. Du weißt, dass ich recht habe, Claire. Du weißt, dass sich jede Sekunde an der Grenze zum Schattenland für die Seele, die dort herumirrt, wie eine Ewigkeit anfühlt.«

Claire schlug die Augen nieder, wendete den Kopf ab und

nickte schmerzerfüllt. Sie wusste es nur zu gut und die Erinnerung daran machte ihr immer noch Angst.

»Warte wenigstens auf Orion, damit er dich begleitet«, flehte Cassandra und durchquerte den Raum zu Lucas' Bett, in das Helen sich gerade legte.

»Kann ich nicht. Orion braucht eine halbe Stunde, das Portal auf dem Festland zu erreichen. In der Unterwelt funktioniert die Zeit anders, aber der Geist meines Vaters ist noch nicht in der Unterwelt. Die Zeit hält nicht an, aber für ihn und die Zwillinge ist sie gedehnt, und jede Sekunde, die ich hier verschwende, fühlt sich für sie an wie endlose Tage. Jason, Ari und mein Dad werden in dieser Wüste keine weitere halbe Stunde aushalten. Ich muss *sofort* gehen.«

Kate, Claire und Cassandra tauschten bedrückte Blicke. Sie wussten, dass Helen recht hatte.

»Ich wünschte, ich könnte dir sagen, dass alles gut wird, aber ich konnte deine Zukunft nun schon eine ganze Weile nicht mehr sehen. Tut mir leid«, sagte Cassandra. Aus einem Impuls heraus beugte sie sich über Helen und küsste sie auf die Wange. »Viel Glück, Cousine«, flüsterte sie liebevoll und klammerte sich an Helens Hals.

Helen streckte den anderen Arm aus und bezog auch Kate und Claire in die Umarmung ein.

»Ihr solltet jetzt gehen und die Tür hinter euch schließen«, sagte sie energisch, nachdem sie die drei wieder losgelassen hatte. »Es wird hier gleich gefährlich kalt.«

Das Orakel war nah. Das war ein Problem. Die normalsterblichen Frauen, die es umgaben, waren entbehrlich, denn ihr Tod würde die Pläne der Zwölf nicht gefährden, aber das Orakel war fast so wichtig wie Helen selbst, nur leider längst nicht so widerstandsfähig.

Echte Orakel, die stark genug waren, die erdrückende Last der Zukunft zu tragen, waren kostbar, und obwohl die Götter den Launen der Parzen ebenso unterworfen waren wie die Sterblichen, hatten sie doch noch nie ein eigenes Orakel besessen. Obwohl es immer höchste Priorität gehabt hatte, eines hervorzubringen. Dieses Orakel war eine Favoritin von Apoll. Er hatte Jahrtausende darauf gewartet.

Automedon belauschte die Unterhaltung zwischen der Prinzessin und dem Orakel und hörte, wie sie den Köder schluckte. Egal, wie gefährlich es für sie war, sie würde ihrem Vater ins Schattenland folgen, wie sein Meister vorhergesagt hatte.

Ihm blieb nur ein kleines Zeitfenster für seinen Angriff. Er konnte nur zuschlagen, nachdem sie ein Portal geschaffen hatte, aber noch nicht hindurchgegangen war. Wenn er sie dann nicht stach, würde der Göttinnenzauber, den sie immer um den Hals trug, jeden Angriff abwehren. Und was noch schlimmer wäre – sie konnte ihn mit ihrem Blitz lange genug außer Gefecht setzen, um wegzufliegen. Sie war nur einen kurzen Moment lang verwundbar – die Kälte des Portals war das Zeichen –, und dann blieb ihm nur der Bruchteil einer Sekunde zum Reagieren.

Automedon schritt vor dem Haus auf und ab und überprüfte die Luft nach dem Geschmack ihrer Beschützer. Doch glücklicherweise hatten sie in der Stadt noch alle Hände voll zu tun. Automedon hörte, wie die Erbin, die wahre Prinzessin der Legende, ihre Dienerinnen mit einer liebevollen Umarmung entließ und sich dann in den schlafähnlichen Trancezustand versetzte, in dem sie sich gewöhnlich das Portal erschuf. Die Zeit war gekommen.

Automedon sprang vor, trat die Haustür ein und rannte auf allen vieren die Treppe hinauf. Die sterbliche Mutter hob die Hand, um ihm den Fluch von Hestia entgegenzuschleudern, aber sie war zu langsam.

Automedon sprang über das wertvolle Orakel hinweg, um es zu schonen, und stieß die beiden hübschen, aber nutzlosen Dienerinnen zur Seite. Er trat die Tür des Geliebten in Stücke, sprang aufs Bett und umfasste den Kopf der schlafenden Prinzessin mit der rechten Hand, genau einen halben Herzschlag vor ihrem Eintritt in die Unterwelt, in dem Moment, in dem sie am verletzlichsten war. Ihre wundervollen bernsteinfarbenen Augen flogen auf. Automedon fuhr seinen Stachel an der Innenseite des linken Handgelenks aus und stach ihn in den Hals der Prinzessin. Ihre Lider flatterten, und die Lippen bebten, als sein Gift durch ihre Adern strömte. Er hörte Geschrei auf dem Flur und am Fuß der Treppe, aber der Lärm war bedeutungslos. Er hatte seine Beute, und keiner dieser Menschen war stark genug, um sie ihm wieder wegzunehmen.

Die Prinzessin lag still. Automedon hob sie hoch und trug ihren gelähmten Körper aus dem Fenster des Liebhabers und von der Insel.

Lucas sah Hector nach, der losgerannt war, um seinen Vater zu finden, während er und Orion zurückblieben, um einer Gruppe von Verletzten zu helfen. Es hatte sich eine Art Erstversorgungsstation gebildet und Anwohner kamen mit Wasser, Verbänden und Erste-Hilfe-Kästen aus ihren Häusern. Lucas und Orion hatten Hector zum Weitergehen gedrängt, aber sie waren geblieben, weil sie die Hilfeschreie der Menschen unmöglich ignorieren konnten.

»Wir sollten auch in den angrenzenden Straßen nachsehen«, sagte Orion, nachdem der letzte Verwundete versorgt war, und die beiden liefen in normalem Menschentempo weiter.

»Moment mal«, rief Lucas Orion zu und holte sein brummendes Handy aus der hinteren Tasche seiner Jeans.

Das Display zeigte an, dass der Anruf von seiner Mutter kam. Er meldete sich unverzüglich und hatte sofort ein mulmiges Gefühl im Bauch.

»Lucas, er hat sie«, sagte sie knapp und eindringlich. »Helen wollte gerade in die Unterwelt, um ihrem Vater und den Zwillingen zu helfen, als Automedon die Tür aufgebrochen und sie gestochen hat. Dann ist er mit ihr aus dem Fenster gesprungen.«

»Wie lange ist das her?«, fragte Lucas eisig.

Orion, der Lucas' Anspannung spürte, horchte auf.

»Ein paar Minuten. Claire und Kate wurden von dieser Kreatur umgerannt, und ich habe mich gerade vergewissert, dass sie noch leben«, antwortete seine Mutter angewidert. »Ich verstehe das nicht, Lucas. Wie konnte er sie stechen? Der Cestus …«

»Ich muss los.« Lucas beendete das Gespräch, aber nicht, weil er wütend auf seine Mutter war, sondern weil er nachdenken musste. Nachdem er Orion informiert hatte, verstummte er.

»Sollen wir zu eurem Haus gehen und versuchen, eine Spur zu finden?«, schlug Orion vor.

»Da wird keine sein«, antwortete Lucas ruhig und wünschte, Orion würde einfach den Mund halten.

»Und was schlägst du vor?«, fuhr Orion fort und musterte Lucas eindringlich. Als keine Antwort kam, hob er die Brauen. »Lucas. Ich kann deine Gefühle lesen. Sag mir, was du denkst, damit wir zusammen an einer Lösung arbeiten können.«

»Ich versuche herauszufinden, *wie zum Teufel* jemand Helen gefangen nehmen konnte! Hast du jemals versucht, gegen sie zu kämpfen? Sogar wenn sie sich zurückhält, ist sie ein Monster!« Lucas stand kurz vor einem Wutausbruch. Am liebsten hätte er Orion zusammengeschlagen, aber er begnügte sich damit, ihn anzuschreien. »Ich kann sie kaum bändigen, und dabei bin ich sicher, dass sie mir bisher erst einen Bruchteil ihrer wahren Kraft gezeigt hat. Kannst du dir vorstellen, wozu sie fähig ist, wenn jemand versucht, sie zu entführen und gegen ihren Willen festzuhalten? Sie würde halb Massachusetts in Brand stecken!«

Orion betrachtete besorgt Lucas' Brust.

»Du flippst gerade ziemlich aus. Ich will, dass du dich sofort wieder beruhigst. Für Helen.« Orion packte Lucas' Schultern, und Lucas spürte, wie ihn Wärme durchströmte. Sein Herzschlag wurde langsamer und eine Welle der Sanftmut durchflutete ihn.

Lucas wusste, dass Orion ein Sohn von Aphrodite war und Gefühle beeinflussen konnte, aber so etwas hatte er noch nie erlebt. Es war ähnlich wie bei einer Droge, die blitzschnell auf

Körper und Geist wirkt, und einen Moment lang fragte sich Lucas, wie sehr Orion ihn wohl beeinflussen konnte. Wenn er in der Lage war, ein solches Wohlgefühl zu erzeugen, konnte er sicher auch das Gegenteil bewirken. Das war erschreckend.

»Tut mir leid«, sagte Orion und ließ Lucas los. »Normalerweise mache ich das nicht, ohne vorher zu fragen.«

»Nein, ist schon okay. Das hab ich jetzt gebraucht«, antwortete Lucas extrafreundlich, weil er wusste, wie ungern Orion seine Begabung einsetzte, auch wenn es angebracht war. Sehr viel ruhiger fuhr er fort: »Ist dir das Eis auf Helens Bett aufgefallen, als sie heute Nacht mit dir aus der Unterwelt zurückkam? Dass sie nicht gleich wieder fliegen und ich euch beide nicht von mir runterschubsen konnte? Ist dieser Verlust der Scion-Kräfte normal, wenn Helen hinabsteigt?«

»Es ist bei allen Portalen in die Unterwelt normal. Es sind tote Zonen. Keine Wärme, keine Lebewesen und keine Scion-Begabungen. Ich denke, dass Helen sich ein eigenes, kurzfristiges Portal erschafft, wenn sie hinabsteigt, und es dauert wohl ein paar Sekunden, bis es sich wieder schließt, nachdem sie es hinter sich auflöst«, vermutete Orion mit einem nachdenklichen Stirnrunzeln.

»Meinst du, dass Automedon alles über die Portale weiß?«

»Zweifellos. Es hat schon andere Deszender gegeben, und dieses Monster hat bestimmt schon alles gesehen«, sagte Orion. »Allerdings bliebe ihm nicht viel Zeit. Vergiss nicht, dass sie nach ein paar Sekunden wieder fliegen kann.«

»Aber wenn er diesen Moment abgewartet hat, würde es ausreichen. Immerhin hat er sie schon wochenlang beobachtet.

Er wusste genau, dass sie ihrem Vater in die Unterwelt folgen würde«, sagte Lucas, der überzeugt war, auf der richtigen Spur zu sein. Diese ganze Sache war von langer Hand geplant. »Automedon musste nur dafür sorgen, dass Jerry schwer verletzt wurde – was während der Ausschreitungen kein Problem war –, und wenn jeder Scion der Insel damit beschäftig war, Eris und Phobos zu jagen …«

»… wäre keiner da, um sie zu beschützen, während sie sich auf die Suche nach ihrem Dad macht«, beendete Orion seinen Satz. Doch dann wurde ihm ein logischer Fehler bewusst und er schüttelte den Kopf. »Aber Automedon hätte das Ganze schon längst durchziehen können. Sie ist jede Nacht in die Unterwelt hinabgestiegen und niemand hat sie dabei bewacht. Wieso hat er so lange gewartet?«

»Das kann ich erklären«, sagte Lucas verlegen. »Ich war fast jede Nacht bei ihr, meistens auf dem Dach. Aber niemand, nicht einmal Automedon, hätte mich dort sehen können.«

»Wieso nicht?«

»Weil ich ein Schattenmeister bin. Und ich kann mich unsichtbar machen.« Orion sah ihn verblüfft an. Lucas fuhr hastig fort, bevor sie zu sehr vom Thema abkamen. »Aber das spielt ohnehin keine Rolle, denn Automedon musste warten, bis Helen ihre Mission in der Unterwelt erfüllt hatte. Vorher hätte Tantalus es nicht gewagt, ihr etwas anzutun.«

»Aber wieso tut er es jetzt? Tantalus weiß von mir und vermutlich auch von den vielen anderen Rogues. Er kann Atlantis vergessen, wenn er nicht vorher jeden Einzelnen von uns umbringt. Glaubst du, dass er mit Helen anfangen will?«

Einen Moment lang schien die Erde stillzustehen, als Lucas diese Möglichkeit in Betracht zog. Was, wenn Helen schon tot war? War es möglich, dass eine Hälfte seines Herzens starb, ohne dass er es merkte? Er schob eine Hand in die Tasche und rieb den letzten Mohnblumen-Obolus der Welt zwischen Daumen und Zeigefinger. Er wusste schon jetzt, was er tun würde, wenn Helen starb.

»Ich weiß es nicht«, flüsterte er und verdrängte diesen Gedanken vorläufig. »Aber du hast recht. Es ergibt keinen Sinn, dass Tantalus sie jetzt entführen sollte, aber vergiss nicht, dass er vermutlich nichts mehr zu sagen hat. Anscheinend wollte Automedons neuer Boss ebenfalls die Furien aus dem Weg haben, bevor er den Befehl gab, Helen zu kidnappen. Warum auch immer Automedon so lange gewartet hat, es gibt nur einen Ort, an dem man Helen gefangen halten kann.«

»Ein Portal. Meines ist das nächstgelegene und mir ist heute jemand dorthin gefolgt«, sagte Orion verlegen und setzte sich in Bewegung. »Willst du hier auf deine Familie warten, während ich ihr folge?«

Lucas grinste Orion an und machte sich nicht einmal die Mühe, die Frage zu beantworten.

Natürlich war ihm klar, dass es klüger gewesen wäre, Hector zu informieren und zu dritt gegen den wesentlich stärkeren Myrmidonen anzutreten, aber er konnte unmöglich tatenlos herumstehen und auf Hector warten. Also stürmte er hinter Orion her und einen Moment später hatten sie den Rand der Insel erreicht.

»Oh Gott, Matt! Du musst herkommen«, keuchte Zach ins Telefon. Er atmete unregelmäßig, und das Handy streifte immer wieder sein Kinn, als würde er rennen oder zumindest schnell gehen. »Er hat Helen und er wird ihr wehtun!«

»Warte. *Wohin* soll ich kommen?«, unterbrach Matt ihn. Er wedelte hektisch mit dem freien Arm, um die Aufmerksamkeit von Hector, Pallas, Castor und allen anderen zu erhaschen, die in der Küche der Delos herumstanden und überlegten, wohin Automedon Helen gebracht haben könnte. Zach redete hektisch weiter und die Worte sprudelten nur so aus ihm heraus.

»Ich sollte Lucas und diesen Typen namens Orion anrufen«, keuchte er. »Genau das sollte ich jetzt tun, und nichts anderes, und das werde ich, weil er mich sonst umbringt, aber ich weiß, dass das sein Plan ist, und deswegen musste ich was unternehmen, verstehst du? Ich dachte, wenn ich es dir sage, können wir vielleicht eine Lösung finden.«

»Nicht so schnell! Was soll das für ein Plan sein?«

»Der Plan, den Krieg ausbrechen zu lassen! Dazu braucht er alle drei!«

17

Helens Wange war heiß – glühend heiß.

Aber der Rest ihres Körpers war eiskalt, was ihr jedoch erst bewusst wurde, als sie sich aus der zähen Dunkelheit wieder ins Leben zurückkämpfte. Ihr war kälter als je zuvor und ganz in ihrer Nähe hing der Geruch von Verwesung in der Luft.

»Da ist sie, gekommen, um zu spielen! Fehlen noch zwei, und dann gut zielen!«, frohlockte eine Stimme. »Hübscheshübscheshübsches Götterkindchen.«

Ares.

Helen hielt ganz still und versuchte, nicht loszukreischen. Sie musste nachdenken. Das Letzte, woran sie sich erinnerte, war Automedons Gesicht über ihrem, ein Stich in den Hals und dann ein Schmerz, der durch ihre Adern schoss, bis sich ihr Gehirn aus reinem Selbstschutz abgeschaltet hatte.

»Ich sehe dich, meine hübsche Kleine«, sagte Ares, der nun nicht mehr lachte. »Du kannst dich nicht hinter deinen Augenlidern verstecken. Komm schon. Öffne sie. Lass mich deines Vaters Augen sehen.«

Sie hörte den Anflug von Wut in seiner Stimme, spürte die Bedrohung, die von ihm ausging. Er hatte sie durchschaut. Helen riss entsetzt die Augen auf. Sofort löste sie sich von der Schwerkraft, um wegzufliegen, aber es funktionierte nicht. Der Grund dafür war eindeutig. Sogar die Luft war von Eiskristallen durchzogen. Die Kälte war so intensiv, dass sie die Sinne über ihre Grenzen hinausführte und sie so verdrehte, dass Eis plötzlich brannte wie Feuer.

Im flackernden Licht eines bronzenen Kohlebeckens konnte Helen sehen, dass Ares sie mit einem dicken Seil an einen Pflock gefesselt hatte, den er im Eingang eines Portals in den Boden gerammt hatte. Helen sah sich verzweifelt um, obwohl ihr längst klar war, dass sie das perfekte Gefängnis für sie ausgesucht hatten. In der Unterwelt konnte sie sich mit wenigen Worten von Ares wegbefördern lassen. Auf der Erde hätte sie sich wenigstens mit aller Kraft wehren und vielleicht entkommen können. Aber in einem Portal, weder hier noch dort, war sie einfach nur ein Mädchen, gefesselt und den Launen eines Wahnsinnigen ausgeliefert. Und das war so geplant. Vermutlich schon seit einer Ewigkeit.

»Tränen! Ich *liebe* Tränen!«, frohlockte Ares. »Seht nur, wie das kleine Götterkindchen weint … Immer noch so hübsch, so hübsch! Das können wir ändern.«

Ares schlug ihr auf den Mund, und Helen fühlte, dass er ihr etwas gebrochen hatte. Sie holte tief Luft. Jetzt ging es also los. Sie spuckte Blut aus und sah zu ihm auf. Jetzt weinte sie nicht mehr. Jetzt, wo es angefangen hatte, würde es nicht mehr lange dauern, und in gewisser Weise war es besser, als darauf zu warten.

Wenn Ares hier war, um sie zu foltern, bedeutete das zumindest, dass er nicht länger in der Unterwelt den Geist ihres Vaters in die Irre führte. Das war zwar nicht das Ergebnis, auf das sie gehofft hatte, als sie die Augen schloss, um ihrem Vater in die Unterwelt zu folgen, aber es war besser als nichts. Helen schaute zu Ares auf und nickte ihm zu. Nachdem sie ihren Vater in Sicherheit wusste, war sie bereit für alles, was er auszuteilen hatte.

Ares schlug ihr noch einmal ins Gesicht und richtete sich dann auf, um ihr in den Magen zu treten. Ihre verkrampften Bauchmuskeln pressten ihr die Luft aus der Lunge. Er trat sie wieder und wieder. Wenn sie versuchte, den Tritten auszuweichen, indem sie sich zusammenrollte und ihm den Rücken zudrehte, verlegte er sich vom Treten aufs Stampfen. Sie spürte, wie ihr Unterarm brach, und zog das Bein an, um ihre Seite zu schützen, aber das veranlasste ihn nur, sie noch heftiger anzugreifen. Als sie schließlich aufhörte, den Tritten auszuweichen, und sie einfach hinnahm, hörte er auf.

Helen wälzte sich auf dem Boden herum und suchte nach einer Position, in der sie trotz mehrerer gebrochener Rippen und auf dem Rücken gefesselter Hände atmen konnte. Vor Schmerzen keuchend, stellte sie schließlich fest, dass es am besten war, wenn sie kniete und die Stirn auf den eisigen Boden drückte. Da eine der gebrochenen Rippen einen Lungenflügel durchbohrt hatte, klang ihr keuchender, hustender Atem beinahe so, als würde sie lachen.

»Macht Spaß, oder?«, quiekte Ares und hüpfte im Kreis herum. »Aber ich hätte dich nicht so oft treten dürfen, weil du jetzt nicht mehr schreien kannst. Aber das ist es, was wir brauchen, nicht wahr? So dumm von mir! Aber wir können eine Weile warten, bevor wir weiterspielen.«

Er kniete sich neben ihren gekrümmten Körper und fuhr mit den Fingern durch ihre Haare. Helen lief eine Gänsehaut über den Nacken, als er eine Strähne in die Hand nahm.

Er wird sie gleich ausreißen, sagte sie sich. *Entspann dich einfach und wehr dich nicht. Das macht es einfacher.*

»Du bist außerordentlich still«, seufzte Ares und fing an, die Strähne langsam zu einem kleinen Zopf zu flechten. »Das ist ein Problem. Wie sollen die anderen Erben dich finden, wenn du nicht aus vollem Halse schreist, wie es von dir erwartet wird? Du sollst doch schreien *RETTE* MICH, LUCAS! OH, *RETTE* MICH, ORION!« Einen Moment lang tönte er furchtbar schrill, wechselte aber sofort wieder zu seiner normalen Stimme. »Genau so. Los, fang an zu schreien.«

Helen schüttelte den Kopf. Ares beugte sich tief über sie und seine Lippen berührten ihren Nacken. Er hauchte ihr seinen faulenden, stinkenden Atem entgegen. Selbst in der beißenden Kälte des Portals überwältigte Ares sie mit seinem Gestank nach Tod und Verwesung.

»Schrei«, verlangte er ganz ruhig und klang plötzlich nicht mehr wie ein Wahnsinniger. Er hörte sich vollkommen normal an, was Helen entschieden gruseliger fand. »Ruf sie her, damit sie dir das Leben retten. Ruf sie her, Helen, oder ich töte dich.«

»Du willst sie in die Falle locken«, keuchte Helen atemlos. »Darauf falle ich nicht rein.«

»Wie sollte ich ihnen eine Falle stellen? Ich bin in diesem Nirgendwo genauso machtlos wie jeder Sterbliche und sie sind zu zweit«, sagte er beinahe vernünftig. »Vielleicht gewinnen sie sogar.«

Er log sie nicht an. Seine Schläge und Tritte hatten ihr zwar schwere innere Verletzungen zugefügt, aber sie hatte dahinter nicht die Kraft eines Gottes gespürt. Sie betrachtete die Knöchel seiner linken Hand, der Hand, mit der er sie geschlagen hatte, und sah, wie Ichor, das goldene Blut der Götter, aus den tiefen Schürfwunden rann. Unwillkürlich musste sie grinsen, denn obwohl sie ein paar Zähne eingebüßt hatte und mit dem rechten Auge nichts mehr sehen konnte, hatte Ares sich bei der Aktion offenbar die Hand gebrochen.

»Ruf nach ihnen«, verlangte er, als wäre es zu ihrem Besten. »Warum rufstrufstrufst du nicht, mein zerschlagenes kleines Götterkind? Sie *wollen* dich doch retten.«

Natürlich wollten sie das. Lucas und Orion suchten nach ihr, und im Gegensatz zu ihr brauchten sie keine Scion-Kräfte, um gegen Ares zu kämpfen. Sie waren stark, aber sie war nur ein dünnes, erschöpftes, gefesseltes, von einem Myrmidonen vergiftetes Mädchen, das einem doppelt so großen brutalen Schläger gegenüberstand. Aber Lucas und Orion waren geborene Kämpfer. Sollten sie doch kämpfen. Schließlich hatten sie *Spaß* daran.

Nicht weit weg hörte sie, wie Orion nach Lucas rief und ihn durch das Höhlenlabyrinth führte.

»Hörst du das, Helen? Deine Rettung ist *so nah.*« Ares krümmte die Finger, um besser zufassen zu können, und riss ihr die geflochtene Haarsträhne aus – zusammen mit einem etwa zwei Zentimeter großen Stück ihrer Kopfhaut. Helen konnte nicht vermeiden, dass ihr ein schrilles Aufkeuchen entschlüpfte, aber zumindest gelang es ihr, nicht aufzuschreien. Sie würde nicht schreien. Ares packte eine weitere Strähne – an einer Stelle, wo die Haut noch empfindlicher war.

Mit einem Auge sah Helen, wie das Blut aus ihrem Nacken über ihr Kinn lief und das Eis unter ihrem Gesicht verfärbte. Es breitete sich aus, rot und leuchtend, und arbeitete sich durch die Eiskristalle immer weiter, als würde es von einem trockenen Tuch aufgesogen.

»Sie werden dich nicht zufällig finden, falls es das ist, worauf du hoffst. In diesen Höhlen gibt es Dutzende von Portalen. Orion kennt sie zwar fast alle, aber es kann trotzdem die ganze Nacht dauern, bis sie das richtige finden.« Ares hörte sich an, als hätte er das Spiel allmählich satt. »Ruf sie jetzt her und rette, was von deiner Haut noch übrig ist.«

Helen starrte in ihre eigene Blutlache und sah dort zwei Armeen. Sie sah sie mit einem metallischen Aufblitzen aufeinanderprallen. Sie sah eine ehemals azurblaue Bucht, die durch eine endlose Belagerung vollkommen verschmutzt war, und dann wurde das klare Wasser durch die Asche verbrannter Körper trüb und schlammig. Schließlich sah sie Lucas leblos in einem brennenden, mit Rauch gefüllten Raum liegen.

Das ist beim letzten Mal passiert, als ich andere für mich kämpfen ließ.

»Ich werde nicht schreien«, wisperte Helen, und in die Blutlache mischten sich jetzt ihre Tränen. »Eher sterbe ich.«

»Du liebst Lucas und Orion so sehr, dass du für sie sterben würdest? Für beide?«, fragte Ares ruhig. Er schubste sie auf die Seite, um ihr ins zerschlagene Gesicht sehen zu können. Sie bemühte sich, ihm in die Augen zu schauen, und antwortete, ohne zu zögern. »Ja, ich liebe sie beide. Und ich würde für beide sterben.«

Ares verstummte. Seine Gesichtsmuskeln zuckten so, dass Helen dachte, er würde jeden Moment etwas sagen. Doch er holte nur tief Luft und lachte los.

»Eine erledigt, da waren es nur noch zwei!«, frohlockte er. »Automedon hatte recht! Bereit, zu bluten und zu sterben – und das gilt nicht nur für dich. Was mich wirklich erstaunt, ist die Tatsache, dass auch deine beiden edlen Helden bereitwillig für *dich* bluten und sterben würden. Weißt du, was das bedeutet, mein blutendes kleines Götterkind? Ist dir klar, was es bedeutet, wenn ich all das Blut vermische, das du und die anderen beiden Erben so unbedacht vergießen? Vier Häuser, praktisch verpackt in drei liebende, tapfere und, Zeus sei Dank, *naive* Erben.«

Helens Gedanken überschlugen sich. Sie kämpfte sich wieder auf die Knie und betrachtete das Blut, das auf dem Boden bereits gefror. Sie dachte daran, welche besonderen Umstände nötig waren, ihre normalerweise unverwundbare Haut bluten zu lassen, und was Ares alles auf sich genommen hatte, diese Umstände herbeizuführen. Dann dachte sie daran, was alles nötig gewesen war, damit Lucas und Orion zusammenarbeiteten, obwohl sie wegen der Furien noch wenige Stunden zuvor nicht einmal im selben Raum hätten sein können. Es gab nur eine Sache, die sie verband, und sie wusste genau, dass die beiden auch für sie bluten und sterben würden. Und sie hatte bereits geblutet und *auf dieses Blut geschworen*, dasselbe für Lucas und Orion zu tun.

»Blutsbrüder. Wir werden Blutsbrüder sein«, schnaufte sie durch ihre aufgeplatzte Lippe. »Alle vier Häuser werden vereint werden.«

»Und wir Götter werden aus unserem Gefängnis auf dem Olymp befreit«, fügte Ares gelassen hinzu. »Darauf warte ich nun schon dreieinhalb*tausend* Jahre!« Er gab einen dumpfen Laut von sich, denn die Aussicht auf seine Freiheit schnürte ihm die Kehle zu.

»Nein. Das lasse ich nicht zu«, stammelte Helen, die das unmöglich akzeptieren konnte.

»Weißt du, was das Beste daran ist? Abgesehen davon, dass ich dich quälen konnte?«, fuhr er fort, ohne auf ihre bedeutungslose Drohung einzugehen. »Dass es auch diesmal wieder *aus Liebe zu Helena* geschieht! Ich hätte nie für möglich gehalten, dass aus Liebe zu einer Frau nicht nur *ein* großer Krieg entbrennt, sondern gleich *zwei*. Für Geld, das könnte ich verstehen. Und natürlich für Land. Tausende Kriege wurden um Geld und Land ausgefochten, aber aus LIEBE? Und doch sind wir hier. Aphrodite hat wieder gesiegt! Ein weiterer Krieg, der alle anderen Kriege beenden wird, bricht aus Liebe zu dir aus und wegen deiner Liebe zu zwei Männern und drei jämmerlichen Furien! Und Liebeliebeliebe wird der Grund sein, aus dem die Welt im Kriegkriegkrieg versinkt. Ist das nicht reine *Poesie*?«

Während Ares kicherte wie ein Verrückter, wurde Helen bewusst, was sie alles falsch gemacht hatte, und diese Erkenntnis lastete schwer auf ihr. Morpheus hatte Zweifel an ihrer Mission geäußert, aber sie hatte nie nach dem Grund gefragt. Hades hatte ihr nicht einmal, sondern zweimal geraten, das Orakel zu befragen – nicht Cassandra, die kleine Schwester, sondern das große *Orakel*, das Sprachrohr der drei Parzen –, ob die Befreiung der Furien wirklich eine gute Idee war. Sogar *Zach* hatte versucht, sie zu warnen, aber sie hatte ihm keine Chance gegeben, es zu erklären.

Aber der größte Fehler war, dass sie Hectors Rat ignoriert hatte. Er hatte ihr eingeschärft, dass sie sich *auf keinen Fall* in Orion verlieben durfte. Im Gegensatz zu ihr hatte Hector immer gewusst, dass es bei diesem Kampf um Liebe gehen würde. Als er ihr gesagt hatte, dass sie sich nicht in Orion verlieben sollte, hatte er ihr eigentlich klarmachen wollen, dass aus Liebe, echter Liebe, immer eine *Familie* wurde – auch wenn es keine Familie im traditionellen Sinn war. Es war die Liebe, die zählte, nicht Gesetze, Regeln oder die Götter.

Helen konnte jetzt wüten und herumschreien, dass es nicht ihre Schuld war, dass man sie ausgetrickst hatte, aber sie wusste es besser. Sie hatte sich kopfüber in diese Mission gestürzt – ohne nachzudenken, was dabei schiefgehen konnte. Sie war die ganze Zeit so davon überzeugt gewesen, Gutes zu tun, dass sie niemanden anhören wollte, der anderer Meinung war. Lucas hatte sie gewarnt, dass Selbstüberschätzung die größte Gefahr der Scions war, aber bis zu diesem Augenblick hatte sie nicht gewusst, was er damit meinte. Ein guter Mensch zu sein und Gutes zu tun, bedeutete nicht automatisch, dass man immer *recht* hatte.

In der angrenzenden Höhle hörte Helen, wie Orion und Lucas hektisch miteinander flüsterten und einander ermutigten, auf das flackernde Licht der bronzenen Kohlepfanne zuzugehen.

»Bitte«, schluchzte sie gedämpft. »Töte mich jetzt.«

»Bald, Liebes, bald. Ganz ruhig«, flötete Ares. Er zog einen kleinen Bronzedolch aus dem Gürtel und kniete sich neben sie. Helen spürte eine pulsierende Hitze an ihren Hals. Ares hatte ihr mit einer flinken Bewegung die Kehle durchgeschnitten. »Du wirst sterben, aber der Schnitt ist flach genug, dass es eine Weile dauern wird. Ich fürchte jedoch, dass du nicht mehr sprechen kannst. Aber ich kann nicht zulassen, dass du den anderen beiden Erben von meinem Plan erzählst, bevor sie selbst ein bisschen gekämpft und geblutet haben, nicht wahr? Das würde alles zunichtemachen.«

Sie versuchte zu schreien, aber es sprühte nur ein Schwall Blut aus ihrem Hals und spritzte Ares ins Gesicht. Er leckte sich grinsend die Lippen.

»Ei, ei, was für ein braves Mädchen«, sagte er in Babysprache und warf ihr eine Kusshand zu. Dann stand er auf, ging zur Felswand und wisperte auf sie ein.

Als Kind war Helen beinahe ertrunken. Seitdem hatte sie Angst vor dem Wasser gehabt – und dabei lebte sie auf einer Insel, die von Wasser umgeben war. Aber jetzt schien es, als würde sie auf dem trockenen Land ertrinken. Das Blut schäumte in ihrer Lunge, und sie musste feststellen, dass salziges Blut fast genauso schmeckte wie Salzwasser. Sie konnte den kleinen Ozean in sich hören, wie er pochte und rauschte, und wie mit jedem Herzschlag die Ebbe größer wurde. Oder waren das Schritte, die auf dem Höhlenboden hallten?

»Onkel! Lass mich durch«, zischte Ares die Felswand nun lauter an.

Nichts passierte. Ares sah jetzt richtig panisch aus.

»Helen! Nein!«, schrie Lucas quer durch die Höhle. Sein Aufschrei hallte zwischen den Wänden herum, erfüllte die dunkelsten Ecken der Höhle und vervielfältigte sich dort.

Ares fuhr herum, die Hand schon am Messer. Als er auf Helen hinabsah, erkannte sie, dass er mit dem Gedanken spielte, sie als Geisel zu nehmen.

Der Boden bäumte sich auf und fiel krachend wieder zurück, was Ares von Helen wegtaumeln und gegen die Wand fallen ließ. »Geh weg von ihr«, knurrte Orion.

Helen, die sich nicht umdrehen konnte, um die beiden anzusehen, starrte in Ares' panisches Gesicht. Sein Blick huschte zwischen Orion und Lucas hin und her und er drückte sich eng an die Wand des Portals. Orion hatte recht. Der Gott des Krieges war ein Feigling.

»Hades! Du hast deine Befehle!«, schrie Ares hysterisch und schlug immer wieder mit der flachen Hand gegen die vereiste Felswand. »Lass mich durch!« Das Portal sog ihn ein und Ares war verschwunden. Einen Moment später hörte Helen, wie die Freunde auf sie zurannten.

»Lucas. Oh nein«, stöhnte Orion.

»Sie ist nicht tot«, sagte Lucas mit zusammengebissenen Zähnen. »Sie kann nicht tot sein.«

Helen spürte, wie sich Lucas und Orion neben sie knieten. Sie berührten ihre Schulter und ihre Hüfte und drehten sie langsam um. Sie wand sich und versuchte, ihre Hände abzuschütteln. Wenn sie es gekonnt hätte, wäre sie aufgesprungen und vor ihnen weggerannt. Selbst ihre vorsichtigen Berührungen fühlten sich an wie Peitschenhiebe, aber der Schmerz war nicht der Grund, wieso sie nicht von ihnen angefasst werden wollte. Sie sollten ihr Blut nicht an die Hände bekommen.

»Ganz ruhig, Helen«, flüsterte Lucas, außer sich vor Sorge. »Ich weiß, dass es wehtut, aber wir müssen dich bewegen.«

Nein. Sie mussten sich von ihr fernhalten. Sie versuchte, sie wegzuschicken, aber alles, was herauskam, war ein Blutschwall aus ihrem Hals.

»Ich habe ein Messer«, sagte Orion, und Helen fühlte, wie er ihre Handfesseln durchschnitt.

Lucas hob sie hoch und sie zappelte schwach, in der Hoffnung, dass er sie losließ. Sie wollte im Portal sterben, bevor das Blutsbrüderritual vollzogen wurde. Aber ihre Gegenwehr und das Husten machten alles noch schlimmer. Das Blut sprühte förmlich aus ihrem Hals und spritzte auf Lucas und Orion. Ares mochte ein Feigling sein, dachte Helen, aber er wusste alles darüber, wie man Leuten wehtat. Die Wunde, die er ihr zugefügt hatte, sorgte dafür, dass im Umkreis von anderthalb Metern alles mit ihrem Blut getränkt wurde.

»Ich gehe voran«, sagte Orion entschlossen.

Helen fühlte ein vages Schaukeln und sah den Strahl von Orions Taschenlampe über den Höhlenboden wandern. Sie konnte alles hören und auch recht gut sehen; sich bewegen oder sprechen konnte sie aber nicht. Sie versuchte, mit den Zehen oder einem Finger zu wackeln. Nichts davon funktionierte. Sie befahl sich zu blinzeln, aber sie schaffte es nicht einmal, ihr unverletztes Auge zu schließen. Helen war bei vollem Bewusstsein in sich selbst gefangen. Ihr war klar, dass sie nur noch zusehen konnte, wie es weiterging, und sie fragte sich, ob das eine spezielle Folter war, die sich Ares für sie ausgedacht hatte. Vielleicht hatte er die Klinge vergiftet, um sie zu lähmen?

Vielleicht sterbe ich aber auch, dachte sie hoffnungsvoll. *Wenn ich mich beeile, kann ich das Ganze vielleicht verhindern.*

»Da ist der Ausgang«, rief ihnen Orion über die Schulter erleichtert zu. Helen konnte sein wundervolles Profil sehen, das sich am Höhlenausgang gegen den Mond und tausend Sterne abhob.

Doch dann war es mit Orions Erleichterung vorbei, denn er hatte draußen etwas entdeckt. Er fuhr herum zu Helen und Lucas, drängte sie zurück in die Höhle und hielt seine breiten Schultern schützend über sie. Helen sah, wie er mit einem Keuchen den Mund aufriss und seine Augen groß wurden, als die Spitze eines Schwerts unter seinem Brustbein austrat. Der Boden bebte. Automedons glänzend rote Insektenaugen starrten Helen über Orions Schulter hinweg an.

»Orion!«, schrie Lucas auf. Er hielt Helen nur noch mit einer Hand fest und griff nach Orions Schulter, um ihn auf den Beinen zu halten, doch die beiden sanken auf die Knie, Helen zwischen sich eingekeilt. Die Spitze der Klinge verschwand, als das Schwert herausgezogen wurde, und stattdessen quoll ein Schwall dunklen Blutes heraus. Helen beobachtete, wie ein Tropfen von Orions Blut auf eine ihrer vielen Wunden fiel und sich mit ihrem Blut vermischte.

Das war der Erste, dachte sie hilflos. Donnergrollen erfüllte die klare, wolkenlose Nacht.

»Mein Messer«, keuchte Orion.

Lucas nickte knapp, denn er hatte sofort verstanden, was Orion wollte. Helen versuchte zu sprechen und hoffte, dass ihre Heilung zumindest so weit fortgeschritten war, dass sie Lucas warnen konnte, *nicht* zu kämpfen, aber alles, was sie hervorbrachte, war ein Röcheln.

»Kannst du sie nehmen?«, flüsterte Lucas. Er sah Orion in die Augen, und sein Blick flehte ihn an, ehrlich zu sein. Doch statt zu antworten, schob Orion die Arme unter Helens Körper und nahm sie Lucas ab.

Lucas griff unter Orions Hemd und zog das lange Messer heraus. Dann sprang er blitzschnell auf, hechtete über Orion und Helen hinweg und stieß Automedon von den verwundeten Freunden weg.

Orion hielt Helen eng an sich gedrückt und holte hechelnd Luft, als könnte das seine Heilung beschleunigen. Mit einem schmerzerfüllten Stöhnen rappelte er sich schließlich auf und schlurfte mit Helen in den Armen aus der Höhle.

Draußen entdeckte Helen Zach, der sich am Höhleneingang an die Wand drückte. Seine Augen waren weit aufgerissen und starr. Helen, die immer noch gelähmt war, schrie innerlich, aber sie brachte keinen Ton heraus. Zach sah ihr in das zerschlagene Gesicht und stieß einen verzweifelten Laut aus, der Orion auf ihn aufmerksam machte. Orion funkelte ihn erbost an. Zach war vor Angst wie erstarrt.

Helen spürte, wie Orion den Kopf senkte, das Schwert in Zachs Händen betrachtete und dann erneut dessen Blick suchte. Ohne das geringste Zögern hielt Zach ihm den Griff des Schwertes entgegen. Er bot ihm seine Waffe an.

»Ich bin ein Freund von Helen. Kämpfe du. Ich bleibe bei ihr und passe auf sie auf«, sagte er mit fester Stimme. Orion warf einen Blick auf Lucas, dem Automedon gerade das Knie in den Magen rammte. Damit war die Entscheidung gefallen.

Helen versuchte, sich zu wehren, als Orion sie vor Zachs Füßen auf den Boden legte. Sie wollte *Verräter* fauchen, aber alles, was sie hervorbrachte, war ein tonloses Stottern.

»Ich sorge dafür, dass er zu dir zurückkommt«, versprach Orion leise und küsste Helen auf die Stirn. Er presste eine Hand auf seine verwundete Brust, als könnte das die Schmerzen nehmen, schnappte sich Zachs Schwert und stürzte sich in den Kampf.

»Keine Angst, Helen. Ich habe gerade mit Matt telefoniert. Sie kommen alle. Hector sagt, dass sogar deine Mutter auf dem Weg hierher ist.« Zach versuchte, es ihr bequemer zu machen, indem er hilflos an ihrer Kleidung zupfte und ihr übers blutgetränkte Haar strich. Erst als er sie genauer betrachtete, fingen seine Hände an zu zittern, und ihm traten Tränen in die Augen. »Es tut mir so leid, Lennie. Mein Gott, sieh dir an, was er mit deinem *Gesicht* gemacht hat!«

Helen holte tief Luft, hustete Blut aus, starrte Zach ins Gesicht und setzte all ihre Kraft ein, um ihre eingefrorene Zunge zum Gehorsam zu zwingen.

»Öhe ich«, nuschelte sie. Zach runzelte die Stirn und überlegte, ob sie tatsächlich das gesagt hatte, wonach es geklungen hatte. Helen unternahm einen zweiten Versuch. »Tö-te mich.«

Da sie jetzt endlich wieder die Finger bewegen konnte, fummelte sie an ihrer aufgeschlitzten Kehle herum, um die Kette mit dem Herzanhänger abzureißen, damit Zach sie töten konnte. Doch Zach schüttelte langsam den Kopf und tat absichtlich so, als hätte er sie falsch verstanden. Er hielt sie fest, zog sein Hemd aus und drückte es gegen die Wunde an ihrer Kehle.

Helen blieb nichts anderes übrig, als vom Boden aus zuzusehen, wie Lucas und Orion gegen Automedon kämpften. Alle drei bewegten sich dabei so schnell, dass es fast unmöglich war, ihnen mit den Augen zu folgen. Automedon stand zwischen den beiden und führte jeden Schlag mit Präzision aus.

Helen wusste genug übers Kämpfen, um zu erkennen, dass sie dem perfekten Krieger zusah. Er war stärker, schneller und geduldiger als jeder andere Kämpfer, den Helen je gesehen hatte. Wenn Lucas oder Orion vorsprangen und ihn verwundeten, ließ er die Klingen ungerührt in seinen Körper eindringen. Aus mehreren Wunden quoll eine grünlich weiße Flüssigkeit, aber Helen wusste bereits, dass man ihn auf diese Weise nicht töten konnte. Er wartete nur darauf, dass die beiden müde wurden.

Orion, dessen Brustwunde immer noch blutete, war einen Moment unaufmerksam und kassierte sofort eine Stichwunde in den Magen. Als er zurücktaumelte, nutzte Automedon seine Chance. Statt Orion anzugreifen, der mittlerweile am Boden lag, stürzte er sich auf Lucas. Mit einer schnellen Bewegung schlug er Lucas das Messer aus der Hand, das im hohen Bogen durch die Luft flog. Dann machte er sich zum Angriff bereit.

»Luke!«, schrie Orion, dessen Stimme vor Erschöpfung brach. Er warf Lucas sein Schwert zu, was ihn selbst wehrlos machte. Automedon ließ zu, dass Lucas das Schwert auffing.

Lucas flog über Automedon hinweg und landete vor Orion, der sich mit schmerzverzerrtem Gesicht seine Verletzung hielt. Er versuchte aufzustehen, kippte aber wieder um, und das Blut strömte erschreckend schnell aus seiner Wunde. Lucas nahm eine drohende Haltung ein, die Automedon klarmachen sollte, dass er nur an Orion herankäme, wenn er ihn zuerst erledigte.

Helen sah Automedon lächeln und spürte, wie sich Panik in ihrem Bauch ausbreitete und von dort in ihre Arme und Beine schoss. Das war genau das, was Automedon wollte. Er *zählte* auf ihre Tapferkeit und Selbstlosigkeit. Diese Tugenden waren ihr Verderben. Helens Haut knisterte mit statischer Elektrizität, aber ihr fehlte die Kraft für einen Blitz. Ohne auf die grausigen Schmerzen zu achten, stützte sich Helen auf ihre gebrochenen Unterarme und begann, auf die beiden zuzurobben.

»Helen, nicht!«, rief Zach entsetzt. Er wollte sie aufhalten, aber als er sie berührte, ließ ihn ein leichter elektrischer Schlag sofort zurückzucken.

»Hört auf, gegen ihn zu kämpfen!«, wollte Helen schreien, doch obwohl ihre Heilung zügig voranschritt, waren ihre Stimmbänder immer noch durchtrennt. Sie brachte nur ein heiseres Krächzen hervor. Automedon hob sein Schwert und schwang es zuversichtlich über seinen Kopf.

»Pass auf«, warnte Orion Lucas, und bevor Automedon mit dem Schwert auf sie einschlagen konnte, bebte der Boden.

Ein gewaltiges Krachen hallte durch die Dunkelheit, und zwischen Automedon und Lucas öffnete sich eine gewaltige Kluft, denn Orion hatte die Erde aufgerissen. Automedon fiel auf die Knie und strampelte hektisch, als der Boden unter ihm nachgab. Lucas gab die Schwerkraft auf und schwebte, während Automedon wie durch Zauberei sein Gleichgewicht wiederfand. Bei diesem Anblick verloren Lucas und Orion alle Hoffnung.

Als das Beben nachließ, landete Lucas vor Orion, umklammerte das Schwert fester und starrte Automedon grimmig an. Sie schienen beide zu wissen, dass keiner von ihnen diesen Kampf gewinnen konnte, aber trotzdem war keiner von beiden zum Aufgeben bereit. Automedon baute sich vor Lucas und Orion auf und verbeugte sich höflich.

»Ihr seid eindeutig die drei, auf die ich mehrere Tausend Jahre gewartet habe«, verkündete Automedon über die meterbreite Kluft hinweg. »Ich danke Ares, dass ich viele Tausend Jahre lang Schlachten schlagen durfte, die mich auf euch vorbereitet haben, denn andernfalls wäre ich hierzu nicht bereit gewesen. Aber die Zeit ist gekommen und jetzt *bin* ich bereit.«

Automedon sprang mühelos über die Kluft und landete vor Lucas und Orion. Mit drei Hieben entwaffnete er Lucas. Nach zwei weiteren hatte er ihn auf die Knie gezwungen. Lucas blutete aus einer tiefen Wunde an der Schulter, versuchte aber immer noch, Orion mit seinem Körper zu schützen.

Helen hörte Lucas schreien und ihre Schmerzen waren wie weggeblasen. Sie stand auf und ihre Haut glühte bläulich und verströmte ungeheure Energie.

»Fass ihn nicht an!«, flüsterte sie heiser. Sie streckte die linke Hand aus und ein gleißend weißer Blitz schoss in einem Bogen daraus hervor und traf Automedon. Er brach zusammen und krümmte sich vor Schmerzen. Helen ließ den Arm sinken und taumelte seitwärts.

Zach, der sich nach Orions Erdbeben wieder aufgerappelt hatte, eilte hinter Helen her und stützte sie, denn es hatte sie so angestrengt, den Blitz zu erzeugen, dass sie nun einer Ohnmacht nahe war. Zach bekam zwar noch einen heftigen Stromschlag ab, aber er biss die Zähne zusammen und hielt sie aufrecht, während sie auf Lucas zutaumelte.

Sie fiel neben ihm um und drückte mit letzter Kraft auf seine Wunde, als könnte sie ihn mit den bloßen Händen zusammenhalten. Sie hörte ein entferntes Donnergrollen und wusste, dass sich ihr Blut mit seinem mischte, aber das war ihr egal. Sie konnte nicht aufhören, ihn zu berühren. Sie musste ihn nur von Orion fernhalten, dann wäre das Ritual gestoppt.

Helen spürte, wie etwas ihren nackten Knöchel packte, und musste feststellen, dass es Automedon war, der sie über den Boden zu sich zerrte, damit sie sich nicht länger in seine Pläne einmischte.

»Es ist zu spät, Prinzessin«, sagte er gelassen.

Helen schaute auf und sah, wie Lucas und Orion einander stützten, als sie gemeinsam versuchten, sie Automedon wieder zu entreißen. Orions Brustwunde war gegen Lucas' blutende Schulter gepresst. Zum dritten und letzten Mal grollte der Donner durch den Himmel.

»Es ist vollbracht«, verkündete Automedon und schloss einen Moment lang erleichtert die Augen.

Helen sah Lucas und Orion an. Ihr Gesichtsausdruck verriet ihnen, dass gerade etwas Bedeutendes passiert war – auch wenn sie noch nicht wussten, was.

»Und jetzt zu dir, Sklave«, sagte Automedon und sprang auf die Füße. Er hatte sich vollkommen von Helens Blitz erholt. »Du hast auf diesen Dolch geschworen, zu dienen oder zu sterben. Und am Ende hat du nicht gedient.«

Er zog einen juwelenbesetzten Dolch aus der Scheide an seinem Gürtel. Bevor Helen ihren verletzten Körper auf die Knie hieven konnte, um Zach zu schützen, stach Automedon die Klinge bereits mitten in seine Brust.

Helen fing ihn auf, als er neben ihr zu Boden sank. Plötzlich sah sie ihn wieder vor sich, wie er in der zweiten Klasse vom Klettergerüst gefallen war und sich den Knöchel verstaucht hatte. Auch da hatte er diesen fassungslosen Ausdruck im Gesicht gehabt, und genau jetzt sah er wieder aus wie ihr sieben Jahre alter Freund, mit dem sie das Mittagessen aus der Lunchbox getauscht hatte.

»Oh nein, Zach«, flüsterte Helen entsetzt und legte ihn so sanft auf den Boden, wie sie konnte. Automedon wandte sich gleichgültig ab und hob die Hände in den blauen Morgen, der am Horizont herandämmerte.

»Ich habe meinen Teil erfüllt, Ares«, sagte er freudig. »Jetzt gib mir, was ich verlange. Vereine mich wieder mit meinem Bruder.«

»Helen«, keuchte Zach eindringlich, während Automedon noch in den Himmel sprach. »Sein Blutsbruder … war kein Gott, wie Matt geglaubt hat.« Er packte das Messer, das in seiner Brust steckte, und begann, es herauszuziehen, was seine Verletzung nur noch schlimmer machte.

»Nein, lass es drin. Du wirst verbluten!«, wisperte Helen mit ihrer heiseren Stimme, aber Zach hörte nicht auf, bis Helen ihm schließlich half, es herauszuziehen. Er schloss ihre Hände bedeutungsvoll um den Griff der kleinen Klinge.

»Es war *Achill.*«

Zach ließ den Kopf sinken und drehte ihn zu Automedons Füßen, die nur Zentimeter von seinen sterbenden Augen entfernt waren. Ohne nachzudenken, drehte Helen das Messer in der Hand, umklammerte das Heft und stach Automedon in die Ferse.

Sein Kopf fuhr entsetzt herum und er starrte auf Helen hinunter. Schock und Unglauben ließen sein Gesicht erstarren. Es dauerte nur Sekunden, bis er zu einer Statue aus Stein wurde, die sofort Risse bekam, dann zerbröckelte und schließlich zu einem Häufchen Staub zerfiel. Helen warf Zach einen Blick zu und sah, dass er lächelte.

»Halt durch«, krächzte Helen und suchte nach etwas, das sie auf Zachs Wunde drücken konnte. Sein blutiges Hemd lag ein paar Meter entfernt.

»Geh nicht weg«, flehte Zach und hielt Helen am Arm fest, als sie versuchte, auf das Hemd zuzukriechen. Mit der anderen Hand griff er in den Haufen Staub, der einst Automedon gewesen war, zog den hübschen Dolch daraus hervor und gab ihn Helen. »Sag Matt, dass er mir ein guter Freund war.«

Sein Körper entspannte sich und seine Augen wurden leer. Helen wusste, dass er tot war.

»Siehst du, Eris, ich habe ihn nicht betrogen – der Wunsch des Myrmidonen wurde erfüllt«, verkündete eine Stimme, bei der Helen fast das Herz stehen blieb. »Er ist wieder mit Achill vereint. Nur nicht auf der Erde, wie er es gern gehabt hätte!«

»Wenigstens ist sein Sklave bei ihm, um ihm auch in der Unterwelt zu dienen«, zischte eine Frauenstimme.

Helen schloss Zachs Augen und schwor sich, dafür zu sorgen, dass Zach die Elysischen Felder erreichte, aus dem Fluss der Freude trank und nie wieder jemandem dienen musste. Dann drehte sie sich zu dem um, was sie bereits riechen konnte.

Ares stand auf der anderen Seite der Kluft, eingerahmt von seiner Schwester Eris und seinem Sohn Phobos. Helen ließ den Kopf hängen und atmete schwer. Es war also wahr. Die Götter hatten den Olymp verlassen. Sie spürte eine Hand auf ihrer Schulter, und als sie aufschaute, knieten Lucas und Orion neben ihr.

»Wie?«, keuchte Orion und deutete auf Ares.

»Wir drei«, antwortete Helen, »sind zu Blutsgeschwistern geworden.«

Lucas und Orion tauschten einen schmerzlichen Blick, weil ihnen klar wurde, wie ihr Heldenmut gegen sie verwendet worden war.

»Kannst du fliegen?«, flüsterte Lucas und hielt den verletzten Arm dicht an den Körper gedrückt. Orion hatte so viel Blut verloren, dass er ganz blass und zittrig war. Die beiden waren eindeutig nicht mehr kampfbereit. Helen sah Ares über den tiefen Spalt im Boden hinweg an.

Sie hatte schon früher Wut verspürt, aber diese war anders. Sie musste wieder daran denken, wie hilflos sie sich gefühlt hatte, als sie gefesselt und wehrlos seinen Misshandlungen ausgeliefert war. Sie vermutete, dass er schon mit zigtausend anderen Menschen so umgesprungen war. Und jetzt war er wieder frei. Helen fühlte sich verpflichtet, dafür zu sorgen, dass er nie wieder jemanden folterte. Sie hatte dieses Monster auf die Welt losgelassen. Sie musste ihm ein Ende bereiten.

»Ich gehe nirgendwohin.« Sie erhob sich mühevoll. Eines ihrer Beine gehorchte noch nicht wieder, aber für ihren Plan war das auch nicht nötig.

»Bist du verrückt geworden?«, fuhr Orion sie an. Er zupfte an ihrem Arm, um sie zu veranlassen, wieder in Deckung zu gehen. Aber Helen legte eine Hand auf seine, bis er damit aufhörte.

»Helen, du kannst nicht hoffen, das hier zu gewinnen«, sagte Lucas resigniert, als wüsste er längst, dass er verloren hatte. Er baute sich neben ihr auf, nahm ihre Hand und sah Orion an. »Wie fühlst du dich?«, fragte er.

»Grauenvoll.« Orion kämpfte sich ebenfalls auf die Beine. »Und ich bin ziemlich sicher, dass es mir gleich noch viel schlechter gehen wird.«

Helen hätte die beiden gern angelächelt und ihnen gesagt, wie sehr sie sie liebte, aber ihr Gesicht tat so weh, und sie konnte kaum sprechen, und so drückte sie ihnen nur dankbar die Hand.

»Haben wir einen Plan?«, fragte Lucas, als rechnete er nicht wirklich damit.

»Wollt ihr tatsächlich gegen mich kämpfen, Göttersprösslinge?«, schrie ihnen Ares über die Kluft hinweg ungläubig zu. Helen ignorierte ihn.

»Wie tief ist dieser Riss, Orion?«, fragte sie leise.

»Wie tief brauchst du ihn?«

»Reicht er hinunter bis in die Höhlen? Die mit den Portalen?«, fuhr sie fort. Orion nickte verwirrt. »Kannst du ihn *breiter* machen, wenn ich es sage?«

»Klar, aber …« Orion verstummte, als er begriff, was Helen

vorhatte. Er runzelte die Stirn und begann, den Kopf zu schütteln, doch er bekam keine Gelegenheit mehr, seine Bedenken in Worte zu fassen.

Ares hob sein rostiges, schartiges Schwert über den Kopf und ging in Flammen auf. Aber falls er gehofft hatte, Helen damit abzuschrecken, lag er falsch. Helen hechtete über die Kluft und warf sich in ihrem schweren Zustand auf ihn, noch bevor er seinen Kampfschrei beenden konnte.

Sie rammte ihn direkt am Rand des Abgrunds einen halben Meter tief in den Boden. Er versuchte, ihr den Kopf abzuschlagen, aber sie stieß seine Klinge mit ihrem unverwundbaren Handrücken weg, als würde sie eine Fliege verjagen. Das widerwärtige Schwert flog im hohen Bogen in den Abgrund. Ares starrte ihm mit offenem Mund hinterher.

Bevor er sich von dem Schock erholen konnte, schlang Helen ihre Knie um seine Rippen, grub die Finger in seine Kehle und presste ihm mit all ihren verletzten Gliedmaßen die Luft ab. Seine Flammen wurden heißer, als wollte er sie verbrennen, aber Helen drückte nur noch fester zu. Ihre Blitze waren zehnmal heißer als jedes Feuer, und um ihm das zu beweisen, schoss sie ihm mit beiden Händen zwei Blitze in den Hals.

Während Ares sich unter Helens Attacke wand, stürzten sich Lucas und Orion auf Eris und Phobos und prügelten auf sie ein. Natürlich konnte ein Scion keinen Unsterblichen töten, aber das war Helen egal. Der Tod war ohnehin noch zu gut für Ares.

»Orion! Jetzt!«, schrie sie. Sie umklammerte Ares mit Armen und Beinen und machte sich schwerer als je zuvor. Ares wurde unter ihr größer und größer und brüllte vor Wut, aber sie klammerte sich weiterhin verzweifelt an ihm fest. Einen Moment lang fürchtete sie, dass Orion es nicht schaffen würde.

Unter ihr rumpelte der Boden, bis er schließlich wegbrach. Ineinander verkrallt, stürzten Helen und Ares in die tiefe Schlucht und sausten direkt auf das eisige Portal zu, das undeutlich am Boden des Abgrunds schimmerte.

Helen wusste nicht, ob es funktionieren würde. Sie konnte in allen Bereichen der Unterwelt kommen und gehen, wenn sie schlief, aber dies war das erste Mal, dass sie es wach versuchte. Sie wusste nicht, ob sie ein bestehendes Portal öffnen oder nur im Schlaf ein neues erschaffen konnte. Sie konzentrierte sich darauf, sich zu entspannen, wie sie es auch vor dem Einschlafen immer tat, und hoffte das Beste. Kurz bevor sie auf dem Boden aufschlugen, fing sie an zu sprechen.

»Öffne dich, Tartaros, nimm Ares und sperre ihn auf ewig mit all den schwarzen Seelen ein, die er betrogen hat«, sagte sie.

Sie konnte zwar keinen Unsterblichen töten, aber sie war ziemlich sicher, dass sie Ares für immer im Tartaros einsperren konnte, wenn sie ihn durch das Portal brachte. Aus eigener Erfahrung wusste Helen, dass dieses Schicksal schlimmer war als der Tod.

Das Eis brach auf und sie und Ares hörten auf zu fallen und schwebten nur noch in der Luft. Hundert Hände, die sich aus Gestein und Eis ihren Weg bahnten, griffen nach Ares.

»Unmöglich«, hauchte er, und sein Blick traf den von Helen.

»Zur Hölle mit dir«, flüsterte sie.

Und dann ließ sie ihn los. Ares schrie wie am Spieß, als ihn die hundert Hände in das dunkle Loch zogen. Unzählige Arme schlangen sich um ihn, bis der Gott des Krieges schließlich unter ihnen verschwand.

Das Portal schloss sich und Helen fand sich am unteren Ende eines tiefen Abgrunds schwebend wieder. Hier unten war es totenstill. Alles, was sie hörte, war ihr eigenes erschöpftes Keuchen.

Vor ihren Augen verschwamm alles. Da sie kaum noch die Kraft zum Schweben aufbrachte, zog sie sich mit den Händen an der Wand hoch. Ihr Körper begann vor Schwäche zu zittern. Als sie höherkam, hörte sie, wie mehrere Personen nach ihr riefen. Sie kämpfte sich weiter nach oben vor und weinte vor Müdigkeit und Schmerzen.

Gerade als ihre Kräfte sie endgültig verließen, griffen zwei Hände über den Rand und zogen sie hinauf in die blassrosa Morgendämmerung.

18

Ich habe ihn erstochen, aber eigentlich war es Zachs Verdienst. Er war es, der herausgefunden hat, wie man Automedon töten kann.« Helen löste Matts Hand von Zachs Handgelenk und überreichte ihm den schmuckvollen Dolch. »Er wollte, dass du das Messer bekommst und dass ich dir sage, was für ein guter Freund du ihm warst.«

Matt betrachtete das antike Stück. »Ich will das Ding nicht.«

»Nimm es«, verlangte Helen. »Es war sein letzter Wunsch, und mein Hals tut viel zu weh, um mit dir zu streiten.«

Matt lächelte sie traurig an und drückte sie von der Seite kurz an sich. Er betrachtete den Dolch einen Moment lang ausdruckslos und steckte ihn dann unter dem Hemd in den Gürtel. Sie fühlten sich beide schrecklich, weil beschlossen worden war, Zachs Leiche auf den Straßen von Nantucket zu lassen, aber ihnen war natürlich klar, dass es keine bessere Methode gab, als seinen Tod als Folge der Straßenschlachten zu inszenieren.

»Ich werde ihn nicht an einem unwürdigen Ort zurücklassen, das schwöre ich. Es tut mir sehr leid um deinen Freund, Matt«, sagte Pallas ungewöhnlich mitfühlend. Er legte Matt eine Hand auf die Schulter, bis dieser zu ihm aufsah und ihm mit einem Nicken signalisierte, dass er nun bereit war, Zach gehen zu lassen. Pallas nahm den Leichnam in die Arme und rannte so schnell mit ihm davon, dass es fast so aussah, als hätten sie sich in Luft aufgelöst.

Ohne dass sie ihn fragen musste, bot Matt Helen seine Hilfe an und trug sie zum Rand des Abgrunds. Ihr Bein war an mehreren Stellen gebrochen, wo Ares sie getreten hatte, und sie konnte immer noch nicht darauf stehen, aber wie alles andere an ihr heilten die Brüche bereits. Zumindest konnte sie schon wieder mit beiden Augen sehen, auch wenn das rechte noch enorm geschwollen war. Helen hatte vieles, wofür sie dankbar sein konnte. Eris und Phobos hatten nach ihrem Sieg über Ares die Flucht ergriffen, und sofort nachdem sie aus der Grube gekommen war, hatte Daphne ihr gesagt, dass ihr Vater und die Zwillinge noch am Leben waren. Im Gegensatz zu Zach. Matt setzte Helen zwischen Orion und Lucas ab und starrte genau wie Hector und Daphne in das Loch.

»Ich habe es euch doch schon gesagt«, erklärte Orion, der sich zögerlich Wundkompressen auf seine Verletzungen drückte. »Das Portal ist geschlossen. Seht auf mein Handgelenk.« Er hielt den Zweig von Aeneas hoch. »Wenn er *nicht* glüht, bedeutet das, dass *kein* Portal in der Nähe ist. Kann ich jetzt bitte die Kluft wieder schließen, bevor der Bauer reinfällt, dem das Land hier gehört?«

Lucas musste über Orion lachen, hörte aber schnell wieder damit auf und griff sich an die Schulter, die sein Vater gerade bandagierte. Helen merkte, dass Orion es satthatte, Fragen zu beantworten. Er wurde schnell sarkastisch, wenn er genervt war. Sie beschloss, ihm zu Hilfe zu kommen.

»Ich habe das Portal geschlossen, und zwar für immer«, krächzte sie durch ihre heilenden Stimmbänder. »Auf diesem Weg kommt Ares nicht mehr raus, wenn er es überhaupt schaffen sollte. Du kannst den Abgrund also wieder schließen, Orion.«

»Und woher willst du das wissen?«, fragte Daphne zweifelnd. »Hast du die Möglichkeit, hinunterzugehen und nachzusehen, Helen?«

»Daphne, sieh sie dir doch an. Sie hat für diese Nacht genug gelitten. Bedräng sie nicht so«, sagte Castor, vernünftig wie immer, während er Lucas' Schulter verarztete. »Wenn Helen und Orion sagen, dass es in Ordnung ist, den Riss zu schließen, dann soll er ihn schließen.«

Daphne hob gereizt die Hände und pustete geräuschvoll die Luft durch die Lippen, als müsste sie allen zeigen, dass sie zwar überstimmt, aber trotzdem anderer Meinung war. Hector verdrehte die Augen und tauschte mit Orion einen Blick. Anscheinend waren die beiden mit dieser Reaktion von Daphne bestens vertraut, auch wenn Helen sie gerade zum ersten Mal gesehen hatte.

»Schließ das Loch«, sagte Hector zu Orion. Der aufgerissene Erdboden bewegte sich mit einem knirschenden Geräusch und mit einem leisen Dröhnen schloss sich der Spalt.

»Jetzt werden wir es wohl nie erfahren«, bemerkte Daphne schnippisch.

Helen hätte ihr am liebsten eine Ohrfeige verpasst, aber sie konnte ohne Matts Hilfe nicht aufstehen. Sie sah sich nach ihm um und stellte fest, dass Matt den Boden nach etwas absuchte.

Plötzlich bückte er sich, durchwühlte den Haufen Staub, der von Automedon übrig geblieben war, und zog etwas Glänzendes daraus hervor. Helen erkannte die Scheide des Dolches und fragte sich, wieso er sie haben wollte.

»Hey. Bist du okay?«, erkundigte sich Orion und riss sie damit aus ihren Gedanken. Er legte ihr einen Finger ans Kinn, damit sie stillhielt und er sich ihr verletztes Auge ansehen konnte. Als er sie untersuchte, lehnte er sich zur Seite und rief über ihre Schulter: »Hey, Luke. Hast du das hier schon gesehen?«

»Allerdings«, sagte Lucas und nickte. »Ist dir die Form aufgefallen?«

»Klar. Sehr passend.«

»Wovon redet ihr da?«, fragte Helen.

»Du hast eine blau-weiße Narbe auf deiner rechten Iris, Helen. Die Art Narbe, die Scions nicht wieder loswerden«, erklärte ihr Lucas gelassen. »Sie hat die Form eines Blitzes.«

»Sieht das sehr fies aus?«, fragte sie Orion panisch, weil sie bereits fürchtete, dass ihr nie wieder jemand ins rechte Auge schauen würde. Orion fing an zu lachen, hörte aber schnell wieder damit auf und drückte auf seine Wunden, wie es Lucas vorher auch schon getan hatte.

»Also, eigentlich sieht es total cool aus. Auch wenn es mir nicht gerade gefallen hat, wie du dazu gekommen bist«, fügte er ernster hinzu.

»Mir auch nicht.« Mit oder ohne Narbe würde Helen diese Nacht für den Rest ihres Lebens nicht mehr vergessen. Sie hoffte nur, dass Morpheus ihr gewogen sein und keine Albträume schicken würde.

»Wir müssen eine Versammlung einberufen«, sagte Daphne zu Castor. »Und zwar von *allen* Häusern. Atreus, Theben, Athen und Rom.«

»Ich weiß«, bestätigte Castor und nickte. Dann sah er zu Orion hinüber und zuckte mit den Schultern. »Wann würde es dir am besten passen?«

Helen, Lucas und Orion mussten unwillkürlich lachen, aber ihre Ausgelassenheit verschwand schnell wieder, als ihnen bewusst wurde, *wieso* sich die Vertreter aller Häuser treffen mussten. Sie würden allen Scions sagen müssen, dass ein Krieg ausgebrochen war und sie einen Plan brauchten, um damit fertigzuwerden.

»Bis es so weit ist, sollten wir alle anrufen, die wir kennen, und ihnen raten, vorsichtig zu sein«, schlug Hector vor.

»Glaubst du wirklich, dass sich die Götter einen nach dem anderen von uns vornehmen werden?«, fragte Lucas zweifelnd.

»Nein«, sagte Matt, der sich wieder zu ihnen gesellt hatte. »Ich denke, die wollen einen richtigen Krieg. Irgendwas Großes und Heldenhaftes.«

»So macht es ja auch mehr Spaß«, murmelte Helen abwesend, die an Ares und seine verdrehte Vorstellung vom Spielen dachte.

»Das hier ist kein Spiel«, erinnerte Hector Helen und Matt. »Die Götter haben gesehen, wozu Helen fähig ist, und wissen, dass das, was ihnen bevorsteht, schlimmer ist als der Tod. Ich weiß nicht, wie es euch geht, aber ich würde die Ewigkeit lieber in den Elysischen Feldern verbringen statt im Tartaros. Wenn ich Zeus wäre, stünde Helen ganz oben auf meiner Liste, und ich schätze, dass Orion und Lucas die Plätze zwei und drei einnehmen. Ob es uns gefällt oder nicht, die Häuser sind vereint. Von jetzt an halten wir zusammen. Niemand verlässt die Gruppe.«

Alle bekundeten ihre Zustimmung. Hector war schon immer ihr Held gewesen.

Einen Moment lang sah Helen ihn in einem Brustharnisch und mit einem Speer in der Hand zu seinen Truppen sprechen. Jason stand hinter ihm und hielt stolz Hectors Helm mit dem Federbusch. Am Fuß der Burgmauern brüllten die tapferen Krieger Hectors Namen und erfüllten ihn mit Ehre.

»Dass alles so perfekt gepasst hat, um Ares in den Tartaros zu verbannen, war ein echter Glücksfall«, sagte Helen und blinzelte so lange, bis die Vision des in der Sonne rotgolden schimmernden Hector wieder verschwand. »Es ist nichts, das sich beliebig wiederholen ließe.«

»Aber es ist passiert«, sagte Daphne und sah Hector aufgeregt an. »Und jetzt wissen die Götter, dass ihnen dasselbe passieren könnte wie Ares. Sie sollten zur Abwechslung *uns* fürchten.«

Helen sah zu, wie ihre Mutter beim Herumlaufen nachdenklich ihre Unterlippe knetete. Es schien fast, als wollte Daphne diesen Krieg, aber wieso? Man konnte Daphne zwar vieles nachsagen, aber bestimmt keine Todessehnsucht. Helen verdrängte diesen Gedanken und überzeugte sich selbst davon, dass Daphne vermutlich nur so zuversichtlich war, weil die Chance bestand, dass die Götter auf den Krieg verzichteten, nachdem sie ihnen mit dem Tartaros gedroht hatten. So musste es sein. Helen kniff ihre geschwollenen Augen zu, weil sie den schmerzenden Kopf wieder freibekommen wollte, doch da nahm Lucas ihre Hand und drückte sie kurz, um ihre Aufmerksamkeit zu wecken.

»Mein Dad meint, dass Jerry und die Zwillinge jetzt wach sind«, sagte er leise. Doch als er sah, wie Helen die Tränen in die Augen traten, runzelte er die Stirn. »Bist du in Ordnung?«

Helen lächelte ihn an und schüttelte den Kopf. Sie war nicht in Ordnung und auch sonst war nichts in Ordnung. Sie drehte sich um und ergriff Orions Hand.

»Willst du meinen Dad kennenlernen?«, fragte sie ihn.

»Klar. Ich schätze, du solltest meinen auch treffen«, antwortete er, doch diese Aussicht schien ihn nicht besonders zu freuen. Er sah traurig aus. Sein Kopf kippte nach vorn und er blinzelte ein paarmal, um nicht das Bewusstsein zu verlieren.

»Wir sollten aufbrechen«, sagte Castor besorgt. »Ihr drei seid in ziemlich schlechter Verfassung. Wir müssen euch nach ›Sconset‹ schaffen. Daphne? Hector? Lasst uns gehen.«

Helen, Lucas und Orion waren noch zu schwach zum Stehen und mussten nach Nantucket getragen werden. Anfangs sträubte sich Helen noch, aber nur einen Moment, nachdem Daphne sie hochgehoben hatte, überwältigte sie ihre Erschöpfung. Sie hätte nie damit gerechnet, aber Daphnes Nähe fühlte sich vertrauter an, als sie es für möglich gehalten hatte.

Helen warf einen Blick auf Orion und schaute dann zu Lucas hinüber, bevor sie den Kopf auf Daphnes Schulter sinken ließ und vom beruhigenden Herzschlag ihrer Mutter in den Schlaf gewiegt wurde.

Wer ist wer?

Scions

* Halbgötter; halb Mensch, halb Archetyp; sehen der historischen Figur ähnlich, nach der sie ihr Leben ausrichten sollen – nicht ihren Eltern
* Haben übermenschliche Fähigkeiten und Kräfte (z. B. Schnelligkeit, Wendigkeit, extremes Hör- und Sehvermögen, Schönheit, Intelligenz, Selbstheilung, überdurchschnittliche Stärke)

4 Häuser

* Die vier Häuser der Scions – Atreus, Rom, Theben und Athen – sind die verschiedenen Blutlinien des königlichen Adels aus dem alten Griechenland
* Kein Haus stammt ausschließlich von nur einem Gott ab, dennoch gehen die vier Häuser auf die Götter Zeus, Aphrodite, Apollon und Poseidon zurück

Rogues

* Halbgötter (Scions), deren Eltern aus verschiedenen Häusern stammen, aber nur ein Haus kann sie für sich beanspruchen
* Das führt dazu, dass zwischen Kind und einem Elternteil der Erinnyen-Fluch wirkt und sie sich gegenseitig umbringen wollen

Helen Hamilton

* Halbgöttin aus dem Haus von Atreus und dem Haus von Theben
* Rogue (ihre Eltern stammen aus verschiedenen Häusern)
* Tochter von Ajax (verstorben) und Daphne
* Stiefvater Jerry Hamilton
* Beste Freundin von Claire Aioki
* 17 Jahre alt
* Cousine von Lucas, Cassandra, Hector, Jason, Ariadne und Kreon
* Kann fliegen, Blitze erzeugen und besonders schnell rennen
* Hat Selbstheilungskräfte

* Kann Lucas spüren, wenn er unsichtbar ist

Daphne Atreus
* Stammt aus dem Haus von Atreus
* Mutter von Helen
* Frau von Ajax (verstorben)
* Lebt seit dem Tod von Ajax auf der Flucht

Lucas Delos
* Halbgott aus dem Haus von Theben
* Erbe des Hauses von Theben
* Sohn von Noel und Castor Delos
* 17 Jahre alt
* Älterer Bruder von Cassandra
* Cousin von Helen, Hector, Jason, Ariadne und Kreon
* Kann fliegen und hervorragend kämpfen
* Ist ein Falschfinder – er erkennt, wenn jemand lügt
* Hat Selbstheilungskräfte
* Schattenmeister – er kann Licht um sich in Schatten und Dunkelheit verwandeln

Cassandra Delos
* Halbgöttin aus dem Haus von Theben
* Tochter von Noel und Castor Delos
* 14 Jahre alt
* Jüngere Schwester von Lucas
* Cousine von Helen, Hector, Jason, Ariadne und Kreon
* Kann in die Zukunft sehen wie eine Art Medium
* Ist als Orakel Werkzeug der Parzen
* Hat Selbstheilungskräfte

Castor Delos
* Halbgott, Erbe des Hauses von Theben
* Sohn von Paris
* Vater von Lucas und Cassandra
* Mann von Noel Delos
* Bruder von Pallas, Ajax (verstorben), Pandora (verstorben), Tantalus

Noel Delos
* Normalsterbliche
* Mutter von Lucas und Cassandra
* Frau von Castor
* Hervorragende Köchin

Hector Delos
* Halbgott aus dem Haus von Theben

* Älterer Bruder von Jason und Ariadne
* 17 Jahre alt
* Sohn von Aileen (verstorben) und Pallas
* Cousin von Helen, Lucas, Cassandra und Kreon
* Hat Selbstheilungskräfte
* Kann Licht manipulieren
* Kann unter Wasser atmen, reden und laufen

Jason Delos
* Halbgott aus dem Haus von Theben
* Zwillingsbruder von Ariadne und jüngerer Bruder von Hector
* 16 Jahre alt
* Sohn von Aileen (verstorben) und Pallas
* Cousin von Helen, Lucas, Cassandra und Kreon
* Hat Selbstheilungskräfte
* Kann auch andere heilen

Ariadne Delos
* Halbgöttin aus dem Haus von Theben
* Zwillingsschwester von Jason und jüngere Schwester von Hector
* 16 Jahre alt
* Tochter von Aileen (verstorben) und Pallas
* Cousine von Helen, Lucas, Cassandra und Kreon
* Hat Selbstheilungskräfte
* Kann auch andere heilen

Pallas Delos
* Halbgott aus dem Haus von Theben
* Vater von Hector, Jason und Ariadne
* Mann von Aileen (verstorben)
* Älterer Bruder von Castor, Ajax (verstorben), Pandora (verstorben), Tantalus

Aileen Delos (verstorben)
* Normalsterbliche
* Mutter von Hector, Jason und Ariadne
* Frau von Pallas

Ajax Delos (verstorben)
* Halbgott aus dem Haus von Theben
* Vater von Helen – behauptet Daphne Helen gegenüber
* Mann von Daphne
* Bruder von Pallas, Pandora (verstorben), Castor, Tantalus

Pandora Delos (verstorben)

* Halbgöttin aus dem Haus von Theben
* Jüngere Schwester von Pallas, Castor, Ajax (verstorben), Tantalus
* Wurde von Kreon getötet

Tantalus Delos

* Halbgott aus dem Haus von Theben
* Mann von Mildred (normalsterblich)
* Anführer der Hundert Cousins
* Vater von Kreon
* Mörder von Ajax Delos, dem Mann von Daphne

Kreon Delos (verstorben)

* Halbgott aus dem Haus von Theben
* Sohn von Mildred und Tantalus
* Mitglied der Hundert Cousins
* 17 Jahre alt
* Schattenmeister
* Cousin von Helen, Lucas, Cassandra, Hector, Jason und Ariadne
* Hat Selbstheilungskräfte
* Schattenmeister
* Wurde von Hector im Kampf getötet, nachdem er selbst Pandora Delos umgebracht hat

Orion Evander

* Halbgott aus dem Haus von Athen und dem Haus von Rom
* Erbe des Hauses von Athen und Anführer des Hauses von Rom
* Erbe des Aeneas
* Rogue – seine Eltern stammen aus verschiedenen Häusern
* 18 Jahre alt
* Seit seiner Kindheit auf der Flucht
* Sohn von Zeus, Poseidon und Hermes (oder Ares)
* Zeus vererbte ihm seine Begeisterung für erotische Abenteuer
* Poseidon vererbte ihm die Fähigkeit, über Wasser zu gehen
* Kann bei Berührung in die Herzen anderer sehen und sie kontrollieren
* Kann Erdbeben verursachen

Freunde aus der Highschool

* Claire Aioki, Matt Millis und Zach Brant

Automedon

* Myrmidone in Gestalt einer Ameise

* Zeichnet sich durch uneingeschränkten Gehorsam, Tapferkeit und überragende Kampfeskraft aus
* Ist körperlich stärker und schneller als Scions und empfindungslos

Zerberus

* Höllenhund und Torhüter, der den Eingang zur Unterwelt bewacht

Hades

* Unterwelt

Tartaros

* tiefste Unterwelt

Olymp

* Hort der Götter / Himmel

Griechische Götter

Zeus

* Göttervater, Gott des Himmels, Herrscher über Blitz und Donner; jüngster Sohn von Kronos und Rhea; jüngerer Bruder von Poseidon, Hades, Hera und Demeter; Vater von Athene, Apollon, Artemis, Ares, Aphrodite, Hermes, Dionysos, Herakles

Poseidon

* Gott des Meeres, der Erdbeben und Pferde; älterer Bruder des Zeus; Sohn von Kronos und Rhea

Hades

* Gott der Unterwelt; ältester Bruder des Zeus; bemächtigte sich durch Raub der Persephone (Tochter von Demeter); seine Begleiter sind Thanatos, »der Tod«, und Hypnos, »der Schlaf«; sein Wächter ist Zerberus, der dreiköpfige Höllenhund

Apollon

* Gott des Lichts, der Musik, der Heilung und der Wahrheit; geboren auf Delos; war Patron und Hüter von Delphi (Stadt und Orakel); Zwillingsbruder der Artemis

Demeter

* Göttin der Erde und der Fruchtbarkeit, Schwester und Geliebte des Zeus; dreifaltige Göttin in verschiedenen Manifestationen: Jungfrau, Mutter oder alte Frau

Ares

* Gott des Krieges und der Schlachten; Sohn des Zeus und der Hera; Vater von Deimos und Phobos; ehebrecherische Liebesbeziehung zu seiner Schwester Aphrodite; Halbbruder von Athene

Morpheus

* Gott des Traumes; Sohn des Hypnos, dem Gott des Schlafes. Er kann sich in jede beliebige Form verwandeln und in Träumen erscheinen. Sein Bett besteht aus Elfenbein und ist in einer dunklen Höhle gelegen.

Thanatos

* Gott des sanften Todes; häufig zusammen mit Hypnos, dem personifizierten Gott des Schlafes, abgebildet. Die Göttin des gewaltsamen Todes ist Ker.

Persephone

* Toten-, Unterwelt- und Fruchtbarkeitsgöttin; Gemahlin von Hades, wurde von ihm entführt; Tochter von Zeus und Demeter

Aphrodite

* Göttin der Liebe, der Schönheit und der ewigen Jugend; war mit Hephaistos verheiratet, liebte aber Ares

Eris

* Göttin der Zwietracht und des Streits; Tochter von Nyx und Erebos; begleitet gern Ares; hat den goldenen Apfel der Zwietracht (Zankapfel)

Phobos

* Gott der Furcht; verbreitet Angst und Panik; Sohn von Ares und Aphrodite; wird von Eris als Neffe betrachtet

IN LOVE – HELEN'S SONG

There's nothing, nothing left for me
dreams are fighting the reality
broken-hearted, disregarded,
alone in a room for two

Perfect, perfect chemistry
a simple song seems like a symphony
to me

When you're in love
there is pain
it's insane
and it feels like dying
when you're in love
you can fly
fly so high

When you're in love
when you're in love

All my troubles I will leave
them far behind
looking forward there's no need
to press rewind
nothing's easy, cold and freezy
I'm dancing in a burning room

There is no you
there is no me
I'm drowning in my fantasy

When you're in love
there is pain
it's insane
and it feels like dying
when you're in love
you can fly
fly so high

All the princes, knights
and thieves
give me back my harmony
dance with me into the light
forever through the night

When you're in love
there is pain
it's insane
and it feels like dying
when you're in love
you can fly
fly so high

Den Song zum Download findet ihr auf: ***www.goettlich-verloren.de /download***
Weitere Infos auf Facebook unter: ***www.facebook.com /Goettlichverdammt***

OETINGER TASCHENBUCH

Josephine Angelini, geboren in Massachusetts / USA, ist Expertin auf dem Gebiet der Halbgötter: In New York studierte sie Angewandte Theaterwissenschaft mit den Schwerpunkten »Antike tragische Helden« und »Griechische Mythologie«. Mit ihrem Debüt *Göttlich verdammt* landete sie auf Anhieb einen Bestseller. Die Autorin lebt mit ihrem Ehemann, einem Drehbuchautor, und drei Katzen in Los Angeles.

Josephine Angelini

göttlich verliebt

Aus dem Amerikanischen von
Simone Wiemken

Oetinger Taschenbuch

Außerdem von Josephine Angelini bei Oetinger Taschenbuch erschienen:

Göttlich verdammt (Band 1)
Göttlich verloren (Band 2)
Everflame – Feuerprobe (Band 1)
Everflame – Tränenpfad (Band 2)

MIX
Papier aus verantwortungsvollen Quellen
FSC® C014496
FSC
www.fsc.org

Sonderausgabe
1. Auflage 2017
Oetinger Taschenbuch in der Verlag Friedrich Oetinger GmbH,
Poppenbütteler Chaussee 53, 22397 Hamburg
November 2017

Originaltitel: *Goddess*

Aus dem Amerikanischen von Simone Wiemken
Umschlaggestaltung: Hanna Hörl Designbüro und Geviert Büro für Kommunikationsdesign, München, unter Verwendung eines Motivs von © Dressler;
Foto: Daniela Glunz, Hamburg; Model: Amanda Caroline Johansen
Typografie: © Hafen Werbeagentur, Hamburg
Druck: GGP Media GmbH,
Karl-Marx-Straße 24, 07381 Pößneck, Deutschland
ISBN 978-3-8415-0462-3

www.oetinger-taschenbuch.de

1

Zu ihrer Linken sah Helen etwas, das vermutlich der Styx war, denn in dem reißenden Strom trieben Unmengen von scharfkantigen Eisstücken. Niemand würde versuchen, den Fluss zu durchqueren. Frustriert humpelte Helen weiter. Dabei sah sie sich hoffnungsvoll um, doch sie war ganz allein in dieser kargen Landschaft.

»So ein Mist«, fluchte sie mit rauer Stimme. Ihre Stimmbänder waren noch nicht vollständig geheilt. Vor knapp einer Stunde hatte Ares ihr die Kehle durchgeschnitten, und obwohl das Sprechen immer noch schmerzte, war es eine Wohltat, ihrem Ärger Luft zu machen. »Das ist wieder typisch.«

Sie hatte ihrem Freund Zach ein Versprechen gegeben. Er war in ihren Armen gestorben, und sie hatte geschworen, dass er in seinem Leben nach dem Tod aus dem Fluss der Freude trinken würde. Zach hatte sich geopfert, um ihr zu helfen, und ohne den entscheidenden Hinweis, den er ihr in den letzten Momenten seines Lebens gegeben hatte, hätte sie Automedon niemals töten und auch Lucas und Orion nicht retten können.

Helen war fest entschlossen, ihr Versprechen zu halten, auch wenn sie Zach eigenhändig auf die Elysischen Felder und an den Fluss der Freude tragen musste – obwohl sie sich selbst kaum auf den Beinen halten konnte. Doch aus irgendeinem Grund funktionierte ihre übliche Art, sich in der Unterwelt fortzubewegen, plötzlich nicht mehr. Bisher hatte sie immer nur laut aussprechen müssen, wohin sie wollte, und schon war sie wie durch Zauberhand an den gewünschten Ort befördert worden.

Sie war die Deszenderin und damit eine der ganz wenigen Scions, die auch körperlich in die Unterwelt hinabsteigen konnten – und nicht nur im Geiste wie alle anderen. Sie konnte sogar ihre Umgebung ein wenig kontrollieren, aber jetzt, wo sie diese Begabung am dringendsten brauchte, war sie verschwunden. Typisch griechisch. Das war es, was Helen an ihrem Leben als Scion am meisten hasste: diese ständige, nervtötende Ironie des Schicksals.

Helen kniff frustriert die aufgeschlagenen Lippen zusammen und richtete ihre heisere Stimme in Richtung Himmel. »Ich sagte, ich will zu Zachs Geist!«

»Ich habe seine Seele, Nichte.«

Helen fuhr herum und musste feststellen, dass Hades, der Herrscher über die Unterwelt, nur wenige Schritte hinter ihr stand. Er war in Schatten gehüllt, die sich um ihn herum auflösten wie Nebelschwaden. Der Helm der Dunkelheit und die weiten Stoffbahnen seiner schwarzen Toga verdeckten einen Großteil seines Gesichts, aber Helen konnte zumindest seinen sinnlichen Mund und das markante Kinn sehen. Der Rest der Toga war stilvoll um seinen Körper drapiert. Dabei blieben die Hälfte seines Oberkörpers und seine muskulösen Arme und Beine nackt.

Helen schluckte und konzentrierte sich darauf, ihn mit ihren zugeschwollenen Augen anzusehen.

»Bitte setz dich, bevor du umkippst«, sagte er sanft. Zwei einfache gepolsterte Klappstühle tauchten aus dem Nichts auf, und Helen ließ ihren geschundenen Körper auf den einen sinken, während Hades den anderen nahm. »Du bist immer noch verwundet. Warum bist du hergekommen, obwohl du eigentlich heilen solltest?«

»Ich muss meinen Freund ins Paradies führen. Wo er hingehört.« Helens Stimme zitterte vor Angst, obwohl Hades ihr nie etwas getan hatte. Anders als Ares, der Gott, der sie gerade gefoltert hatte, war Hades eigentlich bei jeder ihrer Begegnungen bisher recht freundlich gewesen. Aber er war immerhin der Herr über das Totenreich, und die Schatten, die ihn umgaben, waren erfüllt vom Gewisper der Geister.

»Wie kommst du darauf, dass du entscheidest, wohin seine Seele gehört?«, fragte er.

»Er war ein Held … Vielleicht nicht von Anfang an, als er noch ein richtiger Idiot war, aber am Ende schon, und das ist es doch, was zählt, oder? Und Helden dürfen auf die Elysischen Felder.«

»Ich hatte Zachs Heldenmut nicht infrage gestellt«, bemerkte Hades sanft. »Was ich gefragt habe, war: Was bringt dich auf die Idee, dass du über seine Seele urteilst?«

»Ich … was?«, stieß Helen verwirrt hervor. In ihrem Kopf hämmerte es immer noch so stark, dass ihr der Sinn nicht nach Wortklaubereien stand. »Ich bin nicht gekommen, um über irgendwen zu urteilen. Ich habe nur ein Versprechen gegeben und beabsichtige, es einzuhalten.«

»Und dennoch bin ich es, der hier die Entscheidungen trifft. Nicht du.«

Dem konnte Helen nicht widersprechen. Dies hier war sein Reich. Ihr blieb nichts anderes übrig, als ihn flehentlich anzusehen.

Hades' sanfter Mund verzog sich zu einem leichten Lächeln. Er schien über das nachzudenken, was Helen gesagt hatte. »Wie du die Furien befreit hast, zeigt mir, dass du Mitgefühl besitzt. Das ist ein guter Anfang, aber ich fürchte, Mitgefühl allein reicht nicht, Helen. Dir mangelt es an Verständnis.«

»War etwa alles nur eine Prüfung? Das mit den Furien?« Helen konnte nicht vermeiden, dass sich ein anklagender Tonfall in ihre Stimme schlich, als sie daran dachte, was sie und Orion auf ihrer letzten Mission in der Unterwelt alles ertragen hatten. Noch wütender machte sie die Erinnerung an die Qualen, denen die Furien ausgesetzt gewesen waren. Wenn diese drei Mädchen viele tausend Jahre lang gelitten hatten, nur um zu beweisen, dass Helen ein mitfühlender Mensch war, dann stimmte etwas mit dem Universum nicht – ganz und gar nicht.

»Eine Prüfung.« Hades' Lippen verzogen sich angewidert, als könnte er Helens Gedanken lesen und fände die Vorstellung genauso abstoßend. »Wenn das Leben eine Prüfung ist, was glaubst du, wer sie benotet?«

»Du?«, riet sie.

»Du verstehst es immer noch nicht«, seufzte er. »Du verstehst nicht einmal, was das hier ist.« Er deutete um sich herum auf die Unterwelt. »Oder was du bist. Man nennt dich die Deszenderin, weil du herkommen kannst, wann immer du willst, aber die Fähigkeit, die Unterwelt zu betreten, ist nur der kleinste Teil deiner Kraft. Du weißt noch nicht annähernd genug über dich selbst, um über andere zu urteilen.«

»Dann hilf mir.« Plötzlich wollte sie unbedingt seine Augen sehen. Sie beugte sich zu ihm und versuchte, unter den Stoff zu spähen, der sein Gesicht verdeckte. »Ich will es verstehen.«

Sofort umwirbelten ihn wieder die Schatten und verbargen ihn mit dem bedauernden Gemurmel der Toten. Helen fuhr zurück.

»Die Schattenmeister«, hauchte sie. »Bekommen sie ihre Dunkelheit von dir?«

»Vor langer Zeit hatte eine Frau namens Morgan La Fay aus dem Haus von Theben dieselbe Begabung wie du – auch sie konnte in die Unterwelt gehen. Sie schenkte mir einen Sohn mit Namen Mordred und seitdem verfolgen meine dunklen Schatten das Haus von Theben.« Er verstummte voller Bedauern, stand dann auf und hielt ihr die Hand hin. Helen ließ sich von ihm aufhelfen. »Du musst jetzt heimgehen. Komm zu mir, sooft du willst, Nichte, und ich werde mein Bestes tun, dir alles zu erklären.« Hades legte den Kopf ein wenig schief und lachte leise auf. Durch die leicht geöffneten Lippen konnte Helen seine Schneidezähne sehen, die geformt waren wie Diamanten. »Deswegen habe ich dir und deinen Vorgängern erlaubt, mein Reich zu betreten – damit ihr alles über euch selbst lernt. Aber im Moment bist du zu schwer verletzt, um hier zu sein.«

Die Welt schwankte, und Helen spürte, wie seine Riesenhand sie aus der Unterwelt hob und sanft in ein Bett legte.

»Warte! Was ist mit Zach?«, fragte sie. Als Hades sie losließ, hörte Helen sein Wispern in ihrem Ohr.

»Zach wird aus dem Fluss der Freude trinken, das schwöre ich. Und jetzt ruh dich aus, Nichte.«

Helen streckte die Hand aus, um die Schatten aus seinem Gesicht zu vertreiben, aber Hades war schon fort. Sie fiel in Morpheus' Arme, und ihr zerschlagener Körper sog den Schlaf gierig ein, denn er war eine der Grundlagen für die Selbstheilung.

Nachdem Ares im Tartaros eingesperrt und die Kluft im Boden geschlossen war, hob Daphne ihre Tochter Helen auf. Castor trug den verletzten Lucas heim und Hector brachte Orion zum Anwesen.

Daphne war erst ein kurzes Stück neben ihnen hergerannt, als Helen in ihren Armen einschlief. Einen Moment lang hatte Daphne Angst um sie. Helens Verletzungen waren so schlimm, wie Daphne es bisher nur selten gesehen hatte. Aber dann überprüfte sie Helens Puls und stellte erleichtert fest, dass ihr Herz zwar langsam, aber stetig schlug.

Der Morgen brach gerade an, als sie von den Höhlen auf dem Festland von Massachusetts nach Nantucket zurückkehrten. Daphne trug Helen die Treppe im Delos-Haus hinauf und suchte im Obergeschoss nach dem ersten Raum, der nach einem Mädchenzimmer aussah. Bedauernd betrachtete sie den hübschen Bettbezug aus Seide, den ihre blutverschmierte Tochter schmutzig machen würde. Nicht, dass das eine Rolle spielte. Das Haus von Theben verfügte über nahezu unbegrenzte finanzielle Mittel und konnte alles ersetzen. Finanzielle Mittel, von denen ein Teil einst dem Haus von Daphne und Helen gehört hatte, dem Haus von Atreus.

Auch wenn Tantalus unentwegt »heiliger Krieg« geschrien und verkündet hatte, dass von jetzt an »die Scions herrschen« sollten, konnte er die Anführer der anderen Häuser damit nicht täuschen. Der Vernichtungsfeldzug vor rund zwanzig Jahren, der ein weiterer Schritt auf dem Weg in die Unsterblichkeit sein sollte, hatte zugleich als Vorwand zum Ausplündern der anderen Häuser gedient.

Die Prophezeiung, die dieser Aktion vorausgegangen war, besagte, dass Atlantis wieder auftauchen würde, sobald ein blutiger Kampf die vier Häuser zu einem einzigen vereinte. Dem genauen Wortlaut zufolge, den Daphne sich eingeprägt hatte, würden die Scions im neuen Atlantis die Unsterblichkeit finden. Die Prophezeiung lautete nicht, dass die Scions unsterblich werden würden – es hieß nur, dass sie die Unsterblichkeit dort finden konnten. Daphne war nicht optimistisch genug, um die Unsterblichkeit für eine sichere Sache zu halten. Aber Tantalus war sich sicher und hatte diese Prophezeiung zum Vorwand genommen, die Hundert Cousins von Theben um sich zu scharen und sie auf die anderen Häuser zu hetzen.

Soweit es Daphne betraf, war das Ganze ohnehin Unsinn, angefeuert vom Gefasel des letzten Orakels – von dem alle wussten, dass es nach seiner ersten Prophezeiung verrückt geworden war. Aber es hatte trotzdem funktioniert.

Viele Scions überließen ihren immensen Reichtum der Plünderung durch das Haus von Theben und stellten sich tot, um dem Morden zu entgehen – unter ihnen auch Orions Eltern Daedalus und Leda. Und Daphne. Aber Daphne war nie an Geld interessiert gewesen. Allerdings hatte sie auch keine moralischen

Bedenken, sich Geld zu nehmen, wenn sie welches brauchte. Andere Scions wie Orion und seine Eltern konnten sich nicht zum Stehlen durchringen und mussten sich die letzten zwei Jahrzehnte durchkämpfen, während das Haus von Theben im Luxus lebte. Die Erinnerung an jene Zeit veranlasste Daphne, Helen aufs Bett zu legen und den Ruin der feinen Seidenbezüge mit einem leisen Lächeln zur Kenntnis zu nehmen.

Bevor Daphne Wasser und Verbandmull zum Säubern der schnell heilenden Wunden holen konnte, verschwand Helen, und eine eisige Kälte nahm ihren Platz ein. Daphne vermutete, dass Helen in die Unterwelt gegangen war, und ihre Sorge wuchs mit jeder Minute. Eigentlich war sie überzeugt, dass keine Zeit verstrich, während Helen in der Unterwelt war. Aber jetzt war sie schon so lange fort, dass Daphne sich bereits fragte, ob sie nicht doch lieber alle anderen im Haus wecken sollte. Doch bevor sie eine Entscheidung treffen konnte, tauchte Helen wieder auf. Sie roch nach der sterilen Luft der Unterwelt.

Daphnes Zähne schlugen aufeinander, jedoch nicht vor Kälte, sondern wegen der schrecklichen Erinnerungen, die dieser Geruch in ihr wachrief. Sie war schon so oft fast gestorben, dass sie ahnte, welchen Teil der Unterwelt Helen besucht hatte. Der Geruch war nicht verbrannt genug, um aus dem Trockenen Land zu kommen, und an Helens Füßen klebte etwas getrockneter Schlamm. Das ließ Daphne vermuten, dass ihre Tochter am Ufer des Styx gewesen war.

»Helen?«, fragte sie sanft. Sie strich ihrer Tochter übers Haar und betrachtete ihr kaltes Gesicht.

Helen hatte bei ihrem Kampf mit Ares grauenvolle Verletzungen erlitten, aber wenn sie daran sterben würde, wäre sie bereits tot, das wusste Daphne genau. Helen musste also mit Absicht in die Unterwelt hinabgestiegen sein, vermutlich um nach ihrem gerade verstorbenen Freund zu sehen – dem Jungen, der das Pech gehabt hatte, von Automedon versklavt worden zu sein.

Daphne war mehr als einmal auf einer ähnlichen Suche nach Ajax gewesen, aber im Gegensatz zu ihrer Tochter konnte sie die Unterwelt nicht aufsuchen, wann immer es ihr beliebte. Sie musste dem Tode nahe sein, um hinabzusteigen. Nach dem Mord an Ajax hatte sie ihr Lebenswille verlassen, aber ein Selbstmord hätte sie nicht mit ihrem geliebten Mann vereinen können. Wie Ajax musste auch Daphne im Kampf fallen, weil sie nur so in denselben Teil der Unterwelt gelangen konnte, in dem er war. Nur Helden kamen auf die Elysischen Felder. Und Selbstmörder landeten wer weiß wo. Sie hatte sich in jeden ehrenvollen Kampf gestürzt, der sich ihr bot. Sie hatte andere Scions in ihren Verstecken aufgespürt und selbstlos die Schwachen und Kinder verteidigt – unter ihnen auch Orion, als er noch ein kleiner Junge war. Viele Male war Daphne in einer dieser Schlachten beinahe getötet worden, hatte die Reise in die Unterwelt unternommen und am Ufer des Styx nach ihrem Mann gesucht.

Aber der Einzige, den sie gefunden hatte, war Hades. Der unnachgiebige geheimnisvolle Hades, der sie an Ajax' Stelle nehmen sollte. Doch Hades wollte Ajax sein Leben partout nicht zurückgeben, sosehr sie auch bettelte oder feilschte. Der Herr der Toten machte keine Geschäfte. Daphne hoffte nur, dass Helen nicht hinabgestiegen war, um ihren Freund wieder zum Leben erwecken zu lassen. Das war zum Scheitern verurteilt – zumindest jetzt noch. Aber Daphne arbeitete schon fast zwei Jahrzehnte daran, es zu ändern.

»Kann dich nicht sehen«, murmelte Helen, und ihre Finger bewegten sich, als wollte sie nach etwas greifen. Daphne erkannte sofort, was es war. Auch sie hatte Hades unbedingt sehen wollen und versucht, ihm den Helm der Dunkelheit abzunehmen. Und schließlich, nachdem Daphne oft genug beinahe gestorben war, um ihre Blutschuld zu bezahlen und sich vom Einfluss der Furien zu befreien, hatte Hades ihr sein Gesicht gezeigt.

Hades zu sehen, hatte sie veranlasst, ihren Plan in die Tat umzusetzen. Einen Plan, der ihrer einzigen Tochter das Herz gebrochen hatte, weil er sie von dem einzigen Menschen trennte, den sie liebte.

»Oh. Tut mir leid«, sagte Matt von der Tür aus und riss Daphne damit aus ihren Gedanken. Sie fuhr sich übers Gesicht und musste feststellen, dass Matt Ariadne in den Armen hielt. Sie sah ganz grau aus und war kaum bei Bewusstsein, denn ihre Bemühungen, Jerry zu heilen, hatten ihr das Äußerste abverlangt. »Sie wollte in ihrem eigenen Zimmer schlafen.«

»Ich bin sicher, dass genug Platz für beide ist«, sagte Daphne und deutete auf das breite Bett. »Ich wusste nicht, wohin ich Helen sonst bringen sollte.«

»Allmählich kommt es mir vor, als läge in jedem Zimmer ein Verletzter«, versuchte Matt zu scherzen. Er trug Ariadne zum Bett und legte sie sanft neben Helen.

Kräftiger Junge, dachte Daphne und musterte Helens Freund.

»Es ist ohnehin einfacher, gleichzeitig über beide zu wachen«, sagte Daphne, die Matt immer noch unauffällig betrachtete.

Er war in Form gekommen und hatte Muskeln angesetzt, seit sie ihn das letzte Mal gesehen hatte. Aber da war noch etwas. Ariadne war kein dünnes Persönchen wie Helen, und Matt, der sie den ganzen Flur entlanggetragen hatte, war nicht einmal außer Atem.

Ariadne murmelte Matt etwas Unverständliches zu und ihr Gesicht verzog sich protestierend, als sie merkte, dass er gehen wollte. Er zögerte und strich ihr übers Haar. Daphne konnte die Liebe, die er verströmte und die das Zimmer erfüllte, beinahe riechen, ähnlich etwas Süßem und Leckerem, das aus dem Backofen duftete.

»Ich komme bald wieder«, flüsterte er. Ariadnes Lider flatterten kurz und dann fiel sie in einen tiefen Schlaf. Er strich mit den Lippen über ihre Wange und gab ihr einen kleinen Kuss. Dann sah er Daphne an und ließ den Blick schließlich auf die schlafende Helen wandern. »Kann ich irgendwas tun?«

»Ich komme zurecht. Geh und tu, was du tun musst.« Er nickte dankbar. Sie sah ihm nach, als er das Zimmer verließ – hoch aufgerichtet im Licht des neuen Morgens.

Wie ein Krieger.

Helen betrachtete sich selbst, wie sie am Strand auf den größten Leuchtturm zurannte, den sie je gesehen hatte.

Das war merkwürdig. Wie konnte sie sich selbst beobachten, als würde sie einen Film sehen? Es fühlte sich eigentlich nicht nach einem Traum an. Kein Traum wäre so real oder so logisch. Obwohl sie nicht verstand, was gerade mit ihr passierte, wurde sie immer tiefer in diesen Schauplatz hineingezogen.

Die Traum-Helen trug ein langes, durchscheinendes weißes Kleid mit einem üppig bestickten Gürtel. Ihr zarter Schleier hatte sich gelöst und wehte beim Rennen hinter ihr her. Sie sah verängstigt aus. Als sie sich dem Riesenleuchtturm näherte, beobachtete Helen, wie ihr Traum-Ich jemanden entdeckte, der an einer der acht Ecken des Turmsockels stand. Sie sah Bronze aufblitzen, als die Person die Schnallen an Hals und Bauch löste und den Brustpanzer in den Sand fallen ließ. Sie hörte, wie sie selbst freudig aufschrie, und rannte immer schneller auf die Person zu.

Nach dem Ablegen der Rüstung wandte sich der hochgewachsene junge Mann dem Klang ihrer Stimme zu und rannte ebenfalls los, um sie auf halbem Weg zu treffen. Die beiden Liebenden fielen einander in die Arme. Er drückte sie an seine Brust und küsste sie. Helen beobachtete, wie sie die Arme um seinen Hals schlang, den Kuss erwiderte und dann sein ganzes Gesicht mit Küssen bedeckte, als wollte sie kein Stück von ihm ungeküsst lassen. Im Geiste rückte Helen noch näher an das Liebespaar heran, obwohl sie längst wusste, wen die andere Helen gerade küsste.

Lucas. Er hatte ein Schwert am Gürtel und war merkwürdig gekleidet. Er trug Sandalen, und seine Hände waren mit abgewetzten Lederstreifen umwickelt, über denen er Bronzehandschuhe trug. Doch es war eindeutig Lucas. Das bewies auch sein Lachen, als die andere Helen ihn mit Küssen überschüttete.

»Ich habe dich so vermisst!«, rief sie.

»Eine Woche ist viel zu lang«, bestätigte er verliebt.

Sie redeten in einer fremden Sprache, aber Helen verstand sie trotzdem ohne Probleme. Ihre Worte hallten ebenso in ihrem Kopf herum wie die Erleichterung, wieder mit ihrem Geliebten vereint zu sein – als wäre es ihr Körper, der in seinen Armen lag. Plötzlich erkannte Helen, dass es wirklich ihr Körper war oder dass er es einst gewesen war. Sie hatte diese fremde Sprache selbst gesprochen und diesen Kuss eindeutig gespürt. Dies war kein Traum. Es kam ihr eher wie eine Erinnerung vor.

»Dann kommst du also mit mir?«, fragte er eindringlich, umfasste ihr Gesicht mit beiden Händen und zwang sie, ihn anzusehen. Seine Augen waren voller Hoffnung. »Du kommst doch mit, oder?«

Das Gesicht der anderen Helen verdüsterte sich. »Wieso musst du immer von morgen sprechen? Können wir nicht einfach das Hier und Jetzt genießen?«

»Mein Schiff läuft morgen aus.« Er ließ sie los und zog sich enttäuscht zurück.

»Paris …«

»Du bist meine Frau!«, rief er, lief hektisch ein paar Schritte umher und fuhr sich auf dieselbe Weise mit der Hand durch die Haare, wie Lucas es auch immer tat, wenn er frustriert war. »Ich habe Aphrodite den goldenen Apfel gegeben. Ich habe Liebe gewählt – ich habe dich aus allen gewählt, die mir angepriesen wurden. Und du hast gesagt, dass auch du mich willst.«

»Das habe ich gesagt und es ist die Wahrheit. Aber meine Schwester hat kein Verständnis für Politik. Aphrodite fand es nicht erwähnenswert, dass du an jenem Tag zwar die Schafe gehütet hast, aber kein Schäfer bist, wie ich annahm, sondern ein trojanischer Prinz.« Die andere Helen seufzte über dieses Versäumnis ihrer Schwester und schüttelte entnervt den Kopf. »Goldene Äpfel und gestohlene Nachmittage sind ohne Bedeutung. Ich kann nicht mit dir nach Troja gehen.«

Sie streckte wieder die Arme nach ihm aus. Einen Moment lang schien es, als wollte er nicht darauf eingehen, brachte es dann aber doch nicht übers Herz. Er nahm ihre Hand und zog sie an sich. Er konnte sie nicht einmal dann zurückweisen, wenn er verärgert war.

»Dann lass uns weglaufen. Wir lassen alles hinter uns. Wir werden nicht mehr von königlichem Geblüt sein und von nun an Schafe hüten.«

»Es gibt nichts, was ich lieber täte«, sagte sie sehnsüchtig. »Aber wohin wir auch gingen, ich würde trotzdem noch eine Tochter des Zeus und du ein Sohn von Apoll sein.«

»Und wenn wir Kinder bekämen, würde sich in ihnen das Blut von zwei Olympiern vereinigen«, sagte er schroff. Anscheinend hatte er diese Argumentation schon sehr oft gehört. »Glaubst du wirklich, dass das ausreicht, um den Tyrannen hervorzubringen? In der Prophezeiung heißt es doch, es müsste sich das Blut der vier von den Göttern abstammenden Häuser vermischen. Was immer das bedeuten soll.«

»Ich verstehe keine von diesen Prophezeiungen, aber den Leuten macht jede Vermischung vom Blut der Götter Angst«, sagte sie und fügte bedrückt hinzu: »Die würden uns bis ans Ende der Welt jagen.«

Er strich mit beiden Händen über ihren Bauch. »Dir ist klar, dass du bereits schwanger sein könntest?«

Sie hielt seine Hände fest und sah ihn traurig und einen kurzen Augenblick auch verzweifelt an. »Das wäre das Schlimmste, was uns passieren könnte.«

»Oder das Beste.«

»Paris, hör auf«, sagte Helen energisch. »Es tut mir schon weh, nur daran zu denken.«

Paris nickte und ließ seine Stirn gegen ihre sinken. »Und was, wenn dein Ziehvater, der König von Sparta, versucht, dich mit einem dieser griechischen Barbaren wie Menelaos zu verheiraten? Wie viele Könige haben bereits um deine Hand angehalten? Zehn oder zwanzig?«

»Das ist mir egal. Ich weise sie alle ab«, sagte die andere Helen. Dann musste sie lächeln. »Es ist ja nicht so, als könnte mich jemand dazu zwingen.«

Paris grinste und sah ihr in die Augen. »Nein. Allerdings würde ich zu gern sehen, wie es der eine oder andere versucht. Vielleicht riechen griechische Krieger sogar besser, nachdem sie vom Blitz getroffen wurden? Schlimmer stinken können sie nämlich auf keinen Fall.«

»Ich würde niemanden mit meinen Blitzen töten«, sagte sie schmunzelnd. Sie schlang ihre Arme um seinen Hals und schmiegte sich noch enger an ihn. »Ich würde sie nur ein bisschen anrösten.«

»Oh, dann lass es lieber! Angebratener Krieger klingt viel stinkiger als gut durchgebratener Krieger«, meinte Paris albern und lächelte sie an. Doch dann erlosch ihr Humor wieder und die Sorgen gewannen erneut die Oberhand. »Wie soll ich morgen ohne dich in See stechen?«

Darauf hatte die andere Helen keine Antwort. Er küsste sie

und fuhr dabei sanft mit den Fingern durch ihre langen seidenen Haare. Genauso machte Lucas es auch immer.

Helen vermisste ihn so sehr, dass es wehtat – selbst im Schlaf. Es bereitete ihr solche Schmerzen, dass sie davon aufwachte. Als sie sich umdrehte, stöhnte sie auf, weil sie zu viel Druck auf ihren heilenden Körper ausübte.

»Helen?«, fragte Daphne sanft, und ihre Stimme war in der Dunkelheit nur Zentimeter von Helens Ohr entfernt. »Brauchst du etwas?«

»Nein«, murmelte Helen und ließ ihre geschwollenen Augenlider wieder zufallen. Doch der Traum, der dann folgte, ließ sie wünschen, dass sie trotz ihrer Verletzungen wach geblieben wäre.

Eine zu Tode verängstigte Frau kämpfte gegen eine riesige Klaue, die ihre Taille umklammerte. Gigantische Flügel, deren Federn größer waren als ein Mann, schlugen heftig, als der Riesenvogel sie in die Nacht davontrug. Während die Frau sich immer noch zu wehren versuchte, zog unter ihr die Skyline von New York vorbei.

Helen beobachtete, wie der Vogel seinen Hakenschnabel senkte, um auf die Frau hinunterzusehen, die er in seinen Krallen hielt. Einen kurzen Moment lang verwandelten sich die bösartigen Adleraugen in die bernsteinfarbenen Augen eines Mannes. Blaue Blitze durchzuckten die schwarze Mitte seiner Pupillen. Der Adler schrie, was Helen das Blut in den Adern gefrieren und ihren schlafenden Körper schaudern ließ.

Vor ihr tauchte das Empire State Building auf und dann wurde Helens Albtraum jäh unterbrochen.

Orion schrie wie ein Wahnsinniger.

Helen fuhr hoch, stieß ihre Mutter zur Seite und raste los. Sie stürmte den dunklen Flur entlang und hatte das Zimmer schon halb durchquert, als Lucas plötzlich wie der Blitz neben ihr auftauchte, was beide verdutzt innehalten ließ.

»Was zum Teufel ist hier los?«, brüllte Hector, der sein Klappbett direkt neben Orions Bett gestellt hatte. Er schaltete das Licht ein.

Orion stand auf der Matratze, nur in knappen Shorts, und zeigte voller Entsetzen auf eine kleine dunkle Person, die zwischen den beiden Betten auf dem Boden hockte. Es war Cassandra, die nur mit einem Kissen und einer dünnen Decke auf dem Parkettboden geschlafen hatte.

»Was machst du da?«, wurde sie gleich von mehreren Personen gefragt. Castor, Pallas und Daphne waren hinter Helen und Lucas in der Tür aufgetaucht.

»Du hast mich gebissen!«, schrie Orion, der immer noch vollkommen außer sich auf dem Bett herumsprang. Noel, Kate und Claire, die nur im normalen Menschentempo rennen konnten, tauchten nun auch auf und drängten ins Zimmer.

»Es tut mir leid!«, beteuerte Cassandra. »Aber du bist auf mich getreten!«

»Ich dachte, du wärst eine Katze, bis ich … Ich hätte dir fast den Kopf abgerissen! Ich hätte dich töten können«, wütete Orion, ohne auf die große Zuhörerschar zu achten. »Schleich dich nie wieder so an mich heran!«

Plötzlich griff sich Orion an die Brust und krümmte sich vor Schmerzen. Hector war sofort zur Stelle, um ihn aufzufangen, bevor er zusammenbrach – aber nicht schnell genug, um Orion vor den Blicken der anderen zu schützen. Orions Bauch und Brust waren von seinem Kampf gegen Automedon schwer verwundet. Die Blessuren waren tiefrot, heilten aber schnell und würden in ein paar Tagen spurlos verschwunden sein. Was alle Blicke auf sich zog, waren auch nicht die frischen Wunden, sondern die langen Narben, die seinen ansonsten makellosen Körper verunstalteten.

Eine der Narben verlief über seine Brust, eine andere über den linken Oberschenkel. Doch als Orion kraftlos gegen Hector sank, konnten alle die furchtbare Narbe sehen, die sich auf seinem Rücken befand. Helen starrte den grauenhaften knochenweißen Wulst an, der parallel zu Orions Wirbelsäule verlief. Es sah aus, als hätte jemand versucht, ihn in zwei Teile zu hacken. Sie spürte, wie Lucas nach ihrer Hand griff und sie fest drückte.

»Verzieht euch! Und zwar alle!«, befahl Hector, als ihm das geschockte Schweigen und die entsetzten Blicke auffielen. Er beugte sich vor und versuchte, Orion mit seinem Körper zu verdecken. »Du auch, kleine Nervensäge«, sagte er wesentlich freundlicher zu Cassandra, die immer noch auf dem Boden hockte.

»Nein«, protestierte sie stur. Der dicke schwarze Zopf, der ihr auf den Rücken hing, hatte sich gelöst, und ihr Gesicht mit der Alabasterhaut, den dunklen Augen und den leuchtend roten Lippen sah aus wie eine Maske. »Ich bleibe hier. Er könnte mich brauchen.«

Hector gab mit einem zögernden Nicken sein Einverständnis und legte den nahezu ohnmächtigen Orion wieder hin. »Geht raus«, sagte er über die Schulter, diesmal aber wesentlich ruhiger. Alle wandten sich sofort zum Gehen.

In der Tür mussten sich Helen und Lucas gegenseitig stützen, denn nachdem der Adrenalinstoß vorbei war, fühlten beide wieder ihre schweren Verletzungen. Doch statt den beiden zu erlauben, einander zu helfen, eilte Pallas zu Lucas, und Daphne war sofort an Helens Seite – als müssten sie die beiden so schnell wie möglich voneinander trennen.

»Wusstest du davon?«, fragte Lucas, bevor man sie in verschiedene Richtungen wegbrachte.

»Nein. Ich habe ihn nie nackt gesehen«, antwortete Helen unverblümt. Sie war immer noch zu schockiert, um irgendwelches Taktgefühl aufzubringen. Sie hatte zwar Morpheus als Orion halb nackt gesehen, erinnerte sie sich, aber nicht Orion selbst. Lucas nickte und die Besorgnis verdüsterte sein Gesicht.

»Zurück ins Bett, Helen«, befahl ihre Mutter streng und zwang sie, sich umzudrehen.

Helen ließ sich von ihrer Mutter neben die schlafende Ariadne legen. Doch als sie die Augen schloss und wieder einzuschlafen versuchte, hörte sie im Nebenzimmer Noel und Castor reden. Einen Moment lang bemühte sich Helen, ihre Stimmen auszublenden und nicht in ihre Privatsphäre einzudringen, aber ihre betroffenen Worte hätte nicht einmal ein Normalsterblicher überhören können.

»Woher hat er diese Narben, Castor?«, fragte Noel mit zittriger Stimme. »So etwas habe ich noch nie gesehen. Und ich habe schon einiges zu sehen bekommen.«

»Solche Narben kann ein Scion nur in frühester Jugend davontragen«, erklärte Castor und versuchte, seine Stimme zu dämpfen.

»Aber unsere Jungs haben pausenlos gekämpft, als sie klein waren. Weißt du nicht mehr, wie Jasons Speer Lucas an der Decke festgenagelt hat? Und die drei haben nicht eine einzige Narbe davongetragen«, ereiferte sich Noel, ohne auf Castors Hinweis einzugehen, dass sie leiser sprechen sollten.

»Unsere Jungs hatten immer ausreichend Nahrung und einen sauberen Ort für ihre Heilung, nachdem sie aufeinander losgegangen waren.«

»Und Orion nicht? Willst du das damit sagen?« Noels Stimme brach.

»Nein. Wahrscheinlich hatte er das nicht.«

Helen hörte Castor tief seufzen.

»Diese Narben deuten darauf hin, dass Orion sehr jung war, als er so schwer verletzt wurde. Und danach muss er während seiner Heilung Hunger und Durst gelitten haben. Es war niemand da, der sich um ihn gekümmert hat. Dass du noch nie solche Narben bei einem Scion gesehen hast, liegt nur daran, dass die meisten eine solche Verletzung nicht überlebt hätten.«

Helen biss die Zähne zusammen und drehte ihr Gesicht ins Kissen, denn sie wusste genau, dass jeder im Obergeschoss das Gespräch von Noel und Castor gehört hatte. Ihr Gesicht glühte bei der Vorstellung, wie jetzt alle über Orion dachten – wie sie den gequälten und vernachlässigten kleinen Jungen bedauerten, der er einst gewesen war.

Er hatte etwas Besseres verdient. Er verdiente Liebe, nicht Mitleid. Helen spürte, dass ihre Mutter sie ansah, als sie versuchte, gegen die Tränen anzukämpfen. Sie zog sich die Bettdecke über den Kopf.

Daphne ließ ihre Tochter weinen, bis sie in einen tiefen Schlaf versunken war.

Helen sah, wie ihr anderes Ich von einer wütenden Menge zu Boden getreten wurde.

Das Kleid der anderen Helen war zerrissen und voller Flecken von den verdorbenen Früchten, die man auf sie geworfen hatte. Aus einer großen Schnittwunde am Kopf lief Blut, ebenso aus ihrem Mund, und auch die Schürfwunden an ihren Handflächen, die sie sich bei den Stürzen zugezogen hatte, bluteten. Die aufgebrachte Menschenmenge umkreiste sie. Die Leute hoben Steine auf.

Ein blonder Mann, doppelt so alt wie Helen und fast doppelt so groß, rannte auf sie zu und schlug mit den Fäusten auf sie ein. Es schien, als wäre er erst zufrieden, wenn er seinen eigenen Körper gegen sie einsetzte.

»Ich habe dich mehr geliebt als jeder andere! Dein Ziehvater hat dich mir versprochen!«, schrie er außer sich vor Wut, während er weiter auf sie einschlug. Die Augen quollen ihm fast aus dem Kopf und Spucke sprühte aus seinem Mund. »Ich werde dir das Kind aus dem Leib prügeln und dich dennoch lieben!«

Helen konnte hören, wie die aufgebrachte Menge ihn anfeuerte. »Töte sie, Menelaos!« und »Sie könnte den Tyrannen in sich tragen! Verschone sie nicht!«.

Die andere Helen wehrte sich nicht und setzte auch ihre Blitze nicht ein, um sich gegen Menelaos zu verteidigen. Helen sah zu, wie ihr anderes Ich so oft niedergeschlagen wurde, dass sie irgendwann nicht mehr mitzählen konnte, aber die andere Helen stand immer wieder auf. Helen konnte die dumpfen Schläge hören und auch, wie der Mann vor Anstrengung schnaufte, aber die andere Helen weinte nicht und flehte ihn auch nicht an, endlich damit aufzuhören. Sie gab überhaupt keinen Laut von sich, abgesehen von den erstickten Schnaufern, wenn die Schläge des Mannes ihr die Luft aus der Lunge trieben.

Helen wusste genau, wie sich diese Fäuste anfühlten. Sie wusste sogar, wie Menelaos gerochen hatte, als er auf sie einschlug. Sie konnte sich daran erinnern.

Schließlich fiel Menelaos auf die Knie, nicht in der Lage, noch länger auf sie einzuprügeln. Die andere Helen war einfach zu stark, um durch seine Hand zu sterben, auch wenn Helen klar war, dass es genau das war, was ihr anderes Ich die ganze Zeit beabsichtigt hatte.

Als sie vom ersten Stein getroffen wurde, duckte sie sich nicht und versuchte auch nicht, sich zu schützen. Es folgten weitere Steine, die von allen Seiten auf sie einprasselten, bis die wütende Menge keine Steine mehr zum Werfen fand. Aber die andere Helen starb immer noch nicht. Das verunsicherte die aufgebrachte Menschenmenge so sehr, dass sie zurückwich.

Schockiertes Schweigen breitete sich aus, als sie das grausige Ergebnis ihrer Angriffe betrachtete. Die andere Helen, die immer noch lebte, lag schwer verwundet zwischen den Steinen, das Fleisch bis auf die gebrochenen Knochen aufgerissen. Sie begann, leise vor sich hin zu summen – in dem verzweifelten Bemühen, sich von den grauenvollen Schmerzen abzulenken. Sie wiegte sich vor und zurück, doch es gab keine Position, die ihr zumindest etwas Erleichterung verschaffte. Und so schwankte sie hin und her und summte weiter, um sich, so gut es ging, selbst zu beruhigen. Helen erinnerte sich an die Schmerzen, obwohl sie diese Qualen lieber aus ihrem Gedächtnis gestrichen hätte.

Die Umstehenden begannen zu flüstern. »Schlagt ihr den Kopf ab. Das ist die einzige Lösung. Sie wird erst sterben, wenn wir sie köpfen.«

»Ja, nehmt ein Schwert«, rief die andere Helen schwach. Durch die eingeschlagenen Zähne waren die Worte kaum zu verstehen.

»Zeig doch jemand Gnade und erlöse sie!«, schrie eine Frau verzweifelt, und die Menge stimmte ein. »Ein Schwert! Wir brauchen ein Schwert!«

Ein junger Mann trat vor. Beim Anblick der anderen Helen strömten ihm die Tränen übers Gesicht. Er zog sein Schwert, schwang es hoch über seinen Kopf und ließ es auf das blutüberströmte Mädchen niedersausen.

Ein schlanker Arm stieß die Klinge zur Seite, bevor sie zuschlagen konnte.

Eine Frau erschien. Sie war in goldenes Licht gehüllt und ihre Form wandelte sich ständig. Sie war jung und alt, dick und dünn, dunkelhäutig und hellblond. In diesen wenigen Augenblicken war sie jede Frau der Welt und alle waren wunderschön. Anscheinend mit Absicht nahm sie schließlich eine Form an, die Helen verblüffend ähnlich sah.

»Meine Schwester!«, schluchzte sie und hob das verletzte Mädchen aus dem Geröll. Weinend hielt Aphrodite die andere Helen in den Armen und wischte ihr mit ihrem schimmernden Schleier das Blut aus dem Gesicht.

Die Menge wich vor der weinenden Göttin zurück, deren Magie sich nun auch auf ihre Gefühle auswirkte. Helen konnte sehen, wie Aphrodite ihnen das Herz brach.

»Lass mich gehen«, flehte die andere Helen die Göttin an.

»Niemals«, gelobte die Göttin. »Lieber würde ich eine Stadt bis auf die Grundmauern niederbrennen sehen, als dich zu verlieren.« Die andere Helen wollte widersprechen, aber Aphrodite brachte sie zum Schweigen und richtete sich auf. Helen hielt sie dabei in den Armen wie ein Baby.

Die Göttin der Liebe funkelte die Menschenmenge an. Ihre Augen und ihr Mund glühten, als sie alle mit donnernder Stimme verfluchte:

»Ich verlasse diesen Ort. Von nun an soll kein Mann mehr Lust empfinden und keine Frau mehr fruchtbar sein. Ihr alle werdet ungeliebt und kinderlos sterben.«

Als sie sich mit der Göttin in die Lüfte erhob, konnte Helen das Flehen der Menschen hören. Anfangs kamen die Rufe nur zögerlich, denn die Leute waren verwirrt. Aber schon bald erklang lautes Jammern und Wehklagen, weil die Menschen begriffen, wie ein paar wütende Worte einer Göttin ihre Zukunft verdüstert hatten. Aphrodite flog, mit ihrer geliebten Schwester in den Armen, über das Wasser davon und ließ den verfluchten Ort für immer hinter sich.

Weit entfernt am Horizont ragte der Mast eines großen Schiffes auf – eines trojanischen Schiffes, wie Helen sich erinnerte. Die Göttin flog direkt darauf zu.

Matt starrte hinaus auf den dunklen Horizont. Der Wind vom Meer war kalt und der Himmel so voller Sterne, dass es aussah, als hinge eine Stadt kopfüber in der Nacht. Er hatte die beiden längsten Tage seines Lebens hinter sich, dennoch war er nicht müde. Jedenfalls nicht körperlich. Seine Muskeln taten nicht weh und auch seine Beine waren nicht schwer. Genau genommen hatte er sich nie besser gefühlt.

Matt betrachtete den Dolch in seiner Hand. Er war aus Bronze, und obwohl er unvorstellbar alt war, war die Klinge doch rasiermesserscharf und die Waffe vom Heft bis zur Spitze perfekt ausbalanciert. Matt legte sich den reich verzierten Dolch auf die Handfläche und beobachtete, wie sich der Griff an die Muskeln seiner Hand schmiegte, als wäre das eine für das andere gemacht. Fragt sich nur, was für wen, dachte er missmutig.

Zachs Blut war von der Klinge abgewaschen, aber Matt bildete sich ein, es immer noch sehen zu können. Jemand, den er sein ganzes Leben lang gekannt hatte, war mit diesem Dolch in seinem Herzen gestorben und hatte ihm die Waffe vererbt. Aber lange vorher hatte sie einen anderen, viel berühmteren Meister gehabt.

Die Griechen glaubten, dass die Seele eines Helden in seinen Waffen steckte. Die Ilias und die Odyssee berichteten von Kriegern, die tödliche Kämpfe um diese Waffen austrugen. Manche waren sogar so ehrlos, dass sie versuchten, sich die Schwerter und Brustpanzer der größten Helden anzueignen, um die Seele und die Fähigkeiten dieser Helden zu erlangen. Ajax, einer der am meisten bewunderten Krieger aufseiten der Griechen, hatte sogar einen Überfall auf seine Mitstreiter geplant, um Hektors

Waffen an sich zu bringen. Doch als Ajax aus seinem Wahn erwachte, war er so entsetzt darüber, seinen guten Namen beschmutzt zu haben, dass er sich in sein eigenes Schwert stürzte. Diesen Teil der Ilias hatte Matt nie richtig verstanden. Er würde nie um die Waffen eines anderen kämpfen, nicht einmal, um der größte Krieger zu werden, den die Welt je gesehen hatte. Solcher Ruhm interessierte ihn nicht.

Matt warf den Dolch so weit er konnte hinaus in das schäumende Wasser. Er drehte sich in der Luft immer wieder um sich selbst und flog unendlich lange. Matt beobachtete, wie unfassbar weit und schnell der Dolch flog. Viele Sekunden später hörte Matt trotz des Rauschens der Wellen, wie er mit einem leisen Platschen im Wasser landete.

Kein normaler Mensch konnte so weit werfen und dann auch noch das Platschen hören. Bis jetzt hatte Matt sich immer auf die Logik verlassen, wenn es ein Problem zu lösen galt, aber diesmal sagte ihm seine Logik etwas so Unglaubliches, dass sie eigentlich gar nicht mehr anwendbar war.

Insgeheim hatte er auf so etwas gehofft. Aber nicht so. Nicht, wenn dies die Rolle war, die man ihm zugedacht hatte. Matt verstand es nicht … Wieso er? Er hatte kämpfen gelernt, weil er seinen Freunden helfen wollte, nicht aber, um anderen wehzutun. Matt hatte schon sein ganzes Leben lang die beschützt, die sich nicht selbst schützen konnten. Er war kein Killer. Er war ganz anders als der erste Mann, dem dieser Dolch gehört hatte.

Eine Welle schwappte bis an Matts Füße und ließ etwas Glänzendes auf dem Sand zurück. Er brauchte es nicht aufzuheben, um zu wissen, was es war. Er hatte den Dolch nun schon drei Mal ins Meer geworfen und das Meer hatte ihn drei Mal in einem nahezu unfassbaren Tempo zu ihm zurückgebracht.

Die Parzen hatten jetzt ein Auge auf Matt geworfen, und er hatte keine Chance, sich vor ihnen zu verstecken.

Das Schiff hatte quadratische weiße Segel. Am höchsten Mast über ihnen wehte ein dreieckiges rotes Banner mit einer goldenen Sonne. Aus den Seiten des Rumpfes ragte Reihe um Reihe langer Ruder. Schon aus der Luft konnte Helen die Paukenschläge hören, die den Ruderern den Takt vorgaben.

Das Wasser hatte nicht die dunkelblaue Farbe des Atlantiks, sondern war von einem klaren hellen Blau – demselben Juwelenblau wie die Augen von Lucas. Azurblau, dachte Helen. Die andere Helen, die darum kämpfte, nicht das Bewusstsein zu verlieren, stöhnte in Aphrodites Armen, als die Göttin mit ihr das Schiffsdeck ansteuerte.

Als Aphrodite landete, schrie die Besatzung vor Angst auf. Ein großer Mann trat hinter seinem Kommandoposten am Steuer hervor. Helen erkannte ihn sofort.

Hektor. Er sah ganz genauso aus wie der Hector, den Helen in Nantucket kannte, abgesehen von seinen Haaren und seiner Kleidung. Dieser Hektor hatte längere Haare und er trug ein kurzes Kleidungsstück aus Leinen mit einem breiten Ledergürtel. Seine Hände waren mit Lederstreifen umwickelt und ein schweres Schmuckstück aus Gold umgab seinen Hals. Er sah auch halb nackt noch königlich aus.

»Aeneas!«, rief Hektor über die Schulter und starrte das Mädchen in Aphrodites Armen fassungslos an. Das Ebenbild von Orion – allerdings ohne die entstellenden Narben auf der nackten Brust und dem Rücken – sprang herbei und stellte sich respektvoll neben Hektor auf. »Geh nach unten und wecke meine Brüder.«

»Beeil dich, mein Sohn«, wisperte Aphrodite Aeneas zu. »Und bring Honig.« Er nickte seiner Mutter gehorsam zu und eilte davon, doch sein Blick verweilte noch lange auf der anderen Helen. Seinem Gesicht war die Trauer deutlich anzusehen.

»Wasser!«, brüllte Hektor, und sofort setzten sich viele Füße in Bewegung, um seinem Befehl nachzukommen. Nur einen Moment später kam Paris aus dem Unterdeck gerannt, dicht gefolgt von Jason. Wie die anderen Versionen der Männer, die sie kannte, sah auch Jason ganz genauso aus wie sein heutiges Ebenbild – bis auf seine Kleidung.

Als Paris begriff, wen Aphrodite in ihren Armen hielt, stieß er einen Schrei aus und rannte mit weichen Knien auf die andere Helen zu. Seine Hände zitterten, als er sie Aphrodite aus den Armen nahm, und er wurde ganz bleich.

»Troilus«, sagte Hektor zu Jason und bedeutete seinem jüngsten Bruder mit einer Kopfbewegung, den Eimer Wasser zu übernehmen, der gerade gebracht worden war. Doch als Paris ihr den Becher an die Lippen halten wollte, versuchte die andere Helen schwächlich, ihn wegzustoßen.

»Was ist passiert, Herrin?«, fragte Troilus Aphrodite, als klar wurde, dass Paris nichts sagen wollte oder konnte.

»Menelaos und die ganze Stadt haben sich auf sie gestürzt, als sie von dem Baby erfuhren«, sagte die Göttin geradeheraus.

Paris fuhr hoch und starrte Aphrodite fassungslos an. Hektor und Aeneas tauschten einen kurzen verzweifelten Blick und sahen dann beide Paris an.

»Du wusstest es nicht, Bruder?«, fragte Hektor sanft.

»Ich hatte es gehofft«, gestand er mit gedämpfter Stimme. »Sie hat mich belogen.«

Die Umstehenden nickten, als könnten sie Helens Entscheidung verstehen.

»Der Tyrann.« Aeneas wisperte es nur, aber es war klar, dass alle anderen dasselbe dachten. »Mutter, wie hat Menelaos herausgefunden, dass Helen schwanger ist?«

Aphrodite fuhr zart mit den Fingerspitzen über die Schulter ihrer Halbschwester. »Helen hat gewartet, bis euer Schiff hinter dem Horizont verschwunden war, und es Menelaos dann selbst gesagt.«

Paris begann am ganzen Körper zu zittern. »Warum?«, fragte er die andere Helen, und man konnte ihm anhören, dass er den Tränen nahe war. Die andere Helen strich ihm beruhigend über die Brust.

»Es tut mir leid«, flüsterte sie und legte sich eine Hand auf den Bauch. »Ich habe es versucht, aber ich konnte es nicht. Ich konnte uns nicht selbst töten.«

Troilus lehnte sich gegen Paris und hielt seinen Bruder mit seinem Körper aufrecht, während alle anderen Helen mit einer Mischung aus Bewunderung und Verzweiflung ansahen.

»Trauere nicht, Paris. Dein Kind lebt«, sagte Aphrodite. »Deine Tochter wird genauso wunderschön werden wie Helen, und deine Enkeltochter wird ebenso schön aussehen – und so wird es weitergehen, bis diese Linie ausstirbt. Dafür habe ich gesorgt, damit ich auch dann noch in das Antlitz schauen kann, das ich auf dieser Welt am meisten liebe, wenn meine halb-sterbliche Schwester eines Tages nicht mehr da ist.«

Die goldene Aura der Göttin fing wieder an zu glühen. Sie sah die Männer von Troja einen nach dem anderen an und ihre Stimme klang plötzlich wie das Grollen von weit entferntem Donner.

»Ihr müsst mir alle schwören, dass ihr meine Schwester und ihr ungeborenes Kind schützen werdet. Wenn Helen und die Linie ihrer Töchter stürben, gäbe es auf der Erde nichts mehr, das ich lieben würde«, sagte sie und sah ihren Sohn Aeneas einen Moment lang entschuldigend an, bevor sie auch ihn mit einem finsteren Blick bedachte. Er ließ betrübt den Kopf hängen und Aphrodite wandte sich Hektor zu. »Solange meine Schwester lebt und die Linie ihrer Töchter weiter besteht, wird es Liebe auf der Welt geben. Das schwöre ich auf den Styx. Aber wenn du Helen sterben lässt, Hektor von Troja, Sohn des Apoll, werde ich diese Welt verlassen und die Liebe mitnehmen.«

Hektor schloss einen Moment lang die Augen, als ihm die Tragweite dieser Drohung bewusst wurde. Als er sie wieder öffnete, war klar, dass er sich geschlagen gab. Was für eine Wahl hatten sie denn auch? Er sah seine Brüder und Aeneas an, und sie kamen wortlos überein, dass sie nicht ablehnen konnten, auch wenn die Konsequenzen fürchterlich sein würden.

»Wir schwören es, Herrin«, sagte Hektor schließlich.

»Nein, Schwester. Tu das nicht. Menelaos und Agamemnon haben einen Pakt mit den anderen griechischen Königen geschlossen. Sie werden Troja mit geballter Stärke angreifen«, stöhnte die andere Helen eindringlich.

»Natürlich werden sie das. Und wir werden uns zur Wehr setzen«, versicherte Paris so düster, als könnte er die Kriegsschiffe bereits sehen, die zweifellos schon bald ihre Küste ansteuern würden. Er hob Helen hoch, obwohl sie kraftlos versuchte, sich zu wehren.

»Wirf mich über Bord und lass mich ertrinken«, flehte sie. »Bitte. Beende es, bevor es beginnt.«

Paris antwortete nicht. Er hielt sie an sich gedrückt und trug sie unter Deck und in seine Koje. Erst jetzt verlor die andere Helen das Bewusstsein, und Helens Besuch in diesem furchtbaren Traum oder der Vision oder was es sonst gewesen war, endete abrupt und sie fiel in einen tiefen Schlaf.

2

Andy starrte das Metronom auf der Orgel, an der sie gerade spielte, gereizt an und wünschte, das Ding würde explodieren. Was es nicht tat. Sie holte tief Luft, wartete ein paar Takte ab und versuchte es dann erneut mit Bach. Zehn Ausschläge des Metronom-Pendels später fluchte sie mit zusammengebissenen Zähnen vor sich hin und schüttelte die Fäuste in der Luft, um nicht auf die Tasten einzuschlagen. Ein Instrument zu misshandeln war für sie eine unverzeihliche Sünde. Ein Metronom dagegen …

»Du kannst froh sein, dass du eine Antiquität bist«, erklärte sie dem Gerät, nur damit es wusste, wie knapp es seiner Verwandlung in ein Häufchen Splitter entgangen war. Dann vertrieb sie alle Gedanken aus ihrem Kopf und unternahm einen neuen Versuch.

Diesmal ließ sie einfach Bach die ganze Arbeit machen und schaffte es tatsächlich etliche Minuten, im Takt zu bleiben.

Wundervoll. Zumindest, bis das Piepen einer Eieruhr sie aus ihrer Verklärung riss. Andys Finger glitten mit einem ohrenbetäubend lauten Misston von den Tasten, den nur eine riesige, hundert Jahre alte Orgel hervorbringen konnte.

»Jetzt schon?«, fragte Andy das himmlische Glühen des Buntglasfensters hoch über ihrem Kopf. Aber nicht einmal die Schönheit des Glases, das ihr Gesicht angenehm wärmte, reichte aus, um sie zu beruhigen. Gerade jetzt, wo sie das Stück endlich hingekriegt hatte, musste sie aufhören.

Sie unterdrückte das Verlangen, in der Kirche zu fluchen, und sah auf ihre Uhr. Schon acht. Mist. Ihre Probenzeit war vorbei, und um noch rechtzeitig zur ersten Stunde zu kommen, würde sie sich beeilen müssen.

Es war lausig kalt. Draußen spähte die Sonne gerade erst über das hinterste Schulgebäude. Andy verkroch sich in den unförmigen Wollschichten, unter denen sie wie immer ihre umwerfende Figur verbarg, und hastete auf ihrer üblichen Abkürzung durch die froststarren Büsche. Obwohl es, genau genommen, keine Abkürzung war, sondern ein Umweg. Wichtig war nur, dass sie den Hauptweg und die anderen Schüler mied. Andy suchte an ihrer Schule nicht nach Freunden. Sie war gern allein. Zumindest redete sie sich das ein. In Wirklichkeit hasste sie es, fühlte sich aber sicherer als in der Gesellschaft von anderen Menschen.

»Ich habe dich spielen sehen«, sagte ein junger Mann hinter ihr.

Andy kreischte vor Schreck auf und fuhr herum. Es war ein großer, gut aussehender Typ mit goldenen Locken. Seine Silhouette funkelte im schwachen Sonnenlicht dieses kalten Novembermorgens.

»Was machst du hier?«, fragte Andy betont gelassen. Die Sonne schien ihr in die Augen. Sie blinzelte und sah sich unauffällig nach anderen Leuten um. Das Wellesley College war eine reine Mädchenschule im blaublütigsten, hochnäsigsten und traditionellsten Teil von Massachusetts. Wenn dieser Typ kein Lehrer oder Wachmann war, hatte er ohne Besucherausweis auf dem Schulgelände nichts verloren.

»Du hast wirklich Talent«, sagte er und trat näher an sie heran.

»Du sagst, du hast mich gesehen?«, fragte Andy und wich einen Schritt zurück, denn die Nähe des Mannes wurde immer unerträglicher. »Wie konntest du mich in der Kirche sehen? Ich war allein dort.«

Er lachte und seine Stimme tanzte dabei nur so durch die Luft. »Ich war natürlich nicht in der Kirche. Ich habe dich durch das große Fenster gesehen.«

»Du hast mich durch das Buntglasfenster gesehen? Wie willst du das denn gemacht haben?«

»Jemanden, der so schön ist wie du, würde ich überall finden, egal, wo er sich versteckt. Du bist so strahlend schön – ich wette, dass du sogar im Dunkeln leuchtest.«

So, wie er die Worte sagte, klangen sie kein bisschen aufgesetzt. Er war nicht anzüglich, aber er kam immer näher auf sie zu, obwohl er doch merken musste, wie unangenehm ihr das war. Als er direkt vor ihr stand, sah Andy, dass mit seinen Augen etwas nicht stimmte. Sie hatten etwas von einem Tier und wirkten kein bisschen menschlich. Sie musste wieder an das Sonnenlicht denken, das durch das Buntglasfenster gefallen war, und erkannte, wie er sie beobachtet hatte. Sie wusste jetzt auch, mit wem oder vielmehr was sie es zu tun hatte. Andy wich hektisch zurück und Panik verwandelte ihr Atmen in ein angstvolles Keuchen.

»Wirst du vor mir weglaufen?«, fragte der junge Mann erwartungsvoll, als wäre ihm so etwas schon viele Male passiert.

»Würdest du mich denn jagen?«, fragte Andy in dem verführerischen, leicht hypnotischen Ton, der normalsterbliche Männer in den Tod treiben konnte. Sie musste Zeit schinden und ihn vielleicht dazu bringen, dass er ihr bis zum Hauptweg folgte. Dort würde sie bestimmt jemanden finden, der ihr helfen konnte.

»Natürlich würde ich das«, antwortete er halblaut und mit glühendem Blick. Er war zwar entbrannt, aber nicht hypnotisiert – Pech für Andy. »Nur die, die fliehen, sind es wert, dass man sie einfängt.«

Ist das nicht mal wieder typisch?, dachte sie mit dieser verzweifelten Heiterkeit, zu der man nur in ausweglosen Situationen fähig ist. Da habe ich mein Leben lang panische Angst, einen Jungen zu verführen, und ausgerechnet an einer Mädchenschule rückt mir einer auf die Pelle.

Wieder strahlte er ein Licht aus, das seine Silhouette betonte und ihn noch etwas echter als echt wirken ließ, als existierte er in 4-D. Andy war klar, dass nicht die aufgehende Sonne diesen Effekt verursachte. Sie wusste auch, dass dieser Typ kein normaler Verehrer war. Ihre Mutter hatte sie gewarnt, dass so etwas passieren konnte, aber Andy hatte nie damit gerechnet, dass es wirklich geschehen würde.

»Hey, Andy!«, rief ein nervig aufgewecktes Mädchen, das Andy vor über einem Monat bei einem Einführungsvortrag für die Erstsemester kennengelernt hatte und dem sie seither aus dem Weg gegangen war. Seine plappernden Freundinnen verstummten schlagartig, als sie sahen, dass Andy bei einem Jungen stand. »Kommst du mit in den Hörsaal?«

»Hi … Susan!«, rief Andy hektisch – zum Glück war ihr der Name des Mädchens gerade rechtzeitig wieder eingefallen. »Wartet auf mich! Ich komme!«

Als die schwatzende Mädchengruppe näher kam, lächelte der wunderschöne junge Mann Andy traurig an. Dann fuhr er herum und rannte in Richtung See davon.

»Wohin will denn dein Freund?«, fragte Susan verblüfft.

»Das ist nicht mein Freund«, sagte Andy und griff erleichtert nach Susans Hand, die in einem warmen Handschuh steckte. »Wir müssen zum Sicherheitsdienst, und zwar sofort.«

»Ich kann ihn beschreiben!«, rief ein Mädchen mit glänzenden schwarzen Haaren aufgeregt. »Der muss gefroren haben, denn er hatte nur Jeans und T-Shirt an!«, berichtete sie dem Wachmann.

»Er hatte lockige blonde Haare und war echt braun gebrannt. Wie einer von diesen Malibu-Surfer-Typen«, stieß ein molliges Mädchen mit spaghettiglatten blonden Haaren hervor und konnte seine Begeisterung kaum im Zaum halten.

»Er hatte auch total glatte Haut. Wie ein Delfin!«, erzählte die Dunkelhaarige der Blonden fasziniert, und beide fingen an zu gackern.

Andy ließ das Gesicht in ihre Hand sinken und rieb sich die Augen, während sie sich ähnliche Kommentare von den anderen Augenzeuginnen anhörte – oder »Fans«, wie sie sie insgeheim schon nannte. Sie musste sich wieder ins Gedächtnis rufen, dass die Mädchen nichts für ihre Reaktionen konnten. Schließlich waren sie nur Menschen.

Nachdem sie die nächsten zwei Stunden im Büro des Sicherheitsdienstes verbracht und die ganze Geschichte erzählt hatte und dann noch mit einigen Wachleuten an die Stelle zurückgekehrt war, an der der Typ sie angesprochen hatte, nahm Andy dankbar einen neuen Schlüsselanhänger entgegen. Sie hatte jetzt offiziell einen Stalker, der das Schulgelände unbefugt und dazu noch ohne Ausweis betreten hatte, und das Wachpersonal würde sie ganz sicher nicht herumwandern lassen, ohne ein paar Vorsichtsmaßnahmen zu treffen. Der neue Anhänger an ihrem Schlüsselbund war ein Panikschalter, auf den die Wachleute sofort reagieren würden. Sie sollte gleich auf den Knopf drücken, wenn sie den Jungen wiedersah. Andy fragte sich, ob sie das wirklich tun und diese Leute in Gefahr bringen würde oder ob sie ihm lieber allein gegenübertreten sollte.

Susan und ihre Begleiterinnen hatten Andys Bericht zwar bestätigt, konnten die Aufregung aber nicht recht verstehen. Andy hatte Wort für Wort erzählt, was der Junge zu ihr gesagt hatte, und jede von ihnen hätte alles dafür gegeben, so etwas von einem dermaßen gut aussehenden Typen zu hören.

Andy konnte ihnen nicht erklären, dass es hier nicht um eine Romanze ging. Männer sagten dauernd solche Sachen zu ihr, aber das hatte mit Liebe nichts zu tun. Sie hatte ihre ganze Schulzeit an katholischen Mädchenschulen verbracht und war jedem männlichen Wesen ausgewichen, das hinter ihr her gewesen war, was die Kerle jedoch nicht daran hinderte, ihr weiter nachzulaufen. Sie war auch vor den vielen Mädchen geflüchtet, die sie verfolgt hatten. Nach diesem grässlichen Erlebnis in der siebten Klasse, als ihre beste Freundin versucht hatte, sie mitten in der Geschichtsstunde von Schwester Mary-Francis zu küssen, hatte sie jede weitere Mädchenfreundschaft gemieden.

Andy hielt sich grundsätzlich von anderen Menschen fern. Es war zu ihrem eigenen Besten. Leute wie sie waren für Normalsterbliche einfach zu gefährlich.

Irgendwie schaffte sie es mehrere Schulstunden später, Susan und ihre Freundinnen abzuschütteln. Als Andy keinen Zweifel daran ließ, dass sie sich zurückziehen würde, hatte Susan sie besorgt angesehen. Sie tat Andy ein wenig leid. Susan war hübsch und beliebt und schien ein wirklich guter Mensch zu sein. Genau aus diesem Grund musste Andy die Freundschaft bereits im Keim ersticken. Sie wollte nicht, dass eine so nette Person wie Susan zu Schaden kam, nur weil sie gern eine Freundin gehabt hätte. Susan hatte etwas Besseres verdient.

Es war schon nach neun Uhr abends, als Andys Astronomiekurs endete und sie am Teich vorbei zum Wohnheim ging. Weil ihre Nase juckte, nahm sie die Hand aus der Tasche und ließ den Alarmknopf nur einen ganz kurzen Augenblick los. Genau in diesem Moment umschlangen kräftige muskulöse Arme von hinten ihre Brust.

»Lauf«, flüsterte er ihr ins Ohr. »Ich liebe die Jagd.«

Helen träumte von Delfinen, aber es war kein netter Traum vom Besuch in Sea World. Der Delfin, den Helen sah, führte keine Kunststücke vor. Der Delfin in ihrem Traum jagte ein Mädchen in ihrem Alter. Sie versuchte, vor ihm davonzuschwimmen, aber der Delfin drückte sie immer wieder unter Wasser und schlug mit den Flossen und dem Schwanz auf sie ein, bis sie blutete.

Das Mädchen schwamm auf eine Boje zu, die mitten im Nirgendwo herumdümpelte, und keuchte beim Kampf gegen die Wellen. Der Delfin griff erneut an, doch diesmal waren es keine Flossen, sondern die Arme eines Mannes, die das Mädchen packten und fest zudrückten.

Helen riss die Augen auf und schnappte nach Luft, denn es fühlte sich an, als steckte ihre Brust in einem Schraubstock. Draußen war es noch dunkel.

Wie viele Tage mochte sie so vor sich hingedämmert haben? Sie konnte sich erinnern, wie ihre Mutter mit einem feuchten Schwamm das Gröbste an Schmutz und Blut abgewaschen und Kate ihr löffelweise Suppe eingetrichtert hatte. Sie erinnerte sich auch an Orions Narben, und wieder ging ihr vor Mitleid das Herz über.

Helen erinnerte sich aber auch an andere Dinge – Dinge, die sie nie getan hatte, wie etwa eine Toga zu binden (einen Chiton, ermahnte sie sich; was bei den Römern die Toga war, hieß bei den Griechen Chiton) und Wolle zu spinnen. Helen Hamilton war allerdings absolut sicher, dass sie in ihrem ganzen Leben noch keinen Chiton gebunden oder Wolle gesponnen hatte, und doch erinnerte sie sich an beides.

Diese »Visionen« von Helena von Troja hatten sich immer wie Erinnerungen angefühlt, und jetzt, wo Helen richtig wach war, war sie überzeugt, dass es tatsächlich welche waren. Aber wie konnte sie sich an das Leben einer anderen Person erinnern? Das war unmöglich. Und wenn man dann noch bedachte, wie zermürbend diese Erinnerungen waren, wollte Helen eigentlich nur noch wissen, wie man sie abstellte.

»Lennie?«, flüsterte Claire irgendwo in der Nähe von Helens Füßen.

Helen sah Claire über die Rückenlehne der Couch spähen, die Ariadne am Fußende des Bettes stehen hatte. Gewöhnlich warf Ariadne dort ihre Klamotten hin und deshalb hatte Helen sie eher als eine Art Kleiderablage betrachtet und weniger als Sitzgelegenheit.

»Bist du richtig wach oder nur eine Sekunde zu Besuch unter den Lebenden?«, fragte Claire. Sogar in dem matten Sonnenaufgangslicht, das durchs Fenster fiel, konnte Helen sehen, wie besorgt Claire war.

»Ich bin wach, Gig.« Helen setzte sich mühsam auf. »Wie lange war ich weg?«

»Ungefähr zwei Tage.«

Das war alles? Helen kam es vor, als wären es Wochen gewesen. Sie sah hinüber zu Ariadne, die noch schlief. »Kommt sie wieder in Ordnung?«, fragte Helen.

»Klar«, sagte Claire. »Sie und Jason kommen wieder auf die Beine.«

»Und Orion? Lucas?«

»Die sind okay – noch etwas demoliert, aber es geht ihnen schon besser.« Claire schaute weg und runzelte die Stirn.

»Und mein Dad?«

»Er ist ein paarmal aufgewacht, aber immer nur für ein paar Sekunden. Ari und Jason tun ihr Bestes.«

Das war nicht die Antwort, auf die Helen gehofft hatte. Sie

nickte und schluckte gegen den Kloß in ihrem Hals an. Ihr Vater war kein Scion und er war dem Tode näher gewesen als jeder von ihnen. Er würde viel länger brauchen, sich davon zu erholen. Helen verdrängte die Vorstellung, dass er sich womöglich nie ganz erholen würde, und sah Claire an.

»Und wie geht's dir?«, fragte Helen, die die traurige Miene ihrer besten Freundin natürlich sofort bemerkt hatte.

»Todmüde. Und dir?«

»Halb verhungert.« Helen schwang die Beine aus dem Bett und Claire kam, um ihr zu helfen. Die Freundinnen wankten die Treppe hinunter und plünderten den Kühlschrank. Helen wusste natürlich, dass sie so viel essen musste, wie sie nur in sich hineinstopfen konnte, damit sich ihre heilenden Zellen schnell erneuerten, aber sie konnte den Blick nicht von Claire abwenden.

»Was ist los, Gig?«, fragte sie nach nur einem Löffel Hühnernudelsuppe einfühlsam. »Ist es wegen Jason?«

»Es ist wegen euch allen. Diesmal seid ihr alle verletzt worden. Und ich weiß, dass es damit nicht getan ist«, antwortete Claire, die immer noch ungewohnt traurig wirkte. »Uns steht ein Krieg bevor, stimmt's?«

Helen legte den Löffel hin. »Ich weiß es nicht, aber die Götter können jetzt den Olymp verlassen und auf die Erde zurückkehren. Und das nur wegen mir.«

»Es ist nicht deine Schuld«, verteidigte Claire sie sofort. »Du bist ausgetrickst worden.«

»Und? Ausgetrickst oder nicht – ich habe versagt«, stellte Helen sachlich fest. »Ich habe mich von Ares in die Enge treiben lassen, obwohl ich gewarnt wurde, dass so etwas passieren könnte.«

Sie fühlte sich schrecklich, aber sie wusste auch, dass es keinen Sinn hatte, sich von ihren Schuldgefühlen überwältigen zu lassen, und verbannte deshalb jeden Anflug von Selbstmitleid aus ihrer Stimme. Die Unterwelt hatte sie gelehrt, dass Verzweiflung keine Probleme löste, auch wenn sie noch so gerechtfertigt schien. Sie behielt diese Erkenntnis für ihr nächstes Gespräch mit Hades im Hinterkopf und blieb beim Thema. »Sind die Götter schon irgendwo aufgetaucht? Haben sie schon irgendwas gemacht?«

Vor Helens innerem Auge tauchte plötzlich das Bild eines großen, wunderschönen Hengstes auf, der an einem Strand entlanggaloppierte. An seinen Vorderbeinen klebte Blut. Dieser widerliche Anblick ließ Helen schaudern.

»Wir haben noch nichts gehört«, sagte Claire mit einem Schulterzucken. »Jedenfalls nichts von diesem ›Zorn-der-Götter‹-Kram.«

»Was hat Cassandra vorhergesehen?«

»Nichts. Sie hat gar nichts prophezeit, seit ihr drei hergebracht wurdet.«

Helen presste nachdenklich die Lippen aufeinander. Ausgerechnet jetzt, wo die Scions ihr Orakel am dringendsten brauchten, verstummte es. Aber das war bei griechischen Tragödien eben so. Trotzdem beunruhigte es Helen. Griechisch oder nicht, es musste einen Grund dafür geben, dass Cassandra die Zukunft nicht sehen konnte. »Weil das eben so ist«, ließ Helen als Antwort nicht mehr gelten.

»Len?«, murmelte Claire, und ihre Stimme war kaum mehr als ein verängstigtes Flüstern. »Kannst du die Götter aufhalten?«

»Ich weiß es nicht, Gig.« Helen musterte ihre beste Freundin.

Claire war vor lauter Angst und Schlafmangel ganz blass. »Aber wenn einer von denen versucht, uns etwas anzutun, werde ich sie mit allem bekämpfen, was ich habe.«

Claire lächelte und entspannte sich endlich ein wenig. »Und jetzt iss deine Suppe«, befahl sie plötzlich, als wäre es ihr gerade erst eingefallen.

Helen gehorchte kichernd. Sie war froh, dass Claire wie gewohnt den Boss herauskehrte, und griff gehorsam nach dem Löffel, während sie weiter über die Götter nachdachte. Bisher hatten sie wohl noch keine Berggipfel niedergerissen, aber sie waren bestimmt schon unterwegs. Nach vielen Tausend Jahren Gefangenschaft befanden sie sich sicherlich bereits auf der Erde. Nur wo? Die Scions waren schwach und überall verstreut. Wenn die Götter gegen sie kämpfen wollten, wäre jetzt der ideale Zeitpunkt für einen Angriff. Worauf warteten sie? Helen schluckte ein paar Löffel Suppe und merkte erst dann, dass Claire sie mit großen Augen anstarrte.

»Was ist los?«, fragte Helen mit vollem Mund.

»Du hast den Löffel nicht aufgehoben«, antwortete Claire und ließ Helens Hand keine Sekunde aus den Augen. »Du hast nur die Hand ausgestreckt und er ist hineingeflogen.«

Helen betrachtete den Löffel und versuchte, sich daran zu erinnern, wie sie ihn in die Hand genommen hatte. Sie wusste, dass sie die Hand danach ausgestreckt hatte, aber das war es dann auch schon. Sie legte den Löffel hin und hielt die Hand darüber, doch es passierte nichts.

»Ich glaube, du solltest wieder ins Bett gehen, Gig«, bemerkte Helen mit einem zweifelnden Lächeln.

»Ja, vielleicht hast du recht«, sagte Claire, doch überzeugt sah sie nicht aus.

Nachdem Helen ein Riesenfrühstück vertilgt hatte, half Claire ihr wieder nach oben und unter die Dusche. Während Helen die Reste von Schmutz und Blut von sich abschrubbte, hockte Claire auf dem Rand der Badewanne und verteilte gedankenverloren Bodylotion auf ihre Beine und Füße, nur um in der Nähe zu sein, falls Helen schwindelig wurde.

»Bist du sicher, dass du keine Hilfe brauchst?«, fragte sie zum zehnten Mal.

»Ich bin sicher«, beteuerte Helen lachend beim Abtrocknen. »Es geht mir gut, ehrlich.«

»Du bist wirklich die Stärkste von allen, stimmt's?«

Helen schaute weg. Obwohl sie und Claire nach dem Sport schon unzählige Male zusammen geduscht und keinerlei Schamgefühl voreinander hatten, fühlte sich Helen plötzlich nackt. Sie wollte nicht, dass Claire sie für … nun, für eine Halbgöttin hielt. Sie waren mehr als nur beste Freundinnen. Sie waren Schwestern, und Helen wollte nicht hören, dass es etwas gab, das sie voneinander unterschied.

»Wieso sagst du das?«, fragte sie betroffen. Claire schürzte die Lippen.

»Du solltest nach den Jungs sehen, wenn du hier fertig bist.«

»Erst gehe ich zu meinem Dad«, widersprach Helen mit einem entschiedenen Nicken.

Claire half Helen beim Anziehen und stützte sie dann beim Gang über den Flur. Die Tür stand offen, und sie konnte Jerry im Bett liegen sehen und auch Kate, die daneben in einem Sessel saß. Beide schliefen. Jerry war so dünn und ausgezehrt, dass Helen nicht glauben wollte, dass das wirklich ihr Vater war. Sie musste sich immer wieder ermahnen, dankbar zu sein, dass er noch lebte, aber es war schwer, etwas anderes als Angst zu empfinden, wenn er so krank aussah.

Sie gingen die paar Schritte weiter zu Hectors Zimmer. Helen konnte hinter der Tür mehrere tiefe Stimmen hören. Es klang, als wäre die ganze Mannschaft dort versammelt. Sie klopften an und stellten überrascht fest, dass Hector auch die Betten von Jason und Lucas ins Zimmer geholt hatte.

Helen hatte eine weitere Vision oder Erinnerung oder was es sonst war. Alle Männer übernachteten zusammen in einem Zelt mitten in einem großen, staubigen Lager – dem Belagerungscamp vor den Stadtmauern von Troja. Sie schüttelte den Kopf und die Vision verschwand.

»Seid ihr nicht zu alt für eine Pyjamaparty?«, stichelte Claire.

Die Jungen lachten verhalten über ihren Witz.

»Ich hatte es satt, ständig von einem Zimmer zum nächsten zu rennen und nach ihnen zu sehen, deshalb habe ich alle Betten hier reingestellt«, erklärte Hector ein bisschen verlegen.

Hector, der Beschützer, dachte Helen. Er wollte nie von einem seiner Männer getrennt sein, der verwundet war – ob es nun ein wichtiger Heerführer wie Aeneas war oder ein einfacher Fußsoldat. Deswegen hat ihn jeder Mann seines Heers so geliebt und ist ihm in den sicheren Tod gefolgt.

Wieder schüttelte Helen den Kopf und versuchte, die unwillkommenen Erinnerungen zu vertreiben. Schließlich waren es nicht einmal ihre.

»Ich kann nicht glauben, dass du schon wieder auf den Beinen bist«, sagte Orion. Helen hatte bereits erkannt, dass Orion trotz seiner vom Adrenalin befeuerten Schreiattacke noch bettlägerig war – genau wie Lucas. Die Heilung der beiden war längst nicht so weit fortgeschritten wie ihre und Jason war von seinem Kampf um Jerrys Leben immer noch vollkommen erschöpft. Die drei konnten sich kaum aufsetzen, ohne schmerzerfüllt das Gesicht zu verziehen, und an Aufstehen war gar nicht zu denken.

»Ich wollte euch das nur unter die Nase reiben. Damit ihr euch noch mieser fühlt«, scherzte Helen, die sich nicht anmerken lassen wollte, welche Sorgen sie sich um ihre Freunde machte.

Claire ging zu Jason und Helen wollte sich automatisch auf Lucas' Bettkante setzen. Doch im letzten Moment wurde ihr klar, was sie da vorhatte, und sie änderte die Richtung zu Orion. Lucas beobachtete sie dabei und unterdrückte jede Regung. Helen schluckte und zwang sich, seinem Blick auszuweichen. In diesem Leben waren sie Cousin und Cousine, und es war ganz egal, was sie in ihren Träumen gesehen hatte.

Sie nahm Orions Hand und fühlte sich sofort besser. Als er sie liebevoll anlächelte, begann ihr Herz zu kribbeln. Sie erkannte, dass sie Orion wirklich liebte, und genoss die wohlige Wärme, die sie durchströmte. Was machte es schon, dass sie nicht dieses schwerelose Gefühl hatte, das sie immer bei Lucas empfand? Wahrscheinlich war es ohnehin keine gute Idee, »schwerelos« durchs Leben zu gehen.

»Wovon habt ihr gerade gesprochen?«, fragte Helen beiläufig und versuchte sich einzureden, dass es eines Tages leichter sein würde, in dieses ausdruckslose Gesicht von Lucas zu sehen, das er jedes Mal aufsetzte, wenn sie Orions Hand hielt. Einen Moment lang glaubte Helen, einen giftgrünen Farbton unter Lucas' Haut aufblitzen zu sehen. Sie blinzelte, schaute schnell weg und hoffte nur, dass ihr Sehvermögen nicht unter ihrer Augenverletzung gelitten hatte.

»Wir haben Strategien besprochen. Die Scions brauchen einen Plan, und zwar schnell«, berichtete Hector, und das Lächeln verschwand aus seinem Gesicht. »Wir sind geschwächt. Weit verstreut. Jetzt ist der richtige Zeitpunkt, uns anzugreifen.«

Helen lachte humorlos auf. »Genau dasselbe habe ich auch schon gedacht.« Hector musterte sie wohlwollend, und Helen fragte sich, ob es ihm vielleicht doch gelungen war, eine Kriegerin aus ihr zu machen.

»Aber wir haben noch nichts gehört. Soweit wir wissen, können die Götter noch auf dem Olymp sein«, sagte Claire und runzelte besorgt die Stirn. Jason zog sie noch dichter an sich.

»Matt hat einiges herausgefunden. Er kommt gleich, um Bericht zu erstatten«, sagte er. Jason sah seinen Bruder fragend an. »Wo steckt der Kerl eigentlich?«

»Bei Ariadne«, antwortete Hector missbilligend, doch dann änderte sich sein Ton plötzlich. »Er sieht ein Dutzend Mal am Tag nach ihr.«

»Kein Dutzend Mal«, protestierte Matt, der gerade zur Tür hereinkam. Mit der einen Hand stützte er Ariadne und in der anderen hielt er sein iPad. »Höchstens zehn Mal.«

Helen fielen bei seinem Anblick fast die Augen aus dem Kopf. Natürlich hatte sie mitbekommen, wie seine Muskeln im Laufe der letzten Monate gewachsen waren. Ihr war auch nicht verborgen geblieben, dass er sich in eine echte Augenweide verwandelt hatte, auch wenn ihr der Gedanke an eine Beziehung mit Matt irgendwie abwegig vorkam. Aber jetzt wirkte er noch anders. Wie elektrisiert.

»Wie fühlst du dich, kleine Schwester?«, fragte Hector, doch seine Augen waren auf Matt gerichtet, und er musterte ihn von oben bis unten. Was immer sich an ihm verändert hatte – Hector sah es ebenfalls, da war sich Helen ganz sicher.

»Frag nicht«, stöhnte Ariadne und ließ sich neben ihren großen Bruder fallen. »Wie das Grünzeug im Innern einer Kuh.«

»Einer Kuh?«, fragte Orion, als hätte er sich verhört.

»Durchgekaut, geschluckt, wieder hochgewürgt und noch mal gekaut«, verkündete sie mit einem Grinsen.

»Wie geht's dir?«, fragte Matt Helen, während alle anderen noch über Ariadnes ekligen Vergleich lachten. Und auf einmal war er wieder einfach nur Matt, ihr alter Kumpel, und es war nichts Merkwürdiges mehr an ihm.

»Ich bin okay«, versicherte sie ihm und berührte die Hand, die er auf ihren Arm gelegt hatte.

»Ehrlich?«, hakte er nach und sah in ihr verletztes Auge. Helen musste wieder daran denken, dass sie bei ihrem Zusammenstoß mit Ares eine blaue Narbe auf der Iris ihres rechten Auges davongetragen hatte. Angeblich sah sie aus wie ein Blitz, aber sie selbst hatte sie noch nicht gesehen. Sie hatte wichtigere Dinge zu tun gehabt, als in einen Spiegel zu sehen.

»Ja, mir geht's gut«, beteuerte sie und grinste. »Allerdings würde es mir noch besser gehen, wenn Ari aufhören würde, im Schlaf um sich zu treten.«

»Hey, wenigstens schnarche ich nicht«, konterte Ariadne lachend.

»Ihr schnarcht beide«, mischte sich jetzt auch Claire in die Alberei ein. »Es ist, als würde man sich das Zimmer mit einem Haufen Kerle teilen.«

Alle lachten auf Kosten von Helen und Ariadne. Helen fiel auf, wie glücklich und zufrieden sie miteinander waren. Sie fühlten sich in der Gegenwart der anderen so behaglich und sicher, als würden sie einander schon ewig kennen. Aber sie alle konnten nur kurze Zeit verdrängen, was sie zusammengebracht hatte, und die ausgelassene Stimmung verflog schnell wieder.

»Was hast du über die Götter in Erfahrung gebracht, Matt?«, fragte Orion, der wie gewöhnlich auch leichteste Stimmungsschwankungen wahrnahm. »Hast du etwas gehört?«

»Ich denke schon. Es gab einige … Angriffe«, berichtete Matt zögernd.

»Was meinst du damit?«, fragte Claire.

Matt tippte auf sein iPad und scrollte durch die Schlagzeilen der Zeitungen. Alle anderen schauten gebannt zu.

»Vor zwei Tagen wurde auf dem Empire State Building eine Frau gefunden, die von etwas getötet wurde, das riesige Krallen haben muss. Und heute Morgen hat man am Strand von Cape Cod die Leiche eines Mädchens gefunden, das von einem Pferd zu Tode getrampelt wurde. Beide Frauen sind vor ihrem Tod vergewaltigt worden.«

Hector nahm Matt das iPad aus der Hand und las selbst, was in den Schlagzeilen stand. »Das ist aber ein ziemliches Revolverblatt«, bemerkte er voller Zweifel. »Hier steht sogar, dass die

Augenzeugen in New York gesehen haben wollen, wie eine Frau von einem Riesenvogel weggetragen wurde.«

»Von einem Adler. Der Vogel war ein Adler«, sagte Helen leise und musste ein Schaudern unterdrücken. Alle sahen sie verdutzt an und warteten auf eine Erklärung. »Es ist nur eine Vermutung, aber ich hatte komische Träume und merkwürdige Visionen, wie ihr sie vermutlich nennen würdet«, gestand sie mit einem Schulterzucken, um die detaillierten Erinnerungen, die sie neuerdings hatte, herunterzuspielen, bis sie selbst besser verstand, was mit ihr los war.

»Wann hat das angefangen?«, fragte Lucas besorgt. Helen runzelte die Stirn und versuchte, sich zu erinnern, wann sie ihn und die anderen zum ersten Mal in einer Rüstung gesehen hatte.

»An Halloween«, sagte sie und sah Orion dabei an. »Weißt du noch, wie ich einen Moment lang alles vergessen habe, nachdem ich das Wasser von diesem Fluss berührt hatte?«, fragte sie. Sie vermied es fast abergläubisch, den Namen Lethe auszusprechen, als könnte allein seine Erwähnung sie erneut alles vergessen lassen.

»Allerdings«, bestätigte Orion mit dem Hauch eines Lächelns. Helen lächelte nervös zurück, denn sie musste wieder daran denken, wie sie sich geküsst hatten, als keiner von ihnen mehr wusste, wer sie waren. Sein Schmunzeln verriet Helen, dass auch er sich daran erinnerte. Dann verdunkelte sich jedoch sein Gesicht. »Du konntest dich eine Zeit lang nicht einmal mehr an deinen eigenen Namen erinnern. Das war ziemlich heftig.«

»Aber als ich mich wieder erinnern konnte, kam es mir vor, als wäre plötzlich viel mehr in meinem Kopf als vorher.« Helen seufzte frustriert. »Ich habe bisher keine Erklärung dafür, aber ich sehe neuerdings im Traum diese merkwürdigen Bilder.«

»Und eines davon handelte von einem Adler?«, fragte Matt.

»Ja. Wieso fragst du?«, wollte Helen wissen und deutete auf das iPad und die Artikel über die ermordeten Mädchen.

»Ich weiß, dass sich das verrückt anhört, aber in der griechischen Mythologie ist dauernd die Rede davon, dass als Tiere getarnte Götter junge Frauen verschleppen. Ich glaube, der Adler ist Zeus und das Pferd Poseidon.«

»Matt, ich kann mich auch in ein Pferd verwandeln«, gestand Orion ein wenig verlegen. »Das kann jeder aus dem Haus von Athen.«

»Du spinnst doch«, verkündete Helen, doch sie fuhr mit großen Augen zu Orion herum.

»Wieso? Ich kann mich in einen Delfin verwandeln«, bemerkte Jason, als würde er ihnen gerade eben sagen, wie spät es war.

»Hört sofort damit auf!«, kreischten Claire und Helen gleichzeitig. Jason musste lachen.

»Manche Scions können sich in das Wappentier ihres Gottes verwandeln«, sagte Hector und sah Helen ganz merkwürdig an. »Wie kommt es, dass du so etwas nicht weißt?«

»Weil es mir nie jemand gesagt hat und ich es nie konnte!«, fauchte Helen ihn an. Den nächsten vorwurfsvollen Blick kassierte Orion. »Wieso hast du mir das nie erzählt?«

»Wozu? Das ist doch nicht gerade eine nützliche Fähigkeit«, sagte er mit einem Achselzucken. »Denk doch mal drüber nach. Wie viele Pferde hast du in letzter Zeit durch die Stadt traben sehen?«

»Stimmt«, bestätigte Jason mit einem Grinsen. »Und wenn man sich zurückverwandelt, ist man splitternackt. Versuch das mal irgendwem zu erklären. Es ist total witzig, ein Tier zu sein, das bestreite ich gar nicht, aber meistens ist es doch ziemlich unpraktisch.«

»Ja, aber …«, stammelte Claire. »Oh, mein Gott!«

»Das ist gemein. Ich habe so blöde Begabungen wie den Zugang zur Unterwelt und bescheuerte Träume und du kannst dich in einen Delfin verwandeln«, wütete Helen und warf ein Kissen auf Jason.

»Okay, okay«, unterbrach Matt und hob beide Hände, um die Unterhaltung wieder auf das ursprüngliche Thema zu lenken. »Und wie viele Scions können sich in einen Adler verwandeln, der groß genug ist, um eine Frau wegzutragen?«

»Keiner.« Hector neigte den Kopf zur Seite. »Okay, Matt. Was meinst du, was da vor sich geht?«

»Ich glaube, dass die Götter genau dasselbe machen wie vor ihrem Exil auf dem Olymp – sie ziehen durch die Gegend und vergewaltigen sterbliche Frauen. Nur, dass sie ihre Opfer diesmal nicht am Leben lassen.«

»Mhm«, machte Hector. »Anscheinend wollen sie kein Risiko eingehen.«

»Nein, diesmal nicht«, bestätigte Matt.

»Wie meinst du das?«, fragte Ariadne.

»In jeder einzelnen Überlieferung, in der ein Gott einer Frau als Stier, Schwan oder goldener Regen erschien, wurde neun Monate später ein Scion geboren«, erklärte Hector. »Es war gewissermaßen jeder Schuss ein Treffer.«

Lucas ignorierte diese letzte Bemerkung taktvoll und sah Helen fragend an. »Was hast du in deinen Visionen sonst noch gesehen?«

»Du meinst, was für andere Tiere?«, stieß Helen hastig hervor, nachdem sie beinahe mit »Ich sehe uns und wir sind verheiratet!« herausgeplatzt wäre. Aber sie konnte sich gerade noch bremsen.

Lucas musterte sie mit gerunzelter Stirn, denn er hatte Helens ungeschicktes Ausweichmanöver natürlich mitbekommen und wollte sie jetzt bestimmt einem peinlichen Verhör unterziehen.

»Ich habe einen Adler, einen Delfin und einen Hengst gesehen«, fuhr sie fort, bevor er etwas sagen konnte. Aber wie sie Lucas kannte, wusste Helen genau, dass sie seine Fragen nur hinausgeschoben hatte. Er würde es nicht vergessen, und da er ein Falschfinder war, hatte sie nur die Wahl, ihm die Wahrheit zu sagen oder zu schweigen. Ihn anzulügen, kam nicht infrage – was manchmal wirklich nervtötend war.

»Und der Delfin ist Apoll, richtig?«, fragte Claire scharf und schaute vom iPad auf.

»Die Wappentiere von Apoll sind Delfin, Wolf, Maus und Krähe«, bestätigte Ariadne.

Claire zeigte ihnen den Artikel, den sie gerade gelesen hatte. Er handelte von einem ungewöhnlichen Angriff auf eine Studentin am Wellesley College. Ein Mädchen, dessen Name nicht erwähnt wurde, war in der vergangenen Nacht von einem blonden jungen Mann schwer verletzt worden. Sie hatte seinen Angriff so lange abwehren können, bis der Campus-Sicherheitsdienst auftauchte, den sie mit einem stillen Notruf-Pieper zu Hilfe gerufen hatte. Der junge Mann entkam unter »verdächtigen« Umständen.

Die Polizei von Wellesley hoffte auf Hinweise aus der Bevölkerung und hielt den Angreifer für sehr gefährlich.

Anscheinend hatten mehrere Augenzeugen vom Sicherheitsdienst angegeben, dass der junge Mann weggeflogen wäre, als er merkte, dass er umstellt war. Das Mädchen erholte sich im Krankenhaus von seinen Verletzungen.

»Und jetzt kommt der echte Klopfer.« Claire scrollte hinunter bis zu einer Phantomzeichnung von jemandem, der fast genauso aussah wie Hector.

»Oh. Na, super«, bemerkte Hector trocken.

»Was hat das zu bedeuten?«, fragte Ariadne, und ihre Augen waren vor Angst weit aufgerissen, als sie einen nach dem anderen ansah. »Die sind doch jetzt nicht hinter Hector her, oder?«

Das konnte niemand beantworten.

»Ich kenne ein paar Orte, an denen du für eine Weile untertauchen kannst«, bot Orion halblaut an. »Sehr nett ist es zwar nicht, aber die Leute dort haben ein ausnehmend schlechtes Personengedächtnis.«

Helen musterte Orion ein wenig geschockt und fragte sich, von welchen Orten er wohl sprach. Ihr schossen alle möglichen abstoßenden Bilder durch den Kopf. Sie konnte sich Orion beim besten Willen nicht in irgendeiner miesen Absteige oder Räuberhöhle vorstellen. Andererseits kannte er sich in diesen Welten vermutlich besser aus als jeder andere, den sie bisher kennengelernt hatte. Wieder versuchte sie sich vorzustellen, was für eine schreckliche Kindheit Orion gehabt haben musste und ob er ihr jemals davon erzählen würde – auch, woher er seine Narben hatte.

»Danke, Kumpel. Aber ich werde meine Familie nicht noch einmal verlassen«, sagte Hector und bedachte Orion mit einem freundschaftlichen Blick.

Orion nickte, doch Ariadne schüttelte energisch den Kopf. »Nein, Hector, nein«, sagte sie fast panisch. »Wir haben dich gerade erst zurückbekommen. Ich will nicht, dass dich jemand mitnimmt und ins Gefängnis steckt.«

»Keine Sorge«, sagte er, zog seine Schwester an sich und tätschelte mit einer seiner Riesenhände ihre Schulter. »Niemand weiß, dass ich auf der Insel bin. Die denken doch alle, dass ich in Europa studiere. Ich werde mich hier im Haus verstecken. Mir passiert schon nichts.«

Das beruhigte Ariadne, die die Arme um ihren Bruder schlang und ihn fest an sich drückte. Über ihren Kopf hinweg tauschten Hector und Matt einen bedeutsamen Blick, mit dem Matt Hector lautlos versprach, sich um Ariadne zu kümmern, falls Hector etwas passieren sollte. Aus irgendeinem Grund konnte Helen diese Gefühle zwischen den beiden so deutlich sehen wie die Farben auf einem Ölgemälde. Sie blinzelte heftig und hoffte inständig, dass diese Visionen bald wieder aufhörten.

»Was zum …?«, rief Orion plötzlich aus. Er fuhr hoch und riss Helen damit aus ihren Gedanken. Orion drehte sich zu Cassandra um, die hinter ihm aufs Bett gekrochen war. Erst als er sie erkannte, beruhigte er sich wieder.

»Warst du schon die ganze Zeit hier?«, fragte Claire verwundert.

Cassandra zuckte mit den Schultern, sagte aber nichts.

»Sie erschreckt mich zu Tode und das mindestens fünf Mal am

Tag. Ich schwöre dir, sie gibt nicht den geringsten Laut von sich, wenn sie sich bewegt«, sagte Orion zu Claire. »Mach so weiter, und ich hänge dir ein Glöckchen um den Hals und nenne dich von nun an Kitty, die Katze«, drohte er ihr mit strenger Miene, schubste sie aber dennoch nicht vom Bett. Stattdessen hob er sie hoch und setzte sie auf sein Kopfkissen, damit sie an ihrer Unterhaltung teilnehmen konnte.

»Also, uns allen ist klar, dass jemand dieses Mädchen finden und so schnell wie möglich herbringen muss«, sagte Orion und zeigte auf den Artikel. Jason, Lucas und Hector nickten.

»Wartet mal. Wieso denn?«, fragte Helen verblüfft.

»Weil sie in der Welt der Normalsterblichen nicht mehr sicher ist. Apoll hat sie nicht gekriegt – noch nicht«, sagte Jason und verstummte bedeutungsvoll. Auf der Suche nach einer Erklärung sah Helen Claire an, aber auch sie schien nicht zu wissen, was los war.

»Apoll lässt nie ein Mädchen davonkommen«, sagte Lucas, als widerte es ihn an, mit einem so abscheulichen Typen verwandt zu sein. »Wenn er eine Sterbliche wollte, hat er sie gejagt, auch wenn sie nichts mehr mit ihm zu tun haben wollte. Wo immer sie auch hinrannte, ist er ihr gefolgt. Er hat nie aufgegeben.«

»Es sei denn, sie hat eine Göttin angefleht, sie in einen Baum, einen See oder sonst etwas zu verwandeln, das er nicht schänden konnte«, fügte Matt verärgert hinzu. »Habt ihr euch nie gefragt, wieso das Haus von Theben, das von Apoll abstammt, so viele Mitglieder hat?«

»Alle Götter waren elende Vergewaltiger und Kriegstreiber. Nicht nur Apoll«, verkündete Hector angeekelt. »Deswegen müssen wir einen Weg finden, sie loszuwerden. Zum zweiten Mal.«

Orion, Lucas und Helen tauschten einen betretenen Blick. Ihnen war natürlich klar, dass sie diese Situation verschuldet hatten. Beim Kampf gegen Ares waren sie unabsichtlich zu Blutsgeschwistern geworden, und das hatte die vier Häuser vereint und es den Göttern ermöglicht, den Olymp zu verlassen und wieder über die Welt herzufallen.

»Wartet. Ich mache euch dreien keinen Vorwurf«, entschuldigte sich Hector sofort. Orion lächelte und legte ihm eine Hand auf die Schulter. »Das wissen wir«, sagte er.

»Aber es war dennoch unsere Schuld«, erklärte Helen. »Die Götter haben uns Scions schon immer in die Enge getrieben und wir sind ihnen wieder und wieder in die Falle gegangen. Ich werde nicht zulassen, dass das noch einmal passiert.«

Lucas sah Helen besorgt an, aber bevor er ihr wieder einmal einen Vortrag über das Schicksal halten konnte, wechselte sie das Thema. »Wer von euch will mitkommen und dieses Mädchen holen?«

»Du gehst nicht«, sagten Lucas und Orion wie aus einem Mund.

»Doch, ich gehe«, widersprach Helen. »Ihr beide könnt nicht aufstehen und Hector darf sein Gesicht nicht der Öffentlichkeit präsentieren. Wer soll denn sonst gehen?«

»Ich gehe mit dir, Len«, bot Claire an, bevor Lucas und Orion weiter protestieren konnten. »Keine Sorge, Jungs, ich passe auf sie auf. Wenn sie aus den Latschen kippt, kann sie auf mir landen, okay?«

»Und auf mir«, fügte Ariadne hinzu.

»Du bist noch viel zu erschöpft«, sagte Jason und bedachte seine Zwillingsschwester mit einem Kopfschütteln.

»Und dieses arme Mädchen ist gestern Abend von einem Gott angefallen worden. Wahrscheinlich ist sie zu stark verletzt, um sich ohne einen Heiler zu bewegen. Außerdem schätze ich, dass sie im Moment nicht darauf steht, von einem Mann angefasst zu werden, womit du schon mal ausscheidest«, widersprach Ariadne energisch.

»Dann wird der Rettungstrupp also zur Mädchensache erklärt?«, sagte Hector und rieb sich die Stirn, als würde ihm sein Gehirn wehtun.

»Sehr witzig«, konterte Helen beleidigt.

Hector schaute zu ihr auf und war auf einmal wieder ganz ernst. »Was machen deine Blitze?«

Helen hielt eine summende Energiekugel in ihrer Hand, die laut knisterte und Hitzewellen ins Zimmer verströmte. »Sie sind besser als je zuvor«, stellte sie fest und hob erstaunt eine Braue. »Es geht jetzt total mühelos und strengt mich überhaupt nicht mehr an.«

»Sehr gut«, sagte Hector. Zu wissen, dass Helen sich und die beiden anderen verteidigen konnte, entspannte ihn sichtlich. »Vermutlich lungert Apoll irgendwo in der Nähe des Krankenhauses herum, also halt die Augen offen.«

»Das werde ich. Aber nach allem, was ich seinem Halbbruder angetan habe, wird er sich bestimmt lieber von mir fernhalten«, bemerkte sie düster.

Helen betrachtete den Ball aus Energie in ihrer Hand und

musste wieder daran denken, wie sie Ares mit ihren Blitzen geschockt und in den Tartaros gesperrt hatte, nachdem sie von ihm gefoltert worden war. Es war ein gutes Gefühl, einen Gott besiegt zu haben. Als sie wieder aufschaute, starrten alle anderen sie an.

Sie schloss ihre Hand und die Blitzkugel erlosch.

3

Auf den Straßen sah eigentlich alles ganz normal aus, bis sie ins Zentrum kamen. Mit einem Kloß im Hals starrte Helen durch die Fenster von Ariadnes Auto auf die verwüsteten Geschäfte. Die Schäden, die während des Halloween-Aufstands entstanden waren, konzentrierten sich auf die Gegend um die High School und den News Store, was bedeutete, dass ein Großteil des Stadtkerns betroffen war.

Schaufenster waren eingeschlagen worden, demolierte Autos standen am Straßenrand, und an manchen Gebäuden waren sogar Brandspuren zu sehen. Häuser, die fast älter waren als die Insel und die ihren Mitschülern und Nachbarn gehörten, waren verwüstet oder angezündet worden. Helen fragte sich, wie viele Leute, die sie kannte, wohl verletzt oder womöglich sogar getötet worden waren. Wie viele ihrer Freunde hatte es so schwer erwischt wie ihren Dad?

»Claire? Ist noch jemand, den wir kennen … Außer Zach?«, begann Helen, die nicht recht wusste, wie sie ihre Sorge in Worte fassen sollte. Aber Claire verstand sie auch so und nickte.

»Hergie«, sagte sie, und ihre Stimme brach. »Rauchvergiftung. Er hat versucht, Bücher aus der brennenden Bibliothek der Schule zu retten.«

Mr Hergesheimer war kein Verwandter und nicht einmal ein Freund, aber Helen hatte den knurrigen alten Mann trotzdem gerngehabt. Und jetzt, wo er tot war, fühlte es sich an, als wäre eine Tür zugefallen. Nantucket würde nie wieder so sein wie vorher.

Helen schluckte und konzentrierte sich auf die Aufgabe, die vor ihnen lag. Sie durfte Wut empfinden, aber Hysterie brachte sie nicht weiter. Eris und Phobos, die kleinen Götter, die den Aufruhr angezettelt hatten, trieben sich immer noch irgendwo auf der Insel herum. Helen ballte die Fäuste und mahnte sich zur Geduld. Sie würde noch früh genug die Gelegenheit bekommen, mit den beiden abzurechnen.

Auf der langen Überfahrt von Nantucket zum Fähranleger Hyannis auf dem Festland überlegten sich die drei Mädchen, in welchen Krankenhäusern sie ihr Glück versuchen sollten. Sie belegten einen Tisch am Imbissstand in der Mitte des Decks, scrollten durch Matts iPad und riefen im Internet eine Karte der Umgebung auf. Als die Fähre anlegte, war Helen überzeugt, dass sie eine ganz vernünftige Liste erstellt hatten.

Die ersten beiden Krankenhäuser erwiesen sich jedoch als Sackgassen, obwohl sie dem Wellesley College am nächsten lagen. Als sie das dritte Krankenhaus erreichten, war der Tag schon fast vorüber. Bei der Einfahrt ins Parkhaus zeigte Claire auf den Polizeiwagen, der im Eingangsbereich stand.

»Sie ist hier«, stellte sie mit einem entschiedenen Nicken fest. »Sie bewachen sie für den Fall, dass der Stalker zurückkommt.«

Ariadne parkte den Wagen. Dann gingen sie ins Gebäude und trennten sich, um Zeit zu sparen. Helen steuerte die Intensivstation an. Dort bewachte ein Polizist die Tür am Ende des Ganges. Sie schickte Ariadne und Claire eine SMS, dass sie kommen sollten.

Helen musste den Polizisten irgendwie dazu bringen, dass er sie ins Zimmer ließ. Sie ging auf ihn zu und lächelte.

»Hi«, sagte sie überfreundlich und beobachtete, wie der Polizist sie mit großen Augen anstarrte.

Helen war längst daran gewöhnt, dass Männer sie mit Blicken wie diesem bedachten – es war jedes Mal so, als würden sie einen glänzenden Messingring ansehen, der zu sehr glitzerte, als dass sie ihn direkt betrachten konnten, und der so hoch oben hing, dass er ohnehin unerreichbar war. Sie hatte diesen Gesichtsausdruck immer gehasst, obwohl sie natürlich wusste, dass er es ihr ermöglichte, andere Leute zu manipulieren. Eigentlich hatte sie sich geschworen, diese Fähigkeit niemals einzusetzen, aber inzwischen galten die alten Spielregeln nicht mehr. Helen brauchte all ihre Fähigkeiten, um ihre Familie zu beschützen. Sie musste skrupellos sein, denn andernfalls wären die Scions gegen die Götter chancenlos.

»Ein Mann hat gestern Abend meine Freundin überfallen«, sagte Helen. »Ich glaube, sie braucht mich. Darf ich zu ihr?«

»Wir dürfen niemanden zu ihr lassen, junge Dame«, sagte der Beamte und trat unglücklich von einem Fuß auf den anderen, als täte es ihm wirklich leid, sie abweisen zu müssen.

Helen konnte seinen Wunsch, ihr zu helfen, genauso deutlich

sehen wie das Polizeiabzeichen an seiner Brust. Sie sah die Empörung und das Mitgefühl wie einen Ball aus leuchtenden Farben in seiner Brust herumwirbeln. Helen fiel der Ehering auf, der im Laufe der Zeit tief ins Fleisch seines Fingers gewachsen war, und plötzlich wusste sie, was zu tun war.

»Das geht schon in Ordnung«, flötete Helen. Sie hörte und spürte, wie Claire und Ariadne hinter ihr auftauchten. Die beiden zögerten, aber Helen winkte sie heran, bis sie neben ihr standen. »Sie können uns alle drei zu ihr lassen. Wir kümmern uns um sie. Sie haben doch eine Tochter in unserem Alter, nicht wahr?«

Der Polizist sah Helen entgeistert an und schien sich zu fragen, woher sie das wusste. Doch dann versank er noch tiefer in ihrem Blick und nickte langsam.

»Dann wissen Sie, dass sie uns jetzt braucht. In Ihrem Herzen wissen Sie, dass es das Richtige ist.« Helen lächelte betörend. Der Polizist erwiderte das Lächeln und nickte willenlos.

»Es ist das Richtige«, bestätigte er und hielt ihnen die Tür auf.

»Vielen Dank«, sagte Helen sanft und zog Claire und Ariadne hinter sich her.

»Wie hast du …«, begann Claire, aber Helen brachte sie mit einer knappen Handbewegung zum Schweigen und sah die junge Frau an, die dort im Bett lag.

Das Mädchen war wach und starrte sie an. Ihr hübsches Gesicht war durch einige Risswunden entstellt, ihr linker Arm steckte in einem Gips und ihre Lippen waren geschwollen und bläulich verfärbt. Helen überflog das Krankenblatt am Fußende des Bettes und entdeckte den Namen des Mädchens. Andy Faiakes.

»Nicht schon wieder«, stöhnte Andy und sah Helen entnervt an. »Und welche Göttin bist du?«

»Ich bin keine … Moment mal.« Helen musterte Andy mit gerunzelter Stirn. »Und was bist du?«

»Du zuerst«, verlangte Andy mit der klangvollsten Stimme, die Helen jemals gehört hatte. Helen wollte sofort antworten und musste sich zwingen, nicht auf der Stelle mit allem herauszuplatzen.

»Das ist eine Hammerstimme, die du da hast«, stellte Helen fest und biss die Zähne zusammen, um nicht der Versuchung zu erliegen, ihre Frage zu beantworten.

»Das ist ein Hammergesicht, das du da hast«, konterte Andy, und ihre Stimme hallte in Helens Kopf herum. »Was seid ihr?«, wiederholte sie in einem noch betörenderen Tonfall als zuvor.

»Scions«, platzte Claire heraus und schlug sich hastig die Hand vor den Mund. Ihre Augen wurden groß und sie murmelte durch ihre Finger: »Tut mir leid, Leute. Ich weiß nicht, wieso ich das gerade gesagt habe.«

»Weil du ein normaler Mensch bist«, erklärte Andy Claire mit dem Anflug eines Lächelns. »Aber das sind die anderen nicht.«

»Und was bist du?«, fragte Ariadne misstrauisch.

»Mensch«, behauptete Andy. Doch obwohl sie ihre wundervolle hypnotisierende Stimme benutzte, klang das Wort in Helens Ohren irgendwie falsch.

»Lügnerin«, warf Helen ihr an den Kopf und sah sie strafend an. Andy musterte sie einen Moment lang, bevor sie fortfuhr.

»Und zur Hälfte eine Sirene. Leider«, fügte sie zögernd hinzu. Es war deutlich zu erkennen, dass Andy nicht gern daran dachte, dass eine Hälfte von ihr eine Kreatur war, die andere ins Verderben sang. »Und was wollt ihr drei hier?«, erkundigte sich Andy.

»Du weißt, wer oder vielmehr was dich gestern Abend angegriffen hat, richtig?«, fragte Ariadne unverblümt. Andy zog ängstlich die Schultern hoch und nickte. Ariadne dämpfte sofort ihre Stimme und trat an Andys Bett. Sie sah sie mit ihren großen braunen Augen mitfühlend an. »Dann weißt du auch, dass er es wieder versuchen wird. Wir sind gekommen, um dich zu uns zu holen, in unsere Familie, wo wir dich beschützen können.«

»Ihr könnt mich nicht beschützen«, widersprach Andy, und ihre wundervolle Stimme brach. »Nicht vor einem Gott. Kein Scion ist stark genug, um die Götter aufzuhalten.«

Helen spürte Andys Verzweiflung und ihre felsenfeste Überzeugung, dass sie unter den Händen eines übernatürlichen Monsters leiden und schließlich sterben würde. Helen hatte dasselbe gedacht, als Ares sie in der Höhle gefesselt hatte. Sie musste wieder daran denken, wie er sie gefoltert und sich an ihrer Hilflosigkeit ergötzt hatte. Und jetzt brauchte sie Andy nur in die Augen zu sehen, um zu erkennen, dass sie etwas ganz Ähnliches durchgemacht hatte.

Vor Wut wurde Helen ganz heiß und die kleinen Härchen auf ihren Armen richteten sich auf. Das Zimmer war vom eisblauen Licht des Blitzes erfüllt, der wie ein funkensprühendes Spinnennetz über ihren ganzen Körper lief.

»Erzähl das Ares. Oh, stimmt, das geht ja nicht. Weil ich ihm eine volle Ladung verpasst und ihn in den Tartaros befördert habe«, sagte Helen. Die Funken rieselten von ihren Fingerspitzen und zerplatzten zu kleinen Glitzerkugeln, die über den Boden hüpften. Ihr war klar, dass sie ein wenig laut geworden war, aber sie konnte nichts dagegen tun. Die Vorstellung von Hergie, der bei dem Versuch, seine geliebten Bücher zu retten, im Feuer umgekommen war, ließ sie nicht mehr los.

»Äh … Len?«, meldete sich Claire zaghaft zu Wort.

Helen fiel auf, dass alle drei Mädchen sie mit offenem Mund anstarrten, was sie aus ihrer Erstarrung löste. Verlegen schüttelte sie die letzten Funken von ihren Händen ab, räusperte sich und versuchte, etwas Normales zu sagen.

»Hör mal, ich will ehrlich sein. Wir können dir keine absolute Sicherheit garantieren«, sagte sie. »Aber ich kann dir versprechen, dass Apoll es mit uns allen zu tun kriegt, wenn er versucht, dich zu holen. Was sagst du dazu? Ist das nicht besser, als hier herumzuliegen und darauf zu warten, dass er reinstürmt und dich wegschleppt wie eine von diesen hilflosen Jungfrauen in einem griechischen Drama?«

»Äh, doch«, stammelte Andy mit großen Augen.

Helen wurde klar, dass sie dem Mädchen Angst machte und zwang sich deshalb zu lächeln. Als sie einen kurzen Blick zu Claire warf, musste sie feststellen, dass auch im Gesicht ihrer besten Freundin ein Anflug von Furcht zu erkennen war.

Andy war so erledigt, nachdem sie sie aus dem Krankenhaus und ins Parkhaus befördert hatten, dass sie auf der Fahrt nach Hyannis einschlief. Helen saß am Steuer. Ariadne hatte sich schon im Krankenhaus damit verausgabt, Andys gebrochenes Bein zu heilen, und dann auf der Schnellstraße an den anderen Verletzungen gearbeitet. Als sie schließlich auf die Fähre fuhren, sah Ariadne genauso blass und krank aus wie Andy.

Helen dachte darüber nach, dass es eigentlich gut war, dass Andy und Ariadne die Kraft zum Aussteigen fehlte. Es war zwar dunkel, was ihnen eine gewisse Deckung verschafft hätte, aber Andys Verletzungen waren noch viel zu auffällig, um sich damit auf der Fähre blicken zu lassen. Helen und Claire ließen die beiden schlafend auf dem Rücksitz zurück und machten sich auf die Suche nach etwas Essbarem.

»Er hat sie wirklich fertiggemacht, nicht wahr?«, murmelte Claire auf dem Weg zu den Snack-Automaten ganz betroffen. Helen konnte nur nicken und hielt die Lippen fest zusammengepresst. Sie warf einen Blick in Claires besorgtes Gesicht und hätte gern etwas Tröstendes gesagt, doch ihr fiel beim besten Willen nichts ein.

Sie spürte, wie Claire ihr immer wieder unauffällige Blicke zuwarf, als sie ihre Münzen in den Schlitz des Automaten steckten, und wie sie in Helens Gesicht nach irgendeiner Erklärung suchte. Aber Helen fehlten die Worte, um zu erklären, was los war.

»Was?«, fragte sie gereizt, als sie Claires Starren nicht länger aushielt.

»Nichts«, sagte Claire und schürzte die Lippen. Die Anspannung zwischen ihnen wuchs im selben Maß wie Helens Frustration.

»Sag es einfach, Claire.«

»Du hast dich verändert.« Claire raffte ihren Imbiss aus dem

Ausgabeschacht des Automaten und wollte gehen, doch Helen griff nach ihrem Arm und hielt sie fest.

»Ich habe mich verändert, weil ich es muss«, sagte sie grob. »So zu sein wie früher, reicht nicht mehr aus. Nicht für das hier.«

»Und wie sehr willst du dich noch verändern?«

»So viel, wie nötig ist, um zu siegen.«

»Schließt das auch das Beeinflussen von Polizisten ein?«, fauchte Claire hitzig. »Was hast du überhaupt mit ihm gemacht?«

Helen fühlte sich schuldig wegen des Polizisten, obwohl sie nicht genau wusste, was sie eigentlich getan hatte. Etwas daran war falsch, jemandem auf diese Art den Willen zu nehmen, aber das würde sie Claire bestimmt nicht eingestehen.

»Ich habe getan, was ich tun musste. Wieso? Hätte ich ihn lieber töten sollen, um ins Zimmer zu kommen?«

Claire schien etwas erwidern zu wollen, entschied sich aber dafür, es ungesagt zu lassen, und hielt sich auf dem Rückweg zum Auto von ihrer Freundin fern. Helen spürte, dass Claire tatsächlich Angst vor ihr hatte, und zwar nicht nur vor den Funken und der hallenden Stimme. Helen wusste, dass sie etwas sagen sollte, damit Claire sich besser fühlte, aber sie tat es nicht. Sie war wütend, dass ihre beste Freundin nicht verständnisvoller war. Und auch wenn das eigentlich keinen Sinn ergab, hasste Helen sie dafür, dass sie Angst vor ihr hatte.

»Falls es dir noch nicht aufgefallen ist: Es geht nicht mehr nur um unsere Familie und unsere Freunde«, fuhr Helen sie stattdessen an. »Und ich brauche dir nicht zu erklären, was ich tue, oder dich um Erlaubnis zu fragen, bevor ich meine Kräfte einsetze.«

»Das ist richtig«, erwiderte Claire. »Du musst mir gar nichts erklären. Sieh einfach nur zu, dass du deine Taten mit deinem Gewissen vereinbaren kannst.«

Danach redeten Helen und Claire nicht mehr viel. Sie weckten Ariadne und versorgten sie mit Vollkornkeksen aus dem Automaten und einer Flasche Wasser. Anschließend fuhr Helen sie nach Hause. Sie setzte Claire an ihrem Elternhaus ab, murmelte etwas davon, dass sie sich gleich am nächsten Morgen sehen würden, und fuhr weiter zum Delos-Anwesen.

Es war schon spät, als sie ankamen, und Helen war so erschöpft, dass sie kaum noch genug Kraft hatte, Andy und Ariadne nach oben zu tragen, bevor sie auf der Couch zusammensackte.

Helen saß sich selbst in einer geschlossenen Pferdekutsche gegenüber. Es war dunkel in der kleinen Kabine. Das einzige Licht fiel durch die Schlitze eines winzigen, mit einem Laden verschlossenen Fensters herein. Helen fragte sich, wie sie aus der Kutsche aussteigen sollte, denn sie konnte keine Tür entdecken. Sie nahm an, dass das Fenster groß genug war, um sich hindurchzuzwängen ... Wenn es nicht vergittert gewesen wäre.

Die andere Helen, die ihr gegenübersaß, war nicht die Spartanerin aus dem letzten Traum. Diese hier trug ein Kleid aus einem groben, selbst gesponnenen Stoff. In ihr Haar waren blau gefärbte Bänder eingeflochten und sie saß auf einem Haufen gegerbter Pelze. Ihre Handrücken waren mit verschlungenen blauen Mustern bemalt, die Helen vage an Irland erinnerten. Doch dann tauchte in ihren Gedanken der Begriff keltisch auf, und sie wusste, dass dieses Wort zwar auch nicht perfekt passte, aber schon stimmiger war.

Die andere Helen trug einen Dolch am Gürtel. Bei jedem Geräusch, das von draußen durch das vergitterte und verdunkelte Fenster ihrer Gefängniskutsche hereindrang, umklammerte sie verzweifelt ihre Waffe. Sie sah aus wie eine Wilde und wurde behandelt wie ein Tier im Käfig. Helen fragte sich, ob dieses »andere Ich« gefährlich war.

»Mylady Guinevere!«, rief eine vertraute Stimme von draußen.

Die Stimme von Lucas.

Guinevere öffnete den Fensterladen und Helen wurde sofort klar, warum diese Version von ihr selbst so panisch war. Guinevere und der andere Lucas hatten kaum Augenkontakt aufgenommen, als die Furien in einer Ecke der Kutsche losschluchzten.

Er saß auf einem riesigen schwarzen Pferd, das neben der Kutsche hertrabte. Gekleidet war er in schwarzes Leder und einen dicken Umhang aus Wolle und am Gürtel trug er ein langes Breitschwert. Er sah groß und gefährlich und wundervoll aus.

»Wünscht Ihr Euch zu erleichtern?«, fragte er in einer merkwürdigen Singsang-Sprache, die Helen verstand, obwohl sie sie nie zuvor gehört hatte.

»Meine Mutter hat mich Latein gelehrt, wie Ihr sehr wohl wisst«, fauchte Guinevere ihn in einer anderen Sprache an, die Helen ebenso mühelos verstehen konnte. »Sie war kein schmutziger Römer wie Ihr, sondern stammt aus dem Osten.«

»Ich bin kein Römer. Nennt mich nicht so«, verlangte der andere Lucas mit einem gefährlichen Funkeln in den Augen. »Sir Lancelot reicht vollkommen.«

Ihre hasserfüllten Blicke trafen sich, und keiner von beiden wollte der Erste sein, der den Blickkontakt beendete. Die Furien heulten, und es kostete Guinevere und Lancelot ihre ganze Kraft, ihre Emotionen zu kontrollieren. Helen wusste, dass nur das vergitterte Fenster sie daran hinderte, aufeinander loszugehen.

Lancelot ließ den Blick über den großen Reitertrupp schweifen, der sie begleitete, als müsste er sich ins Gedächtnis rufen, dass es zu viele Zeugen gab, um etwas Unbedachtes zu tun.

»Warum tötet Ihr mich nicht gleich jetzt?«, zischte Guinevere ihm halblaut zu. Ihr gedämpfter Ton ließ Helen erkennen, dass auch sie sich der anderen Reiter bewusst war – lauter Leute, die Guineveres irrationalen Hass auf Lancelot ebenso wenig verstehen würden wie seinen Hass auf sie.

»Dieses Vergnügen überlasse ich meinem Cousin und König Artus«, erwiderte Lancelot steif und irgendwie zögernd, als störte ihn diese Vorstellung. »Natürlich nachdem Ihr ihn geheiratet und damit die Ergebenheit Eures Clans bewiesen habt. Ich bin sicher, dass er Euch dann mit dem allergrößten Vergnügen töten wird.«

»Und Ihr nennt uns Barbaren«, fuhr Guinevere ihn an.

Sie knallte den Fensterladen zu und warf sich wieder auf ihren Pelzstapel. Helen wusste – sie erinnerte sich –, dass die Pelze Teil einer großen Mitgift von Guineveres Vater waren. Er war der Anführer ihres Clans und hatte der zukünftigen Braut viele Geschenke für ihren Bräutigam mitgegeben. Diese reichen Gaben sollten die unbesiegbaren Eindringlinge aus dem Osten besänftigen und Guinevere war das ultimative Friedensangebot. Das schönste Mädchen der Insel sollte dem großen, goldhaarigen Eroberer aus dem fernen Land zum Geschenk gemacht werden.

Und alle hofften verzweifelt, dass ihm das Geschenk gefiel – denn wenn nicht, würde dieser König Artus sie womöglich alle umbringen.

Guinevere wusste, dass ihr Vater sie auf seine Art liebte. Er konnte nicht ahnen, dass er seine Lieblingstochter in den Tod schickte. Er war anders als die Männer aus dem Osten und auch anders als ihre verstorbene Mutter. Clanführer oder nicht, ihr Vater war nur ein Normalsterblicher und überzeugt, seiner Tochter die größte Ehre zu erweisen, wenn er sie diesem jungen und durchaus ansehnlichen Hochkönig schenkte. Guinevere hatte keinen vernünftigen Grund abzulehnen. Ihr Vater hatte das Recht, sie mit jedem zu verheiraten, den er für richtig hielt, und solange sie nicht bereit war, ihr Geheimnis und das ihrer Mutter zu enthüllen, musste sie sich seinen Wünschen fügen.

Tränen der Frustration und Wut füllten Guineveres Augen. Helen konnte Guineveres Gefühl der Hilflosigkeit gut nachempfinden, denn es war einst ihr eigenes gewesen.

»Ihr habt meine Frage nicht beantwortet«, rief Lancelot auf der anderen Seite des geschlossenen Fensters. »Ihr seid nun schon mehr als einen Tag dort eingeschlossen. Müsst Ihr Euch erleichtern, Prinzessin?«

Guinevere wischte sich stolz die Tränen aus den Augen, strich ihre zerzausten Haare glatt und riss das Fenster auf. »Nein!«, zischte sie und knallte das Fenster wieder zu.

Lancelot lachte verblüfft auf. Es vergingen ein paar Minuten, in denen angespannte Unentschlossenheit herrschte. Sein schwarzes Kriegspferd tänzelte nervös vor Guineveres vergittertem Fenster herum, als wollte es sie nicht verlassen. Doch dann schnalzte Lancelot mit der Zunge und sein gewaltiges Ross donnerte davon.

Guinevere ließ den Kopf auf die verschränkten Arme sinken und versuchte, nicht daran zu denken, wie dringend sie sich erleichtern musste.

Nur ein paar Augenblicke später fuhr sie aufgeschreckt zusammen. Vom Ende des Trecks drangen Schreie zu ihr herein. Guinevere sprang auf und zog ihren Dolch.

Die Kutsche kam mit einem Ruck zum Stehen und Helen konnte das Gebrüll der Männer hören. Etwas rammte die stehende Kutsche so heftig, dass Guinevere gegen die Wand geworfen wurde. Sie stützte sich ab, doch im selben Moment wurde die Kutsche noch einmal getroffen und kippte auf die Seite – mit dem Fenster nach unten. Sofort war es stockdunkel im Innern, denn nun war der einzige Fluchtweg durch den Erdboden abgeschnitten.

»Zur Prinzessin!«, befahl Lancelots Stimme aus einiger Entfernung. »Umstellt die Kutsche!«

Draußen ertönten die Geräusche von vielen Männern, die sie umstellten. Guinevere lauschte dem Krachen von Metall und hörte die Angreifer auf die Kutsche zurennen. Körper prallten dagegen und gingen zu Boden und ihre röchelnden letzten Atemzüge waren nicht zu überhören.

Guinevere warf sich immer wieder mit der Schulter gegen die Wand der Kutsche, in der Hoffnung, sie umzukippen und das Fenster freizubekommen, aber es gelang ihr nur, das massive Gefährt ins Wanken zu bringen. Sie stöhnte frustriert auf.

»Lady Guinevere! Seid Ihr verletzt?«, rief Lancelot.

»Nein«, antwortete Guinevere. »Lasst mich frei, damit ich kämpfen kann.«

Lancelot stieß einen gereizten Schnaufer aus. »Die haben sich in den Wald zurückgezogen.«

»Pikten?«, riet Guinevere, doch Lancelot antwortete nicht – vermutlich weil er nicht wusste, wer die Angreifer waren. »Sie werden nach Einbruch der Dunkelheit mit weiteren Kriegern kommen«, versicherte sie ihm. »Bitte glaubt mir, Ihr habt sie zwar zurückgedrängt, aber sie sind nicht abgezogen.«

»Ich weiß. Ich kann sie zwischen den Bäumen zwar nicht sehen, aber riechen.«

»Ihr müsst mich freilassen!«, flehte Guinevere. »Sie wollen mich, nicht die Reichtümer, die wir mit uns führen.«

»Woher wisst Ihr das?«, fragte Lancelot, als ahnte er, dass sie die Wahrheit sagte.

»Die Pikten sind einer der ältesten Stämme. Bei ihnen gibt es alte Überlieferungen über Menschen wie uns, Sir Lancelot. Sie werden nicht riskieren, mich oder Euch direkt anzugreifen. Stattdessen werden sie versuchen, Euch wegzulocken, und mich werden sie hier sitzen und hungern lassen. Sie werden warten, bis mich Hunger und Durst zu sehr geschwächt haben, um mich zu wehren. Sie wollen mich nicht töten. Sie wollen …«, sie zögerte kurz und suchte nach den richtigen Worten. »Sie wollen Kinder von mir. Um ihren Clan zu stärken.«

Lancelot stieß einen angewiderten Fluch aus. Sie konnte sein lautes Atmen hören. »Aber wenn ich Euch freilasse …, weiß ich nicht, was ich Euch antun könnte. Seid Ihr sicher, dass das nicht schlimmer ist?«

»Lieber sterbe ich in einem ehrenhaften Kampf gegen Euch, als mich als Zuchtstute missbrauchen zu lassen. Lasst mich wenigstens kämpfen«, flehte sie mit erstickter Stimme.

»Wenn ich Euch freilasse, könntet Ihr versuchen, mich zu töten.«

»Bitte«, stieß Guinevere hervor, krampfhaft bemüht, nicht loszuschluchzen. »Bitte lasst mich nicht hier eingesperrt. Ich weiß, dass Ihr mich hasst, aber überlasst mich nicht diesem grauenvollen Schicksal.«

»Tretet zurück«, befahl er.

Die Wände der Kutsche bebten unter den schweren Schlägen, als Lancelot sich mit seinem Schwert einen Weg durch den metallverstärkten Boden der Kutsche bahnte. Als die erste Klinge zerstört war, nahm er sich eine andere von einem der Gefallenen und hieb weiter auf die Kutsche ein.

Es zerbrachen drei, vier, fünf Schwerter, doch schließlich war die Öffnung groß genug, dass Guinevere hindurchkriechen konnte. Als sie endlich frei war, starrten die beiden sich an, vollkommen außer Atem vor Angst und Wut und einem weiteren Gefühl, das sie noch nicht benennen konnten.

»Ihr habt mein Leben gerettet«, wisperte Guinevere, überwältigt von dem Risiko, das Lancelot mit ihrer Befreiung eingegangen war. »Und jetzt werde ich Eures retten.«

Sie betrachtete die unzähligen Toten. Die Männer aus dem Osten lagen in ihren Rüstungen auf den kleineren, blau angemalten Pikten, die in Felle gehüllt waren und nur Waffen aus Stein besaßen.

So viele waren tot und der Rest war geflohen. Helen erkannte natürlich, dass Lancelot als Einziger geblieben war, um sie zu beschützen.

Guinevere nahm Lancelots Hand und führte ihn in den Wald. Die Furien heulten.

»Eine Falle«, knurrte Lancelot und zog seine Hand weg. »Ihr führt mich direkt zu ihnen!«

»Nein. Sie werden nicht in Eure Nähe kommen, solange Ihr bei mir seid«, erklärte sie und musste sich bemühen, ruhig zu bleiben. »Seht!«

Guinevere hielt ihre andere Hand hoch. Auf der Handfläche tanzte eine Blitzkugel. Lancelot fuhr erschrocken zurück, kam aber sogleich wieder heran, fasziniert von der ungeheuren Kraft, die von ihren Fingerspitzen sprühte.

»Warum habt Ihr das nicht genutzt, um Euch aus der Kutsche zu befreien?«, fragte er ebenso neugierig, wie Lucas es getan hätte.

»Die Eisenbeschläge der Kutsche haben mich umgeben wie Bögen. Meine Kraft wäre im Boden verpufft«, sagte sie und schüttelte den Kopf. »Ich werde es Euch eines Tages erklären, das verspreche ich. Aber jetzt muss ich mich erst einmal um die kümmern.«

Guinevere brüllte etwas ins Dickicht.

»Seht ihr das?«, rief sie in der dritten merkwürdigen Sprache, die Helen zu verstehen schien, wenn auch nur mit Mühe. »Fliegt ein einziger Pfeil auf mich oder meinen Begleiter, werde ich euren heiligen Wald niederbrennen. Hört ihr das? Ich werde eure Muttergöttin brennen lassen wie Zunder und dann beherrschen die Himmelsgötter für ewig diese Insel!«

Der Wind trug ihnen das leise Kratzen von Rinde und Rascheln der Zweige zu, als die Pikten in die neblige Ferne davonhuschten. Lancelot hielt den Kopf schräg und beobachtete die Umgebung.

»Sie sind fort«, sagte er schließlich und atmete erleichtert auf.

»Ja«, hauchte Guinevere. »Sie sind alle fort.«

»Ihr habt mir das Leben gerettet.«

Lancelot und Guinevere sahen einander verwundert an, denn jetzt waren sie sowohl die Pikten als auch die Furien los. In diesem Augenblick verwandelte sich der glühende Hass, den sie füreinander empfunden hatten, in eine andere Art des Feuers – ein zartes Flämmchen, das eher vor sich hin glimmte, als lichterloh zu brennen.

Im Wald rieselten Blätter herab. Die Sonne zog über den Himmel und stand plötzlich perfekt, um Lancelots Augen aufleuchten zu lassen wie Saphire. Der Wind umspielte Strähnen von Guineveres langen blonden Haaren und ließ sie auf Lancelot zuwehen wie Fäden aus zart duftender Seide. Beide traten einen Schritt aufeinander zu. Doch dann blieben sie abrupt stehen.

»Oh, nein«, wisperte Lancelot viel ängstlicher, als er es in der Hitze des Gefechts jemals gewesen war.

»Euer König …«, stieß Guinevere hervor, und ihre bernsteinfarbenen Augen huschten hin und her, als suchten sie nach einem Ausweg. »Hektor … Artus«, stammelte sie, als ihre mehrsprachige Zunge versuchte, den traditionellen lateinischen Namen des neuen Hochkönigs und die britische Version dieses Namens zu vereinen.

»Die Clans werden seine Herrschaft niemals anerkennen, solange er kein Weib aus ihrer Mitte nimmt. Sie müssen sicher sein können, dass seine Söhne zumindest zur Hälfte Briten sind«, sagte Lancelot mit einem Kopfschütteln. »Sie werden nie aufhören zu kämpfen, wenn Ihr ihn nicht heiratet. Es würde viele Tote geben.«

Sie sahen einander an. Guinevere konnte es immer noch nicht fassen.

»Ich habe eine kleine Schwester – eine Halbschwester auf der Seite meines Vaters. Sie ist erst zehn, aber in ein paar Jahren …«

»In ein paar Jahren werden Tausende ihr Leben verloren haben«, sagte Lancelot leise. Er wandte den Kopf ab und zwang sich, sie nicht länger anzusehen. »Ihr müsst Artus heiraten oder es kommt zum Krieg.«

4

Mit einem Krachen landete Helen auf dem Boden.

»Wa-was war das?«, stieß Ariadne erschrocken hervor und fuhr im Bett hoch.

»Ich«, knurrte Helen vom Fußboden und rieb sich die Beule an ihrem Kopf. »Ich bin runtergefallen.«

»Du bist von der Couch gefallen?«, fragte Andy ungläubig. »Ich dachte immer, ihr Halbgöttinnen wärt so anmutig. Dass ihr aus Tautropfen und Rosenblättern und solchem Schrott gemacht wärt.«

»Nein, das sind Feen«, sagte Ariadne glucksend. »Bis auf den Schrott natürlich.« Helen spähte über den Rand der bebenden Matratze und musste feststellen, dass die beiden einen ausgewachsenen Kicheranfall hatten.

»So witzig war es nun auch nicht«, murrte Helen und stand auf, um Andy aus dem Bett zu helfen. »Ich sterbe vor Hunger. Lasst uns frühstücken.«

Helen platzierte sich zwischen Ariadne und Andy und stützte die beiden, als sie mühsam auf den wundervollen Duft von Speck und Muffins zuhumpelten, der ihnen aus der Küche entgegenzog.

»Du bist neu hier«, stellte Kate freundlich fest, als die drei die Küche betraten.

»Äh … ja«, sagte Andy und schlug die Augen nieder. »Sie haben mich hergebracht«, murmelte sie und deutete auf Helen und Ariadne.

»Das ist das Mädchen, das angegriffen wurde«, erklärte Ariadne. »Ihr Name ist Andy.«

»Lass dich ansehen«, sagte Noel mütterlich. Sie stellte das Blech mit den Muffins ab, das sie gerade aus dem Ofen geholt hatte, und sah Andy prüfend an. Ihr Mitgefühl war ihr deutlich anzusehen und sie schüttelte den Kopf. »Du bist ja schlimm zugerichtet. Aber was ich nicht verstehe – eigentlich bin ich gut darin, die verschiedenen Scion-Typen zu erkennen, aber dein Gesicht kann ich nicht unterbringen.«

»Sie ist kein Scion, Tante Noel«, sagte Ariadne. »Sie ist zur Hälfte eine Sirene.«

Andy lehnte sich unbewusst ein wenig stärker bei Helen an, und ihre Augen huschten umher, als erwartete sie, dass etwas Schreckliches passieren würde.

»Oh-oh!«, sagte Noel mit gespieltem Entsetzen und griff sich an die Brust. »Doch keine von diesen mörderischen Sirenen!« Dann lachte sie und drehte sich zum Herd, um die Muffins aus den Formen zu holen. »Setzt euch hin, Mädchen, bevor ihr aus den Latschen kippt.«

Helen fühlte deutlich, wie Andy vor Verwirrung erstarrte. Sie half ihr, zwischen sie und Ariadne auf die lange Holzbank zu rutschen.

»Ist das wirklich okay?«, fragte Andy, als Ariadne ihr Rührei auf den Teller schaufelte. »Ich bin doch nicht eingeladen worden oder so. Ihr müsst mich nicht durchfüttern.«

»Ha! Versuch mal, in diesem Haushalt nichts zu essen«, sagte Helen. Dann sah sie Andy mit großen Augen und ernstem Blick an, schüttelte eindringlich den Kopf und hauchte wortlos »Iss!«. Ariadne nickte zustimmend und die drei Mädchen mussten ein Kichern unterdrücken.

»Helen, dein Vater ist heute Morgen für ein paar Sekunden aufgewacht«, berichtete Kate, als sie die Pfanne mit dem brutzelnden Speck vom Herd nahm und zum Tisch trug.

Plötzlich hatte Helen einen ganz trockenen Mund. »Ich habe gestern nach ihm gesehen, bevor wir …«

»Es ist in Ordnung«, unterbrach Kate sie beruhigend. »Das sollte kein Vorwurf sein. Ich wollte nur, dass du immer auf dem Laufenden bist, wie es ihm geht.«

»Hat ihm schon jemand etwas gesagt?« Helen hatte keine Ahnung, wie sie ihm alles beibringen sollte. Wusste er, dass sie ein Scion war? Sollte sie jetzt fragen, ob Jerry bereits wusste, dass er nicht ihr Vater war, oder wusste Kate auch noch nichts davon? »Hat Daphne …«

»Sie haben ein paar Worte gewechselt. Ich weiß aber nicht, worüber«, sagte Kate steif und wandte sich abrupt ab. »Er war bisher nie lange genug wach, um eine vernünftige Unterhaltung zu führen, aber er weiß, dass Beth wieder da ist.«

Helen nickte. »Beth« war der Deckname, den Daphne benutzt hatte, als sie Jerry ausgetrickst und Helen als Baby bei ihm gelassen hatte, bevor sie verschwunden war. Helen fragte sich, wie ihr Vater wohl damit umgegangen war, sie wiederzusehen. »Ist

Daphne hier irgendwo?«, fragte Helen. »Ich würde gern mit ihr reden.«

»Nein. Sie ist vor ein paar Minuten gegangen. Sie hat gesagt, sie müsse sich um ein paar Dinge kümmern«, berichtete Kate mit verkniffenen Lippen.

Helen konnte rund ein Dutzend verschiedener Formen und Farben in Kates Körper herumwirbeln sehen. Zorn, Traurigkeit, Sorge und Eifersucht – ein gleißendes Kaleidoskop aus Emotionen, das sich ständig bewegte und veränderte, bis Helen schließlich die Augen zukneifen und wegschauen musste. Das war nicht normal und es machte ihr Angst.

»Helen?« Noels wachsamem Auge entging nichts und sie musterte Helen eindringlich. »Geht es dir gut?«

»Klar«, sagte Helen und schüttelte ihre Besorgnis ab. Als sie wieder zu Kate aufsah, waren die Farben verblasst und Helen konnte sie ignorieren. »Nur ein leichter Schwindel. Wie steht's denn mit den Muffins?«

Noel hatte die klebrigen, sirup- und rosinengefüllten Leckerbissen in einen Korb befördert und stellte ihn auf den Tisch. »Vorsicht, heiß!«, warnte sie zu spät, denn die drei Mädchen hatten bereits zugegriffen.

Ariadne und Andy warfen sich die heißen Muffins von einer Hand in die andere und mussten sie schließlich auf ihre Teller fallen lassen, um sich nicht die Finger zu verbrennen. Helen jedoch biss einfach in ihren und begann, selbstzufrieden zu kauen. Andy starrte sie mit großen Augen an.

»Ich bin feuerfest«, murmelte Helen, die den Mund absichtlich besonders voll genommen hatte und es genoss, Andy ihr

Können unter die Nase zu reiben. »Ich dachte immer, Sirenen hätten Flügel.«

»Manche schon«, bestätigte Andy verlegen. »Die aus der Familie meiner Mom aber nicht. Wir sind eher der Typ, der im Meer singt.«

»Kannst du unter Wasser atmen?«, fragte Kate fasziniert. Andy wurde rot und nickte. »Ist ja irre.«

»Und wo ist deine Mutter, Andy?«, fragte Noel taktvoll.

»Ich bin mir nicht sicher.« Andy starrte auf ihren Teller und in der Küche herrschte betretenes Schweigen.

»Und verspürst du gelegentlich den Drang, jemanden zu ertränken?«, fragte Ariadne.

»Nein!«, erwiderte Andy entgeistert.

»Sie ärgert dich doch nur«, versicherte Helen ihr. Doch dann verschwand ihr Grinsen. »Aber im Ernst – wie stehst du zum Erwürgen?«

»Abgesehen davon, dass ich euch beide gerade erwürgen könnte?«, spielte Andy mit, und der Anflug eines Lächelns tauchte auf ihren Lippen auf.

»Du passt hier ganz prima rein, Andy«, stellte Noel fest, als alle lachen mussten.

»Lachende Frauen«, sagte Hector zufrieden, als er in die Küche schlenderte. »Das höre ich am liebsten.«

Andy reagierte sofort und in voller Panik. Mit einem entsetzten Aufschnaufen warf sie ihre Gabel nach Hector. Hector fing sie mühelos auf und legte sie mit geschockter Miene zurück auf den Tisch. Dann fing er den Muffin, das leere Wasserglas und die Serviette, die in rascher Folge angeflogen kamen. Andy schnappte nach allem, was sie erreichen konnte, und warf es nach ihm, während sie gleichzeitig hektisch strampelte, um vom Tisch wegzukommen.

»Was ist hier los?«, fragte Hector und legte all die Dinge, die er gefangen hatte, zurück auf den Tisch. Er hob beschwichtigend die Hände und ging auf Andy zu.

Andy, die nicht schnell genug von der Bank wegkam, stemmte die Waden gegen die Holzkante, ließ sich nach hinten fallen und kroch auf allen vieren über den Küchenboden. Hector streckte die Hand aus, um ihr aufzuhelfen.

»Nein, oh, nein, nicht noch einmal!«, stammelte sie hysterisch, während sie immer weiterrobbte.

»Hector, stopp«, sagte Helen, drehte sich blitzschnell auf der Bank um und stellte sich zwischen die beiden. Hector, der immer noch nicht wusste, was los war, ging weiter auf Andy zu, bis Helen ihm die Hände auf die Schultern legte und ihn zurückschob. »Sie denkt, du wärst Apoll, du Dussel!«, schrie sie ihm ins Gesicht. »Du ängstigst sie zu Tode!«

Endlich schien Hector zu begreifen, was Helen sagte, und erstarrte. Ariadne half Andy auf die Beine und hatte alle Hände voll zu tun, sie daran zu hindern, dass sie zur Seitentür hinausrannte, während Hector fassungslos zusah.

»Andy, du musst dich beruhigen! Du bist noch nicht geheilt und dein Körper kann das jetzt nicht brauchen«, sagte Ariadne und hielt Andys Handgelenke fest, damit sie sich nicht noch mehr verletzte.

Endlich hörte Andy auf, sich zu wehren, und ließ sich keuchend und mit wildem Blick von Ariadne festhalten.

»Es ist okay! Das ist nicht Apoll. Das ist nur mein Bruder Hector. Er wird dir nichts tun«, beteuerte Ariadne. Andy starrte Hector über ihre Schulter hinweg an und ihre panischen Atemzüge wurden nicht ruhiger.

»Es tut mir leid«, sagte Hector beruhigend. »Ich wollte dir keine Angst machen.«

Ein dunkelrotes Pochen in Hectors Brust zog Helens Blick magisch an, und sie betrachtete fassungslos, wie ein rotgoldenes Netz aus Licht Hector von innen heraus leuchten ließ. Das war das Tollste, was sie je gesehen hatte.

»Halt dich von mir fern, Hector«, fuhr Andy ihn an, und es klang beinahe, als wollte sie ihn verhöhnen. »Ist das klar?«

Das Strahlen in Hectors Brust verblasste. Helen schaute in sein Gesicht.

Der Hector, den Helen kannte – und dem sie meistens nur zu gern einen Tritt in den Allerwertesten verpassen würde –, hätte beim Verlassen der Küche einen urkomischen Spruch losgelassen und Andy so aufreizend angegrinst, dass sie keine Ahnung gehabt hätte, ob sie ihn treten oder küssen sollte. Aber dieser neue glühende Hector nahm Andys Befehl mit einem Nicken hin, starrte noch einen Moment lang die Risswunden und Prellungen in ihrem Gesicht an, und vor lauter Mitgefühl legte sich seine Stirn in Falten. Dann wandte er sich ab und verließ die Küche ohne ein weiteres Wort.

Als Hector die Tür erreichte, kamen Lucas und Orion gerade herein. Helen beobachtete, wie Orion den Blick sofort auf Hectors Brust richtete und dann schockiert zu seinem Gesicht aufschaute.

»Wir haben Geschrei gehört«, sagte Orion verwirrt.

Hector drängte sich an Orion und Lucas vorbei. Orion sah sich in der Küche um und entdeckte Andy, die immer noch hasserfüllt hinter Hector herstarrte. Andys Brust war ein glimmendes Nest aus Angst und Wut. Helen sah Orions Betroffenheit und wusste, dass er die Situation genauso klar erkannte wie sie.

»He, Sonnenschein! Was ist los mit dir?«, rief Lucas Hector hinterher. Die einzige Antwort seines Cousins bestand im Zuschlagen der Haustür. Lucas sah alle anderen fragend an.

»Ich erkläre es dir später«, versprach ihm Orion ruhig, doch seiner Stimme war deutlich anzuhören, dass er alles andere als ruhig war. Helen kannte Lucas gut genug, um zu ahnen, dass er ungeduldig verlangen würde, es sofort zu erfahren, und so fiel sie hastig ein.

»Jungs, das ist Andy«, sagte sie.

Lucas und Orion lächelten Andy an und stellten sich ihr vor. Andy sah unauffällig zwischen den beiden umwerfenden Männern hin und her, als könnte sie nicht entscheiden, welchen von beiden sie zuerst anstarren sollte. Helen musste grinsen, denn Andys Dilemma hatte ihr vollstes Mitgefühl – die Augen von Lucas oder Orions Lippen? Sie selbst hatte Schwierigkeiten, sich für eines von beiden zu entscheiden. Helen hielt sich hastig die Hand vor den Mund, doch leider war es zu spät, um ihr Losprusten zu ersticken. Dieser Ausbruch brachte ihr misstrauische Blicke ein.

Erst da wurde Helen klar, dass all die Emotionen, die sie neuerdings wahrnahm, für die anderen unsichtbar waren – mit Ausnahme von Orion. Sie warf ihm einen Blick zu, stellte fest, dass er sie prüfend ansah, und sofort war ihre Angst wieder da. Lautlos formte ihr Mund die Worte: »Wir müssen reden.« Orion nickte zum Zeichen, dass er verstanden hatte.

»Das Frühstück wird kalt«, mahnte Noel streng.

»Vielleicht ist das eine blöde Idee«, sagte Andy kopfschüttelnd. »Ich sollte nicht hier sein.«

»Kann deine Familie dich beschützen?«, fragte Lucas geradeheraus.

Andy starrte auf den Boden. »Nein«, murmelte sie. »Ich habe keine Familie wie du. Ich habe einen Anwalt und ein Bankkonto. Sirenen sind nicht besonders gut darin, sich umeinander zu kümmern.«

»Dann bleibst du hier bei uns. Und nun setz dich hin und iss«, befahl Noel in einem Tonfall, der keine Widerrede duldete.

Alle rutschten auf die Bank oder zogen sich Stühle heran und begannen, die Teller herumzureichen. Helen fand sich zwischen Orion und Lucas wieder, aber es war kein bisschen unangenehm oder peinlich. Es fühlte sich vielmehr richtig an, als gehörten sie alle zusammen an diesen Tisch.

Helen erkannte, dass sie mehr verband als nur gegenseitiger Respekt und eine gewisse Anziehung. Sie, Lucas und Orion waren jetzt Blutsgeschwister, und jeder von ihnen empfand diese Verbindung zueinander so intensiv, als bestünde sie schon seit dem Tag ihrer Geburt.

Helen fühlte, wie Lucas unter dem Tisch sein Bein an ihres drückte. Sie wagte nicht, ihn anzusehen, als seine Körperwärme durch die Jeans auf ihre Haut drang. Sie erwiderte jedoch den Druck und er rutschte noch ein bisschen dichter an sie heran.

Ob es nun richtig oder falsch war – Helen würde immer nach einer Möglichkeit suchen, Lucas unter dem Tisch zu berühren oder ihn zu streifen, wenn sie einander auf dem Flur begegneten. Sie kam nicht über ihn hinweg. Ganz im Gegenteil. Sie wollte Lucas jetzt noch mehr als Wochen zuvor, als sie ihn in seinem Bett beinahe geküsst hätte, nachdem sie beide vom Himmel gefallen waren.

Wieder tauchten in ihrem Kopf die Erinnerungen anderer Helens auf, die wegen ihrer Liebe gelitten hatten. Es waren furchtbare Bilder, aber nicht einmal diese Rückblicke auf Zerstörung und Feuer brachten Helen dazu, ihr Bein von seinem zu lösen.

Weitere Erinnerungen blitzten auf wie ein Film im Zeitraffertempo. Helen und Lucas waren seit Jahrzehnten verheiratet. Sie hatten sich erst vor zwei Monaten kennengelernt. Sie küssten sich zum ersten Mal. Er brachte sie zum Lachen. Er brachte sie zum Weinen. Sie flüsterten zärtlich miteinander. Sie stritten erbittert. Wieder und wieder brachen diese Erinnerungsfetzen über Helen herein wie Riesenwellen. Als die Erinnerungen verblassten, sah Helen alles ganz klar – ähnlich einem Strand, der vom Sturm blank gefegt worden war.

Sie und Lucas waren aus demselben Tuch gewoben, doch dann hatte man sie auseinandergeschnitten und in jedem neuen Zyklus wieder zusammengenäht. Die Umstände wechselten, aber sie waren immer miteinander verbunden, was auch geschah.

Diesmal war es anders, denn in diesem Leben waren sie Cousin und Cousine. Das war vorher noch nie der Fall gewesen und es fühlte sich nicht richtig an. Lucas war niemals ihr Cousin, ebenso wenig wie Paris oder Lancelot oder irgendeiner der hundert anderen Namen, die er im Laufe der Jahrhunderte getragen hatte. Sie hatten immer eine Liebe geteilt, die zwar unter keinem guten Stern stand, aber Verwandte waren sie nie gewesen. Was war diesmal anders, dass es zu dieser enormen Veränderung gekommen war?

Mittlerweile ist es mir vollkommen egal, ob er mein Cousin ist.

Bei diesem Gedanken musste Helen sofort an den Fluch der Aphrodite denken. Wenn Helen keine Tochter bekam, würde die Liebe von der Welt verschwinden. Und Ariadne hatte Helen einmal gesagt, dass die Kinder enger Verwandter meistens geisteskrank waren. Da Helen überzeugt war, dass Aphrodite ihren 3300 Jahre alten Fluch nicht vergessen würde, sie aber auch nicht bereit war, ein unschuldiges Kind zu einem Leben im Schwachsinn zu verdammen, hatten sie und Lucas eigentlich keine Chance. Sie zog ihr Knie weg und neigte die Beine zur anderen Seite, zu Orion. Der spürte ihr Unbehagen und sah Helen besorgt an.

Wenn Helen ihre Voreingenommenheit gegenüber Lucas verdrängte, musste sie zugeben, dass Orion der schönste Mann war, den sie je gesehen hatte. Sie lächelte ihm zu und er stieß sie neckisch mit dem Ellbogen an, bevor sie sich wieder ihrem Frühstück widmeten.

Etwas später schaute Helen lange genug von ihrem Teller auf, um zu bemerken, dass sich Jason und Claire zu ihnen an den Tisch gesetzt hatten. Claire hatte eine Zeitung dabei.

»Sie hat etwas gefunden«, berichtete Jason ernst.

»Und nichts Gutes«, warnte Claire. Sie schlug die Zeitung auf und zeigte ihnen einen Artikel. »Letzte Nacht sind in Europa drei Vulkane ausgebrochen.«

»Das hört sich nicht normal an«, stellte Kate fest.

»Ist es auch nicht«, sagte Jason. »Vor allem, weil einer dieser Vulkane schon vor vielen Tausend Jahren erloschen ist.«

»Hephaistos?«, fragte Andy.

»Wir vermuten es«, bestätigte Claire und tauschte einen bedeutsamen Blick mit Jason.

»Aber wieso lässt er Vulkane ausbrechen? Nur, weil er es kann?«, fragte Andy verständnislos.

»Nein. Damit er Waffen für den Olymp schmieden kann«, antwortete Lucas. Sofort fingen alle an, darüber zu diskutieren. In diesem Durcheinander sah Helen ihre Chance auf ein Privatgespräch mit Orion.

Sie schwang ein Bein über die Bank und bedeutete ihm mit einer Kopfbewegung, ihr hinaus auf den Flur zu folgen.

Im Vorbeigehen sah sie, wie Lucas zu ihr aufschaute. Er betrachtete sie, als wäre sie der weite blaue Himmel – der gerade über ihm herabstürzte.

Etwas Helles und Schönes schien in seinem Innern zu verbrennen und sich in Ruß zu verwandeln. Aschefarbene Enttäuschung umgab Lucas wie Nebel, verdüsterte die Luft und brannte in Helens Augen.

Helen biss die Zähne zusammen, zwang sich zum Weitergehen und steuerte blindlings die Tür an. Sie spürte, wie Orions Finger sich um ihren Arm schlossen. Erst an der Flurgarderobe drehte er sie herum, um sie anzuschauen.

»Was ist los mit dir?«, flüsterte er. »Ich hätte schwören können, dass du gerade gesehen hast ...«

»Wie ein Teil von Lucas' Innenleben in Flammen aufgegangen ist und durch seine Haut kam? Oder sprichst du davon, wie Hector buchstäblich geglüht hat, als er sich Hals über Kopf in ein Mädchen verliebt hat, das ihn hasst? Weil ich nämlich beides gesehen habe«, flüsterte Helen panisch zurück. »Es ist, als wären die Gefühle von allen anderen über ihr gesamtes Innenleben verteilt, und ich kann sie sehen! Dabei bin ich ziemlich sicher, dass ich nicht in der Lage sein sollte, in andere Leute hineinzuschauen!«

Orion war so verblüfft, dass er einen Schritt zurückwich, doch dann nickte er verständnisvoll. Helen sah ihn flehentlich an.

»Was geht da mit mir vor?«, fragte sie verzweifelt. »Ich kann Liebe sehen, Orion, und das macht mich total irre.«

»Ja, das tut Liebe manchmal«, murmelte er abgelenkt. Helen wippte nervös auf den Zehen und wartete auf irgendeine Erklärung oder ein paar zuversichtliche Worte – auf irgendetwas. Er legte ihr die Hände auf die Schultern und drückte sie beruhigend. »Du siehst Gefühle. Das ist vollkommen normal. Jedenfalls für die Angehörigen des Hauses von Rom.«

»Sondermeldung. Ich bin nicht aus dem Haus von Rom.«

»Und das ist hier das große Problem, nicht wahr?«

»Lucas hat mir einmal erzählt, dass Scions mit all ihren Begabungen geboren werden. Hast du so etwas schon einmal erlebt?«

»Was? Dass ein Scion solche Prügel bekommt, dass er mit einer neuen Fähigkeit wieder erwacht? Nein, noch nie.« Er rieb ihr ein paarmal mit den Händen über die Oberarme und drückte sie dann fest an sich. »Dafür muss es eine Erklärung geben. Wir werden es herausfinden.«

»Ich will es nicht herausfinden«, murrte Helen gedämpft gegen seine Brust. »Ich will, dass es wieder weggeht.« Sie befreite sich so weit, dass sie ihm ins Gesicht sehen konnte. »Wie erträgst du das? Ich habe meistens schon mehr als genug mit meinen eigenen Gefühlen zu tun. Was zum Teufel soll ich dann noch mit denen von allen anderen anfangen?«

»Du gewöhnst dich daran«, versicherte er ihr mit einem leichten Schulterzucken. Helen sah ihn ungläubig an. »Okay, man gewöhnt sich nicht daran«, gestand er. »Aber man lernt mit der Zeit, es auszublenden.«

»Weißt du was? Das nervt total. Ich habe gerade erst gelernt, mit allem anderen umzugehen, was ich kann«, sagte sie und hob deprimiert die Hände. »Und jetzt sieht es aus, als wäre ich mit einem ganzen Haufen neuer Zaubertricks aufgewacht, ohne Anleitung, wie ich das verdammte Kaninchen wieder in den Hut bekomme.«

»Was meinst du damit? Was geht sonst noch da drinnen vor?«, fragte Orion und tippte Helen zart mit dem Zeigefinger auf die Nase.

»Ich weiß es nicht«, antwortete Helen mit einem frustrierten Seufzer. »Ehrlich. Ich bin im Moment so durcheinander, dass ich keine Ahnung mehr habe, wo mir der Kopf steht.«

Orion lächelte, ließ sich gegen die Wand sinken und starrte nachdenklich ins Leere. Helen betrachtete ihn einen Moment lang, genoss seine Gesellschaft und die Tatsache, dass er bei ihr war. Oder nein. Es war noch besser. Er war für sie da.

Orion hatte sie schon so oft gerettet und sich klaglos ihr Gejammer angehört, wenn sie etwas nicht sofort herausbekam. Er war ihr in die Hölle und zurück gefolgt und hatte offenbar trotzdem noch nicht genug von ihr. Die Dankbarkeit, die sie für seine Anwesenheit empfand – und für die Macht, die ihn in ihr Leben geführt hatte –, war überwältigend. Er spürte diese Flut von Gefühlen und schaute erschrocken auf.

»Es gibt etwas, das ich dir zeigen muss«, sagte Orion ruhig.

»Klar«, sagte Helen, aber seine traurige, sorgenvolle Miene gefiel ihr gar nicht.

Noch verwirrender als der Blick, mit dem er sie bedachte, waren die Farben, die sie in ihm brodeln sah. Sie veränderten sich so schnell, dass Helen sie nicht identifizieren konnte. Plötzlich erkannte sie es aber dann doch: Er verbarg seine Gefühle vor ihr.

Sie wusste, dass Orion in seinem Leben schon viel durchgemacht hatte, und manchmal musste sie alles im Kopf durchgehen, um nicht den Überblick zu verlieren. Orion war ein Rogue, denn seine Eltern waren die Anführer zweier verfeindeter Häuser, des Hauses von Rom und des Hauses von Athen. Bei seiner Geburt hatte das Haus von Athen ihn beansprucht, und deshalb hasste ihn das Haus von Rom und wollte seinen Tod, obwohl er den Titel des Oberhaupts geerbt hatte. Aber auch das Haus von Athen hasste ihn, weil er mit der Fähigkeit geboren worden war, Erdbeben auszulösen. Scions mit dieser Begabung mussten gleich nach der Geburt dem Tod überlassen werden, aber Orions Vater hatte sich geweigert, diesem Gesetz Folge zu leisten.

Als die anderen Mitglieder des Hauses von Athen herausfanden, dass Orion immer noch am Leben war, hatten sie versucht, ihn zu töten, als er noch ein kleiner Junge war. Um ihn zu verteidigen, hatte Orions Vater Daedalus ein Mitglied seiner eigenen Familie getötet und war dadurch zu einem Ausgestoßenen geworden, was bedeutete, dass Orion sich viele Jahre – bis die Furien endlich besiegt waren – seinem Vater nicht nähern konnte, ohne dass sie Orion aufhetzten, ihn zu töten. Aber sie stachelten genauso seinen Vater an, den eigenen Sohn zu töten.

Und als wäre das noch nicht genug, fürchteten auch noch alle, dass sich Orion in den Tyrannen verwandeln würde, eine Art Superbösewicht. Die Prophezeiung besagte, dass der Tyrann aus einer Vermischung der Häuser hervorgehen würde, und Orion war der Sohn zweier Häuser. Der Tyrann sollte außerdem in der Lage sein, alle Städte dem Erdboden gleichzumachen. Mit seiner Fähigkeit, Erdbeben auszulösen, passte auch diese Beschreibung perfekt auf Orion.

Vor dem Trojanischen Krieg hatten alle Scions den Tyrannen gefürchtet. Soweit Helen sich erinnerte, war es nicht zum Trojanischen Krieg gekommen, weil eine hübsche untreue Frau mit einem gut aussehenden Prinzen durchgebrannt war, sondern weil der Rest der Welt überzeugt war, dass Helena und Paris den Tyrannen gezeugt hatten. Die Scions machten vor nichts halt, um den Tyrannen zu töten, damals ebenso wie heute. Orion war nur aus einem Grund noch am Leben – weil niemand wusste, ob er wirklich dieser Tyrann war.

Und das fand Helen von allem am schlimmsten. Die Parzen waren eigentlich zu allen Scions grausam, aber Orion war seit frühester Kindheit gejagt, vernachlässigt, ausgestoßen und gefürchtet worden und hatte doch niemals jemandem etwas getan. Es war beinahe so, als hätten die Parzen schon bei seiner Geburt die ganze Welt gegen ihn gerichtet. Das Ausmaß dieser Widerstände kam Helen unnatürlich vor, sogar für einen Scion. Womit hatte er diese Qualen verdient? Helen war ziemlich sicher, dass er gefoltert worden war. Sie musste wieder an die grauenvollen Narben auf seinem sonst so perfekten Körper denken und es brach ihr erneut das Herz.

Orion schaute hinunter auf Helens Brust, in der die Zuneigung zu ihm aufwallte. Es war ein unglaublich intimer Augenblick und, wie Helen zugeben musste, auch eine aufregende Erfahrung, so durchsichtig zu sein.

»Heute Abend«, sagte er mit belegter Stimme und schaute so taktvoll zur Seite, als stünde Helen plötzlich mit nacktem Oberkörper vor ihm. In gewisser Hinsicht stimmte das sogar und sie wussten es beide. Helen verschränkte verlegen die Arme vor der Brust. Orion stieß sich von der Wand ab und richtete sich so weit auf, dass er sie deutlich überragte. Helen wurde wieder einmal bewusst, wie groß Orion war. Vielleicht war auch das ein Grund, warum alle Angst vor ihm hatten. Er war einfach riesig. »Ich nehme dich heute Abend mit. Bevor ich morgen wieder zurück in die Schule muss.«

Helen hätte beinahe laut aufgelacht, doch ihr fiel rechtzeitig ein, dass es ihre Schule war, die beim Halloween-Aufstand verwüstet worden war, nicht seine. Trotz allem, was passiert war, musste Orion weiterhin so tun, als wäre er ein ganz normaler Internatsschüler, der seine Hausaufgaben machte und dem es egal war, was seine Mitschüler über ihn dachten. Auch wenn das Ganze vollkommen sinnlos erschien, konnte doch niemand vorhersagen, was in Zukunft passieren würde. Er wollte einfach für alle Eventualitäten gerüstet sein.

Nach dem großen Treffen der Häuser, das irgendwann in den nächsten Tagen stattfinden sollte, würde sich Orion vielleicht wieder verstecken müssen. Unter Umständen auch Helen und Lucas. Sie waren schuld, dass der Waffenstillstand gebrochen worden war, und wenn sich die anderen Scions auf sie stürzten, würden sie um ihr Leben rennen müssen. Oder sich den Göttern stellen.

»Wohin wollt ihr?«

Orion und Helen zuckten bei dieser unerwarteten Frage zusammen. Cassandra tauchte aus dem Schatten auf, pirschte sich lautlos an sie heran und sah, ohne ein einziges Mal zu blinzeln, von Orion zu Helen und dann zur Haustür, an der sie standen.

»Willst du gehen?«, fragte sie Orion eindringlich.

Auf dem düsteren Flur wirkten Cassandras Augen so groß und glänzend wie zwei tiefe Seen in einem schattigen Wald. Ein merkwürdiges Schimmern veranlasste Helen, auf Cassandras Brust zu schauen. Dort war nur ein einzelner silberner Fleck zu sehen. Wie der Vollmond im Winter schwebte er in der Mitternachtsschwärze von Cassandras kleinem Brustkorb und glühte in einer geisterhaft blauen Farbe, die auch über ihre blassen Wangen huschte.

So einsam wie ein Fels im Weltraum, dachte Helen und starrte den Fleck an. Das ist ihr Herz.

Als Helen wieder Orion ansah, weil sie annahm, dass auch er den silbernen Schimmer von Cassandras Herz betrachtete, stellte sie verblüfft fest, dass er glücklich lächelte – so freudig und ausgelassen, wie es nur ging. Es war, als könnte er diese Kälte, die Helen in Cassandra entdeckt hatte, nicht spüren.

»Hey, Kitty«, sagte Orion und lächelte Cassandra zu.

Cassandra wehrte sich nicht gegen den Spitznamen, den er ihr verpasst hatte. Sie schien ihn sogar zu mögen, was wirklich erstaunlich war. Sie strahlte Orion an, und das silberne Licht in ihrer Brust breitete sich jetzt in Wellen über ihr Gesicht aus, lief ihre Arme hinunter und floss aus den Spitzen ihrer geflochtenen Haare.

»Du hast versprochen, noch eine Weile zu bleiben.« Cassandra sah Orion unverwandt an. »Du hast versprochen, mir ein Glöckchen zu machen.«

Orion lachte und seine weißen Zähne blitzten im matten Licht des Flurs. »Ich habe es schon fertig. Aber ich werde dich nicht zwingen, es zu tragen, wenn es dir nicht gefällt.«

Er zog eine lange, glänzende Schnur aus der Tasche, die er aus purpurroten Seidenstreifen geflochten hatte. Sie war mit winzigen Glöckchen besetzt, die kleiner waren als Sonnenblumenkerne. Cassandras Augen leuchteten auf.

»Das gefällt mir«, sagte sie begeistert.

»Ich habe noch nie eine Kitty-Katze erlebt, die freiwillig Glöckchen tragen wollte«, bemerkte Orion mit einem Grinsen. Er bedeutete Cassandra, den Arm auszustrecken, und wickelte ihr die lange Schnur immer wieder ums Handgelenk, bis daraus ein vielschichtiges klimperndes Armband geworden war.

»Das ist wirklich hübsch«, stellte Helen fest, als Orion die Enden verknotete. Die Materialien waren nichts Besonderes, aber das Armband wirkte trotzdem erstaunlich modisch. Helen hätte auch gern eines gehabt. »Wann hattest du Zeit, das zu basteln?«

»Ach, du weißt schon. Hier ein bisschen und da ein bisschen«, antwortete er mit einem geheimnisvollen Lächeln, ohne den Blick von dem Armband abzuwenden. »In meiner Zeit in Indien und Tibet habe ich Schmuck für Touristen gebastelt, um ein paar Kröten zu verdienen. Ich bin gut darin, Kleinigkeiten wie das hier recht schnell zu machen.« Er knüpfte den letzten Knoten und ließ Cassandras Handgelenk los.

»Wann warst du in Tibet?«, fragte Helen verblüfft und auch ein bisschen neidisch. Tibet war eines ihrer Traumziele.

Er sah ihr in die Augen, doch sein Mund blieb fest geschlossen. Helen warf einen Blick auf seine Brust, doch sie nahm nur wahr, wie er seine Farben verschwinden ließ, bevor sie sie entschlüsseln konnte.

»Darüber reden wir heute Abend, wenn wir rausgehen«, sagte er schließlich.

»Okay. Aber du musst mir beibringen, wie du dieses Tarn-Dings mit den wirbelnden Farben machst, oder ich gehe nirgendwo mit dir hin«, sagte sie und zeigte erst auf seine Brust und dann auf ihre. »Ich fühle mich hier nämlich total benachteiligt.«

»Also geht ihr doch fort«, sagte Cassandra besorgt und sah Orion an. »Habt ihr beiden ein Date?«

»Nicht wirklich«, sagte Orion und betrachtete Helen vielsagend. Da Helen keine Ahnung hatte, wie sein Plan aussah, zuckte sie nur mit den Schultern.

»Du bleibst aber nicht lange weg, oder?«, bohrte Cassandra weiter. Ihr Tonfall hatte etwas Verzweifeltes.

»Bestimmt nicht«, versicherte ihr Orion. Er hob spielerisch ihre Hand und schüttelte sie, dass die Glöckchen an ihrem neuen Armband klimperten. »Ich werde zurück sein, bevor du überhaupt merkst, dass ich weg war.«

»Oh, gut«, sagte Cassandra mit einem erleichterten Seufzer. Dann fiel ihr auf, dass Helen sie prüfend ansah, und sie richtete sich zu ihrer ganzen Höhe auf. »Hector hat n-nämlich gesagt, dass wir zusammenbleiben sollen. Und ich f-finde, er hat recht.«

Helen konnte sich beim besten Willen nicht daran erinnern, dass Cassandra jemals gestottert hatte, und sie fragte sich, ob sie wohl etwas gesehen hatte, das ihren geplanten Ausflug mit Orion betraf. War es vielleicht zu gefährlich, das Anwesen zu verlassen? Aber dann fiel Helen wieder ein, dass Cassandra schon seit Tagen keine Prophezeiung mehr von sich gegeben hatte. Seit Halloween, erinnerte sich Helen.

Doch bevor Helen sie fragen konnte, ob das normal war, hatte Cassandra sich schon abgewandt und verschwand lautlos den Flur hinunter.

»Apropos Hector«, sagte Orion, den Cassandras merkwürdiges Benehmen kein bisschen zu wundern schien. »Ich schätze, ich sollte ihn zurückholen. Er sollte jetzt nicht herumwandern, wo er doch eigentlich in Deckung bleiben müsste – unglücklich verliebt zu sein, gilt nicht als Ausrede.«

»Gute Idee«, murmelte Helen abgelenkt, denn sie war in Gedanken noch bei Cassandra. Wenn Orion anderen ins Herz sehen konnte, wieso merkte er dann nicht, wie anders Cassandra in seiner Gegenwart war? Helen redete sich ein, dass sie sich alles nur eingebildet hatte.

»Alles in Ordnung?«, fragte Orion und berührte sanft ihren Arm. Seine Besorgnis bewies, dass sie richtig lag. Wenn es Orion nicht aufgefallen war, konnte in Cassandra nichts Außergewöhnliches vorgehen – sie war einfach ein komisches Mädchen, und Helen hatte sicher nur falsche Schlüsse aus ihrem Verhalten gezogen.

»Ja, ich denke schon«, sagte sie, machte eine wegwerfende Geste, vertrieb ihre Gedanken und lächelte zu ihm auf. »Geh und hol Hector. Schleif den Dummbeutel hinter dir her, wenn es nicht anders geht.«

»Er ist bestimmt im Meer. Er geht gern schwimmen, wenn ihn etwas bedrückt. Ich bin sicher bald zurück«, sagte er und sah sie noch einmal prüfend an. »Bist du sicher, dass mit dir alles in Ordnung ist?«

»Ja, klar. Mach dir um mich keine Sorgen.«

Orions Mundwinkel verzogen sich zum Hauch eines Lächelns. »Leichter gesagt als getan.« Er beugte sich zu ihr und fuhr mit den Lippen über ihre. »Ich bin bald wieder da«, flüsterte er und verschwand, bevor Helen auch nur die Chance hatte, seinen Kuss zu erwidern.

Matt fühlte, dass seine Krieger näher kamen. Sie waren durch Blutsschwüre miteinander verbunden und konnten einander spüren, als wären sie alle verschiedene Gliedmaßen desselben Körpers.

Irgendwann in den nächsten Tagen würden seine Truppen an seinem Strand landen und damit die Reise wiederholen, die sie viele Tausend Jahre zuvor schon einmal unternommen hatten, um Helena von Troja zu rauben. Matt hielt am Strand Ausschau nach ihren Masten. Die Überreste der einstmals so gewaltigen Streitmacht waren sofort aufgebrochen, als der Dolch in die Hand des Auserwählten gefallen war, aber da sie über die ganze Erde verstreut waren, würde es einige Zeit dauern, bis sie die Küste erreichten.

Endlich, nach so vielen Jahrtausenden, wurden sie mit ihrem erst kürzlich wiedergeborenen Meister vereint. Und mit dem Dolch, dem zu dienen sie geschworen hatten.

Es war dieser Dolch, das magische Geschenk der silberfüßigen Thetis an ihren einzigen Sohn, der sie zwang, am Leben zu bleiben, bis sie ihn damit ehrten, den Heldentod zu sterben.

Sie hatten in dieser Hinsicht nicht viel Glück gehabt.

Ihr nahezu unsterblicher Meister war gefallen, bevor sie die Gelegenheit bekamen, für ihn zu sterben, aber ihre Eide galten weiter. Sie konnten nicht an Altersschwäche, Krankheit oder gebrochenem Herzen sterben, wie grausam die Welt sie auch behandeln mochte. Sie konnten nur in der Schlacht fallen und die meisten von ihnen waren bereits auf diese ehrenvolle Weise gestorben. Jetzt waren nur noch die Stärksten übrig – die, die ihrem Meister und seiner Mission, den Tyrannen zu töten, besonders ergeben waren.

Es waren nur noch dreiunddreißig.

Aber Matt wusste, dass dreiunddreißig dreieinhalbtausend Jahre alte Myrmidonen ausreichten, um die Welt in Flammen aufgehen zu lassen.

5

Helen stand am Bett ihres Vaters und sah zu, wie er atmete. Jedes Heben und Senken seines Brustkorbs kam ihr verzögert und qualvoll vor. Die Zwillinge hatten ihr versichert, dass er keine Verletzungen mehr hatte, die sie heilen konnten, aber aus irgendeinem Grund war Jerry nicht in der Lage, bei Bewusstsein zu bleiben. Es war, als wäre er furchtbar müde. Vielleicht brauchte er nur Ruhe, hatten sie gesagt, aber für Helen ergab es keinen Sinn, dass ihr Vater es nicht schaffte, länger als wenige Augenblicke wach zu bleiben.

Helen versuchte, ihre Gefühle zu analysieren, aber immer wenn sie sich fragte, was sie dabei empfand, dass es ihrem Vater so schlecht ging und niemand etwas dagegen tun konnte, gingen ihre Gedanken auf Wanderschaft.

Es tauchten immer neue Fragen in ihrem Kopf auf – zum Beispiel, wie Louis und seine Kinder den Angriff von Automedon überstanden hatten, wie der Laden nach dem Aufstand wohl aussah und ob jemand im Haus ihres Vaters nach dem Rechten sah und dafür sorgte, dass es nicht geplündert wurde. All diese Fragen waren durchaus logisch, aber sie sollte nicht an diese

Dinge denken, wenn das Leben ihres Vaters am seidenen Faden hing.

Sie setzte sich in den Sessel, der am Bett ihres Vaters stand, und fragte sich, was mit ihr nicht stimmte. Wie konnte sie in einer solchen Situation so abgelenkt sein? Sie merkte, wie ihr Bein hektisch wippte, und legte eine Hand auf ihr Knie, doch es brachte nichts. Da sie nicht länger still sitzen konnte, sprang sie auf und begann, auf und ab zu gehen.

»Noch ein paar Schritte, und du läufst ein Loch in den Fußboden«, sagte Lucas von der Tür aus. Helen fuhr mit geballten Fäusten zu ihm herum. Noch mehr Gefühlsstress konnte sie nun wirklich nicht brauchen und wünschte sich ausnahmsweise, dass Lucas wieder verschwand.

Doch Lucas lehnte sich an den Türrahmen und musterte sie. Mit dem Anflug eines Lächelns deutete er mit einem Kopfrucken über seine Schulter.

»Komm mit«, sagte er knapp.

»Wohin?«, fragte Helen trotzig. Sie verschränkte die Arme und funkelte ihn an.

»Nach unten, in den Käfig«, antwortete er, ohne sich von ihrem finsteren Blick einschüchtern zu lassen. Lucas stieß sich vom Türrahmen ab und kam langsam auf Helen zu. Als er vor ihr stand, nahm er ihre Handgelenke, löste ihre krampfhaft angespannten Arme und drückte sie herunter. Dann trat er noch näher an sie heran, bis sie einander fast berührten. »Du musst deine Wut loswerden und auf etwas einschlagen.«

Helen wollte sofort widersprechen, ließ es dann aber doch bleiben. Lucas hatte recht. Sie fühlte sich so nutzlos und hilflos, wenn sie ihren Vater so krank daliegen sah. Inzwischen war sie daran gewöhnt, die härtesten Kämpfe zu bestehen, aber in diesem Kampf war nicht sie die Hauptperson. Es war ihr Vater, und es gab nichts, das sie tun konnte, um ihm zu helfen.

Sie musste wirklich irgendetwas tun, um diese unerträgliche Anspannung loszuwerden, die davon kam, dass sie nur zusehen konnte, wie ihr Vater kämpfte. Und Lucas wusste es, weil er sie so gut kannte. Helen ließ die Arme sinken. Ihre Hüften schwankten leicht in seine Richtung, als wollte sie ihn herausfordern.

»Gehen wir«, sagte sie, und ihre Stimme vibrierte tief in ihrer Brust.

Lucas' Kiefermuskeln traten hervor, als er die Zähne zusammenbiss. Seine Haut strahlte eine solche Hitze ab, als würde sein Blut kochen. Helen konnte ihn riechen und spüren – Brot im Ofen und frisch gefallener Schnee, heiß und kalt, Sonnenschein und Dunkelheit – lauter Gegensätze, die einander ausschließen sollten, es aber trotzdem schafften, nebeneinander in Lucas zu existieren. Helen schloss die Augen und schwelgte in seinem Duft.

Lucas zerrte sie weg. Er riss hart an ihrem Arm und beendete damit grob diesen besonderen Augenblick. Helen hasste es, wenn er sie so herumschubste, was er zweifellos genau wusste. Sie befreite ihr Handgelenk aus seinem Griff und stieß ihn in Richtung Treppe. Dann rannte sie hinter ihm her und folgte ihm durchs Haus und hinunter in den Kampfkäfig.

Bereits auf den Stufen ins Untergeschoss begannen sie, ihre Kleidung auszuziehen. Im Käfig waren Schuhe, Schmuck, Gürtel und alle harten oder scharfen Gegenstände verboten, aber sie wollten sich nicht die Zeit nehmen, die Sachen, die sie sich so eilig heruntergerissen hatten, durch Sportkleidung zu ersetzen. Jedes Mal, wenn Helen ein Kleidungsstück abstreifte, konnte sie nur noch daran denken, wie sie auf ihn einschlagen würde.

Das Durcheinander »anderer« Helens in ihrem Kopf machte es noch schlimmer. In den meisten ihrer Erinnerungen war er unerreichbar für sie oder knapp außerhalb ihrer Reichweite. Sie war so gereizt, dass sie gar keine Furien mehr brauchte, um ihn töten zu wollen. Und das Geräusch, als er sein Hemd zerriss, sowie das Klatschen des Leders, als er den Gürtel aus der Jeans zerrte, verrieten ihr, dass Lucas diese unmögliche Situation genauso satthatte wie sie.

Als sie endlich im Ring standen, waren sie so aufgeheizt, dass sie kaum die Tür hinter sich zugeworfen hatten, als sie auch schon aufeinander losgingen.

Helen machte den Anfang. Sie schlug Lucas einen rechten Haken ins Gesicht. Im letzten Moment wich er aus, sodass ihre Faust ihn nur streifte, kickte ihr die Beine weg und versuchte, den Kampf auf den Boden zu verlagern, was seine Spezialität war.

Doch Helen rollte sich ab, sprang auf, bevor er sie zu Boden drücken konnte, und holte dabei gleich noch einmal aus. Er blockte den Schlag mit erhobenen Armen ab, kassierte aber ein paar Treffer, als er sie in den Schwitzkasten nahm und sie dann rückwärts gegen den Zaun schob. Er stemmte die Schulter gegen ihr Brustbein, sodass sie keine Luft mehr bekam, und hielt außerdem noch ihre Hände fest.

»Worüber haben Orion und du nach dem Frühstück auf dem Flur geredet?«, zischte er ihr ins Ohr.

»Wer sagt, dass wir geredet haben?« Das sagte sie mit Absicht, um ihn zu treffen. Es funktionierte. Er verzog schmerzlich das Gesicht, und Helen nutzte die Gelegenheit, eine Hand aus seinem Griff zu befreien und ihm in den Bauch zu boxen.

Lucas grunzte, packte Helens Bein und warf sie um. Als sie auf die Matte krachte, hockte er sich zwischen ihre Beine. Sie wehrte sich sofort, indem sie die Beine um seinen Bauch schlang und hart zudrückte, damit er keine Luft mehr bekam.

»Ich habe gehört, wie ihr geredet habt«, knurrte er mit zusammengebissenen Zähnen. Er setzte seine ganze Kraft ein, ihre Arme am Boden zu halten. »Und das ist ziemlich schwierig, wenn man die Zunge im Mund von jemandem hat.«

Sie starrte ihn böse an und weigerte sich, seine Frage zu beantworten.

»Sag mir, was du ihm gesagt hast, Helen!«, brüllte er ihr ins Gesicht.

Helen merkte erst jetzt, dass er zwar eine Prellung auf der Wange und eine blutende Risswunde über dem Auge hatte, sie hingegen vollkommen unverletzt war. Er hatte kein einziges Mal zugeschlagen und tat das hier nur für sie, damit sie ihren Frust loswurde. Er versuchte, ihr zu helfen.

Als Helen das klar wurde, verrauchte ihre Wut und sie entspannte sich. Sie brauchte nicht in Lucas' Brust zu sehen, um zu wissen, wie sehr er sie liebte. Dass er sich alles von ihr gefallen ließ, war schließlich Beweis genug.

»Ich kann Gefühle sehen wie die Leute vom Haus von Rom

und ich habe keine Ahnung, wieso«, gestand sie mit einem frustrierten Seufzer. Lucas sah verblüfft auf sie herab, während sie noch nach den richtigen Worten suchte. »Und das habe ich Orion nicht erzählt, aber ich glaube, ich kann auch die Herzen anderer Menschen beeinflussen.«

»Erzähl weiter«, verlangte er, als sie wieder verstummte.

»Ich habe den Polizisten, der Andys Zimmer bewacht hat, dazu gebracht, dass er uns zu ihr lässt, und er hat nicht einmal nach unseren Namen gefragt. Anfangs dachte ich, es wäre wieder diese Sache mit dem ›Gesicht, das tausend Schiffe in Bewegung setzt‹. Das passiert mir manchmal bei Männern. Aber je mehr ich darüber nachdenke, desto überzeugter bin ich, dass es etwas anderes war. Ich habe irgendwie sein Herz beeinflusst. Und es fühlt sich falsch an, das mit jemandem zu tun.«

»Hmm.« Lucas ließ sie langsam los, hockte sich auf seine Fersen und machte ein nachdenkliches Gesicht.

Helen setzte sich auf, massierte ihre schmerzenden Handgelenke und wartete darauf, dass er ihr mitteilte, was in seinem Kopf vorging.

»Sieh mich an«, sagte er plötzlich, beugte sich zu ihr und sah ihr in die Augen. »Du bist das einzige Mädchen, das ich je geküsst habe.«

»Lügner«, stieß Helen so schnell hervor, dass sie ihm praktisch ins Wort fiel. Er grinste sie kurz an, hörte aber sofort wieder damit auf und setzte eine ausdruckslose Miene auf.

»Woher weißt du, dass ich gelogen habe?«

»Abgesehen davon, dass ich ziemlich sicher bin, dass du mit anderen Mädchen viel mehr getan hast, als sie nur zu küssen? Ich denke, es war etwas in deiner Stimme, das falsch klang. Außerdem hatte ich ein Gefühl, als …«

»Als hättest du etwas verloren. Und müsstest es unbedingt finden.« Sie nickte zustimmend. Er sah sie einen Moment lang nur an. »Du bist ein Falschfinder, Helen. Du kannst Lügen heraushören.«

»Aber wie?«

»Unser Blut«, sagte er und nickte dabei, als könnte er die Wahrheit in seiner eigenen Stimme hören. »Als du, Orion und ich Blutsgeschwister wurden, hast du durch unser Blut einige unserer Begabungen aufgenommen. Ich habe bei mir keine neuen Fähigkeiten entdeckt und ich denke, Orion wohl auch nicht, sonst hätte er es mir erzählt, als wir zusammen heilten. Aber du hast anscheinend von jedem von uns etwas abbekommen. Von Orion die Fähigkeit, Herzen zu kontrollieren, und von mir die Begabung, Lügen zu erkennen.« Er legte den Kopf schief. »Vielleicht war es sogar noch mehr als das«, murmelte er nachdenklich. Helen sah ihn erwartungsvoll an.

»Du findest wirklich alles heraus«, stellte sie bewundernd fest.

»Du hast herausgefunden, aus welchem Fluss die Furien trinken mussten, nicht ich.«

»Ja, aber du hast dabei geholfen. Das tust du immer.« Helen, die die paar Zentimeter kalter Luft zwischen ihnen plötzlich unerträglich fand, rutschte dichter an ihn heran, obwohl ihr jetzt erst peinlich bewusst wurde, dass sie beide nur Unterwäsche trugen.

Seine nackten Schultern beugten sich über sie und sein Mund

befand sich jetzt auf der Höhe ihres Mundes. Ihr neues Können erlaubte Helen einen Blick auf die goldenen Wolken, die aus seiner Haut kamen, und auf das warme Glühen tief in seinem Bauch. Lucas griff nach ihr, die Lippen leicht geöffnet und mit geschlossenen Augen.

Doch dann hörte er plötzlich auf. Der wundervolle goldene Dunst, der sie beide einhüllte, gefror in der Luft, verfestigte sich und fiel in Scherben auf den Boden. Lucas' leuchtend blaue Augen verdunkelten sich, als der Schatten in ihnen wieder aufzog und das strahlende Licht erstickte.

»Deswegen solltest du zu mir kommen und mit mir reden, wenn du etwas nicht verstehst, Helen«, sagte Lucas mit belegter Stimme und zog sich zurück. »Was zwischen dir und Orion auch passiert, ich werde immer da sein, um dir zu helfen, wenn du ein Problem hast. Auch wenn das bedeutet, dass ich mir vorher ein paar Treffer einfangen muss.« Er wandte den Kopf ab und wischte sich das Blut von der Stirn.

»Tut es sehr weh?« Helen schluckte und musste sich zurückhalten, um nicht die Hände auszustrecken und die Wunde zu berühren – oder vielmehr, die Hände auszustrecken und ihn damit an sich zu ziehen.

»Nein«, sagte er und schüttelte den Kopf. »Nicht verglichen mit allem anderen.«

Helen blieb noch lange im Ring, nachdem Lucas gegangen war. Allmählich wurde ihr kalt, weil sie nur in Unterwäsche auf der Matte saß. Schließlich zwang sie sich, aufzustehen und sich auf die Suche nach ihrer Kleidung zu machen. Mit der Jeans in der

Hand schaute sie nach ihrem Hemd, als sie hörte, wie die Tür aufging.

»Wieso bist du praktisch nackt?«, rief Hector vom oberen Treppenabsatz.

Helen zuckte nicht zusammen und es war ihr auch nicht peinlich. Schließlich war es nur Hector, der wie üblich im falschen Moment auftauchte, um sie zu ärgern. Mittlerweile verstand sie auch, wieso sie sich ständig stritten, einander aber doch gernhatten. Hector war jedoch nicht so etwas wie ein Bruder für sie – und so hatte sie es auch nie empfunden.

Vor mehr als einer Ewigkeit waren sie beide verheiratet gewesen, und obwohl Helens Erinnerungen bruchstückhaft waren, wusste sie doch, dass es sich trotz beiderseitiger Bemühungen um keine glückliche Ehe gehandelt hatte. Es hatte sich angefühlt, als wäre man mit Handschellen an jemanden gekettet, den man zwar liebte, der einen aber auch furchtbar nervte.

»Lucas und ich haben gekämpft«, sagte Helen, weil es vermutlich einfacher war, es geradeheraus zu sagen, statt sich von ihm verhören zu lassen. Hector kam die Treppe herunter, als Helen gerade ihre Jeans hochzog.

»Aha. Und deine Klamotten konnten das liebeskranke Gezicke nicht mehr hören und sind deshalb von deinem Körper gehüpft und weggerannt?«

Helen musste lachen. »Nein. Wir haben uns zur Abwechslung mal wirklich geprügelt, statt nur mit Worten aufeinander loszugehen.« Sie deutete mit einem Kopfrucken auf den Käfig und zog gleichzeitig den Reißverschluss ihrer Jeans hoch.

»Komisch, dass du gar nicht ramponiert aussiehst. Zerzaust ja, aber verprügelt? Nein«, bemerkte er, hob eine Braue und hielt Helen ihren dunklen Pullover mit dem V-Ausschnitt hin. Sie ignorierte seine anzügliche Bemerkung, streifte erleichtert ihren warmen Pullover über und sah Hector dann prüfend an.

»Und wie geht es dir?«, fragte sie spitz.

Hector zuckte nur mit den Schultern, wendete sich ab und ging auf einen der Sandsäcke zu. »Mir geht's gut. Ich weiß gar nicht, wieso du und Orion so ein Theater wegen Andy macht.«

»Du bist ein Idiot«, warf Helen ihm freundlich an den Kopf und ging ihm nach. Sie stellte sich auf die andere Seite des Sandsacks und hielt ihn fest, damit er besser zuschlagen konnte. »Du versteckst dich hier unten. Genau wie ich.«

Hector fing an, den Sandsack zu bearbeiten, aber seine Schläge waren bestenfalls halbherzig. Doch allmählich schlug er fester zu. Helen musste etwas Beinarbeit leisten, als er ein paar Kombinationen machte, und sie konnte sehen, wie sein Gesicht finsterer wurde und den entschlossenen Ausdruck des wahren Kämpfers annahm.

Nein, es ist mehr als das, dachte sie. Er ist ein Krieger wie in einer der alten Legenden.

Doch sie hatte diesen Gedanken kaum zu Ende gedacht, als alle Wildheit aus ihm wich und etwas Verletzliches, Trauriges zum Vorschein kam und seinen Kampfgeist im Keim erstickte.

»Sie kann meinen Anblick nicht ertragen, Helen. Das einzige Mädchen, das mich je wirklich berührt hat – und ich versetze sie in Angst und Schrecken.« Er ließ die Fäuste sinken, lehnte sich gegen den Sandsack und sah Helen verzweifelt an. »Ich könnte damit leben, wenn sie mich für einen Blödmann oder ein Schwein hielte. Dann könnte ich ihr beweisen, dass sie sich irrt. Aber Angst?« Er schüttelte den Kopf. »Das ist aussichtslos. Ich kann sie nicht verfolgen, weil es das ist, was er getan hat. Das Einzige, was ich tun kann, ist, mich von ihr fernzuhalten, wie sie es verlangt hat. Das Problem ist nur … Ich weiß nicht, ob ich das schaffe.«

»Ich weiß genau, was du meinst«, sagte Helen traurig und lehnte sich gegen die andere Seite des Sandsacks.

»Ironie des Schicksals, stimmt's?«, scherzte er, runzelte aber sofort wieder die Stirn. »Aber du hast noch andere Möglichkeiten.«

»Und du nicht?«, lachte Helen. »Oder hast du schon mit jedem anderen heißen Mädchen der Welt geschlafen und es ist nur noch eine übrig?«

»Ich meine es ernst«, sagte Hector, der jetzt nicht mehr lächelte. »Empfindest du etwas für Orion oder ist es wie bei dir und Matt? Ist Orion nur ein Freund oder ist da mehr?«

»Nein, es ist definitiv anders als bei Matt.« Sie dachte daran, was Morpheus ihr gezeigt hatte – dass sie in mancher Hinsicht Orion sogar mehr begehrte als Lucas. »Ich fühle mich wirklich zu ihm hingezogen.«

»Und er bedeutet dir etwas?«

»Sogar sehr viel.«

»Dann mach den ersten Schritt.« Hector betrachtete Helen und sie merkte, dass er es aufrichtig meinte. »Sie warten beide darauf, dass du eine Wahl triffst. Und keiner von ihnen wird etwas unternehmen, solange du es nicht tust. Du, Helen. Du musst dich entscheiden.«

Helen wollte laut »Lucas« schreien, aber sie fürchtete Hectors angewiderten Blick, wenn er hörte, dass sie ihren Cousin mehr liebte als Orion, und deshalb behielt sie seinen Namen für sich. »Das habe ich«, beteuerte sie mit mehr Überzeugung, als sie tatsächlich empfand. »Das habe ich«, wiederholte sie.

Hector grinste sie an. »Als du das erste Mal ›Das habe ich‹ gesagt hast, klang es beinahe glaubwürdig. Aber beim zweiten Mal? Nicht wirklich.«

»Was soll ich denn tun?«, stöhnte sie zur Antwort und stieß mehrmals mit der Stirn gegen den Sandsack. »Ich fühle mich wie ein Pingpongball.«

»Ich glaube, wir beide müssen hier raus und etwas Nützliches tun.« Er packte sie am Hals, nahm sie spielerisch in den Schwitzkasten und führte sie zur Treppe. »Komm, Prinzessin. Gehen wir nachsehen, ob der Laden deines Vaters noch steht.«

Hector und Helen luden ein paar Bretter aus dem Schuppen, einen Werkzeugkasten und eine Packung Nägel in Hectors Truck. Sie diskutierten kurz, ob Hector es wirklich riskieren sollte, dass ihn jemand sah. Aber als Helen klar wurde, dass er ohnehin schreiend durch die Straßen rennen würde, wenn er nicht bald aus dem Haus kam, unter dessen Dach sich Andy zurzeit aufhielt, gab sie zögernd ihr Einverständnis. Allerdings setzte sie durch, dass sie den Truck steuern würde. Helen machte einen Zwischenstopp an ihrem Haus, um sich zu vergewissern, dass dort alles in Ordnung war, und fuhr dann weiter zum News Store. Hector versteckte sich derweil auf dem Rücksitz.

Auch im Laden hielt sich Hector im Hintergrund und fegte die Scherben und anderen Abfälle zusammen, die dort seit dem Aufstand herumlagen. Helen holte sich die Leiter aus dem Lager und begann, die eingeschlagenen Schaufenster zu vernageln. Es war eine deprimierende Arbeit. Jedes Mal, wenn sie sich umsah, redete sie sich ein, dass der Laden wieder aufgebaut werden konnte, aber er würde dennoch nicht mehr so sein wie vorher. Nicht wirklich. Als sie auf die Leiter stieg und zu hämmern begann, erkannte sie, dass manche Dinge immer ein bisschen kaputt blieben – auch nachdem man sie repariert hatte.

In diese Gedanken versunken, bekam sie nicht mit, dass hinter ihr jemand aufgetaucht war.

»Weißt du was? Wenn dieses Brett noch ein bisschen krummer wäre, würde es auf der anderen Seite wieder herauskommen und dann pfeilgerade sein«, bemerkte Orion, der auf dem Bürgersteig stand und so tat, als wäre er total hingerissen von der schlechten Arbeit, die sie beim Festnageln der Bretter ablieferte. »Bist du betrunken?«

Helens Schultern bebten vor Lachen. »Nein! Ich habe so was noch nie gemacht!«

»Wie man sieht.« Er grinste zu ihr hoch und bedeutete ihr, von der Leiter zu steigen. Lachend stieg sie hinunter und stellte sich neben ihn. »Beide Daumen noch dran?«, fragte er und inspizierte ihre Hände. »Lass das lieber den Profi machen.«

»Profi? Du?« Helen bezweifelte nicht, dass er das konnte. Sie hatte einen Blick in seine Brieftasche geworfen, als sie einmal versehentlich seine Jacke behalten hatte, und dabei gesehen, dass er schwere Baumaschinen bewegen durfte.

»Ich habe auf ein paar Baustellen gearbeitet. Häuser gebaut«, sagte er mit einem aufgesetzten Lächeln, als hätte er viel mehr getan als nur das.

»Schmuckdesigner, Hausbauer … Du bist ziemlich vielseitig«, sagte sie und lächelte zu ihm auf.

»Klar. Vielseitigkeit bringt Kohle«, verkündete er mit einem Grinsen.

»Hey, du bist doch ein Sohn von Aphrodite. Du hättest doch auch den einfachen Weg gehen können. Mit deinen hübschen Lippen hättest du eine reiche Frau betören und sie dazu bringen können, dass sie sich so unsterblich in dich verliebt, dass sie dir unbedingt eine Diamantenmine oder so was schenken will.« Helen schmunzelte und war beeindruckt davon, wie Orion seine Fähigkeiten herunterspielte – und zwar nicht nur seine Begabungen als Scion. »Aber das hast du nicht getan. Du arbeitest lieber für dein Geld.«

»Für die ganzen fünf Dollar«, bestätigte er und verdrehte die Augen.

»Mit ehrlich verdientem Geld kann man nicht mehr kaufen als mit unehrlichem, aber es ist trotzdem mehr wert. Vor allem für mich«, versicherte sie ihm ernsthaft. Er meisterte sein Leben aus eigener Kraft, genau wie ihr Dad, und das respektierte sie sehr, denn seine Würde war etwas, das er sich verdient hatte, und nichts, mit dem er geboren worden war.

»Hey, Orion? Zieh du die Hosen an, schnapp dir das Mädchen und schlepp sie weg wie ein Mann!«, brüllte Hector aus dem Laden. Orion verzog das Gesicht. Er und Helen tauschten einen betretenen Blick.

»Die Höhlenmenschmethode«, wisperte er Helen mit Verschwörermiene zu. »Nicht mein Stil.«

»Ach, Hector. Unser freundlicher Neandertaler«, erwiderte

Helen leise. Die beiden steckten die Köpfe zusammen und kicherten.

»Knutsch, knutsch, knutsch«, johlte Hector, der sie durch die Schlitze zwischen den krummen Brettern beobachtete.

»Darf ich dich künftig zu all meinen Verabredungen mitnehmen?«, fragte Orion Hector und klatschte mit gespielter Begeisterung in die Hände.

»Klar, Kumpel! Ich sag dir genau, was du tun musst«, antwortete Hector mit einem hinterhältigen Grinsen. »Also, erst mal schnappst du dir das Mädchen und packst es am …«

»Und genau deswegen bin ich so froh, dass Testosteron nicht ansteckend ist«, sagte Helen laut und schnitt Hector damit das Wort ab. Sie schob Orion zur Leiter, damit er das Chaos, das sie hinterlassen hatte, in Ordnung brachte, und ging in den Laden, um Hector beim Saubermachen zu helfen.

Irgendwie schafften sie es trotz ihrer Alberei, den Laden zu vernageln, durchzufegen und von allen verderblichen Waren zu befreien. Gelegentlich stieß Helen auf persönliche Dinge – eine krumme Makkaroni-Skulptur aus ihrer Grundschulzeit, auf der »Daddy, ich liebe dich« stand, ein scheußliches, tonnenschweres Gefäß, das sie im Töpferkurs in der Oberstufe gemacht und Kate geschenkt hatte, und ein paar Pokale für den zweiten Platz beim Querfeldeinlauf.

Aber das Schlimmste waren die Fotos. Sie konnte es kaum ertragen, die zerschlagenen Rahmen und das zerbrochene Glas zu sehen, das die Bilder verkratzt und damit zerstört hatte. Einige der Aufnahmen hatten schon im Laden gehangen, als sie noch ein kleines Mädchen gewesen war. Sie war jeden Tag an ihnen vorbeigegangen, und als sie sie nun in den Müll warf, wusste Helen, dass sie die Fotos nie wieder zu Gesicht bekommen würde.

Helen fiel auf, dass Hector und Orion jedes Mal, wenn sie auf eines dieser Dinge von sentimentalem Wert stieß, einen Witz machten oder irgendwie herumalberten, um sie von zu viel Grübelei abzuhalten. Natürlich durchschaute sie diese schwachen Versuche, sie aufzuheitern, aber das machte es noch rührender.

Die beiden wussten, dass es ihr nicht nur darum ging, dass sie einen Haufen alten Kram verlor. Wenn Orion und Hector ihre Show abzogen, konnte sie nicht zu sehr über das nachdenken, was sie wirklich belastete – dass es ihrem Vater immer noch nicht besser ging. Die Fotos, die Makkaroni-Skulptur und die scheußlichen Töpferversuche waren nichts, verglichen mit der Angst, die sie empfand, wenn sie sich vorstellte, wie ihr Vater bewusstlos im Bett lag. Wieso wachte er nicht auf?

Sie wollte etwas zu Hector und Orion sagen, ihnen dafür danken, dass sie ihr durch diese schwierige Situation hindurchhalfen, aber sie kannte sie gut genug, um den Mund zu halten. Hector würde sie nur aufziehen, wenn sie plötzlich so ernst wurde, und Orion wusste längst, wie dankbar sie war, weil er buchstäblich in ihr Innerstes sehen konnte. Also speicherte Helen die Stunden, die sie damit verbrachten, durch die Überreste ihrer Kindheit zu stöbern, einfach in ihrem Gehirn ab, weil sie wusste, dass sie den beiden ohnehin nie vergelten konnte, was sie für sie taten.

»Fertig … Hector wird den Truck zurückfahren«, sagte Orion und riss Helen damit aus ihren trüben Gedanken. »Ohne uns.«

»Was?«, erwiderte Helen verständnislos. »Nein. Hector sollte nicht fahren. Er darf sich nicht blicken lassen.«

»Mich sieht schon keiner. Es ist ja längst dunkel. Da erkennt mich niemand«, beruhigte Hector sie. »Außerdem kann ich meinen Umriss ein bisschen verschwimmen lassen, wenn mir ein anderes Auto entgegenkommt – was vermutlich nicht passieren wird.«

Helen sah sich um und stellte fest, dass er recht hatte. Ihr war gar nicht aufgefallen, dass die Sonne inzwischen untergegangen war. Es war dunkel und kein Mensch mehr unterwegs. Seit den Krawallen verließ kaum noch jemand sein Haus. Nantucket erinnerte schon seit Tagen an eine Geisterstadt.

»Okay, ich schätze, du hast recht. Danke fürs Helfen«, sagte Helen zu Hector und drückte ihn kurz an sich. Sie bremste sich jedoch noch rechtzeitig, bevor sie zu rührselig wurde und etwas sagte, das er als unverzeihlich sentimental empfand.

»Amüsier dich, Prinzessin«, sagte Hector ungewöhnlich sanft, als er sie losließ. Er sah Orion an, nickte ihm zu und verschwand, ohne einen Witz zu reißen oder eine anzügliche Bemerkung zu machen.

Helen griff schüchtern nach Orions Hand. Ihr war klar, dass Hector ihnen gerade einen ähnlichen Vertrauensbeweis geschenkt hatte wie Hergie damals mit seinem Freistundenpass. Was auch immer sie und Orion in dieser Nacht taten, Hector würde sie deswegen ganz sicher nicht nachsitzen lassen.

»Und nun?«, sagte Helen und schaute zu Orion auf. Ihre Kehle war plötzlich ganz trocken und sie musste schlucken. »Du hast gesagt, dass du mir etwas zeigen willst?«

»Stimmt«, bestätigte er, doch er nagte dabei an seiner Unterlippe, als bedauerte er diese Einladung bereits. »Aber du hattest einen harten Tag. Und was ich dir zeigen will, sorgt nicht gerade für gute Laune.«

»Also, jetzt musst du es mir unbedingt zeigen«, sagte Helen und deutete mit einer dramatischen Armbewegung auf den gesamten Laden. »Wieso soll ich die Einzige sein, deren Leben gerade total mies ist?«

Orion musste lachen. Er zog Helen an sich und drückte sie fest an seine Brust. Doch sein Lachen verstummte schnell wieder. Er küsste sie auf die Schläfe und strich zart mit den Lippen über ihre Augenbraue. Helen hatte den Verdacht, dass er sie aus zweierlei Gründen an sich gezogen hatte. Der erste war, dass er sie einfach nur in den Arm nehmen wollte, aber der zweite und wichtigere Grund war vermutlich, dass sie nicht sehen sollte, was in seinem Herzen vor sich ging.

»Vertrau mir. Du bist nicht die Einzige, deren Leben gerade total mies ist«, murmelte er betreten.

»Dann zeig es mir.« Helen lehnte sich zurück und sah ihm in die Augen. »Wir sind zusammen durch die Hölle gegangen, Orion. Was könnte schlimmer sein als das?«

Orions Lippen verzogen sich zu einem gequälten Lächeln. »Familie«, sagte er. Helen musste daran denken, wie traurig Orion immer war, wenn jemand seinen Vater erwähnte. Sie wusste, dass es in Orions Familie eine düstere Vorgeschichte gab.

»Ah, dein Vater.«

»Nein«, widersprach er, ließ sie los und schaute bedrückt zur Seite. »Vielleicht ist das eine blöde Idee.«

»He, bist du schon mal geflogen?«, fragte Helen ihn unerwartet. Orion sah sie so verdutzt an, als wüsste er nicht, worauf sie hinauswollte. Genau das hatte Helen beabsichtigt. »Nicht mit einem Flugzeug«, fügte sie hinzu. »Bist du schon mal so geflogen wie ich?«

»Nein. Noch nie.«

»Willst du?«

»Das ist das verrückteste Gefühl, das ich je hatte!«, kicherte Orion.

»Hör auf zu reden!«, befahl Helen, deren Augen fest geschlossen waren. »Halt still. Du bist mindestens drei Mal so schwer wie Claire.« Sie versuchte, nicht über die Begeisterung zu lachen, die Orion an den Tag legte, doch das war fast unmöglich. Er war total süß, wenn er so aufgeregt war. Sie musste ihn ablenken, damit sie sich konzentrieren konnte. »Kommt jemand?«

Orion schaute sich auf der Gasse hinter dem News Store um, in der sie standen und sich aneinander festhielten. »Die Luft ist rein«, sagte er.

Helen spürte seinen Atem auf ihrer Stirn, als er auf ihren gesenkten Kopf und ihre geschlossenen Augen herabsah. Er hauchte sie warm und süß und ein bisschen unregelmäßig an, weil er so aufgeregt war. Sie hatte schon fast seine gesamte Körpermasse im Gefühl – die genaue Menge an Haut, Blut und Knochen, die dauerhaft von der Schwerkraft angezogen wurde. Sie setzte ihren Extra-Sinn ein, diese Sache, die die Schwerkraft aufhob, und erweiterte diese Kraft, bis sie auch Orions großen Körper einschloss.

»Das kitzelt!«, schnaufte er, und seine Arme schlangen sich fester um ihre Taille.

»Hör auf zu reden!«, wiederholte sie und konzentrierte sich. Dann fühlte sie es. Sein Körper war bereit. »Hab dich«, murmelte sie triumphierend.

Ihn von der Erdanziehungskraft zu befreien, war kein Problem mehr, nachdem sie seine Form und sein Gewicht analysiert hatte. Sie öffnete die Augen, weil sie sein Gesicht sehen wollte, als sie mit ihm in den Himmel aufstieg und zwischen den Wolken herumschwebte, die im Licht der Sterne weiß-lila schimmerten. Orion hatte eines von diesen Gesichtern, die sie immer wieder überraschten. Jedes Mal, wenn sie glaubte, sich an seine unglaubliche Schönheit gewöhnt zu haben, sah sie einen neuen Ausdruck in seinem Gesicht, und schon brachte es erneut einen Großteil ihres Nervensystems zum Stillstand.

»Und wohin fliegen wir?«, fragte sie, und ihre Stimme klang gelassener, als sie befürchtet hatte. »Du sagtest doch, dass du mir etwas zeigen wolltest.«

Er sah sie an. Aus seinem Gesicht war jede Begeisterung verschwunden. »Helen«, begann er unglücklich.

»Nein, es ist mein Ernst, Orion«, unterbrach sie ihn streng. »Du bist freiwillig mit mir geflogen, obwohl du genau wusstest, dass ich es erst ein einziges Mal mit einem Passagier versucht habe, aber dein großes Geheimnis willst du mir nicht verraten? Du vertraust mir dein Leben an, aber nicht deine Vergangenheit?«

»Das ist es nicht«, widersprach er und verstummte, um seine Gedanken zu ordnen.

»Hast du Angst, ich würde schlecht von dir denken, wenn ich erfahre, was du durchgemacht hast? Hältst du mich für so oberflächlich?«

»Nein! Es geht gar nicht darum, was du denken könntest. Zumindest nicht nur«, fügte er scharf hinzu. »Es tut mir weh, dorthin zurückzukehren.«

»Und es wird auch weiterhin wehtun, wenn du es im Dunkeln hältst«, sagte Helen wesentlich sanfter. »Ich weiß, wer du bist, Orion. Vielleicht war es nicht gerade die schönste Erfahrung, die dich zu dem gemacht hast, was du jetzt bist, aber vertrau mir.« Sie drehte sich so weit zu ihm um, dass ihr Gesicht unter seinem war und er sie ansehen musste. »Das Ergebnis ist es wert.«

Er kicherte leise, errötete ein bisschen, wurde dann aber wieder ernst und nachdenklich.

»Außerdem«, fuhr sie fort und grinste ihn herausfordernd an, »weißt du genau, dass ich dich nicht wieder auf den Boden zurückbringe, solange ich nicht bekommen habe, was ich will.«

»Also gut … Du hast gewonnen«, knurrte er. »Flieg nach Norden.«

»Und wohin soll ich uns bringen?«, fragte Helen freudig.

»Nach Neufundland. Wo ich geboren wurde.«

Orion nannte seinen Geburtsort so gleichgültig, dass Helen sich des Eindrucks nicht erwehren konnte, dass er diese Gegend nicht als seine Heimat ansah. Sie versuchte jedoch nicht, ihn abzulenken oder einen Scherz zu machen, wie sie es sonst immer tat, wenn er in eine seiner melancholischen Stimmungen fiel. Stattdessen konzentrierte sie sich darauf, so schnell zu fliegen, wie sie es mit einem Passagier wagte.

Nach nur wenigen Minuten und einigen Kurskorrekturen durch Orion schwebten sie über einer Felsklippe, die in den schäumenden, eiskalten Atlantik ragte.

Auf der Spitze der hohen, schmalen Landzunge stand ein winziges, nahezu fensterloses Häuschen. Es war dunkelste Nacht. Vom Meer zog Nebel heran und dämpfte das Mondlicht. Nur bei genauem Hinsehen war zu erkennen, dass in dem Haus ein einziges Licht brannte.

Orion seufzte abgrundtief und nickte, als würde er die Verantwortung für einen unglückseligen Akt mutwilliger Zerstörung übernehmen. »Das ist es. Da leben meine Eltern.«

»Deine Eltern?«, wiederholte Helen verwirrt. »Ich dachte, deine Mutter wäre tot. Hat dein Vater wieder geheiratet?«

»Du wirst es sehen«, sagte er nur und schüttelte den Kopf.

Orion wies sie an, außerhalb des Lichtscheins zu landen, der durch das eine Fenster im Erdgeschoss fiel.

Helen, die darauf achtete, im Schatten zu bleiben, spähte hinein. Das Erste, was sie sah, war ein großer Mann, der in einem Sessel saß und ein Buch las. Er trug verwaschene Jeans und ein enges T-Shirt und seine schwarzen Haare wurden an den Schläfen bereits silbergrau. Er war schon älter, vielleicht Mitte vierzig, sah aber trotzdem gut aus und wirkte unglaublich durchtrainiert. Sein markantes Gesicht und seine gebräunte Haut erinnerten sie an Lucas. Sogar die Form seiner Hand, mit der er das Buch hielt, war erschreckend vertraut. Es verunsicherte Helen, diesen anderen, älteren Mann mit Lucas' Händen zu sehen.

Helen hatte von der Familie schon öfter gehört, dass Lucas aussah wie ein Sohn von Poseidon. Und wegen dieser erstaunlichen Ähnlichkeit wusste Helen, dass sie gerade Daedalus betrachtete, den Anführer des Hauses von Athen, einen direkten Nachfahren von Poseidon und Orions Vater.

Das Zweite, was Helen sah, war ihre eigene Mutter, Daphne, die ihm gegenüber auf der Couch lag und schlief.

6

Helens Kehle war plötzlich wie zugeschnürt und sie taumelte geschockt rückwärts über den unebenen Boden. Orion griff nach ihr, doch sie wehrte seine Hände blindlings ab. Aber davon ließ sich Orion nicht abschrecken. Er packte sie und presste ihr eine Hand auf den Mund.

»Reg dich ab! Es ist nicht, was du denkst«, zischte er ihr ins Ohr.

Er führte sie vom Haus weg bis ans Ende der Klippe.

»Daphne hilft meinem Vater, meine Mutter zu bändigen, wenn sie einen ihrer Anfälle hat. Und vermutlich hatte sie heute einen, weil mein Dad zum Treffen der Häuser gehen muss. Meine Mutter hasst alle Häuser, sogar ihr eigenes.« Er verstummte mitten in seiner hektischen Erklärung, um sich zu vergewissern, dass Helen ihm zuhörte. »Es herrschte Krieg unter den Scions, bevor wir geboren wurden«, sagte er.

Immer noch mit Orions Hand vor dem Mund nickte Helen, sowohl um ihm mitzuteilen, dass sie über den Krieg Bescheid wusste, aber auch, um ihm zu versichern, dass sie weder ins Haus stürmen noch losschreien würde. Er nahm die Hand weg, behielt

Helen aber trotzdem dicht bei sich. Helen wusste, dass es vor rund zwanzig Jahren eine Art endgültigen Entscheidungskampf zwischen den Häusern gegeben hatte und dass dabei Ströme von Blut geflossen waren. Es war das Ende der Zeiten gewesen – zumindest hatten alle Beteiligten es so empfunden.

»Meine Mutter war Anführerin des Hauses von Rom und hat einen Haufen Leute umgebracht. Der Krieg hat sie wirklich fertiggemacht. Und jetzt kann sie nicht gut damit umgehen, wenn jemand die Häuser erwähnt«, versuchte Orion zu erklären, doch er konnte nicht weitersprechen und musste die Zähne zusammenbeißen, um seine Stimme unter Kontrolle zu behalten. »Genau gesagt, kann sie mit nichts besonders gut umgehen. Sie ist krank, Helen.«

Helen wusste, dass Scions nur auf eine einzige Art krank werden konnten. Orion versuchte, ihr so taktvoll wie möglich beizubringen, dass seine Mutter Leda geisteskrank war.

Angesichts der Tatsache, dass Daedalus Daphnes Hilfe brauchte, um Leda zu bändigen, war Orions Mutter offenbar nicht nur sehr stark, sondern litt auch unter einer Form des Wahnsinns, der sie für andere Menschen gefährlich machte. Das Haus, in dem sie lebten, war kilometerweit von allen anderen entfernt, so weit weg von der Zivilisation, wie es nur ging. Helen konnte nur ahnen, wie viel Geschrei mit den »Anfällen«, wie Orion sie genannt hatte, einherging. Sie fragte sich, wie es wohl für ihn gewesen sein musste, unter solchen Umständen aufzuwachsen.

Orion ließ Helen los und wandte sich von ihr ab, um sich verstohlen mit dem Handrücken über die Augen zu fahren. Helen griff nach seiner anderen Hand. Schließlich ließ er sie mit einem

Nicken wissen, dass er sich wieder im Griff hatte. Dann ging er mit ihr noch einmal auf das Haus zu.

»Du hast doch gesagt, sie wäre tot«, flüsterte Helen. Orion schüttelte den Kopf.

»Du hast angenommen, dass sie tot sein muss, als ich dir sagte, dass ich der Anführer des Hauses von Rom bin, aber der Tod ist nicht der einzige Grund, um die Führung eines Hauses weiterzugeben.« Er schaute weg. »Ich kannte dich damals noch nicht gut genug und habe mich auch geschämt, es dir zu erzählen …«

Helen nickte, um ihn aufzuhalten. Er brauchte sich vor ihr nicht zu rechtfertigen. »Es ist okay«, sagte sie leise.

Im Haus ging ein weiteres Licht an und Helen und Orion starrten durchs Fenster.

Helen sah eine Frau mit langen rotbraunen Haaren, die in einem Morgenmantel hektisch die Treppe hinunterstürmte. Sie lief barfuß und ihre Haare waren vom Schlaf zerzaust, aber irgendwie wirkte sie dadurch noch attraktiver. Sie war bestimmt schon über vierzig, sah aber trotzdem noch aus wie ein Model. Ihre seidigen Locken wippten ihr auf eine Weise um den Kopf, für die andere Frauen Stunden mit einem Lockenstab und einem Fön hantieren mussten. Es waren Orions Locken und ihre langen, wohlgeformten Arme und Beine waren genauso perfekt proportioniert wie seine.

Helen war sich sicher, dass diese Frau selbst dann noch verführerisch ausgesehen hätte, wenn sie Hals über Kopf die Treppe heruntergefallen wäre. Sie war eine kleinere, weibliche Version von Orion und entsprach damit dem perfekten Schönheitsideal des anderen Geschlechts. Alles an ihr machte deutlich, dass sie Leda war, eine Tochter der Aphrodite und Orions Mutter.

»Er ist hier!«, keuchte sie und stürzte ans Fenster. Orion zog Helen aus dem Lichtkegel. Im Haus sprang Daedalus auf und zerrte Leda weg, bevor sie einen Blick aus dem Fenster werfen konnte. Selbst aus der Entfernung konnte Helen den wilden Ausdruck in ihrem Gesicht sehen. Ihre Augen waren extrem weit aufgerissen. Sie erinnerten Helen an die eines scheuenden Pferdes und sie schauderte unwillkürlich.

»Da draußen ist niemand, Liebes«, sagte Daedalus mit müder Stimme und drehte Leda an den Schultern vom Fenster weg.

»Adonis! Ich kann dich da draußen riechen!«, kreischte die Frau hysterisch und wehrte sich erbittert gegen den Griff ihres Ehemanns. »Ich lasse nicht zu, dass du mein Baby umbringst!«

Inzwischen war auch Daphne auf den Beinen und packte Daedalus an den Schultern, sodass die beiden mit ihren Körpern eine Art Käfig um Leda bildeten. Sie übten von beiden Seiten Druck auf sie aus und hielten Ledas Arme am Körper, damit sie nicht ihr eigenes Gesicht zerkratzen oder sich die Haare ausreißen konnte. Dabei gingen sie zwar sanft, aber auch routiniert vor, was Helen vermuten ließ, dass Daedalus und Daphne Leda schon oft auf diese Weise ruhiggestellt hatten.

»Wenn du meinem Baby was tust, bringe ich dich um!«, heulte Leda schluchzend, und der Wahnsinn ließ ihre Stimme schrill klingen. »Ich töte dich mit meinen eigenen Händen!«

»Adonis ist tot, Leda! Dein Bruder ist tot!«, schrie Daphne auf Leda ein, bis die verwirrte Frau endlich aufhörte, sich zu wehren und sich in ihren Armen entspannte.

»Mein kleiner Bruder«, sagte Leda, deren Verwirrung sie einen Moment lang ruhiger werden ließ. »Mein kleiner Sohn. Mein kleiner Bruder. Aber welcher ist welcher? Ich weiß, ich habe einen von beiden getötet. Für welchen habe ich mich entschieden?«

Leda begann vor und zurück zu schaukeln und wiederholte die Worte »Mein kleiner Sohn. Mein kleiner Bruder« leise immer wieder und wieder, während Daedalus und Daphne sie zu beruhigen versuchten. Doch jedes Mal, wenn sie ihr bedauernswertes Mantra wiederholte, wurde sie etwas lauter, bis sie es schließlich schrie.

»Bring mich hier weg, Helen«, sagte Orion mit zittriger Stimme. Helen sah ihn an und musste feststellen, dass ihm Tränen über die Wangen strömten.

Sofort legte sie die Arme um ihn und sie schossen hoch in die Luft und ließen Ledas untröstliches Klagen hinter sich zurück. Orion vergrub sein Gesicht an Helens Hals. Sie spürte seine warmen Tränen über ihre Haut laufen und wie sie in der dünnen Luft abkühlten, als sie weiter an Höhe gewannen.

Zitternd schwebten sie hoch über dem Ozean und hielten sich aneinander fest. Orion gab keinen Laut von sich. Helen vermutete, dass er nach vielen Jahren der Übung mittlerweile gut darin war, vollkommen lautlos zu weinen, sodass man nichts mehr von ihm wahrnahm, nicht einmal ein Zucken des Zwerchfells – nur das schnelle Pochen seines Herzens. Helen zog Orion noch dichter an sich und flog ihn fort von seinem Albtraum, obwohl ihr natürlich klar war, dass sie ihn niemals weit genug wegbringen konnte, damit sein Schmerz weniger schlimm wurde.

Sie flog südwärts an der Küste entlang und landete schließlich an einem hübschen kleinen Strand bei Cape Ann in Maine. Sie setzten sich nebeneinander in den Sand. Während Orion aufs Meer hinausstarrte, betrachtete Helen sein Profil.

»Sie standen sich sehr nah. Adonis und meine Mutter«, sagte er schließlich. »Sie haben einander sehr geliebt – bis sie sich in meinen Vater verliebt hat. Alle Häuser, vor allem aber das Haus von Rom, verbieten es Scions aus verschiedenen Häusern, gemeinsame Kinder zu haben, weil sie fürchten, es könnte der Tyrann geboren werden.« Orion zögerte und zeigte verlegen auf sich selbst. »Als meine Mutter mit mir schwanger war, kam Adonis, um mich zu töten – und sie wohl auch, weil ich ja noch nicht geboren war. Aber stattdessen hat meine Mutter ihn getötet.«

Helen lehnte sich an Orions Schulter und beobachtete die dunklen Wellen, die an den Strand schwappten. Sie spürte, dass die Geschichte noch weiterging. Die dumpfen Farben, die Orions Brust verströmte, waren schwer und mit Schuld und Bedauern belastet.

»Das Schlimmste kam erst später«, fuhr Orion gequält fort. »Du weißt, dass die Angehörigen der verschiedenen Häuser bestimmte Merkmale haben? Es gibt immer Variationen wie bei Lucas, Jason und Ariadne, die nicht aussehen wie die anderen Angehörigen ihrer Häuser. Aber normalerweise sind die Mitglieder des Hauses von Theben blond und sehen aus wie Lucas' Vater.« Helen nickte. »Wusstest du auch, dass es in jeder Generation eine Handvoll spezieller Charaktere gibt, die sich immer erneut abbilden? Sie sind nahezu exakte Kopien der wichtigsten Personen, die in Troja gekämpft haben. Sobald eine dieser Hauptpersonen stirbt, wird eine neue geboren, um ihren Platz einzunehmen.«

»Nein, das wusste ich noch nicht.« Helen nagte an ihrer Unterlippe, während sie diese Information verarbeitete. »Ich glaube, die Delos-Familie weiß es auch nicht, denn sonst hätten sie es mir gesagt.«

»Im Haus von Athen hat man es schon vor langer Zeit erkannt, aber im Haus von Theben vielleicht nicht. Dort gab es schon immer viele Variationen in ihrer Erbfolge und vielleicht haben sie das Muster deswegen nicht bemerkt. Die einzige Ausnahme ist dein Haus, das Haus von Atreus. Ihr vererbt den Helena-Archetyp von der Mutter an die Tochter, aber bei uns anderen kann ein genaues Ebenbild nur hervorgebracht werden, wenn zuerst der Vorgänger stirbt.«

»Als wollten die Parzen das Drama mit einem neuen Baby erneut aufführen, sobald eine der Hauptpersonen stirbt«, sagte Helen nachdenklich. »Du weißt, dass du genauso aussiehst wie Aeneas?«

»Ja, ich erinnere mich, wie mich Automedon ›General Aeneas‹ genannt hat, kurz nachdem dein Blitz ihn gegrillt hatte«, sagte er, und die Erinnerung brachte ihn ein wenig zum Lächeln. Doch dann runzelte er die Stirn. »Moment mal. Woher weißt du, wie Aeneas aussah?«

»Lange Geschichte«, sagte Helen und machte eine wegwerfende Handbewegung. »Erzähl erst deine zu Ende.«

»Also, abgesehen von Aeneas gibt es noch jemanden, dem ich absolut gleiche.«

»Deinem Onkel Adonis.« Über diese Antwort brauchte Helen nicht lange nachzudenken. Sie wusste, wie grausam die Parzen waren, und aus irgendeinem Grund waren sie zu Orion besonders grausam. Als hätten sie es auf ihn abgesehen.

Dieser Gedanke war ihr kaum gekommen, da ahnte sie auch schon den Grund dafür. Aeneas war einer der wenigen Männer, die den Trojanischen Krieg überlebt hatten. Er war seinem Schicksal entkommen. Irgendwie hatte dieser eine Mensch es geschafft, sich seiner Bestimmung zu entziehen. Helen fragte sich, wie so etwas wohl möglich war, aber sie behielt diese Frage im Hinterkopf, denn Orion redete weiter.

»Es war alles in Ordnung, als ich noch ein Baby war, aber als ich etwas älter wurde, fing meine Mutter an, mich mit ihrem Bruder zu verwechseln.« Er brach ab und schluckte. »Sie betrachtete mich als ihren Feind. Seit ich acht war, durfte ich nicht mehr in ihre Nähe kommen. Und mein Dad konnte sie nicht lange unbeaufsichtigt lassen. Also musste ich ungefähr von dieser Zeit an allein zurechtkommen.«

Helen hörte seine Verbitterung, obwohl er sie zu unterdrücken versuchte. Ihr kam ein böser Verdacht. Ihre Nackenhaare sträubten sich und vor lauter Wut rauschte das Blut durch ihre Adern. Ihre Stimme bebte, als sie ihn fragte: »Hat deine Mutter dir diese Narben verpasst?«

»Nein«, antwortete Orion sofort. »Das war Corvus, der Cousin meiner Mutter. Er wollte nicht, dass ich ihr Nachfolger würde, als klar wurde, dass sie zu verrückt war, um noch länger das Haus zu führen. Ich wurde vom Haus von Athen beansprucht, und viele meiner Cousins finden immer noch, dass ich nicht dem

Haus von Rom vorstehen sollte. Corvus hat mich angegriffen, als ich elf war. Dabei hat er verloren.«

Helen sah ein dunkles Feuer in Orions Brust lodern. Schwarze Flammen umflackerten sein Herz. Er hat seinen Cousin getötet, dachte sie. Orion war erst elf Jahre alt, als er einen Mann getötet hat.

»Hat deine Mutter jemals versucht … Du weißt schon …, dich umzubringen?«, fragte Helen verlegen. Orion nickte nur und starrte auf die Wellen. Helen wandte den Kopf ab und betrachtete mit ihm das Meer.

»Das war das Schrecklichste, was ich je erlebt habe«, gestand er mit tonloser Stimme.

Helen hätte ihn gern noch weiter über seine Narben und seinen Cousin Corvus ausgefragt, aber sein starres Gesicht verriet ihr, dass er für eine Nacht genügend schmerzhafte Erinnerungen ausgegraben hatte. Außerdem war sie nicht sicher, ob sie selbst noch mehr davon ertragen konnte.

»Weißt du, wovor ich Angst habe?«, fragte sie, nachdem beide lange Zeit geschwiegen hatten. »Vor dem Ozean.«

Orion lachte leise auf. »Nicht vor dem Tartaros?«

»Der Tartaros ist schon fies«, bestätigte Helen mit einem energischen Nicken. »Aber das Meer macht mir entschieden mehr Angst.«

»Und was ist mit dem, was du gerade über mich erfahren hast?«, fragte er leise. »Macht dir das auch Angst?«

»Nein«, antwortete sie. Sie musste daran denken, wie Orions Vater ihn sich selbst überlassen hatte. Wie sein Cousin ihn gejagt hatte, als er noch ein Kind gewesen war, und dass er in so ziemlich jeder Sekunde seines Lebens gewusst hatte, dass ihn die Leute, die eigentlich für ihn da sein sollten, niemals lieben würden. »Allerdings macht es mich stinksauer.«

Sie schwiegen und beide hingen lange ihren eigenen Gedanken nach.

»Danke«, sagte Orion nach einer ganzen Weile und begann, seine Stiefel aufzubinden.

»Was machst du da?«, fragte Helen verdutzt, als Orion die Stiefel auszog.

»Also, erstens finde ich es total lächerlich, dass du auf einer Insel aufgewachsen bist und Angst vor Wasser hast«, sagte er, stand auf und streifte seine Jacke ab. »Und zweitens finde ich, dass wir allmählich aufhören sollten, Angst zu haben.« Er streckte Helen die Hand hin, um ihr aufzuhelfen. »Ich werde dir jetzt das Schwimmen beibringen.«

»Jetzt? Warte«, stammelte sie und zupfte an seinem Arm. »Ich glaube nicht, dass ich das kann.«

»Klar kannst du das.« Er grinste sie an. »Und jetzt zieh dich aus.«

Helen musste lächeln, aber als sie die Narben auf seinem Oberkörper sah, verstummte ihr Lachen. Einen Moment später hatte sie eine Entscheidung getroffen und sprang auf. »Wieso eigentlich nicht«, sagte sie, kickte ihre Schuhe von sich und zog sich das Hemd über den Kopf. »Ich habe einen verdammten Myrmidonen gekillt. Was ist dagegen schon ein Hai?«

»Das ist die richtige Einstellung«, lobte Orion und entledigte sich seiner Jeans. Helen machte es ihm nach und fing in der kalten Luft sofort an zu zittern.

»Werde ich da drin erfrieren?«

»Nicht, wenn ich bei dir bin. Dann wird dir das Wasser vorkommen wie ein warmes Bad«, versprach er und nahm ihre Hand. »Können wir?«

»Ich kann nicht glauben, dass ich das wirklich tue!«, schrie Helen im Scherz und rannte mit Orion auf den dunklen Ozean zu. Doch kurz bevor die erste Welle sie traf, blieb sie abrupt stehen und riss Orion dabei fast den Arm aus dem Gelenk. »Nein, ich kann das nicht!«, kreischte sie.

Die Welle teilte sich und flutete um sie und Orion herum wie bei Moses und dem Roten Meer.

»Danke«, sagte Helen und lächelte Orion erleichtert zu. »Einen Moment lang hatte ich echt Panik.« Erst da merkte sie, dass sein Gesicht wie erstarrt war und er sie mit großen Augen ansah.

»Ich war das nicht«, sagte er und betrachtete die zurückschwappende Welle, die um sie herumströmte, ohne sie zu berühren. »Du machst das.«

Helen hörte damit auf, im Geiste das Wasser von sich wegzuschieben, und stellte sich stattdessen vor, wie es auf ihre Haut traf. Die unsichtbare Schutzwand, die das Wasser ferngehalten hatte, brach zusammen und die nächste Welle reichte ihnen bis zum Bauch. Helen schaute verlegen zu Orion auf.

»Ach ja … Ich habe vergessen, dir zu sagen, dass ich ein paar eurer Begabungen übernommen habe, als wir drei Blutsgeschwister wurden«, begann sie zögernd. »Zumindest vermutet Lucas, dass es so ist.«

»Ich würde sagen, dass er damit recht hat«, sagte Orion und sah Helen ganz merkwürdig an.

»Was?«, fragte sie zögernd. »Bist du sauer auf mich?«

»Nein. Es ist nur so, dass ich über eine Begabung verfüge, die ich niemandem wünsche«, sagte er sanft. »Kannst du Erdbeben auslösen, Helen?«

»Ich weiß es nicht. Wo spürst du sie?«, fragte Helen, weil sie wusste, dass er verstehen würde, was sie damit meinte. Sie fühlte ihre Blitze tief in ihrem Bauch. Und die Schwerkraft spürte sie in jeder einzelnen Zelle, und sie nahm an, dass auch Erdbeben irgendwo im Körper ihren Ursprung hatten, genau wie die anderen Sinne. Orion trat dichter an sie heran und wirkte sehr ernst.

»Hier«, sagte er und fuhr mit den Händen über ihre Beine. »Als würde man ein Pferd von der Größe eines Kontinents reiten«, fügte er leise hinzu. Helen legte ihm die Hände auf die Schultern, weil ihre Knie plötzlich ganz weich wurden.

Der Boden bebte.

Orion hielt sie fest, bevor ihre Beine unter ihr nachgaben, und zog sie eng an sich. »Das ist ein Ja«, flüsterte er.

Helen fuhr mit den Fingerspitzen über die Narbe auf seiner Brust. Er senkte den Kopf, küsste sie und zog sie bei der nächsten Welle mit sich unter Wasser.

Helen hatte keine Gelegenheit, in Panik zu geraten, weil sie unter Wasser war – sie war zu sehr damit beschäftigt, den Kuss zu erwidern. Sie merkte nicht einmal, dass sie das Wasser einatmete, als wäre es Luft, denn sie ließ ihre Hände über Orions Schultern und seinen Nacken wandern. Das Einzige, woran sie denken konnte, war, wie faszinierend er sich anfühlte. Faszinierend. Aber nicht richtig.

Orion zog sich jäh zurück. Helen öffnete die Augen, und obwohl das Wasser dunkel war, sah sie sofort die Trauer in seinem Gesicht. Sie hatte schon wieder alles verdorben. Ihre einzige Chance, mit einem anderen Jungen glücklich zu werden – einem Jungen, der fast perfekt war –, und sie hatte es verbockt. Sie streckte die Arme nach ihm aus und hoffte verzweifelt, ihre lächerliche Verliebtheit in Lucas endlich abschütteln zu können. Wenn sie mit Orion zusammen war – richtig zusammen –, würde sie vielleicht über Lucas hinwegkommen.

Orion wich ihrer Umarmung aus. Er nahm stattdessen ihre Hand, schwamm zurück an die Oberfläche und zog sie hinter sich her.

Sie waren tiefer gesunken und weiter aufs Meer hinausgetrieben, als Helen gedacht hatte. Sie konnte den Ozean jetzt zwar beherrschen, aber sie wusste immer noch nicht, wie man schwamm. Aber das machte nichts. Mit ein paar kräftigen Schwimmstößen brachte Orion sie zurück an den Strand. Er sprach kein Wort. Als sie wieder im Sand standen, ließ er ihre Hand los und steuerte wortlos die Stelle an, an der sie ihre Kleidung ausgezogen hatten.

»Orion, es tut mir leid, okay?«, rief Helen, die ihm folgte. Doch er wurde nicht einmal langsamer. Als sie schneller hinter ihm herhastete, beschleunigte er seine Schritte ebenfalls. »Kannst du mal warten?«

»Wozu?«, fauchte er und fuhr herum. »Was zwischen dir und mir wird in fünf Minuten anders sein als jetzt oder in fünf Jahren? Ich könnte mein ganzes Leben lang auf dich warten und du würdest immer noch in Lucas verliebt sein.«

»Aber dich liebe ich auch«, beteuerte Helen.

»Das weiß ich«, sagte er deprimiert. »Aber nicht so, wie du ihn liebst.« Orion setzte sich in den Sand. Helen blieb stehen und rang nervös die Hände.

»Vielleicht ist es nicht dasselbe, aber das bedeutet nicht, dass nicht irgendwann ...«, Helen verstummte.

Es würde kein »irgendwann« geben und Helen wusste es. Sogar nachdem sie das Wasser des Lethe berührt hatte und sich nicht mehr an ihren eigenen Namen hatte erinnern können, hatte sie immer noch gewusst, wer Lucas war. Sie würde niemals über ihn hinwegkommen. Lucas war der Einzige für sie.

Orion zog sie neben sich in den Sand und seufzte. »Meine Eltern sind genauso wie du und Lucas. Sie lieben einander mehr als alles andere auf der Welt – mehr, als sie mich lieben. Ich habe mich mein ganzes Leben lang gefragt, wie es sich wohl anfühlt, so geliebt zu werden. Mehr geliebt zu werden.« Er sah Helen eindringlich und bewusst verletzend in die Augen. »Ich weiß, dass du mich liebst, Helen. Aber verdiene ich es nicht, zur Abwechslung mal die erste Wahl von jemandem zu sein?«

Tränen brannten in Helens Augen. Der Ausdruck in Orions Gesicht war genau derselbe, den sie auch im Gesicht von Aeneas gesehen hatte, als seine Mutter sich nicht für ihn entschieden hatte, sondern für die andere Helen. Sein ganzes Leben lang, jedes Leben lang, war Orion immer erst an zweiter Stelle gekommen.

»Ich kenne niemanden auf der Welt, der es so verdient, geliebt zu werden – mehr geliebt zu werden –, wie du«, sagte Helen mit bebender Stimme. »Ich dachte, ich könnte ihn vergessen, wenn ich mit dir zusammen bin. Aber dann würde ich dich nur benutzen.« Sie ließ den Kopf hängen. »Es tut mir leid.«

Orion legte ihr einen Arm um die Schultern und zog sie an sich. »Hey, immerhin war ich es, der dich geküsst hat. Ich habe mich selbst in diese Lage gebracht. Und ich sollte es eigentlich besser wissen.«

»Aber ich möchte dich mehr lieben«, sagte sie langsam und wagte es nicht, weiterzusprechen. Doch dann nahm sie all ihren Mut zusammen und sah ihm in die Augen. »Du kannst mich dazu bringen, dich mehr zu lieben, oder?«

»Ja«, flüsterte er. »Bis du Lucas das nächste Mal siehst. Aber das weißt du längst. Du hast dich nicht nur einmal in ihn verliebt. Du verliebst dich jedes Mal neu in ihn, wenn du ihn ansiehst.«

»Dann halte ich mich von ihm fern. Für immer.«

Er schaute weg und nagte nachdenklich an seiner Unterlippe. »Aber ich würde es wissen«, flüsterte er. »Ich würde immer wissen, dass ich dich gezwungen habe, mich zu lieben, und dass es nicht echt ist. Ich glaube, lieber würde ich niemals lieben, als mit diesem Wissen leben zu müssen.«

Helen nickte und starrte auf ihre Hände, ohne sie wirklich wahrzunehmen. Dann schlang sie die Arme um seine Brust und ließ ihren Tränen freien Lauf … Sie weinte wegen Orion, wegen sich selbst und wegen Lucas, vor allem aber, weil sie das alles so satthatte. Sie konnte einige der größten Mächte der Erde beherrschen, aber über das Wichtigste von allem – ihr eigenes Herz – hatte sie keine Kontrolle.

Orion streckte sich im Sand aus und zog Helen mit sich. Er strich sich und Helen das Wasser von der Haut, sodass beide sofort trocken waren. Orion starrte zu den Sternen hinauf, während Helen wieder anfing zu weinen. Als sie sich endlich beruhigte, legte er ihre Kleidungsstücke über sie, um sie zu wärmen. Helen war mittlerweile zu müde, um vernünftig zu denken.

»Sind wir noch Freunde?«, fragte Orion nach langem Schweigen.

»Scheint nicht genug zu sein, oder?«, murmelte sie, denn sie war mittlerweile schon fast eingeschlafen. »Wir sind mehr als nur Freunde. Wir sind Geschwister. Blutsgeschwister.«

Seine Brust bebte unter ihrer Wange, als er kurz auflachte, und sie hörte ihn nur noch »Geschwister« wispern, bevor er einschlief.

Das Letzte, woran Helen denken musste, bevor auch sie vom Schlaf überwältigt wurde, war, dass sie schon einmal auf diese Weise mit einem Jungen am Strand übernachtet hatte.

»Onkel?«, rief Helen.

»Ich bin hier, Nichte«, antwortete Hades freundlich. Helen drehte sich um und sah ihn über den endlosen Strand auf sich zukommen – der Strand, der nie ans Meer führte.

Sie lächelte ihn zögernd an. »Danke fürs Kommen. Ich habe eine Menge Fragen.« Die Unsicherheit ließ ihre Stimme beben. »Wenn ich mir gegenübersitze und andere Leute mich zum Beispiel ›Guinevere‹ nennen, ist das kein Traum, sondern eine Erinnerung, richtig?«

»Richtig.«

»Wie kann das sein?«

Hades' dunkler Helm schimmerte. »Die Toten haben die Wahl. Sie müssen nicht für immer in der Unterwelt bleiben, wenn sie nicht wollen. Aber um sie verlassen zu können, müssen sie zuerst ihre Erinnerungen im Fluss Lethe wegspülen, weil sie sonst nicht wiedergeboren werden können.«

»Und als ich ein paar Tropfen dieses Wassers berührt habe?«, fragte Helen, die einer Eingebung folgte.

»Die Erfahrungen des Lebens werden nicht ausgelöscht. Der Fluss vergisst nicht. Deine Seele hat diese Erinnerungen im Wasser herbeigerufen und sie haben sich mit deinem Leben verbunden. Das passiert selten, aber es kommt vor«, sagte er und wandte seinen nahezu verhüllten Kopf ab. »Warum bekleidest du dich nicht?«

»Oh. Ach so«, sagte Helen und verschränkte verlegen die Arme vor ihrem BH. »Ich weiß nicht, wie.«

»Doch, das weißt du. Denk nach, Helen.«

»Ich möchte warme, saubere Sachen tragen«, verlangte sie gebieterisch. Helen stellte sich ein robustes Outfit vor, inklusive der gefütterten Gummistiefel, die sie gewöhnlich in der Unterwelt trug, und sofort hatte sie die Sachen am Körper. Helen richtete den Blick auf den Bereich hinter den Schatten, wo sie Hades' Augen vermutete. »Okay, erste Frage. Wieso kann ich das? Wieso kann ich die Unterwelt kontrollieren?«

»Weil du über eine Begabung verfügst, die auch ich habe, und Morpheus und Zeus ebenfalls, um nur einige zu nennen«, erklärte er. »Jeder von uns kann eine Welt erschaffen. Meine Schöpfung ist der Hades. Morpheus hat das Schattenland hervorgebracht. Die Furien das Trockene Land. Zeus den Olymp und Tartaros den Tartaros, und zwar schon Äonen, bevor einer von uns existierte. Und Tartaros hat die Grenzen seines Landes für alle offen gelassen, die ebenfalls über diese Macht verfügen, auch wenn keiner von uns ihn jemals zu Gesicht bekommen hat.«

»Aber was hat das alles mit mir zu tun?«, platzte Helen heraus, die gar nichts mehr verstand. »Ich habe noch nie etwas erschaffen. Ich habe es nicht einmal auf die Bestenliste meiner Schule geschafft.«

»Du hast bis jetzt noch nichts erschaffen. Aber du wirst es, wenn du dich dafür entscheidest«, sagte er mit einem leisen Kichern, das merkwürdig vertraut klang. »Es hat vor dir schon andere Scions mit dieser Begabung gegeben. Ihr nennt sie Deszender, was aber eigentlich nicht die richtige Bezeichnung ist, weil es nur die Tatsache umschreibt, dass ich Scions wie dir erlaubt habe, bei mir Hilfe zu suchen. Zumindest so viel Hilfe, wie ich anbieten kann«, fügte er voller Bedauern hinzu. »Bis jetzt habe ich euch alle enttäuscht.«

»Scions wie ich?« Helens Handflächen begannen zu schwitzen. »Was für eine Art Scion bin ich denn?«

»Du bist ein Weltenschöpfer, Helen. Du hast die Macht, ein Land für jeden zu erschaffen, dem du den Zutritt dazu gewähren willst. Eine eigene Welt, in der nur deine Regeln gelten. Ewige Jugend. Erfüllung. Oder niemals endende Prüfungen und Leid – was immer du für angebracht hältst.«

Zwischen ihnen herrschte Schweigen, während Helen diese Neuigkeit verdaute.

»Aber … das … ist … furchtbar!«, japste sie atemlos. »Hast du meine Töpferarbeiten gesehen? Ich kann keine neue Welt ›erschaffen‹ – das wird eine Katastrophe! Kannst du dir nicht jemanden suchen, der wenigstens zeichnen kann oder etwas in der Art?«

»Tut mir leid, Helen, aber die Parzen streuen diese Begabung nicht gerade großzügig unters Volk.« Hades lächelte, wurde aber schnell wieder ernst. »Genau genommen gab es bisher nur zwei Scions, die in der Lage waren, so gut mit dieser Begabung umzugehen, dass sie ihre eigenen Welten erschaffen konnten, doch selbst diese existierten nicht lange.«

»Wer waren sie?«

»Morgan und Atlanta. Die eine hat Avalon erschaffen, die andere Atlantis. Beide Welten versanken im Nebel oder in den Fluten, als ihre Schöpfer besiegt wurden, aber Scions erinnern sich immer noch an diese Länder. Vor allem Atlantis. Sie sterben noch heute dafür.«

»Warte. Du sagst, dass Atlantis nicht existiert?«

»Nicht mehr. Jeder Weltenschöpfer muss in der Lage sein, sein Reich gegen Herausforderer zu verteidigen. Morgan und Atlanta gelang das nicht.«

Helen setzte sich in den unangenehm feuchten Sand und ließ den Kopf in die Hände sinken. Natürlich hatte sie eine Menge Verantwortung übernommen, weil sie keine Wahl gehabt hatte, aber diese Sache war ihr eine Nummer zu groß.

»Nein«, sagte sie und schüttelte den Kopf. »Ich kann das nicht. Ich habe schon vieles getan, aber das ist zu viel.«

»Was meinst du?«, fragte Hades. »Was kannst du nicht?«

Helen hob den Kopf und sah Hades verzweifelt an. »Ich kann nicht zu den Scions zurückgehen und ihnen sagen, dass all diese Morde, die sie verübt haben, um Atlantis zurückzubekommen, vollkommen sinnlos waren!« Ihre Stimme klang immer hysterischer. »Was sollte dieser Orakel-Mist, dass nur ein Haus übrig bleiben darf und dass dieses eine Haus dann der Schlüssel zu Atlantis ist? Die bringen sich schon seit Jahrzehnten gegenseitig um, und jetzt willst du, dass ich zu ihnen gehe und ihnen sage, dass alles eine Lüge war, dass es kein Atlantis gibt? Das kann ich nicht!«

»Es ist keine Lüge. Nur eine Fehlinterpretation der Prophezeiung«, sagte Hades gelassen. Helen starrte ihn an wie betäubt.

»Das reicht nicht«, erwiderte sie erstaunlich ruhig. »Du musst mir mehr darüber erzählen.«

Er setzte sich neben sie in den Sand, nahe genug, dass die Schatten ein wenig zurückwichen und sie das leuchtende Grün seiner Augen und einen vertrauten Schönheitsfleck in Form einer einzelnen Träne auf einem seiner perfekten Wangenknochen sehen konnte.

»Die Prophezeiung ist eingetreten. Die Häuser sind vereint, Helen.« Hades ergriff ihre Hände und hielt sie warm umschlossen. »Du wirst Atlantis oder Avalon oder Helena – wie immer du es auch nennen willst – erschaffen, und sobald deine Welt fertig ist, entscheidest du, wer sie betreten darf, wer bleiben und wer gehen muss und wie jeder Einzelne dein Land erlebt. Das alles liegt an dir.«

»Das ist zu viel für einen Menschen«, sagte Helen und schüttelte den Kopf, als könnte sie diese Verantwortung wieder loswerden, wenn sie sie nur heftig genug von sich wies. »Das ist zu viel Macht.«

Hades streifte seine Kapuze zurück, nahm den Helm der Dunkelheit ab und vertrieb die Schatten, die ihn umgaben. Helen schaute in ein Gesicht, das sie kannte und liebte.

»Es wird viele Scions geben, die derselben Meinung sind. Viele Wesen, sowohl sterbliche als auch unsterbliche, werden vor nichts zurückschrecken, um dich daran zu hindern, dass du deine wahre Macht beanspruchst.« Hades' leuchtend grüne Augen füllten sich mit Trauer. »Wenn du eine Welt erschaffst, werden viele versuchen, sie zum Einsturz zu bringen. Du und die mit dir verbündeten Scions werden sie verteidigen müssen und viele von euch könnten dabei sterben. So wie die Götter es wollen.«

»Dann werde ich keine Welt erschaffen.«

Wieder nahm Hades ihre Hand. »Die Parzen werden dafür sorgen, dass du keine Wahl hast.«

»Nein«, widersprach Helen und schüttelte bockig den Kopf. »Ich werde nicht zulassen, dass drei alte Hexen über mein Leben bestimmen. Ich werde keine Welt erschaffen, wenn das meinen Freunden und meiner Familie einen Krieg aufzwingt. Wenn ich nie eine Welt hervorbringe, werden uns die Götter nicht herausfordern und niemand muss kämpfen.«

»Du bist tapfer und voller Mitgefühl, wie ein Weltenschöpfer es sein sollte, und ich bin sehr stolz auf dich. Aber ein Krieg kommt auf dich zu, Nichte«, sagte Hades traurig. »Und du musst dich – genau wie einst Helena von Troja – entscheiden, wie du damit umgehen willst.«

7

Der schrille Klingelton eines Handys brachte Helen dazu, dass sie widerwillig die Augen öffnete. Es war immer noch dunkel und bis zum Morgengrauen würde es eine ganze Weile dauern. Unter ihr erwachte Orion und griff nach seiner Jeans, die wie eine Stola über Helens Rücken lag. Mit kalten Fingern fummelte er schlaftrunken das Telefon aus der Hosentasche – gerade rechtzeitig, bevor es aufhörte zu klingeln.

»Hallo?«, murmelte er verschlafen. »Du bist es. Ja, sie ist in Sicherheit. Sie ist hier bei mir.«

Helen spitzte die Ohren, um beide Seiten des Gesprächs zu belauschen.

»Oh. Gut«, sagte Lucas am anderen Ende mit bleierner Stimme. »Könnt ihr beide in unser Haus kommen? Cassandra wird eine Prophezeiung abgeben. Sie hat extra nach dir gefragt, Orion. Ich wollte nicht bei irgendwas stören.«

Helens Blick traf den von Orion, der erst jetzt begriff, was Sache war.

»Wir sind unterwegs. Lucas, warte …«, sagte Orion noch, aber es war zu spät. Lucas hatte bereits aufgelegt. Orion sah Helen verlegen an. »Tut mir leid.«

»Wieso? Vielleicht ist es besser, wenn er denkt, dass wir miteinander geschlafen haben. Vielleicht wird er dann …« Sie verstummte, als sie Orions skeptischen Blick bemerkte.

»Er wird nicht über dich hinwegkommen, Helen. Egal, mit wie vielen Männern du deine Nächte verbringst.«

Helen nickte, denn sie wusste, dass er recht hatte. Orion betrachtete Helen verwundert.

»Woher hast du die Klamotten?«, fragte er.

»Ich habe sie in der Unterwelt sozusagen herbeigehext.«

»Wie lange warst du dort – und wieso?«, fragte er besorgt. »Was ist geschehen?«

Helen überlegte kurz, Orion alles zu erzählen, was sie von Hades erfahren hatte. Aber sollte sie Orion nach allem, was sie in dieser Nacht erlebt hatten, wirklich sagen, dass seine Mutter wegen eines Krieges den Verstand verloren hatte, bei dem es nur um eine missverstandene Prophezeiung und einen Ort gegangen war, den es nicht mehr gab? Helen hatte keine Ahnung, ob sie ihm das überhaupt jemals sagen konnte. Deswegen zuckte sie nur mit den Schultern.

»Lass mich raten«, sagte er und wandte sich ab, um den Sand aus seiner Jeans zu schütteln. »Das ist mal wieder eine lange Geschichte. Irgendwann wirst du anfangen müssen, mir ein paar von diesen langen Geschichten zu erzählen, das ist dir klar, oder?«

»Ich weiß«, sagte Helen. Sie stand auf und klopfte sich den Sand von den Kleidern ab. »Ich brauche nur ein bisschen Zeit, um das alles auf die Reihe zu kriegen.«

Helen wusste, dass Orion das Durcheinander sehen konnte, das in ihrem Innern herrschte, aber er drängte sie nicht, sich ihm anzuvertrauen. Stattdessen zog er sich an und baute sich dann mit ausgebreiteten Armen vor ihr auf.

»Nimmst du Anhalter mit?«, fragte er mit einem frechen Grinsen. Helen schlang kichernd die Arme um ihn und flog los. Von ihrem Lachen angespornt, alberte Orion weiter herum. »Captain? Werden auf diesem Flug Drinks serviert? Ich glaube, ich habe hier irgendwo einen gefälschten Ausweis.«

»Einen gefälschten Ausweis? Wieso sollte ich dir Alkohol geben, obwohl du gerade zugegeben hast, dass du zum Trinken zu jung bist?«

»Also gibt es Drinks«, beharrte er mit gespieltem Ernst. »Das wundert mich gar nicht, wenn ich mir all diese Taschen ansehe, die du dir an deine Jacke und Hose gezaubert hast.« Er begann, Helen zu durchsuchen und wühlte so gewissenhaft in den Taschen ihrer Cargohose und ihrer Jacke, als hinge die nationale Sicherheit davon ab. »Von all den Klamotten auf der Welt suchst du dir ausgerechnet ein Outfit aus, in dem ich bestenfalls auf die Jagd gehen würde. Ich wusste gar nicht, dass du auf Holzfällerlook stehst.«

»Mir war kalt!«, verteidigte sich Helen lachend.

»Und da entscheidest du dich für Flanell?«

»Was soll ich sagen? Ich komme aus Neuengland. Wir stehen auf Flanell.«

Inzwischen schwebten die beiden über dem Garten des Delos-Anwesens, und Helen musste sich zwingen, mit dem Kichern aufzuhören und sich auf die Landung zu konzentrieren.

»Oooh. Gummistiefel. Wie sexy«, stichelte Orion. Damit war es in der letzten Sekunde wieder um Helen geschehen und beide plumpsten ungeschickt auf den Rasen.

»Seid ihr okay?«, rief Matt besorgt.

»Alles klar. Nichts passiert«, rief Helen zurück. Matt stand in der Tür seines neuen Wagens. Der Motor lief noch, und die Scheinwerfer brannten, als wäre er erst vor einer Sekunde aus dem Auto gesprungen.

Helen versuchte, sich von Orion zu befreien und sich zu benehmen wie eine Erwachsene, aber er hielt sie immer wieder an den Knöcheln oder den Knien fest, sodass sie einfach nicht auf die Beine kam.

»Also jetzt weiß ich, was mit den Drinks auf unserem Flug passiert ist«, scherzte Orion und gab sich nachdenklich, als er Helen zum dritten Mal umwarf. »Der Captain hat alles allein ausgesoffen. Was bist du nur für eine Schnapsnase, Hamilton.«

Helen hätte gern ihre Unschuld beteuert, aber sie war so außer Atem vom Lachen, dass sie keinen zusammenhängenden Satz herausbrachte.

»Seid ihr bald fertig?«, fragte Matt. »Wie alt seid ihr – neun?«

Helen und Orion hörten auf herumzualbern. »Hat Ariadne dich angerufen?«, fragte Helen Matt.

»Nein, Hector«, sagte er und half Helen auf die Beine.

»Wo ist Claire?«, wollte sie wissen.

»Sie sitzt eingesperrt in ihrem Zimmer. Ihre Großmutter wollte sie um diese Uhrzeit nicht aus dem Haus lassen«, berichtete er mit einem Kichern. »Habt ihr eine Ahnung, was Cassandra vorhergesagt hat?«

»Sie hat nach Orion gefragt. Mehr wissen wir nicht«, sagte Helen. Die drei gingen um die Garage herum zur Seitentür in die Küche.

»Ach ja«, sagte Matt und schaute mit gerunzelter Stirn zu Orion hinüber. »Hector hat irgendwas über den Tyrannen gesagt.«

Helen spürte, wie Orion erstarrte, und warf einen Blick auf seine Brust, um seine Gefühle zu lesen. Er verbarg sie jedoch so schnell, dass Helen nicht interpretieren konnte, was sie sah, aber die Art, wie er die Lippen verkniff, verriet ihr, dass er sich für einen Kampf wappnete.

Helen nahm sich fest vor, dass sie sofort den Raum verlassen würde, wenn irgendjemand etwas Schlechtes über Orion sagte. Man hatte ihn schon sein ganzes Leben lang wie ein böses Omen behandelt, und das, obwohl er nie etwas getan hatte, um eine solche Bestrafung zu verdienen. Die Worte »in die Bitterkeit hineingeboren« hallten in Helens Kopf herum, denn das gehörte zur Beschreibung des Tyrannen. Nach allem, was sie in Neufundland gesehen hatte, war ihr klar, dass diese Worte zu Orion passten, aber deswegen war er noch lange nicht der Tyrann.

Man konnte ihm höchstens vorwerfen, dass er von den falschen Eltern geboren worden war und die falsche Begabung mitbekommen hatte. Aber anscheinend reichte das schon aus, damit ihn alle verachteten. Und weswegen? Wegen einer anderen irreführenden Prophezeiung wie der über Atlantis? Orion konnte unmöglich dieser Monster-Tyrann sein, das würde Helen allen sagen.

Noch bevor sie das Haus betraten, konnte Helen bereits den

unheimlichen mehrstimmigen Chor der Parzen hören, die durch Cassandra sprachen. Als sie durch die Küchentür hereinkamen, ging plötzlich ein grauenvolles Geschrei los. Matt, Helen und Orion rannten sofort auf den Lärm zu, der aus der Bibliothek kam, in der Castor und Pallas ihr Büro hatten. Eine halbe Sekunde später hatten sie die Tür erreicht.

»Nemesis schickt ihren Boten, uns erblinden zu lassen! Dunkelheit bricht herein!«, heulte der Parzenchor voller Angst. »Er muss getötet werden oder alles wird zerstört!«

Orion, Matt und Helen stürmten ins Zimmer, in dem sich die Delos-Familie versammelt hatte. Cassandra schwebte in der Luft und die dreigeteilte Aura der Parzen tauchte sie in einen purpurroten, grünen und blauen Schimmer. Sie schlug um sich und heulte vor Schmerz, als sich die Parzen in ihren Körper drängten und sie zwangen, ihr Sprachrohr zu sein. Cassandra, deren Gesicht runzlig war wie das einer uralten Frau, hob eine klauenartige Hand und zeigte damit direkt auf Orion.

»Töte ihn!«, kreischte eine der Parzen durch Cassandras Mund.

»Er wird alles vernichten!«, schrie eine andere, während Cassandras Gesicht Blasen warf und sich in das einer anderen alten Frau verwandelte.

»Wieso ist er noch am Leben? Er hätte schon als Baby getötet werden sollen!«, zeterte die dritte Parze.

Einen Moment lang schaffte es Cassandra, den drei Parzen die Gewalt über ihren Körper zu entreißen. »Nein!«, schrie sie. »Geht weg!«

»Du gehörst UNS!«, kreischten alle drei. »Du wirst uns gehorchen!«

Cassandra begann, sich selbst mit den Fingernägeln zu verletzen und ritzte sich lange blutige Furchen in die Haut. Die Parzen führten ihre Hände, aber ihr Geist war sich der Bestrafung, die sie ihr angedeihen ließen, durchaus bewusst. Helen wich unwillkürlich einen Schritt zurück und merkte erst dann, dass alle anderen dasselbe getan hatten. Mit Ausnahme von Orion.

»Genug!«, befahl er und trat vor, bis er sich direkt unter Cassandra befand. »Lasst sie in Ruhe.«

Die Parzen schrien und purpurrotes, grünes und blaues Licht leuchtete auf. Dann ließen sie Cassandra los, die direkt aus ihrem Schwebezustand fiel. Orion fing sie auf, bevor sie auf dem Boden aufschlug, und nahm sie in die Arme. Sie vergrub das Gesicht an seiner Brust und fing an zu schluchzen.

»Jetzt ist alles gut«, redete er beruhigend auf sie ein. Er trug sie zur Couch, setzte sich hin und hielt sie auf dem Schoß. Orion musterte alle anderen vorwurfsvoll. »Ihr steht einfach nur da und lasst zu, dass diese Hexen ihr dieses Leid antun?«, fragte er und sah Castor besonders strafend an.

»So ist das nicht«, verteidigte sich Jason. »Wir haben alles versucht.«

»Jedes Mal, wenn wir versucht haben, sie aufzuhalten, haben die Parzen sie nur noch mehr gequält«, berichtete Lucas.

Orion sah ihn an und seine Wut verrauchte. Er nickte verlegen und musste sich eingestehen, dass er wohl etwas voreilig geurteilt hatte.

»Und wieso verziehen sie sich, wenn Orion es ihnen befiehlt?«, fragte Pallas. Er musterte Orion misstrauisch. »Wieso haben die Parzen solchen Respekt vor dir?«

»Vielleicht, weil ich keinen Respekt vor ihnen habe«, erwiderte Orion.

Helen war sofort kampfbereit und spürte dieselbe Bereitschaft bei Lucas und Hector, die ebenso für Orion einstehen würden.

»Die Parzen fürchten Orion, weil sie ihn nicht durchschauen können. Es hat etwas mit ihrer Schwester zu tun, einer wunderschönen Frau mit einem Schleier vor den Augen. Sie verbirgt ihre Augen, wenn er sich nähert«, sagte Cassandra müde und beendete damit den Streit, bevor er ausbrechen konnte. Sie holte zittrig Luft, richtete sich in Orions Armen auf und sah ihn an. »Du bist für sie wie ein unbeschriebenes Blatt. Oder eine Sackgasse.« Sie wischte sich mit der Hand übers Gesicht. »Ich weiß nicht genau, was sie denken. Ich bekomme nur gelegentlich kleine Einblicke. Aber ich weiß, dass sie die Antworten nicht sehen, sobald du ins Spiel kommst.«

»Kannst du deswegen meine Zukunft nicht sehen?«, fragte Helen. »Als ich Orion in der Unterwelt getroffen und viel Zeit mit ihm verbracht habe, sagtest du, dass du meine Zukunft nicht mehr sehen könntest.«

Cassandra neigte nachdenklich den Kopf. »Das könnte sein. Die Parzen sagen mir nichts über Orion. Sie hassen es schon, wenn ich nur an ihn denke.«

»Sehr gut«, sagte Orion. »Ich konnte die Parzen noch nie leiden.« Er lächelte Cassandra an, als hätte er gerade eine Eingebung. »Also deswegen folgst du mir auf Schritt und Tritt?«

Sie erwiderte sein Lächeln und nickte schüchtern. »Ich kann mich entspannen, wenn du in der Nähe bist, weil ich dann weiß, dass sie nicht kommen werden.«

Helen betrachtete Castor, Lucas und Hector, die alle beunruhigt wirkten. In ihren Herzen herrschte verwirrter Nebel, als wüssten sie nicht, was sie von all dem halten sollten, was sie gerade gehört hatten. Helen wünschte, sie wäre früher im Raum gewesen. Sie wollte diese neue, überarbeitete Tyrannen-Theorie hören, am besten vor Orion.

»Und du hast keine Angst vor mir?«, fragte Cassandra Orion zaghaft. Er grinste.

»Warst du schon mal in Thailand?«, fragte er. Sie schüttelte angesichts dieser unerwarteten Frage verdutzt den Kopf. »Sagen wir mal so: Ich habe schon Dinge gegessen, die furchteinflößender waren als du. Und größer als du.« Cassandra kicherte, doch dann überwältigte sie ihre Erschöpfung, und sie begann zu gähnen. »Ja, diese Wirkung habe ich auf viele Leute«, scherzte Orion und stand mit Cassandra im Arm auf. »Okay. Zeit fürs Bett, Kitty-Katze.«

»Bleibst du bei mir, bis ich eingeschlafen bin?«, fragte sie und klammerte sich an seinen Arm.

»Natürlich.«

Auf dem Weg zur Tür warf Orion Helen einen bedeutsamen Blick zu. Sie nickte, um ihm zu versichern, dass sie ihn über alles informieren würde, was er verpasste, solange er sich um Cassandra kümmerte. Er hatte kaum den Raum verlassen, als mehrere Familienangehörige anfingen, wild durcheinanderzureden.

»Ich kann nicht fassen, dass die Parzen einfach verschwunden sind«, sagte Ariadne zu ihrem Zwillingsbruder.

»Es sah aus, als wollten sie sie diesmal umbringen«, stellte Jason fest.

»Es ist schlimmer, als wir dachten«, sagte Pallas eindringlich zu Castor, was alle anderen verstummen ließ. »Wenn Orion bleibt, sind wir blind. Mit dem Orakel hätten wir wenigstens einen Vorteil gegenüber den Göttern. Zwar nur einen kleinen, aber immerhin einen Vorteil.«

»Ich weiß«, antwortete Castor besorgt.

»Er ist ein guter Mann. Das kann jeder sehen«, beteuerte Pallas. »Aber gut oder nicht, er ist zu gefährlich. Er kann nicht bei uns bleiben.«

»Nein. Du kannst Orion nicht wegschicken«, sagte Lucas halblaut und sah seinen Vater an. Alle Augen richteten sich auf Lucas, erstaunt, dass ausgerechnet er Orion verteidigte. Lucas' Miene war undurchdringlich. »Er hat mir das Leben gerettet und das von Helen. Wir sind jetzt Blutsbrüder.«

»Ich stimme ihm zu«, sagte Hector ruhig. »Orion hat an unserer Seite gekämpft. Er ist ein Teil unserer Familie«, fuhr er fort und deutete mit einem Kopfnicken auf Lucas und Helen.

»Nur weil jemand an deiner Seite gekämpft hat, macht ihn das nicht zu einem Mitglied dieser Familie«, fuhr Pallas seinen Sohn gereizt an. »Du verlässt dich zu sehr auf dein Ehrgefühl und lässt dir deine Entscheidungen davon diktieren, Hector!«

Hector wich dem gereizten Blick seines Vaters aus und gab damit klein bei. Er respektierte seinen Vater zu sehr, um ihm zu widersprechen, auch wenn Pallas sich irrte. Das brachte Helen auf die Palme.

»Hier geht es doch gar nicht um Ehrgefühl oder um Orion«, sagte sie verärgert. Sie trat einen Schritt auf Pallas zu und spürte, wie sich Lucas, Hector und Jason hinter ihr aufbauten. »Es geht um Cassandra. Du hast zu viel Angst, dich dem zu stellen, was vor dir liegt, wenn dir niemand sagt, was du tun sollst. Lieber lässt du sie leiden, als im Ungewissen zu bleiben. Dieses ganze Gerede über Orions angebliche Gefährlichkeit ist doch nur eine Ausrede, damit du dein Orakel behalten kannst und dich nicht zu schuldig fühlen musst, was es deiner eigenen Nichte antut.«

Pallas ging auf Helen zu, die Lippen wütend verzerrt. Doch Helen ließ sich nicht einschüchtern. Sie hob das Kinn und forderte ihn heraus, sie zu schlagen. Soweit es Helen betraf, war dieser Kampf längst überfällig. Schon als Pallas Helen zum ersten Mal begegnet war, hatte er nur Daphne in ihr gesehen. Und nach so vielen Jahren, in denen er Daphne für die Mörderin seines Bruders gehalten hatte, konnte er seinen Hass nicht einfach abstellen. Pallas hatte Helen immer angesehen, als rechnete er jeden Augenblick damit, dass sie die Familie Delos verriet, und Helen hatte es allmählich satt.

»Denkst du dasselbe auch von mir, Helen? Dass ich meine Tochter dieser Qual aussetze, damit ich mich … was? Besser fühle, was das Morgen betrifft?«, fragte Castor ruhig und trat zwischen Helen und Pallas. Helen spürte Lucas' Hand auf ihrem Rücken und gab ihre aggressive Haltung auf.

»Nein«, gab sie zu und senkte den Blick. »Das denke ich nicht von dir, Castor.«

»Cassandras Gesundheit liegt mir sehr am Herzen. Aber das wahre Problem ist der Tyrann. Das war schon immer so«, fuhr Castor fort, der jetzt zur ganzen Familie sprach. »Ich weiß, was ihr von Orion haltet, aber ich fürchte, eure Zuneigung vernebelt euren Blick für die Wahrheit.«

»Nicht schon wieder!«, fauchte Helen. »Orion ist nicht der blöde Tyrann, okay?«

»Warte, Helen«, sagte Matt und hob eine Hand. »Wir haben noch nicht alle Fakten.« Er sah Castor an. »Was hat das Orakel über den Tyrannen gesagt, bevor wir hier waren? Hat irgendjemand den genauen Wortlaut mitgeschrieben?«

»Ja, ich«, sagte Ariadne. Durch die hitzige Diskussion hatte Helen gar nicht mitbekommen, dass sie am Pult ihres Vaters saß und eifrig schrieb. »Ich habe auch das meiste mit dem Handy aufgenommen. Aber ich will es nicht noch mal hören. Du vielleicht?«

Matt schüttelte den Kopf. Er streckte die Hand aus und Ariadne reichte ihm ihre Notizen. Helen las über Matts Schulter mit, während Ariadne ihnen erklärte, was sie aufgeschrieben hatte.

»Sie hat diese erste Zeile etwa hundert Mal wiederholt, deswegen die Pünktchen. Ich glaube, Cassandra hat so lange gegen die Parzen gekämpft, wie sie konnte.« Ariadne senkte einen Moment lang den Blick, sammelte sich und zeigte dann entschlossen auf ihre Notizen. »Ich habe jedes Mal einen Absatz gemacht, wenn eine neue Stimme übernommen hat. Und die Worte, die alle zusammen gesprochen haben, ganz am Ende, habe ich blau markiert.«

Der Tyrann erhebt sich …

Der Große Zyklus, hinausgezögert seit dreitausenddreihundert Jahren, ist fast beendet.

Das Blut der vier Häuser ist vermischt und der gesamte Olymp vereint in Einem.

Die Zeit ist gekommen. Die Kinder müssen sich über die Eltern erheben – oder werden von ihnen verschlungen.

Der Held,

der Liebhaber,

der Beschützer,

der Tyrann – haben die Bühne betreten.

Der Krieger wartet an der Seite und zieht als Letzter in die Schlacht.

Der Tyrann erhebt sich mit unbeschränkter Macht. Eine Entscheidung bestimmt das Schicksal aller.

Nemesis schickt ihren Boten, uns erblinden zu lassen! Dunkelheit! Dunkelheit bricht herein! Er muss getötet werden oder alles wird zerstört!

An dieser Stelle sahen Helen und Matt einander mit gerunzelter Stirn an. Diesen letzten Satz hatten sie bereits gehört – als sie mit Orion in die Bibliothek gekommen waren. »Nemesis schickt ihren Boten« und »Dunkelheit bricht herein« hörte sich für Helen ziemlich bedrohlich an. Wenn die Parzen damit wirklich Orion meinten, trugen diese Worte nicht gerade zu seiner Entlastung bei.

»Ist diese Nemesis eine böse Göttin oder so was?«, fragte Helen Matt leise, weil sie sicher war, dass er wie üblich mehr über diese ganze Sache gelernt hatte als sie.

»Nein, sie ist nicht böse. Und sie ist viel älter als die Götter«, antwortete Matt. »Sie ist eine Tochter von Nyx, genau wie die Parzen.«

»Dann ist Nemesis also vermutlich die verschleierte Schwester, die Cassandra erwähnt hat?«, fragte Helen und sah die anderen hoffnungsvoll an.

»Das ist möglich«, sagte Castor.

»War das der einzige Teil, in dem alle drei Parzen gleichzeitig gesprochen haben? Dieser letzte Satz?«, fragte Matt Ariadne eindringlich.

»Ja. Sie klangen sehr aufgeregt«, sagte Ariadne.

»Das war der Moment, in dem wir in die Küche kamen«, sagte Helen, die merkte, worauf Matt hinauswollte. »Diese ganze Sache mit Nemesis und der Dunkelheit lag vielleicht nur daran, dass sie nichts mehr sehen konnten, als Orion hereinkam.«

»Ja, Orion könnte ihre Prophezeiung blockiert haben«, bestätigte Matt ihre Vermutung.

»Das erklärt natürlich, wieso die Parzen ihn tot sehen wollen. Sie haben ja schon vor seiner Geburt versucht, ihn zu töten. Sogar noch früher.« Helen verstummte kurz und suchte nach den richtigen Worten. »Die Parzen haben es seit Troja auf Orion abgesehen, weil er damals als Aeneas lebend davongekommen ist. Er hat das Schicksal besiegt. Und das konnte ihm nur gelingen, weil Nemesis ihn auch in Troja beschützt hat.«

Helen sah sich von verständnislosen und besorgten Gesichtern umgeben. Sie rieb sich die Augen, und ihr wurde klar, dass die anderen ihre Erklärung nicht wirklich verstanden hatten und sie Orion vermutlich mehr schadete, als ihm zu helfen. Sie sah Lucas flehentlich an.

»Lüge ich?«, fragte sie den Falschfinder.

»Nein«, erwiderte Lucas ohne das geringste Zögern. »Sie sagt die Wahrheit.«

»Wer's glaubt!«, rief Pallas und riss entnervt die Hände hoch. »Es ist doch eindeutig, welche Rolle die Parzen dir zugedacht haben, Lucas. Du bist der Liebhaber. Du würdest alles für Helen tun.«

»Ja, das würde ich«, gab Lucas unumwunden zu. »Aber sie sagt trotzdem die Wahrheit.«

»Zumindest was sie davon kennt«, sagte Castor. »Es tut mir leid, Sohn, aber nur weil Helen etwas für wahr hält, muss es nicht die Wahrheit sein.« Castors Tonfall war nicht vorwurfsvoll. Er wollte sie nur auf eine Schwachstelle hinweisen, über die er anscheinend gründlich nachgedacht hatte.

Der Anflug eines Gedankens tauchte in Helens Kopf auf – ein bohrender Zweifel über etwas, das wichtig, aber knapp außer Reichweite war.

»Es ist nicht nur das. Orion kann nicht der Tyrann sein, weil er der Beschützer ist«, sagte Lucas und wischte damit den Einwand seines Vaters weg. »Als Cassandra die Prophezeiung gemacht hat, dass Helen die Deszenderin ist, sagte sie auch, dass Helen mit ihrem Beschützer in die Unterwelt hinabsteigen würde.«

»Stimmt«, sagte Matt, als hätte er ebenfalls daran gedacht. »Aber du hast doch auch einen Weg in die Unterwelt gefunden, Lucas. Und du bist dorthin gegangen, um Helen zu beschützen.«

»Ja, aber ich habe ihr nicht geholfen, die Furien zu befreien«, wandte Lucas ein und rief sich den Wortlaut der Prophezeiung noch einmal ins Gedächtnis.

»Hast du doch«, sagte Helen verlegen, obwohl sie es hasste, Lucas so bloßzustellen. »Ich war aus der Unterwelt verbannt, bis du mir den Obolus gegeben hast. Und dann hast du mir geholfen, den richtigen Fluss zu finden.«

»Ja, aber als du sie dann befreit hast, war Orion an deiner Seite.«

»Luke«, unterbrach ihn Hector freundlich. »Du musst zugeben, dass Matt recht damit haben könnte, dass sich die Prophezeiung auf verschiedene Weise auslegen lässt.«

»Es gibt immer verschiedene Interpretationen«, sagte Orion von der Tür aus. Alle sahen ihn an, als er in die Bibliothek zurückkehrte. »Findet euch damit ab. Die Parzen sprechen in Rätseln, weil sie nicht die geringste Ahnung haben, wovon sie eigentlich reden. Wenn sie es wüssten, würden sie Klartext reden und so was sagen wie ›Orion ist der Tyrann und wird eure Gehirne auf Toast essen‹.«

Hectors Schultern bebten vor unterdrücktem Lachen. Lucas schaute weg, um nicht loszuprusten, doch er machte den Fehler, Jason anzusehen.

»Tyrannen-Zombie«, flüsterte Jason Lucas zu, und sein Gesicht war ganz rot, weil er krampfhaft versuchte, nicht zu lachen.

»Hussa-Tod«, flüsterte Lucas zurück und kicherte los. Anscheinend war das ein Insiderwitz der Delos-Jungs, denn jetzt lachten alle drei.

»Das reicht!«, fuhr Pallas sie an und stürmte wütend zur Tür. Dort blieb er noch einmal stehen und sah sich um. »Welchen Teil von ›alle Städte der Sterblichen in Schutt und Asche legen‹ habt ihr nicht verstanden? Wir sind gewarnt worden, was auf dem Spiel steht, und nicht nur für uns Scions. Ich will nicht derjenige sein, der einen Tyrannen davonkommen lässt, der schlimmer ist als Stalin oder Hitler, nur weil er so ein netter Typ zu sein schien, als ich ihn kennenlernte.« Bei seinen Worten sah er Orion direkt an und dann alle anderen. Jetzt lachte niemand mehr. »Und ihr?«

»Ariadne«, rief Matt auf dem oberen Flur halblaut hinter ihr her.

Ariadne blieb an ihrer Zimmertür stehen, drehte sich zu ihm um und bedeutete ihm mit erhobenem Finger, zu bleiben, wo er war. Sie horchte nach ihrem Vater, ihren Brüdern und Lucas – was jedoch gar nicht nötig gewesen wäre, denn Matt konnte ohnehin alle Delos-Männer hören, konnte sogar ihre Pulsschläge in der Luft spüren und wusste, dass sie mit anderen Dingen beschäftigt waren. Aber Ariadne ahnte nicht, dass er diese neue Fähigkeit besaß, und er hatte keine Ahnung, wie er es ihr erklären sollte. Nachdem sie viel länger gelauscht hatte als Matt, schien Ariadne endlich zufrieden zu sein.

»Komm rein«, flüsterte sie und winkte ihn in ihr Zimmer. Er trat etwas verlegen ein und blieb in der Mitte des Zimmers stehen, während sie Berge von Kleidungsstücken von einem Möbelstück aufs andere räumte und nicht auf die Idee kam, etwas davon im Kleiderschrank unterzubringen.

So unordentlich war sie schon immer. Ich habe den halben Krieg damit verbracht, hinter ihr herzuräumen, dachte der neue Teil von Matt. Die schlimmste Sklavin aller Zeiten.

Matt schüttelte den Kopf, um dieses neue Bewusstsein zu vertreiben, das neuerdings andauernd ungefragt auftauchte. Außerdem bemühte er sich, die Welle der Zuneigung und Vertrautheit zurückzudrängen, die er für das Mädchen empfand, das vor ihm stand.

Es waren nur zwei Schritte bis zu ihrem Bett. Ein Teil von ihm hatte nie darin gelegen, aber ein anderer Teil hatte zehn Jahre mit ihr verbracht – nur mit ihr und mit keiner anderen bis zum Tag seines Todes. Seine Hände brannten darauf, nach ihr zu greifen und sie erneut zu berühren; deshalb steckte er sie hastig in seine Hosentaschen. Er wandte den Kopf ab und starrte an die Wand, während sie etwas Seidiges mit Spitzenbesatz in eine Schublade warf.

»Matt?«, sagte Ariadne von der anderen Seite des Raums. Er schaute zu ihr hinüber, als sie gerade ihr langes kastanienbraunes Haar über die Schulter warf, und versuchte krampfhaft, sich nicht daran zu erinnern, wie weich ihre Haare und ihre Haut waren. »Meine Unterwäsche wird dich bestimmt nicht erblinden lassen.«

»Ich muss dir ein paar Fragen stellen«, sagte er angespannt und beendete damit die Unterhaltung über ihre Unterwäsche, bevor sie richtig begann.

»Okay.« Ariadne ging an ihm vorbei und setzte sich aufs Bett. Matt bevorzugte den Stuhl, den sie gerade von einem Wäschehaufen befreit hatte.

»Erzähl mir von den verschiedenen Rollen, die die Parzen heute erwähnt haben«, verlangte er. Ariadne lächelte, als hätte sie mit dieser Frage gerechnet.

»Du weißt, dass die Griechen das Theater geliebt haben?« Matt nickte. »Das haben die Parzen ebenfalls. Und zwar schon immer. Es ist beinahe so, als betrachteten sie die Welt als ihre Bühne und die Scions als ihre Schauspieler. In vielen Prophezeiungen ist die Rede von verschiedenen Rollen, die besetzt werden müssen, oder davon, dass die Welt auf eine gewisse Weise reagieren muss, damit sich der ›Große Zyklus‹ schließt, den die Parzen anscheinend so lieben. Als Zyklus wird übrigens auch eine Reihe von Stücken bezeichnet, die zusammengehören – wie die Dramen von Aischylos, die die Geschichte von der Geburt der Furien erzählen. Das ist die Orestie.«

»Ja«, bestätigte Matt. »Die habe ich gelesen. Aber jetzt erzähl mir von den Rollen, die die Parzen heute erwähnt haben. Wusstest du schon immer darüber Bescheid?«

»Allerdings. Es weiß aber niemand, was diese Rollen bedeuten und welche Aufgaben die Parzen ihnen zugedacht haben.«

»Wie ist das möglich?«

»Weil ihre Bezeichnungen so ungenau sind. Denk doch mal nach. Der Held, der Beschützer, der Liebhaber und der Krieger – ich bitte dich! Damit kann jeder Scion gemeint sein, der jemals geboren wurde. Schließlich sind wir ein Völkchen von Helden, Kriegern und Liebhabern und neigen außerdem dazu, alle Schwächeren zu schützen – wenn es sein muss auch unter Einsatz des eigenen Körpers«, sagte sie, und es schien ihr nicht besonders zu gefallen, dass sie zu dermaßen vorhersehbaren Leuten gehörte. »Die einzige Rolle, die etwas genauer beschrieben ist, ist die des Tyrannen, und alle Häuser achten seit ewigen Zeiten auf jedes Anzeichen, das auf ihn hindeuten könnte, und hoffen, dass er bloß niemals erscheint. Aber diese Prophezeiung kennst du ja bereits.«

»Der Tyrann ist in Bitternis geboren. Er vereint das Blut mehrerer Häuser und ist in der Lage, alle Städte der Sterblichen dem Erdboden gleichzumachen«, sagte Matt ernst. Er stimmte Pallas nur ungern zu, wusste aber, dass er recht hatte. Er stellte sich jemanden wie Hitler vor, der über Scionkräfte verfügte und die Fähigkeit besaß, nur mit der Kraft seiner Gedanken Städte zu zerstören.

Matt erinnerte sich, wie Zach ihnen einmal eine hypothetische Frage gestellt hatte. Wenn sie eine Zeitmaschine besäßen und zurückreisen und Hitler töten könnten, bevor er jemandem etwas antun konnte, würden sie es tun? Auch wenn er noch ein unschuldiges Kind wäre, wenn sie ankämen und ihn ermorden wollten? Sie alle hatten mit Ja geantwortet.

»Matt«, sagte Ariadne und berührte seine Hände. »Alles in Ordnung?«

»Diese anderen, wie der Beschützer und ... der Krieger«, fuhr er fort. »Sind das festgelegte Rollen, die besetzt werden müssen? Gab es diese Rollen schon von Anfang an?«

»Kassandra von Troja war die Erste, die sie erwähnt hat ... Also, ja. All diese Rollen gab es von Anfang an.«

»Und es muss jede Rolle besetzt werden, bevor dieser Zyklus vollendet werden kann und die Parzen einen neuen beginnen?«

»So hat das bisher niemand ausgedrückt«, bemerkte Ariadne zögernd. Ihr scharfer Verstand analysierte diesen neuen Gedanken und verglich ihn mit Dutzenden bekannter Fakten, bis sie schließlich zustimmend nickte. »Aber ich denke, das ist eine durchaus vernünftige Interpretation.«

»Also sitzen wir alle in der Falle«, murmelte Matt hoffnungslos. »Wir müssen unsere Rolle spielen, sonst fangen die Parzen mit dem nächsten Schwung Scions wieder von vorn an.«

Ariadne runzelte nachdenklich die Stirn. »Vielleicht kommt

es uns deshalb so vor, als hätten wir Troja nie hinter uns gelassen. Weil etwas, das damals geschehen sollte, nicht passiert ist, und die Parzen seitdem versuchen, es noch einmal durchzuspielen.«

Matt lächelte und musste sich ermahnen, sich nicht zu ihr hinüberzulehnen und sie zu küssen, auch wenn sie noch so klug war. Er wartete einen Moment, um sicherzugehen, dass seine Stimme nicht bebte, wenn er weitersprach.

»Das denke ich auch«, bestätigte er. »Es ist fast so, als steckten die Scions in einer endlosen Folge von Castings fest, während die Parzen immer neue Schauspieler in dieselben Rollen stecken und darauf warten, dass endlich die richtige Besetzung auftaucht, damit das Drama seinen Lauf nehmen kann.«

»Aber sie sind die Parzen. Wenn sie wollen, dass etwas passiert, wieso sorgen sie dann nicht einfach dafür?«

»Das weiß ich nicht«, sagte Matt. »Vielleicht gibt es eine andere Kraft, die gegen sie arbeitet. Vielleicht ihre Schwester Nemesis.«

»Wir sollten den anderen davon erzählen«, schlug Ariadne vor. »Auch wenn sie glauben werden, dass wir uns irren.«

»Ganz meine Meinung.«

Sie saßen noch eine Weile da und hingen ihren eigenen Gedanken nach. Die Sonne ging allmählich auf und Matt sagte sich, dass er lieber gehen sollte, auch wenn er nur zu gern noch tagelang bei Ariadne gesessen hätte.

»Gute Nacht, Ariadne«, sagte er und stand auf.

»Wohin gehst du?« Ihre leuchtenden braunen Augen blickten besorgt.

»Nach Hause. Ich habe mich davongeschlichen, als Hector anrief«, sagte er und schaute überallhin, nur nicht auf sie. »Ich will zurück sein, bevor meine Eltern aufwachen, damit sie sich keine Sorgen machen. Der Aufruhr hat sie ziemlich in Panik versetzt.«

»Okay«, sagte sie leise. »Kommst du nachher wieder? Heute Abend sollen sich hier die Häuser treffen.«

»Ich weiß nicht, ob ich kann«, sagte er. Es war ein Schiff unterwegs, das seine Armee brachte. Matt konnte es spüren. »Ich muss mich noch um eine andere Sache kümmern.«

Ariadne nickte und sah auf den Boden. Matt konnte nicht widerstehen, beugte sich über sie und küsste sie auf den Kopf. Ihr Haar duftete noch genauso, nach Honig und Sommer. Er ließ seine Hand über ihren gebeugten Nacken gleiten und fühlte, wie schlank und zart er sich unter seinen Fingern anfühlte.

»Wirst du es versuchen?«, flüsterte sie, ohne aufzusehen.

»Ja, ich versuche es.«

»Hey. Bist du sauer auf mich?«, hörte Lucas Helen fragen.

Er schaute sich um und sah, wie sie über das Dach des Hauses auf ihn zuschwebte. Als er den Kopf schüttelte, landete sie neben ihm auf der Dachkante über seinem Zimmer.

»Ich wollte dir vorhin nicht vor deiner Familie widersprechen. Dass Orion der Beschützer ist«, bemerkte sie.

»Das ist okay. Es war eine gute Theorie«, sagte er und wusste, dass sie die Wahrheit aus seinen Worten heraushörte. Helens neue Begabung als Falschfinder machte die Dinge zwischen ihnen in mancher Hinsicht einfacher, in mancher aber auch schwieriger.

Er konnte sie nie wieder anlügen, nicht einmal, um sie zu beschützen. Ganz abgesehen davon, dass er bisher noch nie mit Lügen für ihre Sicherheit gesorgt hatte. Hatte er sie überhaupt jemals beschützt? »Ich glaube auch, dass Orion der Beschützer ist.«

»Aber ich brauche keinen Beschützer. Ich habe noch nie einen gebraucht«, sagte sie, und es war fast, als könnte sie seine Gedanken lesen. Sie besaß so viele neue Fähigkeiten, dass Lucas sogar Telepathie für denkbar hielt.

»Nein, wohl nicht«, bestätigte er, doch etwas daran irritierte Lucas. Helen war schon immer die Stärkste von ihnen gewesen, also wovor sollte der Beschützer sie »beschützen«?

»Vielleicht ist Orion der Liebhaber. Er ist ein Sohn von Aphrodite«, sagte Helen, als hielte sie das für möglich.

Das war denkbar, denn obwohl es Lucas fast umbrachte, war er ziemlich sicher, dass Orion zurzeit Helens Liebhaber war. Aber wie undurchsichtig die Beschreibungen der verschiedenen Rollen auch sein mochten – Lucas wusste es besser.

»Orion ist nicht der Liebhaber.«

»Woher weißt du das?«

»Weil diese Rolle schon besetzt ist.«

Helen sah ihn an, und ihre Augen waren voller Bedauern und, wie Lucas hoffte, nicht auch voller Mitleid. »Weißt du … All diese neue Begabungen, die ich jetzt habe …« Sie verstummte. »Eine davon ist das Beeinflussen von Herzen.«

»Das hast du bereits erwähnt.«

»Ich könnte dich von der Liebe zu mir befreien«, bot sie ihm verzagt an.

»Und was dann?«

Helen runzelte die Stirn, als würde seine Frage sie verwirren. »Nun, dann könntest du dein Leben weiterleben. Wir müssten uns natürlich voneinander fernhalten.«

»Das haben wir bereits versucht, schon vergessen?«, fragte Lucas mit einem schiefen Grinsen.

Lucas zweifelte nicht daran, dass Helen seine Liebe zu ihr auslöschen konnte, aber er wusste auch, dass er sich sofort neu in sie verlieben würde, sobald sie sich erneut begegneten. Er konnte nicht einfach »weiterleben«. Was immer Lucas aus seinem Leben machte, seine Liebe zu Helen würde ihn immer beherrschen. Er war der Liebhaber.

»Bitte, Lucas. Ich möchte nur, dass es leichter für dich wird«, sagte sie und ließ den Kopf hängen.

»Dann hör auf, Blödsinn zu reden.« Er knuffte sie neckisch mit der Schulter, bis sie endlich ihren gequälten Gesichtsausdruck verlor und wieder lächelte. »Wir haben das doch schon ein Dutzend Mal durchgekaut. Es gibt nichts, das etwas an meinen Gefühlen für dich ändern wird.«

Jetzt endlich sah sie ihm in die Augen und nickte bedrückt. Sie akzeptierte, was sie in seiner Stimme hörte – die Wahrheit.

»Ist Orion dann vielleicht der Held?«, fragte sie, um das Gespräch wieder auf ein sinnvolles Thema zu lenken.

»Hector«, widersprach Lucas sofort und mit einem Kopfschütteln.

»Stimmt. Das war blöd«, gab Helen zu und verdrehte ein wenig die Augen. »Es sei denn, dass Hector der Krieger ist.«

»Der Krieger zieht als Letzter in die Schlacht, aber Hector

ist in seinem ganzen Leben noch nie zu spät zu einem Kampf gekommen. Ich wette, dass Hector der Held ist und Orion der Beschützer.«

Helen schien es schwerzufallen, ihre nächste Frage in Worte zu fassen. »Was ist?«, fragte Lucas.

»Ist der Tyrann wirklich so schlimm, wie Pallas gesagt hat?«

Lucas nickte langsam. Er wollte ihr keine Angst machen, aber ihm war auch klar, dass er sie nicht anlügen konnte. »Den Bruchstücken der Prophezeiung zufolge, die erhalten geblieben sind, ist der Tyrann stärker als alle Götter zusammen. Und es soll diese gewaltige Schlacht mit Monstern und Stürmen geben, wenn sich der Tyrann erhebt. Sogar der Himmel soll dann seine Farbe verändern wie ein Kaleidoskop.«

»Hört sich an wie die Apokalypse.«

»Stimmt«, sagte Lucas, der fühlen konnte, wie Helen schauderte.

Sie saßen noch eine Weile da und ließen die Beine vom Dach baumeln. Obwohl sich ihre Unterhaltung um ein so düsteres Thema gedreht hatte, entspannte Helens Nähe Lucas und half ihm, sich zu sammeln. Er durfte sie zwar nicht küssen, aber solange sie neben ihm saß, musste er sich wenigstens nicht mit der Frage quälen, mit wem sie wohl zusammen war. Und was die beiden miteinander machten.

Doch dann sagte er sich, dass es so besser war, und er schluckte seine verletzten Gefühle herunter. Ihm war nur wichtig, dass Helen glücklich war, und er vertraute darauf, dass Orion sie glücklich machen konnte. Er selbst hatte es jedenfalls nie getan. Er hatte sie nur ins Unglück gestürzt, und sobald diese ganze Katastrophe vorüber war, würde er sich darauf konzentrieren, dass so etwas nie wieder geschah.

Lucas verdrängte diese Gedanken und zwang sich, weitere Überlegungen anzustellen. Er stellte sich jede Form des Beschützens vor, die ihm einfiel.

»Schutzschild, Verteidigung, Bastion, Abwehr …«, murmelte er vor sich hin. »Wovor soll Orion uns schützen? Was soll er abwehren?«

»Also, er ist zumindest sehr gut darin, Türen zu blockieren«, scherzte Helen. Doch ihr Lächeln verschwand schnell wieder, als ihr noch etwas anderes einfiel. »Und Prophezeiungen.«

»Und die Zukunft von jedem, der viel Zeit mit ihm verbringt«, fügte Lucas hinzu. »Orion beschützt dich vor der Aufmerksamkeit der Parzen, Helen. Wenn die Parzen dich nicht sehen, können sie nicht über dein Leben bestimmen. Du weißt, was das bedeutet? Du hast deinen eigenen freien Willen.«

Sie sahen einander an und waren so geschockt, dass sie es kaum glauben konnten, aber sie spürten eine Art Kribbeln in der Luft, das ihnen verriet, dass sie gerade auf etwas Bedeutendes gestoßen waren.

»Wieso ausgerechnet ich? Wieso bin ich diejenige, die entscheiden darf?« Helens Blick huschte verstört hin und her. »Welche Rolle spiele ich, Lucas?«

»Du bist die Deszenderin.«

»Das steht nicht auf der Liste.«

Sie hatte recht. Einen Moment lang wurde Lucas nervös, doch dann fiel es ihm wie Schuppen von den Augen. »Von uns allen warst du die Letzte, die erkannt hat, dass du ein Scion bist –

die Letzte, die in die Schlacht gezogen ist. Du bist natürlich die Kriegerin.«

Helen beruhigte sich wieder und lächelte zögernd. »Na, super. Das passt ja. Die Parzen wissen genau, was für eine miese Kämpferin ich bin, richtig?«

»Du bist schon besser geworden.« Er bemühte sich wirklich, keine Miene zu verziehen, doch seine Ernsthaftigkeit war nicht von Dauer.

Helen schubste ihn vom Dach. Er schwebte vor ihr und hob die Hände, als wollte er sich ergeben, musste sich aber immer noch das Lachen verkneifen. Sie verschränkte beleidigt die Arme und versuchte, nicht mitzulachen.

»Liebhaber, dass ich nicht lache«, scherzte sie grinsend und stieß ihn mit dem Fuß weg.

Er schnappte sich ihre Knöchel und zog sie an sich. Helen machte vor lauter Überraschung große Augen und öffnete unwillkürlich die Lippen.

»Ganz genau«, wisperte Lucas. Er beugte sich dicht über sie und genoss es, dass sie trotz allem immer noch instinktiv auf seine Nähe reagierte. »Und vergiss es nie.«

Er strich ihr sanft mit den Fingerspitzen über die Wange und flog davon.

8

Helen starrte noch eine Weile vom Dach herunter und grübelte, ob sie sich richtig verhalten hatte. Ein Teil von ihr wusste genau, dass sie Lucas noch mehr quälte, wenn sie ihm nicht sagte, was zwischen ihr und Orion lief, aber sie hatte es nicht über sich gebracht, ihm reinen Wein einzuschenken. Und zwar aus reinem Eigennutz. Wenn Lucas glaubte, dass sie mit Orion zusammen war, würde er sich schließlich von ihr zurückziehen, und das war es, was sie wollte.

Sie konnte in sein Innerstes sehen und erkennen, dass er sie immer noch liebte, aber auch, dass diese Liebe jetzt anders war. Orion hatte zwar behauptet, dass es für Lucas keine Rolle spielte, wenn Helen die Nacht mit einem anderen verbrachte, doch es hatte etwas in ihm verändert – nicht die Stärke seiner Liebe, sondern eher die Intensität, mit der er sie spürte. Helen fand das nachvollziehbar. Auch bei einer körperlichen Verletzung konnte ein Mensch nur eine gewisse Menge Schmerz empfinden, bevor ein Gefühl der Taubheit eintrat.

Helen beobachtete, wie Matt das Haus verließ und zu seinem Wagen ging. Sie holte tief Luft, um ihm zuzurufen, wohin er wollte, aber ihr fiel rechtzeitig ein, dass im Haus alle noch schliefen, und deshalb rief sie nicht vom Dach herunter. Matt drehte sich trotzdem um und schaute in ihre Richtung.

Unmöglich, dachte Helen, als er ihr lächelnd zuwinkte. Er kann unmöglich gehört haben, wie ich eingeatmet habe. Aber wie sonst hätte er wissen können, dass ich auf dem Dach bin? Helen winkte zurück, Matt stieg ins Auto und fuhr weg.

Immer noch verwundert, flog Helen durchs Fenster in Lucas' Zimmer und setzte sich auf sein Bett. Am liebsten hätte sie sich hineingelegt, aber es war gut möglich, dass Lucas nach Hause kam und sie dort vorfand. Und das wäre ihm gegenüber nicht fair. Also raffte sich Helen auf und ging hinüber in Ariadnes Zimmer.

Sie stellte überrascht fest, dass Ariadne wach war.

»Hey«, sagte Ariadne und rutschte automatisch ein Stück zur Seite, um Helen Platz zu machen.

»Selber hey«, erwiderte Helen und runzelte besorgt die Stirn. In Ariadnes Herz pulsierten die verschiedensten Emotionen, und Helen war klar, dass es etwas mit Matt zu tun haben musste. Sie streifte ihre Schuhe ab und legte sich ins Bett. »Ich habe Matt gerade wegfahren sehen. Habt ihr beide geredet?«

Ariadne verlor kein Wort über ihre Gefühle und erzählte ihr stattdessen von ihrer und Matts Theorie, dass die Scions in einem sich ständig wiederholenden Zyklus festsaßen. Sie berichtete von Matts Vermutung, dass die Parzen alle Rollen besetzen wollten, und wenn ihnen das nicht gelingen sollte, würden sie einfach einen neuen Zyklus mit der nächsten Generation starten.

»Ich schätze, zu dem Schluss sind wir inzwischen alle gekommen«, bemerkte Helen mit einem Nicken. »Es würde auch erklären, wieso wir alle aussehen wie die Leute von Troja – wir sitzen sozusagen fest. Irgendwas ist damals nicht passiert, und die Parzen versuchen immer noch, etwas dagegen zu unternehmen.«

»Aber was?«, fragte Ariadne verständnislos. »Und da gibt es noch etwas, das ich nicht verstehe. Wenn die Parzen wollen, dass etwas passiert, wieso lassen sie es dann nicht einfach geschehen? Das ergibt doch keinen Sinn.«

»Was meint Matt dazu?«, fragte Helen, die eine böse Vorahnung hatte.

»Er sagt, dass es in jedem Zyklus eine Macht geben muss, die gegen die Parzen arbeitet. Jemanden, der die Aufführung stört, bevor die Scions genau auf die Weise mitspielen können, wie die Parzen es wollen. Er meint, dass es Nemesis sein könnte, die gegen ihre Schwestern arbeitet.«

»Indem sie die Parzen abwehrt und einem Scion einen freien Willen gewährt«, flüsterte Helen. »Jedenfalls glaubt Lucas, dass es so ist. In jedem Zyklus hat jemand, der eine bedeutende Entscheidung treffen soll, einen freien Willen und ruiniert damit die Pläne der Parzen.«

Ariadne rieb sich die Augen. »Hat Lucas eine Vermutung, wer in diesem Zyklus den freien Willen hat?«

Helen fühlte sich, als würde das gesamte Universum anklagend mit dem Finger auf sie zeigen.

»Wir sind uns nicht sicher«, log sie.

Helen drehte sich um und öffnete die Augen. Sie rechnete damit, Ariadne neben sich liegen zu sehen, doch es war der nackte Rücken eines Mannes, der sich im Tiefschlaf beim regelmäßigen Ein- und Ausatmen hob und senkte.

Lucas, dachte Helen, die ihn sofort erkannt hatte. Sie wollte mit der Hand über seine muskulösen Schultern fahren, doch irgendetwas stimmte nicht. Der Raum, in dem sie aufgewacht war, kam ihr bekannt vor, obwohl sie ihn nie betreten hatte.

Die andere Helen setzte sich langsam auf und achtete darauf, ihren Ehemann nicht zu wecken. Sie musste sich davonschleichen, bevor Paris aufwachte, sonst konnte sie ihre Pläne für diesen Tag vergessen.

Helen sah zu, wie sich Helena von Troja ihren schlichtesten Chiton über die Schulter warf und nach einem alten Gürtel, einem Schleier und abgetretenen Sandalen griff. Ihr fiel auf, dass Helena von Troja ein braunes Auge hatte und eines, das von einer blitzförmigen Narbe quer durch die Iris blau verfärbt war. Helen wusste, dass dies während der Steinigung geschehen war. Die Schläge, die Helen Hamilton von Ares einstecken musste, hatten ihr dasselbe Mal beschert.

Die andere Helen eilte mit den Sandalen in der Hand ein Stück den dunklen Marmorkorridor hinunter und blieb vor einer Tür stehen. In diesem Zimmer schlief ein höchstens drei oder vier Jahre altes Mädchen. Es schlug sofort die Augen auf, als hätte es Helenas Anwesenheit gespürt.

»Mami?«, wisperte das kleine Mädchen, das augenblicklich hellwach war. »Besuchen wir heute Tante Briseis, wie wir es versprochen haben?«

»Ja, Atlanta«, antwortete Helena leise, betrat hastig das Zimmer und zog die Tür hinter sich zu.

»Gehen wir erst mit der Dame spazieren?«, fragte Atlanta. Da sie die Anspannung ihrer Mutter spürte, flüsterte auch sie.

»Heute nicht.« Helena zog Atlanta ein altes Kleid und ein Tuch an, das sie von einer Dienerin geliehen hatte.

»Aber die Leute mögen es, wenn du und die Dame in den Gärten spazieren gehen. Dann umarmen sie einander und küssen deine Hand.«

»Das liegt daran, dass Aphrodite die Liebe zu den Tieren bringt und zu allen Dingen, die wachsen, und die vermehren sich dann«, erklärte Helena mit einem traurigen Lächeln. »Deswegen haben wir so lange überlebt, ohne in diesen Mauern zu verhungern.«

»Verhungern – so wie die Leute draußen?«, fragte Atlanta mit einem verunsicherten Stirnrunzeln.

»Das stimmt. Deswegen müssen wir zu Tante Briseis. Um ihr mehr Essen zu bringen.«

Helena von Troja hob ihre Tochter hoch und setzte sie sich auf die Hüfte. »Verändere dein Gesicht, wie Mami es dir beigebracht hat«, verlangte sie und berührte die Hälfte des Cestus, den Atlanta in Form eines Herzanhängers an einer Kette um den Hals trug. Atlanta kniff vor lauter Konzentration die Augen zusammen und wie durch Zauberei veränderte sich ihr Gesicht. »Vergiss die Haare nicht«, ermahnte Helena sie, und Atlantas schimmernde blonde Locken wurden braun. Helena veränderte ebenfalls ihr Aussehen und aus ihr wurde eine schlichte kräftige Feldarbeiterin.

Die beiden eilten durch den Palast und hinunter in die Küche. Eine alte Frau, die einst Briseis' Amme gewesen war, reichte Helena ein vorbereitetes Bündel, das sie sich auf den Rücken band. Mit einem schnellen Blick vergewisserte sie sich, dass außer der treuen alten Dienerin niemand sie beobachtete, dann schlich sie durch die Hintertür hinaus in den Küchengarten. Helena rannte hastig zur Mauer und ihre Tochter klammerte sich an ihr fest. Als sie die Festungsmauer erreichte, kletterte sie so schnell an einer Seite hinauf und an der anderen Seite wieder hinunter, dass es die Wachen in der Dunkelheit vor dem Morgengrauen nicht bemerkten.

Atlanta hatte keine Angst, obwohl sie genau wusste, dass sie und ihre Mutter außerhalb der Festung in tödlicher Gefahr schwebten. Helena lächelte ihre tapfere Tochter stolz an und huschte mit ihr durch das schlafende Lager. Vor einem der größten Zelte der Belagerer blieben sie stehen und Helena pfiff leise.

Einen Moment später tauchte eine Frau auf, die genauso aussah wie Ariadne und das getarnte Mutter-Tochter-Paar liebevoll umarmte.

»Briseis«, begrüßte Helena die Frau freudig. Die Schwägerinnen küssten einander auf beide Wangen.

»Wir haben nicht viel Zeit«, sagte Briseis, als sie Helena und Atlanta ins Zelt führte. »Achill wird bald zurück sein.«

»Dagegen gibt es ein einfaches Mittel. Eines, das uns erlaubt, so viel Zeit miteinander zu verbringen, wie wir wollen«, sagte Helena und ließ ihr richtiges Gesicht erscheinen.

»Fang gar nicht erst an«, warnte Briseis. »Ich werde ihn nicht verlassen.«

»Ich weiß.« Helena setzte Atlanta ab und gab ihr eine kleine Holzfigur zum Spielen, bevor sie Briseis das Bündel mit den Lebensmitteln überreichte. »Hast du dir überlegt, was passieren wird, wenn Achill wieder in den Kampf zieht?«

»Das wird er niemals tun. Er hasst Agamemnon und lässt sich von ihm nichts befehlen.«

»Er ist mit seinen Truppen nicht umsonst übers Meer gekommen, Briseis.«

»Das ist mir klar.« Briseis' Augen funkelten gereizt. »Aber er ist jetzt anders. Er hat mir gesagt, dass er nicht mit meinem Bruder im Streit liegt.«

»Es ist egal, ob er mit Hektor zerstritten ist oder nicht. Das hier ist Krieg. Lass dich nicht von deiner Liebe zu Achill blenden.«

»Das werde ich nicht.« Briseis schaute weg. »Aber ich weiß, auf welcher Seite der Mauer ich stehe.«

»Und auf welcher Seite des Krieges? Was ist mit ihr?«, flehte Helena leise und deutete auf Atlanta. Sie sah, wie besorgt Briseis plötzlich wirkte und wusste, dass es sich allein aus diesem Grund gelohnt hatte, ihre Tochter dieser Gefahr auszusetzen. Helena setzte nach, solange sie die Gelegenheit dazu hatte. »Achill ist gekommen, um den Tyrannen zu töten. Das war das einzige Argument von Agamemnon, das ihn dazu gebracht hat, in den Krieg zu ziehen.«

»Atlanta hat von ihm nichts zu befürchten, das schwöre ich«, versicherte Briseis und sah auf Atlanta hinab. »Er würde niemals ein Kind töten. Du kennst ihn nicht.«

Die beiden Schwägerinnen funkelten einander an. Die einzigen Laute im Zelt kamen von Atlanta, die mit ihrem Püppchen flüsterte.

»Gefällt dir der hübsche Garten, den ich für dich gemacht habe? Wo die Sonne nie brennt und die Bienen nicht stechen und du nie Steine in die Sandalen bekommst?«, zwitscherte Atlanta, die vollkommen in ihrer Spielwelt versunken war.

Helena schnitt eine lustige Grimasse und unterhielt sich halblaut mit Briseis. »Sie verbringt den ganzen Tag damit, sich eine perfekte Welt vorzustellen, in der niemand leidet. Sie ist ein wirklicher Schatz, findest du nicht?«

Briseis wendete den Blick ab und runzelte die Stirn, als ihre Gedanken wieder düster wurden. »Es hilft, dass sie ein Mädchen ist. Bisher hat noch niemand den Verdacht, dass sie der Tyrann sein könnte. Nicht wirklich.«

»Wieso bleibt Achill dann noch hier, obwohl seine Männer verhungern?«, fragte Helena verzweifelt. Darauf hatte Briseis keine Antwort. »Ich glaube dir, wenn du sagst, dass er niemals ein Kind töten würde. Achill ist ein Mann mit Prinzipien – und genau die haben ihn nach Troja geführt. Ist dir jemals der Gedanke gekommen, dass es ihm so wichtig sein könnte, die Welt vom Tyrannen zu befreien, dass er bereit ist zu warten, bis sie erwachsen ist, und sie erst dann zu töten?«

»Ihr müsst gehen«, sagte Briseis plötzlich. »Er kann jeden Moment zurückkommen.«

Helena seufzte, ließ deprimiert den Kopf hängen und bückte sich dann, um ihre Tochter hochzuheben. »Ich komme in ein paar Tagen wieder und bringe dir neue Vorräte.«

Die beiden Frauen umarmten sich, zuerst zögernd, als wären

sie noch uneins, doch dann mit wahrer Zuneigung. Schließlich nahmen Helena und Atlanta wieder ihre Tarnung an und verließen das feindliche Lager.

Helen erwachte mit einer dicken Strähne von Ariadnes Haaren im Mund. Als sie sich auf die andere Seite drehte, wälzte sie sich versehentlich auf Andy, die im Schlaf nach ihr schlug und etwas Unverständliches murmelte. Helen, die wünschte, dass Noel ein paar Matratzen für die Mädchen spendiert hätte, rutschte ans Fußende und kroch leise aus dem Bett, wobei sie sich bemühte, die beiden anderen nicht zu stören.

Als sie aus dem Zimmer schlich, schlang sie die Arme um sich und versuchte, die Erinnerung abzuschütteln. Sie kam ihr realer vor als die bisherigen, als wäre sie selbst diesmal mehr gewesen als nur eine Zuschauerin. Mittendrin hatte es sich sogar plötzlich angefühlt, als wäre nicht Helena von Troja in diesem Zelt, sondern Helen Hamilton. Sie konnte immer noch die Wärme ihres kleinen Mädchens (oder vielmehr Helenas kleinen Mädchens) in ihren Armen spüren. Auf dem Flur begegnete sie natürlich Lucas.

»Ich dachte, du wärst nach Hause gefahren«, sagte Lucas nach einem Moment des Schweigens.

»Da war ich schon seit Tagen nicht mehr«, antwortete Helen und starrte ihn an. »Wozu auch, wenn alle hier sind?«

»Und noch mehr auf dem Weg hierher«, fügte er hinzu und runzelte plötzlich die Stirn.

Helen nickte. »Das Treffen der Häuser. Hast du schon …«

»… Orion angerufen? Klar«, beendete Lucas ihren Satz. »Er wartet in der Bibliothek auf uns.«

»Wie spät ist es?«, fragte Helen und warf einen Blick auf das Sonnenlicht, das durch das nächstgelegene Fenster fiel.

»Kurz nach zwei.« Helens schockierter Blick brachte ihn zum Schmunzeln. »Sehen wir uns unten?«, fragte er und wollte an ihr vorbei zur Treppe gehen. »Wir müssen Pläne machen.«

»Ich brauche nur eine Minute«, sagte Helen und deutete auf ihre zerknitterte Kleidung und die zerzausten Haare.

»Lass dir Zeit«, sagte Lucas. Als er sie streifte, strich er ihr über den Arm. Seine große Hand folgte den Konturen ihrer schlanken Muskeln, was bei ihr eine Gänsehaut verursachte. Seine Berührung fühlte sich so heiß an, dass sie förmlich schauderte, als die Wärme viel zu schnell wieder verschwand.

Als Erstes schaute Helen nach ihrem Vater. Jerry schlief immer noch sehr tief, doch sie konnte sein Herz stark und gleichmäßig schlagen hören. Er wirkte wie in einer anderen Welt, einer friedlichen Welt, die er nur ungern wieder verlassen wollte. Helen wusste zwar nicht, ob das möglich war, aber sie hoffte, dass Jerry nur schlief und Morpheus über ihn wachte.

Helen rannte ins Bad, um zu duschen, bevor Ariadne und Andy aufstanden. Die beiden begannen gerade, sich zu recken, und Helen zog die Badezimmertür mit einem zufriedenen Grinsen hinter sich zu.

Sie stellte die Brause an, zog ihre Sachen aus und spürte immer noch Lucas' Berührung auf ihrem Arm. Sie duschte eilig. Beim Abtrocknen tauchte plötzlich eine weitere zufällige, Jahrhunderte zurückliegende Begegnung auf einem anderen Flur in Helens Gedanken auf und umfing sie wie der heiße Dampf aus der Duschkabine.

Lancelot war viele Monate von Camelot fern gewesen.

Die Barbaren – große blonde Krieger aus einem Land aus Eis – hatten die Ritter der Tafelrunde in Atem gehalten. Guineveres Vater, wie schon sein Vater vor ihm, hatte diese Barbaren schon sein ganzes Leben lang bekämpft. Aber jetzt, nach der Heirat von Guinevere und Artus, waren die Drachen- und Wolfsanbeter aus der Welt des Schnees Artus' Problem und damit auch das Problem aller Ritter, die ihm in Britannien die Treue geschworen hatten. Wenn Guineveres Inselheimat überleben sollte, musste die Invasion der Barbaren gestoppt werden.

Artus war nicht auf die Berserker vorbereitet. Seine Männer waren reguläre Truppen, ausgebildet in der römischen Kunst der Kriegsführung. Sie waren nicht an den Rausch gewöhnt, in den sich die Barbaren versetzten, bevor sie wie tollwütig und mit Gebrüll auf Männer, Frauen und Kinder losstürmten. Die entsetzlichen Szenen, zu denen es bei diesen Blitzattacken kam, forderten ihren Tribut von Artus' Männern. Die Ritter waren in der Unterzahl und der Ausbruch eines Krieges stand kurz bevor.

Artus befand sich immer noch auf einem Feldzug im Norden. Lancelot war vor zwei Tagen nach Camelot zurückgekehrt, aber Guinevere hatte ihn noch nicht gesehen. Er ging ihr aus dem Weg, und sie vermutete, dass es nicht nur daran lag, dass sie mit Artus verheiratet war, was ihnen beiden nur zu schmerzlich bewusst war. Es gab noch einen weiteren Grund, der ihn von ihr fernhielt. Etwas Schreckliches war mit ihm geschehen. Guinevere sah es in Lancelots Augen – sie wirkten wie zwei soeben ausgeblasene Kerzen. Die Farbe leuchtete zwar noch, aber alle Glut war erloschen.

Guinevere war klar, dass sie mit Lancelot sprechen und ihn wieder auf den richtigen Weg bringen musste, denn sonst würde er sich zu weit von seiner Pflicht und auch seiner Familie entfernen. Es lag an ihr, ihm gut zuzureden, auch wenn es ihr das Herz brach, in seiner Nähe zu sein und seine Qual zu spüren, wenn er sich vorstellte, wie sie mit Artus im Bett lag.

»Lancelot«, rief Guinevere und berührte auf dem dunklen Korridor seinen Ellbogen. Sie wollte, dass er sich umdrehte und sie ansah. »Bitte. Rede mit mir.«

»Gwen«, hauchte er sanft und zog sie dichter an sich. Als er ihre Hand nahm, folgte sie ihm wortlos und ohne Widerstand.

Lancelot führte sie vom Hauptflur weg in eine Turmnische, von der aus sie die dunkle Heidelandschaft rund um Camelot sehen konnten. Mondschein fiel durch die kreuzförmigen Bogen-Schießscharten und sorgte für genügend Helligkeit, um ihm unverwandt in die Augen sehen zu können. Einen kurzen Moment lang drängte er sich dichter an sie, doch dann wich er zurück und ließ sie los.

»Du hättest heute Nacht nicht zu mir kommen sollen.«

»Aber du hast mir keine Nachricht aus meiner Heimat im Sommerland überbracht«, erwiderte sie und lächelte ihn an. »Du sagtest, du würdest bei meinem Vater sitzen und mir ein Andenken von ihm mitbringen.«

Lancelot wurde blass und seine Augen spiegelten sein Mitgefühl. Da wusste es Guinevere.

»Das kann nicht sein«, stieß sie hervor, und ihre Stimme klang plötzlich ganz hoch und mädchenhaft.

Der Anführer ihres Clans, ihr Vater, war tot. Aber dieser

streitsüchtige, verschlagene und erstaunlich humorvolle Riese von einem Mann konnte einfach nicht tot sein. Dafür war er viel zu stur. Doch Guinevere sah die Wahrheit in Lancelots Gesicht.

Die Trauer drohte sie zu überwältigen. Einen Moment lang verlor sie die Kontrolle und das weißblaue Licht ihres Hexenfeuers brachte die Luft zum Knistern.

»Ich habe Artus geheiratet, damit mein Vater und unser Clan vor den Barbaren geschützt sind.« Sie schluchzte fassungslos. »All das hier«, sagte sie und deutete angewidert auf die Juwelen und die prunkvolle Robe, die sie statt des schlichten, selbst gesponnenen Gewands trug, »sollte nur meinen Vater und meinen Clan beschützen.«

»Ich weiß«, sagte Lancelot und trat vor, um Guineveres Hände zu ergreifen. Er zuckte unwillkürlich zurück, als ihr Hexenfeuer durch seinen Körper fuhr, doch er ertrug den Schmerz und ließ sie nicht mehr los. »Gwen«, flehte er atemlos. »Artus trifft keine Schuld. Wir haben gekämpft und verloren. Ich habe verloren. Artus war nicht einmal dort.«

Der Raum wurde dunkel, als Guinevere sich wieder unter Kontrolle hatte und das weißblaue Feuer erlöschen ließ.

»Aber ich habe nicht dich, sondern Artus geheiratet, um meinen Clan zu retten«, sagte sie mit so zittriger Stimme, dass es kaum mehr als ein Flüstern war. »Ich habe dich aufgegeben, um meinen Clan zu schützen.«

»Und jetzt ist dein Clan verschwunden.« Lancelots Augen wurden düster. »Aber nicht wegen Artus. Wegen mir.«

Lancelot setzte sich auf den Boden der Turmnische und fuhr

sich durch die Haare. Er erzählte seine Geschichte ruhig und zügig und zwang sich dabei zu einer gleichmäßigen Sprechweise.

Das Sommerland war überflutet gewesen, wie immer zu dieser Jahreszeit. Die Straßen waren unpassierbar und Schlachten in dem sumpfigen Gelände undenkbar. Da Frauen und Kinder vom Wasser geschützt waren, hatten sich fast alle Männer wie gewohnt in dieser Zeit auf den Weg nach Norden gemacht, um Artus bei seinem Kampf gegen die Barbaren zu unterstützen.

Lancelot war zurückgeblieben, um zu lernen, wie die Frauen alle möglichen Nutzpflanzen im Wasser anbauten statt in der Erde, und Artus war ebenfalls der Meinung gewesen, dass dieses Wissen eines Tages auch in Camelot von Nutzen sein konnte.

Lancelot war bei den Frauen auf den Wasserfeldern, als er die Drachenschiffe direkt in die überfluteten Ebenen segeln sah.

»Ich blieb bei den Frauen auf den Feldern, anstatt zu deinem Vater zu gehen«, stieß Lancelot hervor. »Als ich nicht mehr kämpfen konnte, stahl ich ein Schiff und rettete so viele Frauen und Kinder vor dem sicheren Tod, wie ich nur konnte. Dein Vater wurde … Er wurde getötet.«

Guinevere war klar, dass er eigentlich »gefoltert« hatte sagen wollen. Aber es spielte keine Rolle, dass Lancelot versuchte, es ihr schonend beizubringen. Sie hatte zugestimmt, sich mit einem Mann verheiraten zu lassen, den sie nicht liebte, weil sie geglaubt hatte, auf diese Weise ihren Clan retten zu können. Aber dieses Vorhaben hatte nicht funktioniert. Ihr Vater war tot und ihre Leute waren in alle Winde verstreut.

»Danke, dass du so viele gerettet hast, wie es dir möglich war«, flüsterte sie. »Dafür schulde ich dir mein Leben. Schon wieder.«

Lancelot sah sie so sehnsüchtig und verzweifelt an, dass sie die Hände ausstreckte und um sein Gesicht legte. »Es ist meine Schuld«, sagte er betroffen.

»Nein. Ich mache dir keinen Vorwurf für die verlorenen Leben. Ich segne dich für die Leben, die du gerettet hast«, sagte sie ernst und hoffte nur, dass er ihr genügend glaubte, um sich selbst vergeben zu können.

»Gwen«, hauchte er und schlang die Arme um sie.

Als er seine Lippen auf ihren Mund drückte, erschrak sie. Natürlich hatten sie oft miteinander geflüstert und sich sehnsüchtige Blicke zugeworfen, doch er hatte nie gewagt, sie zu berühren. Dies war ihr erster Kuss – das erste Mal, dass sie diese Grenze überschritten. Guinevere wusste, dass Lancelot mehr als sie darunter leiden würde, Artus zu betrügen, seinen Cousin, König und engsten Freund, denn im Gegensatz zu ihr liebte Lancelot ihn. Guinevere versuchte einen Moment lang, ihn an den Schultern von sich wegzuschieben, um ihm die Schuldgefühle zu ersparen, die er zweifellos haben würde, doch schließlich gab sie dem verzweifelten Drängen nach, das sie in Lancelot spürte.

Helen schlug das Herz bis zum Hals. Sie trocknete sich hastig die Haare ab und rannte fast zur Bibliothek, um der Erinnerung zu entfliehen.

Sie konnte Lucas' tiefe Stimme durch die Tür der Bibliothek hören, was ausreichte, um ein leichtes Schwindelgefühl bei ihr auszulösen, und sie knallrot werden ließ.

Fahr deine Hormone runter und geh da rein, befahl sie sich.

Es ist schließlich nicht so, als könnten die anderen dir ansehen, was du gerade gedacht hast.

Helen stieß die Tür auf und sofort warf Orion einen Blick in ihr Innerstes, schaute ihr in die Augen und hob eine Braue, bevor sich ein wissendes Lächeln auf seinem Gesicht ausbreitete. Abgesehen von Orion, dachte sie und wäre am liebsten auf der Stelle tot umgefallen.

Die Männer erhoben sich, um Helen zu begrüßen, nur Cassandra blieb in dem großen Ledersessel sitzen, in dem ihr zarter Körper ganz winzig wirkte. Helen verbeugte sich respektvoll vor dem Orakel und stellte fest, dass Cassandra ihr iPad auf dem Schoß hatte.

»Was gibt's?«, fragte Helen und ignorierte die wohlige Wärme, als sie sich auf den einzigen freien Platz setzte – natürlich neben Lucas.

»Ein weiterer Angriff«, antwortete Cassandra düster und reichte Helen das iPad.

»Ein Tsunami in der Türkei«, sagte Orion. Helen scrollte durch die Fotos von der überfluteten Landschaft.

»Aber wieso dort?«, fragte sie und betrachtete den Teil des Landes, der betroffen war. »Da ist keine größere Stadt in der Nähe.«

»Nicht mehr«, sagte Lucas. »Aber vor 3300 Jahren lag dort Troja.«

»Ganz schön nachtragend«, murmelte Helen.

»Die Götter werden kühner.« Cassandra lehnte sich in ihrem Riesensessel zurück und runzelte besorgt die Stirn. »Die Scions dürfen keine Zeit mehr verschwenden. Wir müssen uns zusammenschließen.«

»Und um das zu tun, müssen wir uns überlegen, wie wir das Treffen der Häuser organisieren sollen«, sagte Hector und übernahm damit die Gesprächsführung. »Ihr drei seid die Erben, also werdet ihr hinter den Anführern eurer Häuser stehen. Abgesehen von Orion natürlich, der selbst Anführer des Hauses von Rom ist. Ich nehme an, dass du deinen Stellvertreter hinter dir stehen haben willst.«

»Zur Hölle, nein, ich werde Phaon ganz sicher nicht den Rücken zudrehen«, widersprach Orion angewidert. Lucas und Hector sahen ihn fragend an, sodass er eine Erklärung liefern musste. »Phaon und sein älterer Bruder Corvus haben meine Erbfolge angefochten, als ich noch ein Junge war.«

»Warte mal. Corvus?«, fragte Lucas und beugte sich vor. »Mein Vater hat Corvus getötet, bevor einer von uns geboren war.«

»Nein. Castor hat geglaubt, er hätte Corvus getötet. Aber er hat überlebt«, sagte Orion. »Ich wünschte, es wäre anders, das könnt ihr mir glauben.«

»Orion. Du musst dich nicht rechtfertigen«, sagte Helen, um ihn zu schützen.

»Es ist okay, Helen. Ich muss ihnen ohnehin irgendwann von meinen Narben erzählen«, beruhigte er sie mit einem traurigen Lächeln. »Corvus, der Cousin meiner Mutter, hat mich offiziell herausgefordert, als ich elf war. Ich habe gewonnen.«

»Im Kolosseum?«, fragte Hector, und Orion nickte. »Stimmt es, dass die Mitglieder des Hauses von Rom nicht zu Ausgestoßenen werden, wenn sie einander im Kolosseum töten?«

»Das stimmt. Die Römer haben im Sand des Kolosseums so viel Blut vergossen, dass die Furien den Überblick über die Blutschuld verloren haben. Es ist ein verfluchter Ort«, fügte Orion mit gedämpfter Stimme hinzu. Hectors Augen funkelten neidisch, als würde er alles für einen Kampf im Kolosseum geben, aber Orions gequälte Miene hinderte ihn daran, diesen Wunsch zu äußern. »Als ich Corvus getötet hatte, hat Phaon seinen einzigen Verbündeten verloren – den Mann, der ihn aufgezogen hat wie einen Sohn. Phaon würde mir ein Messer in den Rücken stoßen, sobald er mich sieht. Ich werde niemals an seiner Seite stehen.«

»Das ist etwas, das wir beachten sollten«, bemerkte Lucas gelassen, und es folgte ein bedeutungsvolles Schweigen.

Helen konnte sehen, wie Hector mit seinem Freund mitfühlte. Von allen Anwesenden stand Hector Orion am nächsten. Helen fand den Gedanken zwar merkwürdig, aber sie waren beide Mörder. Ein Aufleuchten aus Cassandras Richtung erregte Helens Aufmerksamkeit. Das silbrige Licht in ihrer Brust waberte wie Mondlicht, das sich in einem dunklen Teich spiegelt.

»Und du hältst dich von Phaon fern«, sagte Orion plötzlich, der Helens Blick gefolgt war und jetzt auf Cassandra zeigte. Sein Ton war ungewöhnlich grob. »Wenn er versucht, dich allein zu erwischen, kommst du sofort zu mir. Verstanden?«

Cassandra nickte zögernd, verunsichert von seinem finsteren Blick.

»Wieso?«, fragte Lucas. Orions Lippen verzogen sich so angewidert, als hätte er plötzlich einen ekligen Geschmack im Mund. »Wieso?«, wiederholte Lucas, der sich davon nicht abschrecken ließ.

»Er ist ein Monster.« Orion schaute weg und sprach jetzt deutlich leiser. »Er vergreift sich nur an kleinen Mädchen.«

Cassandra runzelte die Stirn. Das Licht in ihrer Brust wurde blasser. »Ich bin kein kleines Mädchen«, sagte sie ruhig, doch niemand ging darauf ein.

»Bist du dir sicher?«, fragte Hector Orion ernst.

Orion nickte. »Die kleine Schwester meines Vaters.« Er ersparte ihnen die Einzelheiten. »Vertraut mir, Cassandra ist genau sein Typ. Schöne Familie, die ich da habe, nicht wahr?«

»Das ist nicht deine Familie«, erwiderte Lucas scharf. Er deutete mit dem Kinn auf Helen, Hector und Cassandra und sah dann wieder Orion an. »Wir sind deine Familie. Du wirst bei uns stehen.«

»Wir sind Blutsgeschwister«, erinnerte Helen ihn.

»Falls du dich jetzt besser fühlst – auch ich muss aufpassen, dass man mir kein Messer in den Rücken rammt«, stellte Hector betroffen fest. »Tantalus wird kommen. Wer weiß, was er tun wird, wenn er mich sieht.« Er schaute hinüber zu Lucas und die beiden tauschten ein betrübtes Lächeln. »Schöne Familie, die wir da haben, stimmt's?«

»Ich schätze, wir fünf müssen zusammenstehen, was immer geschieht«, sagte Helen, bevor Hector noch trübsinniger werden konnte. »Abgesehen von Cassandra, die neutral sein muss, richtig? Sie ist das Orakel und damit ranghöher als alle anderen, und deshalb wird sie die Einzige sein, die sitzen wird.«

»Stimmt«, bestätigte Hector und nickte. »Bei einem Treffen der Häuser steht sie über allen Blutlinien und sitzt allein.«

Helen sah zu Cassandra hinüber, die in dem Riesensessel so winzig klein wirkte. Sie war immer allein.

»Seid ihr damit einverstanden?«, fragte Helen verlegen.

»So ist das noch nie gemacht worden«, sagte Hector langsam. Doch einen Moment später sah er sich lächelnd um, denn die Entscheidung war gefallen. »Wenn wir zusammenstehen, ist es, als wären wir unser eigenes Haus – die Scion-Erben oder so etwas. Ich bin bereit, dabei mitzumachen, aber ich denke, unsere Eltern werden ziemlich sauer sein.«

»Na und?«, fragte Lucas, dessen Augen gefährlich glitzerten. »Wir machen es eben anders als sie. Ich sage, wir stehen beieinander.«

»Ich bin dabei«, verkündete Orion entschlossen. »Aber nur, wenn Helen unsere Anführerin ist.«

Helen prustete los. »Ist das dein Ernst?« Sie sah sich um und musste feststellen, dass alle zustimmend nickten. »Wartet. Stopp! Ich kann nicht die Anführerin sein.«

»Doch, kannst du«, widersprach Hector. »Du musst sogar unsere Anführerin sein.«

»Seit wann esst ihr eigentlich alle Irrsinn zum Frühstück?«, fragte Helen, deren Geduldsfaden allmählich dünner wurde. Sie konnte es schon nicht leiden, bei Sportwettbewerben zu gewinnen – da wollte sie ganz bestimmt nicht die Anführerin der Scion-Erben werden. »Ich bin eine glatte Fehlbesetzung. Hector …«

»Hector kann euch nicht führen, Helen. Er ist kein Erbe«, meldete sich Cassandra leise zu Wort. »Und Orion hat jetzt schon zu viele Feinde, die ihn loswerden wollen. Und noch schlimmer ist, dass zu viele Leute ihn für den Tyrannen halten. Er würde sofort herausgefordert werden, sobald er die Rolle des Anführers übernimmt.«

»Dann eben Lucas«, sagte Helen mit einem verzweifelten Unterton. »Er ist der Klügste. Er sollte unser Anführer sein.«

»Lucas ist der Bruder des Orakels«, widersprach Cassandra und schüttelte traurig den Kopf. »Das würde dem Haus von Theben zu viel Macht verleihen. Deine eigene Mutter würde dagegen ankämpfen. Du musst es tun.«

»Nein«, wehrte sich Helen. »Ich will nicht.«

»Dumm gelaufen, Prinzessin.« Hector grinste sie frech an. »Zier dich nicht. Du wusstest doch die ganze Zeit, dass es dein Job sein würde.«

»Aber ich habe keine Ahnung davon!«, rief sie und sprang hektisch auf. »Und ich bin die schlechteste Kämpferin. Was, wenn mich jemand aus einem der anderen Häuser zu einem Duell oder sonst was herausfordert? Ich würde total versagen.« Helen begann, im Zimmer herumzulaufen, und fuhr sich mit beiden Händen durch die Haare.

»Wenn du unsere Anführerin bist, musst du nicht kämpfen«, erklärte Lucas, dem diese neue Entwicklung immer besser gefiel. »Die Anführer wählen sich ihren Champion, der für sie einsteht, wenn es zu einer Herausforderung kommt – gewöhnlich den besten Kämpfer. Deswegen ist es keine gute Idee, den besten Krieger zum Anführer zu wählen.«

»Dann ist das ja geklärt. Helen ist der Boss«, verkündete Orion.

»Das ist nicht geklärt«, begann Helen hitzig, aber Orion redete einfach weiter.

»Jetzt brauchst du nur noch deinen Champion zu wählen.« Er stand auf und verbeugte sich förmlich vor Helen. »Ich nehme die Wahl an.«

»Spinnst du?« Lucas sprang auf und baute sich vor Orion auf. »Ich bin Helens Champion.«

»Sorry, aber das kann ich nicht erlauben«, widersprach Orion mit einem bedauernden Kopfschütteln.

»Sagtest du gerade erlauben?«, fragte Lucas ungläubig.

»Mädels, benehmt euch«, sagte Hector, als er Lucas und Orion zur Seite schubste und sich zwischen sie stellte. »Habt ihr nicht zugehört? Der Champion soll der beste Kämpfer sein. Und das bin ja wohl ich.«

»Tatsächlich? Dann beweise es«, verlangte Lucas eisig.

Helen sah eine Rauferei kommen. Sie hasste die Vorstellung, dass ihre Freunde einander verletzten, und obwohl sie im Moment noch nicht dazu bereit war, wusste sie doch, dass unter ihnen nur einer war, den sie jemals einer Gefahr aussetzen konnte.

»Hector«, sagte sie entschlossen. »Wenn ich die Anführerin bin, will ich, dass Hector mein Champion ist.« Helen sah Lucas und Orion in die Augen. »Er ist der beste Kämpfer.«

»Bravo. Deine erste richtige Entscheidung. Ich glaube, du bist eine bessere Chefin, als du denkst«, verkündete Hector grinsend.

»Moment mal«, empörte sich Lucas.

»Nimmst du an?«, fragte Cassandra Hector, ohne auf ihren Bruder einzugehen.

»Ich nehme an«, antwortete er sofort.

»Ich bin Zeugin. Hector ist vom heutigen Tag an Helens Champion. Wenn irgendjemand Helen herausfordert, wird Hector an ihrer Stelle kämpfen.« Cassandra sah Orion scharf an. »Lucas wird Hectors Stellvertreter.«

»Hey, warte mal«, schnaufte Orion.

»Und du wirst mein Champion«, sagte Cassandra laut, um seinen Protest zu übertönen. »Damit führt Atreus an, Theben beschützt Atreus, und Athen und Rom beschützen Theben. Wir müssen allen zeigen, dass die Zeit der Kämpfe zwischen den Häusern vorbei ist. Und die beste Methode ist, dass wir fünf einander unser Leben anvertrauen.«

Orion überdachte das Ganze kurz und seufzte zögernd. »Das macht Sinn.«

»Nimmst du an?«, fragte Cassandra, die sich plötzlich ein bisschen verschüchtert anhörte. »Willst du mein Champion sein?«

»Ja«, antwortete Orion ernst. Dann grinste er und stupste sie an. »Natürlich nehme ich an, Kitty-Katze.« Cassandra lächelte erleichtert.

»Ich bin Zeugin«, sagte Helen, die das Gefühl hatte, als müsste das gesagt werden. »Orion ist Cassandras Champion.« Dann sah sie hinüber zu Lucas, denn sie spürte, dass es ihm schwerfiel, nicht mit etwas herauszuplatzen. »Möchtest du etwas sagen?«

»Ich kann es nicht leiden, auf den zweiten Platz gedrängt zu werden«, knurrte er gereizt. »Aber ich komme damit klar.«

»Dann sind wir jetzt ein Team«, sagte Orion und sah einen nach dem anderen an. »Das dürfte ein interessantes Treffen werden.«

»Matt!«, fauchte Claire. »Kannst du mal zuhören?«

Matt drehte den Kopf zur Seite und sah Claire abwesend an. Sie hatte gerade irgendetwas über Helen gesagt, aber er wusste nicht genau, was.

Er war abgelenkt.

Gerade landete ein Schiff am Strand von Great Point, direkt unter dem Leuchtturm. Es war ein kleines Schiff. Matt hörte in seinem weit entfernten Haus in Siasconset nicht, wie es knirschend auf den Sand auflief, und er sah auch nicht, wie die drei Myrmidonen leichtfüßig von Bord sprangen, ihr Transportmittel an den Seiten packten und damit mühelos den Strand hinaufrannten. Matt war auch nicht körperlich anwesend, als zehn weitere Schiffe ankamen und seine Soldaten den Strand einnahmen, aber er war sich der Geschehnisse so bewusst, als wäre er dort. Sogar als Claire ihm mit der Hand vor dem Gesicht herumwedelte und frustriert seufzte, sahen seine Augen die präzisen Schritte seiner dreiunddreißig Männer, die sich schweigend von der Wasserlinie entfernten.

»Hallo?«, sagte Claire. »Hast du vor, irgendwann das Raumschiff zu landen und dich an der Unterhaltung zu beteiligen?«

Matt lachte humorlos auf. »Die Schiffe landen«, wiederholte er mechanisch und spürte, wie die Mitglieder seiner Landungstruppe das Gelände mit dem geübten Blick eines trainierten Kriegers sondierten. Mit seinem neuen doppelten Bewusstsein sah Matt, wie sich einer der Myrmidonenkrieger, dessen Haut so schwarz glänzte wie der Panzer eines Käfers, hinkniete und eine Hand auf den kalten Sand legte.

»Er ist hier. Der Geist unseres Meisters ist jetzt gerade bei uns«, sagte Telamon.

Matt erinnerte sich, dass Telamon ein Prinz unter seinesgleichen und sein bester Offizier war.

»Schon wieder ein Strand, Brüder«, bemerkte er freudlos. Telamon rieb seine Hände aneinander, um den Sand abzustreifen. Sein angewiderter Gesichtsausdruck ließ keinen Zweifel daran, dass er Sand nach all den Jahren, die er nun schon fern von Troja war, immer noch hasste.

»Wie lauten deine Befehle?«, fragte ein Krieger mit schwarzen Facettenaugen.

»Wir lagern. Und warten hier auf den Meister«, entschied Telamon. »Er wird zu uns kommen, wenn er bereit ist.«

»Bist du okay?«, fragte Ariadne beunruhigt.

Matt blinzelte ein paar Mal und schaffte es endlich, die Bilder aus seinem Kopf zu verbannen.

»Mir fehlt nichts«, sagte er und konzentrierte sich auf die Unterhaltung. »Erzähl weiter, Claire.«

»Also, wie schon gesagt, das erste Mal, als ich etwas Merkwürdiges bemerkt habe – jedenfalls noch merkwürdiger als sonst –, war, als Lennie nach einem Löffel griff. Er bebte einen Moment, als würde er zittern, und dann flog er von selbst in ihre Hand.«

»Wir haben etwas Ähnliches erlebt, als wir bei Andy im Krankenhaus waren«, fügte Ariadne hinzu.

»Erzähl mal«, verlangte Matt und sah Andy dabei an.

»Nun, sie ist erst wütend geworden und hat dann irgendwie angefangen zu leuchten. Funken rieselten von ihrer Haut und aus ihren Haaren wie Regentropfen«, berichtete Andy, und bei der Erinnerung klang ihre wundervolle Stimme ganz überwältigt. »Die ganzen Geräte in meinem Zimmer fingen an zu wackeln, und ich könnte schwören, dass sich auch mein Bett bewegt hat.«

Einen Moment lang herrschte Stille in Matts Zimmer, als sie alle darüber nachdachten.

»Ich habe auch so etwas Komisches gespürt, als Helen vor Kurzem wütend gewesen ist«, fügte Jason zögernd hinzu.

»Was genau ist da passiert?«, fragte Matt.

»Sie und Lucas haben nach Jerry gesehen und angefangen, sich zu streiten. Ich nehme an, dass es ziemlich heftig war, weil sie in den Kampfkäfig hinuntergegangen sind, um es auszutragen. Ich hätte schwören können, dass das ganze Haus einen Moment lang gebebt hat.«

»Das könnten Aufschlagbeben gewesen sein«, gab Matt zu bedenken. »Die beiden sind stark genug, um das Haus zum Wackeln zu bringen, wenn der eine den anderen auf den Boden wirft.«

»Es passierte aber schon, als sie noch auf dem Weg nach unten waren. Sie sind nur gegangen, Matt«, versicherte Jason mit einem Schulterzucken. Matt verstummte nachdenklich.

»Habt ihr irgendwelche Blitze gesehen?«, fragte er die drei Mädchen.

»Eigentlich nicht«, antwortete Ariadne. »Was wir gesehen haben, war eindeutig elektrisch, aber ich habe keine Ahnung, wieso das den ganzen Kram so zum Wackeln gebracht hat. Das Ganze war einfach merkwürdig. Und gruselig.«

»Ihre Stimme war auch ganz komisch«, fügte Claire hinzu und rieb sich die Arme, als würde sie frösteln.

»Viel zu viel Hall«, bestätigte Andy. »Ich bin eine Sirene und kenne mich mit Stimmen aus, aber so was habe ich noch nie gehört.«

»Sie hat geklungen wie eine Göttin«, sagte Ariadne und brachte es damit auf den Punkt. »Es ist etwas mit ihr geschehen, Leute.«

»Glaubst du wirklich?«, fragte Jason herablassend und verdrehte die Augen. »Nach allem, was sie durchgemacht hat, ist es doch normal, dass sie sich ein wenig verändert hat. Das bedeutet aber nicht, dass sie irgendwie gefährlicher geworden ist. Nun dreht deswegen nicht gleich durch. Immerhin hat sie gerade gegen einen Gott gekämpft.«

»Und gewonnen«, fügte Matt gelassen hinzu. »Sie hat gegen einen Gott gekämpft und gewonnen. Was glaubt ihr, wie stark sie dafür sein musste?«

»Stärker als jeder andere Scion vor ihr.« Ariadnes Stimme bebte.

»Sie wurde gefoltert, Leute«, mahnte Jason streng.

»Genau«, bestätigte Ariadne. »Und du glaubst wirklich, dass ein Erlebnis wie dieses sie zu einem besseren Menschen gemacht hat?«

»Das ist doch lächerlich«, rief Jason verärgert, sprang auf und stürmte zur Tür.

»Jason«, begann Claire, aber er fuhr herum und schnitt ihr das Wort ab.

»Ich weiß, dass du und Helen schon seit eurer Kindheit die besten Freundinnen seid, und dass sie sich so verändert, macht dir Angst. Aber jeder verändert sich. Nur weil du nicht verstehst, was mit Helen geschieht, heißt das noch lange nicht, dass du plötzlich Angst vor ihr haben musst. Ich hoffe, das begreift ihr alle, bevor ihr jetzt loszieht und eine Dummheit macht.«

Jason stürmte davon und ließ die Freunde geschockt zurück.

»Da ist noch etwas«, sagte Claire. »Ich habe versucht, mit Helen darüber zu reden, wie sie sich verändert. Sie hat mir deutlich zu verstehen gegeben, wie egal ihr das ist. Sie will nur siegen.«

Claire rieb sich wieder die Arme, als wäre ihr kalt. »Die Helen, die ich kannte, macht sich nichts aus Siegen. Sie hat kein einziges Mal versucht, beim Querfeldeinlauf zu gewinnen.«

Claire hatte Angst. Die hatten sie alle. Und das Schlimmste war, dass Matt das unangenehme Gefühl hatte, dass ihre Ängste begründet waren.

Matt musste wieder an die moralische Frage denken, die Zach ihm einst gestellt hatte. Würde Matt wirklich jemanden töten, um diese Person daran zu hindern, möglicherweise Millionen von Menschen umzubringen? Was war richtig?

»Wie viel länger noch?«, fragte einer der Myrmidonen.

»Schon bald«, antwortete Telamon. »Unser Meister ist noch im Zwiespalt.«

»Unmöglich«, sagte ein anderer Krieger. Seine glühenden roten Augen verengten sich in einer Aufwallung der Gefühle. »Es kann nicht er sein, wenn er wankelmütig ist. Achill hätte nie das Ziel aus den Augen verloren. Er ist für die Mission gestorben.«

»Geduld«, befahl Telamon.

»Geduld«, intonierten die Myrmidonen andächtig im Chor. Es war ein Ritual, das sie schon sehr oft vollzogen hatten.

»Die Loyalitäten seines sterblichen Lebens halten ihn noch in ihrem Bann«, fuhr Telamon fort und legte einem der Kameraden so beruhigend die Hand auf die Schulter wie ein mitfühlender Therapeut oder Priester. »Aber wesentlich ältere Loyalitäten kommen an die Oberfläche. Mut.«

»Mut«, wiederholten die Soldaten im Chor, als Telamon ihnen das Stichwort gab. Ihre kriegerische Version von »Amen« hallte über die Dünen und die Kraft ihrer vereinten Stimmen wirbelte den Sand der Dünenlandschaft auf und ließ ihn durch die Luft treiben wie Rauch übers Wasser.

»Das Ende dieses Zyklus naht«, fuhr Telamon wissend fort. »Und am Ende wird sein Herz unseren Meister zu uns zurückbringen. Erinnert euch, Freunde. Die Klinge hat sich diesen Träger ausgesucht, weil die Klinge weiß, dass dieser Träger mehr als alle anderen unser Sehnen teilt.«

»Matt? Was meinst du – was sollen wir tun?«, fragte Ariadne besorgt. Matt blinzelte heftig und konzentrierte sich auf sie.

»Wir müssen als Erstes herausfinden, wie weit sie zu gehen bereit ist«, antwortete er mit ernster Stimme. »Und dann müssen wir – jeder Einzelne von uns – entscheiden, wie weit wir zu gehen bereit sind, um sie aufzuhalten.«

9

An diesem Abend wählte Lucas seine Kleidung besonders sorgfältig. Das Treffen der Häuser war eine ziemlich formelle Angelegenheit, aber er wollte nichts anziehen, das ihn in seiner Beweglichkeit einschränkte. Er traute keinem ihrer Gäste und wollte unbedingt vermeiden, bei einem Kampf durch seine Kleidung behindert zu sein.

Natürlich waren Kämpfe bei solchen Versammlungen streng verboten. Aber Lucas wusste auch, dass sich viele Angehörige der verschiedenen Häuser seit dem Krieg vor zwanzig Jahren nicht mehr gesehen hatten. Dazu kam, dass etliche von ihnen jemanden ermordet hatten, der von einem anderen sehr geliebt worden war. Diese Versammlung war ein Pulverfass.

Lucas ging nach unten und fand die halbe Familie vor dem Fernseher im Wohnzimmer, wo sie sich die Abendnachrichten ansah. Die Fernsehbilder zeigten etwas, das aussah wie ein gewaltiges Gewitter über einer Stadt, die vollkommen im Dunkeln lag.

»Ist das Manhattan?«, fragte Lucas und trat näher an den Fernseher heran.

»Ja«, bestätigte seine Mutter betroffen. »Die ganze Stadt ist ohne Strom.«

Lucas konnte sich gut vorstellen, welches Chaos das in New York auslöste. U-Bahnen voller Menschen standen in den Tunneln, Aufzüge bewegten sich nicht mehr und die Leute saßen darin fest – ganz zu schweigen von der Gesetzlosigkeit, die bei Dunkelheit herrschte.

»Warum macht Zeus so etwas?«, fragte Andy.

»Um uns zu erinnern, dass er es kann«, knurrte Lucas.

Es klopfte an der Haustür und Lucas hörte, wie alle scharf einatmeten.

»Ich gehe«, bot Kate an, aber Noel legte ihr eine Hand auf die Schulter, um sie aufzuhalten.

»Ich muss aufmachen«, sagte Noel freundlich. »Es ist mein Herdfeuer.«

Lucas folgte ihr. Als Noel die Tür öffnete, kam es ihm vor, als hätte ihm jemand einen Tritt in den Magen versetzt. Der Mann, der vor ihrer Tür stand, hatte schwarze Haare, leuchtend blaue Augen und war groß und sportlich. Er sah aus wie Lucas, nur zwanzig Jahre älter.

»Daedalus«, sagte Noel mit zusammengebissenen Zähnen.

»Noel«, antwortete Daedalus. Er kreuzte die Arme vor der Brust und verbeugte sich respektvoll, aber es war offensichtlich, dass die beiden sich nicht leiden konnten.

Einen Moment lang hatte es Lucas den Atem verschlagen. Man hatte ihm schon oft gesagt, dass er aussah wie jemand aus dem Haus von Athen, aber nie, dass er genauso aussah wie der Mann, der seinen Großvater getötet hatte.

»Willkommen«, sagte Noel, obwohl sie es nicht wirklich so meinte. »Ich biete dir meine Gastfreundschaft.«

»Das ehrt mich«, sagte Daedalus und trat ein. Sein Blick fiel sofort auf Lucas, dessen Anblick ihn schmunzeln ließ. Dann glitten seine Augen über Lucas hinweg und sein Blick wurde eiskalt. »Hallo, Sohn«, sagte er, und einen Moment lang fragte sich Lucas, ob Daedalus mit ihm sprach.

»Vater«, sagte Orion formell.

Lucas drehte sich um und sah Orion mit abweisender Miene hinter sich stehen. Daedalus' Erscheinen hatte ihn so verblüfft, dass er nicht einmal bemerkt hatte, dass Orion und Hector ebenfalls zur Tür gekommen waren.

Daedalus streckte seinem Sohn die Hand hin und Orion schüttelte sie ohne ein Lächeln.

»Du siehst stark aus«, stellte Daedalus fest, nachdem er Orion eingehend gemustert hatte.

»Das bin ich«, antwortete Orion knapp. Die beiden starrten sich in die Augen, und Daedalus war der Erste, der den Blickkontakt abbrach.

Lucas hatte Orion noch nie so unfreundlich erlebt, aber nachdem sein Vater ihn schon als Kind im Stich gelassen hatte, konnte Lucas ihm keinen Vorwurf machen. Falls Daedalus auffiel, wie wortkarg sein Sohn war, ließ er es sich zumindest nicht anmerken. Er sah an seinem Sohn vorbei zu Hector.

»Ajax«, murmelte er. Einen Moment lang spiegelte sich Bedauern auf seinem Gesicht, doch es verwandelte sich schnell in Missmut.

»Tritt ein«, sagte Noel. »Jungs, lasst ihn durch.«

Lucas verspürte plötzlich das dringende Bedürfnis, sein Heim zu verteidigen. Er wollte Daedalus nicht durchlassen und spürte, dass es Hector und Orion genauso ging. Keiner von ihnen rührte sich vom Fleck.

»Nun bewegt euch schon«, knurrte Noel ungeduldig und drängte sich an ihnen vorbei. »Es spielt keine Rolle, dass die Furien fort sind – ihr benehmt euch immer noch wie ein Rudel wilder Hunde. Anscheinend muss hier jeder erst mal den anderen beschnüffeln.«

Daedalus rang sich ein Lächeln ab und folgte Noel. Hector, Lucas und Orion ließen ihn widerwillig passieren.

»Blöde Situation«, bemerkte Hector, nachdem Daedalus Noel ins Haus gefolgt war.

»Ein richtiger Sonnenschein, nicht wahr?«, sagte Orion sarkastisch. »Ach, und das eben war sein ›freundliches Gesicht‹.«

»Wieso hast du mich nicht gewarnt, dass ich deinem Dad so ähnlich sehe?«, fragte Lucas und funkelte Orion erbost an.

»Ich dachte, das wüsstest du«, sagte Orion mit einem Schulterzucken.

»Ich wusste, dass es eine gewisse Ähnlichkeit gibt, aber das hier ist lächerlich. Wie zum Teufel soll ich mich jetzt fühlen?«

»Für mich ist das auch nicht gerade ein Picknick. Jedes Mal, wenn ich dich ansehe, sehe ich meinen Vater vor mir. Die Parzen spielen gern ihre Spielchen mit uns, Lucas. Sie sorgen immer dafür, dass wir aussehen wie die Person, die uns gerade am wenigsten passt.« Plötzlich musste Orion grinsen. »Sieh dir zum Beispiel Hector an. Er sieht aus wie jemand, den alle mögen müssten, und dabei ist er ein Blödmann.«

»Danke, Kumpel«, erwiderte Hector freudig, als hätte Orion ihm gerade ein Kompliment gemacht. Da mussten alle kichern und ihre Anspannung löste sich ein wenig.

»Lass dich davon nicht verrückt machen«, warnte Orion ernst und mit hochgezogenen Brauen. »Wir haben heute Abend Wichtigeres zu tun.«

»Keine Sorge«, versicherte Lucas. »Ich weiß, wozu ich da bin.« Orion wusste natürlich, dass er davon sprach, Helen zu beschützen.

Helen hörte immer mehr unbekannte Stimmen, die von unten zu ihr heraufdrangen, als weitere Scions zur Versammlung der Häuser eintrafen. Sie spürte die wachsende Spannung durch den Fußboden – es fühlte sich so ähnlich an wie das tiefe Wummern der Bässe bei einer guten Stereoanlage. Helens neue Antenne für die Emotionen der anderen ließ die Empfindungen der Gäste auf sie einstürmen. Sie kannte nicht alle Einzelheiten des Krieges vor zwanzig Jahren, aber sie war überzeugt, dass es noch viele offene Rechnungen gab. Ein Stockwerk tiefer drohte eine explosive Mischung aus Hass, Liebe und Verlust jeden Moment in offene Gewalt umzuschlagen. Helen hatte das Gefühl, direkt über einer Bombe zu stehen.

Sie zupfte nervös an ihrem Outfit herum. Es war ein bisschen schicker, als sie es gewohnt war. Sie hatte schon immer Kaufhausklamotten bevorzugt, aber Daphne hatte ihr ein Designerteil mitgebracht und ihr einzureden versucht, dass es gut für ihr Selbstbewusstsein wäre. Doch das Gegenteil war der Fall – es machte sie nur noch nervöser. Helen war überzeugt, dass die Lederstiefel mehr gekostet hatten als der gesamte Inhalt ihres Kleiderschranks. Sie fragte sich, woher ihre Mutter das Geld für diese teuren Sachen hatte, doch eigentlich wollte sie es gar nicht wissen. Daphne hatte kein Problem damit, unbezahlbare Schätze aus Museen zu stehlen. Helen war ziemlich sicher, dass die Überwachungskameras von Modeboutiquen sie gar nicht erfassten.

Einen Moment lang stellte sich Helen die Spur der Verwüstung vor, die Daphne auf ihrem Weg von Daedalus' Haus in Neufundland nach Nantucket zum Treffen bei den Delos hinter sich zurückgelassen hatte – gestohlene Autos und ausgeraubte Geschäfte, die sich entlang ihrer Reiseroute hinter ihr auftürmten. Ihre Mutter war erst seit einer Stunde wieder da, und Helen konnte an nichts anderes denken als an die vielen Gesetze, die Daphne seit ihrer letzten Begegnung zweifellos übertreten hatte.

»Hör auf, so herumzuzappeln«, mahnte Daphne. Sie zog an der Kette, die Helen um den Hals trug, fischte den Herzanhänger heraus und platzierte den Talisman über Helens Kleidung. »Das Haus von Atreus stammt von Zeus ab und ist damit das ranghöchste. Wir betreten den Raum als Vorletzte«, informierte sie Helen. »Als Letzte trifft natürlich das Orakel ein.«

Helen wich vor ihrer Mutter zurück und griff nach ihrer Haarbürste, damit Daphne nicht merkte, dass sie nicht von ihr berührt werden wollte. Aber Daphne merkte es natürlich trotzdem.

»Es ist Zeit. Alle anderen sind da«, sagte sie schroff.

»Woher weißt du das?«, fragte Helen.

»Ich erkenne ihre Stimmen.« Daphne lachte freudlos und

strich sich mit dem kleinen Finger die Haare hinters Ohr. »Ein paar von den Leuten da unten kenne ich besser als dich.«

»Und wessen Schuld ist das?«

»Nicht Schuld«, verbesserte Daphne sanft. »Entscheidung. Es war meine Entscheidung, Helen, und sie war richtig. Du warst ohne mich besser dran.«

Helen wollte sofort widersprechen, tat es dann aber doch nicht. Als Falschfinder hörte sie die Wahrheit in ihren Worten. Daphne wollte ihr nichts vormachen oder eine Ausrede dafür finden, dass sie eine schlechte Mutter war. Sie glaubte wirklich, dass sie das Richtige getan hatte, und wenn Helen an ihren Vater dachte, der ein paar Zimmer weiter schlief, musste sie ihr recht geben. Es war ihr ohne ihre Mutter besser ergangen. Daphne hatte sie zwar verlassen, ihr aber auch ein besseres Leben beschert – ein glücklicheres Leben mit Jerry als Vater und Claire und Matt als beste Freunde. Es musste Daphne viel Überwindung gekostet haben, sich so zu entscheiden. Helen begriff erst jetzt, wie viel Glück sie gehabt hatte. Ihr waren fast siebzehn Jahre eines normalen Lebens vergönnt gewesen, die sie zu der Person hatten heranreifen lassen, die sie jetzt war. Und das hatte Daphne ihr ermöglicht, indem sie aus ihrem Leben verschwunden war.

»Danke«, flüsterte Helen.

»Gern geschehen«, erwiderte Daphne emotionslos.

Verblüfft schaute Helen auf Daphnes Brust, doch da war nichts außer schwarzer Leere – ein klaffendes Loch, das unendlich schien, ähnlich einem Brunnenschacht an der Stelle, wo eigentlich ein Herz sein sollte. Helen fuhr zurück, was Daphne natürlich bemerkte.

»Was, Helen? Was ist los?«

»Dein Herz ist nicht mehr da«, antwortete Helen, die das unnatürliche Loch in Daphnes Brust so schockierte, dass sie sogar vergaß, ihre neue Begabung geheim zu halten.

»Es ist an dem Tag gestorben, als Ajax ermordet wurde«, sagte Daphne.

»Aber da ist nichts mehr. Nicht einmal ein gebrochenes Herz«, widersprach Helen kopfschüttelnd. »Du bist nicht traurig oder wütend oder verletzt. Du fühlst gar nichts. Das ist unnatürlich.« Sie starrte Daphne in die Augen und hielt sie am Handgelenk fest, damit sie sich nicht abwenden konnte. »Was hast du getan, Mutter?« Daphne versuchte, sich loszureißen, aber ihre Tochter war zu stark.

»Was immer von meinen Gefühlen noch übrig war, habe ich hergegeben, um ein Ziel zu erreichen. Das tun Frauen andauernd. Scionfrauen schwören es vor Hekate«, sagte Daphne und wurde plötzlich misstrauisch. »Und woher weißt du, was ich nicht fühle?«, murmelte sie, allerdings mehr zu sich selbst.

»Helen?«, rief Andy, die an die Zimmertür klopfte. »Bist du da drin?«

»Ja«, antwortete Helen. Sie ließ ihre Mutter los und drehte sich hastig zur Tür. »Komm rein.«

Andy öffnete zögernd die Tür und spähte ins Zimmer. »Noel wird allmählich …, äh … Panisch ist das höflichste Wort, das mir dazu einfällt. Sie sagt, dass du und deine Mom sofort antraben sollen, bevor da unten einer den anderen umbringt und ihren sauberen Fußboden mit Blut einsaut.« Sie lächelte und hob die Hände. »Nicht meine Worte – ich habe sie nur zitiert.«

»Das glaube ich gern.« Helen kicherte. »Wir kommen.«

Es gab noch so vieles, über das sie und Daphne reden mussten, aber wie immer, wenn es ihre Mutter betraf, würde Helen auf Antworten warten müssen. Sie und Daphne folgten Andy aus Ariadnes Zimmer durch den Flur in Richtung Treppe.

»Nanu«, sagte Daphne gelassen, als ihr Andys anmutige Silhouette auffiel. »Was haben wir denn da für ein seltenes Fischlein?«

Helen sah, wie Andy erstarrte und schließlich stehen blieb.

»Ich bin zur Hälfte Sirene«, sagte sie und sah Daphne herausfordernd an. »Haben Sie damit ein Problem?«

»Nein«, antwortete Daphne. Sie hielt Andys Starren ungerührt stand. »Aber anscheinend du, und es wird Zeit, dass du darüber hinwegkommst.«

Daphne rauschte an Andy vorbei. Helen folgte ihr zögernd und bedachte Andy im Vorbeigehen mit einem entschuldigenden Blick.

»Hector ist nicht Apoll«, fügte Daphne hinzu, als sie die Treppe erreichten. »Es wird Zeit, dass du auch darüber hinwegkommst.«

»Sie haben kein Recht …«, begann Andy hitzig.

»Hector ist einer der besten Männer, die ich jemals kennengelernt habe, kleine Halb-Sirene, die sich selbst hasst«, unterbrach Daphne sie. Helen sah, wie Daphnes Blick so hart wurde, dass ihre Augen funkelten wie Diamanten. »Du verdienst ihn gar nicht.«

Helen hauchte Andy ein »Tut mir leid« zu, als sie die Treppe hinuntergingen, aber Andy hatte schon kehrtgemacht und war weggelaufen, bevor Helen es ausgesprochen hatte.

Immer noch mit den Gedanken bei Andy, folgte Helen ihrer Mutter in die angespannte Atmosphäre des Wohnzimmers. Sofort fiel ihr Blick auf einen großen blonden Mann, der vor Castor und Pallas an einem Platz stand, von dem sie wusste, dass er dem Anführer des Hauses von Theben gebührte.

Er musste Tantalus sein, und obwohl sie ihm nie begegnet war, erkannte sie ihn sofort. Sie sah sein Gesicht vor sich, zornrot, verschwitzt und vor Wut verzerrt, als er versuchte, ihr das Kind aus dem Leib zu prügeln.

Tantalus starrte Daphne an. Auf dieselbe Weise hatte Menelaos Helena angestarrt. Helens neue Begabung erlaubte ihr, die Begierde in seinem Herzen zu sehen. Einen Moment lang huschte sein Blick über Daphnes Schulter hinweg und landete auf Helen. Sie schauderte angewidert und musste an ein anderes Leben denken, in dem man sie gezwungen hatte, ihn zu heiraten. Doch dann sah er wieder Daphne an und ließ sie nicht mehr aus den Augen, bis das Orakel den Raum betrat.

Als Cassandra hereinkam und die Glöckchen an ihrem Armband leise klimperten, gesellten sich Lucas, Hector, Orion und Helen unverzüglich zu ihr. Cassandra setzte sich in ihren Riesensessel. Orion postierte sich links und Helen rechts von ihr. Hector und Lucas stellten sich beiderseits hinter Helen auf.

Sofort brach ein Sturm der Entrüstung los.

»Helen! Komm hierher zurück!«, befahl Daphne, doch Helen ignorierte sie freudig.

»Lucas … Sohn«, fuhr Castor ihn streng an. »Du wirst hinter deinem Onkel Tantalus stehen.« Lucas wandte den Blick von seinem Vater ab, starrte mit ausdrucksloser Miene wie ein Soldat stur nach vorn und rührte sich nicht von seinem Platz hinter Helen weg.

»Seht ihr? Ich habe es euch doch gesagt!«, zischte ein schlanker Mann mit vollen Lippen. Er war schon älter, ungefähr im Alter von Helens Mutter, aber er gehörte zu der Art Männer, die mit zunehmendem Alter immer besser aussehen. Eindeutig jemand aus dem Haus von Rom, stellte Helen fest. Sie kannte ihn nicht, aber Orion und Daedalus starrten ihn so hasserfüllt an, dass er nur Phaon sein konnte.

Phaon drehte ihnen den Rücken zu und sprach zu seiner Delegation. »Orion will nicht einmal bei uns stehen. Das Haus von Rom ist ihm ganz egal und ihr nennt ihn immer noch euren Anführer? Brauchen wir noch mehr Beweise, dass er vollkommen ungeeignet ist?«

Helen warf einen Blick auf die eiternde Wunde, die eigentlich sein Herz sein sollte, und ihr drehte sich der Magen um. Phaons Gesicht und Körper mochten zwar durchaus ansehnlich sein, aber diese Kreatur, die sie vor sich sah, war bis ins Innerste verdorben. Sie sah die Wut in Orions Gesicht aufflammen. Helen erhaschte seinen Blick und flehte ihn wortlos an, ruhig zu bleiben.

»Genug!«, befahl Cassandra ruhig. Sofort herrschte Stille und alle sahen das Orakel an. »Die Tage der Spaltung sind vorüber. Die Häuser sind vereint und als Sinnbild dieser Einheit haben wir einen eigenen Bund geschlossen. Jedes Haus wird von seinem Erben vertreten und wir haben Helen zu unserer Anführerin gewählt.«

»Herausforderung«, rief Phaon sofort und grinste angesichts von Helens dünnen Armen und weichen Händen siegessicher.

»Ich fordere Helen Atreus heraus und bestreite ihr Recht, die Erben anzuführen … und das Orakel.«

»Ist Weihnachten dieses Jahr früher?«, spottete Hector, der mit einem breiten Grinsen vortrat. »Ich bin Helens Champion, Schwachkopf. Wenn du sie herausforderst, kämpfst du gegen mich.«

Phaon wurde blass. Er stammelte etwas darüber, dass es in seinem Haus keine Champions gab und dass diese veraltete Regel längst abgeschafft gehörte. Hector sah Phaon nur an, als dieser zurückwich.

»Und du, Orion?«, rief Daedalus seinem Sohn abschätzig zu. »Du gestattest Helen zu führen und Hector, ihr Champion zu sein … Und welche Ehre wird dem Erben des Hauses von Athen zuteil?«

»Orion ist mein Champion«, fuhr Cassandra ihn mit wütend verkniffenen Lippen an. »Ist dir das ehrenvoll genug, Attica?«

Daedalus verbeugte sich ehrfürchtig vor dem Orakel, die Arme vor der Brust verschränkt und den Oberkörper parallel zum Boden. »Möge Euch der Stolz Athens gute Dienste leisten, Sibylle, und unserem Haus zur Ehre gereichen.«

Als er sich wieder aufgerichtet hatte, musterte er Cassandra ganz merkwürdig, und sein Blick huschte zwischen ihr und Orion hin und her, als könnte er nicht begreifen, in welcher Beziehung sie zueinander standen.

Helen sah die Verwirrung im Innern von Daedalus. Sie umwaberte sein Herz wie düsterer Rauch. Während die Anführer der Häuser noch über diese neue Entwicklung diskutierten, betrachtete Helen Cassandra und Orion.

Cassandra war das Sprachrohr der Parzen und durfte aus diesem Grund keinerlei Gefühle empfinden. In der letzten Zeit hatte sie sich von allen zurückgezogen, einschließlich ihrer eigenen Familie, und sie alle hatten angenommen, dass es sich dabei um eine unvermeidliche Konsequenz ihrer Position handelte. Doch bei Orion war das anders. Sie fauchte wie eine gereizte Katze, sobald jemand ihn angriff.

Verlegen nahm Daedalus erneut seinen Platz vor einem weiteren dunkelhaarigen, blauäugigen Mann aus dem Haus von Athen ein. Orion schaute auf Cassandra herab und grinste. In seiner Brust sah Helen Zuneigung, aber keine Liebe. Er hatte Cassandra offensichtlich sehr gern und war froh, dass sie ihn vor seinem Vater verteidigt hatte, aber er betrachtete sie nicht als Frau.

Die silbrige Kugel in Cassandras Brust kam Helen so leblos und weit entfernt vor wie ein toter Stern, aber sie flammte mit ihrem ganz eigenen quecksilbrigen Schimmer auf, als Orion sie anlächelte. Der Glanz wurde immer stärker und breitete sich bis zum Überlaufen aus – genau wie das Herz jeder Frau, die von ihrem Angebeteten angelächelt wird.

Es war genau das, was Orion immer gewollt hatte – dass man ihn mehr liebte –, und es passierte direkt vor seiner Nase. Aber er schien es nicht zu sehen.

Helen warf einen Blick auf die Abordnung aus dem Haus von Rom und fragte sich, ob einer von ihnen wohl auch sah, was sie sehen konnte.

Phaon starrte das reine kristalline Licht in Cassandra auf eine so widerliche Art an, dass es Helen schauderte. Offenbar konnte Phaon das Licht sehen und Orion nicht.

Aber Orion bemerkte, wie Phaon Cassandra angaffte.

»Wag es nicht«, knurrte Orion und stellte sich vor Cassandra, um sie vor Phaons gierigem Blick zu schützen.

Daedalus und sein Stellvertreter bewegten sich auf Phaon zu, die blauen Augen von Hass erfüllt. Sogar Castor und Pallas, die sonst immer so vernünftig waren, reagierten auf die Bedrohung Cassandras, und der ganze Raum schien sich wie eine Welle des Hasses auf Phaon zuzubewegen. Daphne stoppte sie alle mit erhobenen Händen.

»Daedalus, ich weiß. Ich weiß. Aber nicht hier, nicht jetzt«, sagte Daphne halblaut zu Daedalus und sah ihn flehentlich an. »Castor. Du darfst deinen heiligen Eid der Gastfreundschaft nicht brechen. Nicht noch einmal.«

Helen wusste, dass Daphne Castor daran erinnern wollte, wie sie erst vor wenigen Monaten von Pandora angegriffen worden war, obwohl sie auch da unter dem Schutz seiner Gastfreundschaft gestanden hatte. Daedalus, Castor und Pallas wichen zurück, aber ihre Wut war ihnen immer noch deutlich anzusehen. Phaons gehässiges Lachen erfüllte den Raum.

»Regt euch ab, ihr Köter«, sagte er, als er genug gelacht hatte. »Sie ist zu alt für mich.«

»Widerling«, knurrte Orion leise. Seine Hände verkrampften sich, als würde er seinen Cousin am liebsten erwürgen. Das reichte aus, um Phaon anzustacheln.

Helen konnte sehen, wie er nach der Klinge griff, die er unter der Kleidung am Rücken versteckt hatte. Es war dieselbe Art Messerscheide, wie Orion sie immer trug, doch Orion hatte seine nicht dabei. Beim Treffen der Häuser waren Waffen verboten und Orion damit wehrlos. Sie spürte aber auch, dass Phaon, der zu feige gewesen war, sich in einem fairen Kampf mit Hector zu messen, in einem schmutzigen Kampf mehr Erfahrung hatte und vermutlich siegen würde. Orion konnte schwer verletzt oder sogar getötet werden.

Helen hatte das Gefühl, als würde ihr Innerstes plötzlich Flügel bekommen und versuchen, aus ihrem Mund herauszufliegen. Sie dachte nicht darüber nach, was sie tun oder nicht tun sollte, nicht an die heiligen Regeln der Gastfreundschaft oder an den Waffenstillstand, auf den sich alle geeinigt hatten. Das Einzige, woran sie denken konnte, war die scharfe Klinge in Phaons Hand.

Sie rief das Metall zu sich. Es war so ähnlich, wie wenn sie einen Blitz erzeugte, doch diesmal schuf sie keinen hellen Strahl aus Elektrizität, sondern nutzte dieselbe Kraft, um damit ein elektrisches Feld zu erschaffen und Phaon den Dolch aus der Hand zu reißen.

»Wie kannst du es wagen!«, brüllte sie, und ihre Stimme hallte wie Donner.

Das Heft von Phaons Waffe landete in ihrer Hand, und sie stürmte vor, die Klinge hoch erhoben, um Phaon damit das verrottete Herz aus dem Leib zu schneiden. Die Innenseiten ihrer Oberschenkel brannten und Helen spürte, wie der Boden unter ihr zu bocken begann. Sie sah, wie Phaon vor ihr zu Boden fiel und panisch zu ihr aufsah.

»Helen! Nein!«, schrie Lucas ihr ins Ohr und sein Körper krümmte sich zuckend gegen ihren. »B-bitte, h-hör auf«, stotterte er, als seine Kiefer unkontrollierbar aufeinanderschlugen.

Helen sah sich um, so verwirrt, als wäre sie gerade aus einem

Traum erwacht. Lucas hatte sie an den Hüften gepackt und zog sie zurück. Ihr fiel auf, dass ihre Haut den rosa-bläulichen Perlschimmer eines Kugelblitzes verströmte. Lucas hielt sie fest, obwohl sie in diesem Augenblick heißer war als die Oberfläche der Sonne.

Sie schaltete die Ladung sofort ab und er fiel mit einem Aufschrei zu Boden. Möbel waren umgestürzt und das Erdbeben, das sie ausgelöst hatte, hatte alle Anwesenden umgeworfen. Der Fußboden unter ihr war kreisförmig verschmort und brannte an den Rändern immer noch wie ein Ring aus Feuer. Alle starrten sie entsetzt an.

Alle außer Lucas. Seine Hände, seine Brust und seine Wange waren schwarz und blutig, von ihrem Kugelblitz verbrannt bis auf die Knochen. Er wand sich auf dem Boden und hatte unerträgliche Schmerzen.

»Oh, nein!«, schrie Helen und hockte sich neben ihn. »Nein, nein, nein«, wiederholte sie hysterisch immer wieder.

Lucas stöhnte, als sie ihn berührte. Seine verbrannte Haut löste sich ab und schwebte durch die Luft wie verkohltes Papier. Er war so grauenvoll verletzt und hatte solche Schmerzen, dass Helen klar war, dass es auf der ganzen Welt keinen Ort gab, an den sie ihn bringen konnte, um sein Leiden zu lindern.

Sie brauchte eine neue Welt.

Natürlich hatte sie nicht vergessen, dass Hades vorhergesagt hatte, dass die Parzen sie dazu zwingen würden. Und sie hatte auch seine Warnung nicht vergessen, dass die Götter sie sofort herausfordern würden, sobald sie ihre eigene Welt erschuf. Aber das war ihr egal. Sie würde ein ganz neues Universum erschaffen und alle Götter in den Tartaros schicken, wenn es sein musste – sie würde einfach alles tun, damit es Lucas wieder besser ging.

Helen nahm ihn in die Arme. Als sein Herz aufhörte zu schlagen und sich seine Augen schlossen, öffnete sie ein Portal in eine neue Welt und brachte ihn dorthin.

10

Daphne berührte die Schicht aus Eiskristallen, die sich über dem verkohlten Boden gebildet hatte. Sie starrte auf das verbrannte Loch, das einmal der Wohnzimmerfußboden gewesen war. Das Eis, das erschienen war, als ihre Tochter mit Lucas verschwand, hatte das Feuer gelöscht. Daphne überlegte fieberhaft, wie sie diese Situation am besten für ihre Zwecke nutzen konnte.

Sie hatte bereits geahnt, dass die Versammlung nichts bringen würde, aber nach Helens dramatischem Abgang erreichte das Gekeife einen Höhepunkt. Doch bevor alle anfingen, sich gegenseitig in Stücke zu reißen, musste Daphne die Kontrolle übernehmen. Diese Gelegenheit durfte sie nicht ungenutzt verstreichen lassen.

»Hast du das Erdbeben verursacht?«, brüllte sie Orion über das Chaos hinweg an.

»Nein«, sagte er. Das brachte ihm mehrere ungläubige Blicke ein und so seufzte er und fuhr zögernd fort. »Es war Helen. Sie hat diese Fähigkeit von mir übernommen, als wir Blutsgeschwister wurden.«

»Und wie hat sie Phaon das Messer abgenommen?«, fragte Daedalus.

»Mit Elektromagnetismus«, sagte Pallas. »Allerdings habe ich noch nie von einem Blitzwerfer gehört, der genügend Spannung erzeugen kann, um ein so starkes Magnetfeld aufzubauen.«

»Sie ist zu stark«, sagte Tantalus leise zu Pallas. »Sie könnte uns alle töten.« Pallas nickte zustimmend und Daedalus ebenfalls.

Im Zimmer herrschte Schweigen, als alle darüber nachdachten. Daphne konnte jedoch nicht zulassen, dass sie von dieser Nebensächlichkeit abgelenkt wurden.

Sie griff nach dem Zweig des Aeneas, den Orion als goldenes Armband getarnt am Handgelenk trug. »Hast du damit ein Portal geöffnet und Helen und Lucas hindurchgestoßen?«

»Nein. Ich kann nur bestehende Portale öffnen, keine neuen schaffen«, antwortete er. »Nur Helen kann sich ihre eigenen Portale machen, wann immer sie sie braucht.«

»Das Eis?«, fragte Daphne und hoffte, dass Orion die Situation erklären würde. Sie wollte, dass alle in die richtige Richtung dachten.

»Es erscheint immer Eis, wenn sie hinabsteigt. Aber wenn sie in die Unterwelt gegangen wäre, müsste sie schon wieder hier sein. In der Unterwelt bleibt die Zeit stehen«, sagte Orion, der keine Ahnung hatte, worauf Daphne hinauswollte.

»Das ist nicht immer der Fall. Jedenfalls nicht bei Helen«, widersprach Daphne. »Einmal, als ich bei ihr war, ist die Zeit hier auf der Erde vergangen, während Helen in der Unterwelt war.«

Castor sah Tantalus an, von dem Daphne wusste, dass er ein Falschfinder war. Tantalus nickte. »Sie sagt die Wahrheit.«

»Die Unterwelt?«, flüsterte Castor und seine Stimme brach. »Warum sollte sie Lucas in die Unterwelt bringen?«

Sie alle hatten die grauenvolle Hitze von Helens elektrischem Sturm gefühlt. Alle außer Daphne, der selbst glühende Blitze nichts ausmachten, hatten Verbrennungen an unbedeckten Hautpartien davongetragen. Und Lucas hatte sie festgehalten, während sie in diesem Zustand gewesen war. Kombinierte man diesen Umstand mit der Unterwelt, gab es keinen Zweifel mehr, dass Lucas tot war oder im Sterben lag.

»Onkel«, sagte Hector sanft. Castor starrte ins Leere, als hätte er seinen Neffen nicht gehört. Hector sah zu Jason und Ariadne hinüber. Sie waren sprachlos und schauten einander an, als hofften sie auf Antworten.

»Helen kennt die Unterwelt besser als jeder andere. Vielleicht weiß sie einen Ort, der Lucas helfen kann. Vielleicht hat sie ihn deswegen dorthin gebracht«, dachte Jason laut nach. Sie alle sahen Orion an und hofften, dass er Jasons Vermutung bestätigte.

»Kann das stimmen?«, fragte Castor. Orion zuckte mit den Schultern und schüttelte den Kopf, um ihnen anzuzeigen, dass er es nicht wusste. Sehr hoffnungsvoll sah er jedenfalls nicht aus. Daphne ließ noch ein paar Sekunden verstreichen, damit sich alle an diesen Gedanken gewöhnen konnten.

»Was, wenn sie dort unten bei ihm bleibt, Orion?«, fragte Daphne ruhig. Sie musste sich ermahnen, nicht zu viel Druck auf ihn auszuüben. Orions Gesicht versteinerte, als er sich vorstellte, Helen für immer zu verlieren. Er liebte sie und würde alles für sie tun, genau wie Daphne es geplant hatte, als sie die beiden in der Unterwelt zusammengebracht hatte.

Eigentlich war es vorhersehbar gewesen. Zwei gut aussehende Jugendliche, die sich einer kaum lösbaren Aufgabe gegenübersahen, schlossen sich natürlich zusammen, um das gemeinsame Ziel zu erreichen. Daphne brauchte nur die Beziehung zu Lucas unmöglich zu machen, Orion etwas Hoffnung zu geben, und er würde sich garantiert in Helen verlieben. Jetzt konnte Daphne nur hoffen, dass er ihre Tochter genug liebte … und sie ihn vollends in der Hand hatte.

»Könntest du ihr folgen?«, fuhr sie fort, um ihn so unauffällig in die richtige Richtung zu schubsen, dass er von selbst erkannte, was er zu tun hatte, oder vielmehr, welche Rolle er in diesem Zyklus spielen sollte. »Kannst du sie zurückholen?«

»Von den Toten?«, platzte es aus Daedalus heraus, bevor er sich bremsen konnte. Er warf Castor einen verlegenen Blick zu. »Tut mir leid, Castor. Aber dein Sohn sah nicht gut aus.«

Castor nickte. Sein Gesicht war leichenblass.

»Wir wissen noch nicht, was passiert ist. Gib die Hoffnung nicht auf«, flüsterte Tantalus Castor ins Ohr. Er legte seinem Bruder tröstend eine Hand auf die Schulter. Daphne musste sich zusammenreißen, um beim Klang seiner Stimme keinen Wutanfall zu bekommen. Sie wollte Castor mitteilen, dass er ihm nicht trauen durfte, aber ihr war klar, dass das sinnlos war.

Tantalus sprach absichtlich alle Anwesenden an und nutzte die Katastrophe, um gewohnt mühelos in die Rolle des Anführers zu schlüpfen. Er ist schon immer ein guter Redner gewesen, dachte Daphne verärgert. Sie vertrauten ihm, obwohl sie wussten, wie hinterhältig er war. Sie wollten ihm vertrauen, wie Daphne es einst ebenfalls getan hatte.

»Ich schlage vor, dass wir diese Versammlung dazu nutzen, über das zu sprechen, was wir gerade erlebt haben, und zu entscheiden, wie wir nun vorgehen sollen«, verkündete Tantalus. Als sein Blick auf Phaon fiel, verfinsterte sich sein Gesichtsausdruck. »Angefangen damit, welche Strafe Phaon für den Mordversuch am Anführer seines Hauses verdient hat.«

Andy saß mit den übrigen Nicht-Scions in der Küche – zumindest den Nicht-Scions, die nicht so fertig waren, dass sie sich hinlegen mussten. Kate hatte Noel nach oben gebracht, weil sie nicht aufhören konnte zu weinen. Noel war eine starke Frau, das hatte Andy gleich erkannt, aber nach dem, was Lucas passiert war, wäre wohl jede Mutter zusammengebrochen.

Matt und Claire warteten, bis Kate und Noel weg waren, bevor sie etwas sagten.

»Ich hätte nie gedacht, dass Helen Lucas etwas antun würde. Nie im Leben«, wisperte Claire und schaute traurig ins Leere. »Ich kann es nicht glauben.«

»Sie ist vollkommen außer Kontrolle«, flüsterte Matt zurück.

Die beiden saßen reglos da und ihre Gesichter glichen bleichen Masken. Andy kannte Helen nicht so gut, aber sie wusste, wie Bösartigkeit aussah. So etwas lernte man, wenn man eine Sirene zur Mutter hatte.

»Aber es war doch ein Unfall«, sagte Andy zu Helens Verteidigung. »Sie wollte das nicht.«

»Das macht es noch schlimmer«, erwiderte Matt hitzig. »Kannst du dir vorstellen, was passieren würde, wenn sie es will?«

Matt, Claire und Andy saßen schweigend am Tisch und belauschten die Diskussionen im Wohnzimmer. Die Scions stritten darüber, wie sie Phaon verurteilen sollten. Anscheinend war der Typ ausgesprochen unbeliebt, vor allem bei der älteren Generation. Sie alle wollten sich an ihm rächen, aber offenbar hasste ihn Daedalus vom Haus von Athen am meisten, und zwar nicht nur, weil Phaon gerade versucht hatte, seinen Sohn zu töten.

Es wurde ein junges Mädchen namens Cassiopeia erwähnt und sofort herrschte Stille im Raum. Dann wurde einstimmig entschieden, dass sich Daedalus und Phaon beim Morgengrauen zu einem Duell auf Leben und Tod treffen würden. Danach wurde die Versammlung aufgehoben. Nur Sekunden später tauchten Ariadne und Jason in der Küche auf. Ariadnes Augen füllten sich sofort mit Tränen, als sie Matt sah.

»Lucas …«, wisperte sie und schlang die Arme um seine Brust.

Claire ging zu Jason, sah ihm ins Gesicht und stellte ihm wortlos die entscheidende Frage. »Es ist schlimm, Claire. Wir haben gefühlt, wie sein Herz stehen geblieben ist«, sagte Jason tonlos.

»Aber er wird es doch schaffen, oder?«, fragte Claire. Jason zuckte nur mit den Schultern und seine Unterlippe zitterte. Claire zog ihn an sich und streichelte seinen Kopf.

Jason und Ariadne waren Heiler. Sie kannten das wahre Ausmaß von Lucas' Verletzungen. In der Versammlung hatten sie zwar nicht darüber geredet, aber hier in der Sicherheit von Noels Küche konnten sie sagen, was vor den Vertretern der anderen Häuser nicht möglich gewesen war. Sie glaubten beide nicht, dass Lucas es schaffen würde.

Matt und Claire trösteten die Zwillinge, so gut es ging, aber sie konnten nicht viel mehr tun, als sie im Arm zu halten. Sie tauschten über Jasons und Ariadnes Schultern hinweg einen ernsten Blick. Andy wusste, was sie dachten.

Wenn Helen Lucas töten konnte, den Menschen, den sie am meisten liebte, dann konnte sie auch alle anderen umbringen.

Andy sah einen Moment lang zu, wie sich ihre neuen Freunde in den Armen lagen, und wurde das Gefühl nicht los, fehl am Platz zu sein. Sie hatte Lucas kaum gekannt und wusste nicht, wie es war, einen Bruder oder eine Schwester zu haben – geschweige denn, was man empfand, wenn er oder sie starb. Sie hatte sich schon immer gewünscht, jemanden so sehr zu lieben, wie diese vier Lucas offenbar geliebt hatten.

Andy konnte nicht fassen, dass sie wirklich genauso leiden wollte wie die anderen und dass sie fast neidisch auf ihre intensiven Gefühle war, und verzog sich deshalb durch die Küchentür nach draußen.

Sie war ein Wesen des Meeres und der Ozean tröstete sie eigentlich immer. Andy hoffte, beim Schwimmen den Kopf freizubekommen, um danach für die Familie da zu sein, die so viel für sie getan hatte. Zum ersten Mal, seit sie ins Haus der Delos gekommen war, verließ Andy das Anwesen und ging zum Strand hinunter.

»Da schreitet sie, schön wie die Nacht«, sagte eine melodische Stimme, die tief und dunkel, zugleich aber hell und unschuldig klang. Unverwechselbar.

Andy erstarrte, obwohl sie wusste, dass es bereits zu spät war. Er hatte sie gesehen, also machte es keinen Sinn, stocksteif dazustehen wie ein Reh auf der Straße. Apoll war ein Wolf. Und Rehe mussten vor Wölfen flüchten.

»Du dachtest doch nicht, ich hätte dich vergessen, oder?«, fragte Apoll, als er auf sie zukam, von hinten erleuchtet von den letzten Strahlen der untergehenden Sonne.

Das Wasser war nur ein paar Schritte entfernt. Ob sie es schaffen konnte?

»Das würde ich an deiner Stelle lieber lassen«, sagte Apoll, der ihre Absicht sofort durchschaut hatte. Andy schluchzte erstickt auf, denn sie war sicher, dass es mit ihr vorbei war. Sie würde einen qualvoll langsamen Tod sterben.

»Und ich würde das an deiner Stelle lieber lassen«, ertönte es aus dem Wasser. Es hörte sich fast an wie ein Echo von Apolls Worten.

Andys Kopf fuhr herum und sie sah Hector den Wellen entsteigen. Mit nacktem Oberkörper und nassen Jeans schritt er so mühelos durch die Brandung, als wäre das Wasser sein Verbündeter. Sein Gesicht, das genaue Ebenbild Apolls, war eine Maske der Wut.

Apoll lächelte seinen Scion-Doppelgänger an. »Deine Kontrolle über das Wasser ist interessant, Sohn. Woher hast du sie?«

Hector antwortete nicht. Er ging direkt auf Andy zu. »Bist du okay?«, fragte er sie. Andy nickte und warf einen misstrauischen Blick auf Apoll, als wollte sie hinzufügen »zumindest bis jetzt«. Hector stellte sich schützend vor sie und starrte Apoll an.

»Du bist aber mutig«, stellte der Gott anerkennend fest. »Hast du kein bisschen Angst, mich herauszufordern?«

»Nein«, antwortete Hector ungerührt. Apoll lachte auf. Es war fast ein Gackern – nicht menschlich und mit einem Anflug von Wahnsinn.

»Solltest du aber.« Apolls Augen glitzerten. Seine Haut strahlte in ihrem eigenen Licht, und plötzlich sah es so aus, als trüge der Gott eine Rüstung und hätte ein massives Bronzeschwert bei sich.

Doch obwohl Hector unbewaffnet und halb nackt war, zuckte er nicht zurück und zeigte auch sonst kein Anzeichen von Angst. Einen Moment später erlosch das göttliche Licht und Apolls Rüstung verschwand wieder.

»Du bist es wirklich«, stellte Apoll beeindruckt fest. »Der wiedergeborene Hektor. Und ich sollte es wissen. Ich bin in Troja mit ihm im Streitwagen gefahren.«

Hector sagte nichts. Er starrte seinen Gegner nur an. Unter seiner Haut war jeder Muskel angespannt. Andy, die nur Zentimeter hinter Hectors nacktem Rücken stand, konnte spüren, dass sich in ihm ein Sturm zusammenbraute. Da erkannte sie, dass er gegen diesen Gott kämpfen wollte.

Apolls Gesicht zuckte. Er hatte Angst vor Hector. Zum ersten Mal seit einer gefühlten Ewigkeit verspürte Andy so etwas wie Erleichterung.

»Bald, kleiner Sohn«, sagte Apoll und spielte damit auf den Kampf an, auf den Hector so versessen war. »Schon bald werden wir wieder auf dem Schlachtfeld stehen, aber diesmal kämpfe ich für den Olymp und du für dein neu erstandenes Atlantis. Und wenn Zeus uns nicht zu solchen Tricks zwingt wie beim letzten Mal, werden wir endlich den Zyklus der Parzen beenden und feststellen, wer mächtiger ist – die Eltern oder die Scions.«

Apoll sprang in die Luft und flog davon. Hector sah ihm hinterher und dachte über das nach, was der Gott gerade preisgegeben hatte. Andy war klar, dass sie ebenfalls über Apolls Worte nachdenken sollte, aber sie konnte nichts anderes tun, als Hector anzustarren. Sie fragte sich, wie sie ihn jemals mit Apoll hatte verwechseln können.

Gesicht und Körperbau waren identisch, aber Hectors Augen waren lebendig und voller Emotionen, während Apolls Augen etwas Entscheidendes fehlte. Etwas Menschliches. Die Augen des Gottes waren so glatt und perfekt wie die einer Marmorstatue, wohingegen Hectors Blick Wildheit ausstrahlte und er so voller Gefühl war, dass er förmlich zu brennen schien.

»Danke«, flüsterte Andy. Dieses eine Wort reichte aus, um ihm zu sagen, dass er ihr das Leben gerettet hatte.

Hector nickte knapp und machte dann abrupt kehrt. Er ging zu seinem Hemd und seinen Schuhen, die er weit oben am Strand auf einen Haufen geworfen hatte. Andy folgte dem schweigenden Hector fassungslos.

»Ist das alles?«, sagte sie ungläubig. »Du sagst kein einziges Wort zu mir? Du rettest mir das Leben, nickst und gehst weg, als würdest du so was jeden Tag machen?«

Hector sah sie nicht an. Er wandte den Blick ab, zog sich das Hemd über den Kopf und bückte sich nach seinen Schuhen.

»Hey!«, schrie sie jetzt, als Hector sie immer noch ignorierte. »Hey!« Sie rannte auf ihn zu und schubste ihn, so heftig sie nur konnte.

»Was?«, fragte er frustriert, als er von ihr wegtaumelte.

»Was meinst du mit ›Was‹?«, brüllte sie ihn sarkastisch an.

»Ich meine, was willst du, Andy? Soll ich verschwinden oder bleiben oder tot umfallen? Was?«

Hector sah ihr in die Augen. Er musterte sie so eindringlich, als suchte er etwas in ihr. Andy zuckte mit den Schultern. Sie hatte keine Ahnung, was er zu finden hoffte. Mit den Schuhen in der Hand setzte er sich in den Sand, als würde er seinen Widerstand aufgeben.

»Ich kann mich nicht mit dir auseinandersetzen. Nicht heute Abend«, sagte er ruhig. »Ich musste gerade mit ansehen, wie mein Cousin vor meinen Augen verbrannt ist –«

Er verstummte und schaute zur Seite. Andy kniete sich neben ihm in den Sand, während er mit sich kämpfte. Sie fühlte sich schrecklich. Er war vollkommen am Ende, und trotzdem hatte er seine Gefühle verdrängt und sein Leben riskiert, um ihres zu retten. Und sie hatte ihn dafür angebrüllt. Nicht gerade eine Meisterleistung.

»Es tut mir leid, Hector.« Als Andy seinen Arm mit den Fingerspitzen berührte, lehnte er sich ein kleines bisschen mehr in ihre Richtung.

»Das Schlimmste ist, dass ich nicht weiß, wohin sie gegangen sind und wie es ihm geht«, vertraute er ihr an. »Ich hasse es, dass ich ihnen nicht helfen kann. Verstehst du?«

Natürlich verstand sie es. Hector war gut darin, andere zu retten. Sie hatte gerade selbst erlebt, dass er zu den Menschen gehörte, die lieber mit einem Gott kämpften, als sich nutzlos zu fühlen. Nichts tun zu können, war für ihn vermutlich die schlimmste Art der Folter.

»Kann Orion sie nicht in der Unterwelt finden? Vielleicht könnte er dich sogar dorthin mitnehmen? Dann könntest du die beiden zurückholen«, sagte sie hoffnungsvoll.

»Orion kann Helen nicht finden. Sie ist es, die ihn findet, wenn sie sich in der Unterwelt treffen«, entgegnete Hector mit einem Kopfschütteln.

»Sie haben so viel Zeit da unten verbracht, ohne einen festen Treffpunkt auszumachen?«

»Zeit und Ort sind dort nicht so wie hier, und Helen ist der Deszender, nicht Orion. Er könnte nach ihr suchen, aber solange sie nicht weiß, dass er sie sucht, würden sie sich nie begegnen.« Hector grub frustriert die Finger in den Sand. »Helen ist diejenige, die die Kontrolle hat.«

»Das höre ich in letzter Zeit immer öfter.« Andy betrachtete die Muster, die er in den Sand gezeichnet hatte, und runzelte die Stirn. »Also können wir nichts tun, als auf Helens Rückkehr zu warten? Das ist ja kaum auszuhalten.«

»Deswegen musste ich auch schwimmen gehen. Unter meinen Vorfahren muss eine Wassernymphe sein, deshalb fühle ich mich im Meer immer wie zu Hause«, sagte er lächelnd und schaute nach unten. »Schwimmen beruhigt mich.«

»Mich auch.« Sie betrachtete sein Profil und wunderte sich, wie es möglich war, dass sie jetzt schon so viele Gemeinsamkeiten hatten. Sie hatten bisher nur wenige Worte gewechselt und doch verstand sie ihn genau. »Und beinahe in einen Kampf mit einem Gott zu geraten, ist nicht gerade beruhigend. Das tut mir leid.«

»Nein, sag so was nicht.«

Als Hector zu ihr aufschaute, stockte Andy der Atem. Er war natürlich wunderschön, aber Schönheit allein war es nicht. Was sie viel mehr berührte, war all das Leben, das sie in seinem Innern sah. Er hatte einen so starken Geist, der förmlich aus seinen Augen zu springen und sie zu verschlingen schien.

»Dass du aufgetaucht bist, war das Beste, was mir den ganzen Tag passiert ist«, sagte er und ruinierte damit diesen speziellen Augenblick. Andy verzog das Gesicht.

»Oh, okay. Danke«, sagte sie trocken. »Allerdings käme dieser Spruch viel besser, wenn ich nicht wüsste, was für einen miesen Tag du hattest.«

Beide mussten lachen.

»Der Spruch war echt ein bisschen peinlich, stimmt's?«, fragte er grinsend.

»Ich habe schon Schlimmeres gehört. Aber ja, er war ziemlich daneben.« Sie lächelte ihn an und hob ungläubig die Hände. »Was war los mit dir? Ich habe dich für einen dieser wortgewandten Typen gehalten.«

»Was soll ich sagen? Ausrutscher passieren eben«, sagte er verlegen. »Außerdem bin ich in deiner Nähe gar nicht so wortgewandt.«

»Gut«, sagte sie leise und schmunzelte. »So mag ich dich ohnehin viel lieber.«

Als er sie aus dem Augenwinkel ansah und lächelte, wusste Andy, dass sie ihn nie wieder mit jemand anderem verwechseln würde. Und dabei spielte das Aussehen keine Rolle. Hector war einzigartig. Andy wusste auch, dass ihm von diesem Augenblick an kein anderer Mann in ihrem Leben das Wasser reichen konnte, ob ihr das nun gefiel oder nicht.

Matt beobachtete, wie Apoll Hector und Andy am Strand zurückließ und nahm die Hand vom Griff seines Dolchs. Er war mehr als erleichtert, dass nichts passiert war. Natürlich hätte er nie zugelassen, dass Apoll das Mädchen angriff, aber sich einzumischen, hätte einen Haufen Probleme nach sich gezogen. Matt versuchte, sich immer noch einzureden, dass er mit ein paar Zweifeln leben konnte, solange das Böse besiegt wurde. Er war froh, dass er sich diesen Zweifeln noch nicht stellen musste, und konnte nur hoffen, dass die Götter ihn nicht so bald dazu zwingen würden.

Matt schlich am Strand entlang. Obwohl er sich lautlos bewegte, war ihm doch klar, dass Hector ihn sofort bemerkt hätte – wenn er nicht so mit Andy beschäftigt gewesen wäre.

Er und Andromache waren wieder vereint. So wie Matt das sah, verband die beiden dieselbe Liebe wie zuvor. Es war eine Liebesbeziehung, die alles überstehen konnte – sogar Krieg, Hunger und den Verlust geliebter Menschen. Ihre Liebe war einer der Gründe dafür, dass Troja der Belagerung standgehalten hatte.

Matt wünschte den beiden nur das Beste und hoffte, dass es diesmal anders ausging. Er hatte Hector gern, auch wenn sie in vielen Dingen verschiedener Meinung waren. Hector war der Einzige, der ihn wirklich verstand.

So ist das mit Mauern, dachte Matt. Die Männer auf beiden Seiten sind sich oft mehr als ähnlich – wenn man von dem kleinen Detail absieht, wegen dem sie einander töten würden.

Matt rannte auf den Leuchtturm von Great Point zu, wo er die Zelte seiner Truppen ausmachen konnte. Sie waren so gut getarnt, dass sie für nichts ahnende Beobachter aussahen wie ganz normale Dünen, aber Matt erkannte natürlich, was sie wirklich waren. Myrmidonennester.

»Meister«, sagte Telamon, der lautlos neben Matt aufgetaucht war.

Matt lächelte ihn an und drückte zur Begrüßung seine Unterarme. Es verblüffte ihn, dass er sich seinem ranghöchsten Offizier so verbunden fühlte. Freudige Erinnerungen an alte Zeiten tauchten in Matts Kopf auf. Telamon sah ihn prüfend an.

»Ich sehe kein bisschen aus wie er, Telamon«, sagte Matt schmunzelnd.

»Es ist nicht das Aussehen, das entscheidet«, antwortete Telamon ernst. »Es ist deine Überzeugung, die zählt.«

»Ich weiß, was ich glaube. Ich hätte es auch geglaubt, wenn der Dolch nie zu mir gekommen wäre. Das weiß ich jetzt, und ich weiß auch, was ich zu tun habe«, sagte Matt traurig und ließ seinen alten Freund los.

Erst jetzt bemerkte er die anderen Männer, die aus den Dünen auftauchten. Sie umringten Matt wie ein Nebel, der mit Schwertern und Pfeilen gespickt war.

»Und genau deswegen hat der Dolch dich auserwählt.« Telamon trat einen Schritt zurück und sprach etwas lauter, damit auch die anderen zweiunddreißig Myrmidonen an ihrer Wiedersehensfeier teilhaben konnten. »Unser Meister hätte seine Überzeugung niemals einem anderen Menschen aufgezwungen. Deshalb hat es so lange gedauert. Er hat gewartet, bis er einen Geist gefunden hat, der seinem eigenen gleicht.«

Die Krieger, die scheinbar aus dem Nichts aufgetaucht waren, schritten einzeln an Matt vorbei, und jeder von ihnen musterte sein Gesicht so genau, wie es auch Telamon getan hatte. Einige seiner Kämpfer hatten monströse Ameisengesichter mit Fühlern, schwarz glänzenden Augen und einer hummerroten Haut, die aussah wie ein Panzer. Andere wirkten äußerlich beinahe menschlich, aber Matt wusste natürlich, dass dieser Eindruck täuschte.

Matt erkannte jeden von ihnen. Aber auch sie schienen etwas an ihm wiederzuerkennen, denn nachdem sie ihn genau betrachtet hatten, strahlten sie eine gewisse Zufriedenheit aus.

»Ich erkenne euch alle und sehe auch, dass wir viele unserer Kameraden verloren haben«, sagte Matt ehrlich betroffen.

Sie hatten so lange auf ihn gewartet und waren gekommen, als man sie rief. Matt konnte nicht anders – er musste ehrlich zu ihnen sein und ihnen seine Zweifel eingestehen. »Es tut mir leid, Brüder. Ich bin nicht sicher, dass dieser Krieg gerechtfertigt ist. Es ist nicht unsere Mission, an der ich zweifle. Ich weiß, dass es das Richtige ist und dass ich es tun muss, so schwer es mir auch fällt. Aber ich habe immer noch Bedenken, mit wem wir in diesen Kampf ziehen.«

»Wie schon in Troja«, sagte Telamon mit einem wissenden Lächeln, als wollte er Matt darauf hinweisen, dass sich seitdem kaum etwas geändert hatte. »Du kämpfst für keinen König und kein Land, Meister. Du kämpfst für das Recht jedes Mannes, sein Schicksal in die eigenen Hände zu nehmen. Wie es jeder von uns getan hat, als wir den Eid auf die Klinge geleistet haben.«

»Den Eid auf die Klinge«, wisperten die anderen Myrmidonen.

»Ein Mann, eine Stimme«, gab ihnen Telamon das nächste Stichwort.

»Ein Mann, eine Stimme«, intonierten die Myrmidonen.

Matt wartete, bis der Chor der Gläubigen verstummt war, bevor er weitersprach. Etwas an ihren gleichartigen Gedanken störte ihn, zumal das, was sie gerade heruntergebetet hatten, der Eckstein des eigenständigen Denkens und ein Juwel der griechischen Philosophie war.

»Ein Mann, eine Stimme« war der Grundgedanke der Demokratie. Reich oder arm, Gott oder Sterblicher – Matt war fest davon überzeugt, dass alle gleich viel wert waren. Die Schwachen hatten dasselbe Recht, ihre eigenen Entscheidungen zu treffen, wie die Mächtigen. Und um diese Überzeugung zu verteidigen, würde er notfalls auch in den Tod gehen. Aus Erfahrung wusste er, dass die Machtlosen litten und oft auch starben, wenn ein Einzelner zu viel Macht bekam. Und das konnte er nicht zulassen. Nicht, wenn er es verhindern konnte. Er wollte jedoch nicht dieselben Fehler machen wie einst in Troja.

»Der Götterbote Hermes hat mich informiert, dass sich einige Scions unserem Kampf gegen den Tyrannen anschließen wollen, aber ich traue ihnen nicht. Deswegen möchte ich, dass ihr es euch überlegt. Sollen wir allein vorgehen?«, fragte Matt laut, um alle Männer in die Entscheidung einzubeziehen. »Was sagt ihr? Sollen wir Hermes bitten, ein Treffen für uns zu arrangieren? Oder können wir es tun, ohne uns mit Menschen und Göttern zu verbünden, die kaum besser sind als das Übel, gegen das wir kämpfen?«

»Wir kämpfen und sterben nur für ein Ziel, Meister«, sagte

Telamon. Alle anderen wisperten im Chor das Wort Meister, was Matt irgendwie nervös machte. »Allein oder mit Verbündeten, das spielt keine Rolle. Wenn du kämpfst, werden die, die dasselbe Ziel verfolgen, deine Siege als ihre ausgeben, ob du es willst oder nicht. Aber wichtig ist nur eine Sache.«

Matt nickte, denn seine Entscheidung war getroffen, obwohl er wusste, was ihn das kosten würde. »Der Tyrann muss sterben.«

Helen lag im Gras und sah Lucas beim Schlafen zu. In ihrem ersten Moment bestand die neue Welt, die sie geschaffen hatte, nur aus dem Notwendigsten – weiches Gras, blauer Himmel und Lucas, der neben ihr lag. Aber dann wuchs ihre Welt, denn Lucas litt unter schrecklichen Schmerzen.

Sie befahl der Sonne, seinen Schmerz zu nehmen, der Luft, seine Wunden zu heilen, und dem Boden, ihn zu nähren, damit er weder Essen noch Wasser brauchte. Nur Sekunden später war Lucas wieder gesund. Als er die Augen aufschlug und ihre Blicke sich trafen, war Helens ganze Welt in ihm.

»Hi«, sagte er und lächelte sie an.

»Hi«, erwiderte sie und lächelte zurück.

»Bin ich tot?«

»Nicht die Bohne.«

»Oh, gut.« Er schaute auf zum strahlend blauen Himmel.

Helen war noch nicht dazu gekommen, ein paar Wolken zu erschaffen. Sie tauchten sofort am Himmel auf, als sie nur daran dachte, und dämpften das grelle Sonnenlicht so perfekt, dass Lucas nicht davon geblendet wurde.

»Bist du sicher, dass ich nicht tot bin? Weil ich mich nämlich ziemlich tot fühle«, sagte er misstrauisch.

Helen kicherte und legte ihm eine Hand auf die Brust. Einen Moment lang war das regelmäßige Pochen seines Herzens das einzige Geräusch in ihrer Welt. »Ich finde nicht, dass du dich tot anhörst.«

»Das ist die Hauptsache«, sagte er und drehte den Kopf, um sie anzusehen. Besorgnis verdüsterte seinen Blick. »Ich weiß, dass das unmöglich ist. Was hast du gemacht, Helen?«

»Ich habe dir eine Welt erschaffen.«

Lucas setzte sich auf und sah sich um, was sie plötzlich so verlegen machte, als würde er ein unfertiges Gemälde betrachten, während sie noch an der Staffelei stand. Helen befahl dem Gras, sich zu einer Wiese auszubreiten. Sie ließ Blumen erscheinen und Bienen auf den Blüten und sie erfüllte die Luft mit den Geräuschen und Düften des Frühlings. Er sah zu, wie die Welt wuchs und sich wie ein Teppich in alle Richtungen ausbreitete. Dann schaute er wieder Helen an und schüttelte den Kopf.

»Das passt. Wenn irgendwer so begabt wäre, eine neue Welt zu erschaffen, dann konntest das nur du sein.«

»Ich bin aber nicht die Einzige«, gestand sie, setzte sich neben Lucas auf und sah ihn ernst an. »Hades hat es getan. Und Zeus. Und Morpheus. Und … Atlanta auch.«

»Atlanta. Wie in Atlantis?«, vergewisserte er sich stirnrunzelnd und war plötzlich ganz ernst. »Helen, weißt du, wo Atlantis ist?«

Helen schluckte und nickte dann. Wahrscheinlich war es am besten, wenn sie es so schnell wie möglich hinter sich brachte.

»Es ist untergegangen. Alle Einzelheiten kenne ich nicht, aber Hades hat mir erzählt, dass es für immer versunken ist, als Atlanta irgendeine Herausforderung nicht bestanden hat.« Helen beobachtete, wie Lucas das Gesicht verzog. »Es tut mir leid, Lucas. Es gibt kein Atlantis.«

»Nein. Aber es gibt das hier«, sagte er etwas munterer. Helen sah ihn verwundert an.

»Ja, aber kein Atlantis bedeutet auch, keine Unsterblichkeit. Diese ganzen Jahre haben die Häuser einander umgebracht, um Atlantis zu gewinnen und unsterblich zu werden ... Und das alles ist nur ein Märchen.«

»Ich wette, dass deine Welt viel besser ist, als Atlantis jemals war. Und wenn Atlanta Leute unsterblich machen konnte, bin ich überzeugt, dass du das auch kannst.«

»Nun, danke für dein Vertrauen, aber alles, was ich bisher hervorgebracht habe, ist eine Blumenwiese. Kein ewiges Leben.«

Er sah sie einen Moment lang an. Helen kannte diesen Blick. Er setzte ihn immer auf, wenn er überlegte, wie er ihr einen komplizierten Sachverhalt erklären sollte.

»Nun spuck es aus«, stöhnte sie und grinste in Erwartung der Lektion, die er ihr jetzt zweifellos erteilen würde.

»Ich denke nur gerade darüber nach, wie deine Welt funktioniert. Alles, was du willst, kriegst du – egal, wie verrückt es ist, richtig? Aber es gibt dennoch Regeln«, sagte Lucas, der gleichzeitig sprach und nachdachte. »Drücken wir es so aus: Du hast meinen Körper geheilt. Und ich weiß, dass ich so gut wie tot war.«

»Ja, aber ...«

»Wenn wir in die andere Welt zurückkehren, äh, auf die Erde«, sagte er und grinste, weil es sich so komisch anhörte, »vermute ich, dass meine Wunden nicht zurückkommen – oder doch?«

»Natürlich nicht. Du bist geheilt.«

»Also hast du meinen Körper verändert. Was immer du hier damit gemacht hast, wird auch noch so sein, wenn wir auf die Erde zurückkehren. Das ist eine der Regeln.« Lucas wartete darauf, dass Helen nickte, was sie nur zögerlich tat, weil sie noch nicht wusste, worauf er hinauswollte. »Wieso sagst du dann, dass du mich nicht hier unsterblich machen kannst und dass ich es für immer bleiben würde, egal, wohin wir gehen?«

Helen starrte ihn entgeistert an. »Wie machst du das nur? Wie findest du das alles so schnell heraus?«

»Du bist vielleicht allmächtig, aber die gute alte Logik gerät nie aus der Mode.« Lucas grinste sie an. »Hab ich recht? Du kannst jeden unsterblich machen, indem du ihn hierherbringst und es verlangst?«

Helen nickte stumm und musste daran denken, wie oft sie im Hades verletzt worden war, um danach mit denselben Wunden in ihrem eigenen Bett aufzuwachen. Sie wusste aus Erfahrung, dass alles, was dem Körper in einer Welt widerfuhr, in allen anderen genauso war. Dasselbe galt für die Unsterblichkeit. Sie konnte sich und Lucas unsterblich machen, indem sie hier, in ihrer Welt, nur daran dachte.

Nur ein Wunsch, ausgesprochen in dieser Welt, während sie im Gras saßen, und sie und Lucas würden in alle Ewigkeit jung und gesund zusammenleben.

»Nicht«, sagte Lucas mit ausdrucksloser Miene. Er wusste, woran Helen dachte. »Wir müssen erst darüber reden, bevor wir etwas tun, das von Dauer ist.«

Helen musste daran denken, wie schlimm Lucas ausgesehen hatte, als sie ihn nur Momente zuvor in ihre Welt gebracht hatte – seine bis auf die Knochen verbrannte Haut. Natürlich war sie stark, aber sie wusste auch, dass es Dinge gab, mit denen sie fertigwurde, und Dinge, die sie nicht ertragen konnte. Lucas zu verlieren, gehörte zu den Dingen, die sie nicht ertragen würde. Weder jetzt noch irgendwann.

»Natürlich. Wir reden nachher darüber.« Sie lächelte ihm beruhigend zu.

»Helen«, begann er und sah sie warnend an.

Sie stand auf, bevor er Gelegenheit hatte, ihr eine Standpauke zu halten, und zog ihn auf die Füße. »Komm mit, Mr Superklug. Ich will nach Paris. Oder Rom. Oder Stockholm.«

Er verstand nicht, was sie damit meinte, bis am Ende der Blumenwiese plötzlich die Skyline einer Stadt auftauchte. Es gab keine hässlichen Randbezirke, keine Müllberge oder Verkehrsknotenpunkte, sondern nur Blumen und dann Asphalt. Eine strahlende Stadt tauchte auf, perfekt entworfen und sauber von der Natur getrennt – wie ein Königreich in einer Schneekugel.

Sie betraten den Asphalt und die Stadt mit all ihrem Lärm und dem lebhaften Treiben umfing sie. Die Luft war erfüllt vom Duft von Röstkaffee und frisch gebackenem Brot, der sie einen halben Block weit zu einem kleinen Café lockte.

»Hier sieht es aus, als hätten New York, Wien und Reykjavik

ein Baby mit Schottland bekommen«, stellte Lucas überwältigt fest.

Er schaute zu den Gebäuden auf, von denen einige sehr alt waren und an Burgen erinnerten, während andere nagelneu aussahen. Jenseits der hohen Gebäude wartete eine perfekte Natur mit Wäldern, Seen und Bergen darauf, dass sie darin wanderten, schwammen und Ski liefen.

Lucas schüttelte den Kopf, als würde er dadurch alles besser verstehen. »Das hier ist Jedestadt.«

»Ja.« Helen lachte leise auf. »Jede Stadt, in der ich nie war.«

»Ich habe dir mal versprochen, dass wir reisen würden«, sagte er mit trauriger Miene. »Es tut mir leid, Helen. Es hätte uns nur ein paar Momente gekostet, und wir hätten zusammen überallhin fliegen können. Aber ich habe dich nie mitgenommen.«

»Wir hatten anderes im Kopf«, sagte sie und nahm seine Hand. »Ich habe das hier nicht gebaut, um dir ein schlechtes Gewissen zu machen, sondern um es mit dir zu teilen.«

Lucas hob das Gesicht zum Himmel und nahm die vielschichtige Mischung von Gerüchen und Stimmen in sich auf.

»Du hast das alles perfekt hinbekommen – von einer Sache abgesehen.« Lucas schluckte kräftig und sah sie lächelnd an. »Hier ist es viel sauberer als in jeder Stadt, die ich je gesehen habe.«

»Was soll ich sagen – ich stamme von Nantucket«, sagte Helen mit einem Schulterzucken. »Wir stehen halt nicht auf Dreck.«

»Ist mir aufgefallen. Hier ist sogar der Straßenschmutz sauber.« Lucas lachte und drehte sich jetzt mit dem ganzen Körper zu ihr.

Einen kurzen Augenblick lang rechnete Helen damit, dass er

sie küssen würde, und die Sonne über Jedestadt schien sofort ein bisschen heller. Aber er küsste sie nicht. Er zog sich im letzten Moment zurück und wechselte das Thema.

»Hinweis entschlüsselt. Ich weiß, dass du etwas essen möchtest, weil du dafür gesorgt hast, dass wir direkt neben einem Café landen«, sagte er mit tiefer und ebenmäßiger Stimme. Er wandte sich ab und drückte ihre Hand, als wollte er sie beide aus einem Traum aufwecken. »Komm mit. Mal sehen, was du auf die Speisekarte gesetzt hast.«

»Warte. Wieso?«, fragte sie und war plötzlich ganz verlegen.

»Diese Welt ist das Spiegelbild deiner Sehnsüchte.« Er führte Helen in das gut besuchte Café, bevor sie die Chance hatte, unauffällig etwas zu entfernen. Lucas ließ den Blick über die schmiedeeisernen Tische mit den Mosaikplatten, das nicht zusammenpassende Geschirr und die freiliegenden Holzbalken über ihren Köpfen wandern und lächelte. »Das ist dein Unterbewusstsein. Ich möchte wissen, was du wirklich willst.«

Da es zu spät war, ihn aufzuhalten, folgte Helen Lucas in ihr Unterbewusstsein. Es hingen Kunstwerke an den Wänden – verrückte Kombinationen von Bildern, die man in einem Museum niemals an derselben Wand sehen würde.

Doch irgendwie lebten Ansel Adams und Toulouse-Lautrec in Helens kleiner Welt vollkommen harmonisch zusammen. Cancan-Tänzerinnen schwangen ihre Beine neben einem majestätischen Tannenwald, der tief in der weißen Pracht des Winters versunken war.

Es war alles, was Helen an Kunst und an der menschlichen Natur mochte. Sie betrachtete eine andere Wand, an der ein aufregender, fast gewalttätig wirkender van Gogh neben einem beruhigenden und geometrisch geordneten Mondrian hing.

Helen wusste, dass Lucas jede Nuance und jeden Dialog zwischen den Kunstwerken wahrnahm. Ein Bild nach dem anderen stellte Helens Unterbewusstsein die Frage, was reizvoller war – die Fähigkeit der Menschheit, rational und rein zu sein, oder ihr Verlangen nach Chaos und Sex.

Lucas marschierte direkt in Helens unentschiedenes innerliches Streitgespräch und sah alles, was in ihr verborgen war – nackte Haut, frisch und rosig nach einem heißen Bad, und verschneite Birkenwälder. Helen fühlte sich bloßgestellt und hatte das Gefühl, dass er bis in ihr Innerstes sehen konnte. Es war ihr so peinlich, dass sie aufstöhnte.

Sie zog Lucas in eine Nische in der Ecke am Fenster und hielt die Speisekarte vor sich wie eine Mauer. Sie versuchte, die Karte zu lesen, aber sie war leer. Genau wie ihr Kopf.

»Helen?«, sagte Lucas sanft und drückte die Karte herunter. »Du brauchst nichts vor mir zu verstecken. Das weißt du doch.«

»Ja, k-klar«, stammelte sie zittrig.

»Ich fürchte nichts von dem, was in dir ist«, beteuerte er. »Gutes. Schlechtes. Gruseliges. Ich kenne die Dunkelheit. Und ich würde dich niemals verurteilen, falls auch du etwas davon in dir hast.«

»Oh.« Helen sah sich im Raum um. Ihr Blick blieb auf Goyas verstörendem Gemälde »Saturn verschlingt eines seiner Kinder« hängen. »Und was, wenn es mehr als nur etwas ist?«

Lucas lachte. Er nahm ihr die Speisekarte weg, warf sie auf den

Boden und ergriff ihre Hände. »Habe ich dir nicht gesagt, dass ich dich liebe?«

»Doch.«

»Damit meinte ich, alles an dir. Auch die merkwürdigen Dinge.«

»Erinnere mich daran, dass ich diesen Ort niederbrenne, sobald wir gehen«, sagte sie hingerissen.

»Auf keinen Fall.« Er sah sich die anderen Gäste an. Es waren Menschen jeder Hautfarbe, jeden Alters und aus jeder Epoche. Indianer mit Federkopfschmuck plauderten angeregt mit Piraten. Mädchen mit 80er-Jahre-Frisuren flirteten mit Jungs aus dem England des achtzehnten Jahrhunderts. »Es gefällt mir in deinem Kopf. Es ist ein bisschen ungewöhnlich, aber ich mag es.«

Helen sah sich um und fand alles irgendwie sinnvoll. Es wäre doch super, wenn man in ein Café gehen und sich dort mit jemandem aus einer anderen Zeit und von einem anderen Ort unterhalten könnte. Von so etwas hatte sie immer geträumt, und wie es aussah, brauchte sie es jetzt nicht mehr zu träumen, sondern war ein Teil davon.

Keiner von ihnen war hungrig oder durstig, denn eigentlich waren sie nur gekommen, um etwas Leckeres zu probieren und sich an der Gesellschaft des anderen zu erfreuen. Draußen war es kühl, aber nicht unangenehm, und als Helen darauf achtete, was sie beide anhatten, fiel ihr auf, dass sie perfekt für einen Herbsttag gekleidet waren. Sie konnte sich zwar nicht erinnern, ihnen neue Sachen besorgt zu haben, aber dennoch trugen sie welche.

»Komm mit«, sagte er und zog seinen frisch herbeigewünschten Mantel an. »Ich möchte einen Spaziergang machen, bevor es schneit.«

Sie verließen das Café und schlenderten über das Kopfsteinpflaster, vorbei an Geschäften und Wohnhäusern, in denen alle möglichen Leute lebten. Helen hatte keine Ahnung, woher all diese Menschen kamen. Sie nahm an, dass sie sie entweder erfunden hatte oder sich an sie erinnerte. Was immer es war, auf jeden Fall basierten sie auf der Realität, was Helen irgendwie tröstlich fand. Es wäre komisch gewesen, durch eine menschenleere Stadt zu wandern oder, noch schlimmer, durch eine, in der nur roboterartige Schaufensterpuppen herumliefen.

Die Sonne ging unter und Helen konnte Schnee in der Luft riechen, wie Lucas es vorhergesagt hatte. Die Fenster erhellten sich mit warmem Schimmer, als die Leute in den Häusern das Licht einschalteten oder eine Kerze anzündeten. Lucas hatte Helen beim Gehen den Arm um die Schultern gelegt.

»Es gibt hier keine armen Leute. Keine Obdachlosen«, stellte er plötzlich fest.

»Nein«, bestätigte Helen. »Hier hat jeder alles, was er braucht.«

»Aber wie kann man dankbar für das sein, was man hat, wenn man nicht weiß, wie es ist, nicht alles zu haben, was man braucht?«

Helen schüttelte den Kopf und sah auf den Boden. »Dieses Argument fand ich schon immer total daneben – dass wir Leute brauchen, die arm sind, damit wir anderen nicht vergessen, dankbar zu sein. Das bedeutet doch im Grunde nur, dass irgendwer leiden muss, damit sich die anderen Leute besser fühlen. Was für eine selbstsüchtige Art, die Welt zu betrachten.«

Lucas grinste und kuschelte sich an sie. »Ganz meine Meinung. Aber du musst zugeben, dass es der menschlichen Natur entspricht, dass wir nur Dinge zu würdigen wissen, die wir uns erarbeitet haben oder die wir wieder verlieren könnten. Wie sollen die Bewohner deines kleinen Paradieses ein erfülltes Leben führen, wenn ihnen alles so leicht zufliegt?«

»Ach, du meinst das alte ›Das-Paradies-ist-öde‹-Dilemma? Nicht in diesem Universum.« Helen schaute zu Lucas auf und sie lächelten sich an. »Wir finden eine Lösung. Schließlich haben wir genug Zeit.«

»Warte mal«, sagte er und musterte sie streng. »Was meinst du damit, dass wir genug Zeit haben?«

»Nur, dass wir noch jung sind«, antwortete Helen ausweichend.

Bevor Lucas weitere Fragen stellen konnte, wünschte sich Helen einen Jahrmarkt, der prompt vor ihnen auftauchte. Bunte Lämpchen färbten die Abendluft und von allen Seiten drang fröhliche Musik heran. Es duftete nach Zuckerwatte und gebrannten Mandeln.

»Unglaublich«, hauchte Lucas. »Du kriegst wirklich alles, was du willst.«

Helen zog an seinem Arm und schmunzelte übermütig. »Und jetzt will ich Karussell fahren.«

Matt hörte Telamon Alarm schlagen. Kein Mensch oder Scion hätte die zirpenden Laute der Myrmidonen aus den natürlichen Geräuschen am Strand heraushören können, aber Matt kannte den Unterschied zwischen den Stimmen der Insekten und denen seiner Krieger.

Er verließ das Zelt, als eine Gruppe Scions am Strand auf sie zukam. Matt hatte die meisten von ihnen in Troja gekannt und verachtet. Odysseus war der Einzige, der einen gewissen Respekt verdiente.

»Also ist es wahr«, sagte der große blonde Mann, den Matt als Menelaos kannte. »Der Krieger ist als Letzter in die Schlacht gezogen.«

»Tantalus. Anführer von Theben«, wisperte Telamon seinem Meister ins Ohr. Matt nickte.

»Als Hermes mir sagte, dass sich die Myrmidonen am Strand eingefunden haben, wusste ich, dass das letzte Stück vom Puzzle gefunden wurde und du in den Kampf ziehen würdest«, fuhr Tantalus fort, obwohl Matt ihn nicht darum gebeten hatte. Es folgte betretenes Schweigen. Matt starrte Tantalus an. Er wusste, dass ihm keine Wahl blieb, aber es war ihm zuwider, sich mit ihm zu verbünden. Die Myrmidonen hatten für das Bündnis gestimmt.

»Du hattest einen meiner Krieger angeheuert. Automedon. Er war einst einer meiner engsten Freunde«, sagte Matt mit ausdrucksloser Miene. »Bevor er vom rechten Weg abkam.«

»Ja«, sagte Tantalus zögernd und musterte Matt verunsichert. »Aber ich hatte nichts mit seinem Tod zu tun.«

Matt sah die Männer an, die beiderseits von Tantalus standen – Odysseus zu seiner Linken und Agamemnon rechts von ihm. Pallas Delos, wie Matt Agamemnon heute kannte.

»Wie konnte das geschehen, Matt?«, fragte Pallas fassungslos und deutete auf die in ordentlichen Reihen aufmarschierten Myrmidonenkrieger.

»Er wurde auserwählt«, antwortete Telamon für ihn. »Mehr brauchst du nicht zu wissen. Wir akzeptieren ihn als unseren Meister.«

Wieder wisperten die Myrmidonen auf ihre geisterhafte Weise das Wort »Meister«, was die Scions so nervös machte, dass sie sich beunruhigte Blicke zuwarfen. Sie hatten Angst vor Matts Kriegern.

»Hast du auch alle Fähigkeiten von Achill?«, fragte der Mann, den Matt als Odysseus kannte. Matt neigte den Kopf zu Telamon.

»Daedalus Attica, Anführer von Athen«, informierte ihn Telamon sofort.

»Das ist nicht deine wirkliche Frage«, sagte Matt und sah Daedalus ungerührt ins Gesicht. »Du willst wissen, ob ich auch Achills Schwäche habe.«

Daedalus' Lippen verzogen sich zum Anflug eines Grinsens. »Jeder Sterbliche hat zumindest eine.«

Matt lächelte ihn mit geschlossenem Mund an und schwieg, bestritt aber auch nicht, was er so hinterhältig gefragt worden war. Die beiden starrten sich an, bis Daedalus schließlich den Blick abwandte.

»Soll mir egal sein«, sagte Daedalus. Er sah Tantalus und Pallas mit gehobenen Brauen an. »Also, ich bin überzeugt.«

»Bist du sicher, dass wir das tun sollen?«, fragte Pallas Tantalus.

»Die Götter vernichten uns alle, wenn wir unseren Teil der Abmachung nicht einhalten«, erwiderte Tantalus und betrachtete Matt mit eindeutigem Misstrauen. »Wir bringen den Krieger an den Tisch oder alle Scions sterben. Zeus hat auf den Styx geschworen, dass unsere Häuser überleben, wenn wir es tun.«

Es war genauso wie immer. Vor Troja hatten die griechischen Könige eigene Abkommen mit Zeus getroffen, um ihre Haut zu retten, und dafür waren dann die unschuldigen Kinder Trojas vom obersten Rand der Mauer geworfen worden. Matt hatte schon längst erkannt, dass es Königen nur darum ging, ihre Königreiche zu bewahren, und dass sie viel mehr daran interessiert waren, was sie für sich herausholen konnten, als daran, was richtig war. Plötzlich war Matt so angewidert von den Winkelzügen und der Hinterhältigkeit der Scions, dass er sich abwandte, um wieder in sein Zelt zu gehen. Für so etwas war er nicht gekommen.

»Warte«, rief Daedalus und ging einen Schritt auf Matt zu. Die Myrmidonen reagierten blitzschnell und versperrten ihm den Weg. Er hob sofort beschwichtigend die Hände. »Immer mit der Ruhe.«

»Ich kämpfe mit euch oder ohne euch.« Matt blieb stehen und drehte sich zu ihnen um. »Ich bin hier, um den Tyrannen zu töten. Wenn ihr dasselbe wollt, könnt ihr euch mir anschließen. Wenn nicht, geht mir aus dem Weg.«

Helen führte Lucas über den Jahrmarkt. Sie musste ihn am Arm hinterherziehen, weil er so tat, als wollte er nicht mitkommen. Ein Budenbesitzer erregte seine Aufmerksamkeit, indem er in einer fremden Sprache mit ihm redete, und Lucas musste einfach stehen bleiben und mit einem Baseball auf einen Stapel unechter Milchflaschen werfen.

Er brauchte drei Versuche und beteuerte, dass ihm so etwas noch nie passiert war, aber schließlich gewann er doch noch einen Preis für Helen. Zuerst fiel ihr Blick auf einen Plüschelefanten, aber dann entschied sie sich für einen glitzernden Zauberstab. Am oberen Ende war ein silberner Stern befestigt und unten hing ein Dutzend bunter Bänder heraus. Der Zauberstab fühlte sich in ihrer Hand gut an und war leicht zu tragen. Sie wedelte ein paarmal damit herum und ließ ihn Funken sprühen, während sie vor dem Stand des Glasbläsers anhielten und einem Mann zusahen, der einen kleinen Drachen anfertigte.

Sie konnten beide nicht aufhören zu grinsen. Helen hörte das Karussell und rannte die letzten paar Schritte darauf zu. Sie schwang sich während der Fahrt auf den Rücken eines Einhorns und schwenkte ihren Zauberstab, als wäre er eine Reitgerte.

»Jippieh!«, feuerte sie ihr bunt bemaltes Reittier an, doch es wurde nicht schneller. Die Stange, die durch den Körper des Einhorns führte, war aus Messing und roch in der Herbstkälte beißend metallisch.

Lucas sprang neben ihr auf und blieb bei ihr stehen, statt sich selbst auf ein Karussellpferd zu setzen. Er stand über ihr und sein Mantel umhüllte sie, als er nach der Messingstange griff, um sich festzuhalten. Sie sahen sich lange Zeit nur an, während der Rest der Welt an ihnen vorbeizog. Helen nahm die bunten Lichter des Jahrmarkts nur noch verschwommen wahr, während Lucas vor ihren Augen ganz still stand.

»Wieso willst du mich nicht küssen?«, fragte sie ihn.

»Kannst du mich nicht dazu bringen?«, konterte er und hob herausfordernd die Brauen.

»Ich würde es nicht wollen. Vor allem nicht bei unserem ersten richtigen Date.«

Lucas lachte leise auf. »Dasselbe habe ich in diesem Café gedacht. Wir haben einmal vor der Schule zusammen einen Kaffee getrunken, aber richtig verabredet haben wir uns nie, oder?«

»Wir hatten nie die Möglichkeit dazu. Ständig ging die Welt unter oder einer von uns stand in Flammen oder sonst etwas Nerviges.« Lucas kicherte. Helen sah zu ihm auf und versuchte, nicht rot zu werden. »Du weißt, dass wir hier tun können, was immer wir wollen. Ich kann dafür sorgen, dass es keine Konsequenzen hat.«

Sie spürte, wie sich seine Atmung beschleunigte, und das Funkeln in seinen Augen kam nicht nur von der Kälte. »Weißt du noch, welchen Rat du mir vor einigen Monaten gegeben hast, als es darum ging, schwierige Entscheidungen zu treffen?«

»Entscheide, womit du auf keinen Fall leben kannst, und tu das Gegenteil«, sagte Helen. Es überraschte sie, dass er damit anfing, nachdem sie selbst erst vor Kurzem etwas Ähnliches gedacht hatte.

»Deswegen werde ich dich nicht küssen.« Er hob die Finger, berührte zart ihr Gesicht und ließ die Hand schnell wieder sinken. »Wir müssen irgendwann wieder zurück und dann werde ich dich erneut verlieren. Und das ist etwas, mit dem ich auf keinen Fall leben kann.«

Das konnte Helen auch nicht und deshalb suchte sie bereits nach einer anderen Lösung. Vielleicht gab es einen Weg, Aphrodite dazu zu bringen, dass sie den Fluch aufhob, der Helen verpflichtete, eine Tochter zu bekommen. Sie wollte ihre Lage nicht akzeptieren – die so unfair war –, sondern etwas tun, um sich aus ihr zu befreien.

»Ich habe es satt, mich im Kreis zu drehen«, seufzte Helen.

Das Karussell kam zum Stehen. Sie sprang hinunter, und die Lichter des Jahrmarkts erloschen eines nach dem anderen hinter ihr, als sie den Festplatz verließen. Als Helen den Zauberstab senkte, begann es zu schneien. Milliarden winziger Schneeflocken rieselten in Form einzigartiger kleiner Kristalle vom Himmel. Es sah aus, als wäre die Luft um sie herum voller glänzender Sterne.

»Helen«, begann Lucas. Sie spürte, wie er sich auf ein weiteres Streitgespräch vorbereitete.

»Ich bin nicht sauer auf dich, weil du mich nicht küssen willst«, sagte sie, fuhr herum und bremste ihn damit aus. »Ich verstehe, wieso du es nicht willst. Ich kann das alles auch nicht noch einmal durchmachen.«

»Und was ist es dann?«, fragte er geduldig.

»Ich habe es satt, ständig glauben zu müssen, dass es da diese schattenhaften übermächtigen Gottheiten gibt, die was Besseres sind als ich und mir das vorenthalten, was ich will. Weil es nicht stimmt. Ich bin genauso stark wie einer von denen. Und ich weiß, dass ich sie besiegen kann.«

»Äh, Helen?«, sagte Lucas zögernd. »Du gehst jetzt aber nicht los und brichst einen Streit mit den Göttern vom Zaun, oder?«

»Nein, natürlich nicht«, sagte Helen und trat unbehaglich von einem Fuß auf den anderen. »Ich dachte, ich fange damit an, dass ich ein paar Fragen stelle, und dann sehen wir weiter.«

»Gut«, stieß Lucas erleichtert aus und griff nach ihrer Hand.

Seine Entschlossenheit war eindeutig. »Und wenn Reden nicht funktioniert, beerdigen wir sie.«

Helen sah einen Schatten über sein Gesicht huschen. »Darüber können wir später nachdenken«, sagte sie und steuerte ihn auf den Weg, der in den Wald führte. »Ich will nicht, dass unser Date jetzt schon zu Ende ist.«

11

Etwa eine halbe Stunde, nachdem Tantalus, Daedalus und Pallas sein Lager verlassen hatten, lauschte Matt erneut dem Alarm. Draußen war Gerangel zu hören. Nur einen Moment später erschien Telamon am Eingang von Matts Zelt, um Bericht zu erstatten.

»Am Strand wurde ein Scion entdeckt und gefangen genommen«, informierte ihn Telamon. »Ich hätte sie zu ihrem Haus zurückgeschickt, nur … Sie ist es, Meister.«

»Ist gut«, sagte Matt mit einem Nicken. »Bringt sie herein.«

Ariadne wurde ins Zelt geführt, an beiden Armen festgehalten von einem Myrmidonen. Ihre Haare waren zerzaust und ihr Gesicht glühte. Anscheinend hatte sie sich gewehrt, aber sie konnte es nicht einmal mit einem von Matts Kriegern aufnehmen, geschweige denn mit einer ganzen Kompanie.

»Lasst sie los. Und zieht euch zurück.« Die Wachen gehorchten schweigend. Matt sah Ariadne an. »Wie hast du uns gefunden?«

»Ich bin meinem Vater gefolgt. Er hat sich heute Abend ganz merkwürdig verhalten«, flüsterte sie. Ariadne stand so weit von

Matt entfernt, wie es nur ging, und rieb sich die Arme, wo die Wachen sie grob gepackt hatten.

»Haben sie dir wehgetan?«, fragte er ruhig. Sie antwortete nicht.

»Wie kannst du er sein? Du bist kein Scion.«

»Das war Achill auch nicht.«

Sie ließ das Gesicht in die Hände sinken und rieb sich kräftig die Augen. »Nein«, sagte sie dann und hob ruckartig den Kopf. »Nein, ich glaube das alles nicht. Das kann nicht sein.«

Sie rannte in Richtung Ausgang, aber Matt bewegte sich schneller, als sie es je gekonnt hatte, und war vor ihr dort. Er hielt sie am Handgelenk fest, damit sie nicht weglief. Ariadne starrte ihn schockiert an.

»Glaub es ruhig.« Ihre Haut fühlte sich unter seinen Fingern so weich und warm an. Er ließ sie los und wandte sich ab. Die Vernunft sagte ihm, dass es so besser war, auch wenn seine Gefühle anderer Meinung waren. »Geh nach Hause. Meine Männer werden dich nicht aufhalten.«

Ariadne bewegte sich nicht von der Stelle.

Dann hörte Matt, wie sie auf ihn zukam. Er schüttelte bereits den Kopf, als er sich umdrehte. »Nicht.«

Sie küsste ihn trotzdem. Ihm war klar, dass er diese Sache sofort beenden musste. Auch wenn sie die Geschichte auswendig kannte, konnte sie sich doch nicht so an ihr Ende erinnern wie er. Er wollte sich schon von ihr befreien und sie nach Hause zu ihren Brüdern schicken, als sie beim Küssen den Daumen in die kleine Mulde unter seinem Adamsapfel legte. Genauso hatte sie es hundert Lebzeiten zuvor getan.

Als Matt sie hochhob und zum Bett trug, staunte er wieder einmal darüber, was für eine kleine Geste es doch war. Eigentlich war es nur eine alberne Angewohnheit von ihr, seine Kehle mit dem Daumen zu berühren. Aber nach dieser zarten Berührung war es Matt plötzlich vollkommen egal, wen er töten musste.

»Sing für mich«, bat Helen. Sie hob den Kopf von Lucas' Brust und sah ihm ins Gesicht.

»Jetzt? Ohne Begleitung?«, fragte Lucas. Er lag auf dem Rücken, starrte an die Decke ihrer kleinen Blockhütte im Wald und wurde ein bisschen rot.

»Doch, bitte. Ich möchte Musik hören, aber es soll etwas von dir sein und nicht aus meinem eigenen Kopf kommen.«

Obwohl draußen ein Schneesturm tobte, war es unter ihrer Decke am Kamin kuschelig warm. Helen nahm ihren Teebecher von den heißen Steinplatten vor dem Feuer und hielt ihn Lucas hin.

»Falls deine Kehle ausgetrocknet ist und du Angst hast, schlecht zu singen«, sagte sie mit einem herausfordernden Grinsen.

»Meiner Kehle geht es prima«, versicherte er und stieß sie strafend mit dem Fuß an. Dann setzte er sich auf. »Ich mache Musik für dich. Aber ich kann viel besser Gitarre spielen als singen.«

»Ehrlich?« Helen ergriff seine Hände, hielt sie hoch und betrachtete sie. Sie waren hart wie die eines Kämpfers, aber auch so empfindsam wie die eines Künstlers. Wie alles andere an ihm waren auch seine Hände eine perfekte Mischung aus Gegensätzen. »Wieso hast du noch nie für mich gespielt?«

»Warum hatte ich noch nie ein Date mit dir?«, konterte er mit einem traurigen Lächeln. »Es gibt vieles, das ich gern mit dir getan hätte, zu dem es aber nie gekommen ist.«

Helen lehnte sich dichter an ihn, um seinen Duft einzuatmen und seine Wärme zu spüren. Ohne ihn zu küssen und damit das stille Einvernehmen zu zerstören, das jetzt zwischen ihnen herrschte.

»Wo hast du das Gitarrespielen gelernt?«, fragte sie und schämte sich ein bisschen, dass sie es nicht längst wusste.

»Mein Vater hat es mir beigebracht.« Lucas zögerte und wirkte plötzlich traurig. »Er hat mir das klassische spanische Gitarrenspiel beigebracht, weil wir so lange in Spanien gelebt haben, aber auch die amerikanische Zupfvariante. Ich habe nicht mehr gespielt, seit wir Cádiz verlassen haben.« Wieder tauchte dieser leicht betrübte Ausdruck in seinem Gesicht auf. »Er spielt besser als ich … Aber ich bin auch ganz gut.«

Helen war fest davon überzeugt gewesen, dass sie und Lucas einander nahestanden und dass es nichts gab, was sie über ihn nicht wusste. Und doch hatte sie gerade etwas Neues und Wichtiges über ihn erfahren. Sein Vater hatte ihm nicht nur den Umgang mit dem Schwert beigebracht. Helen konnte sich gut vorstellen, wie die beiden stundenlang beieinandergesessen und über die Musik diskutiert hatten, die sie beide so liebten und so selten genießen konnten.

»Das glaube ich gern.« Jetzt wollte Helen ihn unbedingt spielen hören. Sie stellte sich eine Gitarre für ihn vor – die beste, die ihr einfiel. »Geht die?«

Lucas nahm das Instrument, betrachtete es von allen Seiten und runzelte die Stirn. »Sie ist in Ordnung.« Helen sah ihn so betroffen an, dass er laut lachen musste. »Das war nur ein Witz! Sie ist ein Traum!«

Helen schlug ihm aufs Bein. »Spiel für mich!«, verlangte sie.

Lucas nahm die Gitarre in den Arm, doch dann zögerte er. »Weißt du, was ich mich frage?«

»Was?«, antwortete Helen mit gespielter Gereiztheit, als glaubte sie, dass er nur Zeit schinden wollte.

»Wie machst du das?«, fragte er ernsthaft. »Woher weißt du, wie man Karussells und Schneestürme und Gitarren macht?«

»Ich hatte viel Übung«, antwortete sie. Helen lehnte sich bei Lucas an und sah ihm in die Augen. »In der Unterwelt. Die ganze Zeit, als ich dort umhergeirrt bin … Also, da habe ich es natürlich noch nicht gewusst, aber Hades hat mir die ganze Zeit beigebracht, wie man Welten erschafft.«

»Im Ernst? Und das alles aus reiner Herzensgüte?«, fragte Lucas misstrauisch.

»Ja, irgendwie schon. Ich denke, dass es tatsächlich so war«, erwiderte sie. »Er ist ein ziemlich mitfühlender Typ. Äh, Gott. Oder was auch immer.«

»Und wie hat Hades dir das alles beigebracht?«, fragte Lucas und legte die Gitarre zur Seite.

»Auf die harte Tour«, sagte Helen und verdrehte die Augen, als sie an all die Herausforderungen in der Unterwelt zurückdachte und an die höllischen Landschaften, in denen sie immer wieder gelandet war. Der Baum, der sie gefangen gehalten hatte, die verfallene Stadt, der Vorsprung, an dem sie sich festgeklammert hatte – all diese Orte, von denen Helen geglaubt hatte, dass Hades sie nur erschaffen hatte, um sie zu foltern, waren tatsächlich aus ihren eigenen Gedanken gekommen. Sie hatte sich ihre eigene Hölle erschaffen, und jetzt, wo sie gelernt hatte, ihre Angst zu kontrollieren, wusste sie, wie sie sich ihr eigenes Paradies erschaffen konnte.

»Was meinst du mit ›auf die harte Tour‹?«, fragte Lucas argwöhnisch und starrte Helen mit finsterer Miene an.

»Nein, nein, er hat mir nichts getan. Ich habe mir das alles selbst angetan.« Sehr erfreut sah Lucas immer noch nicht aus. »Lass es mich anders erklären. Deszenderin ist nicht die richtige Bezeichnung für meine Begabung. Ich bin eine Weltenschöpferin, Lucas.« Helen breitete die Hände aus, um auf das Zimmer zu deuten, in dem sie sich befanden. »Das Erschaffen neuer Welten ist mit dem Hinabsteigen in die Unterwelt verwechselt worden, weil Hades allen Weltenschöpfern erlaubt hat, in sein Reich zu kommen, damit sie lernen, wie man etwas Neues hervorbringt.«

»Wieso hat er das getan?«

Helen zögerte und dachte an ihre Aufgabe, die Furien zu befreien, und auch daran, wie viel sie dabei gelernt hatte.

»Ich schätze, weil er will, dass wir uns vorher überlegen, in welcher Art Welt wir leben wollen – einer, die auf Gerechtigkeit und Mitgefühl für andere basiert, oder einer, die nur den Launen des Erbauers unterworfen ist. Wow. Das habe ich gerade herausgefunden.« Helen lächelte Lucas an. »Du hilfst mir immer wieder, irgendwelche Dinge zu begreifen.«

»Dafür bin ich doch da«, sagte er und erwiderte ihr Lächeln, wurde aber gleich wieder ernst. »Aber du hättest diese Lektionen auch lernen können, ohne durch die Hölle zu gehen. Helen, ich weiß noch, wie krank dich das gemacht hat. Wie du immer voller Matsch und manchmal auch Blut aus der Unterwelt zurückgekommen bist. Musste er es dir so schwer machen?«

»Ja, das musste er«, sagte Helen und verstummte, weil sie nicht sicher war, ob Lucas auch erfahren sollte, was ihr gerade wieder eingefallen war.

»Helen?«, sagte er und hob fragend eine Braue. »Was verschweigst du mir?«

Ihr war klar, dass sie es nicht lange vor ihm verbergen konnte, und da sie es ohnehin hasste, Geheimnisse vor ihm zu haben, sagte sie es ihm. »Hades musste es mir so schwer machen, um mich abzuhärten. Denn sobald eine Weltenschöpferin ihre Welt hervorbringt, muss sie auch stark genug sein, sie zu verteidigen.«

Sofort wurde Lucas' Gesicht finster. »Gegen wen verteidigen?«, fragte er mit tiefer Stimme.

»Die Götter, nehme ich an. Hades hat nur von ›Herausforderern‹ gesprochen, also denke ich, dass es im Laufe der Zeit mehr als nur einen gegeben hat. Ich will dich nicht anlügen. Morgan La Fay hat Avalon erschaffen und es verschwand im Nebel, als sie ihren Kampf verlor. Atlantis versank im Meer, als Atlanta besiegt wurde. Soweit ich weiß, waren die beiden die einzigen anderen Scions, die Welten erschaffen konnten, und sie haben verloren. Also stehen meine Chancen auch nicht gerade gut.«

»Die Chancen sind mir egal«, sagte Lucas und machte eine wegwerfende Handbewegung. »Viel interessanter finde ich etwas anderes.« Sein Blick wanderte beim Nachdenken durch den Raum. »Ich will wissen, wer dich herausfordern wird und wieso Hades sich die Mühe macht, dich auf diesen Kampf vorzubereiten. Was beabsichtigt er wirklich damit?«

Helen zuckte mit den Schultern. »Keine Ahnung. Ich könnte ihn fragen, aber ich vermute, dass ich keine Antwort bekomme, die ich auch verstehe. Hades hat es nicht so mit einfachen Erklärungen.«

»Das glaube ich gern«, murmelte Lucas, immer noch nachdenklich.

Helen griff nach der Gitarre und stieß damit leicht seine Hände an. Lucas durchschaute sie sofort.

»Soll das ein Wink mit dem Zaunpfahl sein?«

»Mit einem dicken, fetten Zaunpfahl.« Helen grinste ihn an.

Lucas zupfte an ein paar Saiten und straffte oder lockerte die Drehknöpfe am Gitarrenhals. »Das ist typisch. Du bist so unmusikalisch, dass sogar deine perfekt gebaute Gitarre total verstimmt ist.« Lucas machte ein so gequältes Gesicht, dass Helen sich vor Lachen bog. »Außerdem ist diese Gitarre für einen Linkshänder bespannt. Ich bin nicht Matt, das ist dir klar, oder?«

»Warte, das haben wir gleich.« Helen konzentrierte sich und die Saiten ordneten sich neu an. Lucas schlug ein paar Töne an und verdrehte die Augen, weil sie wirklich komisch klangen.

»Sie ist schon wieder verstimmt.«

»Das hast du mit Absicht gemacht«, beschwerte sie sich und kniff ihn in den großen Zeh. »Und jetzt spiel!«

»Jawohl, Euer Göttlichkeit.«

Helen lag auf der Seite und hatte die Füße dem warmen Feuer entgegengestreckt. Ihr Lachen verstummte, als Lucas aufhörte, die Gitarre zu stimmen, und zu spielen begann.

Es war wie ein ganzes Orchester in nur einem Instrument.

Er spielte mit beiden Händen – nicht, indem er mit der einen

Hand zupfte und mit der anderen die Saiten herunterdrückte – sondern mit beiden Händen, sodass es sich anhörte, als würde er mehr als eine Gitarre spielen. Manchmal schlug er die Saiten an, dass sie summten wie bei einer Harfe, und dann wieder benutzte er den Korpus der Gitarre als Trommel, um Bässe und einen Takt hinzuzufügen. Es war das Faszinierendste, was Helen jemals erlebt hatte. Es kam ihr vor, als hätte Lucas ein Dutzend Stimmen im Kopf, die alle dasselbe Lied sangen, und als hätte er einen Weg gefunden, dieses Lied durch seine zehn Finger erklingen zu lassen.

Helen sah ihm ins Gesicht und erkannte, wieso er solche Freude daran hatte. Er war in ihren Kopf eingetaucht, als er ihre Welt betreten hatte. Und sie war in seinem, als sie ihn endlich spielen hörte.

Es war der Himmel.

»Wo warst du?«, schimpfte Helen.

»Ich habe einsam, verloren und mit gebrochenem Herzen auf deine Rückkehr gewartet«, antwortete Morpheus gleichmütig, und der Blick seiner Silberaugen verschmolz mit ihrem.

Sie lachte und drückte seine Hand. Helen und Lucas waren am Kaminfeuer eingeschlafen, und sie war im Schattenland wieder aufgewacht, Schulter an Schulter mit dem Gott der Träume. Sie hatten einander das Gesicht zugewandt und hielten sich an den Händen.

»Woher wusstest du, dass ich deine Hilfe brauche?«, fragte sie.

»Du hast dich selbst hergebracht. Ich kann dich nicht holen, ich kann nur dafür sorgen, dass dir die Tür immer offen steht.«

»Das hast du getan?«, fragte Helen, die an die Grenzen denken musste, die Hades um seine Welt errichtet hatte, und diejenigen, die das Schattenland von Morpheus umgaben. Im Reich von Hades standen den Toten die Türen offen und in Morpheus' Reich den Träumern.

Helen wandte den Blick ab und schaute hinauf in den Nachthimmel von Morpheus' Traumpalast. Ihr Kopf ruhte auf dunklen Seidenkissen und die fliegenden Lichtquellen, die aussahen wie Kerzenflammen in einer Seifenblase, tanzten über sie und ihren Gastgeber hinweg, als wollten sie sie zum Spielen auffordern.

»Sind die Grenzen unserer Welten eigentlich von der tatsächlichen Welt getrennt?«

»Das nehme ich an. Hier kommen und gehen die Gedanken und lassen meine Haare in der Brise wehen, wenn sie mein Land betreten und wieder verlassen, aber solange sie hier sind, haben sie keinen Einfluss auf mein Reich. Ich mache die Träume«, erklärte Morpheus.

»Aber im Hades ist das anders«, stellte Helen fest, die allmählich begriff, wie es funktionierte. »Da sind die Grenzen schwer zu überwinden – meistens muss man erst sterben, um hineinzudürfen, aber sobald man in seinem Reich ist, bekommt man eine eigene Existenz. Jedenfalls war das bei mir so.«

»So habe ich das nie betrachtet, aber es stimmt, die Grenzen haben mit der eigentlichen Welt nicht viel zu tun. Für sie gelten andere Regeln, auch wenn sie vom Schöpfer der jeweiligen Welt kontrolliert werden.« Er musterte sie stirnrunzelnd. »Was belastet denn meine Schöne so sehr, dass sie zum Philosophieren herkommt?«

»Ich brauche deine Hilfe. Wer wird mich herausfordern, jetzt, wo ich meine eigene Welt erschaffen habe?«

»Der Olymp. Vor allem Zeus. In der Vergangenheit wurden einige der anderen Weltenschöpfer von den kleineren Göttern herausgefordert, weil die Olympier ja noch an den Eid des Zeus gebunden waren.« Morpheus kicherte. »Odysseus war wirklich ein cleveres Kerlchen.«

»Wieso müssen wir überhaupt kämpfen? Wieso kann Zeus nicht den Olymp behalten und ich behalte Jederland und damit ist alles erledigt?«

»Wegen dem großen Zyklus natürlich.«

»Ach ja, der große Zyklus.« Helen verdrehte die Augen und sah Morpheus an. »Was zum Teufel ist das eigentlich?«

Morpheus lachte und setzte sich auf. »Die Kinder müssen die Eltern stürzen, wie die Götter es mit den Titanen gemacht haben und die Titanen mit ihren Eltern Gaia und Uranos. Die Parzen wollen, dass es wieder geschieht. Jetzt ist es an den Scions, die Götter zu besiegen.«

»Und Zeus will natürlich verhindern, dass ich ihn stürze.«

»Natürlich. Wenn die Scions den Olymp besiegen, werden die Zwölf wie die Titanen für alle Ewigkeit in den Tartaros verbannt. Was nicht sehr angenehm ist.«

»Nein. Gar nicht angenehm«, bestätigte Helen. »Aber wieso haben die es ausgerechnet auf mich abgesehen? Was ist denn so besonders daran, ein Weltenschöpfer zu sein?«

»Weil du alle Scions nach Jederland bringen und sie unsterblich machen kannst, wenn das dein Wunsch ist. Und als Weltenschöpfer bist du die Einzige deiner Art, die die Portale zum

Tartaros öffnen und die Zwölf dorthin schicken kann – aber sei gewarnt, Helen. Auch Zeus ist ein Weltenschöpfer. Er kann dich ebenso in den Tartaros schicken wie einst die Titanen.«

Darüber musste Helen erst einmal nachdenken. Wenn sie alle Scions unsterblich machte und sie dann gegen die Götter des Olymp antraten, konnten die Olympier unmöglich gewinnen.

»Und was ist mit dir und Hades? Jeder von euch könnte Zeus herausfordern, aber er lässt euch beide in Ruhe. Wie vermeidet ihr diesen Kampf?«

»Ich verlasse mein Reich niemals, und es wäre Selbstmord für Zeus, wenn er versuchte, mich hier anzugreifen, wo ich der Alleinherrscher bin.«

»Und Hades?«

»Auch er verlässt sein Reich nur selten und wenn doch, dann macht ihn sein Helm der Dunkelheit für Menschen und Götter gleichermaßen unsichtbar.« Helen dachte wieder daran, wie Eris direkt an ihr und Lucas vorbeigegangen war, als Lucas sie beide kurz vor dem Ausbruch der Krawalle auf dem Schulflur unsichtbar gemacht hatte. Doch bevor sie genauer über diesen Zusammenhang nachdenken konnte, fuhr Morpheus fort: »Und viel wichtiger ist, dass Zeus nicht auf seinen großen Bruder Hades verzichten kann. Die Toten brauchen ein eigenes Reich, und das Letzte, was Zeus will, ist, die Toten am Hals zu haben.«

»Und was soll ich jetzt tun?«, fragte Helen flehentlich.

»Kämpfen. Oder dich in deinem Jederland verstecken, wo Zeus dich nicht erreichen kann.« Morpheus lächelte sie liebevoll an. »Ich würde Letzteres empfehlen, obwohl ich natürlich weiß, dass du nicht auf mich hören wirst. Du gehörst nicht zu denen, die sich verstecken.«

»Ich kann nicht in Jederland bleiben und die Erde den Göttern überlassen. Sie würden sie zugrunde richten. Aber gibt es vielleicht einen Weg, den Kampf zu vermeiden?«, fragte Helen. Sie bezweifelte es zwar, aber es konnte nicht schaden, wenn sie zumindest versuchte, einen schrecklichen Krieg abzuwenden, der vermutlich unzähligen Menschen das Leben kosten würde.

»Kann man seinem Schicksal entgehen? Viele haben versucht, ihm ein Schnippchen zu schlagen, wie etwa Ödipus, aber hat es wirklich jemand geschafft, ihm zu entkommen?«, antwortete Morpheus mit einer Gegenfrage.

»Ja. Es gibt den freien Willen«, entgegnete Helen, der gerade ein Gedanke gekommen war. »Alles, was man dazu braucht, ist ein Beschützer.«

Morpheus sah sie fragend an, denn er verstand nicht, was sie damit meinte. Doch sie schüttelte nur den Kopf und wechselte das Thema.

»Warum helft ihr mir – du und Hades?«, fragte sie.

»Ich bin zwar der Gott der Träume, aber ich würde trotzdem nicht im Traum daran denken, für Hades zu sprechen«, erwiderte Morpheus mit einem verschmitzten Funkeln in seinen Augen. »Aber wenn ich raten müsste, würde ich vermuten, dass es daran liegt, dass er genau weiß, wie zerstörerisch sein kleiner Bruder ist. Im Gegensatz zu anderen Göttern hat Hades etwas für die Sterblichen übrig und will nicht, dass sie in einen Krieg verwickelt werden. Wahrscheinlich rührt sein ausgeprägter Sinn für Gerechtigkeit daher, dass er schon Millionen von Seelen beurteilen musste, und dich ohne jedes Training gegen Zeus antreten zu lassen, kommt ihm vermutlich ungerecht vor.«

Helen runzelte die Stirn. Sie musste daran denken, wie sie Orion einmal gefragt hatte, was ihm wichtiger wäre als immerwährendes Glück. Er hatte »Gerechtigkeit« geantwortet. Das war noch ein Charakterzug, den er mit Hades gemeinsam hatte.

»Und was ist mit dir?«, fragte Helen und verdrängte diesen Gedanken wieder.

»Ich habe ein viel einfacheres und eigennützigeres Motiv. Ich helfe dir, weil ich dich liebe und es nicht ertragen könnte, dich zu verlieren. Wusstest du das nicht?«

»Und?«, fügte Helen mit spöttisch gehobenen Brauen hinzu.

»Und ich glaube nicht, dass ich etwas von dir zu befürchten habe. Ich glaube nicht, dass du jemals versuchen würdest, mich in den Tartaros zu verbannen.«

»Niemals. Ich würde nicht in einer Welt ohne Träume leben wollen. Nicht einmal ohne meine eigenen«, sagte Helen und strich ihm über das glänzende schwarze Haar. »Ich habe dich wirklich vermisst. Aber jedes Mal, wenn ich in der letzten Zeit meine Augen geschlossen habe, hatte ich zu viel anderes zu tun, als zu träumen.«

»Aber ich habe dir Träume geschickt – hauptsächlich, um dich auf dem Laufenden zu halten, was die Götter auf der Erde anstellen.«

»Wie meinst du das?«, fragte Helen, doch sie kam schnell von selbst darauf. »All diese Träume von Adlern, die Frauen wegschleppen, und Delfinen und Hengsten, die Menschen töten? Das war grauenvoll, Morpheus.«

»Es tut mir leid, meine Schöne. Ich wollte dir keine Angst machen. Ich konnte nur nicht zulassen, dass diese arme Sirene noch mehr Aufmerksamkeit von diesem Flegel Apoll bekommt, ohne etwas dagegen zu unternehmen.« Morpheus klopfte hektisch ein Kissen zurecht. »Ich bin wirklich froh, dass ihr sie zu euch geholt habt. Ich hasse es, jemandem Albträume zu schicken, aber manchmal muss es sein, um die Leute zu warnen. Kannst du mir verzeihen?«

»Natürlich«, sagte Helen und setzte sich auf.

Sie musste daran denken, wie Orion ihr einmal von einem Traum erzählt hatte, in dem es um ein ganzes Feld voller Scionknochen gegangen war. Er hatte diesen Traum als Warnung davor verstanden, dass die Scions vor der Ausrottung standen. Offenbar hatte er damit recht. Helen schauderte und Morpheus legte ihr besorgt einen Arm um die Schultern.

»Ich weiß, du bist ein richtiger Kuschelbär«, sagte sie.

»Das bin ich. Ich sollte wirklich versuchen, viel schrecklicher zu sein und Respekt einflößend und den Leuten solche Angst machen, dass sie nur noch zittern und all so was. Aber ich vergesse es immer wieder.« Er machte einen reizenden Schmollmund. Helen lächelte ihn liebevoll an, wurde jedoch gleich wieder nachdenklich.

»Was ist?«, fragte Morpheus.

»Ich brauche deine Hilfe.« Helen sah ihren Freund an und hoffte, dass er wusste, was zu tun war. »Ich brauche eine Möglichkeit, Aphrodites Fluch von meiner Blutlinie zu nehmen.«

»Darf ich fragen wieso?«, erkundigte sich Morpheus mit neugierig geneigtem Kopf.

Helen hatte die Antwort parat – weil sie mit Lucas zusammen sein wollte, auch wenn er ihr Cousin war. Doch bevor sie es aussprechen konnte, erkannte sie, dass es viel mehr war als das.

»Ich will weder ihr noch sonst jemandem ein Kind schulden«, sagte sie. »Wenn ich jemals ein Kind bekomme, soll es meine eigene Entscheidung sein, nicht die von jemand anderem.«

»Ah.« Morpheus sah sie betrübt an. »Soweit ich weiß, gibt es keine Möglichkeit, den Fluch einer Göttin aufzuheben. Aber wenn du kein Kind willst, dann bekomm eben keines. Du brauchst doch nur ewig zu leben, dann wird das Gesicht für immer erhalten bleiben. Ich denke, darum ging es Aphrodite in erster Linie, richtig?«

Helen schnappte verblüfft nach Luft. »Du hast recht.« Morpheus und Helen mussten grinsen. »Ich danke dir.«

»Gern geschehen.«

»Die Ewigkeit.« Helen runzelte die Stirn. »Wie ist das wirklich?«

»Also, ich genieße es«, erwiderte Morpheus mit einem Achselzucken. Er deutete auf sein großes Bett, die funkelnden Sterne und die Elfen, die in den Mohnfeldern herumtanzten und spielten. »Es hilft, die Ewigkeit in deiner eigenen Welt zu verbringen, das zu tun, was du liebst, und natürlich in Gesellschaft der richtigen Menschen. Oder des richtigen Menschen.«

Morpheus verwandelte sich in Lucas und kroch in dem Riesenbett auf sie zu.

»Mein Angebot gilt immer noch«, flüsterte er mit Lucas' Stimme. »Bleib hier bei mir und sei meine Königin. Oder wir machen einen Handel, wenn dir das lieber ist. Nachts kommen wir hierher und tagsüber können wir in deiner Welt leben.«

Helen robbte ein Stück von ihm weg. »Du schummelst.«

Morpheus kam ihr jetzt so nah, dass ihre Gesichter nur Zentimeter voneinander entfernt waren. »Bleib«, flehte er. »Hier bei mir oder in deinem Jederland mit dem echten Lucas. Oder in jeder anderen Kombination, die dir gefällt. Wir können alles teilen. Aber wie immer du dich entscheidest, es ist besser, wenn du nie wieder auf die Erde zurückkehrst. Dir wird Schlimmes zustoßen, wenn du es tust.«

Er war so ernst und sprach so eindringlich, dass Helens Kehle plötzlich ganz trocken war. »Ich kann dem Kampf mit Zeus nicht aus dem Weg gehen, indem ich mich verstecke.«

»Ich spreche nicht von Zeus. Ich spreche von denen, die dir nahestehen. Sie rotten sich zusammen, um dich zu hintergehen.«

Helen erstarrte und stieß ihn von sich.

»Was hat meine Mutter jetzt schon wieder gemacht?«, fragte sie, denn sie hatte nicht den geringsten Zweifel, welche der Personen, die ihr nahestanden, er gemeint hatte. Morpheus schlüpfte wieder in sein eigenes Gesicht.

»Sie setzt natürlich deinen Vater unter Drogen«, sagte er. »Aber das ist nicht …«

»Was?«, schrie Helen und schnitt ihm das Wort ab, indem sie wutschnaubend aus dem Bett sprang. »Daphne hat meinen Vater unter Drogen gesetzt?«

»Ja«, bestätigte Morpheus auf seine sanfte Art. »Es schadet seinem Körper aber in keiner Weise. Deswegen können es die hübschen Heiler-Zwillinge nicht entdecken.«

»Was zum Teufel?«, stieß Helen hervor, die diese Vorstellung an den Rand der Hysterie trieb. »Wieso gibt sie meinem Vater Drogen?«

»Natürlich damit er nicht aufwacht. Aber keine Angst. Ich habe dafür gesorgt, dass er nur die schönsten Träume hat.«

Helen ballte die Fäuste, um nicht loszukreischen. Sie beugte sich über Morpheus und drückte ihm einen schnellen Abschiedskuss auf die Wange. »Danke, dass du über meinen Vater gewacht hast, Morpheus. Dafür bin ich dir was schuldig. Wenn du jemals etwas von mir brauchst, irgendwas, dann sag Bescheid.«

»Warte, du bist in Gefahr!«, begann Morpheus, aber das wusste Helen längst. Sie konnte nicht bleiben und sich noch einmal anhören, wie Morpheus sie anflehte, sich von Zeus fernzuhalten. Sie musste zurück, denn ihre Mutter schuldete ihr ein paar Erklärungen.

Helen erschien im Wohnzimmer der Delos, nur Zentimeter von Claire entfernt, die in einem Sessel schlief. Eine Wolke kalter Luft wehte über sie hinweg und riss sie aus dem Schlaf.

»Helen!«, japste Claire und sprang sofort auf.

»Tut mir leid«, sagte Helen, als sie den panischen Blick ihrer Freundin bemerkte. »Wo sind denn alle?«

»Es ist mitten in der Nacht – was glaubst du, wo alle sind?«

Helen sah sich in den verkohlten Überresten des Wohnzimmers um. Der Sessel, in dem Claire geschlafen hatte, war das einzige Möbelstück ohne Brandspuren, und Helen erinnerte sich, dass er aus dem Büro stammte.

»Was machst du hier?«, fragte Helen und deutete auf das verwüstete Zimmer. »Wieso bist du nicht zu Hause oder oben im Bett?«

»Ich wollte darauf warten, ob einer von euch zurückkommt. Ich dachte, an dem Ort, an dem ihr verschwunden seid, wäre die Chance am größten«, erklärte Claire. Sie sah erwartungsvoll an Helen vorbei. »Kein Lucas?«, fragte sie. In ihren Augen las Helen Trauer und noch etwas anderes, das sie nicht einordnen konnte. Es sah beinahe wie Misstrauen aus.

»Es geht ihm gut«, versicherte Helen ihr hastig und ignorierte die Enttäuschung, die in ihr aufstieg. Claire tat so, als würde Helen sie anlügen. »Ich habe ihn in … Mach dir keine Sorgen. Er ist vollständig geheilt und in Sicherheit.«

»Wie?«, fragte Claire, und jetzt war sie es, die auf den zerstörten Raum zeigte. »Das hast du gemacht. Und Lucas hat dich dabei festgehalten. Wie soll er das überlebt haben?«

Helen trat von einem Fuß auf den anderen. Sie war noch nicht bereit, Claire zu erzählen, dass sie eine neue Welt erschaffen hatte. Es war eine Sache, mit Morpheus darüber zu sprechen, der dieselbe Fähigkeit besaß, aber jetzt, wo sie vor Claire stand, schien es nicht mehr so normal zu sein, eine neue Welt hervorzuzaubern.

»Lange Geschichte. Aber vertrau mir, es geht ihm gut.« Sie musste unbedingt das Thema wechseln. »Weißt du, wo meine Mutter ist?«, fragte Helen und lauschte dem Atmen aller Bewohner des Hauses. Ihre Mutter war nicht darunter.

»Keine Ahnung. Aber das ist ja nichts Neues. Sie hat diesen Verschwindetrick wirklich gut drauf.« Claire betrachtete Helen misstrauisch.

»Ja, allerdings«, sagte Helen abgelenkt und überlegte, wo Daphne stecken konnte.

Sie musste sich eingestehen, dass sie ihre Mutter nicht gut genug kannte, um zu wissen, wo sie sich tagsüber aufhielt, geschweige denn, wo sie nachts schlief. Nach ihr zu suchen, war vermutlich Zeitverschwendung. Irgendwann würde Daphne wieder auftauchen und dann würde Helen sie sich vornehmen.

Helen lächelte Claire freudig an, aber Claire lächelte nicht zurück. Sie betrachtete Helen immer noch so merkwürdig, als würde sie sie nicht mehr erkennen.

»Was?«, verteidigte sich Helen.

»Du siehst überdreht aus. Und irgendwie unheimlich.« Claire senkte hastig den Blick, als könnte sie Helen nicht einmal mehr anschauen.

»Ist Jason oben?«, fragte Helen und wechselte damit erneut das Thema. Sie kannte die Antwort allerdings schon, denn sie konnte Jason in seinem Zimmer atmen hören.

»Wieso fragst du?«

»Weil ich einen Heiler brauche. Komm mit«, sagte Helen und ging auf die Treppe zu. »Ich sehe übrigens so unheimlich aus, weil ich stinksauer bin. Ich habe gerade herausgefunden, dass mein Dad unter Drogen gesetzt wurde.«

»Ist nicht wahr!«, rief Claire aus und dämpfte hastig die Stimme. »Von wem?«, flüsterte sie, als sie den oberen Treppenabsatz erreichten.

»Von diesem Biest, das sich meine Mutter schimpft. Von wem denn sonst?«, antwortete Helen. »Ich hoffe, dass die Zwillinge ihm helfen können.«

»Jason bestimmt. Aber Ari ist nicht da, also wird er allein arbeiten müssen«, sagte Claire und nagte an ihrer Unterlippe, als sie auf Jasons Zimmer zugingen.

Helen spürte, dass Claire sich Sorgen um Ariadne machte und sich fragte, wohin sie mitten in der Nacht verschwunden war. Es passte nicht zu Ariadne, niemandem Bescheid zu sagen, und Claire war offensichtlich davon überzeugt, dass etwas nicht stimmte.

»Wie lange ist Ari schon weg?«, fragte Helen.

»Weiß ich nicht«, antwortete Claire knapp. »Warte kurz.« Helen blieb draußen, während Claire in Jasons Zimmer ging.

Als Claire seine Schulter berührte, um ihn zu wecken, reagierte Jason im Halbschlaf damit, dass er nach ihr griff und sie zu sich ins Bett ziehen wollte. Claire stemmte sich dagegen, und Helen schaute weg, um den beiden etwas Privatsphäre zu gönnen. Sie konnte Jasons Zuneigung hell aufblitzen sehen und auch Claires sofortiges Aufflammen von Liebe, das sie aber schnell wieder unterdrückte. Mittlerweile konnte Helen die Emotionen anderer so gut lesen, dass es ihr schon peinlich war, sich in der Nähe von Pärchen aufzuhalten. Es war jedes Mal so, als hätte sie ihre alten Freunde versehentlich nackt erwischt. Helen fragte sich, wie Orion damit umging. Vielleicht war er verständnisvoller, wenn es um die Gefühle anderer ging, weil er gelernt hatte, wie verletzlich Menschen waren.

Unter ein paar Millimetern Kleidung sind wir alle nackt, dachte Helen, die sich gerade an einen wundervollen Augenblick in ihrem Leben erinnerte, in dem Lucas direkt vor der Tür ihrer Dusche gestanden hatte.

Helen hörte Jason sagen: »Lucas ist am Leben? Bist du sicher?« Dann kam Claire zurück zu Helen auf den Flur, während Jason in seinem Zimmer hastig ein paar Sachen überzog. Einen Moment später tauchte er bei ihnen auf.

»Hat sich Jerrys Zustand geändert?«, fragte er Helen in einem aufgeregten Wispern.

»Eigentlich nicht«, sagte Helen. Sie gingen in Jerrys Zimmer und schlossen die Tür hinter sich, um sich ungestörter unterhalten zu können. »Ich habe nur gerade herausgefunden, dass er unter Drogen gesetzt wurde.«

»Drogen?«, wiederholte Jason ungläubig. »Wenn es eine Droge wäre, würde ich den Schaden spüren, die sie seinem Körper zufügt.«

»Das ist es ja gerade. Morpheus hat gesagt, dass ihm die Droge nicht schadet. Sie lässt ihn nur schlafen.«

»Morpheus. Der Gott der Träume.« Jason sah sie ausdruckslos an. »Hängt ihr beide jetzt miteinander ab, oder was?«

»Kannst du ihn bitte untersuchen?«, fragte Helen eindringlich und deutete auf ihren schlafenden Vater.

»Tut mir leid, Helen. Meine Kraft wirkt nicht wie eine Blutanalyse. Ich kann keine Chemikalien aufspüren, nur Verletzungen und Schäden im Körper. Ich kann auch keine Drogen entfernen, es sei denn, es sind Gifte, die den Patienten schädigen. Meine Begabung erlaubt mir nur, das zu heilen, was kaputt ist.«

»Und was können wir tun, um ihm zu helfen?«, fragte Claire.

»Nichts«, antwortete Jason. »Wir können nur warten, bis die Wirkung nachlässt. Und denjenigen, der das getan hat, von ihm fernhalten, damit er ihm nicht noch mehr verabreichen kann. Wer hat ihm das eigentlich angetan?«

Helen biss die Zähne zusammen und war zu wütend, um den Namen ihrer Mutter herauszubringen.

»Daphne«, sagte Claire, als klar wurde, dass Helen es nicht konnte. Jason seufzte und nickte verstehend.

»Rückblickend betrachtet, tauchte Daphne wirklich immer dann auf, wenn Jerry wach wurde. Sie blieb da, um über ihn zu wachen, und ein paar Minuten später war er wieder eingeschlafen.« Jason sah Helen betreten an. »Es tut mir leid, Helen. Ich bin nie auf die Idee gekommen, dass Daphne so etwas mit ihm machen würde.«

»Es ist nicht deine Schuld, Jason. Ich bin schuld. Ich weiß, was für ein Albtraum sie ist, und habe sie trotzdem in seine Nähe gelassen«, gestand Helen verlegen. »Hast du eine Ahnung, wann er ungefähr wieder aufwacht?«

Jason hielt eine glühende Hand über Jerrys Kopf und schloss die Augen, um sich besser konzentrieren zu können.

»Er ist vollkommen weggetreten«, sagte er und machte die Augen wieder auf. »Ich denke, dass er noch weitere zwölf bis sechzehn Stunden in diesem Zustand sein wird. Aber das ist nur eine Vermutung.«

»Danke«, sagte Helen.

»Und wie geht's Lucas?«, fragte Jason zögernd.

»Es geht ihm gut«, sagte Helen lächelnd. »Ich wollte gerade los, um ihn zu holen.«

»Ihn holen?«, fragte Jason, und sein erleichterter Gesichtsausdruck verblasste. »Kann er nicht fliegen? Oder ist er noch zu schwer verletzt, um zu gehen? Wir kommen alle zum Helfen … Hector!« Jason hatte sich schon abgewandt und rief lauthals nach seinem Bruder.

»Jason – warte. Es ist ganz anders«, begann Helen und versuchte, ihn aufzuhalten. Aber Hector war bereits an seiner Zimmertür aufgetaucht. Hinter ihm konnte Helen Orion sehen, der gerade aus dem Gästebett in Hectors Zimmer aufstand.

»Was?«, knurrte Hector seinen Bruder mürrisch an und bemerkte erst dann Helen. »Wo warst du?«, fragte er und kam in den Flur hinaus.

»Helen?«, sagte auch Orion und folgte Hector.

»Oh, gut. Du bist hier«, sagte sie. »Geh nicht weg.«

»Okay«, sagte Orion zögernd, denn er hatte keine Ahnung, was sie damit meinte. »Wo ist Lucas?«

Er und Hector sahen sich auf dem Flur nach Lucas um.

»Meine Güte, ist das so schwer zu begreifen?«, murmelte Helen fast unhörbar und fuhr sich mit der Hand übers Gesicht. »Es geht ihm gut! Würde ich nicht herumlaufen und heulen wie ein Schlosshund, wenn er tot wäre?«

Inzwischen waren auch Castor und Noel, Pallas, Cassandra, Kate und Andy wach und sahen von ihren Schlafzimmertüren aus Helen an. Sie hob die Hände, bevor alle anfangen konnten, sie mit Fragen zu bombardieren.

»Lucas ist hundertprozentig heil und gesund und wartet an einem sicheren Ort auf mich«, verkündete sie.

»Wo?«, fragte Castor, hoffnungsvoll und verwirrt zugleich.

»Äh …, in Sicherheit«, sagte Helen, die nicht wusste, wie viel sie preisgeben durfte.

»Wo hast du meinen Sohn hingebracht?«, fragte Noel streng und marschierte wütend auf Helen zu. Ihr Gesicht war verquollen und ihre Augen vom Weinen gerötet. Helen erkannte, dass Noel ihr die Schuld gab. Sie sah einen nach dem anderen an und in den Mienen ihrer Freunde spiegelten sich Zweifel, Misstrauen und Verständnislosigkeit. Sie war daran gewöhnt, dass Pallas sie ansah, als traute er ihr nicht über den Weg, aber das galt nicht für Castor und Noel. Oder Claire.

»Lucas und ich nennen es Jederland. Aber ihr kennt es als Atlantis.«

12

Als Helen alles erzählt hatte, herrschte erst einmal Schweigen, und alle Anwesenden sahen sich über den Küchentisch der Delos hinweg an.

»Wie viele Weltenschöpfer gab es?«, fragte Castor schließlich ruhig.

»Nicht viele. Hades, Morpheus, Zeus und die Furien hatten alle ihre eigene Welt. Im Laufe der Geschichte hatten auch noch andere Scions diese Fähigkeit, aber ich kann mich nur an zwei erinnern.«

»Erinnern? Wie kannst du dich an die anderen Weltenschöpfer erinnern, wenn sie vor einer Ewigkeit gelebt haben?«, fragte Orion.

»Du weißt doch bestimmt noch, wie ich ein paar Tropfen von diesem Fluss berührt habe?« Helen lächelte ihm zu. Orion nickte und musste bei der Erinnerung an ihr Abenteuer an Halloween ebenfalls lächeln. Wenigstens war Orion noch auf ihrer Seite. »Als ich mein Gedächtnis zurückbekam, waren es mehr als nur meine eigenen Erinnerungen. Es waren auch die Erinnerungen anderer Frauen. Unter anderem die von Helena von Troja.«

Hector murmelte ein obszönes Schimpfwort.

»Ihr Leben war übrigens echt mies.« Helen deutete auf Castor. »Du warst Priamos, der König von Troja. Und dein Bruder Tantalus? Menelaos, wie er leibt und lebt. Und du warst Agamemnon«, sagte sie zu Pallas.

Hector und Orion sahen sich an und fingen an zu lachen.

»Du warst der ruhmreiche Hektor und du Aeneas, sein bester Freund und General«, berichtete Helen und schaute die beiden mit einem Achselzucken an. »Aber das wusstet ihr wohl schon.«

»Ja, irgendwie schon«, bestätigte Orion grinsend.

»Warte mal«, sagte Claire und hob eine Hand. »War es nicht Helena von Troja, die die Stadt verraten hat, die ihr Schutz gewährte, und die es zugelassen hat, dass die Griechen ihre Familie und ihre Freunde niedermetzelten?«

Das gequälte Lachen, das Claire ihrer Frage anhängte, machte sie nicht gerade lustiger. Helen konnte kaum fassen, wie anklagend die Stimme ihrer Freundin klang, und warf einen Blick auf ihr Herz. Es war voller Furcht.

»Das ist schrecklich. Du hast eine Welt erschaffen«, schnaufte Cassandra, die aus ihren eigenen Gedanken auftauchte und sich ein paar Minuten zu spät in die Unterhaltung einklinkte. »Zeus wird dich angreifen. Er muss gegen dich kämpfen oder er riskiert seinen Sturz. Das ist es, was die Parzen die ganze Zeit wollten. Dass die Kinder ihre Eltern stürzen.«

»Ja«, bestätigte Helen. »Und bis die Scions die Götter stürzen, sitzen wir in diesem Zyklus fest und machen in jeder neuen Generation dieselben Fehler wie unsere Vorfahren, bis die Parzen endlich kriegen, was sie wollen.«

»Apoll hat etwas ganz Ähnliches gesagt«, berichtete Hector und nickte zustimmend. »Und nachdem er ein paar Tausend Jahre auf dem Olymp festgesessen hat, ist er jetzt mehr als kampfbereit.«

Die Familie bombardierte Helen mit Fragen, doch während die anderen anfingen, über die Vor- und Nachteile des Kämpfens oder Nichtkämpfens zu diskutieren, spürte Helen, wie Lucas in Jederland aufwachte, und richtete ihre Aufmerksamkeit freudig auf ihn. Er machte sich Sorgen um sie. Deshalb ließ sie neben ihm auf dem Kopfkissen einen Zettel erscheinen, der ihn informierte, wo sie war und was sie der Familie erzählt hatte.

»Moment noch – eine Frage«, sagte er laut, bevor er ihre Notiz las.

Komischerweise hörte Helen nicht, wie er es sagte. Die Worte tauchten einfach in ihrem Kopf auf, verbunden mit ihrer Vorstellung von Lucas. Es war wie ein verrückter siebter Sinn, viel feiner als richtiges Hören, und sie wusste, dass sie es ausblenden konnte, wenn sie wollte. Aber sie wollte nicht. Sie wollte so viel Zeit damit verbringen, wie sie konnte, Lucas in ihrer Welt und in ihrem Kopf zu spüren.

»Was denn?«, antwortete Helen und platzierte die Worte so sanft in seine Gedanken, dass er nicht von einer vom Himmel dröhnenden Stimme erschreckt wurde oder von etwas, das sich anhörte, als stammte es aus dem Alten Testament.

»Kannst du es richtig warm werden lassen? Was habt ihr Mädels aus Neuengland nur mit eurem Schnee? Ich bin in Cádiz aufgewachsen. Ich mag Sonne.«

Helen lachte laut auf und stellte sich einen warmen Ort für Lucas vor.

»Helen?«, sagte Orion und berührte ihren Arm, um ihre Gedanken wieder auf die Erde zurückzuholen. Sie sah ihn an und erkannte, dass ihn ihr merkwürdiges Verhalten erschreckt hatte. Er hatte Angst vor ihr. Das hatten sie alle – besonders Claire. Helen war klar, dass sie eigentlich mit Claire reden musste, aber sie hatte jetzt keine Zeit für Erklärungen. Sie wollte so schnell wie möglich zurück zu Lucas und in ihr eigenes kleines Paradies.

»Ich muss gehen«, sagte sie entschuldigend und sah Orion an. »Geh nicht weg, okay?«

»Ich werde hier sein«, antwortete Orion.

Helen stand vom Tisch auf und ging ein paar Schritte zur Seite, um nicht alle anderen einzufrieren, wenn sie ein Portal öffnete. Sie sah Noel an und versicherte mit fester Stimme: »Ich komme bald mit Lucas zurück. Versprochen.«

Dann verschwand sie.

Irgendwo zwischen der Erde und Jederland öffnete Helen die Augen. Sie hatte die Erinnerungen, die sie durch den Fluss Lethe geerbt hatte, schon so oft durchlebt, dass sie mittlerweile sofort erkannte, wenn es wieder geschah.

Doch als sie diesmal neben Paris' nacktem Körper aufwachte, betrachtete sie die Szene nicht wie eine neutrale Beobachterin. Es fühlte sich an, als passierte es ihr selbst in diesem Moment. Und von allen Erinnerungen, die bisher in ihrem Kopf aufgetaucht waren, war diese die schmerzhafteste.

Es war die Nacht, in der Troja fiel.

Helen betrat die Erinnerung, als Paris gerade eingeschlafen war, nachdem sie sich zum letzten Mal geliebt hatten. Sie fühlte, wie sein Körper schwer wurde, seine Muskeln sich entspannten und seine stahlharte Hand sich zur Faust ballte. Sie wäre so gern geblieben, hätte ihn im Arm gehalten und zugesehen, wie die Träume hinter seinen geschlossenen Lidern vorbeihuschten. Aber das ging nicht. Sie hatte einen Pakt mit Odysseus geschlossen und musste sich so bald wie möglich hinausschleichen und seinem widerwärtigen Plan folgen.

Sie hatte längst um Paris geweint. Jetzt blieb ihr nur noch, auf ihre Tochter aufzupassen, damit wenigstens etwas von Paris überlebte, wenn alles vorbei war.

Odysseus hatte lange gebraucht, sie zu überzeugen. Er hatte ihr erklärt, dass Unsterbliche nicht bis zum Tode gegen Sterbliche kämpfen durften. Das hatte Hekate verboten, die einzige Titanin, die mächtiger war als Zeus. Aber dieses technische Problem störte die Götter nicht. Sie waren sehr gut darin, die Halbgötter so zu manipulieren, dass sie sich gegenseitig umbringen wollten. Im Laufe der Jahre musste sie mit ansehen, wie ein Held nach dem anderen im Zweikampf fiel, aufgehetzt von seinem Vatergott. Da wurde ihr klar, dass Odysseus vermutlich recht hatte.

Helena verstand inzwischen, dass die Götter den Krieg absichtlich verlängerten, und sie wusste auch, dass bald eine Seite siegen musste, weil sonst alle Halbgötter ausgerottet werden würden. Was, wie Odysseus ihr versichert hatte, genau das war, was die Götter wollten, und zwar nicht nur wegen des Unterhaltungswertes. Aphrodite hatte Helena erzählt, dass die Götter es liebten, bei den Kämpfen zuzusehen und Wetten abzuschließen, wessen Sprössling siegen würde. Aber eigentlich wollten die Götter nur eines – die größte Bedrohung ihrer Macht abwenden.

Die Parzen hatten unmissverständlich verkündet, dass die Götter durch die Hände ihrer Kinder fallen würden. Kassandra von Troja hatte schon bei Ausbruch des Krieges vor zehn Jahren eine nahezu unverständliche Prophezeiung über Häuser oder Blutlinien abgegeben, die es noch gar nicht gab, und über »Kinder, die ihre Eltern stürzen«. Sie alle hatten es gehört, die Götter und die Halbgötter. Aber in diesem Fall waren die Götter im Vorteil, weil nur sie wussten, dass Kassandra die Wahrheit sagte. Die Halbgötter waren überzeugt, dass Kassandra verrückt war.

Helena wusste, dass das nicht der Fall war. Ihre Schwester Aphrodite hatte ihr von Apolls Fluch erzählt. Als der Krieg ausbrach, hatte Kassandra Apolls Annäherungsversuche zurückgewiesen und war dafür von ihm verflucht worden – ihre Vorhersagen würden zwar immer zutreffen, doch es würde ihr niemand glauben. Helen konnte sich keinen qualvolleren Fluch vorstellen, als immer zu wissen, was die Zukunft brachte, aber nie in der Lage zu sein, die Menschen, die man liebte, rechtzeitig in Sicherheit zu bringen.

Helena hatte im Laufe der Jahre miterlebt, wie Kassandra auf ihre Familie eingeschrien hatte. Sie versuchte immer wieder, sie zu überzeugen, dass Helena sie alle verraten und die Stadt ins Verderben stürzen würde, aber es hatte ihr niemand geglaubt. Je mehr sie herumkreischte, desto verrückter wirkte sie. Und während die Götter noch darüber lachten, starben immer mehr Halbgötter.

Aber Kassandra hatte recht. Helena war im Begriff, ihre Familie zu verraten. Sie würde die Griechen in die Stadt lassen und sie würden Troja niederbrennen.

Sie fühlte, wie der Kopf ihres Ehemanns von ihrer Schulter rutschte und Paris in Morpheus' Arme glitt, und sie wusste, dass dies ihre einzige Chance war. Vorsichtig rückte sie von ihm ab, und als er sich auf die Seite drehte, stand sie unbemerkt auf.

Sie wusste, dass er sterben würde.

In ihrer Verzweiflung hätte sie ihn beinahe geweckt und ihm alles erzählt.

Doch dann dachte sie an ihre Tochter und erkannte, dass sie Paris nicht retten konnte. Das war das Abkommen, das sie mit Odysseus getroffen hatte – ganz Troja gegen das Leben ihrer Tochter.

Es war ein hoher Preis, aber sie bezahlte ihn nicht nur um ihrer selbst willen. Die Griechen hatten ihr nicht geglaubt, als sie versucht hatte, sie zur Vernunft zu bringen. Sie weigerten sich, die Verfolgung des kleinen Mädchens einzustellen, das vielleicht der Tyrann war. Helena hatte versucht, ihnen zu erklären, dass alle Liebe auf der Welt mit Atlanta sterben würde, aber sie hatten das nur als verzweifelten Versuch einer Mutter betrachtet, ihr einziges Kind zu retten. Doch so war es nicht. Wenn Atlanta starb, starb das Gesicht mit ihr, und dafür würde Aphrodite sie alle bestrafen.

Das wog schwerer als Helenas Liebe zu Paris und seiner Familie, so gern sie sie auch hatte. Sie hoffte nur, dass Odysseus seinen Teil der Abmachung einhielt. Wenn er die Götter nicht einsperrte, wie er es versprochen hatte, wäre all dies umsonst gewesen. Dann würden sie einfach ein oder zwei Generationen abwarten und einen neuen Krieg anzetteln, um die Halbgötter zu töten. Merkwürdigerweise vertraute Helena Odysseus in dieser Angelegenheit. Sie hatte sich seinen Plan angehört, und so verrückt er auch klang, wusste sie doch eines ganz sicher: Wenn es irgendjemanden gab, der die Götter austricksen konnte, dann war er es.

Helena beugte sich über ihren Mann und strich ihm zum Abschied zart mit den Lippen über die nackte Schulter. Vielleicht würde sie ihn eines Tages am Ufer des Lethe wiedersehen. Dann könnten sie all ihre hasserfüllten Erinnerungen abwaschen und gemeinsam ein neues Leben beginnen, ein Leben, das nicht von den schmutzigen Machenschaften der Götter und Könige befleckt war.

Was für ein schöner Gedanke. Helena schwor sich, dass sie hundert Leben voller Entbehrungen auf sich nehmen würde, wenn sie dadurch nur ein einziges Leben – ein echtes Leben – mit Paris gewinnen konnte. Sie könnten Schafhirten sein, wie sie es sich vor langer Zeit erträumt hatten, als sie sich am großen Leuchtturm begegnet waren. Sie würde alles machen, am Meer einen Laden eröffnen oder Landwirtschaft betreiben, wenn ihnen das nur erlaubte, ein ungestörtes Leben zu führen und einander zu lieben. Sie zog sich hastig an und hoffte, dass dieser Traum irgendwann Wirklichkeit werden würde.

Es war Nacht, die Sonne war erst vor zwei Stunden untergegangen, als Helena auf ihrem üblichen Weg durch die Küchen aus dem Palast schlich. Als sie auf dem Weg zur Mauer durch den Kräutergarten huschte, entdeckte sie Aeneas, der den Hügel zum Tempel des Orakels hinaufstieg. Helena zögerte. Niemand ging mehr zum Orakel, es sei denn, er wurde hinbestellt. Was wollte Kassandra mitten in der Nacht von Aeneas … mitten in dieser Nacht?

Sie konnte ihm nicht folgen, aber sie erkannte, was für ein Glück es war, dass er gerade abgelenkt war. Von allen Männern war er der Einzige, den der Cestus nicht beeinflussen konnte, denn er war Aphrodites Sohn. Helena ahnte, dass es mehr als Glück war. Allerdings hatte sie wieder einmal das unangenehme Gefühl, nur ein Spielball der Parzen zu sein. Aeneas war der Einzige, der ihren Plan vereiteln konnte, und das Orakel selbst hatte eingegriffen, um ihn von seinem Posten an der Mauer wegzulocken. Dann war es also Schicksal. Troja war dem Untergang geweiht.

Im nächsten Moment stieg Helena die Stufen zum Geschützturm hinauf. Die Wachen an dieser Station traten respektvoll zur Seite und verbeugten sich vor ihr. Helena sah über die Mauer zu dem großen hölzernen Pferd, das die Griechen am Strand zurückgelassen hatten.

»Bringt es herein!«, befahl sie.

»Prinzessin, darf ich sprechen?«, fragte der Kommandant. Helena hasste diese Anrede, aber da es hier in Troja ihr Titel war, konnte sie sich nicht dagegen wehren. Sie nickte knapp und erteilte dem Soldaten damit das Wort. »General Aeneas hat befohlen, das Pferd nicht anzurühren. Er glaubt, dass es ein Trick ist.«

»Wie könnte das ein Trick sein?«, fragte sie unschuldig. »Die Griechen sind abgezogen. Davongesegelt. Troja hat den Krieg gewonnen.«

Die Männer sahen einander an und wussten nicht, was sie tun

sollten. Ein junger Soldat, der sich vermutlich an kaum etwas erinnerte, das vor dem Krieg geschehen war, mischte sich mit bebender Stimme ein. »Entschuldigt, Prinzessin. Aber die Kinderfrau meiner Cousine sagt, dass ihr Mann, der Fischer ist, gesehen hat, dass all die griechischen Schiffe hinter der Landzunge vor Anker liegen.«

»Nun, ich bin sicher, dass der Fisch fangende Ehemann der Kinderfrau deiner Cousine mehr von Politik und Kriegskunst versteht als ich«, sagte Helen jovial, und die anderen Soldaten fingen an zu lachen, während der junge Mann rot wurde und auf seine Füße starrte. »Aber ich denke, wir können wohl davon ausgehen, dass das große Holzpferd eine Opfergabe für Poseidon ist. Die Griechen wollen sich damit vermutlich eine sichere Heimfahrt erkaufen. Wenn wir das Pferd an uns nehmen, stehlen wir ihnen ihr Opfer, und dann wird Poseidon vielleicht ein paar griechische Schiffe zu sich auf den Meeresgrund holen. Wie gefällt euch das?«

Helenas aufmunternder Ton brachte die meisten der Männer zum Grinsen, doch ein paar zögerten noch. Helena lief die Zeit davon und ihr war klar, dass sie keine andere Wahl hatte. Als sie den Cestus einsetzte, um auch die Zweifler zu überzeugen, verspürte sie zum ersten Mal echten Hass. Allerdings auf sich selbst.

»Bringt es herein!«, wiederholte sie, und alle Männer stürmten mit ausdruckslosem Gesicht und leeren Augen los, um ihren Befehl auszuführen.

Als das große Tor zum ersten Mal seit mehr als einem Jahrzehnt geöffnet wurde, rannte Helena vom Turm herunter und durch die Stadt zum Tempel des Orakels. Wenn Aeneas jetzt auf seinen Posten zurückkehrte, würde er den ganzen Plan ruinieren. Helena musste sich überzeugen, dass er immer noch beschäftigt war und vom Tor wegblieb, denn andernfalls würde sie drastische Maßnahmen ergreifen müssen.

Sie konnte ihn nicht vor dem Morgengrauen töten. Odysseus hatte mit Zeus ausgehandelt, dass er es schaffen würde, das große Stadttor von Troja zu öffnen und die gesamte griechische Armee in die Stadt zu lassen, ohne einen einzigen Menschen zu töten, bevor die Sonne aufging. Dann sollten die Griechen die schlafenden Bürger von Troja in ihren Betten ermorden. Im Austausch für ein so schnelles Ende des Krieges, das die Götter gegeneinander aufbrachte, hatte Zeus geschworen, dass sie erst wieder auf die Erde zurückkehren würden, wenn sich die Scions vereinten und seine Herrschaft bedrohten.

Deswegen musste Helena sichergehen, dass sie niemanden tötete, während sie ihren Teil der Abmachung erfüllte. Das bedeutete aber nicht, dass sie Aeneas keine Sehne durchschneiden und ihn nicht fesseln durfte.

Am ganzen Körper zitternd, umklammerte sie ihren Dolch. Sie wollte Aeneas nicht verletzen, denn er war immer ein guter und aufrichtiger Mann gewesen, aber sie würde tun, was nötig war. Sie hatte schon so viel Blut von unschuldigen Menschen an ihren Händen, dass es darauf nicht mehr ankam. Einen Moment lang dachte Helena an Astyanax, den kleinen Sohn von Hektor und Andromache, und ihre Augen füllten sich mit Tränen.

Alle Frauen, unter ihnen auch Helena, sollten verschont bleiben – allerdings waren Bedingungen daran geknüpft. Sie würden als Kriegsbeute unter den griechischen Königen aufgeteilt werden. Helena würde zu Menelaos zurückkehren müssen. Sie schauderte und verdrängte die Erinnerung daran, wie er versucht hatte, sie totzuschlagen, doch sie wusste, dass diese Bilder sie noch viele Jahre verfolgen würden. Er konnte inzwischen keine Kinder mehr zeugen – eine Folge des Fluchs, mit dem Aphrodite seine Stadt belegt hatte –, und das würde er an Helena auslassen, solange sie es schaffte, seine Brutalität zu überleben.

Die Frauen würden mit den griechischen Königen verheiratet werden und, abgesehen von Atlanta, würden alle Kinder in Troja nach dieser Nacht sterben. Damit verglichen empfand Helena ihr Leid als gering.

Odysseus hatte sich unnachgiebig gezeigt, was die Kinder betraf, obwohl Helena um ihre Leben gefleht hatte. Die Griechen wollten nicht riskieren, dass die Kinder zu Kriegern heranwuchsen, die sie aufspüren und sich an ihnen für den Tod ihrer Väter rächen würden.

Das Orakel hatte sie gewarnt, dass die Griechen alle Kinder Trojas töten könnten, aber Blut für Blut war immer noch das Schicksal der Halbgötter. Kassandra sah voraus, dass die Furien das Morden von Kindern und deren Angehörigen nicht tolerieren und alle Halbgötter für den Tod Unschuldiger zur Rechenschaft ziehen würden. Aber natürlich glaubte ihr niemand.

Helena ließ den Dolch in der Scheide, bis sie ihn brauchte, und stieg den steilen, felsigen Hügel hinauf, auf dem der Tempel stand, in dem Kassandra einsam und allein lebte. Im Laufe der Jahre hatte Helena oft hinaufgestarrt zu den Säulen von Kassandras luxuriösem Gefängnis und dabei gedacht, dass die kleine

Schwester ihres Mannes genauso war wie der Mond. Sie stand höher als alle anderen, weit weg und ganz allein.

Nach ein paar weiteren Schritten hörte Helena Geräusche, die unmissverständlich waren. Unmöglich, dachte sie, als sie zwei Personen gleichzeitig aufschreien hörte.

Helena huschte von einer Säule zur nächsten und durch den Wald aus Marmorsäulen im Innern des Tempels, bis sie dem inneren Heiligtum so nah war, dass sie mit eigenen Augen sehen konnten, was ihr ihre Ohren schon verraten hatten.

Aeneas und Kassandra waren ein Liebespaar. Und am erstaunten Gesichtsausdruck von Aeneas erkannte Helena, dass die Intimität zwischen den beiden eine ganz neue Entwicklung war.

Aeneas setzte sich auf und fuhr sich mit einer Hand über das verschwitzte Gesicht. Sein Blick wanderte über die umgestoßenen Amphoren, die zerrissenen Vorhänge und das gesamte Durcheinander, das ihre Vereinigung in dem nun entweihten Tempel hinterlassen hatte. Dann sah er Kassandra geschockt an.

»Habe ich dir wehgetan?«, fragte er sie betroffen.

Es verblüffte Helena, dass ein brutaler Krieger wie Aeneas, der die letzten zehn Jahre damit verbracht hatte, Unmengen von griechischem Blut zu vergießen, so sanft sein konnte. Anscheinend waren ihm Kassandras Gefühle wichtiger als die Tatsache, dass er gerade ein Verbrechen begangen hatte, das mit dem Tode bestraft wurde.

Das Orakel war unantastbar. Helena konnte nicht fassen, dass die Parzen diese Verbindung überhaupt zugelassen hatten. Soweit sie wusste, verhinderte das Schicksal, dass es zu Intimitäten mit einem Mann kam. Die Orakel konnten es zwar versuchen, aber der Mann, auf den sie ein Auge geworfen hatten, erlitt grundsätzlich einen tödlichen Unfall, wurde in ein weit entferntes Land befördert und tauchte nie wieder auf, oder es kam zu einem anderen schrecklichen Zwischenfall, bevor die beiden die Gelegenheit hatten, den Liebesakt zu vollziehen. Aus irgendeinem Grund war das hier anders. Entweder wollten oder konnten die Parzen Aeneas keinen Einhalt gebieten.

Kassandra lächelte und berührte den sinnlichen Mund ihres Liebhabers mit den Fingerspitzen. »Wie ich hörte, war dies beim ersten Mal zu erwarten. Aber das war es wert und ich würde es mit Freuden weitere tausend Mal erleben«, sagte sie ruhig.

Er nahm ihre Hand und drehte sie so, dass er ihr einen Kuss auf die Handfläche geben konnte. »Es tut mir trotzdem leid«, wisperte er und legte ihre winzige Hand auf seine Brust, hinter der sich sein feinfühliges Herz verbarg.

Kassandra sah schmachtend zu ihm auf. Aeneas hob sie hoch, setzte sie sich auf den Schoß und küsste sie. Einen Moment lang schwankte Kassandra vor lauter Emotion in seinen Armen, doch dann riss sie sich zusammen. Sie wich vor seinen Küssen zurück und schüttelte den Kopf.

»Du musst gehen«, stieß sie undeutlich hervor. »Sofort, bevor uns jemand entdeckt.«

»Ich gehe nirgendwohin«, widersprach Aeneas mit einem leisen Auflachen. »Ich werde dich nicht damit entehren, dass ich wegrenne, um meine eigene Haut zu retten.«

Aeneas verlagerte sein Gewicht, damit Kassandra bequemer auf seinem Schoß sitzen und trotzdem noch jede Regung seines Gesichts sehen konnte, als er ihr einen Antrag machte.

»Ich bin frei, mich wieder zu verheiraten«, sagte er lächelnd. »Meine Frau starb schon vor Jahren im Kindbett und meine Trauerzeit ist lange vorbei. Dein Bruder wird mein Leben verlangen für das, was ich dir angetan habe, aber ich habe jedes Recht, dich um deine Hand zu bitten, bis es dazu kommt.«

Kassandra rückte ein wenig von Aeneas ab und schob ihn ein Stück zurück, damit sie einander besser ansehen konnten.

»Ich bin nicht nur die Schwester meines Bruders, und dies ist kein alberner Fehltritt, der mit einer eiligen Heirat wiedergutgemacht werden kann«, sagte Kassandra, als hätte er nicht verstanden, worum es wirklich ging. »Ich bin Kassandra von Troja und das Sprachrohr der Parzen. Und du hast mich entweiht, Aeneas. Deine Strafe ist dir sicher.« Kassandra fuhr ihn barsch an, damit er begriff, was auf dem Spiel stand. »Du musst fliehen. Noch heute Nacht. Sofort. Oder du wirst sterben.«

»Ich werde dich nicht verlassen, Kassandra. Ich werde das Risiko eingehen und Paris um Gnade anflehen. Wenn es sein muss, werde ich darum betteln, dass er mir dich zur Frau gibt. Aber ich werde nicht fliehen.« Ein schmerzlicher Ausdruck tauchte plötzlich auf seinem Gesicht auf. »Willst du denn nicht meine Frau werden? Ich dachte, dass du mich liebst.«

Kassandra ließ den Kopf in die Hände sinken. Aeneas versuchte, sie zu beruhigen. Er streichelte sie, hielt sie in den Armen und drängte sie, ihn anzusehen. Als sie schließlich zu ihm aufschaute und ihn der Blick ihrer durchdringenden blauen Augen traf, sprach sie mit der ganzen Autorität des Schicksals.

»Ich könnte dich nicht mehr lieben, wenn du zu mir kämest, mit der Sonne in der rechten Hand und allen Sternen des Himmels in der linken«, sagte sie zu ihm, und es klang so endgültig wie bei einem Begräbnis. »Ich könnte hundert Leben leben und mir keinen perfekteren Mann wünschen. Ich habe dich schon in dem Moment geliebt, als ich dich das erste Mal sah, und leider weiß ich mit Sicherheit, dass ich niemals wieder jemanden so sehr lieben werde wie dich.«

Helena schlug das Herz bis zum Hals. Sie duckte sich hinter die Säule, die sie verbarg, und presste sich eine Hand an den Mund, um ihren Herzschlag zu beruhigen und den erstickten Laut für sich zu behalten, der ihr beinahe herausgerutscht wäre. Kassandra wusste, dass Troja in dieser Nacht fallen würde. Sie hatte Aeneas mit Absicht verführt, damit sie ihn zur Flucht zwingen konnte. Es war der verzweifelte Versuch, sein Leben zu retten.

Kassandra hatte riskiert, den Zorn der Parzen auf sich zu lenken, um den Mann zu retten, den sie liebte, doch ihr Plan war nach hinten losgegangen und vertilgte sich jetzt selbst wie eine Schlange, die ihren eigenen Schwanz frisst. Indem sie und Aeneas sich geliebt hatten, hatte Kassandra ihn nicht dazu gebracht, dass er aus Troja fliehen wollte, sondern ihm stattdessen einen Grund zum Bleiben geliefert. Trotz all ihrer Voraussicht war Kassandra nicht auf den Gedanken gekommen, dass sich Aeneas unsterblich in sie verlieben könnte. Aber genau das war passiert. Und jetzt musste sie ihn umstimmen oder zusehen, wie er unter den Händen der Griechen starb.

»Ich weiß, dass Paris unserer Heirat zustimmen wird«, sagte Aeneas. »Natürlich musst du dann deine Position hier im Tempel aufgeben, aber das wäre nicht so schlimm, oder?«

»Es wäre das Paradies«, gab Kassandra traurig zu. Sie stieg von seinem Schoß und legte ihren Chiton an, während sie weitersprach. »Aber du hast mehr zu fürchten als nur meinen Bruder. Das haben wir alle.«

»Fängst du jetzt wieder vom Fall Trojas an?«, fragte er misstrauisch.

»Nein, davon werde ich nie wieder sprechen«, sagte Kassandra ruhig, und Aeneas entspannte sich. »Ich meine etwas anderes, das nichts mit irgendeiner Prophezeiung zu tun hat.«

Damit er ihr glaubt, dachte Helena, die Kassandras Strategie durchschaute. Der Fluch sorgt nur dafür, dass man ihre Prophezeiungen nicht glaubt, aber er betrifft nicht die anderen Wahrheiten, die sie vielleicht äußert.

»Du musst Troja vor Sonnenaufgang verlassen, sonst sieht Apoll, dass du mein Liebhaber geworden bist.«

»Was geht Apoll das an?«, fragte Aeneas verwirrt.

»Ich habe ihn vor Jahren zurückgewiesen. Der einzige Grund, aus dem ich noch am Leben bin, ist, dass auch er die Parzen fürchtet, und sie haben mich zuerst für sich beansprucht.« Kassandras Stimme drohte zu versagen, als sie Aeneas' entsetztes Gesicht sah, aber sie fuhr dennoch fort. »Apoll erscheint mit der Sonne. Wenn er sieht, dass ich mich dir hingegeben habe, wird er nicht nur dich verfluchen, sondern auch deinen Sohn und deinen Vater.«

Aeneas starrte Kassandra entgeistert an und er wurde im Fackelschein ganz blass.

»Es tut mir leid.« Sie streckte die Hand nach ihm aus, doch Aeneas wich vor ihr zurück.

»Warum?«, fragte er verzweifelt. »Warum hast du mir das angetan?«

»Es tut mir leid«, wiederholte sie. Er stand auf, suchte nach seinem Chiton und band ihn gereizt zu.

»Ich war bereit, für dich zu sterben, wenn das meine Strafe sein sollte, aber mein Sohn und mein Vater haben damit nichts zu tun. Du hättest es mir sagen müssen.« Er fühlte sich so sehr von ihr hintergangen, dass seine Stimme bebte. »Du hast meine Familie für ewig verflucht.«

»Nein«, widersprach Kassandra und wischte sich die Tränen von der Wange. »Wenn du jetzt gehst, deinen Vater und deinen Sohn holst und Troja noch vor dem Morgengrauen verlässt, wird Apoll dir nichts tun.«

»Natürlich wird er das!«, brüllte Aeneas, der sich nicht mehr beherrschen konnte.

»Nein, er wird dich niemals mehr anrühren können, das schwöre ich!«, brüllte sie zurück. Das ließ Aeneas innehalten. Orakel schworen nicht leichtfertig. »Kurz nach Sonnenaufgang wird Apoll durch einen Eid, den Zeus auf den Styx geschworen hat, auf dem Olymp gefangen sein. Zeus hat es für unmöglich gehalten, dass die Halbgötter ihren Teil der Abmachung erfüllen könnten, aber beim Morgengrauen wird es getan sein. Zeus ist an seinen Eid gebunden, was bedeutet, dass die Zwölf für viele Generationen auf dem Olymp bleiben werden.«

»Und was ist diese unmögliche Sache, die die Halbgötter bis zum Morgengrauen erledigen müssen?«, fragte Aeneas, als glaubte er allmählich, was sie sagte.

»Du glaubst es mir doch nicht.« Kassandra seufzte, als hätte Atlas ihr gerade seine Last auf die Schultern geladen. Dann lachte sie und murmelte zu sich selbst: »Ein riesiges Holzpferd. Wie albern.«

»Was ist mit dem Pferd?«, fragte Aeneas, und seine Stimme war plötzlich bedrohlich tief. »Das Pferd, das draußen vor dem Tor steht?«

»Es ist zu spät«, sagte sie mit einem Kopfschütteln. »Hol deinen Sohn. Und deinen Vater. Verlass Troja. Wenn du bleibst, wird Apoll uns alle bestrafen.«

Aeneas' Schultern sanken, und sein betrübter Gesichtsausdruck ließ ihn wieder so jung aussehen wie vor zehn Jahren, als Helena ihm zum ersten Mal begegnet war.

»Ich habe dir wirklich geglaubt, als du gesagt hast, dass du mich liebst«, sagte er.

»Vielleicht wirst du eines Tages auf diese Nacht zurückblicken und es wieder glauben.« Kassandra ließ den Kopf sinken und Aeneas verließ sie.

Andy wachte lange vor dem Morgengrauen auf. Sie lag zum ersten Mal, seit die Delos-Familie sie aufgenommen hatte, allein in Ariadnes Bett, was sich ziemlich komisch anfühlte. Sie hatte sich bereits an Ariadnes Schnarchen und Helens Gestrampel gewöhnt. Schon nach wenigen Tagen hatte es sich angefühlt, als wären sie zusammen aufgewachsen, und jetzt, wo es im Zimmer so still war, war es zu still zum Schlafen.

Es half auch nicht, dass sie jedes Mal, wenn sie die Augen schloss, Hector vor sich sah, wie er aus dem Wasser stieg, um sie zu retten, triefend nass, mit nacktem Oberkörper, was dem Schlaf nicht gerade förderlich war. Schließlich gab Andy es auf. Sie schwang die Beine aus dem Bett und verwuschelte ihre kurzen dunklen Haare mit den Fingern, bis sie hochstanden wie die Stacheln eines Igels. Dann beschloss sie, nach unten zu gehen und Noel und Kate bei der Vorbereitung des monumentalen Frühstücks zu helfen, das es geben würde, bevor sich Daedalus und Phaon beim Morgengrauen duellierten.

Noel erwartete von Andy keine Mithilfe, aber Andy bestand darauf, sich nützlich zu machen. Sie kümmerte sich nun schon fast ihr ganzes Leben um sich selbst und konnte es nicht ertragen, nur herumzusitzen und sich bedienen zu lassen. Wenn sie schon von dieser Familie beschützt wurde, war es das Mindeste, dass sie Noel im Haushalt zur Hand ging. Außerdem gab es in der Küche Milch und Kekse – Kates Kekse, wohlgemerkt. Andy lebte zwar noch nicht lange auf Nantucket, aber sie hatte schon herausgefunden, dass es sich lohnte, für Kates Gebäck aufzustehen.

Als Andy in die Küche schlich, saß dort bereits eine große dunkle Person am Tisch.

»Du willst doch wohl nicht noch einmal versuchen, schwimmen zu gehen?«, fragte Hector sie gelassen.

»Nein«, flüsterte Andy und zog den Träger ihres Nachthemds hoch. Ariadne war etwas größer als Andy, und die meisten Sachen, die sie ihr geliehen hatte, rutschten ihr auf eine ungeplant verführerische Art von der Schulter. »Ich konnte nicht schlafen.«

»Ich weiß«, sagte er und musterte sie. »Ich hab's gehört.«

»Wie konntest du …«, begann Andy und verstummte, als sie ihn im Dämmerlicht grinsen sah. Natürlich hatte er gehört, wie sie sich von einer Seite auf die andere gewälzt hatte. Er war ein Scion. Wahrscheinlich hatte er auch gehört, wie sie im Schlaf seinen Namen gesagt hatte. Bei diesem Gedanken wäre sie am liebsten sofort wieder nach oben gerannt, doch sie blieb da und starrte ihn an, bis sich ihre Augen an die matte Beleuchtung gewöhnt hatten.

»Hol dir ein Glas.« Hector deutete auf die Milchflasche und den Teller mit Gebäck, der vor ihm stand.

»Ah, Kates Kekse. Denselben Gedanken hatte ich auch«, schmunzelte Andy. Sie nahm sich einen Becher und rutschte neben Hector auf die Bank. Er trug nur eine abgewetzte Jogginghose mit dem verblichenen Aufdruck »Real Madrid« auf einem Hosenbein. »Trägst du eigentlich nie ein Hemd?«, fragte sie. Das sollte ein Witz sein, aber ihre Stimme klang so zittrig, dass sie längst nicht so selbstsicher wirkte, wie sie gehofft hatte.

»Nicht im Bett.« Er lächelte sie an und schenkte ihr Milch ein. Andy betrachtete das Spiel seiner Unterarmmuskeln. Seine Hände faszinierten sie. Sie mochte es, dass er alles so sicher anfasste. Ihre eigenen Hände neigten zu flatterhaften Bewegungen, was vermutlich an ihrem Sirenen-Erbe lag. Aber wenn Hectors Hände etwas berührten, übernahmen sie sofort die Kontrolle darüber.

Andy knabberte an einem Keks und erwischte sich dabei, wie sie über die Unterschiede zwischen ihnen beiden sinnierte. Hector war eindeutig männlich in allem, was er tat, und nur neben ihm zu sitzen, reichte schon aus, dass Andy sich femininer fühlte als je zuvor. Normalerweise war Weiblichkeit für Andy gleichbedeutend mit Schwäche, aber wenn sie in Hectors Nähe war, empfand sie es als unglaubliches Erlebnis, sich plötzlich als Frau zu fühlen.

»Magst du Fußball?«, fragte sie und deutete auf das Logo seiner Jogginghose.

»Ich mag Madrid«, antwortete er. »Meine Familie hat viele Jahre in Spanien gelebt. Ich würde gern eines Tages dorthin zurückkehren.«

»Ich habe Spanien auch gemocht, aber ich glaube, Skandinavien gefällt mir besser. Bis du jemals in einem Fjord geschwommen?« Er schüttelte den Kopf. »Das Eis schimmert unter Wasser milchig blau. Das ist …« Sie verstummte und lächelte schüchtern. »Vielleicht können wir das mal zusammen machen.«

Das Schweigen zwischen ihnen dehnte sich aus, als sie sich ansahen. Sie konnte hören, wie ihr Puls in ihren Ohren hämmerte und wusste, dass Hector es auch hörte.

»Bist du in deiner Kindheit viel gereist?«, fragte er schließlich.

»Als ich klein war. Bevor meine Mutter ihrer eigenen Wege ging.« Andy schaute auf ihren Becher. »Sirenen ziehen ihre Kinder nicht auf, wie Menschen es tun. Meine Mom ist viel länger bei mir geblieben, als es die meisten anderen getan hätten. Sie hat sich wirklich Mühe gegeben.«

»Und wann ist sie ihrer eigenen Wege gegangen?«, fragte Hector und benutzte absichtlich Andys Formulierung.

»Als ich sieben war, hat sie mich in ein Internat gesteckt.« Sie sah, wie Hector mitfühlend das Gesicht verzog. »Wenn man es laut ausspricht, klingt es ziemlich fies, nicht wahr?«

»Allerdings«, bestätigte er grinsend. »Dann muss das hier ja ein Schock für dich sein. Plötzlich ein Teil meiner großen, verrückten Familie zu sein.«

»Nein, es gefällt mir«, beteuerte Andy sofort, die natürlich gemerkt hatte, dass er sie zu seiner Familie zählte. »Ich liebe es sogar.«

Es fühlte sich an, als würden sich in ihrem Innern warme Bläschen ausbreiten und Räume ausfüllen, von denen sie gar nicht gewusst hatte, dass es sie gab, und plötzlich wollte sie Hector nur zu gern berühren. Sie lehnte sich dichter zu ihm und hoffte, dass er den Rest übernehmen würde.

»Andy. Du bist Gast in meinem Haus. Da gibt es Regeln zu beachten«, flüsterte Hector flehentlich. Sie schaute erschrocken zu ihm auf. »Du hast noch nicht viel Zeit mit Männern verbracht, nicht wahr?« Es war eigentlich keine Frage, aber sie schüttelte dennoch den Kopf. »Zieh dein Nachthemd hoch«, sagte er freundlich.

Andy hakte einen Finger unter den verrutschten Träger und schob ihn zurück über ihre Schulter. Sie genoss es, wie Hector jeder ihrer Bewegungen folgte, als versuchte er, etwas zu lesen, das auf ihrer Schulter geschrieben stand.

»Komm mit«, seufzte er bedauernd. Er stand auf, nahm ihre Hand und führte sie nach oben bis vor die Zimmertür seiner Schwester.

»Es tut mir leid«, sagte sie, weil sie spürte, dass sie etwas falsch gemacht hatte.

»Du weißt nicht einmal, wofür du dich entschuldigst, stimmt's?«, fragte Hector grinsend.

»Nein, keine Ahnung«, gestand sie und kam sich dabei ein bisschen albern vor.

Er beugte sich über sie und seine Lippen streiften ihre Wange. Andy spürte, wie sich ein Schauer von der Stelle ausbreitete, an der er sie geküsst hatte, ähnlich den kreisförmigen Wellen auf der Oberfläche eines Teichs.

»Ich zeige es dir später«, versprach er.

Hector öffnete die Tür zu Ariadnes Zimmer und schob eine ziemlich verwirrte Andy hindurch.

Helen setzte sich im Bett auf. Begrüßt wurde sie vom Rauschen der Wellen und der klaren Seeluft, vermischt mit dem Duft der Blüten des Regenwaldes, die Helen in feuchte Wärme hüllten.

Mit beiden Händen fuhr sie über das frische Bettlaken und fühlte die Vertiefung neben sich, die immer noch nach Lucas duftete. Sie schwang ihre nackten Beine aus dem Bett und schlug das feine Moskitonetz auf. Der glänzende Teakholzboden war angenehm kühl. Ein Windspiel aus Muschelschalen wies ihr den Weg zur Tür der Hütte und Helen ging barfuß darauf zu.

Unter der glitzernden blaugrünen Wasseroberfläche lagen Korallenriffe voller Leben. Weit draußen ragten unglaublich steile und grüne Inseln aus der funkelnden See wie die Ellbogen eines Riesen.

Helen ging einmal um die Veranda herum und erkannte, dass ihre kleine Hütte auf Stelzen mitten im Wasser der flachen Bucht stand. Jetzt entdeckte sie auch Lucas, der schon bei Tagesanbruch schwimmen gegangen war.

Helen setzte sich neben einer misstrauisch dreinschauenden Meeresschildkröte auf die Veranda und sah Lucas zu, wie er mit einem Zitronenhai herumalberte. Sie wusste genau, dass die Tiere hier nicht zahm waren, denn sie hatte sie erschaffen.

Die Meeresschildkröte hatte nicht die Absicht, ins Wasser zu gehen, solange sich dort ein Untier mit so spitzen Zähnen herumtrieb. Das konnte Helen sehr gut verstehen. Der Respekt vor den Kräften anderer Tiere war nichts, mit dem Helen herumspielte, auch nicht im Paradies. Wozu sollte man einen Hai erschaffen, der ungefährlich war? Welchen Sinn sollte das haben?

Lucas war sich ohne Zweifel bewusst, dass der Zitronenhai kein Spielzeug war, und begegnete ihm mit der nötigen Achtung. Trotzdem huschten die beiden durchs Wasser, als würden sie Fangen spielen.

Das erinnerte Helen daran, wie Lucas sich im Ring bewegte, wenn er und Hector ihre Kampftechnik trainierten. Sie erkannte, dass er jetzt genau dasselbe machte. Er trainierte seine Reflexe und Techniken mit einem Sparringspartner der anderen Art. Vielleicht tat der Zitronenhai dasselbe.

Lucas merkte, dass Helen ihm zusah. Er schoss durchs Wasser auf sie zu, die Arme ausgebreitet wie Flügel. Helen streckte sich auf den Dielenbrettern der Veranda aus und lächelte zu ihm hinunter. Es erstaunte sie, dass er nach allem, was sie durchgemacht hatten, immer noch diese Wirkung auf sie hatte. Sie konnte sich an so viele Leben erinnern, von denen ein paar nur einige wenige Jahre gedauert hatten und andere viele Jahrzehnte – und trotzdem war sie jedes Mal wieder so aufgeregt wie ein Mädchen, das noch nie geküsst worden war.

Lucas zog sich aus dem Wasser und setzte sich im Schein der aufgehenden Sonne neben sie.

»Das habe ich mir schon immer gewünscht – unter Wasser bleiben zu können und nicht zum Atmen auftauchen zu müssen«, sagte er so freudig, dass seine Stimme ganz hoch und jungenhaft klang. »Hector und Jason haben mich zwar immer ums

Fliegen beneidet, aber ich bin jedes Mal ein kleines Stück gestorben, wenn sie zusammen ins Wasser gesprungen und stundenlang weggeblieben sind. Ich konnte sie nie begleiten.«

Helen hörte den traurigen Unterton in seiner Stimme, und ihr wurde bewusst, wie isoliert von seinen Cousins er gelebt hatte. Er konnte sie nicht zum Fliegen mitnehmen und sie ihn nicht unter Wasser. Helen wusste, dass er Hector und Jason nicht um ihre Fähigkeiten beneidete. Es hatte ihn nur bedrückt, dass sie ihre Begabung miteinander teilen konnten, während er mit seiner allein war – bis Helen auftauchte.

Lucas schaute gedankenverloren in die Wellen. »Wird das jetzt so bleiben?«, fragte er. »Werde ich auch weiterhin unter Wasser atmen können?«

»Ja«, bestätigte Helen. »Hades sorgt in seinem Reich dafür, dass niemand besondere Fähigkeiten hat – außer ihm natürlich. Auf diese Weise muss er keine Begabungen an Personen verteilen, mit denen sie nicht bereits geboren wurden. Hades ist clever. Er vermeidet das Problem, zu viel Macht zu verleihen, indem er alle Kräfte aufhebt, solange man bei ihm ist.«

»Das hast du nicht getan«, stellte Lucas fest.

»Ich konnte es nicht. Ich musste dich heilen. Und jetzt will ich, dass du Spaß hast«, gestand Helen. »Ich möchte, dass du dich an allem erfreust, was ich dir geben kann. Aber damit du unter Wasser atmen kannst, musste ich deinen Körper dauerhaft verändern. Deswegen bin ich auch nicht sicher, wie viele Scions ich hierherbringen sollte. Natürlich würde ich ihnen das hier gern zeigen, aber was, wenn ich …«

»Wenn du versehentlich ein Heer von Scions erschaffst, die

vielfältigere Fähigkeiten haben als die Götter des Olymp?«, fragte Lucas. »Das will gut durchdacht sein.«

»Ich könnte ihnen unbegrenzte Macht verleihen.«

Lucas spann den Gedanken weiter. »Wieso hat Zeus das nicht schon getan? Sich selbst und den anderen Olympiern alle Fähigkeiten verliehen, die man sich nur vorstellen kann?«

»Keine Ahnung. Vielleicht hat er es nicht so mit dem Teilen seiner Macht«, vermutete Helen. »Vielleicht hat er aber genau wie Hades gewisse Regeln für seine Welt aufgestellt, die es ihm verbieten, anderen mehr Macht zu geben. Aber ich weiß wirklich nicht, wie es auf dem Olymp zugeht. Ich war noch nie dort.«

»Ich habe gehört, dass da tolle Orgien gefeiert werden«, scherzte Lucas. »Mit Ambrosia, dem Nektar der Götter, und Nymphen. Massenhaft Nymphen.«

»Klar, man muss dafür sorgen, dass sie satt und zufrieden sind, damit sie nicht rebellieren«, sagte Helen grinsend. Sie kicherten beide und ihre Blicke trafen sich. Lucas nahm ihre Hand und schaute zur Seite.

Sein Blick wanderte über den Horizont und die großartige Aussicht, als wollte er sie sich einprägen. Er sah Helen wieder an und wurde ernst. »Was macht die Familie?«

»Sie machen sich alle Sorgen. Wir sollten zurückgehen«, antwortete sie zögernd. »Hier vergeht die Zeit genauso wie auf der Erde, und sie warten darauf, dass ich mit dir zurückkomme.«

Helen hätte nur zu gern bis in alle Ewigkeit mit Lucas in der Hütte über dem Wasser gelebt, aber sie hatte mehr als nur einen Grund, zurückzugehen. Sie musste zu Orion, ihrem Beschützer, damit die Parzen sie nicht sahen, wenn sie versuchte, einen Weg zu finden, den Krieg mit den Göttern abzuwenden. Ihr blieb nicht mehr viel Zeit. Jetzt, wo sie ihre eigene Welt erschaffen hatte, würde Zeus hinter ihr her sein, und sie konnte nicht mit der Planung beginnen, solange sie nicht sicher war, dass die Parzen sie nicht beobachteten.

Sie hätte Lucas am liebsten alles erzählt, aber sie wusste, dass es unmöglich war. Sogar in ihrem eigenen Reich konnten die Parzen sie sehen, und wenn sie den Verdacht hatten, dass Helen sie austricksen wollte, würden sie einen Weg finden, sie von Orion fernzuhalten. Vielleicht wussten sie längst, was Helen vorhatte, aber sie war dennoch überzeugt, dass es ein schlechtes Omen war, es laut auszusprechen. Sie musste warten, bis sie wieder bei Orion war, bevor sie allen sagen konnte, was sie plante.

»Ich spüre deine Unruhe«, sagte Lucas mit einem nachsichtigen Lächeln. »Aber tust du mir einen Gefallen, bevor wir gehen?«

»Jeden.«

»Bring niemand anders in diese Bucht. Dieser Ort soll uns ganz allein gehören.«

»Für immer und ewig«, versprach sie.

13

Lucas warf einen letzten Blick auf das Paradies.

»Bereit?«, fragte Helen, die seine Hand umklammert hielt.

»Nein«, seufzte er und sah ihr in die Augen, in denen sich das Licht der aufgehenden Sonne spiegelte. »Aber lass uns trotzdem gehen.«

Es wurde so kalt, als würde man ihn in Eiswasser tauchen, und im nächsten Augenblick waren sie wieder in seinem Haus. Dort war es still, viel stiller, als er sein Zuhause jemals erlebt hatte.

»Hast du nicht gesagt, sie würden alle auf uns warten?«, fragte er beunruhigt.

»Das haben sie«, antwortete Helen zögerlich und rief im nächsten Moment schon lauthals nach Orion.

Eifersucht schoss durch Lucas' Körper wie ein glühender Pfeil. Er versuchte, das Gefühl abzuschütteln, aber es ging nicht. Sie hielt immer noch seine Hand und trotzdem galt ihr erster Gedanke Orion. In Jederland konnte Helen Lucas verwöhnen und so tun, als wäre er der einzige Mensch auf der Welt, aber hier auf der Erde hatte sie einen anderen, den sie liebte – einen, der nicht ihr Cousin war.

»Mein Vater«, sagte sie und sah ihn Hilfe suchend an.

»Gehen wir zu ihm.« Er nutzte die Gelegenheit, seine Hand aus ihrer zu ziehen, bevor sie sah, was in seinem Herzen vor sich ging.

Lucas und Helen gingen nach oben, wo Kate über Helens Vater wachte, der immer noch schlief.

»Wieso bist du hier allein, Kate?«, fragte Helen aufgebracht. »Du bist nicht stark genug, um Daphne aufzuhalten, wenn sie wieder versucht, ihm Drogen zu geben.«

»Daphne ist mit allen anderen unten am Strand, um sich das Duell anzusehen«, berichtete Kate, die Lucas kritisch auf Verletzungen musterte. »Wo wart ihr?«

»Was für ein Duell?« Lucas sah Helen fragend an. Doch als sie nur verständnislos mit den Schultern zuckte, gab Kate ihnen die Kurzfassung von allem, was sich ereignet hatte, nachdem sie verschwunden waren.

»Was ist mit Orion?«, fragte Helen. »Phaon tut das doch nur, um ihn zu erwischen.«

Lucas biss die Zähne zusammen und versuchte, sich einzureden, dass es nicht anders zu erwarten gewesen war. Helen liebte Orion und dafür konnte er ihr keinen Vorwurf machen. Schließlich war es einfacher und weniger kompliziert für sie, sich in Orion zu verlieben.

»Orion ist nicht in Gefahr.« Kate schüttelte den Kopf. »Daedalus und Phaon durften sich keine … Wie heißen sie noch? Ersatzleute? Flügelmänner?«

»Sekundanten«, half ihr Lucas aus der Klemme.

»Ja, genau – sie durften keine Sekundanten auswählen.«

»Auch wenn Phaon überlebt, kann er Orion nichts tun«, versuchte Lucas Helen zu beruhigen. »Weil Orion ihn in einem Zweikampf mühelos besiegen würde.«

»Aber wenn Phaon gewinnt und Daedalus tötet …«, begann Helen.

»Wenn er gewinnt, dann gewinnt er. Dafür darf sich niemand an ihm rächen. Nicht einmal Orion.« Lucas beobachtete, wie Helen diese Information aufnahm. »Es ist besser so. Das Töten muss irgendwann ein Ende haben.«

Helen nickte schließlich, denn sie musste es akzeptieren, auch wenn es ihr schwerfiel. Lucas ging es nicht anders. Er wollte auch nicht, dass ein mordender Kinderschänder davonkam, falls Daedalus gegen Phaon verlor, aber sie konnten nichts dagegen tun. Bei Duellen gab es strenge Regeln, und die Titanin Hekate, die Göttin aller Portale und Wegkreuzungen, sorgte dafür, dass diese Regeln eingehalten wurden. Es hieß, dass sich nicht einmal Zeus Hekate widersetzen konnte. Sie war die einzige Titanin, die er nicht in den Tartaros verbannen konnte.

»Willst du auch zum Duell? Ich könnte so lange bleiben, für den Fall, dass Daphne zurückkommt«, bot Helen Kate wenig überzeugend an. Es war klar, dass sie eigentlich nicht bleiben wollte, aber das Gefühl hatte, es zumindest anbieten zu müssen.

»Ob ich hinwill? Um mir anzusehen, wie zwei schwitzige Kerle, die ich nicht einmal kenne, sich gegenseitig mit Schwertern die edelsten Körperteile abhacken?«, fragte Kate und zog eine Braue hoch. »Nein, danke. Ich bleibe hier bei Jerry.«

»Du bist spitze. Das weißt du, oder?«, sagte Helen und drückte Kate kräftig.

»Klar weiß ich das«, antwortete Kate. Sie befreite sich aus der Umarmung, fuhr sich mit der Hand übers Gesicht und war plötzlich wieder ernst. »Und je seltener du in einem Ball aus Feuer und Eis verschwindest, desto weniger graue Haare bekomme ich. Das weißt du, oder?« Helen kicherte. Kate zeigte mit dem Finger auf Lucas. »Und du hörst bitte auf, Helen anzufassen, wenn sie mal wieder eine menschliche Fackel ist, okay?«

»Ein sehr vernünftiger Rat«, erwiderte er grinsend, als Kate ihn umarmte.

Sie ließen Kate bei Jerry zurück und eilten hinunter zum Strand. Auf ihrem Weg zu der großen Menschengruppe, die sich am Wasser eingefunden hatte, versuchte Lucas nicht, nach Helens Hand zu greifen. Er spürte, dass es sie zu Orion zog und wollte ihr nicht das Gefühl geben, sie zurückzuhalten.

Sowie sie Orion entdeckt hatte, sprang sie hoch und flog zu ihm. Lucas legte den Rest des Weges zu Fuß zurück, um ihnen einen Moment Privatsphäre zu gönnen und sich etwas Zeit, um seinen Ärger herunterzuschlucken.

Es war nicht so, dass Helen ihn nicht liebte. Aber Orion konnte ihr geben, was sie wollte, und er konnte es nicht. Er konnte Helen jetzt am glücklichsten machen, indem er sich zurückzog. Es war ganz einfach – auch wenn es ihn fast umbrachte.

»Lucas?«, rief sein Vater, als er ihn entdeckte. Er kam den Strand entlanggerannt wie ein Blitz.

Doch obwohl Castor als Erster gestartet war, schafften es Hector und Jason vor ihm, den langsam über den Strand wandernden Lucas zu erreichen.

»Das kann ich nicht glauben!«, schrie Hector und drückte Lucas mit seinen Bärenkräften an sich. »Wir dachten alle, du wärst getoastet worden!«

»Wurde ich auch«, sagte Lucas lachend, als sein Cousin ihn herumwirbelte.

»Lass ihn los, Doofmann«, befahl Jason seinem Bruder gereizt. »Lass mich ihn wenigstens durchchecken, bevor du ihm die Rippen brichst.«

»Es geht mir gut, Jason«, beteuerte Lucas, als Hector ihn absetzte. »Alles komplett verheilt.«

Es schien eine Ewigkeit in Anspruch zu nehmen, auch den Rest der Familie zu begrüßen. Während er noch versuchte, seine Mutter davon zu überzeugen, dass er tatsächlich noch seine gesamte Haut besaß, erhaschte er einen Blick auf Helen, die in ein intensives Gespräch mit Orion vertieft war.

Als er Helen das nächste Mal ansah, funkelte sie ihre Mutter wütend an, und ihm war klar, dass die beiden zumindest ein paar Worte zum Thema Jerry gewechselt hatten. Er wusste zwar nicht, was sie zueinander gesagt hatten, aber es war eindeutig, dass sie beschlossen hatten, ihren Streit vorerst aufzuschieben.

Die Gruppe bildete einen Kreis um eine eingeebnete Fläche im Sand. Es war ein behelfsmäßiger Kampfplatz, der den frühen Arenen recht ähnlich sah. Unbekannte Scions – Lucas vermutete, dass es welche von den Hundert Cousins waren – beendeten ihre Arbeit, verließen den Ring und warfen eine Fackel, einen Schlüssel und eine Schlange in den geräumten Bereich.

Dann erschien eine Frau und die drei Dinge, die sie herbeigerufen hatten, verschwanden. Sie war nicht jung und ihre Gesichtszüge nicht makellos, aber sie sah trotzdem wunderschön aus. Und unglaublich Furcht einflößend, wie Lucas feststellte.

»Hekate«, wisperte Hector. Lucas nickte abwesend und starrte die einzige noch existierende Titanin an, bis sie wieder verschwand.

Danach ließ er den Blick in beide Richtungen über den Strand schweifen. Es war November, früher Morgen und bitterkalt, aber es waren trotzdem ein paar Spaziergänger unterwegs. Was, wenn jemand sah, was hier vorging?

»Wie wollen die sich duellieren, ohne dass die Leute die Polizei holen?«, flüsterte Lucas Hector zu.

»Hekate«, flüsterte Hector zurück. »Sobald das Duell begonnen hat, kann es durch nichts mehr gestoppt werden. Sie sorgt dafür, dass es keine Störungen gibt. Vor allem nicht durch uneingeweihte Sterbliche.«

Lucas sah zu Orion hinüber. Der betrachtete seinen Vater, der mit dem Schwert in der Hand ein paar Schritte vor ihm stand. Helen war an seiner Seite. Als sich Helen und Orion an den Händen fassten, schaute Lucas schnell weg.

Er konzentrierte sich stattdessen auf Phaon, der sich auf der anderen Seite des Rings befand. Er wirkte abwesend, beinahe interesselos. Anders als Daedalus, der kampfbereit wirkte, schien Phaon mit seinen Gedanken ganz woanders zu sein.

»Er ist schon tot«, flüsterte Hector Lucas ins Ohr. Lucas nickte. Phaon hatte aufgegeben. Und obwohl Lucas wusste, dass Phaon den Tod verdient hatte, tat er ihm leid.

»Ich würde gern noch ein paar letzte Worte sagen, wenn ich darf.« Phaons dünne Stimme übertönte kaum das Tosen der Wellen. »Ich war nicht immer ein schlechter Mensch, auch wenn ich schlimme Dinge getan habe. Ich weiß jetzt, dass es falsch war.«

Nun hatte Lucas wirklich Mitleid mit ihm. Er trat einen Schritt vor, um zu verlangen, dass das Duell abgesagt wurde, als Phaon mit einem Aufschrei auf die Knie fiel. Er hielt sich die Brust, als hätte ihm jemand ein Messer hineingestochen.

»Versuch das noch einmal, und ich reiße heraus, was von deinem Herz noch übrig ist«, brüllte Orion ihn wutentbrannt an. Da beide aus dem Haus von Rom stammten und damit über dieselben Fähigkeiten verfügten, kam es zwischen ihnen zu einem lautlosen Machtkampf, den Orion schließlich gewann. Der Boden bebte, und einen Moment lang sah es so aus, als würde Orion Phaon am liebsten mit bloßen Händen in Stücke reißen, doch Helen streckte den Arm aus, um ihn daran zu hindern.

Jetzt empfand Lucas kein Mitleid mehr, obwohl Phaon ein Bild des Jammers abgab. Aber jedes Mitgefühl war verflogen. Lucas erkannte, dass Phaon ihre Gefühle beeinflusst hatte. Er sah sich um und stellte fest, dass alle Anwesenden über diesen Trick ebenso erbost waren wie er selbst.

»Steh auf!«, befahl Orion, und Phaon erhob sich. »Nimm dein Schwert in die Hand.« Phaon griff nach seinem Schwert und ein anzügliches Grinsen verzerrte sein Gesicht zu einer Grimasse.

»Warum so frustriert? Ich habe dir doch gesagt, dass du die Kleine haben kannst, Orion. Du weißt doch, dass sie es von dir will.« Phaon grinste Cassandra obszön an.

Plötzlich hingen Hector und Jason an Lucas' Armen, und er merkte erst dadurch, dass er vorgesprungen war, um sich den widerlichen Bastard vorzunehmen.

»Nicht«, knurrte ihm Hector ins Ohr. »Du hast kein Anrecht, dieses Leben zu nehmen.«

»Ich sehe euch alle im Hades«, verkündete Phaon prahlerisch.

»Nein«, widersprach Helen, und ihre Stimme hallte wie die einer Göttin. »Weil du nicht dort sein wirst.«

Das sagte sie mit einer solchen Überzeugung, dass Phaons manisches Grinsen erlosch. Er starrte sie an, denn ihm war natürlich klar, dass sie besser als jeder andere wusste, was ihn erwartete. Helen sah ihn mit undurchdringlicher Miene an. Ohne jede Gnade. Das machte ihm panische Angst, was auch beabsichtigt war.

»Fangt an«, sagte Orion. Er verließ die Arena, als wüsste er genau, was zu tun war. Einen Moment lang fragte sich Lucas, ob Orion im Kolosseum mehr als ein Duell bestritten hatte.

»Für meine Schwester Cassiopeia«, sagte Daedalus so ruhig, als würde er beten.

Und dann griff er Phaon mit dem Geschick und der Kraft eines erfahrenen Kämpfers an.

Lucas zählte vier Hiebe, bis Phaon die erste Verletzung erlitt und Blut aus einer Beinwunde schoss. Er humpelte durch den Ring und trat seinem Gegner Sand ins Gesicht, doch davon ließ sich Daedalus nicht ablenken. Mit einer Finte landete er hinter Phaon und stach ihm das Schwert in den Rücken.

Jason stieß Lucas an. Die beiden tauschten einen Blick und erkannten, was Daedalus machte. Er war nicht auf einen schnellen Sieg aus.

»Er will Phaon verbluten lassen«, flüsterte Jason.

»Gut«, erwiderte Lucas. Er schaute nach rechts und sah, wie Hector zustimmend nickte.

Es dauerte fast zwanzig Minuten. Hier ein Schnitt, dort ein knochenbrechender Hieb, und so ging es weiter und weiter, bis sich sogar Lucas, Jason und Hector unwohl fühlten. Daedalus war gnadenlos. Er brachte Phaon eine Verletzung nach der anderen bei, als würde er eine Liste abarbeiten. Es war nicht zu übersehen, dass Daedalus sich schon sehr lange damit beschäftigt hatte.

Niemand sprach oder versuchte, ihm Einhalt zu gebieten.

Lucas blickte zu seinem Vater und rechnete damit, dass es ihm schwerfallen würde, diese systematische Folter eines anderen menschlichen Wesens mit anzusehen. Doch Castor wirkte eher nachdenklich, als erinnerte er sich an etwas Schlimmes, das schon lange zurücklag. Lucas betrachtete auch die anderen Mitglieder der älteren Generation, die ganz ähnliche Gesichter machten. Offenbar waren sie sich einig, dass Phaon diese grausame Bestrafung verdiente.

Als Daedalus schließlich mit einem glatten, sauberen Hieb Phaons Kopf abschlug, nickten sie und richteten das Gesicht zum Himmel.

Sie haben das Gefühl, erlöst worden zu sein, erkannte Lucas.

»Gut gemacht, mein Sohn«, sagte eine klangvolle Stimme.

Alle drehten sich zum Wasser um, wo ein junger Mann mit nacktem Oberkörper, schwarzen Haaren und durchdringenden blauen Augen den Wellen entstieg. Er hatte einen Dreizack dabei, doch er sah so hinterlistig aus, dass Lucas eher an eine Mistforke in der Hand des Teufels denken musste. Eines Teufels, der genauso aussah wie er.

Er hörte, wie einige der Anwesenden erschrocken nach Luft schnappten, und spürte, wie Hector ihn anstieß.

»Das ist dein böser Zwilling«, raunte Hector ihm zu, und die Gefahr, die in der Luft lag, schärfte seine Sinne.

Lucas wusste, dass ihn das Auftauchen eines Gottes eigentlich mehr verblüffen sollte, aber das tat es nicht. Merkwürdigerweise konnte er nur daran denken, wie er an diesem Morgen mit dem Zitronenhai gespielt hatte. Helen hatte ihm gerade eine neue Macht über den Ozean verliehen. Er konnte unter Wasser atmen. Lucas fragte sich nicht zum ersten Mal, ob sie ihm vielleicht noch weitere Kräfte verpasst hatte.

»Meine Scions waren schon immer stärker als deine, Nichte, und auch diesmal hat mein Daedalus die körperliche Überlegenheit meiner Nachkommen bewiesen, indem er deinen Phaon getötet hat.«

»Als würde mich diese Zurschaustellung brutaler Gewalt interessieren«, schnurrte eine Frauenstimme verführerisch.

Wieder schauten alle zum Meer, um die große Frau zu betrachten, deren blonde Haare in Wellen bis zu ihren Kniekehlen hinabfielen, und deren üppiger Körper ebenso kurvig war wie die Wellen, denen sie entstieg. Als sie aus dem Wasser kam, kitzelte der schaumige Saum, wo die Wellen an den Strand schlugen, ihre Zehen.

»Es ist nicht die Stärke des Arms, sondern das Feuer im Herzen der Kämpfer, das am Ende den Sieger hervorbringt, Poseidon. Wir haben das doch bereits durchgemacht.« Sie ging direkt auf Helen zu, blieb vor ihr stehen und sprach weiter. »Viele Male haben wir gesehen, wie die Herzen von Männern und Frauen über den Ausgang der Schlacht entscheiden.« Sie lächelte und ergriff Helens Hände. »Helen.«

»Aphrodite«, sagte Helen, der Tränen in die Augen traten.

Helen erinnert sich tatsächlich an sie, stellte Lucas fest. Zum ersten Mal dachte er darüber nach, was das bedeutete. Helen erinnerte sich an Troja. Sie wusste, was dort wirklich passiert war.

»Ich habe dich so sehr vermisst«, sagte Aphrodite.

»Und ich habe dich vermisst«, sagte Helen, und es hörte sich an, als wäre sie nicht nur überrascht, dass sie so etwas sagte, sondern auch, dass sie es tatsächlich fühlte.

»Komisch, nicht wahr? Ich habe jede nur denkbare Liebe erfahren, aber als die Jahre vergingen, war die Liebe, nach der ich mich am meisten gesehnt habe, die zu meiner Schwester.«

Die beiden umarmten sich zärtlich, und der goldene Schimmer, der sie umgab, war absolut faszinierend anzusehen – fast wie Zauberei. Lucas konnte hören, wie die Herzen aller Scions langsamer schlugen, um in denselben Takt zu kommen wie die Herzen von Helen und Aphrodite. Es war eine starke, fesselnde Verbindung, an die sich alle für immer erinnern würden, auf welcher Seite sie in Zukunft auch stehen mochten.

In Lucas stieg Angst auf. Nicht, weil die Götter wieder unter ihnen waren, sondern weil Helen im Mittelpunkt des Geschehens stand. Sie erweckte so viel Liebe in ihm, in Orion und sogar in einer Göttin. Es gab keinen Hass ohne Liebe, und Lucas war überzeugt, dass sie schon bald einen verzweifelten Kampf ausfechten würden, und das nur wegen der reinen Liebe, die sie alle in diesem Moment spürten.

»Ein rührendes Wiedersehen«, sagte der Mann mit dem nackten Oberkörper und den schwarzen Haaren. »Aber dein Mann hat verloren, Aphrodite. Und du schuldest mir immer noch meine Wette.«

Lucas drängte sich durch die Menschenmenge und baute sich vor Poseidon auf. »Das hier ist kein Sport, auf den die Götter wetten können. Es sind unsere Leben.«

Poseidon musterte Lucas und lachte. »War ja klar, dass die Parzen mein Gesicht an einen moralisierenden Jammerlappen verschwenden. Weißt du was, Junge? Es ist mir egal, was die Parzen wollen. Im Meer fressen die großen Fische die kleinen. Du wirst dir ein dickeres Fell wachsen lassen müssen, wenn du der bist, der versuchen soll, mich zu ersetzen.«

»Wenigstens ist er intelligent«, sagte plötzlich eine andere Stimme, die allen bekannt vorkam. Vom anderen Ende des Strandes kam ein Gott auf sie zu, der aussah wie Hectors Zwillingsbruder, und unterbrach Lucas, der Poseidon gerade fragen wollte, wie er seine letzte Bemerkung gemeint hatte. »Mein Möchtegern-Nachfolger ist mutig, aber er muss der Dümmste von allen Scions sein. Er wollte mich doch tatsächlich herausfordern – und das, obwohl er immer noch sterblich ist. Das ist wirklich peinlich.«

Lucas griff automatisch nach Hectors Arm. Er spürte, dass sein Cousin darauf brannte, sich auf Apoll zu stürzen, unsterblich oder nicht, und das würde sie vermutlich alle das Leben kosten.

»Nun, nun, Apoll«, sagte der blonde Mann, der auf einem Fleck gerade entstandenen Eises aufgetaucht war. Ein Luftstrom wehte über Lucas hinweg, aber es war keine Seeluft. Er musste aus einer anderen Welt kommen. »Keiner von uns trifft kluge Entscheidungen, wenn es um Frauen geht. Hector ist da keine Ausnahme. Er will seine Andromache für sich allein haben. Kannst du ihm das vorwerfen?«

Der junge blonde Mann war groß, aber kein Riese. Er war auch nicht übermäßig muskulös, doch obwohl Poseidon und Apoll größer und stärker waren, strahlte er eine ungeheure Kraft aus, als er auf Helen und Aphrodite zuging. Die Göttin nickte ihm respektvoll zu, doch es war Helen, an die er das Wort richtete.

»Nun, Tochter. Du warst fleißig«, sagte Zeus freundlich, aber in einem leicht vorwurfsvollen Tonfall.

Lucas setzte eine undurchdringliche Miene auf, um seine Gefühle nicht zu verraten, während er fieberhaft nachdachte. Er wusste schon seit einiger Zeit, dass die Parzen ihnen Rollen zuwiesen und in jedem neuen Zyklus neue Schauspieler einsetzten, sodass trotz dieser Änderungen stets alles beim Alten blieb. Lucas ließ den Blick über die Götter und ihre Scion-Doppelgänger schweifen, bis er zu Orion kam. Sein Zwilling war nicht erschienen.

»Was willst du von uns?«, fragte Helen und baute sich vor Zeus auf. Lucas war unwillkürlich stolz auf sie, obwohl es Wahnsinn war, so mit einem Gott zu reden. Zeus hatte schon für geringere Vergehen ganze Generationen verflucht, aber Helen zeigte keine Spur von Angst.

»Nicht von euch. Ich will etwas von dir, Helen.« Obwohl Zeus nicht laut sprach, hallte seine Stimme.

»Und das wäre?«, fragte Helen misstrauisch, deren Mut sie allmählich verließ.

Poseidon und Apoll stellten sich hinter Zeus auf. Aphrodite küsste Helen auf die Wange, ließ ihre Hand los und nahm zögernd ihren Platz hinter ihrem Vater ein. Hector, Lucas und Jason reagierten sofort und traten hinter Helen und Orion.

»Ich will deine glitzernde neue Welt«, antwortete Zeus.

Jetzt tauchten immer mehr Götter hinter ihm auf. Als Erstes eine riesige Frau in einer Rüstung. Dann ein Junge, der sich so schnell bewegte wie ein Kolibri, ein Buckliger mit einem Hammer, ein Mann mit Weinlaub in den Haaren und schließlich eine weitere Frau in einem Kleid aus Pfauenfedern.

Helen sah Orion an. Lucas biss mit aller Kraft die Zähne zusammen, um nicht loszuschreien. Hatte sie ihm nicht erst vor ein paar Stunden gesagt, dass er es war, der ihr half, alles zu verstehen? Lucas beobachtete, wie Helen und Orion einen einvernehmlichen Blick tauschten. Er wusste nicht, worum es dabei ging, weil sie ihm Informationen vorenthielt. Lucas musste mit ansehen, wie die beiden eine schweigende Übereinkunft trafen und sie dann das Wort an Zeus richtete.

»Meine Welt kriegst du nicht«, sagte Helen entschieden.

Zeus lächelte, als hätte Helen ihm gerade den Schlüssel zu der Welt überreicht, die er wirklich haben wollte. »Herausforderung.«

Helen hoffte verzweifelt, dass ihr Plan aufging.

»Akzeptiert«, rief Hector und stürmte vor, bis er neben Helen stand und Zeus über die paar Meter Sand, die sie noch trennten, wütend anstarren konnte. Sofort wurden empörte Rufe laut und als Reaktion auf Hectors freche Missachtung der Götter stießen andere Scions weitere Herausforderungen aus.

»Warte!« Helen hob einen Arm, damit Hector nicht gleich zum Angriff überging. Lucas und Jason sprangen herbei, um Hector zurückzuhalten.

»Solch ein Feuer habe ich in den letzten Hundert Generationen nicht mehr gesehen«, stellte Zeus lachend fest. »Aber du hast recht, Apoll. Er ist mutig, sogar mutiger als dein Junge in Troja, aber er ist auch dümmer als ein Marmorbrocken.«

»Ganz ruhig«, sagte Orion zu Hector. »Vertrau uns.«

Zeus beugte sich dicht zu Hector und kam ihm dabei so nah, dass Helen die Blitze sehen konnte, die durch seine bernsteinfarbenen Augen zuckten. »Hätte er nur ein bisschen Verstand, würde ihm wieder einfallen, dass er mich nicht töten kann, wie geschickt er auch sein mag.«

»Ganz genau«, sagte Helen mit gemessener Stimme. »Also ist es keine richtige Herausforderung. Die Götter dürfen sich nicht mit Sterblichen duellieren – deswegen sind in Troja auch nur Halbgötter gegeneinander angetreten. Die Götter können versuchen, Scions mit Riesenwellen, Blitzen oder Flüchen zu töten. Aber im Zweikampf dürfen sie nur gegen uns antreten, wenn sie selbst sterblich sind. So wie Ares, als er mich im Portal gefoltert hat. Dort war er nicht unsterblich, hätte mich also töten können. Aber jenseits der Portale müssen die Götter einen Weg finden, uns dazu zu bringen, dass wir einander bekämpfen. Wie sie es auch in Troja getan haben.«

»Und wie sie es jetzt wieder tun«, fuhr Orion bedeutsam fort, damit möglichst viele Scions hörten und verstanden, dass die Götter eigentlich nur versuchten, sie alle umzubringen.

»Es gibt Regeln für diese Fälle. Du bist bereits mein gewählter Champion«, sagte Helen. »Und da du sterblich bist, muss Zeus einen sterblichen Gegner für dich wählen.«

»Woher weißt du das alles?«, fragte Zeus und sah Helen mit gerunzelter Stirn an.

»Ein kleiner Fluss hat es mir verraten«, sagte sie und seufzte innerlich erleichtert auf, weil sich die Erinnerungen von Helena von Troja als zutreffend erwiesen hatten.

Helen sah, wie Hector sich entspannte, und lächelte. Lucas und Jason zogen sich zurück, denn inzwischen vertrauten sie darauf, dass Helen und Orion wussten, was sie taten.

Auch bei den meisten anderen Scions wich die Anspannung. Die anderen Häuser kannten Hector zwar nicht persönlich, wohl aber seinen Ruf. Er hatte Kreon, einen Schattenmeister, mit bloßen Händen getötet. Soweit es sie betraf, war das Beweis genug für seine Fähigkeiten.

Es gab keinen Scion, der ihm gewachsen war, abgesehen vielleicht von Helen selbst. Er war der perfekte Held. Die größte körperliche Bedrohung war Daphne und sie liebte Hector. Was auch immer Daphnes Motive waren – und Helen musste sich eingestehen, dass sie keine Ahnung hatte –, wusste Helen doch ganz sicher, dass ihre Mutter Hector niemals töten würde. Dafür erinnerte er sie zu sehr an Ajax.

Zumindest bauten Orion und Helen darauf. Sie kannten beide keinen Scion, der Hector besiegen konnte, und so hofften sie, dass die Todesbilanz am Ende des Tages bei zwei stehen würde – Phaon und am besten einer von den Hundert Cousins oder ein entfernter Verwandter aus dem Haus von Athen.

Die hektische Planung der letzten Sekunden hätte Helen eigentlich siegessicher machen sollen, aber das war sie nicht, denn Zeus grinste jetzt noch breiter.

Plötzlich bemerkte Helen eine gewisse Unruhe um sich herum, als wären die Dünen lebendig geworden. Einen Moment später war der Strand voller merkwürdig aussehender Männer in altertümlichen Rüstungen. Ein paar von ihnen hatten glänzende rote Augen, andere einen harten Panzer statt einer Haut, und wieder andere besaßen Greifzangen anstelle von Händen. Myrmidonen. Helen musste wieder daran denken, wie Automedon Zach getötet hatte, und die Wut ließ Blitze von ihren Fingerspitzen sprühen.

»Meinst du, dass du mit einem Myrmidonen fertigwirst?«, flüsterte Helen Hector zu, als ihr klar wurde, dass sie und Orion mit dieser Wendung nicht gerechnet hatten.

»Klar«, wisperte Hector zuversichtlich. Helen sah an ihm vorbei zu Lucas, der mit einem nachdenklichen Nicken bestätigte, dass er ebenfalls der Meinung war, dass Hector es schaffen konnte.

»Auch ich habe meinen Champion gewählt, Helen«, verkündete Zeus. Der Triumph ließ seine Augen aufleuchten. »Achill wird gegen deinen Hector antreten.«

Die Myrmidonen bildeten eine Gasse, durch die ein einzelner Krieger auf Hector zuging. Helen kannte diesen Krieger – seinen Gang, seinen Haarschnitt, sogar das T-Shirt, das er trug, auch wenn es jetzt von einer ungewohnten Rüstung verdeckt war. Er besaß dieses T-Shirt nun schon seit zwei Jahren, und Helen wusste, dass es sein Lieblingsshirt war. Helen war alles an ihm vertraut, abgesehen von dieser neu entstandenen Macht, die er ausstrahlte.

»Matt?«, rief sie fassungslos. »Was zum Teufel machst du hier und wieso hängst du mit diesen Myrmidonen ab?«

Er warf ihr einen kurzen Blick zu und richtete dann seine ganze Aufmerksamkeit auf Hector.

»Du bist nicht der, den ich will«, sagte er zu Hector. »Es gibt nur ein Leben, das ich nehmen will, und es war niemals deines. Ich bin gekommen, um den Tyrannen zu töten.«

»Matt«, sagte Lucas gelassen, während sich Matt und Hector anstarrten. »Es gibt keinen Tyrannen.«

»Oh doch, den gibt es«, widersprach Matt grob und sah Helen an.

Sie waren schon Freunde gewesen, als sie noch nicht einmal laufen konnten, aber so hatte er sie noch nie angesehen. Es kam ihr fast so vor, als würde er sie hassen.

»Sie tut vielleicht jetzt noch nichts, was dir schadet, Lucas«, fuhr er fort. »Aber die absolute Macht wirkt auch absolut zerstörerisch, und es hat noch nie jemanden gegeben, der so viel Macht hatte wie Helen.«

Helen verspürte ein Schwindelgefühl und Übelkeit stieg in ihr auf. Sie wusste, dass er recht hatte.

»Helen soll der Tyrann sein?«, stieß Orion ungläubig hervor.

Tantalus, Daedalus und Pallas bewegten sich sofort von Helen weg und stellten sich hinter Matt.

»Dad!«, zischte Orion, presste dann aber sofort die Lippen aufeinander. Helen fiel auf, wie sich sein Blick verfinsterte, und konnte an seinem Herzen ablesen, dass er sich Vorwürfe machte, weil er diese Wendung nicht vorhergesehen hatte.

Helen schaute zu Hector und sah, wie er seinen Vater Pallas anstarrte. An seinen Augen konnte sie echte Betroffenheit ablesen, aber keinen Vorwurf. Die beiden waren so verschieden, dass es keinen von ihnen wunderte, dass sie in diesem Krieg zu Gegnern wurden.

Castor stand unerschütterlich hinter Lucas und funkelte seine Brüder erbost an. Helen spürte, wie Daphne hinter ihr und Orion Stellung bezog.

Am Rand der Gruppe wechselten weitere Scions ihre Position. Die einzelnen Mitglieder verließen ihre Häuser und schlugen sich auf eine Seite – die von Helen oder die der Götter. Denn jetzt gab es nur noch diese beiden Seiten. Matt erhob die Stimme, damit ihn alle hören konnten.

»Der Prophezeiung zufolge ist der Tyrann das Ergebnis einer Vermischung des Blutes der vier Häuser. Sag mir, Orion, wie viel Macht hat Helen dazugewonnen, als ihr drei Blutsgeschwister wurdet?«, fragte Matt. »Sie hat so ziemlich all eure Fähigkeiten übernommen, stimmt's? Das haben wir uns gedacht.«

Matt deutete auf Claire und Ariadne, die sich auf seine Seite stellten. Helen spürte, wie sich ihr Magen umdrehte wie in einer Achterbahn. Plötzlich bekam sie keine Luft mehr.

Matt zu verlieren, war schon ein ziemlicher Schlag, aber dass

Claire sich von ihr abwandte, war einfach undenkbar. Ihre Giggles. Ihre beste Freundin aller Zeiten hatte sich für die andere Seite entschieden. Natürlich wusste Helen, dass Claire Zweifel gehegt hatte. Sie hätte mit ihr sprechen sollen, statt Geheimnisse vor ihr zu haben und einfach nur zuzusehen, wie die Kluft zwischen ihnen immer größer und tiefer wurde. Und nun hatte die Angst, die sie in Claires Herz gesehen hatte, die Oberhand gewonnen.

Helen hörte, wie Jason Claires Namen flüsterte, und als sie kurz zu ihm hinübersah, schien es, als würde er innerlich sterben. In Helens Gedanken blitzte ein Erinnerungsfetzen an Troilus auf, dessen Frau Cressida ihn mit einem griechischen Liebhaber betrogen hatte. Helen konnte in Claires Herz schauen und erkannte, wie hin- und hergerissen sie war. Aber als sie Matts Herz betrachtete, fand sie dort keine Zweifel. Er war fest davon überzeugt, das Richtige zu tun.

»Matt. Warum machst du das?«, fragte Helen und gab sich alle Mühe, nicht in Tränen auszubrechen.

»Weil du die Erde, das Meer und den Himmel beherrschst«, sagte Matt, als sich mehr und mehr Scions auf seine Seite stellten. »Du kannst Blitze erzeugen, die Schwerkraft manipulieren und einer ganzen Armee die Schwerter aus den Händen reißen, indem du ein magnetisches Feld erzeugst. Du kannst Herzen beeinflussen, und jetzt erfahre ich auch noch, dass du dir eine eigene Welt erschaffen hast. Helen, gibt es eine Macht, die du nicht kontrollieren kannst – von dir selbst vielleicht einmal abgesehen? Deine Gefühle waren so außer Kontrolle, dass du Lucas beinahe umgebracht hättest, und so wie ich das sehe, wird dein

Verhalten immer unberechenbarer.« Helen wandte den Blick ab und stieß einen frustrierten Laut aus, aber Matt fuhr dennoch fort. »Und was das Wichtigste ist: Erklär mir bitte, wenn du eine eigene Welt erschaffen kannst – eine perfekte Welt, über die du die absolute Kontrolle hast –, was hindert dich dann daran, unsere Welt zu zerstören, wenn wir nicht genau das tun, was du willst?«

Alles, was Helen hörte, waren die Wellen und die Schreie der Möwen. Es war ja klar, dass Matt auf so etwas kam. Er war schon immer ein kluges Kerlchen.

»Erinnerst du dich an unser erstes Schulfest in der Oberstufe?«, fragte Matt. Er trat von einem Bein aufs andere und wirkte traurig.

»Klar«, sagte Helen mit einem Achselzucken. »Ein paar von uns haben danach die ganze Nacht am Strand ums Lagerfeuer gesessen und geredet – kaum fünf Minuten von hier.«

»Weißt du noch, wie Zach gefragt hat, ob wir in der Zeit zurückgehen und Hitler töten würden, wenn wir eine Zeitmaschine hätten, auch wenn er da noch ein Kleinkind gewesen wäre?«

»Ja«, antwortete Helen, aber ihre Stimme krächzte. »Ich erinnere mich. Dann darf ich also annehmen, dass du mich für Hitler hältst?«

»Nein. Ich halte dich für den Tyrannen«, sagte Matt.

»Meine Tochter kann nicht der Tyrann sein. Hört mich an!«, rief Daphne verzweifelt und wedelte wild mit den Händen, um die allgemeine Aufmerksamkeit auf sich zu lenken.

Es war das erste Mal, dass sich Daphne für sie einsetzte, und obwohl Helen noch stocksauer war über das, was sie mit Jerry gemacht hatte, war sie doch ein bisschen gerührt.

»Der Tyrann soll Hades ersetzen. Er soll der neue Herrscher über das Totenreich werden. Aber Helen ist dazu bestimmt, über den Himmel zu herrschen und die Rolle von Zeus zu übernehmen, was der Grund ist, wieso er sie von seinem Champion herausfordern lässt.« Daphne zeigte anklagend mit dem Finger auf Zeus und gewann damit ein paar Zweifler zurück. »Denkt darüber nach. Zeus steht kurz davor, von einem Scion gestürzt zu werden, der mächtiger ist als er, und versucht jetzt, uns gegen sie aufzubringen, damit wir sie für ihn töten. Sie ist stark, das stimmt, aber Helen kann unmöglich der Tyrann sein.«

»Wo steht geschrieben, dass der Tyrann den Platz von Hades einnehmen muss?«, fragte Matt, und seine Stimme klang schrecklich gelassen. »Drei große Götter sollen von drei Scions ersetzt werden, das wissen wir aus der Prophezeiung. Wir haben immer angenommen, dass der Tyrann über den Hades herrschen würde, aber er kann ebenso gut das Himmelreich übernehmen.«

Daphne verstummte. Ihr Kampfgeist erlosch und ein ängstlicher Ausdruck huschte über ihr Gesicht. »Es tut mir leid«, flüsterte sie Helen zu, die ganz blass geworden war.

»Schon okay, Mom. Ich habe das schon seit ein paar Tagen geahnt. In die Bitterkeit geboren?«, bemerkte Helen noch und erinnerte ihre Mutter damit nicht unfreundlich an die Prophezeiung. »Gibt es irgendwo auf der Welt jemanden, der noch verbitterter ist als du?«

»Nein. Du verstehst nicht«, setzte Daphne an, unterbrach sich aber, als Helen vortrat und es wagte, die Linie im Sand zu übertreten, die sich zwischen den beiden Seiten gebildet hatte.

»Matt hat recht. Ich bin der Tyrann. Zumindest soll ich es sein, wenn es nach dem Willen der Parzen geht. Aber ihr müsst mir vertrauen. Ich werde dafür sorgen, dass es nicht dazu kommt.«

»Ich weiß, dass du es versuchen wirst«, sagte Matt und seufzte. »Du willst mit deinen Kräften nur Gutes tun und anfangs wirst du Falsches richtigstellen und die Schwachen verteidigen. Ich weiß, dass du das tun wirst. Aber irgendwann wird es nicht mehr ausreichen. Keine einzige Person, so gut ihre Absichten auch sein mögen, sollte über die ganze Welt herrschen dürfen.«

Helen konnte die neue Ausstrahlung in ihm sehen, die ihn zu mehr machte als nur Matt. Er war verändert, stärker und voller merkwürdiger Magie, aber Helen war klar, dass er immer noch dieselben Entscheidungen traf, die er auch vor einem Jahr getroffen hätte. In dieser Hinsicht war er immer noch der alte Matt, für den die Moral einen hohen Stellenwert hatte, und er hatte wie immer recht.

»Du hast es immer gehasst, wenn jemand andere tyrannisiert hat. Und jetzt bin ich wohl der größte Tyrann von allen, stimmt's?«, sagte Helen und lächelte ihm zu. Matt erwiderte ihr Lächeln. Keiner von ihnen wollte, dass dies geschah.

»Leute, wartet mal«, sagte Claire hektisch und hastete zwischen die beiden, als könnte sie einen Weg finden, sie wieder zu vereinen. »Lennie – gibt es vielleicht eine Möglichkeit, ein paar von diesen Superkräften zurückzugeben? Kannst du irgendwas tun, um wieder du selbst zu werden, sodass wir nicht total ausflippen müssen?«

»Tut mir leid, Gig«, antwortete Helen, obwohl sie wusste, dass sie ihrer besten Freundin damit mehr wehtat als jemals zuvor. »Das bin ich. Ich war es schon immer.«

Claires Augen füllten sich mit Tränen. Aber sosehr sie die Menschen auf der anderen Seite der imaginären Mauer liebte, die sich zwischen den beiden Parteien auftürmte, wusste Helen doch genau, dass Claire tun würde, was sie für richtig hielt.

Als sie wieder ihren Platz hinter Matt einnahm, konnte Helen ihr keinen Vorwurf machen. Sie bewunderte sogar, wie stark und mutig Claire ihren Standpunkt vertrat, auch wenn es sie sehr verletzte.

Helen wünschte, sie könnte ihren Plan herausschreien, könnte ihren Freunden und ihrer Familie sagen, warum sie das alles tat, aber das ging nicht. Wenn sie bei Orion war, konnten die Parzen sie zwar vielleicht nicht hören, aber Zeus konnte es auf jeden Fall, und auch wenn die Parzen der eigentliche Feind waren, war Zeus doch derjenige, den sie irgendwie wieder einsperren musste. Und solange das nicht geschehen war, konnte Helen kein Stück von ihren Kräften zurückgeben, weil sie dann nicht mehr stark genug wäre, um gegen ihn zu kämpfen. Und dann würde Zeus einen Weg finden, jeden Einzelnen von ihnen umzubringen.

Helen war bereit, die Böse zu spielen und sich von allen hassen zu lassen, wenn sie dadurch den Tod geliebter Menschen verhindern konnte. Sie erinnerte sich daran, wie Ariadne ihr erzählt hatte, dass der Name Helen bei Scions dieselbe Bedeutung hatte wie Judas bei Christen. Wie alle anderen Helens vor ihr hatte Helen Hamilton entschieden, dass es gerechtfertigt war, vor ihrer

Familie den Judas zu spielen – Hauptsache war doch, dass alle am Leben blieben.

»Es tut mir leid, Claire«, sagte sie und versuchte vergeblich, eine Gedankenverbindung zu ihrer Freundin herzustellen und ihr alles zu erklären, ohne ein Wort sagen zu müssen. »Aber ich werde meine Kräfte nicht abgeben.«

»Sie wird nie mehr unsere ›Lennie‹ sein, Claire. Sie hat ihre Wahl getroffen – ihre Macht ist ihr wichtiger als wir«, bemerkte Matt traurig.

Er drehte den Kopf und gab über die Schulter ein unmenschlich klingendes Zwitschern von sich. Helen erkannte diesen Laut. Automedon hatte denselben benutzt, um seinen Männern im Wald am Rande des Sportfestes den Befehl zum Angriff auf sie zu geben.

Die Myrmidonen reagierten auf Matts Befehl, indem sie zurückwichen und auf seiner Seite der »Mauer« einen Halbkreis bildeten. Einer von ihnen trat vor und holte Phaons Leiche, während die restlichen Myrmidonen den Sand glatt fegten. Sie arbeiteten so schnell wie ein Trupp Ameisen und innerhalb von Sekunden war in der behelfsmäßigen Arena ein neuer Kampfplatz entstanden.

Als Opfergabe wurde ein Kürbis in den Ring gelegt.

»Was soll denn das?«, fragte Helen, die sofort daran denken musste, wie sie mit ihrem Vater versucht hatte, Kürbis zu Pfannkuchen, Pasteten und sogar Eis zu verarbeiten.

»Der Kürbis ist eines ihrer Symbole. Hekates Kräfte wirken sich auf viele Dinge aus«, beantwortete Orion ihre nur halb formulierte Frage im Flüsterton. »Portale, Kreuzwege, Grenzen und

Handel sind die wichtigsten Dinge, über die sie herrscht, und deswegen ist sie auch diejenige, die über Duelle wacht, denn wenn man es genau betrachtet, sind die ja auch eine Art Handel. Außerdem ist sie die Hexengöttin. Ähnlich wie in Macbeth mit der verkauften Seele. Der Kürbis ist ihr Symbol, weil sie die erste Hexe ist.«

Helen starrte den albernen Kürbis an und war überzeugt, dass die Parzen sich auf ihre Kosten halb totlachten. Sie liebte Kürbisse. Von all den Rückblicken auf verschiedene Leben, denen Helen in letzter Zeit ausgesetzt gewesen war, waren ihr die Erinnerungen an ihr Leben auf Nantucket die liebsten. Jerry hatte ihr in all ihren Existenzen das beste Leben ermöglicht. Irgendwie hatte Daphne schon recht gehabt, dass Helen ihr dafür danken sollte, dass sie geglaubt hatte, Jerry wäre ihr Vater.

Ein Blick auf diesen blöden Kürbis reichte aus, um sich zu wünschen, dass sie all diesen Scion-Unsinn und ihre großartigen Kräfte gegen einen einzigen Abend mit Baseball und Eiskrem bei ihrem Dad eintauschen könnte. Nur einen einzigen Abend, an dem Lucas herüberkam, unter den Argusaugen ihres Vaters verlegen eine Portion Pasta mit ihnen aß und dann mit ihnen Sport im Fernsehen anschaute und über Politik diskutierte, wie es jeder andere in Massachusetts auch tat. Aber diesen perfekten Abend würde sie nie erleben.

Helen würde nie wieder eine normale Highschool-Schülerin sein.

Ein greller Blitz und ein merkwürdig orangefarbenes Feuer flammten rund um die Arena auf. Hekate erschien nicht noch einmal, aber ein unterschwelliges starkes Summen wies auf ihre

Gegenwart hin. Der Kürbis verschwand. Das Feuer ging aus. Die Herausforderung war angenommen.

Hinter Helen begannen die Zuschauer hektisch zu flüstern. Vom Meer zogen Gewitterwolken heran und in der Ferne zuckten Blitze. Zeus und die Olympier suchten sich die besten Plätze. Sie genossen solche Kämpfe.

Helen versuchte, die Arena zu betreten, und musste feststellen, dass sie es nicht konnte. Das orangefarbene Feuer loderte vor ihr auf. Ein normaler Mensch wäre in Flammen aufgegangen, aber Helen wurde davon nur ein paar Schritte zurückgestoßen. Matt betrat den Ring ungehindert und stellte sich etwa zehn Schritte vor die Linie, die das frei geräumte Oval in zwei Hälften teilte. Er zog sein massives Schwert, bei dessen Anblick Helen der Atem stockte. Sie versuchte noch einmal, den Ring zu betreten, wurde aber wieder aufgehalten, diesmal von einer unsichtbaren Barriere. Helen wollte ein Portal schaffen, das ihr den Zugang zum Kampfbereich ermöglichte, aber es funktionierte nicht. Hekate konnte sogar einer Weltenschöpferin den Zutritt verwehren, wenn sie es wollte. Helen hielt kurz inne, um darüber nachzudenken.

»Was machst du denn da, Dummchen?«, fragte Hector sie vergnügt. Während sie in Erinnerungen an Kürbispfannkuchen geschwelgt und über die Macht von Hekate nachgedacht hatte, waren Lucas, Jason und Orion damit beschäftigt gewesen, Hector Stück für Stück seine Rüstung anzulegen, als wäre es ein uraltes Ritual.

»Was meinst du damit, was ich da mache?«, fragte Helen, die es wie üblich ärgerte, wenn sich Hector über sie lustig machte.

»Er will nicht gegen dich kämpfen, er hat doch gesagt, dass er nur mich will.«

Ihr melodramatischer Ton brachte Hector noch mehr zum Lachen. »Du wirst mir bestimmt nicht meinen Ruhm stehlen, Prinzessin.«

Sie hasste es wirklich, wenn er sie so nannte.

»Nenn mich nicht …«

»Er ist dein Champion, Helen!«, fuhr Lucas sie an, und sein Ton war nicht so humorvoll wie Hectors.

Helen sah Lucas an. Die Angst und Frustration in seinen Augen ließen sie sofort verstummen. Sie wusste, dass Lucas es ihr übel nahm, dass sie Zeus Jederland nicht sofort überlassen hatte, als er danach verlangte. Am liebsten hätte sie ihm ins Gesicht geschrien, dass sie einen verdammten Plan hatte, aber das konnte sie nicht riskieren.

»Wir haben einen Eid geschworen, und für uns sind das nicht nur Worte«, fuhr Lucas fort. »Du kannst nicht in diese Arena gehen. Nur Hector kann sich deinem Herausforderer stellen.«

»A-aber«, stammelte Helen, deren Zunge vor Angst nicht mehr gehorchen wollte. Der erste Teil ihres Plans schlug bereits fehl. »Matt hat doch gesagt, dass er nicht Hector will, sondern mich. Also ist das mein Kampf.«

»Nein, ist es nicht«, widersprach Hector ernst. Jetzt war der scherzhafte Ton verschwunden und Helen hörte in ihm die Stimme eines Helden der Antike.

Einen Moment lang sah sie Hector auf einer großen Mauer stehen und Achill beobachten, der über den Tod von Patrokles fast wahnsinnig vor Trauer war, die Pferde vor seinem Streitwagen blutig peitschte und gleichzeitig Hectors Namen schrie und ihn zum Kampf forderte. Matt sah nicht aus wie Achill, aber er hatte dieselbe Ausstrahlung, dieselbe Stärke. Sie hatte keine Ahnung, wie das geschehen konnte, aber irgendwie war aus Matt der Krieger Achill geworden.

»Dies war schon immer mein Kampf«, sagte Hector ruhig.

»Tu das nicht«, wisperte sie, und als sie sich daran erinnerte, was beim letzten Mal passiert war, versagte ihr die Stimme.

»Tu das nicht!«, rief noch jemand anders, wesentlich lauter.

Andy drängte sich durch die verblüffte Menge. Sie sah ziemlich geschockt aus, als würde sie nicht glauben, was sie da gerade gesagt hatte.

Sie baute sich vor Hector auf und sah ihn flehentlich an. »Kämpf nicht gegen ihn.«

»Verlockender Vorschlag«, sagte er und lächelte ihr in das hübsche und vollkommen verzweifelte Gesicht. »Aber wer wäre ich, wenn ich darauf einginge? Nicht ich selbst, das ist wohl klar. Du weißt, dass ich es tun muss, Andy.«

»Ich liebe dich«, platzte sie heraus und war sofort entsetzt, dass sie vor so vielen fremden Leuten etwas so Schnulziges gesagt hatte.

»Das wurde aber auch Zeit«, knurrte Hector sarkastisch.

Einen Moment lang sah es aus, als würde Andy nach ihm schlagen, und deshalb tat Hector das einzig Vernünftige und küsste sie. Nur zögernd löste er sich wieder von ihr.

»Merk dir, wo wir stehen geblieben waren, okay?«, bat er, und seine Augen wirkten auf einmal ganz verletzlich. Andy nickte langsam und ließ ihn los.

Hector drehte sich zu Lucas, Jason und Orion um und streckte die Hand nach seinem Schwert aus. Lucas reichte es ihm und die Besorgnis verdüsterte sein Gesicht. Hector umarmte jeden der Brüder und betrat allein den Ring.

Helen flehte Lucas halblaut an: »Gibt es irgendeine Möglichkeit, das hier zu verhindern? Denk nach, Lucas.«

»Nein. Nur einer von beiden wird den Ring lebend verlassen«, erwiderte er grob. »Ich hoffe, du weißt, was du tust.«

Sie wusste es nicht. Helen hatte keine Ahnung, ob ihr Plan funktionieren würde. Sie wusste nur, dass sie versuchen musste, den Lauf der Dinge zu ändern, und während sie darüber nachdachte, musste sie dicht bei ihrem Beschützer bleiben, denn das war ihre einzige Chance. Helen wich zurück, bis sie auf Orion traf und sich an ihn lehnen konnte. Lucas schluckte schwer und schaute weg.

»Er ist verletzt«, flüsterte Orion ihr ins Ohr. »Er glaubt, dass du mich mehr liebst als ihn.«

Das war Helen bewusst. Sie begriff auch, dass Lucas jede Sekunde, die sie an Orions Seite verbrachte, mehr wehtat. Aber dagegen konnte sie im Moment nichts tun.

»Hilf mir einfach, einen Weg zu finden, wie wir Hector retten können«, flüsterte Helen zurück.

»Das kann ich nicht«, erwiderte Orion. Er legte die Arme um Helen und drückte sie, allerdings mehr, um sich selbst zu trösten. Sie blieb bei ihm und hoffte nur, dass nicht nur sie in seiner Gegenwart vor den Parzen geschützt war, sondern auch Hector.

»Vielleicht ist es diesmal anders«, sagte sie und beobachtete, wie sich Hector und Matt gegenübertraten. Sie dämpfte ihre

Stimme zu einem kaum wahrnehmbaren Flüstern und drückte die Lippen fest an Orions Ohr, damit die Götter sie nicht hörten. »Wenn du hier bist, können die Parzen ihn nicht kontrollieren.«

Orion nickte, und als er Helen in die Augen schaute, konnte sie in seinem Blick etwas Zuversicht erkennen.

Die ersten Schläge kamen so schnell, dass Helen sie kaum sah. Natürlich hatte sie schon oft gegen Hector gekämpft, und er hatte sie vom ersten Tag an trainiert, aber sie konnte immer noch nicht fassen, wie sich ein so großer Kerl so schnell und so anmutig bewegen konnte.

Aber dieser neue turbo-geladene Matt war genauso schnell. Er parierte Hectors Hiebe, wich ihnen geschickt aus und verlor nie die Balance, obwohl sein deutlich größerer Gegner auf ihn eindrang und den günstigeren Winkel nutzte. Doch statt unter Hectors Schlägen nachzugeben, gelang es Matt, sich einen Freiraum zu verschaffen, ohne im Sand aus dem Tritt zu kommen.

Helen hörte, wie Lucas, Orion und Jason nach Luft schnappten, als Matt vorsprang und einen ersten Treffer landete.

»Hector!«, schrie Ariadne.

Hector wich vor Matt zurück, senkte seine Schwertspitze und berührte seine Rippen. Seine Hand war sofort voller Blut. Er sah auf die andere Seite der Arena zu seiner Schwester und seinem Vater, die bei Tantalus standen. Sie hatten sich gegen ihn entschieden.

Als Hector ihr in die Augen schaute, rannte Ariadne sofort zum Rand des Rings, als wollte sie am liebsten in die Arena stürmen und diesen Kampf beenden.

»Es ist okay, Ari«, sagte er nachsichtig. »Ich verstehe das.«

Hector konzentrierte sich wieder auf Matt, denn inzwischen war ihm klar, dass er ein starker Gegner war. Er verlor keine Zeit, täuschte Matt mit einer Finte, sprang hinter ihn und hieb ihm das Schwert in die Ferse. Aus Matts Achillesferse strömte das Blut, doch er starb nicht. Er humpelte von Hector weg und baute sich am anderen Ende der Arena auf.

»Falscher Knöchel, mein Freund«, sagte Matt mitfühlend, während sich seine Wunde bereits wieder schloss.

»War einen Versuch wert«, erwiderte Hector mit einem Achselzucken und ging mit ungebrochenem Kampfgeist erneut auf Matt los.

Scions heilten schnell, aber bei Matt dauerte es nur Sekunden, bis sich seine Haut wieder schloss und aussah, als wäre sie nie verletzt gewesen. Hector erkannte, dass seine einzige Chance darin bestand, Matts Schwachstelle zu finden. Er musste zumindest teilweise sterblich sein, sonst hätte Hekate ihm nie erlaubt, an dem Kampf teilzunehmen, aber es gab eine Menge Körperteile, die infrage kamen. Hector versuchte es zunächst an der anderen Ferse, aber davon erholte sich Matt noch schneller.

»Schlag ihm den Kopf ab!«, brüllte Daphne, deren Augen vor Angst um Hector weit aufgerissen waren, nachdem der Trick mit der Achillesferse nicht funktioniert hatte.

»Sein Herz! Triff sein Herz!«, schrie Orion ihm zu.

Hector kämpfte weiter und stach auf Matts Herz ein und versuchte sogar, ihm den Kopf abzuschlagen, doch nichts davon brachte den gewünschten Effekt. Matt spürte die Verletzungen zwar, doch sie heilten blitzschnell. Zur gleichen Zeit trug Hector immer neue Wunden davon, die wesentlich langsamer heilten.

Bei jedem erbitterten Schlagabtausch war es Hector, der allmählich schwächer wurde.

Die Götter sahen hingerissen dabei zu. Es war eindeutig, dass dies der beste Kampf war, den sie seit mehr als dreitausend Jahren zu sehen bekommen hatten. Sie genossen jede Minute von Matts und Hectors Leiden, als würden sie Torschüsse beim Fußball bejubeln. Für sie war es nicht mehr als eine Sportveranstaltung.

Helen, die die blutrünstigen Götter nicht länger ertragen konnte, schaute hinüber zu Lucas. Doch der starrte auf den Boden und zermarterte sich das Gehirn, welchen Körperteil Matt als seine Schwachstelle gewählt haben könnte. Sie sah, wie er mit sich selbst redete und verzweifelt auf der Suche nach einer Lösung war. Sie glaubte zu hören, wie Lucas immer wieder das Wort »Knöchel« vor sich hin murmelte.

Plötzlich hob er den Kopf und schaute mit einem hoffnungsvollen Ausdruck im Gesicht zu Helen hinüber.

Er hatte es herausgefunden.

Genau in diesem Moment hörten sie Hector aufschreien. Sie fuhren herum und mussten mit ansehen, wie er auf die Knie sank. Matts Schwert steckte bis zum Griff in seiner Brust.

Stimmen wurden laut, und auf beiden Seiten der Arena stürmten seine Angehörigen gegen die unsichtbare Barriere an, um Hector zu Hilfe zu eilen. Doch der Zauber, der den Kampfplatz umgab, verwehrte ihnen den Zugang.

Matt stand über Hector. Seine Lippen bebten und er hatte voller Bedauern die Schultern hochgezogen. Ariadne, die vor Schmerz fast wahnsinnig war, schrie hasserfüllt auf Matt ein, während Claire versuchte, sie zurückzuhalten.

Hector fiel auf die Seite und umklammerte immer noch die massive Klinge, die sein Herz durchbohrt hatte. Er schlug auf dem Boden auf, mit dem Gesicht nach oben, die Augen direkt auf die wolkenverhangene Sonne gerichtet. Er holte noch einmal keuchend Atem. Seine Lippen schienen den Himmel anzulächeln, aber seine Augen, die immer so wild und voller Leben gewesen waren, sahen die Sonne nicht mehr.

Hector war tot.

14

Helen starrte Hectors Leiche an, die dort im Sand lag. Ich habe ihn als meinen Champion gewählt, weil ich es nicht ertragen hätte, wenn Lucas oder Orion jetzt dort lägen. Es ist also meine Schuld.

»Herausforderung!«, brüllte Lucas, und seine tiefe Stimme übertönte das allgemeine Durcheinander.

Die Götter zogen sich zur Beratung zurück.

»Wie ist das möglich?«, fragte Poseidon. »Sagtest du nicht, das Gesicht hätte ihn mit in ihre Welt genommen?«

»Das hat sie«, verteidigte sich Hermes. »Aber vielleicht hat sie ihn nicht …«

»Wartet«, unterbrach ihn Zeus und brachte Hermes mit einer Handbewegung zum Schweigen. »Die Entscheidung liegt bei Hekate.«

Lucas ging auf den Ring zu und betrat ihn, ohne dass ihn die unsichtbare Barriere aufhielt, die allen anderen den Zutritt verwehrte. Welche uralte Magie auch immer die Tauglichkeit eines Kämpfers testete – Lucas war akzeptiert worden. Die Götter tauschten verblüffte Blicke.

Helen folgte Lucas. Die Reaktion der Götter war ihr egal. Sie wusste genau, wieso es Lucas möglich war, den Ring zu betreten. Was sie nicht begreifen konnte, war, wieso er es tat. Das ergab keinen Sinn. Matt hatte ihren Champion getötet und jetzt sollte er sie herausfordern.

»Lucas? Was tust du?«, fragte sie, und ihre Stimme war vor Angst ganz zittrig. Er antwortete nicht und ließ sich nicht einmal anmerken, ob er sie gehört hatte.

»Lucas ist Hectors Stellvertreter, Helen. Es ist sein Recht, Matt herauszufordern, bevor Matt dich herausfordert.« Jasons Stimme brach. Die Tränen strömten ihm über das Gesicht. Helen ergriff seine Hand und drückte sie.

»Kann ich die beiden aufhalten?«, flüsterte sie.

»Nein. Der Stellvertreter eines Champions zu sein, bedeutet nun einmal, dass man kämpfen muss.«

Helen hätte sich ohrfeigen können, dass sie diese Wendung nicht vorhergesehen hatte. Aber andererseits war sie auch nie auf die Idee gekommen, dass jemand Hector besiegen würde. Und wenn es doch geschah, hatte sie damit gerechnet, selbst kämpfen zu müssen. Sie sah Orion flehentlich an, doch er zuckte nur hilflos mit den Schultern.

Im Ring hockte Lucas bei Hectors Leiche. Matt trat respektvoll zurück, als Lucas seinem Cousin sanft die Augen zudrückte. Auf der anderen Seite der Arena weinten Pallas und Ariadne. Auch Helen liefen die Tränen über die Wangen, aber bedeutender als ihre eigene Trauer waren die Schuldgefühle, die sie bei Lucas wahrnahm.

»Nur noch einen Moment«, flüsterte Lucas dem toten Hector

zu. Plötzlich schluchzte er auf, unerwartet, als hätte sich dieser Laut ohne seine Erlaubnis aus seiner Kehle gestohlen. Es war ein hartes, wütendes Geräusch.

Lucas hob Hector hoch und trug ihn zu Orion und Jason, die am Rand der Arena warteten. Als er ihnen die Leiche übergab, drängte sich Andy grob durch den engen Kreis, der sich um Hector gebildet hatte.

»Wach auf!«, befahl Andy, und ihre Stimme hatte diesen unheimlichen Klang, dem man einfach gehorchen musste. Hector regte sich nicht. Andys Wangen röteten sich, als sie all ihre Kräfte zusammennahm.

»Ich sagte, wach auf!«, wiederholte sie, packte seine Schultern und schüttelte ihn.

Ihre Sirenenstimme hallte über die Dünen und das Wasser. Sand und Gischt spritzten hoch, als versuchten sie, vor ihr zu fliehen. Als Andy anfing, Hector anzuschreien und mit allen möglichen Schimpfworten zu belegen, weil er sie alleingelassen hatte, erbarmte sich Castor endlich und zog sie von Hectors Leichnam weg.

»Das reicht! Er ist fort und nicht einmal du kannst ihn zurückholen«, sagte Castor, doch es war schwer, zu ihr durchzudringen. Sie hatte nicht die körperliche Stärke eines Scions, wehrte sich aber trotzdem einen Moment lang heftig, bevor sie zusammenbrach.

Noel war für sie da und nahm sie in die Arme. Doch auch während sie Andy tröstete, war ihr Blick unverwandt auf Lucas gerichtet, dessen Kampf noch bevorstand. Lucas hatte die rechte Hand in der Tasche und betastete etwas, das darin verborgen war.

»Pfeil und Bogen«, rief er Jason zu.

Unter den Umstehenden wurde sofort verwundertes Gemurmel laut. Mehrere Götter lachten abschätzig.

»Dieser hier ist keine Enttäuschung«, sagte Apoll aufgeregt zu der Göttin mit der Rüstung. Helen vermutete, dass es Athene war. »Es ist genauso wie beim letzten Mal.«

»Eben das beunruhigt mich«, erwiderte Athene, deren verschlagener Blick jeder Bewegung von Lucas folgte.

»Wieso wählt er kein Schwert?«, fragte Helen Orion und ignorierte die Götter, die gerade ihre Wetten abgaben.

»Keine Ahnung«, antwortete Orion.

»Und wie viele Pfeile kriegt er?«

»Nur einen.«

Helens Kopf fuhr herum, und sie starrte Lucas an, der vollkommen ungerührt im Ring stand. »Wieso wählt er dann diese Waffe? Das ergibt doch keinen Sinn«, bedrängte sie Orion, doch dessen verständnisloser Blick vergrößerte ihre Angst noch mehr.

»Komm schon, Luke«, sagte Jason und hob entnervt die Hände, als wüsste er nicht, was Lucas von ihm erwartete.

»Pfeil und Bogen«, wiederholte Lucas klar und deutlich.

Gereizt über diese scheinbar selbstmörderische Waffenwahl, holte Jason einen Bogen und einen einzigen Pfeil aus der Waffenkiste an der Seite der Kampfarena. Er testete die Bogensehne, sah sich den Schaft des Pfeils genau an und brachte dann beides zu Lucas.

»Du trägst nicht einmal eine Rüstung«, sagte er vorwurfsvoll. »Willst du dich umbringen lassen?«

Als Helen das hörte, wurde ihr klar, dass sie diese Möglichkeit noch gar nicht in Betracht gezogen hatte. Was, wenn Lucas alles so satthatte, dass er sterben wollte?

Lucas nahm seine Waffe entgegen, ohne Jasons Frage zu beantworten, und entfernte sich dann vom Rand des Rings. Er sprach nicht mit seinem Vater oder seiner Mutter. Er umarmte Jason nicht zum Abschied oder erklärte im letzten Augenblick, was er tat und wieso. Er schaute nicht einmal zu Helen hinüber oder versicherte ihr, dass ihm nichts geschehen würde. Lucas ergriff einfach nur Pfeil und Bogen, baute sich vor Matt auf und gab ihm ein Zeichen, dass er bereit war.

Aber Helen war nicht bereit. »Halt, warte«, rief sie, und die Angst ließ ihre Stimme ganz schrill und atemlos klingen. »Du willst doch nicht wirklich sterben, oder?«, fragte sie hastig. Sie durchdrang mit ihrem Blick seine Brust, doch in ihm war nur eine dumpfe, leblose Masse zu erkennen, die zu gleichen Teilen aus Trauer und Resignation bestand. Für Helen sah es so aus, als wäre es ihm egal, ob er lebte oder starb.

Sie rannte gegen die unsichtbare Barriere an, welche die Arena umgab. Die orangefarbenen Flammen loderten an der kuppelförmigen Abschirmung hoch. Selbst wenn sie einen Weg fand, sie zu durchdringen, würde es zu spät sein.

Alles schien wie in Zeitlupe abzulaufen. Bevor Helen aufschreien konnte, hob Lucas seinen Bogen und Matt sein Schwert. Als Helen sich erneut gegen die Barriere warf und auch diesmal zurückgestoßen wurde, stürmte Matt vor. Er hielt den Griff seines Schwerts mit beiden Händen umklammert und hatte die Arme gehoben, um Lucas mit einem mächtigen Hieb niederzustrecken. Lucas verschoss seinen einzigen Pfeil.

Matt blieb vollkommen geschockt stehen. Der Pfeil steckte in seiner linken Hand.

Im Knöchel seiner linken Hand.

Matt ließ das Schwert fallen, starrte seine Hand an, lächelte kurz und nickte. Lucas senkte den Bogen.

»Das hätte ich nicht sagen sollen«, stellte er fest und musste zu Lucas aufschauen, weil seine Knie bereits unter ihm nachgaben. »Ich hätte das mit dem ›Knöchel‹ nicht zu Hector sagen sollen. Ich hätte wissen müssen, dass du darauf kommst.«

Lucas ließ den Bogen fallen und sprang auf Matt zu, um ihn aufzufangen, als er fiel. Er legte seinen geschlagenen Gegner respektvoll in den Sand.

»Sie hat zu viel Macht«, wisperte Matt, als das Leben aus ihm wich.

»Ich werde da sein und auf sie aufpassen«, versprach Lucas.

»Schlimmer als der Olymp«, stieß Matt hervor, dessen Stimme versagte. »Bei denen waren es zumindest zwölf.«

»Wir wollen nicht herrschen, Matt«, versicherte ihm Lucas, doch es war zu spät.

Er war bereits tot.

Lucas schloss Matts Augen, wie er es ein paar Minuten zuvor auch bei Hector getan hatte. Einen Moment lang war Ariadnes Weinen das einzige Geräusch. Dunkle Schatten umwirbelten Lucas wie schwarzer Nebel, und Helen hörte, wie die Leute rund um sie herum nach Luft schnappten und ängstlich das Wort »Schattenmeister« wisperten. Lucas richtete sich auf und zeigte mit dem Finger auf Helen.

»Folge mir nicht«, befahl er.

Die Dunkelheit umhüllte ihn wie ein Umhang, bis sie ihn vollständig verschluckte. Bevor Helen verstand, was geschehen war, hatte Lucas sich schon in die Lüfte geschwungen und flog davon.

Lucas segelte in seinem Schattenumhang durch die Gewitterwolken. Er kannte Helen gut genug, um zu wissen, dass sein Befehl, ihm nicht zu folgen, sie erst recht dazu veranlassen würde, es zu tun. Lucas hätte sich am liebsten selbst einen Tritt verpasst. Er würde eines seiner Beine verwetten, dass Helen ebenfalls die Schattenmeister-Begabung besaß. Er war jedoch ziemlich sicher, dass sie bisher nicht gelernt hatte, wie man sie einsetzte. Das war sein einziger Vorteil, und nachdem er zurückgeflogen war und sich vergewissert hatte, dass Helen ihm nicht auf den Fersen war, flog er direkt zu ihrem Haus.

Schon aus der Luft konnte er sehen, dass es wie durch ein Wunder unbeschädigt war, obwohl es nun schon so lange leer stand. Die blaue Plane hing immer noch vor Helens Zimmerfenster, durch das sie versehentlich einen Stein geworfen hatte. Lucas tauchte darunter hindurch und flog in ihr Zimmer.

Es war kalt und leer und Helens Geruch, der in der Luft hing, bereitete ihm Qualen.

Lucas steuerte sofort ihr Bett an, das immer noch verwühlt und schmutzig war, weil Helen und Orion bei ihrer letzten Rückkehr aus der Unterwelt dort gelandet waren. Er warf das Bettzeug auf den Boden und legte sich auf die kahle Matratze.

Aus der rechten Hosentasche seiner Jeans holte er den letzten der drei Obolusse, die er im Getty Museum gestohlen hatte, und legte ihn sich unter die Zunge.

Er schloss die Augen und schlug sie wieder auf.

»Du weißt, dass es nie ein gutes Ende nimmt, wenn man einem geliebten Menschen in die Unterwelt folgt«, seufzte Morpheus.

Lucas setzte sich neben dem Gott der Träume auf, holte den Obolus unter seiner Zunge hervor und bot ihn Morpheus an.

»Bitte«, flehte er und hielt dem Gott seine Bezahlung hin. »Bitte lass mich wenigstens mit Hades sprechen.«

»Oh, du bist ja so edel«, murrte Morpheus und schlug auf eines seiner Seidenkissen ein, um Lucas merken zu lassen, wie empört er war. »Hast du das richtig durchdacht? Glaubst du, dass Helen will, dass du das tust?«

»Natürlich will sie es nicht. Aber Helen trifft diese Entscheidung nicht und ja, ich habe es gut durchdacht«, erwiderte Lucas ungerührt. »Es gibt dort nichts mehr für mich.«

Das war kein Selbstmitleid; es war einfach eine Tatsache. Nachdem sich Lucas in Jederland geweigert hatte, sie zu küssen, hatte ihm Helen sofort nach ihrer Rückkehr auf die Erde klargemacht, dass sie sich für Orion entschieden hatte. Sie konnte kaum die Hände von ihm lassen und das war allein seine Schuld. Er konnte schließlich nicht erwarten, dass Helen ihm treu blieb, wenn er sie nicht einmal küssen wollte. Lucas hatte schon immer gewusst, dass Orion Helen das geben konnte, was sie brauchte, und jetzt machte er es ihr leichter und tat gleichzeitig noch etwas Sinnvolles.

Andy liebte Hector wirklich. Jeder liebte Hector. Und Lucas war mittlerweile überflüssig – ein Liebender, der nicht lieben durfte. Wieso sollte er da nicht etwas Gutes mit seinem Leben anfangen?

»Ich will nur mit ihm reden«, bat Lucas.

»Meinetwegen«, sagte Morpheus zögernd. Er nahm seine Münze und schwang die Beine aus seinem riesigen Bett. »Ich bringe dich zum Baum.«

Morpheus führte Lucas durch die vielen Räume seines Traumpalastes. Als sie an den unglaublich großen und schmalen Elfen vorbeikamen, hörten diese auf, zwischen den Leuchtpilzen herumzutanzen und die schillernden Luftblasen zu jagen, die dazu einluden, dass man ihnen folgte.

Die Elfen starrten Lucas an, und er glaubte, ein paar von ihnen »Die Hand der Dunkelheit« wispern zu hören, aber ganz sicher war er nicht.

An den Palast schloss sich eine Ebene an, in der Morpheus' Land endete und das von Hades begann. Die Grenze wurde vom Albtraumbaum markiert.

Er war so groß, dass er zwischen dem Reich der Träume und dem Reich der Toten eine Riesenfläche einnahm. Die knotigen Äste ragten auf wie eine Million knöcherner Finger, die aussahen, als wollten sie das Schwarze vom Nachthimmel kratzen.

»Stell dich unter die Zweige«, wies Morpheus ihn an.

»Und sieh nicht nach oben«, beendete Lucas den Satz für ihn, denn er hatte seine letzte Begegnung mit dem Baum nicht vergessen.

»Und versuch, dich nicht in den Tartaros werfen oder sonst wie erledigen zu lassen«, fügte Morpheus mit aufrichtiger Zuneigung hinzu.

»Danke, Morpheus«, sagte Lucas ernsthaft. »Ich schulde dir was.«

»Genau wie Helen«, erwiderte Morpheus mit einer lässigen Handbewegung. Dann machte er kehrt und verschwand im Schimmer der neckisch herumfliegenden Lichter.

Lucas konnte hören, wie die Albträume durchs Geäst raschelten. Mit angehaltenem Atem und kurzen, steifen Schritten trat er unter die Zweige.

Es war eine kalte Furcht, die von ihm Besitz ergriff, obwohl ihn die Albträume nicht bedrohten wie sonst. Der Baum wusste, dass er keine Angst vor dem Sterben oder vor Schmerzen hatte wie noch beim letzten Mal, als er an dieser Stelle gestanden hatte. Diese Dinge fürchtete er nicht mehr. Diesmal hörte er keine Klauen und Zähne über die Borke kratzen – er hörte vertraute Stimmen flüstern.

Er hörte Matt. Er hörte Hector. Er hörte seine Tante Pandora. Er hörte Helen, die immer wieder »Ich blute« schluchzte. Die Stimmen und Umrisse aller Menschen, die er geliebt und verloren hatte, hingen über ihm in den Ästen des Albtraumbaums.

Lucas wunderte sich, dass Matts Gegenwart und seine Stimme ihm nach nur wenigen Monaten der Freundschaft so vertraut waren. Aber andererseits hatten sie viel mehr geteilt als nur die Schulstunden und den Tisch in der Cafeteria. Sie hatten den letzten Moment von Matts Leben gemeinsam verbracht, und da Lucas ihm dieses Leben genommen hatte, würde er für immer ein Stück von Matt in sich tragen.

»Hades!«, rief Lucas und zwang sich, das Schluchzen der Albtraum-Helen zu überschreien. »Bitte, hör mich an!«

Die Albträume verstummten und lösten sich in Luft auf. Hades kam auf ihn zu und blieb auf seiner Seite der Grenze stehen. Lucas sah den Herrscher über das Totenreich zum ersten Mal, aber als Hades seinen Helm der Dunkelheit abnahm und Orions Gesicht enthüllte, war Lucas nicht überrascht. Er hatte bereits geahnt, welche Verbindung zwischen den beiden bestand.

Was Lucas jedoch nicht erwartet hatte, war die Tatsache, dass Hades in dieselben Schatten gehüllt war, wie auch er sie hervorbringen konnte. Während Lucas ihn noch anstarrte, klemmte sich Hades den Helm, der ihn unsichtbar machte, unter den Arm. Ich kann mich ebenfalls unsichtbar machen, dachte Lucas.

In seinem Kopf fügte sich plötzlich alles zusammen. Es war eine solche Ironie, dass er am liebsten losgeschrien hätte.

»Hallo, Sohn«, sagte Hades freundlich und bestätigte damit seinen Verdacht.

»Wie?«, fragte Lucas, obwohl er nicht sicher war, ob er es wirklich wissen wollte. »Hat meine Mutter …?«

»Nein«, unterbrach ihn Hades entschieden. »Ich hatte vor vielen Hundert Jahren ein Kind mit einer Frau aus dem Haus von Theben.« Er verstummte kurz, und ein Ausdruck des Bedauerns huschte über sein Gesicht, obwohl es schon so lange her war. »Das Blut eines Gottes verwässert nicht – wir sind unsterblich, und dasselbe gilt für unsere … Nun, unsere Gene könnte man wohl sagen. Du bist mein Sohn und der von Apoll, aber ich erkenne in dir mehr von mir selbst als von ihm.«

»Kannst du dich warm denken?«

»Nein. Diese Begabung hast du von Apoll. Du erträgst jede Hitze, außer der von Helen. Sie kann heißer sein als die Sonne.«

»Ist mir aufgefallen«, bemerkte Lucas und schmunzelte verlegen.

»Aber den Großteil deiner Fähigkeiten hast du von mir. Ich nehme an, dass du das alles ziemlich verwirrend findest.«

»Ganz und gar nicht«, beteuerte Lucas. »Es erleichtert die Sache sogar. Als sollte es so sein.«

»Geh heim, Sohn«, sagte Hades freundlich. »Deine Abwesenheit macht eine ohnehin schon angespannte Lage noch schlimmer.«

»Wie kann jemand wissen, dass ich fort bin?«, fragte Lucas verständnislos. »Ich dachte, in der Unterwelt steht die Zeit still.«

»Das tut sie, außer wenn du mit Morpheus oder mit mir zusammen bist. Dann vergeht die Zeit genauso wie auf der Erde.«

Lucas dachte kurz darüber nach und nickte. »Stimmt – andernfalls wärt ihr beide in einem Moment der Ewigkeit gefangen und niemand könnte euch je finden.«

»Sehr gut«, lobte Hades. »Darauf ist nicht einmal Helen gekommen, und das, obwohl sie so klug ist.« Er lächelte Lucas wohlwollend an, bevor er fortfuhr. »Ich weiß, dass du um deinen Cousin trauerst, aber ich erlaube nicht, dass sich Menschen im Tausch für geliebte Verstorbene anbieten. Wenn ich darauf einginge, würde ich denen zu viel Schuld aufladen, die lieber weiterleben, statt sich für die Toten zu opfern. Das würde mehr Menschen schaden als nutzen.«

Er klang sogar wie Orion, allerdings war seine Ausdrucksweise etwas formeller. Aber sie hatten beide eine so mitfühlende Art, die Lucas nur respektieren konnte.

»Das klingt vernünftig«, musste Lucas einräumen. »Und ich denke, dass du damit vollkommen recht hast. Aber ich bin nicht gekommen, um mein Leben gegen das von Hector zu tauschen. Ich bin gekommen, um mein Leben für deines anzubieten.«

»Für meines?«, wiederholte Hades, der zum ersten Mal seit einem geschätzten Jahrtausend wirklich verblüfft war.

»Ich weiß, dass du die Herrschaft über das Totenreich nicht freiwillig übernommen hast. Sie wurde dir aufgezwungen. Ich weiß genau, wie sich so etwas anfühlt. Ich glaube, dass die Parzen mich zwingen wollen, die Rolle von Poseidon zu übernehmen. Aber ich lehne dieses Schicksal aus meinem eigenen freien Willen ab – zugunsten einer anderen Aufgabe.«

Lucas überschritt die Grenze und betrat das Land von Hades. Ihm war klar, dass er es vermutlich nie wieder verlassen würde, sofern seine Mission erfolgreich war.

»Erwecke Hector zum Leben, dann übernehme ich deinen Platz in der Unterwelt bis in alle Ewigkeit.«

Helen starrte Lucas hinterher und konnte ihn in seiner dunklen Schattenwolke problemlos sehen. Sie hätte ihm zwar folgen können, aber dann hätte sie alle anderen schutzlos zurücklassen müssen. Orion und Jason waren zwar gute Kämpfer, Daphne konnte echt fies sein, und über Castors Fähigkeiten wollte sie gar nicht erst irgendwelche Vermutungen anstellen, aber auf der Seite der Götter standen zwanzig Mal mehr Krieger als auf ihrer. Fast das gesamte Haus von Rom und die Hälfte des Hauses von Athen waren auf ihrer Seite, aber das reichte nicht aus, um sowohl die Hundert Cousins als auch die Myrmidonen zu besiegen. Helen war klar, wenn sie jetzt ging, hatten ihre Leute keine Chance mehr.

»Wir wünschen, unsere Toten zu ehren«, rief Castor quer durch die Arena, deren Sand immer noch mit dem Blut von Hector und Matt getränkt war.

Helen traten Tränen in die Augen und die unterdrückten Schluchzer ließen ihre Brust ganz eng werden. Zwei Menschen, die sie sehr geliebt hatte, waren tot.

Während sich die Götter noch mit den Generälen ihrer sterblichen Armee berieten, fasste Helen einen Entschluss, der ihre Tränen sofort versiegen ließ. Wenn sie sich jetzt ihrer Trauer hingab, war sie niemandem von Nutzen. Sollte Andy um Hector weinen und Ariadne um Matt. Helen konnte sich diesen Luxus nicht mehr leisten.

»Wir können euch das Recht nicht verwehren, eure Toten auf die letzte Reise vorzubereiten«, brüllte Tantalus zurück zu Castor, und ihre Emotionen ließen ihre Herzen aufglühen wie Schwerter, die man an einem Stein schärft. »Aber der Champion des Tyrannen ist verschwunden«, fuhr Tantalus mit gespielter Unschuld fort. »Wie wollt ihr beweisen, dass er nicht geflohen ist, weil ihm unser Champion eine tödliche Verletzung zugefügt hat?«

»Lächerlich!«, brüllte Orion. »Matt hat Lucas nie auch nur berührt. Wir alle haben das Duell doch gesehen.«

Helen fuhr herum und sah ihre Mutter an. »Was geht hier vor?«, flüsterte sie ihr zu.

»Du bist in Gefahr«, erwiderte Daphne angespannt, doch ihr blieb keine Zeit für weitere Erklärungen, weil Tantalus bereits weiterstichelte.

»Der Champion des Tyrannen ist aber nicht da, um zu beweisen, dass er unverletzt ist«, sagte Tantalus mit einem missbilligenden Kopfschütteln. »Zeigt euren Champion lebend vor oder übergebt uns den Tyrannen.«

»Und wer will uns dazu zwingen?«, brüllte Orion. »Die Götter können nicht gegen uns kämpfen.«

»Aber meine Armee«, konterte Tantalus gelassen.

Orion und sein Trupp loyaler Athener schwärmten aus und bauten sich zwischen Helen und den Hundert Cousins auf, die plötzlich rund um Tantalus aufgetaucht waren.

»Das Haus von Theben geht zu weit!«, zischte ein Verwandter von Orion, den Helen nicht kannte.

»Und wieder versucht Tantalus, jedes andere Haus auszulöschen, angefangen mit Atreus und Athen«, murrte ein anderer noch etwas kühner. »Und wenn wir tot sind, werden die Götter ihm erlauben, unsere Häuser auszuplündern. Schon wieder.«

Helen spürte eine Hand auf ihrer Schulter und drehte sich um. Ihre Mutter zog sie tiefer zwischen die Reihen der Kämpfer. Es sah plötzlich so aus, als hätten sich Hunderte von Männern am Strand eingefunden. Helen fragte sich verwundert, woher die alle gekommen waren.

»Stell dich hinter sie«, drängte Daphne Helen halblaut. Eine Flut aus Römern in Rüstungen stürmte vorwärts, um sich auf Orions Seite zu stellen. »Zurück, zurück«, knurrte Daphne Helen ins Ohr und zerrte ihre Tochter von der vordersten Front weg.

Unter dem Ansturm der Männer ging Helen zu Boden. Daphne baute sich über ihrer Tochter auf und von ihren Fingern sprühten Blitze. Der trockene, abgestandene Geruch von Ozon umwaberte sie und das schweflige Glühen hielt die Flut der Krieger von ihnen fern, während Daphne Helen wieder auf die Beine half.

»Castor!«, schrie Daphne verzweifelt und suchte in den Horden nach einem vertrauten Gesicht. »Zuflucht für die Erbin von Atreus!«

Helen schlang die Arme um ihre panische Mutter und erhob sich mit ihr in die Luft, fort von den Gefahren der vorstoßenden Armeen.

»Du kannst mit mir fliegen?«, fragte Daphne verdutzt. »Ajax konnte mich nie mitnehmen, wenn er flog.«

»Mein Vater konnte fliegen?«, fragte Helen, die sich wunderte, dass ihr das noch nie jemand gesagt hatte.

»Oh ja, er konnte fliegen.«

Daphnes Worte klangen irgendwie falsch.

»Mein Vater konnte fliegen?«, fragte Helen noch einmal und stieg über den beiden Armeen am Strand noch höher auf.

»Ja«, bestätigte Daphne abgelenkt und lachte immer noch über das erhebende Gefühl der Schwerelosigkeit, das Helen ihr ermöglichte.

Helen verzog bei dieser Lüge das Gesicht und Daphnes Lächeln erlosch.

»Du bist jetzt ein Falschfinder, stimmt's?«, fragte sie resigniert, als wäre ihr bereits klar, dass sie ihrer Tochter nichts vormachen konnte.

»Ja«, wisperte Helen.

Das watteweiche Innere einer Wolke befeuchtete die Wangen

von Daphne und Helen. Sonnenstrahlen suchten sich ihren Weg durch die dichten Gewitterwolken, die Zeus heraufbeschworen hatte, und ließen die Tautropfen im blonden Haar der beiden aufleuchten wie winzige Regenbögen. Zwei bernsteinfarbene Augenpaare sahen einander an, doch der blaue Blitz auf Helens vernarbter rechter Iris funkelte, als sie weitersprach.

»Ist Ajax mein Vater?«, fragte Helen mit bedrohlich eintöniger Stimme, obwohl sie die Antwort längst kannte – sie hatte sie nun schon eine Woche direkt vor der Nase gehabt, das Puzzle aber erst jetzt zusammengesetzt.

Ajax sah aus wie Hector – sie waren dieselbe Person im großen Theaterstück des Schicksals, nur getrennt durch eine Generation. Und Orion hatte Helen erzählt, dass die Hauptpersonen des Stückes durch ein neues Baby ersetzt wurden, sobald eine von ihnen starb. Hector hatte Ajax nach seinem Tod ersetzt. Aber Hector war ein Jahr älter als Helen, also musste Ajax bereits ein Jahr tot gewesen sein, bevor Helen gezeugt wurde.

»Antworte mir«, befahl Helen drohend, weil sie die Antwort von Daphne hören musste.

»Nein«, gestand Daphne tonlos. »Jerry ist dein Vater.«

Helen fragte sich, ob ihre Mutter wohl überleben würde, wenn sie sie aus dieser Höhe fallen ließ. Daphne schaute nach unten und schnappte panisch nach Luft, als wüsste sie, woran Helen dachte.

»Hast du ihn deswegen unter Drogen gesetzt? Damit er nicht aufwacht und mir die Wahrheit sagt?«

»Ich wusste, dass du nicht lange brauchen würdest, um die Wahrheit herauszufinden, sobald du mit ihm redest. Mir war klar, dass es keine dauerhafte Lösung war, aber ich brauchte nur noch ein paar Tage«, erklärte Daphne ohne jedes Schuldbewusstsein.

Sie schwebten einen Moment lang in der Luft und Daphnes Worte gingen Helen immer wieder im Kopf herum, als wären sie zu bedeutend und zu schrecklich, um ihren Sinn zu erfassen.

»Sag mir, wieso ich dich nicht töten soll.« Helens Stimme klang vollkommen ruhig.

»Weil ich Jerry nicht getötet habe, obwohl ich es gekonnt hätte«, antwortete Daphne sofort. »Dafür schuldest du mir was.«

»Warum?« Jetzt versagte Helen doch die Stimme und sie gerieten gefährlich ins Schaukeln. »Warum hast du mich angelogen?«

»Helen …, wir sollten landen«, sagte Daphne nervös und klammerte sich fester an ihre Tochter. »Es bringt dir nichts, mich zu töten. Denk doch darüber nach.«

»Ich denke nach. Du hast nie etwas anderes getan, als mich zu verletzen. Wieso sollte ich dich am Leben lassen?«

»Ich habe dir Orion geschickt.«

»Und wieso hast du das getan?«, fragte Helen misstrauisch. »Ich wette, dass du einen Grund hattest, der deinen eigenen Zwecken diente.«

Daphne wollte ihr antworten, überlegte es sich dann aber doch anders.

»Ist dir gerade aufgegangen, dass du mich nicht mehr anlügen kannst und es besser ist, den Mund zu halten?«, höhnte Helen.

»Das stimmt«, antwortete Daphne kalt. »Und wenn du wirklich Antworten von mir willst, müssen wir vorher landen. Wenn du mich jetzt umbringst, wirst du die Wahrheit nie erfahren.

Ich sage kein Wort mehr, bis du mich zu Castors Haus gebracht hast.«

»Von mir aus«, knurrte Helen hasserfüllt. »Aber bilde dir nicht ein, dass du auf dem Boden sicherer wärst als hier oben.«

Helen flog sie unangenehm schnell zum Anwesen der Familie Delos und konnte fühlen, wie sich Daphne vor Angst in ihren Armen wand. Drei Meter über dem Boden ließ sie Daphne fallen. Während sie beobachtete, wie sich ihre Mutter auf dem Rasen über die Schulter abrollte, um einen Beinbruch zu vermeiden, erkannte Helen, dass dies genau die Stelle war, an der sie nach ihrer ersten Flugstunde mit Lucas gelandet war.

Lucas. Der nicht ihr Cousin war. Alles, was sie durchgemacht hatten, wie sie einander gequält und weggestoßen hatten, basierte auf einer Lüge.

Helen stoppte absichtlich nur ein paar Zentimeter neben Daphne, grub dabei eine tiefe Furche in Noels Rasen und überschüttete ihre Mutter mit einer ordentlichen Ladung Erde. Bisher hatte Helen diesen glühenden Hass nur für ein einziges Wesen empfunden und das hatte sie in den Tartaros verbannt. Daphne wälzte sich über den aufgepflügten Boden, um aus der Reichweite ihrer Tochter zu kommen, doch Helen packte sie am Kragen, zerrte sie hoch wie eine Puppe und stieß sie auf den unversehrten Teil des Rasens.

»Fang an zu reden«, befahl sie und ging drohend auf ihre Mutter zu, die auf allen vieren vor ihr wegkroch. »Ich will alles wissen.«

»Helen!«, brüllte Castor, und eine Sekunde später hatte er sie bereits geschnappt und versuchte, sie von Daphne wegzuziehen. »Was ist passiert?«, fragte er, und war schon jetzt ganz außer Atem, weil es ihn so anstrengte, sie festzuhalten.

Helen hätte Castor mühelos überwältigen können, aber noch während sie darüber nachdachte, flüsterte er ihr ins Ohr.

»Das ist es nicht wert«, murmelte er mitfühlend. »Was immer sie dir angetan hat, sie ist es nicht wert. Das ist es doch, was die Götter von uns wollen, Helen. Sie wollen, dass wir einander umbringen, weil dann all ihre Probleme gelöst sind. Vergiss das nicht.«

Sie würde es nicht vergessen. Es war in mehreren der Leben passiert, an die sie sich erinnern konnte. Und die schlimmsten Erinnerungen schmerzten am meisten.

Sie wusste noch, wie Artus, der Champion der Götter, gegen seinen Neffen Mordred gekämpft hatte, den Champion von Avalon. Zwei starke Männer, die sich gegenseitig schlimme Verletzungen zufügten und beide den Kampf nicht überlebten. Avalon verschwand im Nebel, Camelot zerfiel, und damit erloschen die beiden hellsten Lichter in einem dunklen Zeitalter. Die Einzigen, die als Sieger aus diesem Kampf hervorgingen, waren die Götter.

Helen stellte ihre Gegenwehr ein und nickte, um Castor wissen zu lassen, dass sie ihre Mutter nicht töten würde. Als er sie losließ, bemerkte Helen, dass Noel inzwischen ebenfalls aufgetaucht war.

»Was ist los?«, fragte Noel und betrachtete den verwüsteten Rasen. »Bitte, komm ins Haus und beruhige dich.«

»Sie hat gelogen. Ich bin nicht die Tochter von Ajax, sondern Jerrys Tochter«, sagte Helen mit einer roboterhaften Stimme. »Lucas und ich sind nicht Cousin und Cousine.«

»Wie?«, fragte Noel. Sie und Castor tauschten einen verständnislosen Blick. »Lucas hat sie doch sagen hören …«

»Dass wir alle eine Familie sind«, unterbrach Helen sie, die jetzt verstand, wie Daphne es angestellt hatte. »Genau so hat sie es vor Lucas ausgedrückt. Und technisch gesehen stimmt es ja auch. Alle Götter sind miteinander verwandt, also sind wir es auch – wenn auch nur entfernt.« Sie verstummte und musste kräftig gegen den Kloß anschlucken, den sie plötzlich im Hals hatte. »Ich war es, die Lucas gesagt hat, ich wäre Ajax' Tochter, als wir beide allein waren, nicht sie.«

Helen zögerte und musste daran denken, wie sie sich Lucas im Gewächshaus beinahe hingegeben hätte, kurz bevor sie ihm diese Riesenlüge ihrer Mutter erzählt hatte. Sie erinnerte sich, dass Lucas sie geküsst hatte, als könnte er sie durch seine Haut einatmen. Sie konnte ihn immer noch fühlen, den Umriss seiner breiten Schultern über sich sehen, und sie wusste, dass der Moment, in dem sie sich von ihm abgewandt hatte, der Moment gewesen war, der ihr ganzes weiteres Leben beeinflusst hatte.

Sie und Lucas waren füreinander bestimmt. Sie hätten in dieser Nacht zusammen sein können, doch sie hatte das Wundervollste ihres ganzen Lebens weggestoßen – nur wegen ihrer Mutter. Der Hass, den sie gegenüber ihrer Mutter empfand, verursachte ihr schmerzhafte Magenkrämpfe.

»Ich habe es geglaubt, und so hat Lucas die Wahrheit gehört, obwohl es eine Lüge war«, beendete Helen ihren Bericht deprimiert und musste gegen das Verlangen ankämpfen, ihre Mutter zu schlagen.

»Mein Vater hat das mit mir auch oft gemacht«, berichtete

Castor, als wüsste er, was Helen empfand. »Er hat mich eine Lüge glauben lassen und mich dann losgeschickt, damit ich sie Tantalus erzählte, sodass alles, was mein Bruder hörte, die Wahrheit war – die Wahrheit, wie ich sie kannte. Das ist die einzige Möglichkeit, einen Falschfinder auszutricksen. Indem man die Leute, die dir am meisten vertrauen, zu unwissenden Lügnern macht.«

»Ajax hat mir erzählt, dass Paris das mit euch allen gemacht hat, um Tantalus zu hintergehen«, flüsterte Daphne. »Was glaubt ihr, woher ich die Idee hatte?« Sie und Castor tauschten einen Blick und schienen sich an etwas aus ihrer gemeinsamen Vergangenheit zu erinnern.

»Nun, jetzt ist es vorbei mit dem Lügen, Mutter«, sagte Helen verbittert. »Steh auf.«

»Helen«, sagte Castor mahnend. Doch Helen ignorierte ihn und richtete ihre stetig wachsende Wut auf ihre Mutter.

»Steh auf und sag mir, warum du mir das angetan hast.«

Daphne drehte sich zu ihr um, aber bevor sie Helen antwortete, drangen aus dem Haus laute Rufe zu ihnen in den Garten.

»Kommt alle schnell her!«, schrie Jason ihnen zu. »Er lebt! Hector lebt!«

»Das kann nicht sein«, sagte Daphne und sprang auf. Sie alle rannten ins Haus.

Hector lag auf dem Küchentisch. Sie hatten ihm die Rüstung und den Großteil seiner Kleidung abgenommen. Rund um ihn herum standen Schalen mit blutigem Wasser und neben ihm lag ein rot verfärbter Schwamm. Jason hatte bereits damit angefangen, seinen Bruder für die Feuerbestattung herzurichten. Aber Hector war nicht tot. Nicht mehr.

Er war blass und schwach wegen des Blutverlustes. Seine Lippen waren blau und seine Hände zitterten ganz furchtbar, als er nach Jasons Schulter griff. Bevor er etwas sagen konnte, musste er die Goldmünze ausspucken, die er im Mund hatte. Es war der Obolus, den ihm sein Vater als Bezahlung für den Fährmann unter die Zunge gelegt hatte. Hector starrte die glänzende Münze in seiner Hand einen Moment lang an und konnte den Blick nicht von der Scion-Version eines Grabsteins abwenden.

»Gibt für alles ein erstes Mal«, murmelte er und gab Andy den Obolus. »Für später«, keuchte er matt.

»Viel, viel später. Mach das nicht noch einmal«, schimpfte sie, doch ihr verweintes Gesicht strahlte vor Freude.

»Abgemacht.«

Hectors ganzer Körper zitterte, als er versuchte, sich aufzusetzen.

»Er braucht Blut«, stellte Jason besorgt fest. Er stützte seinen Bruder und half ihm, sich wieder hinzulegen. Dann hob Jason die Hände und sie begannen zu glühen. Er hielt sie über Hector, um ihn zu heilen, aber Hector hielt ihn auf.

»Warte, Jason«, sagte Hector, dessen Stimme kaum mehr als ein Flüstern war. »Schick mich noch nicht ins Land der Träume. Wo ist Helen?«

»Hier«, sagte Helen und trat hinter Noel hervor, damit Hector sie sehen konnte. »Was ist los?«

»Geh in die Unterwelt. Sofort. Versuch, es Hades auszureden«, sagte er, und seine schwache Stimme nahm einen eindringlichen Ton an.

»Ihm was auszureden?«, fragte Helen.

»Den Handel. Lass nicht zu, dass Lucas für mich dort unten bleibt«, verlangte er und packte Helens Arm und schüttelte ihn, als müsste er sie wachrütteln. »Lucas hat sich selbst eingetauscht.«

»Unmöglich!«, kreischte Daphne und erschreckte alle mit der Heftigkeit ihres Ausbruchs. »Hades lässt nicht zu, dass sich jemand für einen anderen opfert. Ich habe es ein Dutzend Mal versucht.«

»Lucas hat sich nicht gegen mich eingetauscht«, keuchte Hector, der bereits die Augen verdrehte, weil es ihn seine ganze Kraft kostete, bei Bewusstsein zu bleiben.

»Ganz ruhig«, sagte Noel und legte Hector eine Hand auf die Schulter. »Jason, lass ihn einschlafen, bevor er sich noch einmal umbringt.«

»Er hat sich gegen Hades eingetauscht«, stieß Hector hervor, ohne auf Noel zu achten. Er zog an Helens Arm, bis ihr Gesicht nur noch Zentimeter über seinem war. »Lucas ist jetzt der neue Herrscher über das Totenreich.«

15

Helen hörte zwar, dass ihre Mutter mehrmals dasselbe sagte, aber ihre Worte drangen nicht bis zu ihr durch.

»Es sollte doch Orion sein«, murmelte Daphne vor sich hin. Als sie Helen schließlich ansah, machte sie einen ziemlich verwirrten Eindruck. »Ich meine – Orion ist Hades. Sie sehen genau gleich aus. Orion ist außer dir der Einzige, der in die Unterwelt gehen kann. Er kann Erdbeben auslösen und ›die Städte der Sterblichen dem Erdboden gleichmachen‹, und deshalb dachte ich, er wäre der Tyrann – das dachten wir alle. Wir waren davon überzeugt, dass der Tyrann Hades ablösen sollte. Alle Hinweise waren da. Es sollte von Anfang an Orion sein.«

Orion tauchte mit Cassandra an der Küchentür auf, als hätte Daphnes häufige Wiederholung seines Namens ihn gerufen.

»Castor«, sagte Orion und kam eilig herein. »Die Götter verlangen, dass wir Lucas vorzeigen, sonst lässt Tantalus seine Armee angreifen. Und die Myrmidonen wollen Helen töten, auch ohne ihren Anführer Matt. Ich weiß, dass du trauerst – das tun wir alle –, aber ich brauche dich an vorderster Front.«

»Er lebt!«, schrie Cassandra, bevor ihr Vater etwas sagen konnte, und stürzte zu Hector.

»Bleib zurück, Cassie«, sagte Jason warnend, dessen Hände bläulich glühten. »Lass mich meine Arbeit machen.«

»Wie ist das möglich?«, fragte Orion und starrte auf Hectors Brust, die sich bei jedem Atemzug hob und senkte. »Sein Herz ist in zwei Teile zerschlagen worden. Er war tot.«

»Ein Handel«, antwortete Noel. Sie war so hin- und hergerissen zwischen der Freude, dass Hector lebte, und der Verzweiflung darüber, was Lucas dafür getan hatte, dass sie nicht weitersprechen konnte.

»Lucas hat sich bereit erklärt, in der Unterwelt den Platz von Hades einzunehmen, wenn er dafür Hector auferstehen lässt«, erklärte Andy an ihrer Stelle.

»Wieso macht er so was?«, fragte Cassandra flehentlich. »Denkt er etwa, dass wir ihn weniger lieben als Hector?«

Orion sah Helen betroffen an. »Er hat es getan, weil er glaubt, dass wir zusammen sind. Lucas denkt, dass wir …«

»Ich weiß«, wisperte Helen und suchte fieberhaft nach einem Ausweg. »Ich muss in die Unterwelt und ihm sagen, dass es nicht wahr ist.«

»Helen, es tut mir so leid«, beteuerte Daphne entsetzt. »Das musst du mir glauben. Wenn ich gewusst hätte, dass es Lucas sein würde, hätte ich euch beide in Ruhe gelassen. Das musst du Lucas erklären – er muss wissen, dass ich nichts gegen ihn habe. Bitte, sag ihm das.«

»Wovon redest du?«, fragte Helen, die Böses ahnte. »Mutter, was hast du getan?«

»Deswegen habe ich euch angelogen«, stieß sie ruhig, aber hastig hervor, als wollte sie es möglichst schnell hinter sich bringen. »Wenn Orion der neue Herrscher über das Totenreich wäre, würde er sicher nicht zögern, den Vater seiner großen Liebe wieder zum Leben zu erwecken.«

»Was?«, fragte Helen verdutzt.

»Ich bin nun schon ein Dutzend Mal fast gestorben. Jedes Mal bin ich zum Styx hinabgestiegen und habe Hades angefleht, aber er hat mich nie erhört. Meine einzige Hoffnung war die Prophezeiung, dass ihn ein Scion ersetzen würde«, erklärte sie mit verzweifelter Miene. »Wer außer Orion hätte es denn sein können? Orion ist Hades' Zwilling!« Sie sah jeden im Raum flehend an.

»Und wenn ich die Unterwelt übernommen hätte?«, fragte Orion, der diese Vorstellung entsetzlich fand.

»Dann müsstest du immer noch zustimmen, mir das zu geben, was ich will, und obwohl wir uns gut verstehen, wäre das keine Garantie. Also habe ich mich gefragt, was mich dazu bringen würde, etwas für einen anderen zu tun. Nun, Liebe natürlich. Wenn du dich also in ein Mädchen verliebt hättest, das glaubt, seinen Vater verloren zu haben, würdest du ihn doch sicher ins Leben zurückschicken, nicht wahr?«

Helen lief ein eiskalter Schauer über den Rücken.

»Es war nicht geplant, dass sie sich in Lucas verliebt«, fuhr Daphne fort und zeigte anklagend mit dem Finger auf Helen. »Du solltest Orion zuerst begegnen und dich in ihn verlieben. Das wäre perfekt gewesen. Du hättest Orion gehabt und ich Ajax und niemand wäre verletzt worden. Ich habe versucht, dich von Lucas fernzuhalten und wollte dich sofort von der Insel wegbringen, als ich gemerkt habe, welche Verbindung zwischen euch besteht.«

Daran erinnerte sich Helen nur zu gut. Nachdem die Familie Delos nach Nantucket gezogen war, hatte ihre Mutter, als alte Frau getarnt, mehrfach versucht, sie zu entführen, um sie von der Familie fernzuhalten. Daphne hatte ihr eingeredet, dass es nur zu ihrem Schutz wäre und die Delos sie töten würden, doch Daphne hatte natürlich gewusst, dass Helen den Cestus trug und unverwundbar war. Sie wusste ebenfalls, dass Helen stärker war als sie alle zusammen und deswegen nicht gerettet werden musste. In Wirklichkeit war es Daphne nur darum gegangen, Helen von Lucas fernzuhalten.

»Ich wollte, dass du als Ersten Orion kennenlernst. Ich dachte, ich hätte noch Zeit – immerhin warst du noch keine siebzehn, und der einzige Junge, den du bis dahin geküsst hattest, war Matt. Ich dachte, ich hätte noch Zeit«, wiederholte sie, als würde sie diese Fehleinschätzung am meisten bedauern.

Helen sank mehr oder weniger freiwillig auf die Bank, die vom Küchentisch weggeschoben worden war, und starrte auf den Boden.

»Wie lange hast du mich beobachtet?«, fragte sie wie vor den Kopf geschlagen.

»Dein ganzes Leben. Natürlich immer mit einem anderen Gesicht, aber ich habe dich nie lange alleingelassen, Helen«, sagte Daphne, die vor ihrer Tochter auf die Knie sank und ihre Hände ergriff. »Mal war ich eine Touristin, die darum gebeten hat, ein Foto von dir machen zu dürfen, ein anderes Mal die Kundin im News Store, die mit dir geplaudert und dich nach deinem Tag in der Schule gefragt hat. Einmal war ich auch die Austauschschülerin, die einen Monat lang da war. Erinnerst du dich noch an Ingrid? Die alle Klatschgeschichten aufgesaugt hat und dann einfach so verschwunden ist? Das war immer ich. Ich habe dich niemals längere Zeit aus den Augen gelassen.«

Vor Helens innerem Auge tauchten unzählige Gesichter auf. Dutzende Menschen, die sie im Laufe der Jahre in ein Gespräch verwickelt hatten, waren in ihrer Vorstellung jetzt alle Daphne, und sie hatte auf einmal das gruselige Gefühl, dass ihr ganzes Leben ferngesteuert worden war. Sie warf Orion einen Blick zu und musste feststellen, dass er genauso geschockt war wie sie.

Doch trotz allem erkannte Helen, dass Daphne gar nicht so falschgelegen hatte. Orion war der einzige Freund, mit dem sich Helen eine Beziehung hätte vorstellen können – von Lucas natürlich abgesehen. Und sie wusste, dass Orion alles für sie tun würde, zumindest, sofern es ihm möglich war – sogar den toten »Vater« wieder auferstehen lassen, den sie nie kennengelernt hatte.

So verrückt der Plan ihrer Mutter auch war, er hätte tatsächlich funktionieren können. Aber er hatte nicht funktioniert und stattdessen nur gebrochene Herzen hinterlassen.

»Du bist geisteskrank«, flüsterte Helen.

»Nein. Nur bereit, alles für den Mann zu tun, den ich liebe.«

Helen sah Andy, Noel und Cassandra bei Daphnes Geständnis unbehaglich zusammenzucken.

»Dann haben wir also etwas gemeinsam«, bemerkte Helen trocken und stand von der Bank auf.

Sie sah zu Orion hinüber. Lucas hatte sich selbst eingetauscht, aber es war kein fairer Tausch, weil er hereingelegt worden war.

Zu wem konnte sie gehen, um diesen Handel anzufechten? Gab es in der Unterwelt überhaupt jemanden, der ihr zuhören würde? Helen hatte eine Idee und hoffte nur, dass sie sich auch in die Tat umsetzen ließ.

»Bleib dicht bei Cassandra«, bat sie Orion. »Auch wenn die Parzen mich in der Unterwelt sehen können, sind sie doch nicht in der Lage, durch sie zu sprechen, und dann kann ich diese Sache vielleicht durchziehen.«

Er nickte einmal zum Zeichen, das er verstanden hatte.

»Sag Lucas, dass er mir Ajax zurückgeben soll. Bitte, Helen, ich flehe dich an!«, schluchzte Daphne und packte Helen am Arm. Ihre Pläne waren fehlgeschlagen, aber sie versuchte trotzdem noch, Ajax zurückzubekommen. Helen fragte sich, ob sie nicht genauso reagieren würde, wenn es um Lucas ging. Sie hoffte nicht, aber irgendwie bezweifelte sie es.

Helen riss sich von ihrer Mutter los und verschwand in einem Windstoß, der so kalt war, dass er einen vereisten Fleck auf Noels Küchenfußboden hinterließ.

Die Eiskruste hatte kaum zu tauen begonnen, als Daphne zur Küchentür stürzte.

»Wo willst du hin?«, fragte Orion streng und versperrte ihr den Weg.

»Herausfinden, was im anderen Lager vor sich geht, und versuchen, Helen genügend Zeit zu verschaffen, damit sie Lucas zurückholen kann.« Sie wich ihm geschickt aus und rannte nach draußen in Richtung Strand, ohne dass jemand sie aufhielt.

Als sie sich der Front näherte, veränderte sie ihr Aussehen. Ihr fiel wieder ein, dass Tantalus auch Myrmidonen auf seiner Seite hatte und änderte deshalb auch ihren Geruch.

Sie lief auf eine kleine Anhöhe, von der aus sie einen guten Überblick hatte. Es waren viel zu viele Leute am Strand – etliche Hundert Männer und Frauen. Daphne schaute genauer hin und stellte fest, dass die Armeen nicht mehr nur aus Scions bestanden. Ganz normale Leute strömten aus der Stadt herbei oder kamen mit Booten an, um sich auf die Seite der Götter zu stellen.

Einige Krieger schwärmten bereits aus und umstellten die Flanken von Orions Truppen. Auf dem Wasser entdeckte Daphne immer mehr Boote, die auf den Strand zuhielten – Jachten, Fischerboote und sogar kleine Ruderboote, deren Besatzungen sich Tantalus bei seinem Kampf für den Olymp anschließen wollten. Natürlich waren die meisten neuen Rekruten Normalsterbliche und eine Handvoll Scions konnte Unzählige von ihnen niederstrecken. Die Verluste würden immens sein. Wie kamen die Normalsterblichen überhaupt auf die Idee, in diesem Krieg mitzumischen? Das ergab keinen Sinn.

Daphne näherte sich den feindlichen Linien und bemerkte, dass sich die Normalsterblichen irgendwie steif und unnatürlich bewegten, wie Marionetten. Als sie ihnen noch näher kam, sah sie ihre ausdruckslosen Gesichter. Daphne war angewidert. Es kam ihr vor, als wären all diese Leute Zombies.

Oder hypnotisiert.

»Hypnos«, murmelte Daphne. Hypnos, der Gott, der Menschen in einen tranceähnlichen Zustand versetzen konnte, in dem sie leicht zu kontrollieren waren, stand offensichtlich auf der Seite der Olympier.

Es wunderte sie gar nicht, dass die Olympier kleine Götter wie Hypnos dazu brachten, ihnen zu helfen. Die kleinen Götter konnten die Sterblichen zwar weder bekämpfen noch töten, aber sie konnten zumindest ihre Fähigkeiten einsetzen, um dem Olymp zum Sieg zu verhelfen. Und jetzt, wo der Olymp wieder offen war, würden es die kleineren Götter für den Rest der Ewigkeit mit den großen Zwölf zu tun haben – vorausgesetzt, Helen schaffte es nicht, sie in den Tartaros zu verbannen. Sie hatte zwar Ares besiegen können, aber die kleineren Götter zweifelten ganz offensichtlich daran, dass sie es auch bei Zeus schaffen konnte. Deswegen hatten sie sich vorsichtshalber auf die Seite der Olympier geschlagen.

Die Armee aus hypnotisierten Menschen, die übers Land und vom Meer herbeiströmte, war nur der Anfang. Daphne ging in Gedanken all die anderen kleinen Götter durch und erkannte, dass Helens treue Anhänger noch ganz andere Grausamkeiten erwarteten. Es gab schließlich noch richtige Monster auf der Welt. Daphne hatte im Laufe ihres Lebens einige von ihnen gesehen, und ihr war klar, dass Zeus nicht zögern würde, sie von der Leine zu lassen.

Sie sprintete an den hypnotisierten Massen vorbei und war dabei so schnell, dass deren starre Augen sie selbst im hellen Tageslicht nicht wahrnehmen konnten. Sie musste herausfinden, ob die Götter vorhatten, einen Krieg von epischen Ausmaßen zu führen, und wenn das der Fall war, musste sie einen Weg finden, das Ganze entweder zu verlangsamen oder Helen zumindest zu warnen, was ihr bevorstand.

Sie veränderte ihr Gesicht in das von einem der Hundert

Cousins und schritt durch das rasch wachsende Lager, wobei sie in allen Zelten nach den einzigen Personen Ausschau hielt, die sie um Informationen bitten konnte. Schließlich hörte sie die Stimme, nach der sie gesucht hatte, und hastete darauf zu.

»Viel glücklicher können die Götter wohl nicht sein, jetzt, wo Hector und Matt tot sind«, sagte Claire verbittert. Daphne trat näher an das Zelt heran und lauschte.

»Das wollen sie doch. Sie wollen, dass wir uns gegenseitig umbringen, bis niemand mehr da ist«, schniefte Ariadne. »Das ist nicht richtig. Matt kann das nicht gewusst haben. Es kommt mir so vor, als würden die Götter voll darauf abfahren, dabei zuzusehen, wie sich Leute, die sich gernhaben, tödliche Kämpfe liefern.«

»Das ist falsch. Wir müssen verschwinden, Ari. Sofort«, flüsterte Claire ängstlich. »Matt ist von den Göttern reingelegt worden. Genau wie wir.«

Daphne hatte genug gehört. Als sie durch die Klappe ins Zelt eilte, starrten die beiden Mädchen sie erschrocken an. Sofort setzte sie wieder ihr gewohntes Gesicht auf.

»Claire, ich kann dich hier rausbringen«, sagte Daphne hastig, während die beiden noch über ihren plötzlichen Gestaltwechsel staunten. Daphne ließ sie nicht zu Wort kommen und sprach einfach weiter. »Für sie bist du nur eine Normalsterbliche und keine Bedrohung. Aber Ariadne, für dich tut es mir leid. Du bist eine Heilerin und damit viel zu wichtig für sie. Sie können es sich nicht leisten, dich an Helens Seite stehen zu lassen, deswegen musst du hierbleiben.«

»Warum sollten wir Ihnen trauen?«, fragte Claire mit angewiderter Miene. »Sie haben Mr Hamilton unter Drogen gesetzt!«

»Ach ja, das habe ich vergessen. Weil ihr zwei ja niemals die Leute hintergehen würdet, die ihr liebt.« Daphnes eisiger Sarkasmus ließ Claire und Ariadne zurückzucken.

»So ist das nicht«, versuchte sich Ariadne zu verteidigen. Daphne ignorierte sie, denn alles, was Ariadne jetzt noch vorbringen würde, waren Ausreden und half ihnen nicht bei der Lösung ihres Problems.

»Was habt ihr erfahren, das Helen helfen könnte, seit ihr euch für die falsche Seite entschieden habt?«, fragte Daphne ungeduldig.

Claire und Ariadne tauschten einen Blick, um sich abzustimmen. Claire sprach als Erste.

»Sehr viel«, gab sie zu. »Aber ich denke nicht, dass ich Ihnen etwas davon erzählen sollte.«

»Ich kann nicht erwarten, dass du mir traust, Claire. Aber wenn ich dich zu Orion bringe, sagst du ihm dann, was du herausgefunden hast?«

»Ja«, sagte Claire und nickte energisch mit dem Kopf. »Was ist mit Ariadne?«

»Mach dir um mich keine Sorgen, Claire. Mein Vater ist bei mir. Sag Jason …« Ariadne verstummte, weil ihr schon wieder die Tränen kamen. »Ach, keine Ahnung. Erfinde einfach was.«

»Okay«, versprach Claire mit einem deprimierten Schulterzucken. »Aber ich bezweifle, dass er jemals wieder mit mir redet.«

Die beiden Mädchen umarmten einander und flüsterten sich aufmunternde Worte zu. Dann drehte sich Claire um und sah Daphne mit derselben ruhigen Entschlossenheit an, die Daphne bereits seit ihrer frühesten Kindheit von ihr kannte.

»Soll ich irgendwas tun, damit das funktioniert?«, fragte sie.

»Tu einfach so, als wärst du eine Gefangene«, antwortete Daphne. Sie packte Claire am Genick und stieß sie grob aus dem Zelt.

Vorher verwandelte sie sich aber noch in eines der Mädchen aus dem Haus von Rom – eine der wenigen Personen aus diesem Haus, die sich gegen Orion gestellt hatten, wie Daphne wusste – und zog eine große Show ab, die gefangene Claire durchs Lager zu zerren.

Die Myrmidonen, denen kaum etwas entging, bekamen die Szene natürlich sofort mit.

»Warum behandelst du sie so schlecht?«, fragte Telamon. »Sie war meinem Meister bis zum Ende treu ergeben.«

»Bis zum Ende, aber nicht weiter, wie es aussieht. Seit dem Tod eures Meisters ist ihr Herz voller Zweifel«, antwortete Daphne und starrte auf Claires Brust, als hätte sie die römische Begabung, Gefühle zu sehen. »Da kannst du jeden aus dem Haus von Rom fragen. Dieses Mädchen zweifelt. Sie ist nicht mehr fest entschlossen, den Tyrannen zu töten.«

»Dann muss sie sterben«, entschied Telamon mit einem traurigen Nicken. Claire fing an, unter Daphnes Händen zu zittern, doch sie versuchte nicht, wegzurennen.

Daphne hatte sich schon oft eine Tochter gewünscht, die ihr nicht so ähnlich war. Claire verkörperte alles, was man sich bei einem Mädchen wünschte. Sie war klug, stark, mutig und sie besaß nicht das verdammte Gesicht.

»Das wird nicht nötig sein«, erwiderte Daphne beiläufig und zog Claire dichter an sich, damit der Myrmidone nicht auf die

Idee kam, sie ihr abzunehmen. »Sie kann immer noch nützlich sein. Ich bringe sie zu Hypnos, damit er ihre Meinung ändert.«

Telamon warf einen skeptischen Blick auf Claire. Er sah in ihr nur eine kleine Normalsterbliche, die selbst der schwächlichste Scion mühelos in der Mitte durchbrechen konnte.

»Sie war ihr ganzes Leben lang die beste Freundin des Tyrannen«, sagte Daphne lockend. »Sie könnte die Pläne des Feindes kennen.«

Telamons Gesichtsausdruck normalisierte sich und er nickte. »Dann bring sie zu Hypnos«, sagte er. »Er ist am Fähranleger in der Stadt und verpflichtet die Sterblichen, die vom Festland herüberkommen.«

Daphne und Claire eilten durch das Lager. Es war unglaublich groß geworden. Claire sah sich die Bevölkerungsexplosion fassungslos an. Mittlerweile bedeckten die Zelte den ganzen Strandabschnitt bis hinunter zum Wasser. Das Klirren von Rüstungen und der Geruch vieler Lagerfeuer durchdrangen die neblige Seeluft. Zeus' Gewitterwolken verdunkelten den Nachmittagshimmel und das von Poseidon aufgewühlte Meer peitschte in hohen Wellen an den Strand.

»Es sind doch erst ein paar Stunden vergangen«, murmelte Claire staunend.

»Es sind Götter, Claire. Wenn sie etwas wollen, bekommen sie es auch.«

Claire drehte den Kopf zur Seite und betrachtete einen der hypnotisierten »Rekruten«, der mit leerem Blick an ihnen vorbeiging. »Ich kenne ihn«, wisperte sie hektisch und zeigte beinahe ungeniert auf den Jungen in der Lederkluft. »Er ist im Abschlussjahrgang meiner Highschool.«

»Nun, falls er überlebt, wird er sich wohl kaum an irgendetwas erinnern«, sagte Daphne.

»Meine Eltern«, murmelte Claire verzagt.

»Du kannst sie am besten beschützen, indem du Helen hilfst«, bemerkte Daphne.

»Ich wollte das hier verhindern«, sagte Claire und zeigte auf die stetig wachsende Armee.

»Ich weiß«, antwortete Daphne und brachte sie mit einem leichten Schütteln zum Schweigen.

Hermes huschte vorbei, immer auf der Suche nach Informationen, die er Zeus mitteilen konnte. Sein Blick fiel auf Claire, doch dann sah er wieder weg und eilte weiter. Daphne und Claire erreichten das Niemandsland zwischen den beiden Lagern und rannten los.

Als sie die Hälfte des Wegs zurückgelegt hatten, verdunkelte sich der Himmel, als wäre eine Wolke vor die Sonne gezogen. Daphne schaute auf zu dem Schwall von Myrmidonenpfeilen, die auf ein Ziel im Himmel zuzufliegen schienen.

»Lauf, lauf, lauf!«, schrie Daphne Claire zu. Die Pfeile erreichten den Höhepunkt ihrer Flugkurve – und begannen mit ihrem tödlichen Fall Richtung Erde.

Als Helen in die Unterwelt hinabstieg, rechnete sie damit, sich in einer der Landschaften wiederzufinden, die sie inzwischen so gut kannte. Sie erwartete den unendlichen Strand, der nie ans Meer führte, oder den Knochenfriedhof der Frostriesen, in dem

Zerberus sie und Orion gejagt hatte, oder vielleicht den Asphodeliengrund, wo sich die hungrigen Geister von den weißen Blüten der Asphodelien ernährten. Doch stattdessen landete sie in einem großen Saal, den sie nie zuvor gesehen hatte.

Schwarze Marmorböden mit dorischen Säulen, die ins dunkle Nichts aufragten wie ein düsterer versteinerter Wald. Riesige Feuerschalen aus Messing, doppelt so groß wie sie, verbreiteten das goldene Flackern eines rauchfrei brennenden Öls, das nach Jasmin und Ambra duftete. Die Luft war trocken wie in der Wüste. Kostbare Juwelen, eingearbeitet in die schmuckvollen Kanten der Säulen, brachen das Licht. Es umgab Helen mit lauter winzigen Regenbogen – nächtlichen Regenbogen, die nie die Sonne oder den Regen gesehen hatten.

Helen hatte bisher nur ein einziges Mal erlebt, dass die Luft um sie herum so funkelte. Das war, als Lucas sie unsichtbar gemacht hatte.

»Lucas?«, rief Helen, und ihre Stimme hallte durch die vielen Gänge zwischen den Säulen dieses Ortes, der vermutlich Hades' Palast war.

»Ich bin hier«, antwortete Lucas.

Helen rannte auf seine Stimme zu und das Geräusch ihrer Schuhe verbreitete sich in dem versteinerten Säulenwald in alle Richtungen. Sie erreichte das Ende des Saals und kam vor einem riesigen weißen Marmorthron auf einem hohen Podest schlitternd zum Stehen. Der Thron war so gearbeitet, als bestünde er aus Hunderten von Skeletten, die sich vor Schmerzen krümmten, um den Mann zu tragen, der ihn beanspruchte.

Lucas saß auf dem Thron des Todes und schwarze Schatten

quollen aus ihm hervor wie triefender Teer. Helen suchte nach seinem Herzen, doch sie fand nur Dunkelheit.

»Oh, Lucas«, stieß sie schrill und atemlos hervor. »Was hast du getan?«

»Das einzig Sinnvolle, was mir übrig blieb.«

»Du hast ja meistens recht«, sagte sie und ballte frustriert die Fäuste. »Und diesmal liegst du so daneben.«

»Hector ist es, den alle brauchen. Und nicht mich.«

»Ich brauche dich.«

»Du hast Orion.«

»Ich habe Orion nicht. Wir sind nur Freunde.«

»Helen.« Er seufzte müde, als wollte er nichts mehr darüber hören.

»Ich weiß, dass der Herrscher über das Totenreich in der Lage sein muss, in Herzen zu sehen«, sagte sie und begann, die Stufen zu seinem Thron hochzusteigen. »Sieh mich an, Lucas. Lüge ich?«

Er betrachtete sie, als sie näher kam, und sein Blick verriet erste Zweifel.

»Ich bin nicht mit Orion zusammen«, wiederholte Helen. »Das war ich nie, und ich weiß ganz sicher, dass es auch nie passieren wird. Weißt du auch, wieso? Weil es mir unmöglich ist, jemanden so sehr zu lieben, wie ich dich liebe – und ich habe es bei Orion wirklich versucht.«

»Das glaube ich gern«, sagte Lucas. Es sollte bissig klingen, aber da war auch der Anflug eines Lächelns in seiner Stimme.

»Es hat nicht funktioniert. Manchmal kommt es mir so vor, als hätte ich einen eingebauten Zwischenrufer im Kopf. Ich kann nicht mal einen anderen Typen küssen, ohne diese nervige

Stimme zu hören, die mir sagt, wie blöd ich bin und dass ich alles kaputt mache.« Helen stieg noch ein paar Stufen höher und hörte auf zu scherzen. »Du bist der Einzige, den ich jemals lieben werde. Der Einzige, den ich mit Haut und Haaren liebe. Du bist der Richtige für mich.«

Lucas schaute weg und schluckte. »Also lieben wir einander. Und nun? Das ändert nichts an der Tatsache, dass wir nie zusammen sein dürfen.«

Seine Worte klangen überzeugend, aber noch während er sie aussprach, vertiefte sich dieser zweifelnde Blick in seinen Augen, als könnte er nicht mehr glauben, was er da sagte. Als würde er auf einmal nicht mehr verstehen, wieso sie nicht zusammen sein durften.

Helen schleppte sich die letzten paar Stufen hoch, denn die Last dessen, was sie ihm nun sagen musste, beschwerte jeden ihrer Schritte.

Sie wusste genau, wie es sich anfühlte, wenn einem das Herz gebrochen wurde. Lucas hatte es schon einmal mit ihrem gemacht. Es ging nicht schnell und einfach – kein einzelner Stoß, der so wehtat, dass man sofort tot umfiel. Was sie jetzt fühlte, hatte so viele Widerhaken, dass sie die Situation im Kopf drehen und wenden konnte, wie sie wollte – Verletzungen waren unvermeidbar.

Sie überquerte das Podest, ging auf den Thron zu und setzte sich Lucas auf den Schoß. Er erstarrte vor Schreck, doch dann überwältigte ihn Helens Traurigkeit so sehr, dass er sie instinktiv in die Arme nahm. Da sie es unmöglich laut aussprechen konnte, flüsterte sie ihm die ganze Wahrheit ins Ohr.

Helen konnte spüren, wie seine Haut zu glühen begann, als sie ihm von Daphnes verzweifeltem Plan berichtete, Ajax von den Toten auferstehen zu lassen. Helen wusste nicht genau, was sie da sagte. Sie ließ die ganze verfahrene Situation einfach aus ihrem Mund in sein Ohr fließen. Ein paar Mal spannte er die Muskeln an oder schnaufte ungläubig auf, wenn ihn eine neue Erkenntnis traf. Als sie dann zu erklären versuchte, wieso sie am Strand gleich zu Orion gelaufen war und das Wort »Beschützer« gebrauchte, legte Lucas ihr einen Finger an die Lippen.

»Erzähl mir nichts davon«, flüsterte Lucas. Er hatte sofort begriffen, dass ihr Plan, die Götter zu besiegen, gefährdet war, sobald sie sich von Orion entfernte. »Du darfst hier nicht einmal daran denken. Du musst sofort zurück zu Orion.«

»Ohne dich gehe ich nirgendwohin.«

»Du musst zurückgehen, Helen«, widersprach Lucas energisch, doch statt sie von seinem Schoß zu schieben, hielt er sie noch fester in den Armen. »Ich kann nicht mit dir kommen, denn ich habe einen Eid geschworen.« Diese letzten Worte blieben ihm fast im Hals stecken. Anscheinend wurde ihm erst jetzt das Ausmaß seines Fehlers bewusst.

»Aber Lucas, die Götter nutzen deine Abwesenheit, um zu behaupten, dass du tot bist und das Duell nicht wirklich gewonnen hast. Es geht hier nicht nur um dich und mich. Du musst zurückkommen und dich vor den Göttern präsentieren oder sie hetzen Tantalus' Armee auf uns.«

»Mein kleiner Bruder wird seine Armee auf dich hetzen, egal was du tust, Nichte. Wenn Lucas aufs Schlachtfeld zurückkehrt, um zu beweisen, dass er noch lebt, würde Zeus sich einen anderen Grund für einen Angriff suchen«, mischte sich Hades' traurige Stimme ein. Helen glitt hastig von Lucas' Schoß. Die beiden standen jetzt Seite an Seite und hielten sich an den Händen, während Hades über die Stufen zu ihnen heraufkam.

»Wusstest du es?«, fragte Helen ihn. »Das mit Daphne? Wusstest du, was sie vorhatte?«

»Ich sehe vieles, aber nicht alles«, antwortete Hades und schüttelte den Kopf. »Niemand ist allwissend. Selbst die Parzen haben Nemesis, die ihnen den Blick versperrt.«

»Ich brauche ihn«, wisperte sie und drückte Lucas' Hand.

»Und ich habe ihm das mehrfach gesagt, aber er wollte ja nicht auf mich hören«, erwiderte Hades und schaute weg. »Aber sosehr ich mit euch mitfühle, kann ich ihn doch nicht entlassen. Er hat einen Eid geschworen, der auch für mich bindend ist.«

»Er hatte kein Recht, diesen Eid abzulegen. Er ist nicht bereit, dein Nachfolger zu werden.« Helen trat von Lucas weg und erhob die Stimme. »Ich rufe die Eumeniden, um meine Einwände vorzubringen. Lucas taugt nicht zum Herrscher über die Toten.«

»Cleveres Mädchen«, murmelte Hades nachdenklich, als wäre er niemals auf diese Idee gekommen.

Als die drei Mädchen, die einst die Furien waren, aus der Dunkelheit hinter dem Thron hervortraten, musste Hades schmunzeln. Die drei Ex-Furien, die jetzt als Eumeniden oder auch »Die Wohlwollenden« bekannt waren, dienten der Unterwelt als eine Art übernatürliche Anwälte – und sie waren Helen etwas schuldig.

Die Eumeniden stellten sich rechts von Lucas' Thron auf und Hades links davon. Die kleinste von ihnen lächelte Helen kurz an. Helen lächelte zurück und musste sich beherrschen, um ihr nicht zuzuwinken wie einer guten Freundin.

Dann ließ die Kleinste ihr Gesicht wieder ausdruckslos werden und wendete den Blick ab. Die Eumeniden hatten ihre Befreiung von dem elenden Leben als Furien zwar Helen zu verdanken, aber sie würden dennoch tun, was richtig war, und sich nicht automatisch zu ihren Gunsten entscheiden.

»Lasst die Toten eintreten und ihr Urteil sprechen«, sagten sie wie aus einem Mund.

Geisterhafte Seufzer erfüllten den Raum, als sich unsichtbare Wesen gegen Helen und Lucas drängten und sie im Vorbeigehen in die eine oder andere Richtung schwanken ließen. Nur Sekunden später war die ganze Halle bis hoch in die undurchdringliche Dunkelheit der Decke und bis in die hinterste Ecke mit Hunderten, Tausenden und schließlich Millionen von toten Seelen gefüllt.

»Lasst uns zunächst die Vorzüge des Kandidaten erörtern«, sagte die Anführerin der Eumeniden, die ein paar Schritte vortrat und mit ihrem blassen Arm in Lucas' Richtung wedelte. »Der wichtigste ist wohl seine Intelligenz. Indem er anbot, Hades abzulösen, ist er der erste Bittsteller, der dem Herrscher über das Totenreich jemals den einzigen Preis zahlen wollte, der ihn wirklich interessiert. Was die Intelligenz angeht, ist dieser Bewerber der Beste, den wir jemals hatten.«

Helen biss sich auf die Lippe und runzelte die Stirn. Lucas war tatsächlich der klügste Mensch, den sie jemals getroffen hatte. Klug genug, um über einen so komplizierten Ort wie die Unterwelt zu herrschen.

»Er befehligt die Schatten und kann sich bei Bedarf unsichtbar machen. Wie Hades kann auch er ungesehen unter den Lebenden wandeln«, sagte die, die Helen insgeheim immer als die Weinerliche bezeichnete. Aber auch gegen ihre Feststellung konnte sie keine Einwände erheben.

Die Luft knisterte wie brennendes Laub, als sich die Toten berieten.

»Er ist ein Falschfinder und kann Herzen beurteilen, wie es der Herrscher können muss«, sagte die kleinste der Eumeniden so verlegen, als täte es ihr leid, ebenfalls etwas zum Thema beitragen zu müssen. »Und er ist unsterblich.«

»Nein, ist er nicht«, widersprach Helen sofort.

»Doch. Er kann nicht krank werden oder altern und weder durch Naturgewalten oder irgendwelche Waffen getötet werden«, versicherte die Anführerin den toten Geschworenen. »Er hat das Licht eines Unsterblichen in sich. Die Toten können es sehen.«

Helen hörte Lucas nach Luft schnappen und spürte, wie er sie ansah und ihr eine Million Fragen stellen wollte. Sie streckte die Hand aus, damit er nichts sagte, und fuhr fort.

»Ich verstehe. Und es stimmt. Er kann nicht durch äußere Einflüsse zu Tode kommen«, bestätigte Helen mit einem Nicken. »Aber Lucas kann immer noch sterben. Das beweist die Tatsache, dass Hekate ihn in den Feuerring gelassen hat, um gegen Matt zu kämpfen. Er hätte sich nicht mit Matt duellieren können, wenn er unsterblich wäre.«

»Helen sagt die Wahrheit«, verkündete Hades und beeindruckte Helen mit seiner Fairness, obwohl sie natürlich wusste, dass ihm die Gerechtigkeit über alles ging.

Die Eumeniden tuschelten miteinander. Schließlich erhob die weinerliche ihre Stimme. »Wenn das ein Trick ist und er nur durch etwas Unmögliches getötet werden kann, wie etwa eine Klinge aus Fantasiestahl, den es gar nicht gibt, betrachten wir ihn als unsterblich.«

»Wir verlangen zu wissen, was es ist, das ihn töten kann«, sagte die Anführerin.

»Sein eigener Wille«, antwortete Helen. »Wenn er nicht mehr leben will, wird er sterben. Es ist seine Wahl. Die würde ich ihm niemals nehmen.« Helen sah Lucas an, um sich zu vergewissern, wie er darauf reagierte, aber sein Gesichtsausdruck war undurchdringlich. Also richtete sie das Wort wieder an die versammelten Toten. »Wenn er sterben will, dann wird er sterben, und wenn ihr ihn zum Herrscher über euer Reich macht, wer sagt euch dann, dass er euch nicht eines Tages führerlos zurücklässt?«

Diese Vorstellung regte die Toten so auf, dass sie hektisch herumrauschten und die Luft zum Brodeln brachten. Helen sah, wie die kleinste der Eumeniden den Kopf zur Seite neigte, als lauschte sie einer Stimme in ihrem Ohr.

»Die Toten halten ihn für zu ehrenhaft, um seinen Eid zu brechen, weder jetzt noch irgendwann«, verkündete sie. »Hades kann sehen, dass sein Herz die Hingabe besitzt, die sie brauchen, und sie vertrauen darauf, dass der Bewerber nicht freiwillig sterben und sie im Chaos zurücklassen wird.«

»Aber wie könnt ihr da sicher sein? Er will das nicht tun«, flehte Helen.

»Das wollte Hades auch nicht. Aber der Kandidat hat sich dafür entschieden, was mehr ist, als man von Hades behaupten kann«, widersprach die Anführerin der Eumeniden. Sie sah Helen mitfühlend an, fuhr dann aber ungerührt fort: »Der Kandidat ist in keiner Weise gezwungen oder erpresst worden. Hades hat sein Bestes gegeben, ihn zu überreden, dass er ins Licht zurückkehrt, aber er wollte nicht. Er hat sich wissentlich dafür entschieden, die Hand der Dunkelheit zu werden. Streitet der Bewerber das ab?«

»Nein«, antwortete Lucas und ließ den Kopf hängen. »Das streite ich nicht ab.«

Helen wusste, dass sich Lucas nicht damit herausreden würde, dass er getäuscht worden war, denn sein Ehrgefühl ließ nicht zu, dass er sich vor seiner Verantwortung drückte. Helen musste daran denken, wie Lucas sie erwischt hatte, als sie bis an den Rand des Weltraums geflogen war, und wie er sie zur Erde zurückgebracht hatte. Danach hatten sie ihren furchtbaren Streit auf dem Witwensteg ihres Hauses fortgesetzt, und Helen hatte ihn gefragt, ob Castor ihm befohlen hatte, ihre Beziehung zu beenden, doch Lucas hatte seinem Vater nicht die Schuld zuschieben wollen. Er hatte behauptet, es wäre seine eigene Entscheidung gewesen.

Sie liebte ihn nur umso mehr wegen dieses Verantwortungsbewusstseins. Und das bestärkte sie noch darin, das Schlimmste über ihn zu sagen – ob sie es selbst nun glaubte oder nicht. Sie hoffte nur, dass ihre Vermutung über das, was Persephone an Halloween gesagt hatte, richtig war.

»Er ist intelligent, loyal und hat einen ausgeprägten Sinn für Gerechtigkeit. Er hat alles, was Hades auch hat. Aber die wichtigste Eigenschaft fehlt ihm«, verkündete Helen so laut, dass es jeder hören konnte. »Orion und ich waren es, die die Prüfung durch die Furien bestanden haben. Unser Mitgefühl hat sie befreit und die Toten befanden uns für würdig. Lucas hat so einen Test nie bestanden.«

Helen zögerte und holte tief Luft, denn was sie jetzt sagen würde, tat Lucas sicher sehr weh und würde vermutlich auch dazu führen, dass er sie von nun an mit anderen Augen sah. Aber da alles andere nicht funktioniert hatte, blieb ihr keine andere Wahl.

»Lucas ist nicht fähig, über das Totenreich zu herrschen, weil er bisher keinen Beweis erbracht hat, ob er zu Mitgefühl fähig ist«, sagte Helen laut.

Lucas' Kopf fuhr herum und er starrte Helen verblüfft an. Sie schaute ihn nicht an, obwohl sie seinen Blick auf sich spürte. Die Eumeniden zogen sich erneut zur Beratung zurück.

»Er hat sich im Tausch für seinen Cousin angeboten«, versuchte die Anführerin der Eumeniden, Helens Argument zu entkräften. »Das erfordert Mitgefühl.«

»Das war Schuldgefühl«, widersprach Helen und drehte sich absichtlich so zu Hades, damit er erkennen konnte, dass sie die Wahrheit sprach. »Als Hector starb, habe ich Schuld, Trauer und Resignation in Lucas' Herz gesehen. Das waren die Emotionen, die ihn zu diesem Handel veranlasst haben. Nicht Mitgefühl. Aber wenn Mitgefühl die Eigenschaft ist, welche die Toten am höchsten bewerten, dann ist Lucas nicht dafür geeignet, über dieses Reich zu herrschen.«

Die Toten mussten sich erst wieder beratschlagen, und das Rascheln und Knirschen ihrer Stimmen erinnerte Helen an das

Geräusch des Windes, der über hohes Sumpfgras weht. Helen konnte es nicht ertragen, Lucas anzusehen. Sie hoffte nur, dass er ihr eines Tages vergeben konnte. Sie sah stattdessen zu Hades hinüber, der sie mit einem Lächeln betrachtete. Sie wollte ihm sagen, wie leid es ihr tat, sich so gegen ihn zu stellen, aber sie wusste, dass es nicht nötig war. Er sah ihr Bedauern in ihrem Herzen.

Die Anführerin der Eumeniden hielt den Kopf schief und lauschte der Entscheidung, welche die Toten getroffen hatten.

»Der Bewerber wird für unwürdig befunden«, sagte sie, und Helen wurde vor Erleichterung beinahe ohnmächtig. Doch die Eumeniden waren noch nicht fertig. »Aber dennoch muss er seinem Eid Folge leisten.«

»Was bedeutet das?«, fragte Helen die Geister in der Luft, obwohl sie ihre Wispersprache nicht verstehen konnte.

»Es bedeutet, dass die Hand der Dunkelheit Hades eines Tages ablösen muss«, antwortete die kleinste der Eumeniden. »Er kann nicht herrschen, solange er für unwürdig befunden wurde, aber eines Tages muss er sich dem Urteil der Toten stellen, und wenn es darin besteht, den Platz von Hades einnehmen.«

Helen war sprachlos. Sie zermarterte sich das Gehirn nach einem Grund für einen Widerspruch, nach etwas, das Lucas' Eid für nichtig erklärte, aber ihr fiel nichts ein.

»Helen«, flüsterte Lucas ihr ins Ohr. »Lass es gut sein. Es ist in Ordnung.«

»Nein, ist es nicht!«, zischte Helen zurück. »Es bedeutet, dass du jederzeit hierherbeordert werden kannst. Wir wissen nicht, wann oder wie, aber eines Tages werden die Toten dich rufen, und dann musst du in den Hades.«

Lucas schmunzelte und schüttelte den Kopf. »So ist das Leben, Helen. Das steht jedem bevor. Es bedeutet nur, dass ich jeden Tag so leben muss, als wäre es mein letzter. Das kann ich gerne tun.« Er sah hinüber zu Hades und aus seinen Augen strahlte jetzt wieder dieses innere Licht, das Helen schon seit Wochen nicht mehr gesehen hatte. »Vielen Dank.«

»Du musst gehen. Jetzt«, antwortete Hades ernst. »Ihr beide werdet auf der Erde gebraucht. Und Helen? Lass Zeus nicht siegen. Was immer du tun musst, um ihn aufzuhalten – tu es.«

Helen seufzte und nickte, weil sie wusste, was Hades meinte, doch sie war nicht sicher, ob ihre Kraft dafür ausreichte, nachdem sie gerade erfahren hatte, dass Lucas eines Tages seinen Dienst im Hades würde antreten müssen. Wie sollte sie die Zukunft ertragen – in dem Wissen, dass sie nur im Hades mit Lucas zusammen sein konnte? Würde sie so enden wie Persephone?

»Ich danke dir, Onkel«, sagte sie. »Richte deiner Königin meine Liebe aus.«

16

Helen und Lucas tauchten am Strand wieder auf. Da sie hoffte, dicht bei Orion anzukommen, hielt Helen es für das Beste, wenn sie in der Nähe des Kampfplatzes landeten, auf dem die Duelle stattgefunden hatten. Sie ging nicht davon aus, dass sich die feindlichen Linien seit ihrem Abflug verändert hatten, und rechnete damit, dass sie Orion sofort antreffen würde.

Doch als Helen und Lucas aus ihrem Ring aus Eis traten, fanden sie sich inmitten eines riesigen Lagers mit Tausenden von Kämpfern wieder – Scions, Myrmidonen und Normalsterbliche, die sich alle auf den Angriff vorbereiteten.

»Ist nicht wahr«, schnaufte Helen und starrte fassungslos in die überfüllte Zeltstadt, die am Strand entstanden war. Sie entdeckte Mr Tanis vom Eisenwarenladen, der an einem großen runden Stein ein Schwert schärfte. Seine Augen wirkten merkwürdig ausdruckslos. Helen wollte gerade seinen Namen rufen und ihn fragen, ob es ihm gut ging, als Lucas kräftig an ihrem Arm ruckte.

»Hoch!«, knurrte er panisch und warf sie in die Luft. Als sie sich von der Schwerkraft gelöst hatte, flog er neben sie und nahm ihre Hand, um sie hinter sich herzuziehen. »Falsche Seite!«, rief er ihr zu und steuerte sie landeinwärts.

Aus der Luft konnte Helen die beiden Lager sehen, doch ihre Ausmaße überwältigten sie noch immer. Sie und Lucas verharrten kurz schwebend und betrachteten die neue Aufteilung des westlichen Endes von Nantucket. Von Siasconset bis hoch zum Sesachacha Pond war der Strand mit den Zelten von Tantalus' Armee übersät. Orion und seine Truppen waren in die Dünen zurückgedrängt worden und zahlenmäßig geradezu lächerlich unterlegen. Helen konnte hören, wie Lucas mit sich selbst sprach, als würde er sich eine Liste für später einprägen.

»Sind wir nicht gerade erst weggegangen?«, fragte Helen ungläubig. Dort unten waren viel zu viele Menschen und Zelte. »Wie konnte das so schnell geschehen?«

»Hephaistos hat unter dem Olymp genug Waffen gelagert, um jedem Mann, jeder Frau und jedem Kind auf der Welt ein Schwert in die Hand drücken zu können«, antwortete Lucas abgelenkt. Seine Augen huschten hin und her und seine Lippen bewegten sich, als er kaum hörbar die Zelte durchzählte und sich die Nachschubwege merkte.

Die ersten Pfeile zischten an ihnen vorbei. Ein paar davon prallten von Helen ab, doch Lucas riss sie instinktiv aus der Schusslinie. Sie waren von einem Trupp Myrmidonen entdeckt worden, der jetzt ganze Schwärme von Pfeilen auf sie abschoss.

»Mir fehlt nichts«, versicherte sie ihm und wedelte eine Ladung Pfeile weg, die auf ihr Gesicht zuflogen. Um Lucas daran zu erinnern, dass sie die Hälfte des Cestus trug, der sie vor Verletzungen durch Waffen schützte, berührte sie das goldene Herz an ihrer Kette. »Es pikt, aber Pfeile können mich nicht töten. Dich übrigens auch nicht.«

Lucas beobachtete mit ausdrucksloser Miene, wie die Pfeile von ihm abprallten. Helen warf einen Blick auf sein Herz und sah dort ein Dutzend verschiedener Emotionen herumwirbeln.

»Bist du wütend auf mich?«, fragte sie flehentlich und legte die Hand auf seine Brust. Lucas schaute zu ihr hinüber, aber sein Blick war so ausdruckslos, dass sie keine Ahnung hatte, was ihm durch den Kopf ging. »Ich weiß, dass ich dich fast unsterblich gemacht habe, ohne dich vorher zu fragen. Aber es liegt immer noch bei dir. Wenn du sterben willst, kannst du es, wann immer du willst. Nicht, dass du sofort sterben wolltest. Aber du weißt schon, irgendwann in der Zukunft kannst du es.«

Eine brennende Kanonenkugel sauste vorbei und verfehlte sie nur knapp, aber weder Helen noch Lucas nahmen sie zur Kenntnis. Ein weiterer Pfeilhagel verdunkelte den Himmel, doch für Helen waren es nur Hintergrundgeräusche, die sie leicht ausblenden konnte, da sie gerade die Gelegenheit hatte, Lucas alles zu erklären.

»Und dann war da noch diese Sache, die ich gesagt habe – dass du nicht mitfühlend wärst«, fuhr Helen fort und hatte plötzlich Tränen in den Augen. »Du sollst wissen, dass ich das nicht wirklich von dir denke. Ich habe es nur gesagt, weil du noch nicht auf die Probe gestellt wurdest wie Orion und ich.

Es war das Einzige, was ich bei der Verhandlung vorbringen konnte und der einzige Grund, aus dem dich die Toten ablehnen würden.«

Lucas verzog noch immer keine Miene. Helen schloss daraus, dass er sie wegen ihrer Worte bei der Verhandlung jetzt tatsächlich mit anderen Augen sah, wie sie befürchtet hatte. Um ihn zu retten, hatte sie in Kauf genommen, dass er sie jetzt nicht mehr liebte. Helen rannen die Tränen übers Gesicht.

»Du hasst mich jetzt, oder? Aber ich musste auf deine einzige Schwachstelle hinweisen, auch wenn du mich jetzt nicht mehr leiden kannst. Ich habe es nur getan, um dich zurückzubekommen, und habe dich dadurch verloren.«

»Du könntest mich nie verlieren, Helen. Nicht einmal, wenn du es darauf anlegen würdest«, sagte er und zog sie am Arm dichter an sich. »Und um das ein für alle Mal klarzustellen – ich bin ganz deiner Meinung. Ich sollte wirklich mitfühlender sein. Ich habe niemals erwartet, dass du mich für perfekt hältst. Ich weiß, dass ich das nicht bin.«

»Für mich bist du es.«

»Das ist das Wichtigste für mich«, sagte Lucas leise. »Meine Nicht-Cousine Helen.«

Einen Moment lang hatte Helen Angst, dass er es nicht tun würde. Sie hatte schon so oft darauf gehofft und war enttäuscht worden, dass sie bezweifelte, dass es jemals passieren würde. Doch dann passierte es wirklich. Er vergrub die Hände in ihren Haaren, zog sie an sich und küsste sie.

Der Himmel war voller Brandpfeile und brennender Geschosse, die nach geschmolzenem Asphalt stanken. Um sie herum explodierte alles, doch das interessierte Helen nicht. Sie war endlich zu Hause und wollte es nie wieder verlassen.

Pfeile flogen hin und her, weil Orions Truppen den Beschuss erwiderten. Als Lucas merkte, dass sie mitten ins Kreuzfeuer gerieten, beendete er den Kuss, behielt Helen aber dicht an seiner Seite.

»Fortsetzung folgt«, versprach er und drückte seine Stirn einen Moment lang an ihre. Dann machten sie sich auf den Rückweg zur Erde.

Sie flogen schnell und wichen dem stachligen Beschuss aus, so gut es ging, bis sie schließlich auf ihrer Seite des Feldes landeten. Die Bogenschützen trugen Unmengen Pfeile bei sich. Rüstungen klirrten und Leder knarrte. Eine Armee von Scions, wenn auch nur eine kleine, stand der ersten Welle von Tantalus' Truppen gegenüber – dreiunddreißig Myrmidonen auf der anderen Seite eines breiten Strandabschnitts, befehligt von Tantalus, der hinter seinen Kriegern Stellung bezogen hatte. Helen hörte, wie er seiner Armee Befehle zubrüllte, und musste anerkennen, dass er sein Handwerk beherrschte. Er war nun schon einige Monate lang ihr persönlicher Buhmann gewesen, aber ein Feigling war er nicht.

Sofort nachdem Helen und Lucas gelandet waren, rannten Orion und Castor auf sie zu.

»Wie hast du …?«, fragte Orion Helen, während Castor seinen Sohn in die Arme schloss.

»Erzähl ich dir später«, versprach Helen.

»Wo ist Hector?«, fragte Lucas.

»In meinem Zelt«, antwortete Orion und führte Helen und Lucas darauf zu. »Er glaubt tatsächlich, dass er kämpfen wird.«

»Ich glaube nicht nur, dass ich kämpfen werde, ich werde kämpfen«, verkündete Hector mit seiner knurrigsten Stimme.

»Hector, wenn du dich noch einmal umbringen lässt, werde ich dich, wenn ich den Hades übernehme, schön lange im Tartaros schmoren lassen«, scherzte Lucas, als sie das Zelt betraten.

Das Erste, was Helen im Zelt auffiel, waren sechs Rüstungen, die an hölzernen Ständern hingen wie hohle Soldaten, die das Zelt bewachten.

Bronze für Hector, weiß für Orion, silber für Castor, rot für Jason und schwarz für Lucas, dachte Helen. Es gab aber auch eine goldene Rüstung – Größe und Form ließen darauf schließen, dass sie für eine Frau gemacht worden war. Das ist meine.

Jason erneuerte gerade den Verband um Hectors Brust. Seinen Bruder zu heilen, hatte Jason so angestrengt, dass er ganz blass und zittrig war.

»Lucas!«, jubelte Cassandra und warf sich auf ihren Bruder. Er fing seine kleine Schwester auf und drückte sie an sich. Auch seine Cousins stürzten sich auf ihn, umarmten ihn und klopften ihm auf die Schulter, doch obwohl sie glücklich waren, ihn zu sehen, hatten doch alle gehört, was er gesagt hatte.

»Was meinst du damit, ›wenn du den Hades übernimmst‹?«, fragte Cassandra und ließ Lucas los.

»Was ist passiert?«, fragte Castor Helen vorwurfsvoll, als hätte sie ihre Aufgabe nur zur Hälfte erfüllt.

»Dad, hör zu, es gibt keinen Weg, den Eid rückgängig zu machen, den ich geschworen habe. Und ich habe es Helen zu verdanken, dass ich nicht sofort im Hades bleiben muss. Lass uns jetzt lieber an den Kampf denken, der uns bevorsteht.« Lucas drückte die Schulter seines Vaters und sah dann Hector an. »Helen und ich konnten im Flug hinter die feindlichen Linien sehen. Wo ist die Karte?« Es hörte sich an, als hätte er schon tausend Schlachtpläne entworfen.

Cassandra führte die Männer zu einem Tisch in der Ecke, wo Lucas sofort anfing, den Aufbau des feindlichen Lagers zu analysieren. Helen wollte sich dazustellen, als sie eine vertraute Stimme hörte. Sie war weit entfernt und schwach und kam aus dem Niemandsland zwischen den beiden Seiten.

»Hilfe!« Es war Claire, die da schrie.

Sie hatte Schmerzen.

»Gig?«, rief Helen. Sie rannte aus dem Zelt und steuerte blindlings auf die vorderste Front zu. Die brennenden Teerkugeln, die die Myrmidonen auf Helen und Lucas abgefeuert hatten, vernebelten alles mit ihrem dicken schwarzen Rauch.

»Hier!«, schrie Claire irgendwo hinter dem Rauchvorhang.

»Helen, nicht!«, brüllte Orion, doch Helen hörte nicht auf ihn.

Es spielte keine Rolle, dass Claire sich für Matt entschieden hatte. Die Gewissheit, dass ihre beste Freundin Schmerzen hatte, löschte alles andere aus. Helen stürmte ins Niemandsland.

Sofort schwirrte eine neue Welle Pfeile auf sie zu – Warnschüsse von den Myrmidonen.

»Lennie!«, heulte Claire unter Schmerzen.

Claire war irgendwo in den Dünen, aber Helen konnte sie nicht sehen. Es fielen einfach zu viele Pfeile und Buschwerk und Dünengras standen in Flammen.

Helen spürte, wie sie von einer gewaltigen Kraft ergriffen wurde und sie sofort aus sich herausließ, getrieben vom verzweifelten Verlangen, Claire zu finden. Mehrere Dinge geschahen gleichzeitig. Die Feuer am Boden erloschen zischend und dampfend unter einer Eisschicht. Ein starker Windstoß wirbelte den Rauch fort und machte Daphne und Claire sichtbar, die im Sand hockten. Etwa hundert Pfeile blieben mitten in ihrer Flugbahn stehen. Ihre Bronzespitzen balancierten auf dem äußeren Rand von Helens Magnetfeld. Einen Moment lang herrschte absolute Stille.

Helen schlug das Herz bis zum Hals, als sie sah, dass Daphne Claire zwar mit ihrem Körper vor den Flammen geschützt hatte, die beiden aber von mehreren Pfeilen getroffen waren.

Claire blutete stark.

Helen rannte auf sie zu. Panik stieg in ihr auf und ließ ihre Hände zittern. Ihr wurde erst jetzt bewusst, dass sie mit ihrem Vorstürmen ins Niemandsland den ersten Schritt gemacht hatte. Ohne es zu wollen, hatte sie den Myrmidonen das Zeichen zum Angriff gegeben.

Helen hörte hinter sich die Kampfschreie von Lucas, Orion und Hector, mit denen sie ihre Krieger zu sich riefen. Sie stürzten sich in den Kampf, den Helen unabsichtlich ausgelöst hatte. Doch alles, was sie sah, war Giggles, die weinte und den Pfeil umklammert hielt, der in ihrer Brust steckte.

»Verschwindet von ihr!«, schrie Helen unsinnigerweise die Pfeile an, die aus Claire herausragten. Sie alle gehorchten und flogen aus Claires Haut, was das Ganze noch viel schlimmer machte. Jetzt floss das Blut in Strömen aus ihrem Körper.

Helen war bei Claire und Daphne angekommen, bevor die vorstürmenden Armeen aufeinandertrafen. Sie drückte beide fest an sich und schoss mit ihnen in die Luft, während unter ihr die Scions und die Myrmidonen mit einem Krachen von Schwertern und Schilden zusammenprallten.

Sie flog Claire und Daphne so schnell sie konnte zu Jason. Auf dem Weg dorthin warf sie einen Blick nach unten, wo Castor, Hector, Orion und Lucas ohne ihre Rüstungen auf die Myrmidonen losgingen. Der Anblick von Lucas, der mit bloßen Händen Schwerthiebe abwehrte, ließ Helen einen Schauer über den Rücken laufen. Sie wusste zwar, dass ihn Schwerter oder Pfeile nicht töten konnten, aber sie war trotzdem froh, dass sie sich aufs Fliegen konzentrieren musste und nicht länger zusehen konnte. Einen Moment später brachte sie Claire und Daphne ins Zelt.

»Mir geht's gut«, beteuerte Daphne und humpelte hinüber zum Tisch und zu den Stühlen. Helen legte Claire vor Jason und Cassandra auf den Boden. Obwohl sein eigenes Herz zeigte, wie tief getroffen er war, reagierte Jason sofort. Seine Hände begannen bläulich zu glühen, um Claires Blutungen zu stoppen.

»Jason, warte!«, flehte Claire.

»Claire, kannst du wenigstens einmal im Leben den Mund halten?«, fuhr Jason sie an. Helen betrachtete sein Herz, das gelb und zerschlagen wirkte, und sie erkannte, dass Claires Verrat ihn so verletzt hatte, dass er ihr nicht einmal in die Augen sehen konnte.

»Pallas wird nicht gegen dich und Hector kämpfen«, schnaufte sie stur. »Daedalus weigert sich, gegen Orion anzutreten, und die Götter haben die Unterstützung der meisten Scions auf ihrer Seite verloren, weil sie Normalsterbliche hypnotisieren.« Aus Claires Mund begann Blut zu strömen.

Es gab nur eine einzige Kraft, die Helen nicht besaß und die sie sich im Moment am meisten wünschte – die Fähigkeit, Menschen zu heilen, die sie liebte.

»Tu was!«, schrie sie Jason an

»Ihre Lunge ist durchstoßen«, sagte er, während Claire unter seinen Händen herumzappelte. »Ich muss sie betäuben.«

»Claire, bitte beruhige dich«, sagte Cassandra beschwichtigend. »Lass Jason arbeiten.«

»Nein!«, widersprach Claire und stieß Jasons glühende Hände weg. Sie versuchte, sich aufzusetzen, um ihre Botschaft zu überbringen, aber dadurch quoll nur noch mehr Blut aus ihrem Mund. »Tantalus, eine Handvoll von den Hundert Cousins und die Myrmidonen sind alles, was noch übrig ist«, sagte sie und drohte an ihrem eigenen Blut zu ersticken. »Tantalus führt sie alle an. Er ist das Gehirn und wird von den Myrmidonen gut bewacht.«

»Versuch, still zu liegen«, sagte Cassandra und half Claire, sich wieder auszustrecken.

»Es tut mir so leid«, hustete Claire. »Ari und ich dachten, wir tun das Richtige.«

»Ich weiß«, sagte Jason, und die Verbitterung, die Helen in seinem Herzen erkannt hatte, verwandelte sich in eine wundervolle rotgoldene Wolke. »Und jetzt halt endlich den Schnabel«, flüsterte er liebevoll.

Als er mit seiner glühenden Hand über Claires Kopf fuhr, verlor sie das Bewusstsein. Helen sah einen Moment lang zu, wie sich Claires Wunden schlossen und Jason vor Anstrengung immer blasser wurde. Dann richtete sie ihre Aufmerksamkeit auf Daphne.

»Danke«, sagte Helen mürrisch. »Dafür, dass du sie geholt hast.«

Daphne nickte und betrachtete die Wunde in ihrem Oberschenkel. »Ich bin nicht in der Position, eine Gegenleistung zu verlangen. Aber ich bitte dich, dass du Tantalus mir überlässt.«

»Er gehört ganz dir«, sagte Helen kalt. Dann verließ sie das Zelt, um über das Schlachtfeld zu fliegen und nach ihren Männern zu suchen.

Lucas entdeckte sie als Ersten. Er kämpfte an der Seite seines Vaters. Sie wusste, dass Lucas nichts passieren konnte und dass er seinen Vater beschützen würde. Dann sah sie sich nach Orion um. Pfeile zischten an ihr vorbei, als die Myrmidonen hinter der Front ihre Köcher leerten. Als sie jedoch bemerkten, wie die Pfeile von ihr abprallten, ließen sie die Bögen sinken und zeigten auf sie.

Aus der Luft erblickte Helen Orion und Hector, die Rücken an Rücken kämpften. Sie waren von sechs Myrmidonen umzingelt. Helen flog zu ihnen, und sobald sie in Reichweite war, entfernte sie die Schwerter aus den Händen der Angreifer. Sechs Klingen sprangen in die Luft und blieben dort schweben, während Helen mit einem absichtlich heftigen Aufprall neben Hector und Orion landete.

Ihre Ankunft hatte jedoch nicht den Effekt, den sie erwartet hatte. Statt wegzulaufen, rückten die Myrmidonen vor.

»Der Tyrann«, intonierten sie und kamen auf sie zu wie der personifizierte Hass. »Den Tyrannen töten.«

»Nicht dein bester Zug, Prinzessin«, schalt Hector. Er zeigte hektisch auf Orion. »Schaff sie vom Schlachtfeld!«

Bevor Helen herausfinden konnte, wieso Hector so ausflippte, hatte Orion sie sich schon über die Schulter geworfen und rannte in Richtung Zelt. Während sie unangenehm gegen Orions Rücken wippte, gelang es ihr, sich so weit hochzustemmen, dass sie sehen konnte, wie die rund dreißig Myrmidonen hinter ihr herstürmten.

Bei einem Schachspiel war die Dame die vielseitigste Figur, doch wenn sie besiegt wurde, war das Spiel noch nicht zu Ende. Erst wenn der König bewegungsunfähig war, war der Spieler schachmatt. Helen erkannte erst jetzt, dass sie in diesem Spiel der König war und nicht die Dame.

Plötzlich entdeckte Helen jemanden, der in einer goldenen Rüstung über das Schlachtfeld rannte – in ihrer goldenen Rüstung.

»Warte!«, schrie Helen hinter dem Mädchen her, das so dumm war, sich für sie auszugeben. »Das ist doch Selbstmord!«

Aber das Mädchen tauchte ohne das geringste Zögern in Rauch, Nebel und heranstürmenden Kriegern unter und verschwand.

Die Scions aus dem Haus von Athen schlossen hinter Orion die Reihen und stellten sich den Myrmidonen entgegen. Helen begriff, dass das Mädchen in der goldenen Rüstung nur eine Person sein konnte. Ihre Mutter.

Bevor Daphne die goldene Rüstung vom Ständer nahm, wartete sie, bis Jason sich bei Claires Heilung so verausgabt hatte, dass er nahezu bewusstlos war, und Cassandra losgegangen war, um ihm etwas zu essen zu holen. Sie legte die Rüstung hastig an, tauschte ihr Gesicht gegen das von Helen ein und stürmte hinaus aufs Schlachtfeld.

Ihr war klar, dass sie nicht überleben würde, aber sie hatte nie besonderen Wert auf ihr eigenes Leben gelegt. Sie hatte Ajax für immer verloren. Nach all den Jahren hatte sie diese Tatsache endlich akzeptiert. Jetzt blieb ihr nur noch eines zu tun. Nur noch ein Versprechen einzulösen.

Sie musste das Schlachtfeld überqueren, während der Hauptteil von Tantalus' Armee mit Kämpfen beschäftigt war. Und dann würde sie nahe genug an ihn herankommen, um ihn zu töten.

Dafür hatte sie schon vor Monaten ihr Herz hergegeben – ihr Herz für Hekates Hilfe, diesen Mann zu erledigen. Es spielte keine Rolle, welche Vorsichtsmaßnahmen Tantalus traf. Hekate, die Wächterin aller Wegkreuzungen und Schwellen, hatte versprochen, Daphne jede Tür zu öffnen.

Als sie durch das Niemandsland rannte, hoffte ein Teil von Daphne, dass Helen glauben würde, dass sie es tat, um ihr zu helfen. Ein noch größerer Teil von Daphne wünschte, dass es so wäre. Aber sie wusste es besser. Sie tat es hauptsächlich aus Rache. Die Tatsache, dass sie Helen damit half, war nur ein praktischer Nebeneffekt.

Die Myrmidonen waren abgelenkt und jagten die echte Helen, die über Orions Schulter hing und von ihm vom Schlachtfeld geschleppt wurde. Daphne war sich bewusst, wie sinnvoll es war, ihre Tochter aus der Gefahrenzone zu schaffen. Sie war einfach keine geborene Kämpferin, und Daphne konnte froh sein, dass Orion so vernünftig gewesen war, sie wegzuschaffen.

Im Gegensatz zu ihrer großherzigen und leicht zu verblüffenden Tochter hatte Daphne schon in vielen Schlachten gekämpft und wusste, wie man mit dem Schwert umging. Sie ignorierte die rasch heilenden Wunden in ihrem Oberschenkel und der Schulter, mähte ein paar der Hundert Cousins nieder und schuf sich auf diese Weise einen Weg durch die feindlichen Linien.

Daphne wirbelte im Kreis herum, um so viele wie möglich von ihnen zu beschäftigen und die Feinde auf diese Weise von Hector, Lucas und Castor abzulenken. Keiner von Helens Kämpfern trug seine Rüstung und sie brauchten eine Gelegenheit, sich neu zu formieren. Das war nur möglich, wenn Daphne die Angreifer zurückdrängte. Solange die Myrmidonen hinter der echten Helen herjagten, hatte Daphne vielleicht die Chance, die feindlichen Linien zu durchbrechen und ihr wahres Ziel zu erreichen.

Sie tötete drei Männer, doch dann erregten ihre Blitze Castors Aufmerksamkeit.

»Helen!«, schrie er. Als er sah, dass Daphne von immer mehr Soldaten umringt wurde, stürmte er los, um sie zu retten.

»Bleib zurück, Caz!«, brüllte Daphne, die absichtlich seinen alten Spitznamen benutzte. Er war ein kluger Mann und begriff sofort, dass das Mädchen in der goldenen Rüstung nicht Helen war, auch wenn es genauso aussah.

Castor streckte den Arm aus, um Lucas daran zu hindern, dass er zu ihr flog, und erklärte ihm hastig, was Daphne vorhatte.

Dann konzentrierten sich die beiden wieder darauf, die Hundert Cousins zu bekämpfen. Daphne erledigte den letzten der Männer, die sie umstellt hatten.

Im feindlichen Lager kickte sie ein paar der hypnotisierten Normalbürger aus dem Weg. Alle Scions und Myrmidonen waren auf dem Schlachtfeld und die sterblichen Reservisten waren noch nicht zum Einsatz gekommen. Daphne wollte ihr Schwert nicht gegen sie einsetzen und steckte es weg, denn bei diesen Leuten reichten nicht-tödliche Kampftechniken aus.

Auch unbewaffnet brachte sie die Reservetruppen in Sekunden hinter sich, steuerte das größte der Zelte an und brüllte ihre Herausforderung.

»Tantalus! Lass uns das sofort austragen!«, rief Daphne, die immer noch als Helen auftrat. Rund um sie herum begannen die Leute, sich das Wort Tyrann zuzuflüstern. Daphnes Rechnung war aufgegangen. Die anderen fielen auf ihre Maskerade herein. »Dein Leben oder meins. Wir beenden diesen Krieg, bevor er anfängt.«

Tantalus schlug die Zeltklappe zurück und kam in voller Rüstung heraus. Daphne klappte ihr Visier zu und umklammerte mit beiden Händen den Griff ihres Schwerts.

»Aber ich habe keine Blitze zur Verfügung. Ich kann keine Erdbeben auslösen. Und auch nicht fliegen«, sagte Tantalus und kam mit ausgestreckten Händen auf sie zu, als hätte er nichts zu verbergen.

»Schwert gegen Schwert«, erwiderte Daphne in Helens Gestalt. »Keine anderen Fähigkeiten. Nur deine Klinge gegen meine.«

Die Menge murmelte ihre Zustimmung. Nur eine Person war dagegen.

»Helen, nicht!«, schrie Ariadne. Ihr Vater hinderte sie daran, an Helens Seite zu rennen. »Er ist zu gut.«

»Keine anderen Fähigkeiten und keine Tricks?«, vergewisserte sich Tantalus verunsichert. Er wollte ihr nicht gegenübertreten, solange er nicht sicher war, dass er siegen würde.

»Nein«, antwortete Daphne sofort, denn sie hatte bereits mit ihrem Herzen für diese Lüge bezahlt.

»Soll Hekate entscheiden«, sagte Tantalus, dem der Gedanke immer besser gefiel, der große Held zu sein, der den Krieg in einem einzigen Duell gewann. »Opfergabe!«

Pallas trat vor und warf zwischen Tantalus und Daphne eine Handvoll Safran in die Luft. Sofort brachen orangefarbene Flammen aus dem Sand hervor und bildeten ein Oval. Tantalus und Daphne betraten ungehindert die Arena. Tantalus zog genüsslich sein Schwert und grinste sie an.

»Pallas sagt, dass du eine lausige Schwertkämpferin bist«, flüsterte er ihr mit einem kalten Lächeln zu.

Daphne ließ einen Moment lang ihr eigenes Gesicht aufblitzen, damit Tantalus wusste, mit wem er es zu tun hatte. Als sie sah, wie seine Gesichtszüge erstarrten, schlüpfte sie wieder in Helens Haut und lächelte ihn boshaft an.

»Du wirst feststellen, dass ich mich sehr verbessert habe«, sagte sie.

Die Götter versammelten sich, begierig, das Duell zu sehen, und jeder von ihnen beanspruchte einen der besten Plätze. Tantalus wollte kehrtmachen und protestieren, dass es Daphne war und nicht Helen, gegen die er kämpfen sollte, aber eine Wand aus orangefarbenen Flammen versperrte ihm den Weg. Als Tantalus merkte, dass er keinen Rückzieher machen konnte, nickte er betrübt.

»Jede Untat, die ich jemals beging, geschah nur aus Liebe zu dir«, sagte er gerade laut genug, dass Daphne es hörte. »Von allen Leuten solltest du das am besten verstehen.«

»Das tue ich«, erwiderte sie gelassen. »Und ich hasse dich dafür, dass du mich diese Lektion gelehrt hast.«

Tantalus stellte sich an einem Ende der ovalen Arena auf und Daphne am anderen. Dass sie so weit voneinander entfernt waren, wies darauf hin, dass sie vorhatten, dieses Duell mit einem einzigen Schlag zu beenden. Es würde kein langer Kampf mit geschickter Beinarbeit und eleganten Paraden werden. Wie die Ritter des Mittelalters oder die Revolverhelden im Wilden Westen wollten beide den Gegner bereits im ersten Anlauf töten.

Beide stürmten gleichzeitig aufeinander los.

Daphne ignorierte den heißen Schmerz, der sich über ihren Hals zog, und schlug Tantalus mit einem Hieb den Kopf ab. Genau wie er es bei Ajax getan hatte. Sie sah Tantalus' Kopf an sich vorbeirollen und gegen die Barriere aus orangefarbenem Feuer stoßen. Seine toten Augen starrten sie an.

Endlich war es vollbracht. Daphne sank auf die Knie und hörte, wie sein kopfloser Körper hinter ihr Stück für Stück zusammensackte. Dann herrschte Stille – gefolgt von einem Schrillen in ihren Ohren. Daphne verspürte ein vertrautes Gefühl der Kälte. Sie schaute nach unten auf das Blut, das den Sand um sie herum rot färbte. Als sie nach vorn kippte, ließ ihr fast vollständig durchtrennter Hals sie in wenigen Sekunden ausbluten.

Ihr ging eine Zeile aus diesem schottischen Stück durch den Kopf. Schläfer sind und Tote Gemälden gleich.

Ajax hatte es geliebt, sie zu zeichnen, wenn sie schlief. Er war ein so begnadeter Künstler …

Orion warf Helen regelrecht neben Jason, der auf dem Boden bei Claire schlief. Er war so wütend, dass Helen nicht wusste, ob es überhaupt Sinn machte, ihn zu beruhigen. Sie beschloss dennoch, es zu versuchen und sich zu entschuldigen.

»Orion, es tut mir –«, begann sie.

»Kusch!«, zischte Orion und hob die Hand, um sie zum Schweigen zu bringen. Er holte ein paarmal tief Luft, um sich abzuregen, bevor er zu sprechen begann. »Was zum Teufel hast du dir dabei gedacht?«

»Dass es meine Schlacht ist, nicht eure. Nicht die von Lucas. Oder Hector. Sondern meine«, sagte Helen und baute sich vor Orion auf. »Ich wollte auch kämpfen.«

»Dir ist aber klar, dass das so nicht funktioniert, oder? Wir haben die Champions aus einem bestimmten Grund gewählt – wenn du stirbst, haben wir verloren. Ich dachte, das hättest du verstanden.«

»Das habe ich. Helena von Troja hatte keine andere Wahl, als sich rauszuhalten und andere für sie kämpfen zu lassen, und wir wissen ja alle, welche Folgen das für Troja hatte«, bemerkte sie spitz. Orion kniff die Lippen zusammen und drehte sich zu den Rüstungen um.

»Du gehst mir echt auf den Geist, Helen«, knurrte er. Er öffnete den Gürtel und zog seine Sachen aus, um die Rüstung anzulegen. Helen kam ihm zu Hilfe.

»Das ist mir klar«, sagte sie und nahm Orions weißen Brustpanzer vom Ständer. »Das liegt nur daran, dass ich zu feige bin, das zu tun, was ich wirklich tun muss.«

»Und das wäre?«, fragte er und breitete die Arme aus, damit Helen den Brustpanzer an den Seiten festbinden konnte. Cassandra tauchte neben ihr auf, und das Armband, das Orion ihr gebastelt hatte, klimperte. »Kitty-Katze, was machst du denn noch hier?«, fragte Orion sie ungeduldig, als wäre ihm Cassandras Anwesenheit erst jetzt aufgefallen.

»Ich –«, begann sie.

»Geh nach Hause zu Noel und Kate. Hier ist es zu gefährlich für dich«, schimpfte Orion. Cassandra war verunsichert und wollte seine Kampfhandschuhe wieder hinlegen, doch Helen nahm ihre Hand und hielt sie auf.

»Cassandra ist hier, um in deiner Nähe zu sein, damit sie keine Prophezeiung abgeben muss«, erinnerte ihn Helen. Sie mühte sich noch einen Moment mit den Verschlüssen von Orions Rüstung ab und hob dann entnervt beide Hände. »Und sie ist hier, um dich einzukleiden. Ich habe nämlich keine Ahnung, wie man diese blöden Teile befestigt.«

Helen trat zurück und überließ Cassandra das Feld. Orion sah sie dabei nicht einmal an.

»Also, sag schon. Ich kann nicht erwarten zu hören, was es ist, für das du ›zu feige‹ bist«, sagte Orion zweifelnd, als wäre es für ihn undenkbar, dass Helen jemals feige sein könnte.

»Mich selbst unsterblich zu machen«, antwortete Helen, und dabei brach ihr die Stimme. »Und nicht nur fast unsterblich – nicht auf diese Weise unsterblich, dass ich mein Leben beenden kann, wenn ich es in einer Zillion Jahren satthabe –, sondern richtig unsterblich, bis den Sternen das Licht ausgeht, weil ich mich nur so mit Zeus duellieren kann. Ich will aber nicht unsterblich sein.« Helen brannten die Tränen in den Augen. »Ich habe Angst vor der Ewigkeit.«

Orion ließ Cassandra stehen, als wäre sie gar nicht anwesend, und nahm Helen in die Arme.

»Okay, das kann ich verstehen. Das würde mir auch Angst machen«, sagte er und hielt sie sanft fest, um sie nicht schmerzhaft an seine Rüstung zu quetschen.

Während Orion sie noch in den Armen hielt, bemerkte Helen, dass Cassandra sie mit ihren großen blauen Augen anstarrte. Helen befreite sich aus Orions Umarmung und trat ein paar Schritte zurück. Wie konnte Orion bei Cassandra nur so unsensibel sein?

Mochte er sie vielleicht nicht? Helen wusste, dass das nicht der Grund sein konnte. Er hatte seine »Kitty-Katze« wirklich gern – er sah sie nur nicht als Frau. Natürlich war sie wirklich noch etwas zu jung für ihn, aber es war trotzdem merkwürdig, dass er anscheinend nicht in ihr Inneres schauen konnte wie bei allen anderen Leuten. So, wie die Parzen ihn nicht durchschauen können, dachte sie. Aeneas war ein Sohn von Aphrodite, aber auch er war nie auf die Idee gekommen, dass Kassandra von Troja in ihn verliebt sein könnte.

Helen wurde klar, dass die Parzen Cassandra ebenso vor Orion verbargen wie Nemesis Orion vor den Parzen verbarg.

»Wieso musst du überhaupt unsterblich sein?«, fragte er und riss Helen damit aus ihren Gedanken und brachte sie zurück in die wesentlich dringlichere Realität.

»Damit es mein Kampf wird. Wie er es von Anfang an hätte sein müssen«, murmelte Helen und rieb ihre Handflächen nervös an der Jeans.

Draußen waren Geräusche zu hören – ihre Truppen kehrten zurück. Helen hörte Scions vom Haus von Rom rufen: »Er ist tot! Tantalus ist tot! Jetzt haben die Götter keinen Champion mehr übrig!«

Aber Helen wusste, dass sich die Götter nicht so leicht geschlagen gaben. Bevor sie zuließen, dass Helen als Siegerin hervorging, würden sie jedes Gewitter, jedes Erdbeben und jede Flutwelle losbrechen lassen, die sie zur Verfügung hatten.

»Wer hat ihn getötet?«, rief Orion freudig und eilte zum Eingang des Zelts.

»Meine Mutter«, antwortete Helen. Sie rannte zu ihm und packte seine Schultern, bevor er zu seinen Männern hinauslaufen und mit ihnen feiern konnte. »Orion. Lass nicht zu, dass Poseidon diese Insel zerstört. Kämpf gegen seine Erdbeben und die Flutwellen. Bist du stark genug, dich ihm entgegenzustellen?«

»Ich werde es versuchen«, sagte Orion, der ganz blass geworden war. »Ist das die Art, wie sie diesen Krieg führen werden?«

»Ja«, bestätigte Cassandra mit fremder Stimme. Helen schauderte unwillkürlich, als hätte man sie mit Eiswasser übergossen.

Orion und Helen fuhren herum zum Orakel. Das Licht um Cassandra leuchtete farbig auf und ihr Körper wurde heftig geschüttelt, als bekäme sie von innen Schläge ab, doch ihre Stimme und ihr Gesicht veränderten sich nicht, solange sie noch gegen die Parzen kämpfte.

»Die zwölf Unsterblichen können sich nicht im offenen Kampf mit Sterblichen messen. Tyrann, sie werden ihre finstersten Waffen auf dich richten, bis du Zeus als Gleichgestellte entgegentrittst. Zögere nicht. Einer von euch muss in den Tartaros und den Zyklus vollenden.«

»Das werden wir ja sehen«, konterte Helen trotzig.

Cassandras zarter Körper zuckte, als stünde er unter Strom. Ihr Gesicht wurde ganz runzlig, und ihre Augen trübten sich, als sich die Schlimmste der drei Parzen, Atropos – die den Faden des Lebens durchschnitt –, in den Vordergrund drängte und von Cassandra Besitz ergriff.

»Der Schleier von Nemesis wirkt nicht bei denen, die bereits blind sind«, sagte Atropos und stach Cassandra einen Finger ins Auge.

»Orion!«, kreischte Helen.

Orion stürzte auf Cassandra zu, um die gewalttätige Prophezeiung zu stoppen, die sie von innen heraus zu zerstören drohte. Aber die alte Frau tanzte in Cassandras Körper gekonnt vor ihm weg.

»Du wirst unser Sprachrohr nicht noch einmal stehlen, hübscher Junge«, gackerte Atropos. Um Orion zu necken, ließ sie Cassandras Hüften verführerisch kreisen. »Poseidon lässt seine dunkelsten Lieblinge vom Grund des Meeres auftauchen. Diesmal kommt der Krake, um euch zu töten!«

Orion schlang die Arme um Cassandra, und als die Parzen endlich aus ihr vertrieben wurden, schwankte sie heftig. Er hob sie mühelos hoch wie eine Puppe und trug sie zu einem Stuhl, damit er sich hinsetzen und sie auf dem Schoß halten konnte.

»Kitty-Katze?«, sagte er sanft und berührte ihr Gesicht, doch Cassandra reagierte nicht. »Komm schon, wach auf.« Orion schüttelte sie und seine Angst machte ihn richtig wütend. »Cassandra!«, rief er im Befehlston, aber sie rührte sich immer noch nicht.

Helen sah etwas in Orion aufblitzen, und bevor er die Emotion verbergen konnte, erkannte sie das Gefühl. Es war das helle Aufleuchten der Liebe.

Von den Soldaten auf dem Schlachtfeld drangen panische Schreie zu ihnen ins Zelt. Lucas, Hector und Castor kamen hereingestürmt, leichenblass und zu Tode erschrocken.

»Was ist passiert?«, fragte Helen, die das Schlimmste befürchtete, aber die Männer waren noch zu geschockt, um zu reden.

Helen hörte, wie Andy auf der Rückseite des Zeltes, der Landseite, den Kriegern mit ihrer Sirenenstimme befahl, die Stellung zu halten. Einen Moment später tauchte sie angsterfüllt unter der hinteren Zeltklappe hindurch.

»Da kommen Dinge aus dem Wasser!«, kreischte sie nahezu hysterisch. »Eklige Fischmänner und Krebsfrauen und –« Sie brach ab und ihr ganzer Körper schüttelte sich. »Die sind total schleimig! Ich bin eine halbe Sirene. Ich habe die meisten ekligen Viecher auf dem Meeresboden gesehen, aber diese Dinger sind einfach nur widerlich!«

Andys Ausbruch weckte Jason und er kam taumelnd auf sie zu. Sein Gesicht wirkte abgezehrt und glich einem Totenschädel. Er zeigte auf Cassandra, die immer noch auf Orions Schoß lag.

»Was ist passiert?«, krächzte er.

»Prophezeiung«, antwortete Orion. »Sie wacht nicht auf.«

»Was hat sie gesagt?«, fragte Lucas.

»Dass ich etwas tun muss, denn wenn ich es nicht tue, werden die Götter den Kraken auf uns loslassen.« Helen konnte es immer noch nicht fassen. »Ist der Krake überhaupt griechisch?«, stammelte sie.

Castor bekam sich als Erster wieder in den Griff und stürzte zu den Ständern mit den Rüstungen. »Jungs!«, befahl er mit rauer Stimme. »Helft euch gegenseitig mit der Rüstung. Schnell!«

Helen stand regungslos da, als sich alle auszogen und einander dann die Rüstungen anlegten. Sie konnte hören, wie laut ihr Herz schlug. Wie sollte sie dabei zusehen, wie all diese Menschen, die sie liebte, starben?

»Wollt ihr mal nach Jederland?«, rief sie mit bebender Stimme. Alle hielten inne, vollkommen verblüfft von Helens scheinbar verrücktem Angebot.

»Helen?«, fragte Lucas sie todernst. »Denkst du etwa daran, alle unsterblich zu machen?«

»Nein«, sagte sie sofort. »Wenn ich euch alle unsterblich machen würde und dann gegen Zeus verliere, hätte er keine andere Wahl, als euch bis in alle Ewigkeit in den Tartaros zu verbannen. Es gibt keine andere Möglichkeit, einen vollständig Unsterblichen loszuwerden. Das kann ich euch nicht antun.« Helen war ganz außer Atem. Irgendwie kam sie nicht zum Luftholen. Als sie weitersprach, war ihre Stimme so hoch, dass sie beinahe quiekte. »Aber wie würdet ihr es finden, fast unsterblich zu sein, so wie Lucas?«

Ein ohrenbetäubendes Rumpeln hallte durch die Luft und ließ den Boden beben. Helen fiel auf die Knie und spürte, wie sich Lucas auf sie warf und ihr die Ohren zuhielt. Panische Schreie wurden von einem unnatürlichen Brüllen übertönt, das nur eines bedeuten konnte.

Der Krake erhob sich.

17

Lucas half Helen auf die Beine und sie rannten mit Orion und Hector zum Zelteingang, um die apokalyptische Szene zu betrachten, die sich vor ihnen abspielte.

Aus dem Wasser erhob sich ein riesiges kuppelförmiges Wesen, das die Sonne und den Himmel verdunkelte. Ein Fangarm von der Länge eines Häuserblocks krachte auf den Strand und zermalmte Sterbliche, Scions und Myrmidonen gleichermaßen. Der Krake war so gigantisch, dass die Spitze seines Tentakels von der Tiefsee, wo sein Kopf aufgetaucht war, bis zu Helens Lager reichte. Der Fangarm hatte eine widerlich rote Farbe, war von Adern durchzogen und mit Saugnäpfen übersät.

In der Hoffnung, ihn abschlagen zu können, hieben die Krieger auf den vorbeigleitenden Tentakel ein. Doch der Tentakel reagierte darauf, indem er einen seiner Angreifer umschlang wie eine Boa und fest zudrückte. Lucas zog Helen zurück ins Zelt, während der Mann draußen einen grausamen Tod starb. Und obwohl Helen es nicht mit ansehen musste, hörte sie doch seine Schreie.

Helen war von geschockten und angststarren Gesichtern umgeben. Keiner von ihnen hatte eine Ahnung, wie sie gegen etwas so Riesenhaftes vorgehen sollten. Sie warf einen Blick auf Claire und Cassandra, die immer noch bewusstlos waren. Als sie wieder zu den anderen schaute, erkannte sie, dass sie eine Entscheidung getroffen hatten.

»Wer ist dabei?«, fragte Helen.

Hector sah Andy an und seine Emotionen standen ihm so deutlich ins Gesicht geschrieben wie nie zuvor. »Nur, wenn du auch mitkommst«, sagte er.

»Okay«, flüsterte sie und griff nach seiner Hand. Er zog Andy an seine Seite und gab Helen mit einem Nicken zu verstehen, dass sie bereit waren.

»Was ist mit Claire?«, fragte Jason besorgt.

»Nimm sie mit«, sagte Helen. »Orion, und du nimmst Cassandra.« Orion runzelte fragend die Stirn. Als er einen Blick auf Helens Herz warf, war er noch verwirrter. »Vertrau mir«, sagte sie.

»Castor?« Helen sah ihn fragend an.

»Tut mir leid, Helen. Ich habe mein ganzes Leben von Atlantis geträumt. Aber ich kann nicht mitkommen«, antwortete Castor betrübt. »Nicht ohne Noel.«

»Dad«, begann Lucas zu widersprechen, aber Castor brachte ihn mit einer Handbewegung zum Schweigen.

»Ich lebe schon lange genug, um zu wissen, dass ich nicht länger auf dieser Erde bleiben will, als es das Schicksal für mich geplant hat«, sagte er mit einem entschiedenen Kopfschütteln. »Das bedeutet natürlich nicht, dass ich nicht mehr kämpfen werde. Ich bin immer noch auf deiner Seite, Helen.«

»Wenn du nicht mit uns kommst, kannst du nicht kämpfen«, erklärte Lucas. »Das ist zu gefährlich.«

»Nein, ist es nicht«, widersprach Helen, der eine Idee gekommen war. Sie nahm die Halskette mit dem Herzanhänger ab, die sie schon trug, seit sie ein Baby war, und gab sie Castor. »Ich weiß aber nicht, ob sie bei dir funktioniert.«

Castor nickte und zog seinen Dolch. »Es kann sein, dass der Cestus nur bei den Töchtern des Hauses von Atreus wirkt«, bestätigte er. Dann reichte er Helen seinen Dolch, schob den Ärmel hoch und streckte ihr den nackten Unterarm ohne jede Furcht entgegen. Helen zögerte nicht und zog ihm die Klinge über die Haut. Castor blieb unverletzt.

»Lass dich aber nicht vom Kraken erwischen«, sagte Helen, die froh war, dass sie ihn nicht verletzt hatte. »Der Cestus schützt nur vor Waffen, nicht vor Naturgewalten.«

»Ich werde es mir merken«, sagte Castor und ließ den Verschluss der Kette im Nacken zuschnappen. Sobald Castor den Cestus angelegt hatte, veränderte er seine Form, doch er schob ihn so schnell unter seine Rüstung, dass keiner sehen konnte, welchen Umriss er angenommen hatte.

»Ich danke dir«, sagte Castor und drückte Helen kurz an sich. »Und jetzt beeilt euch.«

»Fasst euch alle an den Händen«, wies Helen die Freunde an. Orion hatte Cassandra im Arm und Jason hob Claire hoch.

Helen musste an all die Menschen denken, die sie nicht mitnahmen – ihren Vater, Kate, Ariadne und ja, auch Matt. Um ihre Aufgabe zu erfüllen, musste sie so viele Menschen zurücklassen, dass es ihr förmlich das Herz zerriss. Aber ihr war klar, dass sie keine andere Wahl hatte, denn wenn sie jetzt nicht ging, würden sie alle an diesem Tag sterben.

»Wir sind in einer Sekunde wieder da«, versprach sie.

Helen vernahm noch einmal das grausige Geräusch des Kraken und dann war es verschwunden.

Alles, was sie hörten, war der Wind über der Wildblumenwiese. Die wärmende Sonne stand hoch am Himmel, und auf den Spitzen der Berge, die das Tal im Nordwesten einrahmten, lag Schnee. Im Osten ragte die bunt zusammengewürfelte Skyline von Jedestadt auf, diese Mischung aus modernen Glas- und Stahlbauwerken und altem Gemäuer. Im Süden lockte der Salzgeruch des Ozeans.

»Wunderschön«, hauchte Andy überwältigt, als ein schimmernder Schmetterling nur Zentimeter vor ihrer Nase vorüberflatterte.

»Allerdings«, murmelte Hector, der dabei jedoch Andy ansah und nicht den Schmetterling.

Cassandra schlug verschlafen die Augen auf, kuschelte sich wie ein Kätzchen in Orions Arme und schaute lächelnd zu ihm auf. Orion betrachtete Cassandra und sein Gesicht nahm auch diesmal diesen verwirrten Ausdruck an. Helen konnte sehen, wie seine Gefühle zwischen Zuneigung und Furcht schwankten.

»Erinnerst du dich an unsere Unterhaltung am Strand, bei der wir über mehr gesprochen haben?«, fragte Helen.

Orion nickte und Helen deutete mit dem Kinn auf Cassandra. »Sie tut es, vertrau mir«, versicherte sie ihm.

Während Orion noch über Helens Worte nachdachte, kam

Claire wieder zu Bewusstsein, holte tief Luft und ruderte unkontrolliert mit den Armen, wobei sie Jason mitten im Gesicht traf.

»Vielen Dank auch«, sagte er sarkastisch und setzte sie auf dem Boden ab.

»Tut mir leid!« Claire tätschelte verlegen die Stelle an seiner Wange, die sie getroffen hatte. Sie senkte die Stimme, ließ die Hand aber, wo sie war. »Verzeihst du mir?«, wisperte sie, und damit war nicht nur die unabsichtliche Ohrfeige gemeint. Jason nickte und schlang die Arme um sie.

»Wo sind wir?«, fragte Cassandra benommen, als Orion sie auf ihre eigenen Füße stellte.

»Jederland«, antwortete Lucas und lächelte Helen liebevoll an. »Helens Welt.«

Lucas bückte sich, pflückte eine einzelne weiße Wildblume, holte seine Brieftasche aus der hinteren Hosentasche und legte die Blüte sorgsam hinein. Dann schaute er lächelnd zu Helen auf.

Die Verletzungen waren geheilt und alle fühlten sich erfrischt. Ihre Sinne waren geschärft, als wäre ein Schleier weggewaschen worden, ohne den sie die Welt jetzt viel klarer wahrnahmen. Jedes Gefühl, von der kühlen Brise auf ihren Wangen bis zur warmen Sonne auf ihren Armen, war ein Genuss. Während ihre Freunde das alles in sich aufsogen, nutzte Helen diesen Moment der Stille, um die schwerste Entscheidung ihres Lebens zu treffen.

»Helen?«, fragte Lucas in dem Moment, als könnte er spüren, dass sie etwas ausbrütete. »Was hast du vor?«

»Es ist erledigt.« Helen lächelte ihn an, schüttelte aber den

Kopf, als würde sie sich weigern, es ihm zu sagen. »Hier steht die Zeit nicht still. Wir müssen zurück in die Schlacht.«

»Was ist erledigt?«, flüsterte Claire Jason zu.

»Äh …«, begann er und sah Helen Hilfe suchend an.

»Ich habe dich fast unsterblich gemacht, Gig«, sagte Helen. »Euch alle. Ihr könnt nur sterben, wenn ihr beschließt, nicht mehr leben zu wollen.«

Claire starrte Helen an und konnte nicht glauben, was sie da hörte.

»Also macht euch keine Sorgen darum, dass ihr in der Schlacht getötet werden könntet. Haltet einfach den Kopf unten und passt auf euch auf. Und jetzt fasst euch an den Händen«, drängte Helen. Als sich alle an den Händen hielten, betrachtete Helen den Kreis ihrer Freunde. Sie war froh über ihre Gesellschaft, obwohl sie irgendwann merken würden, dass sie nicht bis in alle Ewigkeit bei ihr bleiben konnten.

In Lucas' leuchtend blaue Augen schaute sie zuletzt, diese Augen, die tiefer waren als jeder Ozean, und sie musste wieder an seinen Schwur denken, eines Tages den Platz von Hades einzunehmen. Helen wusste, dass sie mit ihm gehen würde, wenn es so weit war. Die Hölle war schließlich nur dort, wo Lucas nicht war. Sie würden nie wieder getrennt sein, wie lange die Ewigkeit auch dauern mochte.

Natürlich nur, wenn Zeus sie nicht besiegte und in den Tartaros verbannte. Diese Ewigkeit würde sie allein durchleiden müssen.

Dicker schwarzer Qualm hing über dem Schlachtfeld. Als Helen und ihre Freunde wieder auftauchten, stürzten sich die Angreifer sofort von allen Seiten auf sie. Ein Myrmidone mit roter Haut und starren schwarzen Augen ging mit hoch erhobenem Schwert auf Helen los. Sie fing die Klinge mit der bloßen Hand ab und riss sie ihm aus den Fingern. Helen fuhr herum, stach zu und sah, wie der Myrmidone zusammenbrach.

Als sie sich nach den anderen umsah, stellte sie fest, dass Lucas, Orion, Hector und Jason ihre eigene Verteidigungslinie aufgebaut hatten. Andy, Claire und Cassandra standen hinter ihnen. Die drei waren zwar fast unsterblich, besaßen aber keine Scionkräfte und waren außerdem noch schlechtere Kämpfer als Helen.

Plötzlich kreischte Cassandra los, dass einem das Blut in den Adern gefrieren konnte, und Orion sprang vor, um einem von Poseidons Meeresungeheuern den Kopf abzuschlagen. Das Monster stürmte dennoch unbeirrt weiter auf Cassandra zu.

»Prophetin«, zischte das Ungeheuer aus einer seiner vielen Poren. Orion schwang noch einmal sein Schwert und schlug den Panzer in zwei Hälften, was das hummerähnliche Wesen tötete.

Jetzt war allerdings die Anwesenheit des Orakels bekannt und eine ganze Horde missgestalteter Monster flutete auf Cassandra zu. Sie waren nicht für die Fortbewegung an Land gemacht, und als sie auf sie zukrochen wie humpelnde Albträume, schwankten und wabbelten ihre zu harten oder zu weichen Körperteile ekelhaft in der Gegend herum.

»Zeus will sie! Apoll gelüstet es nach ihr! Poseidon will, dass wir sie für den Olymp gefangen nehmen!«, blubberten sie und griffen mit ihren nach Fisch stinkenden Gliedmaßen nach ihr. Cassandra kreischte vor Angst, als die größte der Kreaturen ihre Krallen um ihren Arm schlang und sie unter ihren Panzer zerrte.

»Nein!«, schrie Orion. Er sprang auf den Rücken der Kreatur, die entfernt an einen Pfeilkrebs erinnerte, und hieb mit bloßen Händen auf ihren Panzer ein.

Der Krake brüllte wieder, ein Geräusch, das Helen bis ins Mark erschütterte. Der unerträgliche Lärm zwang sie und alle Umstehenden, sich die Ohren zuzuhalten und in die Knie zu sinken. Ein dunkler Schatten verdüsterte den Himmel über ihr. Helen verdrehte den Kopf und sah, dass einer der Fangarme von oben direkt auf sie zuschoss.

»Das reicht!«, schrie Helen.

Als der Tentakel des Kraken auf ihr landete, griff sie danach wie kurz zuvor nach dem Schwert des Myrmidonen. Jeder Muskel ihres Körpers war unter dem Gewicht des Krakenhiebs zum Zerreißen angespannt, aber Helen gab nicht nach. Sie schleuderte den gummiartigen, mit Saugnäpfen übersäten Fangarm mit voller Wucht zur Seite. Dann sprang sie in die Luft und flog los.

Helen rief die Gewitterwolken und Blitze zu sich. Sie ließ den Wind um sich heulen, stoppte die Wellen und machte den Atlantik zu einem spiegelglatten Meer. Sie verzerrte das Magnetfeld der Erde, bis sich das Nordlicht beugte und sie umschimmerte wie die Fußspuren von Engeln.

»Ich fordere Zeus heraus!«, schrie sie, und ihre Stimme hallte nicht nur über ihre Heimatinsel, sondern auch weit übers Meer. »Stell dich oder verliere den Olymp!«

Nichts passierte. Helen fiel erst jetzt auf, dass sie keine Opfergabe für Hekate hatte, die das Duell offiziell machen würde.

In Helens Kopf tauchte die Zahl drei auf und aus irgendeinem Grund dachte sie an Wünsche. Sie hatte keine Ahnung, ob es bei Unsterblichen üblich war, Tauschgeschäfte anzubieten, aber Helen hatte im Moment nichts anderes zu geben als ihr Wort und nichts zu verlieren außer der ganzen Welt.

»Titanin Hekate. Ich biete dir drei Gefallen im Tausch gegen deine Kontrolle über die Grenzen.« Helen biss sich auf die Lippe und versuchte, nicht an ihre Pläne zu denken, falls die Parzen ihre Gedanken lasen. »Vorausgesetzt, dass du über alle Grenzen wachst. Ich flehe dich an, das für mich zu tun, dann werde ich in Zukunft drei Dinge für dich tun.«

Orangefarbene Flammen loderten wie ein riesiger Feuerball um Helen auf und formten eine fliegende Arena. Ein junger Mann mit nacktem Oberkörper durchflog die Flammen und schwebte direkt vor ihr. Zeus war skrupellos und Helen so ähnlich, dass sie es kaum über sich brachte, ihn anzuschauen.

Sie waren ganz allein. Außer der Titanin Hekate sah niemand zu. Dieser Kampf diente nicht der Belustigung der Götter. Die gesamte Erde, Jederland und der Olymp standen auf dem Spiel, aber dennoch kämpften sie ohne Publikum.

»Hallo, Tochter«, schnurrte Zeus.

Helen spürte seine Anziehungskraft. Obwohl ihr klar war, dass sie ihn besiegen musste, war sie nicht immun gegen die halb animalische, halb göttliche Aura, die ihn umgab. Zeus zog sie in seinen Bann.

»Wie stark du bist«, sagte er und kam näher auf sie zu. »Dein

Befehl färbt die Wolken, aber verglichen mit deiner Schönheit sind sie blass und unscheinbar. Sie würden vor Eifersucht schluchzen, wenn du es nur regnen ließest.«

»Ich bin nicht deine Tochter«, widersprach sie gelassen. »Mein Vater ist ein Ladenbesitzer, der mich ganz allein großgezogen hat. Er arbeitet schon sein ganzes Leben lang zwölf Stunden am Tag, sechs Tage die Woche, damit wir ein Dach über dem Kopf haben. Mein Vater ist mehr wert als zehn von dir und wahrscheinlich auch zehn von mir. Du hast kein Recht zu behaupten, du wärst mein Vater. Im Gegensatz zu Jerry hast du es nicht verdient.«

»Du weißt, dass er wach ist?«, bemerkte Zeus beiläufig. »Gib mir Jederland und ich lasse Jerry und seine Freundin Kate in Ruhe. Natürlich erst, nachdem ich dich in den Tartaros verbannt habe.«

Helen sah ihn prüfend an. »Du lässt sie in Ruhe, wenn ich dir Jederland gebe?«

»Das schwöre ich auf den Styx«, versprach er, und der Himmel über ihnen begann zu wabern. »Ich habe kein Interesse daran, Sterbliche zu bestrafen, die mir nichts getan haben.«

Helen wusste, dass er die Wahrheit sagte. Zeus war Normalsterblichen gegenüber nie nachtragend, im Gegensatz zu seiner Frau Hera.

»Und was ist mit meiner fast unsterblichen Familie?«, fragte Helen. »Lucas, Hector, Orion, Cassandra, Jason, Claire, Andy … wirst du auch sie in Ruhe lassen?«

»Ja, ja. Die auch«, erwiderte Zeus mit einer gelangweilten Handbewegung. »Wieso auch nicht? Ohne dich werden sie ohnehin nicht ewig leben wollen. Ein paar Jahrhunderte vielleicht und dann werden sie ein friedvolles Ende wählen.«

»Ja«, sagte Helen unterwürfig und schaute zu ihm auf. »Aber du wirst keinen von ihnen verfluchen, auch Ariadne nicht, wenn ich dir Jederland gebe?«

»Beim Styx«, schwor er und strich Helen über die Wange. »Wie sehr du dich für die einsetzt, die du liebst. Du weißt aber, dass dir eine Ewigkeit im Tartaros bevorsteht, nicht wahr?«

»Da war ich schon«, erwiderte Helen ungerührt. »Ich schätze, eine Ewigkeit an einem Ort festzusitzen, ist immer die Hölle, selbst wenn es das Paradies ist. Ich wette, dass einem selbst eine Wildblumenwiese nach tausend Jahren vorkommt wie ein stinkender Sumpf.«

»Wie recht du hast«, murmelte Zeus düster, und sein Blick huschte auf einmal so wild herum, als wäre er verrückt geworden. »Und man hat noch so viel Zeit vor sich.«

»Was ist mit den anderen Olympiern? Werden sie meine Familie und Freunde mit Flüchen belegen, wenn ich auf diesen Handel eingehe?«, fragte Helen unschuldig.

»Ich schwöre auf den Styx, dass die Olympier deine kleine Gruppe nicht verfluchen werden«, sagte Zeus.

Helen tat einen Moment so, als müsste sie über das Angebot nachdenken. Schließlich nickte sie hastig, als wollte sie es schnell hinter sich bringen.

»Hekate wird nicht zulassen, dass du deinen Teil der Abmachung brichst, sobald du eingewilligt hast«, erinnerte Zeus sie zögernd und deutete auf den heiligen Raum aus orangefarbenem Feuer, der sie umgab.

»Ich weiß«, sagte Helen, die es sehr bedauerte, ihre schöne neue Welt hergeben zu müssen. Sie konnte sie förmlich in sich spüren. Jeder See, jeder Baum und jede Glasscheibe in ihrer makellos sauberen Stadt waren ein Teil von ihr – ein Teil von ihr, den sie für immer ihrem Feind überlassen musste, um ihre Familie zu retten. Ihre Stimme brach, als sie zittrig verkündete: »Ich gebe dir Jederland.«

»Schwöre es vor Hekate.«

»Ich schwöre vor Hekate, dass ich dir Jederland im Tausch gegen die Sicherheit meiner Familie und meiner Freunde überlasse.«

Zeus lächelte sie an und ein Blitz zuckte über sein Gesicht. »Aphrodite hat mir gesagt, dass du alles tun würdest, um die zu schützen, an denen dein Herz hängt. Sie sagt, dass dies die Eigenschaft ist, die sie am meisten an dir liebt. Es wird auf jeden Fall viele Leben retten. Zumindest vorläufig.«

Helen schlug die Augen nieder, damit er nicht sah, wie sie sich mit Tränen füllten. »Und wie sollen wir jetzt vorgehen? Wollen wir zuerst nach Jederland?«

»Ja, und wenn wir dort sind, sorgst du einfach dafür, dass Jederland von nun an nur noch mir gehorcht«, sagte Zeus und strich ihr das Haar hinters Ohr, als würde er plötzlich Gefühle für sie hegen.

»Und dann bringe ich dich in den Tartaros.«

Lucas beobachtete, wie Helen den Tentakel des Kraken zur Seite warf und losflog. Aus alter Gewohnheit wollte er ihr folgen, aber Orion sprang auf einem riesigen Krebsmonster herum und schrie Cassandras Namen. Lucas' kleine Schwester war zwar fast unsterblich, aber das bedeutete nicht, dass sie nicht von den Göttern gefangen genommen und als ihr Orakel ausgenutzt werden konnte, bis sie freiwillig in den Tod ging.

Nachdem er gesehen hatte, wie Helen mit dem Kraken fertiggeworden war, vertraute Lucas darauf, dass sie auf sich selbst aufpassen konnte, und rannte zu Orion, um ihm bei der Befreiung seiner kleinen Schwester zu helfen. Das Monster war riesig und mit Stacheln bewehrt und besaß außerdem einen langen schwertähnlichen Schwanz, mit dem es nach jedem schlug, der in Reichweite kam. Lucas wich dem rasiermesserscharfen Schwanz aus, rannte ans vordere Ende und versuchte, das Wesen umzuwerfen, doch unter dem Panzer erschien ein Dutzend haariger Beine, die in Greifzangen endeten, mit denen es nach ihm krallte. Er hörte seine Schwester schreien.

»Lucas, halt es fest, damit es nicht ins Wasser geht!«, brüllte Orion und glitt vom Panzer herunter.

Lucas versuchte, sich an das Seemonster zu klammern, während Orion begann, sich seinen Weg zu bahnen. Sie konnten beide hören, wie Cassandra verzweifelt seinen Namen rief, und endlich tauchten ihr weißes Gesicht und ihre kleine Hand unter den erstickenden Borsten und Krallen des Seeungeheuers auf. Als es Lucas gelang, das Monster auf den Rücken zu werfen, zog Orion Cassandra heraus.

»Wie tötet man es?«, fragte Lucas, der auf das Geschöpf hinaufgeklettert war und auf die Bauchseite einhieb.

»Keine Ahnung«, antwortete Orion verdutzt.

»Du bist doch der Gott-des-Meeres-Typ!«, schrie Lucas ihn an.

»Es hat kein zentrales Herz oder Gehirn«, rief Orion zurück. »Vielleicht solltest du versuchen, es zu kochen?«

»So ein Mist«, fluchte Lucas und sprang von der sich windenden Kreatur. Er hätte ihr Leiden gern beendet, wusste aber nicht, wie.

»Orion!«, schluchzte Cassandra und drückte sich an seine Brust.

»Alles in Ordnung, Kitty-Katze«, versicherte ihr Orion und tastete sie ab, um sicherzugehen, dass nichts gebrochen war oder blutete.

Während er jeden Knochen und jedes Gelenk untersuchte, beruhigte sich Cassandra wieder. Sie vergrub die Finger in seinen dicken schwarzen Haaren und streckte ihm den Mund entgegen wie eine schüchterne Blume, die zum ersten Mal blüht. Orion senkte den Kopf und küsste sie.

Lucas knallte seinen Fuß mit voller Wucht gegen Orions Kopf.

»Sie ist noch ein Kind!«, fuhr er Orion an und stürzte sich auf ihn.

»Bin ich nicht!«, kreischte Cassandra.

Lucas nahm nur am Rande wahr, dass Cassandra ihm das Gesicht zerkratzte und versuchte, ihn von Orion herunterzuzerren. Sie beteuerte immer wieder, dass sie ihn liebte, aber das war Lucas egal. Seine kleine Schwester war wirklich wie ein Kätzchen. Ihre Krallen hinterließen zwar Kratzer, hatten aber nicht genug Kraft, um echte Verletzungen zu verursachen.

»Ich weiß«, brüllte Orion. »Ich hätte es nicht tun dürfen – tut mir leid!«

Orion hatte die Arme gehoben, um sich zu schützen, aber Lucas merkte erst jetzt, dass er sich nicht wehrte.

»Am besten tötest du mich gleich, Lucas, weil ich mich nicht von ihr fernhalten werde. Das kann ich nicht.«

»Was zur Hölle macht ihr Schwachköpfe da?«, fuhr Hector die zwei an und riss Lucas von Orion herunter.

Bevor Lucas Hector berichten konnte, was Orion getan hatte, dröhnte Helens Herausforderung an Zeus über die Insel. Lucas begriff, dass sie als Unsterbliche gegen ihn kämpfen konnte, ohne dass sich ihre Freunde einmischen konnten, nicht einmal er. Kluges Mädchen, dachte Lucas. Ich könnte sie auf der Stelle erwürgen.

Sie alle schauten auf und sahen die Blitze zucken. Die Wellen verstummten, als stünde die Zeit still, und am Himmel leuchtete das Nordlicht auf und malte unheimliche Farben in die Luft.

Die wüste Schlacht am Strand ruhte einen Moment lang, weil alle gleichermaßen auf das unglaubliche Spektakel starrten.

Donner grollte und orangefarbenes Feuer brach mitten in der Luft aus, als Hekate die Arena errichtete. Lucas wäre zu gerne zu Helen geflogen, um ihr zu helfen.

»Sie kommt allein klar, Lucas«, redete Hector eindringlich auf ihn ein. »Ich brauche dich hier.«

Die Myrmidonen nutzten die Gelegenheit, ihre präzise Formation wieder einzunehmen, und stürmten wie eine uralte Kriegsmaschine nach vorne.

»Linie bilden!«, befahl Hector und hob sein blutiges Schwert.

Lucas, Orion und Jason sprangen auf, als sorgte ein Chip in ihren Köpfen dafür, dass sie ihrem General sofort gehorchten. Sie verteilten sich über die Frontlinie, jeweils gefolgt von einem

Trupp Soldaten, die in den Reihen hinter ihnen Aufstellung nahmen.

Dann griffen die Myrmidonen an.

Helen und Zeus tauchten auf der Wildblumenwiese auf. Zeus sah sich um und betrachtete die purpurnen Berge und die Stadt, die das perfekte Gegenstück zu der weit entfernten Bergkette bildete. Er musterte jede Blume, jedes Insekt und achtete auf jeden Windstoß.

»Sehr schön gemacht«, lobte er. »Lebendig in allen Details. Hades hat dir viel über das Leben beigebracht, als er dich durch seine höllischen Landschaften trotten ließ, nicht wahr?«

»Das hat er. So schwer es auch war, ich liebe ihn für den Unterricht, den er mir erteilt hat. Ich kann deswegen jetzt alles viel klarer sehen.«

Zeus atmete die frische Luft ein, legte verzückt den Kopf schief und genoss jede Feinheit von Helens Welt. »Du hast gut gelernt. Nur schade, dass du nicht an Jederland weiterarbeiten kannst. Es ist ja immer noch unfertig.«

»Nein, ist es nicht. Es hat seinen Zweck erfüllt«, widersprach Helen ruhig. »Und ich gebe es dir ohne jede Einschränkung. Du bist der einzige Herrscher über Jederland.«

Zeus stellte Helens Worte auf die Probe, indem er nur mit seinem Willen eine weiße Blume rot färbte und dann wieder weiß.

»Danke sehr«, sagte er und lächelte sie an. Dann hielt er ihr höflich den Arm hin. »Sollen wir jetzt in den Tartaros gehen?«

Helen betrachtete seine dargebotene Hand und schüttelte

langsam den Kopf. »Das war kein Teil unserer Abmachung, wenn du dich recht erinnerst«, sagte sie. »Ich habe zugestimmt, dir Jederland zu überlassen im Tausch gegen die Sicherheit meiner Familie. Ich habe nie gesagt, dass ich in den Tartaros gehen würde.«

Zeus seufzte, als bedauerte er Helens Entscheidung. »Ich wollte es wirklich nicht zu einem Kampf kommen lassen. Du weißt, dass ich dich vernichten muss, wenn du dich weigerst«, sagte er zögernd.

Helen wich vor ihm zurück. »Ich habe dir Jederland gegeben – als Geschenk –, aber seine Grenzen kriegst du nicht. Die gehören immer noch mir.«

Zeus schaute sich panisch um. Helen wusste, dass er versuchte, ein Portal zu öffnen und ihre Welt zu verlassen. Sie spürte seine Anstrengung, aber es wollte ihm einfach nicht gelingen. Solange Helen lebte und die Gewalt über die Grenzen hatte, würde er ihre Welt nie verlassen können.

»Willkommen in meinem Trojanischen Pferd«, sagte sie mit einem Lächeln. »Genieße es, denn du wirst bis in alle Ewigkeit hierbleiben.«

Helen sah zu, wie sich Entsetzen auf Zeus' Gesicht ausbreitete, dann verließ sie ihn, für immer eingesperrt in seinem himmlischen Gefängnis.

Helen tauchte auf dem Schlachtfeld wieder auf. Ein Teil von ihr erwartete, dass Zeus hinter ihr erscheinen und sie für ihren verrückten Versuch, ihn einzusperren, auslachen würde, doch er folgte ihr nicht. Sie konzentrierte sich und spürte ihn in Jederland, wo er wutentbrannt den wundervollen blauen Himmel anschrie. Jetzt saß er wirklich in der Falle. Helen musste laut lachen, bevor sie losrannte.

Sie sprintete über den unebenen Boden und versuchte, durch den Rauch und die Kämpfer, die in alle Richtungen strömten, etwas zu sehen. Der Krake hieb immer noch mit seinen Tentakeln auf den Strand ein und tötete alle, die das Pech hatten, in seine Reichweite zu kommen. Kämpfer beider Seiten flohen panisch über die Dünen, um ihm zu entkommen.

Helen hastete voran und stolperte über einen Myrmidonen. Er erkannte sie sofort und packte ihre Handgelenke.

»Tyrann«, zischte er keuchend.

Helen riss sich los und kroch von ihm herunter. Sie schaute sich um und sah Dutzende von Leichen – Scions, Myrmidonen und merkwürdige Seemonster – alle im Tode ineinander verkrallt, als hätte hier ein besonders heftiges Gefecht stattgefunden. Dann rappelte sie sich auf und rannte direkt auf das Zelt zu. Wie sie gehofft hatte, war ihre Familie dort versammelt.

Es waren noch mehrere Dutzend ihrer Kämpfer am Leben, die um den Kartentisch herumstanden, den jemand vor das Zelt gestellt hatte, um Platz für alle zu schaffen.

Lucas entdeckte Helen als Erster und stürmte zu ihr.

»Was ist passiert?«, fragte er und drückte sie fest an sich. »Wir haben gehört, wie du Zeus herausgefordert hast.«

Helen befreite sich aus seiner Umarmung und sah ihm in die Augen. »Ich habe ihn besiegt«, sagte sie, obwohl sie es selbst kaum glauben konnte. Die anderen Scions umringten sie und bombardierten sie mit Fragen. »Ich habe ihn mit einem Trick nach Jederland gelockt und dort eingesperrt. Solange es mich gibt, kann er nicht wieder raus. Was ist mit den Myrmidonen?«, fragte sie.

»Wir glauben, dass nur drei überlebt haben«, antwortete Castor düster. »Telamon hat ihren Rückzug befohlen. Sie haben genug – zumindest für heute.«

»Wir müssen aber immer noch mit dem Kraken fertigwerden«, erinnerte Hector sie mit ernster Miene.

Helen nickte und wandte sich an Orion. »Kontrolliert Poseidon den Kraken?«

»Sozusagen«, antwortete Orion. »Er kann ihn freilassen und wieder zurückrufen, aber sobald das Vieh frei ist, macht es, was es will.« Er deutete auf die Verwüstung am Strand.

»Alles klar«, sagte Helen mit einem energischen Nicken. »Dann ist Poseidon wohl der Nächste.«

»Helen? Bist du sicher, dass das eine kluge …«, begann Jason, aber Helen ließ ihn nicht ausreden.

»Herausforderung! Ich fordere Poseidon heraus!«, brüllte sie in die Richtung des Ozeans. Nichts passierte. »Verdammt!«, fluchte Helen und drehte sich zu ihren Anhängern um. »Hat zufällig jemand einen Kürbis dabei?«

Cassandra ging zu einem der Lagerfeuer und zog einen Topf aus den Flammen. Sie kippte aus, was darin kochte, und stellte den Topf vor Helen in den Sand. Helen betrachtete ihn skeptisch.

»Ist ein Kessel«, sagte Cassandra mit einem Achselzucken. Der Topf verschwand und mit Hekates Annahme der Opfergabe flammte der orangefarbene Kreis auf.

Poseidon erschien am Strand, begleitet von allen anderen

Olympiern. Er blieb direkt vor dem Ring aus Feuer stehen, betrat ihn aber nicht. Hermes tauchte an seiner Seite auf und sprach eindringlich auf ihn ein.

»Sie hat was?«, fragte Poseidon so überrascht, dass Helen ihn deutlich hören konnte. Er warf Athene einen Blick zu, die den Bericht von Hermes mit einem Nicken bestätigte.

»Sie hat Zeus besiegt«, verkündete Athene. Helen hätte schwören können, dass ein kleines Lächeln den wunderschönen Mund von Aphrodite umspielte, bevor sie schnell wieder eine unbeteiligte Miene aufsetzte.

»Poseidon. Ich fordere dich heraus. Geh in den Ring«, befahl Helen und bemühte sich nach Kräften, die Tatsache zu ignorieren, dass er genauso aussah wie Lucas.

»Und wieso sollte ich das tun?«, höhnte Poseidon herablassend. »Damit du mich in den Tartaros schicken kannst? Ich bin kein Weltenschöpfer und kann die Portale nicht beherrschen wie du.«

»Das stimmt. Ich kontrolliere die Portale, was keiner von euch kann. Das solltet ihr nicht vergessen«, brüllte Helen zurück, und ihre Wut heizte ihre Wangen auf und ließ Funken von ihren Fingerspitzen sprühen. Es sah fast so aus, als würden ihre Hände Sterne in den Sand regnen lassen. »Und wenn einer von euch einen Sterblichen auch nur schief ansieht, werde ich euch jagen und in den Tartaros befördern. Und jetzt geh in den Ring, Poseidon. Oder gib dich geschlagen, nimm deine stinkenden Monster und verzieh dich von meiner Familie.«

Poseidon trat einen Schritt vor und funkelte Helen über den Ring hinweg finster an, doch Athene flüsterte ihm hektisch etwas ins Ohr. Helen konnte ihm ansehen, dass er sie immer noch hasste.

»Ich ergebe mich!«, fauchte Poseidon. Helen hatte vor Erleichterung ganz weiche Knie, aber sie musste weiterhin Stärke zeigen.

»Jemand anders vielleicht?«, fragte sie und sah jedem der Götter ins Gesicht. »Möchte einer von euch gegen mich kämpfen?« Sie alle senkten den Kopf. »Gut! Und jetzt schafft diesen großen stinkenden Tintenfisch weg oder ich schicke ihn – und einen von euch – rein aus Prinzip in den Tartaros.«

Helen starrte Apoll besonders lange an, damit er wusste, wer den Kraken in den Tartaros begleiten würde, wenn es dazu kam.

Poseidons Blicke durchbohrten sie noch immer. Wütendes Schnauben brachte seine nackte Brust zum Beben. Helen verzog keine Miene. Sie hielt die Zügel in der Hand. Er konnte sie nicht einmal verfluchen und irgendwie schien er das zu wissen. Nach einigen Augenblicken hob er die Hand, konzentrierte sich, und der Krake begann, sich zurückzuziehen. Es erklangen merkwürdige Trompetensignale und dann glitschten oder huschten auch die anderen Meeresungeheuer zurück ins Wasser.

»Für immer ist eine lange Zeit, Helen«, warnte Poseidon, als seine Armee im Meer verschwand. Er musterte sie drohend. »Wir behalten dich im Auge.«

»Und wir euch«, konterte Helen und deutete auf ihre Scions. Wenn Helen die Götter nicht alle in den Tartaros verbannte, konnte sie sie nicht daran hindern, auf der Erde herumzugeistern. Sie und ihre Familie konnten lediglich dafür sorgen, dass die Olympier niemandem Schaden zufügten. Sie tauschte einen Blick mit Hector und erkannte, dass er ihre Bedenken teilte.

Die Scions hatten den Krieg zwar gewonnen, aber damit war nicht automatisch auch die Bedrohung verschwunden.

Poseidon machte kehrt, ging aufs Wasser zu und tauchte in den Wellen unter. Auch die anderen Götter verzogen sich, einige verbittert, andere voller Respekt. Aphrodite trat vor und ergriff Helens Hände.

»Schwester«, sagte sie und küsste Helen auf die Wange. Aphrodite hatte Kriege schon immer gehasst und zog es vor, sie komplett zu ignorieren. »Du musst mich bald besuchen. Du und Lucas. Ich werde euch wissen lassen, wo ich mich niederlasse, aber ich denke, den Winter über wird es wohl Zypern sein.«

»Wir kommen bestimmt«, versprach Helen schmunzelnd.

Obwohl Aphrodite Helen fast genauso viele Probleme bereitet hatte wie Zeus, konnte sie ihr einfach nicht lange böse sein. Was immer Aphrodite anstellte – Helen wusste, dass sie ihr spätestens nach fünf Minuten verzeihen würde, wie sie es bei Claire auch immer tat. So war das eben unter Schwestern, auch wenn sie manchmal nervten.

Aphrodite strich Helen über die Wange. »Dieses wundervolle Gesicht«, murmelte sie und flog dann in einer Wolke aus goldenem Licht davon.

Helen drehte sich zu den Menschen um, die sich hinter ihr versammelt hatten, und ihr Blick fiel als Erstes auf ihren Vater. Jerry wurde von Kate und Noel gestützt. Er sah blass und dünn aus, aber zumindest konnte er aus eigener Kraft stehen.

»Dad!«, sagte Helen überrascht.

»Hey, Len«, sagte Jerry und winkte ihr zu. Er wirkte verlegen und unsicher – und er schien ein bisschen Angst vor ihr zu haben.

»Gehen wir jetzt ganz komisch miteinander um?«, fragte sie betroffen.

»Nein«, antwortete er hastig.

»Das will ich dir auch raten«, scherzte sie und schlang die Arme um ihn. Es dauerte einen Moment, bis er sich entspannte und die Umarmung erwiderte. Helen wusste, dass sich die Dinge zwischen ihnen irgendwann wieder normalisieren würden.

Nachdem sie ihren Vater losgelassen hatte, wollten ihr alle anderen gratulieren und sie drücken – alle außer Lucas. Helen sah sich suchend nach ihm um.

Sie entdeckte nur Hector, der die Leute einteilte, damit sie die Zelte abbrachen und die Normalsterblichen vom Strand wegschafften, bevor die Wirkung von Hypnos' Zauber nachließ. Helen sah auch, wie Pallas und Daedalus versuchten, Castor ihre Handlungsweise zu erklären und er ihnen mit versteinerter Miene zuhörte. Sie beobachtete, wie Jason und Ariadne von einem Verletzten zum nächsten eilten, um so vielen zu helfen, wie sie konnten. Sie entdeckte sogar Orion und Cassandra. Sie hatten sich von der Gruppe abgesondert und redeten leise miteinander. Aber Lucas war nirgendwo zu finden.

Helen suchte noch einmal alles nach ihm ab. Und dann bemerkte sie ihn nur wenige Schritte hinter sich, wo er geduldig darauf wartete, dass sie ihn endlich wahrnahm.

»Bin ich jetzt dran?«, fragte er mit einem Lächeln. Helen nickte und musste daran denken, wie merkwürdig es war, dass er und Poseidon genau gleich aussahen, doch während ihr bei Poseidon ein eisiger Schauer über den Rücken gelaufen war, wurde ihr bei Lucas' Anblick ganz warm ums Herz.

»Ich denke, jetzt sind wir dran«, sagte sie und fiel ihm in die Arme.

»Endlich«, hauchte er und küsste sie ohne Schuldgefühle, Scham oder Besorgnis, was es für die Zukunft bedeuten konnte. Er küsste sie in aller Öffentlichkeit, vor allen anderen, und sie hatten ausnahmsweise nichts zu verbergen und keinen Grund, damit aufzuhören.

Es war fast, als küssten sie sich zum ersten Mal.

Epilog

Die Patriots siegten, was bei Helens Dad den ganzen Abend für gute Laune sorgte. Kate überredete Lucas und Helen, viel zu viel zu Abend zu essen – mit der Begründung, dass es bis Weihnachten nur noch drei Tage waren und es deshalb bis Neujahr ohnehin keinen Sinn hatte, sich gesund zu ernähren. Offiziell war Kate noch nicht bei ihnen eingezogen, aber sie war fast jeden Tag da. Jerry und Kate wollten bis zu ihrer Hochzeit im Mai warten, bis sie endgültig zusammenzogen. Für Helen war es dieser perfekte Sonntagabend, an dem ihr Freund »zum Essen kam« und sie gemütlich zusammensaßen. Sie hatte nicht geglaubt, dass sie diesen Moment jemals erleben würde.

Helen und Lucas hatten am nächsten Tag keine Schule – nicht, weil ihre Highschool immer noch renoviert wurde, sondern weil Weihnachtsferien waren. Obwohl die Schule schwere Schäden davongetragen hatte, waren die Schüler wieder zum Unterricht gekommen und hatten in Winterjacken in den eisigen Klassenzimmern gesessen. Die Theater-AG hatte sogar mit den Proben zum Sommernachtstraum begonnen, auch wenn diese bei

Temperaturen unter null auf dem kein bisschen sommerlichen Schulparkplatz stattfinden mussten, weil die Aula nicht mehr existierte. Hergie wäre bestimmt stolz auf sie.

Es herrschte immer noch Verwirrung über das, was geschehen war. In den vergangenen anderthalb Monaten hatten alle Bewohner von Nantucket über die »Flutwelle« gegrübelt, die den Strand aufgerissen, zwölf unglückliche Mitbürger getötet und viele andere verletzt hatte – und das so kurz nach den Aufständen an Halloween. Es war das einzige Gesprächsthema im News Store und bei Kate's Cakes. Jedes Mal, wenn ein Kunde Helen fragte, welche Erinnerungen sie an diesen Tag hatte, antwortete sie, dass sie zu weit landeinwärts gewesen war, um etwas zu sehen, und beteuerte, wie froh sie darüber war. Dann verzog sie sich eilig, um den Gästen noch mehr Kaffee zu holen.

Ein paar Bewohner erinnerten sich an den Kraken, doch diese sogenannten Halluzinationen wurden ihnen langsam, aber sicher ausgeredet. Und falls doch jemand stur auf seiner Meinung beharrte, sorgte die Familie Delos dafür, dass derjenige für eine kleine »Plauderei« mit Andy zusammentraf. Ihre Sirenenstimme war überaus praktisch, wenn es darum ging, dass die Menschen nicht in Panik gerieten und nicht mit den Reportern redeten, die zurzeit auf Nantucket nach einer Story suchten. Helen hatte Hypnos damit beauftragt, die schwersten Fälle zu bearbeiten und die Leute noch einmal zu hypnotisieren, um ihre Erinnerung an die Ereignisse zu verändern. Das funktionierte recht gut, aber es gab dennoch das Gerücht von einem Riesenkalmar, der die Insel angegriffen hatte. Damit war ein neuer Mythos geboren, und

Helen fragte sich, ob die meisten anderen Mythen einen ähnlichen Ursprung hatten.

Wie Hypnos waren auch die anderen kleinen Götter eifrig bemüht, sich gut mit Helen zu stellen. Sich auf die Seite der Olympier zu schlagen, war eine Fehlentscheidung gewesen, und jetzt taten sie alles, was Helen wollte, um ihren Fehler wiedergutzumachen – unter anderem, indem sie das Schlachtfeld aufräumten und dabei halfen, die Story von der Flutwelle zu verbreiten. Helen konnte den zwölf Toten ihr Leben nicht zurückgeben; sie war nur froh, dass die Schlacht nicht noch viel mehr Opfer unter den Normalsterblichen gefordert hatte.

Die Scions hatten weniger Glück gehabt. Alle Häuser hatten schwere Verluste erlitten, vor allem aber das Haus von Theben. Castor war jetzt der Anführer, und es gab viele, die der Meinung waren, dass er das schon lange hätte sein sollen, auch wenn er nicht der älteste der Delos-Brüder war. Daedalus hatte sich irgendwie herausgeredet, als es um seine Absetzung ging. Er hatte eine flammende Rede gehalten und sich bereit erklärt, die Führung mit Orion zu teilen, woraufhin sein Haus ihm verziehen hatte. Alle Häuser würden sich neu formieren. Das Heer von Poseidons Kreaturen leider auch. Helen war klar, dass sich die Scions eines Tages erneut mit dieser Bedrohung würden auseinandersetzen müssen. Poseidon und die anderen Olympier durften ihre Familie und Freunde zwar nicht verfluchen, aber sie würden trotzdem Wege finden, ihnen zu schaden. Darauf mussten die Scions ständig vorbereitet sein.

Genau wie Helen, die darauf vorbereitet sein musste, Hekate die drei Gefallen zu tun, die sie ihr versprochen hatte. Sie hoffte nur, dass die Titanin nichts Unmoralisches von ihr verlangen würde. Aber selbst wenn – Helen würde eines Tages tun müssen, was immer Hekate von ihr wollte. Diese Tatsache beunruhigte Lucas allerdings viel mehr als sie.

Außerdem war beiden schmerzlich bewusst, dass Lucas jederzeit in die Unterwelt gerufen werden konnte, um dort seine Aufgabe zu übernehmen. Er bestand darauf, dass Helen auf der Erde blieb, wenn er in den Hades musste. Helen war sicher, dass sie sich schließlich durchsetzen würde. Sie würde ganz bestimmt nie wieder ohne ihn leben und wusste auch, dass er es ohne sie ebenso wenig aushielt. Sie nahm an, dass er seinen Widerstand nach ein oder zwei Jahrhunderten aufgeben würde.

Im Gegensatz zu den Myrmidonen. Es waren nur noch drei von ihnen übrig, worüber Helen wirklich froh war. Sie wusste, dass sie sie bis in alle Ewigkeit jagen und alles tun würden, um sie zu töten. Hector bewachte die Familie wie ein Habicht und hielt ständig Ausschau nach den Myrmidonen. Helen wurde den Verdacht nicht los, dass ihm das sogar richtig Spaß machte. Hector war am glücklichsten, wenn er jemanden beschützen durfte, der ihm nahestand.

Die einzige Person, die Hector nicht retten konnte, war Ariadne. Matts Tod hatte sie schwer getroffen, und sie begann, sich von der Familie zu entfernen. Helen schaute jeden Tag nach ihr, aber ihr war klar, dass es keine Lösung für sie gab. Ariadne würde Matt bis in alle Ewigkeit vermissen. Wenigstens das hatten sie und Helen gemeinsam.

Zwischen Lucas und Orion herrschte eine Art Waffenstillstand, obwohl Orion wirklich nicht mehr machte, als Cassandras

Hand zu halten. Helen kannte ihn gut genug, um zu wissen, dass Orion warten würde, bis Cassandra bereit für den nächsten Schritt war, aber Lucas ließ die beiden trotzdem nicht aus den Augen. Helen vermutete, dass große Brüder eben so waren, vor allem, wenn der Typ, der seiner kleinen Schwester nachlief, ein solcher Adonis war wie Orion. Irgendwann würde Lucas sich damit abfinden. Cassandra und Orion waren in vielerlei Hinsicht echte Gegensätze, aber sie schienen sich von Tag zu Tag mehr zu lieben. Helen kannte niemanden sonst, der es so sehr verdient hatte, glücklich zu werden.

Abgesehen von Daphne vielleicht.

Natürlich hatte ihre Mutter schreckliche Dinge getan, aber Helen verspürte keine Wut, wenn sie an Daphne dachte. Sie empfand nur Trauer. Sie hoffte wirklich, dass Hades Daphnes Wunsch erfüllt und sie auf den Elysischen Feldern wieder mit Ajax vereint hatte. Immerhin hatte sich Helens biestige Mutter am Ende doch als wahre Heldin erwiesen.

Der Letzte auf Helens Sorgenliste war Zeus. Sie konnte ihn immer noch in Jederland spüren, wenn sie sich darauf konzentrierte, was sie zur Sicherheit mehrmals am Tag machte.

Jederland. Es verloren zu haben, tat immer noch unglaublich weh, aber Helen konnte es auf keinen Fall jemals wieder betreten. Sie hatte Zeus überlistet, aber sie wusste genau, was passieren würde, wenn sie versuchte, nach Jederland zurückzukehren. Zeus würde auf sie warten und sofort in den Tartaros verfrachten. Das hinderte Helen jedoch nicht daran, jede Nacht davon zu träumen. Wenn sie die Augen schloss, konnte sie die Wildblumen riechen und den Wind hören.

»Helen«, wisperte Lucas und weckte sie auf. Ihr Kopf lag auf seinem Schoß und er streichelte ihre Haare. »Ich muss gehen.«

Helen setzte sich auf, rieb sich die Stirn und versuchte, den Traum abzuschütteln. Lucas sah sie prüfend an.

»Alles in Ordnung?«, fragte er sanft. »War es wieder Jederland?«

»Wie immer«, gab sie zu und starrte auf ihre Hände.

»Helen! Komm jetzt bitte rauf«, rief ihr Vater ungeduldig von oben herunter. »Es wird Zeit, dass Lucas nach Hause geht.«

Helen und Lucas grinsten sich an und standen auf. Sie fanden es beide total süß, wenn Jerry den strengen Vater hervorkehrte.

»Ich komme gleich wieder«, flüsterte Lucas ihr ins Ohr und strich zart mit den Lippen über die weiche Haut an ihrem Hals.

»Gibt's davon noch mehr?«, flüsterte Helen, als sie ihn zur Tür brachte.

»Gute Nacht, Mr Hamilton«, rief Lucas höflich nach oben, bevor er ging.

»Gute Nacht, Lucas«, antwortete Jerry bedeutungsvoll.

Etwa eine Stunde später hörte Helen ein Klopfen an dem Fenster, das Mr Tanis vor rund einer Woche endlich repariert hatte. Sie sprang auf, um es zu öffnen. Lucas segelte lautlos und mit einer dünnen Schneeschicht auf dem Rücken in ihr Zimmer. Helen fing schon an, ihn zu küssen, bevor er gelandet war, und zog seinen schwerelosen Körper zu sich ins Bett.

»Warte mal«, sagte er mit einem liebevollen Lächeln und überreichte ihr ein sorgfältig verpacktes Geschenk. »Ich konnte nicht bis Weihnachten warten.«

Sie streifte das Geschenkpapier so leise ab, wie es ging, während sie beide lauschten, ob Jerry womöglich aufwachte. In dem

Päckchen war das gerahmte Bild einer weißen Blume. Als Helen genauer hinsah, stellte sie fest, dass es tatsächlich eine getrocknete Wildblume war.

Sofort traten ihr die Tränen in die Augen. Es war das Einzige aus ihrer Welt, das in dieser Welt existierte – das einzige Erinnerungsstück an Jederland, das sie besaß.

»Ich danke dir«, wisperte Helen und drückte sich den Bilderrahmen an die Brust.

Lucas nickte und wischte ihr sanft die Tränen aus dem Gesicht. Er nahm ihr den Rahmen aus der Hand und stellte ihn auf den Nachttisch, bevor er aus dem Bett stieg.

»Wo ist dein Badeanzug?«, fragte er und rieb sich in freudiger Erwartung die Hände.

»Wieso?«, fragte Helen verblüfft. Draußen war es eiskalt. Und es schneite. Sie war zwar unsterblich, aber nicht verrückt.

»Weil du ihn in Puerto Rico brauchen wirst. Wir können schwimmen gehen, den Sonnenaufgang ansehen und wieder hier sein, bevor dein Dad aufwacht.«

Helen hüpfte aus dem Bett und stürzte zur Kommode. Sie holte einen knappen, rot getupften Bikini heraus und schwenkte ihn wie eine Fahne, bevor sie ihn in die Tasche stopfte und ihre warme Jacke schnappte.

»Als wäre jeder Tag unser letzter gemeinsamer Tag auf der Erde«, verkündete sie ihr neues Motto und sprang aus dem Fenster.

»Bis in alle Ewigkeit, wenn es nach mir geht«, fügte Lucas hinzu und sprang ihr nach.

Was ist was?

Scions

* Halbgötter; halb Mensch, halb Archetyp; sehen der historischen Figur ähnlich, nach der sie ihr Leben ausrichten sollen – nicht ihren Eltern
* Haben übermenschliche Fähigkeiten und Kräfte (z.B. Schnelligkeit, Wendigkeit, extremes Hör- und Sehvermögen, Schönheit, Intelligenz, Selbstheilung, überdurchschnittliche Stärke)

Die vier Häuser der Scions

* Atreus, Rom, Theben und Athen sind die verschiedenen Blutlinien des königlichen Adels aus dem alten Griechenland
* Kein Haus stammt ausschließlich von nur einem Gott ab, dennoch gehen die vier Häuser auf die Götter Zeus, Aphrodite, Apoll und Poseidon zurück

Rogues

* Halbgötter (Scions), deren Eltern aus verschiedenen Häusern stammen, aber nur ein Haus kann sie für sich beanspruchen
* Das führt dazu, dass zwischen Kind und einem Elternteil der Erinnyen-Fluch wirkt und sie sich gegenseitig umbringen wollen

Hades

* Unterwelt

Tartaros

* Tiefste Unterwelt

Olymp

* Hort der Götter / Himmel

Wer ist wer?

Helen Hamilton

* Halbgöttin aus dem Haus von Atreus und dem Haus von Theben
* Rogue (ihre Eltern stammen aus verschiedenen Häusern)
* Tochter von Ajax (verstorben) und Daphne
* Stiefvater Jerry Hamilton
* Beste Freundin von Claire Aoki
* 17 Jahre alt
* Cousine von Lucas, Cassandra, Hector, Jason, Ariadne und Kreon
* Kann fliegen, Blitze erzeugen und besonders schnell rennen
* Hat Selbstheilungskräfte
* Kann Lucas spüren, wenn er unsichtbar ist
* Ist ein Falschfinder – sie erkennt, wenn jemand lügt
* Ist eine Weltenschöpferin
* Angelehnt an Helena aus der griechischen Mythologie

Daphne Atreus

* Stammt aus dem Haus von Atreus
* Mutter von Helen
* Frau von Ajax (verstorben)
* Lebt seit dem Tod von Ajax auf der Flucht

Lucas Delos

* Halbgott aus dem Haus von Theben
* Erbe des Hauses von Theben
* Sohn von Noel und Castor Delos
* 17 Jahre alt
* Älterer Bruder von Cassandra
* Cousin von Helen, Hector, Jason, Ariadne und Kreon
* Kann fliegen und hervorragend kämpfen
* Ist ein Falschfinder – er erkennt, wenn jemand lügt
* Hat Selbstheilungskräfte
* Schattenmeister – er kann Licht um sich in Schatten und Dunkelheit verwandeln
* Angelehnt an Paris aus der griechischen Mythologie

Cassandra Delos

* Halbgöttin aus dem Haus von Theben

* Tochter von Noel und Castor Delos
* 14 Jahre alt
* Jüngere Schwester von Lucas
* Cousine von Helen, Hector, Jason, Ariadne und Kreon
* Kann in die Zukunft sehen wie eine Art Medium
* Hat Selbstheilungskräfte
* Angelehnt an Kassandra aus der griechischen Mythologie

Castor Delos

* Halbgott, Erbe des Hauses von Theben
* Sohn von Paris
* Vater von Lucas und Cassandra
* Mann von Noel Delos
* Bruder von Pallas, Ajax (verstorben), Pandora (verstorben), Tantalus
* Angelehnt an Priamos aus der griechischen Mythologie

Noel Delos

* Normalsterbliche
* Mutter von Lucas und Cassandra
* Frau von Castor
* Hervorragende Köchin

Hector Delos

* Halbgott aus dem Haus von Theben
* Älterer Bruder von Jason und Ariadne
* 17 Jahre alt
* Sohn von Aileen (verstorben) und Pallas
* Cousin von Helen, Lucas, Cassandra und Kreon
* Hat Selbstheilungskräfte
* Kann Licht manipulieren
* Kann unter Wasser atmen, reden und laufen
* Angelehnt an Hektor aus der griechischen Mythologie

Jason Delos

* Halbgott aus dem Haus von Theben
* Zwillingsbruder von Ariadne und jüngerer Bruder von Hector
* 16 Jahre alt
* Sohn von Aileen (verstorben) und Pallas
* Cousin von Helen, Lucas, Cassandra und Kreon
* Hat Selbstheilungskräfte
* Kann auch andere heilen
* Angelehnt an Troilus aus der griechischen Mythologie

Ariadne Delos

* Halbgöttin aus dem Haus von Theben
* Zwillingsschwester von Jason und jüngere Schwester von Hector
* 16 Jahre alt
* Tochter von Aileen (verstorben) und Pallas
* Cousine von Helen, Lucas, Cassandra und Kreon
* Hat Selbstheilungskräfte
* Kann auch andere heilen
* Angelehnt an Briseis aus der griechischen Mythologie

Pallas Delos

* Halbgott aus dem Haus von Theben
* Vater von Hector, Jason und Ariadne
* Mann von Aileen (verstorben)
* Älterer Bruder von Castor, Ajax (verstorben), Pandora (verstorben), Tantalus
* Angelehnt an Agamemnon aus der griechischen Mythologie

Aileen Delos (verstorben)

* Normalsterbliche
* Mutter von Hector, Jason und Ariadne
* Frau von Pallas

Ajax Delos (verstorben)

* Halbgott aus dem Haus von Theben
* Vater von Helen – behauptet Daphne gegenüber Helen
* Mann von Daphne
* Bruder von Pallas, Pandora (verstorben), Castor, Tantalus

Pandora Delos (verstorben)

* Halbgöttin aus dem Haus von Theben
* Jüngere Schwester von Pallas, Castor, Ajax (verstorben), Tantalus
* Wurde von Kreon getötet

Tantalus Delos

* Halbgott aus dem Haus von Theben
* Mann von Mildred (Normalsterbliche)
* Anführer der Hundert Cousins
* Vater von Kreon
* Mörder von Ajax Delos, dem Mann von Daphne
* Angelehnt an Menelaos aus der griechischen Mythologie

Kreon Delos (verstorben)

* Halbgott aus dem Haus von Theben
* Sohn von Mildred und Tantalus

* Mitglied der Hundert Cousins
* 17 Jahre alt
* Schattenmeister
* Cousin von Helen, Lucas, Cassandra, Hector, Jason und Ariadne
* Hatte Selbstheilungskräfte
* Schattenmeister
* Wurde von Hector im Kampf getötet, nachdem er selbst Pandora Delos umgebracht hatte

Orion Evander

* Halbgott aus dem Haus von Athen und dem Haus von Rom
* Erbe des Hauses von Athen und Anführer des Hauses von Rom
* Erbe des Aeneas
* Rogue – seine Eltern stammen aus verschiedenen Häusern
* 18 Jahre alt
* Seit seiner Kindheit auf der Flucht
* Sohn von Zeus, Poseidon und Hermes (oder Ares)
* Zeus vererbte ihm seine Begeisterung für erotische Abenteuer
* Poseidon vererbte ihm die Fähigkeit, über Wasser zu gehen
* Kann bei Berührung in die Herzen anderer sehen und sie kontrollieren
* Kann Erdbeben verursachen
* Angelehnt an Aeneas aus der griechischen Mythologie

Daedalus Attica

* Halbgott aus dem Haus von Athen
* Vater von Orion
* Angelehnt an Odysseus aus der griechischen Mythologie

Leda

* Halbgöttin aus dem Haus von Rom
* Mutter von Orion

Adonis (verstorben)

* Halbgott aus dem Haus von Rom
* Onkel von Orion
* Bruder von Leda

Corvus (verstorben)

* Halbgott aus dem Haus von Rom
* Älterer Bruder von Phaon

Phaon

* Halbgott aus dem Haus von Rom
* Jüngerer Bruder von Corvus
* Beansprucht die Führung des Hauses von Rom

Andy Faiakes

- Hat eine Sirene zur Mutter
- Ist ein Wesen des Meeres
- Kann unter Wasser atmen
- Hat eine hypnotisierende Stimme
- Angelehnt an Andromache aus der griechischen Mythologie

Freunde aus der Highschool

- Matt Millis (angelehnt an Achill aus der griechischen Mythologie)
- Claire Aoki
- Zach Brant (verstorben)

Telamon

- Krieger
- Ranghöchster Myrmidonen-Offizier des Meisters

Automedon (verstorben)

- Myrmidone in Gestalt einer Ameise
- Zeichnete sich durch uneingeschränkten Gehorsam, Tapferkeit und überragende Kampfeskraft aus
- War körperlich stärker und schneller als Scions und empfindungslos

Griechische Götter

Aphrodite
* Göttin der Liebe, der Schönheit und der ewigen Jugend; war mit Hephaistos verheiratet, liebte aber Ares

Apoll
* Gott des Lichts, der Musik, der Heilung und der Wahrheit; geboren auf Delos; war Patron und Hüter von Delphi (Stadt und Orakel); Zwillingsbruder der Artemis

Ares
* Gott des Krieges und der Schlachten; Sohn des Zeus und der Hera; Vater von Deimos und Phobos; ehebrecherische Liebesbeziehung zu seiner Schwester Aphrodite; Halbbruder von Athene

Demeter
* Göttin der Erde und der Fruchtbarkeit, Schwester und Geliebte des Zeus; dreifaltige Göttin in verschiedenen Manifestationen: Jungfrau, Mutter oder alte Frau

Eris
* Göttin der Zwietracht und des Streits; Tochter von Nyx und Erebos; begleitet gern Ares; hat den goldenen Apfel der Zwietracht (Zankapfel)

Hades
* Gott der Unterwelt; ältester Bruder des Zeus; bemächtigte sich durch Raub der Persephone (Tochter von Demeter); seine Begleiter sind Thanatos, »der Tod«, und Hypnos, »der Schlaf«; sein Wächter ist Zerberus, der dreiköpfige Höllenhund

Hekate
* Göttin der Magie und der Wegkreuzungen, Schwellen und Übergänge; die Wächterin der Tore zwischen den Welten

Hypnos

* Gott des Schlafes; Zwillingsbruder des Thanatos; Vater des Morpheus

Morpheus

* Gott des Traumes; Sohn des Hypnos, dem Gott des Schlafes. Er kann sich in jede beliebige Form verwandeln und in Träumen erscheinen. Sein Bett besteht aus Elfenbein und ist in einer dunklen Höhle gelegen.

Nemesis

* Göttin der ausgleichenden Gerechtigkeit; Personifikation der Rache

Persephone

* Toten-, Unterwelt- und Fruchtbarkeitsgöttin; Gemahlin von Hades, wurde von ihm entführt; Tochter von Zeus und Demeter

Phobos

* Gott der Furcht; verbreitet Angst und Panik; Sohn von Ares und Aphrodite; wird von Eris als Neffe betrachtet

Poseidon

* Gott des Meeres, der Erdbeben und Pferde; älterer Bruder des Zeus; Sohn von Kronos und Rhea

Thanatos

* Gott des sanften Todes; häufig zusammen mit Hypnos, dem personifizierten Gott des Schlafes, abgebildet. Die Göttin des gewaltsamen Todes ist Ker.

Zeus

* Göttervater, Gott des Himmels, Herrscher über Blitz und Donner; jüngster Sohn von Kronos und Rhea; jüngerer Bruder von Poseidon, Hades, Hera und Demeter; Vater von Athene, Apoll, Artemis, Ares, Aphrodite, Hermes, Dionysos, Herakles

Figuren aus der griechischen Mythologie

Achill

* Ein herausragender Kämpfer und beinahe unverwundbarer Held der Griechen vor Troja

Aeneas

* Nach Hektor der berühmteste trojanische Held; gilt als Stammvater der Römer

Agamemnon

* Anführer des griechischen Heeres im Trojanischen Krieg; Bruder von Menelaos

Andromache

* Frau des trojanischen Helden Hektor

Cressida

* Trojanische Prinzessin und Frau des Troilus

Hektor

* Ältester Sohn des trojanischen Königspaars Priamos und Hekabe
* Wichtigster Held der Trojaner und Heerführer Trojas im Krieg gegen die Griechen

Helena

* Königin von Sparta, die Paris wegen ihrer einzigartigen Schönheit entführte, wodurch der Trojanische Krieg ausgelöst wurde

Kassandra

* Tochter des trojanischen Königspaars Priamos und Hekabe; gilt als tragische Figur, die das Unheil immer voraussah, aber deren Warnungen nie ernst genommen wurden

Menelaos

* Floh mit seinem älteren Bruder Agamemnon von Mykene nach Sparta, wo er sich mit Helena vermählte; sein Schwiegervater vermachte ihm die Königsherrschaft über Sparta

Odysseus

* König von Ithaka und später bekanntester griechischer Held im Trojanischen Krieg

Paris

* Sohn des trojanischen Königspaars Priamos und Hekabe; löste mit dem Raub der Helena den Trojanischen Krieg aus

Priamos

* Sechster und letzter König von Troja während des Trojanischen Krieges

Troilus

* Jüngster Sohn des trojanischen Königspaars Priamos und Hekabe oder des Apoll

REVOLUTION – SONG ZU GÖTTLICH VERLIEBT

Remember the days when you feel weak
butterflies with iron wings
out of the sky smashed on the ground
so depressed what future will bring
treasures you found were treasures you lost
a heart just filled with rust
but inside your head there is a voice
shows you the way, gives you a choice

And it talks to you, talks to you

Are you ready for a revolution
revolution will come
are you ready for a revelation
the solution is here

Are you ready for a revolution,
are you ready…

Now here I am newborn and free
I am in peace and believe in me
I cross the lines, circles and signs
and I grow stronger and stronger through time

Are you ready for a revolution,
are you ready …

Are you ready for a revolution
revolution will come
are you ready for a revelation
the solution is here
are you ready for a revolution
revolution will come
are you ready for a revelation
the solution is here

Stop the dreaming, trust your feeling
scream out loud
stop the dreaming, trust your feeling
loud and proud

There is nothing to lose in the end

Are you ready…

Are you ready for a revolution
revolution will come
are you ready for a revelation
the solution is here
are you ready for a revolution
revolution will come
are you ready for a revelation
the solution is here

Composed by German Wahnsinn
Published by Che!music, Hamburg

Den Song findet ihr auf: www.goettlich-trilogie.de/DemiGoddess
Weitere Infos auf Facebook unter: www.facebook.com /Goettlichverdammt

IN LOVE – SONG ZU GÖTTLICH VERLOREN

There's nothing, nothing left for me
dreams are fighting the reality
broken-hearted, disregarded,
alone in a room for two

Perfect, perfect chemistry
a simple song seems like a symphony
to me

When you're in love
there is pain
it's insane
and it feels like dying
when you're in love
you can fly
fly so high

When you're in love
when you're in love

All my troubles I will leave
them far behind
looking forward there's no need
to press rewind
nothing's easy, cold and freezy
I'm dancing in a burning room

There is no you
there is no me
I'm drowning in my fantasy

When you're in love
there is pain
it's insane
and it feels like dying
when you're in love
you can fly
fly so high

All the princes, knights
and thieves
give me back my harmony
dance with me into the light
forever through the night

When you're in love
there is pain
it's insane
and it feels like dying
when you're in love
you can fly
fly so high

Den Song findet ihr auf: ***www.goettlich-trilogie.de/DemiGoddess***
Weitere Infos auf Facebook unter: ***www.facebook.com /Goettlichverdammt***

WHERE DO I BELONG – SONG ZU GÖTTLICH VERDAMMT

I'm so alone at home
everything feels cold as stone
when white turns into black
loneliness a side effect

Looking for the reason why
looking for a way that's mine
afflicted by the doubts of time
should I really walk the line

Looking through that broken glass
where's my future where's my past

Where do I belong
is there something wrong
where do I belong
where do I come from
there is something wrong
where do I belong

I close my eyes to see
if there's something wrong with me
is there something in my soul
did I lose control

Walking through the barricades
looking for the brighter days
scars will stay, but time will past
how long will this nightmare last

Looking through that broken glass
everything moves way too fast

Where do I belong
is there something wrong
where do I belong
where do I come from
there is something wrong
where do I belong

Fly with me, let our wings
split the night
cry with me, may our tears
clear up our sight
fly with me

Where do I belong
is there something wrong
where do I belong
where do I come from
there is something wrong
where do I belong

Text und Musik:
German Wahnsinn

Den Song findet ihr auf: ***www.goettlich-trilogie.de/DemiGoddess***
Weitere Infos auf Facebook unter: ***www.facebook.com /Goettlichverdammt***

OETINGER TASCHENBUCH

Josephine Angelini, geboren in Massachusetts / USA, ist Expertin auf dem Gebiet der Halbgötter: In New York studierte sie Angewandte Theaterwissenschaft mit den Schwerpunkten »Antike tragische Helden« und »Griechische Mythologie«. Mit ihrem Debüt *Göttlich verdammt* landete sie auf Anhieb einen Bestseller. Die Autorin lebt mit ihrem Ehemann, einem Drehbuchautor, und drei Katzen in Los Angeles.

Josephine Angelini

Göttlich verdammt

Aus dem Amerikanischen von
Simone Wiemken

Oetinger Taschenbuch

Außerdem von Josephine Angelini bei
Oetinger Taschenbuch erschienen:

Göttlich verloren (Band 2)
Göttlich verliebt (Band 3)
Everflame – Feuerprobe (Band 1)
Everflame – Tränenpfad (Band 2)

... für meinen geliebten Mann

MIX
Papier aus verantwortungsvollen Quellen
FSC® C014496

Sonderausgabe
1. Auflage 2017
Oetinger Taschenbuch in der Verlag Friedrich Oetinger GmbH,
Poppenbütteler Chaussee 53, 22397 Hamburg
November 2017

Originaltitel: *Starcrossed*

Aus dem Amerikanischen von Simone Wiemken

Satz: Dörlemann Satz, Lemförde
Druck: GGP Media GmbH,
Karl-Marx-Straße 24, 07381 Pößneck, Deutschland
ISBN 978-3-8415-0462-3

www.oetinger-taschenbuch.de

1

Aber wenn du mir jetzt ein Auto kaufst, gehört es dir, wenn ich in zwei Jahren aufs College gehe. Und dann ist es praktisch immer noch neu«, sagte Helen optimistisch. Leider fiel ihr Vater nicht darauf herein.

»Lennie, nur weil der Bundesstaat Massachusetts meint, dass Sechzehnjährige schon Auto fahren dürfen …«, begann Jerry.

»Fast siebzehn«, betonte Helen.

»… bedeutet das nicht, dass ich derselben Meinung sein muss.« Er stand bereits auf der Gewinnerseite, aber so leicht gab Helen nicht auf.

»Weißt du, die alte Karre hält höchstens noch ein oder zwei Jahre.« Helen startete einen neuen Versuch und bezog sich dabei auf den uralten Jeep Wrangler ihres Vaters, der vermutlich schon vor der Burg geparkt hatte, in der die Magna Charta unterzeichnet worden war. »Und denk doch nur an das ganze Spritgeld, das wir sparen würden, wenn wir einen Hybrid kaufen oder gleich ein Elektroauto. Das ist die Zukunft, Dad.«

»Mm-hm«, war alles, was ihr Vater dazu sagte.

Jetzt hatte sie verloren.

Helen Hamilton stöhnte leise und schaute über die Reling der Fähre, die sie zurück nach Nantucket brachte. Sie sah sich schon ein weiteres Jahr im November mit dem Rad zur Schule fahren und um eine Mitfahrgelegenheit betteln, wenn der Schnee zu hoch lag. Allein der Gedanke ließ sie schaudern und sie versuchte sich abzulenken. Wie so oft starrten einige der Touristen auf der Fähre sie an und Helen wandte so unauffällig wie möglich das Gesicht ab. Wenn Helen in den Spiegel schaute, sah sie zwei ganz gewöhnliche Augen, eine Nase und einen Mund – aber die Fremden von außerhalb starrten sie trotzdem immer an, was wirklich lästig war.

Zu Helens Glück waren die meisten Touristen auf der Fähre, um die schöne Aussicht zu genießen und nicht ihren Anblick. Sie waren so versessen darauf, vor dem Herbst noch eine Ladung Inselfeeling mitzunehmen, dass sie die Umgebung mit ständigen Aaahs und Ooohs bestaunten. Helen konnte alldem nichts abgewinnen. Soweit es sie betraf, war es das Letzte, auf einer kleinen Insel aufzuwachsen, und sie konnte es nicht erwarten, endlich aufs College zu gehen, weit weg von der Insel, von Massachusetts und wenn möglich auch der ganzen Ostküste.

Es war aber nicht so, dass Helen ihr Zuhause hasste. Sie kam sogar hervorragend mit ihrem Vater aus. Ihre Mutter hatte sie verlassen, als Helen noch ein Baby gewesen war, doch Jerry hatte schnell gelernt, seiner Tochter genau das richtige Maß an Aufmerksamkeit zu schenken. Er war nicht ständig um sie herum, aber dennoch war er da, wenn sie ihn brauchte. Und obwohl sie sich über die Sache mit dem Auto ärgerte, wusste sie auch, dass sie sich keinen besseren Vater wünschen konnte.

»Hey, Lennie! Was macht der Ausschlag?«, rief eine Stimme, die sie nur zu gut kannte. Es war Claire, ihre beste Freundin seit dem Babyalter. Sie stieß die schwankenden Touristen mit ein paar geschickt platzierten Schubsern zur Seite.

Die meerestrunkenen Tagesausflügler wichen Claire aus, als wäre sie ein Stürmer beim Football und kein zierliches Persönchen, das auf Plateausandalen dahergetrippelt kam. Sie glitt mühelos durch den Touristenschwarm und stellte sich neben Helen an die Reling.

»Giggles! Wie ich sehe, warst du auch für den ersten Schultag einkaufen«, sagte Jerry und umarmte Claire mitsamt ihren Taschen und Tüten.

Claire Aoki, von ihren Freunden Giggles genannt, war ein echtes Schlitzohr. Jeder, der nur ihre eins fünfundfünfzig Körpergröße und ihre asiatische Zartheit wahrnahm, ohne ihren scharfen Verstand und ihr freches Mundwerk zu erkennen, lief Gefahr, furchtbar unter den Angriffen einer deutlich unterschätzten Gegnerin zu leiden. Der Spitzname »Giggles« war gewissermaßen ihr Markenzeichen. Sie hatte ihn schon, seit sie ein Kleinkind war. Zur Verteidigung ihrer Familie und ihrer Freunde muss gesagt werden, dass es fast unmöglich war, sie nicht Giggles zu nennen. Claire hatte mit Abstand das sympathischste Lachen des Universums. Es klang niemals gezwungen oder gar schrill und zauberte absolut jedem in Hörweite ein Lächeln auf die Lippen.

»Na klar, Erzeuger meiner besten Freundin«, sagte Claire und erwiderte Jerrys Umarmung mit echter Zuneigung, ohne darauf einzugehen, dass er schon wieder den ungeliebten Spitznamen verwendet hatte. »Darf ich mal ein paar Worte mit deinem Nachwuchs wechseln? Tut mir leid, dass ich so unhöflich bin, aber es geht wirklich um hochgeheime, brisante Dinge. Ich würde es dir ja sagen …«, fügte sie hinzu.

»… aber dann müsstest du mich töten«, beendete Jerry den Satz scharfsinnig. Er verzog sich zum Getränkestand, um sich eine von den zuckrigen Limos zu kaufen, solange seine Tochter, die Chefin der Ernährungspolizei, gerade nicht hinsah.

»Was hast du da alles in deinen Tüten?«, fragte Claire. Sie schnappte sich Helens Einkäufe und begann, darin herumzuwühlen. »Jeans, Strickjacke, Unter… wie jetzt? Du nimmst deinen Dad mit zum Unterwäschekaufen?«

»Was hatte ich denn für eine Wahl?«, beschwerte sich Helen und entriss ihrer Freundin die Tüte. »Ich brauchte neue BHs! Außerdem ist mein Dad in den Buchladen gegangen, solange ich alles anprobiert habe. Aber es ist trotzdem total peinlich, Unterwäsche zu kaufen, auch wenn er in einem anderen Geschäft auf mich wartet«, gestand sie und wurde ganz rot dabei.

»Aber so schlimm kann das gar nicht sein. Schließlich kaufst du nichts, was auch nur entfernt sexy ist. Meine Güte, Lennie, so was trägt meine Oma!« Claire hielt eine weiße Baumwollunterhose hoch. Helen schnappte hektisch nach dem Omaschlüpfer und ließ ihn in den Tiefen ihrer Einkaufstüte verschwinden, während Claire in ihr berühmtes Lachen ausbrach.

»Ich weiß, ich bin mit der Streberseuche infiziert«, konterte Helen, die Claire ihre Stichelei wie gewöhnlich längst verziehen hatte. »Hast du keine Angst, dich bei mir mit dem Loservirus anzustecken?«

»Ich bin so umwerfend, dass ich immun dagegen bin. Außerdem steh ich auf Streber. Die kann man so schön ärgern. Und ich finde es klasse, wie du jedes Mal rot wirst, wenn ich von Unterhosen anfange.«

Claire wurde gezwungen, ein Stück zur Seite zu rücken, weil sich ein fotografierendes Touristenpaar neben sie gedrängt hatte. Sie nutzte das Schwanken der Fähre und knuffte die beiden mit einem ihrer Ninja-Schubser. Sie taumelten von der Reling weg, lachten über die »raue See« und hatten nicht einmal gemerkt, dass Claire sie berührt hatte. Helen spielte mit dem Herzanhänger an der Kette, die sie immer trug, und duckte sich ein wenig, um auf Augenhöhe mit Claire zu sein, die wesentlich kleiner war als sie.

Helen war furchtbar schüchtern, und sie fand es besonders schrecklich, immer noch zu wachsen, obwohl sie mit ihren eins achtundsiebzig Körpergröße schon genügend auffiel. Sie hatte Jesus, Buddha, Mohammed und Wischnu angefleht, ihr Wachstum endlich zu stoppen, aber sie spürte nachts immer noch die ziehenden Schmerzen in Knochen und Muskeln, die einen weiteren Wachstumsschub ankündigten. Eines hatte sie sich fest vorgenommen: Sobald sie die Zwei-Meter-Marke überschritt, würde sie über das Geländer des Leuchtturms in Siasconset steigen und sich in die Tiefe stürzen.

Die Verkäuferinnen erzählten ihr ständig, was für ein Glück sie hatte, aber eine passende Hose fanden sie trotzdem nicht für sie. Helen hatte sich mittlerweile damit abgefunden, dass sie Jeans kaufen musste, die viel zu groß waren, wenn sie die richtige Länge haben sollten. Wenn sie aber welche wollte, die ihr nicht vom Po fielen, musste sie in Kauf nehmen, dass ihr eine sanfte

Brise um die Knöchel wehte. Helen war ziemlich sicher, dass die »so neidischen« Verkäuferinnen nicht mit nackten Knöcheln herumliefen. Oder mit Jeans, in denen man ihren Po halb sah.

»Mach keinen Buckel«, fuhr Claire sie automatisch an, als sie sich wieder umdrehte und Helen an der Reling hängen sah. Helen gehorchte ebenso automatisch.

Claire hatte einen Fimmel, was die Haltung betraf. Sie hatten nie darüber gesprochen, aber Helen nahm an, dass das an Claires superkorrekter japanischer Mutter lag und an der noch viel korrekteren, kimonotragenden Großmutter.

»Okay! Jetzt zu den wirklich wichtigen Themen«, verkündete Claire. »Du kennst doch diesen zig Millionen teuren Kasten, der mal diesem Football-Typen gehört hat?«

»Der in 'Sconset? Klar. Was ist damit?«, fragte Helen, die an den Privatstrand denken musste, der zum Anwesen gehörte. Insgeheim war sie froh darüber, dass ihr Dad in seinem Laden nicht genug verdiente, um ein Haus zu kaufen, das dichter am Wasser stand.

Als Helen noch klein war, war sie beinahe ertrunken und seitdem der festen Überzeugung, dass der Atlantik sie umbringen wollte. Diesen paranoiden Gedanken behielt sie natürlich für sich … aber sie war auch eine lausige Schwimmerin. Sie konnte zwar ein bisschen herumpaddeln, aber selbst das klappte nicht richtig. Irgendwann sank sie immer wie ein Stein, egal, wie salzhaltig das Meer angeblich war und wie sehr sie sich bemühte.

»Es ist endlich verkauft, an eine Großfamilie«, sagte Claire. »Oder zwei Familien. Ich weiß nicht genau, wie die zusammenhängen, aber anscheinend sind es zwei Väter, die Brüder sind. Sie haben beide Kinder, also sind die alle Cousins?« Claire runzelte die Stirn. »Auf jeden Fall haben die Leute, die da eingezogen sind, einen Haufen Kinder, die alle ungefähr im selben Alter sind. Und sie haben *zwei Jungs*, die in unsere Klassenstufe kommen.«

»Lass mich raten«, erwiderte Helen, ohne eine Miene zu verziehen. »Du hast deine Tarotkarten befragt und festgestellt, dass sich beide Jungs unsterblich in dich verlieben und sich einen tragischen Kampf auf Leben und Tod liefern werden.«

Claire trat Helen gegen das Schienbein. »Nein, du doofe Nuss. Es ist für jede von uns einer da.«

Helen rieb sich das Bein und tat so, als würde es wehtun. Aber selbst wenn Claire mit aller Kraft zugetreten hätte, war sie nicht stark genug, um auch nur einen blauen Fleck zu verursachen.

»Einer für jede von uns? Das war's? Sonst ist bei dir doch immer alles hochdramatisch«, ärgerte Helen sie. »Das ist viel zu einfach. Das klappt nie. Aber wie wäre es damit?«, stichelte sie weiter. »Wir verlieben uns beide in denselben Jungen oder den falschen – jedenfalls in den, der nichts von uns wissen will –, und dann kämpfen *wir beide* auf Leben und Tod.«

»Wovon redest du eigentlich?«, fragte Claire zuckersüß, betrachtete konzentriert ihre Fingernägel und heuchelte Unverständnis.

»Gott, Claire, das ist ja alles so vorhersehbar«, warf Helen ihr lachend an den Kopf. »Jedes Jahr staubst du diese alten Tarotkarten ab, die du damals auf dem Schulausflug nach Salem gekauft hast, und sagst jedes Mal etwas total Verblüffendes voraus. Aber das Einzige, was mich jedes Mal verblüfft, ist die Tatsache, dass du zu Beginn der Winterferien immer noch nicht ins Langeweile-Koma gefallen bist.«

»Warum wehrst du dich dagegen?«, protestierte Claire. »Du

weißt, dass uns irgendwann etwas Aufregendes passieren wird. Du und ich, wir sind viel zu toll, um *ganz normal* zu sein.«

Helen zuckte mit den Schultern. »Ich bin sehr zufrieden damit, ganz normal zu sein. Ehrlich gesagt, wäre es für mich ein echter Schock, wenn du mit deinen verrückten Vorhersagen ausnahmsweise einmal richtigliegen würdest.«

Claire legte den Kopf zur Seite und starrte sie an. Helen strich sich das Haar hinter dem Ohr hervor, um ihr Gesicht zu verbergen. Sie hasste es, wenn man sie ansah.

»Das weiß ich. Ich glaube nur, dass du niemals ganz normal sein wirst«, sagte sie nachdenklich.

Helen wechselte das Thema. Sie plauderten über ihre Stundenpläne, das Lauftraining und ob sie sich einen Pony schneiden sollten oder nicht. Helen fand, dass ihr eine neue Frisur guttun würde, aber Claire war strikt dagegen, dass sie ihren langen blonden Haaren mit einer Schere zu Leibe rückte. Plötzlich fiel ihnen auf, dass sie, ohne es zu merken, zu dicht an den Teil der Fähre gekommen waren, den sie die »Perversen-Zone« nannten, und zogen sich eilig zurück.

Beide hassten diesen Bereich der Fähre, aber für Helen war es besonders schlimm. Er erinnerte sie an diesen ekligen Typen, der sie einen Sommer lang verfolgt hatte, bis er eines Tages von der Fähre verschwunden war. Aber anstatt erleichtert zu sein, dass er sie nicht mehr belästigte, hatte sie das Gefühl gehabt, selbst etwas falsch gemacht zu haben. Sie hatte nie mit Claire darüber gesprochen, aber da war dieser helle Blitz gewesen, und dann hatte es nach verbrannten Haaren gerochen. Und dann war der Kerl einfach *weg* gewesen. Helen wurde bei dem Gedanken daran immer noch ganz schlecht. Sie zwang sich zu einem Lächeln und ließ sich von Claire in einen anderen Bereich der Fähre ziehen.

Jerry tauchte beim Anlegen wieder auf und sie gingen von Bord. Claire winkte zum Abschied und versprach, Helen am nächsten Tag bei der Arbeit zu besuchen, aber da es der letzte Tag der Sommerferien sein würde, rechnete Helen nicht wirklich damit.

Helen arbeitete in den Ferien ein paar Tage in der Woche für ihren Vater, der Mitbesitzer des Inselladens war. Abgesehen von der Morgenzeitung und einer Tasse Kaffee, bekam man im News Store auch Karamellbonbons, Gummitierchen und Toffees, die in echten Kristallgläsern gelagert wurden, und Lakritzschnüre, die halbmeterweise verkauft wurden. Außerdem hatten sie immer frische Blumen, handgemachte Grußkarten, Andenken und anderen Schnickschnack für die Touristen und normale Sachen wie Milch und Eier für die Einheimischen.

Vor etwa sechs Jahren hatte der News Store sich vergrößert und Kate's Cakes war in den hinteren Teil des Ladens eingezogen. Seitdem brummte das Geschäft. Kate Rogers war ein Genie, wenn es ums Backen ging. Sie konnte einfach aus allem Pasteten, Kuchen, Torteletts, Plätzchen oder Muffins zaubern. Sogar allgemein verhasste Gemüsesorten wie Rosenkohl und Brokkoli mussten sich von Kates Zauber geschlagen geben und wurden als Füllung in Croissants zu echten Hits.

Kate war Anfang dreißig, kreativ und intelligent. Sofort, nachdem sie Jerrys Geschäftspartnerin geworden war, hatte sie den hinteren Teil des News Store umgebaut und ihn in einen Treffpunkt für die Schriftsteller und Künstler der Insel verwandelt.

Irgendwie hatte sie es geschafft, ohne dass es versnobt wirkte. Kate sorgte gezielt dafür, dass alle, die Kuchen und guten Kaffee mochten – Anzugträger ebenso wie Künstler, einheimische Handwerker ebenso wie Manager –, kein Problem damit hatten, sich zu ihr an den Tresen zu setzen und in Ruhe die Zeitung zu lesen. Kate hatte eine ganz besondere Art, jedem das Gefühl zu geben, dass er willkommen war. Helen vergötterte sie.

Als Helen am nächsten Tag zur Arbeit erschien, versuchte Kate gerade, eine Lieferung Mehl und Zucker zu verstauen. Es war mitleiderregend.

»Lennie! Ein Glück, dass du so früh kommst. Könntest du mir vielleicht helfen …?« Kate deutete auf die Zwanzig-Kilo-Säcke.

»Klar, kein Problem. Reiß doch nicht so an dem Sack herum, du ruinierst dir noch den Rücken«, warnte Helen angesichts von Kates fruchtlosen Versuchen. »Warum hat Luis das nicht gemacht? Hat er heute Vormittag nicht gearbeitet?«, fragte Helen und bezog sich damit auf einen ihrer Mitarbeiter.

»Die Lieferung kam erst, als Luis schon weg war. Ich wollte die Säcke stehen lassen, bis du kommst, aber dann ist ein Kunde beinahe darüber gestolpert, und ich musste wenigstens so tun, als würde ich das Zeug wegräumen.«

»Ich kümmere mich um das Mehl, wenn du mir dafür etwas zu essen machst«, bot Helen an und bückte sich nach dem ersten Sack.

»Abgemacht«, erwiderte Kate erleichtert. Helen wartete, bis sie sich umgedreht hatte, hob sich den Sack Mehl mühelos auf die Schulter und ging in die Küche, öffnete den Sack und füllte das Mehl in die Plastiktonne, die Kate dort benutzte. Während

Helen die übrigen Säcke ins Lager trug, schenkte Kate ihr eine dieser leckeren rosa Limonaden aus Frankreich ein, einem der vielen Länder, die Helen unbedingt einmal sehen wollte.

»Es stört mich gar nicht so sehr, dass du für eine so dünne Person so unnatürlich stark bist«, bemerkte Kate, als sie für Helen ein paar Kirschen wusch und etwas Käse als Snack aufschnitt, »aber was mich total nervt, ist, dass du nicht mal außer Atem bist. Nicht mal bei dieser *Hitze*.«

»Und wie ich außer Atem bin«, log Helen.

»Du seufzt. Das ist etwas ganz anderes.«

»Ich habe einfach nur eine größere Lunge als du«, protestierte Helen.

»Aber du bist auch größer als ich und brauchst deswegen mehr Sauerstoff. Oder etwa nicht?«

Sie stießen mit ihren Gläsern an, tranken ihre Limonade und einigten sich auf ein Unentschieden. Kate war etwas kleiner und runder als Helen, aber keineswegs zu klein oder dick. Helen fand, dass sie einfach weibliche Rundungen hatte und damit total sexy aussah. Das sagte sie Kate allerdings nicht, weil sie es möglicherweise falsch verstehen würde.

»Ist heute eigentlich Buchklub-Abend?«, fragte Helen, nachdem sie sich eine Weile angeschwiegen hatten.

»Ja. Allerdings bezweifle ich, dass heute irgendjemand über Kundera reden will«, bemerkte Kate grinsend und schwenkte ihr Glas so heftig, dass die Eiswürfel klimperten.

»Wieso? Gibt's neuen heißen Klatsch?«

»Brandheiß. Diese irrsinnig große Familie, die gerade auf die Insel gezogen ist.«

»In das Haus in 'Sconset?«, fragte Helen. Als Kate nickte, verdrehte sie die Augen.

»Oh, là, là! Du bist wohl zu vornehm, um mit uns zu lästern?«, neckte Kate sie und schnippte das Kondenswasser von der Außenseite ihres Glases auf Helen.

Helen tat so, als würde sie empört aufkreischen. Nachdem sie ein paar Kunden abkassiert hatte, kam sie zurück und nahm die Unterhaltung wieder auf.

»Das nicht. Ich finde nur nichts Besonderes daran, wenn eine große Familie ein großes Anwesen kauft. Vor allem, wenn sie das ganze Jahr über hier leben will. Das macht jedenfalls mehr Sinn, als wenn sich ein reiches altes Ehepaar ein Sommerhaus kauft, das so riesig ist, dass sie sich schon auf dem Weg zum Briefkasten verlaufen.«

»Das stimmt allerdings«, gab Kate zu. »Aber ich hätte wirklich gedacht, dass dich diese Familie Delos mehr interessiert. Immerhin wirst du mit einigen von ihnen deinen Schulabschluss machen«, fügte sie mit einem Schulterzucken hinzu.

Helen stand eine Sekunde lang da, während ihr der Name Delos im Kopf herumschwirrte. Der Name sagte ihr nichts. Wie sollte er auch? Und dennoch hallte in einem kleinen Teil ihres Kopfes der Name »Delos« wie ein Echo, immer wieder und wieder.

»Lennie? Woran denkst du?«, fragte Kate, wurde aber in dem Moment von den ersten Mitgliedern des Buchklubs unterbrochen, die ganz aufgeregt und bereits wild spekulierend in das Café stürmten.

Kate behielt recht. *Die Unerträgliche Leichtigkeit des Seins* hatte gegen die Neuigkeit von frisch zugezogenen Ganzjährigen keine Chance, zumal die Gerüchteküche zu wissen glaubte, dass die Leute vorher in Spanien gelebt hatten. Anscheinend stammten sie ursprünglich aus Boston und waren vor drei Jahren nach Europa gezogen, um näher bei ihrer weitverzweigten Familie zu leben, und jetzt hatten sie plötzlich beschlossen zurückzukommen. Dieses »plötzlich« fanden alle besonders spannend. Die Schulsekretärin hatte gegenüber einigen der Buchklub-Mitglieder geäußert, dass die Kinder erst so spät nach dem normalen Termin angemeldet worden waren, dass ihre Eltern schon beinahe zu Bestechung greifen mussten, um sie überhaupt noch einschulen lassen zu können, und dass alle möglichen Arrangements getroffen worden waren, damit die Möbel rechtzeitig zu ihrer Ankunft aus Spanien hertransportiert wurden. Offenbar hatte die Familie Spanien überstürzt verlassen, und der Buchklub war sich darüber einig, dass es Streit mit den Verwandten gegeben haben musste.

Die einzige Tatsache, die Helen aus den Gesprächen heraushören konnte, war, dass die Familie Delos ziemlich unkonventionell war. Sie bestand aus zwei Vätern, die Brüder waren, ihrer jüngeren Schwester und den insgesamt fünf Kindern, die alle zusammen auf dem Anwesen lebten. Nur einer der Männer war verheiratet, der andere war Witwer. Die ganze Familie sollte unglaublich klug und schön und reich sein. Helen verdrehte die Augen, als sie den Teil der Klatschgeschichten hörte, die diese Familie zu wahren Halbgöttern machte. Sie konnte diesen Unsinn kaum ertragen.

Helen blieb hinter dem Tresen und versuchte, das Getratsche zu ignorieren, aber das war unmöglich. Denn jedes Mal, wenn sie den Namen eines Angehörigen der Delos-Familie hörte, hatte sie das Gefühl, als hätte man ihn absichtlich laut in ihr Ohr gebrüllt, was sie ziemlich verrückt machte. Sie ging zum Ständer mit den Zeitschriften und ordnete sie, nur damit ihre Hände etwas zu tun hatten.

Als sie die Regale abwischte und die Gläser mit den Süßigkeiten zurechtrückte, ging sie die Delos-Kinder in Gedanken durch. *Hector ist ein Jahr älter als Jason und Ariadne, die Zwillinge sind. Lucas und Cassandra sind Geschwister und Cousin und Cousine der drei anderen.*

Sie gab den Blumen frisches Wasser und kassierte ein paar Kunden ab. *Hector wird am ersten Schultag noch nicht da sein, weil er noch mit seiner Tante Pandora in Spanien ist, wenn auch niemand hier im Ort weiß, wieso.*

Helen zog ein Paar schulterlange Gummihandschuhe und eine lange Schürze an und durchstöberte den Müll nach Dingen, die in die Recyclingtonne gehörten. *Lucas, Jason und Ariadne kommen alle in meine Klassenstufe. Ich bin also umzingelt. Cassandra ist die Jüngste. Sie ist in ihrem ersten Highschool-Jahr, obwohl sie erst vierzehn ist.*

Sie kehrte zurück in die Küche und belud die große Spülmaschine. Dann wischte sie die Böden und fing an, die Einnahmen zu zählen. *Lucas ist ein total blöder Name. Der sticht heraus wie ein bandagierter Daumen.*

»Lennie?«

»Was? Dad! Siehst du nicht, dass ich zähle?«, fauchte Helen ihren Vater an und schlug mit beiden Händen so heftig auf den Tresen, dass der Vierteldollar-Stapel hochhüpfte. Jerry hob beruhigend beide Hände.

»Morgen ist der erste Schultag«, erinnerte er sie mit seiner vernünftigsten Stimme, die er aufsetzen konnte.

»Ich weiß«, antwortete sie gelangweilt. Sie war immer noch unerklärlich gereizt, bemühte sich aber, es nicht an ihrem Vater auszulassen.

»Es ist fast elf, Liebes«, sagte er. Kate kam von hinten, um nachzusehen, was los war.

»Du bist noch da? Es tut mir leid, Jerry«, sagte sie verblüfft. »Helen, ich hatte dir um neun gesagt, dass du abschließen und nach Hause gehen sollst.«

Die beiden sahen Helen an, die alle Scheine und Münzen ordentlich aufgestapelt hatte.

»Ich bin abgelenkt worden«, murmelte sie verlegen.

Nachdem Kate und Jerry einen besorgten Blick getauscht hatten, übernahm Kate die Abrechnung und schickte die beiden nach Hause. Immer noch wie benebelt, gab Helen Kate einen Abschiedskuss und versuchte zu rekonstruieren, wo die letzten drei Stunden ihres Lebens geblieben waren.

Jerry verlud Helens Rad ins Auto und startete wortlos den Motor. Auf der Heimfahrt warf er ihr gelegentlich einen Blick zu, sagte aber erst wieder etwas, als sie in der Einfahrt hielten.

»Hast du gegessen?«, fragte er sanft und hob die Brauen.

»Ob ich … was?« Helen hatte keine Ahnung mehr, wann sie zuletzt etwas gegessen hatte. Sie erinnerte sich vage daran, dass Kate ihr einen Teller mit Kirschen hingestellt hatte.

»Bist du nervös, weil morgen die Schule wieder anfängt? Dieses Schuljahr ist ziemlich wichtig.«

»Ja, wahrscheinlich«, antwortete Helen geistesabwesend. Jerry warf ihr erneut einen Blick zu und biss sich auf die Unterlippe. Er atmete hörbar aus, bevor er weitersprach.

»Ich finde, du solltest mit Dr. Cunningham über diese Phobie-Pillen sprechen. Du weißt schon, diese Tabletten für Leute, die Menschenmengen nicht gut vertragen. Agoraphobie! Genau, so hieß das«, stieß er hervor, nachdem es ihm wieder eingefallen war. »Meinst du, dass die dir helfen würden?«

Helen lächelte und ließ ihren Anhänger an der Kette hin und her baumeln. »Ich glaube nicht, Dad. Ich habe keine Angst vor Leuten. Ich bin nur schüchtern.«

Sie wusste, dass das gelogen war. Sie war nicht nur schüchtern. Jedes Mal, wenn sie auch nur versehentlich die Aufmerksamkeit auf sich zog, bekam sie solche Bauchschmerzen, als hätte sie eine Darmgrippe oder Menstruationsbeschwerden – und zwar richtig schlimme –, aber sie würde sich eher die Zunge abbeißen, als es ihrem Vater zu sagen.

»Und du kommst damit zurecht? Ich weiß, dass du nie fragen würdest, aber brauchst du Hilfe? Ich glaube nämlich, dass es dich daran hindert, dein volles Potenzial …«, begann Jerry eines ihrer ältesten Streitgespräche.

Helen unterbrach ihn sofort. »Es geht mir gut! Ehrlich. Ich will nicht zu Dr. Cunningham und ich will keine Tabletten nehmen. Ich will nur reingehen und essen«, sagte sie hastig und stieg aus dem Wagen.

Ihr Vater sah mit dem Anflug eines Lächelns zu, wie Helen ihr schweres altmodisches Fahrrad von der Ladefläche des Jeeps hob und auf den Boden stellte. Sie ließ die Fahrradklingel ertönen und grinste ihren Vater an.

»Siehst du, mir geht's gut«, sagte sie.

»Wenn du wüsstest, wie schwer das, was du gerade aus dem Auto gehoben hast, für durchschnittliche Mädchen in deinem Alter ist, wüsstest du, was ich sagen will. Du bist nicht durchschnittlich, Helen. Du versuchst zwar, so zu tun, aber du bist es nicht. Du bist wie sie«, sagte er und verstummte.

Zum tausendsten Mal verfluchte Helen die Mutter, die sie nicht kannte, dafür, dass sie ihrem Vater sein liebes Herz gebrochen hatte. Wie konnte jemand einen guten Menschen wie ihn einfach verlassen, ohne sich auch nur zu verabschieden? Ohne ein einziges Foto als Erinnerungsstück zu hinterlassen?

»Also gut, du hast gewonnen! Ich bin etwas Besonderes – genau wie jeder andere«, neckte ihn Helen in dem verzweifelten Bemühen, ihn aufzuheitern. Im Vorbeigehen knuffte sie ihn mit der Hüfte und schob dann ihr Rad in die Garage. »Und was gibt es zu essen? Ich verhungere und diese Woche bist du Küchensklave.«

2

Da Helen immer noch kein eigenes Auto hatte, musste sie am nächsten Morgen mit dem Rad zur Schule fahren. Normalerweise war es um Viertel vor acht noch kühl, und es wehte ein leichter Wind vom Meer, aber Helen spürte schon beim Aufwachen die feuchte, heiße Luft, die auf ihr lastete wie ein nasser schwerer Pelzmantel. Sie hatte nachts die dünne Bettdecke weggestrampelt, das T-Shirt ausgezogen und das ganze Wasserglas auf dem Nachttisch leer getrunken und war trotzdem von der Hitze total erschöpft aufgewacht. Dieses Wetter war absolut inseluntypisch, und Helen verspürte nicht die geringste Lust, aufzustehen und zur Schule zu gehen.

Sie radelte extra langsam, um nicht den Rest des Tages zu riechen, als käme sie gerade vom Sportunterricht. Sie schwitzte zwar nie viel, aber sie war am Morgen so durcheinander gewesen, dass sie sich nicht daran erinnern konnte, ob sie ihr Deo benutzt hatte oder nicht. Erleichtert nahm sie den Hauch eines fruchtigen Dufts wahr. Er war schwach, stammte also vermutlich vom Tag zuvor, aber er musste ohnehin nur bis zum Lauftraining nach der Schule halten. Was allerdings an ein Wunder grenzen würde.

Als sie die Surfside Road entlangradelte, spürte sie, wie ihr die Haare an Wangen und Stirn festklebten. Von ihrem Haus zur Schule war es zwar nicht weit, aber als sie ihr schäbiges altes Rad anschloss, war ihre kunstvolle Erster-Schultag-nach-den-Ferien-Frisur bereits eine einzige Katastrophe. Sie kettete ihr Fahrrad nur an, weil sie es wegen der Touristensaison so gewöhnt war, und nicht, weil es einer ihrer Mitschüler womöglich stehlen würde. Was ganz gut war, denn ihr Fahrradschloss war genauso schäbig wie das Rad.

Sie fuhr mit den Fingern durch ihre zerzausten Haare und band alles wieder zusammen, diesmal zu einem langweiligen Pferdeschwanz. Mit einem Seufzer schwang sie sich die Schultasche über eine Schulter und den Sportbeutel über die andere und schlurfte mit hängendem Kopf auf den Eingang zu.

Dort traf sie genau eine Sekunde vor Lindsey Clifford ein und war gezwungen, ihr die Tür aufzuhalten.

»Danke, Freak. Versuch, sie nicht aus den Angeln zu reißen, okay?«, sagte Lindsey hochnäsig und rauschte an Helen vorbei.

Helen stand wie angewurzelt am oberen Ende der Stufen und hielt die Tür für weitere Schüler auf, die an ihr vorbeigingen, als wäre sie eine Angestellte. Nantucket war eine kleine Insel, und jeder kannte jeden peinlich gut, aber manchmal wünschte Helen, dass Lindsey etwas weniger über sie wüsste. Sie waren bis zur fünften Klasse beste Freundinnen gewesen, und Helen, Lindsey und Claire hatten in Lindseys Haus Verstecken gespielt, bis Helen aus Versehen die Badezimmertür aus den Angeln gerissen hatte, als Lindsey gerade im Bad war. Helen hatte versucht, sich dafür zu entschuldigen, aber vom nächsten Tag an hatte Lindsey sie komisch angesehen und sie zum ersten Mal als Freak bezeichnet. Und seitdem schien sie es darauf anzulegen, Helen das Leben zur Hölle zu machen. Es half auch nicht, dass Lindsey zur Clique der Angesagten gehörte, während Helen sich bei den Strebern versteckte.

Sie hätte zu gern gekontert und Lindsey einen frechen Spruch hinterhergerufen, wie es Claire getan hätte, aber sie brachte kein Wort heraus. Stattdessen klappte sie nur mit dem Fuß den Türstopper herunter, damit die Tür für alle anderen offen blieb. Damit hatte ein weiteres Jahr des Unsichtbarseins offiziell begonnen.

Die Morgenversammlung leitete Mr Hergesheimer. Er unterrichtete Englisch und hatte für einen Typ um die fünfzig einen eigenwilligen Modegeschmack. Wenn es warm war, trug er Seidenkrawatten und bei Kälte knallbunte Kaschmirschals, und er fuhr ein uraltes Alfa Romeo Cabrio. Er hatte Geld wie Heu und hätte nicht arbeiten müssen, aber er unterrichtete trotzdem. Er sagte, dass er keine Lust hätte, auf Schritt und Tritt über ungebildete Trottel zu stolpern. Zumindest war das seine Version. Helen war überzeugt, dass er es tat, weil er seinen Job liebte. Ein paar Schüler konnten ihn nicht leiden und fanden, dass er ein eingebildeter Möchtegern-englischer-Snob war, aber Helen war überzeugt, dass er zu den besten Lehrern gehörte, die sie jemals hatte.

»Helen«, sagte er freudig, als sie genau zum ersten Läuten zur Tür hereinkam. »Pünktlich wie immer. Ich vermute, dass du neben deiner gewohnten Sitznachbarin Platz nehmen möchtest, aber vorab eine Warnung. Ein Hinweis darauf, warum eine von euch das Alias *Giggles* hat, und ich werde euch trennen.«

»Alles klar, *Hergie*«, rief Claire. Helen rutschte auf den Stuhl neben sie. Hergie verdrehte bei dieser kleinen Respektlosigkeit die Augen, war aber dennoch zufrieden.

»Wie schön, dass zumindest eine meiner Schülerinnen weiß, dass ein Alias in diesem Fall dasselbe ist wie ein Spitzname, auch wenn ihre Erwiderung ein wenig impertinent war. Nun, meine lieben Schüler, noch eine Warnung: Da ihr euch dieses Jahr auf eure Zwischenprüfung vorbereiten müsst, erwarte ich, dass ihr mir jeden Morgen die Bedeutung eines unbekannten Fremdwortes erklärt.«

Die Klasse stöhnte auf. Nur Mr Hergesheimer konnte so grausam sein, schon bei der morgendlichen Versammlung Hausaufgaben aufzugeben. So etwas gehörte sich einfach nicht.

»Kann ›impertinent‹ unser Wort für morgen sein?«, fragte Zach Brant eifrig.

Zach war schon immer eifrig gewesen, schon seit dem Kindergarten. Neben Zach saß Matt Millis, der ihn schräg ansah und den Kopf schüttelte, als wollte er sagen: »Das würde ich an deiner Stelle lieber lassen.«

Matt, Zach und Claire waren im LK. Sie waren Freunde, aber mit zunehmendem Alter wurde ihnen klar, dass nur einer von ihnen Jahrgangsbester sein und nach Harvard gehen konnte. Helen hielt sich aus diesem Wettbewerb heraus, vor allem, weil sie Zach in den letzten Jahren immer weniger mochte. Eigentlich, seit Zachs Vater der Footballtrainer war und seinen Sohn drängte, sowohl auf dem Spielfeld als auch in der Schule die Nummer eins zu sein. Seitdem war Zach so ehrgeizig, dass Helen es kaum noch ertragen konnte, in seiner Nähe zu sein.

Ein Teil von ihr bedauerte ihn. Er hätte ihr sogar noch mehr leidgetan, wenn er nicht ständig versucht hätte, sie zu übertrumpfen. Zach musste immer alles sein – Präsident dieses Klubs, Kapitän jener Mannschaft, der Junge, der allen Klatsch kannte –, aber er machte nie den Eindruck, als hätte er Freude an irgendetwas davon. Claire behauptete, dass Zach heimlich in Helen verliebt war, aber Helen glaubte kein Wort davon. Manchmal hatte sie sogar das Gefühl, dass Zach sie hasste, und das bedrückte sie. In der ersten Klasse hatte er in den Pausen seine Cracker in Tierform mit ihr geteilt, und jetzt suchte er ständig nach Gelegenheiten, mit ihr zu streiten. Wann war das alles so kompliziert geworden, und wieso konnten sie nicht einfach alle Freunde sein, so wie in der Grundschule?

»Zach, du kannst ›impertinent‹ gern als dein Wort nehmen, wenn du willst«, sagte Mr Hergesheimer, »aber von jemandem mit deiner Auffassungsgabe erwarte ich etwas mehr. Vielleicht einen Aufsatz über Impertinenz in der Literatur?« Er nickte. »Ja, fünf Seiten über Salingers Verwendung von Impertinenz in seinem umstrittenen *Fänger im Roggen*. Bitte bis Montag.«

Helen konnte praktisch spüren, wie zwei Plätze weiter Zachs Handflächen zu schwitzen begannen. Hergies Angewohnheit, Schülern, die sich für oberschlau hielten, Extrahausaufgaben aufzubrummen, war legendär. Anscheinend hatte er gleich am ersten Tag an Zach ein Exempel statuieren wollen. Helen dankte ihren Glückssternen, dass Hergie sie verschont hatte.

Aber sie hatte sich zu früh gefreut. Nachdem Mr Hergesheimer ihnen den Stundenplan gegeben hatte, rief er Helen zu sich. Er erlaubte den anderen, sich zu unterhalten, und es brach sofort das für den ersten Schultag typische Geplauder aus. Hergie ließ Helen auf einem Stuhl neben sich Platz nehmen. Offenbar wollte er nicht, dass die anderen hörten, was er zu sagen hatte. Das beruhigte Helen ein wenig.

»Ich habe festgestellt, dass du dich dieses Jahr für keinen einzigen Leistungskurs eingetragen hast«, sagte er und musterte sie über den Rand seiner halbmondförmigen Lesebrille.

»Ich dachte, die zusätzliche Arbeit würde mir zu viel«, murmelte Helen. Sie schob die Hände unter ihre Oberschenkel, damit sie sich nicht bewegen konnten.

»Ich glaube, du kannst viel mehr, als du zugeben willst«, sagte Hergie mit einem Stirnrunzeln. »Ich weiß, dass du nicht faul bist, Helen. Ich weiß auch, dass du eine meiner klügsten Schülerinnen bist. Wieso nutzt du nicht aus, was unser Schulsystem dir zu bieten hat?«

»Ich muss arbeiten«, sagte sie mit einem hilflosen Schulterzucken. »Ich muss sparen, wenn ich aufs College will.«

»Wenn du in die Leistungskurse gehst und eine gute Zwischenprüfung hinlegst, sind deine Chancen auf genügend Geld fürs College größer, weil dir ein Stipendium mehr bringt als der Mindestlohn im Laden deines Vaters.«

»Mein Dad braucht mich. Wir sind nicht reich wie alle anderen auf der Insel, aber wir sind füreinander da«, verteidigte sich Helen.

»Das ist wirklich bewundernswert von euch beiden, Helen«, erwiderte Hergie ernst. »Aber du wirst nicht mehr lange auf die Highschool gehen, und es wird Zeit, dass du an deine eigene Zukunft denkst.«

»Ich weiß«, sagte Helen und nickte. An seinem sorgenvollen Gesicht konnte sie erkennen, dass er sich wirklich Gedanken um sie machte und ihr helfen wollte. »Ich denke, dass ich ein ganz gutes Sportstipendium fürs Laufen kriegen könnte. Ich bin in den Sommerferien viel schneller geworden. Ehrlich.«

Mr Hergesheimer sah ihr ins Gesicht und schließlich gab er nach. »Ist gut. Aber wenn du irgendwann das Gefühl hast, eine akademische Herausforderung zu brauchen, kannst du jederzeit in meinen Englischkurs einsteigen.«

»Danke, Mr Hergesheimer. Wenn ich denke, dass ich mit dem Leistungskurs zurechtkomme, melde ich mich bei Ihnen«, beteuerte Helen, die nur froh war, dass sie es überstanden hatte.

Auf dem Rückweg zu ihrem Platz wurde Helen klar, dass sie Hergie unter allen Umständen von ihrem Vater fernhalten musste. Die beiden durften auf keinen Fall darüber reden, dass sie besondere Kurse wählen sollte. Schon bei dem Gedanken daran bekam sie Bauchschmerzen. Warum konnten die anderen sie nicht einfach ignorieren? Insgeheim hatte Helen immer das Gefühl gehabt, anders zu sein, obwohl sie sich ihr ganzes Leben lang alle Mühe gegeben hatte, es zu verbergen. Aber offenbar hatte sie, ohne es zu merken, Hinweise auf den in ihr versteckten Freak gegeben. Sie musste versuchen, weiterhin den Kopf einzuziehen. Die Frage war nur, wie sie das anstellen sollte, wo sie doch jeden verdammten Tag ein Stückchen größer wurde.

»Was war denn?«, fragte Claire sofort, als Helen zurückkam.

»Ach, nur mal wieder eine von Hergies Motivationsansprachen. Er ist der Meinung, ich tue nicht genug«, sagte Helen so gleichgültig, wie sie nur konnte.

»Du tust ja auch nicht genug. Du machst nie mehr als unbedingt nötig«, mischte sich Zach ein. Er klang empörter, als es ihm zustand.

»Halt den Mund, Zach«, fuhr Claire ihn an und verschränkte herausfordernd die Arme vor der Brust. Dann drehte sie sich wieder zu Helen um. »Es stimmt aber, Lennie«, sagte sie entschuldigend. »Du machst wirklich nie mehr als nötig.«

»Ja, ja. Ihr könnt beide den Mund halten«, konterte Helen und kicherte. Dann läutete die Pausenglocke und Helen sammelte ihre Sachen zusammen. Matt Millis lächelte ihr zu, eilte aber sofort davon, als sie alle den Raum verließen. Schuldbewusst erkannte Helen, dass sie noch kein Wort mit ihm gewechselt hatte. Dabei hatte sie ihn gar nicht ignorieren wollen, jedenfalls nicht am ersten Schultag.

Claire zufolge wussten »alle«, dass Helen und Matt »angeblich« ein Paar waren. Matt war intelligent, sah gut aus und war Kapitän des Golfteams. Er wurde zwar als Streber angesehen, aber da Helen praktisch eine Außenseiterin war, seit Lindsey angefangen hatte, Gemeinheiten über sie zu verbreiten, war es geradezu ein Kompliment, dass die anderen sie für gut genug hielten, um mit jemandem wie Matt auszugehen.

Leider empfand Helen nicht das Geringste für ihn. Null Kribbeln. Das eine Mal, als man sie auf einer Party zusammen in einen Schrank gesperrt hatte, wo sie herumknutschen sollten, war schrecklich gewesen. Helen hatte das Gefühl, ihren Bruder zu küssen, und Matt hatte sich zurückgestoßen gefühlt. Danach war er zwar immer noch sehr nett zu ihr gewesen, aber seitdem herrschte zwischen ihnen doch eine gewisse Spannung. Er fehlte ihr wirklich, aber sie fürchtete, dass er es falsch verstehen könnte, wenn sie ihm das sagte. Es kam Helen so vor, als würden die Leute in letzter Zeit alles, was sie sagte, in den falschen Hals kriegen.

Den Rest des Vormittags wandelte Helen wie ferngesteuert von einem Kurs zum nächsten. Sie konnte sich nicht konzentrieren, und jedes Mal, wenn sie es versuchte, überkam sie eine unerklärliche Gereiztheit.

Irgendetwas stimmte nicht. Ihr ging jeder – von ihren Lieblingslehrern bis zu den paar Bekannten, über deren Wiedersehen sie sich eigentlich freuen sollte – auf die Nerven, und auf dem Weg durch die Flure hatte sie plötzlich immer wieder das Gefühl, in einem Flugzeug in 3000 Metern Höhe zu sitzen. Ihre Ohren fühlten sich an wie verstopft, alle Geräusche kamen nur noch gedämpft an, und ihr Kopf wurde ganz heiß. So plötzlich, wie es gekommen war, verschwand es dann auch wieder. Aber trotzdem spürte sie überall um sich herum einen gewissen Druck, wie die Energie vor einem Gewitter, obwohl der Himmel klar und blau war.

Beim Mittagessen wurde es noch schlimmer. Gierig biss sie in ihr Sandwich, weil sie dachte, dass ihre Kopfschmerzen vielleicht mit einem zu niedrigen Blutzuckerspiegel zusammenhingen, aber das war nicht der Fall. Jerry hatte extra ihr Lieblingssandwich eingepackt – geräucherten Putenaufschnitt mit Apfelscheiben und Brie auf Baguette –, aber sie bekam noch nicht mal einen Bissen runter.

»Hat dein Dad eine neue Katastrophe gebastelt?«, fragte Claire. Als Jerry die Partnerschaft mit Kate eingegangen war, hatte er angefangen, kreative Lunchpakete für Helen zu packen. Das

Schmelzkäse-und-Gurke-Desaster ihres ersten Highschool-Jahres war an ihrem Tisch schon legendär.

»Nein, es ist die gute alte Nummer drei. Ich habe nur keinen Appetit«, sagte Helen und schob ihr Essen weg. Claire schnappte sich gierig das Sandwich und fing an zu kauen.

»Mmmh, 'ichtig 'ut«, murmelte sie mit vollem Mund. »'ist 'n los mit dir?«

»Ich fühl mich einfach komisch«, sagte Helen.

Claire hörte auf zu kauen und warf ihr einen besorgten Blick zu.

»Ich bin nicht krank. Du kannst ruhig weiterkauen«, versicherte ihr Helen hastig. Sie sah Matt näher kommen und rief »Hey!«, um wiedergutzumachen, was sie am Morgen versäumt hatte.

Er war so ins Gespräch mit Lindsey und Zach vertieft, dass er nicht reagierte, aber zumindest steuerte er seinen gewohnten Platz am Strebertisch an. Und Lindsey und Zach waren durch ihre Unterhaltung so abgelenkt, dass sie ihren Abstecher ins Streberland nicht einmal bemerkten.

»Ich habe gehört, dass sie in Europa Filmstars waren«, sagte Zach.

»Wo hast du das denn gehört?«, fragte Matt ungläubig. »Das ist doch lächerlich.«

»Ich habe von mindestens zwei Leuten gehört, dass Ariadne Model war. Hübsch genug ist sie dafür jedenfalls«, beteuerte Zach hitzig. Er hasste es, den Kürzeren zu ziehen, auch wenn es nur um Klatsch und Tratsch ging.

»Also bitte. Sie ist doch längst nicht dünn genug, um Model zu sein«, zischte Lindsey boshaft. Dann riss sie sich zusammen und fügte hinzu: »Natürlich finde ich sie sehr hübsch, wenn man auf diesen exotisch-sinnlichen Look steht. Aber sie ist nichts, verglichen mit ihrem Zwillingsbruder Jason – oder ihrem Cousin. Lucas ist geradezu überirdisch«, schwärmte sie.

Die Jungen tauschten einen bedeutungsvollen Blick, aber da die Mädchen in der Überzahl waren, einigten sie sich wortlos darauf, lieber den Mund zu halten.

»Jason ist schon fast *zu* hübsch«, verkündete Claire ernsthaft, nachdem sie einen Moment darüber nachgedacht hatte. »Und Lucas ist der Hammer. Ich glaube, ich habe noch nie einen Jungen gesehen, der so gut aussieht. Und Ariadne ist eine echte Schönheit, Lindsey. Du bist ja nur neidisch auf sie.«

Lindsey schnaufte empört und stemmte eine Faust in die Hüfte. »Als wärst du das nicht«, war alles, was ihr dazu einfiel.

»Klar bin ich das. Ich bin fast so neidisch auf sie wie auf Lennie. Aber nur fast.« Helen spürte, wie sich Claire zu ihr umdrehte, um ihre Reaktion zu sehen, aber sie hatte die Ellbogen auf den Tisch gelegt, die Hände am Kopf und massierte ihre Schläfen.

»Lennie?«, sagte Matt und setzte sich neben sie. »Hast du Kopfweh?« Er streckte die Hand aus, um ihre Schulter zu berühren, doch sie sprang auf, murmelte eine Entschuldigung und eilte davon.

Als sie die Mädchentoilette erreicht hatte, ging es ihr schon besser, aber sie spritzte sich trotzdem noch kaltes Wasser ins Gesicht. Dann fiel ihr wieder ein, dass sie am Morgen Mascara aufgetragen hatte, um sich wenigstens am ersten Schultag etwas Mühe zu geben. Sie betrachtete ihre Waschbärenaugen im Spiegel und prustete los. Das war der schlimmste erste Schultag aller Zeiten.

Irgendwie überstand sie auch die letzten drei Schulstunden, und als die Glocke endlich läutete, ging sie erleichtert in den Umkleideraum der Mädchen, um sich für den Geländelauf umzuziehen.

Coach Tar war in Bestform. Sie hielt eine unangenehm optimistische Ansprache über ihre Chancen, in diesem Jahr viele Rennen zu gewinnen, und versicherte ihnen, wie sehr sie an sie glaubte. Dann sah sie Helen an.

»Hamilton. Du läufst dieses Jahr gegen die Jungen«, sagte der Coach ohne Umschweife. Dann befahl sie allen, an den Start zu gehen.

Helen saß noch einen Moment lang auf der Bank und überlegte, was sie tun konnte, während die anderen schon zur Tür hinausströmten. Sie wollte keinen Aufstand machen, aber der Gedanke, die Grenze zwischen den Geschlechtern überschreiten zu müssen, ließ sie vor Angst erstarren. Die Muskeln in ihrem Unterbauch begannen sich zu verkrampfen.

»Los, rede mit ihr! Lass dich nicht von ihr rumschubsen«, sagte Claire empört, bevor auch sie hinausging. Verwirrt und voller Angst vor den Bauchschmerzen, die sie gleich bekommen würde, nickte Helen und stand auf.

»Coach Tar? Können wir es nicht so machen wie immer?«, rief sie. Coach Tar blieb stehen und drehte sich zu ihr um, aber besonders glücklich sah sie nicht aus. »Ich meine, warum kann ich nicht mit den Mädchen trainieren? Immerhin bin ich ein Mädchen«, beendete Helen ihren Appell lahm.

»Wir haben entschieden, dass du dich mehr anstrengen musst«, erwiderte Coach Tar mit eisiger Stimme. Helen hatte schon immer das Gefühl gehabt, dass die Trainerin sie nicht besonders mochte, aber jetzt war sie sich dessen sicher.

»Aber ich bin kein Junge. Es ist nicht fair, dass ich mit ihnen im Gelände laufen soll«, versuchte Helen zu argumentieren und bohrte währenddessen unterhalb des Nabels zwei Finger in ihren Bauch.

»Krämpfe?«, fragte Coach Tar, und plötzlich war in ihrer Stimme ein Hauch von Mitgefühl zu hören. Helen nickte und die Trainerin sprach weiter. »Coach Brant und ich haben etwas Interessantes bezüglich deiner Zeiten festgestellt, Helen. Gegen wen du auch läufst, egal, ob es schnelle oder langsame Läufer sind, du kommst immer als Zweite oder Dritte ins Ziel. Wie kann das sein? Hast du eine Erklärung dafür?«

»Nein. Ich weiß es nicht. Ich laufe einfach, okay? Ich tue mein Bestes.«

»Nein, das tust du nicht«, widersprach Coach Tar entschieden. »Und wenn du ein Stipendium haben willst, musst du anfangen, die Läufe zu gewinnen. Ich habe mit Mr Hergesheimer gesprochen …« Helen stöhnte auf, aber der Coach ließ sich nicht davon beeindrucken. »Das hier ist eine kleine Schule, Hamilton, gewöhn dich dran. Mr Hergesheimer hat mir erzählt, dass du auf ein Sportstipendium hoffst, aber wenn du das willst, musst du es dir verdienen. Vielleicht nimmst du dein Talent ernst, wenn du gegen die Jungen antreten musst.«

Helen hatte solche Angst davor, richtige Krämpfe oder Bauchschmerzen zu bekommen, dass sie eine Mini-Panikattacke bekam. Sie begann, hektisch draufloszureden. »Ich tue es ja, ich gewinne die Läufe, aber bitte zwingen Sie mich nicht, die Einzige zu sein, die mit den Jungs läuft«, flehte sie, und die Worte sprudelten nur so aus ihr heraus, weil sie den Atem anhielt, um die Schmerzen unter Kontrolle zu halten.

Coach Tar war zwar hart wie Stahl, aber sie war nicht grausam. »Alles in Ordnung?«, fragte sie besorgt und rieb Helens Rücken zwischen den Schulterblättern. »Halt den Kopf zwischen die Knie.«

»Mir geht's gut. Es sind nur die Nerven«, erklärte Helen mit zusammengebissenen Zähnen. Nachdem sie Luft geholt hatte, fuhr sie fort. »Wenn ich schwöre, mehr Läufe zu gewinnen, lassen Sie mich dann weiter mit den Mädchen laufen?«

Coach Tar sah in Helens verzweifeltes Gesicht und nickte, ein wenig geschockt von der Panikattacke, die sie gerade miterlebt hatte. Sie ließ Helen zum Start der Mädchenstrecke laufen, ermahnte sie aber, dass sie trotzdem Siege erwartete. Und zwar mehr als nur ein paar.

Beim Geländelauf sah Helen auf den Boden. Ein Sportstipendium wäre toll, aber das würde bedeuten, dass sie mit Claire um die Zensuren konkurrieren musste, und das kam nicht infrage.

»Hey, Giggles«, sagte Helen, die ihre Freundin mühelos eingeholt hatte. Claire schwitzte und schnaufte schon jetzt.

»Was war denn? Gott, ist das heiß!«, beschwerte sie sich keuchend.

»Ich glaube, die gesamte Schule probiert gerade, ob alle gleichzeitig auf meinen Rücken steigen können.«

»Willkommen in meiner Welt«, schnaufte Claire. »Japanische Kinder wachsen … mit mindestens zwei … Leuten auf dem Buckel auf … Man gewöhnt sich daran.« Nach ein paar weiteren qualvollen Momenten, in denen sie versuchte, mit Helen mitzuhalten, fügte Claire japsend hinzu: »Können wir … langsamer laufen? Nicht jeder ist … vom Planeten Krypton.«

Helen passte ihr Tempo der Freundin an, obwohl sie wusste, dass sie auf den letzten paar Hundert Metern Gas geben musste. Das Training strengte sie nie besonders an, und ihr war klar, dass sie siegen konnte, ohne sich zu verausgaben. Diese Tatsache machte ihr Angst, aber wie immer, wenn Gedanken an ihre unnatürliche Schnelligkeit in ihrem Kopf auftauchten, verdrängte sie sie schnell wieder und plauderte mit Claire.

Während die Mädchen die Surfside Road hinunter und quer durch die feuchte Landschaft zum Miacomet Pond liefen, konnte Claire nicht aufhören, von den Delos-Jungen zu erzählen. Sie berichtete Helen mindestens drei Mal, wie Lucas ihr nach dem Ende der Stunde die Tür aufgehalten hatte. Das bewies nicht nur, dass er Manieren hatte, sondern auch, dass er bereits in sie verknallt war. Jason dagegen, verkündete Claire, war entweder schwul oder ein eingebildeter Schnösel, denn er hatte sie nur mit einem kurzen Blick bedacht und dann sofort wieder weggesehen. Außerdem passte es ihr nicht, dass er sich wie ein Europäer kleidete.

»Er hat doch die letzten drei Jahre in Spanien gelebt, Gig. Damit ist er so etwas wie ein Europäer. Können wir jetzt bitte aufhören, über sie zu reden? Ich kriege Kopfweh davon.«

»Wieso bist du die einzige Person der ganzen Schule, die sich nicht für die Delos-Familie interessiert? Bist du denn gar nicht neugierig, sie mal zu sehen?«

»Nein! Und ich finde es total peinlich, dass der ganze Ort

sie anstarrt, als wären wir eine Horde Hinterwäldler!«, brüllte Helen.

Claire blieb abrupt stehen und starrte sie an. Es passte nicht zu Helen, dass sie diskutierte, geschweige denn brüllte, aber irgendwie schien sie nicht damit aufhören zu können.

»Diese Delos-Familie langweilt mich zu Tode!«, fauchte Helen weiter. »Es macht mich krank, wie besessen alle von diesen Leuten sind, und ich hoffe, dass ich nie einen von ihnen treffe, sehe oder meine Atemluft mit ihm teilen muss.«

Helen sprintete los und ließ Claire allein auf dem Weg stehen. Sie kam als Erste ins Ziel, wie sie es versprochen hatte, aber sie war ein wenig zu schnell gewesen: Coach Tar sah sie geschockt an, als sie ihre Zeit stoppte. Helen rannte an ihr vorbei und stürmte in den Umkleideraum. Dort schnappte sie sich ihre Sachen und verließ fluchtartig die Schule, ohne sich vorher umzuziehen oder sich von irgendwem zu verabschieden.

Auf dem Heimweg fing sie an zu weinen. Sie radelte an den Häuschen mit den schwarz-weiß gestrichenen Fensterläden vorbei und versuchte, sich wieder zu beruhigen. Es sah aus, als würde die Sonne tiefer über dem trockenen Land stehen als sonst. Fast schien es, als drückte sie mit Macht auf die Giebel der alten Walfängerhäuser, um sie nach Jahrhunderten des störrischen Widerstands jetzt endlich in die Knie zu zwingen. Helen hatte keine Ahnung, wieso sie so wütend geworden war oder wieso sie ihre beste Freundin einfach allein stehen gelassen hatte. Sie brauchte einfach etwas Ruhe.

Auf der Surfside Road war ein Unfall passiert. Ein riesiger Geländewagen hatte versucht, in eine schmale, von Sandwällen gesäumte Seitenstraße einzubiegen, und war umgekippt. Den Insassen war nichts passiert, aber ihr Auto blockierte die gesamte Straße wie ein gestrandeter Wal. In ihrer derzeitigen gereizten Stimmung wusste Helen genau, dass sie ausrasten würde, wenn sie versuchte, sich an diesen dämlichen Touristen vorbeizudrängen. Also beschloss sie, den langen Weg nach Hause zu nehmen. Sie drehte um und fuhr zurück Richtung Ortsmitte, vorbei am Kino, dem Fähranleger und der Bücherei, die im Stil eines griechischen Tempels gebaut worden war und überhaupt nicht zu den übrigen Gebäuden der Insel passte, die vier Jahrhunderte puritanischer Bauweise repräsentierten. Genau das war der Grund, wieso Helen die Bücherei so liebte. Das Athenäum war eine Art fremdartiger weißer Lichtstrahl mitten im öden Grau und irgendwie identifizierte sich Helen mit beidem. Eine Hälfte von ihr war typisch Nantucket – ernsthaft und vernünftig –, aber die andere Hälfte waren Marmorsäulen und imposante Treppen, die dort nicht hingehörten, wo man sie gebaut hatte. Im Vorbeiradeln schaute Helen zum Athenäum auf und lächelte. Sie empfand den Gedanken als tröstlich, dass es etwas gab, das noch mehr aus der Masse herausstach als sie.

Zu Hause angekommen, versuchte sie, sich zusammenzureißen, und duschte eiskalt, bevor sie Claire anrief, um sich bei ihr zu entschuldigen. Claire nahm nicht ab. Helen hinterließ ihr eine lange Nachricht, in der sie die Schuld auf Hormone, die Hitze, Stress und alles andere schob, was ihr gerade einfiel, obwohl sie tief in ihrem Innern wusste, dass nichts davon für ihren Ausbruch verantwortlich gewesen war. Sie war schon den ganzen Tag so gereizt.

Die Luft draußen war immer noch drückend. Helen machte alle Fenster des zweistöckigen Hauses auf, aber es wehte kein Lüftchen hindurch. Was war das für ein verrücktes Wetter? Windstille gab es auf Nantucket praktisch nie – wenn man so dicht am Meer lebte, wehte immer eine leichte Brise. Helen zog ein dünnes Top und ihre kürzesten Shorts an. Da es ihr peinlich war, so knapp bekleidet hinauszugehen, beschloss sie, das Abendessenkochen zu übernehmen. Eigentlich war diese Woche ihr Vater der Küchensklave und damit noch ein paar Tage lang fürs Einkaufen, Kochen und Abwaschen zuständig, aber um nicht die Wände hochzugehen, musste sie sich unbedingt mit etwas beschäftigen.

Pasta verbesserte Helens Laune fast immer und Lasagne war die Königin unter den Pastagerichten. Und wenn sie die Pasta selbst herstellte, würde sie stundenlang damit zu tun haben, was genau das war, was sie wollte. Also holte sie Mehl und Eier und machte sich an die Arbeit.

Als Jerry nach Hause kam, war der leckere Duft das Erste, was er zur Kenntnis nahm. Helen saß am Küchentisch, Mehl klebte in ihrem verschwitzten Gesicht und an ihren Armen, und sie spielte an dem Herzanhänger an der Kette herum, die ihre Mutter ihr gegeben hatte, als sie noch ein Baby war. Jerry sah sich mit großen Augen und angespannten Schultern um.

»Hab Essen gemacht«, sagte Helen ausdruckslos.

»Habe ich etwas falsch gemacht?«, fragte er zögernd.

»Natürlich nicht. Wieso fragst du, ich hab doch nur Essen für dich gekocht.«

»Wenn eine Frau Stunden damit verbringt, ein aufwendiges Essen zuzubereiten und dann mit mürrischem Gesicht dasitzt, bedeutet das unweigerlich, dass irgendein Kerl etwas total Blödes gemacht hat«, erklärte er immer noch verunsichert. »In meinem Leben gab es nämlich außer dir noch andere Frauen, weißt du?«

»Hast du Hunger oder nicht?«, fragte Helen mit einem Lächeln und versuchte, ihre miese Laune loszuwerden.

Der Hunger siegte. Jerry machte den Mund zu und ging sich die Hände waschen. Helen hatte seit dem Frühstück nichts mehr gegessen und hätte eigentlich halb verhungert sein müssen. Aber als sie die erste Gabel voll probiert hatte, merkte sie, dass sie nichts runterbekam. Sie hörte ihrem Vater zu, so gut sie konnte, und schob ihr Lieblingsessen auf dem Teller herum, während Jerry bereits die zweite Portion vertilgte. Als er sie fragte, wie ihr Tag gewesen war, versuchte er unauffällig, sein Essen nachzusalzen. Helen hinderte ihn wie gewöhnlich daran, aber sie hatte nicht genug Energie, um ihm mehr als einsilbige Antworten zu geben.

Sie ging um neun ins Bett, obwohl ihr Vater noch ein Spiel der Red Sox im Fernsehen sah. Doch als das Spiel um Mitternacht endete und ihr Vater nach oben kam, lag sie immer noch wach. Sie war zwar müde genug zum Schlafen, aber jedes Mal, wenn sie einnickte, hörte sie dieses merkwürdige Geflüster.

Anfangs hatte sie gedacht, dass es echt war und draußen jemand stand, der ihr einen Streich spielte. Sie ging hinaus auf den Witwensteg auf dem Dach über ihrem Zimmer und versuchte, in der Dunkelheit etwas zu erkennen. Es war alles still. Nicht einmal ein Windstoß, der die Rosenbüsche rund ums Haus bewegt hätte. Sie setzte sich hin und starrte hinaus auf den ruhigen schwarzen Ozean, der sich jenseits der Lichter der Nachbarn erstreckte.

Sie war eine ganze Weile nicht mehr hier oben gewesen, aber sie fand den Gedanken an die Frauen, die früher hier gestanden und Ausschau nach den Masten der Schiffe ihrer Ehemänner gehalten hatten, total romantisch. Als Helen klein gewesen war, hatte sie immer so getan, als wäre ihre Mutter auf einem dieser Schiffe und dass sie zurückkommen würde, nachdem sie von Piraten oder Kapitän Ahab oder sonst jemandem mit unendlicher Macht entführt worden war. Helen hatte Stunden auf dem Witwensteg zugebracht und den Horizont nach einem Schiff abgesucht. Erst viel später war ihr klar geworden, dass das Schiff nie kommen würde.

Helen rutschte unbehaglich auf dem harten Boden herum, bis ihr einfiel, dass ihre Schatzkiste noch hier oben stand. Jahrelang hatte ihr Vater ihr verboten, allein auf den Witwensteg zu gehen, weil er Angst hatte, sie könnte abstürzen. Aber es spielte keine Rolle, wie oft er sie dafür bestrafte, sie schlich immer wieder hinauf, knabberte Kekse und träumte vor sich hin. Nach ein paar Monaten hatte Jerry schließlich nachgegeben und es ihr unter der Bedingung erlaubt, dass sie sich nie über das Geländer beugte. Er hatte ihr sogar eine wasserdichte Kiste gezimmert, in der sie ihre Sachen verstauen konnte.

Sie klappte die Kiste auf, holte den Schlafsack heraus, den sie darin aufbewahrte, und breitete ihn auf dem Holzboden aus. Weit draußen auf dem Ozean waren Boote unterwegs, die Helen aus dieser weiten Entfernung eigentlich gar nicht hätte hören oder sehen dürfen. Sie schloss die Augen und gönnte sich das Vergnügen, einem kleinen Segelboot zuzuhören, dessen Segel im Wind flappte, dessen Teakholzplanken knarrten und das weit draußen in den sanften Wellen schaukelte. Als sie dann irgendwann einnickte, ging sie nach unten ins Bett, um es noch einmal mit Schlafen zu versuchen.

Sie stand in einer hügeligen, felsigen Gegend, in der die Sonne so heiß brannte, dass die knochentrockene Luft bebte und in zitternde Streifen zerteilt wurde, als würden Teile des Himmels schmelzen. Die Felsen waren blassgelb und scharfkantig und hier und dort wuchsen dicht am Boden garstige kleine Büsche mit fiesen Dornen. Auf der nächsten Anhöhe stand ein einzelner knorriger Baum.

Helen war allein. Und doch nicht allein.

Unter den verkrüppelten Ästen des Baums tauchten drei Gestalten auf. Sie waren so schmal und klein, dass Helen sie im ersten Moment für kleine Mädchen hielt, aber etwas an der Art, wie sich die Muskeln um ihre knochigen Unterarme wanden wie Stricke, ließ Helen erkennen, dass sie sehr alt waren. Alle drei ließen den Kopf hängen und ihre Gesichter waren komplett unter verfilzten schwarzen Haaren verborgen. Sie trugen zerlumpte weiße Kleider und ihre Beine waren mit grauweißem Staub bedeckt. Von den Knien abwärts hatten sie dunkle Schmutzstreifen auf der Haut und schwarz getrocknetes Blut an den zerschundenen Füßen, die sie sich auf der Wanderung durch die öde Wildnis verletzt hatten.

Helen hatte Angst. Sie wich zurück. Die Felsen zerschnitten ihr die Fußsohlen und die Dornen zerkratzten ihre Beine. Die drei widerlichen Wesen machten einen Schritt auf sie zu, und ihre Schultern bebten, weil sie lautlos schluchzten. Blut tropfte aus ihren verfilzten Haaren und lief an den Vorderseiten ihrer Kleider herunter. Sie flüsterten Namen, während sie ihre ekligen Tränen vergossen.

Eine Ohrfeige weckte Helen. Ihre Wange brannte und fühlte sich zugleich taub an und in ihrem Ohr tönte ein schriller Ton. Jerry war außer sich vor Sorge. Er hatte sie noch nie geschlagen. Bevor er etwas sagen konnte, musste er erst ein paarmal zittrig Atem holen. Der Wecker auf dem Nachttisch stand auf 3.16 Uhr.

»Du hast geschrien. Ich musste dich wecken«, stammelte er.

Helen schluckte schwer und versuchte, ihre geschwollene Zunge und die zugeschnürte Kehle wieder funktionsfähig zu bekommen. »Schon gut. Nur ein Albtraum«, flüsterte sie und setzte sich auf.

Ihre Wangen waren feucht, vom Schweiß oder von Tränen, sie wusste es nicht. Helen fuhr sich übers Gesicht und lächelte ihren Dad an, um ihn zu beruhigen, womit sie allerdings keinen Erfolg hatte.

»Was war das, Lennie? Das war nicht normal«, sagte er mit beunruhigter Stimme. »Du hast Dinge gesagt. Wirklich schlimme Dinge.«

»Zum Beispiel?«, krächzte Helen. Sie hatte schrecklichen Durst.

»Überwiegend Namen, Unmengen von Namen. Und dann hast du immer wieder ›Blut für Blut‹ gesagt und ›Mörder‹. Was hast du bloß geträumt?«

Helen dachte an die drei Frauen, *drei Schwestern*, und wusste, dass sie ihrem Vater nicht von ihnen erzählen konnte. Also zuckte sie nur mit den Schultern und tischte eine Lügengeschichte auf. Es gelang ihr, Jerry davon zu überzeugen, dass ein Mord etwas ziemlich Typisches war, um Albträume auszulösen, und schwor, dass sie nie wieder Gruselfilme sehen würde, wenn sie allein war. Endlich brachte sie ihn dazu, wieder ins Bett zu gehen.

Das Glas auf ihrem Nachttisch war leer und ihr Mund so trocken, dass es wehtat. Sie schwang die Beine aus dem Bett, um sich im Badezimmer noch ein Glas Wasser zu holen, doch als ihre Füße den Dielenboden berührten, schaute sie entsetzt nach unten. Sie schaltete das Licht an, um besser nachsehen zu können, doch sie wusste schon jetzt, was sie erwarten würde.

Ihre verdreckten Fußsohlen hatten tiefe Schnittwunden und ihre Schienbeine waren von spitzen Dornen ganz zerkratzt.

3

Als Helen am Morgen aufwachte und nach ihren Füßen sah, waren die Schnitte verschwunden. Sie glaubte schon, sich alles nur eingebildet zu haben – bis sie sah, dass ihr Bettzeug ganz schmutzig und mit dunkel getrocknetem Blut verschmiert war.

Um festzustellen, ob sie vielleicht verrückt geworden war, beschloss Helen, das Laken nicht abzuziehen, zur Schule zu gehen und nachzusehen, ob es immer noch schmutzig war, wenn sie nach Hause kam. Wenn es dann sauber war, war das Ganze nur Einbildung gewesen, und sie war tatsächlich ein bisschen verrückt geworden. Wenn der Dreck aber noch da war, wenn sie nach Hause kam, war sie offensichtlich so verrückt, dass sie nachts herumwanderte und sich Schmutz und Blut ins Bett schmierte, ohne sich hinterher daran zu erinnern.

Helen versuchte, zum Frühstück einen Fruchtjoghurt zu essen, aber da sie null Appetit hatte, packte sie ihre Lunchbox erst gar nicht ein. Falls sie wirklich Hunger bekam, konnte sie sich in der Cafeteria immer noch etwas Magenfreundliches kaufen.

Als sie zur Schule radelte, musste sie feststellen, dass es nun schon den zweiten Tag unerträglich heiß und schwül war. Als sie ihr Fahrrad anschloss, fiel ihr auf, dass sich kein Lüftchen regte und auch keine Vögel zu sehen oder zu hören waren. Alles war unnatürlich still – als wäre die ganze Insel ein riesiges Schiff, das bei Flaute irgendwo in den Weiten des Ozeans herumdümpelte.

Helen war früher in der Schule als am Tag zuvor und die Flure waren bereits überfüllt. Claire sah sie hereinkommen. Als sie zu lächeln begann, wusste Helen, dass sie ihr verziehen hatte. Claire drehte um und kämpfte sich gegen den Strom zu ihr durch, damit sie zusammen zur morgendlichen Versammlung gehen konnten.

Als sie aufeinander zugingen, hatte Helen plötzlich das Gefühl, durch zähflüssigen Sirup zu waten. Sie blieb stehen. Es kam ihr vor, als wären alle Schüler auf einen Schlag verschwunden. Helen hörte das Schlurfen nackter Füße und ein keuchendes Schluchzen.

Sie fuhr gerade noch rechtzeitig herum, um eine staubig weiße Gestalt mit hängenden und bebenden Schultern um die Ecke verschwinden zu sehen. Helen sah, dass die schluchzende Frau hinter einer anderen Gestalt verschwunden war – einem echten Menschen, der sie anstarrte. Es war ein zierliches Mädchen mit dunklem Teint und einem langen Zopf, der ihm über die Schulter hing. Seine roten Lippen waren zu einem überraschten »Oh« verzogen. Helen fand, dass sie beinahe aussah wie eine Porzellanpuppe, denn sie war so perfekt, dass sie unmöglich echt sein konnte.

Dann schaltete sich plötzlich der Lärm wieder ein, und der Flur war erneut voller Schüler, die eilig irgendwo hinstrebten. Helen stand immer noch wie angewurzelt da und hielt den Verkehr auf. Sie starrte den glänzenden schwarzen Zopf an, der auf dem Rücken des kleinen Mädchens hin und her schwang, als es in einem der Klassenräume verschwand.

Helens ganzer Körper bebte, so wütend war sie.

»Meine Güte, Len! Kippst du gleich um?«, fragte Claire besorgt.

Helen zwang sich, Claire anzusehen, und holte zittrig Luft. Sie war schweißgebadet und zitterte.

»Ich bringe dich zur Schulschwester«, sagte Claire. Sie nahm Helens Hand und wollte ihre Freundin hinter sich herziehen. »Matt«, rief sie über Helens Schulter. »Kannst du mir mit Lennie helfen? Ich glaube, sie wird gleich ohnmächtig.«

»Ich werde nicht ohnmächtig«, fauchte Helen, die plötzlich wieder hellwach war und merkte, wie merkwürdig sie sich verhielt.

Um die Grobheit ihrer Worte abzumildern, lächelte sie die beiden verlegen an. Matt hatte den Arm um ihre Hüfte gelegt, doch Helen tätschelte leicht seine Hand, um ihm zu sagen, dass er sie jetzt loslassen konnte. Er sah sie zweifelnd an.

»Du bist total blass und hast Ringe unter den Augen«, stellte er fest.

»Mir ist auf dem Rad ziemlich warm geworden«, begann sie zu erklären.

»Erzähl mir nicht, dass es dir gut geht«, fuhr Claire sie an. In ihren Augen standen bereits Tränen und Matt sah auch nicht glücklicher aus. Helen war klar, dass sie nicht einfach so tun konnte, als wenn nichts wäre. Aber selbst wenn sie verrückt wurde, durfte sie es nicht an ihren Freunden auslassen.

»Nein, du hast recht. Ich glaube, ich habe einen Hitzschlag.«

Matt nickte und akzeptierte diese Erklärung als die einzig logische. »Claire, geh du mit ihr in den Waschraum. Ich sage Hergie, was los ist, damit er euch keinen Eintrag fürs Zuspätkommen verpasst. Und du solltest etwas essen. Du hattest gestern schon kein Mittagessen«, ermahnte er Helen.

Sie war ein wenig verblüfft, dass er sich daran erinnerte, aber Matt war gut darin, sich kleine Details zu merken. Er wollte Anwalt werden, und sie war überzeugt, dass er eines Tages ein sehr guter sein würde.

Claire weichte Helen im Waschraum großzügig ein und kippte ihr kaltes Wasser über den ganzen Rücken, obwohl sie ihr eigentlich nur den Nacken benetzen sollte. Natürlich wurde daraus eine riesige Wasserschlacht, was Claire zu beruhigen schien, weil es die erste normale Reaktion war, die Helen seit ein paar Tagen gezeigt hatte. Helen hatte das Gefühl, irgendeine Erschöpfungsgrenze überschritten zu haben, und fand jetzt auf einmal alles urkomisch.

Hergie stellte ihnen Freistundenpässe aus. So konnten sie sich Zeit lassen, bis die nächste Stunde anfing. Einen solchen Pass von Mr Hergesheimer zu bekommen, war ungefähr dasselbe wie eine von Willy Wonkas goldenen Eintrittskarten – mit ihm konnte ein Schüler eine volle Stunde lang überall hingehen und alles tun, ohne dass ein Lehrer deswegen einen Aufstand machte.

In der Cafeteria holten sie Orangen für Helens niedrigen Blutzuckerspiegel, und weil sie schon mal da waren, teilten sie sich auch gleich noch einen Schokoladenmuffin. Helen verschlang alles und wie durch ein Wunder fühlte sie sich danach viel besser.

Dann gingen sie in die Aula und stellten sich vor den zwei Meter großen Ventilator, um sich abzukühlen. Sie wechselten sich damit ab, in die rotierenden Flügel zu singen und zuzuhören, wie ihre Stimmen verzerrt wurden, bis sie sich vor Lachen nicht mehr halten konnten.

Nach der Schwänzerei mit Hergies Freistundenpass und dem vielen Zucker auf leeren Magen war Helen so aufgedreht, dass sie keine Ahnung mehr hatte, in welchen Raum sie als Nächstes mussten. Sie und Claire schlenderten gemächlich zur falschen Zeit durch den falschen Flur, als die Glocke das Ende der ersten Stunde läutete. Sie sahen einander an und zuckten mit den Schultern, als wollten sie sagen: »Tja, was kann man da tun?«, und prusteten wieder los. Dann sah Helen Lucas zum ersten Mal.

Draußen atmete der Himmel endlich den ganzen Wind aus, den er die letzten beiden Tage festgehalten hatte. Böen abgestandener, heißer Luft fegten durch die offenen Fenster in die brütend heiße Schule. Sie ergriffen lose Blätter, herumliegende Papierfetzen und anderen Kleinkram und wirbelten alles in Richtung Decke wie Doktorhüte bei der Abschlussfeier. Einen Moment lang kam es Helen so vor, als würde alles dort oben bleiben, eingefroren auf dem höchsten Punkt, so schwerelos wie im Weltraum.

Lucas stand etwa zehn Meter entfernt an seinem Schließfach und starrte Helen an, während die Welt darauf wartete, dass sich die Schwerkraft wieder einschaltete. Er war groß, mindestens eins achtzig, und kräftig gebaut. Er hatte kurze schwarze Haare und seine Spätsommerbräune hob das weiße Lächeln und die Swimmingpool-blauen Augen hervor.

Seinem Blick zu begegnen, war wie ein Erwachen. Zum ersten Mal in ihrem Leben wusste Helen, was reiner, das Herz vergiftender Hass war.

Sie nahm nicht wahr, dass sie auf ihn zustürzte, aber sie hörte, wie die Stimmen der drei schluchzenden Schwestern zu einem klagenden Heulen anschwollen. Sie sah sie hinter dem großen dunkelhaarigen Jungen stehen, von dem sie wusste, dass es Lucas war, und dem kleineren braunhaarigen Jungen neben ihm. Die Schwestern rissen an ihren Haaren, bis sie sich in blutigen Fetzen lösten. Sie zeigten anklagend auf die beiden Jungen und kreischten die Namen von Leuten, die vor langer Zeit ermordet worden waren. Da wusste Helen plötzlich, was sie zu tun hatte.

In dem Sekundenbruchteil, den sie brauchte, um die Distanz zu ihm zu überwinden, sah Helen, wie sich der kleinere Junge mit den braunen Haaren auf sie stürzen wollte. Aber Lucas hielt ihn auf, indem er nur einen Arm ausstreckte, was den Jungen gegen die Schließfächer knallen ließ. Helen machte sich ganz steif und spannte jeden Muskel an.

»Cassandra! Bleib, wo du bist«, rief Lucas über Helens Schulter. Sein Gesicht war nur noch Zentimeter von ihrem entfernt. »Sie ist sehr stark.«

Helens Arme brannten, und die Knochen in ihren Handgelenken fühlten sich an, als würden sie jeden Moment brechen. Lucas umklammerte ihre Handgelenke, um ihre Hände von seinem Hals fernzuhalten. Wenn sie mit den Fingern nur einen Zentimeter dichter herankam, konnte sie seine Kehle erreichen.

Und was dann?, fragte eine Stimme in ihrem Kopf. *Bring ihn um!*, antwortete eine andere.

Lucas' unglaublich blaue Augen wurden vor Überraschung ganz groß. Es sah so aus, als würde Helen gewinnen. Einer ihrer langen Fingernägel kratzte schon an der pulsierenden Haut über der hervortretenden Arterie, die sie unbedingt aufreißen wollte. Doch bevor sie wusste, wie ihr geschah, wirbelte Lucas sie herum, presste sie gegen seine Brust, hielt ihre Arme eng an ihren Körper gedrückt und stellte ein Bein zwischen ihre Beine. Die Haltung, die er ihr aufgezwungen hatte, brachte sie aus dem Gleichgewicht, und sie konnte ihm nicht einmal auf den Fuß treten. Sie konnte sich nicht mehr rühren.

»Wer bist du? Von welchem Haus?«, zischte er ihr ins Ohr und schüttelte sie grob, um seinen Fragen mehr Nachdruck zu verleihen. Aber sie war jenseits von allem Sprachverständnis.

Hilflos fing sie an, vor Wut zu kreischen, aber dann zwang sie sich, damit aufzuhören. Erst jetzt, wo sie seine Augen nicht mehr sehen konnte, fiel ihr auf, dass die halbe Lehrerschaft versuchte, sie von ihm wegzuzerren. Alle starrten sie an.

Helen krümmte sich, als die Krämpfe einsetzten. Lucas ließ sie so plötzlich los, als hätte sie sich in ein brennendes Streichholz verwandelt, und sie fiel zu Boden.

»Helen! Helen, sieh mich an«, sagte Mr Hergesheimer. Er kniete neben ihr auf dem Boden, wo sie nach Luft schnappte und versuchte, ihre Muskeln zu entspannen. Sie schaute in sein verschwitztes Gesicht. Seine Haare waren zerzaust und bei dem Handgemenge war seine Brille verbogen worden. Einen Moment lang fragte sie sich, ob sie es gewesen war, die ihn geschlagen hatte, dann brach sie in Tränen aus.

»Was stimmt nicht mit mir?«, wimmerte sie.

»Jetzt ist alles gut. Beruhige dich«, sagte Mr Hergesheimer. »Ihr geht jetzt alle in eure Klassen. Sofort!«, befahl er den Schülern, die mit offenem Mund um sie herumstanden. Alle ergriffen die Flucht, als sich Mr Hergesheimer aufrichtete und das Kommando übernahm.

»Ihr Jungen«, er zeigte auf Lucas und Jason, »kommt mit mir ins Büro des Schulleiters. Matt! Claire! Ihr bringt Helen zur Schulschwester und geht dann auf direktem Weg in eure Klassen. Verstanden?«

Matt trat sofort vor, legte sich Helens Arm um die Schultern und half ihr beim Aufstehen. Claire nahm Helens Hand und drückte sie beruhigend. Helen schaute auf und bemerkte, wie Lucas sie kurz ansah, während er mit Mr Hergesheimer wegging. Eine zweite Welle des Hasses überfiel sie und erneut traten Tränen in ihre Augen. Matt tätschelte ihr verlegen die Wange und steuerte sie gleichzeitig in die Richtung des Erste-Hilfe-Raums. Claire ging schweigsam neben Helen her.

»Was hat er dir getan, Lennie?«, fragte Matt hitzig.

»Ich h-h-hab ihn n-n-noch nie in meinem L-l-l-eben gesehen!«, schluchzte Helen und weinte noch heftiger.

»Super, Matt! Nerv sie mit Fragen! Kannst du vielleicht einfach mal den Mund halten?«, fuhr Claire ihn an und versuchte, sich selbst halbwegs zu beruhigen.

Den Rest des Weges legten sie wortlos zurück. Als sie bei der Schulschwester angekommen waren, erzählten sie Mrs Crane, was passiert war, und betonten auch, dass Helen am Morgen bereits mit einem Hitzschlag zur Schule gekommen war. Mrs Crane sorgte dafür, dass sich Helen mit einem kühlen Handtuch über den Augen hinlegte, und ging dann in ihr Büro, um Jerry anzurufen.

»Dein Vater ist unterwegs, Liebes. Nein, nein, lass das Tuch liegen. Die Dunkelheit tut dir gut.«

Helen lag unter dem Handtuch und war froh, dass man sie in Ruhe ließ und dass sie zumindest eine gewisse Privatsphäre hatte. Sie konnte keinen klaren Gedanken fassen, geschweige denn jemandem erklären, was los war. Am meisten Angst machte ihr, dass sie aus irgendeinem Grund davon überzeugt war, dass ihre Tat *richtig* war. Tief in ihrem Innern wusste sie, dass sie diesen Jungen getötet hätte, wenn es möglich gewesen wäre, und sie fühlte sich deswegen kein bisschen schuldig. Bis sie ihren Vater sah.

Er sah furchtbar aus. Mrs Crane erzählte ihm alles und erklärte, dass Helen unter einem schweren Hitzschlag litt, was ihren merkwürdigen Ausbruch begründete. Er hörte geduldig zu und bat dann, einen Moment mit seiner Tochter allein sein zu dürfen, was Mrs Crane natürlich erlaubte.

Anfangs sagte Jerry gar nichts. Er stand nur an der Liege, während Helen sich allmählich aufsetzte und begann, an ihrer Kette herumzufingern. Schließlich setzte er sich neben sie.

»Du würdest mich doch jetzt nicht anlügen, oder?«, fragte er ruhig. Sie schüttelte den Kopf. »Bist du krank?«

»Ich weiß nicht, Dad. Ich fühle mich irgendwie komisch, aber ich weiß nicht, was mit mir nicht stimmt.«

»Wir werden zum Arzt gehen müssen.«

»Das dachte ich mir«, sagte sie nickend.

Plötzlich drehten beide den Kopf zur Seite, weil von draußen hastige Schritte zu hören waren.

Jerry stand auf und stellte sich schützend vor Helen. Ein großer, unglaublich durchtrainierter Mann Anfang vierzig stürmte in den Raum. Helen sprang auf der anderen Seite von der Liege und suchte instinktiv nach einem zweiten Ausgang. Doch da war keiner. Helen war überzeugt, dass sie jetzt sterben würde.

In der Ecke des Raums erschien eine der schluchzenden Schwestern. Sie hockte auf den Knien, das Gesicht von den verfilzten Haaren verdeckt, stöhnte einen Namen nach dem anderen, sagte immer wieder »Blut für Blut« und schlug mit der Stirn wiederholt gegen die Wand.

Helen hielt sich die Ohren zu. Sie riss den Blick von der Ecke los und sah erneut zu dem großen Mann hin. Ein Funke blitzte zwischen ihnen auf. Obwohl sie ihn nie zuvor gesehen hatte, wusste sie, dass sie große Angst vor ihm haben musste. Zunächst hatte er einen sehr entschlossenen Eindruck gemacht, doch plötzlich wirkte er sehr verwirrt. Sein Blick wanderte zu Jerry.

»Sind Sie … sind Sie der Vater der jungen Dame, die meinen Sohn angegriffen hat?«, fragte er zögernd.

Jerry nickte knapp. »Meine Tochter Helen«, sagte er und deutete mit einer Handbewegung auf sie. »Ich bin Jerry Hamilton.«

»Castor Delos«, erwiderte der Mann. »Meine Frau Noel konnte leider nicht mitkommen. Und Helens Mutter?«

Jerry schüttelte den Kopf. »Es gibt nur Helen und mich.«

Castors Blick huschte zu Helen und zurück zu Jerry. »Entschuldigung. Ich wollte nicht in Ihre Privatsphäre eindringen. Könnten wir beide vielleicht kurz unter vier Augen sprechen?«

»NEIN!«, schrie Helen. Sie hechtete über die Liege, packte ihren Vater am Arm und riss ihn von Castor weg.

»Was ist los mit dir?«, brüllte Jerry. Er versuchte vergeblich, Helen zu beruhigen.

»Bitte geh nirgendwo mit ihm hin!«, flehte sie ihren Vater an und Tränen traten ihr in die Augen.

Jerry stieß einen Seufzer aus, legte die Arme um Helen und hielt sie tröstend fest. »Es geht ihr nicht gut«, erklärte er Castor, der voller Mitgefühl zusah.

»Ich habe auch eine Tochter«, erwiderte Castor sanft.

Mrs Crane und der Schulleiter Dr. Hoover kamen in den Raum gestürzt, als hätten sie versucht, Castor Delos einzuholen.

»Mr Delos«, begann der Schulleiter mit gereizter Stimme, aber Castor unterbrach ihn sofort.

»Ich hoffe, dass es Ihrer Tochter bald besser geht, Jerry. Ich hatte selbst schon einmal einen Hitzschlag, und wie man mir erzählt hat, soll ich die verrücktesten Dinge gemacht haben. Manchmal bekommt man davon sogar Halluzinationen. Wussten Sie das?« Seine letzten Worte schienen an alle Anwesenden gerichtet zu sein.

Er warf Helen einen Blick zu und schaute dann in die Ecke, wo sich die schluchzende Schwester immer noch hin und her wiegte. Ob er sie auch sah? Und wenn ja, wie zum Teufel konnten zwei Leute dieselbe Halluzination haben?

»Ach so, verstehe. Dann gibt es also kein böses Blut?«, fragte Dr. Hoover unsicher und sah von Castor zu Jerry.

»Nicht von meiner Seite oder der meines Sohnes, da bin ich sicher. Ich mache mir mehr Sorgen um dich, junge Dame«, sagte Castor und wandte sich höflich Helen zu. »Lucas hat mir erzählt, dass er ein bisschen grob werden musste. Er hat dir hoffentlich nicht wehgetan?«, fragte Castor. Oberflächlich betrachtet, schien er ausgezeichnete Manieren zu haben, aber darauf fiel Helen nicht herein. Er wollte nur herausfinden, wie stark sie war.

»Mir geht's gut«, erwiderte sie schroff. »Nicht ein Kratzer.«

Seine Augen weiteten sich kaum wahrnehmbar. Helen wusste nicht, warum sie einen erwachsenen Mann mit ihren Worten dermaßen reizen wollte, aber sie konnte nichts dagegen tun. Normalerweise hasste sie Streitgespräche so sehr, dass sie sich nicht einmal diese blöden Talkshows im Fernsehen ansah, in denen die Leute immer aufeinander einschrien, aber hier legte sie sich schon zum zweiten Mal innerhalb einer halben Stunde mit jemandem an, der viel größer und stärker war als sie. Zum Glück war sie nicht so versessen darauf, Castor zu töten, wie es bei seinem Sohn der Fall war. Bis jetzt hatte noch niemand Helen so in Rage gebracht wie Lucas, aber nichtsdestotrotz wollte sie Castor ein paar Seitenhiebe verpassen. Und dieses Verlangen verwirrte sie zutiefst.

»Ich bin froh, dass dir nichts fehlt«, sagte Castor lächelnd und entschärfte damit die Situation. Er drehte sich zum Schulleiter um und betonte, dass er und seine Familie nicht wollten, dass Helen bestraft wurde. Soweit es ihn betraf, war Helen krank, und man sollte den ganzen Zwischenfall am besten vergessen. Dann verließ er den Raum genauso abrupt, wie er ihn betreten hatte.

Sobald seine Schritte verklungen waren, verschwand auch die schluchzende Schwester, und das Geflüster hörte auf. Helen war nicht länger wütend. Sie sank auf die Liege wie ein Luftballon, aus dem die Luft ausströmt.

»Am besten nimmst du sie mit nach Hause, Jerry«, sagte Mrs Crane mit energischer Stimme und einem tröstenden Lächeln.

»Viel Flüssigkeit, kein direktes Licht und ein kaltes Bad, damit ihre Kerntemperatur sinkt. Alles klar?«

»Natürlich, Mrs Crane. Vielen Dank«, erwiderte Jerry und schlüpfte wieder in die Rolle des Schülers, der er gewesen war, als er Mrs Crane das letzte Mal aufgesucht hatte.

Auf dem Weg zum Parkplatz hielt Helen den Kopf gesenkt, aber sie konnte trotzdem spüren, wie die anderen Schüler sie anstarrten. Als sie in den Wagen einstieg, sah sie, wie die Tür zum Büro des Schulleiters aufging und die beiden Delos-Jungen mit Castor herauskamen. Lucas' Blick wanderte direkt zu ihr und sie starrten sich an. Castor legte seinem Sohn die Hand auf den Nacken und redete auf ihn ein. Schließlich schaute er kurz zu seinem Vater auf, bevor er nickte und dann nur noch auf den Boden sah.

Es fing an zu regnen. Dicke Tropfen Sommerregen klatschten aufs Auto und plötzlich war die Luft voller Feuchtigkeit. Helen schlug die Wagentür zu und warf ihrem Vater einen Blick zu. Er betrachtete ebenfalls die Familie Delos.

»Welchen davon hast du angesprungen?«, fragte er und musste sich ein Grinsen verkneifen.

»Den Größeren«, antwortete Helen, und auch in ihrem Gesicht erschien der Anflug eines Lächelns.

Jerry sah Helen an, pfiff anerkennend durch die Zähne und startete den Motor. »Du hast Glück gehabt, dass er dir nichts getan hat«, sagte er, und diesmal lächelte er nicht.

Helen nickte artig, doch insgeheim fand sie, dass Lucas eigentlich der Glückliche war. Die Verrücktheit ihrer eigenen Gedanken versetzte sie so in Angst und Schrecken, dass sie auf dem Heimweg kein einziges Wort mehr sagte.

4

Helen saß bei ausgeschaltetem Badezimmerlicht in der Wanne mit kaltem Wasser und hörte, wie das Telefon wieder und wieder klingelte. Leider hatte sie keine Ahnung, was sie zu der ganzen Sache sagen sollte, und jedes Mal, wenn sie daran dachte, wie sie sich vor aller Augen auf Lucas Delos gestürzt hatte, stöhnte sie vor Verlegenheit laut auf. Sie würde das Land verlassen müssen, zumindest aber Nantucket, denn sie konnte unmöglich mit der Tatsache weiterleben, dass sie versucht hatte, den heißesten Jungen der Insel zu erwürgen.

Sie stöhnte noch einmal auf und spritzte sich Wasser ins Gesicht, das rot geworden war, obwohl sie in eiskaltem Wasser saß. Jetzt, wo sie nicht mehr von blinder Wut getrieben wurde, konnte sie ganz objektiv über Lucas nachdenken und entschied, dass Claire nicht übertrieben hatte, als sie ihn als den am besten aussehenden Jungen beschrieben hatte, der ihr jemals unter die Augen gekommen war. Helen war ganz ihrer Meinung. Sie hatte zwar versucht, ihn umzubringen, aber sie war nicht blind. Normale Jungs sahen einfach nicht aus wie er.

Es waren nicht seine Größe, seine gebräunte Haut oder seine

Muskeln, die ihn so attraktiv machten. Es war die Art, wie er sich bewegte. Sie hatte ihn zwar erst zweimal gesehen, aber trotzdem gemerkt, dass er weniger häufig an sein Aussehen dachte als alle anderen Jungs der Schule. Seine Augen, diese umwerfend blauen Augen, blickten nach draußen und waren nicht nach innen auf ihn selbst gerichtet.

Sie tauchte mit dem Kopf unter Wasser und schrie. So konnte sie ihre Gefühle rauslassen, ohne dass ihr Vater etwas hörte. Als sie wieder auftauchte, fühlte sie sich ein bisschen besser, war aber immer noch enttäuscht von sich selbst. Eine der grässlichen Nebenwirkungen des Gefühls, dass sie Lucas bereits kannte, war die Tatsache, dass sie ihn idealisierte, ihn in Gedanken perfekter machte, als Menschen überhaupt sein konnten. Besonders unangenehm daran war, dass sie ihn trotzdem noch umbringen wollte.

Mit den Zehen zog sie den Stöpsel heraus und sah zu, wie das Wasser langsam an den Seiten der Wanne hinunterkroch, bis auch der letzte Rest durch den Abfluss verschwunden war. Dann saß sie so lange in der leeren Wanne und starrte ihre weißen, runzligen Füße an, bis ihr der Hintern wehtat. Irgendwann würde sie das dunkle Badezimmer verlassen und so tun müssen, als wäre alles ganz normal.

Sie zog sich an und ging nach unten, um nach ihrem Dad zu sehen. Er kam gerade zur Tür herein. Er war losgefahren, um Eis zum Nachtisch zu besorgen – und nicht irgendein Eis, sondern das leckere Zeug vom Italiener, das Helen ihm verboten hatte, nachdem der Arzt gesagt hatte, dass er auf seine Ernährung achten müsse.

»Um deine Kerntemperatur zu senken«, sagte er mit Unschuldsmiene und schüttelte sich die Regentropfen aus den Haaren.

»Ist das deine Ausrede?«, fragte sie ihn, die Hände in die Hüften gestemmt.

»Allerdings. Und dabei bleibe ich.«

Sie beschloss, es ihm diesmal durchgehen zu lassen. Um seinen Cholesterinwert konnten sie sich auch am nächsten Morgen noch Gedanken machen. Nachdem sie so viele Tage kaum etwas gegessen hatte, war fetthaltige Eiscreme wahrscheinlich nicht die beste Idee, aber sie konnte sie zumindest ohne Probleme essen. Sie saßen im Wohnzimmer auf dem Fußboden, löffelten die Eispackung leer und sahen sich im Fernsehen ein Spiel ihrer geliebten Red Sox an. Keiner von ihnen ging ans Telefon, das in regelmäßigen Abständen immer wieder klingelte, und Jerry drängte Helen nicht, zu erklären, was passiert war. Claires Mom wäre nicht so einsichtig gewesen. Manchmal hatte es eben auch seine Vorteile, von einem alleinerziehenden Vater großgezogen zu werden.

Vor dem Schlafengehen musste Helen ihr Bett frisch beziehen. Die Flecken der vergangenen Nacht waren nicht verschwunden, wie sie gehofft hatte, und inzwischen hatte sie weitaus größere Probleme als ein bisschen Schlafwandeln. Zum einen konnte sie jemanden oder etwas auf dem Witwensteg hören. Es war anders als in der Nacht zuvor. Diesmal waren es eindeutig Schritte über ihrem Kopf und nicht nur ein undefinierbares Flüstern, das von allen Seiten zu kommen schien. Helen wusste nicht, was schlimmer war – hinaufzugehen und einen Haufen Monster vorzufinden oder gar nichts. Einen Moment lang fragte sie sich, ob sie womöglich den Verstand verlor. Sie beschloss, nicht nach oben zu gehen und nachzusehen. Sie hatte für einen Tag bereits genug Geister gesehen.

Am nächsten Morgen hatte Helen einen Termin bei Dr. Cunningham. Nachdem er ihr ein paar Minuten in die Augen geleuchtet und ihren Brustkorb abgeklopft hatte, versicherte er ihrem Vater, dass wohl kein bleibender Schaden entstanden war. Dann fuhr er Helen an, dass sie ein viel zu heller Hauttyp sei, um ohne Kopfbedeckung herumzulaufen. Sie hatte keine Ahnung, wie das möglich war, aber nach ihrem Arztbesuch wurde ihr Ausraster als simple Folge ihrer Nachlässigkeit abgetan, ohne Kopfbedeckung in der Hitze herumzulaufen. Zumindest brachte ihr die Untersuchung einen Tag schulfrei ein.

Wieder zu Hause, schaltete Helen ihren Computer an und verbrachte ein paar Stunden online auf der Suche nach Informationen über die drei Frauen, die sie verfolgten. Aber jede Suche, die sie eingab, brachte so viele Ergebnisse, dass es hoffnungslos schien, zumal sie keinen Zusammenhang sah. Waren die drei Geister? Dämonen? Oder war sie doch verrückt geworden? Es war durchaus möglich, dass sie sich das alles nur eingebildet hatte, und jetzt, wo sie nicht mehr diese irre Wut verspürte, glaubte sie fast, dass sie vielleicht wirklich einen Hitzschlag gehabt hatte.

Am Nachmittag kam Claire mit schlechten Nachrichten. »Die ganze Schule glaubt, dass du schon auf dem Weg ins nächste Irrenhaus bist«, sagte sie sofort, nachdem sie es sich im Wohnzimmer auf der Couch bequem gemacht hatte. »Du hättest heute lieber kommen sollen.«

»Und wieso?«, fragte Helen und verzog das Gesicht. »Es ist doch egal, wann ich wieder zur Schule gehe – das vergisst garantiert nie jemand.«

»Stimmt. Es war ziemlich heftig«, bestätigte Claire. Sie zögerte kurz, platzte dann aber doch mit ihrem Gedanken heraus. »Du hast mich zu Tode erschreckt.«

»Tut mir leid«, entschuldigte sich Helen mit einem verlegenen Lächeln. »Und war *er* heute in der Schule?« Aus irgendeinem Grund musste sie es wissen, auch wenn sie es nicht über sich brachte, seinen Namen auszusprechen.

»Ja. Er hat mich nach dir gefragt. Also, eigentlich hat gar nicht *er* mit mir geredet, sondern Jason. Der übrigens ein Vollidiot ist.« Claire ereiferte sich zusehends. »Er kommt also in der Mittagspause auf mich zu und fängt an, mir einen Haufen Fragen über dich zu stellen. Wie lange ich dich schon kenne, woher du kommst, ob ich je deine Mutter gesehen habe, bevor sie verschwunden ist …«

»Meine Mutter? Das ist ja merkwürdig«, unterbrach Helen sie.

»Und ich habe ihm auf meine gewohnt unnachahmliche Weise geantwortet«, berichtete Claire unschuldig.

»Was im Klartext bedeutet, dass du ihn beleidigt hast.«

»Logisch. Und dann besitzt der Kerl auch noch die Frechheit, mich ›Kleine‹ zu nennen! Ist das zu glauben?«

»Nicht zu fassen. Dass dich jemand ›klein‹ nennt«, bemerkte Helen mit einem Grinsen. »Und was hast du zu ihm gesagt?«

»Die Wahrheit. Dass wir schon seit unserer Geburt befreundet sind und dass wir uns beide nicht mehr an deine Mom erinnern und dass sie keine Fotos oder so was hinterlassen hat, aber dass dein Dad immer wieder davon anfängt, was für eine Schönheit sie war und wie klug und begabt und alles und bla-bla-bla. Man muss kein Atomphysiker sein, um zu wissen, dass deine Mutter echt super ausgesehen haben muss. Ich meine, sieh dir deinen Dad an und dann dich«, sagte Claire mit einem wissenden Funkeln in den Augen.

Helen verzog bei diesem Kompliment das Gesicht. »Das war's? Und Lucas hat nichts gesagt?« Ihre Hände waren zu Fäusten geballt. Es fiel ihr schwer, seinen Namen auszusprechen, ohne gleichzeitig um sich zu schlagen. Entweder hatte sie immer noch einen Hitzschlag oder sie wurde tatsächlich verrückt.

»Kein Wort. Aber ich habe ein Gerücht gehört, dass Zach Blödsinn über dich verbreitet und Lucas ihn zum Schweigen gebracht hat.«

»Ehrlich?« Helen horchte auf. »Und wie hat er das gemacht?«

»Er hat einfach nicht erlaubt, dass jemand etwas Fieses über dich sagt. Das ist alles. Du weißt doch, wie Zach und Lindsey sind. Aber Lucas wollte nichts davon hören. Er hat gesagt, du hättest dich angefühlt, als hättest du hohes Fieber gehabt, als er … das mit dir gemacht hat, was er gemacht hat. Wie nennt man so was eigentlich? Eine Umarmung mit dem Hintern voran?«

Helen stöhnte und vergrub ihr Gesicht in den Händen.

»Schon gut«, sagte Claire und klopfte ihr aufmunternd auf den Rücken. »Zumindest läuft er nicht rum und erzählt allen, dass du total durchgeknallt bist, was bedeutet, dass du wenigstens so viel Verstand hattest, dich auf einen echt netten Typen zu stürzen.« Helen stöhnte noch lauter und versuchte, ins Sofa zu kriechen, während Claire sich auf ihre Kosten halb totlachte.

In dieser Nacht hatte Helen einen weiteren Albtraum von dem trockenen Land. Als sie aufwachte, war sie so müde und ihre Füße taten ihr so weh, dass sie einen Moment lang tatsächlich glaubte, tagelang gelaufen zu sein, wie sie es geträumt hatte. Aber sie hatte mittlerweile viel Übung darin, alles Merkwürdige, was sie an sich entdeckte, zu ignorieren, und versuchte, sich einzureden, dass dies auch diesmal der Fall war. Trotzdem zitterten ihre Hände, als sie die schmutzige Bettwäsche zusammenknüllte und in den Wäschekorb stopfte.

Unter der Dusche spülte sie sich den Schmutz ab und konzentrierte sich auf die Schule, obwohl das auch nicht gerade ein Trost war. Sobald sie die Nantucket High betrat, war die Freak-Show eröffnet, das wusste Helen ganz genau.

Da es immer noch regnete, fuhr sie mit Claire und ihrer Mutter. Helen drückte sich eine Hand auf den Bauch, weil sie schon vor dem Aussteigen Angst vor den Krämpfen hatte. Sie hatte nie wirklich verstanden, wieso sie diese furchtbaren krampfartigen Schmerzen bekam. Sie wusste nur, dass sie manchmal einsetzten, wenn sie etwas tat, das die Leute dazu brachte, sie anzustarren. Dann waren die Magenkrämpfe so schlimm, dass sie sich vor Schmerzen krümmte.

»Entspann dich«, sagte Claire beim Aussteigen. »Du musst nur den heutigen Tag überleben und hast dann das ganze Wochenende, um …«, sie verstummte nachdenklich. »Nein, tut mir leid, Len. Ich wollte optimistisch sein, aber das wird dir auch am Montag noch in den Hintern beißen.« Claire fing an zu lachen, was Helen ein bisschen aufheiterte – bis sie das Schulgebäude betraten.

Es war schlimmer, als sie erwartet hatte. Eine Gruppe jüngerer Mädchen schnappte buchstäblich nach Luft und drängte sich sofort zum Lästern zusammen, als Helen durch die Tür kam. Ein Junge aus der Abschlussklasse sah Helen lüstern an und nannte sie »Hellcat«, als sie an ihm vorbeiging. Als sie verblüfft stehen blieb und ihn ansah, formte sein Mund die Worte »Ruf mich an«, bevor er weiterging.

»Ich glaube, ich kann das nicht«, flüsterte Helen. Claire legte ihr eine Hand auf den Rücken und schubste sie vorwärts.

Jedes Mal, wenn jemand den Blick auf sie richtete und sie mit großen Augen anstarrte, kam sie einer Panikattacke ein Stück näher. Würde sie den ganzen Rest ihres Junior-Jahres so leiden müssen? Helen versuchte, sich hinter Claire zu verstecken, erkannte dann aber, dass sie sich größere Freunde suchen musste, um auf Tauchgang zu gehen.

»Tritt mir doch nicht dauernd in die Hacken!«, beschwerte sich Claire. »Warum versteckst du dich nicht bei Hergie, während ich deinen Kram aus dem Schließfach hole?«

Helen verzog sich in den Klassenraum und versank fast unter ihrem Tisch. Mr Hergesheimer fragte sie, ob es ihr besser ging, und ignorierte sie vollkommen, nachdem sie ihm versichert hatte, dass ihr nichts fehle. Sie hätte ihn dafür küssen können.

Matt winkte ihr nur zu und setzte sich auf seinen Platz, ohne etwas zu sagen. Helen vermutete zu Recht, dass Claire ihm eingeschärft hatte, so zu tun, als hätte er das Ganze längst vergessen, aber da er sich immer wieder zwingen musste, nicht zu ihr herüberzuschauen, wusste sie, dass er sich immer noch Sorgen um sie machte. Nachdem sie seinen Blick aufgefangen und ihn angelächelt hatte, wirkte er nicht mehr so unruhig. Zach wendete den Kopf ab und sah sofort demonstrativ aus dem Fenster, als sie sich hinsetzte.

Helen überstand den Rest des Vormittags ohne Zwischenfälle. Bis zur Mittagspause. Auf dem Weg in die Cafeteria merkte sie zu spät, dass sie an Lucas' Schließfach vorbeigehen musste. Sie wollte gerade umdrehen und den anderen Weg nehmen, was idiotisch gewesen wäre, weil sie dann buchstäblich einmal um die ganze Schule hätte laufen müssen, als sie entdeckt wurde.

Lindsey und Zach sahen sie unentschlossen auf dem Gang herumstehen. Sie lehnten an ihren Fächern, die sich zufällig neben denen von Lucas und Jason befanden. Helen sah sofort wieder die entsetzten Gesichter von Zach und Lindsey vor sich, als sie versucht hatte, Lucas zu erwürgen. Dem Alphabet nach machte es Sinn, dass ihre Schließfächer nebeneinanderlagen: Brant-B, Clifford-C, Delos-D, aber für Helen war es einfach Pech, dass ausgerechnet alle beliebten Leute ihres Jahrgangs zugesehen hatten, wie sie sich bis auf die Knochen blamierte.

Sie hatte keine Wahl – sie musste an ihnen vorbeigehen. Lindsey und Zach sagten kein Wort, und ihre Gesichter blieben vollkommen ausdruckslos, als Helen an ihnen vorbeihuschte, die Schultern fast bis zu den Ohren hochgezogen. Wenigstens ist Lucas nicht da, dachte sie und brachte sich in der Cafeteria in Sicherheit.

»Stell dich gerade hin! Du kriegst noch einen Buckel«, schimpfte Claire, als Helen an ihren Tisch eilte.

»Entschuldige, aber ich musste gerade an *seinem* Fach vorbeigehen«, erklärte Helen leise. Matt schnaufte angewidert.

»Du kannst dich abregen, Lennie«, fuhr er sie an. »Heute ist keiner von denen da.«

»Angeblich haben sie einen Tag freibekommen, weil ihre Tante und noch ein Cousin und dessen Vater heute Morgen auf der Insel angekommen sind«, berichtete Claire.

»Oh, super«, murmelte Helen. »Noch einer von denen.«

»Hector. Er ist in der Oberstufe«, fügte Claire hilfsbereit hinzu, ohne zu ahnen, dass es Helen kein bisschen beruhigte, dass sie seinen Namen nannte. Ganz im Gegenteil, es machte sie nur wütend.

»Bis jetzt weiß ich noch nichts über ihn. Zach wird mich dieses Wochenende wahrscheinlich anrufen und mir erzählen, was Sache ist«, bemerkte Matt mit einem Schulterzucken. »Er weiß immer, wo jeder von denen ist und was sie machen.«

Der Rest des Schultages schleppte sich hin, obwohl es zumindest eine Erleichterung war, dass sie nicht auf die Delos stoßen würde oder die Geister, die anscheinend immer dort auftauchten, wo sie waren. Helen hatte sogar ein bisschen Spaß beim Sport, als sie mit Claire durch den Nebel rannte und in schlammige Pfützen sprang. Als sie ins Ziel kam, sagte Coach Tar nichts zu Helens jämmerlich langsamer Zeit, und Helen war klar, dass sie sich so etwas nicht mehr allzu oft leisten konnte. Schließlich wollte sie sich ein Sportstipendium verdienen und das würde Coach Tar sie bestimmt nicht vergessen lassen.

Nachdem Helen den Schultag überstanden hatte, machte sie sich fast erleichtert auf den Weg zur Arbeit, bis sie merkte, dass ein Haufen Schüler aus ihrer Schule auftauchte, nur um ein paar Süßigkeiten zu kaufen.

»Warum gehst du nicht nach hinten und füllst meine Vorräte auf?«, schlug Kate vor und klopfte Helen freundschaftlich auf den Arm. »Die kommen nicht mehr zum Glotzen, wenn sie denken, dass du für heute Feierabend gemacht hast.«

»Haben die am Freitagabend nichts Besseres zu tun?«, fragte Helen ohne große Hoffnung.

»Auf welcher Insel bist du aufgewachsen?«, erwiderte Kate sarkastisch. Helen legte kurz den Kopf an Kates Schulter und Kate strich ihr über die Haare. »Du kannst auch Inventur machen. Und nimm dir so viel Zeit, wie du willst«, fügte Kate hinzu, als Helen nach hinten verschwand.

Normalerweise machte Helen nicht gern Inventur, aber an diesem Abend kam ihr dieser Job wie gerufen. Sie war so damit beschäftigt, jeden Gegenstand im Laden zu zählen, dass sie ganz überrascht war, als Kate die Vordertür abschloss und sie mit dem Abendritual begannen.

»Was war denn nun zwischen dir und diesem Lucas?«, fragte Kate, ohne von dem Stapel Geldscheine aufzusehen, den sie gerade sortierte.

»Ich wünschte, ich wüsste es«, seufzte Helen und stützte sich auf den Besenstiel.

»Alle reden über euch. Auch die Erwachsenen«, sagte Kate mit dem Anflug eines Lächelns. »Also, was ist los?«

»Wenn ich eine Erklärung hätte, würde ich sie dir sagen. Ich weiß nicht, wieso ich ihn angegriffen habe«, meinte Helen. »Und das Schlimmste ist, dass der Angriff nicht einmal das Schlimmste *ist.*«

»Das musst du mir erklären«, sagte Kate und legte das Geld beiseite. »Komm schon. Raus damit. Was ist das Schlimmste?«

Helen schüttelte den Kopf und fing wieder an zu fegen.

In ihrem Kopf war immer eine kleine Stimme gewesen, die ihr Worte wie »Freak« oder »Monster« oder sogar »Hexe« zugeflüstert hatte. Und egal, wie energisch Helen diese Stimme zum Schweigen brachte, sie tauchte immer wieder auf.

Das absolut Schlimmste, was Helen sich vorstellen konnte, war herauszufinden, dass sie tatsächlich ein Freak oder sogar eine Hexe war.

»Ach, nichts«, murmelte sie und starrte auf den Boden.

»Es wird nicht weggehen, nur weil du nicht darüber redest«, drängte Kate. Helen wusste, dass sie recht hatte, und auch, dass sie Kate vertrauen konnte. Außerdem musste sie mit jemandem reden, sonst würde sie noch verrückt werden.

»Ich habe Albträume. Genau genommen ist es derselbe Albtraum, den ich immer wieder habe, und er fühlt sich richtig echt an. Als würde ich im Schlaf irgendwohin gehen.«

»Und wohin gehst du?«, fragte Kate sanft. Sie kam hinter dem Tresen hervor und brachte Helen dazu, mit dem Fegen aufzuhören und sich zu konzentrieren.

Helen sah das öde, hoffnungslose Land vor sich, das sie die letzten paar Nächte betreten hatte.

»Es ist ein trockenes Land. Alles ist karg und farblos. Ich kann in der Ferne Wasser rauschen hören, als wäre da ein Fluss, aber ich kann ihn nicht erreichen. Es ist, als müsste ich dort etwas finden, glaube ich.«

»Ein trockenes Land, sagst du? Du weißt, dass dieses Bild relativ häufig in Träumen auftaucht, oder?«, versicherte ihr Kate. »Das steht in allen Büchern über Traumdeutung.«

Helen schluckte. »Ja, aber ich wache morgens auf und meine Füße …«, sie brach ab, weil ihr klar war, wie verrückt sie sich anhörte. Kate musterte sie einen Moment lang.

»Schlafwandelst du? Ist es das?« Kate legte die Hände auf Helens Schultern und ermutigte sie, ihr in die Augen zu sehen. Helen schüttelte den Kopf.

»Ich weiß nicht, was ich tue. Aber ich bin so müde, Kate«, sagte sie erschöpft. Ein paar Tränen liefen ihr übers Gesicht. »Selbst wenn ich es schaffe einzuschlafen, wache ich auf und habe das Gefühl, als wäre ich pausenlos gerannt. Ich glaube, ich werde langsam verrückt.« Sie lachte nervös auf. Kate zog Helen an sich und umarmte sie.

»Schon in Ordnung. Wir finden eine Lösung«, sagte sie beruhigend. »Hast du mit deinem Vater darüber gesprochen?«

»Nein. Und ich will auch nicht, dass du es tust«, verlangte Helen, ging einen Schritt zurück und sah Kate in die Augen. »Wenn ich nächste Woche immer noch verrückt bin, sage ich es ihm, aber ich glaube, für diese Woche hatten wir genug Aufregung.«

Kate nickte. »Du entscheidest, wann der richtige Zeitpunkt ist, mit deinem Dad zu sprechen. Du weißt, ich bin immer für dich da, meine kleine *loca*«, neckte sie grinsend. Helen lächelte zurück. Sie war froh, dass sie Kate hatte, die ernsthaft zuhören konnte, aber auch genau wusste, wann es an der Zeit war, ein bisschen herumzualbern.

»Ich glaube, wir können den Laden so lassen.« Kate drückte Helen noch einmal. »Wollen wir gehen?«, rief sie über die Schulter, als sie hinter dem Tresen verschwand, um das Geld in den Safe zu legen.

Helen räumte den Besen weg und ging zur Hintertür. Während Kate schon mit dem Schlüssel in der Hand auf ihren Wagen zuging, schaltete sie das Licht aus und schloss ab.

Plötzlich sauste etwas an ihnen vorbei. Helen sah aus dem Augenwinkel undeutlich einen blauen Lichtstrahl aufblitzen und da war dieser Geruch. Es war ein ekelhafter und dennoch gruselig bekannter Geruch nach verbrannten Haaren und Ozon. Dann fiel Kate in sich zusammen wie eine Marionette, der man die Schnüre durchgeschnitten hatte. Instinktiv streckte Helen die Arme aus, um Kates Fall abzufangen, aber der Angreifer nutzte diese Gelegenheit, Helen von hinten einen Sack über den Kopf zu stülpen.

Sie war zu geschockt, um zu schreien. Als sie von hinten gegen eine weiche Brust gezerrt wurde, erkannte sie, dass ihr Angreifer eine Frau war.

Helen wusste längst, dass sie stark war – und nicht nur stark für ein Mädchen. Sie war stark wie ein Bär. Sie beugte die Knie und stemmte die Fersen in den Asphalt, um ihrer Möchtegernentführerin den Schock ihres Lebens zu versetzen. Mit gekrümmtem Rücken versuchte sie, den Klammergriff der Frau zu sprengen, musste aber zu ihrer Verblüffung feststellen, dass es ihr nicht gelang. Die geheimnisvolle Frau war genauso stark wie sie. Aber Helen hatte mehr zu verlieren.

Die Sohlen ihrer Turnschuhe rissen vom Oberleder ab, als sie sich abdrückte. Sie machte einen Schritt nach vorn, dann noch einen. Ihre kaputten Schuhe blieben hinter ihr zurück, als sie die Frau Stück für Stück mit sich zerrte. Dann hörte Helen einen Aufprall, ein Schnaufen, und sie fiel vornüber, weil die Frau sie plötzlich losgelassen hatte.

Helen zog an dem Sack aus schwarzem Samt, den sie über dem Kopf hatte, und hörte hinter sich eine schnelle Folge von Schlägen und keuchenden Schnaufern. Dann vernahm sie das Geräusch von Schritten, die sich eilig entfernten. Endlich konnte sie den Sack loswerden und wischte sich die Haare aus dem Gesicht.

Lucas Delos stand über ihr, mit angespanntem Körper, den Blick in die Ferne auf etwas gerichtet, das Helen aus ihrer Position am Boden nicht sehen konnte.

»Bist du verletzt?«, fragte er mit leiser, unsicherer Stimme und sah immer noch über ihren Kopf hinweg. Seine Lippe war blutig und sein Hemd zerrissen. Helen hatte gerade genug Zeit, ihm zu sagen, dass sie in Ordnung sei, bevor sie das Geflüster der schluchzenden Schwestern hörte.

Er sah sie an, und als sich seine eisblauen Augen und ihre braunen trafen, durchzuckte es Helen wie ein Blitz. Sie sprang auf und nahm die geduckte Haltung einer Kämpferin ein. Das Flüstern steigerte sich zum Heulen, und Helen sah die gesenkten Köpfe und bebenden weißen Körper der drei Schwestern immer wieder in ihrem Augenwinkel auftauchen. Sie wich zurück, und es kostete sie ihre ganze Willenskraft, die Augen zuzukneifen. Ihre Wut war so heftig, dass es sich anfühlte, als hätten ihre Organe Feuer gefangen.

»Bitte geh, Lucas«, flehte sie. »Du hast mir geholfen und dafür bin ich dir sehr dankbar. Aber ich will dich wirklich, *wirklich* umbringen.«

Einen Moment war Stille, dann hörte Helen, wie Lucas Luft holte.

»Für mich ist das auch nicht einfach«, sagte er mit halb erstickter Stimme.

Von dort, wo er stand, kam ein kratzendes Geräusch. Dann ging ein Luftzug, und Helen wagte es, ihre Augen wieder zu öffnen. Er war weg und zum Glück waren die elenden Poltergeister mit ihm verschwunden.

Helen hockte sich neben Kate und versuchte zu erkennen, ob sie irgendwo blutete. Merkwürdigerweise waren keine Schnitt- oder Schürfwunden oder Prellungen zu sehen. Kate atmete gleichmäßig, war aber immer noch bewusstlos. Helen riskierte es, sie hochzuheben, und hoffte nur, dass es kein Fehler war, sie zu bewegen. Sie legte Kate vorsichtig auf den Rücksitz ihres Wagens, und während sie um den Wagen herum zum Fahrersitz rannte, wählte sie die Handynummer ihres Vaters. Sie hatte gerade den Motor angelassen, als ihr Dad sich meldete.

»Dad! Komm ins Krankenhaus«, stieß sie sofort hervor, als sie seine Stimme hörte.

»Was ist passiert? Bist du ...«, begann er panisch.

»Nicht ich. Es ist Kate. Ich bin auf dem Weg in die Notaufnahme und ich kann nicht gleichzeitig fahren und telefonieren. Triff mich dort«, sagte sie, beendete das Gespräch und warf das Telefon auf den Beifahrersitz, ohne auf seine Antwort zu warten.

Jetzt musste sie sich eine richtig gute Lüge ausdenken, und zwar schnell, denn das Krankenhaus war nur wenige Minuten entfernt.

Als sie vor der Notaufnahme hielt, rief sie bei der Polizei an und sagte nur, dass ihre Freundin angegriffen worden war und dass sie jetzt im Krankenhaus waren. Dann stand sie einen Moment unschlüssig in der Einfahrt, weil sie nicht wusste, wie sie Kate in die Notaufnahme bringen sollte. Helen wollte sie nicht allein lassen, aber sie konnte sie auch nicht allein hineintragen und ihre Kräfte vor so vielen Leuten zur Schau stellen. Also ging sie schließlich ohne sie hinein.

»Hilfe?«, murmelte sie schüchtern an der Anmeldung. Da das nicht den gewünschten Effekt brachte, wurde ihre Stimme etwas lauter. »Hilfe! Meine Freundin ist draußen und sie ist bewusstlos!« Da kamen auch schon die Ärzte gerannt.

Als ihr Dad bei ihr war und sie beide wussten, dass es Kate gut ging, machte Helen ihre Aussage bei der Polizei. Sie sagte, dass eine Frau, deren Gesicht sie nicht gesehen hatte, Kate mit einer Art blauem Blitz-Ding getroffen hatte. Als Helen ihre Freundin hatte fallen sehen, war sie hinausgelaufen, was die Frau verscheucht haben musste. Natürlich erwähnte Helen nichts von ihrer Beinaheentführung, dem Zweikampf oder der Tatsache, dass Lucas Delos aus dem Nichts aufgetaucht war und die superstarke Frau in die Flucht geschlagen hatte. Das Letzte, was sie brauchte, waren noch mehr Komplikationen oder irgendeine Verbindung zwischen ihr und Lucas Delos. Was hatte er überhaupt dort zu suchen gehabt?

»Was ist mit deinen Schuhen passiert?«, fragte der Polizist. Helen schlug das Herz bis zum Hals. Wie hatte sie die Tatsache übersehen können, dass sie barfuß war?

»Ich hatte sie schon vorher nicht an«, sagte sie hastig. »Vorher, also früher, sind sie kaputtgegangen … als ich Ware eingeräumt habe. Dann habe ich sie ausgezogen. Und als ich gesehen habe, dass Kate verletzt war, habe ich sie einfach fallen lassen und bin direkt hergekommen.« Die schlechteste Lüge aller Zeiten, dachte Helen. Aber der Polizist nickte.

»Wir haben in der Gasse hinter dem Laden ein paar kaputte Turnschuhe gefunden«, sagte er, als hätte Helen genau das ausgesagt, was er erwartet hatte. Er erklärte ihnen, dass man mit einem Taser auf Kate geschossen hatte, und da die Angreiferin das Gerät bei Kate entladen hatte, war sie gezwungen gewesen zu fliehen, als eine weitere Person auftauchte.

»Noch etwas«, sagte der Polizist, bevor er sich abwandte. »Wie hast du es ganz allein geschafft, sie ins Auto zu bringen?« Sowohl der Polizist als auch ihr Vater sahen sie einen Moment lang verwundert an.

»Willenskraft?«, sagte Helen und hoffte, dass sie es schlucken würden.

»Sie hatte Glück, dass du da warst. Das war sehr tapfer von dir.« Der Polizist lächelte sie wohlwollend an. Helen konnte es kaum ertragen, für ihre Lügen auch noch gelobt zu werden. Sie sah hinunter auf ihre nackten Füße, die sie daran erinnerten, wie dämlich sie gewesen war, sich nicht von Anfang an Gedanken um alles zu machen. Sie würde lernen müssen, in Zukunft vorsichtiger zu sein.

Als die Polizisten damit fertig waren, Kate zu befragen, gingen Helen und Jerry zu ihr. Im Gegensatz zu Helen hatte Kate einen kurzen Blick auf die Frau werfen können, die sie mit dem Elektroschocker außer Gefecht gesetzt hatte.

»Sie war schon älter – mindestens Ende fünfzig. Kurzes, grau meliertes Haar. Sie sah vollkommen harmlos aus, aber das war sie wohl nicht«, sagte Kate verlegen. »Wer kommt denn auf so was? Seit wann laufen ältere Damen rum und schießen mit Tasern auf andere Leute?« Sie versuchte, Witze darüber zu reißen, aber Helen merkte, wie geschockt sie tatsächlich war. Ihr Gesicht war ganz blass und sie hatte Tränen in den Augen.

Jerry beschloss, über Nacht bei Kate zu bleiben und sie am nächsten Tag nach Hause zu bringen, wenn sie entlassen wurde. Die Ärzte rieten ihr, ein paar Tage nicht Auto zu fahren, und Helen bot an, erst einmal Kates Wagen zu nehmen und ihn ihr am Sonntag zu bringen. Kate dankte ihr dafür, aber Helen hatte ihre eigenen Gründe, wieso sie Kates Auto haben wollte. Sie musste noch etwas erledigen, bevor sie nach Hause fuhr.

Sie hatte ein mulmiges Gefühl, als sie auf der Milestone Road zum Haus der Delos' in Siasconset fuhr. Je näher sie ihm kam, desto stärker zitterte sie, aber sie hatte keine Wahl. Sie musste sicherstellen, dass Lucas den Mund hielt, was den Angriff betraf, denn sonst würde sie echte Probleme bekommen. Sie nahm allerdings nicht an, dass er es herumerzählen würde. Die Familie Delos arbeitete hart daran, so zu tun, als wäre sie ganz normal, doch Helen wusste, dass sie das keineswegs war. Niemand mit normalen Menschenkräften hätte Helen davon abhalten können, ihn zu erwürgen. Lucas war wie sie.

Bei diesem Gedanken drehte sich ihr beinahe der Magen um. Wie konnte sie wie jemand sein, den sie so abgrundtief hasste?

Helen musste sich konzentrieren, um im Nebel etwas zu sehen. Im matten Licht der Morgendämmerung sah sie nicht, wo sie in die endlose Einfahrt abbiegen musste. Sie hielt an, stieg aus und ging zu Fuß in Richtung Ozean. Sie hatte das Anwesen bisher nur vom Strand aus gesehen und hoffte, von dort aus irgendetwas zu entdecken, das ihrer Erinnerung auf die Sprünge half. Plötzlich hörte sie hinter sich eine Art dumpfen Aufprall. Sie fuhr herum und musste feststellen, dass Lucas mit großen, energischen Schritten auf sie zukam.

»Was machst du hier?«, fuhr er sie halblaut an. Helen wich ein paar Schritte zurück, blieb dann aber doch stehen. Im grauen Morgenlicht sah sie, wie sich die weißen Körper der drei Schwestern schluchzend und bebend über die Dünen durch das dürre Gras schleppten.

»Woher wusstest du, dass ich hier bin? Hast du mich verfolgt?«, fragte sie empört.

»Ja, allerdings«, fauchte er und kam noch näher auf sie zu. »Was zum Teufel machst du auf dem Grundstück meiner Familie?«

Zu spät erkannte Helen, dass sie mit dem Betreten des Grundstücks eine Grenze überschritten hatte. Wo bisher nur Hass gewesen war, konnte Helen jetzt eine gewisse Gewaltbereitschaft in Lucas' Gesicht lesen. Und auch sein Körper nahm auf einmal eine drohende Haltung ein. Er strahlte eine solche Härte aus, dass sie ihn kaum ansehen konnte. *Gut*, dachte sie. *Bringen wir es hinter uns.*

Helen senkte eine Schulter, stürmte auf ihn zu und rammte seine Brust so heftig, dass sie gemeinsam zu Boden gingen. Als sie sich aufrichtete, um ihm die Faust ins Gesicht zu schlagen, packte er ihre Arme. Sie lag jetzt auf ihm und hätte eigentlich die Oberhand haben müssen, aber sie hatte noch nie in ihrem Leben jemanden geschlagen und erkannte an seiner zielgerichteten Art, sich zu bewegen, dass er schon sein ganzes Leben lang kämpfte.

Helen spürte, wie er sich ruckartig drehte und plötzlich auf ihr lag. Ihre Arme waren über ihrem Kopf wie festgenagelt, und ihre Fersen scharrten, ohne Halt zu finden, im Sand herum. Sie versuchte, ihn ins Gesicht zu beißen, aber er zog blitzschnell den Kopf weg.

»Lieg still oder ich töte dich«, fauchte Lucas sie an. Er keuchte, aber nicht, weil er außer Atem war, sondern weil er versuchte, sich unter Kontrolle zu behalten.

»Warum bist du hergekommen?«, fragte er sie.

Helen hörte auf zu zappeln und sah in sein wutverzerrtes Gesicht. Er hatte die Augen geschlossen. Sie erkannte, dass er denselben Trick anwendete wie sie in der Gasse. Sie kniff ebenfalls die Augen zusammen und fühlte sich sofort ein wenig besser.

»Ich habe vor der Polizei gelogen. Ich habe denen nicht gesagt, dass du auch da warst«, stöhnte Helen, weil sein unglaubliches Gewicht ihr die Luft abschnürte. »Du zerquetschst mich!«

»Gut«, sagte er und verlagerte sein Gewicht, sodass sie wieder Luft bekam. »Hast du auch die Augen zu?«, fragte er. Es hörte sich eher neugierig als wütend an.

»Ja. Es hilft ein bisschen«, antwortete sie ruhig. »Du siehst sie auch, oder? Die drei Frauen?«

»Natürlich sehe ich sie«, antwortete er verblüfft.

»Wer sind sie?«

»Die *Erinnyen.* Die Furien. Du verstehst wirklich nicht …«, er verstummte, als eine Frauenstimme seinen Namen rief. »Verdammt. Die dürfen dich hier nicht finden oder du bist tot. Geh!«, befahl er und rannte davon.

Sofort, nachdem sie frei war, stürmte Helen los und sah sich nicht mehr um. Sie konnte beinahe fühlen, wie die drei Schwestern ihre klammen weißen Arme und blutigen Fingerspitzen ausstreckten, um ihren Nacken zu berühren. Panisch raste sie zu Kates Wagen, hechtete hinein und fuhr so schnell weg, wie sie nur konnte.

Nach ein paar Hundert Metern musste sie anhalten und erst einmal tief Luft holen. Dabei fiel ihr auf, dass ihre ganze Kleidung nach Lucas roch. Angewidert zog sie ihr Shirt aus und fuhr im BH nach Hause. Es würde sie schon niemand sehen, und wenn doch, würde er denken, dass sie vor Tagesanbruch schwimmen war. Zuerst hatte sie ihr Shirt auf den Beifahrersitz geworfen, aber sein Geruch waberte dennoch so intensiv zu ihr hoch, dass sie es aus dem Fenster warf.

Als sie zu Hause ankam, war sie total erledigt, aber sie konnte nicht ins Bett gehen, ohne vorher zu duschen. Sie musste Lucas von sich abwaschen, sonst würde sein Geruch sie bis in ihre Träume verfolgen. Außerdem war sie dreckig. An den Ellbogen und auf dem Rücken hatte sie Grasflecken und ihre Füße waren rabenschwarz.

Während sie zusah, wie das Schmutzwasser von ihren Schienbeinen und Knöcheln rann, dachte sie über die drei Schwestern und ihr niemals endendes Leid nach. Lucas hatte sie Furien genannt und der Name passte perfekt zu ihnen. Sie erinnerte sich vage daran, dass Hergie dieses Wort auch schon einmal erwähnt hatte. Aus irgendeinem Grund musste Helen an Rüstungen und Togen denken, aber sie war nicht sicher, ob diese Assoziation einen Sinn ergab.

Sie nahm einen Bimsstein in die Hand und schrubbte sich

den letzten Rest Schmutz vom Körper, bevor sie die Dusche abstellte. Dann blieb sie noch einen Moment im dampfgefüllten Badezimmer und trug eine duftende Lotion auf, um auch die allerletzten Spuren von Lucas zu tilgen. Als sie schließlich ins Bett fiel, immer noch in ein feuchtes Handtuch gehüllt, war die Sonne schon lange aufgegangen.

Helen lief durch das trockene Land und bei jedem ihrer Schritte knisterte das tote Gras unter ihren Füßen. Kleine Staubwolken stiegen um ihre nackten Füße auf und klammerten sich an die Feuchtigkeit, die an ihren Beinen haftete. Sogar die Luft war voller Staub. Im Gestrüpp summten keine Insekten herum und es waren auch keine anderen Tiere zu sehen. Der Himmel war gleißend hell und strahlte in einem blechernen blauen Licht, obwohl die Sonne nicht schien. Es wehte auch kein Wind, und es standen keine Wolken am Himmel – es gab nur diese steinige, unfruchtbare Landschaft, so weit Helens Augen reichten. Ihr Gefühl sagte ihr, dass irgendwo in der Nähe ein Fluss sein musste, und so lief und lief und lief sie.

Ein paar Stunden später wachte sie mit schweren Gliedern, Kopfschmerzen und schmutzigen Füßen auf. Sie ging unter die Dusche, wusch sich den nächtlichen Schmutz ab und streifte ein Sommerkleid über. Dann setzte sie sich an ihren Computer, um herauszufinden, was es mit den Furien auf sich hatte.

Schon bei der ersten Webseite, die sie anklickte, lief ihr ein Schauer über den Rücken. Dort war ein altes Gefäß mit einer einfachen Strichzeichnung abgebildet. Es war eine perfekte Darstellung der drei widerwärtigen Gestalten, die sie seit Tagen quälten. Der Text unter der Abbildung beschrieb die schluchzenden Schwestern sehr genau, aber der Rest verwirrte sie. In der griechischen Mythologie gab es diese drei *Erinnyen* oder Furien, die Blut weinten, genau so, wie sie es immer taten, wenn Helen sie sah. Aber ihre Nachforschungen ergaben auch, dass es die Aufgabe der Furien war, Übeltäter zu verfolgen und zu bestrafen. Helen wusste natürlich, dass sie nicht perfekt war, aber sie hatte nie etwas wirklich Schlimmes getan und ganz sicher nichts, womit sie einen Besuch dieser drei Rächerinnen verdient hatte.

Sie las weiter und erfuhr, dass die Furien zuerst in der *Orestie* aufgetaucht waren, einem Zyklus von Dramen des Aischylos. Nachdem sich Helen geschlagene zwei Stunden mit der vermutlich ersten – und blutigsten – Seifenoper der Geschichte befasst hatte, war ihr die Story halbwegs klar geworden.

Im Grunde ging es darum, dass ein bedauernswerter Typ namens Orest gezwungen gewesen war, seine Mutter zu töten, weil sie seinen Vater Agamemnon umgebracht hatte. Aber die Mutter hatte den Vater nur getötet, weil der ihre Tochter beseitigt hatte, Orests geliebte Schwester Iphigenie. Um das Ganze noch komplizierter zu machen, hatte der Vater die Tochter nur getötet, weil die Götter dieses Opfer verlangt hatten, damit der Wind wehte, sodass die Griechen nach Troja segeln und den Trojanischen Krieg beginnen konnten. Das Gesetz der Gerechtigkeit hatte den armen Orest gezwungen, seine Mutter zu töten, was er auch tat, und wegen *dieser* Sünde verfolgten ihn die Furien über die halbe Erde, bis er fast verrückt geworden war. Die Ironie dabei war, dass er nie eine Wahl hatte. Schon von Anfang an war er verdammt, wenn er es tat, und verdammt, wenn er es nicht tat.

Obwohl Helen die Tragödie um Orest verstanden hatte, kapierte sie immer noch nicht, was das Ganze mit ihr zu tun hatte. Die Furien wollten, dass sie Lucas umbrachte, so viel war klar, aber wenn sie es tat, würde dann *sie* verfolgt, weil sie gemordet hatte? Sie wurde die Überzeugung nicht los, dass die Furien keine Ahnung von Gerechtigkeit hatten, wenn sie erst verlangten, dass man einen Mord beging, und einen dann dafür bestraften. Es war ein Teufelskreis, aus dem es offenbar keinen Ausweg gab, und Helen wusste immer noch nicht, was ihn ausgelöst hatte. Die Furien waren einfach eines Tages in ihrem Leben aufgetaucht, als wären sie mit der Familie Delos nach Nantucket gekommen.

Sie spürte, wie ihr eine Ladung Adrenalin durch die Adern schoss. War es möglich, dass die Delos Mörder waren? Irgendwie glaubte sie es nicht. Lucas hatte mehrere Gelegenheiten gehabt, sie umzubringen, es aber nicht getan. Er hatte sogar für sie gekämpft. Helen zweifelte nicht daran, dass er sie umbringen *wollte*, aber Tatsache war, dass er kein einziges Mal die Hand gegen sie erhoben hatte. Wenn er ihr überhaupt wehgetan hatte, dann nur, um sich gegen ihre Angriffe zu verteidigen.

Helen schaltete den Computer aus und ging nach unten, um ihren Dad zu suchen. Als sie ihn nicht finden konnte, holte sie das Handy vom Beifahrersitz des Autos. Jerry hatte ihr eine Nachricht hinterlassen, dass er noch bei Kate war. Die Nachricht hatte er um drei Uhr losgeschickt. Was machte er noch bei ihr? Helen kam ein herrlicher, wenn auch etwas unbehaglicher Gedanke.

Eigentlich machte es Sinn, wenn die beiden zusammenkamen. Sie brachten einander zum Lachen, sie arbeiteten gut zusammen, und dass sie sich mochten, war nicht zu übersehen. Natürlich war Kate ein paar Jahre jünger und konnte wahrscheinlich jeden Typen haben, den sie wollte, aber Helen war überzeugt, dass sie keinen besseren Mann finden konnte als ihren Vater. Und Jerry hatte einen Neuanfang wirklich verdient. Helens Mutter hatte ihn schlecht behandelt, was Helen ihr ewig vorwerfen würde; trotzdem war er nie von ihr losgekommen.

Sie betastete den Anhänger an ihrer Kette. Zum hundertsten Mal nahm sie sich vor, das blöde Ding endlich abzulegen, aber sie wusste auch, dass sie es irgendwie nicht konnte. Jedes Mal, wenn sie versuchte, ohne die Kette irgendwohin zu gehen, konnte sie an nichts anderes denken und war wie besessen davon, die Kette endlich wieder umzulegen. Also gab sie nach und trug die Kette weiterhin, um wenigstens ein bisschen Ruhe und Frieden zu haben. Ihr war klar, dass sie vermutlich ein ernsthaftes Mami-Problem hatte, aber verglichen mit all den anderen Problemen, war ihr das ziemlich egal. Plötzlich tauchte in ihrem Kopf ein Bild von Lucas auf, wie er im Halbdunkel über ihr schwebte, die Augen fest zusammengekniffen. Um nicht auszuflippen, brauchte sie unbedingt eine Beschäftigung, die sie ablenkte, und so beschloss sie, einkaufen zu fahren.

Helens offizieller Dienst als Küchensklave – ein System, bei dem sie sich wochenweise abwechselten, seit Helen alt genug zum Kochen war – begann zwar erst Sonntagmorgen, aber es war nichts im Haus, was sie zum Abendbrot essen konnten. Sie machte sich eine Einkaufsliste, nahm das Haushaltsgeld aus der Keksdose, in der keine Kekse waren, und fuhr mit Kates Auto zum Supermarkt. Auf dem Parkplatz stand einer dieser gigantischen Luxus-Geländewagen und Helen schüttelte angewidert den Kopf. Auf der Insel gab es eine Menge reicher Leute, deren Autos viel zu groß für die schmalen Straßen mit dem Kopfsteinpflaster waren, aber diese Protzkiste ärgerte sie aus irgendeinem Grund ganz besonders. Es war ein Hybrid, also konnte sie sich gar nicht so sehr wegen der Umwelt aufregen, aber sie war dennoch gereizt.

Helen zog einen Einkaufswagen aus der Schlange und schob ihn in den Supermarkt. Als sie ein paar Mitschülern zuwinkte, die Jobs an der Kasse hatten, hörte sie, wie die Furien zu flüstern begannen. Sie überlegte, sofort wieder zu gehen … aber in der Schule hielten sie ohnehin schon alle für verrückt. Wenn sie jetzt aus dem Laden rannte, als hätte sie einen Geist gesehen, würde es noch mehr Gerede geben.

Also schob sie ihren Wagen weiter und hielt den Kopf gesenkt, um die Furien nicht sehen zu müssen. Gegen ihre Stimmen konnte sie sich jedoch nicht wehren. Sie würde sich einfach beeilen und den Einkauf so schnell wie möglich hinter sich bringen. Helen ging zügig durch den Laden und lud schnell ein paar Lebensmittel in den Einkaufswagen. Ihre Gedanken wurden plötzlich durch Stimmen gestört, echte Stimmen, die aus dem nächsten Gang kamen.

»Sie sollte nicht hier sein«, sagte eine junge, aber merkwürdig ernste Stimme. Helen vermutete, dass es die von Cassandra war.

»Ich weiß«, stimmte ihr eine männliche Stimme zu. »Wir müssen bald einen Weg finden, sie zu kriegen. Ich glaube, Luke steht das nicht länger durch.«

Helen erstarrte. Was meinten die mit »sie zu kriegen«? Sie stand wie angewurzelt da, bis ihr bewusst wurde, dass die anderen um die Ecke des Gangs bogen. Bei dem Versuch zurückzuweichen, stieß sie mit jemandem zusammen, der direkt hinter ihr stand. Das Heulen der Furien wurde so laut, dass sie es kaum mehr aushielt.

Sie wirbelte herum und wurde von einer gewaltigen Person gestoppt, die vor ihr aufragte. Unter den goldenen Locken starrten ihr leuchtend blaue Augen entgegen. Ihr fiel sofort auf, dass diese Person aussah wie eine blonde Version von Michelangelos Adam an der Decke der Sixtinischen Kapelle, frisch vom Putz befreit und jetzt in drei gigantischen Dimensionen unterwegs. Helen hatte in ihrem ganzen Leben noch nie solche Angst verspürt.

Sie wich zurück und stieß gegen ihren Einkaufswagen. Ihr Keuchen schmerzte in ihrem Rachen, als sie zur Seite auswich. Dann blitzte etwas auf und er zuckte blitzschnell zurück.

Helen roch die widerliche Mischung aus verbrannten Haaren und Ozon, bei der sie jedes Mal ein mulmiges Gefühl hatte. Die Erinnerung an die Fähre tauchte in ihrem Kopf wieder auf, während sie den blonden Riesen vor sich anstarrte und herauszufinden versuchte, was eigentlich passiert war. Nach einer Schrecksekunde hatte er sich wieder im Griff und beugte sich mit einem bösartigen Grinsen auf seinem Engelsgesicht über Helen. Er war ihr so nah, dass sie die Wärme spürte, die sein Körper ausstrahlte.

»Hector!«, sagte eine strenge Stimme. Helen erkannte Lucas, der ihren Arm packte und sie von seinem Cousin wegzerrte. Sofort war ihre Angst wie weggeblasen und sie verspürte nur noch Wut. Sie fuhr herum und schüttelte seine Hand ab.

»Fass mich nicht an«, zischte sie. Ihr war ganz schwindelig. »Warum lässt du mich nicht in Ruhe?«

»Warum bleibst du nicht zu Hause?«, entgegnete er. »Hattest du gestern Abend noch nicht genug Spaß?«

»Ich habe Besorgungen zu machen! Ich kann mich doch nicht für den Rest meines Lebens in meinem Zimmer verstecken, nur weil irgendeine Frau …« Helen fiel auf, dass sie immer lauter geworden war. Sie zügelte sich und senkte ihre Stimme. »Folgst du mir immer noch?«

»Du kannst froh sein, dass das alles ist, was ich tue. Und jetzt geh nach Hause«, knurrte er und packte sie wieder am Arm.

»Vorsicht, Luke«, warnte Hector, aber Lucas lächelte nur.

»Sie kann es noch nicht kontrollieren«, sagte er.

»Was kann ich nicht kontrollieren?«, stieß Helen wutentbrannt hervor. Ihre Geduld war am Ende.

»Nicht hier und nicht jetzt«, sagte Jason energisch. Lucas nickte zustimmend und zerrte Helen in Richtung Ausgang.

Helen riss sich erneut aus seinem Griff los. Ungerührt nahm er ihre Hand und hielt sie eisern fest. Helen blieben nur zwei Möglichkeiten. Entweder fing sie mitten im Laden an zu kämpfen oder sie ging an der Hand des abscheulichsten Jungen der ganzen Welt aus dem Supermarkt. Sie war so frustriert, dass ihr ein unterdrückter Wutschrei die Luft abschnürte, aber sie hatte keine Wahl.

Lucas zerrte sie an einer rothaarigen Schönheit vorbei, die Helen für seine Cousine Ariadne hielt. Sie versuchte, Helen einfühlsam zuzulächeln, obwohl die Furien sie offensichtlich genauso aufgehetzt hatten wie alle anderen. Einen Moment lang überlegte Helen zurückzulächeln, aber sie verfügte nicht über Ariadnes Selbstbeherrschung. Sie war einfach zu wütend, um ein Lächeln zustande zu bringen. Im Vorbeigehen dachte sie kurz, dass Ariadne der netteste Mensch der Welt sein musste, wenn sie in einem Augenblick wie diesem auch noch versuchte, freundlich zu sein.

»Sieh meine Schwester gefälligst nicht an«, knurrte Lucas mit zusammengebissenen Zähnen und riss brutal an Helens Hand, als sie an der kleinen Cassandra vorbeikamen. Cassandra wollte ihrem Bruder etwas sagen, wandte sich dann aber doch schnell ab.

»Ich habe nichts mehr zu essen im Haus. Was glaubst du, womit ich jetzt was kochen soll?«, beschwerte sich Helen trotz zugeschnürter Kehle.

»Sehe ich so aus, als würde mich das interessieren?«, erwiderte er grob und zerrte sie zur Tür hinaus.

»Das kannst du nicht mit mir machen«, empörte sie sich, als er sie über den Parkplatz zog. »Wir hassen uns. Warum halten wir uns nicht einfach voneinander fern?«

»Und wie hat das bisher geklappt?«, fragte Lucas resigniert. »Kommst du jetzt jeden Samstag zur selben Zeit in diesen Laden oder war das heute eine spontane Entscheidung?«

»Nein, normalerweise nie. Samstag ist der wichtigste Tag in unserem Geschäft. Aber ich musste noch etwas einkaufen«, stotterte Helen. Er lachte ungläubig und umklammerte ihre Hand noch fester.

Plötzlich erkannte Helen, wie viele zufällige Ereignisse und unerwartete Impulse ihre Entscheidungen in den letzten Tagen beeinflusst hatten. Als sie darüber nachdachte, kam es ihr so vor, als hätte sie schon seit Tagen keine eigenen Entscheidungen mehr getroffen.

»Die Furien werden nicht zulassen, dass wir einander aus dem Weg gehen«, sagte er leise.

»Vielleicht können wir einen Plan aufstellen …«, begann Helen, obwohl sie wusste, dass es ein dummer Vorschlag war. Eine übernatürliche Kraft wollte sie dazu bringen, Lucas zu töten. Davon ließ sie sich bestimmt nicht von etwas so Bedeutungslosem wie einem Stundenplan abbringen.

»Meine Familie hat noch nicht entschieden, was wir in dieser Angelegenheit unternehmen sollen – wie wir mit dir verfahren«, sagte Lucas. Sie hatten Helens Wagen erreicht. Lucas stieß sie mit voller Wucht gegen die Fahrertür, als könne er es sich nicht verkneifen, ihr ein letztes Mal wehzutun. »Und jetzt fahr nach Hause und bleib dort«, befahl er noch einmal und blieb neben ihr stehen, während sie die Schlüssel aus der Tasche fummelte.

Als sie rückwärts aus der Parklücke fuhr, überlegte sie ernsthaft, das Gaspedal durchzutreten und ihn über den Haufen zu fahren, aber sie wollte Kates Auto nicht kaputt machen. Tränen liefen ihr übers Gesicht, als sie vom Parkplatz fuhr, und sie hörte nicht auf zu weinen, bis sie zu Hause war und sich an der Küchenspüle kaltes Wasser ins Gesicht spritzte.

Sie fühlte sich in jeder Hinsicht gedemütigt. Einen Teil davon hatte sie sich selbst zuzuschreiben, weil sie Lucas in der Schule angegriffen hatte, aber jetzt bildete er sich auch noch ein, ihr

Vorschriften machen zu können. Sie durfte nicht einmal mehr einkaufen gehen. Wie sollte sie das ihrem Vater erklären?

Der Gedanke an Jerry erstickte jeden ihrer Pläne im Keim. Sie war hoffnungslos unterlegen, und wenn sie ihren Vater nicht sich selbst überlassen wollte, würde sie warten müssen, bis die Delos-Jungen entschieden hatten, wie sie mit ihr verfahren wollten. Sie lehnte sich gegen die Spüle und betrachtete den Messerblock auf der Arbeitsplatte. Wenn sie Lucas so in die Enge getrieben hätte, wie er es mit ihr gemacht hatte, wüsste sie genau, welches Messer sie nehmen würde. Was sie nicht wusste, war der Grund dafür. Warum hassten sie einander so sehr? Welchem Zweck sollte diese ungeheure Wut dienen?

Plötzlich musste sie wieder an Hector denken und wie er auf sie herabgelächelt hatte. Sie bekam eine Gänsehaut. Wenn sie ihm jemals allein begegnete, würde er sie töten. Er würde sie nicht nur herumschubsen, wie Lucas es machte, sondern sie tatsächlich umbringen und wahrscheinlich auch noch Spaß dabei haben.

Als ihr Vater eine halbe Stunde später endlich auftauchte, lehnte sie immer noch an der Spüle. Er hielt inne und ließ den Blick durch die gesamte Küche schweifen.

»Hab ich wieder was falsch gemacht?«, fragte er mit großen Augen.

»Wieso fragst du mich das dauernd?«, meinte Helen aufgebracht.

»Weil du mich in letzter Zeit jedes Mal, wenn ich nach Hause komme, ansiehst, als hätte ich deinen Geburtstag vergessen oder sonst eine unverzeihliche Sünde begangen.«

»Und? Hast du?«

»Nein! Ich habe gar nichts getan. Jedenfalls nichts Falsches«, beteuerte er hastig, aber die Röte, die langsam an seinem Hals hochkroch, verriet ihn dennoch.

»Soll ich nach dir und Kate fragen oder lieber nicht?«

»Zwischen uns läuft nichts. Wir sind nur Freunde«, sagte er mit ernster Miene. Helen spürte, dass diesem Entschluss einiges an Überlegung vorangegangen war, aber im Moment wollte sie nichts darüber hören.

»Dein Pech«, sagte sie und zuckte uninteressiert mit den Schultern.

Jerry war von Helens harten Worten geschockt. »Was ist bloß los mit dir?«

Helen verschränkte die Arme und schaute weg, weil sie sich zu sehr schämte, dem traurigen Blick ihres Vaters zu begegnen. Sie konnte damit umgehen, dass sie rachsüchtige Geister aus der Unterwelt in Angst und Schrecken versetzten, aber nicht damit, dass sie sich deswegen in eine Zicke verwandelte. Was immer die Delos entschieden, sie hoffte, dass sie es bald taten. Sie fing an, eine Entschuldigung zu murmeln, bis sie ein Klopfen an der Tür rettete. Jerry machte auf und einen Moment später rief er Helen zu sich.

»Was ist?«, fragte sie. Vor der Tür stand ein Lieferjunge mit unzähligen Tüten voller Lebensmittel.

»Er sagt, das ist für dich«, meinte Jerry und hielt ihr einen Umschlag hin, auf dem ihr Name stand.

»Ich habe nichts bestellt«, sagte Helen zu dem Jungen.

»Die Bestellung wurde von einer Mrs Noel Delos aufgegeben und soll an Miss Helen Hamilton geliefert werden. Es ist alles bezahlt«, erwiderte er und konnte es nicht erwarten, wieder wegzukommen.

Jerry gab dem Jungen ein Trinkgeld und schleppte die Tüten in die Küche, während Helen das Schreiben las.

Miss Hamilton,
bitte entschuldigen Sie das unmögliche Benehmen meines Sohnes heute im Supermarkt. Ich möchte Sie bitten, diese wenigen Dinge zu akzeptieren, die ich Ihnen hiermit liefern lasse, auch wenn Sie die Entschuldigung nicht akzeptieren können. Ich verstehe gut, was es bedeutet, ohne Einkäufe Essen auf den Tisch stellen zu müssen, auch wenn Lucas das anscheinend nicht nachvollziehen kann.

Noel Delos

Helen starrte das Blatt Papier länger an, als es dauerte, die paar Zeilen zu lesen. Sie war gerührt und hatte den Eindruck, dass Noel Delos irgendwie anders war, auch wenn sie noch keine Ahnung hatte, wie.

»Was meint sie mit ›unmögliches Benehmen‹, Lennie?«, fragte Jerry, der über ihre Schulter mitlas. »Was hat dieser Lucas dir jetzt wieder angetan?«

»Nichts, Dad, ist schon okay. Sie übertreibt«, sagte Helen in dem Bemühen, die ganze Angelegenheit herunterzuspielen.

»Dann können wir die Sachen nicht annehmen. Das sind Lebensmittel im Wert von mehr als hundert Dollar«, argumentierte er.

»Das darf nicht wahr sein!«, stöhnte Helen. Sie holte tief Luft und startete eine Erklärung. »Gut, du hast gewonnen. Lucas und ich hatten im Supermarkt wieder einen Streit, aber diesmal nur einen kleinen. Zumindest vergleichsweise klein. Jedenfalls hat er damit angefangen und ich konnte deswegen nichts einkaufen und wahrscheinlich hat eines der anderen Delos-Kinder das seiner Mutter erzählt und sie hat es in den falschen Hals gekriegt und diese ganzen Sachen geschickt, weil sie offenbar eine sehr nette Frau ist, aber ich will nicht, dass du etwas zu ihr sagst, und können wir das Thema jetzt bitte als erledigt betrachten?«

»Was ist eigentlich los zwischen dir und diesem Lucas? Geht ihr etwa miteinander?«, fragte er vollkommen entsetzt. Helen prustete los.

»Nein, wir gehen nicht miteinander. Wir versuchen nur, uns nicht gegenseitig umzubringen«, erwiderte sie und verließ sich darauf, dass die Wahrheit so unglaubwürdig klang, dass er es für einen Witz halten würde. Und genau so war es auch.

Helens Vater verzog verlegen das Gesicht. »Du hattest noch nie einen Freund. Ist es jetzt Zeit für ein Gespräch darüber, was Männer und Frauen tun, wenn sie verliebt sind?«

»Definitiv nicht«, wehrte Helen energisch ab.

»Gut«, sagte er erleichtert. Einen Moment lang herrschte zwischen ihnen ein unbehagliches Schweigen. »Dann können wir die Sachen hier also essen?«

»Na klar«, sagte sie und drehte sich zu den vielen Tüten um, während Jerry die Flucht ins Wohnzimmer antrat, um sich vom Sportkanal berieseln zu lassen.

Als Helen die italienischen Köstlichkeiten, die Mrs Delos ihr geschickt hatte, auf zwei Teller verteilte, dachte sie darüber nach, dass ihr Vater keine Ahnung von den Kräften hatte, die zurzeit ihr Leben in Stücke rissen. Bei allem, was gerade passierte, blieben ihr vielleicht nicht mehr viele Abende, an denen sie gemeinsam essen und Baseball sehen würden, aber komischerweise beunruhigte sie dieser Gedanke nicht mehr so sehr, wie er es noch vor einer Woche getan hätte. Wenn die Familie Delos ihrer habhaft werden wollte, sollte sie es doch versuchen. Sie hatte es satt, dauernd diese Wut zu verspüren. Kämpfen und töten oder kämpfen und sterben – eigentlich war es ihr egal, wie es ausging. Solange sie ihren Vater aus diesem griechischen Tragödienunsinn heraushalten konnte, würde sie mit allem fertigwerden, was sie erwartete.

5

Die nächste Schulwoche grenzte an Folter. Am Montag versuchte Helen, sich von den Delos-Kindern fernzuhalten, aber jede Bemühung, ihnen aus dem Weg zu gehen, schien sie direkt in ihre Arme zu treiben. Sie kam extra früh zur Schule, um ihnen nicht zu begegnen, und prompt fuhr hinter ihr der protzige Geländewagen vor, den sie schon beim Supermarkt gesehen hatte. Sie beeilte sich, ihr Rad anzuschließen und ihre Schulsachen zusammenzuraffen, was nur dazu führte, dass sie genau mit Jason und Hector zusammentraf. Sie verlangsamte ihre Schritte, um die beiden vorgehen zu lassen, und landete direkt neben Lucas, der seiner kleinen Schwester dabei half, ihr Cello aus dem Wagen zu holen. Helen machte einen unsicheren Schritt nach vorn und kehrte schließlich zum Fahrradständer zurück, um dort zu warten, bis alle im Gebäude verschwunden waren.

Später am Tag wollte Helen draußen zu Mittag essen, musste aber feststellen, dass Cassandra bereits auf der Schulterrasse saß und Trockenübungen am Cello machte. Als sie Cassandra sah, bremste Helen abrupt ab. Sie machte kehrt, um in die Cafeteria zu gehen, und stieß mit Ariadne zusammen. Als sie sich berührten, zog sich Helens Haut so sehr zusammen, dass jede einzelne Pore wehtat, aber sie versuchte trotzdem, höflich zu bleiben und entschuldigend zu lächeln. Ariadnes Hände ballten sich um ihren Geigenkasten zu Fäusten.

»Cass und ich haben die Erlaubnis, draußen zu üben. Wir werden die nächsten paar Tage mittags auf der Terrasse essen«, informierte Ariadne sie hastig und vermied es, Helen anzusehen.

»Danke«, würgte Helen hervor. Dann ging sie zurück in Richtung Cafeteria, um Claire abzufangen.

»Essen wir nicht draußen?«, fragte Claire, die unbeirrt auf den Ausgang zusteuerte. Als sie Ariadne und Cassandra auf der Terrasse entdeckte, drehte sie sich mit fassungslosem Gesicht zu Helen um. »Ist das dein Ernst? Wir müssen doch nicht am selben Tisch sitzen wie sie.«

»Ich weiß. Ich will nur nicht in ihrer Nähe sein«, verteidigte sich Helen und fummelte am Verschluss ihrer Lunchbox herum. Claire verdrehte die Augen.

»Hey«, sagte Matt, der gerade hinter ihnen aufgetaucht war. »Gehen wir nicht auf die Terrasse? Da sind noch massenweise freie Tische …« Er verstummte, als er die Delos-Mädchen entdeckte. Wenigstens hatte er genügend Anstand, sich einen anerkennenden Pfiff angesichts von Ariadnes gewagtem Ausschnitt zu verkneifen – der ziemlich beeindruckend war, zumal sie ein knappes Top trug und sich gerade vornüberbeugte. Helen war klar, dass sie Matt ebenso um seine schöne Aussicht brachte wie Claire um ihren Sonnenschein, aber sie konnte einfach nicht draußen essen.

»Geht ihr ruhig raus. Ist völlig in Ordnung«, sagte Helen knapp und machte sich auf den Weg in die Cafeteria.

»Lennie! Was ist los mit dir?«, rief Claire ihr gereizt hinterher. »Du bist doch sonst nicht so zickig!«

Claires Stimme hallte sogar noch um die nächste Ecke. Das Wort »zickig« schwirrte in Helens Kopf herum, als sie plötzlich Hector und Jason gegenüberstand, die an ihren Schließfächern lehnten. Sie unterhielten sich mit Lindsey und Amy Heart, einem Mädchen aus der Abschlussklasse, das zu den Cheerleaders gehörte. Beide Mädchen flirteten, was das Zeug hielt. Lindsey und Amy tauschten einen Blick und starrten Helen abfällig an. Die Furien fingen sofort an zu flüstern. Helen holte tief Luft und versuchte, nicht hinzuhören.

»Hi, Helen«, sagte Hector mit heller Stimme und merkwürdig ausdruckslosen Augen. Er beugte sich ein kleines bisschen nach vorn, als würde er sich jeden Moment auf sie stürzen. Jason schlug seinem Bruder spielerisch und dennoch viel härter auf die Brust, als normale Menschen wie Amy und Lindsey ahnen konnten.

»Wo sind deine Manieren?«, fragte Jason streng.

»Ich sag doch nur ›Hi‹ zu Helen. Hi, Helen. Helen Hamilton, hi. Warst du in letzter Zeit mal wieder in ’Sconset?«, höhnte er.

»Nein, war sie nicht«, antwortete Lucas hinter ihr. Helen fuhr herum und funkelte ihn an. »Das würde ich wissen«, fügte er so leise hinzu, dass Amy und Lindsey es nicht hören konnten. Aber Helen konnte es hören.

Sie war der Meinung, dass sie für diesen Tag genug eingeschüchtert worden war. Von den Furien angestachelt, ging sie einen Schritt auf Lucas zu. Sie sah, wie er tief einatmete, und erkannte plötzlich, dass er vermutlich genauso viel Zeit damit verbracht hatte wie sie, nach ihrem kleinen Zusammenstoß auf seinem Grundstück ihren Geruch von sich abzuwaschen. Diese Vorstellung fand Helen so amüsant, dass sie beinahe laut aufgelacht hätte.

»Sag Noel, das Olivenöl, das sie mir geschickt hat, war das beste, das ich je probiert habe«, sagte Helen mit einem boshaften Lächeln. Als sie sah, wie sich Lucas' Augen sorgenvoll weiteten, wusste sie, dass sie mit ihrer Vermutung richtiglag Seine Mutter *war* irgendwie anders. »Und wenn sie mal meine Bruschetta probieren möchte, ist sie jederzeit willkommen.«

Lucas wollte auf Helen losgehen, aber Jason war plötzlich an ihrer Seite und schob sie sanft aus dem Weg, bevor er Lucas gewaltsam zu den Schließfächern zerrte. Helen nutzte die Gelegenheit, sich zu verziehen, konnte sich aber eine letzte freche Bemerkung nicht verkneifen.

»Sag deiner Tante ›Hi‹ von mir«, zischte sie, als sie an Hector vorbeiging, und schaffte es, seinen unheimlichen Tonfall perfekt zu imitieren.

Helen blieb nicht stehen, um auf eine Antwort zu warten. Auf dem Weg den Flur entlang spürte sie, wie ihr die drei Jungs Löcher in den Rücken starrten, aber es machte sie kein bisschen nervös. Sie war so zufrieden mit sich, dass sie sogar vergaß, den Kopf einzuziehen.

Am Dienstag war es nicht viel besser, aber zumindest versuchte Helen jetzt nicht mehr, ihre Gewohnheiten zu ändern, um den Delos auszuweichen. Dafür änderten sie jetzt ihre, um Helen nicht zu begegnen, was natürlich bedeutete, dass sie ihnen den ganzen Tag ständig über den Weg lief. Es kam ihr fast so vor, als stünde hinter jeder Ecke einer von ihnen.

Viel schlimmer war, dass ihre Freunde allmählich sauer auf sie wurden. Claire fand, dass Helen ein feiges Huhn war. Matt wurde immer missgelaunter und schnaufte von Mal zu Mal gereizter, wenn Helen zusammenzuckte, weil ihr Blick den von Lucas getroffen hatte.

Am Mittwoch änderte der Delos-Clan seine Taktik. Als Helen morgens zu ihrem Schließfach ging, wartete Jason dort bereits auf sie und lehnte an der Wand. Jasons Körperbau hatte etwas Katzenhaftes. Er war leichter gebaut als sein Cousin und sein Bruder, und neben ihnen wirkte er richtig klein, aber auf dieselbe Weise, wie ein Panther klein wirkt, wenn man ihn mit einem Löwen oder Bullen vergleicht. Helen, die ihn auf dem fast leeren Flur stehen sah, kam er groß vor. Sie zwang sich, einfach weiterzugehen, und als sie einen Blick auf ihn warf, bemerkte sie, dass er die mit Abstand längsten Wimpern hatte, die sie jemals bei einem Jungen gesehen hatte.

»Hast du einen Moment Zeit?«, fragte er bestimmt, aber höflich. Helen konnte genau sehen, wie er sich konzentrierte. Wahrscheinlich fiel es ihm genauso schwer, die Furien auszublenden, wie ihr.

»Ja, okay«, antwortete Helen und hielt den Blick auf den Boden gerichtet. Sie konnte dennoch sehen, dass sich die Schüler der umliegenden Schließfächer ungewöhnlich viel Zeit ließen, ihre Sachen zusammenzusuchen. Sie wünschte sich so sehr, die anderen würden sich verziehen, aber an der Nantucket High gab niemand freiwillig seinen Platz in der ersten Reihe auf, wenn es womöglich einen spannenden Streit zu sehen gab.

»Ein paar von uns halten es für eine gute Idee, wenn wir versuchen, miteinander auszukommen«, sagte er hastig, als wollte er es möglichst schnell hinter sich bringen. Helen überlegte kurz.

»Ein paar von euch? Ihr habt also noch keine einstimmige Entscheidung getroffen? Über mich, meine ich?«, fügte Helen spitz hinzu.

»Nein, leider nicht«, sagte er, denn er hatte sofort kapiert, was sie meinte. »Aber wir finden – also, zumindest einige von uns finden, dass wir versuchen sollten, netter zueinander zu sein.«

»Ich wüsste nicht, wie wir das anstellen sollen«, bemerkte Helen, die eigentlich gar nicht unfreundlich sein wollte, aber nichts dagegen tun konnte. Sie hörte, wie eines der umstehenden Mädchen empört mit der Zunge schnalzte.

»Wir wollen einfach mit dir befreundet sein. Oder, wenn wir schon keine Freunde sein können, dann wenigstens keine Feinde mehr. Denk darüber nach«, sagte er noch, bevor er verschwand.

Helen war so nervös, weil alle sie anstarrten, dass sie drei Anläufe brauchte, um das Schloss an ihrem Fach zu öffnen. Es hatte sie vorhin ihre ganze Kraft gekostet, Jason nicht anzufallen, jetzt konnte sie nicht auch noch Geduld aufbringen. Am liebsten hätte sie alle angeschrien, was ihnen einfiel, über sie zu urteilen, aber das war unmöglich. Was hätte sie auch sagen sollen? Normalerweise bin ich nicht so zickig – ich bin nur so missgelaunt, weil ich von drei blutgierigen Furien verfolgt werde, die mir nachts den Schlaf rauben?

In der Mittagspause musste sie feststellen, dass Ariadne und Cassandra mit ihren Freunden an ihrem gewohnten Tisch saßen. Selbst aus der Entfernung konnte Helen erkennen, dass Matt vor Aufregung ganz rot im Gesicht war. Auch Lindsey und Zach, die sonst nie an ihrem Tisch saßen, hatten sich eingefunden und schleimten sich bei den Delos-Mädchen ein. Helen zögerte einen Moment und überlegte gerade, sich unauffällig zu verdrücken, als Ariadne sie entdeckte und zu sich an den Tisch winkte.

Im Laufe der Mittagspause war Ariadne wirklich sehr nett zu Helen, und obwohl Cassandras Lächeln etwas Gezwungenes hatte, lächelte sie Helen oft an. Doch trotz dieses ernsthaften Freundschaftsangebots regte Helen die unerträgliche Anwesenheit der Furien, die sie ständig aus dem Augenwinkel wahrnahm, so auf, dass ihr gereiztes Verhalten ihr mehrere besorgte Blicke von Claire einbrachte. Als sie die Cafeteria verließen, zog Claire Helen zur Seite.

»Würde es dich umbringen, ein bisschen netter zu sein?«, fragte sie.

»Du ahnst ja nicht, wie sehr ich mich bemühe«, antwortete Helen knapp.

»Dann streng dich mehr an. Du kommst rüber, als wärst du total eingebildet, und da ich weiß, dass du das nicht bist, brauchst du gar nicht so zu tun.« Claire fuhr fort, ohne auf Helens Proteste einzugehen. »Ich merke, dass hier etwas Verrücktes vorgeht. Etwas, von dem du mir nichts erzählst. Das ist in Ordnung. Aber du musst anfangen, wenigstens so zu tun, als würdest du sie mögen, sonst machen Leute wie Lindsey und Zach dir das Leben bis zu deinem Schulabschluss zur Hölle.«

Helen nickte. Natürlich wusste sie, dass Claires Rat durchaus vernünftig war, aber ihr Leben war schon mies genug, auch ohne dass sie auf Kuschelkurs mit dem Delos-Nachwuchs ging. Trotzdem gab sie sich am nächsten Tag mehr Mühe und lächelte Ariadne und Jason an, als sie ihnen auf dem Flur begegnete. Besonders freundlich sah es zwar nicht aus – eher wie eine zähnefletschende Grimasse, aber die Zwillinge wussten ihre Bemühung zu würdigen.

Hector sah das anders. Anscheinend gehörte er nicht zu denen, die sich mit ihr anfreunden wollten, und nach einem weiteren stressigen Tag, an dem sie sich zwingen musste, nicht jedes Mal zusammenzuzucken, wenn sie Lucas sah, musste Helen auf dem Weg zum Lauftraining an Hector vorbeigehen. Er sagte immer wieder laut ihren Namen auf. Helen sah sich hektisch nach anderen Schülern um, irgendwelchen Zeugen, für den Fall, dass etwas passierte, und seufzte erleichtert auf, als sie ein paar Mädchen kommen sah. Sie beobachteten, wie Helen praktisch vor Hector wegrannte. Die meisten Mädchen wären auf Hector zugerannt, wenn er sie so angelächelt hätte.

Die ganze nächste Nacht hielt das Gestöhne der Furien Helen vom Schlafen ab, als wäre eines der Delos-Kids in der Nähe. Am Freitag musste Helen bei Morgengrauen aufstehen, um Kate und Jerry zum Flughafen zu fahren. Sie flogen übers Wochenende nach Boston, um an einem Seminar für Kleinunternehmer teilzunehmen. Helen freute sich schon darauf, ein paar Tage allein zu sein. Der Schlafmangel und der tägliche Stress in der Schule machten sie völlig fertig. Jetzt musste sie nur noch einen Schultag überleben, dann konnte sie ins Bett gehen und sich bis Montag dort verkriechen. Und mit etwas Glück würde sie vielleicht sogar ein wenig Schlaf finden.

Leider war das, was sie für die Freitag-Ziellinie gehalten hatte, in Wirklichkeit ein Stolperdraht, was ihr recht schnell bewusst wurde, als sie in der Schule ankam. Anfangs verstand sie gar nicht, wieso sie so oft angerempelt wurde, und nahm an, dass es eine neue Mode war, die sie nicht mitgekriegt hatte, bis Claire alle anschrie, sie gefälligst in Ruhe zu lassen. Dann bekam Helen mit, was die anderen über sie tuschelten.

Leute, mit denen sie nie zuvor ein Wort gewechselt hatte, zischten auf einmal »Miststück« und »Schlampe«, wenn sie auf dem Flur an ihr vorbeigingen. Den ganzen Tag über folgte eine Beleidigung nach der anderen. Helen musste dreimal auf die Mädchentoilette flüchten, um sich zu verstecken. Sie brachte den Tag hinter sich, ohne einen der Delos zu sehen, aber dafür war sie die Zielscheibe von allen anderen. Als sie sich schließlich fürs Laufen umzog, war sie so nervös, dass sie nicht wusste, ob sie weinen oder sich übergeben sollte. Gleich nach dem Start zum Geländelauf holte sie Claire trotz ihrer weichen Knie ein. Zum Glück machten alle anderen Läuferinnen einen großen Bogen um sie.

»Was geht es die anderen eigentlich an?«, stieß Helen verzweifelt hervor. »Es ist doch vollkommen egal, ob ich die Delos mag oder nicht.«

»Das ist aber nicht die ganze Story«, sagte Claire sanft.

»Was hast du gehört?«, fragte Helen in der Hoffnung, endlich eine Erklärung zu bekommen.

»Es geht das Gerücht um, dass Lucas und Hector um dich

kämpfen, und deswegen hassen dich jetzt alle Mädchen«, sagte Claire. Es war eindeutig, dass sie hoffte, dass an dem Gerücht nichts dran war, es aber nicht mit Sicherheit wusste.

»Du machst Witze, oder?«

Claire schüttelte den Kopf. »Anscheinend sind Lucas und Hector gestern Nachmittag beim Footballtraining aufeinander losgegangen und haben sich geprügelt. Deswegen sind sie heute nicht in der Schule. Sie haben einen Verweis bekommen.«

»Was ist genau passiert?«, fragte Helen schockiert.

»Lucas hat gesehen, wie Hector dir aus der Mädchenumkleide gefolgt ist. Da ist er ausgerastet und hat Hector angeschrien, dass er sich von dir fernhalten soll. Ich schätze, Lucas hat so etwas gesagt wie ... dass du ihm gehörst«, sagte Claire verlegen. Helen schüttelte den Kopf. Damit hatte Lucas gemeint, dass sie ihm gehörte, weil *er* sie umbringen wollte, aber das konnte sie Claire natürlich nicht sagen.

»Alle Mädchen hassen mich, weil Lucas ein Stalker mit Wahnvorstellungen ist? Was kann ich denn dafür? Ich hasse ihn«, sagte Helen ärgerlich. »Aber das erklärt nur, wieso mich die Mädchen hassen. Da ist doch noch mehr, oder?«

»Allerdings. Es wird noch viel schlimmer, denn sie haben nicht nur einen Verweis bekommen«, fuhr Claire mit sorgenvoll gerunzelter Stirn fort. »Zach hat gesagt, dass Hector und Lucas echt heftig aufeinander losgegangen sind, vor der gesamten Mannschaft, den Trainern und allen. Es war ganz schlimm. Als wollten sie sich gegenseitig umbringen. Jason ist dazwischengegangen und hat sie getrennt, aber es war zu spät. Und ... sie sind alle aus der Football-Mannschaft geflogen. Deswegen hasst dich jetzt die gesamte Schule, einschließlich der Jungs«, beendete sie ihren Bericht. »Alle drei Delos-Jungs sollen die totalen Supersportler sein, und alle sagen, du hättest unsere einzige Chance verdorben, endlich mal zu siegen.«

»Das darf nicht wahr sein«, sagte Helen langsam. »Die ruinieren mein Leben.« Aber sosehr sie auch in ihrem Selbstmitleid badete, stellte sie doch zufrieden fest, dass sie auch deren Leben ruinierte.

Sie lebten erst seit zwei Wochen hier und die drei Jungs galten schon jetzt als Unruhestifter. Wenn solche Vorfälle wiederholt auftraten, würden sie vielleicht von der Schule fliegen. Dann würden sie jeden Morgen aufs Festland fahren müssen, weil es auf der Insel nur eine Highschool gab. Und das alles – die Prügelei, der Schulverweis, die Anfeindungen der gesamten Schülerschaft – war erst passiert, *nachdem* sie beschlossen hatten, sich zu vertragen.

Helen erkannte die grässliche Wahrheit: Selbst wenn sie ihre Wut unter Kontrolle bekam und die Familie Delos ebenfalls, würden die Furien es nicht zulassen, dass sie friedlich nebeneinander lebten. Der Kampf zwischen Lucas und Hector bewies, dass sie Helen angreifen mussten, weil sie sonst selbst aufeinander losgingen. Aus irgendeinem Grund, den Helen nicht kannte, verlangten die Furien nach Blut, und sie würden es kriegen, egal, wie es vergossen wurde.

»Dann gehst du nicht mit Lucas?«, fragte Claire vorsichtig und riss Helen aus ihren trüben Gedanken.

»Ob ich mit ihm gehe? Jedes Mal, wenn ich ihn nur ansehe, würde ich mir am liebsten die Augen rausreißen«, antwortete Helen ehrlich.

»Genau das ist es, was ich nicht kapiere«, rief Claire aus. »Du hast noch nie jemanden gehasst, nicht einmal Lindsey, die schon seit der fünften Klasse gemein zu dir ist. Du hast dich einfach von ihr abgewandt und dabei wart ihr mal so gut befreundet wie wir beide. Aber diese Sache mit dir und Lucas? Die frisst dich auf! Du bist so wütend, seit er hergezogen ist. Das verstehe ich einfach nicht. Es kommt mir vor, als wäre das, was alle sagen, die einzig sinnvolle Erklärung.«

»Und was sagen alle?«, fragte Helen. Sie waren schon sehr langsam gelaufen, aber jetzt brauchte Helen eine direkte Antwort und blieb stehen. Sie zwang Claire, ihr ins Gesicht zu sehen. »Was sagen alle?«, wiederholte Helen. Claire seufzte und brachte es hinter sich.

»Dass du Lucas zufällig am Strand getroffen hast, bevor die Schule wieder losging, und dass ihr miteinander geschlafen habt. Dann hat er dich angelogen und gesagt, er wäre nur ein Feriengast, damit er dich nicht anrufen muss. Und du bist so ausgeflippt, als du ihn auf dem Schulflur gesehen hast, weil er dich nur ausgenutzt hat und du verliebt in ihn bist.«

»Wow. Das ist echt dramatisch«, sagte Helen, die nicht mehr wusste, wo ihr der Kopf stand.

»Ja, aber ist es auch wahr?«, fragte Claire ungeduldig. Helen seufzte, legte den Arm um Claire und lief wieder los.

»Erstens sind Lucas und ich uns vor diesem Zwischenfall auf dem Flur nie begegnet. Zweitens hätte ich es dir erzählt, wenn ich seit dem Desaster mit Matt in diesem Schrank in der Siebten einen anderen Jungen geküsst hätte. Und drittens und am wichtigsten: Ich war mit Lindsey niemals so gut befreundet wie mit dir. Du bist meine beste Freundin, Gig.« Helen drückte sie, bis Claire nachgab und anfing zu lächeln. »Ich weiß, dass ich mich in letzter Zeit komisch verhalten habe, und es tut mir leid. Es passieren gerade ein paar verrückte Dinge mit mir. Ich würde dir gern alles erzählen, aber es geht nicht, weil ich es selbst noch nicht kapiere. Also bleib bitte auf meiner Seite, auch wenn ich die ganze Zeit gereizt und missgelaunt bin.«

»Du weißt, dass ich immer auf deiner Seite sein werde, aber soll ich ehrlich sein?« Claire blieb wieder stehen und sah Helen an. »Ich weiß, dass ich jetzt eigentlich sagen müsste, dass alles kein Problem ist, dass alles wieder gut wird und all dieses zuversichtliche Zeug, aber ich kann es nicht. Ich glaube nicht, dass es von selbst wieder besser wird, und ich mache mir große Sorgen um dich.«

Nach dem Lauftraining fuhr Helen in den Laden. Sie hatte Luis angeboten, den Abend zu übernehmen, damit er sich vor seinem Marathon-Wochenende, während Kate und Jerry in Boston waren, noch einmal ausschlafen konnte.

Die Kunden sahen sie immer noch komisch an, weil sich die Nachricht von ihrem Ausraster mittlerweile über die ganze Insel verbreitet hatte, aber da sie alle Hände voll zu tun hatte, blieb ihr zum Glück keine Zeit, sich darüber aufzuregen. Als sie endlich mit Saubermachen fertig war und alles für den nächsten Tag vorbereitet hatte, war es bereits nach Mitternacht.

Beim Abschließen des Ladens und auf dem Weg zum Auto war sie sehr vorsichtig und horchte auf mögliche Angreifer. Doch ihre Vorsicht war unnötig gewesen und sie fuhr nach Hause. Als sie ausstieg und ins Haus gehen wollte, passierte es.

Plötzlich war es ganz dunkel um sie herum. Die Delos-Jungen hatten wenigstens gewartet, bis Jerry aus der Gefahrenzone war, bevor sie gekommen waren, um sie umzubringen. Ein sehniger Arm schlang sich um ihren Hals und zerrte sie nach unten, sodass sie auf die Knie fiel. Sie bekam keine Luft und hatte keine Möglichkeit, den Angreifer hinter ihr zu sehen. Sie fragte sich, wer wohl diesen »Sie gehört mir«-Streit gewonnen hatte, Lucas oder Hector. Durch den Sauerstoffmangel tauchten schon weiße und blaue Punkte vor ihren Augen auf. Dann stellte sie sich vor, wie ihr Dad nach Hause kam und sie tot in der Einfahrt vorfand. Da wusste sie, dass sie kämpfen musste, auch wenn ihre Chancen gleich null standen. Sie konnte nicht zulassen, dass er noch einen geliebten Menschen verlor. Darüber würde er nie hinwegkommen.

Helen beugte den Arm und rammte ihrem Angreifer mit aller Kraft den Ellbogen in den Magen. Sie hörte, wie er nach Luft schnappte und sie losließ. Ihre Handflächen schrammten über den Boden, als sie nach vorne stürzte. Sie holte zweimal tief Luft, bevor sie aufschaute, und war verblüfft, dass sich keiner der anderen auf sie gestürzt hatte.

Lucas starrte auf sie herab. Er hielt den rechten Arm ausgestreckt und hatte die Hand in Hectors Shirt verkrallt. Merkwürdigerweise sah Hector über seine Schulter – weg von Helen. Sie hatte kaum Zeit, sich darüber zu wundern, als Lucas etwas zu ihr sagte. Im gleichen Moment begannen die Furien mit ihrem Geheul. Helen wunderte sich, wieso sie diesmal erst so spät erschienen waren, hielt sich mit dieser Überlegung aber nicht lange auf.

»Jason! Ariadne! Bringt sie her – aber lebend«, befahl er und sah Hector dabei streng an. Die Zwillinge liefen in die Richtung davon, in die Hector schaute. Helen nutzte den Augenblick, um aufzuspringen und um ihr Leben zu rennen.

Bisher hatte sie noch nie versucht, volles Tempo zu laufen. Und als sie hörte, wie Hector ihren Namen knurrte, dachte sie auch nicht mehr darüber nach, was es bedeuten oder wie es sich anfühlen würde, so schnell zu rennen, wie sie konnte. Sie rannte einfach.

Etwas lenkte sie hinaus in die Heidelandschaft. Das dunkle, flache Land, das sich unter dem bleichen Licht des Mondes erstreckte, kam ihr sicherer vor als die Straßen und Häuser der Stadt. Wenn sie schon sterben musste, wollte sie allein sein, ohne Leute, die sich opferten, um die arme Helen Hamilton zu retten, ihre langjährige Nachbarin und Freundin.

Und wenn sie um ihr Leben kämpfte, dann lieber unter dem weiten, tief hängenden Himmel im unbewohnten Teil der Insel und nicht eingekeilt von malerischen Walfängerhäuschen. Sie rannte westwärts, die Nordseite der Insel entlang. Hinter ihr riefen Lucas und Hector ihren Namen und holten gewaltig auf.

Helen überquerte die Polpis Road, rannte um den Sesachacha Pond, bis sie den Atlantik sehen konnte. Sie musste sich verstecken, aber das Land war flach und die Luft klar und mondhell. Helen sah hinaus auf die dunkle See, deren Wellen sich im Mondlicht brachen, und sie betete, dass Nebel aufziehen und sie umhüllen würde. Dieser verdammte Ozean war ihr etwas schuldig, nachdem er ihr als Kind beinahe das Leben genommen hatte, dachte sie hysterisch. Jetzt sollte er gefälligst dafür bezahlen.

Nach ein paar weiteren Riesenschritten wurden Helens Gebete wie durch ein Wunder erhört. Sie rannte Richtung Norden die Küste entlang auf die unbewohnte Landzunge an der Nordspitze in feuchte Nebelschwaden hinein.

In der feuchten Luft konnte Helen ihre Verfolger besser hören, wusste aber, dass dasselbe auch für sie galt. Panisch und vollkommen erschöpft kämpfte sie sich weiter und zwang ihren Körper, noch schneller zu werden. Sie würde rennen, bis das Land zu Ende war. Kurz bevor sie ohnmächtig wurde, spürte sie, wie ihr Körper plötzlich leicht wurde und ihr keuchender Atem sich beruhigte. Die Schmerzen, die ihr bei jedem ihrer Riesenschritte durch den ganzen Körper gefahren waren, hörten abrupt auf. Sie bewegte sich immer noch, aber sie fühlte nichts mehr außer der Kälte und dem Wind, der ihr durchs Haar fuhr. Der Nebel war weg, aber sie sah trotzdem nichts als Dunkelheit und Sterne um sich herum. Überall waren Sterne. Sie schaute nach unten.

Unter ihr funkelten winzige Lichter. Und alles, was sie sonst noch entdecken konnte, waren ihre Arme und Beine, die so mühelos in der Luft schwebten, als wäre sie unter Wasser. Sie sah noch einmal nach unten und erkannte die hübsche kleine Insel, auf der sie lebte. Ihr wurde schwarz vor Augen. Ohne einen Laut verlor sie das Bewusstsein und fiel wie ein Stein von dem Himmel, in den sie gerade erst aufgestiegen war.

6

Es war Nacht in dem trockenen Land. Helen war überrascht, dass es hier so etwas wie Zeit gab. Das verunsicherte sie so, dass sie sich umsehen musste, um zu erkennen, wo sie überhaupt war. Einen Moment später begriff sie, dass sie tatsächlich in dem trockenen Land war, allerdings war die Hügellandschaft diesmal flacher und weitläufiger. Der dunkle Himmel wirkte irgendwie niedriger und schwerer als sonst. Sie schaute über ihre Schulter und brauchte eine Weile, um zu begreifen, was sie da sah.

Weit weg von ihr zog sich eine Linie durch Land und Himmel und dort ging die flache Nachtlandschaft in die hügelige Taglandschaft über. Die verschiedenen Zeitzonen lagen nebeneinander wie zwei Gemälde im Atelier eines Künstlers – unbeweglich, unveränderlich und beide absolut real. Hier war die Zeit ein Ort, der sich nie bewegte. Irgendwie ergab das einen Sinn.

Helen wanderte. Es war kalt in der Nacht des trockenen Landes und ihre Zähne klapperten. In der Taglandschaft gab es keinen Schutz vor der Hitze, also wusste Helen genau, dass es in der Nachtlandschaft keine Wärme geben würde, egal, wie heftig sie zitterte. Vor ihr tauchte jemand auf. Er war in Panik.

Sie rannte auf ihn zu, bis sie erkannte, dass es Lucas war. Er war auf allen vieren und tastete herum, als wäre er blind – er griff immer wieder in die scharfkantigen Steine, die ihm die Hände zerschnitten. Er hatte große Angst. Sie rief seinen Namen, aber er konnte sie nicht hören. Sie kniete sich neben ihn und nahm sein Gesicht in ihre Hände. Zuerst zuckte er zurück, doch dann streckte er ihr erleichtert die Arme entgegen. Er wollte ihren Namen sagen, brachte aber keinen Ton heraus. Er fühlte sich in ihren Armen sehr leicht an. Sie zog ihn auf die Beine, obwohl er solche Angst hatte. Er stand geduckt und mit zitternden Knien da. Er weinte lautlos, und Helen wusste, dass er sie anflehte, ihn zurückzulassen. Er hatte zu viel Angst, sich zu bewegen, aber Helen war klar, dass sie nicht nachgeben durfte, denn dann würde er das dunkle, trockene Land nie wieder verlassen.

Obwohl er furchtbar schrie, zwang sie ihn loszugehen.

Helen hatte grauenvolle Schmerzen. Sie hörte den Ozean in ihrer Nähe rauschen, konnte sich aber nicht bewegen oder die Augen öffnen, um nachzusehen, wo er war. Sie spürte jedoch, wie ihr Kopf sanft auf und ab wiegte, als läge sie mit dem Bauch nach unten auf einem hölzernen Floß. Auf ihren Lippen erschien der Anflug eines dankbaren Lächelns. Etwas hatte ihren Fall gebremst und trug sie jetzt sanft durch die Wellen. Sie versuchte, ihre Schmerzen auszublenden, indem sie zu zählen begann. Unter sich vernahm sie einen stetigen Rhythmus, und nach kurzer Zeit schlug ihr Herz im Takt mit dem Geräusch, das ihr Floß machte. Es pochte mit ihr. Sie lag ganz, ganz still.

Helen kam es vor, als wären Stunden vergangen, als sie endlich in der Lage war, die Augen zu öffnen. Das Einzige, was sie in den Lichtwellen eines weit entfernten Leuchtturms sehen konnte, waren Wände aus Sand. Unter ihrer rechten Wange spürte sie ein T-Shirt. Es dauerte einen Moment, bis sie begriff, dass ein Mensch darin steckte. Sie lag auf einem Mann. Das Harte unter ihrem Kopf war seine Brust und das merkwürdige Wiegen war sein Atmen. Sie schnappte nach Luft. Die Delos-Jungen hatten sie erwischt.

»Helen?«, hauchte Lucas mit schwacher, keuchender Stimme. »Lebst du? Sag was«, brachte er mühevoll hervor. Er hörte sich nicht an, als wollte er sie umbringen, also antwortete sie.

»Lebe noch. Kann mich nicht bewegen«, flüsterte sie zurück. Mit jeder Silbe schoss ein schmerzhafter Blitz durch ihr Zwerchfell.

»Warte. Hör die Wellen an. Ruhig«, sagte er und musste um jedes Wort ringen, weil ihr Körpergewicht ihm die ganze Luft aus der Lunge presste.

Helen war klar, dass sie nicht einmal den Arm heben konnte, also entspannte sie sich, wie Lucas ihr geraten hatte, und beobachtete nur, wie die Welt mit jedem seiner Atemzüge auf und ab wiegte. Sie warteten im heller und dunkler werdenden Lichtstrahl des Leuchtturms und hörten zu, wie die Wellen an den Sand gespült wurden.

Als die Schmerzen allmählich etwas erträglicher wurden, schaute Helen an ihrem Körper hinab. Soweit sie sehen konnte, war ihr Körper äußerlich nicht verletzt, aber innerlich hatte sie das

Gefühl, als würde sie entzweigerissen. Gleichzeitig strahlte ihr Körper eine unerträgliche Hitze aus und brannte wie Feuer. Sie kannte das Gefühl. Etwas Ähnliches hatte sie nach ihrem Fahrradunfall gespürt. Sie hatte sofort gewusst, dass ihr Arm gebrochen war, aber als er dann geröntgt wurde, war so gut wie keine Verletzung mehr zu sehen. Das Brennen bedeutete, dass ihre Verletzungen heilten.

Irgendwie war sie vom Himmel gefallen und hatte überlebt. Sie fing an zu weinen.

»Hab keine Angst«, brachte Lucas hervor. »Schmerzen vergehen.«

»Sollte tot sein«, jammerte sie leise. »Was bin ich bloß für ein Monster?«

»Nicht Monster. Du bist eine von uns«, sagte er mit etwas kräftigerer Stimme. Er heilte genauso schnell wie Helen.

»Und was ist das?«

»Wir nennen uns Scions – Nachkommen.«

»Nachkommen?«, murmelte Helen. »Nachkommen von wem?«

Sie hörte ihn zwar antworten, aber das Wort »Halbgott« war so weit von allem entfernt, womit sie gerechnet hatte. Sie war auf etwas Schreckliches, vielleicht sogar Böses vorbereitet gewesen, das sie zu dem machte, was sie war.

»Häh?«, stieß sie verdutzt hervor und war so überrascht, dass sie sogar aufhörte zu weinen. Lucas musste lachen.

»Autsch. Bring mich nicht zum Lachen«, schnaufte er, und seine Brust bebte dabei auf und ab.

Es fühlte sich lustig an, wie ihr Kopf herumgerüttelt wurde, und so fing auch sie an zu lachen und konnte nicht mehr damit aufhören.

»Das tut echt weh«, sagte Lucas, als er sich endlich wieder im Griff hatte.

»Wenn du aufhörst, hör ich auch auf«, meinte Helen. Auch ihr Lachanfall war fast vorüber.

Sie kicherten noch leise vor sich hin und konzentrierten sich erneut darauf, ihre Schmerzen zu regulieren und ihre Körper zu heilen. Mit einem Ohr hörte Helen das regelmäßige Pochen von Lucas' Herz und mit dem anderen das Kreischen der Möwen. Die Morgendämmerung brach bereits herein und sie fühlte sich zum ersten Mal seit Wochen vollkommen sicher.

»Warum hasse ich dich nicht mehr?«, fragte sie, als sie das Gefühl hatte, dass ihre Schädelknochen wieder massiv genug waren, um verständliche Worte herauszubringen.

»Das habe ich mich auch schon gefragt. Ich glaube, die Furien sind weg.« Lucas seufzte, als wäre ihm gerade eine schwere Last von der Brust genommen worden, obwohl Helen wusste, dass ihr Kopf mindestens so schwer sein musste wie eine Bowlingkugel. »Als wir in der Luft waren, hatte ich einen Moment Angst. Es fiel mir schwer, dich nicht anzugreifen.«

»Wir? Du kannst also fliegen!«, erkannte Helen.

Sie musste daran denken, wie Lucas so oft plötzlich aufgetaucht und wieder verschwunden war. Sie hatte ihn nur nie fliegen sehen, weil sie nie auf die Idee gekommen war, nach oben zu sehen.

»Wie bist du unter mich geraten?«, fragte sie und veränderte geringfügig ihre Lage.

»Ich habe dich aufgefangen. Ich habe gesehen, wie du ohnmächtig wurdest, und deinen Fall abgebremst, so gut ich konnte, aber wir waren schon knapp über dem Boden, als ich einen Arm um dich legen konnte.« Auch er bewegte sich ein wenig zur Seite und zuckte vor Schmerz zusammen. »Ich kann nicht fassen, dass wir noch leben.«

»Ich auch nicht. Ich dachte, du wärst gekommen, um mich umzubringen, stattdessen hast du mich gerettet«, staunte sie immer noch. »Du hast mir das Leben gerettet.«

Es war fast, als hätte der Sturz die ganze Wut aus ihr herausgetrieben. Sie hasste Lucas kein bisschen mehr. Sie spürte, wie sich der Druck seines Arms, der auf ihrem Rücken lag, ein wenig verstärkte.

»Die Sonne geht auf«, sagte Lucas eine Weile später. »Mit Glück wird meine Familie uns jetzt sehen können.«

»Das Einzige, was ich sehe, ist deine Brust mit dem linken Auge und Sandberge mit dem rechten. Wo sind wir eigentlich?«

»Auf dem Grund des Kraters, den unser Aufschlag verursacht hat. Und zwar am hintersten Ende des Strandes vor dem Great-Point-Leuchtturm am nördlichsten Ende von Nantucket.«

»Also … ganz leicht zu finden«, konterte Helen.

»Praktisch in unserem Hinterhof«, alberte Lucas, und sein Lachen ließ ihn vor Schmerzen zusammenzucken. Dann schwieg er einen Moment, bevor er wieder etwas sagte. »Wer bist du?«, fragte er schließlich.

»Helen Hamilton«, sagte sie zögernd, weil sie keine Ahnung hatte, worauf er hinauswollte.

»Der Name deines Vaters ist Hamilton, aber das ist nicht dein

Haus«, sagte er. »Normalerweise müsstest du den Scion-Namen deiner Mutter tragen und nicht den deines sterblichen Vaters. Wer war sie?«, fragte er neugierig, als hätte er die ganze Nacht nichts anderes wissen wollen.

»Beth Smith.«

»Beth Smith. Ja, klar«, sagte er sarkastisch.

»Was?«

»Nun ja, ›Smith‹ ist offensichtlich nicht ihr richtiger Name.«

»Woher willst du das wissen? Du weißt doch gar nichts über sie. Wie kannst du da sagen, das wäre nicht ihr Name?«, verteidigte sich Helen.

Sie hatte ihre Mutter nie kennengelernt, und dieser fremde Junge bildete sich ein, mehr über sie zu wissen als sie selbst. Es ärgerte Helen ein bisschen, dass das vielleicht sogar der Fall war. Zum ersten Mal seit Stunden wurde ihr unangenehm bewusst, dass sie schon die ganze Zeit auf ihm lag. Sie versuchte, sich mit einem Unterarm abzustützen, aber nachdem sie ein stechender Schmerz durchfuhr, konnte sie das vergessen. Nach ein paar schwächlichen Versuchen, von ihm herunterzurollen, gab sie auf. Sie konnte spüren, wie er lächelte und wie sich seine Arme fester um sie schlossen.

»Ich weiß, dass deine Mutter nicht ›Smith‹ hieß, weil du fliegen kannst, Helen. Und jetzt halt still. Du tust mir weh«, sagte er.

»Oh, tut mir leid«, entgegnete sie. Ihr wurde klar, dass er die ganze Wucht des Aufpralls abbekommen hatte, als sie auf dem Boden aufgeschlagen waren. Seine Schmerzen waren wahrscheinlich viel schlimmer als ihre – und ihre waren schon grauenvoll.

Als sie zusah, wie sich der Sand mit der aufgehenden Sonne

erst grau, dann rosa und schließlich fast weiß verfärbte, fiel ihr auf, dass dies schon der zweite Sonnenaufgang war, den sie unfreiwillig miterlebte. Aber verglichen mit dem vom Vortag, war ihr dieser viel lieber. Sie hatte zwar deutlich mehr Schmerzen, aber immerhin lebte sie noch und verspürte nicht mehr die geringste Wut. Helen hatte gar nicht gemerkt, wie schwer dieser Hass auf ihr gelastet hatte, bis sie diese Last endlich losgeworden war.

Sie hörte, wie jemand nach Lucas rief, und obwohl sie wusste, dass sie in Gefahr waren, solange sie hilflos in dieser Grube lagen, wollte sie nicht gefunden werden. Was passierte, wenn die Furien mit dem Rest der Familie Delos zurückkamen?

»Hier!«, rief Lucas kraftlos.

»Warte«, flehte Helen. »Und wenn sie immer noch die Furien sehen, wenn sie mich anschauen? Ich kann mich in diesem Zustand nicht verteidigen.«

»Niemand wird dir etwas tun«, versprach er, und seine Arme schlossen sich noch fester um sie.

»Aber Hector …«, begann sie.

»… muss erst mal mit mir fertigwerden«, beendete er ihren Satz energisch.

»Äh, Lucas?«, sagte sie zögerlich, weil sie ihn nicht damit beleidigen wollte, das Offensichtliche laut auszusprechen.

»Ja, okay«, gestand er kichernd ein. »Mir ist schon klar, dass ich im Augenblick nicht der ideale Kandidat für den Secret Service bin, aber du kannst mir vertrauen. Ich werde nicht zulassen, dass dir einer von ihnen etwas tut – auch nicht der große böse Hector. Der übrigens gar nicht so schrecklich ist.« Lucas schaffte es, den Kopf weit genug zu drehen, um Helen in die Augen zu sehen.

»Du bist sein Cousin. Du musst schließlich das Beste von ihm denken.«

»Dann überlasse ich die Entscheidung dir. Ich kann uns nicht verstecken, aber ich werde nicht nach ihnen rufen, wenn du es nicht willst«, sagte er und ließ seinen Kopf wieder aus ihrem Blickfeld schweifen.

Sie lagen nur da und hörten, wie seine Familie wieder und wieder seinen Namen rief, aber Lucas stand zu seinem Wort. Er gab keinen Laut von sich, aber er zuckte jedes Mal zusammen, wenn er Cassandras panische Stimme hörte. Sie klang verzweifelt und voller Angst. Und Helen war schuld daran. Ein paar Augenblicke später hielt sie es nicht mehr aus.

»Hier!«, brüllte sie, so laut sie konnte. »Wir sind hier!«

»Bist du sicher?«, fragte Lucas.

»Nein.« Sie kicherte nervös und rief erneut, diesmal mit Lucas' Unterstützung.

Am Strand wurden Rufe laut und dann waren Schritte im Sand zu hören. Helen spürte, wie Lucas versuchte, den Kopf so zu drehen, dass er jemanden ansehen konnte, der oberhalb von ihnen stand.

»Hi, Dad«, sagte er verlegen.

Castor murmelte einen Fluch, den Helen nicht verstand, aber seine Bedeutung war eindeutig. Dann fing er an, Befehle zu erteilen, und Helen spürte, wie jemand zu ihnen in den Krater sprang.

»Meine Götter«, flüsterte Ariadne. »Helen? Ich versuche, dich runterzurollen, okay? Aber erst muss ich die Heilung deiner Knochen ein bisschen beschleunigen. Das wird sich heiß anfühlen, aber keine Sorge, Heilen ist eine der Begabungen von Jason und mir. Jase, komm her und übernimm ihre Beine«, rief sie nach oben.

Helen spürte einen zweiten dumpfen Aufprall, und dann fühlte sie, wie die Zwillinge sanft mit den Händen an ihren Armen und Beinen entlangfuhren. Helens Körper brannte so sehr, dass es fast unerträglich war und sie sich fragte, ob sie ohne diese »Heilung« nicht besser dran wäre. Aber gerade, als sie die beiden anflehen wollte, damit aufzuhören, endete das Brennen. Die Zwillinge zählten bis drei und drehten sie dann so vorsichtig auf den Rücken, als wäre sie ein zu flüssig geratener Pfannkuchen. Helen versuchte, tapfer zu sein, aber sie konnte nicht verhindern, dass ihr ein Aufschrei entfuhr. Jeder Muskel, jeder Zentimeter Haut und jede Faser ihres Körpers schmerzten so unerträglich, als hätte jemand ihre Adern mit glühend heißen Glasscherben gefüllt.

Sie biss die Zähne zusammen und holte tief Luft, bis sie wieder genug Kontrolle über sich hatte, um die Augen zu öffnen. Ariadne sah sie mit ihren leuchtenden haselnussbraunen Augen mitfühlend an. Sie hatte dieselben unglaublich langen Wimpern wie Jason. Ariadne betrachtete Helens Gesicht eingehend und schenkte ihr ein müdes Lächeln. Helen fand, dass sie erschöpft und kraftlos aussah. Ihre wohlgeformten Lippen waren nicht kirschrot wie sonst, sondern aschfahl, und das lange rotbraune Haar klebte ihr an den schweißfeuchten Wangen.

»Keine Sorge. Dein Gesicht nimmt schon wieder seine normale Form an. Bis heute Abend bist du wieder so schön wie vorher«, sagte sie und strich Helen tröstend übers Haar. »Beweg dich nicht. Ich bin gleich wieder da.«

Helen sah sich um. Jetzt konnte sie zum ersten Mal erkennen, wo sie und Lucas die Nacht verbracht hatten. Sie brauchte einen Moment, um zu begreifen, dass sie in einem Loch lagen, das mindestens eins fünfzig tief und dreimal so breit war, und es dauerte noch länger, bis sie kapierte, dass das Loch durch ihren Aufprall entstanden war. Sie spürte, wie sich ihre Sachen durch den nassen Sand mit Wasser vollsogen, und erkannte, dass Lucas die ganze Nacht in einer kalten Pfütze gelegen haben musste. Sie drehte den Kopf zur Seite, um ihn anzusehen.

Über die ganze Länge seines Körpers erstreckte sich ein leichter Abdruck von Helen und seine Brust war durch das Gewicht ihres Kopfes und ihrer Schultern sogar etwas eingedrückt. Sein Vater stand über ihn gebeugt, sah ihm direkt in die Augen und redete leise auf ihn ein. Lucas nickte kaum merklich, biss sich auf die Unterlippe, holte tief Luft und presste. Seine Brust erweiterte sich zu einer fast normalen Form, dann ließ Lucas die Luft wieder ausströmen und keuchte. Eine Träne rann ihm aus dem Augenwinkel in die Haare.

Sein Vater munterte ihn weiter auf, stieg anschließend mühelos aus dem Loch und besprach das weitere Vorgehen mit Hector. Nach einigen Augenblicken, die er brauchte, um wieder normal zu atmen, rollte Lucas den Kopf zur Seite, damit er Helen ansehen konnte.

»Ich glaube, das Schlimmste ist überstanden«, sagte er und drückte ihre Hand. Sie hatte gar nicht gemerkt, dass sie sich an den Händen hielten, aber es fühlte sich richtig an. Sie drückte sanft zurück und lächelte. Er sah grauenvoll aus. Viel schlimmer, als Helen befürchtet hatte.

»Ein Kinderspiel«, sagte sie locker, in dem Bemühen, ihn abzulenken. »Was machst du nächsten Freitag?«

»An was hattest du gedacht?«

»Wir könnten uns gegenseitig mit dem Auto überfahren«, schlug sie fröhlich vor.

»Das hab ich letztes Wochenende schon mit Jase gemacht«, sagte er mit gespieltem Bedauern.

»Dann gehen wir in den Zoo und werfen uns den Löwen zum Fraß vor?«, konterte sie hastig, damit er sich weiter auf sie konzentrierte und nicht auf seine eingedrückte Brust.

»Ach, das haben die Römer schon so abgenutzt. Weißt du nichts Originelleres?«

»Ich werde mir was überlegen«, warnte sie ihn.

»Kann es kaum erwarten«, hauchte er und wandte den Kopf ab, weil ihn eine weitere Schmerzattacke überfiel.

»Hey! Hilfe, bitte!«, brüllte Helen, deren Stimme in ein Kreischen überging, als sie sah, wie Lucas zitterte. »Lucas geht's nicht so gut!«

»Nein, es geht ihm wirklich *nicht so gut*«, sagte auf einmal Cassandra mit verbitterter Stimme. Helen hatte gar nicht gemerkt, dass jemand bei ihnen im Loch gewesen war, als sie Händchen gehalten und Witze gerissen hatten, aber sie wurde das Gefühl nicht los, dass Cassandra nicht gefiel, was sie gesehen hatte.

»Lass die Bretter herunter, wir können sie jetzt bewegen«, rief Cassandra zu ihrem Vater hinauf, als hätte sie das Kommando übernommen.

Helen machte vor lauter Staunen große Augen. Dass eine

Vierzehnjährige so mit ihrem Vater sprach und dieser auch noch gehorchte, war verblüffend, aber die Bretter wurden tatsächlich ohne jeden Kommentar zu ihnen abgeseilt. Jason und Ariadne legten Helen und Lucas vorsichtig auf die langen Planken und sagten ihnen, dass sie stillhalten sollten. Die Zwillinge fuhren mit ihren leuchtenden Händen über Lucas' Körper, und Helen beobachtete, wie er die Zähne zusammenbiss, als sie seine Heilung beschleunigten. Gerade, als es so aussah, als würde Lucas jeden Moment losschreien, hörten die Zwillinge auf, sahen einander wortlos an und nickten erschöpft. Sie hatten so viel Gesichtsfarbe verloren, dass ihre Wangen ganz grau waren, aber sie wirkten dennoch merkwürdig glücklich. Helen versuchte, ihnen zu danken, aber Ariadne drückte ihr sanft einen Finger auf die Lippen und befahl, ihre Kräfte zu sparen.

Helen und Lucas wurden liegend aus dem Krater gehoben und nebeneinander in denselben riesenhaften Geländewagen gelegt, der Helen zu so boshaften Gedanken inspiriert hatte. Aber jetzt, wo er ihr als Krankenwagen diente, schwor sie sich, nie wieder über riesige Fahrzeuge zu lästern.

Castor saß am Steuer und konnte es nicht erwarten, endlich loszufahren. Je länger sie am Strand blieben, desto höher stieg die Sonne, und desto größer wurde die Gefahr, dass sie jemand sah. Cassandra saß mit ihnen im Auto, aber Jason, Ariadne und Hector blieben zurück, um den Krater zuzuschaufeln und den Strand wieder in seinen Normalzustand zu versetzen.

»Können wir nicht einfach einen Steinbrocken in die Mitte werfen und behaupten, dass es ein Asteroid war?«, hörte Helen Hector erschöpft fragen.

»Meinst du, das könnte klappen?«, fragte Jason in der Hoffnung, eine Stunde früher ins Bett zu kommen.

»Nein«, sagte Cassandra entschieden. »Dieser Teil der Insel ist Naturschutzgebiet. Hier wimmeln überall Wissenschaftler herum. Die würden sofort merken, dass der Stein nicht aus dem Weltraum stammt.«

Jason und Hector stießen einen Seufzer aus und machten sich sofort an die Arbeit. Erneut hatte Cassandras Meinung den Ausschlag gegeben. Bisher hatte Helen immer vermutet, dass Lucas der Anführer aller Geschwister war und sein Vater Castor das Oberhaupt der ganzen Familie, aber mittlerweile hatte sie den Eindruck, dass es in der Familie Delos eine ganz andere, weniger traditionelle Struktur gab. Wenn Cassandra etwas sagte, hörten alle zu – auch Castor. Und offenbar brauchte Cassandra auch nicht den Einfluss der Furien, um Helen zu verabscheuen. Wobei ihr auffiel …

»Ich sehe die Furien nicht!«, rief sie plötzlich laut aus.

»Das tut keiner von uns«, sagte Castor nachdenklich. Helen hörte den Ledersitz knarren, als er sich kurz zu ihnen umsah. »Darüber können wir uns später Gedanken machen. Jetzt braucht ihr beide erst mal Ruhe.«

Dem konnte sie nicht widersprechen, denn sie schaffte es wirklich kaum noch, die Augen offen zu halten. Kurz nachdem sie losgefahren waren, schlief sie bereits wie ein Baby.

Bei Sonnenuntergang wachte Helen in einem großen weißen Bett auf. Sie wackelte mit den Zehen. Als das gut klappte, stützte sie sich auf ihre Arme und setzte sich auf. Sie schwang die Beine aus dem Bett und stellte fest, dass sie ein fremdes Nachthemd anhatte und nichts darunter trug. Natürlich war ihr klar, dass sie gerade dem Tod ziemlich nahe gekommen war, aber ihr Schamgefühl ließ sie trotzdem erröten. Das Nachthemd war eigentlich eher ein Nachthemdchen, denn die Nachthemden, die Helen kannte, waren entschieden länger und weniger durchsichtig. Doch als sie die Füße auf den Boden stellte, war jedes Schamgefühl vergessen, und ihr Schrei lockte sofort eine helfende Hand herbei.

»Warte. Hier, halt dich an mir fest«, sagte Ariadne. »Wow, kaum zu fassen, wie schnell es bei dir heilt. Aber du solltest trotzdem noch liegen bleiben.«

Doch Helen blieb auf der Bettkante sitzen und holte tief Luft.

»Ich kann nicht«, sagte sie und sah verlegen zu Ariadne auf. Die warf einen Blick auf Helens zusammengepresste Knie und erkannte, wo das Problem lag.

»Badezimmer? Alles klar«, sagte sie nervös. »Ich werde dich tragen. Aber mach mich ja nicht nass.«

Helen musste lachen. Ariadne versuchte, diese peinliche Situation mit ihrem Humor erträglicher zu machen. Claire hätte genauso gehandelt. Helen war es trotzdem sehr unangenehm, aber mit ein paar weiteren Witzen würden sie es schon überstehen.

»Ist es dir recht, wenn ich mal nachsehe, was deine Heilung macht?«, fragte Ariadne höflich, als Helen wieder im Bett lag. »Ich muss dazu die Hände auf deinen Körper legen, aber natürlich nur, wenn du einverstanden bist.«

»Du hast mich gerade pinkeln sehen«, erwiderte Helen mit einem verlegenen Lächeln. »Also, ja, du darfst mich untersuchen. Aber warte – wird es wieder so wehtun?«

»Nein, gar nicht. Ich will ja nur mal gucken und keine neuen Zellen wachsen lassen. Das ist es, was richtig wehtut. Aber falls es dich tröstet – für mich ist es auch nicht gerade ein Picknick. Es ist echt anstrengend«, sagte Ariadne und drückte Helen zurück in die Kissen.

»Okay«, sagte Helen unsicher. Sie streckte sich aus und wartete auf die Schmerzen, mit denen sie trotz Ariadnes optimistischer Worte fest rechnete.

Ariadne legte die Hände auf Helens Rippen und konzentrierte sich. Helen spürte ein leichtes Vibrieren, aber es tat kein bisschen weh. Ein paar Augenblicke später nahm Ariadne die Hände weg und sah Helen an.

»Ich könnte mir keine bessere Patientin wünschen«, sagte sie mit einem strahlenden Lächeln. »Nachdem ich gesehen hatte, welche Verletzungen du und Lucas davongetragen habt, hatte ich meine Zweifel. Aber du machst dich echt prima.«

»Danke«, sagte Helen ernst. »Dafür, dass du mich geheilt und mir geholfen hast …«

»Und ich danke dir, dass du mich nicht vollgepinkelt hast.« Ariadne lachte so laut, dass eine wunderschöne, elfengleiche Frau Ende zwanzig den Kopf zur halb offenen Tür hereinstreckte.

»Für ein Krankenzimmer wird hier entschieden zu viel gelacht«, verkündete sie mit einem frechen Funkeln in ihren gelben Katzenaugen. Helen hatte die Frau auf Anhieb gern. Sie erinnerte sie irgendwie an Kate. Die Frau trug ganz viele klimpernde Armreife, und obwohl Helen es nicht sehen konnte, hörte es sich so an, als wären ihre Fußgelenke ebenso geschmückt.

»Helen, das ist meine Tante Pandora. Dora, dies ist …« Ariadne trommelte mit den Fingerspitzen auf der Bettdecke herum. »... die berühmte Helen Hamilton!«

»Ta-tah«, machte Helen leise. Pandora setzte sich ans Fußende des Bettes.

»Eine Schönheit! Jetzt verstehe ich, wie sie Lucas die Unterhosen verdreht hat«, sagte sie mit einem frechen Grinsen.

»Nein! Das ist alles vorbei! Wir haben die Furien nicht mehr gehört, seit wir am Strand aufgewacht sind«, sagte Helen eindringlich. Als Pandora sie verblüfft ansah, hatte Helen das Gefühl, weiterreden zu müssen. »Ich will keinen von euch mehr umbringen. Nur, um das klarzustellen.«

»Na, das ist doch schön, zumal ich gehört habe, dass du das Arsenal dazu besitzt«, sagte Pandora freundlich, als wollte sie ihr ein Kompliment machen. Helen hatte keine Ahnung, wovon sie redete, also wechselte sie das Thema.

»Wie geht es Lucas?«, fragte sie vorsichtig, und es überraschte sie immer noch, dass sie seinen Namen aussprechen konnte, ohne einen Wutanfall zu bekommen.

»Er wird wieder«, versicherte ihr Pandora. Sie schüttelte ihre Handgelenke, dass die Armreife nur so klimperten. Es schien fast, als sollte das fröhliche Klimpern alle dunklen Gedanken verjagen.

»Es war knapp, aber er heilt«, fügte Ariadne mit optimistischer Miene hinzu. Helen konnte keine von ihnen ansehen. Ein Gluckern in ihrem Bauch, das gar nicht mehr aufhören wollte, beendete die Spannung, die zwischen ihnen herrschte.

»Anscheinend hast du Hunger«, bemerkte Pandora trocken. »Ich glaube, mit etwas Hilfe schaffst du es nach unten.«

Helen wurde mit einem langen Frotteebademantel ausgestattet, der das Logo einer bekannten spanischen Fußballmannschaft trug. Dann trugen ihre beiden neuen Wohltäterinnen sie die Treppe hinunter und machten dabei Witze darüber, wie dünn sie war und dass sie ordentlich zulangen sollte.

In der Küche wurden sie von einem himmlischen Duft begrüßt und Helens Magen knurrte noch stärker als vorher. Hector hörte das Grummeln und hob eine Braue, als ihre Trägerinnen sie vorsichtig auf einem Stuhl am Küchentisch absetzten. Hector sagte etwas zu der Frau, die das Abendessen zubereitete. Sie fuhr herum und sah Helen an.

»Ich hätte nicht gedacht, dass du schon mit uns essen würdest«, sagte sie beinahe erschrocken. »Aber es freut mich natürlich.«

»Vielen Dank. Und auch danke für die Lebensmittel, die Sie mir und meinem Vater geschickt haben«, sagte Helen. Sie wusste sofort, dass dies Noel Delos war, und sie erkannte auch, dass Noel eine normale Frau ohne die geringsten Halbgottfähigkeiten war. Helen hatte extreme Schuldgefühle. Sie hatte ausgerechnet diesen zerbrechlichen Menschen in einer Familie von Superhelden bedroht – und dann auch noch vor ihrem Sohn und ihrem Neffen. Noel lächelte wissend in Helens verlegenes Gesicht.

»Gern geschehen. Aber nun zu den wichtigen Dingen. Wie kann ich deinen Vater erreichen, um ihm zu sagen, dass es dir gut geht?«

»Ich würde meinen Dad lieber aus allem raushalten«, erwiderte Helen nervös.

»Aber du bist schon die ganze Nacht und den ganzen Tag weg. Meinst du nicht, dass er sich Sorgen macht?«

»Er ist übers Wochenende in Boston. Er kommt erst morgen Abend wieder.«

»Also gut, es liegt bei dir, aber du solltest wissen, dass ich es besser fände, wenn du ein langes Gespräch über all dies mit deinem Vater führen würdest«, sagte Noel und sah Helen durchdringend an. Dann wirbelte sie herum und kümmerte sich wieder um das Abendessen. »Bist du schon in der Lage, etwas zu essen?«

»Ich glaube, ich hatte noch nie solchen Hunger«, antwortete Helen schüchtern.

»Das macht die Heilung«, sagte Noel und stellte Brot, Salz und Öl vor Helen ab. Dann schenkte sie ihr ein großes Glas Milch ein und machte eine ungeduldige Handbewegung. »Iss, Helen. Jetzt ist nicht der richtige Augenblick, um schüchtern zu sein. Du brauchst das.«

Helen riss so gierig ein Stück Brot ab wie einer dieser unersättlichen Vielfraße aus dem Mittelalter. Noel lächelte wieder und befahl Hector, den Hartkäse aus dem Kühlschrank zu holen. Missmutig gehorchte er. Als er den Käse auf den Tisch stellte, machte er einen Witz darüber, dass er Angst hätte, mit seinen Fingern in die Reichweite von Helens Mund zu kommen.

»Das musst *du* gerade sagen«, knurrte Pandora. »Es ist erst zwei Wochen her, dass ich nach jeder Mahlzeit das Besteck zählen musste, um sicherzugehen, dass du nichts davon mitgegessen hast.«

»Hattest du vor zwei Wochen auch eine Heilung?«, fragte Helen, und dann fiel ihr wieder ein, dass Hector und Pandora später angekommen waren als der Rest der Familie.

In den letzten paar Wochen war so viel passiert, dass es Helen vorkam, als wäre jeder einzelne Tag so lang wie eine ganze Woche gewesen. Während sie noch darüber staunte, wie sehr sich ihr Leben verändert hatte, fiel ihr auf, dass in der Küche plötzlich Stille herrschte. Anscheinend hatte Helen ein unbequemes Thema angeschnitten, denn alle tauschten über ihren Kopf hinweg nervöse Blicke.

»Entschuldigung, ich wollte nicht neugierig sein«, sagte Helen schnell.

»Nein, ist schon in Ordnung. Es ist nur so, dass Hectors kürzliche Heilung Teil von etwas Größerem ist«, sagte Noel. »Aber jetzt musst du erst mal essen.«

Als die große Schüssel Linseneintopf vor ihr auftauchte, hatte sie sich auch schon verloren. Sie nahm nur vage zur Kenntnis, dass andere Leute die Stühle heranrückten oder am Herd standen, um dieses oder jenes zu probieren, sich einen Teller holten oder nur herumstanden, um sich zu unterhalten. Sie konzentrierte sich viel zu sehr auf die immer neuen Gerichte, die vor ihr auftauchten, um einzelne Personen überhaupt noch wahrzunehmen. Noel sorgte ständig für Nachschub. Ein paarmal fiel Helen auf, dass Cassandra ein Tablett nach oben trug, aber sie realisierte gar nicht, dass Lucas oben war, bis sie schließlich über einem süßen Nusshörnchen fast einschlief.

»Möchtest du noch Eiskrem?«, fragte Noel und strich wie selbstverständlich eine dicke Strähne von Helens Haar hinter ihre Schulter, damit es nicht im Essen hing.

»Ich glaube, ich bin blind«, murmelte Helen, die nicht mehr kauen, schlucken oder geradeaus sehen konnte.

»Endlich«, seufzte Noel und ließ sich Helen gegenüber auf

einen Stuhl sinken. »Jason? Meinst du, du könntest sie nach oben tragen?«

»Klar«, sagte Jason und hob Helen von ihrem Stuhl. Sie war auf der Stelle hellwach.

»Ich kann laufen! Ehrlich, du musst mich nicht tragen«, sagte sie und wand sich in seinen Armen.

»Logisch kannst du das. Und jetzt halt still oder ich lass dich fallen«, erwiderte er mit einem fröhlichen Grinsen. Ihr blieb scheinbar keine andere Wahl, als sich tragen zu lassen.

Oben angekommen, sahen sie Cassandra mit einem Tablett aus einem der vielen Zimmer kommen. Helen konnte einen kurzen Blick auf Lucas in seinem Bett erhaschen. Sie reckte den Hals, um über Jasons Schulter eine bessere Sicht zu haben, aber Cassandra schloss die Tür.

»Wird er wirklich wieder ganz gesund?«, fragte Helen Jason, als er sie ins Gästezimmer trug.

»Klar«, antwortete Jason, konnte ihr dabei aber nicht in die Augen sehen. Er zwang sich zu einem Lächeln. »Luke spielt nur den Kranken, damit Cass ihn verwöhnt. Er wird schon wieder«, sagte Jason. Nachdem er sie ins Bett gelegt hatte, wandte er sich zum Gehen.

»Es tut mir wirklich leid«, rief Helen, als er schon halb an der Tür war. Jason blieb verunsichert stehen. »Ich hatte solche Angst und bin in den Nebel gerannt und plötzlich fühlte ich mich ganz leicht und es war unheimlich kalt. Als ich dann nach unten gesehen und gemerkt habe, dass ich fliege, bin ich ohnmächtig geworden. Ich wusste schon immer, dass ich merkwürdig bin, dass mit mir etwas nicht stimmt, aber ich wusste nicht …« Helen verstummte. Jason kam zurück zu ihrem Bett und berührte ihre Schulter.

»Niemand gibt dir die Schuld«, sagte er, aber Helen machte eine abwehrende Handbewegung.

»Doch, das tut ihr. Ihr alle. Weil ich das Ganze ins Rollen gebracht habe, als ich Lucas in der Schule angegriffen habe.«

»Du hast das hier nicht begonnen«, widersprach Jason energisch. »Dieser Krieg begann vor vielen Tausend Jahren.« Helen sah ihn verständnislos an, aber er schüttelte den Kopf, bevor sie irgendwelche Fragen stellen konnte. »Schlaf ein bisschen und mach dir keine Sorgen um Lucas. Selbst im Vergleich zu anderen Söhnen Apolls ist er ein zäher Brocken.« Auf dem Weg nach draußen schaltete Jason das Licht aus, ließ die Tür aber einen Spaltbreit offen, für den Fall, dass sie in der Nacht um Hilfe rufen musste.

Helen kuschelte sich unter die dicke Decke und versuchte, sich zu entspannen, aber die Erschöpfung und die fremde Umgebung machten sie irgendwie unruhig. Und dann das Fliegen. Sie konnte fliegen – das war unbestreitbar. Sie war nicht nur eine begabte Sportlerin mit der paranoiden Wahnvorstellung, vielleicht das Ergebnis eines verrückten genetischen Experiments zu sein. Nein, sie konnte wirklich fliegen, was dem Homo sapiens aerodynamisch unmöglich ist. Sie musste also etwas anderes sein. Etwas anderes als ein Mensch.

Die einzige Erklärung war das, was Lucas ihr gesagt hatte, aber das ergab auch nicht sehr viel mehr Sinn. Die griechischen Götter waren Mythen, eigentlich nicht mehr als starke Naturgewalten, die von den Menschen personifiziert worden waren. Sie waren keine historischen Gestalten mit tatsächlichen Nachkommen – zumindest hatte sie es in der achten Klasse so gelernt. Aber jetzt war sie sich nicht mehr sicher. Sie dachte darüber nach, wie es sich angefühlt hatte zu fliegen, wie die Luft sich plötzlich verändert hatte. Irgendwie war sie tatsächlich eine Halbgöttin und damit würde sie sich abfinden müssen.

In den frühen Morgenstunden schreckte Helen hoch und sah sich in dem dunklen, ungewohnten Zimmer um. Sie hatte vom Fliegen geträumt, was toll gewesen war, bis sie merkte, dass sie keine Ahnung hatte, wie sie landen sollte. Ihr erster Gedanke nach dem Aufwachen war, dass Lucas es ihr unbedingt beibringen musste. Dann wurde ihr bewusst, dass er vielleicht nie wieder würde fliegen können.

Obwohl seine Familie beteuert hatte, dass es ihm gut ging, wusste Helen, dass sie nicht weiterschlafen konnte, ohne sich selbst davon zu überzeugen. Sie musste ihn unbedingt sehen.

Helen stellte probeweise die Füße auf den Boden und belastete sie immer stärker, bis sie sicher war, dass sie stehen konnte, und humpelte dann mühsam den Flur entlang zu Lucas' Zimmer. Sie hatte zum Glück noch nie eine Sportverletzung gehabt, aber jetzt konnte sie sich die Schmerzen nur zu gut vorstellen. Ihre Muskeln dehnten sich nicht so weit wie gewohnt und ihre Gelenke fühlten sich heiß und geschwollen an. Als sie endlich lautlos Lucas' Tür aufmachte, war sie schweißgebadet. Lucas lag auf dem Rücken und starrte durch das Fenster den Mond an. Als Helen in der Tür auftauchte, fuhr sein Kopf herum.

»Hi«, flüsterte er.

»Hi«, flüsterte sie zurück. »Darf ich reinkommen?«

»Ja. Aber leise.« Er deutete auf Cassandra, die am anderen Ende des Zimmers auf der Couch schlief. »Sie war zwei Tage lang durchgehend wach.«

Helen schlich gebückt wie eine alte Frau in Lucas' Zimmer. Sie kam sich vor wie die böse Hexe aus dem Märchen und musste leise kichern, als sie sich vorstellte, wie sie die Kinder von ihrem Lebkuchenhaus scheuchte.

»Du hättest nicht herkommen sollen. Du bist ja total erledigt«, schimpfte Lucas.

»Vor einer Sekunde war noch alles in Ordnung, aber der Weg war weiter, als ich dachte. Euer Haus ist riesig«, flüsterte Helen und zielte mit ihrem protestierenden Körper auf den Sessel neben Lucas' Bett.

»Du wirst nicht lange sitzen können. Hier«, sagte er und schlug die Bettdecke zurück. »Du solltest dich hinlegen.«

Helen sah Lucas unsicher an. Sie hatte zwar die ganze letzte Nacht auf ihm verbracht, aber das war schließlich etwas anderes gewesen. Wenn sie sich jetzt zu ihm legte, war es ihre eigene Entscheidung. Sie sah, wie er sie angrinste, und ihr wurde klar, dass er sie für albern hielt. Ihre Knie zitterten mittlerweile so heftig, dass sie kaum noch stehen konnte. Sie versuchte, sich so vorsichtig hinzusetzen, wie sie nur konnte, um ihm nicht wehzutun, aber im letzten Augenblick gaben ihre Beine unter ihr nach, und sie plumpste zu ihm ins Bett.

»Tut mir leid«, flüsterte sie, als er die Decke über sie beide legte.

»Kein Problem. Pass mit deinen Zehen auf – meine Beine sind geschient«, warnte er. Helen spähte unter die Decke und sah, dass sein ganzer Unterkörper mit Verbänden umwickelt war. »Siehst du? Du bist vollkommen sicher bei mir.« Er grinste sie im Dunkeln an, und sie grinste zurück, bis ihr der Grund für ihren Besuch wieder einfiel, und ihr Lächeln erlosch.

»Wie schlimm ist es? Kann man überhaupt schon etwas sagen?«, fragte sie ihn ernst. Sie stützte sich auf einen Ellbogen und schaute ihm direkt ins Gesicht, um festzustellen, ob er sie anlog. Sogar im matten Licht des Mondes, das durch das Zimmerfenster fiel, konnte sie das intensive Blau seiner Augen sehen.

»Ich werde wieder gesund«, sagte er so leise, dass sich seine Lippen kaum bewegten.

»Ganz gesund? Wirst du wieder … du weißt schon … gehen und rennen und … fliegen können?«

»Ja«, wisperte er schon, bevor sie ausgesprochen hatte. »Noch einen Tag, dann bin ich wieder so gut wie neu.«

Helen wurde bewusst, dass sie sich nur zu ihm herunterbeugen musste, um ihn zu küssen. Das schien eine so natürliche Sache zu sein – als *sollte* sie ihn küssen –, dass ihr Mund schon auf halbem Weg zu seinem war, als sie sich zügelte und den Kopf wieder zurückzog.

»Leg dich hin, Helen«, sagte Lucas und schluckte.

Ein paar Minuten lang atmeten sie beide viel schneller als normalerweise, aber nach einer Weile hatte sich Lucas so weit beruhigt, um unter der Decke nach ihrer Hand zu greifen und sie festzuhalten. Sie sah zu, wie sich seine Brust in einem Rhythmus hob und senkte, den sie schon so gut kannte. Mit einem Lächeln auf den Lippen schlief sie ein.

7

Weil ich Lucas nicht wecken wollte!«, zischte eine frustrierte Stimme.

Helen konnte sich nicht erklären, wie Ariadne es an den Teetisch auf der Golden Gate-Brücke geschafft hatte. Sie konnte nicht fliegen.

»Warum streitest du deswegen mit mir?«, fragte Cassandra leise. Helen konnte nicht auf der Golden Gate sein, also musste sie im Bett liegen. Aber was machte Cassandra bei ihr im Bett? Wenn sie doch nur die Augen aufmachen und nachsehen könnte.

»Das bezweifle ich nicht. Aber was können wir tun?«, fragte Noel.

»Wir sollten abreisen. Sofort. Alles einpacken und zurückgehen nach Europa.«

»Du übertreibst maßlos«, schnaufte Ariadne und machte sich nicht einmal mehr die Mühe zu flüstern.

»Zwei Nächte hintereinander, Ari. Sie haben dasselbe gegessen. Ein Dach und ein Bett geteilt und jetzt haben sie auch noch Zeugen!«, sagte Cassandra genauso laut.

»Aber die wichtigste Sache haben sie nicht gemacht!«

»Mädchen!«, mahnte Noel.

Obwohl sie so müde war, dass sie das Gefühl hatte, an der Matratze festgekettet zu sein, schlug Helen bei diesem Gekeife die Augen auf. Ariadne, Cassandra und Noel standen an ihrem Bett. Nein, sie standen an Lucas' Bett und Helen lag darin. Ihre Augen wurden ganz groß, und ihr Kopf fuhr blitzartig herum, um Lucas anzusehen. Er wachte gerade auf, runzelte schläfrig die Stirn und räusperte sich.

»Streitet euch woanders«, murmelte er schlaftrunken und drehte sich zu Helen. Er schmiegte sich an sie und kämpfte dabei ungeschickt mit seinen Beinschienen. Als er versuchte, sein Gesicht in Helens Hals zu vergraben, stieß sie ihn an und sah zu Noel, Ariadne und einer wutschnaubenden Cassandra auf.

»Ich wollte sehen, wie es ihm geht, und habe es dann nicht mehr in mein Zimmer geschafft«, versuchte Helen zu erklären.

Sie schnappte nach Luft, als Lucas' Hand über ihren Oberschenkel glitt und oberhalb ihrer Hüfte liegen blieb. Dann spürte sie, wie er plötzlich erstarrte. Sein Kopf fuhr hoch und er sah sich hellwach und kampfbereit um.

»Ach ja«, meinte er zu Helen, als es ihm wieder einfiel. Sein Blick entspannte sich und er wurde sofort wieder schläfrig. Er lächelte zu seiner Familie auf und streckte sich. Dann rieb er seine wunde Brust und seine gute Laune verflog. »Könnt ihr euch vielleicht verziehen?«, fragte er.

Seine Mutter, Schwester und Cousine stemmten die Hände in die Hüften. Beschämt versuchte Helen, aus dem Bett zu schlüpfen, ohne viel Aufsehen zu erregen. Cassandra machte auf dem Absatz kehrt und stürmte aus dem Zimmer.

»Ari, bitte hilf Helen«, sagte Noel freundlich, als sie sah, wie Helen sich abmühte. Dann drehte sie sich um und brüllte gereizt zur Tür hinaus: »Hector! Komm her und hilf deinem Cousin!«

»Mir geht's gut«, versicherte Helen, als sie auf ihren immer noch schmerzenden Beinen stand und Ariadnes Hilfe nur annahm, um das Gleichgewicht zu halten. Ihr fiel sofort auf, dass sie den lächerlichen Seidenfetzen trug, den Ariadne als Schlafanzug bezeichnete. Am Abend zuvor, als sie ihren kleinen Spaziergang angetreten hatte, war ihr dieses Detail leider entgangen.

»He! Das ist … interessant«, sagte Hector, als er hereinkam und Helen sah.

»Was ist interessant?«, fragte Jason vom Flur aus. Er streckte den Kopf zur Tür herein. »Oh, wow!«

Die beiden starrten Helen an, die halb nackt und mit hochrotem Kopf vor Lucas' Bett stand. Dann warfen sie sich einen Blick zu und prusteten los.

»Okay, das reicht«, verteidigte sich Lucas. »Sie hat sich Sorgen gemacht und wollte nach mir sehen, aber als sie hier reinkam, ist sie fast umgekippt. Ich wollte Cassandra nicht wecken, damit sie sie ins Gästezimmer zurückträgt, und deswegen hat sie hier geschlafen. Und wie man wohl sieht, haben wir nur geschlafen. Kann jetzt bitte jeder außer Jase oder Hector verschwinden? Das gilt auch für dich, Mom. Ich muss unter die Dusche.«

Helen schlich ins Gästezimmer zurück, ohne mehr Hilfe in Anspruch zu nehmen als unbedingt nötig. Sie war so verlegen, dass sie am liebsten schreiend aus dem Haus gerannt wäre, doch um das zu tun, musste sie ihnen beweisen, dass sie wieder gesund war.

»Nein danke, ich schaffe das schon allein«, sagte sie zu Ariadne, als sie ihr Hilfe beim Duschen anbot.

»Alles klar. Ruf einfach, wenn du mich brauchst«, sagte Ariadne.

Helen musste sich in der Duschkabine zweimal hinsetzen, aber sie schaffte es schließlich, sich den juckenden Sand aus den Haaren zu waschen und sich abzutrocknen, ohne nach Ariadne zu rufen. Sie brauchte zehn Minuten dafür, ihre eigenen, frisch gewaschenen Sachen anzuziehen, aber das war es auf jeden Fall wert. Jetzt wollte sie nur noch Danke sagen und das Haus verlassen, ohne noch mehr Aufmerksamkeit auf sich zu lenken.

Als sie nach unten kam, saß die ganze Familie in der Küche, einschließlich Lucas. Sein Gesicht leuchtete auf, als er sie sah. Sie ging automatisch auf ihn zu und setzte sich. Damit war ihre Hoffnung auf einen unauffälligen Abgang vorbei. Eigentlich hatte sie gar nicht zum Frühstück bleiben wollen, aber sie konnte sich nicht von Lucas losreißen.

»Wir wollten gerade jemanden nach oben schicken, um nachzusehen, ob du durch den Abfluss gerutscht bist«, scherzte Noel.

»Helen besitzt Schamgefühl. Sie wollte sich allein anziehen«, sagte Ariadne, die Honig auf eine Schale mit Haferbrei träufelte und sie dann Helen hinschob.

»Schamgefühl? Klar doch«, sagte Hector sarkastisch, als er Lucas den gebratenen Speck reichte.

»Das war der Schlafanzug deiner Schwester, oder etwa nicht?« Lucas verzog keine Miene und füllte seinen und Helens Teller. Hector war klug genug, den Mund zu halten.

»Stimmt«, sagte Ariadne, die nicht mitbekommen hatte, was

los war. »Und der ist so angenehm zu tragen! Was ist denn los? Worüber lacht ihr alle?«

»Nichts, Ari. Vergessen wir es«, sagte Jason grinsend und hielt sich eine Hand über die Augen. Da prusteten alle los, sogar Castor und Noel.

Helen war hin und her gerissen. Sie wollte nicht mitlachen, weil der Witz zum Teil auf ihre Kosten ging, aber ganz verhindern konnte sie es dennoch nicht. Sie unterdrückte ein Kichern und betrachtete ihren vollen Teller. Es war die Art Frühstück, nach der man unbedingt ein Nickerchen brauchte. Sie überlegte, es einfach ausfallen zu lassen, um schneller wegzukommen.

»Ich weiß, dass du Hunger hast«, sagte Lucas so leise, dass nur Helen es hören konnte. »Was ist los?«

»Ich sollte nach Hause gehen. Ich habe mich lange genug aufgedrängt …« Sie verstummte, als Lucas den Kopf schüttelte.

»Das ist nicht der Grund«, sagte er entschieden. »Was ist los?«

»Ich fühle mich furchtbar! Praktisch nackt in deinem Bett aufzuwachen, während deine ganze Familie neben uns steht? Das ist nicht in Ordnung«, sagte sie mit zusammengebissenen Zähnen. Ihre Wangen glühten, was er mit einem Lächeln zur Kenntnis nahm.

»Wenn das nicht passiert wäre, würdest du dann bleiben?«, fragte er plötzlich ernst, den Blick auf ihre Augen gerichtet. Sie schlug die Augen nieder und nickte. »Und warum?«, hakte er nach.

»Zum einen habe ich Fragen«, sagte sie und ließ ihren Blick kurz über sein Gesicht schweifen. Er hatte einen Ausdruck im Gesicht, den sie nicht deuten konnte.

»Ist das der einzige Grund?«, flüsterte er.

»Genug geredet, ihr zwei. Ihr müsst endlich etwas essen«, rief Noel über den Tisch. Helen zuckte zusammen, was Lucas zum Kichern brachte. Sie und Lucas fingen an, so viel zu essen wie zwei Menschen, die ihre Körper buchstäblich Zelle für Zelle neu bilden mussten. Als Helen nach einer geschlagenen Stunde schließlich aufschaute, waren alle anderen bis auf Lucas längst mit dem Frühstück fertig, saßen aber immer noch in der Küche, tranken Kaffee und reichten die verschiedenen Teile der Zeitung herum. Es sah so aus, als würde die Familie Delos die erste Hälfte des Sonntags immer mit einem ausgiebigen Brunch verbringen und die zweite Hälfte damit, in der Küche auf das Abendessen zu warten. Helen, die niemand mehr beachtete, fühlte sich sehr wohl.

Lucas war immer noch mit Frühstücken beschäftigt, und so nahm sich Helen die Sportseiten und las alles über ihre geliebten Red Sox, die sich mehr schlecht als recht durch den September kämpften. Anscheinend hatte sie beim Lesen mit sich selbst gesprochen, denn als sie wieder aufschaute, sahen alle Männer am Tisch sie an.

»›Pitcher holt den Sieg‹, was?«, bemerkte Castor und lachte.

»›Wir haben zu viele Verletzte und keinen Schlussmann‹, stimmt's?«, zitierte auch Jason aus dem Sportbericht und grinste Helen an. Dann warf er Lucas einen Blick zu. »Gut, du hast gewonnen«, sagte er. Helen hatte keine Ahnung, was er damit meinte.

»Danke«, sagte Lucas mit einem gezwungenen Lächeln. Er lehnte sich zurück und schloss die Augen. Helen bemerkte, wie ihm plötzlich auf der Stirn der Schweiß ausbrach. Sie wollte seinen Kopf berühren, um festzustellen, ob er Fieber hatte, aber da war Jason schon aufgestanden.

»Ich nehme ihn, Helen«, sagte er, als er um den Küchentisch herumging. Er wollte Lucas hochheben, aber das ließ sein Cousin nicht zu. Also legte er den Arm um Lucas' Schulter und stützte ihn.

»Und nur bis zur Treppe, okay?«, verlangte Lucas. Jason nickte nur, denn die beiden waren so eng miteinander verbunden, dass Worte eigentlich überflüssig waren. Helen beobachtete, wie Noel hilflos die Hände hob.

»Lass ihn sein eigenes Tempo finden«, besänftigte Castor seine Frau. Sie nickte. Dies schien ein Thema zu sein, das sie schon eine Million Mal besprochen hatten. Dann fiel ihr Blick auf die Reste des Brunchs.

»Hector! Du bist an der Reihe, den Tisch abzuräumen!«

Helen war aufgefallen, dass Noel dazu neigte, ihrem Ärger Luft zu machen. Dann musste sie einfach jemanden anfauchen. Lucas blieb zurzeit verschont, weil er verletzt war, und Jason konnte sie nicht anschreien, weil er Lucas half – also nahm sie sich den nächsten Jungen vor, den sie finden konnte. Dasselbe hatte sie auch gemacht, als Helen aufgewacht war. Mit ihr hatte sie noch freundlich gesprochen und danach Hector angebrüllt. Der arme Hector schien die volle Ladung ihres Frustes abzubekommen, und so, wie er mit einem Kopfschütteln in die Küche geschlurft kam, gewann Helen immer mehr den Eindruck, dass er momentan ihr Lieblingsprügelknabe war. Er tat ihr sogar ein bisschen leid, aber als sie dann sah, wie besorgt Noel hinter Lucas hersah, der heldenhaft aus der Küche humpelte, konnte sie ihr noch nicht mal einen Vorwurf machen.

Lucas blieb an der Tür stehen.

»Dad?«, rief er, ohne sich umzudrehen. »Helen hat Fragen.«

Castor, der immer noch am Kopfende des Tisches saß, nickte. Einen Moment lang schien er in Gedanken versunken, doch dann stand er auf. »Das dachte ich mir schon«, sagte er und lächelte Helen freundlich an. »Wollen wir in mein Arbeitszimmer gehen?«

Castor führte sie im ruhigen Flügel des großen Hauses in ein noch nicht vollständig eingerichtetes Zimmer mit einem großartigen Blick auf den Ozean. Mehrere Ledersessel und Kartons mit Büchern in vielen verschiedenen Sprachen standen neben zusammengerollten Teppichen und noch nicht aufgehängten Bildern. An den gegenüberliegenden Seiten des Zimmers standen zwei große Schreibtische. Auf beiden türmten sich bereits Papiere, Umschläge und Päckchen.

Die Glastüren an der hinteren Wand führten hinaus auf eine Terrasse direkt am Strand. Davor standen zwei Sofas und ein riesiger Sessel.

Cassandra saß in dem großen Sessel und las ein Buch, das sie aber zur Seite legte, als Helen und Castor eintraten. Helen rechnete damit, dass Cassandra von ihrem Vater weggeschickt wurde, aber anscheinend hatte sie auf Castor und Helen gewartet. Woher Cassandra allerdings wusste, dass überhaupt eine Unterhaltung geplant war, war Helen ein Rätsel, nur Castor wirkte nicht überrascht.

Castor bot Helen einen Platz auf einem der Sofas an. Dann

warf er Cassandra einen Blick zu, die in dem Riesensessel ganz winzig wirkte, und begann zu sprechen.

»Was weißt du über die griechische Mythologie?«, fragte er.

»Sie meinen so was wie den Trojanischen Krieg? Homer und das alles?«, antwortete Helen mit einer Gegenfrage. Als Castor nickte, zuckte sie mit den Schultern. »Ich weiß nicht viel darüber. Eine Königin namens Helena hat ihren Mann verlassen und ist mit dem trojanischen Prinzen Paris durchgebrannt. Ihr Mann hat sie daraufhin mit tausend Schiffen voller griechischer Soldaten verfolgt und es brach ein langer Krieg aus. Dann war da noch etwas mit einem hölzernen Pferd … aber mehr weiß ich nicht.« Helen lächelte verlegen. »Das Buch habe ich leider nie gelesen.«

»Nun, ganz so war es zwar nicht, aber für den Anfang reicht es«, sagte Cassandra und hielt ihr das Buch hin, in dem sie gerade gelesen hatte. Es war ein Band, der sowohl die *Ilias* als auch die *Odyssee* enthielt.

»Du kannst es behalten. Wir haben noch mehr davon«, sagte sie trocken.

Das war das erste Mal, dass Cassandra in ihrer Anwesenheit so etwas wie einen Scherz gemacht hatte, und Helen zwang sich zu einem Lächeln.

»Mein Sohn hat dir bestimmt schon erzählt, dass wir die Nachkommen derer sind, die man als griechische Götter bezeichnet«, begann Castor. »Ich kann mir vorstellen, dass das schwer zu begreifen ist, aber du musst verstehen, dass Homer Historiker war und die *Ilias* und die *Odyssee* Berichte eines tatsächlichen Krieges sind, der vor einigen Tausend Jahren stattgefunden hat. Den meisten der alten Mythen und großen Dramen liegen richtige Menschen zugrunde. Herakles und Perseus, Ödipus und Medea. Sie alle haben wirklich gelebt und wir sind ihre Nachkommen. Ihre Scions.«

»Okay«, sagte Helen. »Sagen wir, ich glaube das alles. Götter hatten Kinder mit normalen Menschen. Also gut. Aber müssten die Zauberkräfte oder das Göttergleiche oder was immer es sonst ist, nicht inzwischen längst verschwunden sein? Schließlich ist das ziemlich lange her.«

»Die Fähigkeiten werden nicht schwächer«, sagte Cassandra. »Manche Scions sind stärker als andere, und manche verfügen über eine größere Bandbreite an Kräften, aber die Stärke dieser Kräfte hängt nicht davon ab, welche Fähigkeiten die Eltern hatten.«

Castor nickte und übernahm die weitere Erklärung.

»Meine Frau zum Beispiel ist eine Normalsterbliche, aber unsere Kinder sind beide stärker als ich. Und ich bin sehr stark«, sagte er, ohne dass es nach Prahlerei klang. »Wir glauben, dass es etwas damit zu tun hat, dass Götter unsterblich sind. Sie verblassen nie, und das tun auch die Fähigkeiten nicht, die sie uns gegeben haben, egal, wie viele Generationen vergehen. Es ist sogar so«, begann er, brach dann aber ab und sah Cassandra an.

»Wir werden stärker und jede nachfolgende Generation von Scions verfügt über mehr Fähigkeiten als ihre Eltern. Es ist aber noch nicht geklärt, woran das liegt«, erklärte Cassandra.

»Okay«, sagte Helen mehr zu sich selbst. »Ich wusste, dass ich etwas bin, das nicht hundertprozentig menschlich ist, aber etwas möchte ich noch wissen. Wer sind die Furien? Und wieso belästigen sie uns nicht mehr?«

Helens Frage löste längeres Stillschweigen aus. Cassandra und Castor sahen einander an, als versuchten sie, gegenseitig ihre Gedanken zu lesen, bevor Cassandra etwas sagte.

»Wir wissen nicht genau, warum sie verschwunden sind. In der Vergangenheit gab es Gerüchte über Scion-Paare, gewöhnlich einen Mann und eine Frau, die einen Weg gefunden haben, zusammen zu sein, ohne dass die Furien auftauchen, aber bewiesen ist das nicht. Wie es scheint, seid du und Lucas die Ersten, die es tatsächlich geschafft haben. Ich vermute, dass es damit zu tun hat, einander das Leben zu retten. Offenbar habt ihr es fertiggebracht, euch gegenseitig zu retten, was euch aus dem Teufelskreis der Rachsucht befreit hat, aber sicher bin ich mir nicht«, sagte sie. Helen dachte kurz an Lucas im trockenen Land – halb blind und verloren und nicht einmal fähig, allein aufzustehen. Sie verdrängte den schrecklichen Gedanken schnell wieder.

»Rachsucht?«, wunderte sich Helen. Castor sah ihr an, wie verwirrt sie war.

»Der Trojanische Krieg war sehr lang und hat viele Opfer gefordert. Er war das Schlimmste, was die Welt bis dahin erlebt hatte. Eine Blutfehde brach aus, die zuerst nur eine Familie betraf, die aus dem Krieg zurückkehrte, doch im Laufe der Zeit hat sie sich über alle vier großen Häuser ausgebreitet und sie zu Feinden gemacht.«

»Wir bezeichnen die vier verschiedenen Blutlinien der Scions als Häuser«, mischte sich Cassandra ein, die gesehen hatte, wie verständnislos Helen bei diesem Begriff die Stirn runzelte. »Sie waren im alten Griechenland der königliche Adel.«

»Die Furien sind unser Fluch, unsere Strafe«, sagte Castor ruhig.

»Sie zwingen Mitglieder verschiedener Häuser, sich gegenseitig zu töten, um eine Blutschuld zu begleichen, die wir von unseren Ahnen übernommen haben. Es ist ein wahrer Teufelskreis. Blut für Blut für noch mehr Blut«, flüsterte Cassandra, und die Leere in ihrem Blick ließ Helen schaudern.

»Diesen Teil kenne ich. Orest musste seine Mutter töten, weil sie seinen Vater getötet hat, weil der ihre Tochter getötet hat«, sagte Helen. »Aber ich habe diese Dramen gelesen und sie hatten ein Happy End. Apoll hat die Furien überredet, Orest zu vergeben.«

»Dieser Teil ist reine Fiktion«, sagte Castor mit einem Kopfschütteln. »Die Furien vergeben niemandem und sie vergessen nichts.«

»Also haben sich unsere Familien seit dem Trojanischen Krieg gegenseitig umgebracht?«, fragte Helen. »Dann können ja nicht mehr viele von uns übrig sein.«

»Das stimmt. Das Haus, zu dem unsere Familie gehört, ist das Haus von Theben. Man hat angenommen, dass es das einzige noch existierende Haus ist – natürlich nur, bis uns die Furien zu dir geführt haben«, erwiderte Castor.

»Von welchem Haus bin ich?«

»Das wissen wir erst, wenn wir erfahren, wer deine Mutter war«, sagte Cassandra.

»Ihr Name war Beth Smith«, sagte Helen und hoffte, dass Lucas sich irrte und dass sein Vater sie irgendwoher kannte. Aber Castor schüttelte bedauernd den Kopf.

»Wer immer sie war, sie hat dir und deinem Vater offensichtlich einen falschen Namen genannt, um euch zu schützen. Du siehst jedenfalls aus wie jemand, den ich einmal kannte, aber Scions vererben ihr Aussehen nicht auf dieselbe Weise wie normale Menschen«, sagte Castor zögernd und rutschte auf seinem Sofa herum. »Lucas zum Beispiel sieht mir kein bisschen ähnlich – er sieht nicht einmal aus wie ein typischer Sohn Apolls. Wir Scions sind halb Menschen, halb Archetyp, und manchmal hat unser Aussehen mehr damit zu tun, nach welcher historischen Figur wir unser Leben ausrichten sollen, als danach, wer unsere Eltern waren.«

»Und wem sehe ich ähnlich?«, wollte Helen wissen.

»Lass uns keine voreiligen Schlüsse ziehen. Hast du vielleicht ein paar Fotos oder ein Video von deiner Mutter? Dann könnten wir herausfinden, wer sie war«, sagte Castor eifrig, als stünden sie kurz davor, ein riesiges Puzzle zusammenzusetzen, auf dessen Vollendung er schon lange wartete.

»Ich habe nichts. Keine Bilder«, antwortete Helen leise. Cassandra atmete tief durch und nickte.

»Vermutlich, um dich zu beschützen. Sie hat jeden Kontakt zu dir abgebrochen und dafür gesorgt, dass du auf einer kleinen Insel mit einem überschaubaren Freundeskreis aufwächst, um die Gefahr zu verringern, dass dich ein rivalisierendes Haus findet«, meinte Cassandra.

»Was offensichtlich nicht funktioniert hat«, bemerkte Helen verbittert.

»Es ist lange Zeit gut gegangen, aber die Furien hätten es nicht ewig zugelassen«, sagte Castor ruhig.

Helen ließ ihren Kettenanhänger hin und her schwingen und zeigte ihn Castor und Cassandra. »Das ist alles, was ich von ihr habe. Ein Schmuckstück. Hat es vielleicht etwas zu bedeuten?«, fragte sie eifrig.

Ein Teil von ihr hatte immer gehofft, dass die Kette wichtig war, dass sie vielleicht eines Tages all ihre Fragen beantworten würde. In ihren wildesten Tagträumen stellte sie sich manchmal vor, dass die Kette ein Talisman war, der sie zu ihrer Mutter führen würde. Cassandra und Castor betrachteten den Herzanhänger eingehend, aber es war anscheinend nichts Besonderes an ihm.

»Das ist eine hübsche Kette«, sagte Cassandra freundlich.

»Ja, nicht wahr? Aber sie ist von Tiffany und deswegen gibt es wahrscheinlich ein paar Tausend davon. Es ist nur so, dass sie alles ist, was ich von ihr habe«, sagte Helen, und die Worte sprudelten nur so aus ihr heraus, ohne dass sie groß darüber nachdachte. »Mein Dad meint, dass sie sich schon lange darauf vorbereitet haben musste zu gehen, denn als er gemerkt hat, dass sie uns verlassen hat, waren alle Bilder weg. Jedes einzelne. Sogar Fotos, von denen er dachte, dass sie gar nicht wusste, dass er sie aufgenommen hat.«

Helen sprang vom Sofa auf und lief gedankenlos im Zimmer herum. Sie ging ans andere Ende des Raumes und betrachtete all die Bücher, die die Familie Delos angesammelt hatte, und die antiken Möbel, die vermutlich von einer Generation zur nächsten vererbt worden waren. Erinnerungsstücke wie diese hatte Helen nicht vorzuweisen, und sie spürte ein Gefühl des Verlustes, weil sie nicht wusste, wo ihre Mutter war oder woher sie kam. Es nicht zu wissen, barg jedoch auch gewisse Möglichkeiten.

»Ihre Familie verbindet ein enges Band, das sehe ich. Sie wissen immer, wo jeder ist. Aber meine Mutter hat etwas Drastisches getan. Sie ist einfach verschwunden.« Helen wusste nicht, wie sie ihren Gedanken am besten in Worte fassen sollte, und entschied, sie als Frage zu formulieren. »Wieso waren Sie so sicher, dass das Haus von Theben das einzige ist, das noch existiert? Wie können Sie das wissen?«

»Wir behalten einander stets im Auge, Helen«, sagte Cassandra.

»Ja, aber wie könnt ihr sicher sein?«

»Es ist barbarisch«, sagte Castor mit einem Kopfschütteln. »Wenn ein Halbgott einen anderen von einem rivalisierenden Haus tötet, findet für den Sieger eine traditionelle Feier statt, die wir einen Triumph nennen. Es wird als große Ehre betrachtet.«

»Aber das heißt doch nicht, dass *meine* Mutter tot ist. Vielleicht wird sie nur vermisst! Sie wissen ja nicht einmal, wer sie ist!«, fuhr Helen Castor an. Die Tränen quollen über die Ränder ihrer Lider und tropften ihr aufs T-Shirt.

»Die Tatsache, dass es dich gibt, beweist, dass alles möglich ist«, sagte Cassandra, konnte Helen dabei aber nicht in die Augen sehen.

»Um den Zeitpunkt deiner Geburt herum fanden zwischen den Häusern erbitterte Kämpfe statt, von denen man annahm, dass sie die endgültige Entscheidung gebracht haben. Es gab viele Tote«, sagte Castor und betrachtete seine Hände, als rechnete er damit, dort Blut zu sehen.

Helen drehte Castor und Cassandra den Rücken zu und versuchte, trotz ihrer Tränen normal weiterzuatmen, doch es dauerte einen Moment, bis sie sich wieder gefangen hatte und sicher war, dass sie nicht jeden Moment losschluchzen würde. Sie wusste gar nicht, wieso sie so aufgewühlt war. Sie hatte immer gedacht, dass sie ihre Mutter hasste.

»Helen, wir verstehen, dass du etwas Zeit brauchst, bevor wir weitersprechen. Es gibt noch vieles, worüber wir reden müssen, aber wir gehen nirgendwohin und können diese Unterhaltung fortsetzen, wann immer du möchtest. In der Zwischenzeit solltest du aber wissen, dass wir dir wirklich helfen wollen«, sagte Castor vom anderen Ende des Raums.

Helen hörte, wie sie aufstanden und hinausgingen, aber sie schaffte es nicht, sich von ihnen zu verabschieden. Als sie fort waren, schob sie die Terrassentür auf und ging hinaus. Der Anblick des weißen Strandes und des blauen Ozeans beruhigte sie ein wenig.

»Alles in Ordnung?«, fragte Lucas hinter ihr.

Helen nickte nur. Es überraschte sie nicht, dass er da war. Sie schauten beide den Strand entlang und beobachteten einen großen, langhaarigen Hund, der begeistert immer wieder in die Brandung sprang. Lucas stellte sich neben sie.

»Ich bin erleichtert«, sagte Helen und drehte den Kopf zur Seite, um ihn anzusehen. »Mein ganzes Leben lang habe ich gedacht, dass meine Mutter mich so sehr gehasst hat, dass sie mich nicht einmal wissen lassen wollte, wie sie aussieht.« Ein schmerzlicher Ausdruck verdunkelte Lucas' Gesicht, aber Helen sprach weiter, bevor er sie unterbrechen konnte. »Ich sage ja nicht, dass eine uralte Blutfehde etwas Gutes ist, aber wenigstens ist sie ein

Grund dafür, wieso sie mich verlassen hat. Das ist immerhin etwas, das ich bisher nicht hatte.«

»Sie kann immer noch am Leben sein«, versicherte ihr Lucas. »Egal, was Cass und mein Dad sagen.«

»Ich weiß gar nicht, was ich davon halten soll«, gestand Helen ehrlich. »Kate ist mehr eine Mutter für mich, als meine Mutter es jemals war. Ich schätze, ich werde entscheiden, was ich fühle, wenn ich die Wahrheit herausgefunden habe. Die ganze Wahrheit.«

»Gute Idee«, sagte Lucas und schaute aufs Meer hinaus. »Zumindest vorläufig.«

Er drückte ihre Hand und Helen schaute verblüfft nach unten. Sie hatte gar nicht gemerkt, dass sie sich an den Händen hielten, und wusste auch nicht, woher diese neue Angewohnheit kam, aber ihr war klar, dass es ihr fast unmöglich war, sie wieder aufzugeben. Sie hatte bisher noch nie die Hand eines Jungen gehalten und eigentlich hätte es sie verlegen machen müssen. Aber es war die natürlichste Sache der Welt, ihn zu berühren. Bei diesem Gedanken schüttelte sie staunend den Kopf. Sie schaute auf und sah, dass er ebenfalls ihre Hände betrachtete und vermutlich dasselbe dachte wie sie.

»Willst du dich einen Moment hinsetzen?«, fragte sie, denn ihr war wieder eingefallen, dass er ohne Jasons Hilfe nicht einmal hatte laufen können, als sie ihn zuletzt gesehen hatte.

»Nein. Aber ich könnte schon wieder etwas essen.« Er warf einen nachdenklichen Blick über die Schulter aufs Haus.

»Ich auch. Gott, bin ich verfressen!«, sagte Helen, die sich über sich selbst wunderte.

»Während deiner Heilung hast du stundenlang nichts gegessen«, sagte er und führte sie zurück zum Haus. »So verfressen kannst du also gar nicht sein.«

»Weißt du, wenn die fiesen Schmerzen nicht wären, könnte ich mich glatt an diese Heilungen gewöhnen. Die Leute tragen einen herum und gefüttert wird man auch ununterbrochen. Als wäre man wieder ein Baby, nur dass man jetzt alt genug ist, um es richtig zu genießen.«

»Nur wenn man ins Bad muss, ist es nicht so witzig.«

»Das stimmt! Vor allem nicht, wenn man von Fremden umgeben ist«, sagte Helen und erwartete ein Lachen oder eine witzige Retourkutsche von Lucas.

»Wir sind keine Fremden«, sprach er leise und sah ihr dabei in die Augen.

»Nicht mehr«, entgegnete Helen. Sie spürte, wie ihre Wangen zu glühen begannen, und musste nach unten sehen. Seine Augen waren so ehrlich und so blau, dass Helen das Gefühl hatte, unbedingt wegsehen zu müssen, weil sie sich sonst in diesen Augen verlieren und nie wieder aufhören würde, ihn anzustarren.

Auch auf dem Rückweg hielten sie sich an den Händen. Als sie näher ans Haus kamen, fiel Helen auf, dass Cassandra sie von einem der Balkone im oberen Stockwerk beobachtete. Sie sah unglücklich aus.

In der Küche war Noel bereits mit einem halben Dutzend Töpfen und Pfannen beschäftigt. Sie gab ihnen eine Packung Eiskrem, Kekse, Nüsse und Karamellsoße und sagte, dass sie jetzt wohl gesund genug wären, um sich ihre Eisbecher selbst zuzubereiten. Dann widmete sie sich wieder dem Braten von der Größe eines Ochsen, der nur knapp in den Herd passte. Noel verkündete, dass das Abendessen in zwanzig Minuten fertig wäre.

»Ich kann nicht bleiben. Ich muss nach Hause«, sagte Helen enttäuscht und schob ein paar aufgeweichte Pekannüsse auf dem Boden ihres leeren Eisbechers herum.

»Lächerlich. Du gehst nirgendwohin«, protestierte Lucas.

»Doch, wirklich. Ich muss nach Hause, den Jeep holen und dann Kate und meinen Dad vom Flughafen abholen.«

»Einer von uns kann sie doch abholen«, sagte Ariadne und erhob sich von der Bank.

»Setz dich wieder hin, Ari, du bist doch noch total erledigt vom Heilen. Und bilde dir nicht ein, dass du mich mit dem ganzen Rouge täuschen kannst, das du aufgetragen hast«, sagte Pandora mit einem Funkeln in den Augen und einer drohenden Fingergebärde, die ihre Armreife zum Klimpern brachte. »Ich würde zu gern gehen und deinen Dad kennenlernen, Helen.«

»Nein, das geht nicht!«, sagte Helen ein wenig zu energisch, bevor sie sich bremste und ruhiger fortfuhr. »Mein Dad weiß von alldem hier nichts. Bitte. Es ist wirklich nett von euch, das anzubieten, aber wenn mich einfach jemand nach Hause bringen könnte, wäre mir schon sehr geholfen.« Sie konnte die anderen nicht ansehen, aber sie wusste trotzdem, dass sich alle über ihren Kopf hinweg bedeutsame Blicke zuwarfen. Ariadne berührte Helens Hand und wollte gerade etwas sagen, als Lucas ihr zuvorkam.

»Ich fahre dich nach Hause«, sagte er und zog Helen an der Hand mit sich. »Lass uns fahren.«

»Du bist nicht in der Verfassung dazu«, verneinte Noel kopfschüttelnd, aber Lucas ging bereits auf sie zu und grinste ihr frech entgegen.

»Ich *fahre* sie nach Hause – ich fliege sie nicht dorthin«, sagte er und gab seiner Mutter einen übertrieben lauten Schmatzer auf die Wange. Noel war so überrascht, dass sie laut lachte und Lucas ihr Einverständnis gab.

Helen wollte sich gerade bei allen bedanken, da griff Lucas auch schon nach ihrer Hand und zog sie quer durch die Küche. »Ist ja gut«, sagte er. »Du bist eh morgen wieder hier.«

»Was?«, fragte Helen verdutzt, als Lucas sie durch die hintere Küchentür zerrte, die in die riesige Garage voller schicker Autos führte. Er setzte sie in ein Mercedes Cabrio und drückte beim Starten des Motors auf den Garagentüröffner.

»Du wirst morgen Nachmittag wieder hier sein«, beantwortete er schließlich ihre Frage, fuhr aus der Garage und in Richtung Milestone Road vom Grundstück.

»Ich kann nicht. Ich habe Geländelauf«, erinnerte Helen ihn.

»Und ich Footballtraining. Du kommst mit zu uns, wenn wir beide fertig sind. Und ich kann dich auch morgens vor der Schule abholen, wenn du willst.«

»Ich dachte, du wärst aus der Mannschaft geflogen.«

»Das ist so ziemlich geklärt«, sagte er mit einem breiten Grinsen. »Ich habe dieses Footballteam gesehen. Und glaub mir, die brauchen meine Cousins und mich.«

»Vermutlich sollte ich jetzt beleidigt sein, aber ich habe dieses Footballteam auch schon gesehen«, sagte Helen mit einem ebenso breiten Grinsen. »Aber ich kann morgen trotzdem nicht kommen. Ich arbeite montags immer.«

»Dann am Dienstag«, forderte Lucas.

»Geht nicht. Da muss ich meinem Dad das Abendessen machen«, sagte sie hastig.

»Er kann doch mitkommen. Meine Mom will ihn ohnehin kennenlernen«, sagte Lucas verunsichert. »Oder willst du nicht kommen?«

»Das ist es nicht«, antwortete sie frustriert. »Mein Dad wird es nicht erlauben, okay?« Helen sah aus dem Fenster. Lucas nahm ihre Hand und kniff sie ein wenig, damit sie ihn ansah.

»Niemand wird deinem Vater etwas erzählen, wenn du es nicht willst«, sagte er. Sein Blick wanderte dabei von der Straße zu ihrem Gesicht und wieder zurück.

»Das ist es nicht. Er lässt mich nicht weggehen, wenn am nächsten Tag Schule ist«, sagte sie und sah ihn an. Helen konnte spüren, wie seine Laune immer finsterer wurde.

»Nein. So geht das nicht«, sagte er plötzlich, fuhr ruckartig an den Straßenrand und hielt den Wagen an. Er drehte sich zu ihr um und holte tief Luft. »Ich weiß nicht, ob mein Dad dir das erklärt hat, aber die verschiedenen Häuser bestehen aus den Nachkommen von verschiedenen Göttern«, begann er.

»Ja, so etwas hat er gesagt«, antwortete Helen leise. Sie kam sich vor wie ein Schulkind, das zum Direktor zitiert wurde.

»Zum Haus meiner Familie, dem Haus von Theben, gehören die Nachkommen von Apoll. Er ist in erster Linie bekannt als der Gott des Lichts, aber er war auch der Gott der Musik, der Heilung und der Wahrheit. Falschfinder – Scions, die Lügen erkennen – sind sehr selten, aber ich bin einer von ihnen. Ich weiß immer, wenn jemand lügt, und wenn es jemand tut, der mir nahesteht, kann ich es nicht ertragen. Also lüg mich nicht an, Helen. Niemals. Wenn du mir nicht die Wahrheit sagen willst, dann tu mir den Gefallen und sag lieber gar nichts«, bat er sie.

»Tut das weh?«, fragte Helen.

»Ich habe versucht, Jase zu erklären, wie es sich anfühlt, aber ich kann es nicht richtig in Worte fassen. Es ist ungefähr so, als ob man etwas Wichtiges verliert und es nicht wiederfinden kann, nur viel schlimmer. Je länger die Lüge in der Luft hängt, desto hektischer suche ich nach der Wahrheit.«

»Ich brauche einfach ein bisschen Zeit, um mich an alles zu gewöhnen«, sagte Helen hastig. »Ich bin noch nicht bereit, meinem Dad von mir oder meiner Mom zu erzählen, weil ich nicht weiß, wie er das verkraftet. Um ehrlich zu sein, weiß ich nicht, ob ich es ihm jemals sagen werde. Ich brauche Zeit, um das alles zu verarbeiten. Wenigstens ein paar Tage.«

Lucas' Gesichtsausdruck entspannte sich sofort und er atmete auf.

»Warum hast du das nicht gleich gesagt?«

»Weil es zu …« Sie verstummte, weil sie nicht wusste, wieso ihr das so schwergefallen war.

»… zu direkt ist. Als wäre man nackt«, antwortete Lucas für sie. Helen nickte. »Tut mir leid. Aber bei mir musst du entweder ehrlich sein oder schweigen.« Er löste die Bremse, legte den Gang ein und fädelte sich wieder in den fließenden Verkehr ein.

Als er nicht mehr schalten musste, nahm er sofort wieder ihre Hand und hielt sie fest.

Lucas fuhr in die Einfahrt von Helens Haus und parkte hinter dem alten Wagen ihres Vaters. »Warte einen Moment«, sagte er, bevor er aus dem Auto sprang und hinter dem Haus verschwand.

Helen reckte den Hals, um nachzuschauen, wo er geblieben war, aber sie hörte nichts, noch nicht einmal seine Schritte. Verärgert darüber, dass er einfach so weglief, stieg sie aus dem Cabrio und ging zum alten Jeep. Ihr Blick fiel auf ihre Handtasche, die immer noch hinter dem Vorderrad lag. Als sie ihr Handy herausholte, hatte sie über ein Dutzend entgangene Anrufe.

Ihr fiel wieder ein, dass die Tasche auf dem Boden lag, weil sie angegriffen worden war, und plötzlich wurde ihr bewusst, dass der Angreifer *nicht* Hector oder Lucas gewesen war, wie sie an jenem Abend angenommen hatte.

Jetzt, wo sie sich daran erinnern konnte, ohne dass die Furien ihr Urteilsvermögen störten, begriff sie, dass ihr jemand anders aufgelauert hatte, als sie nach Hause gekommen war. Jemand mit sehnigen Armen – eine Frau, ihr lag immer noch der Geruch des Parfums in der Nase – hatte sie von hinten gepackt und war dann von der Familie Delos verscheucht worden. Lucas hatte Ariadne und Jason hinter ihr hergeschickt, aber die Frau musste entkommen sein, weil an diesem Wochenende niemand von ihr gesprochen hatte. Durch den Schock der vergangenen Tage hatte Helen den Angriff vollkommen vergessen.

»Lucas?«, rief sie und ging am Haus entlang. Plötzlich hörte sie hinter sich einen gedämpften Aufprall.

»Ich hatte dir gesagt, dass du im Auto bleiben sollst. Es geht um deine Sicherheit, Helen«, sagte Lucas gereizt. Helen drehte sich zu ihm um und fuchtelte wild mit ihrem Handy herum.

»Diese Frau! Du suchst nach der Frau, die Kate und mich überfallen hat«, rief Helen aus, der auf einmal alles klar wurde. »Sie ist auch ein Scion. Sie muss einer sein!«

»Natürlich ist sie das …«, unterbrach er sie. »Aber jetzt hör mir zu. Da sind zwei von ihnen – hinter dir sind zwei verschiedene Frauen her, und wir haben bisher keine von ihnen erwischt.«

Die Lichtkegel von Scheinwerfern huschten über sie hinweg, dann fuhr ein Auto in die Einfahrt. Lucas stand direkt vor Helen und konnte problemlos durch das gleißende Licht sehen, das Helen blendete. »Es ist dein Vater«, sagte er.

»Helen? Da bist du ja! Wo zum Teufel hast du gesteckt?«, brüllte Jerry, der schon aus dem Taxi sprang, bevor der Fahrer es ganz zum Stehen gebracht hatte. Er war so aufgebracht, wie sie ihn noch nie erlebt hatte. »Ich habe dich immer wieder angerufen. Du kommst nie zu spät nach Hause! Ich dachte, dir wäre etwas passiert!«

»Wieso bist du schon hier?«, fragte Helen verblüfft.

»Wir haben einen früheren Flug genommen. Hast du meine Nachrichten nicht gekriegt?«

»Ich …« Helen verstummte und schaute verlegen auf ihr Handy. Ihr war klar, dass sie sich schnell etwas ausdenken musste, aber sie war eine schlechte Lügnerin. Lucas nahm ihr das Handy ab und Helen hörte ein kaum wahrnehmbares Knirschen.

»Ihr Telefon ist kaputt«, sagte er und reichte Helens Vater das Handy, damit er sich selbst davon überzeugen konnte. Es zerfiel in tausend Einzelteile. »Ich bin hergekommen, weil ich nachsehen wollte, wieso sie nicht an ihr Handy geht, und da war sie gerade hier draußen, um zum Flughafen zu fahren und Sie abzuholen.« Helen starrte Lucas mit offenem Mund an und fragte sich, wie jemand, der so viel Wert auf die Wahrheit legte, so einfach lügen konnte.

»Wie hast du das fertiggebracht, Len?«, fragte Jerry entsetzt und betrachtete das Häufchen aus Plastikteilen in seiner Hand. »Das Ding war nagelneu.«

»Ich weiß!«, sagte Helen nervös. »Echter Schrott, oder? Es tut mir leid, Dad. Ich hatte keine Ahnung, dass ihr früher kommt. Ehrlich.«

»Ach, das macht doch nichts«, sagte Jerry jetzt ein wenig verlegen, weil er sich anscheinend ganz umsonst aufgeregt hatte. Dann sah er Lucas an. »Du kommst mir bekannt vor«, bemerkte er misstrauisch, als wäre ihm seine Anwesenheit erst jetzt aufgefallen.

Einen Moment lang sah Helen Lucas mit den Augen ihres Vaters – ein zu gut aussehender junger Mann, der zu gut gebaut und zu gut angezogen war und ein zu schickes Auto fuhr, um vom Vater irgendeiner Tochter gemocht zu werden.

»Lucas Delos«, sagte er und streckte Jerry die Hand hin.

»Ich dachte, du hasst diesen Jungen?«, fragte Jerry betont, als er Lucas kurz die Hand schüttelte. Lucas lachte, und es war ein so offenes, freundliches Lachen, dass Jerry einstimmen musste.

»Wir haben uns vertragen«, sagte Helen.

»Gut«, sagte Jerry. Aber als er dann an Lucas' protzigem Cabrio vorbeiging, um sein Gepäck aus dem Taxi zu holen, fügte er hinzu: »Oder auch nicht.« Helen nutzte den Augenblick, um vor Lucas die Augen zu verdrehen, und deutete auf ihr Handy.

»Was ist mit dieser Frau? Wie willst du mir jetzt den Rest der

Geschichte erzählen?«, wisperte sie hektisch. »Wenn ich das Telefon in der Küche benutze, hört es mein Dad.«

»Tut mir leid«, flüsterte Lucas zurück. »Aber mir ist so schnell nichts anderes eingefallen.«

»Morgen«, zischte Helen. »Ich will alles wissen.«

»Ich hole dich eine halbe Stunde vor der Schule ab. Dann können wir noch einen Kaffee trinken«, versprach Lucas.

»Was flüstert ihr da?«, fragte Jerry misstrauisch.

»Lucas muss nach Hause – zum Abendessen«, sagte Helen. Sie sah, wie Lucas das Gesicht bei dieser Lüge verzog, ihr aber zuzwinkerte.

»Es war nett, Sie kennenzulernen, Mr Hamilton.« Lucas hob zum Abschied die Hand und ging rückwärts auf seinen Wagen zu.

»Verdammt, ich wünschte, du hättest Akne. Oder ein Drüsenproblem«, antwortete Jerry.

»Dad!«, rief Helen schockiert aus. »Gute Nacht, Lucas«, sagte sie entschuldigend.

»Gute Nacht, Helen«, antwortete er sanft und mit leuchtenden Augen.

»Das reicht jetzt. Helen, geh ins Haus«, befahl Jerry mit einem nervösen Lächeln und gab seiner Tochter einen kleinen Schubs. »Ich glaube, mir wäre es lieber, wenn du wieder anfingst, ihn zu hassen.«

Helen hörte Lucas im Auto leise kichern.

Lucas nahm sich für die Rückfahrt viel Zeit. Er musste nachdenken und sich wieder in den Griff bekommen, bevor er seiner Familie gegenübertrat. Viel nützen würde das allerdings nicht. Cassandra und Jason wussten immer, wie er sich fühlte, und zurzeit ließen sie ihn ohnehin kaum aus den Augen. Sie sorgten sich um ihn, seit er Helen zum ersten Mal auf dem Schulflur gesehen hatte, und es würde noch schlimmer werden. Es *war* schon schlimmer. Jason würde ihm garantiert ins Gewissen reden wollen und dafür fehlte Lucas einfach die Geduld. Er wollte kein Mitleid. Er wollte einfach nur in Ruhe gelassen werden.

Er fuhr in die Garage und blieb noch einen Moment im Auto sitzen, um seine Gefühle zu ordnen. In den letzten Tagen fühlte es sich an, als wären sie mit einer Sprungfeder versehen, und sobald er den Deckel öffnete, schossen sie heraus wie Konfetti. Er wusste mit Sicherheit, dass er jetzt auf keinen Fall mit Cassandra reden wollte, aber dass sie vermutlich schon auf der Lauer lag. Also stieg er aus, ging nach draußen und flog zu seinem Zimmerfenster hinauf, um ihr aus dem Weg zu gehen.

Aber natürlich hatte sie gewusst, dass er genau das tun würde, und so saß sie bereits in seinem Zimmer auf der Couch und wartete auf ihn. Lucas lächelte ein wenig verlegen und machte das Fenster auf. Er hätte wissen müssen, dass sich seine kleine Schwester nicht so leicht austricksen ließ.

»Ich will nicht darüber sprechen, Cassie«, sagte er mit einer, wie er hoffte, geduldigen, aber entschlossenen Stimme.

»Das kannst du leider nicht selbst entscheiden«, widersprach Cassandra traurig.

»Nein. Wir sind Scions. Wir dürfen gar nichts selbst entscheiden, stimmt's?«, sagte er verbittert, als er durchs Fenster hereinschwebte und auf dem Teppich landete.

Sein Körper wurde wieder von der Schwerkraft übernommen, und als seine Füße den Boden berührten, wechselte er mühelos vom Fliegen zum Gehen.

»Du warst ziemlich lange weg«, sagte Cassandra in einem schmeichelnden Tonfall.

»Ich bin noch eine Weile in der Gegend geblieben und habe in der Nachbarschaft Ausschau nach diesen Frauen gehalten«, sagte er gleichmütig, und es war nicht einmal gelogen.

»Ich sagte doch, dass du dir keine Sorgen machen musst. Sie ist zumindest die nächsten paar Tage nicht in Gefahr«, erklärte Cassandra. »Was dich betrifft, bin ich mir nicht so sicher.«

»Ich habe sie nicht angerührt.«

»Aber du kannst dich auch nicht von ihr fernhalten.«

Das stimmte. Sogar, als er in ihrer Gegenwart noch von den Furien besessen gewesen war, hatte er sich nicht von Helen fernhalten können. Er wusste nicht, wie er es beschreiben sollte. Es fühlte sich irgendwie falsch an, von ihr getrennt zu sein. »Du brauchst dir keine Sorgen zu machen. Ich werde sie nicht anrühren.«

»Das ist nicht das Einzige, worüber ich mir Sorgen mache«, begann Cassandra warnend, doch Lucas unterbrach sie, weil er dieses Thema allmählich satthatte.

»Ja, ich weiß, es ist das, worüber du und alle anderen sich am meisten Sorgen machen, Cassie«, sagte er. Lucas nahm seine Uhr ab und legte sie sorgsam auf den Nachttisch. Er konnte seine Schwester einfach nicht ansehen, obwohl er wusste, wie grausam das war.

»Das ist nicht wahr. Und das weißt du auch, oder?«, fragte sie und war plötzlich nicht mehr seine süße kleine Schwester. Er sah zu ihr hinüber und spürte, wie er weich wurde. Sie trug eine schwerere Last als er, das war ihm bewusst. Manchmal gewann sein Ärger die Oberhand, aber er verließ sich darauf, dass Cassandra wusste, dass er sie immer lieben würde, selbst wenn sie von ihm verlangte, dass er das aufgeben musste, was er sich am meisten wünschte.

»Was spielt es für eine Rolle, was einer von uns fühlt?«, murmelte er. »Wenn Helen und ich es tun, fängt der Krieg wieder von vorne an. Und daran ändert Wunschdenken auch nichts.«

»Das weiß ich nicht mit Sicherheit«, sagte Cassandra zweifelnd. »Ich bin noch nicht stark genug.«

»Aber du bist dir ziemlich sicher«, sagte er und setzte sich auf die Bettkante. Es kam ihm plötzlich vor, als spürte er die Schwerkraft von zwei Planeten. »Und sag nicht, dass das nicht so ist, denn nicht einmal du kannst mich anlügen.«

8

Helen verbrachte die nächsten Stunden damit, sich alle Einzelheiten über die Reise ihres Vaters anzuhören und ihm zu versichern, dass Lucas nicht ihr fester Freund war. Sie erkannte schnell, dass sie den nervigen Fragen zum Thema Lucas ein Ende machen konnte, wenn sie ihn stattdessen über Kate ausfragte. Außerdem wollte sie wirklich zu gern wissen, wie es zwischen den beiden stand. Jerry beteuerte immer wieder, dass sie nur Freunde waren. Helen war sehr enttäuscht darüber, dass ihr Vater offensichtlich immer noch an ihrer Mutter hing. Am liebsten hätte sie sich in ihrem Zimmer eingeschlossen, um in Ruhe nachdenken zu können, aber vorher musste sie noch das gemeinsame Abendessen hinter sich bringen. Als sie endlich aufgegessen und noch kurz über den Laden gesprochen hatten, war Helen so erledigt, dass sie beim Zähneputzen beinahe einschlief.

Am nächsten Morgen ließ sie das Frühstück ausfallen, packte ihre Lunchbox ein und rief ihrem Vater von der Haustür aus zu, dass sie heute früher in die Schule müsse. Er rief ihr noch etwas hinterher, als sie in Lucas' Auto einstieg, aber sie tat so, als hätte sie es nicht gehört.

»Sollten wir nicht abwarten, was er will?«, fragte Lucas.

»Nein. Fahr einfach«, antwortete sie schnell.

Lucas zuckte mit den Schultern und fuhr los, als Jerry gerade an der Haustür auftauchte. Helen winkte ihm zu, aber sie wusste genau, dass sie später noch einiges von ihm zu hören bekommen würde. Und zwar nicht zu knapp.

»Okay, ich bin hier der Neue und kenne mich noch nicht so gut aus. Gibt es auf dieser Seite der Insel ein gutes Café?«, fragte Lucas.

»Wie wär's mit dem News Store«, schlug Helen grinsend vor. »Allerdings können wir da nicht ungestört reden.«

»Wie wär's damit?«, sagte er und hielt vor einem Restaurant, das bei den Touristen sehr beliebt war.

Helen verzog zwar das Gesicht, war aber einverstanden. Die kleinen Cafés kamen alle nicht infrage, weil Helen die Besitzer kannte und sie sich dort nicht ungestört unterhalten konnten.

Helen versuchte, Lucas nicht anzustarren, aber sie schaffte es kaum, die Augen von ihm abzuwenden. Es verblüffte sie, wie glücklich und zufrieden er aussah, wohin er auch ging, als wäre ihm die ganze Welt vertraut.

Sie versuchte, ihn aus den Augenwinkeln zu beobachten und ihn vielleicht beim nervösen Herumzappeln zu erwischen, wie sie es oft in der Öffentlichkeit machte, aber sie wartete vergebens. Es war ihm egal, ob die Leute ihn anstarrten oder nicht. Helen konnte nicht fassen, wie er einfach dastand und nichts tat, aber es inspirierte sie auch. Wieso sollte sie sich klein machen und sich dafür schämen, dass sie mehr Platz einnahm als andere Leute? Sie richtete sich ein wenig auf und starrte ihn weiterhin an.

»Hast du noch nicht genug?«, fragte er angesichts ihrer unverhohlenen Bewunderung.

»Noch lange nicht«, sagte sie, und ein Lächeln breitete sich auf ihrem Gesicht aus.

Als sie am Tisch saßen, fragte Lucas, was sie wissen wolle. Helen musste einen Moment nachdenken. Sie war sich nicht ganz sicher.

»Ich glaube, als Erstes will ich wissen, wer Kate verletzt hat«, sagte sie, obwohl sie die Antwort fürchtete.

»Wir wissen es nicht«, antwortete Lucas ernsthaft. Helens Hoffnung sank. Sie wusste zwar seit dem vergangenen Abend, dass Lucas es nicht vertrug, wenn man ihn anlog, was ihn aber nicht daran hinderte, selbst die eine oder andere Lügengeschichte aufzutischen.

»Das ergibt doch keinen Sinn, Lucas«, sagte sie zögernd. »Dein Vater hat mir gesagt, dass ich die Einzige … meiner Art … bin, die kein Mitglied eures Hauses ist. Wie könnt ihr dann zwei Frauen nicht kennen, die dieser Logik zufolge mit euch verwandt sein müssen?« Lucas nickte, als verstünde er genau, wieso Helen an ihm zweifelte.

»Das Haus von Theben ist sehr groß. Unsere Familie – also die von uns, die nach Amerika zurückgekommen sind – ist nur eine kleine Splittergruppe, aber der Hauptteil des Hauses ist viel, viel größer. Man nennt ihn die ›Hundert Cousins‹ und mein Onkel Tantalus ist so etwas wie ihr Oberhaupt«, sagte er und schaute mit ausdruckslosen Augen in seinen Kaffee. »Ich habe Unmengen entfernter Verwandter, von denen ich noch nie gehört und die ich noch nie gesehen habe.«

»Wenn dein Onkel ihr Anführer ist, kannst du ihn dann nicht einfach anrufen und fragen, welche deiner Verwandten mich umbringen wollen?«

»Tantalus könnte derjenige sein, der die beiden geschickt hat«, sagte er düster. »Aber genau wissen wir das noch nicht. Mein Onkel Pallas – der Vater von Hector, Jason und Ariadne – ist nach dem ersten Angriff auf dich nach Europa zurückgereist, um herauszufinden, was Tantalus weiß.« Helen sah in Lucas' funkelnde blaue Augen.

»Du meinst, er spioniert beim Rest des Hauses«, stellte sie überrascht fest. Lucas nickte. »Aber wieso nimmt deine Familie für mich so viel auf sich? Ich bin euch natürlich sehr dankbar, aber wieso macht ihr das? Was hast du mir bisher verschwiegen?«

Er fingerte an seinem Croissant herum und atmete tief durch.

»Die Hundert Cousins sind eine Art Sekte. Sie glauben an etwas, woran meine Familie nicht glaubt, und sie sind so fanatisch in ihrem Glauben, dass sie sogar bereit sind, dafür zu töten. Deswegen haben wir Spanien verlassen. Hector …« Lucas verstummte und schüttelte den Kopf, dann richtete er seine Aufmerksamkeit wieder auf Helen. »Tatsache ist, dass du in großer Gefahr schwebst. Ich bin dir gefolgt, seit ich dich das erste Mal gesehen habe, aber ich kann dich nicht jede Sekunde beschützen. Wenn dich eine von diesen Frauen findet, wenn ich nicht da bin, werden sie versuchen, dich zu töten, und du weißt noch nicht, wie man sich verteidigt.«

»Ich musste mich ja auch noch nie verteidigen«, sagte Helen verunsichert. »Ich meine, das hier ist Nantucket. Meistens vergessen mein Dad und ich sogar, die Haustür abzuschließen!«

»Du bist uns sehr wichtig. Viel wichtiger, als ich dir im Moment erklären kann.« Lucas beugte sich vor und griff nach ihren Händen. »Ich weiß, du hast gesagt, dass du ein paar Tage Zeit brauchst, und ich will dich nicht in Panik versetzen, indem ich dich mit alldem überfalle, aber du musst so bald wie möglich anfangen, mit uns zu trainieren. Meine Familie wird dir beibringen, wie man kämpft.«

»Meinst du Judo und so was?«

»So was in der Art«, sagte Lucas und lächelte zuversichtlich. »Mach nicht so ein besorgtes Gesicht. Mit deinen Fähigkeiten wirst du in kürzester Zeit allen in den Hintern treten.«

»Welche Fähigkeiten?«, fragte Helen unsicher.

»Du weißt es wirklich nicht?«, staunte er.

»Hey, Luke, wie läuft's?«, fragte Zach, der gerade hereingekommen war. Er lächelte, aber das änderte sich schnell, als er sah, dass Helen bei Lucas saß. Hinter ihm standen ein paar Mitglieder der Footballmannschaft und starrten das Paar mit offenem Mund an.

»Hey, Zach. Wir trinken nur einen Kaffee. Und ihr?«, antwortete Lucas vollkommen ungerührt. Helen lächelte unsicher und holte ihre Haare hinter dem Ohr hervor, um sich hinter ihnen zu verstecken. Lucas griff über den Tisch und strich ihr die Haare hinter die Schulter.

»Ja, wir auch«, murmelte Zach, der vor Verblüffung fast über seine eigenen Füße fiel. Sein Blick huschte zwischen Helen und Lucas hin und her. »Wir sehen uns nachher«, rief er noch, bevor er sich zu seinen Freunden in die Schlange stellte.

Helen biss sich auf die Lippe und starrte in ihren Kaffeebecher.

Unter dem Tisch rieb sie sich unauffällig den Bauch. Bitte keine Krämpfe, dachte sie verzweifelt.

»Was ist los?«, fragte Lucas, der sie nicht aus den Augen ließ.

»Nichts. Können wir bitte gehen?«, flehte sie verzweifelt. Sie wollte das Thema wechseln, fliehen, am besten auf der Stelle tot umfallen.

»Klar«, sagte Lucas und stand auf. Er sah sie besorgt an. »Ich weiß, dass es nicht ›nichts‹ ist, Helen, und es wäre mir lieber, wenn du mir die Wahrheit sagst. Ariadne hat uns Jungs schon vor einer Ewigkeit einen Vortrag über Frauenprobleme gehalten. Und mit ›Vortrag‹ meine ich, dass sie es regelrecht in uns reingeprügelt hat.«

»Damit schulde ich ihr was, aber es ist nicht das, was du denkst.« Helen packte seine Hand und zog ihn zur Tür.

Auf dem Weg nach draußen winkte Lucas Zach zu. Zach winkte zurück, aber er sah immer noch geschockt aus.

»Ich glaube, ich habe deinen Status ruiniert. Tut mir leid«, sagte Helen, als sie in den Mercedes stiegen.

»Was redest du da?«, fragte Lucas und fuhr rückwärts aus der Parklücke.

»Nun, Zach und diese anderen Jungs haben uns zusammen gesehen«, sagte sie.

»Und?«

»Zach und Lindsey sind nicht gerade Fans von mir, was mich zu einer niederen Lebensform macht, was die Beliebtheit in der Schule angeht«, erklärte Helen verlegen. Lucas fing an zu grinsen und nahm ihre Hand, musste sie aber zum Schalten wieder loslassen.

»Nächstes Mal nehme ich einen Wagen mit Automatik«, murmelte er vor sich hin. »Du glaubst, dass du unbeliebt bist? Ich habe schon in der ersten Stunde auf dieser Insel von der wunderschönen, perfekten, himmlischen Helen Hamilton gehört. Du weißt, dass dich die Jungs so nennen, oder? Himmlische Hamilton?« Helen wich seiner suchenden Hand aus, aber irgendwann schnappte er sich doch ihre Hand und hielt sie fest.

»Hör auf, Lucas. Für mich ist das kein Witz. Und was ist eigentlich damit?«, fragte sie und hielt ihre ineinander verschränkten Hände hoch.

»Ich weiß nicht«, sagte er. »Aber es fühlt sich richtig an, oder? Und jetzt erzähl mir, was dich wirklich daran stört, mit mir gesehen zu werden. Hast du Angst vor dem Gerede?«

»Ja und nein. Du verstehst das nicht, weil du noch nicht so lange hier bist, aber die angesagten Leute von der Schule haben etwas gegen mich und ein paar von ihnen sind ziemlich gemein zu mir. Ich habe nie richtig dazugehört.«

»Das wirst du auch nicht«, sagte Lucas ernst. »Wohin du auch gehst, du wirst anders sein, Helen. Je früher du dich daran gewöhnst, desto besser.«

»Ich bin daran gewöhnt! Ich hatte mein ganzes Leben, um mich daran zu gewöhnen!«, rief sie beim Abbiegen auf den Schulparkplatz.

»Gut. Und jetzt hör auf, so auszuflippen, und hör mir zu. Diese Jungs haben uns nicht angestarrt, weil sie dich hassen. Sie haben so geglotzt, weil sie nicht begreifen können, wie ich es geschafft habe, ein Mädchen, das mich erwürgen wollte, in meinen Wagen zu locken und mit ihr Kaffee trinken zu gehen.«

»Ach ja. Das hatte ich vergessen«, murmelte Helen und stieg aus. Sie warf sich ihre Tasche über die Schulter.

»Und so werden wir es auch weiterhin halten. Wenn wir nie wieder davon reden, dass wir versucht haben, uns gegenseitig umzubringen, soll mir das nur recht sein«, sagte Lucas ruhig. Er hielt ihre Hand immer noch fest und zog sie so dicht an sich, dass ihre Schulter seinen Arm berührte, als sie das Schulgebäude betraten.

Alle starrten sie an. Die Flure waren gesäumt von fassungslosen Gesichtern. Gespräche verstummten und wurden dann doppelt so laut fortgesetzt, sobald Helen und Lucas vorbeigegangen waren. Helen versuchte, ihre Hand zu befreien, aber Lucas hielt sie ganz fest. Er ließ sie erst los, als er merkte, dass Helen nicht nur verlegen war, sondern geradezu in Panik geriet.

»Lennie?«, rief Claire verwundert. Helen lächelte Lucas kurz an und steuerte unmittelbar auf Claire zu.

»Wo warst du das ganze Wochenende?«, fragte Claire und musterte Lucas misstrauisch.

»Hast du versucht, mich anzurufen?«, fragte Helen und war dankbar, dass sie sich von Lucas lösen konnte und damit hoffentlich auch von den Blicken der anderen.

»Nur fünf Mal oder so. Was war los?«

»Mein Handy ist kaputt«, sagte Helen entschuldigend. Dann wandte sie sich an Lucas. »Ich muss vor der ersten Stunde noch an mein Fach. Vielen Dank fürs Mitnehmen«, meinte sie kurz angebunden.

»Okay. Dann sehen wir uns später.« Er nahm es erstaunlich gelassen hin, dass Helen ihn einfach links liegen ließ. Er war kaum drei Schritte von ihnen entfernt, als Claire Helen auch schon am Arm packte und zu ihrem Schließfach zerrte.

»Was, zur heiligen Handgranate, war das denn?«, schrie Claire ihre Freundin beinahe an. Helen bedeutete ihr verzweifelt, sich zu beruhigen, und fummelte an ihrem Schloss herum.

»Wir haben lange geredet«, sagte Helen hastig. »Wir hassen uns jetzt nicht mehr.«

»Ihr habt geredet? Wer's glaubt. Ich glaube gern, dass ihr etwas mit euren Zungen gemacht habt, aber Reden war das sicher nicht.« Claire sah ziemlich gereizt aus, aber Helen wurde plötzlich noch viel gereizter.

»Hör auf damit, Claire! Das ist mein Ernst! Ich hatte echt ein hartes Wochenende Es tut mir leid, dass ich dich gestern Abend nicht angerufen habe, aber mein Vater war stinksauer, weil ich ihn auf dem Flughafen habe stehen lassen.«

»Dann erzähl mir eben jetzt, was Sache ist«, erwiderte Claire defensiv. »Auch wenn du gar nicht viel sagen musst, weil jeder sehen kann, dass du und Lucas plötzlich ein Paar seid.«

»Ich weiß nicht, was wir sind, aber es ist nichts, was sich so einfach mit dem Stempel ›Paar‹ versehen lässt, okay?« Vollkommen gestresst, raffte Helen ihre Bücher zusammen und bemerkte, dass sie keine ihrer Hausaufgaben gemacht hatte.

»Warum kannst du nicht einfach ehrlich mit mir sein? Du hast mit ihm geschlafen«, warf Claire ihr vor. Helen sah ihr an, wie verletzt sie war, und erkannte, dass sie ihre Freundin nicht vollständig aus dieser Sache ausschließen konnte.

»Ehrlich? Ich habe mit ihm geschlafen. Zwei Mal. Aber nicht so, wie du denkst«, antwortete sie und steuerte mit Claire in

Richtung von Hergies Klassenraum. »Wir haben uns nicht einmal geküsst.«

»Quatsch!«, rief Claire und blieb mitten auf dem Flur stehen.

»Frag ihn selbst. Du hast doch den ganzen Tag Kurse mit ihm«, konterte Helen todernst. Die Schulglocke läutete, und sie mussten losrennen, um noch durch die Tür zu kommen, bevor Hergie sie schloss.

Helen hatte einen grauenvollen Vormittag. Mehrere Lehrer drohten ihr mit Nachsitzen, weil sie die Hausaufgaben nicht gemacht hatte, und jedes Mädchen hasste sie dafür, dass sie mit Lucas zur Schule gefahren war. Helens Beziehung zu den Mädchen ihres Jahrgangs war schon immer angespannt gewesen. Jahrelang hatte sie sich bemüht, nett zu ihnen zu sein, aber irgendwann hatte sie es aufgegeben, weil sie gemerkt hatte, dass sie nur den Kopf einziehen und den Mund halten musste, um aus ihrem Blickfeld zu verschwinden.

Aber das war jetzt vorbei, nachdem man sie mit Lucas gesehen hatte. Sie hatte eine imaginäre Grenze überschritten, den Waffenstillstand gebrochen, den sie eingegangen war, als sie jedem Wettstreit abgeschworen hatte, und nun herrschte Krieg. Den ganzen Tag über hagelte es böse Blicke, sobald sie woanders hinsah als an die Tafel oder auf ihren Tisch. Zu allem Überfluss verbreitete Lindsey bösartige Gerüchte über sie und Claire war immer noch sauer.

Helen konnte nicht anders – als sie Lucas vor der Mittagspause an seinem Fach entdeckte, lächelte sie ihn an. Er war offenbar der einzige Mensch in der ganzen Schule, der ihr Lächeln erwiderte.

»Dann magst du mich also wieder?«, fragte er, als sie sich einen Weg zu ihm bahnte.

»Nicht du auch noch«, stöhnte Helen. »Habe ich ein Schild auf dem Rücken, auf dem ›Tritt mich‹ steht?«

»Das ist nur Getratsche, Helen. Das kann uns nichts anhaben«, sagte er.

»Dir vielleicht nicht«, murmelte Helen. Sie legte eine Hand auf ihren Bauch. Lucas wollte gerade fragen, was los ist, als Hector und Jason zu ihnen stießen.

»Deine Mom ist hier«, berichtete Jason Lucas, der nickte, als hätte er nichts anderes erwartet.

»Was ist passiert?«, fragte Helen.

»Nichts. Wir haben einen Termin beim Schulleiter, weil meine Mom versuchen will, dass er uns wieder in die Footballmannschaft lässt«, erklärte Lucas.

»Sie spielt die ›Haben Sie Mitleid mit der armen kleinen Frau, die so viele Jungs aufziehen muss‹-Karte aus, und dann wird sie ihn anflehen, uns lieber die Spieler der anderen Mannschaften verhauen zu lassen, statt uns gegenseitig anzugreifen. Und das alles natürlich nur zum Wohle der Nantucket High«, sagte Jason grinsend. »Das klappt jedes Mal. Sie ist echt der Einstein der Schuldgefühle.«

»Ist es nicht unfair, euch drei Football spielen zu lassen?«, fragte Helen mit einem missbilligenden Stirnrunzeln. »Ich meine, schließlich habt ihr Vorteile, die die anderen nicht haben.«

»Das musst gerade du sagen, Frau Läuferin«, erwiderte Hector hitzig.

»Helen läuft, weil sie ein Stipendium fürs College braucht«, sagte Lucas und warf Hector einen warnenden Blick zu. »Wir machen Sport, weil es von uns erwartet wird. Und es nervt, weil wir so tun müssen, als wären wir unglaublich langsam und schwächlich.«

»Und wir verbringen genauso viel Zeit damit, aufzupassen, dass niemand verletzt wird, wie mit dem eigentlichen Spiel«, fügte Jason grinsend hinzu. »Die Wahrheit ist, dass wir uns viel lieber gegenseitig verhauen, als so zu tun, als machten wir dasselbe mit Sterblichen, aber das würde ja nicht normal aussehen.«

»Na, dann viel Glück mit dem Normalaussehen«, sagte Helen knapp und trat zur Seite, damit Jason und Hector vorbeigehen konnten.

»Wir sehen uns nach der Schule«, versprach Lucas, als er seinen Cousins folgte. Er warf noch einen letzten Blick auf sie. Lucas wirkte besorgt. Helen versuchte, ihn anzulächeln, aber es war so unecht, dass sie sich fragte, ob er auch diese Lüge gespürt hatte.

Helen schlurfte in die Cafeteria und hoffte, schnell durch den Raum huschen zu können, ohne viel Aufsehen zu erregen. Sie sah, wie Lindsey etwas zu Amy Heart sagte, und sofort fing die ganze Horde Cheerleader an, höhnisch über Helen zu lachen. Alle starrten sie an. Sie verzog sich an den gewohnten Tisch mit Matt und Claire und war sicher, jeden Moment ihre Bauchkrämpfe zu bekommen.

»Würdest du dich bitte gerade hinstellen!«, fuhr Claire sie an. »Es gibt nichts Jämmerlicheres, als zuzusehen, wie du versuchst, mit den Füßen voran in dem verdammten Boden zu versinken, und ich schwöre, wenn ich dich noch mal dabei erwische, raste ich total aus.«

Das brachte das Fass zum Überlaufen. Helen machte auf dem Absatz kehrt und rannte aus der Cafeteria. Sie verzog sich auf die Mädchentoiletten und holte, auf einem Waschbecken sitzend, ihr Mittagessen raus, aber dort war es so unappetitlich, dass sie ihr Sandwich schon nach wenigen Bissen wieder einpackte.

Helen überlebte auch die letzten drei Unterrichtsstunden und stürmte beim letzten Läuten in den Umkleideraum, doch Claire war schon dort und wartete auf sie.

»Tut mir leid, dass ich dich vorhin angeschrien habe«, sagte sie zerknirscht. Sie sah so niedlich aus, wenn sie sich entschuldigte, dass Helen ihr einfach nicht böse sein konnte.

»Ach, vergiss es. Ich war total blöd und an deiner Stelle wäre ich auch sauer.« Helen legte Claire einen Arm um die Schultern, und nachdem sie sich umgezogen hatten, gingen sie auf den Sportplatz.

»Nur eine Frage, dann lass ich dich in Ruhe, bis du zu *mir* kommst, um zu reden«, sagte Claire, als sie am Footballfeld vorbeigingen. Aber Helen fehlte die Geduld für weitere Fragen.

»Wir haben uns nicht mal geküsst, Gig«, sagte sie, bevor Claire weiterreden konnte.

»Ehrlich nicht?«, kicherte Claire. Helen nickte und knuffte die Freundin spielerisch in die Seite.

»Ehrlich nicht. Einmal hätte ich ihn fast geküsst, aber da hat er mir gesagt, dass ich mich hinlegen und schlafen soll.«

»Ist nicht wahr!«, schrie Claire. Helen packte sie hastig und presste ihr die Hand auf den Mund.

»Er ist gleich da drüben«, sagte sie und deutete mit einem Kopfnicken in Lucas Richtung. »Ich habe dir gesagt, dass du es erfährst, wenn etwas passiert. Ich habe keine Geheimnisse vor dir.«

Claire bedachte Helen mit einem wissenden Lächeln.

»Du hattest immer Geheimnisse. Aber das ist in Ordnung. Wenn du bereit dazu bist, wirst du es mir erzählen«, sagte sie geduldig. Dann stürzte sie sich auf Helen und versuchte, sie zu Boden zu ringen. Helen spielte mit und tat so, als würde sie von ihrer kleinen Freundin überwältigt, was beide hysterisch zum Lachen brachte. Ihr Spaß hatte allerdings ein jähes Ende.

»Nehmt euch doch ein Zimmer«, spottete eine Jungenstimme.

»Das hättest du wohl gern«, konterte Claire sofort. »Warte mal. Wie bist du so schnell hierhergekommen?«

Helen drehte sich auf den Rücken, pustete sich die Haare aus dem Gesicht und sah Lucas und Jason über sich stehen.

»Wir haben dich zu Boden gehen sehen und sind hergerannt, um nachzusehen, was los ist«, sagte Lucas, ohne auf Claires Frage einzugehen.

»Danke. Sie ist ein echtes Tier«, meinte Helen und erlaubte Claire, sie noch einmal herumzuwälzen, bevor sie sich von Lucas aufhelfen ließ.

»Ein Meter fünfundfünfzig reiner Terror«, prahlte Claire und streckte die Hand aus, weil sie damit rechnete, dass Jason ihr aufhelfen würde. Er verschränkte demonstrativ die Arme.

»So groß bist du ohne diese lächerlichen Schuhe?«, fragte er verächtlich. »Ich glaube, ich war schon bei meiner Geburt größer.«

»Darauf möchte ich wetten. Ein Meter Dickschädel und fünfundfünfzig Zentimeter Arsch«, murmelte Claire und stand auf.

»Claire!«, stieß Helen schockiert hervor. Lucas' Schultern bebten vor Lachen. Jason tat so, als würde ihm der Witz nichts ausmachen, aber Helen vermutete, dass seine Gefühle verletzt waren.

Helen musste sich selbst das Lachen verkneifen und zwickte ihre Freundin zur Strafe. Claire quiekte protestierend. Sie wollte gerade noch etwas zu Jason sagen, als der Coach die Delos-Jungen zum Training rief.

Helen sah Lucas hinterher, als er zum Spielfeld zurücklief. Er war der schönste Junge, den sie je gesehen hatte.

»Mist. Wir sind spät dran«, sagte Claire. Sie beeilten sich, zu ihrer Gruppe zu kommen, und rannten gleich zum Start des Geländelaufs, wo Coach Tar mit ihrem Klemmbrett wartete. Sie sagte bereits die Startzeiten an, und so rannten Claire und Helen gleich weiter und riefen der Trainerin kurz zu, als sie die Startlinie überquerten. Sie notierte ihre Zeiten und schüttelte den Kopf.

»Du schuldest mir eine volle Minute fürs Zuspätkommen, Hamilton«, rief sie ihnen hinterher.

»Alles klar, Coach!«, brüllte Helen zurück. Dann senkte sie die Stimme, um Claire zur Rede zu stellen. »Wieso hast du das zu ihm gesagt?«, fragte sie, denn Jason tat ihr immer noch leid.

»Weil es sich klasse angefühlt hat!«, erwiderte Claire ungerührt.

»Ich mag Jason«, sagte Helen und meinte es wirklich ernst. Er war immer nett zu ihr gewesen und er schien ein kluger Kopf zu sein. »Er ist wirklich ein netter Typ und du warst echt fies zu ihm.«

»Natürlich magst du ihn, weil Jason zu jedem nett ist. Zu jedem außer mir. Du hast keine Kurse mit uns, also hast du es nicht miterlebt, aber jedes Mal, wenn wir diskutieren, versucht er, mich niederzumachen, und argumentiert immer gegen das, was ich sage. Sogar, wenn er meiner Meinung ist, muss er dagegen anstinken, nur um des Teufels Advokat zu spielen.«

»Und was glaubst du, wieso er das macht?«, fragte Helen mit einem Grinsen im Gesicht.

»Das habe ich ihn auch gefragt, und weißt du, was er gesagt hat?« Claire wurde immer wütender. »Er hat gesagt, dass sich an unserer Schule kein anderer traut, bei Debatten gegen mich anzutreten. Außer ihm, und es täte mir gut, wenn ich mich ausnahmsweise mal ein bisschen anstrengen würde!«

»Wie kann er es wagen, dich zum Nachdenken herauszufordern«, entrüstete sich Helen mit gespieltem Entsetzen.

»Glaub mir, er tut mir damit keinen Gefallen. Er will nur beweisen, dass er klüger ist als ich.«

»Ist er das?«

»Ach, ich weiß nicht. Vielleicht. Lucas ist jedenfalls klüger als wir alle, und da geht sie hin, die Jahrgangsbeste. Und dann ist da noch Ariadne. Sie ist auch ziemlich clever, aber ich glaube, sie könnte ich schlagen. Wir werden ja sehen, was passiert«, sagte Claire und biss sich auf die Unterlippe.

Diese ganze neue Konkurrenz machte ihr schwer zu schaffen, und Helen hatte sie noch nicht einmal gefragt, wie ihre Kurse liefen. Es hörte sich an, als hätte Claire ihren lebenslangen Traum aufgegeben, die Highschool als Jahrgangsbeste abzuschließen, und Helen hatte es noch nicht mal mitbekommen.

»Ich war in den letzten Tagen eine schreckliche Freundin, stimmt's?«, fragte Helen, die sich plötzlich furchtbar gemein vorkam.

»Schrecklich würde ich nicht sagen«, verkündete Claire mit einem Lächeln. »Aber wenn du willst, kannst du es mit einem Gefallen wiedergutmachen.«

»Alles, was du willst«, sagte Helen sofort.

»Wenn du Lucas in der Nacht vor der Prüfung wach und beschäftigt halten würdest …«, begann Claire und hob schon einen Arm, um sich vor Helens spielerischen Schlägen zu schützen. »Ich weiß gar nicht, wieso du dich sträubst, Len. Zum einen ist er verdammt toll. Zum Zweiten ist er so verdammt toll, dass es doppelt zählt. Und zum Dritten ist er vom Training weggelaufen, als er gesehen hat, dass du hingefallen bist. Also das nenne ich wahre Liebe.«

Helen wusste nicht, was sie sagen sollte. Sie konnte schlecht zugeben, dass Lucas nur nachgesehen hatte, ob ihr nichts fehlte, weil ein paar seiner Verwandten sie töten wollten. Das Bild von Kate, wie sie bewusstlos auf dem schmutzigen Boden lag, blitzte in ihrem Kopf wieder auf, und ihr Magen zog sich zusammen. Genauso wie Kate war Claire schon dadurch in Gefahr, dass sie sich in ihrer Nähe befand.

»Ich muss ein bisschen Gas geben«, sagte Helen hastig und startete durch. »Zeig Lucas, dass diese Beine zu mehr nutze sind als nur zum Anstarren, und ruf mich nachher an«, rief Claire Helen hinterher.

Als Claire außer Sichtweite war, seufzte Helen und musste gegen ihre Schuldgefühle ankämpfen. Sie wusste nicht, was sie tun würde, wenn Claire etwas geschah. Diese Vorstellung lenkte sie so von ihrem Tempo ab, dass sie beinahe viel zu früh an Coach Tar vorbei durchs Ziel gelaufen wäre. Im letzten Moment ging sie hinter ein paar Büschen in Deckung und wartete dort einige Minuten ab, bis sie die letzten Meter sprintete. Sie kam natürlich trotzdem als Erste ins Ziel und musste dann noch eine halbe Stunde warten, bis Lucas' Training endlich zu Ende war. Wenn er sie weiterhin morgens zur Schule mitnahm, musste sie sich in Zukunft eine andere Möglichkeit ausdenken, nachmittags zur Arbeit zu kommen.

Helen hatte den News Store kaum betreten, nachdem Lucas sie abgesetzt hatte, als Kate ihr auch schon mit einem fassungslosen Gesichtsausdruck entgegenkam.

»Wow!«, brachte sie nach einem Moment der Sprachlosigkeit schließlich hervor. »Er ist wie … wow! Ich könnte schon für das, was ich gerade denke, in den Knast kommen.«

»Kate!«, rief Helen aus und warf eine zusammengeknüllte Serviette nach ihr. »Ich dachte, du bist Feministin!«

»Was hat das denn damit zu tun?«

»Predigst du nicht immer, dass es keine Gleichheit geben kann, solange die Geschlechter einander zu Lustobjekten machen?«

»Ja, schon, aber wen kümmert's!«, sagte Kate und fächelte sich mit der Hand Luft zu. »Als ich in deinem Alter war, haben die Jungs ihren Widerstand gegen das Establishment gezeigt, indem sie einen Hässlichkeits-Wettbewerb ausgetragen haben. Ich bin echt betrogen worden!«

»Mach nur so weiter, und ich sage meinem Dad, dass er Konkurrenz bekommen hat«, alberte Helen herum, aber der Scherz erzielte nicht die erhoffte Wirkung. Das Strahlen in Kates Augen erlosch.

»Ich denke nicht, dass ihm das etwas ausmacht«, sagte sie und wechselte abrupt das Thema. »Aber wir sprechen hier nicht von mir. Wir sprechen über dich und Lucas und die Notwendigkeit von Kondomen.«

Nach wiederholten Beteuerungen glaubte Kate Helen endlich, dass sie noch nicht mit Lucas geschlafen hatte.

»Ist er schwul?«, fragte sie. »Ich meine, sieh dich an, Len.«

»Ich habe ihn nicht gefragt, aber ich bin mir ziemlich sicher, dass er auf Mädchen steht«, sagte Helen und seufzte. »Ich weiß ehrlich gesagt nicht, woran es liegt.«

»Ihr müsst doch nichts überstürzen, und lass nicht zu, dass dir jemand ein schlechtes Gewissen einredet, wenn du noch warten willst. Es macht ohnehin mehr Spaß, wenn man sich Zeit lässt«, sagte Kate lächelnd und wechselte sofort das Thema, als sie merkte, dass es Helen peinlich wurde.

Auch wenn Kate überzeugt war, dass sie und Lucas irgendwann mehr tun würden, als nur Händchen zu halten, war Helen plötzlich nicht so sicher. Das einzige Mal, als sie versucht hatte, Lucas zu küssen, hatte er ihr gesagt, dass sie schlafen sollte. Obwohl das in der Schule alle anders sahen, waren sie und Lucas eigentlich nur befreundet und sonst nichts. Lucas konnte jedes Mädchen haben, das er wollte, und wenn man sich Kates Reaktion ansah, galt das auch für Frauen, die die Highschool längst hinter sich hatten.

Das zu wissen, war Helens Selbstbewusstsein nicht sehr zuträglich. Sie wusste, dass Lucas sie gernhatte – so, wie er sie angestarrt und wie sein Herz gepocht hatte, als sie in seinem Bett gewesen war –, aber aus irgendeinem Grund schien er nichts unternehmen zu wollen. War das immer so, wenn man einen neuen Freund hatte, oder tat sie unabsichtlich etwas, das ihn zurückwies? Da sie noch nie mit einem Jungen zusammen gewesen war, hatte sie keine Ahnung, was »normal« war.

Als sie nach der Arbeit wieder zu Hause war, zwang sie sich, vor dem Schlafengehen noch alle Hausaufgaben zu machen. Als sie endlich das Licht ausschaltete, war es schon nach zwei Uhr. Helen war todmüde, konnte aber trotzdem nicht einschlafen. Vielleicht hatte sie auch etwas missverstanden. Offensichtlich mochte Lucas sie und wollte sie beschützen, aber nichts davon bedeutete, dass er in sie verliebt war. Vielleicht war sie einfach nicht sein Typ. Vielleicht hatte er schon eine Freundin in Spanien. Helen stellte sich eine rassige Schönheit mit langen schwarzen Locken, gebräunter Haut und einem sexy spanischen Akzent vor, die nur darauf wartete, dass Lucas nach Europa zurückkehrte.

Helen drehte sich auf die Seite und legte sich das Kissen über den Kopf. Sie schwor sich, keiner von diesen jämmerlichen Losern zu sein, die einem Jungen hinterherjagten, den sie niemals haben konnten. Sie brauchte mehr Informationen über Lucas, aber da er neu an der Schule war und niemand seine Vorgeschichte in Bezug auf Mädchen kannte, würde Helen versuchen müssen, Ariadne auszuhorchen. Sie konnte nur hoffen, dass die sie nicht sofort durchschaute.

9

»Streck dein Kinn weiter so weit vor, und ich schlage es dir ab«, brüllte Hector. Er hatte in den letzten anderthalb Stunden sehr viel gebrüllt.

Helen zog gehorsam das Kinn zurück und hob die Fäuste, um ihr Gesicht zu schützen. Sie hielt ihren Schwerpunkt tief und bewegte die Füße in flachen Halbkreisen, für den Fall, dass auf dem Boden Gegenstände waren, die sie wegschieben musste. Sie umkreiste Hector und beobachtete seine Hüften, um sofort zu erkennen, wenn er vorsprang, um sie auf die Matte zu werfen. Sie machte alles, was er ihr gesagt hatte. Dann grinste Hector verächtlich und schlug ihr ins Gesicht, so schnell, dass sie seine Fäuste nur verschwommen vorbeihuschen sah. Sie fiel zum zehnten Mal auf den Po und schaute einen Moment später durch ihre Augen, die sich gerade in einem Dauerheilungsprozess befanden, zu ihm auf.

»Das war wieder deine Linke, oder?«, fragte sie gelassen.

»Was ist los mit dir?«, fuhr er sie in einem Ton an, der sie an Mr Hergesheimer erinnerte. »Du bist schneller als ich. Warum gehst du mir nicht aus dem Weg?«

Helen zuckte nur mit den Schultern, stand auf und nahm erneut ihre defensive Haltung ein. Hector schlug ihr sofort in den Magen und sie fiel auf die Knie.

»Das reicht, Hector«, brüllte Lucas. Helen hob die Hand, um Lucas zu zeigen, dass alles in Ordnung war, und stand auf. Mal wieder.

Sie wollte, dass Lucas sich heraushielt. Aus irgendeinem Grund war ihre erste Trainingseinheit zu etwas Persönlichem für Hector geworden, und sie wollte, dass er sich richtig austobte, damit er loswurde, was auch immer an ihm nagte. Die Schläge taten zwar weh, aber sie waren kein Vergleich zu ihren Krämpfen, also konnte sie ganz gut damit umgehen. Kaum stand sie wieder auf den Beinen, brachte Hector sie mit einer einzigen Bewegung erneut zu Fall.

»Hector!«, brüllte Lucas. »Sie hat noch nie gekämpft, du Idiot!«

Helen schaute auf und sah, wie Jason Lucas eine Hand auf die Schulter legte, um ihn davon abzuhalten, in den Käfig zu springen. »Mir geht's gut, Jungs. Macht euch um mich keine Sorgen«, sagte sie, so fröhlich sie konnte, und rappelte sich auf. Hector gefiel ihr Ton gar nicht.

»Warum nimmst du das nicht ernst?«, fuhr er Helen an. Als sie sich vornüberbeugte, um das Blut auszuspucken, nutzte Hector die Gelegenheit, ihr auf den Kopf zu schlagen.

»Hör auf!«, schrie plötzlich Cassandra. »Sie ist keine geborene Kämpferin, okay? Wann geht das endlich in deinen Dickschädel?«

Helen fühlte sich schrecklich. Ihr war klar, dass sie verheerend aussehen musste, wenn sich sogar jemand aufregte, der sie nicht einmal leiden konnte.

Als Helen wieder auf den Beinen stand, war Cassandra bereits aus dem Trainingsraum verschwunden.

»Kann ich bitte etwas Wasser haben?«, sagte sie zu Ariadne, die mit einem feuchten Tuch über ihr stand.

Auf der anderen Seite des Käfigs sah sie Jason zwischen Lucas und Hector stehen. Jasons Hemd war zerrissen, und aus einer Wunde am Kopf lief Blut, aber er kämpfte noch immer darum, die beiden größeren Delos-Jungen daran zu hindern, dass sie sich in Stücke rissen. Hector brüllte Lucas an und versuchte, seine Position zu verteidigen.

»Sie kann alles einstecken! Alles! Ich habe sie härter geschlagen als jeden anderen und sie ist immer wieder aufgestanden! Aber sie schlägt nicht *zurück*!«, rief Hector. Er bemerkte, dass Helen ihn ansah, und zeigte anklagend mit dem Finger auf sie. »Du glaubst wohl, du kannst einfach zurücktreten und Luke deine Kämpfe ausfechten lassen, was? Du bist stärker als wir alle zusammen, aber du bist dir wohl zu fein zum Kämpfen, Prinzessin!«

Jason schlang beide Arme um seinen Bruder, der sich mit aller Kraft dagegen wehrte.

»Ich versuche, nicht geschlagen zu werden!«, lispelte Helen durch ihre abgebrochenen aber bereits nachwachsenden Zähne. Ariadne legte den Arm um sie und hielt sie fest, während sie ihrem Bruder böse Blicke zuwarf.

»Wie kannst du es wagen, Hector? Sie ist nicht aufgewachsen wie wir, die uns ständig an die Kehle gehen. Es steckt einfach nicht in ihr«, schimpfte sie.

Der vorwurfsvolle Ton seiner Schwester schien Hector wieder zur Vernunft zu bringen, und er hörte endlich auf, sich gegen Jason zu wehren. Er sprang mühelos über den fast fünf Meter hohen Zaun, der den Kampfbereich umgab, und landete mit einem gewollt lauten Aufschlag direkt vor Helen.

»Dann sollte sie es lernen. Weil ich nämlich nicht will, dass die Leute, die ich liebe, bei der Verteidigung ihres faulen Arschs draufgehen«, knurrte er. Als er die Arena verließ, rannte Lucas auf der Stelle zu Helen.

»Es tut mir so leid. Du musst nie wieder gegen ihn kämpfen.«

»Wieso nicht?«, fragte Helen und stieß sich von seiner Brust ab. Ihre Stimme klang wegen der vielen Kopftreffer immer noch etwas undeutlich. »Ich bin vielleicht keine geborene Kämpferin, aber er hat recht. Ich muss es lernen oder jemand anders könnte verletzt werden. Jemand wie mein Vater oder Claire oder Kate. Diese Frauen sind immer noch hinter mir her. Sie könnten jeden angreifen, der mir etwas bedeutet.«

Lucas fing sie auf, als ihr schwarz vor Augen wurde. Er betrachtete ihr zerschundenes Gesicht, als er sie aus dem Ring in den Bereich trug, in dem sie ihre Sportsachen aufbewahrten.

Er setzte sie auf einen Edelstahltisch und ließ sie einen Moment allein, um Verbandszeug, eine Schale mit Wasser und merkwürdigerweise auch eine Packung Saft und ein Glas Honig zu holen. Er sagte kein Wort, bedeutete ihr aber, den Mund aufzumachen, und träufelte ihr etwas Honig auf die Zunge. Kaum hatten ihre Geschmacksknospen den süßen Geschmack vernommen, war es Helen sonnenklar. Honig war das perfekte Heilmittel für Halbgötter. Eine wilde Gier ergriff auf einmal von ihr Besitz. Sie packte Lucas' Handgelenk mit beiden Händen und ließ es erst wieder los, als sie das Glas bis auf den letzten Rest ausgeleckt hatte.

Als der Honig leer war, holte sie tief Luft. Sie schaute auf, bemerkte Lucas' fragenden Blick und nickte, als wollte sie ihm sagen, dass es ihr besser ging. Wortlos stach er den kleinen Strohhalm in die Saftpackung und drückte sie Helen in die Hand, bevor er anfing, mit dem Verbandszeug und dem warmen Wasser ihre Wunden zu verarzten.

Helen sah alles unscharf und ihre Augen konnten Lucas nicht fixieren. Es war merkwürdig. Ihr Blick glitt immer wieder von ihm ab. Sie versuchte, ihn zu beobachten, während er sich um ihre Verletzungen kümmerte, aber es war fast unmöglich, ihn wahrzunehmen. Als die Minuten vergingen und Helens Heilung fortschritt, wurde Lucas wieder sichtbar, und sie konnte erkennen, wie sich die Sorgenfalten auf seiner Stirn glätteten und dann ganz verschwanden. Er tupfte das restliche Blut ab und seufzte.

»Warum bist du Hector nicht ausgewichen, Helen?«, fragte er sanft und brach damit das lange Schweigen. »Warum hast du ihn nicht mit den Händen geblockt?«

»Er ist schneller als ich«, antwortete sie, aber sie wussten beide, dass das nicht die ganze Wahrheit war, und als sie seinen skeptischen Blick sah, fuhr sie fort. »Ich wusste, wenn ich anfange, ihn zu blocken, wird er noch wütender, und dann hätte ich irgendwann keine andere Wahl gehabt, als ihn so hart zu schlagen, dass er nicht mehr zurückschlagen kann.«

»Das ist der Sinn des Kämpfens«, bemerkte Lucas mit dem Anflug eines Lächelns.

»Dann will ich nichts damit zu tun haben«, sagte Helen ernst. »Ich will niemandem wehtun, Lucas. Kannst du mir nicht etwas anderes beibringen?«

»Was zum Beispiel?«, fragte er verblüfft.

»Zum Beispiel das, was du auf dem Schulflur mit mir gemacht hast, als wir uns das erste Mal begegnet sind. Da hast du mich irgendwie herumgewirbelt und standest so zwischen meinen Beinen, dass ich nicht mehr an dich herankam. Das hat überhaupt nicht wehgetan, aber du hattest mich trotzdem kampfunfähig gemacht. Oder das, was du an diesem Abend auf dem Rasen gemacht hast. Weißt du noch? Ich lag auf dir und dann hast du diese Sache mit deinen Hüften gemacht«, sagte sie mit wachsender Begeisterung. Er nickte und schaute weg.

»Das nennt man Jiu-Jitsu. Es ist für den Nahkampf gedacht, und eigentlich wäre es mir lieber, wenn du deinen Gegnern nicht so nahe kommst. Aber ich bringe es dir bei, wenn du willst«, fügte er hinzu.

Helen, die jetzt zu Lucas aufschaute, stellte fest, dass sie noch immer Sternchen sah. Sie musste sich festhalten und legte die Hände an seine Hüften. Als sie sich wieder gefangen hatte, fiel ihr auf, wie die Röte in seine Wangen stieg, und spürte die Hitze, die sein Körper ausstrahlte. Sie konnte ihn spüren und das machte sie ganz ruhig.

»Und fliegen«, sagte Helen und befreite sich aus dieser schläfrigen Stimmung. »Du musst mir unbedingt beibringen, wie man fliegt. Wenn ich das beherrsche, kann ich den bösen Jungs einfach davonfliegen.«

»Ich zeige dir, wie man fliegt«, sagte er leise und schlug die

Augen nieder. Helen versuchte, seinen Blick einzufangen, aber er wich ihr aus. Sie fuhr sich mit der Hand übers Gesicht. Sie war blutverschmiert.

»Sehe ich wirklich so schrecklich aus?«, fragte sie und rückte plötzlich ganz verlegen von ihm ab. Zu Helens Überraschung antwortete er nicht, sondern zog sie wortlos an sich und hielt sie fest.

»Versprich mir etwas«, flüsterte er in ihr Ohr. Er wartete auf ein Nicken, bevor er weitersprach. »Versprich mir, dass du bei deinem nächsten Kampf nicht einfach dastehst und dich vermöbeln lässt, bis der andere Typ zu müde ist, die Arme zu heben.«

»Wenn ich es vermeiden kann, dann tue ich das, versprochen«, sagte Helen. Lucas löste sich so weit von ihr, dass er ihr in die Augen sehen konnte.

»Ich sehe mir das kein zweites Mal an. Haben wir uns verstanden?«, fragte er streng.

Sie nickte langsam und sah, wie sich seine Miene entspannte. Seine Augen blickten sie so durchdringend an, dass sie wegsehen und schnell ein anderes Thema finden musste.

»Dein Hemd«, sagte sie und zeigte auf den blutigen Abdruck ihres Gesichts, der auf seiner Brust prangte. »Dabei fällt mir auf – ich habe die Sportsachen ruiniert, die Ariadne mir gegeben hat. Soll ich mir frische holen oder sind wir für heute fertig?«

»Wir sind fertig. Du kannst deine Sachen wieder anziehen, wenn du dich gewaschen hast«, sagte Lucas energisch. Er kontrollierte ein letztes Mal ihre heilenden Wunden im Gesicht. »Du heilst wirklich schnell. Aber du hast immer noch ein paar beeindruckende blaue Flecke und solltest deinem Vater heute Abend lieber aus dem Weg gehen.«

»Ich sage ihm einfach, dass du mich misshandelst«, scherzte Helen schulterzuckend und hüpfte vom Behandlungstisch.

»Und ich sage ihm, dass dir das gefällt«, neckte er sie. Helen schaute zu ihm auf und hatte wieder dieses benommene Gefühl. Einen Moment lang war er nur einen Atemzug von ihr entfernt, aber dann wich er zurück.

Auf dem Weg aus dem Umkleideraum streifte er sein blutiges Hemd über den Kopf und warf es in den Müll. Helens Sehvermögen wurde wieder klar, und sie betrachtete seinen nackten Rücken, der sich von ihr entfernte.

Nachdem sie sich gewaschen hatte, untersuchte sie ihren Mund. Der linke Schneidezahn war noch beim Nachwachsen, und Helen musste darüber lachen, wie albern das aussah. Sie konnte nicht fassen, wie Lucas es geschafft hatte, bei diesem Anblick nicht auf der Stelle loszuprusten. Schließlich sah sie mit ihrer Zahnlücke aus wie eine Sechsjährige. Aber dann dachte sie sich, dass er so etwas vermutlich schon so oft gesehen hatte, dass er es gar nicht mehr wahrnahm. Helen erinnerte sich daran, was Ariadne gesagt hatte – dass sie sich »ständig gegenseitig an die Kehle gingen«. Wie von Helens Gedanken herbeigerufen, streckte Ariadne den Kopf zur Tür herein.

»Kannst du Hilfe bei der Heilung brauchen?«, fragte sie schüchtern.

»Nein, aber komm ruhig rein«, sagte Helen. Vielleicht war das ihre Chance, sie zu fragen, ob Lucas irgendwo eine Freundin hatte. »Wie geht's Cassandra?«

»Überempfindlich, aber sonst okay. Du bist diejenige, die von Hector vermöbelt wurde, und ich weiß, wie sich das anfühlt. Also sei ehrlich – ist noch etwas gebrochen?«

»Nein. Jedenfalls nicht mehr«, antwortete Helen. Ariadne war so hübsch, dass Helen sich gar nicht vorstellen konnte, wie jemand sie schlug. »Macht ihr das oft? Das Kämpfen, meine ich?« Ariadne schüttelte den Kopf.

»Nein. Wir trainieren zwar, um in Form zu bleiben, aber nur die Jungen kämpfen wirklich, und das auch nur, wenn sie etwas auszutragen haben. Logischerweise sind es meistens Lucas und Hector, die aufeinander losgehen.«

»Sie vertragen sich nicht, stimmt's?«

»Ja und nein«, antwortete Ariadne zögernd. »Hector ist generell sehr stolz, aber besonders stolz ist er auf unsere Abstammung und unsere Familie. Es gefällt ihm nicht, dass wir das Haus von Theben gespalten haben. Versteh mich nicht falsch – er glaubt nicht an den ganzen Kram, an den die Hundert Cousins glauben, aber er kann es nicht ertragen, dass unser Haus geteilt ist. Und Lucas hat das Gefühl, dass er Hector im Zaum halten muss, weil er der Einzige ist, der das kann.«

»Es muss hart für euch sein, vom Rest der Familie getrennt zu leben«, sagte Helen mitfühlend.

»Wir haben keine andere Wahl«, erklärte Ariadne mit einem verkniffenen Lächeln.

»Wegen der Sekte?«, fragte Helen vorsichtig. »Lucas hatte noch keine Gelegenheit, zu erzählen …«

»Tantalus und die Hundert Cousins glauben, dass sie Atlantis wiederauferstehen lassen können, falls es ihnen gelingt, alle

Halbgötter in einem Haus zu vereinen«, sagte Ariadne. »Deswegen hat unsere Familie schon immer dicht am Wasser gelebt. Boston, Nantucket, Cadiz … Diese Orte liegen alle am Atlantischen Ozean und Scions werden vom Wasser angezogen.«

»Das ist doch verrückt!«, stieß Helen hervor, bevor sie erkannte, dass Ariadne es ernst meinte. »Ich meine, Atlantis ist doch ein Mythos, oder?« Die Vorstellung von einer Stadt irgendwo tief unter den dunklen Wellen des Ozeans ließ Helen unwillkürlich schaudern. Um ihre Reaktion zu überspielen, sog sie am Strohhalm ihrer Saftpackung und wartete darauf, dass Ariadne weitersprach.

»Ist der Olymp ein Mythos? Oder der Himmel? Das hängt davon ab, woran man glaubt, und die meisten Scions glauben, dass Atlantis wirklich existiert. Das Problem ist nur, dass wir erst dorthin können, wenn gewisse Voraussetzungen erfüllt sind. Nach dem Ende des Trojanischen Krieges gab es eine Prophezeiung der trojanischen Seherin Kassandra. Ihr zufolge gehört den Scions Atlantis, und sie können es für immer als ihr Land beanspruchen, wenn sie es schaffen, sich in einem Haus zu vereinigen. Die Hundert Cousins sind überzeugt, dass das bedeutet, dass wir genauso unsterblich werden wie die Götter auf dem Olymp, sobald wir uns den Zugang zu Atlantis verdient haben.«

»Wow«, murmelte Helen. »Wer wollte das nicht?«

»Verlockend, nicht wahr? Aber wenn sich alle vier Häuser vereinigen oder nur ein einziges Haus übrig bleibt, würden wir den Waffenstillstand brechen.«

»Welchen Waffenstillstand?«

»Den, der den Trojanischen Krieg beendet hat.«

»Ich dachte, die Griechen haben gewonnen. Haben sie nicht alle Trojaner getötet und die Stadt niedergebrannt?«

»Allerdings. Das haben sie.«

»Aber wenn die Griechen gewonnen haben, wozu brauchte es dann noch einen Waffenstillstand?«

»Es gab von Anfang an noch eine dritte Partei, die im Trojanischen Krieg gekämpft hat.« Helens verblüfftes Gesicht ließ Ariadne schmunzeln. »Die Götter. Sie zogen mit ihren halbsterblichen Kindern und ihren bevorzugten Helden in die Schlacht, bekämpften sich aber auch gegenseitig. Ihnen war sehr daran gelegen, wie dieser Krieg ausging. Das komplizierte alles. Die Scions, die auf der Seite der Griechen standen, mussten schließlich ein Abkommen mit Zeus treffen.«

Ariadne erklärte Helen, dass der Trojanische Krieg der schlimmste war, den die Welt bis dahin erlebt hatte. Dies war das erste Mal gewesen, dass sich die verschiedenen Häuser zu einer großen Streitmacht zusammengeschlossen hatten. Dieser Krieg löschte fast die gesamte westliche Welt und ihre Zivilisation aus und war für die Götter auf dem Olymp beinahe genauso verheerend wie für die Menschen. Von Anfang an mischten sich die Götter in den Krieg ein. Sie entschieden sich für eine Seite, entweder die ihrer halbmenschlichen Kinder oder die der Helden, die ihnen besonders gefielen. Einige Götter stiegen sogar vom Olymp herab, um selbst mitzukämpfen. Apoll fuhr in Hektors Streitwagen, Athene kämpfte mit Achill, und Poseidon schwankte wie die Gezeiten und kämpfte abwechselnd auf beiden Seiten. Sogar Aphrodite, die Göttin der Liebe, flog einmal hinab aufs Schlachtfeld, um Paris zu beschützen. Bei dem Versuch, ihn vor dem sicheren Tod zu retten, wurde ihre Hand von einer griechischen Klinge verletzt.

Als ihr Vater Zeus die Verletzung sah, verbot er Aphrodite die Rückkehr nach Troja. Sie gehorchte natürlich nicht, was Zeus wütend machte, aber nicht wütend genug, um sich einzumischen. Erst als seine Tochter Athene und sein Sohn Ares einander fast in den Tartarus beförderten, einen Ort in der Unterwelt, von dem Unsterbliche niemals zurückkehren, war es für Zeus an der Zeit, etwas zu unternehmen. Dieser Krieg der Menschen zerriss seine Familie und bedrohte seine Herrschaft über die Himmel.

Zeus' Eingreifen kam fast zu spät. Seit Kriegsbeginn waren mittlerweile zehn Jahre vergangen, und da alle Götter des Olymp so in die Kämpfe verwickelt waren, konnte Zeus sie nur dazu bringen, sich nicht länger gegenseitig zu bekämpfen, indem er dafür sorgte, dass die Scions aufhörten zu kämpfen. Zeus musste einen Handel mit den Sterblichen eingehen und ihnen etwas bieten, das sie haben wollten. Nach zehn Jahren, in denen sich die Götter in ihre Angelegenheiten eingemischt und diesen Krieg unnötig in die Länge gezogen hatten, wollten die Trojaner ebenso wie die Griechen nur noch, dass man sie in Ruhe ließ. Die sterblichen Scions wollten, dass sich die Götter auf den Olymp zurückzogen und dort blieben. Im Austausch dafür erklärten sie sich bereit, den Krieg zu beenden.

Zeus war einverstanden. Wenn die Scions den Krieg beendeten – auf welche Weise auch immer –, so schwor er auf den Fluss Styx, würden die Götter auf den Olymp zurückkehren und die Welt verlassen. Aber bevor er dieses Versprechen besiegelte, wollte er sichergehen, dass ein so schrecklicher Krieg nie wieder den Olymp bedrohte. Er war überzeugt, dass es den Olymp fast zerstört hätte, weil die Griechen die Häuser der Scions vereint hatten, um effektiver gegen Troja kämpfen zu können. Zeus musste verhindern, dass es jemals wieder zu einer solchen Vereinigung kam. Als er sein Siegel unter das Abkommen setzte und schwor, dass die Götter von nun an die Erde verlassen würden, drohte er zugleich, dass er auf die Erde zurückkehren und die Scions vernichten würde, falls sich ihre Häuser jemals wieder vereinigten.

»Das klingt so ähnlich wie nach dem Ende des Zweiten Weltkriegs, als die Alliierten Deutschland unter sich aufgeteilt haben«, stellte Helen fest. »Sie haben es getan, um einen Dritten Weltkrieg zu verhindern.«

»Ja, das ist sehr ähnlich«, bestätigte Ariadne. »Die Parzen sind von Zyklen besessen und wiederholen dieselben Muster überall auf der Welt immer wieder – vor allem, wenn es um die großen drei Themen Krieg, Liebe und Familie geht.« Ariadne verstummte kurz und schien einen dunklen Gedanken zu verfolgen, bevor sie die Geschichte zu Ende erzählte. »Auf jeden Fall wurde Troja von einem seiner eigenen Leute verraten und brannte nieder. Und nach ein paar Monaten der Verwirrung und Racheaktionen – das meiste davon ist in der *Odyssee* nachzulesen – verließen die Götter tatsächlich die Erde. Zeus schwor, dass er zurückkommen und den Trojanischen Krieg genau an der Stelle wieder aufflammen lassen würde, an der er beendet wurde, falls sich die Häuser jemals erneut vereinigten.«

»Und geendet hat er irgendwo kurz vor der Vernichtung der Zivilisation«, sagte Helen und versuchte, sich vorzustellen, was die »Vernichtung der Zivilisation« heute bedeuten würde. »Wenn der Trojanische Krieg schon so verheerend war, als es nur Schwerter und Pfeile gab, was würde dann passieren, wenn er mit den heutigen Waffen wieder ausbräche?«

»Dieser Gedanke ist uns auch gekommen.« Ariadne wandte ihren Blick ab. »Deswegen hat sich meine Familie – mein Vater, Onkel Castor und Tante Pandora – vom Rest des Hauses von Theben getrennt. Selbst wenn Tantalus recht hat und die Vereinigung der Schlüssel zur Unsterblichkeit ist, finden wir nicht, dass man dafür die komplette Zerstörung der Erde in Kauf nehmen darf.«

»Es ist sicher nicht einfach, das alles aufzugeben. Natürlich ist es die richtige Entscheidung, aber Unsterblichkeit …« Helen schüttelte bei diesem Gedanken den Kopf. »Und Tantalus und die Hundert Cousins haben euch einfach gehen lassen?«, fragte sie ungläubig.

»Was hätten sie dagegen tun sollen? Sie können uns nicht töten, weil wir alle zur selben Familie gehören, aber in letzter Zeit haben sie angefangen, uns zu bedrohen, und so versucht, uns zur Rückkehr zu bewegen. Und ein paar von uns – also gut, Hector – haben sich gewehrt. Er hat es darauf angelegt zu kämpfen und ist jedes Mal darauf angesprungen, wenn sie ihn einen Feigling genannt haben, weil er nicht gegen die Götter antreten wollte. In unserer Tradition ist es die größte Sünde, einen Angehörigen der Familie zu töten, und er stand ganz dicht davor. Meine Familie hat Spanien verlassen, weil Hector in einen schrecklichen Kampf verwickelt war und beinahe getötet wurde, aber was noch schlimmer war, er hätte beinahe jemanden von seinem Blut getötet. Und einem, der innerhalb der Familie tötet, wird niemals verziehen«, sagte Ariadne mit gedämpfter Stimme.

»Aber euer Haus ist nicht das letzte. Das ist meins«, stellte Helen fest, die erst jetzt allmählich die Zusammenhänge verstand.

»Niemand wusste von dir. Vor etwa zwei Jahrzehnten gab es diese ›entscheidende Begegnung‹ zwischen den Häusern. Alle vier Häuser gingen aufeinander los, und jedes versuchte, das andere zu vernichten. Das Haus von Theben hat gesiegt, und man nahm an, dass die anderen drei, das Haus von Atreus, das Haus von Athen und das Haus von Rom, vollständig ausgelöscht wurden. Aber obwohl angeblich alle tot waren, tauchte weder Atlantis auf noch kehrten die Götter zurück. Mein Vater, meine Tante und mein Onkel dachten, dass *wir* es wären, die den Krieg verhinderten, weil wir uns weigerten, uns Tantalus und seinen Anhängern anzuschließen. Wir waren davon überzeugt, weil ja sonst niemand mehr da sein sollte.« Ariadne holte tief Luft und sah Helen an. »Aber du warst es die ganze Zeit über. Irgendwie hat deine Mutter dich versteckt, dein Haus erhalten, welches das auch sein mag, und damit den erneuten Ausbruch des Krieges verhindert. Außerdem hat sie – *hast du* – auch dafür gesorgt, dass Tantalus Atlantis nicht bekommt.«

Helen saß einen Moment lang schweigend da und begriff, wie viele unglaublich starke Halbgötter ihren Tod wollten. Die Hundert Cousins glaubten, dass sie zu Göttern wurden, wenn ihr Haus das letzte war, das übrig blieb, und Helens Leben war das einzige, das ihnen noch im Weg stand. Ihr Leben war aber auch das einzige, das verhinderte, dass die Götter von ihrem Berg hinabstiegen und einen erneuten Krieg anzettelten. Also musste die Familie Delos sie beschützen, selbst wenn alle dabei ihr Leben ließen. Und sie weigerte sich, das Kämpfen zu lernen. Kein Wunder, dass Hector sie hasste.

»Es tut mir leid«, sagte Helen. »Deine Familie stellt sich nur meinetwegen gegen die eigene Verwandtschaft.«

»Deine Last ist schwerer«, sagte Ariadne und nahm Helens Hand. Sie wollte noch etwas sagen, wurde aber von Pandora unterbrochen, die auf der Suche nach ihnen in den Raum gestürzt kam.

»Hey! Muss ich jemanden ins Krankenhaus fahren?«, fragte sie halb im Scherz. »Da draußen ist eine Menge Blut.«

»Nein, sie ist okay«, wehrte Ariadne mit einem Lachen ab und stand auf.

Helen war beunruhigt, denn etwas fehlte an der Geschichte, die Ariadne ihr gerade erzählt hatte.

»Wer war es?«, fragte sie abrupt und schaute in Ariadnes verwundertes Gesicht. »So, wie wir die Geschichte kennen, hat Odysseus die Trojaner mit einem riesigen Pferd aus Holz ausgetrickst. Jeder kennt das Trojanische Pferd. Aber du hast gesagt, dass Troja *verraten* wurde, und ich nehme nicht an, dass das aus Versehen passiert ist.«

»Ich hatte gehofft, dass du nicht darüber stolpern würdest«, sagte Ariadne. »Es gab kein hölzernes Pferd. Das ist ein hübsches Märchen und sonst nichts. Odysseus hatte damit zu tun, das stimmt, aber alles, was er getan hat, war, Helena zu überreden, dass sie ihre Schönheit einsetzt, um die Nachtwachen dazu zu bringen, das Tor zu öffnen. Mehr war nicht nötig. Deswegen geben wir Scions niemals einem Kind ihren Namen. Eine Tochter Helena – oder Helen – zu nennen, ist für uns dasselbe, als würden Christen ihr Kind Judas nennen.«

Wieder zu Hause, rannte Helen an ihrem Dad vorbei nach oben und behauptete, früh ins Bett zu wollen. Sie machte ihre Hausaufgaben und legte sich hin, konnte aber nicht schlafen. In Gedanken ging sie alles noch einmal durch, was Ariadne ihr erzählt hatte, und dachte darüber nach, wie sehr ihre Mutter sie gehasst haben musste, um ihr diesen verfluchten Namen zu geben. Ihre Gedanken drehten sich aber auch um die Sekte der Hundert Cousins. Um sich davon abzulenken, wie viele Leute ihren Tod wollten, um ewig leben zu können, stieg sie wieder aus dem Bett und versuchte zu fliegen.

Doch das Einzige, was sie zustande brachte, war ein lautes Auf- und Abhüpfen, bis ihr Vater von unten heraufrief, dass sie mit der Alberei aufhören solle.

In der Hoffnung, dass sie vom Lesen müde wurde, nahm sie das Buch mit der *Ilias* zur Hand, das Cassandra ihr gegeben hatte. Es kam ihr vor, als handelte es nur davon, wie sich die Götter in die Angelegenheiten der Menschen einmischten. Allmählich erkannte Helen, wieso ihre Vorfahren irgendwann begriffen hatten, dass es keine gute Idee war, um göttlichen Beistand zu bitten. Außerdem stellte sie fest, wie sehr sie Helena von Troja verachtete. Helen von Nantucket konnte nicht begreifen, wieso sie nicht einfach zu ihrem Mann zurückgekehrt war. Schließlich *starben* Menschen ihretwegen. Helen schwor sich, niemals eine solche Entscheidung zu treffen wie Helena.

Sie kam zu der Stelle, wo Achill, der Helen vorkam wie ein gefeierter Psychopath, sich wegen eines Mädchens beleidigt in seinem Zelt verkroch, als sie über sich einen Schritt hörte. Und dann noch einen. Sie schaltete ihr überaus empfindliches Gehör ein, von dem sie schon immer wusste, dass sie es besaß, es aber erst seit Kurzem wirklich benutzte. Sie richtete es auf ihren Vater und horchte, wie sich sein Brustkorb beim Ein- und Ausatmen hob und senkte. Er saß vor dem Fernseher und schaute die Spätnachrichten. Der Witwensteg über ihrem Zimmer war jetzt allerdings verdächtig still.

Helen glitt aus dem Bett und holte den alten Baseballschläger aus ihrem Schrank. Mit dem Schläger in den Händen schlich sie seitwärts aus ihrer Zimmertür und zur Treppe, die auf den Witwensteg hinaufführte. Auf dem Treppenabsatz blieb sie kurz stehen und lauschte noch einmal nach ihrem Vater. Nach ein paar Sekunden hörte sie, wie er angesichts einer Reportage im Fernsehen mit der Zunge schnalzte. Helen entspannte sich. Es ging ihm immer noch gut, also war das, was sie oben gehört hatte, noch nicht unten angekommen. Damit das auch so blieb, pirschte sie die Stufen zum Witwensteg hoch.

Als sie nach draußen trat, drang die kalte Herbstluft durch den dünnen Baumwollstoff ihres Nachthemds. Im Licht der Sterne nahm sie einen Schatten wahr und schwang den Schläger, doch er wurde in der Luft gestoppt.

»Verdammt, ich bin's!«, zischte Hector grob. Helen sah, wie er sich im Dunkeln versteckte und seine rechte Hand schüttelte.

»Was zum Teufel … Hector, bist du das?«, zischte Helen zurück. Er kam näher, damit sie ihn besser sehen konnte, und wich dabei etwas Dunklem auf dem Boden aus. Helen schaute nach unten und entdeckte ihren Schlafsack, den sie normalerweise in der wasserdichten Kiste aufbewahrte, die ihr Vater ihr gegeben hatte. »Was machst du hier?«

»Wonach sieht es denn aus?«, fragte er zickig und versuchte noch immer, seine taube Hand wach zu schütteln.

»Camping?«, fragte sie sarkastisch. Dann ging ihr auf einmal ein Licht auf. Die ganzen Geräusche, die sie nachts gehört hatte – Geräusche, die sie den Furien zugeschrieben hatte –, hatten einen ganz anderen Ursprung gehabt. »Du warst jede Nacht hier oben, stimmt's?«

»Fast. Einer von uns ist immer hier, um auf dich aufzupassen«, sagte er, und als Helen sich verlegen abwandte, packte er sie am Arm. »Meistens ist es Lucas, weil er hochfliegen kann«, fuhr Hector fort.

»Und ihr seid nie auf die Idee gekommen, mich zu fragen, ob mir das recht ist, dass ihr hier rumhängt und mich und meinen Vater belauscht?«, fragte Helen wütend.

Hector grinste sie an und musste sich ein Lachen verkneifen. »Ja, ich kann gut verstehen, dass ihr all diese Diskussionen über Politik und Baseball eigentlich lieber ungestört führen wollt. Die sind ja auch so vertraulich«, sagte er und verdrehte herablassend die Augen.

»Bleibst du die ganze Nacht hier, auch während ich schlafe?«, fragte sie, konnte ihn dabei aber nicht ansehen. Plötzlich wurde ihm klar, wieso sie so beunruhigt war, und sein Lächeln erlosch.

»Du hattest schon länger keinen Albtraum mehr«, begann er.

»Geh nach Hause, Hector«, unterbrach ihn Helen und wandte sich zum Gehen.

»Nein«, widersprach er sofort und streckte an der Tür den Arm aus, um ihr den Durchgang zu versperren. »Es ist mir egal, ob dir das peinlich ist. Es ist mir auch egal, wenn du uns hier nicht haben willst. Es gibt einen Haufen Leute, die dich tot sehen wollen, Prinzessin, und leider kann meine Familie dich nicht ungeschützt lassen, bis ich sage, dass du dich selbst verteidigen kannst.«

»Und wieso entscheidest *du* das?« Helen verschränkte die Arme und rieb sich die Schultern. Der Wind vom Meer war wirklich beißend kalt.

»Weil alle wissen, dass ich der Einzige bin, der dich nicht mit Samthandschuhen anfasst. Und nur, damit du es weißt – ich werde mich nicht dafür entschuldigen, wenn ich dafür sorge, dass dich keine von diesen irren Weibern entführt, die hier auf der Insel rumrennen«, warnte er sie. Helens Zähne klapperten. Er sah sie an, wie sie zitterte, dann schaute er zur Seite und fluchte leise. »Vielleicht hätten wir dir sagen sollen, dass wir hier oben schlafen«, gab er schließlich zu.

»Meinst du? Ich hab's kapiert, Hector. Ich bin in Gefahr. Aber ihr hättet mir zumindest Bescheid sagen können.«

»Ist ja gut. Du hast recht«, knurrte er gereizt. »Aber wir werden dich und deinen Vater nachts trotzdem nicht unbewacht lassen.«

Plötzlich war Helen nicht mehr wütend. Genau genommen, war sie geradezu dankbar, dass Hector und seine Familie auch ihren Vater beschützten. Sie stand da und lächelte ihn einen Moment lang an.

»Danke«, sagte sie leise.

Hector erstarrte mitten in einem Atemzug und konnte nicht fassen, wie schnell ihre Stimmung umgeschlagen war. »Das war's? Keine Streiterei mehr?«, fragte er skeptisch.

»Wieso, *willst* du denn …«, begann sie, wurde aber von der Stimme ihres Vaters unterbrochen.

»Lennie?«, rief er vom Treppenabsatz vor Helens Zimmer. Sie war durch Hector so abgelenkt gewesen, dass sie ganz vergessen hatte, auf ihren Dad zu horchen.

»Komme!«, rief Helen nach unten und bedeutete Hector hastig, von der Tür wegzugehen. Sie tauschte den Platz mit ihm und kam gerade rechtzeitig nach unten.

»Schläfst du etwa wieder da oben?«, fragte Jerry, als er sah, wie Helen die Tür zum Dach zuzog und die Treppe herunterkam. »Dazu ist es viel zu kalt, Helen.«

»Weißt du eigentlich, wie spät es ist? Zeit fürs Bett«, schimpfte sie im Vorbeilaufen mit ihm.

»Ich weiß. Ich gehe ja ins Bett … He! Sieh *du* lieber zu, dass du ins Bett kommst«, rief Jerry zurück, dem etwas verspätet einfiel, dass er die Elternrolle zu erfüllen hatte.

Als Helen ins Bett sprang und sich unter die warme Decke kuschelte, hätte sie schwören können, dass Hector auf dem Witwensteg leise kicherte.

10

Marbella, Spanien

Kreon beobachtete die Reporterin fünf Minuten lang, bevor er beschloss, den Schatten abzuwerfen. Er tauchte kaum einen Schritt hinter ihr aus der Dunkelheit auf. Sie fuhr herum und atmete erschrocken ein. Es hatte etwas Aufregendes, einer Frau Angst einzujagen, fand Kreon, vor allem, wenn die Frau so eine penetrante Zicke war. Ein bisschen Angst hatte etwas Gutes, um Sterblichen zu zeigen, wo ihr Platz war, und Kreon wollte insbesondere dieser Sterblichen klarmachen, dass sie ihm zwar dieses Treffen aufzwingen konnte, indem sie damit drohte, seine Familie von der Polizei unter die Lupe nehmen zu lassen, aber den Ton angeben konnte sie deswegen noch lange nicht. Aus diesem Grund hatte er den späten Abend vorgeschlagen und sie zu den Docks bestellt. Es interessierte ihn, ob sie wirklich so brennend daran interessiert war, eine Story über seine Familie zu schreiben. Die Tatsache, dass sie sich auf dieses Treffen eingelassen hatte, bewies, dass sie Mumm hatte. Aus diesem Grund fand Kreon, dass sie ein paar Augenblicke seiner Zeit verdient hatte. Außerdem machte sie so angenehme Geräusche, wenn sie Angst hatte. Vielleicht würde er sie sich noch einmal anhören.

Er lächelte unschuldig auf sie herab. Sie sah ihm in die Augen, trat aber dennoch einen Schritt zurück – was bedeutete, dass sie zwar tapfer war, aber Angst hatte. Kreon genoss den Augenblick. Er hatte das Gefühl, etwas erreicht zu haben.

»Ich hatte um ein Treffen mit Ihrem Vater gebeten und er schickt mir seinen Sohn«, sagte sie auf Englisch mit einem starken spanischen Akzent.

»Ich spreche fließend Spanisch«, versicherte ihr Kreon in ihrer Muttersprache und lächelte sie immer noch an. »Und Sie wissen genau, dass sich mein Vater nicht mit Reportern trifft.«

»Ihr Vater trifft sich mit niemandem. Deswegen bin ich hier«, fuhr sie stur auf Englisch fort. Sie verschränkte die Arme und musterte ihn. »Tantalus Delos ist schon seit zwanzig Jahren nicht mehr in der Öffentlichkeit zu sehen gewesen. Merkwürdig, nicht wahr?«

»Er wahrt eben seine Privatsphäre«, sagte Kreon mit einem mittlerweile etwas gezwungenen Lächeln.

»Privatsphäre ist ein Luxus, den sich selbst ein Milliardär nicht kaufen kann. Sie haben sicher gelesen, was man über Ihren Vater schreibt?«

»Das sind alles Lügen«, behauptete Kreon, so ungerührt er konnte. Sie sah ihn skeptisch an. *Wie konnte sie es wagen?*

Im Laufe der Jahre hatten die Medien einen Haufen Gerüchte über seinen Vater verbreitet – dass er verkrüppelt wäre, den Verstand verloren hätte oder tot sei. Kreon wusste zumindest, dass sein Vater lebte, und hatte alle anderen Vorwürfe immer wieder vehement bestritten. Aber die Wahrheit war, dass Kreon seinen Vater seit neunzehn Jahren nicht mehr gesehen hatte. *Niemand* hatte Tantalus gesehen, mit Ausnahme seiner Mutter, Mildred Delos.

Seine Mutter behauptete, dass Tantalus sich verborgen hielt, um sich und das Haus von Theben zu schützen, aber sie konnte Kreon nie erklären, wieso sein Vater nicht wenigstens am Telefon mit ihm sprach. Das war doch wirklich nicht zu viel verlangt.

»Alles Lügen? Wissen Sie das genau?«, bohrte die Reporterin nach, als sie sah, dass Kreon seinen eigenen Gedanken nachhing. »Schon seit Jahren beteuern Sie, Ihre Mutter und Ihre ganze Familie, dass all die Gerüchte Lügen sind, aber wissen Sie das wirklich? Wann haben Sie Ihren Vater denn das letzte Mal gesehen? Ich weiß, dass er bei Ihrem Abschluss an der Universität nicht zugegen war.«

Kreon knirschte mit den Zähnen. »Mein Vater lebt sehr zurückgezogen. Er …«

»Pffft!«, zischte sie verächtlich und schnitt Kreon mit einer Handbewegung das Wort ab. »Das ist kein zurückgezogenes Leben, sondern Wahnsinn! Kann sich ein Mann so weit zurückziehen, dass er seinen eigenen Sohn verleugnet, nur um nicht in den Medien zu erscheinen?«

Kreons Hand schoss vor und umklammerte bereits ihre Kehle, bevor sie auch nur abwehrend den Arm heben konnte. Sie hatte einen so dünnen Hals, so schmal und zerbrechlich. Kreon fand, dass es sich anfühlte, als hätte man ein Kätzchen in der Hand. Sie riss ihre Augen auf. Die Pupillen weiteten sich und Tränen benetzten ihre Oberfläche wie Tautropfen. Sie war wundervoll in ihrer Todesangst. Am liebsten hätte Kreon sie tagelang so gehalten, aber eine Sekunde später beendete er seinen Genuss mit einem Knacken.

Das Licht in ihren Augen schrumpfte zu einem winzigen Punkt zusammen und erlosch dann ganz.

Kreon warf ihre Leiche ins Wasser und rannte so schnell zur Zitadelle zurück, dass ihn kein Sterblicher sehen konnte.

Er lief sofort nach oben in sein Zimmer und erstarrte, als er die Tür öffnete. Seine Mutter wartete schon auf ihn. Sie saß neben seinem gepackten Koffer und hielt etwas in ihren schmalen, manikürten Händen, die in ihrem Schoß ruhten. Ihr Kopf neigte sich zur Seite, als sie ihn ansah. Sie brauchte nur einen einzigen Blick, um zu erkennen, dass das Interview, das sie arrangiert hatte, gewaltsam geendet hatte.

»Musstest du sie töten?«, fragte sie ernst und ohne jeden Vorwurf. Mildred war eine sehr praktisch veranlagte Frau.

»Sie hat mich provoziert«, sagte Kreon, ging an seiner Mutter vorbei und griff nach seinem Koffer. »Außerdem ist es so besser, das weißt du.«

Mildred schlug die Augen nieder und nickte. Ihr Sohn hatte recht. Außerdem waren im Laufe der Jahre einige Reporter »verschwunden«.

»Unter diesen Umständen halte ich es für angebracht, dass du für einige Zeit das Land verlässt.« Sie hielt das Flugticket hoch, das sie aus der Außentasche seines Koffers genommen hatte, und schwenkte es, bevor er fluchtartig den Raum verlassen konnte. Er blieb abrupt stehen – sie hatte ihn erwischt. »Was ich nicht angebracht finde, ist die Wahl deines Reiseziels. Was glaubst du, wird es bringen, wenn du dorthin fliegst? Dein Vater hat den Hundert Cousins verboten, sich Nantucket auch nur zu nähern.«

Kreon wollte sich beruhigen und holte tief Luft. »Es ist *deren* Schuld, dass wir nicht das bekommen, was uns zusteht. Das muss es sein, denn alle anderen Häuser sind vernichtet! Ich will wissen, wie sie damit leben können, dass sie den Rest der Familie zu einem unausweichlichen Tod verurteilt haben. Unsterblichkeit ist mein Geburtsrecht, und egal, was mein Vater erlaubt oder verbietet – ich werde nicht herumsitzen und nichts tun, solange die mir dieses Unrecht zufügen!«

Kreon warf sich seine Bordtasche über die Schulter, zerrte das Ticket aus den Händen seiner Mutter und rauschte an ihr vorbei. Er hastete die alten Steinstufen der Zitadelle hinunter. Das Herz schlug ihm vor Aufregung immer noch bis zum Hals.

Draußen wartete bereits eine unauffällige schwarze Limousine. Der Fahrer seiner Mutter saß hinter dem Steuer, um ihn zum Flughafen zu bringen. Kreon begriff, dass seine Mutter von vornherein gewusst hatte, dass er diese Frau töten würde. Wahrscheinlich hatte sie es schon gewusst, als sie das Treffen arrangiert hatte.

»Sohn?«, rief sie ihm vom Torbogen hinterher. »Hast du sie nur getötet, um einen Grund zur Abreise zu haben?«

Er drehte sich zu ihr um und hielt einen Moment inne. »Hast du mich hingeschickt, damit ich sie töte?«

Seine Mutter lächelte ihn zwar an, aber ihre Augen blickten in die Ferne – ihr ging vieles durch den Kopf. Sie bewegte sich langsam auf ihn zu und ließ ihn auf sich warten. Dann trat sie dicht an ihn heran und sah ihm ins Gesicht. Ihre elegant geschwungenen Lippen verzogen sich zu einer dünnen Linie. »Halt dich von Hector fern.«

Am Dienstagmorgen rannte Helen zu Lucas' Wagen, bevor Jerry herauskommen und seine Drohung wahrmachen konnte, »ein ernstes Wort mit dem jungen Mann« zu reden. Helen war nicht sicher, ob er das wirklich vorhatte oder sie nur damit ärgern wollte, aber sie wollte kein Risiko eingehen. Es wäre nicht fair, Lucas von ihrem Dad verhören zu lassen, obwohl sie nicht einmal wirklich miteinander gingen.

»Können wir?«, fragte sie hastig, um Lucas abzulenken.

»Sollten wir nicht warten?«, fragte Lucas, als er Jerry an der Tür auftauchen sah.

»Nein, fahr einfach. Schnell! Ich weiß nicht, ob er es wirklich tun will oder nicht«, sagte Helen hektisch und winkte ihrem Vater zum Abschied zu.

»Was will er tun?« Lucas legte den Gang ein und fuhr los.

»Von Mann zu Mann mit dir reden«, sagte Helen erleichtert.

»Also, in dem Fall …«, sagte Lucas, trat auf die Bremse und wollte den Rückwärtsgang einlegen.

»Was machst du?«, fragte Helen entgeistert und hielt seine Hand auf dem Schaltknüppel fest.

»Ich gehe rein und rede mit deinem Dad. Ich will nicht, dass er das Gefühl hat, er könnte mir seine Tochter nicht anvertrauen.«

»Lucas, ich schwöre zu jedem Gott, der dir heilig ist, dass ich aussteige und zu Fuß zur Schule gehe, wenn du jetzt reingehst und mit meinem Dad redest.«

Lucas grinste, legte den ersten Gang ein und entfernte sich vom Haus. »Wer hat dir erzählt, Götter wären heilig?«, fragte er mit einem frechen Funkeln in seinen Augen. Helen schlug ihm gegen den Arm.

»Das hast du nur gemacht, weil du sehen wolltest, wie ich ausflippe, stimmt's?«, fragte sie empört.

»Hey, du bist diejenige, die sich vor ihrem eigenen Vater schämt. Du bist übrigens total süß, wenn du in Panik gerätst«, verkündete er mit einem breiten Grinsen.

Helen wusste nicht, was sie davon halten sollte. Entweder bestätigte das Wörtchen »süß« ihre Hoffnungen, oder es drückte aus, dass es keine Hoffnung mehr gab.

Jeder, der sie unterwegs erkannte, hupte und winkte ihnen strahlend zu. Zu hupen, wenn Freunde vorbeifuhren, war auf der Insel üblich, und Helen war mit dieser Tradition aufgewachsen. An diesem Morgen kam es ihr allerdings so vor, als drückten alle extra lange auf die Hupe.

»Hör mal«, sagte Lucas, dessen Ton nun etwas ernster war. »Hector hat erzählt, dass du ihn auf dem Dach entdeckt hast.«

»Ja«, sagte Helen und versuchte, so weit im Sitz nach unten zu rutschen, dass sie keiner mehr sehen konnte. »Ach, das …«

»Ich wollte dir erklären, warum wir es dir nicht längst gesagt haben. Ich habe eigentlich darum gebeten, dass ich derjenige bin, der es dir sagt«, meinte er und warf ihr einen Blick zu, um festzustellen, wie Helen sein Geständnis aufnahm. »Ich wusste nur nicht, *wie* ich es dir sagen sollte. Ich wollte nicht, dass du mich für einen fiesen Stalker hältst, der dir vom Dach aus nachspioniert.«

»Ich werde nicht lügen – dich kann man ja sowieso nicht anlügen, stimmt's?«, begann Helen grinsend. »Anfangs war ich ein bisschen sauer, aber jetzt sehe ich das anders. Wenn deine Familie bereit ist, meine zu beschützen, habe ich kein Problem damit.«

Jemand hupte besonders lange und aufdringlich und brachte Helen zum Schweigen. Am liebsten hätte Helen heftig drauflosgeschimpft, aber diese Leute waren ihre Nachbarn, und sie musste höflich bleiben. Noch hatte sie keine Krämpfe, aber sie fürchtete, dass sie bald einsetzen würden. Sie bohrte die Faust in ihren Magen.

»Was ist los?«, fragte Lucas besorgt. »Das hast du schon mal gemacht. Hast du Schmerzen?«

»Noch nicht, aber ich fürchte, dass es bald losgeht. Mach dir deswegen keine Sorgen, du kannst ohnehin nichts dagegen tun. Oder doch, du könntest weggehen und mich nie wieder ansehen«, antwortete Helen.

»Das wird nicht passieren«, verkündete er und hob die Brauen. »Aber was meinst du damit? Bist du allergisch gegen mich oder so was?«

»Nein.« Helen lachte. »Ich bin allergisch gegen Aufmerksamkeit. Und wir lenken viel zu viel davon auf uns, wenn wir zusammen sind.«

»Aber es passiert nicht nur wegen mir, oder? Du hast diese Schmerzen auch, wenn ich nicht dabei bin?«

»Ja. Ich habe sie schon mein Leben lang. Ich weiß nicht genau, wodurch sie ausgelöst werden, aber manchmal kriege ich höllische Bauchschmerzen, wenn Leute mich anstarren.«

»Allergisch gegen Aufmerksamkeit«, sagte Lucas zu sich selbst und griff geistesabwesend nach Helens Hand. Er musste sie loslassen, als er vor der Schule einparkte, doch sie waren kaum ausgestiegen, da nahm er erneut ihre Hand und wand seine Finger zwischen ihre.

Helen beobachtete Lucas, als sie zusammen vor ihrem Schließfach standen. Er wirkte abgelenkt. Sein Blick ging ins Leere, aber das Merkwürdigste war, dass er ganz verschwommen wirkte.

»Was machst du da? Ich kriege Kopfschmerzen davon«, sagte Helen leise und stellte die Kombination ihres Schlosses ein.

»Oh, tut mir leid«, entschuldigte er sich. »Ich beuge das Licht. Das passiert manchmal, wenn ich mich konzentriere.«

Helen fiel wieder ein, dass sie über Apoll gelesen hatte, dass er der Gott des Lichts war, und Lucas hatte gerade etwas mit dem Licht angestellt, das außerhalb einer Zaubershow eigentlich unmöglich war. Sie hatte dasselbe schon im Umkleideraum bei ihm zu Hause gesehen. Allerdings hatte sie es da den vielen Kopftreffern zugeschrieben, die sie von Hector kassiert hatte.

»Hast du keine Angst, dass das jemand sieht?«

»Ehrlich gesagt, mache ich das manchmal, damit die Leute mich nicht ansehen, wenn ich in Ruhe nachdenken will. Es fällt den Menschen schwer, etwas anzusehen, das sie nicht klar erkennen können oder das eigentlich nicht möglich ist.«

»Weil ihr Blick einfach davon abgleitet«, sagte Helen, die wieder daran denken musste, wie sie versucht hatte, Lucas im Umkleideraum anzusehen, und wie sie ihn nur konturenlos erkennen konnte.

»Stimmt genau. Wenn ich zu weit weg erscheine oder zu schwer zu sehen bin, blenden die meisten Leute mich aus«, sagte er und bedachte sie mit einem wissenden Lächeln. »Du ziehst den Kopf ein, wenn du willst dass die Leute aufhören, dich anzustarren. Ich verschwimme. Das ist im Kampf sehr praktisch – allerdings auch fast unmöglich wenn man sich schnell bewegen muss.«

»Verrätst du mir jetzt all deine Geheimnisse der Kampfkunst?«, fragte Helen frech und packte ihre Bücher in die Tasche. »Kein cleverer Schachzug, Houdini.«

»Tatsächlich? Dann komm doch und fang mich, Sparky«, sagte er grinsend und entfernte sich rückwärts von ihr.

Sparky?, dachte Helen verwirrt. Aber er war schon durch die Tür am Ende des Ganges verschwunden und sie musste in ihre Klasse.

Als es zur Mittagspause läutete, eilte Helen sofort los, aber als sie in die Cafeteria kam, saß Ariadne bereits am Strebertisch, umgeben von ihren Bewunderern.

Eigentlich hätte es Helen nicht wundern dürfen, dass Ariadne zu ihnen an den Tisch kam, da sie an allen Leistungskursen teilnahm. Dass Ariadne auch stets eine Horde Jungen anlockte wie ein Honigtopf die Bienen, war natürlich Pech für Matt. Helen versuchte gerade, sich einen Weg in den engen Kreis zu bahnen, als Ariadne sie entdeckte.

»Zach? Machst du ein bisschen Platz für Helen?«, fragte Ariadne und schenkte ihm ihr strahlendstes Lächeln.

»Nicht nötig, Zach. Sie kann meinen Platz haben«, sagte Claire schnippisch und räumte den Stuhl neben Ariadne.

Im Vorbeigehen zischte sie Helen zu, dass »alte Freunde« wohl nicht mehr cool genug waren, um am selben Tisch zu sitzen, sobald *jemand* einen angesagten Freund hatte. Bevor Helen jedoch anfangen konnte, mit Claire zu streiten, hatte Ariadne sie schon neben sich auf den Stuhl gezogen, damit die hormongesteuerten Jungen nicht noch näher an sie heranrückten.

Als die Glocke schließlich für den Nachmittagsunterricht läutete, waren Helens alte Freunde allesamt vom Tisch vertrieben – einem Tisch, der ihnen seit dem ersten Schultag an der Highschool gehörte. Helen fragte sich, wie lange es her war, dass sie mit Matt geredet hatte. Es mussten Monate sein.

Claire wartete nicht auf sie, als das Lauftraining begann. Es war albern, schon loszulaufen, um Helen aus dem Weg zu gehen, weil Helen sie mühelos einholen konnte, aber die Absicht dahinter war klar. Als Helen angetrabt kam, drehte sich Claire nicht einmal um.

»Lauf weiter, Hamilton. Ich steh gerade nicht so auf dich«, sagte Claire und machte die Bahn frei.

Nach jahrelanger Freundschaft wusste Helen, dass Claire sie noch ein bisschen länger mit Missachtung strafen würde, bevor sie zur Versöhnung bereit war. Dann würden sie telefonieren, sich vertragen, und am nächsten Tag wäre dann alles wie immer. Allerdings wünschte sich Helen diesmal, zum Ende des Streits vorspulen zu können, zumal sie sich keiner Schuld bewusst war. Aber es hatte keinen Sinn, Claire zu drängen. Also rannte Helen einfach an ihr vorbei.

Nach ein paar Minuten fing das öde Tempo an, Helen zu langweilen. Sie warf einen Blick auf die Uhr, um festzustellen, wie viel Zeit sie noch totschlagen musste, bevor sie am Ziel ankommen durfte. Dann raste sie mit unglaublicher Geschwindigkeit los. Sie wusste, dass Lucas einfach in die Luft aufsteigen und fliegen konnte, aber bei ihr hatte das bisher noch nicht geklappt. Vielleicht musste sie rennen, um in die Luft zu gehen, ähnlich wie bei einem Flugzeug. Und jetzt war die Chance, diese Theorie auf die Probe zu stellen.

Als Helen vom Weg abbog und das Feuchtgebiet rund um den Miacomet Pond durchquerte, spürte sie die Leichtigkeit, die sie mit dem Fliegen verband. Ihr Bauch fühlte sich an, als wäre er voller Schmetterlinge, und sie spürte eine unbezähmbare Wildheit in sich, die sie für die Scion-Kräfte hielt. Sie fühlte, wie Ströme statischer Elektrizität über ihre Haut liefen. Als hätte sie ihren Körper an einem Luftballon gerieben und würde ihn jetzt gerade so weit von sich weghalten, dass sie die Anziehung des elektrischen Feldes spürte.

Helen sprang versuchsweise ab und flog hoch in die Luft. Im ersten Moment war sie überzeugt, dass sie es geschafft hatte, aber dann merkte sie, dass sie den Höhepunkt eines weiten Bogens erreicht hatte und es wieder abwärtsging. Sie war nur höher gesprungen als jemals zuvor – zu hoch –, und ihr Gehirn war immer noch sterblich genug, um zu glauben, dass sie die Landung nicht überleben würde.

Sie versuchte, in die Luft zu greifen, und obwohl ein Teil von ihr wusste, was sie tun musste, um Halt zu finden, war sie entweder zu verängstigt oder noch nicht ängstlich genug, um es rechtzeitig zu bewerkstelligen. Sie schlug seitwärts auf dem Boden auf und schlitterte ein paar Meter nach vorne, wobei ihre Füße zwei tiefe Furchen in den nassen Boden gruben.

Ihr war natürlich nichts passiert, aber dennoch saß der Schreck tief. Ihre Knie waren wie Gummi, und sie musste laut lachen, um das flatterige Gefühl in ihrer Brust loszuwerden. Nachdem sie sich beruhigt hatte, rappelte sie sich wieder auf und ging zurück in Richtung Schule. Helen war bis zum Bauch mit muffigem Schlamm beschmiert und stellte sich vor, wie sie ausgesehen haben musste, als sie gefallen war und dabei hektisch mit den Armen gerudert hatte.

Rein aus Gewohnheit sah sie sich um, weil sie sichergehen wollte, dass niemand ihren peinlichen Stunt beobachtet hatte. Ihr rutschte fast das Herz in die Hose, als sich plötzlich ein dunkler Fleck in den Umriss eines Mannes verwandelte. Er blieb einen Moment stehen und verschwand dann über die nächste Anhöhe. Er hatte sie beobachtet, wie sie nach einem Sturz aus fünfzehn Metern Höhe ohne einen Kratzer aufgestanden war. Und was noch schlimmer war, er bewegte sich für einen Menschen viel zu schnell.

Instinktiv spannten sich all ihre Muskeln an. Ohne auch nur darüber nachzudenken, rannte sie hinter dem dunklen Mann her. Wer immer er war, er steuerte direkt die Highschool an, und zwar auf dem Weg, auf dem Claire vermutlich gerade noch schnaufend in Richtung Ziellinie lief. Helen schoss erneut das Bild der bewusstlos am Boden liegenden Kate durch den Kopf und sie beschleunigte noch mehr. Sie sprang über Unebenheiten, stürmte riskant über Bodenwellen und durch sumpfige Stellen voller Heidekraut. Sie konnte an nichts anderes denken als daran, ihn einzuholen.

Ihr fiel auf, dass sie ihn in dem merkwürdig schattigen Licht kaum sehen konnte, aber als sie ihm näher kam, ließ die Dunkelheit, die ihn umgab, ein wenig nach, und sie konnte genauer erkennen, wo er sich befand. Es schien, als würde er das Licht aus der Luft saugen, und es hatte etwas Gruseliges, wie ihn die dunklen Schatten umgaben wie eine düstere Aura. Er konnte offensichtlich das Licht beeinflussen. Das bedeutete, dass er ebenfalls ein Nachkomme von Apoll sein musste – einer der Hundert Cousins aus dem Haus von Theben und damit eine Bedrohung.

Soweit sie es erkennen konnte, war der Schattenmann ein paar Jahre älter als sie. Als sie nur noch ein paar Schritte hinter ihm war, sah sie, dass er blondes Haar und helle Haut hatte. Mit einem letzten großen Sprung versuchte sie, ihn zu packen, schaffte es aber nur, ihm das T-Shirt herunterzureißen. Schließlich verschwand der letzte Rest Dunkelheit, der an ihm klebte, erstrahlt von der Sonne, die seine enormen, nackten Schultern zum Glänzen brachte. Von Nahem sah er Hector so ähnlich, dass sie Zwillinge hätten sein können. Allerdings nicht im Gesicht, denn das dieses Mannes wirkte viel härter und vom Leben gezeichnet.

Ein grauenvoller Krampf ließ ihren Oberkörper zusammenklappen und sie stürzte mit einem Aufschrei zu Boden. Sie rollte sich zusammen und war nicht mehr in der Lage, sich zu bewegen. Durch das hohe Gras, das ihr Gesichtsfeld einschränkte, sah sie, wie sich der blonde Cousin mit dem nackten Oberkörper umdrehte und mit neugierigem Gesicht zu ihr zurückkehrte.

»Interessant«, sagte er mit einem frechen Grinsen. Dann bemerkte er in der Ferne eine Bewegung und zog sich zurück. »Wir sehen uns früher oder später, *preciosa*«, versprach er, bevor er davonrannte und sich ein dunkler, bedrohlich aussehender Nebel um ihn bildete, der seine Konturen verschwimmen ließ.

Helen versuchte, ihm etwas hinterherzurufen, aber alles, was sie hervorbrachte, war ein jämmerliches Stöhnen. Eine Sekunde später war er komplett verschwunden, und ihr blieb nichts anderes übrig, als liegen zu bleiben, bis sie jemand fand. Endlich hörte sie jemanden näher kommen.

»Helen?«, sagte eine bekannte Stimme. »Oh, nein. Du *bist* es.«

»Matt«, keuchte Helen. »Hol Lucas.«

Er tauchte in Helens Blickfeld auf und kniete sich neben sie. »Soll ich nicht lieber der Schulschwester Bescheid sagen? Oder einen Krankenwagen rufen?«

»Bitte. Lucas. Schnell.«

Matt rannte auf der Stelle los. Als Helen endlich wieder halbwegs normal atmen konnte und sie sich etwas beruhigt hatte, bemerkte sie, dass sie fast am Schulparkplatz lag – viel dichter an den Normalsterblichen, als sie angenommen hatte. Sie war immer noch wie ein Ball zusammengerollt und hielt den Kopf gegen ihre Knie. Sie konnte nicht fassen, wie dämlich sie gewesen war. Dann hörte sie Schritte näher kommen, die ein wenig zu schwer und zu schnell waren, um von einem Sterblichen zu kommen, und sie lächelte erleichtert, obwohl sie immer noch schreckliche Schmerzen hatte.

»Danke, Matt«, hörte sie Lucas irgendwo hinter sich sagen. »Wo bist du verletzt?«, fragte er, nachdem er sich neben sie gekniet hatte. Jason war bei ihm. Helen zeigte auf ihren Bauch. Lucas nickte und sah sich verwirrt um.

»Hast du gesehen, was passiert ist?«, fragte er Matt.

»Ich glaube, sie ist hinter jemandem hergerannt. Ich weiß es aber nicht genau«, sagte Matt unsicher. »Ich habe nur von Lindsey gehört, dass Helen irgendeinen Typen gejagt hat und dass sie dann aufgeschrien hat und hingefallen ist.«

»Stimmt das?«, fragte Lucas Helen mit angespanntem Gesichtsausdruck. Sie nickte. Er lächelte sie an und vertrieb ihr zuliebe den sorgenvollen Ausdruck aus seinen Augen. Er strich ihr die Haare von der schweißfeuchten Stirn und schaute über seine Schulter.

»Alles klar«, sagte Jason so leise, dass es kein Sterblicher mitbekommen konnte, und dann hörte Helen, wie sich seine Schritte eilig entfernten.

»Ich sollte mit ihm gehen«, erklang Hectors Stimme von irgendwo, doch Helen konnte ihn nicht sehen.

»Nein, solltest du nicht«, widersprach Lucas scharf. »Ich möchte, dass du die Mädchen holst. Sie könnten dieselbe Krankheit haben, die Helen hat, und sie brauchen dich vielleicht. Alles klar?«

»Alles klar«, antwortete Hector, ohne verärgert zu sein, denn er hatte die wahre Bedeutung von Lucas' Worten sofort verstanden. Cassandra und Ariadne waren unvorbereitet und ungeschützt und deswegen in größter Gefahr, von dem Fremden angegriffen zu werden. Hector rannte so lautlos davon, dass Helen nicht einmal seine Füße durchs Gras rascheln hörte. Diese Fähigkeit beeindruckte sie, machte ihr aber gleichzeitig auch ein wenig Angst.

»Matt, kannst du mir helfen, Helen hochzuheben? Wenn du ihre Füße nehmen würdest …«, fragte Lucas mit verlegener Stimme.

»Klar, kein Problem«, sagte Matt und legte die Hände um ihre

Kniekehlen. »Meine Güte, Len, du stinkst grauenvoll! Bist du in jeden Sumpf der Insel gesprungen?« Helen musste kichern, aber es tat so weh, dass sie schnell wieder damit aufhörte.

Im ersten Moment wunderte sich Helen, dass Lucas Matt um Hilfe gebeten hatte, obwohl er sie doch gar nicht brauchte, aber als sie den beiden dann zuhörte und sah, wie sie zusammenarbeiteten, um sie zu Hectors Geländewagen zu tragen, wurde ihr klar, dass Lucas vermutlich einer der hellsten Köpfe war, die sie kannte. Um Hilfe zu bitten, ließ ihn nicht nur ganz normal erscheinen, es gab Matt auch das Gefühl, gebraucht zu werden. Lucas behandelte ihn wie einen Partner und, was noch wichtiger war, wie einen Mann. Helen wusste, wenn Lucas jemals Matts Hilfe brauchte, würde diese schlichte Geste dafür sorgen, dass er sich auf ihn verlassen konnte.

Lucas öffnete die Heckklappe des Geländewagens und legte Helen hinein. Dann fragte er Matt, ob es ihm etwas ausmachen würde, zu warten, bis die Mädchen und seine Cousins kamen.

»Falls es Helen schlechter geht, kann ich nicht auf sie warten. Ich bringe sie dann ins Krankenhaus. Wenn das passiert, wäre es mir sehr lieb, wenn du hierbleiben könntest, um ihnen zu sagen, wo wir sind. Es dauert sicher nicht lange«, versicherte Lucas ihm.

»Ich bleibe, solange es nötig ist«, bot Matt an, großzügig wie immer.

»Verdammt, Matt. Hast du es nicht bald satt, immer wieder meinen kranken Hintern zu retten?«, fragte Helen ihn mit dem Anflug eines Lächelns.

»Wenn du wüsstest«, erwiderte er, ebenfalls mit einem Lächeln, das jedoch schnell wieder erlosch. »Das ist schon das zweite Mal in diesem Jahr. Du wirst doch sonst nie krank, Len, nicht einmal, als wir alle nach Lindseys Geburtstag in der vierten Klasse diese Darmgrippe hatten. Wir anderen haben uns zwei Tage lang die Seele aus dem Leib gekotzt, aber dir ging es gut.«

»Ach ja! Das war echt eklig! Aber zumindest habe ich euch allen Cola und Salzstangen gebracht, weißt du noch?«, scherzte Helen. Sie versuchte, die Stimmung ein wenig zu heben, obwohl sie immer noch höllische Schmerzen hatte. Sie presste die Hände auf den Bauch. So lange hatten die Krämpfe noch nie gedauert. Matt runzelte die Stirn. Er machte sich große Sorgen.

»Vielleicht solltest du das Laufen aufgeben«, schlug er plötzlich vor.

»Ich glaube, Matt hat recht«, sagte Lucas, der offensichtlich erfreut war, dass es Matt war, der ihr diesen Rat erteilte. »Wie man sieht, bekommt es dir nicht gut. Du solltest wirklich damit aufhören.«

Helen war zu geschockt, um darauf zu antworten. Sie starrte Lucas mit offenem Mund an, bis Hector, Cassandra und Ariadne auftauchten und die Unterhaltung beendeten. Die Mädchen stiegen zu Lucas und Helen in den Geländewagen, Hector übernahm den Schlüssel für den Mercedes und sagte, er würde noch auf Jason warten. Ariadne bot Matt in ihrer reizendsten Stimme eine Mitfahrgelegenheit an, aber er lehnte ab. Nach einem kurzen und sehr leisen Gespräch mit Hector setzte sich Lucas hinters Steuer und fuhr die drei Mädchen mit hoher Geschwindigkeit zum Anwesen der Delos'. Unterwegs stieg Cassandra über die Sitze und setzte sich neben Helen.

»Hast du ihn gut sehen können?«, fragte sie mit gleichmäßiger, merkwürdig erwachsen klingender Stimme.

»Ja«, antwortete Helen.

»Wenn ich dir Bilder zeigte, würdest du ihn erkennen?«

»So was wie Verbrecherfotos? Kein Problem«, sagte Helen. »Ich glaube kaum, dass es viele Typen auf der Welt gibt, die aussehen wie eine größere, blondere Version von Hector, aber mit einem pockennarbigen, gruseligen Gesicht.«

Sie spürte, wie sich die Stimmung im Geländewagen veränderte.

»Kreon«, flüsterte Cassandra.

»Bist du sicher?«, fragte Lucas, und sein Kopf fuhr hoch, damit er Cassandra über den Innenspiegel ansehen konnte.

»Ja«, bestätigte sie mit einem abwesenden Gesichtsausdruck. »Onkel Pallas ist ihm aus Spanien hierhergefolgt. Er ist zu Hause.« Mehr Information brauchte Lucas offenbar nicht. Er zog sein Handy aus der Jeans und drückte eine Kurzwahl.

»Jase, komm nach Hause. Cassie kann ihn jetzt sehen«, sagte er mit ruhiger, zaghafter Stimme. Er hörte einen Moment lang zu und sprach einfach über Jasons Fragen hinweg. »Wenn wir zu Hause sind. Dein Vater wartet da auf uns.«

Helen kam sich vor, als hätte sie eine wichtige Einzelheit nicht mitbekommen. »Wer ist Kreon?«, fragte sie Cassandra, als sie endlich in der Lage war, sich aufzusetzen.

»Ein Cousin von uns«, antwortete Cassandra wenig hilfreich.

»Er war es, der Hector in Cadiz angegriffen hat«, sagte Ariadne, und ihre Stimme bebte ein wenig. Sie warf einen Blick auf Lucas, der aussah, als wollte er sie unterbrechen, sprach dann aber weiter. »Also gut, die beiden sind aufeinander losgegangen. Kreon ist ein radikaler Fanatiker und sieht alle Gemäßigten als Feinde an, nicht nur uns. Aber auf Hector hat er es besonders abgesehen. Das kannst auch du nicht bestreiten, Luke.«

»Dieser Typ also, hm?«, fragte Helen und verschränkte die Arme über dem Bauch, als sie versuchte, einen Witz zu machen. Niemand lachte. Ihre rechte Hand fühlte sich steif an und sie bewegte die Finger. Ein Stofffetzen fiel ihr aus der geballten Faust.

»Was ist das?«, fragte Cassandra.

»Äh, das ist von Kreon. Ich habe ihn eingeholt, und als ich ihn festhalten wollte, habe ich ihm das T-Shirt runtergerissen«, erklärte Helen verlegen.

»*Du* hast *ihn* verfolgt und bist so nah an ihn herangekommen, dass du ihm das Shirt herunterreißen konntest?«, fragte Ariadne fassungslos. Anscheinend war Kreon selbst nach ihren Maßstäben ziemlich schnell.

»Er hat gesehen, wie ich zu fliegen versucht habe, okay?«, verteidigte sich Helen, die zunehmend den Eindruck gewann, dass sie etwas Falsches getan hatte. »Ich wusste nicht, wer er war, ich wusste nur, dass er gesehen hat, wie ich ungefähr fünf Stockwerke hoch in die Luft gesprungen bin, und ich musste ihn kriegen, bevor er verschwindet.«

»Super«, sagte Cassandra verbittert. »Er ist gekommen, um unsere Familie auszuspähen und vielleicht einen Streit mit Hector vom Zaun zu brechen, aber jetzt, wo du dich zu erkennen gegeben hast, hat sich alles geändert.«

»Er lief direkt auf die Schule zu«, beteuerte Helen zu ihrer Verteidigung.

»Und was hätte er da tun sollen?«, brüllte Cassandra sie plötzlich wütend an. »Einen jämmerlichen Teenager anfallen? Benutz deinen Kopf, Helen! Aus irgendeinem Grund haben die beiden Frauen, die dich angegriffen haben, dem Rest der Hundert Cousins nicht gesagt, dass es dich gibt. Wahrscheinlich, weil sie den Ruhm, dich zu töten, für sich beanspruchen und ihren Triumph feiern wollen. Kreon denkt vermutlich dasselbe, aber wenn nicht, wird er es Tantalus sagen. Das bedeutet, dass schon in ein paar Tagen die halbe Familie hier eintreffen wird – und du kannst noch nicht einmal ein Schwert halten!«

»Lass sie in Ruhe, Cassie!«, fuhr Lucas sie hitzig an. »Wir sind unser Leben lang hierfür ausgebildet worden, und wie viel Zeit hatte Helen, sich auf alles einzustellen? Eine Woche?« Er sah Cassandra über den Rückspiegel eindringlich an. Cassandra gab sich geschlagen und hob die Hände.

»Du hast recht, Cassandra. Ich habe nicht nachgedacht«, gestand Helen und rieb sich den Bauch. »Vielleicht können wir mit ihm reden.«

Ariadne räusperte sich. »Wieso denn nicht? Warum habt ihr solche Angst vor ihm?«, wollte Helen wissen.

»Er ist ein Schattenmeister«, antwortete Ariadne vom Vordersitz. Es klang bedrohlich. »Er kann das Licht aufhalten. Das ist unnatürlich.«

Helen dachte an die Dunkelheit, die Kreon eingehüllt hatte, und wusste, was Ariadne meinte. Die Sonne war nicht zu ihm vorgedrungen, und Helen hatte instinktiv gespürt, dass damit etwas nicht stimmte.

»Es gibt nur wenige Schattenmeister«, versuchte Lucas zu erklären, aber Helen hörte selbst aus seiner Stimme Angst heraus. »Es gab nur ein paar in der Geschichte unseres Hauses, aber jeder, von dem wir wissen, ist, nun ja … böse gewesen.«

Es verstrichen einige angespannte Minuten, in denen Cassandra die Hände über die Augen legte und sich konzentrierte. Schließlich sah sie Helen an und vertrieb die negative Stimmung im Auto mit einem entschlossenen Lächeln.

»Du bist zumindest vorläufig nicht in Gefahr. Ich sehe keine unmittelbare Bedrohung«, versicherte sie und beobachtete, wie Helen immer noch ihren Bauch umklammert hielt. »Weißt du, welcher Sterbliche dich dabei gesehen hat, als du Kreon gejagt hast?«

»Lindsey. Aber keine Sorge, die wird niemand ernst nehmen. Sie lästert immer über mich«, sagte Helen zuversichtlich. »Warte mal. Woher weißt du eigentlich, dass mich jemand gesehen hat?«

»Wegen dieser Krämpfe, die du hast. Sie sind ein Fluch. Deine Mutter hat dich damit verflucht, dass du unerträgliche Schmerzen bekommst, sobald du deine Scion-Kräfte vor den Augen von Sterblichen einsetzt«, antwortete Cassandra mit einem Schulterzucken.

»*Das* ist es? Es hat mich die ganze Woche fast wahnsinnig gemacht!«, rief Lucas und bog in die lange Auffahrt zum Delos-Anwesen ein.

»Du konntest es nicht erkennen. Du bist ein Junge«, sagte Ariadne. »Diese Fluchkrämpfe grenzen wirklich an Folter. Ich habe nicht einmal darüber gelesen, dass in den letzten Jahrhunderten jemand so verflucht wurde.«

»Meine Mutter hat mich verflucht?«, vergewisserte sich Helen bei Cassandra, die traurig nickte.

»Vor langer Zeit, vor ein paar Hundert Jahren, war man überzeugt, dass das die einzige Möglichkeit ist, weibliche Scions dazu zu bringen, sich der damaligen Gesellschaftsnorm angemessen zu verhalten. Mütter taten das ihren Töchtern an, damit sie nicht zu viel Aufmerksamkeit auf sich lenkten, weil es sich nicht gehörte, dass Frauen etwas Besonderes oder klug oder begabt waren.«

Helen war sprachlos und konnte nicht fassen, was sie gerade erfahren hatte. Cassandra griff nach ihrer Hand und lächelte sie an. »Falls es dich tröstet – wahrscheinlich hat der Fluch dazu beigetragen, dass du all diese Jahre nicht entdeckt wurdest.«

»Sosehr ich es hasse zuzugeben, dass etwas so Barbarisches einen Nutzen haben kann, muss ich dem doch zustimmen«, sagte Ariadne, als sie die Beifahrertür öffnete und ausstieg. »Kannst du dir vorstellen, was dein Dad ohne den Fluch mit dir durchgemacht hätte, als du noch klein warst? Jedes Mal, wenn er versucht hätte, dich zu bestrafen, hättest du ihn aus dem Fenster geworfen. Die Schlafenszeit wäre in ein Blutbad ausgeartet.«

»So kann man es auch sehen«, gab Helen zu und krabbelte aus der Heckklappe. Als sie und Lucas nebeneinander hinter Ariadne und Cassandra aufs Haus zugingen, musste sie lachen.

»Was ist?«, fragte er.

»Ich wusste schon immer, dass meine Mutter mich gehasst hat, und jetzt erfahre ich auch noch, dass sie mich buchstäblich verflucht hat«, antwortete sie und hörte selbst, wie sachlich ihre Stimme klang. »Ich glaube, ich habe in meinem ganzen Leben noch nichts gehört, das so viel Sinn macht.«

»Deine Mutter hat nur versucht, dich zu beschützen«, gab Lucas zu bedenken.

»Das ist typisch Mann! Du weißt ja nicht, was Krämpfe sind«, murmelte Helen. Vor den Eingangsstufen blieben sie stehen.

»Vielleicht solltest du die Schuhe ausziehen«, sagte Lucas und warf einen Blick auf Helens Laufschuhe. Helen war bis zum Bauch mit Schlamm beschmiert.

»Vielleicht solltest du den Gartenschlauch holen«, konterte Helen lachend.

»Ich habe eine bessere Idee«, sagte er mit einem Grinsen und zog sie in Richtung Pool. »Eine Dusche im Garten gehört in unserer Familie zur Grundausstattung.«

Er führte sie zur Dusche und ging ins Poolhaus, um ihr ein Handtuch und frische Sachen zu holen. Als er außer Sichtweite war, zog Helen sich im Duschbereich hastig aus. Die wundervoll gestalteten Teakwände der Dusche wanden sich spiralförmig nach oben und bedeckten die entscheidenden Stellen ihres Körpers, aber ihre Füße und ihr Kopf waren noch zu sehen.

Sie hatte schon tausend Mal am Strand geduscht, aber noch nie ohne Badeanzug. Sie wusch sich, so schnell sie konnte, und war fast fertig, als Lucas zurückkam.

»Das T-Shirt ist ganz sicher eins von meinen, aber ich habe keine Ahnung, wem die Jogginghose gehört. Aber mach dir deswegen keine Gedanken. Das wird niemanden interessieren«, sagte er und hängte die Sachen und ein großes Strandtuch über die Duschwand. Dann legte er noch eine Plastiktüte auf den Boden. »Die ist für deine Turnschuhe und die Sportsachen.«

»Danke«, rief Helen nach draußen und war sich der Tatsache

bewusst, wie wenig Raum zwischen ihm und ihrem nackten Körper war. Eigentlich war es albern, aber das hier fühlte sich anders an. Irgendwie gefährlich. Sie beobachtete seine Füße durch den Spalt am unteren Rand der Duschwand. Er wandte sich ab, zögerte kurz und ging dann eilig weg. Helen atmete hastig aus. Ihr war gar nicht bewusst gewesen, dass sie die Luft angehalten hatte.

Die Anziehsachen, die er ihr gebracht hatte, waren riesig, aber immerhin waren sie sauber, dufteten gut und waren bequem. Sie trocknete sich ab, schlüpfte in die geliehenen Sachen und ging aus dem Duschbereich, die Tüte mit dem verdreckten Sportdress in der Hand.

Als sie und Lucas in die Küche kamen, saßen Jason und Hector am Tisch und sahen zu, wie Cassandra und Ariadne einen Mann, den Helen nicht kannte, herzlich umarmten. Lucas stellte Helen vor, bevor er seinen Onkel begrüßte.

Pallas Delos war ein großer blonder Mann, der immer noch jugendliche Vitalität ausstrahlte, obwohl sein Haar an den Schläfen schon grau wurde. Er und Hector hatten dasselbe zurückhaltende Lächeln und dieselben wachen Augen. Er gab Helen höflich die Hand, aber sein neugieriger Blick folgte ihr noch lange, nachdem sie einander vorgestellt worden waren. Das machte Helen nervös. Sie fragte sich, ob er nur wegen ihres Namens so reagierte oder ob jemand aus der Familie unfreundliche Dinge über sie gesagt hatte. Sein intensiver Blick raubte ihr den letzten Nerv, und sie versuchte, sich hinter Lucas zu verstecken.

»Raus mit euch allen. Ich muss das Abendessen kochen«, befahl Noel, als sie in die Küche kam, und machte scheuchende

Bewegungen mit beiden Händen. Sofort zog Lucas Helen mit sich zur Hintertür hinaus.

»Wenn meine Mutter diese Laune hat, geht man ihr lieber aus dem Weg, sonst läuft es darauf hinaus, dass du die nächste Stunde Gemüse putzen darfst«, erklärte er und führte sie auf die Rasenfläche zwischen den Tennisplätzen und dem Pool.

»Ich helfe ihr gern«, sagte Helen und wollte umkehren.

»Aber ich nicht«, verkündete Lucas mit einem verschlagenen Grinsen und zog an ihrer Hand. »Außerdem dachte ich, dass du lernen willst, wie man fliegt. War es nicht das, was das ganze Theater heute Nachmittag ausgelöst hat?«

Helen merkte, dass er besorgt war und sich Mühe gab, sich nichts anmerken zu lassen. »Also das …«, begann sie schuldbewusst.

»Das war schlimm, Helen. Und es war alles meine Schuld. Ich hätte dir sofort das Fliegen beibringen sollen, nachdem wir unsere Verletzungen vom Sturz auskuriert hatten, aber ich hatte kein Vertrauen …«, sagte er verlegen. »Ach, vergiss es. Tatsache ist, als ich gelernt habe, wie man fliegt, wollte ich nur wieder in die Luft. Ich konnte nicht schlafen und nicht essen. Es war dumm von mir, zu glauben, dass du warten würdest.«

»Wie alt warst du, als du es gemerkt hast?«, fragte Helen.

»Ungefähr zehn. Aber ich habe eine Weile gebraucht, um es in den Griff zu kriegen. Scions werden mit all ihren Fähigkeiten geboren, aber bei manchen müssen sie erst herausfinden, wie man sie einsetzt. Vor allem, wenn man niemanden mit dem speziellen Talent hat, der einen unterrichten kann.«

»Hattest du jemanden, der dich unterrichtet hat?«

»Nein. Ich kenne außer dir keinen anderen Scion, der fliegen kann. Aber ich hatte Bücher und meine Familie hat mich immer unterstützt.« Lucas blieb stehen und sah Helen ins Gesicht. »Du hattest das alles nicht, also ist es für dich vielleicht ein bisschen schwerer.«

»›Schwer‹ bin ich gewöhnt – es ist leicht, was mich misstrauisch macht«, antwortete sie schlagfertig, aber er bedachte sie mit einem Blick, der ihr klarmachen sollte, dass sie ihn nicht wirklich verstanden hatte.

»Ich will nur nicht, dass du dich entmutigen lässt, wenn es eine Weile dauert. Und bevor wir anfangen, muss ich dir einiges erklären«, sagte er plötzlich ganz geschäftsmäßig. »Kraft, Schnelligkeit, Wendigkeit, ein extremes Hör- und Sehvermögen, Schönheit, schnelle Selbstheilung und Intelligenz – obwohl man über Letzteres streiten kann –, das sind die Gaben, über die fast jeder Scion verfügt, und um sie einzusetzen, brauchen wir kein Training. Es gibt aber noch eine weitere Gruppe von Fähigkeiten, die selten sind und von denen die meisten etwas Arbeit erfordern. Fliegen ist eine der selteneren Begabungen. Und es gehört zu denen, die am schwersten zu erlernen sind.«

»Ehrlich gesagt, ist es mir vollkommen egal, wie schwer es ist. Auch wenn ich Jahre brauche, um es zu lernen. Aber ich will es unbedingt noch einmal tun!« Helen hüpfte ungeduldig auf dem Rasen herum.

»Okay, okay! Als Erstes musst du stillhalten. Die Sprünge kommen erst später, wenn du Schnelligkeit willst«, sagte er lachend und legte die Hände auf Helens Hüften.

Sie schnappte bei der unerwarteten Berührung nach Luft und

versuchte still zu stehen, wie er es gesagt hatte, aber leicht fiel es ihr nicht. Sie standen einen Moment lang nur da und sahen einander an.

»Mach die Augen zu«, flüsterte er. Helens Herz raste, und sie hatte das Gefühl, dass Lucas es hören konnte.

»Beruhige dich«, sagte er sanft. »Versuch, deinen Puls zu verlangsamen, wenn du kannst.«

»Ich versuche es. Musst du so dicht bei mir stehen?«, fragte Helen. Ihre Stimme klang dünn und zittrig.

»Ja. Ich will nicht, dass du mir wegfliegst. Das wäre schlecht«, antwortete er ganz ruhig, ohne eine Miene zu verziehen oder seine Konzentration zu unterbrechen. Ein paar Sekunden vergingen.

»Jetzt. Konzentrier dich auf deinen Körper. Hol tief Luft und folge dem Luftstrom, als würde dein Gehirn in der Luft, die du atmest, sanft herumschweben.« Er wartete einen Moment, bis Helen dort ankam, wo er bereits war.

Sie brauchte ein paar Atemzüge, aber schließlich gelang es ihr. Lucas wusste genau, wann es so weit war. »Gut. Jetzt bist du in dir«, sagte er triumphierend. »Kannst du dein eigenes Gewicht spüren, wie es aufeinandergestapelt und miteinander verbunden ist?«

Sie fühlte es. Sie spürte das Gewicht ihrer Haut über ihren Muskeln über ihren Knochen, aufgestapelt, so, wie er gesagt hatte. Da waren Millionen und Millionen winziger Teilchen von ihr, die alle marschierten wie kleine Soldaten mit verschiedenen, miteinander verbundenen Einsatzbefehlen. Sie kicherte bei dem Gedanken, wie komisch es war, aus dieser riesigen Armee zu bestehen und es bisher nie gefühlt zu haben. Sie hörte auch Lucas lachen und wusste, dass er mit ihr an demselben Punkt war und dasselbe fühlte wie sie.

»Jetzt möchte ich, dass du etwas Schwieriges tust«, sagte er. »Ich möchte, dass du drinnen bleibst, aber auch hinausschaust. Hab keine Angst. Ich bin bei dir.«

Helen tat, was er gesagt hatte, aber das Gefühl war einfach viel zu intensiv.

Sie hatte vor Monaten einmal ihre Sonnenbrille verlegt. Sie hatte überall danach gesucht, in der Küche, im Wohnzimmer, immer wieder in ihrem Zimmer, aber sie konnte sie nicht finden. Besonders ärgerlich war, dass sie genau wusste, dass sie sie in der Hand gehabt hatte, sich aber nicht mehr erinnern konnte, wo sie sie hingelegt hatte. Dann hatte ihr Dad gesagt, dass sie die Brille oben auf dem Kopf trug.

Das war der Moment, in dem sie erkannte, dass sie den falschen Sinn benutzt hatte. Statt zu sehen, hätte sie fühlen müssen. Als sie nach oben griff, fühlte sie die Sonnenbrille mit der Hand, aber sie spürte sie auch mit der Kopfhaut, und als sie darüber nachdachte, wurde ihr klar, dass sie sie die ganze Zeit dort oben gefühlt hatte. Sie war nur so mit *Sehen* beschäftigt gewesen, dass sie gar nicht auf die Idee gekommen war zu fühlen.

Dies war jetzt ähnlich. Sie erkannte erneut, dass es viele verschiedene Möglichkeiten gab, die Welt um sich wahrzunehmen. Sie war sich immer noch ihrer Millionen Zellen bewusst, spürte aber auch etwas Neues. Sie fühlte, wie sie auf etwas wirklich Riesiges zufiel, wusste aber auch, dass sie einen weiteren Sinn besaß, der diesen Fall stoppen konnte.

In Panik setzte sie diesen neuen Sinn instinktiv ein. Sie musste für Abstand zwischen ihrer kleinen Armee und diesem riesigen Monstrum sorgen, auf das sie hinabstürzte – das Monstrum, wie sie plötzlich erkannte, das sie jede Sekunde ihres Lebens an sich gezogen hatte.

Einen Moment zu spät begriff Helen, dass das Monstrum die Erde war und das Gefühl des Fallens die Schwerkraft – und dass sie sie gerade ausgeschaltet hatte. Ein Schwindelgefühl befiel sie und brachte sie aus dem Gleichgewicht. Sie griff hektisch nach Lucas und vergrub das Gesicht an seiner Brust. Er war das einzige unbewegliche Objekt im ganzen Universum, und wenn Helen ihn losließ, würde sie für immer und ewig in den Raum davonwirbeln, das wusste sie genau.

»Es ist okay«, flüsterte er ihr ins Ohr. Sein Atem war warm und seine Stimme beruhigte sie. »Ich lass dich nicht los, Helen. Ich verspreche es. Vertraust du mir?« Die Temperatur fiel und heftige Windstöße zerzausten ihr Haar.

Sie presste ihr Gesicht weiter an Lucas' Brust. Sie sagte sich immer wieder, dass dies der schwierige Teil war, der »schwere« Teil, von dem sie großspurig behauptet hatte, dass sie ihn dem einfachen vorzog.

»Ja«, flüsterte sie und spürte, wie die dünne kalte Luft in ihre Kleidung kroch und ihr die Worte aus dem Mund riss, sobald sie sie aussprach.

»Dann beweise es«, flüsterte er zurück. »Mach die Augen auf.«

Sie blieben in der Luft, bis der Himmel fast ganz dunkel war und Helen so durchgefroren, dass sie nicht mehr aufhören konnte zu zittern. Sie hatte noch viel zu lernen. Der Schwerkraft zu trotzen, war schwierig genug, aber nur ein Teil des Fliegens. Die andere Hälfte war nicht so schwer zu begreifen, aber dafür viel komplizierter. Helen lernte, dass sie nicht einfach mit den Armen oder Beinen rudern konnte, um sich in der Luft fortzubewegen. Sie musste die Luft um sich herum manipulieren. Lucas hatte ihr gezeigt, wie sie die Luft befehligen musste, um sie auf einer Seite dichter und auf der anderen dünner werden zu lassen, sodass eine leichte Strömung um sie herum entstand. Wenn Lucas das machte, sah es so aus, als würde er unter Wasser treiben. Der Wind zerrte nicht an seiner Kleidung oder seinen Haaren, sondern strömte um ihn herum, hielt ihn sanft hoch oder schob ihn zügig vorwärts. Das hing ganz davon ab, wie schnell er fliegen wollte.

Lucas verbrachte den Großteil dieser ersten Flugstunde damit, vor Helen herzuschweben. Seine langen Arme und Beine segelten auf den Strömungen dahin, und er hielt die Finger gespreizt, um Verwirbelungen zu glätten. Seine Arme waren ausgestreckt, um Helen einzufangen, falls sie zu schnell wurde oder von einem Luftpolster glitt, das sie uneben geformt hatte und von dem sie in die Tiefe stürzen konnte. Fliegen war schwierig und Helen hatte noch kein Gefühl dafür entwickelt. Es erforderte Fingerspitzengefühl und volle Konzentration.

Lucas brachte ihr auch bei, was sie tun musste, um nicht von den »Schwerkraft-Geschädigten« gesehen zu werden, wie er die armen, auf der Erde festsitzenden Menschen nannte, auf die sie hinunterschauten. Zu ihrer Verblüffung erfuhr Helen, dass der frühe Abend die gefährlichste Zeit zum Fliegen war. Bei Sonnenuntergang schauten nämlich alle nach oben, um die hübschen Verfärbungen am Himmel zu bewundern.

Ein paarmal musste Lucas sich Helen sogar schnappen und mit ihr auf den Ozean hinausfliegen, damit sie keiner sah. Am Tag zu fliegen, war offenbar generell gefährlich, aber wenn Helen hoch genug flog, würde jeder, der sie entdeckte, sie für einen Vogel halten. Nachts war es natürlich am sichersten – dann konnten sie auch dichter über dem Boden fliegen, was sogar für Lucas superspannend war. Für Helen war das alles superspannend, und als Lucas schließlich sagte, dass es genug für eine erste Flugstunde wäre, fing sie an zu betteln und flehte um weitere fünf Minuten. Lucas musste lachen.

»Glaub mir, ich weiß genau, wie du dich fühlst. Aber ich bin schon halb erfroren«, sagte er. Helen stieß sich mit einem Lächeln von ihm ab und segelte über seine Schulter und um seinen Rücken und streifte ihn sanft im Vorbeifliegen.

»Morgen?«, fragte sie und fühlte sich schüchtern und kraftvoll zugleich. Lucas drehte sich elegant in der Luft und schnappte sich einen ihrer Arme, bevor sie abdriften konnte.

»Morgen. Versprochen«, sagte er gelassen und zog sie näher an sich heran. »Aber es ist schon fast dunkel, und meine Familie wird sich Sorgen machen, wenn wir noch länger draußen bleiben.«

Dagegen konnte Helen nichts einwenden und ließ sich von Lucas an den Schultern hinabsteuern zu der Rasenfläche, von der sie gestartet waren. Sie schwebte noch über ihm, während er mühelos wieder in die Schwerkraft überwechselte.

»Was muss ich tun?«, fragte sie ängstlich.

»Keine Sorge. Ich weiß, die Landung sieht komplizierter aus, als sie ist, aber ich bin für dich da«, sagte Lucas geduldig. Er stand auf dem Boden, hatte beide Arme ausgestreckt und hielt sie an den Händen, während sie über ihm wiegte.

»Ich glaube, ich kenne ein Gemälde, das so aussieht«, plapperte Helen vor Angst drauflos. »Aber die Frau auf dem Bild hat Flügel.«

»Halbgötter und natürlich auch Götter haben sich schon immer zu Künstlern hingezogen gefühlt und manchmal haben sie uns gemalt. Die Flügel sind natürlich totaler Blödsinn, aber sie sehen hübsch aus«, sagte er leichthin. Er wollte ihr Zeit geben, sich zu beruhigen, und sie wusste es.

»Okay. Was soll ich tun?«, fragte sie.

»Ich möchte, dass du die Welt wieder aufnimmst«, antwortete er.

»Was meinst du damit, ›die Welt aufnehmen‹?«, stieß sie verständnislos hervor.

»Konzentrier dich. Du kannst *fühlen*, was ich damit meine, aber du musst mir vertrauen.«

»Ich vertraue dir«, sagte Helen zum hundertsten Mal an diesem Tag, aber diesmal sah sie ihm dabei in die Augen, und er erwiderte ihren Blick mit demselben absoluten Vertrauen. Es brachte sein Gesicht zum Leuchten. Nichts war unmöglich, wenn Lucas ihr vertraute. Also nahm sie die Welt auf … und fiel, genau wie jeder andere, der versuchte, in anderthalb Metern Höhe auf Luft zu laufen. Lucas hatte natürlich gewusst, was passieren würde, und fing sie auf dem Weg nach unten problemlos auf. Er griff sie praktisch aus der Luft und ließ sie langsam herunter, bis ihre Füße den Rasen berührten.

Nachdem sie ihre Beine so lange nicht auf festem Boden benutzt hatte, fühlte sich Helen ein wenig wacklig. Vor ihren Augen verschwamm alles. Sie musste sich einen Moment gegen Lucas lehnen und hielt die Arme fest um seinen Hals geschlungen. Als das Schwindelgefühl schon längst verschwunden war, hielt sie ihn immer noch fest, in der Hoffnung, dass er sie küsste. Er trat zurück und lächelte gezwungen.

»Siehst du? War doch kinderleicht. Das nächste Mal schwingst du beim Übergang in die Schwerkraft einfach die Beine unter dich, dann kommst du direkt auf dem Boden auf«, sagte er leichthin und ging aufs Haus zu. »Du lernst viel schneller als ich damals.«

»Ja, wer's glaubt. Wenn du mich nicht aufgefangen hättest, wäre ich wie ein Stein auf den Boden gedonnert«, sagte sie und schubste Lucas im Gehen spielerisch zur Seite. Sie tollte mit ihm herum, obwohl sich das Herz in ihrer Brust ein wenig angeknackst anfühlte.

Sie hatte nicht wirklich einen Kuss *erwartet*, aber auf einen *gehofft*. Plötzlich kam sie sich wie eine komplette Idiotin vor, dass sie versuchte, jemanden zu küssen, der so viel klüger, mitfühlender und erfahrener war als sie. Sie verschränkte die Arme vor ihrer Brust und wollte an Lucas vorbeilaufen, doch Lucas ließ nicht zu, dass sie ihn überholte. Stattdessen nahm er ihre Hand. Ihr Stolz war groß genug, um beleidigt zu sein, dass er nur ihre Hand halten wollte, nachdem er sich gerade geweigert hatte, sie zu küssen.

»Sie können uns sehen«, sagte er so leise, dass Helen ihn kaum hören konnte, und deutete kurz mit dem Kinn in Richtung Haus.

Sie folgte der angezeigten Richtung und sah, dass Pallas und

Castor auf der Terrasse vor ihrem gemeinsamen Arbeitszimmer saßen. Wahrscheinlich waren sie nach draußen gegangen, um sich ungestört unterhalten zu können, und waren dann von Helens verunglückter Landung unterbrochen worden. Sie hatten garantiert auch mitbekommen, wie Helen nach einem Kuss geangelt hatte, was für sie so entsetzlich war, dass sie diesen Gedanken sofort aus ihrem Kopf verbannen musste, denn sonst würde sie vor Scham vermutlich auf der Stelle explodieren.

»Sie lernt schnell, nicht wahr, Dad?«, rief Lucas.

»Viel besser als ihre erste Landung«, antwortete Castor humorvoll. Dann wandte er sich an Helen und sagte: »Es freut mich, dass du nicht länger versuchst, ein menschlicher Komet zu sein.«

»Ja, ich habe beschlossen, von nun an all meine Landungen bei Bewusstsein zu erleben. Neben anderen Vorteilen spart das Essen«, scherzte Helen zurück und war nur froh, dass es so dunkel war, dass niemand sehen konnte, wie rot sie war. Sie lächelte Pallas an, doch er erwiderte nicht einmal ihr Lächeln, sondern sah ihr nur mit strengem Blick in die Augen.

»Eine kluge Entscheidung«, sagte Castor. »Ach, Lucas, ihr solltet in der Nähe bleiben«, fügte er warnend hinzu. »Deine Mutter hat das Essen fast fertig, und sie ist heute nicht in der Stimmung, auf jemanden zu warten.«

»Alles klar. Danke für die Warnung«, sagte Lucas und ging mit Helen auf die Hintertür zu. So, wie er sie vor sich herschob, kam es ihr vor, als würde er seinem Vater und seinem Onkel absichtlich aus dem Weg gehen. Oder er wollte Helen von ihnen fernhalten.

»Also gut, was ist los?«, fragte sie sofort, als sie in der dunklen

Garage waren und die Tür hinter sich geschlossen hatten. »Dein Onkel benimmt sich mir gegenüber echt komisch. Was hat er in Spanien herausgefunden?«

»Dort hat niemand von dir gehört – oder zumindest redet niemand über dich. Mein Onkel Pallas ist nach Hause gekommen, weil er Kreon hierher gefolgt ist, aber soweit wir wissen, ist Kreon hergekommen, ohne seine Familie zu informieren. Wir glauben, dass er uns nur im Auge behalten will – vor allem Hector«, sagte Lucas düster.

»Hat dein Onkel etwas über die beiden Frauen erfahren? Die zwei, die mich angegriffen haben?«, wisperte Helen angespannt.

»Nein, das ist immer noch ein Mysterium. Keiner von Onkel Pallas' Kontaktleuten wusste etwas über sie. Wir glauben nicht, dass Tantalus schon von dir weiß, aber da ihn seit Jahren niemand mehr gesehen hat, ist es schwer zu sagen, was er plant.«

»Niemand hat ihn *gesehen*?«, vergewisserte sich Helen verblüfft. »Wie führt er dann seine Leute an?«

»Durch seine Frau. Sie gibt den Hundert Cousins seine Anweisungen, und das nun schon seit fast zwanzig Jahren.«

»Wieso?«

»Das ist eine lange Geschichte«, sagte Lucas. Er runzelte die Stirn und schlug die Augen nieder. Helen erkannte daran, dass die Geschichte wichtig sein musste.

»Solche mag ich besonders gern«, sagte sie und verdrehte den Kopf so, dass sie ihm in die Augen sehen konnte. Sie lächelte ihn so lange an, bis er nachgab. Geistesabwesend nahm er ihre Hand und spielte beim Reden mit ihren Fingern.

»Mein Vater hatte noch einen Bruder. Er war der Jüngste und

jedermanns Liebling. Sogar Tantalus liebte ihn mehr als die anderen«, sagte er und verzog das Gesicht, als könne er sich nicht vorstellen, dass Tantalus überhaupt jemanden liebte. »Sein Name war Ajax.«

»Was ist mit ihm passiert? Ist er gestorben?«, fragte Helen vorsichtig. Lucas nickte.

»Er wurde ermordet. Von jemandem, von dem er sich nicht fernhalten konnte«, sagte er hastig. Frustriert fuhr er sich über das Gesicht, bevor er weitersprach. »Als Ajax getötet wurde, ist mein Onkel Tantalus untergetaucht, um sich zu schützen. Seitdem kommen seine Befehle entweder schriftlich oder durch seine Frau Mildred. Aber tatsächlich gesehen hat ihn seit diesem Tag niemand mehr.«

»Mildred? Das ist kein griechischer Name.«

»Sie ist natürlich eine Sterbliche«, sagte Lucas und hob die Brauen. »Scions von anderen Häusern versetzen uns gewöhnlich in mörderische Wut, schon vergessen? Nicht gerade ideal für eine Ehe. Und die einzige andere Option wäre, eine unserer Cousinen zu heiraten.«

»Ach ja, die Furien hatte ich vergessen. Und wenn nur noch ein Haus übrig ist, sind natürlich alle Scions mit dir verwandt. Wie blöd«, sagte Helen und verdrehte die Augen, weil sie etwas so Wichtiges einfach vergessen hatte.

»Du bist nicht mit mir verwandt«, flüsterte er und zog sie an der Hand dichter an sich heran. Doch dann machte er plötzlich abrupt kehrt und führte sie durch die Garage.

Sie hätten eigentlich einfach geradeaus an der Wand entlanggehen können, aber stattdessen lief Lucas mit ihr um alle Autos herum. Kurz bevor sie die Tür zur Küche erreichten, wurde er wieder langsamer, drehte sich zu ihr um und lächelte. Sie konnte seinen Atem spüren und seine Hand fühlte sich in ihrer ganz leicht an. Einen Moment lang kam er so nah auf sie zu, als wollte er sie küssen, aber im letzten Augenblick drehte er sich wieder weg und führte sie zielstrebig ins Haus.

Helen war vollkommen verwirrt. Was hatte das alles zu bedeuten? Warum zog sich Lucas im letzten Moment immer wieder zurück? Als sie die Küche betraten, hatte sie keine Möglichkeit mehr, ihren Gedanken weiter nachzugehen. Sie begriff sofort, warum Castor und Pallas zum Reden nach draußen gegangen waren. In der Küche herrschte ein ohrenbetäubender Lärm.

Noel stand wie immer am Herd und wurde vom Rest der Familie umringt. Alle wirbelten wild herum, und Noel musste ständig jemand verscheuchen, der ihr im Weg stand. Alle redeten, lachten und stritten gleichzeitig miteinander, und obwohl Helen kein Wort verstand, schienen sich zumindest alle anderen zu verstehen. Helen befand sich anscheinend mitten in einem Delos-Konzert und Noel war der Dirigent.

Als Außenseiterin sah Helen Noel als das, was sie war – das Zentrum der Familie, das schlagende Herz, das all diejenigen zusammenhielt, über die sie beim Kochen ständig stolperte. Ihre Tür stand immer offen, und sie begrüßte, ja erwartete sogar, dass jemand wie Helen hereinkam und ihre Mahlzeit mit ihr teilte.

»Da bist du ja«, sagte sie, ohne vom Herd aufzusehen. »Ich habe deinen Vater angerufen und ihn zum Essen eingeladen. Ich dachte mir, dass du zu erschöpft bist, um heute noch für euch zu kochen.« Mit einem kurzen Ruck aus dem Handgelenk wendete sie das Gemüse in der Pfanne, so wie Helen es schon oft bei den berühmten Fernsehköchen gesehen hatte. Sie hatte diesen Trick schon immer lernen wollen und einen Moment lang war sie abgelenkt. Dann begriff sie, dass Noel mit ihr gesprochen hatte.

»Sie haben meinen Dad eingeladen?«, fragte Helen schrill.

»Aber sicher. Außerdem kannst du gern ›du‹ zu mir sagen. Da Pallas endlich wieder zu Hause ist und du viel Zeit bei uns verbringen wirst, um zu trainieren, habe ich beschlossen, dass es an der Zeit ist, dass unsere Familien sich kennenlernen. Ich habe Jerry gesagt, dass er auch deine Freundin Kate mitbringen soll, aber sie arbeitet heute im Laden, also müssen wir das verschieben. Dein Dad wird in einer Viertelstunde hier sein, also wenn du dich vorher noch waschen oder kämmen willst«, sagte sie und drehte sich erst jetzt zu dem windzerzausten Mädchen um, das in vier Nummern zu großen Sachen in ihrer Küche stand, »dann solltest du dich beeilen.«

Helen sah hinunter auf ihre dreckigen Füße und versuchte, sich mit der Hand durch die verfilzten Haare zu fahren. Ariadne lachte.

»Du siehst aus, als hätte man dich rückwärts durch einen Busch gezerrt. Aber das kriege ich hin.« Ariadne stand auf, nahm Helen an der Hand und zog sie mit sich aus der Küche.

Helen konnte nicht fassen, wie verfilzt ihre Haare waren, aber Ariadne schaffte es schließlich mit einem Kamm, sie wieder zu entwirren. Dann wusch sich Helen die Füße, band ihre Haare zum Pferdeschwanz zusammen und schlüpfte schnell in ein Paar Flipflops, die Ariadne ihr geliehen hatte, bevor sie die Treppe runterrannte.

»Was hast du denn da an?«, fragte Jerry sofort, als er sie sah. Helen musste wegen seines verdutzten Gesichtsausdrucks losprusten.

»Die sind geliehen. Meine Sportsachen waren total verschwitzt. Die Klamotten sind zwar riesig, aber wenigstens sind sie sauber«, sagte Helen und deutete auf das gigantische T-Shirt und die hochgekrempelte Jogginghose.

»Oh. Ach so. Na, das sieht … bequem aus«, stellte er spöttisch fest.

»Nächstes Mal trage ich ein Ballkleid«, versprach ihm Helen. Sie lachte immer noch, als sie sich umdrehte und feststellte, dass die halbe Familie Delos sie amüsiert beobachtete.

»Ich verstehe, was du meinst«, sagte Castor zu Lucas, und die beiden tauschten einen Blick, den Helen nicht deuten konnte. Dann lächelte Castor Helens Vater an.

»Schön, Sie wiederzusehen, Jerry«, sagte er und kam mit ausgestreckter Hand auf ihn zu.

»Und Sie, Castor. Eigentlich wollte ich derjenige sein, der den Vorschlag macht, dass wir alle zusammen essen, aber anscheinend war Ihre Frau mir einen Schritt voraus«, bemerkte Jerry höflich.

»Willkommen in meiner Welt«, sagte Castor mit gespielter Verzweiflung. Die beiden Männer verstanden sich schon jetzt hervorragend.

Die Vorstellung der Familie wurde so kurz wie möglich gehalten, wenn man bedachte, dass es so viele Leute waren. Jerry ging damit um wie ein Profi. Er führte seinen Laden seit fast zwanzig Jahren und war daran gewöhnt, sich Namen zu merken und sich selbst den verrücktesten Persönlichkeiten anzupassen. Helen beobachtete ihren Vater. Sie war unheimlich stolz auf ihn, nicht nur, weil er klug und witzig war, sondern auch, weil er wusste, wann man sich besser zurückhielt.

Die Familie Delos hatte einen ähnlichen Geschmack, sowohl was die Gesprächsthemen anging als auch das Essen, was der lockeren Atmosphäre natürlich sehr diente. Jerry war von allen Gerichten begeistert, und seine vorsichtige Nachfrage ergab, dass Noel früher als Chefköchin in Frankreich gearbeitet hatte. Noel gestand sogar ein paar heimliche Besuche im News Store und räumte großzügig ein, dass Kates Croissants mit Meersalz, Rosmarin und Crème fraîche das Werk eines Genies waren. Jerry strahlte vor Stolz. Helen knuffte ihn mit dem Ellbogen in die Seite.

»Du wirst ja ganz rot«, flüsterte sie ihrem Dad zu.

»Und wieso wirst du nicht rot?«, konterte er.

»Weil ich keinen Grund dazu habe«, sagte sie, doch auch auf ihren Wangen breitete sich eine verräterische Röte aus.

»Ah-ha«, sagte er und glaubte ihr kein Wort. »Ist das jetzt der Moment, in dem ich den besorgten Vater raushängen lasse und dich frage, was zwischen dir und Mr Superfantastisch da drüben läuft?«

»Nein. Jetzt ist der Moment, in dem du dich um deinen eigenen Kram kümmerst und dein Abendessen isst«, sagte Helen und klang genau wie eine Mutter.

»Super! Dann hätten wir das Thema ja auch erledigt«, stellte er grinsend fest und bat um einen Nachschlag von Noels Kartoffelgratin.

Der Rest des Abends verlief so glatt, wie Helen gehofft hatte, zumindest bis zum Ende. Helen unterhielt sich mit Jason, alberte mit Ariadne herum und sprach sogar kurz mit Pallas über seine Arbeit als Museumskurator. Bisher hatte sich Pallas ihr gegenüber abweisend, beinahe feindselig verhalten, aber als sie anfingen, sich über Malerei zu unterhalten, schien er ein wenig aufzutauen. Helen war keine Expertin, aber sie wusste genug über Kunst, um das Gespräch interessant zu halten. Sie waren beide überrascht, dass sie einen ähnlichen Geschmack hatten, und teilten sogar einen Augenblick der Bewunderung, als sie von einem ihrer Lieblingsmaler sprachen. Helen dachte schon, dass sie und Pallas vielleicht doch miteinander auskommen würden, aber nach ihrer Unterhaltung sah sie, wie er sich mit einem zutiefst misstrauischen Stirnrunzeln von ihr abwandte.

Helen hörte ein Klimpern und drehte sich um, als sie eine Berührung am Arm spürte.

»Nimm dir das nicht zu Herzen«, sagte Pandora tröstend. »Weißt du, ich liebe all meine Brüder, aber manchmal sind sie richtige Esel. Vor allem Pallas.«

»Wenn ich doch nur wüsste, was ich getan habe«, sagte Helen frustriert.

»Es geht nicht um dich! Du hast gar nichts getan. Dieser ganze Scion-Kram ist schon viel älter, als du denkst.«

»Seit dem Anbeginn der Zeiten, richtig?«, fragte Helen humorvoll, obwohl sie immer noch verletzt war von der Art, wie Pallas sie behandelt hatte.

»Ja, genau. Prinzipiell stimmt das, aber in dieser Familie gilt das für etwas Bestimmtes. Etwas, das passiert ist, kurz bevor du geboren wurdest – von diesem Zeitpunkt an ging alles zum Teufel.«

Zu Helens Verblüffung nahm Pandora ihre Hand und führte sie in eine Ecke, wo sie sich hinsetzen konnten und ein wenig Ruhe hatten. Anscheinend wollte Pandora, dass das, was sie ihr erzählen würde, zwischen ihnen blieb.

Die Familie Delos war groß genug, dass sich Cliquen bilden konnten, und wenn Helen die Familie betrachtete wie ihre Mitschüler an der Highschool, dann war Pandora das geheimnisvolle, künstlerisch begabte Mädchen, mit dem jeder befreundet sein wollte, was aber nur wenige schafften.

»Lass mich damit anfangen, dass es für Pallas am schwersten war, weil er viel mehr verloren hat als wir anderen«, sagte Pandora traurig, aber dann setzte sie sich aufrecht hin und lächelte entschuldigend. »Versteh mich nicht falsch, mein Bruder ist trotzdem ein Idiot, so, wie er dich behandelt hat, aber vielleicht verstehst du ihn ein bisschen besser, wenn du bedenkst, dass dein Auftauchen unser Leben ebenso aus der Bahn geworfen hat wie deins. Weißt du, wie unser Aussehen vererbt wird?«

Helen spürte, wie ihr Gesicht verwirrt zuckte.

»Einigermaßen«, sagte sie. »Ich habe schon etwas über Archetypen gelernt und dass wir so ähnlich aussehen wie die Leute, die im Trojanischen Krieg gekämpft haben oder so.«

»Nah dran. Wir sehen nicht *so ähnlich* aus wie die Leute, die in Troja gekämpft haben – wir sehen *genauso* aus. Wir haben also alle diese recycelten Gesichter, okay? Und wir sehen oft nicht so aus wie unsere Eltern, sondern vielmehr wie die Person, deren Wiedergeburt wir darstellen sollen.«

»Ja, das habe ich verstanden.«

»Und da Scions dazu neigen, sich unsterblich in eine Person zu verlieben, die das Schicksal für sie ausgewählt hat, und sie dann schon in jungen Jahren massenhaft Kinder kriegen, hat die ältere Generation häufig das zweifelhafte Vergnügen, die Gesichter von Leuten wiederzusehen, die sie einst kannten und – das ist das Gemeine daran – gegen die sie in der Vergangenheit gekämpft haben. Manchmal sehen sie sie sogar in ihren eigenen Kindern oder erkennen sie in jemandem, den ihr eigenes Kind liebt.«

»Oh. Das klingt gar nicht gut«, sagte Helen, die eine böse Vorahnung hatte. »Also sehen wir alle aus wie Leute, die unsere Eltern gekannt haben, und Pallas hat mich vom ersten Augenblick an gehasst. Also, wessen Gesicht habe ich?«

Pandora seufzte. Ihre Armreife klimperten, als sie nach Helens Hand griff.

»Das ist echt blöd«, sagte sie verlegen. »Aber du siehst genauso aus wie Daphne Atreus, die Frau, die unseren Bruder Ajax getötet hat.«

Helen bemerkte, wie schwer es Pandora fiel, seinen Namen auszusprechen. Einen Moment lang rechnete sie fast damit, dass Pandora in Tränen ausbrechen würde.

»Aber das war nicht ich! Ich habe deinen Bruder nicht getötet«, sagte Helen, die von Pandoras Gefühlen so überwältigt war, dass sie nur flüstern konnte. Helens eindringliche Stimme riss Pandora aus ihren traurigen Gedanken und sie drückte Helens Hand.

»Das weiß ich!«, beteuerte sie. »Es ist verrückt, dir die Schuld zu geben, und die meisten von uns tun es ja auch nicht. Ich jedenfalls nicht.«

»Aber Pallas tut es«, stellte Helen fest, die endlich verstand, wieso Pallas sie von Anfang an nicht gemocht hatte. Pandora nickte zögernd.

»Als wir Ajax verloren, war es, als hätten wir den Besten von uns verloren«, sagte Pandora. Sie hatte die Augen niedergeschlagen und biss sich auf die Lippe. »Ajax war … der Beste. Du hättest ihn sehen sollen. Warte, ich zeige ihn dir.« Pandora schüttelte die Armreife an ihrem rechten Arm nach oben. Ganz unten, direkt am Handgelenk, trug sie ein eng anliegendes Armband. Sie klappte einen ovalen Deckel auf, und Helen stellte überrascht fest, dass das Armband ein Handgelenkmedaillon war. Darin war ein Foto von jemandem, den Helen auf den ersten Blick für Hector hielt, der ein kleines Mädchen kitzelte.

»Mein Bruder Ajax«, sagte Pandora traurig. »Er hatte immer Zeit für mich, was in einer großen Familie wie unserer nicht selbstverständlich ist. Es ist leicht, im Alltagstrubel unterzugehen, vor allem, wenn man die Kleinste ist. Ich bin ihm überallhin gefolgt und habe immer darum gebettelt, dass er mir irgendeine Aufgabe übertrug. Er hat angefangen, mich seinen ›Knappen‹ zu nennen, was ich ganz toll fand.«

Helen betrachtete das lachende kleine Mädchen, das sich unter den Riesenhänden seines Bruders wand, und schaute dann in Pandoras tränenfeuchte Augen. »Ich kann selbst an diesem einen Foto erkennen, wie sehr er dich geliebt haben muss.«

»Das hat er und ich habe ihn auch geliebt. Ich habe immer so getan, als wäre er ein edler Ritter und ich sein treuer Gefolgsmann. Er hat mich oft auf gefahrvolle Missionen geschickt, wie etwa seine Autoschlüssel zu suchen oder den Fahrstuhlknopf zu drücken. Ich war sieben, als er starb. Ich hätte ihm in dieser

Nacht nicht folgen sollen, aber ich habe es getan. Ich war dabei, als er ermordet wurde.«

Helen wollte etwas sagen, tröstende Worte finden, aber Pandora hatte sich schon wieder unter Kontrolle und fuhr mit einem leicht gezwungenen Lachen fort. »Er war wie Apoll … in mancher Hinsicht ein bisschen wie Hector … aber nett, nicht so ein mürrischer Neunmalkluger. Versteh mich nicht falsch, ich liebe meinen Neffen, aber verdammt! Er kann ein echter Griesgram sein.« Sie mussten beide lachen.

»Ich wünschte, ich hätte ihn kennengelernt. Deinen Bruder, meine ich«, sagte Helen und stellte überrascht fest, dass sie das wirklich ernst meinte. Ajax musste wirklich etwas Besonderes gewesen sein, wenn seine jüngere Schwester ihn so sehr liebte.

»In gewisser Weise ist keiner von uns über diesen Verlust hinweggekommen«, sagte Pandora und zuckte mit den Schultern, als fielen ihr keine weiteren Erklärungen mehr ein. »Aber mein Bruder Pallas ist der Einzige, der dich nicht ansehen und akzeptieren kann, dass du ein anderer Mensch bist, obwohl er eigentlich genau weiß, dass du nichts damit zu tun hast.«

»Jetzt habe ich es kapiert«, sagte Helen. »Es ist zwar nicht fair, und ich finde es immer noch gemein, aber wenigstens verstehe ich jetzt, wieso Pallas mich hasst.«

»Keine Sorge, er kommt sicher irgendwann darüber hinweg. Tief in seinem Innern weiß er, dass du dir dein Gesicht nicht ausgesucht hast. Das haben die Parzen für dich getan«, sagte sie und grinste Helen frech an. »Und weißt du was? Die haben dir was richtig Hübsches ausgesucht!«

»Dir aber auch!«, beteuerte Helen ernst.

»Ach was«, sagte Pandora, verdrehte die Augen und schwenkte ihre klimpernden Armreife. »In Anbetracht meines Glücks bei Männern war es wahrscheinlich das Gesicht irgendeiner dummen Dienerin oder einer jungfräulichen Vestalin aus Troja!«

Obwohl sie lachen musste, konnte Helen einen gewissen Zweifel nicht abschütteln. Schließlich fragte sie: »Und wem aus Troja sehe ich ähnlich?«

»Oh nein!«, sagte Pandora sofort und stand auf. »Ich habe es versprochen – das haben wir alle. Darüber musst du mit Lucas reden, Helen. Tut mir leid, aber ich finde, ich habe dir für einen Abend genügend Stoff zum Nachdenken gegeben.«

Unter lautstarkem Geklimper verschwand Pandora im Getümmel ihrer Familie. Helen sah ihr nach und verzog das Gesicht. Natürlich hatte Pandora ihr gerade etwas Wichtiges und sehr Emotionales anvertraut, aber Helen war trotzdem nicht zufrieden. Sie wollte wissen, welche Rolle die Parzen ihr zugedacht hatten. Sie würde Lucas danach fragen, sobald sie ihn allein erwischte.

Sie sah zu ihm hinüber. Den ganzen Abend hatte sie gespürt, wie er sie beobachtete, und seine Blicke hatten sich angefühlt wie eine beruhigende Hand auf ihrem Rücken. Hier musste sie sich nicht klein machen, so tun, als wäre sie schwach. Sie passte einfach dazu und begriff, dass diese neue Zufriedenheit mit sich selbst zum Teil auch daran lag, dass sie zum ersten Mal in ihrem Leben mit Leuten zusammen war, die genauso merkwürdig waren wie sie … aber hauptsächlich lag es an Lucas. Sie spürte immer noch diese enge Verbindung, die sie beim Fliegen geknüpft hatten. Seine Blicke hatten eine so positive Wirkung auf sie, dass sie sofort das Gefühl hatte, aus dem Gleichgewicht zu geraten, als er wegsah. Sie drehte sich um, weil sie wissen wollte, was seine Aufmerksamkeit von ihr abgelenkt hatte, und stellte fest, dass er mit Pallas redete.

Eigentlich hielt Helen nichts davon, ihr Scion-Hörvermögen einzusetzen, um andere zu belauschen. Dasselbe hatte sie Hector vorgeworfen, als sie ihn auf dem Witwensteg ihres Hauses entdeckt hatte. Aber sie konnte sich einfach nicht beherrschen. Als sie hörte, wie Pallas ihren Namen nannte, musste sie unbedingt wissen, was die beiden über sie redeten.

»Ich werde dich nicht anlügen. Helen gefällt mir wirklich«, sagte Lucas mit gedämpfter Stimme. »Aber da läuft nichts.«

»Das haben mir alle anderen auch versichert«, erwiderte Pallas. Helen sah, wie er sich nachdenklich die Unterlippe rieb, bevor er weitersprach. »Darüber mache ich mir im Moment auch keine Sorgen, aber wie wird es in einem oder zwei Monaten aussehen, wenn ihr beide in der Weltgeschichte herumfliegt? Allein? Das darf nicht passieren, Luke.«

»Das wird es nicht«, sagte Lucas ernst. »Ich bringe ihr das Fliegen bei und sorge dafür, dass sie nicht umgebracht wird, aber ich werde sie ganz sicher niemals anrühren. So gut solltest du mich eigentlich kennen.«

Die beiden redeten noch weiter, aber Helen hörte nicht mehr zu. Ihr war schlecht.

In den viel zu großen Flipflops stolperte sie auf ihren Vater zu, der sich gerade mit Pandora unterhielt. Sie blieb neben ihm stehen und starrte ihn an, bis er sich zu ihr umdrehte.

»Was ist los mit dir?«, fragte er besorgt. »Alles in Ordnung, Len?«

»Können wir bitte gehen? Ich hab noch so viel zu tun. Hausaufgaben und so. Und ich bin auf einmal so müde«, sagte sie und erfand eine Ausrede nach der anderen, bis Jerry endlich reagierte. Sie machte ihm schon fast eine Szene, was ihr mehr als unangenehm war, aber sie konnte ihre Gefühle einfach nicht länger in sich reinfressen.

Jerry warf einen Blick auf seine Uhr. »Ja, klar. Es ist ja schon spät. War das jetzt mein Text?«, fragte er schuldbewusst.

»Nein, eigentlich nicht. Es ist noch gar nicht so spät. Ich bin nur … ich hab noch zu tun«, sagte Helen und fing sofort mit dem ganzen Vielen-Dank-, Auf-Wiedersehen- und Wir-sehen-uns-morgen-Geschwätz an, das sie am liebsten weggelassen hätte.

Ariadne warf Helen einen besorgten Blick zu, aber Helen war mittlerweile alles egal – die Gefühle der anderen, aber auch, ob die Familie Delos sie für unhöflich oder verrückt oder beides hielt. Nichts davon spielte jetzt noch eine Rolle. Sie musste dieses Haus verlassen, bevor sie Lucas sah, sonst würde sie den Verstand verlieren. Es gehörte sich nicht, und es war peinlich, aber Helen schaffte es, ihren Dad zur Haustür hinauszuschaffen, bevor Lucas und Pallas von ihrer Unterhaltung in der Ecke aufschauten.

11

Am nächsten Morgen fuhr Helen mit dem Rad zur Schule und gab ihrem Dad die Anweisung, Lucas zu sagen, dass sie vor der ersten Stunde noch etwas zu erledigen hatte. Jerry war ein wenig empört, dass sich Helen weigerte, Lucas anzurufen und es ihm selbst zu sagen, aber sie konnte es einfach nicht ertragen, seine Stimme zu hören.

»Ist gestern Abend etwas passiert?«, fragte Jerry. Helen rannte zur Tür hinaus und radelte los, bevor er sie dazu bringen konnte, ehrlich zu antworten.

Der kalte Herbstwind kühlte angenehm ihr Gesicht, das ein wenig verquollen war, weil sie die halbe Nacht mit tränenden Augen wach gelegen hatte. Sie kam sich vor wie eine Idiotin. Natürlich war ihr klar, dass es Schlimmeres gab, als vom Jungen seiner Träume abserviert zu werden, aber im Moment fiel ihr leider nichts Schlimmeres ein.

Kate, Claire und sogar ihr Dad hatten sie wiederholt gefragt, was zwischen ihr und Lucas lief, als wäre es selbstverständlich, dass sie beide irgendwann zusammenkamen, aber niemand hatte Lucas je gefragt, was *er* davon hielt. Und jetzt wusste Helen es:

Er würde sie »niemals anrühren«. Diese Worte tauchten immer wieder in ihrem Kopf auf; und nicht nur die Worte, sondern auch die Entschiedenheit, mit der er sie ausgesprochen hatte. Als fände er den Gedanken, sie zu küssen, einfach widerlich, was Helen nicht nur verletzte, sondern auch verwirrte. Wie konnte er die ganze Zeit ihre Hand halten, wenn er sie so abstoßend fand?

In der Schule angekommen, schloss Helen ihr Rad an und nahm einen Umweg zu ihrem Schließfach. Er war zwar länger, aber dafür Delos-frei und deshalb jeden zusätzlichen Schritt wert. Sie war so früh von zu Hause aufgebrochen, dass sie trotz des Umwegs als Erste in der Klasse war.

Claire bemerkte natürlich sofort, wie schrecklich Helen aussah. Als beste Freundin vergaß sie ihren Streit und stellte Helen, noch bevor sie sich hingesetzt hatte, ein Dutzend Fragen über ihre geröteten Augen und die unfrisierten Haare. Helen log, so gut sie konnte, aber so halbherzig, dass sie nie damit durchgekommen wäre, wenn Matt sie nicht unterstützt und Claire versichert hätte, wie schlecht es Helen am Tag zuvor gegangen war. Es half auch nicht gerade, dass Zach verächtlich schnaufte, während Helen versuchte, Claire abzuwimmeln. Helen ignorierte ihn wie gewöhnlich, aber sie spürte dennoch, wie er sie mit einem hochnäsigen Grinsen beobachtete.

Helen zog den ganzen Tag den Kopf ein und tat nur, was nötig war. Sie war an einem Punkt angekommen, an dem es ihr egal war, ob sie im Unterricht gut mitkam, die Aufmerksamkeit auf sich zog oder vielleicht Krämpfe bekam. Auf dem Weg in die Mittagspause überlegte sie, Magenschmerzen vorzutäuschen, um Lucas weiter aus dem Weg zu gehen. Sie wollte nicht in die Cafeteria gehen und allen begegnen, aber irgendwo musste sie ja zu Mittag essen. Helen stand direkt neben der Tür zur Aula. Sie war nur angelehnt, also stieß Helen sie auf und ging hinein.

Es brannte nur ein mattes Licht auf der Bühne und es war sehr still. Genau das, was Helen gesucht hatte. Sie setzte sich auf die Kante des Podiums und packte ihren Lunch aus. Kauend sah sie sich um und betrachtete die halb fertigen Bühnenbilder. Die Theater-AG gab jedes Jahr zwei Vorstellungen – ein Theaterstück im Winter und ein Musical im Frühjahr.

Sie fragte sich, welches Stück die Theater-AG wohl gerade probte, und entdeckte am Bühnenrand das Manuskript »Ein Sommernachtstraum«. Helen schlug die erste Seite auf und las: »ERSTE SZENE: ATHEN. EIN SAAL IM PALAST DES THESEUS«. Sie verdrehte die Augen und ließ das Manuskript entnervt fallen. Vielleicht zogen die Parzen in ihrem Leben wirklich die Fäden.

Helen brachte auch die letzten drei Stunden hinter sich, aber ihr Glück hielt nicht den ganzen Tag an. Als die Glocke das Ende des Schultags einläutete, hastete sie zu ihrem Schließfach, um so schnell wie möglich zum Lauftraining zu kommen, doch Lucas wartete dort bereits auf sie.

»Hey!«, rief er ihr durch den halben Flur entgegen. Er wirkte groß und gefährlich, als er auf sie zuging. Bei jedem seiner Schritte sprangen ihm jüngere Schüler aus dem Weg. »Wo warst du den ganzen Tag?«

»Beschäftigt. Ich kann nicht wieder zu spät zum Training kommen«, antwortete sie knapp und wühlte ihre Sportsachen aus dem Schließfach.

»Ich begleite dich«, sagte er und versuchte, einen Blick auf ihr Gesicht zu erhaschen.

Sie hielt den Kopf gesenkt, das Gesicht hinter den Haaren verborgen, und antwortete nicht. Sie gingen zwar im selben Tempo den Flur entlang, doch an diesem Tag fühlte Helen sich an seiner Seite einsamer, als wenn sie allein gewesen wäre.

»Warum hast du mich heute Morgen nicht angerufen? Ich hätte dich auch früher abgeholt«, sagte er, als das Schweigen unerträglich wurde.

»Hör mal, Lucas. Dass du mich zur Schule fahren willst, ist süß, aber ich denke, es ist einfacher für mich, wenn ich mein Rad nehme. Wir sollten es einfach vergessen.«

»Ich soll dich also nicht mehr abholen?«, fragte er eisig.

»Nein«, sagte sie. Sie näherten sich dem Ende des Flurs und damit den Umkleideräumen.

»Also gut«, flüsterte Lucas. »Sagst du mir, was ich falsch gemacht habe, oder muss ich raten?«

»Du hast nichts falsch gemacht«, sagte Helen lustlos. Lucas sah sie an und versuchte, eine Lüge zu erspüren. Rund um sein Gesicht verschwamm kurz das Licht und verbarg seinen Ausdruck.

»Wie kommst du nach dem Sport zu uns nach Hause?«, fragte er und sah sich um, denn er war mittlerweile so verwirrt, dass er nicht mehr wusste, wohin er schauen oder was er sagen sollte.

»Also deswegen …«, begann Helen und versuchte, sich eine plausible Entschuldigung einfallen zu lassen.

»Du kommst. Wir haben diese beiden Frauen immer noch nicht gefunden und jetzt ist Kreon auch noch da draußen. Dass du lernst, dich zu verteidigen, ist wichtiger als das, was ich getan oder nicht getan habe und weshalb du so sauer bist«, sagte er plötzlich wütend.

Sie nickte, weil ihr klar war, dass es Unsinn wäre, das Training abzubrechen. Sie konnte ihn kaum noch wahrnehmen, weil er das ihn umgebende Licht so stark beugte. Einen Moment lang hatte sie das Gefühl, als würde sie ihn gleich dreifach sehen. Sie betrachtete ihn wie durch ein Kaleidoskop. Sie hielt den Kopf gesenkt und verbarg die Augen hinter ihren Haaren, bis sein Bild wieder stillstand und sie ihn ansehen konnte, ohne dass ihr schwindelig wurde.

»Möchtest du, dass ich mich den Rest des Tages von dir fernhalte?«, fragte er mit sorgsam kontrollierter Stimme.

Nein, dachte sie. Und ja. Beide Antworten entsprachen der Wahrheit. Sie *konnte* ihn nicht anlügen, aber die Wahrheit war plötzlich ziemlich schwer zu fassen.

»Ich denke, das wäre das Beste«, murmelte sie.

Er sagte kein Wort, machte auf dem Absatz kehrt und ließ sie stehen.

»Hi, Luke … Bye, Luke«, sagte Claire, die genau in diesem Augenblick auftauchte. Sie sah Lucas nur noch hinterher und wandte sich dann an ihre Freundin: »Streit?«

Helen zuckte nur mit den Schultern, nahm Claires Hand und führte sie in den Umkleideraum. »Ist mir egal«, sagte sie matt, denn für mehr reichte ihre Energie nicht.

Beim Geländelauf fragte sie Claire, wie ihr Tag gewesen war. Sie weihte die Freundin in das Geheimnis mit der Aula ein und bat sie, es auch Matt zu sagen, damit ihre Freundschaft nicht zerbrach. Claire sah sie merkwürdig an, stellte aber keine Fragen.

Helen kam sich vor, als wäre die ganze Welt zu einer gigantischen Pointe geworden, auf die sie geduldig gewartet hatte, nur um dann festzustellen, dass sie sich davon beleidigt fühlte. In einem Comedy Club wäre sie einfach aufgestanden und gegangen, aber im wirklichen Leben musste sie nach der Schule auch noch in das Haus des Comedians fahren und sich von seinem Cousin vermöbeln lassen.

Nach dem Training fuhr Helen pflichtbewusst mit dem Rad zum Anwesen der Familie Delos und kam noch vor Lucas, Jason und Hector dort an. Sie ging hinunter zu den Tennisplätzen, die gerade in eine richtige Kampfarena mit Sandboden umgebaut wurden, und sah sich um. Auf dem Boden lag ein Schwert. Sie hob es auf und schwenkte es, weil sie wissen wollte, wie sich das anfühlte.

Es fühlte sich vollkommen idiotisch an. Helen vermutete, dass sie wohl keine geborene Schwertkämpferin war.

»Ich denke, Hector will, dass du mit dem Speer anfängst. Das ist Tradition«, sagte Cassandra hinter ihr.

»Ich würde doch nie die Tradition brechen«, entgegnete Helen sarkastisch und warf das Schwert hin, die Spitze voraus, sodass es im Boden stecken blieb und das Heft ein Kreuz über dem Boden bildete.

»Doch, würdest du. Ich glaube, genau das ist es, was deine Mutter von Anfang an für dich geplant hat«, verkündete Cassandra mit dieser merkwürdig bedrohlichen Stimme, mit der sie oft in wichtigen Augenblicken sprach. »Aber deinen Namen hat deine Mutter dir in der Vergangenheit gegeben und ich kann nur die Zukunft sehen.«

»Du bist ein Orakel!«, stellte Helen entgeistert fest. Sie hätte es schon viel früher merken müssen.

Plötzlich war sie nicht mehr sicher, ob sie mit Cassandra allein sein wollte. Ihre Augen hatten einen fast irren Ausdruck. Helen begann, sich langsam von ihr zu entfernen. Sie achtete darauf, dass der Abstand zwischen ihnen immer größer wurde, und arbeitete sich langsam, aber sicher auf den Ausgang zu.

»Delphi, Delos. Und das Orakel von Delphi war immer ein von Apoll auserwählter Priester«, sagte Helen so gelassen sie konnte, um Cassandra abzulenken.

»Fast. Das Orakel war immer einer von Apolls Scions und immer eine *Priesterin*. Ein Mädchen«, sagte Cassandra verbittert. »Das Orakel von Delphi ist der weibliche Nachkomme von Apoll und den drei Parzen.«

»Ich bin ziemlich sicher, dass das nicht in dem Buch stand, das du mir gegeben hast«, sagte Helen unsicher, denn Cassandra hatte das Schwert aus dem Boden gezogen, wog es jetzt nachdenklich in der Hand und machte ein paar Schritte auf Helen zu.

»Die frühen Historiker haben es nie erfahren, aber sie wussten, dass Apoll der Sohn von Zeus war und damit keiner der ursprünglichen Götter. Er gehörte der zweiten Generation an und war eine Art glorifizierter Scion, der wie wir dazu verdammt war, irgendwann zu sterben.« Cassandra kam mit dem Schwert in der Hand immer näher auf Helen zu.

»Und wieso ist er nicht gestorben?«, fragte Helen vorsichtig und versuchte, ruhig zu bleiben, um sie nicht zu provozieren. Sie trat den Rückzug in die andere Richtung an, ohne die Bronzeklinge aus den Augen zu lassen, die Cassandra abwechselnd hob und senkte, als könnte sie sich nicht ganz dazu durchringen, das Schwert in Kampfposition zu bringen.

»Apoll hat ein Abkommen mit den drei Parzen getroffen«, sagte sie, abgelenkt von einem düsteren Gedanken. »Er hat ihnen etwas geboten, das sie ohne ihn nicht haben konnten. Einen weiblichen Nachkommen. Er hat auf den Fluss Styx geschworen, ihnen ein Kind zu geben, und als Gegenleistung schworen sie, niemals seinen Lebensfaden durchzuschneiden. Von diesem Tag an hatte Apoll seine Unsterblichkeit, und in jeder Generation gehört ein Mädchen, das von ihm abstammt, den Parzen. Sie ist ihre spirituelle Tochter und kann gelegentlich sehen, was ihre Mütter für die Welt geplant haben.«

Helen bemerkte, dass Cassandra zögerte. Was immer sie vorhatte, verunsicherte sie, aber sie kam trotzdem immer näher. Das Licht fing an, rückwärts in ihrer Haut zu versinken, und ihre Augen und ihre Zähne schimmerten in einem purpurnen Farbton. Helen war zwar älter, größer und stärker als Cassandra, aber sie wusste auch, dass sie diejenige war, die in Gefahr schwebte. Cassandra war nicht das einzige Wesen, das in diesem kleinen Körper steckte. Sie wurde von den Parzen heimgesucht, die sie vermutlich auch kontrollierten.

Cassandra schnitt ihr den Fluchtweg ab. Helen hätte wegfliegen können, nachdem sie jetzt wusste, wie es ging, aber sie war nicht sicher, ob sie ihren Flug auch kontrollieren konnte, sobald sie in der Luft war. Außerdem hatte sie keine Ahnung, wie sie landen sollte, wenn Lucas nicht da war, der ihre Hand hielt. Allerdings hatte sie im Moment mehr Angst vor dem Orakel mit dem Schwert in der Hand als vor einem Sturz vom Himmel.

Helen wollte gerade die Flucht nach oben antreten, als sich Cassandras Gesichtsausdruck plötzlich veränderte. Sie verwandelte sich von der dunklen, Angst einflößenden Botin der Parzen in ein sehr verletzliches junges Mädchen.

»Ich habe etwas gesehen, Helen«, sagte sie verzweifelt. »Und dann sah ich es wieder und wieder. Ich habe mich so geschämt und hatte solche Angst, dass ich niemandem davon erzählt habe. Und es tut mir so leid, wenn ich mich irre – für uns alle. Aber ich muss das tun … weil … es das ist, was als Nächstes kommt.«

Ihre Augen füllten sich mit Tränen. Sie sah so verzweifelt aus, dass Helen alles getan hätte, damit sie sich besser fühlte. Cassandra bemühte sich, ihren Gefühlsausbruch unter Kontrolle zu bekommen, und Helen lächelte sie verständnisvoll an. Cassandra nickte und packte den Griff des Schwerts mit beiden Händen. Dann schwang sie es über ihre Schulter und wartete darauf, dass Helen bereit war.

Helen hätte vor Angst fast geschrien.

Wenn Cassandra, das Orakel von Delphi, ihren Tod vorhergesehen hatte, was für einen Sinn machte es dann, sich dagegen zu wehren? Hatte Helen überhaupt eine Wahl?

Cassandra schwang das Schwert. In der Millisekunde, die ihr noch blieb, wurde Helen klar, dass sie ein gutes Leben gehabt hatte, denn sie liebte es plötzlich so sehr, dass sie vor Dankbarkeit hätte weinen können. Sie hatte tolle Freunde, den besten Dad der Welt und einen starken, gesunden Körper. Sie hatte sogar die Freude des Fliegens erfahren dürfen. Und einmal, mitten in der Nacht, hatte sie *beinahe* den einzigen Jungen geküsst, den sie jemals gewollt hatte …

Helen spürte ein merkwürdiges, vibrierendes Kitzeln, als hätte ihr jemand einen Massagestab an die Halsseite gedrückt. Sie sah, wie Cassandras Augen immer größer wurden, als sie das Schwert von Helens Hals wegzog und ungläubig anstarrte.

Das Schwert war in der Mitte vollkommen verbogen und verknittert. Cassandra sah Helen einen Moment lang geschockt an. Tränen der Erleichterung strömten ihr über die Wangen.

»Ich hatte recht.« Sie ließ das Schwert fallen und warf sich Helen an den Hals. Dann fing sie an, ausgelassen auf und ab zu hüpfen, und Helen musste wohl oder übel mitmachen. »Du bist nicht tot! Das ist … Du hast keine Ahnung, wie glücklich ich bin, dass ich dich nicht umgebracht habe!«, jubelte sie.

»Das geht mir genauso«, sagte Helen benommen.

»Warte. Das müssen wir noch mal testen«, sagte Cassandra aufgeregt und rannte zu einer Kiste mit Waffen, die in einer Ecke des Platzes stand. Sie klappte den Deckel hoch und holte Pfeil und Bogen heraus. Grinsend schoss sie mit dem Pfeil auf Helen.

Helen hörte Ariadne hinter sich kreischen, und jemand rannte mit Halbgott-Tempo los, um den Pfeil zu überholen, aber es war zu spät. Der Pfeil traf sie und prallte mit einem sirrenden Laut von ihrer Brust ab. Für Jason war es zu spät, die Richtung zu ändern, und so rammte er Helen und stieß sie um. Sie rollten über den Boden, bis er, auf die Ellbogen gestützt, über ihr lag und ihre Brust ungläubig anstarrte.

»Ich habe gesehen, wie der Pfeil dich getroffen hat«, beteuerte er, als würde er eine Aussage vor Gericht machen.

»Das hat er auch«, bestätigte Cassandra vom anderen Ende des Tennisplatzes und strahlte vor Freude.

»Ich glaube, jetzt ist Cassie durchgedreht«, flüsterte Hector Ariadne traurig zu.

»Nein, ich bin nicht durchgedreht, Hector. Ich habe es *gesehen*«, verbesserte ihn Cassandra, die immer noch von einem Ohr zum anderen grinste. »Waffen können Helen nicht verletzen. Probier es doch selbst aus.« Sie holte ein Schwert aus der Kiste und hielt es ihm hin.

»Cass, leg das Schwert weg«, sagte Ariadne und hob beschwichtigend die Hand. »Wir können darüber reden.«

»Ich bin nicht verrückt!«, schrie Cassandra plötzlich voller Wut.

»Sie ist nicht verrückt«, bestätigte Helen entschieden, befreite sich von Jason und stand wieder auf. »Los, Cass. Erschieß mich.«

Cassandra legte einen weiteren Pfeil ein und schoss auf Helen – diesmal in den Kopf. Ariadne kreischte auch diesmal, aber ihr Schrei verklang, als sie den Pfeil abprallen sah. Einen Moment lang sagte keiner ein Wort.

»Ist nicht wahr!«, brüllte Hector dann, und ein Anflug von Eifersucht ließ ihn beinahe wütend klingen.

»Hat das wehgetan?«, fragte Jason und sah Helen ungläubig an.

»Nur ein bisschen«, sagte Helen, aber Jason war zu aufgeregt, um zuzuhören. Er rannte zur Waffenkiste, holte einen Wurfspeer heraus und schleuderte ihn auf Helen. Er prallte einfach ab.

»Also, *das* hat wehgetan«, sagte Helen und hob die Hände, um ihnen auf freundliche Weise zu sagen, dass sie genug hatte, aber Hector hatte sich schon ein Schwert gegriffen und kam auf sie zu.

»Ich höre sofort auf, wenn du anfängst zu bluten, okay?«, sagte er beiläufig, bevor er anfing, auf sie einzuschlagen. Nach vier Hieben war die Klinge ruiniert.

Helen stolperte mit erhobenen Armen rückwärts und fiel hin. Sie war nicht verletzt, aber ihr Instinkt, sich zu schützen, war noch da, und Hector war ein Furcht einflößender Anblick. Der Schlaghagel endete abrupt, als das Schwert zerfiel. Helen versuchte aufzustehen, wurde aber sofort wieder umgeworfen, als etwas vom Himmel fiel und gewaltsam auf Hector landete. Lucas hatte sich auf Hector fallen lassen und seinen Cousin einen halben Meter tief in den Boden gerammt, bevor er sich aufrichtete, um ihn zu schlagen.

»Lucas, nicht!«, schrie Helen im selben Augenblick wie Ariadne und Cassandra.

Jason warf sich auf die beiden, um sich zwischen sie zu drängen und das Schlimmste zu verhindern. In seiner Wut schlug Lucas ihn versehentlich. Hector lag ganz unten, vollständig mit Schmutz bedeckt, die Hände erhoben, um anzuzeigen, dass er aufgab. Jason lag auf dem Körper seines Bruders, blutete aus dem Mund und stemmte sich gegen Lucas' Schultern, um ihn zurückzuhalten. Lucas blinzelte und sah zu Helen auf.

»Er hat versucht, dich umzubringen.« Lucas senkte seine geballte Faust. Er zwang sich, Hector anzusehen, und seine Stimme klang so unsicher wie die eines kleinen Jungen. »Ich hab's gesehen. Du hattest ein Schwert.«

»Ich bin okay. Sieh mich an, Lucas. Kein Blut. Mir fehlt nichts«, sagte Helen sanft und ging auf die Jungen zu. Sie legte Lucas die Hände auf die Schultern und versuchte, ihn von seinen keuchenden, verängstigten Cousins herunterzulocken. Lucas ließ sich von ihr überzeugen und Bedauern und Verwirrung machten ihn plötzlich ganz gehorsam.

Cassandra erklärte ihrem Bruder kurz Helens Unverwundbarkeit, während Helen, Ariadne und Jason Hector halfen. Er war verletzt – nicht schlimm, aber doch so sehr, dass er nicht allein gehen konnte. Ariadne und Jason brachten ihn ins Haus und mussten ihn von beiden Seiten stützen. Lucas sah zu, wie sich sein Cousin humpelnd vom Platz schleppte.

Castor, Pallas und Pandora kamen aus dem Haus gelaufen, um nachzusehen, was passiert war. Pallas half seinen Kindern, den Rest des Weges ins Haus zurückzulegen, während Castor und Pandora kurz mit Ariadne sprachen und dann auf den Tennisplatz eilten.

»Warum hast du mich nicht gewarnt, Cassie?«, flehte Lucas sie leise an. Castor brüllte bereits beim Betreten des Platzes. Cassandra zuckte mit den Schultern und wich den Blicken der anderen aus.

»Weil sie Angst hatte«, verteidigte Helen sie und schnitt damit Castors Brüllen ab. Sie nahm Cassandras Hand und zog sie an sich. Es ärgerte sie, dass nun alle versuchten, Cassandra die Schuld für das zu geben, was Lucas getan hatte. »Sie hatte eine Vision, wie sie ein Schwert gegen mich schwingt, und dachte, sie würde mich töten. Sie dachte, sie *müsste* mich töten. An ihrer Stelle hätte ich das auch niemandem erzählt.«

Pandora sah Helen fragend an, als wollte sie sich vergewissern, dass ihr nichts fehlte. Helen reagierte mit einem unsicheren Lächeln und war erleichtert, dass Pandora einfühlsam genug war, diesen kleinen Austausch ohne Worte vorzunehmen. Dann sahen beide wieder Lucas an, der immer noch total geschockt war.

»Wenn du Angst hattest, wieso bist du dann nicht zu mir gekommen, Cassie? Du weißt doch, dass ich immer für dich da bin«, sagte Lucas, aber Cassandra schüttelte nur den Kopf.

»Von euch ist keiner mehr in der Lage, mein Vertrauter zu sein. Ich bin die Einzige, die entscheiden kann, was ich preisgebe und was verborgen bleibt«, sagte sie sanft. Cassandra trat von Helen weg und richtete sich auf. Es sah fast so aus, als würde sie mit dieser einen Geste die Unterstützung ihrer Familie hinter sich lassen. Sie holte tief Luft und sah erneut Helen an.

»Dazustehen und darauf zu warten, dass ich dir den Kopf abschlage«, sagte Cassandra traurig. »Das war das Mutigste, was ich jemals gesehen habe.«

Das liegt nur daran, dass du dich selbst nicht sehen konntest, dachte Helen.

Cassandra betrachtete Lucas, der immer noch nicht begreifen konnte, was er getan hatte. Sie legte ihm eine Hand auf die Schulter und schüttelte sie, bis er zu ihr aufschaute.

»Lass uns reingehen und nach Hector sehen«, sagte sie und half ihrem Bruder hoch.

Helen war immer noch ganz zittrig. Als sie neben Lucas aufs Haus zuging, wünschte sie, er würde ihre Hand halten wie sonst auch, aber dann ärgerte sie sich darüber, so etwas auch nur zu denken. Sie beschleunigte und ging vor ihm her, um nicht wieder in Versuchung zu geraten.

Sie saßen alle in der Küche zusammen, um über die neue

Entdeckung zu reden, aber eine Erklärung hatte niemand dafür. Sie fragten Helen, ob sie sich jemals mit einem Messer verletzt hätte, aber in ihrer Kindheit hatte sie erstaunlich selten geblutet. Sie konnte sich nicht erinnern, sich jemals schlimmer verletzt zu haben als an einer Papierkante. Das löste eine Diskussion darüber aus, was als Waffe zu betrachten war – wenn Papier sie schneiden konnte, aber ein Speer nicht, konnte man dann einen Speer aus Papier machen und sie damit töten?

»Ist eine Gabel eine Waffe?«, fragte Jason und deutete auf eine Gabel, die auf der Arbeitsplatte lag. Ariadne zuckte mit den Schultern und stach Helen damit in den Arm. Sie gab nach wie ein Gummiball.

»Schätze schon«, sagte Ariadne. »Vielleicht ein Löffel?« Sie holte einen Löffel aus der Schublade.

»Könnt ihr bitte damit aufhören?«, verlangte Lucas besorgt. »Irgendwann werden wir etwas finden, womit man ihr wehtun kann. Etwas, das sie vielleicht sogar umbringt. Ich finde, wir sollten mit den Experimenten aufhören, bis wir wissen, wieso Helen so ist.«

»Ich stimme Lucas zu«, sagte Castor. »Und je eher wir das herausfinden, desto besser.«

»Es kann nichts sein, was vererbt wird, denn dann hätten wir es schon bei einem anderen Scion gesehen«, bemerkte Pallas und musterte Helen, als wäre sie ein interessantes neuartiges Insekt, das gerade unter einem Baumstamm hervorgekrochen war. »Vielleicht in den Fluss Styx getaucht?«, warf er in den Raum, als wäre es die einzig logische Erklärung. »Sie sieht zwar nicht aus wie ein Zombie, aber das tat Achill vielleicht auch nicht.«

»Nein. Ich möchte wetten, dass sie ihre Seele noch hat«, sagte Castor mit einem Kopfschütteln.

»Und wie hätte sie in den Styx kommen sollen? Es hat schon seit Jahrtausenden keinen Deszender mehr gegeben«, fügte Cassandra nachdenklich hinzu.

Deszender?, wunderte sich Helen.

»Was ist mit einfacheren Waffen wie einem Gewehr?«, fragte Jason. Er hatte immer noch nicht ganz begriffen, was für ein unglaubliches Talent Helen besaß.

»Seit wann sind Kugeln schnell genug, um einen Scion zu treffen? Deswegen kämpfen wir doch mit Schwertern, Dummkopf«, erwiderte Ariadne grinsend. »Das sind die einzigen Dinge, die sich schnell genug bewegen können, um unsereins zu töten.«

»Ja, aber wenn wir etliche Kugeln auf sie abfeuern würden? Technisch können wir doch von ihnen getötet werden, wenn wir oft genug getroffen werden«, argumentierte er logisch.

»Es spielt keine Rolle, wie oft du auf sie schießt. Du könntest eine Bombe auf sie abwerfen und ihr würde nichts geschehen, wie ich dir schon geraume Zeit zu erklären versuche«, sagte Cassandra frustriert.

»Es muss einen Grund dafür geben. Es ist keine Begabung, also muss sie über irgendeinen Schutz verfügen, von dem wir nichts wissen. Ich werde Nachforschungen anstellen und eine Liste mit Möglichkeiten zusammenstellen«, verkündete Pallas, der den Blick immer noch nicht von Helen abwenden konnte.

»Ich helfe dir, Dad«, sagte Hector von der Tür her und humpelte in die Küche. »Ich will unbedingt wissen, wie Sparky ihren kleinen Unverwundbarkeitstrick durchgezogen hat.«

»Ich wollte, dass er sich hinlegt, aber davon will er nichts hören«, beschwerte sich Pandora, die hinter ihm hertrottete. Hector ging direkt auf Lucas zu.

»Wie fühlst du dich?«, fragte Lucas schuldbewusst.

Hector ergriff seine Hände. »Es ist okay, Cousin. An deiner Stelle hätte ich genau dasselbe getan«, sagte er und grinste so frech wie immer. »Nur, dass ich dich härter geschlagen hätte.«

Sie umarmten sich und der ganze Zwischenfall war vergessen. Ariadne wollte Pandora gerade eine Frage stellen, als Helen ihr das Wort abschnitt.

»Kann mir bitte mal jemand sagen, warum ihr mich alle ›Sparky‹ nennt?«, brach es aus ihr heraus. »Und wenn mich heute noch mal jemand mit irgendwas pikst, werde ich zum Tier«, fügte sie warnend hinzu und drehte sich hastig zu Jason um, der sich von hinten angeschlichen hatte.

»Du hast es ihr noch nicht gesagt?«, fragte Cassandra Lucas ungläubig. »Das hättest du schon vor Tagen tun sollen.«

»Ich wollte es ihr heute sagen, aber ich hatte keine Gelegenheit dazu«, sagte er und starrte auf den Boden.

Helen musste wieder daran denken, wie er vor dem Sport auf sie gewartet hatte und ihr anscheinend etwas Wichtiges sagen wollte und wie sie ihm an den Kopf geworfen hatte, dass sie ihn nicht sehen wolle. Aber das war *seine* Schuld, sagte sie sich. Schließlich war er derjenige, der sich dazu zwang, ihr das Kämpfen und Fliegen beizubringen.

»Dann sag es mir jetzt«, verlangte sie energisch. Lucas sah sie scharf an. Seine Augen funkelten.

»Du kannst Blitze erzeugen. Elektrizität. Ich weiß nicht, wie stark die Ladung ist, die du hervorbringen kannst, aber gemessen an dem, was ich gespürt habe und was Hector im Supermarkt abgekriegt hat, glaube ich, dass sie sehr groß ist.«

»Blitze?«, wiederholte Helen ungläubig.

Sie erinnerte sich, wie Hector zusammengezuckt war, als er sie im Supermarkt angefasst hatte, und wie erschrocken Lucas gewesen war, als sie sich in der Schule das erste Mal begegnet waren. Sie hatte solche Angst vor ihnen beiden gehabt, sich so verzweifelt verteidigen müssen … war es möglich, dass sie dazu eine Fähigkeit eingesetzt hatte, von deren Existenz sie nie etwas gewusst hatte? Hatte sie wirklich *Blitze* erzeugt?

Irgendwo in ihrem Hinterkopf sah sie etwas Blaues aufblitzen und Kate zu Boden sinken. Ihr kam ein schrecklicher Gedanke. Sie versuchte, ihn zu verdrängen, wie sie es seit ihrer Kindheit getan hatte, aber diesmal wollte er nicht verschwinden.

»Das bedeutet vermutlich, dass du von Zeus abstammen musst«, sagte Cassandra. »Aber von welchem Haus, ist noch nicht geklärt. Die vier Häuser wurden von Zeus, Aphrodite, Apoll und Poseidon gegründet. Aphrodite und Apoll waren die Kinder von Zeus, also können Scions aus ihren Häusern auch über seine Fähigkeiten verfügen. Das vierte Haus von Poseidon können wir wohl ausschließen. Wahrscheinlich jedenfalls.«

»Mein Haus?«, fragte Helen, die noch so in Gedanken war, dass sie kaum zugehört hatte. Sie erinnerte sich auch an einen blauen Blitz aus ihrer Vergangenheit und an einen unheimlichen Mann, der immer wieder versucht hatte, ihre Haare zu berühren. Er war von ihr weggeschleudert worden, direkt vom Heck der Nantucket-Fähre herunter. Ihr stieg erneut der verbrannte Geruch in die Nase. Helen rieb sich übers Gesicht und versuchte, diese Erinnerung so schnell wie möglich loszuwerden. Sie hatte immer geglaubt, dass nicht sie die Ursache für diesen Unfall war. Aber was viel schlimmer war – hatte sie auch Kate verletzt?

»Wenn wir von deinem Haus sprechen, meinen wir dein Erbe, Helen«, sagte Castor sanft, weil ihm Helens Unbehagen sofort aufgefallen war. »Zeus hatte viele Kinder, also können wir dein Haus bis jetzt nicht mit Sicherheit bestimmen. Aber keine Sorge, wir bemühen uns weiter herauszufinden, wer deine Leute waren.«

»Danke«, murmelte Helen geistesabwesend.

»Du kannst die Blitze bis jetzt noch nicht kontrollieren. Sie springen sozusagen aus dir heraus, wenn du Angst hast«, sagte Lucas nach längerem Schweigen.

»Als hätte ich einen Taser?«, fragte Helen verstört.

»Ja«, bestätigte Hector einen Moment später. »Aber stärker.«

»Tut es richtig weh?«, fragte Helen unruhig. Ihr war schon ganz übel.

»Schätze schon«, sagte Hector mit einem herablassenden Schulterzucken. »Ich denke, wenn du ordentlich trainierst, kannst du schon bald tödliche Ladungen verschießen.«

»Das wird nicht nötig sein«, sagte Helen und sprang entsetzt auf.

»Warte, Helen, das wäre doch eine gute Sache«, widersprach Jason. »Du könntest lernen, deine Blitze einzusetzen, statt zu kämpfen.«

»Du musst damit ja niemanden töten. Nur unschädlich machen«, fügte Lucas hinzu, der gemerkt hatte, wie verstört Helen war.

Er konnte nicht wissen, dass seine tröstenden Worte es nur schlimmer machten. Helen dachte an die bewusstlose Kate – wie Kate auf diese grässliche Art gezuckt hatte, als das blaue Licht aufgeblitzt war. Wie ihr Kopf zurückgefallen war und ihr Mund offen stand, als Helen sie vom Boden gehoben hatte. Sie konnte diese grauenvollen Bilder nicht aus dem Kopf bekommen, und so fing sie an, nervös in der Küche herumzulaufen, um die Energie loszuwerden, die von ihr Besitz ergriffen hatte. Sie wusste, dass sie von allen angestarrt wurde. Sie schaute auf, und ihr Blick traf Pandora, die ihre Reaktion besonders genau beobachtet hatte.

»Warum reden wir nicht morgen weiter?«, schlug Pandora vor, ohne jemand Bestimmtes anzusehen. »Hector sollte etwas essen und alle anderen können eine Dusche vertragen. Nehmt es mir nicht übel, Leute, aber ihr mieft!« Sie bekam dafür ein paar Lacher, aber was noch wichtiger war, sie lenkte die Aufmerksamkeit von Helen ab. Helen lächelte sie dankbar an.

»Bist du okay?«, flüsterte Ariadne Helen ins Ohr, als sich das Familientreffen auflöste. Helen drückte Ariadnes Hand, hatte aber keine Ahnung, was sie antworten sollte. Sie ging auf die Tür zu.

»Ich fahr dich nach Hause«, rief Lucas ihr über die Schulter zu und beendete die kurze Unterhaltung, die er mit seinem Vater und seinem Onkel geführt hatte.

»Ich sollte heute Nacht auf Helen aufpassen«, sagte Jason verlegen.

»Und ich bin mit dem Rad da«, sagte Helen. Sie konnte es nicht ertragen, mit ihm allein zu sein.

»Das ist mir egal«, entgegnete Lucas grob. Er starrte Jason einen Moment lang an. Seine Augen sprachen Bände. Dann wanderte sein Blick zu Hector. »Ich brauche deinen Wagen«, sagte er und konnte seine Gereiztheit kaum verbergen. Hector nickte und sah erst Helen und dann wieder Lucas an. In seinen Augen war fast so etwas wie Mitgefühl zu erkennen.

Lucas packte Helen an der Hand und zog sie nach draußen. Er verlud ihr Rad auf das Heck von Hectors Geländewagen, hielt Helen zum Einsteigen die Tür auf und fuhr aus der Garage, ohne ein einziges Wort zu sagen. Nachdem sie das Grundstück verlassen hatten, bog er zu einem der schönen Aussichtspunkte ab, an denen die Touristen die Gegend bestaunen konnten, und drehte sich zu Helen um.

»Was ist los?«, fragte er wütend und ängstlich zugleich.

Helen hatte keine passende Antwort für ihn parat.

»Sagst du mir wenigstens, was ich falsch gemacht habe?«

»Ich sagte doch schon, dass du *nichts* getan hast«, murmelte Helen in ihren Schoß.

»Und wieso behandelst du mich dann so? Sieh mich an«, flehte er und ergriff ihre Hand. Sie starrte ihn an.

»Was soll das?«, fragte sie und zog angewidert die Hand weg. »Weißt du was? Ich nehme es zurück, was ich eben gesagt habe. Du hast doch etwas getan. Du hast mit mir gespielt.«

Lucas schaute sie entsetzt an. Nach allem, was Helen am Abend zuvor belauscht hatte, gab es für sie eigentlich keinen Grund zur Hoffnung, aber es glühte trotzdem noch ein kleines Fünkchen in ihr, dass sie vielleicht doch alles missverstanden hatte. Oder dass er seine Meinung noch änderte. Doch auch dieses Fünkchen Hoffnung erlosch, als Lucas nickte.

»Ich habe also mit dir gespielt«, sagte er mit tiefer Stimme. Er kniff die Augen zu, und seine Fäuste krampften sich so hart ums Lenkrad, dass Helen einen Moment lang glaubte, er würde es abreißen.

»Du und ich, wir können nicht zusammenkommen, also schlag dir das ein für alle Mal aus dem Kopf.«

Helen löste den Sicherheitsgurt und stieg aus.

»Bitte warte«, sagte Lucas, aber Helen schnitt ihm das Wort ab, indem sie die Tür hinter sich zuknallte.

»Warten? Worauf denn? Darauf, dass du mir sagst, dass ich ein nettes Mädchen bin, du mich aber *nie* anrühren wirst? Danke, das hab ich schon kapiert. Und jetzt mach die Heckklappe auf, damit ich an mein Rad komme«, fuhr sie ihn an. Sie erkannte sich selbst nicht wieder – sie klang so verbittert.

»Ich verspreche, dass ich auf dem Rest des Weges kein Wort sage, wenn du es nicht willst. Aber lass mich dich bitte nach Hause fahren«, erwiderte Lucas leise. Sie hasste es, dass er so ruhig blieb.

»Mach die verdammte Klappe auf oder ich reiße sie ab!«, schrie sie ihn an.

Natürlich war ihr klar, wie albern sie sich aufführte und dass sie mitten auf einem öffentlichen Parkplatz einen Wutanfall bekam, aber sie konnte sich einfach nicht bremsen. Die Demütigung kroch ihr aus jeder Pore und sie musste so schnell wie möglich von ihm weg. Und sie wollte nichts zurücklassen, was sie womöglich zwang, später noch einmal wiederzukommen und danach zu fragen.

Helen stand mit gesenktem Kopf hinter dem Wagen, die Arme in die Hüften gestemmt. Sie spürte, dass Lucas sie über den Rückspiegel beobachtete, und drehte sich weg. Schließlich entriegelte er die Heckklappe. Sie hob ihr Rad heraus und fuhr ohne ein weiteres Wort davon.

Zu Hause angekommen, fiel sie vollständig angezogen ins Bett. Sie hörte, wie Jason sich auf dem Witwensteg für die Nacht einrichtete, aber sie fühlte sich kein bisschen schuldig, ihn dort oben wachen zu lassen. Helen wollte nur noch so weit von der Familie Delos weglaufen, wie sie konnte.

Sie befand sich am Rande des trockenen Landes, in einem neuen Landstrich, den sie von Weitem schon gesehen, bisher aber für unerreichbar gehalten hatte. Hier war es immer noch steinig, aber zwischen einzelnen Grasbüscheln lagen so viele umgestürzte Marmorsäulen, die für tausend Parthenon-Tempel gereicht hätten. Hier war einst ein ganzes Reich gewesen. Jetzt nicht mehr.

Weit weg schien ein Fluss zu fließen. Helen wusste nicht, ob sie ihn hören konnte oder ob sie nur die minimale Feuchtigkeit in der Luft spürte, aber sie wusste, dass irgendwo in der Nähe fließendes Wasser war. Ihr Inneres war so trocken und leer. Wo war der Fluss?

Auf ihrer Suche danach fiel ihr Blick auf die umgestürzten Säulen und die dort in Stein gemeißelten Namen. Grachus liebt Lucinda. Ethan liebt Sarah. Michael liebt Erin. Es kam ihr vor, als würde sie stundenlang mit den Fingern über die Namen fahren, die in die geborstenen Überbleibsel zerbrochener Liebe eingraviert waren. Sie wanderte eine

Ewigkeit zwischen den umgestürzten Säulen gebrochener Versprechen herum und staubte die Grabsteine in diesem Friedhof der Liebe mit den Händen ab. Jede Form des Todes fand in diesem trockenen Land seine letzte Ruhestätte.

Sie lief, bis ihre Füße bluteten.

Als Helen aufwachte, war ihr Zimmer in ein blasses Licht getaucht. Irgendwie hatte sie im Schlaf Bluse und Schuhe abgestreift, aber ihre Jeans war so in Bettdecke und Laken verstrickt, dass sie sich aus dem Bett fallen ließ und sich auf dem Boden frei kämpfte. Helen hatte immer noch den ganzen Schmutz an sich, den Lucas bei seinem Sturz auf Hector aufgewühlt hatte. Dazu kamen das getrocknete Blut ihrer zerschnittenen Füße und ein feiner grauer Staub aus dem trockenen Land. Ihre Füße hatten sich natürlich selbst geheilt, aber ihr Bettzeug war trotzdem blutverschmiert. Es war bestimmt nicht mehr sauber zu bekommen und sie würde neues kaufen müssen. Zum Glück war ihrem Vater jede Art von »Mädchenproblemen« zu peinlich, um Fragen zu stellen.

Auf dem Weg ins Badezimmer streifte sie die Jeans ab und stellte sich bereits unter die Dusche, bevor das Wasser warm geworden war. Mit offenem Mund schluckte sie so viel Wasser, wie sie konnte. Sie war innerlich total ausgetrocknet. Ihr Körper schmerzte von den vielen hundert Kilometern, die sie unter der trockenen Sonne gelaufen war – das kalte Wasser war eine Wohltat, auch wenn es sie zum Zittern brachte. Helen schaute auf ihre Arme und beobachtete, wie das Wasser über ihre Gänsehaut rann. Das lenkte ihre Gedanken zu dem Fluss, den sie kurz vor dem Aufwachen in der Ferne gesehen hatte.

Sie konnte sich nicht an ihn erinnern.

Sie wusste aber, wie erleichtert sie gewesen war, und im trockenen Land gab es nur eine Sache, die dieses Gefühl hervorrufen konnte. Wasser. Aber sie konnte sich an nichts davon *erinnern*. Wie konnte sie einen Fluss im trockenen Land vergessen? Das war unmöglich.

Helen stieg aus der Dusche und ging nackt in ihr Zimmer zurück, griff nach einem quietschgrünen Eyeliner, den Claire bei der letzten Übernachtung bei ihr vergessen hatte, und schrieb damit »DER FLUSS, AN DEN ICH MICH NICHT ERINNERN KANN« auf ihren Spiegel, für den Fall, dass sie ihn wieder vergaß. Dann zog sie sich an.

Draußen war es kalt und ein feuchter Nebel hing in der Luft. Auf dem Weg zur Schule zog Helen den Reißverschluss ihrer Jacke bis zum Hals zu und ärgerte sich, dass sie keine Handschuhe mitgenommen hatte.

Als sie ankam, sah sie Lucas auf dem Parkplatz. Er lehnte an einem Audi, der ihr bereits in der Garage der Delos aufgefallen war, mit dem sie ihn aber noch nicht hatte fahren sehen. Der Wagen erinnerte sie daran, wie blöd sie an jenem Abend gewesen war, als sie gehofft hatte, dass er sie in der dunklen Garage küssen würde. Sie senkte den Kopf und eilte zum Schulgebäude, ohne ihm zuzuwinken. Er lief ihr ein paar Schritte hinterher, ließ sie dann aber gehen, ohne ein Wort zu sagen.

Als Helen an der Tür war, hörte sie Claire hinter sich rufen. Sie blieb stehen und wartete auf ihre Freundin.

»Habt ihr euch gestritten?«, fragte sie und schaute Lucas hinterher. Nachdem sie dann auch einen Blick auf Helen geworfen hatte, rief sie entsetzt: »Meine Güte! Was ist denn mit dir passiert?«

»Ich hab letzte Nacht schlecht geschlafen«, murmelte Helen.

»Du hast tiefschwarze Ringe unter den Augen, Len. Als hättest du wochenlang nicht geschlafen«, stellte Claire ernsthaft besorgt fest. »Hast du die ganze Nacht geweint?«

»Nein. Gar nicht«, sagte Helen. Sie war zwar traurig, aber sie weinte eigentlich nie, wenn sie deprimiert war.

»Sagst du mir, worüber ihr gestritten habt?«, fragte Claire.

»Es gab keinen richtigen Streit. Luke will einfach nicht mehr mit mir zusammen sein«, sagte Helen. Sie schob die Hände in die Taschen und ballte sie zu Fäusten. Sie hatte herausgefunden, dass es ihr leichter fiel, in Bewegung zu bleiben, wenn sie die Muskeln anspannte.

»Das glaube ich nicht«, sagte Claire skeptisch. »Er hat Hector eine geknallt, weil der nur mit dir geredet hat, und außerdem hat er so ziemlich der ganzen Schule verkündet, dass du seine Freundin bist.«

»Dann hat er seitdem wohl seine Meinung geändert«, sagte Helen mit einem Schulterzucken. Sie fühlte sich viel zu müde zum Diskutieren. Sie hatte ja nicht einmal die nötige Energie, um die Zahlenkombination an ihrem Schließfach einzustellen. Obwohl ihre wochenlange Wanderung nur ein Traum gewesen war, war sie so erschöpft, als hätte sie diese kräftezehrende Strecke tatsächlich zurückgelegt. Wie konnte sie körperlich so erschöpft von etwas sein, das sich nur in ihrem Kopf abgespielt hatte?

»Das meinst du ernst, oder?«, vergewisserte sich Claire und musterte Helen.

»Allerdings. Er will mich nicht, Gig. Er hat es mir gesagt. Und können wir jetzt bitte das Thema wechseln? Ich bin einfach zu müde dazu.«

»Klar. Kein Problem … Scheiße. Ich bring den Typen um«, meinte Claire und knuffte ihrer Freundin in die Seite.

Helen versuchte, darüber zu lachen, aber das Einzige, was sie hervorbrachte, war ein müdes Lächeln.

»Danke, aber nein. Ich will ihn nicht tot sehen«, sagte Helen und schlurfte hinter Claire in die Klasse.

Mr Hergesheimer brauchte keine Sekunde, um mitzubekommen, wie schlecht Helen aussah, und fragte sie dann, ob es ihr gut ging. Helen versicherte ihm, dass ihr nichts fehle. Er musterte sie noch einen Moment skeptisch und fing dann an, Zach für sein Wort des Tages niederzumachen. Matt fragte Helen im Flüsterton, ob ihr Magen wieder in Ordnung sei, und redete ihr noch einmal zu, dass sie das Lauftraining aufgeben solle.

Genau dasselbe hätte auch ihr Vater sagen können.

Der Rest des Vormittags verlief ähnlich. Jeder Lehrer fragte, ob sie nicht lieber zur Schulschwester gehen wolle, und all ihre Bekannten machten sich Sorgen, dass sie noch unter den Nachwirkungen ihres »Anfalls« beim Training litt. Mit Ausnahme von Zach.

»Ich wusste gar nicht, dass du so schnell bist, Hamilton«, sagte er, nachdem er ihr auf dem Flur hinterhergelaufen war.

»Ja, ich bin ziemlich schnell«, sagte sie nur und versuchte, möglichst interesselos zu klingen.

»Kurz bevor du umgekippt bist, habe ich gesehen, wie du diesen Typen mit dem nackten Oberkörper gejagt hast, und festgestellt, dass ich dich die ganzen Jahre falsch eingeschätzt habe. Ich dachte immer, du wärst diejenige, hinter der alle herlaufen sollen, denen du den Kopf verdreht hast«, sagte er verächtlich. »Aber es ist kaum zu glauben, dass irgendein Kerl schneller ist als du. Ich glaube, ich habe noch nie jemanden so schnell rennen sehen.«

»Warte mal, *du* hast *Lindsey* davon erzählt?«, fragte Helen entgeistert. »Ich dachte, es wäre andersherum gewesen.«

»Falsch gedacht«, stichelte er. »So schnell wie du rennen kannst – das ist schon unnatürlich. Das einzige Mal, dass ich noch jemanden in diesem Tempo gesehen habe, war, als einer von diesen Delos-Jungs beim Footballtraining den Helden spielen musste …« Zach wurde von Helens Geschichtslehrer unterbrochen, der ihr bedeutete, sich zu beeilen und in den Klassenraum zu gehen.

Fürs Erste war Helen damit gerettet, aber so wie Zach sie ansah, fürchtete sie, dass ihre Probleme gerade erst begannen. Sie versuchte, sich einzureden, dass er so viele Gerüchte über ihre Schnelligkeit verbreiten konnte, wie er wollte, denn alle anderen würden sowieso annehmen, dass er maßlos übertrieb. Zach war ein altes Lästermaul, und obwohl die anderen ihm meistens zuhörten, war Scion-Schnelligkeit doch etwas, das man mit eigenen Augen sehen musste, um es zu glauben.

Auf dem Weg zu ihrer Verabredung mit Claire und Matt in der Aula traf Helen auf Cassandra und Ariadne. Da sie die zwei nicht anlügen wollte, erzählte sie ihnen von dem Treffen.

Als die Luft rein war, schlüpften sie durch die unverschlossene Feuerschutztür und betraten die Aula durch den Eingang hinter der Bühne. Matt und Claire saßen bereits am Bühnenrand und hatten ihre Sandwiches auf Servietten gelegt wie bei einem Picknick.

»Gut. Du hast sie mitgebracht«, sagte Matt mit einem zufriedenen Nicken, als er sah, dass Helen nicht allein war. »Aber sagt es keinem anderen, damit wir nicht erwischt werden.«

»Wahrscheinlich werden wir sowieso erwischt«, meinte Claire mit einem Grinsen. »Aber das ist es mir wert. Wo kriegt man sonst eine solche Atmosphäre geboten?« Sie deutete auf das wunderschöne, glitzernde Bühnenbild, das hinter ihnen erstrahlte.

Cassandra und Ariadne sahen sich beeindruckt um und betrachteten natürlich besonders eingehend den Teil, der den Palast von Theseus darstellen sollte. Helen gefiel das Feenreich aus dem »Mittsommer«-Bühnenbild, aber der griechische Teil beunruhigte sie aus irgendeinem Grund. Die unechten dorischen Säulen waren erst zur Hälfte bemalt und lagen auf dem Boden, was Helen an die qualvolle Wanderung der vergangenen Nacht erinnerte.

Sie wollte eigentlich nie wieder in das trockene Land zurückkehren, wenn sie nur diesen Fluss finden könnte ... Sie drehte den halb fertigen Säulen den Rücken zu und setzte sich neben Claire, um ihren Lunch zu essen.

Helen bemühte sich angestrengt, an der Unterhaltung teilzunehmen, aber sie hatte kaum genug Energie, um ihr Brot zu kauen, geschweige denn zu lachen und Witze zu machen. An den Reaktionen von Cassandra und Ariadne merkte sie, dass ihre Freunde in Hochform waren, sie selbst konnte sich kaum mehr wach halten.

Sie musste ans Fliegen denken. Also, eigentlich ertappte sie sich immer wieder dabei, dass sie an Lucas dachte, und jedes Mal, wenn das geschah, lenkte sie sich hastig damit ab, indem sie ihre Gedanken auf das Fliegen lenkte. Vielleicht konnte sie es nachher allein versuchen, aber diesmal würde sie es in ihrem Zimmer probieren, damit nicht die Gefahr bestand, dass sie einfach davonschwebte. Obwohl ihr der Gedanke, mit einem Luftzug davonzuwehen, im Moment ganz reizvoll erschien.

»Lennie! Es läutet«, sagte Claire, die ihre Tasche schon über der Schulter hängen hatte. Helen sprang auf und sammelte ihre Sachen zusammen, während sich ihre Freunde hinter ihrem Rücken bedeutungsvolle Blicke zuwarfen.

Beim Training versuchte Claire, mit Helen zu reden, gab es aber irgendwann auf, weil Helen die Unterhaltung immer wieder abbrach. Helen wollte kein Mitleid und sie wollte nicht über sich selbst sprechen. Sie wollte einfach ihr Gehirn abschalten und monoton vor sich hin laufen. Nach einer Weile kapierte Claire, was los war, und fing an, von der für den Abend geplanten Lagerfeuer-Party am Strand zu erzählen. Sie konnte sich nicht entscheiden, ob sie mit Ariadne hinfahren sollte oder nicht.

»Einerseits würde ich sie gern besser kennenlernen, aber es würde auch bedeuten, dass ich mit ihr *und Jason* fahren müsste, und der findet dauernd einen Weg, mit mir herumzustreiten. Bist du sicher, dass dein Vater dir nicht freigibt? Dann könnten wir beide mit Matt fahren«, schlug Claire hoffnungsvoll vor.

»Du weißt, dass ich nicht kann.«

»Ich wette, wenn du Kate fragst, übernimmt sie für dich«, versuchte Claire, sie zu überreden.

»Gig? Ich möchte wirklich nicht den ganzen Abend im kalten Sand sitzen und zusehen, wie alle anderen rumknutschen«, verkündete Helen entschieden. »Aber du solltest hingehen und dich amüsieren. Und wer weiß? Vielleicht verträgst du dich heute ausnahmsweise mal mit Jason.«

Claire stürzte sich in ihre übliche Tirade, wie streitsüchtig Jason war. Helen hörte nur mit halbem Ohr zu, weil sie damit beschäftigt war, die Luftströme um sich herum zu manipulieren und das Fliegen mit eingeschalteter Schwerkraft zu üben. Sie konnte es kaum erwarten, von der Arbeit im Laden heimzukommen und es zu versuchen.

Kreon zählte die Minuten, während seine Cousins Hector und Jason untergetaucht blieben. Er hatte nicht gewusst, dass die beiden dieses Talent besaßen, und es war ein glücklicher Zufall, dass er es gemerkt hatte. Lucas hatte er eine Weile zuvor aus den Augen verloren, was oft geschah, weil sein kleiner Cousin fliegen konnte, und so musste er sich darauf beschränken, Hector und Jason zu dieser lächerlichen Strandparty zu folgen. Als er seine Cousins aus der Brandung kommen sah, kochte er vor Wut. All diese Talente, verschwendet an Feiglinge, die zu viel Angst vor den Göttern hatten, um sie herauszufordern, und zu sehr auf ihr eigenes Vergnügen bedacht waren, um darüber nachzudenken, was es für ihr Haus bedeuten konnte, wenn sie mit diesen sterblichen Mädchen herumflirteten.

Jason unterhielt sich fast den ganzen Abend mit einem kleinen japanischen Mädchen. Er schien sich zumindest noch beherrschen zu können, bei Hector sah das ganz anders aus. Es war noch nicht einmal Mitternacht, und Kreon hatte bereits beobachtet, wie er sich mit *zwei* Mädchen im Sand herumgewälzt hatte. Wusste Hector nicht, wie einfach es Scions fiel, Sterbliche zu schwängern? Wollte sein verblödeter Cousin wirklich, dass sein Erstgeborener von einem dummen Menschen ohne jeden Charakter abstammte? Offensichtlich war Hector ihr Haus vollkommen gleichgültig, denn sonst würde er seine Zeit nicht mit diesen albernen Mädchen verschwenden. Kreon war so aufgebracht, dass er wegsehen musste und mit den Zähnen knirschte. Es gab auf der ganzen Insel nur ein Mädchen, das ihnen ebenbürtig war. Nur ein Mädchen, das seine Aufmerksamkeit verdiente.

Helen. Aber Lucas wich nie von ihrer Seite, was Kreon dazu zwang, sich von ihr fernzuhalten. Er konnte sich seinen Cousins nicht in den Weg stellen, denn das würde seine verdeckte Mission gefährden. Es hatte allerdings Augenblicke gegeben, in denen er das in Kauf genommen hätte. Er konnte Helens Gesicht nicht vergessen. Er dachte erneut an ihr Zusammentreffen im Moor. Als sie ihn gejagt hatte, waren ihre Angst und ihre Wut so rein und so voller Hingabe gewesen, dass er ihr kaum hatte widerstehen können. Sie war sehr stark, wusste aber so wenig über ihr wahres Potenzial, dass sie nahezu hilflos war. Bei dem Gedanken daran, wie er sie erobern würde, zitterten seine Hände. Er musste Geduld haben.

Seine Mutter hatte ihn angefleht zu warten, bis sie unauffällig herumfragen konnte, ob vielleicht jemand aus der Familie einen Bastard in Massachusetts hinterlassen hatte. Kreon hatte zögernd eingewilligt, eine Woche zu warten, aber er wusste bereits jetzt, wie die Antwort lauten würde. Obwohl er die Furien bei ihrer ersten Begegnung nicht gesehen hatte, wusste er, dass Helen nicht mit ihm verwandt war.

Es gab Gerüchte, dass es in der Vergangenheit einigen Scions gelungen war, die Furien loszuwerden, und Kreon war überzeugt, dass Helen eine von ihnen war. Seine Mutter behauptete zwar, das wäre unmöglich – alle anderen Häuser wären vernichtet worden –, aber Kreon hatte mehr als nur seinen Instinkt. Die Verräter bewachten sie, als wäre sie der letzte feindliche Scion, und sie war so untrainiert und hatte so wenig Ahnung, wer und was sie war, dass Kreon überzeugt war, dass man sie mit Absicht vor allen Häusern verborgen hatte, sogar vor ihrem eigenen. Aber neben all diesen logischen Gründen sagte ihm auch sein Körper, dass dieses Mädchen nicht mit ihm verwandt war. Er hatte Dutzende seiner Cousinen getroffen, alle so schön, wie es sich für die Töchter von Apoll gehörte, aber von ihnen hatte ihn keine nachts wach gehalten, so wie Helen es tat. Er *wusste*, dass sie von einem anderen Haus stammte.

Das Pflichtgefühl der Familie gegenüber zwang ihn, noch ein paar Tage zu warten und sie zu beobachten. Aber schon bald würde er sich beweisen. Er war bereit, diese Herausforderung anzunehmen, und obwohl es noch einen anderen Weg als den Kampf gab, die Häuser zu vereinen, zwang er sich, nicht daran zu denken, so verlockend es auch war. Dies war seine Chance auf den Ruhm, den er verdiente, die letzte Gelegenheit für einen Scion, diese Art von Ruhm zu erringen. Er würde einen Triumph feiern, und in seinem Herzen wusste er, dass dieser Triumph die Tore nach Atlantis aufstoßen würde.

Kreons Bestimmung war es, der Scion zu sein, der seiner Familie die Unsterblichkeit schenkte, und dafür würde sein Vater ihm die höchste Ehre zuteilwerden lassen.

12

Helen hörte Geräusche auf dem Dach. Sie rannte nach oben zum Witwensteg und stieß die Tür auf, aber es war niemand da. Sie seufzte erleichtert. Sie wollte nicht, dass die Delos-Jungen weiter dort oben schliefen. Vor allem aber wollte sie nicht, dass Lucas sie belauschte, wenn sie einen ihrer Albträume hatte, und sie war gerade mal wieder aus einem besonders grässlichen erwacht. Sie sah sich auf dem leeren Witwensteg um. Helen fühlte sich einsam und verlassen, doch sie konnte nicht sagen, ob das an ihrem Traum lag oder eher an ihrem Leben, wenn sie wach war.

Sie ging in ihr Zimmer zurück und zwang sich, die Schrift am Spiegel anzusehen. Dann schrieb sie mit Claires grünem Eyeliner ICH HABE IHN WIEDER GESEHEN dazu und betrachtete die Worte. Das war schon die zweite Nacht, in der sie den Fluss gesehen hatte, an den sie sich nicht erinnern konnte. Sie versuchte, sein Bild heraufzubeschwören, aber ihr inneres Auge weigerte sich. Plötzlich fiel ihr Blick auf ihr eigenes Spiegelbild und sie schnappte erschrocken nach Luft.

Ihre Wangen waren eingefallen, das Nachthemd ausgeleiert

und ihre Arme und Beine mit ekligem schwarzem Schlamm bedeckt. Schlamm von einem Flussufer.

Sie hatte einen Fluss mit schwarzen Ufern und grauem Wasser gesehen. Sie wusste noch, dass sie durstig gewesen war, aber nicht trinken konnte. Aber wieso fiel es ihr so schwer, sich an alles andere zu erinnern? Sie versuchte, sich zu konzentrieren und die Erinnerung zurückzurufen.

Ihr Durst quälte sie so, dass sie zum Wasser hinunterging. Sie beugte sich über die stinkenden Ufer aus schwarzem Schlamm und sah bleiche, verkrüppelte Fische ungeschickt herumtorkeln, als hätten sie vergessen, wie man schwimmt. Sie wich vom Fluss zurück. Bevor sie dieses Wasser trank, würde sie lieber vor Durst sterben. Das Rauschen des Wassers dröhnte in ihren Ohren …

Helen rannte ins Badezimmer und sprang unter die Dusche. Sie schrubbte den schwarzen Schlamm ab und spülte sich immer wieder den Mund aus. Sie fühlte sich verseucht und scheuerte ihre Haut, bis sie ganz rot war und ihre Augen brannten.

Nach dem Duschen stopfte sie Nachthemd und Bettzeug in die Waschmaschine. Diesmal waren keine Blutflecken zu sehen, aber Helen bezweifelte, dass der hartnäckige Schlamm vom Fluss rausgehen würde. Dann ging sie wieder nach oben, um die schlammigen Fußabdrücke wegzuputzen, die sie hinterlassen hatte.

Es war früh am Sonntagmorgen. Normalerweise war ihr Vater tagsüber zu Hause und abends im Laden, aber er hatte angeboten, eine Doppelschicht zu übernehmen, damit Kate einen freien Tag hatte. Helen wurde das Gefühl nicht los, dass sich die beiden aus dem Weg gingen. Sie hatte am vergangenen Abend, nachdem Claire zur Strandparty gegangen war, mit Kate darüber reden wollen, aber sie war einfach zu müde gewesen, Kate eindringlicher zu befragen. Irgendwie fühlte sich im Moment alles so gedämpft und lautlos an, als wären all ihre Gefühle unter der Oberfläche begraben.

Helen ging zurück in ihr Zimmer und schaltete die Schwerkraft abwechselnd an und aus. Sie schwebte in der Luft oder fiel auf den Boden, bis sie endlich herausfand, wie sie auf den Fußballen landen konnte statt auf jedem anderen Körperteil. Sie experimentierte ein wenig mit Luftströmungen, aber sie konnte nicht viel mehr tun, als ihren Schwebezustand zu stabilisieren, wenn sie nicht riskieren wollte, ihr ganzes Zimmer zu demolieren. Nach ein paar Stunden trieb sie das ewige Klingeln des Telefons aus dem Haus. Die Familie Delos wollte wissen, warum sie noch nicht zum Training erschienen war.

Helen hatte nachgedacht. Sie sah einfach keinen Sinn darin zu lernen, wie man ein Schwert schwingt, wenn man sie mit Waffen nicht verletzen konnte, und wenn sie einfach wegfliegen konnte, brauchte sie gar nicht erst zu kämpfen. Sie wusste, dass Hector oder Jason irgendwann vor ihrer Tür stehen würden, also lief sie ziellos durch die Gegend und hoffte, durch ein wenig Geschwindigkeit wieder einen klaren Kopf zu bekommen. Sie trug Jeans und einen Pulli, nicht gerade die ideale Sportbekleidung, aber das machte nichts. Nachdem sie den Ortskern hinter sich gelassen hatte, lief sie Richtung Osten die Polpis Road hinunter. Es war ihr egal, wo sie landete, Hauptsache, dort waren keine

Menschen. Als sie weiterrannte, erkannte sie, dass sie diesen Weg schon einmal eingeschlagen hatte, und obwohl sie nicht an diese kopflose Flucht denken wollte, wusste sie doch, dass es der perfekte Ort war, um die Ruhe zu finden, die sie brauchte.

Die Sonne ging bereits unter, als sie den bekannten Leuchtturm entdeckte. Sie warf einen Blick auf den Sand und fragte sich, ob es derselbe war, der sie und Lucas umgeben hatte, als sie diese furchtbaren Schmerzen gehabt hatten. Als sie einen Moment lang *gestorben* waren.

Sie waren an diesem Abend nicht nur schwer verletzt worden, sie hatten angefangen, über die Schwelle zu treten. Zumindest Lucas hatte es getan. Und sie war ihm gefolgt, um ihn aufzuhalten. Und da war ein Fluss gewesen.

»Hey! Was glaubst du, was du hier machst?«, brüllte Hector.

Er kochte vor Wut. Er stürmte über den Strand und legte bei jedem Schritt eine größere Entfernung zurück, als normale Menschen es gekonnt hätten.

»Wie hast du mich gefunden?«, stieß Helen verdutzt hervor.

»So schwer bist du nicht zu durchschauen«, sagte er verächtlich. »Und jetzt schaff deinen Hintern zu mir nach Hause.«

»Ich will nicht mehr trainieren. Es ist sinnlos«, rief Helen über die Schulter, nachdem sie sich zum Gehen gewandt hatte. »Ich will allein sein.«

»Du willst also allein sein, Prinzessin? Tut mir leid, aber so funktioniert das nicht«, sagte er, als er ihre Schultern packte und sie herumwirbelte. Helen lachte hysterisch auf und stieß Hector mit voller Wucht weg.

»Was willst du tun? Was? Willst du mich totprügeln? Das

kannst du nicht! Dafür bist du nicht stark genug«, schrie Helen ihn an und schlug ihm mehrmals auf die Schultern, um ihn zu einem Angriff zu provozieren. »Also nimm dir ein Schwert. Los, mach schon. Oh, warte, ich vergaß. Das tut mir ja auch nichts. Und was willst du jetzt tun, du Muskelprotz? Was willst du mir noch beibringen?«

»Bescheidenheit«, sagte er gelassen. Er bewegte sich schnell und beugte gleichzeitig das Licht, wie Lucas es auch manchmal tat. Während sie noch versuchte, ihn scharf zu sehen, und sich ärgerte, dass sie nicht einmal auf die Idee gekommen war, dass Hector ebenfalls diese Fähigkeit haben könnte, hatte Hector sie schon gepackt und sie sich über die Schulter geworfen. Dann ging er mit ihr aufs Wasser zu.

Wütend setzte Helen zum ersten Mal ihre ganze Kraft gegen ihn ein. Es war ihr egal, wie schwer sie ihn dabei verletzte. Sie schaffte es, sich aus Hectors Griff zu befreien, und hörte, wie sie ihm dabei den Arm brach. Dann schaltete sie die Schwerkraft wieder ab, um davonzufliegen. Doch gerade als sie einen Wind herbeirief, um sie fortzutragen, packte Hector mit der anderen Hand zu. Helen erkannte ein wenig zu spät, dass Hector ihr erlaubt hatte, seinen linken Arm zu brechen, damit sie sich schwerelos machte – und mit der Schwerelosigkeit kam auch die Verwundbarkeit. Aber bevor sie begriff, was er vorhatte, und sich wieder schwer machen konnte, um genügend Kraft für ihre Befreiung aufzubringen, hatte er sie schon ins Wasser getragen, wo das Gewicht keine Rolle mehr spielte.

Hector ging weiter ins Wasser, immer tiefer und tiefer, bis sie beide bereits metertief untergetaucht waren. Helen zappelte verzweifelt. Hier war Hector in seinem Element und er hatte die absolute Kontrolle. Er konnte sogar unter Wasser sprechen.

»Du bist nicht die Einzige mit Talenten, Prinzessin«, sagte er.

Es kamen keine Luftblasen aus seinem Mund, sondern ganz normale verständliche Worte. Er konnte unter Wasser atmen und reden und auf dem Meeresboden herumlaufen, als wäre es festes Land. Jetzt verstand Helen endlich, warum Hector ihr so unheimlich war. Er war eine Kreatur des Meeres und sie hatte Todesangst vor dem Ozean.

Seit sie als Kind beinahe ertrunken war, hatte Helen den Verdacht, dass es der Ozean auf sie abgesehen hatte, aber das hatte sie natürlich nie jemandem erzählt, weil sie nicht für verrückt gehalten werden wollte. Aber jetzt, fast ein Jahrzehnt später, verriet ihr ein Blick in Hectors ausdruckslose blaue Augen, dass sie recht hatte. Helen zappelte und krümmte sich in Hectors unbarmherzigem Griff. Wolken aus Luftblasen quollen aus ihrem Mund, als sie in tonloser Panik schrie. Sie zerkratzte sein Gesicht und trat um sich, aber sie brachte ihn nicht dazu, sie loszulassen. Sie würde ertrinken.

Säure zischte durch ihre Adern, und die Ränder ihres Gesichtsfeldes trübten sich ein, als sie das Bewusstsein verlor. Ihre Augen schlossen sich, aber sie spürte noch, wie er sie an den Beinen in Richtung Wasseroberfläche zerrte. Er riss sie an einem Knöchel aus dem Wasser, schwang sie über den Kopf und knallte sie mit der Wucht eines Hammerschlags auf den Strand, so hart, dass das Wasser aus ihrer Lunge getrieben wurde. Sie erbrach Salzwasser und musste so stark husten, dass sie das Gefühl hatte, ihre Ohren würden platzen. Sie hörte das Blut in ihrem Kopf pochen.

»Hättest du heute mit mir trainiert, wüsstest du, dass du deine Blitze auch unter Wasser einsetzen kannst«, sagte er und riss an seinem gebrochenen Arm. Die Knochenenden renkten sich mit einem ekelhaften Knacken wieder ein. Hector schrie auf, fiel auf die Knie und keuchte einen Moment lang, bevor er mit zusammengebissenen Zähnen weitersprach. »Aber du bist ja nicht zum Training gekommen.«

Sie saßen eine Weile nebeneinander im Sand, zu verletzt, um sich zu bewegen. Während sie heilten, ging die Sonne bereits am Horizont unter. Es wurde dunkel.

»Ich dachte, du stammst von Apoll ab«, knurrte Helen.

Ihre Stimmbänder waren noch immer beschädigt, aber mehr brauchte sie auch nicht zu sagen. Hector wirkte zwar nicht wie der Klügste des Delos-Clans, aber Helen hatte mittlerweile den Verdacht, dass er genauso clever war wie der Rest der Familie, auch wenn er nicht so oft die Nase in ein Buch steckte wie Cassandra.

»Irgendwann einmal hat sich eine Nereide – eine unbedeutende Meergöttin – mit unserem Haus vermischt. Es gibt einen Haufen dieser kleineren Götter und Geister des Wassers oder der Wälder, die noch irgendwo herumlaufen, und solche Dinge passieren im Lauf mehrerer Tausend Jahre. Keines der Häuser stammt ausschließlich von dem einen oder dem anderen Gott ab, und alle Scions der jüngeren Generation haben mehr Fähigkeiten als ihre Eltern«, antwortete er.

»Woher kommt das?«

»Cassandra glaubt, dass die Parzen wollen, dass die Scions mehr Fähigkeiten bekommen und mächtiger werden, damit sie über Atlantis herrschen können, aber ich persönlich denke, dass es daran liegt, dass wir alle Mischlinge sind. Mein Ururgroßvater schläft mit einer Nymphe und ich kann unter Wasser laufen. Um mir das zu erklären, brauche ich die Parzen nicht.«

»Wusstest du daher, dass ich ertrinken kann? Weil du das Wasser beherrschst?«

»Das war gesunder Menschenverstand. Außerdem beherrsche ich das Wasser nicht, ich bin darin nur in meinem Element«, sagte er und sah ihr in die Augen. Hector hörte sich fast an wie Lucas, als er ihr das Fliegen beigebracht hatte, was Helen in der Seele wehtat. »Du denkst noch nicht wie eine Kämpferin. Du hast all diese unglaublichen Talente – Fähigkeiten, für die die meisten Scions die Hälfte ihrer Lebenszeit geben würden –, aber du kannst sie nicht nutzen, weil du nicht taktisch denkst. Du musst nur kurz innehalten und deinen Kopf benutzen. Der Ozean ist keine Waffe, aber er kann dich töten. Die Luft ist keine Waffe, aber wenn man sie dir abschneidet, stirbst du. Die Erde ist keine Waffe …«, sprach er.

»… aber wenn man hart genug darauf aufschlägt … ich hab's kapiert«, schnitt ihm Helen das Wort ab und starrte hinaus auf die feindseligen Wellen.

»Deine Achillesferse ist das Wasser. Es ist das eine Element, das du fürchtest, weil du es nicht kontrollieren kannst.«

Helen wusste nicht, wie er das herausgefunden hatte, aber es stimmte. Sogar, als sie noch keine Ahnung von den Fähigkeiten hatte, die in ihr schlummerten, hatte sie unbewusst erkannt, dass ihr von den anderen drei der vier Elemente weniger Gefahr drohte. Sie konnte die Luft beherrschen und Wind herbeirufen, sie konnte die Schwerkraft manipulieren, und sie konnte mühelos die Hitze eines Feuers aushalten, denn um Blitze zu erzeugen, musste sie Temperaturen ertragen können, die heißer waren als jede Flamme. Aber Wasser war das eine Element, dem sie hilflos ausgeliefert war. Endlich verstand sie ihre Angst davor, was ihr allerdings nicht half, sie zu besiegen.

»Wie konntest du das über mich wissen?«, fragte Helen beeindruckt.

»Weil ich seit dem Tag meiner Geburt darauf trainiert wurde, taktisch zu denken und die Schwächen meiner Gegner auszuloten. Das fehlt dir, Helen. Es gibt so viele verschiedene Methoden, jemanden umzubringen. Du glaubst, du bist sicher, weil du Cassandras Test mit dem Schwert bestanden hast, aber das bist du nicht«, sagte Hector besorgt. »Ich weiß, dass du noch unter Schock stehst, aber ich habe keine Zeit, darauf zu warten, dass du dich an alles gewöhnst. Es sind Leute hinter dir her. Du musst erwachsen werden, und zwar schnell, sonst werden viele Menschen sterben. Und jetzt geh nach Hause. Iss etwas und geh schlafen. Du siehst furchtbar aus, und ich will nicht, dass Lucas mir die Schuld dafür gibt. Aber morgen kommst du zum Training. Keine Ausreden mehr.«

Ohne auf eine Antwort zu warten, stand Hector auf und ließ sie allein am dunklen Strand zurück. Sie spielte mit dem Herzanhänger an ihrer Kette und ließ ihn an ihrer Unterlippe hin und her gleiten.

Wie es aussah, musste sie weiter mit Hector trainieren, was bedeutete, dass sie wieder zum Haus der Delos musste. Dort würde sie Lucas sehen und das ertrug sie nicht. Wie oft sie es auch drehte und wendete, es schnürte ihr jedes Mal die Luft ab, wenn sie nur daran dachte, ihn jeden Tag sehen zu müssen, genau zu wissen, dass er sich zwingen musste, nett zu ihr zu sein, obwohl er sie eigentlich nur bedauernswert fand. Sie verstand immer noch nicht, wie sie sich so in ihm geirrt hatte. Sie erwartete ja gar nicht, dass er ihr zu Füßen lag, aber dieser nahtlose Übergang vom ewigen Händchenhalten zu dem Spruch, dass er sie niemals anrühren würde, wie war so etwas möglich?

Helen konnte mit diesen Gedanken im Kopf nicht länger still sitzen. Sie sprang mit einem leisen Aufschrei in die Luft und ließ sich von einem Ostwind aufs Meer hinaustragen. Um sie herum blinkten die Sterne, und sie sog die Schönheit dieses Anblicks in sich auf, als wäre es ein Betäubungsmittel für ihre Gefühle.

Nachdem sie sich ein wenig beruhigt hatte, kreiste sie höher und höher und ließ sich von einem stetigen Westwind zurück über die Insel tragen. Sie war keine elegante Fliegerin und beherrschte kaum die Technik, aber solange sie nicht zu viel darüber nachdachte, wusste sie instinktiv, was sie tun musste. Sie wusste jedoch nicht, wohin sie fliegen sollte, und ihr war furchtbar kalt. Ohne dass sie eine bewusste Entscheidung getroffen hatte, fand sie sich plötzlich über Claires Elternhaus wieder.

Helen landete im Vorgarten und erkannte erst dann, dass sie in ihrem Zustand nicht einfach klingeln konnte. Sie war triefnass und völlig durchgefroren. Wenn Mr und Mrs Aoki sie so sahen, würden sie sofort ihren Vater anrufen.

Helen schlich ums Haus herum und spähte in jedes Fenster, um herauszufinden, wo Claire war. Sie zog das Handy aus der Tasche und wollte Claire anrufen und ihr sagen, dass sie nach draußen kommen solle, aber dann schlug sie sich gegen die Stirn, denn das Salzwasser hatte ihr zwei Tage altes Handy natürlich ruiniert. Sie hörte, wie Claire ihre Mutter auf Japanisch anbrüllte und dann nach oben in ihr Zimmer stampfte. Dort ging das Licht an und die Zimmertür wurde zugeknallt.

Es war eine furchtbare Art, sich Claire zu offenbaren, und als Helen zu ihrem Fenster hochschwebte, saß sie mit offenem Mund auf der Bettkante und starrte sie an. Helen wartete darauf, dass sie loskreischte, aber als Claire keine Regung zeigte, deutete sie auf das verriegelte Fenster.

»Lass mich rein«, drängte sie durch ihre klappernden Zähne.

»Shit. Du *bist* ein Vampir«, sagte Claire. Sie wirkte enttäuscht, aber kein bisschen überrascht.

»Was redest du da? Nein! Und jetzt mach das Fenster auf, Gig, ich erfriere!«, flüsterte Helen. Claire stand deprimiert vom Bett auf und trottete mit hängenden Schultern zum Fenster.

»Ich weiß, dass das zurzeit total angesagt ist, aber ich würde es vorziehen, wenn du mein Blut nicht trinkst. Das ist so unhygienisch!«, jammerte Claire, als sie das Fenster öffnete.

Sie legte sich schützend die Hand an den nackten Hals, ließ Helen aber trotz der Gefahr rein – eine Tatsache, die Helen nicht übersehen konnte.

»Meine Güte, Gig, ich bin kein Vampir! Siehst du? Keine Vampirzähne! Kein irrer Blick.« Helen hob die Oberlippe an, um ihre Schneidezähne vorzuzeigen, und öffnete dann auch die Augen ganz weit, um den absoluten Mangel an Blutgier zu demonstrieren.

»Alles klar! Aber wenn man die Umstände betrachtet, war es

eine berechtigte Annahme«, verteidigte sich Claire, als Helen ins Zimmer schwebte und vor ihr wieder in den Zustand der Schwerkraft wechselte.

»Also gut, es war ein naheliegender Schluss«, gab Helen zu, aber etwas irritierte sie dennoch. »Ich bin gerade zu deinem Fenster hereingeflogen. Wieso überrascht dich das nicht?«

»Ich weiß schon, dass du fliegen kannst, seit wir klein waren. Ich habe dich sogar mal vom Dach geschubst, um sicherzugehen. Das tut mir übrigens leid«, fügte sie verlegen hinzu.

»Du hast mich geschubst!«, hauchte Helen, in deren Kopf die Erinnerung an dieses Ereignis auftauchte wie ein Blitz.

Sie waren etwa sieben gewesen und hatten auf dem Witwensteg von Helens Haus herumgealbert. Helen war heruntergefallen, aber nie unten aufgeschlagen. Sie war zu Boden gesegelt wie ein Blatt von einem Baum. Claire hatte jeden Eid geschworen, dass Helen ausgerutscht war, aber Helen konnte sich nicht daran erinnern, dass sie das Gleichgewicht verloren hatte. Außerdem hatte Claire sie danach wochenlang so komisch angesehen, dass Helen den Verdacht nicht loswurde, dass daran etwas faul gewesen war, bis sie es schließlich verdrängte. Aber jetzt ergab alles einen Sinn. Helen starrte Claire fassungslos an.

»Was? Ich dachte ja nicht, dass du dabei draufgehen würdest! Es war nur so, dass ich am Tag zuvor gesehen habe, wie du *nicht* unsere Treppe heruntergefallen bist, obwohl du wirklich ausgerutscht warst, und da musste ich meine Theorie auf die Probe stellen«, verteidigte sich Claire, als wäre das alles ganz logisch.

»Indem du mich vom Dach geschubst hast?«

»Du glaubst gar nicht, wie sauer ich seitdem auf dich war, weil du es vor mir verborgen hast! Du kannst *fliegen*, Lennie, und hast es mir nie gesagt!«, rief Claire ärgerlich.

»Bis vor ein paar Wochen wusste ich es selbst nicht!«, beteuerte Helen.

»Du bist eine solche Lügnerin!«, sagte Claire und boxte ihr gegen die Hüfte.

»Es ist wahr! Meine Mutter hat mich verflucht, als ich noch ein Baby war, damit ich meine … ach, Mist! Es wäre echt einfacher, wenn ich doch ein Vampir wäre. Dann würdest du es verstehen!« Helen wusste nicht, wie sie anfangen sollte. Sie wanderte im Zimmer herum, fuhr sich mit den Fingern durch das zerzauste Haar und versuchte, ihre Gedanken zu sortieren.

»Hergie hat euch doch die *Ilias* lesen lassen, oder? Weißt du noch, dass die Helden alle übermenschliche Kräfte hatten und alle möglichen Dinge machen konnten, die normale Menschen nicht können?«, fragte sie.

»Ja. Aber das lag daran, dass sie Halbgötter waren. Das war nicht real«, bemerkte Claire, bevor sie verstand, was Helen ihr damit sagen wollte. »Oh, mein …«

»Ich bin ein Nachkomme dieser Helden. Wir nennen uns Scions und haben alle möglichen Kräfte – du würdest nicht glauben, was das alles ist. Aber bis vor ein paar Tagen hatte ich selbst keine Ahnung, was ich bin oder was ich tun kann. Ich wünschte, ich könnte dir alles erzählen, aber ich weiß nicht, was ich sagen darf und was nicht. Bitte, Gig. Ich weiß, dass es sich total verrückt anhört, aber ich habe dich noch nie angelogen. Du musst mir glauben.«

»Okay«, sagte Claire und nickte knapp. »Das meiste davon

habe ich mir schon vor einiger Zeit zusammengereimt. Du hast herausgefunden, dass du eine Halbgöttin bist – wie cool das klingt! –, als die Familie Delos hergezogen ist. Weil die genauso sind wie du. Das wusste ich sofort, als ich sie gesehen habe. Ich wusste nur nicht, *was* ihr alle seid.«

»Dann verstehst du es ja«, sagte Helen mit einem verlegenen Lächeln. »Ich musste es dir sagen, damit du mir helfen kannst, das alles auf die Reihe zu kriegen. Aber du darfst den Delos nicht sagen, dass ich es dir gesagt habe, solange ich nicht weiß, ob das okay ist oder nicht.«

»Kein Problem. Ich kann mich dumm stellen oder so tun, als wäre ich von selbst darauf gekommen. Bin ich ja auch irgendwie«, fügte Claire zufrieden hinzu. Dann erst fiel ihr auf, dass Helen völlig durchnässt war. »Wo warst du überhaupt? Und wieso bist du so nass?«

Helen wollte gerade erklären, was zwischen ihr und Hector vorgefallen war, als Claires Handy vibrierte. Claire überflog die Nachricht und tippte eine Antwort.

»Es ist Jason. Ich muss ihm sagen, dass du hier bist. Er sucht dich schon den ganzen Tag«, sagte Claire. Ihr Telefon vibrierte schon wieder.

»Noch mal Jason. Er möchte, dass du hierbleibst. Er ist auf dem Weg hierher.«

»Nein! Ich bin noch nicht bereit, mit einem von ihnen zu reden!«, rief Helen aus und wich zurück.

»Len, er macht sich wirklich Sorgen um dich, das tun sie alle.«

»Ich muss hier weg«, stieß Helen hervor. Sie fuhr sich mit der Hand übers Gesicht und drehte sich zum Fenster um.

»Wohin gehst du?«, fragte Claire und versuchte, Helen mit dem ausgestreckten Arm den Weg zu versperren. »Wenn du willst, sage ich ihm, dass er wieder gehen soll, aber sag mir wenigstens, dass du okay bist.«

»Ich will nur nach Hause. Versprich mir, dass du ihn daran hinderst, mir zu folgen.«

Claire versprach es und drückte ihre Freundin kurz. Dann sprang Helen aus dem Fenster und wechselte in der Luft ihren Schwerezustand. Im Wegfliegen hörte sie, wie Claire nach Luft schnappte. Eine Minute später landete Helen bei sich im Garten und ging sofort auf die Eingangsstufen zu, um zu duschen und sich aufzuwärmen.

Er wartete hinter der Tür auf sie und trat ihr die Beine weg, noch bevor er sich die Mühe machte, die Haustür zuzuschlagen. Alles wurde dunkel, dunkler als die Nacht, dunkler als jeder geschlossene Raum, den Helen jemals gesehen hatte. Sie war umgeben von einer Schwärze, die ihr jede Orientierung nahm. Sie wusste nicht einmal mehr, wo sie sich in ihrem eigenen Haus befand. Wo war die Treppe? Wo standen die Möbel? Sie hatte keine Orientierung. Als wäre sie in ein schwarzes Loch gefallen.

Helen war so geschockt, dass ihr keine Zeit mehr blieb, sich umzudrehen, bevor sich ein sehr großer Mann auf sie warf. Er nahm ihren Kopf in die Hände und zerrte ihn zur Seite, um ihr das Genick zu brechen. Sie packte seine Handgelenke und setzte ihre ganze Kraft ein, damit er losließ, aber sie kam einfach nicht gegen ihn an. Ihre Halsmuskeln wurden gefährlich überdehnt und sie geriet zum zweiten Mal an diesem Tag in Panik. Aber in ihrem letzten Todeskampf hatte sie etwas gelernt. Zwar drehte sich ihr schon bei dem Gedanken, ihre Blitze einzusetzen, der Magen um, aber ihr blieb keine andere Wahl.

Helen spürte, wie sich die Spannung in ihrem Bauch aufbaute. Untrainiert wie sie war, ließ sie den Blitz los, und er schoss nutzlos an ihren Beinen herunter. Sie krümmte sich und ließ verzweifelt die letzten paar Volt über ihre Hände laufen, von wo aus sie auf die Handgelenke des Mannes übersprangen. Einen kurzen Augenblick lang wurde der Raum durch einen blauen Blitz erhellt, und sie sah, wie der Mann vor Schreck die Augen aufriss. Dann spürte sie ihn zittern und hörte ihn aufschreien, als der Strom durch seinen Körper lief.

Helen roch verbranntes Haar und Ozon und fühlte sich zurückversetzt in eine ihrer dunkelsten Kindheitserinnerungen. Sie hatte das Gefühl, kein Fünkchen Energie mehr in ihrem Körper zu haben. Der Mann lag immer noch wie ein schwerer Felsbrocken auf ihr, und sie wusste, dass sie unter ihm herauskriechen musste, bevor er sich erholte, denn andernfalls würde er garantiert einen neuen Versuch unternehmen, sie umzubringen. Während ihr Angreifer noch zuckte, schaffte sie es, ihn zumindest teilweise von sich herunterzuschieben. Dabei kehrte ein wenig Licht ins Zimmer zurück und sie konnte ihn endlich ansehen.

Die glänzenden blonden Locken und der muskulöse Körper gehörten Hector, und einen Moment lang befürchtete sie, ihn getötet zu haben, während er versuchte, ihr eine weitere Lektion zu erteilen. Sie beugte sich über ihn, um nachzusehen, ob er noch atmete. Als sie erkannte, dass es gar nicht Hector, sondern Kreon war, war es bereits zu spät. In dem Moment machte er die Augen auf und zog sie in einer tödlichen Umarmung an seine Brust.

Helen schrie und zappelte. Sie suchte in ihrem Bauch nach Strom, aber da war nur noch ein bisschen statische Elektrizität. Sie hatte schon die gesamte Ladung verschossen, die in ihren Muskeln gesteckt hatte. Und die Freisetzung dieser Energie hatte sie schwach und verletzlich werden lassen. Ihre Arme und Beine hatten keine Kraft mehr und sie klappte unter Kreons erneutem Angriff zusammen. Er presste sie auf den Boden, dann zog er ein Messer aus Bronze aus seinem Gürtel.

»Schade um dich, *preciosa*. Du bist das schönste Mädchen, das ich je gesehen habe. Fast zu schön für den Tod«, flüsterte er ihr ins Ohr. »Aber du weißt schon, Atlantis.«

Helen drehte den Kopf von seinen Lippen weg. Ihr liefen Schauder des Abscheus über den Körper. Dann stemmte sich Kreon hoch und hob das Messer über seinen Kopf. Er zögerte, und einen Moment lang dachte Helen, dass er es nicht tun würde, doch dann sah sie, wie sich sein Blick verhärtete. Er stieß zu und zielte direkt auf ihr Herz.

Kreons Messer machte ein Dutzend klirrender Geräusche, als es in tausend Teile zersprang. Ihm blieb gerade genug Zeit zu begreifen, was passiert war, bevor er einen Tritt bekam, der ihn von Helen herunterkippen ließ.

Lucas warf sich mit einem wütenden Aufschrei auf Kreon, und die beiden begannen so schnell miteinander zu kämpfen, dass Helen ihren Fäusten kaum folgen konnte. Sie schlugen und krallten aufeinander ein und gingen von blitzschnellen Boxhieben nahtlos zu einer Art Ringkampf über. Helen blieb gerade genug Zeit, sich auf die Knie zu drehen, da war der Kampf auch schon vorbei. Kreon, der in die Enge getrieben und noch von dem elektrischen Schlag geschwächt war, nutzte die Gelegenheit, als zwischen ihm und Lucas gerade einmal ein Zentimeter Luft war, sich in einen schwarzen Schatten zu hüllen und mit Höchstgeschwindigkeit aus dem Haus zu stürmen. Lucas jagte ihn noch quer durch den Garten und kam dann zu ihr ins Haus zurück.

»Bist du in Ordnung?«, fragte Lucas besorgt.

»Ja, ich kann nur nicht …«, sagte Helen, die versucht hatte aufzustehen und mit einem dumpfen Aufprall wieder auf dem Boden gelandet war.

»Was hat er dir angetan?«, fragte Lucas. Seine Stimme klang vor Sorge ganz schrill. Er hob Helen hoch und versuchte, sie so auszubalancieren, dass sie wieder von allein stehen konnte. »Sind deine Beine gebrochen?« Hastig griff er nach ihr, bevor sie wieder umfiel, und versuchte, das Ausmaß ihrer Verletzungen einzuschätzen.

»Nein, es ist nur … Hector hat gesagt, dass ich meine Blitze benutzen soll, aber ich glaube, er ist in die falsche Richtung gegangen«, murmelte Helen. Sie war ganz durcheinander und vor ihren Augen tanzten Sterne.

»Warum kannst du nicht stehen bleiben?«, fragte Lucas. Sein wunderschönes Gesicht zu sehen, ihn zu riechen und seine Hände zu spüren, verursachte ihr Kopfschmerzen. Die ganze Welt drehte sich und sie war schrecklich müde. Sie musste dringend schlafen.

Das Nächste, was sie mitbekam, war etwas Süßes auf ihrer Zunge. Honig. Sie machte die Augen auf und stellte fest, dass sie auf der Arbeitsplatte in der Küche saß, Lucas zwischen ihren Knien stand, ihr den Kopf hochhielt und aus einem Plastikbären das Lebenselixier in den Mund träufelte.

»Da bist du wieder«, hauchte er mit einem erleichterten Lächeln. Er sah sie so liebevoll an, dass sie sich wieder und wieder daran erinnern musste, dass er nicht wirklich an ihr interessiert war. Sie fragte sich zum *tausendsten* Mal, was zwischen ihnen eigentlich passiert war, dass er sie so wegstieß.

»Hi«, sagte sie schlaftrunken. »Wieso bist du hier?«

»Cassie hatte eine Vision von Kreons Angriff, aber sie wusste nicht, wo er stattfindet, weil alles dunkel war. Also habe ich geraten«, sagte Lucas. Er strich ihr die Haare aus dem Gesicht und legte eine lange Strähne hinter ihre Schulter. »Tut mir leid, dass es so lange gedauert hat.«

»Das macht doch nichts«, sagte sie und holte tief Luft.

»Du hast ihm ordentlich eine verpasst. Ich habe Kreon noch nie so von einem Kampf wegrennen sehen«, stellte Lucas bewundernd fest.

»Ich hab ihn nur ein bisschen weich gekocht für dich.« Sie konnte nicht widerstehen, ihn anzulächeln, obwohl sie genau wusste, dass sie es später stundenlang bereuen würde. »Hab ich was verpasst, als ich weggetreten war?«

»Nur den Weg von dort nach hier«, sagte er und zeigte erst über seine Schulter und dann auf die Arbeitsplatte. »Und einen kurzen Anruf bei Jason.«

»Lennie!«, kreischte Claire hysterisch, als sie zur Haustür hereingestürmt kam. Angesichts der umgeworfenen Möbel in der Diele japste sie nach Luft.

»Ich bin hier. Flipp nicht aus, mir geht's gut«, rief Helen ihr aus der Küche zu. Sie fing Lucas' fragenden Blick auf. »Schon gut, sie weiß einiges von der Sache«, gestand sie ihm und schob ihn zurück, damit sie von der Arbeitsplatte springen konnte. Claire kam als Erste hereingestürzt, dicht gefolgt von Jason, der aussah, als würde er sie am liebsten erwürgen.

»Tut mir leid, Luke. Ich war bei ihr und habe nach Helen gesucht, als du angerufen hast. Ich wollte allein kommen, aber der Laufende Meter hat sich an meinen Arm gekrallt und wollte mich nicht ohne sie gehen lassen«, grummelte Jason und riss sich vor lauter Ärger fast die Haare aus.

»Äh, entschuldige mal? Sie ist meine beste Freundin, und ich habe doch gemerkt, dass etwas nicht stimmt«, fauchte Claire Jason an. »Wie konnte das passieren? Du bist doch vor gerade mal zwei Sekunden aus meinem Fenster abgeflogen.« Claire drückte Helen fest an sich.

»Du weißt von … diesen Dingen?«, fragte Jason verblüfft.

»Ich habe es ihr gesagt«, beichtete Helen. Sie befreite sich aus Claires Umarmung und massierte ihren gezerrten Hals.

»Aber ich habe es schon immer so halbwegs gewusst. Ich dachte allerdings, sie wäre eine Untote oder so was«, sagte Claire mit einer wegwerfenden Handbewegung. »Ihr könnt mir glauben, ich bin viel glücklicher damit, dass ihr alle griechische Götter seid und nicht irgendwas Widerliches wie Fledermäuse oder Wölfe oder Moskitos.«

Jason und Lucas tauschten über Claires Kopf hinweg einen Blick. Helen erklärte ihr schnell, was passiert war, während die Jungen draußen nach Spuren suchten, obwohl es längst zu spät war, um Kreon zu verfolgen. Als sie mit grimmigen Mienen wieder ins Haus zurückkehrten, schalteten Helen und Claire das Licht ein und begutachteten den Schaden in der Diele.

»Sind das die Überreste von einem Messer?«, fragte Claire.

»Ja. Er wollte es mir ins Herz stechen«, sagte Helen zögernd, weil sie nicht wusste, wie Claire reagieren würde.

»Das kannst du immer noch? Klingen aufhalten?«, fragte Claire kein bisschen überrascht. »Was ist mit diesem Blitzdings? Kannst du das auch noch?«

»Woher weißt du das alles über mich?«, stammelte Helen. Claire seufzte.

»Nachdem ich dich vom Dach geschubst hatte …«, begann sie.

»Nachdem du *was*?«, schrie Lucas.

»Da waren wir sieben! Und ihr ist nichts passiert!«, schrie Claire zurück. »Auf jeden Fall wusste ich von dieser Messersache, weil ich auch mal versucht habe, dich zu erstechen«, gestand sie etwas verlegen. »Aber ich wusste vorher schon, dass dir nichts passieren würde, weil in der zweiten Klasse diese Sache mit Lindsey und der Schere war. Erinnerst du dich?«

Helen verzog das Gesicht. »Und ob! Lindsey und die Schere! Sie wollte mich *wirklich* umbringen, oder?«

»Allerdings. Sie war tierisch eifersüchtig auf dich. Aber ich wollte dir *nie* wehtun, ich musste mich nur vergewissern, dass ich nicht den Verstand verliere. Das war ziemlich unheimlich, weißt du?«, fügte sie beinahe entschuldigend hinzu.

Helen lächelte und hatte ihr schon verziehen.

»Ich schätze, ich kann dir keinen Vorwurf machen. Aber woher weißt du von den Blitzen?«

»Weißt du noch, als wir neun waren, sind wir mit der Fähre gefahren, um uns das Aquarium in Boston anzusehen, und dieser gruselige Kerl mit der dicken Wampe hat uns immer angequatscht? Erinnerst du dich, wie er immer ›aus Versehen‹ gegen dich gestoßen ist und deine Haare gestreichelt hat?«

Helen wusste es noch genau, obwohl sie sich sehr bemüht hatte, es zu vergessen. Da war dieser grauenvolle Geruch nach verbranntem Haar gewesen und der leere Blick in seinen Augen. Helen nickte und wollte gar nicht hören, worauf Claire hinauswollte.

»Weißt du auch noch, wie er vor dem Anlegen plötzlich verschwunden war? Also, er ist nicht einfach weggegangen. Er hat versucht, dich zu packen, Len, und ich habe einen Stromschlag von dir auf ihn überspringen sehen. Der hat ihn direkt vom Deck der Fähre geschleudert. Es sah aus wie ein Blitz, aber er kam *aus dir.*«

»Ich glaube, ich habe ihn umgebracht«, flüsterte Helen.

»Er war vermutlich ein Kinderschänder! Dafür hast du einen Orden verdient«, beteuerte Claire. Helen sah, dass es ihrer Freundin ernst damit war. Wahrscheinlich hatte der Mann wirklich etwas Schlimmes vorgehabt, aber rechtfertigte das, ihm einfach so einen tödlichen Stromschlag zu verpassen?

»Du weißt doch gar nicht, ob du ihn getötet hast. Außerdem war es ein Reflex. Ob er den Tod verdient hat oder nicht, spielt keine Rolle. Aber du solltest dich nicht für etwas schuldig fühlen, das in Notwehr geschehen ist«, versuchte Lucas sie zu beruhigen. Er berührte Helens Schulter. Sie rückte unsicher von ihm ab, weil sie nicht wusste, was sie empfinden sollte. Zum Glück wechselte Jason zum richtigen Zeitpunkt das Thema.

»Du hast also immer gewusst, dass sie kein normaler Mensch ist«, sagte er zu Claire. »Hat dich das nicht gestört?«

»Ich habe mir gelegentlich ein paar Sorgen gemacht, dass sie mich in die Hölle schleifen und mir das Leben aussaugen könnte, aber ich dachte, das wäre immer noch besser, als Lindsey zur besten Freundin zu haben«, sagte Claire und lächelte. »Außerdem weiß ich nicht, ob es dir aufgefallen ist, aber diese Insel ist voll von Weißen. Hier als Japanerin aufzuwachsen, ist nicht gerade einfach. Aber solange Lennie da war, hat es keine Rolle gespielt, wie eigenartig ich war, weil sie immer ein bisschen eigenartiger war als ich. Das war also sehr angenehm.«

»Und du hast es in all diesen Jahren nie jemandem erzählt? Es nie vor jemandem erwähnt, vielleicht aus Versehen, als ihr noch klein wart?«, fragte Lucas skeptisch.

»Komm schon, Lucas, ich bin doch nicht blöd! Ich habe ET gesehen und weiß, was die Männer in den weißen Kitteln ihm und Elliot angetan haben«, erwiderte sie mit empörter Miene. »Ich würde Lennie nie verraten. Oder euch.«

»Danke«, sagte Lucas ein wenig verwirrt.

»Wisst ihr, was ich nicht kapiere?«, fragte Helen, und somit war es an ihr, das Thema zu wechseln. »Wieso kann Claire in der Nähe sein, wenn ich diese Scion-Sachen mache, und es passiert nichts? Sie hat im Laufe der Jahre so oft meine Talente in Aktion gesehen, aber ich kann mich nicht erinnern, jemals diese Magenkrämpfe bekommen zu haben.«

Helen erklärte Claire den Fluch ihrer Mutter, aber ihre Frage konnte ihr keiner beantworten. Sie konzentrierten sich darauf aufzuräumen, so gut es ging, bevor Jerry heimkam. Claire bot an, über Nacht bei Helen zu bleiben, für den Fall, dass sie zu aufgewühlt war, um allein zu schlafen, aber Jason machte ihr sofort einen Strich durch die Rechnung.

»Und was willst du machen, wenn Kreon wieder auftaucht? Dein Pocketbook nach ihm werfen und ihm die Meinung sagen?«, fragte er mit einem Kopfschütteln. »Ja, ja, ich weiß, dass ihr beide wie Schwestern seid, aber du bleibst auf keinen Fall hier.«

»Ich bleibe. Du bringst Claire nach Hause«, sagte Lucas und übernahm unauffällig die Kontrolle, bevor Claire wieder eine Diskussion mit Jason vom Zaun brechen konnte. »Lass mich wissen, wenn du rund um ihr Haus etwas Verdächtiges siehst.«

»Alles klar«, sagte Jason mit einem Nicken und schob Claire zur Tür hinaus.

Es schien ihn nicht zu überraschen, dass Claire womöglich Gefahr drohte. Helen hob den Arm, um sie aufzuhalten, weil sie plötzlich wieder schreckliche Angst hatte. Es war Nacht und hinter jedem Schatten konnte Kreon lauern. Lucas spürte ihre Angst, griff nach ihrer Hand und hielt sie fest.

»Jase kann damit umgehen«, versicherte er ihr.

»Warte, was meinst du mit ›etwas Verdächtigem‹ bei unserem Haus? Meine Eltern sind zu Hause«, sagte Claire, die jetzt ebenfalls ängstlich wurde. »Ihr glaubt doch nicht, dass der Typ, der hier war …«

»Keine Sorge«, sagte Jason mit so viel Einfühlungsvermögen, wie er es gewöhnlich für jeden Menschen *außer* Claire aufbrachte. »Ich werde nicht zulassen, dass dir oder deinen Eltern etwas geschieht.«

»Danke«, sagte sie langsam, und es schien sie zu verblüffen, dass sie dieses Wort tatsächlich in seiner Gegenwart aussprach.

Sie drehte sich noch einmal um und winkte Helen zu, die sie anlächelte. Claire hatte endlich aufgehört, Jason Gemeinheiten an den Kopf zu werfen. Helen schloss die Haustür hinter ihnen und holte tief Luft. Dann warf sie Lucas einen Blick zu und betete zu einem Pantheon voller Götter, dass es ihr irgendwann leichter fallen würde, ihn anzusehen.

»Du siehst müde aus«, stellte sie fest.

»Du auch. Wie ich höre, hattest du einen Haufen Albträume«, erwiderte er und schien sich kein bisschen dafür zu schämen, dass er seine Cousins nach ihr ausgefragt hatte.

»Was stört dich das? Bitte geh einfach, Lucas«, bat sie und fuhr sich über das Gesicht.

»Das kann ich nicht und das werde ich nicht«, sagte er entschlossen, ging auf sie zu und zog sie in seine Arme.

Sie fühlte sich viel zu schwach, um ihn abzuwehren. Also lehnte sie sich gegen seine Brust und hielt einen Moment lang still.

»Wieso riechst du wie der Ozean?«, fragte er plötzlich und machte einen Schritt zurück, um sie besser ansehen zu können. Er musterte ihre nassen, sandverklebten Sachen und fragte misstrauisch: »Was ist dir heute außer Kreon noch passiert?«

»Das ist nicht fair«, beschwerte sie sich und stieß sich mit einem verbitterten Lachen von ihm ab. »Wenn ich dich anlüge, wirst du es wissen, und wenn ich schweige, wirst du etwas Schlimmeres vermuten als die Wahrheit.«

»Dann sag mir so viel oder so wenig du willst«, sagte er leise und trat noch weiter zurück, um ihr mehr Freiraum zu lassen. »Aber sag etwas. Was ist passiert?«

»Ich habe mich vor dem Training gedrückt, weil ich es nicht ertragen konnte, dich zu sehen. Hector hat mich am Strand entdeckt, ich habe ihn gereizt, und da hat er mich beinahe ertränkt, um mich Demut zu lehren«, stieß sie hervor, und ihre Augen füllten sich mit Tränen. »Dann war ich bei Claire, um mich bei ihr auszuheulen und ihr zu sagen, dass ich ein Scion bin. Dann flog ich nach Hause, wo Kreon mich überfallen und versucht hat, mir das Genick zu brechen und mir ein Messer ins Herz zu stoßen. Den Rest kennst du. Und jetzt will ich nur noch unter die Dusche und ins Bett, denn mir ist eiskalt und alles juckt, und außerdem glaube ich nicht, dass ich heute noch irgendwas wegstecken kann.«

»Okay. Geh unter die Dusche«, sagte Lucas. Er nickte knapp und ging ihr aus dem Weg. »Ich warte in deinem Zimmer auf dich.«

Helen schleppte sich die Treppe hoch ins Badezimmer. Unter der Dusche fing sie an zu weinen. Sie setzte sich in die Wanne, ließ das Wasser auf sich herabprasseln und konnte die Tränen nicht mehr zurückhalten. Sie versuchte, möglichst leise zu sein, und hoffte, dass das Rauschen des Wassers ihre Schluchzer übertönte.

Als sie sich wieder beruhigt hatte, trocknete sie sich ab, zog ein Top und eine frisch gewaschene Jogginghose an und ging zum Waschbecken, um ihr Abendritual zu beenden. Beim Zähneputzen hörte sie, wie ihr Dad nach Hause kam und im Wohnzimmer den Fernseher anschaltete. Sie trat hinaus auf den Treppenabsatz und rief ihm Gute Nacht zu. Er rief dasselbe zurück, war aber zu vertieft in seine Sportsendung, um sich mit ihr zu unterhalten. Helen verzog sich in ihr Zimmer.

Lucas wartete dort bereits auf sie. Als Helen ihn ohne Schuhe auf ihrem Bett liegen sah, blieb sie stehen und starrte ihn von der Tür aus an. Auch er starrte sie einen Moment lang an, dann schluckte er, hob die Bettdecke hoch und bedeutete ihr darunterzuschlüpfen. Sie zögerte und wusste nicht, ob sie ihm sagen sollte, dass ihr Vater jeden Augenblick hereinkommen konnte.

»Helen, auch meine Selbstbeherrschung hat Grenzen«, flüsterte er. »Und da du offenbar in dem durchsichtigsten Oberteil schläfst, das ich jemals gesehen habe, muss ich dich bitten, unter der Decke zu verschwinden, bevor ich eine Dummheit mache.«

Helen schoss das Blut ins Gesicht und sie verschränkte hastig die Arme vor der Brust. Dann hechtete sie ins Bett und unter die Decke. Lucas lachte nur und breitete die Daunendecke so über ihr aus, als wäre sie eine unüberwindbare Barriere, die sie auf magische Weise daran hindern konnte »eine Dummheit zu machen«. Als sie sich bei ihm einkuschelte, legte er einen Arm um sie und vergrub sein Gesicht an ihrem Hals.

»Kein Grund, sich zu schämen. Nachdem ich dich im Nachthemd meiner Cousine gesehen habe, hast du nichts mehr zu verbergen. Aber warum hast du unter der Dusche geweint?«, murmelte er in ihr Haar. Sie konnte spüren, wie sich seine Lippen auf ihrer Kopfhaut bewegten, und spürte durch die Decke den Druck seiner Hüften, doch seine Arme hielten sie fest.

Sie versuchte, sich zu ihm zu drehen und ihn aufzufordern, zu ihr unter die Decke zu schlüpfen, aber Lucas ließ es nicht zu.

»Ich habe geweint, weil ich frustriert bin! Warum tust du das?«, flüsterte sie in ihr Kissen.

»Wir können nicht, Helen«, war alles, was er sagte.

Er küsste ihren Hals und beteuerte immer wieder, wie leid es ihm tat, aber er ließ nicht zu, dass sie ihn ansah. Allmählich bekam sie das Gefühl, dass er sie nur benutzte.

»Bitte hab Geduld«, flehte er und hielt ihre Hand fest, als sie ihn berühren wollte.

Sie versuchte, ihn aus dem Bett zu stoßen, um nicht länger neben jemandem zu liegen, der so ein grausames Spiel mit ihr spielte. Sie rangen ein wenig miteinander, aber er war darin viel besser als sie und vor allem viel schwerer, als er aussah. Er wehrte mühelos jeden ihrer Versuche ab, Arme oder Beine um ihn zu schlingen.

»Willst du mich überhaupt, oder macht es dir nur Spaß, mich zu quälen?«, fragte sie. Sie fühlte sich zurückgewiesen und gedemütigt. »Willst du mich nicht mal küssen?« Endlich schaffte sie es, sich auf den Rücken zu drehen, und konnte ihm direkt ins Gesicht sehen.

»Wenn ich dich küsse, werde ich nicht mehr aufhören können«, flüsterte er verzweifelt. Er stützte sich auf die Ellbogen und sah sie an.

Zum ersten Mal an diesem Abend nahm sie ihn richtig wahr. Er wirkte unsicher und verletzlich. Seine Lippen waren voller Verlangen. Sein Körper bebte und eine feine Schweißschicht ließ seine Kleidung an ihm kleben. Helen seufzte. Aus irgendeinem Grund, der offensichtlich nichts mit mangelnder Begierde zu tun hatte, wollte er nicht mit ihr schlafen.

»Du lachst doch nicht über mich?«, fragte sie misstrauisch.

»Nein. Daran ist nichts komisch«, antwortete er. Er rollte sich von ihr herunter und legte sich neben sie, immer noch ganz außer Atem.

»Aber aus irgendeinem Grund wird zwischen uns nie etwas passieren«, sagte sie gelassen.

»Sag niemals nie«, verlangte er eindringlich. »Die Götter lieben es, mit Menschen zu spielen, die so etwas sagen.«

»Magst du mich eigentlich? Mehr als auf eine ›Leben-und-Tod und wir müssen die Hundert Cousins davon abhalten, Krieg mit den Göttern anzufangen‹-Weise?«, fragte sie betont locker.

Sie wusste natürlich, dass es die Unsicherheit war, die sie dazu verleitete, aber sie musste wissen, was er für sie empfand. Er stützte sich wieder auf die Ellbogen und sah sie an.

»Natürlich mag ich dich«, sagte er eindringlich. »Das Einzige, was ich nicht tun werde, um mit dir zusammen zu sein, ist zuzulassen, dass unschuldige Menschen sterben. Und das war es auch so ziemlich.« Er drehte sich wieder auf den Rücken und fuhr sich durchs Haar. »Aber das ist anscheinend genug.«

Helen wusste natürlich, dass noch wesentlich mehr dahintersteckte, als er zugab, aber sie wollte ihm keine Fragen stellen, auf die es womöglich nur schreckliche Antworten gab. Sie hatte für einen Tag genug Schreckliches erlebt.

»Dann ist das ja geklärt. Ich mag dich auch. Und wenn eine Umarmung alles ist, was ich kriegen kann, ziehe ich sie allem anderen vor, was ich vielleicht von jemand anders kriegen könnte.«

»Das sagst du nur, weil du noch nie mit einem Mann zusammen warst«, sagte Lucas und küsste sie am Haaransatz auf die Stirn. »Und jetzt schlaf«, befahl er.

Helen hätte gern widersprochen, aber zweimal an einem Tag um ihr Leben zu kämpfen, hatte sie so müde gemacht, dass sie nur noch verneinend blinzeln konnte. In Lucas' Umarmung fühlte sie sich sicher und sie entspannte vollkommen. Sie lauschte seinem Atmen und fiel in einen tiefen, albtraumfreien Schlaf.

13

Kreon verbarg sich in einem schwarzen Schatten vor Helens Haus und ließ ihr Zimmerfenster nicht aus den Augen. Er hörte, wie Hector vier Häuser weiter durch die Gärten der Nachbarn schlich und nach ihm suchte. Aber Hector hatte keine Chance. Niemand konnte Kreon in der Nacht finden, wenn er nicht gefunden werden wollte.

Sein kleiner Cousin Lucas war dort oben, in Helens Bett, und hielt sie im Arm, während sie schlief. Kreon bebte von Kopf bis Fuß und widerstand nur mit Mühe dem Drang, durch das Fenster zu springen und auf Leben und Tod mit seinem Cousin zu kämpfen. Oder nur um das Mädchen. Er wusste nicht, was er tun sollte, und er hasste diese plötzliche Unentschlossenheit. Zähneknirschend versuchte er, sich wieder unter Kontrolle zu bringen. Wenn er seinen Cousin herausforderte, würde es um Leben und Tod gehen. Kreon zweifelte nicht daran, dass er diesen Kampf gewinnen würde, aber sein Sieg würde ihn alles kosten. Er würde ein Ausgestoßener sein und Atlantis für immer verloren bleiben.

Die Wahl war eindeutig: Unsterblichkeit oder Helen. Wieso fiel es ihm dann so schwer, ihr zu widerstehen? Er hörte, wie sie im Schlaf seufzte und Lucas ihren Körper noch dichter an sich zog. Kreons Beine machten wie von selbst zwei Schritte auf das Fenster zu und in seinem Kopf glühte Mordlust.

Dann vibrierte plötzlich das Handy in seiner Tasche.

Hector sprintete direkt auf das kaum wahrnehmbare Geräusch zu. Kreon blieb nichts anderes übrig, als zu rennen. Er konnte es nicht mit beiden Cousins *und* mit Helen aufnehmen. Er würde ein anderes Mal wiederkommen müssen.

Er brauchte zehn Minuten, bis er Hector im Ortskern abgeschüttelt hatte. Sein Cousin war hartnäckig, aber irgendwann raubte die Schwärze von Kreons Schatten Hector so sehr die Orientierung, dass Kreon verschwinden konnte.

Er lief am Strand der Ostseite entlang und sah nach, wer ihn angerufen und damit vor einem schrecklichen Fehler bewahrt hatte. Es überraschte ihn nicht, dass der Anruf von seiner Mutter kam. Auch wenn sie kein Scion war, hatte sie doch ein geradezu unheimliches Gespür für das richtige Timing. Er rief sie zurück und berichtete ihr, was er Unglaubliches auf dieser winzigen Insel entdeckt hatte.

Anfangs glaubte sie ihm nicht, aber trotz ihrer sorgfältigen Wortwahl merkte Kreon, dass ihre Skepsis nicht darin begründet war, dass sie das, was er berichtete, für unmöglich hielt. Sie bezweifelte vielmehr, dass Helen für das Phänomen verantwortlich gewesen war, das er beschrieb. Seine Mutter hatte noch nie von einem Scion gehört, der Klingen an seiner Haut zerspringen lassen konnte, und Kreon drängte sie, ihm zu sagen, wer sie war. Doch statt ihm eine Antwort zu geben, verlangte sie noch einmal, dass er ihr Helen beschrieb.

»Dein Messer muss fehlerhaft gewesen sein. So, wie du Helen beschreibst, kann es weder *sie* noch ihre Tochter sein«, versicherte Mildred hastig.

Kreon bedrängte seine Mutter immer mehr, bis sie schließlich wütend wurde, die Stimme hob und sogar ein wenig fluchte. Kreon war schockiert. Eine Dame ließ sich nie dazu herab, vulgäre Ausdrücke zu benutzen, und er konnte nicht fassen, dass seine Mutter überhaupt dazu fähig war. Er fragte sie höflich, wieso sie so sicher war, dass es an seinem Messer gelegen hatte.

»Wenn dieses Mädchen wirklich unverwundbar wäre, hättest du außerdem erwähnt, dass es das schönste Gesicht hat, das du jemals gesehen hast. Diese Tatsache hättest du nicht ignorieren können – es liegt dir im Blut«, antwortete sie verdrossen.

»Und wenn sie das schönste Gesicht hätte, das ich jemals gesehen habe? Was wäre dann?«, fragte Kreon gelassen, obwohl ihm ein prickelnder Schwall Adrenalin durch die Adern rauschte und ihm eine Gänsehaut verursachte. Auf der anderen Seite des Telefons herrschte volle fünf Sekunden lang Schweigen.

»Du musst *sofort* nach Hause kommen. Wir müssen mit deinem Vater reden. Diese Sache ist viel größer, als du glaubst«, brachte Mildred noch hervor und beendete abrupt das Gespräch.

Am nächsten Morgen wachte Helen schlagartig auf. Ihr ganzer Körper wechselte in nur einer Sekunde vom Schlaf in einen Zustand höchster Alarmbereitschaft. Ihre Hand fuhr zu der Stelle an ihrer Brust, wo Kreons Klinge zerbrochen war, und sie presste die Finger fest gegen das Brustbein, um sich zu vergewissern, dass dort keine Wunde klaffte.

Am anderen Ende des Zimmers war ein Wispern zu hören. Sie setzte sich auf und sah Lucas am Fenster stehen. Er sprach so leise mit jemandem im Garten, dass es kein menschliches Ohr hören konnte. Helens Wecker stand auf 5.25 Uhr und die Sonne war gerade erst am Aufgehen.

»Sie ist in Sicherheit, das ist alles, was zählt«, sagte Lucas aus dem Fenster.

»Nicht *alles*, was zählt«, antwortete jemand.

Helen stieg aus dem Bett und stellte sich neben Lucas ans Fenster. Sie sah hinaus und entdeckte Hector unten auf dem Rasen. Er schaute zu ihnen hoch und sein leicht empörter Blick wanderte zwischen Helen und Lucas hin und her.

»Alles okay?«, fragte er Helen.

»Ja. Du siehst allerdings nicht so toll aus«, sagte sie. Selbst aus dem ersten Stock konnte sie erkennen, dass Hector vor Müdigkeit tiefschwarze Augenringe hatte. Ihr mitfühlender Blick veranlasste ihn, das Gesicht zu einer zynischen Grimasse zu verziehen. Dann flüsterte er Lucas eine Warnung zu.

»Bleibt hoch oben, bis wir es genau wissen. Sie ist in der Luft am sichersten.«

Hector rannte so schnell davon, dass Helen ihm kaum mit den Augen folgen konnte. Lucas schloss das Fenster.

»Worum ging es gerade?«, fragte Helen ganz leise. Nebenan hörte sie ihren Dad schnarchen. Zum Glück schlief er noch.

»Meine Familie hat letzte Nacht nach Kreon gesucht«, antwortete Lucas mit gesenktem Blick. »Wir glauben, dass er die Insel mit einem Charterflugzeug verlassen hat, sind uns aber noch nicht ganz sicher.«

»Er ist weg?«, fragte Helen ein wenig zu hoffnungsvoll.

»Kann sein. Aber *wenn* er abgereist ist, dann bestimmt nicht für immer.« Lucas sah sie so eindringlich an, dass sie die Hand ausstrecken und ihn berühren musste, nur, um die Spannung zu durchbrechen. Sie trat vor und legte die Hand auf seine Brust. Er zitterte.

Doch dann richtete er sich auf und ging zur Tür. »Zieh dich warm an.«

»Wieso? Wohin gehen wir?«, flüsterte sie.

»In die Luft.«

Sobald sie flogen, entspannte sich Lucas ein wenig. Helen bat ihn um eine Flugstunde, zum Teil, weil sie an ihrer Technik arbeiten wollte, hauptsächlich aber, um ihn abzulenken. Sie arbeiteten über eine Stunde an Helens Fähigkeit, den Luftdruck zu regulieren, bis ein Anruf von seiner Familie kam. Castor hatte vom Flughafen angerufen und bestätigt, dass Kreon die Insel tatsächlich in einer privaten Chartermaschine verlassen hatte und dass Lucas Helen gefahrlos mitbringen konnte.

Hector übernahm das Telefon seines Onkels und bestand darauf, dass sie *sofort* kamen – er wollte unbedingt mit Helen den Nahkampf trainieren. Die Cousins fingen erneut an zu streiten. Schließlich stimmte Lucas einer Landung zu, obwohl er sich über Hectors Befehl ärgerte.

»Was ist los?«, fragte Helen, die es erstaunte, dass Lucas über Kreons Abreise nicht erfreut war.

»Hector hat eine falsche Vorstellung von dem, was wir hier machen. Ich halte dich nicht hoch, damit wir beide … verdammt, du musst das lernen!«, fuhr er plötzlich Helen an und fuhr sich durch die Haare. »Ich will, dass du wegfliegst, wenn es Ärger gibt, und nicht, dass du dich in einen Nahkampf einlässt.«

»Das geht mir genauso«, versicherte sie ihm freudig und packte seine Schultern, um nicht davonzusegeln. »Ruf deine Familie zurück und sag ihnen, dass wir noch nicht fertig sind. Ich verbringe den Tag lieber bei dir in der Luft, als von Hector Prügel zu beziehen.«

»Wir sollten zurückfliegen«, entschied er. »Du musst beides lernen.«

Helen wusste, dass Lucas sich Sorgen machte, aber nachdem sie den Morgen mit schwerelosem Gleiten in der Luft verbracht hatte, konnte nichts ihre Stimmung trüben. Sie packte seine Hände und wirbelte ihn herum. Sie flogen eine Spirale und sausten durch die Luft wie in einer Achterbahn.

Er hielt ihre Arme fest und ging mit ihr in einen Sturzflug, der sie aufschreien ließ. Im letzten Augenblick bremste er ab und nahm Helen in die Arme, bis sie wieder sicher neben ihm schwebte. Sie waren schon über dem Rasen des Anwesens, hielten sich an den Händen und konnten gar nicht mehr aufhören zu lachen. Die besorgten Blicke der anderen Familienmitglieder, die sie vom Haus beobachteten, bemerkten sie nicht.

»Bevor du landest, bringe ich dir noch etwas Neues bei«, sagte Lucas. Er flog über ihre Schulter und legte von hinten einen Arm um sie. »Ich zeige dir, wie du dich besonders schwer machst, die Schwerkraft verstärkst, die an dir zieht. Das übt man am besten bei der Landung.«

»War es das, was du gemacht hast, als du neulich auf Hector gelandet bist?«, fragte Helen. »Und letzte Nacht?« Sie musste daran denken, wie schwer er sich gemacht hatte, als sie in ihrem Bett miteinander gerungen hatten. Sie verkniff sich ein Lächeln.

»Genau«, sagte er so dicht an ihrem Ohr, dass sie die Bewegungen seiner Lippen auf ihrer Haut spürte. »Das ist der dritte Schwerezustand bei Fliegern und er kann dir bei einem Kampf das Leben retten.«

Mit dem Arm um ihre Hüfte zeigte er ihr in drei Metern Höhe, wie sie die Stärke der Erdanziehungskraft verändern konnte. Lucas leitete sie an, den Impuls, der sie schwerelos machte, umzukehren und sich vorzustellen, wie ihr Körper schwerer wurde. Sie verstand das Prinzip sofort, und als Lucas ihr sagte, dass sie es versuchen sollte, schlug sie hart auf dem Rasen auf und bohrte mit den Fersen zwei tiefe Löcher in die Erde. Sie war beeindruckt von ihrer Leistung und sah zu Lucas auf, damit er sie lobte, aber anscheinend hatte sie noch viel zu lernen.

»Du wirst es bald besser können«, sagte er ermutigend, als er neben ihr auf den Boden krachte und mit den Füßen zwei tiefe Furchen in den Rasen grub.

»Bist du ein Angeber!«, warf ihm Helen grinsend vor.

»Ich muss dich doch beeindrucken, sooft und solange ich kann. Du wirst schon bald Kreise um mich fliegen«, sagte er. Er nahm ihre Hand und zog sie dicht an sich, bevor sie sich auf den Weg ins Haus machten.

»Das bezweifle ich«, sagte Helen und schüttelte den Kopf. Lucas bewegte sich so anmutig, wenn er flog. So würde sie nie im Leben fliegen können.

»Du bist stärker als ich«, stellte er ohne jeden Neid fest. »Wenn dir das erst bewusst ist, wirst du Dinge machen können, von denen ich nur geträumt habe.«

»Wenn ich so stark bin, wieso musst du dann ständig meinen Hintern retten?«, fragte sie sarkastisch.

»Weil es beim Kämpfen um mehr geht als nur um Stärke«, antwortete er ernsthaft. »Was auch gut ist, denn sonst könnte mich Hector bei einem Kampf gnadenlos vermöbeln.«

»Ich kann dich bei einem Kampf immer noch gnadenlos vermöbeln«, brüllte Hector aus dem Haus. Lucas grinste Helen an und schüttelte den Kopf, als sie die Küche betraten. Doch weit kamen sie nicht.

»Nicht auf meinen sauberen Fußboden!«, rief Noel und zeigte auf Helens und Lucas' schlammige Schuhe. »Was habt ihr Vandalen mit meinem neu angelegten Rasen gemacht?«

»Es musste sein, Mom. Helen muss doch lernen.« Pflichtbewusst wichen Lucas und Helen vor die Tür zurück und zogen die Schuhe aus.

»Helen, Liebes. Du siehst hungrig aus. Vergiss nicht, etwas zu essen, bevor du gehst«, sagte Noel freundlich und wechselte dann nahtlos in den Schimpf-Modus über. »Und was den Rasen angeht – du kennst die Regeln, Luke.«

»›Mach wieder heil, was du kaputt gemacht hast‹, ja, ich weiß. Außerdem mache ich das doch immer«, beteuerte er mit einem frechen Grinsen, schlich zurück ins Haus und jagte seine Mutter aus der Küche, indem er ihr mit einer Kitzelattacke drohte. Sie versuchte, ihn mit einem Geschirrtuch in die Flucht zu schlagen, war aber chancenlos.

Als Lucas schließlich nach oben stürmte, um sich umzuziehen, hatte Helen plötzlich das Gefühl, dass er glücklich war. Das war sie auch. Natürlich war ihr klar, dass sie immer noch in Gefahr schwebte und eigentlich panische Angst haben musste, aber alles, was sie spürte, als sie Lucas zusah, war absolute Glückseligkeit. Sie hatte immer noch keine Ahnung, was zwischen ihnen lief, aber sie war glücklich.

Anscheinend war Helen nicht die Einzige. Pandora kam summend in die Küche und strahlte über das ganze Gesicht. Diesmal trug sie keine Armreife, sondern nur ihren Knöchelschmuck und ein Kettchen um den Bauch, das bei jedem Hüftschwung munter klimperte.

»Oh, der ist aber hübsch!«, rief sie aus und berührte den Anhänger, den Helen wie gewohnt an ihrer Kette trug. »Ich sage ja immer, wenn etwas nicht mit Diamanten besetzt ist, ist es kein richtiger Schmuck.«

»Was?«, fragte Helen verdutzt und sah an sich herunter. Pandora trank aus einer Flasche, die sie aus dem Kühlschank genommen hatte, und war bereits auf dem Weg nach draußen.

»Der Trainingsraum gehört ganz euch«, rief sie Hector zu.

Helen fingerte an ihrem Herzanhänger herum und fragte sich, wieso Pandora Diamanten erwähnt hatte. Es waren doch gar keine Diamanten an ihrem Anhänger.

»Bist du bereit für eine Tracht Prügel, Prinzessin?«, fragte Hector, nachdem sie den Trainingsbereich betreten hatten.

»Musst du mich immer so nennen?«, maulte Helen und fragte sich, ob es zu seiner Strategie gehörte, so ein Stinker zu sein, oder ob das einfach der Grundzug seiner Persönlichkeit war.

»Nun, *jetzt* tue ich es jedenfalls«, erwiderte er grinsend und freute sich anscheinend diebisch, direkt ins Schwarze getroffen zu haben.

»Lass uns anfangen, bevor ich mit deinem dämlichen Gesicht Noels Küche verwüste.«

»Das ist die richtige Einstellung«, sagte er aufmunternd. Helen musste lachen. Wenn er nicht gerade versuchte, sie umzubringen, konnte er geradezu charmant sein.

Hector ließ Helen am Sandsack beginnen, weil er fand, dass gut gezielte Schläge die Basis jedes Nahkampfs bildeten. Helen geriet schnell in Schwierigkeiten. Sie versuchte, sich richtig zu bewegen, aber sie stellte sich im letzten Moment jedes Mal so ungeschickt hin, dass ihre Schläge jeglichen Schwung verloren. Sie schlug einfach nicht gern zu. So etwas lag ihr nicht. Hector konnte nicht länger hinsehen.

»Du hast den Killerinstinkt einer Topfpflanze«, stöhnte er und hielt sich die Hände vors Gesicht.

»Vielleicht sollten wir mit Kampfsport weitermachen. Das ist wahrscheinlich sinnvoller, wenn man bedenkt, dass es bei jedem Angriff auf sie zu einem Nahkampf gekommen ist«, schlug Lucas vor.

Hector war sofort einverstanden. Helen war eine furchtbar schlechte Kämpferin, aber sogar Hector musste zugeben, dass sie sich wenigstens bemühte. Die Jungen erklärten ihr kurz die Gepflogenheiten des Dojo, und sie betrat den Ring mit einer Verbeugung, wie sie es gelernt hatte. Sie rechnete damit, dass Lucas sie unterrichten würde, aber er hielt sich zurück und ließ Hector mit ihr auf die Matte gehen.

»Ich dachte, das wäre Lucas' Spezialität«, sagte Helen unsicher.

»Ist es auch. Er ist in den Kampfsportdisziplinen viel besser als ich«, bestätigte Hector grinsend. »Und jetzt auf Hände und Knie mit dir, und stell dir vor, du wärst ein Hund.«

Trotz der Tatsache, dass Hector absichtlich versuchte, sie aus dem Konzept zu bringen, blieb sie ruhig und konzentrierte sich auf die Anweisungen, die er ihr gab. Die körperliche Anstrengung beim Jiu-Jitsu machte ihr Spaß, aber die wirkliche Herausforderung war der geistige Teil. Helen hatte das Gefühl, als müsste sie ein Rätsel lösen, um die menschliche Brezel, in die Hector sie verknotete, wieder zu entwirren. Ein paarmal brachte sie ihn zur Weißglut, weil sie anfing zu kichern und die eindeutig zweideutigen Positionen verweigerte, in die er sie bringen wollte. Trotzdem hielt er durch und arbeitete weiter mit ihr, statt das Training an Lucas zu übergeben.

»Nichts da!«, fuhr er Lucas an, als der den Ring betreten wollte. »Raus hier.«

»Du bringst es ihr aber nicht Schritt für Schritt bei!«, warf ihm Lucas von draußen vor. Er durfte nicht in den Ring kommen, weil das die Etikette des Dojo verletzt hätte, aber er konnte immer noch von der anderen Seite des Gitters hineinrufen. »Sie hat doch keine Ahnung, wie sie Deckung nehmen muss!«

»Pech gehabt«, sagte Hector nur und richtete sich zwischen ihren Knien auf. »Ich lass dich trotzdem nicht rein, also vergiss es.« Er deutete vielsagend auf Helens Körper und ihre gespreizten Beine und hob die Brauen. Helen fing an zu lachen.

»Es gibt keinen Grund, dir Sorgen zu machen!«, japste sie. »Vertrau mir!«

Jetzt wurde Lucas rot. Helen hörte ein vertrautes Kichern auf der anderen Seite des Gitters. »Giggles? Bist du das?« Sie richtete sich auf und schubste Hector von sich herunter.

»Ja, ich bin's. Also, Len, ich dachte immer, es wäre viel schwerer, zwischen deine Beine zu kommen, aber Hector scheint damit kein Problem zu haben«, zog Claire sie auf.

»Was machst du hier?«, fragte Helen verblüfft.

»Ich habe versucht, sie aufzuhalten, aber sie ist einfach hereingeplatzt und …«, begann Jason entnervt.

»Ich wollte unbedingt mal dabei sein, wenn ihr diesen Halbgott-Kram macht!«, fiel Claire ihm ins Wort. »Ich habe ja noch nie gesehen, wie ihr all eure Tricks mit Absicht vorführt.«

»Tricks? Wir sind doch keine Zirkusponys, Claire!«, brüllte Jason sie an.

Helen sah Hector an und zuckte mit den Schultern, während Jason und Claire weiter herumzankten. »Weißt du was? Ich glaube, das macht den beiden sogar Spaß«, bemerkte sie.

»Sie ist deine Freundin«, sagte Hector nur.

»Er ist dein Bruder«, gab Helen zurück.

Dann hörte sie die Tür zuschlagen. Lucas war gegangen. Helen stand auf und rief seinen Namen, aber sie durfte den Ring nicht verlassen, bevor Hector, ihr Dojo-Meister, sie entließ. Sie schaute ihn flehentlich an.

»Du magst heute sicher sein, aber du schwebst immer noch in Gefahr, nur, dass du es weißt. Mir ist klar, dass es dir nicht gefällt, aber du musst weitertrainieren. Außerdem wäre es besser, wenn du ihm endlich erlauben würdest, dich zu hassen, Helen«, fügte er bedeutsam hinzu.

»Was redest du da?«, fragte sie und war erstaunt, dass Hector so gefühllos sein konnte.

»Dann renn ihm meinetwegen hinterher, wenn du unbedingt willst«, sagte er und schaute weg. Helen verbeugte sich vor ihm und stürmte aus dem Ring. »Es wird nur schwerer werden«, warnte er Helen, als sie kurz abbremste, um die Tür zu schließen. Sie knallte sie mit voller Wucht zu, um ihm damit ihre Meinung zu sagen … wenn sie auch nicht genau wusste, was für eine Meinung das war.

Sie rannte nach draußen und hörte dumpfe Geräusche von den Tennisplätzen. Sie rannte weiter, bis ihr einfiel, dass sie ja auch fliegen konnte. Also sprang sie ab und sah einen Augenblick später herab auf Lucas, der auf dem zur Kampfarena umgebauten Tennisplatz Speere auf eine Zielscheibe warf. Als er sie entdeckte, flog er ebenfalls los, und sie trafen sich etwas weiter entfernt in der Luft.

»Komm mit«, sagte er, nahm ihre Hand und warf einen Blick auf einige Menschen am Strand unter ihnen. »Jemand könnte uns sehen.«

Sie flogen sehr hoch und steuerten Great Point an, wo sie ungestört sein würden. Nach der Landung im weichen Sand in der Nähe des Leuchtturms wurden aus ihnen wieder zwei normale Teenager, die Händchen haltend am herbstlichen Strand spazieren gingen. Da Lucas nichts sagte, machte Helen einen Vorstoß.

»Du weißt, dass wir nur herumgealbert haben, oder? Ich wollte deine Gefühle nicht verletzen. Und falls ich es doch getan habe, tut es mir leid«, sagte sie.

»Du hast meine Gefühle nicht verletzt«, sagte Lucas. Er schüttelte den Kopf und ballte die Fäuste. »Es ist viel einfacher als das. Eigentlich ganz simpel. Ich hasse es, Hector auf dir zu sehen. Ich bin eifersüchtig, Helen.«

»Dann trainier *du* mich«, erwiderte sie hoffnungsvoll, aber er blieb stehen und wandte sich stöhnend von ihr ab. »Was? Wieso denn nicht?«, bedrängte sie ihn.

»Ich bin ein Halbgott, kein Heiliger«, stieß er verlegen hervor. »Ich kann nicht alles ertragen.«

»Ganz genau. Und was kannst du *nicht* ertragen? Entscheide, welche der beiden Möglichkeiten schlimmer ist, und wähle die andere. Dann ist es egal, als wie schwierig sich deine Wahl erweist. Du kannst zumindest sicher sein, dass du damit etwas noch Schlimmeres vermieden hast«, sagte Helen logisch. Lucas warf ihr einen Blick zu und lächelte.

»Du gibst gute Ratschläge, wusstest du das?«

»Kann schon sein. Allerdings habe ich meine eigene Prioritätenliste«, konterte sie mit einem frechen Grinsen.

»Du würdest darauf wetten, dass ich dich trainiere, stimmt's?«

»Klar, jede Wette.«

Sie liefen, ohne etwas zu sagen, ein Stück den Strand entlang, beide in ihre eigenen Gedanken vertieft. Helen spürte, wie Lucas um eine Entscheidung rang. Schließlich fühlte sie, wie er innerlich nachgab und dann tief Atem holte.

»Die Zwillinge werden dir den Umgang mit Pfeil und Bogen und dem Speer beibringen, Hector ist zuständig fürs Boxen und den Schwertkampf, und ich übernehme alle Kampfsportdisziplinen. Immer vorausgesetzt, dass mein Vater und mein Onkel es erlauben, was nicht hundertprozentig sicher ist.«

»Habe ich gar nichts zu sagen?«, fragte Helen ein wenig verärgert. »Castor und Pallas können mir doch keine Vorschriften machen. Wenn ich möchte, dass du mich trainierst, wieso sollte ich dann nicht kriegen, was ich haben will?«

»Äh … überlass meine Familie am besten mir, okay?«, sagte Lucas gutmütig, und Helen beschloss, das Thema besser fallen zu lassen. »Komm, wir müssen zurück. Ich will dich nicht zu lange hier im Freien lassen.«

»Alles ist so nah beieinander«, bemerkte Helen, als sie über dem Rasen des Anwesens schwebten. Sie konnte immer noch nicht fassen, wie schnell und einfach sie sich von einem Ende der Insel zum anderen bewegen konnte. »Nervt dich das nicht, ständig über Nantucket kreisen zu müssen?«

»Das würde es, wenn es so wäre«, antwortete er, als sie im Garten landeten, »aber ich war erst vor ein paar Tagen in New York.«

»Ehrlich? Wozu?«

»Um Bagels zu essen. Es gibt da diesen tollen Laden in Brooklyn. Mit Überschall brauche ich nur zehn Minuten, um hinzukommen.«

Als Helen klar wurde, was das bedeutete, blieb sie abrupt stehen.

»Soll das heißen, dass wir an jedem beliebigen Schultag mal eben nach Boston fliegen, auf dem Harvard Square zu Mittag essen und rechtzeitig zur fünften Stunde zurück sein könnten?«

»Klar«, bestätigte er mit einem Schulterzucken. »Ich möchte nur, dass du noch ein paar Wochen lang übst, bevor wir die Insel verlassen, aber du wirst schon bald gut genug sein, um überall mit mir hinzufliegen.«

»Ich will die Statuen auf der Osterinsel sehen! Und Machu Picchu! Und die Chinesische Mauer!«, rief Helen ganz aufgeregt.

Auf dem Weg zum Haus hüpfte sie ausgelassen auf den Fußballen herum. Lucas griff nach ihren Händen.

»Bis zu deinem ersten Flug übers Meer dauert es noch ein bisschen. Bisher kannst du dich ja kaum in der Luft halten und ohne Referenzpunkte ist das Navigieren noch viel schwieriger. Dazu kommt, dass die Luftströme über dem Ozean ein echter Albtraum sein können.«

»Aber du wirst bei mir sein und du weißt das alles!« Sie blieb stehen und klammerte sich an seiner Hand fest. »Ich bin stark genug, ich schwöre! Bitte! Ich habe immer vom Reisen geträumt. Lucas, du kannst es dir nicht vorstellen, aber ich wollte mein ganzes Leben von dieser Insel runter.«

»Ich weiß, und das werden wir auch – schon bald. Wir kleben eine Karte auf eine Dartscheibe, und wo der Pfeil landet, da fliegen wir hin. Fidschi, Finnland, Florenz, wohin auch immer!«, verkündete er großzügig und zog sie an sich, damit sie nicht in die Luft sprang und ohne ihn losflog. »Wir können jeden Abend in Tokio Sushi essen, bis uns langweilig wird. Wir können alles machen, was du willst, Helen. Aber erst, wenn du eine bessere Fliegerin bist.«

»Das können wir alles tun, nicht wahr?«, schnaufte sie atemlos, und ihr fiel auf, dass sie beide das Wörtchen »wir« benutzt hatten. Dann kam ihr ein weniger schöner Gedanke. »Du machst das schon eine ganze Weile, stimmt's? In andere Länder zu fliegen, meine ich.«

»Ja, stimmt.«

»Und immer allein?«

»Auf kurzen Strecken können wir jemanden mitnehmen, aber es ist unglaublich anstrengend, die Schwerkraft von anderen Leuten zu beeinflussen. Da ist es echt einfacher, zu Fuß zu gehen.«

Lucas bemühte sich zwar, Helens Anspielung zu übergehen, hielt seinen Blick aber gesenkt. Helen versuchte sich vorzustellen, wie es sein musste, wenn man jederzeit in den Louvre konnte, um sich die Mona Lisa in echt anzusehen und nicht nur in einem Buch – aber er war immer allein unterwegs. Das musste sehr einsam machen. Lucas war sein ganzes Leben lang der einzige Scion gewesen, der fliegen konnte, was bedeutete, dass er sehr isoliert gelebt haben musste – bis *sie* aufgetaucht war.

»Wir haben noch viel Zeit, uns die Welt anzusehen, aber vorläufig solltest du noch hierbleiben. Und da ich dir nichts abverlangen kann, was ich selbst nicht täte, verspreche ich, dass ich die Insel nicht ohne dich verlassen werde«, sagte er.

»Ja, wer's glaubt«, erwiderte Helen lachend und versuchte, sich von ihm zu lösen, aber er hielt sie eisern fest.

»Das ist mein Ernst«, beteuerte er und zog sie so dicht an sich, dass sie ihm fast auf die Füße trat. »Es gibt aber noch einen anderen Grund, weswegen ich möchte, dass du auf der Insel bleibst, vor allem, wenn ich nicht bei dir bin. Meine Familie kann dich nicht beschützen, wenn sie dich nicht findet. Vergiss nicht, dass diese Frauen noch da draußen sind. Und Kreon wird auch zurückkommen …«

Als er Kreons Namen erwähnte, brach alles wieder über sie herein. Er hatte versucht, sie umzubringen, und es beinahe geschafft. Diese betäubende Dunkelheit war schlimm genug gewesen, aber er hatte sie auch gezwungen, ihre Blitze einzusetzen, was eine andere schreckliche Erinnerung heraufbeschworen hatte.

»Helen?«, sagte Lucas. Er berührte ihren Kopf und drehte ihn so, dass sie ihn ansehen musste. »Es tut mir leid, dass ich es erwähnen musste, aber du weißt, dass es nötig ist.«

»Ich weiß, Lucas. Das ist es auch gar nicht«, begann sie und verstummte gleich wieder, weil sie erst überlegen musste, wie sie ihre Gedanken in Worte fassen sollte. »Glaubst du, dass meine Blitze gefährlich sind?«

»Sehr gefährlich«, antwortete er ernst. »Aber nur, wenn du lernst, sie zu beherrschen.«

»Ich will sie nicht beherrschen! Ich will nicht einmal daran denken!«

»Helen, du brauchst nicht länger vor dir selbst davonzulaufen«, sagte er und starrte auf den Boden. »Hör mal, das ist zum Teil meine Schuld. Ich hätte dir schon früher von den Blitzen erzählen sollen, aber ich habe gemerkt, dass du diese Fähigkeit meidest und sie aus irgendeinem Grund total unterdrückst. Was ich wirklich wollte … Du solltest diese Begabung selbst entdecken und alles darüber lernen *wollen*, so wie es auch beim Fliegen war.«

»Lucas, ich …« Helen schüttelte den Kopf. »Ich glaube, ich habe jemanden damit umgebracht, und selbst wenn er vorhatte, mir wehzutun, fühle ich mich schrecklich.«

»Du darfst keine Angst mehr vor deiner Kraft haben, Helen«,

sagte Lucas sanft. »Du bist die Stärkste von uns allen, aber diese Stärke nützt dir gar nichts, solange du deine Fähigkeiten nicht im Griff hast.«

»Aber ich hatte mein ganzes Leben lang panische Angst, sie zu benutzen«, stieß Helen mit erstickter Stimme hervor und dachte dabei an ihre Krämpfe.

»Ich weiß, dass ich von dir verlange, die jahrelange Konditionierung zu vergessen, was sicher nicht über Nacht möglich ist, aber es muss geschehen, und du bist diejenige, die es geschehen lassen *kann*. Du bist mit Abstand der begabteste Scion, den ich jemals gesehen habe.« Lucas fuhr sich mit der Hand durch die Haare und wusste nicht, was er noch sagen sollte. »Ehrlich, Helen, du siehst dich nicht so, wie ich dich sehe, aber wenn du es könntest, wärst du sprachlos. Es wird Zeit, dass du aufhörst, dich vor dem zu fürchten, was du kannst, und es ist höchste Zeit, dass du im Training all deine Fähigkeiten einsetzt, vor allem die Blitze.«

»Wie soll ich das machen, ohne euch alle zu grillen? Ihr habt nicht zufällig einen Haufen Blitzableiter in der Garage?« Sie versuchte, witzig zu sein, weil es sie so verblüffte, dass Lucas sie für stark hielt und, was noch wichtiger war, dass er das anscheinend an ihr liebte.

»Über die Einzelheiten habe ich mir noch keine Gedanken gemacht«, gestand er grinsend. »Aber ich überlege mir etwas.«

Als sie ins Haus zurückkehrten, war es Zeit fürs Abendessen. Helen stellte erfreut fest, dass Claire noch da war. Sie saß am Tisch und sprach mit den Zwillingen über irgendeine Hausarbeit für einen der Kurse für Intelligenzbestien und unterbrach sich nur kurz, um Helen und Lucas aufgeregt zuzuwinken.

Wie üblich war die Küche rappelvoll. Pallas und Castor standen am Herd und verbrannten sich jedes Mal die Finger, wenn sie sie in einen von Noels Töpfen steckten, um zu probieren, was dort vor sich hin brodelte. Es schien sie allerdings nicht zu stören, weil sie nicht damit aufhörten. Pandora und Hector alberten an der Spüle herum, lachten ein identisches Lachen und wetteiferten darum, wer eine Traube geschickter in die Luft spucken und mit dem Mund wieder auffangen konnte. Die arme Noel konnte sich kaum rühren, ohne über ein Kind, einen Gast, einen Ehemann, einen Schwager, einen Neffen oder eine Nichte zu stolpern – und wie üblich bot ihr keiner seine Hilfe an.

»Du weißt, dass ich kochen kann? Soll ich deiner Mutter nicht helfen?«, fragte Helen Lucas verlegen.

»Machst du Witze? Meine Mom liebt es zu kochen. Manchmal glaube ich, dass sie es nicht erwarten kann, dass wir endlich heiraten und ausziehen, damit sie ihr eigenes Restaurant aufmachen kann.« Er bemerkte Helens skeptischen Blick. »Im Ernst! Sie hat neulich erst mit meinem Dad darüber gesprochen, dass sie gern eine Dinnerparty geben und die halbe Insel dazu einladen würde. Sie ist echt verrückt.«

»Da bist du ja, Helen, Liebes«, sagte Noel, die kurz aufgeschaut hatte. Es klang beinahe, als hätte sie sich wirklich Gedanken darüber gemacht, wo Helen gesteckt hatte. Dann drehte sie sich wieder zum Herd um und fing an, mit sich selbst zu reden. »Sie wird Extraportionen brauchen. Plötzlich so dünn geworden … Ihr Vater hat keine Ahnung, was mit ihr los ist, und füttert sie nicht anständig, und Kate macht sich solche Sorgen! Wo ist Cassie?«

Noel redete zwar mit sich selbst, aber so laut, dass Helen jedes Wort hörte. Sie wusste nicht, ob Noel es gewohnt war, dass ihr bei all dem Lärm ohnehin keiner zuhörte, oder ob sie Helen absichtlich in ihre Gedanken einweihte. Noel holte tief Luft und brüllte Cassandras Namen.

Cassandra schrie vom oberen Stockwerk zurück: »Fangt ohne mich an, ich hab noch zu tun!«

Helen und Claire tauschten einen Blick. Sie waren Einzelkinder, die zu Hause nie schreien durften. Aber jede von ihnen träumte von einer großen Familie und einem vollen Haus, in dem tausend Dinge auf einmal passierten, und jede von ihnen erkannte in den Augen der anderen die Erinnerung an diesen Mädchentraum. Das Geschrei brachte die Nerven zwar ein bisschen zum Vibrieren, aber es machte das Haus der Familie Delos unbestreitbar zu einem Heim.

»Hec-Jase-Castor-Lucas!«, ratterte Noel und starrte ihrem Sohn ins Gesicht, während sie sich zu erinnern versuchte, wie sie ihn genannt hatte. »Geh und hol deine Schwester. Wir haben Gäste.«

Lucas tat, was seine Mutter befohlen hatte, und kam kurz darauf mit einer sehr mürrischen Cassandra über der Schulter wieder herunter.

»Ich sehe sie doch jeden Tag!«, beschwerte sich Cassandra, als Lucas sich vorbeugte und sie neben Helen auf ihre eigenen Füße stellte.

»Mom hat's gesagt«, erwiderte Lucas mit einem entschuldigenden Schulterzucken. Anscheinend hatte sich damit jedes Argument erübrigt, denn Cassandra verdrehte die Augen und setzte sich ohne ein weiteres Wort an den Tisch.

»Hi«, sagte sie, immer noch ein bisschen gereizt, zu Helen. »Isst du viel Knoblauch?«

»Nein. Wieso? Stinke ich?«, antwortete Helen unsicher, und bei dem Gedanken, Lucas womöglich den ganzen Tag mit ihrem Knoblauchatem belästigt zu haben, wurde sie rot.

»Nein, gar nicht. Ich versuche nur herauszufinden, wieso du unverwundbar bist«, sagte sie, hob das Buch, das sie mitgebracht hatte, und wedelte damit hinter Noels Rücken herum – die nichts davon mitbekam. »Ich versuche, ein Problem zu lösen«, sagte sie lauter, damit ihre Mutter es hörte, aber Noel kochte ungerührt weiter.

»Ich habe auch einiges nachgelesen«, behauptete Hector und verschränkte die Hände hinter dem Kopf.

»Bring du ihr lieber bei, wie man sich verteidigt, und überlass mir die Nachforschungen«, fuhr Cassandra ihn an und begann, in ihrem Buch herumzublättern. Hector lächelte und war offenbar heilfroh, so leicht davongekommen zu sein.

Castor, Pallas und Cassandra fingen wieder an, Helen auszufragen – was sie aß, wie ihr Alltag aussah und sogar, welche Gebete ihre Mutter ihr beigebracht hatte, damit sie sie vor dem Schlafengehen aufsagte. Nichts davon brachte sie der Lösung des Rätsels näher, und so gaben sie es auf, als das Essen fertig war.

Helen aß, als hätte sie wochenlang nichts gegessen. Und sie trank ein Glas Wasser nach dem anderen. Sie war so ausgetrocknet, dass sie regelrecht spüren konnte, wie sich das Wasser in ihr ausbreitete und ihre Organe es aufsaugten wie ein Schwamm. Irgendwann wurde es Helen peinlich, so viel zu essen, und sie zwang sich, das Besteck hinzulegen. Noel sah sie streng an und fragte sie, ob es ihr nicht schmecke. Helen murmelte eine Entschuldigung und fing erleichtert wieder an zu kauen.

Nach dem Essen fuhr Lucas sie nach Hause, was eigentlich eine Verschwendung von Zeit und Benzin war, aber es war nötig, um Jerry nicht misstrauisch zu machen.

»Ich lasse dich nicht gern allein«, sagte Lucas und starrte jeden Schatten vor dem Haus nervös an.

»Das macht mir nichts«, log Helen. Aber wenn sie ehrlich war, wollte sie jetzt, wo es dunkel war, Lucas so dicht wie möglich an ihrer Seite haben. Da ihr Dad zu Hause war, blieb ihnen allerdings nichts anderes übrig, als sich zu verabschieden.

»Ich bin in etwa einer Stunde wieder da«, versprach Lucas ihr beim Aussteigen. Helen schlug die Tür zu, blieb neben dem Auto stehen und sah ihn durch das offene Fenster verlegen an. »Was ist?«, fragte er.

»Ich fühle mich schrecklich, Lucas! Es ist Herbst und du und deine Cousins übernachten draußen. Das geht doch nicht.«

»Wir haben keine andere Wahl. Wir können dich nicht allein lassen, solange du nicht gelernt hast, wie man richtig kämpft.«

»Ich erlaube es aber nicht mehr«, sagte sie, strich sich das Haar hinters Ohr und verschränkte energisch die Arme. »Du wirst in meinem Zimmer schlafen müssen.«

»Weil das ja so entspannend ist«, konterte er ironisch. »Ich habe letzte Nacht kaum ein Auge zugemacht. Glaub mir, auf dem Dach bekomme ich mehr Schlaf.«

»Nein«, widersprach Helen stur, obwohl ihr bei dem Gedanken, ihn wieder in ihrem Zimmer zu wissen, ganz warm ums Herz wurde. »Entweder kommst du mit rein oder du schläfst gar nicht mehr hier.«

Lucas sah zu ihr auf. »Wir überlegen uns, was wir machen, wenn ich wiederkomme, okay?«

Helen erklärte sich zögernd einverstanden und ging ins Haus zu ihrem Dad. Obwohl er ständig gähnen musste, wollte er wissen, wie ihr Wochenende gewesen war. Jerry hatte zwei Doppelschichten hinter sich und konnte kaum noch die Augen offen halten. Helen schickte ihn ins Bett und versprach, am nächsten Morgen das Frühstück zu machen. Jerry schnarchte schon, bevor sie ihre Zähne geputzt hatte. Als sie im Bad fertig war, zog sie Boxershorts und ein weites T-Shirt mit V-Ausschnitt an, weil sie dachte, dass Lucas es bestimmt zu würdigen wissen würde, wenn sie nicht ganz so freizügig bekleidet war. Dann stöberte sie im Kleiderschrank nach einer Luftmatratze, von der sie glaubte, dass ihr Dad sie vor Jahren einmal zum Geburtstag bekommen hatte.

Ganz unten im Schrank fand sie tatsächlich das ungeöffnete Paket, umgeben von ein paar fetten Staubflocken. Sie nahm es mit in ihr Zimmer und packte es aus, und als sie versuchte, die englische Gebrauchsanweisung zu finden, klopfte es an ihr Fenster. Sie lächelte und bedeutete Lucas, durch das unverriegelte Fenster hereinzukommen. Er sah wirklich fantastisch aus, wenn er flog. Sie war sich sicher, dass das bei ihr ganz anders aussah.

»Ist der Rückenbrecher für mich?«, flüsterte er und deutete auf die Luftmatratze.

»He, wenn sie dir nicht passt, kannst du auch gern in meinem Bett schlafen«, flüsterte Helen zurück und fing demonstrativ an, die Luftmatratze wieder in den Karton zu packen.

»Nein, die ist perfekt«, sagte er hastig und stoppte ihre Bewegung, indem er nach ihren Händen griff und sie an sich zog. Er hielt sie im Arm und rieb sein Gesicht an ihrer Wange.

»Du musst dich mal wieder rasieren!«, ermahnte sie ihn und drehte den Kopf von seinen kratzigen Stoppeln weg.

»Eigentlich wollte ich unten auf der Couch schlafen«, sagte er unsicher.

»Mein Dad …«

»… käme gar nicht schnell genug die Treppe runter, um mich zu erwischen.«

»Und wenn du ihn nicht hörst und nicht rechtzeitig wegkommst? Das könnte ich ihm niemals erklären«, gab Helen zu bedenken.

»Immer noch besser als die Alternative«, sagte er und hob die Matratze hoch. »Es macht mir wirklich nichts aus, auf dem Dach zu schlafen, Helen. Mir ist nicht wohl dabei, hier drinnen bei dir zu schlafen. Ich glaube, das wäre ein Fehler.«

Auch wenn sie ein schlechtes Gewissen hatte, Lucas draußen übernachten zu lassen, erkannte Helen doch, dass sie nicht gewinnen würde. Sie schleppten die Luftmatratze hinauf auf den Witwensteg und fanden auch heraus, wie man sie aufblies. Allerdings musste Lucas die spanische Anleitung lesen, weil die englische vollkommen unverständlich war. Und urkomisch.

»Mund einführen zum Zweck Aufblasen«, wisperte Helen und zitierte damit einen der merkwürdigeren Sätze der Anleitung, während sie die Luftmatratze mit einem Bettlaken bezog.

»Ausblasen Lunge in Ventilöffnung«, flüsterte Lucas zurück und stopfte ein Kissen in einen Bettbezug. »Das klingt, als würde es wehtun.«

Der krampfhafte Versuch, ihren Lachanfall zu unterdrücken, machte es nur noch schlimmer. Sie ließen sich beide auf die Matratze fallen und versuchten, möglichst lautlos zu kichern. Aber sobald sich ihre Blicke trafen, ging es von vorne los, und sie mussten sich den Mund zuhalten, um nicht loszuprusten. Vom vielen Gelächter tat ihnen schon richtig der Hals weh. Endlich hatten sie sich ausgelacht und lagen japsend auf dem Rücken. Lucas nahm Helens Hand und schüttelte den Kopf.

»Was mache ich nur«, flüsterte er zu sich selbst und fuhr sich mit der anderen Hand durchs Haar.

»Was ist los? Dürfen wir jetzt nicht einmal mehr miteinander lachen?«, flüsterte sie zurück, und ein Lächeln umspielte immer noch ihre Lippen.

»Das ist es nicht«, sagte er, drehte den Kopf zu ihr und sah sie liebevoll an. »Aber es ist nicht gerade gut für mich, deine Gesellschaft so sehr zu genießen, dass sogar etwas Banales wie das Aufblasen einer Luftmatratze so viel Spaß macht. Sobald ich denke, ich hätte mich im Griff, bringst du mich zum Lachen, und ich habe das Gefühl, wieder ein kleines Stück von mir zu verlieren. Ich dachte, ich wäre darauf vorbereitet, aber das hier ist viel schwerer, als ich gedacht habe.«

»Und was genau ist ›das hier‹, Lucas? Wieso schläfst du auf dem Dach und nicht in meinem Bett?«, fragte Helen. Sie drehte sich auf die Seite, um ihn ansehen zu können, und wollte ihm über das Gesicht streicheln.

»Geh nach unten«, sagte er verzweifelt und schob ihre Hand weg, bevor sie ihn berühren konnte. »Bitte, Helen. Geh in dein eigenes Bett.«

Es gab einen Teil von Helen, der genau wusste, wie sie ihn verführen konnte, ob er wollte oder nicht, und das schockierte sie so, dass sie aufstand und mit weichen Knien zu ihrem eigenen Bett hinunterwankte. Sie konnte nicht fassen, wie aggressiv sie sein konnte und wie wenig sie sich um seine Bedürfnisse scherte, dass sie sogar in Betracht zog, sich ihm aufzudrängen.

Als sie unter ihre Bettdecke kroch, hörte sie, wie sich Lucas über ihr hin und her wälzte. Dann stand er auf und ging zur Tür des Witwenstegs.

Helens Herz fing an, vor Freude zu rasen, als sie hörte, wie er nach dem Türknauf griff und ihn drehte. Sie setzte sich auf und lauschte, so wie er nach ihr horchte.

Beide konnten den Atem des anderen hören, das Rauschen des Blutes unter der Haut, und eine Sekunde lang hätte Helen schwören können, dass sie ihm so verbunden war, dass sie selbst aus dieser Entfernung seine Körperwärme spürte. Aber schließlich schien er erneut seinen inneren Kampf zu gewinnen und zwang sich, zu seiner Luftmatratze zurückzukehren.

Auch Helen streckte sich wieder aus. Nachdem sich ihr hämmerndes Herz beruhigt hatte, fiel sie in einen traumlosen Schlaf, mit dem sie fast immer gesegnet war, wenn Lucas über sie wachte.

14

Kurz vor dem Morgengrauen berührte Lucas Helens Gesicht, um sie zu wecken. Als sie die Augen aufschlug, küsste er sie auf die Stirn und versprach, bald zurückzukommen, um sie zur Schule zu fahren. Dann sprang er aus dem Fenster und flog davon. Helen wusste genau, dass sie nicht wieder einschlafen würde, und so stand sie auf und machte ihrem Vater ein üppiges Frühstück.

»Ist mit dir alles okay?«, fragte Jerry, während er Pfannkuchen mit Sirup und gebratenen Speck vertilgte.

»Aufs Ganze gesehen? Doch, es geht mir gut«, antwortete sie ehrlich und nippte an ihrer Kaffeetasse.

»Wie steht's denn zwischen dir und Lucas?«, fragte er vorsichtig.

»Total verrückt«, antwortete sie mit einem Lächeln. »Aber was kann man da tun?«

»Ja, was kann man da tun«, wiederholte ihr Vater und starrte Löcher in die Luft.

Helen war überzeugt, dass er an Kate dachte, aber ihr Instinkt riet ihr, ihn nicht darauf anzusprechen. Er brauchte noch Zeit, und wenn er so weit war, würde er bestimmt zu ihr kommen und mit ihr reden.

Lucas holte sie ab wie geplant. Sie mussten sich nur ansehen und schon wurden beide rot. Aber allein mit ihm im Auto zu sitzen, versetzte Helen in eine so ausgelassene Stimmung, dass sie auf ihrem Sitz herumhopste und mitsang, als im Radio eines ihrer Lieblingslieder lief. Sie schaffte es sogar, Lucas dazu zu bringen, ebenfalls mitzusingen.

»Was ist?«, fragte er verdutzt, als ihm auffiel, dass er ganz allein den Refrain schmetterte.

»Du hast eine unglaubliche Stimme! Gibt es eigentlich irgendwas, das du *nicht* kannst?«, fragte sie entnervt und schlug ihm spielerisch gegen den Arm.

»Apoll war zufällig auch der Gott der Musik. Und jetzt hör auf zu meckern und sing gefälligst mit«, verlangte er und drehte das Radio auf, bis die Bässe die Scheiben zum Wackeln brachten.

Helens Stimme war längst nicht so schön wie seine, aber dafür war sie mit Feuereifer bei der Sache. Sie blieben auf dem Schulparkplatz sogar noch einen Moment im Auto sitzen, um das Instrumental-Ende zu spielen. Lucas spielte am Lenkrad Schlagzeug und Helen probierte sich mit der Luftgitarre.

»Gott, sind wir nicht umwerfend? Mein Gitarrensolo war der Hammer!«, jubelte Helen, als sie aus dem Auto sprang.

»Wir sollten damit auf Tournee gehen«, bestätigte Lucas grinsend. Hand in Hand betraten sie das Schulgebäude.

Sie wurden mal wieder von allen angestarrt, aber das war Helen egal. Sie hatte keine Magenschmerzen mehr. Jetzt konnte sie sich entspannen, weil sie wusste, dass die Krämpfe nur auftraten, wenn sie vor Normalsterblichen ihre Kräfte benutzte. Allmählich fragte sie sich, wie viele ihrer Schmerzattacken echt gewesen waren und wie viele nur die Angst vor ihnen ausgelöst hatte. Zu wissen, dass sie jetzt eine gewisse Kontrolle über den Fluch hatte, war eine Erleichterung, und zum ersten Mal in ihrem Leben hatte sie das Gefühl, dass es vielleicht gar nicht so schlecht war, anders zu sein als alle anderen.

»Sind wir schon die Neuigkeit von gestern?«, fragte sie Lucas mit einem verschmitzten Lächeln.

»Keine Ahnung. Ich schau mal bei CNN nach«, sagte Lucas. Er holte sein Handy heraus und tat so, als würde er einen Browser öffnen. Helen schnappte nach Luft und schlug sich die Hand vor den Mund.

»Oh nein, mein Handy! Ich hab meinem Vater noch gar nicht gesagt, dass es schon wieder kaputt ist!« Sie blieb abrupt mitten auf dem Flur stehen, als ihr wieder einfiel, dass sie es bei Hectors kleinem Schwimmkurs in der Tasche gehabt hatte.

»Hector wird dir ein neues Handy kaufen. Ein besseres«, sagte Lucas ungerührt und küsste sie auf die Stirn. »Dafür sorge ich.«

»Oh-oh, da muss er sich wohl auf was gefasst machen«, stichelte Helen, aber da die Glocke läutete, musste sie rennen, um sich nicht Hergies Zorn zuzuziehen.

Der Rest des Tages verlief perfekt. Helen fühlte sich energiegeladen, Claire strahlte wie ein Sonnenschein, und auch Ariadne schien bester Laune zu sein, denn Matt arbeitete in der Mittagspause in der Aula mit ihr an ihrem Golfabschlag. Matt war Kapitän des Golfteams der Schule, und Ariadne überlegte, dem Team beizutreten, aber dafür musste sie zuerst lernen, wie man spielte.

»Nein, du hältst den Schläger zu fest«, korrigierte Matt sie freundlich. »Stell ihn dir als Degen vor, nicht als Axt«, sagte er und wählte damit unbewusst einen Vergleich, mit dem sie etwas anfangen konnte. Ihre Schlagtechnik verbesserte sich sofort.

»Cassie, wieso legst du nicht das Buch weg und lernst auch, wie man Golf spielt?«, rief Ariadne ihrer Cousine zu.

Statt Ariadne eine Antwort zu geben, nahm sich Cassandra das nächste Buch zur Hand.

»Wonach suchst du überhaupt in all diesen Büchern?«, rief Matt ihr zu.

»Nach Beschwörungen oder Zaubern in der griechischen Mythologie, die unverwundbar machen«, antwortete sie und fuhr sich mit der Hand übers Gesicht. Diese Geste erinnerte Helen an Lucas. Falls Matt sich über Cassandras Antwort wunderte, ließ er es sich nicht anmerken und konzentrierte sich stattdessen wieder auf Ariadne und ihre Haltung.

»Was glaubt ihr, wie lange wir uns noch hier treffen können, bevor wir erwischt werden?«, fragte Claire.

»Wen interessiert das? Das hier ist eine der besten Ideen, die Lennie je hatte. Wir sollten es genießen, solange es geht, und nicht den Augenblick damit ruinieren, dass wir uns Sorgen darüber machen, dass es irgendwann vorbei sein könnte«, antwortete Matt gelassen.

Claire sah Helen an, und sie nickten beide, überrascht von Matts weiser Antwort.

»Auf Matt Millis. Freund. Philosoph. Golf-Profi«, rief Helen aus und prostete ihm mit dem Becher ihrer Thermoskanne zu.

»Hört, hört«, unterstützte sie Claire und hob ihre Sojamilch zu einem lässigen Toast. Matt verbeugte sich würdevoll und wurde rot, als Ariadne ihn anlächelte.

»Hey, Len, hast du eine neue Kette?«, fragte Claire und streckte die Hand aus, um den Anhänger zu berühren, den Helen immer an ihrer Kette trug.

»Nein, immer noch dieselbe. Wirst du jetzt verrückt, Gig?«, fragte Helen und nahm ihren Anhänger in die Hand.

»Es sieht aus wie eine Erdbeere, gar nicht wie ein Herz. Vielleicht glänzt er auch mehr als sonst. Aber wahrscheinlich werde ich doch verrückt.«

Die nächsten paar Tage waren einfach wundervoll, und Helen verspürte ein Gefühl des Friedens, das sie nicht mehr gekannt hatte, seit die Familie Delos auf die Insel gezogen war. Es fühlte sich an, als hätte jemand das Trinkwasser mit einer Wohlfühldroge versetzt. Helen ging jeden Nachmittag zum Training, und als die Tage vergingen, ohne dass Kreon wieder auftauchte, vergaß sie die Gefahr. Die einzige Person, die gegen die gute Laune in der Luft immun zu sein schien, war Zach. Er versuchte immer wieder, Helen allein zu erwischen, aber sie ging ihm aus dem Weg, was ziemlich einfach war, solange sie von einer Familie von Halbgöttern bewacht wurde. Aber sie merkte auch, dass er sie von Mal zu Mal finsterer ansah.

Sie hoffte, dass sie das Ganze nur lange genug hinauszögern musste, damit sich niemand mehr daran erinnerte, wie sie bei der Verfolgung eines Mannes mit nacktem Oberkörper zusammengeklappt war. Außerdem ging sie davon aus, dass Zach sie irgendwann in Ruhe lassen würde, wenn sie ihm immer wieder auswich. Aber es funktionierte nicht – es kam ihr fast so vor, als würde er seine Anstrengungen verdoppeln, um sie zu erwischen. Lucas wollte Helen davon aber lieber nichts sagen. Nach dem »Hector hat versucht, mich zu ertränken, und dabei mein Handy ruiniert«-Zwischenfall hatte Lucas in der gerade fertig gewordenen Arena fröhlich seinen Cousin verhauen, und eine Stunde später hatte ihr ein zahnloser Hector ein neues Telefon übereicht, von dem sie vermutete, dass es genug Funktionen hatte, um einen eigenen Satelliten im Weltall zu rechtfertigen.

Aber Zach machte es Helen fast unmöglich, ihn zu schützen. Je mehr er versuchte, sie in die Enge zu treiben, desto misstrauischer wurde Lucas, bis das Unvermeidliche passierte. Als Lucas Helen am Mittwoch nach dem Unterricht zum Sport begleitete, sah er Zach in der Nähe herumlungern. Als Zach Lucas bemerkte, änderte er die Richtung und steuerte den Umkleideraum der Jungen an, aber sein verdächtiges Verhalten war natürlich nicht unbemerkt geblieben.

»Ist Zach hinter dir her?«, fragte Lucas mit großen Augen.

»Ach, nicht wirklich. Ich glaube, er will nur mit mir reden«, sagte Helen beiläufig und klappte schnell den Mund wieder zu, bevor sie zu viel sagte.

»Wer's glaubt«, sagte Lucas höhnisch, und seine blauen Augen verfärbten sich fast schwarz, als er der Lüge nachspürte. »Hat Zach einen Grund anzunehmen, du wärst zu haben?«

»Nein! Was, wieso?«, stammelte Helen, die von seinem Ärger vollkommen überrumpelt war.

»Hast du ihm gesagt, dass du und ich nicht wirklich ein Paar sind, weil ich nicht …« Er verstummte, fuhr sich durch die Haare und lief nervös im Kreis herum. »Was erzählst du den Leuten über uns?« Der Umriss seines Körpers begann zu verschwimmen, weil er in seiner Aufregung das Licht stärker beugte als sonst.

»Ich habe niemandem etwas erzählt!«, beteuerte Helen.

»Versuchst du, mich *eifersüchtig* zu machen, oder bist du so frustriert, dass du schon auf der Suche nach einem anderen bist? Jemand, der alles tut, was du willst?« Er war so wütend, dass Helen ihn kaum noch sehen konnte. Aber auch sie schäumte vor Wut.

»Ich suche NICHT nach einem anderen!«, brüllte sie ihn an.

Lucas wich unwillkürlich einen Schritt zurück, als er den knisternden blauen Schimmer sah, der Helens Kopf und ihre Hände umgab. Ihr Blitz reagierte nicht auf das von ihm kontrollierte Licht, und die Verzerrungen, die er geschaffen hatte, wurden von Helens metallischem Glühen so stark reflektiert, dass er seine Augen schützen musste.

»Oh-oh«, stieß sie nervös hervor. Sie fühlte sich wie auf dem höchsten Punkt einer Achterbahn – und gleich würde sie umkippen.

Sie streckte einen Arm aus, um sich abzustützen. Lucas trat einen Schritt vor, um ihr zu helfen, bremste sich aber zum Glück rechtzeitig, bevor er einen tödlichen Schlag bekam. Dann verschwand das blaue Licht wieder, als wäre ein Schalter umgelegt worden, und Helen plumpste auf den Boden wie ein nasser Sack.

»Ich fühle mich schrecklich«, sagte sie und sah ihn verständnislos an.

»Bist du schon … geerdet?«, fragte er, außer sich vor Sorge.

Helen sah auf den Boden und kicherte albern, als die in ihrem Körper fließende Elektrizität ihr Gehirn kitzelte.

»Nein. Linoleum«, sagte sie und klatschte die Hand auf den nicht leitenden Bodenbelag. Durch die statische Aufladung verschwamm alles vor ihren Augen. »Du hattest r… r… recht. Ich h… h… hätte lernen sollen, d… d… damit umzugehen.« Sie musste die aufgestaute Ladung loswerden, und zwar schnell.

»Luk… k… k. Lauf… f… f.«, stieß sie nur hervor, weil ihr Unterkiefer unkontrolliert zitterte. Der Blitz musste losgelassen werden. Sie hielt ihn schon zu lange zurück.

Lucas wollte sie nicht allein lassen, und Helen war klar, dass sie ihn töten konnte, wenn sie jetzt einen Fehler machte. Sie durchforstete ihr Gehirn und erinnerte sich glücklicherweise an eine Physikstunde in der vierten Klasse. In dem verzweifelten Bemühen, das Monstrum, das sie geschaffen hatte, wieder loszuwerden, rutschte sie auf den Knien zur Tür am Ende des Ganges und rammte die Schulter dagegen.

Sie hatte den metallenen Querriegel der Tür kaum berührt, als er auch schon orange aufglühte und zu schmelzen begann. Helen schaffte es nur knapp, die Tür aufzustoßen, bevor sie zu einem massiven Metallblock verschmolz. Helen fiel die wenigen Stufen hinunter und warf sich nach vorn auf ihre Hände. Mit einem erleichterten Seufzer entlud sie ihren Blitz in die einzige Umgebung, in der er keinen Schaden anrichten konnte – den Boden.

Ein paar Sekunden später hob sie jemand hoch und trug sie weg.

»Bist du verletzt?«, fragte Lucas besorgt.

»Nur teuflisch müde«, seufzte sie und wunderte sich selbst, dass sie das Wort »teuflisch« benutzt hatte. Aber sie war so erledigt, dass es ihr völlig egal war. »Nun lass mich schon runter«, befahl sie, als er nicht antwortete. Er blieb stehen und stellte sie auf die Füße. Sie fuhr sich mit der Zunge über die Zähne und saugte an ihrem Gaumen.

»Hab ich einen Durst! Ich glaube, ich weiß auch, warum! Ich mache die Eklekti – ich meine die Erlektriz – also den Blitz –, indem ich das Wasser in meinem Körper zerreiße! Das ergibt totalen Sinn«, sagte sie zufrieden.

»Helen? Du machst mir Angst. Bitte setz dich hin. Brauchst du irgendwas?«, fragte Lucas und sah ihr in die Augen. Es sah aus, als würde sie immer noch Funken versprühen.

»Ich brauch was«, sagte sie und versuchte, ihre Aussprache und ihr verwirrtes Gehirn so gut zu koordinieren, wie es ging. »Ich muss dir sagen, was los ist, damit wir uns nicht wegen einem blöden Missverständnis gegenseitig umbringen, und du musst mir versprechen, dass du niemanden verhaust, wenn ich es dir sage.«

»Ich glaube nicht, dass mir dieser Deal gefallen wird«, sagte er skeptisch.

»Geht aber nicht anders«, meinte Helen.

Lucas nickte. Sie sah sich einen Moment lang um und entschied sich dann, sich auf die Stufen vor dem Eingang zu setzen, bevor sie womöglich doch noch umkippte.

»Zach war es, der gesehen hat, wie ich Kreon gejagt habe. Er hat ein paar drohende Andeutungen gemacht, über dich und mich und wie unnatürlich schnell und stark wir alle sind. Jetzt versucht er ständig, mich allein zu sprechen, und ich glaube, dass er mich erpressen will oder so. Ich bin ihm so lange aus dem Weg gegangen, wie ich konnte, weil …«

»Je länger du wartest, desto eher wird das Ganze zu einem lächerlichen Gerücht, das ihm ohnehin niemand glaubt«, beendete Lucas ihren Satz mit einem wissenden Nicken.

»Genau. Du bist *so* klug«, lobte Helen ihn überschwänglich.

»Und dein Gehirn ist gut durchgebraten«, konterte Lucas und lächelte gutmütig. Doch dann verschwand das Lächeln aus seinem Gesicht wieder. »Und nur wegen mir. Ich bin so ein Idiot«, murmelte er und starrte auf seine Hände.

»Korrektur – du bist ein *eifersüchtiger* Idiot, und das muss sich sofort ändern«, sagte Helen energisch. Sie war immer noch etwas benommen, kämpfte aber mit aller Kraft dagegen an. »Du hast keinen Grund zur Eifersucht. Ich habe dir gesagt, dass ich keinen anderen will als dich. Wollte ich noch nie.«

»Du hast dein ganzes Leben auf dieser Insel verbracht und kennst gar keine ›anderen‹«, seufzte er. »Und du hast keine Ahnung, wie … Attraktiv ist nicht das richtige Wort. Es beschreibt nicht wirklich, welche Wirkung du auf Männer hast. Auf mich. Eigentlich neige ich gar nicht zur Eifersucht, Helen, ehrlich nicht. Alle anderen Mädchen, mit denen ich zusammen war …« Lucas brach ab, holte tief Luft und sortierte seine Gedanken, bevor er weitersprach.

»Weißt du, ich habe nie an diese Story von dem ›Gesicht, das tausend Schiffe in Bewegung setzt‹ geglaubt. Ich habe diesen Teil der *Ilias* immer gehasst. Mich sogar darüber lustig gemacht«, sagte er. Dann schüttelte er verlegen den Kopf, schaute zum Himmel auf und schien sich im Geiste selbst einen Tritt zu versetzen. »Wenn man es genau bedenkt, ist es geradezu lächerlich. Zehn Jahre Krieg, nur weil ein selbstsüchtiger Feigling mit einer untreuen Frau durchbrennen musste? Das hat mich wütend gemacht und ich habe Paris und Helena für ihre Schwäche gehasst. Und dann habe ich etwas sehr Blödes getan. Ich habe geschworen, nie dieselbe Entscheidung zu treffen wie sie – ich würde stärker sein. Und zwei Wochen später habe ich dein Gesicht zum ersten Mal gesehen.«

»Warte mal«, sagte Helen und blinzelte. »Ich bin keine verwöhnte Königin, die ihren Mann verlassen hat, mit einem anderen Kerl durchgebrannt ist und eine ganze Stadt zerstört hat. Es ist mir egal, wie mich meine Mutter genannt hat. Ich bin nicht wie Helena von Troja.«

»Es spielt keine Rolle, welche Namen unsere Mütter uns gegeben haben«, sagte er mit einem ironischen Auflachen. »Das kannst du mir glauben.«

»Hamilton!«, schrie Coach Tar und kam mit dem Klemmbrett unter dem Arm auf sie zugestürmt. »Brennst du?!«

Helen sah, wohin ihre Trainerin zeigte, und musste feststellen, dass der Boden rund um sie herum schwarz verkohlt war. Auch die Tür sah etwas demoliert aus.

Zum Glück war Lucas ein hervorragender Lügner. Er behauptete einfach, dass es über der Tür eine Art elektrischen Funken gegeben hatte, und deutete an, dass es möglicherweise ein Kurzschluss im beleuchteten Notausgangsschild gewesen war. Und er und Helen waren hinausgerannt, um die Funken auszutreten, die im Gras gelandet waren. Als er seine Geschichte ausschmückte, fand Helen, wie unglaublich ehrlich und überzeugend er klang.

Sie nickte jedes Mal, wenn er sie ansah, und wusste genau, dass sie den Mund halten musste, um das ganze Lügenkonstrukt nicht zum Einsturz zu bringen. Aber da das Feuer offensichtlich elektrisch und die einzig mögliche Quelle das Notausgangsschild gewesen war, glaubten alle die Geschichte, die Lucas ihnen auftischte.

Helen und Lucas beteuerten zwar, dass sie unverletzt waren, aber sie wurden trotzdem angewiesen, für einen kurzen Check zur Schulschwester zu gehen. Kurz bevor Lucas Helen wegführte, sah sie Zach, der sie aus der Menge ängstlich, aber auch vorwurfsvoll musterte. Er wusste, dass sie das Feuer verursacht hatte. Helen berührte Lucas' Schulter und machte ihn auf Zach aufmerksam. Lucas nickte und wusste genau, was sie meinte.

»So viel zum Thema ›Gras drüber wachsen lassen‹«, murmelte sie betreten.

»Wir besprechen das heute Abend mit meiner Familie. Cassie wird wissen, was zu tun ist«, flüsterte er und ergriff ihre rußverschmierte Hand, und während sie über den Flur zur Schulschwester gingen, schickte er seinen Cousins mit der freien Hand eine SMS.

Schwester Crane untersuchte sie kurz, schüttelte verwundert den Kopf und erklärte beide für gesund genug, um nach Hause oder – wenn sie das wollten – zum Training zu gehen. Einen Vortrag über das Herumlungern unter elektrischen Todesfallen mussten sie sich natürlich auch noch anhören.

Dann warf die Schwester einen Blick auf Helens Halskette und lächelte. »Ich liebe Schmetterlinge«, murmelte sie und berührte Helens Anhänger, bevor sie die zwei auf ihre gewohnt strenge, aber liebevolle Art aus ihrem Büro scheuchte.

Helen und Luke waren vor allen anderen am Delos-Anwesen und entschieden, dass sie sich etwas Entspannung verdient hatten, bevor sie mit dem begannen, was Helen mittlerweile als ihr Superhelden-Training bezeichnete. Sie machten kurz Station in der Küche, um Helen eine weitere Flasche Wasser zu holen, und dann gingen sie fliegen.

»Jase und Hector rufen an, wenn sie nach dem Training zu Hause sind. Wir haben noch ungefähr eine Stunde Zeit«, sagte Lucas, als sie mitten in den Dünen landeten. Sie schlenderten hinunter zum Strand, der zu dieser Jahreszeit schön fest und perfekt zum Spazierengehen war.

»Wir haben nächstes Wochenende unseren ersten Wettkampf«, sagte Helen plötzlich und biss sich beunruhigt auf die Unterlippe. »Aber ich weiß nicht, ob der Coach mich mitmachen lässt, nachdem ich so oft das Training versäumt habe.«

»Ach ja, das«, sagte Lucas. Er seufzte und brachte sie dazu, stehen zu bleiben und ihn anzusehen. »Du musst mit dem Laufen aufhören.«

Helen starrte ihn an. »Das Laufen aufgeben? Bist du nicht ganz dicht? Wie soll ich denn sonst ein Stipendium kriegen?«

»Das spielt keine Rolle mehr«, sagte Lucas mit einem Kopfschütteln.

»Es spielt keine Rolle? Lucas, es ist mein *Leben*, von dem du da sprichst.«

»Ganz genau. Wie oft bist du jetzt angegriffen worden? Wir wissen immer noch nicht, wer diese Frauen sind. Und mir scheint, du hast keine Ahnung, wie gefährlich Kreon ist, auch wenn ich direkt neben dir stehe, ganz zu schweigen, wenn du allein quer über die Insel rennst. Es ist tatsächlich dein *Leben*, von dem wir hier reden, nicht nur ein Sportstipendium«, sagte er ganz ruhig und gelassen. »Ich will, dass du es aufgibst. Zumindest vorläufig.«

»Du machst Witze«, sagte Helen, ohne eine Miene zu verziehen.

»Mache ich nicht. Gib das Laufen auf. Solange wir nicht wissen, wie wir mit Kreon verfahren, ist es zu gefährlich.«

»Und wenn ich jetzt von dir verlange, dass du das Footballspielen aufgibst?«, fragte sie sarkastisch.

»Dann wäre es schon geschehen«, sagte er und hob beschwichtigend die Hände. »Ich habe dir schon mal gesagt, dass ich nichts von dir verlange, wozu ich selbst nicht ebenfalls bereit bin. Wir stehen das zusammen durch.«

»Du bist … Das ist … Ich kann nicht fassen, dass du mir das antust!«, brüllte sie und zeigte wütend mit dem Finger auf ihn. Sie stampfte im Kreis herum, kickte den Fuß in den Sand und versuchte herauszufinden, wieso sie so verärgert war.

»Ich tue dir nichts an! Es betrifft uns beide. Das ist es, was ich dir die ganze Zeit zu sagen versuche«, beteuerte er frustriert.

»Ich sitze schon mein ganzes Leben lang auf dieser Insel fest und dachte immer, das Laufen wäre meine einzige Chance, von hier wegzukommen. Und jetzt sagst du mir, dass ich all meine Pläne aufgeben soll, als wäre es die einfachste Sache der Welt!«

»Es ist einfacher, als zu sterben«, schrie er sie an. »Und falls du es noch nicht gemerkt haben solltest: Du kannst *fliegen*. Du wirst nie wieder irgendwo festsitzen!«

Das war der Moment, in dem Helen zu erkennen begann,

was zwischen ihr und Lucas tatsächlich lief. Sie mussten dies alles zusammen durchstehen, mussten die schwere Last, die ihnen auferlegt war, gemeinsam tragen, weil sie einen allein gnadenlos zerstören würde.

Lucas' Lippen berührten ihre Wange und seine Hand wanderte über ihren Rücken und streichelte schließlich ihren Nacken. Sie fühlte, wie sich seine Schultermuskeln anspannten. Helen schnappte nach Luft und überlegte, ob sie ihn an sich ziehen sollte. Er nahm ihr die Entscheidung ab, indem er sich hastig zurückzog. Er lächelte sie an und sprang in die Luft.

»Weißt du, du musst gar nicht laufen, um auf eine gute Schule zu kommen. Du brauchst nur eine erstklassige Abschlussprüfung hinzulegen«, sagte er leichthin, doch in seiner Stimme lag noch ein leichtes Beben.

»Das sagt Hergie auch«, bestätigte Helen. Sie war immer noch ein bisschen benommen und fühlte sich ganz zittrig. Als sie neben ihm flog, schossen ihr tausend Gedanken durch den Kopf. »Ich will nur nicht eins von diesen Mädchen sein, weißt du? Diese Mädchen, die alles tun, was ihre Freunde ihnen sagen, weil sie jemanden brauchen, der ihnen alle schwierigen Entscheidungen abnimmt.«

»Ich hasse diese Mädchen«, verkündete Lucas und zog die Nase kraus, während sie Hand in Hand zum Haus zurückflogen.

»Alle hassen diese Mädchen. Deswegen kann ich nicht automatisch tun, was du sagst, selbst wenn ich weiß, dass du recht hast. Ich habe schließlich meinen Stolz«, scherzte Helen bei der Landung. Lucas war alles andere als zum Lachen zumute. Sie drückte seine Hand. »Was ist los, Lucas?«

»Stolz ist eine gefährliche Sache für Scions. Wir neigen dazu und er ist meistens unser Untergang. Ich weiß, dass du nur einen Witz gemacht hast, aber sieh dich bitte vor, okay?«, bat er sanft.

»Ja, ich weiß. Hybris. Der personifizierte Trotz des alten Griechenlands.« Helen nickte weise und Lucas sah sie verblüfft an. »Ich habe meine Mythologie-Hausaufgaben gemacht. Oder eigentlich sind es eher meine Geschichts-Hausaufgaben, stimmt's?«

»Stimmt. Familiengeschichte«, sagte er und zog sie dicht an sich heran.

Arm in Arm gingen sie hinunter zum Kampfkäfig. Dann zogen sie ihre Sportsachen an und trafen sich auf der Trainingsmatte.

Helen erwartete nach seiner kurzen »Entgleisung« am Strand eine gewisse Spannung zwischen ihnen, aber tatsächlich sorgte dieser kurze Verlust der Selbstbeherrschung nur dafür, dass sie sich noch stärker auf ihr Training konzentrierten. Normalerweise gab es für beide den einen oder anderen Augenblick, in dem sie sich der intimen Stellungen bewusst wurden, zu denen es unvermeidlich kam, während Helen die Grundlagen des Jiu-Jitsu zu lernen versuchte. Heute machte Lucas allerdings nur seinen Job.

»Mir ist gerade klar geworden, dass wir schon den ganzen Tag miteinander kämpfen«, stellte Helen fest, als sie zum zehnten Mal erfolglos versuchte, seinen Griff abzuschütteln. »Und ich glaube, ich habe *kein einziges Mal* gewonnen.«

»Wie lange ist es jetzt her?«, fragte er plötzlich, und sie hatte im ersten Moment keine Ahnung, was er von ihr wollte. Er reckte den Hals, um einen Blick auf die Wanduhr zu werfen. »Sind deine Blitze schon wieder aufgeladen?«

Helen suchte nach dem merkwürdigen Gefühl in ihrem Unterbauch und fühlte dort einen Funken. Sie nickte Lucas ein wenig überrascht zu. Er sprang auf und zog sie mit sich auf die Füße.

»Dann lass sie uns ausprobieren«, verlangte er.

»Warte«, sagte Helen unsicher und hielt ihn mit der ausgestreckten Hand auf. »Mein Blitz hat dich heute fast getötet.«

»Aber nur, weil du noch nicht weißt, wie du damit umgehen musst.« Lucas drehte sich zu ihr und legte die Hände auf ihre Schultern. »Du musst dich damit abfinden. Ich weiß, dass es dir Angst macht, aber so hart das klingt, du musst da durch. Das bist *du*, Helen, und ich habe keine Angst vor dir oder deinen Blitzen. Und das solltest du auch nicht.«

Helen sah ihm ins Gesicht. Seine Augen strahlten so viel Zuversicht aus.

»Weißt du was?«, sagte sie und richtete sich auf. »Ich *will* lernen, wie ich mit meinen Blitzen umgehen muss.«

»Ja, das willst du!«, rief Lucas. Als sie den Sportplatz verließen, fuhr Hector mit seinem Geländewagen vor, und der Rest der Delos-Nachkommen stieg aus.

»Wir testen jetzt ihre Blitze!«, rief Lucas ihnen zu. Jason und Hector sahen sich mit großen Augen an und rannten los.

»Wie lange ist es her?«, wollte Hector wissen, der aufgeregt wie ein Schuljunge auf sie zusprintete.

»Ungefähr eine Stunde und fünfundvierzig Minuten«, sagte Lucas. »Und sie hat acht Liter Wasser getrunken.«

»Und ich bin immer noch durstig«, gestand Helen.

»Los, hol ihr mehr Wasser, Lucas!«, befahl Cassandra, als auch sie und Ariadne eintrafen. »Wie soll sie ohne Wasserstoff Blitze erzeugen?«

»Alles klar«, sagte Lucas sofort. Er sprang in die Luft und flog in weniger als zwanzig Sekunden zum Haus und wieder zurück. »Warum hast du mir nicht gesagt, dass du Durst hast?«, fragte er Helen, als er ihr eine große Wasserflasche reichte.

»Ich schätze, ich muss in Zukunft mehr darauf achten«, murmelte Helen verlegen.

»Du musst auf alles achten, was dich stärker macht. Und deine Blitze machen dich sehr stark«, verkündete Hector. Helen setzte die Flasche an und trank sie in drei Schlucken leer.

»Die Tür war der Hammer!«, rief Jason und fuhr sich in dieser Art und Weise übers Gesicht, die Helen bereits bei Lucas und Hector aufgefallen war. »Die sah aus, als hätte man sie mit einem Industrie-Schweißbrenner bearbeitet.«

»Was meinst du, wie viel Volt du jetzt zur Verfügung hast?«, fragte Cassandra. Sie befanden sich mittlerweile alle in der Arena.

»Keine Ahnung.« Helen zuckte mit den Schultern. Sie fühlte nach der Ladung und versuchte, sie einzuschätzen, aber sie konnte sie nicht beschreiben. »Es ist nur ein Gefühl, keine Digitalanzeige, Cass.«

»Oh, wartet mal!«, sagte Cassandra und hob die Hände. »Vielleicht finde ich einen Weg, die Stärke zu messen.«

»Cassie, streben kannst du in der Schule! Wir wollen *sofort* sehen, was Helen kann«, sagte Hector.

»Also gut, von mir aus! Entschuldige, Helen. Wann immer du bereit bist«, lenkte sie zögernd ein.

Die anderen gingen hinter Helen in Deckung und ließen ihr genügend Platz, ihren Blitz in den Sand der Arena zu schießen. Helen streckte die rechte Hand aus. Da das die Hand war, mit der sie schrieb, kam sie ihr nicht richtig vor, und so versuchte sie es mit der linken. Dann beschwor sie den Blitz herauf – zum ersten Mal mit voller Absicht.

Der Blitz schoss nur so aus ihrer Hand. Keine statische Elektrizität, kein mickriger Funken, sondern ein richtiger Blitz. Er entlud sich gleißend hell und knallte so laut wie ein ganzes Orchester. Eine Sekunde lang war alles in ein eisblaues Licht getaucht und in der nächsten Sekunde war die Hälfte der Arena mit einer dicken Schicht aus qualmendem, bernsteinfarbenem Glas bedeckt.

Einen Moment lang brachte niemand einen Ton heraus.

»Oooh, shit«, fluchte Hector halblaut.

Helen schnalzte mit der Zunge gegen ihren Gaumen und stolperte auf die Wasserflasche zu, die Lucas ihr hinhielt. Sie kippte den Liter in fünf großen Schlucken herunter.

»Das war vielleicht ein bisschen viel«, sagte sie und lehnte sich gegen Lucas.

»Damit hättest du fünfzig Leute frittieren können«, murmelte Ariadne fassungslos, und ihr Blick wanderte von Helen zu der unregelmäßigen Glasschicht.

»Ich will keine fünfzig Leute frittieren. Lieber fünfzig Pommes. Wer würde auch nicht gerne fünfzig Pommes wollen? Die sind ja sooo lecker«, lallte Helen und spürte selbst, wie dämlich sie grinste.

»Die Elektrizität verwirrt sie ein bisschen«, erklärte Lucas den anderen verlegen. »Ich hoffe, das schadet ihr nicht.«

»Es ist nicht die Stromstärke, Lucas. Sie ist total ausgetrocknet«, widersprach Cassandra vorwurfsvoll. »Ihr Körper kann mit der

Elektrizität umgehen. Es ist der Flüssigkeitsmangel, der sie ein wenig betrunken wirken lässt. Aber das ist nicht von Dauer und schadet ihr auch nicht, also hör auf, dir Sorgen zu machen.«

In der Küche hielt Helen gierig den Mund unter den Wasserhahn. Alle warteten geduldig, bis sie fertig getrunken hatte, und tauschten hinter ihrem Rücken bedeutungsvolle Blicke. Sie konnte ihre Angst spüren. Das war genau der Grund, wieso sie ihre Kraft so lange unterdrückt hatte. Sie war so stark und zerstörerisch, dass ihr jetzt nie wieder jemand trauen würde.

Helen drehte den Hahn zu und wandte sich wieder den anderen zu. »Seid ihr jetzt total geschockt von mir?«, fragte sie betreten.

»Allerdings«, sagte Lucas.

Helen schnürte es die Kehle zu. Eigentlich wartete sie ja darauf, dass irgendjemand sie dafür verurteilte, dass sie zu weit gegangen war. Doch dann sah Lucas sie an und lächelte, als wäre er stolz auf sie.

»Aber das ist unser Problem, nicht deins«, sagte er entschieden. »Es ist nichts verkehrt an dem, was du kannst. Und es ist nichts verkehrt an dir.«

»Außerdem wette ich, dass du perfekt darin bist, Marshmallows zu rösten«, fügte Ariadne hinzu.

»Die wichtige Frage ist doch, ob sie es auch kann, ohne die Schokolade zu schmelzen«, meinte Jason, als wäre er ein anerkannter Marshmallow-Experte. Helen sah von einem zum anderen, und ihr wurde ganz warm ums Herz, denn sie wurde akzeptiert, so wie sie war.

Nach dem ganzen Gerede von Pommes und Marshmallows hatten alle nur noch Fast Food im Kopf und so steuerten sie die nächste Imbissbude am Strand an. Als Helen und Lucas an der Reihe waren, streckte die Bedienung die Hand aus, um Helens Kette zu berühren.

»Ein Seepferdchen! Ich liebe Seepferdchen«, freute sich die Frau und ließ die Hand verlegen wieder sinken, bevor sie die Kette berührte. Helen dankte ihr – es wäre unhöflich gewesen, es nicht zu tun –, gab ihre Bestellung auf und setzte sich dann mit Lucas an einen freien Tisch, wo sie sich verwirrt ansahen.

»Dein Anhänger ist kein Seepferdchen, sondern ein Herz«, widersprach Lucas energisch.

»Was redest du da, Luke?«, sagte Hector verächtlich. »Helens Anhänger ist eine Muschel. Ist mir allerdings erst heute aufgefallen. Komisch«, fügte er noch hinzu.

»Quatsch«, sagte Jason und runzelte die Stirn. »Es ist eine Erdbeere. Das habe ich heute Morgen erst gesehen.«

»Es ist ein Herz«, beharrte Lucas auf seiner Meinung.

»Seid ihr alle blind? Sie trägt einen goldenen Schlüssel, der mit Rubinen besetzt ist«, sagte Ariadne und wollte den Anhänger berühren. »Der übrigens wunderschön ist.«

Helen, die immer noch ein wenig unter den Nachwirkungen des Flüssigkeitsverlustes litt, stand auf und ging auf ein Pärchen zu, das ein paar Tische entfernt von ihnen saß. Sie lächelte die beiden verdutzten Touristen an, zeigte auf ihre Kette und fragte den Mann, der ihr am nächsten saß, wofür er den Anhänger hielt.

»Eine Rose. Sieht man doch«, antwortete er mit einem hoffnungsvollen Lächeln. Seine Freundin beugte sich vor und sah sich den Anhänger ganz genau an.

»Das ist ein Medaillon«, sagte sie entzückt. »Genau so eins hat meine Mutter immer getragen.«

»Danke«, sagte Helen und kehrte mit einem Schulterzucken an ihren Tisch zurück. »Ihr liegt alle falsch, mit Ausnahme von Lucas. Meine Mutter hat mir diesen Anhänger gegeben, als ich noch ein Baby war. Es ist ein Herz, und ich habe nie etwas anderes getragen, seit – nun ja, seit damals.«

»Genau das sehe ich auch!«, rief Cassandra aus, als hätte sie gerade ein wichtiges Rätsel gelöst. »Ich habe mich schon die ganze Zeit gefragt, wovon ihr alle redet.«

Helen setzte sich wieder neben Lucas. »Also, ich glaube, dass ihr alle das seht, was ihr sehen wollt.«

Cassandras Unterkiefer klappte herunter. »Bei allen Göttern! Sie manipuliert andere Leute! Deswegen sind plötzlich alle so ausgelassen und springen aufeinander, als wäre Paarungszeit im Zoo.« Ihre Augen wurden ganz groß. »Ich muss sofort nach Hause«, sagte sie zu Hector.

»Aber … unsere Hamburger«, begann er hilflos zu stammeln, weil er genau wusste, dass er schließlich doch machen würde, was Cassandra wollte.

»Bitte alles zum Mitnehmen«, sagte Cassandra zur Bedienung. Dann sah sie Helen an. »Ich glaube, ich habe die Lösung gefunden, aber ich muss erst noch einen Test machen.«

Sie rasten zurück zum Anwesen, wo die lärmende Truppe ins Arbeitszimmer stürmte und Castor und Pallas aufschreckte. Cassandra zerrte eine der Leitern an ein Bücherregal. Lucas hielt seine Schwester fest, während sie hinaufstieg. Gleichzeitig bat Cassandra ihren Vater und ihren Onkel, Helens Halskette zu betrachten und ihr zu sagen, was sie sahen.

»Das sieht aus wie … Das ist unmöglich«, stieß Pallas hervor, und sein Blick verhärtete sich, als er unwillkürlich einen Schritt zurücktrat.

»Was siehst du?«, fragte Castor seinen Bruder vorsichtig.

»Die habe ich Aileen gegeben«, sagte Pallas und zeigte auf Helens Kette, als würde er sie beschuldigen, sie gestohlen zu haben.

»Cass?«, rief Lucas beunruhigt zu seiner Schwester hoch.

»Ihre Kette sieht immer so aus wie das, was den Betrachter am meisten anzieht. Diese Fähigkeit wird nur einer Göttin und einem Gegenstand zugeschrieben«, rief Cassandra von oben, die immer noch auf der Suche nach etwas Bestimmtem war. »Aphrodites Cestus.«

»Das kann nicht sein«, widersprach Pallas kopfschüttelnd. »Da können wir genauso behaupten, sie hätte den Schild des Zeus. Oder meinetwegen auch das Ungeheuer von Loch Ness. Das ist Folklore, das existiert nicht wirklich.«

»Was ist ein Cestus?«, fragte Helen leise.

»Der Cestus ist Aphrodites Gürtel«, antwortete Lucas automatisch. Sein Blick huschte von Cassandra zu Castor und wieder zurück zu Helen. »Er ist ein mythischer Gegenstand, der seinen Träger unverwundbar macht.«

»Und unwiderstehlich«, fügte Castor hinzu und warf seinem Sohn einen beunruhigten Blick zu.

»Und ich soll dieses *Ding* bei mir tragen? Ich sage euch das nur ungern, aber mir sind die mythischen Gegenstände gerade ausgegangen«, sagte Helen mit einem sarkastischen Lächeln, aber es lachte niemand mit ihr.

»Lass mich die Halskette sehen, die deine Mutter dir gegeben hat«, verlangte Cassandra, die mit einem Buch unter dem Arm von der Leiter stieg. Unten angekommen, streckte sie bereits die Hand nach ihr aus.

»Wie lange willst du sie haben?«, fragte Helen und betastete nervös ihren Anhänger. Sie hasste es, die Kette abzunehmen, selbst wenn es einen wichtigen Grund gab, was Cassandra anzunehmen schien.

»Du kriegst sie gleich wieder. Versprochen«, sagte Cassandra und sah Helen dabei direkt in die Augen.

»Ja, natürlich«, antwortete Helen und fand es peinlich, dass sie sich einen Moment lang so dagegen gesträubt hatte. Tapfer überwand sie das panische Gefühl der Nacktheit, das sie schon bei dem Gedanken überfiel, die Kette abzunehmen. Sie hatte sie kaum in Cassandras ausgestreckte Hand gelegt, als sie auch schon einen brennenden Schmerz am Unterarm verspürte.

»Cass, bist du verrückt?«, schrie Lucas und entriss seiner Schwester einen kleinen Dolch. Helen spürte, wie jemand von hinten an sie herantrat und ihr die Hand auf die Schulter legte. An seiner Größe erkannte Helen, dass es Hector war.

»Es tut mir leid, Helen. Aber das war der einzige Weg, es zu beweisen«, sagte Cassandra verlegen.

»Schon gut«, murmelte Helen, die noch gar nicht begriff, was passiert war. Alle starrten auf ihren Arm. Sie schaute ebenfalls hin und betrachtete das Blut, das aus der Schnittwunde auf den Teppich tropfte.

»Aber es ist doch nur eine Halskette«, sagte Helen und ließ den Anhänger an der Kette hin und her schwingen. Der Schnitt am Arm war bereits verheilt.

»Es wird zu dem, was es für dich sein soll, das ist ein Teil seiner Magie«, sagte Cassandra, die verzweifelt die richtigen Worte suchte, um Helen die Besonderheit des Anhängers zu erklären. »Das ist auch der Grund, warum jeder etwas anderes darin sieht. Es liegt daran, dass es so etwas wie das schönste Schmuckstück oder das schönste *Irgendwas* nicht gibt. Wie soll ich das nur erklären?«

»Ich finde ganz andere Dinge schön als mein Zwillingsbruder, weil die Geschmäcker nun mal verschieden sind«, erklärte Ariadne logisch.

»Stimmt genau«, bestätigte Cassandra.

»Aber wieso ein Gürtel?«, wollte Helen wissen.

»Nun, vor ein paar Tausend Jahren galten Gürtel als sehr attraktiv, aber sie waren auch eine Art Schutz für ihren Träger. In manche Gürtel waren sogar Knochen- oder Bronzeplatten eingearbeitet wie bei einer leichten Rüstung«, erklärte Castor. Er wirkte abwesend und Helen vermisste seine gewohnte Freundlichkeit. »Aber der Cestus bestand aus zwei Teilen. Dem Gürtel selbst und seinem Schmuck. Es war dieser Schmuck, der die Göttin unwiderstehlich für denjenigen machte, den sie verführen wollte, und er hatte die Fähigkeit, sich dem Geschmack von jedem anzupassen, der ihn ansah. Im Laufe der Zeit kamen Gürtel aus der Mode, aber der Verwandlungszauber des Cestus ist unverändert geblieben. Er kann sich in alles verwandeln, was er sein soll, um dich attraktiver zu machen, Helen. Und all diese Jahre brauchtest du ihn nur als ganz normale Halskette.«

»Ich habe sie schon immer gemocht«, gab Lucas leise zu. »Die Art, wie sie dort hineinfällt.« Er berührte ganz zart die kleine Mulde am unteren Ende ihres Halses. »Das ist perfekt.«

Helen sah, wie glühende Röte seine Wangen überzog. Lucas hielt den Blick gesenkt, weil er natürlich merkte, dass sie ihn alle mit einem besorgten Stirnrunzeln ansahen. Vor allem Castor sah sehr deprimiert aus.

»Was ich nicht verstehe – wieso fällt uns das erst jetzt auf? Es scheint fast, als wäre das Ding erst in den letzten Tagen mit Liebes-Power aufgeladen worden«, wunderte sich Jason. Doch dann kam ihm ein Gedanke und sein Blick wanderte von Helen zu Lucas und schnell wieder weg.

»Als wäre es gerade eingeschaltet worden«, sagte Ariadne. Auch sie sah Helen und Lucas an und hatte offensichtlich denselben Gedanken wie ihr Zwillingsbruder.

»Was passiert, wenn ich will, dass es etwas anderes wird?«, fragte Helen und ignorierte die merkwürdigen Blicke, die ihr plötzlich alle zuwarfen. Cassandra zuckte mit den Schultern.

»Keine Ahnung. Warum probierst du es nicht aus?«, fragte sie interessiert. »Aber nimm die Kette dafür lieber ab. Man weiß ja nie«, fügte sie hinzu.

Helen nahm die Kette ab und versuchte, an etwas zu denken, das sexy war, aber ihr fiel nichts ein. Einen Moment später erkannte sie, dass es keine Rolle spielte, was sie für sexy hielt, sondern nur, was andere Leute mochten. Sie brauchte ein Versuchskaninchen. Sie sah Hector an, konzentrierte sich nur auf ihn und spürte, wie die Halskette in ihrer Hand die Form änderte.

»Helen!«, rief Hector empört.

Sie hielt einen winzigen Fetzen Spitze in der Hand, der eher nach diamantbesetzter Zahnseide aussah als nach Unterwäsche. Alle prusteten los, zeigten auf Hector und zogen ihn mit seinem ordinären Geschmack auf. Jetzt sah Helen Lucas an, konzentrierte sich, und der Spitzenslip verwandelte sich wieder in ihre Halskette. Lucas grinste.

»Sag ich doch. Ich liebe diese Kette«, gab er offen zu.

Er sah sie so sanftmütig an, dass Helen schnell etwas tun musste, um die Blicke der anderen abzuwenden. Sie schaute sich im Raum um und suchte demonstrativ nach dem nächsten Opfer. Alle ergriffen hastig die Flucht.

»Denk gar nicht erst daran!«, kreischte Ariadne und stürmte aus dem Raum, damit Helen sich nicht auf sie konzentrieren konnte.

»Komm schon! Das ist nicht fair«, rief Jason. Er wich zurück und hielt sich die Augen zu, sodass Helen ihn nicht ansehen konnte.

»Keine Panik, Leute!« Helen legte sich die Kette wieder um, aber außer Lucas und Cassandra war niemand mehr im Arbeitszimmer, der die erlösenden Worte zur Kenntnis nehmen konnte. »So mag ich meine Kette auch am liebsten.«

»Sehr gut«, sagte Lucas.

»Wieso bist du eigentlich nicht weggerannt?«, fragte Helen Cassandra, aber als sie den finsteren Ausdruck in ihrem Gesicht sah, wurde ihr bewusst, dass sie anscheinend etwas Verkehrtes gesagt hatte.

»Weil das bei mir niemals wirken wird«, sagte Cassandra kalt und abweisend und rauschte an Helen vorbei.

»Es tut mir leid«, entschuldigte sich Helen bei Lucas, als Cassandra aus dem Arbeitszimmer gestürmt war. Sie legte ihm die Hand auf den Arm, damit er sie ansah. »Was ist denn los? Habe ich was Falsches gesagt?«

»Aphrodites Zauber wirkt nur bei Erwachsenen – bei geschlechtlich reifen Personen«, antwortete er mit rauer Stimme, als hätte er plötzlich einen Frosch im Hals.

»Oh. Aber deswegen muss sie sich doch nicht schämen. Sie ist doch erst vierzehn. Wenn sie erst herangereift ist …«

Lucas fiel ihr ins Wort. »Meine Schwester wird niemals heranreifen. Sie gehört den Parzen.«

»Was bedeutet das?«

»Selbst wenn sie es möchte, selbst wenn sie das fühlt, was jede andere Frau fühlt, wird sie sich nie verlieben oder Kinder haben. Sie wird nicht einmal diese bedeutungslosen körperlichen Beziehungen aufnehmen können, die bei Hector fast jede Woche an der Tagesordnung sind. Wie auch bei mir, bevor ich dir begegnet bin«, gab Lucas zu. »Sie gehört den Parzen und die teilen ihre Tochter mit niemandem.«

»Aber wenn sie sich als Frau fühlt, wieso darf sie dann nicht so handeln? Wen interessiert schon, was drei vertrocknete alte Jungfern sagen?«, ereiferte sich Helen, was Lucas nur noch mehr aufregte.

»Du verstehst das nicht, Helen. Wir sprechen hier von den Parzen, nicht von übervorsichtigen Eltern, die ihrer Tochter verbieten, sich mit irgendeinem Kerl einzulassen. Man kann die

Moirai nicht umgehen oder austricksen. Cassandra wird sich nie aus dem Fenster schleichen und Sex mit einem heißen Typen haben können, den sie auf einer Party kennengelernt hat«, sagte er und tigerte im Zimmer herum. »Sogar, wenn sie einen Mann treffen würde, den sie wirklich respektiert, einen Mann, den sie lieben könnte, würden die Parzen sie trennen und dafür sorgen, dass sie ihn niemals wiedersieht.«

»Wie grausam«, stieß Helen entsetzt hervor.

»Und eines Tages werden sie die Parzen auch von uns trennen, ihrer eigenen Familie. Man merkt es jetzt kaum noch, aber wir haben uns einmal sehr nahegestanden. Als Cassandra noch klein war, hat sie immer meine Hand gehalten, wenn wir irgendwo hingegangen sind. Jetzt macht sie das nicht mehr«, sagte er so gerührt, dass seine Stimme zitterte. »Sie war die süßeste kleine Schwester, die du dir vorstellen kannst. So ein großes, warmes Herz und so ein cleveres Köpfchen. Aber jetzt wird sie immer mehr wie *sie*. Kalt, raffiniert, unnachgiebig.«

Helen legte ihm die Hände auf die Hüften und wartete schweigend, bis er bereit war, sie in seine Arme zu nehmen und sich von ihr trösten zu lassen. Sie hatte ihn ein paar Minuten so gehalten, als Ariadne hereinkam und Helen sagte, dass sie in der Küche erwartet wurde.

»Was ist los?«, fragte Lucas.

»Deine Mom hat von diesem ganzen Cestus-von-Aphrodite-Kram erfahren und flippt total aus, Luke«, berichtete Ariadne niedergeschlagen, und ihre Augen huschten mitfühlend zwischen den beiden hin und her. »Tante Noel hat um ein Gespräch mit Helen gebeten.«

Ariadne machte blitzschnell kehrt. Lucas nahm Helen an der Hand und stürmte los.

»Ist das schlimm?«, fragte Helen ihn atemlos, als sie Ariadne durchs Haus folgten.

»Ja«, flüsterte er. »Hör zu, du musst mir etwas versprechen.«

»Was?«

»Versprich mir, dass dies nicht das letzte Mal ist, dass du mit mir redest, egal, was meine Mutter sagt.« Lucas blieb stehen und sah sie an. Er hielt sie an ihren Schultern fest und legte beim Sprechen die Lippen an ihre Stirn. »Versprich, dass du noch mit mir redest. Auch wenn es nur ein einziges Mal ist.«

»Ich verspreche es«, stammelte sie und wusste nicht genau, ob das gerade wirklich passierte oder ob es nur ein verrückter Traum war.

Beim Betreten der Küche hielten sie und Lucas sich fest an den Händen. Noel warf Castor einen Blick zu.

»Luke, geh nach oben«, sagte Castor, konnte ihm dabei aber nicht in die Augen sehen.

»Ich glaube, ich habe ein Recht, dies zu hören«, widersprach er gefasst. Helen umklammerte seine Hand und betrachtete all die ernsten Gesichter.

Etwas stimmte nicht – ganz und gar nicht. Helen fing an, so hastig zu atmen, dass sie zum ersten Mal in ihrem Leben das Gefühl hatte zu hyperventilieren.

»Ich will, dass ihr alle geht. Es ist mein von Hestia gegebenes heiliges Recht«, sagte Noel so energisch, als vollzöge sie ein uraltes Ritual. »Das hier ist nur zwischen Helen und mir.«

Nach einigen Augenblicken des Schweigens bewegte sich

Jason als Erster. Der Ausdruck in Noels Augen veranlasste ihn, auf Lucas zuzugehen und seine Hand aus Helens zu lösen. Helen war überzeugt, dass es zum Kampf gekommen wäre, wenn das jemand anders versucht hätte, aber von Jason ließ sich Lucas schließlich nach oben führen. Alle verließen die Küche mit trauriger Miene. Mit Ausnahme von Pallas. Helen fand, dass er sehr zufrieden aussah. Sie glaubte sogar, ein gehässiges Grinsen gesehen zu haben.

»Setz dich«, sagte Noel und zog sich Helen gegenüber ebenfalls einen Stuhl heran. »Du verstehst nicht, was hier vorgeht, stimmt's?«

Helen schüttelte den Kopf und schluckte.

»Ariadne hat dir vom Waffenstillstand erzählt?«

»Sie hat gesagt, dass die Häuser getrennt bleiben müssen, weil die Götter sonst zurückkommen und den Trojanischen Krieg von vorn anfangen«, krächzte Helen durch ihre zugeschnürte Kehle.

»Stimmt. Und was bedeutet das? Was wäre der einfachste Weg, die Häuser zu vereinen?«, fragte Noel scharfsinnig. Helen schüttelte erneut den Kopf, weil ihre Panik sie am Denken hinderte. Noel fuhr fort: »Sie können durch Heirat verbunden werden. Normalerweise ist das für Scions nicht möglich, weil die Furien dafür sorgen, dass sich alle hassen, aber das trifft auf dich und Lucas nicht zu.«

Helen atmete erleichtert auf.

»Ist das alles?«, fragte sie. »Wir haben nicht vor zu heiraten! Lucas und ich sind viel zu jung dazu! So blöd sind wir doch nicht.«

Noel schüttelte den Kopf, als hätte Helen etwas Wichtiges übersehen.

»Weißt du, wie im alten Griechenland eine Ehe definiert wurde?«, fragte sie mit ruhiger Stimme. »Es war ganz einfach. Eine Jungfrau geht in das Haus eines Mannes mit der Familie als Zeugen. Die Jungfrau und der Mann teilen ein Feuer, eine Mahlzeit und ein Bett. Wenn das Mädchen am nächsten Morgen keine Jungfrau mehr ist, gelten die beiden als verheiratet. Das war's. Das ist alles. Du bist doch noch Jungfrau, oder?«

Helen wurde knallrot und ihr Unterkiefer klappte herunter. »Ja. Aber das geht niemanden außer mir selbst etwas an!«

»Es geht auch uns an. Weil du und Lucas bereits fast alles auf der Liste geteilt habt, fehlt jetzt nur noch der Vollzug der Ehe. Und wenn das passiert, bist du, soweit es die Götter betrifft, seine Ehefrau. Und wenn du seine Frau bist, vereint das die letzten beiden Häuser. Und was *das* bedeutet, weißt du.«

»Krieg«, sagte Helen schockiert. Ihr Gehirn suchte hektisch nach einem Fehler in Noels Ausführungen, nach etwas, das es nicht wahr sein ließ, aber sie fand nichts. »Das ist unmöglich.«

»Eigentlich ist es ironisch. Der erste Trojanische Krieg brach aus, weil sich zwei Teenager ineinander verliebt haben und zusammen durchgebrannt sind, und jetzt stehen du und Lucas kurz davor, denselben Fehler zu begehen«, sagte Noel, und allmählich siegte ihr Mitgefühl über ihren Ärger.

»Und Lucas wusste das alles von Anfang an?«, fragte Helen. Sie fühlte sich merkwürdig betäubt.

»Vom ersten Augenblick, als er dich gesehen hat«, bestätigte Noel.

»Das erklärt einiges«, hauchte Helen, die immer noch damit beschäftigt war, alle Puzzleteile zusammenzusetzen. »Ich dachte, er wäre nur altmodisch oder so.«

»Lucas? Nein.« Noel lachte und schüttelte bei dem Gedanken den Kopf. »Aber er hat Ehrgefühl und deshalb habe ich ihm vertraut. Ich habe zugelassen, dass ihr zusammen seid, weil ich geglaubt habe, dass er nichts tun würde, was die Welt büßen müsste. Aber der Cestus verändert die Situation.«

»Wieso?«, fragte Helen und horchte auf. »Ich habe die Kette immer getragen und er konnte sich immer beherrschen. Und ich habe es ihm nicht gerade leicht gemacht«, fügte sie bedauernd hinzu. »Aber von jetzt an werde ich ihn nicht mehr unter Druck setzen und dann können wir doch trotzdem noch zusammen sein, oder?«

»Und was dann?«, fragte Noel sanft. Ihr Ärger war jetzt vollends verraucht, denn sie wusste, wie viel Lucas Helen bedeutete. »Ihr beide könnt zu eurem Wort stehen und einander niemals anrühren, aber was, glaubst du, wird das eurer Beziehung auf Dauer antun? Was, glaubst du, wird es Lucas antun?« Noel verstummte und sah auf ihre Hände, die in ihrem Schoß ruhten.

»Es wird hart sein, aber wir wissen doch, was auf dem Spiel steht ...«, versuchte Helen zu erklären.

»Mir ist schon vorausgesagt worden, dass ich meine Tochter an den Wahnsinn verlieren werde. Ich kann nicht auch noch meinen Sohn verlieren«, unterbrach Noel sie plötzlich voller Angst. »Bitte, Helen. Ich flehe dich an. Halte dich von Lucas fern. Wenn ihr Abstand voneinander haltet, kann er dich vielleicht gehen lassen, bevor es zu spät ist.«

»Das hört sich ja an, als würde ich ihn verrückt machen«, sagte Helen frustriert. Aber Noels durchdringender Blick warnte sie, die Situation nicht herunterzuspielen.

»Der Cestus ist kein alberner Liebestrank, den du auf dem Jahrmarkt kaufen kannst. Er ist ein Relikt, das direkt von der Göttin der Liebe stammt, und wenn du glaubst, dass die Liebe einen nicht verrückt werden lassen kann, dann liegt das nur daran, dass du es noch nicht erlebt hast.«

»Dann nehme ich die Kette ab …«

»Das tust du nicht«, befahl Noel. »Der Cestus hat dich wahrscheinlich öfter gerettet, als du weißt. Muss ich dich *noch einmal* daran erinnern, wie wichtig dein Leben ist?«

Einen Moment lang saßen sie schweigend da. Helen hatte damit zu tun, alles zu verarbeiten. Sie hatte die *Ilias* gelesen und verachtete Helena und Paris genauso, wie Lucas es tat. Sie fand die beiden egoistisch. So egoistisch, dass sie lieber zusahen, wie eine Stadt zerstört wurde, als sich zu trennen. Aber war Helen Hamilton nicht genauso selbstsüchtig wie Helena von Troja, wenn sie den Mann, den sie liebte, nicht aufgab, obwohl es sein musste?

»Warum hat mir das keiner vorher gesagt?«, sagte Helen verärgert.

»Lucas hat es verboten. Er hat gesagt, dass er ein bisschen Zeit und seine Privatsphäre haben wollte. Eine Beziehung wäre schließlich Privatsache.«

»Nur dass wir keine Beziehung haben dürfen, richtig?« Ihr schossen dicke Tränen in die Augen. »Das ist nicht fair.«

»Ich weiß, dass es das nicht ist«, sagte Noel und strich Helen die Haare hinter die Schulter, damit sie ihr Gesicht sehen konnte.

»Hat denn niemand von uns eine Wahl?«, fragte Helen und dachte dabei an Cassandra und daran, was sie ertragen musste. Ihr ganzer Körper war angespannt und sie begann zu zittern. Wie sollte sie Lucas fernbleiben? Da konnte Noel ebenso gut von ihr verlangen, dass sie ihre Hände einschrumpfen und abfallen ließ – das war genauso undenkbar.

»Castor und ich haben versucht, eine Wahl zu treffen«, sagte Noel traurig. »Wir haben versucht davonzulaufen, kurz bevor Lucas geboren wurde. Wir haben uns so sehr nach einem neuen Anfang gesehnt, dass wir ihm nicht einmal einen griechischen Namen gegeben haben.«

»Und was ist dann geschehen?«, fragte Helen, die Noel unbedingt am Reden halten wollte, damit sie vielleicht etwas sagte, das ihr wieder Hoffnung gab.

»Was *immer* geschieht«, antwortete Noel weise. »Familie.«

Einen Moment lang saß Helen ganz still da. Sie wollte nicht aufstehen, weil sie Angst hatte, damit das Gespräch zu beenden und nicht länger im Haus der Familie Delos willkommen zu sein. Sie hatte längst an den gefügigen Reaktionen der anderen Familienmitglieder erkannt, dass das, was Noel sagte, Gesetz für die ganze Familie war. Helen hatte immer angenommen, dass Noel die Schwächste war und beschützt werden musste, aber jetzt erkannte sie, dass Noel ihre ganz eigene Kraft besaß. Wenn es darum ging zu entscheiden, wer von der Familie akzeptiert und wem die Gastfreundschaft verweigert wurde, hatte Noel für alle, die unter ihrem Dach lebten, die Entscheidungsgewalt. Dagegen konnte sich nicht einmal Lucas auflehnen, ohne gezwungen zu sein, seine Familie zu verlassen. Helen war Noels Wohlwollen entzogen worden.

Sie stand auf und ging zur Tür, blieb dort aber noch einmal stehen. »Darf ich noch etwas fragen?«, sagte sie aus einem Impuls heraus. Sie wartete höflich, bis Noel nickte, bevor sie fortfuhr. »Welchen Namen hättet ihr Lucas gegeben, wenn ihr euch für einen griechischen entschieden hättet?«

»Die Tradition hätte uns gezwungen, ihn nach Castors Vater zu nennen, der kurz vor Lucas' Geburt gestorben ist.« Noels Gesichtsausdruck war starr.

»Und wie hieß der?«, fragte Helen, obwohl sie schon ahnte, wie Lucas' Name gewesen wäre, wenn seine Eltern der Tradition gefolgt wären.

»Paris«, antwortete Noel und konnte Helen nicht in die Augen sehen.

15

Die Wiese ging weiter und weiter und nahm kein Ende. Hier wuchs nur eine Blumenart, deren winzige Blüten so blass waren, dass sie fast durchsichtig schienen. Keine Biene summte um diese Blüten herum, und keine von ihnen veränderte ihre präzise Ausrichtung, bis Helen hindurchging. Es waren unfruchtbare Blumen, die keinen Duft verströmten und keine anderen Lebewesen mit ihrem Nektar nährten. Sie würden niemals Samen bilden.

Das Gelände, durch das Helen trottete, war nicht mehr hügelig oder unwegsam, es war nicht zu heiß und nicht zu kalt, keine scharfen Steine oder Dornbüsche rissen ihr die Füße auf, und dennoch war dieser Ort unerträglich. Statt zu laufen, hätte Helen ebenso gut wochenlang an einer Stelle stehen und sich dieselben langweiligen Blumen ansehen und dieselbe abgestandene Luft atmen können. Das Land, das sie jetzt betreten hatte, änderte sich nie, alles wiederholte sich ohne jeden Sinn, und je länger sie blieb, desto dumpfer wurde sie.

Es war eine Wiese des Elends.

Helen wachte auf und konnte sich nicht erinnern, welcher Tag war. Aber das spielte auch keine Rolle, dachte sie, bis ihr einfiel, dass sie nicht in die Schule müsste, wenn Samstag wäre. Dann müsste sie keine vermeintlich beiläufigen Fragen von eifrigen Mädchen mehr beantworten, die wissen wollten, ob sie und Lucas noch ein Paar waren. Die Geier kreisten schon, in der Hoffnung, als Erste auf dem Kadaver zu landen.

Wenn Samstag war, lief Helen nicht Gefahr, Lucas ständig in der Schule zu begegnen. Dann konnte sie zum Haus der Delos zum Training gehen und sicher sein, dass er nicht da sein würde. Aber wenn Samstag war, standen ihr sechzehn oder siebzehn ebenso grässliche Stunden bevor – sie musste den ganzen Tag dort verbringen, wo er nicht war.

Helen drehte sich auf der Luftmatratze herum und schaute auf ihren Wecker. Es war tatsächlich Samstag. Neuneinhalb Tage waren vergangen, seit Noel ihr den Umgang mit Lucas verboten hatte, und Helen wartete immer noch darauf, etwas zu fühlen – aber sie fühlte gar nichts, war wie betäubt. Sie hörte Ariadne aufwachen und ans Fußende des Bettes rutschen, wo sie auf Helens Luftmatratze heruntersah.

»Morgen«, sagte Ariadne mit einem verlegenen Lächeln. »Wie hast du geschlafen?«

Helen warf nur ihre Decke zurück, um Ariadne die unberührten Glöckchen zu zeigen, die immer noch um ihre Knöchel gebunden waren. Sie sahen noch genauso aus wie am Abend, als die Mädchen ins Bett gegangen waren. Helens Füße aber waren schmutzig, geschwollen und rot wie nach einem wochenlangen Marsch.

»Schon wieder?«, fragte Ariadne deprimiert. »Du musst wirklich aus dem Fenster schweben, denn ich schwöre, ich habe nicht das Geringste gehört, obwohl ich letzte Nacht kaum ein Auge zugemacht habe!«

»Es ist nicht deine Schuld«, sagte Helen mit einem Kopfschütteln und band die unnützen Glöckchen los. Einen Moment lang war Helen versucht, Ariadne von ihren Albträumen zu erzählen. Sie wussten alle, dass sie sie hatte, aber außer Kate hatte sie niemandem gesagt, wovon sie eigentlich träumte. Helen holte tief Luft, um sich Ariadne anzuvertrauen, ruderte dann aber in der letzten Sekunde zurück. Würde Ari denken, dass sie genauso verrückt wurde wie Cassandra? Helen entschied, lieber den Mund zu halten. »Weißt du, eigentlich macht es keinen Sinn, dass du jede Nacht hier schläfst, wenn ich aus dem Fenster schwebe, sobald du einnickst.«

»Damit brauchst du gar nicht erst anzufangen«, sagte Ariadne dickköpfig. Sie warf die Bettdecke zurück und stand auf. »Lucas wird mich sowieso umbringen«, murmelte sie zusammenhanglos und steuerte das Badezimmer an.

»Oh, hey, entschuldige!«, sagte Jerry verdutzt, als er auf dem Flur fast mit der leicht bekleideten Ariadne zusammenstieß.

»Hi«, knurrte Ariadne ihn an und knallte die Badezimmertür hinter sich zu.

Helen warf die albernen Glöckchen unters Bett und schaute zu ihrem Dad, der schüchtern zur Tür hereinspähte.

»Ich wusste gar nicht, dass Ariadne schon wieder bei dir übernachtet hat«, sagte er.

»Ja, klar«, antwortete Helen, als wäre das ganz offensichtlich.

»Okay«, sagte er und drückte sich immer noch an der Tür herum. »Und du wirst vermutlich den ganzen Tag mit ihr verbringen? Und ihr werdet an eurem Schulprojekt arbeiten?«

»Ja.«

»Okay«, sagte er. »Ach ja … herzlichen Glückwunsch zum Geburtstag.«

»Danke«, antwortete Helen mit einem Nicken. Dann starrte sie ihm hinterher, bis er verschwunden war.

»Habe ich deinen Dad gerade sagen hören, dass du heute Geburtstag hast?«, fragte Ariadne mit großen Augen, als sie ins Zimmer zurückkam.

»Ähm, ja«, antwortete Helen. »Aber kein Wort zu irgendwem. Ich gehe zum Training und dann nach Hause und wieder ins Bett.«

»Nein! Wir sollten etwas unternehmen!«, protestierte Ariadne. »Wir können uns doch den Tag freinehmen und shoppen gehen und danach irgendwo essen!«

»Es tut mir leid, Ari, aber ich kann nicht. Ich bin gerade erst aufgewacht und jetzt schon total erledigt«, sagte Helen und hörte selbst, wie energielos ihre Stimme klang. »Training und dann zurück ins Bett. Das ist alles, was ich mir zum Geburtstag wünsche.«

Ariadne schüttelte traurig den Kopf und ließ Helen nicht aus den Augen, während sie das aufblasbare Bett machte, in dem sie jede Nacht schlief. Helen merkte deutlich, dass Ariadne sie gern überredet und darauf bestanden hätte, sich an ihrem Geburtstag zu amüsieren, aber zum Glück sagte sie nichts.

Helen konnte kaum die Augen offen halten und sie hatte

einen Bärenhunger. Wieder einmal fragte sie sich, ob sie *wirklich* tagelang gelaufen war, so, wie sie es geträumt hatte, oder ob sie vielleicht doch langsam verrückt wurde. Noels Worte, dass auch die Liebe einen verrückt machen konnte, gingen ihr nicht mehr aus dem Kopf. Aber so, wie die Dinge zurzeit lagen, wäre es vielleicht sogar ein Trost, den Verstand zu verlieren.

Kreon sprang von der Jacht, die sein Vater ihm und seinem Team zur Verfügung gestellt hatte, auf den Steg. Die Überfahrt von Spanien nach Nantucket war lang und mühsam gewesen, aber unvermeidlich. Sie brauchten Gerätschaften, die sie niemals durch den Zoll bekommen hätten, nicht einmal mit einem Privatflugzeug, und dazu kam noch, dass sie ihre Beute auf keinen Fall zurückfliegen konnten. Das wäre Wahnsinn. Sie mussten sie vernünftig sichern, auch wenn die Vorbereitungen für ihn und sein Team eine Belastung waren.

Sein Vater hatte ihm alles erzählt – auch dass er einmal die Chance gehabt hatte, sie zu töten, dass er dann aber in den Bann ihres Gesichtes gezogen worden war – *des* Gesichtes. Kreon war erstaunt, dass sein Vater schwächer war als er, aber auch das war ein Hinweis darauf, dass Atlantis nahe war. Die Scion-Generationen wurden immer stärker, und die Zahl ihrer Begabungen wuchs, und irgendwann würde eine Generation kommen, die es mit den Göttern aufnehmen konnte. Der Augenblick der Schwäche seines Vaters, so bedauerlich er war, hatte auch seine Vorzüge. Tantalus hatte bei dieser Gelegenheit ihre panische Angst vor dem Wasser erkannt. Kreons Beute fürchtete und hasste den Ozean, was den Hundert Cousins einen Vorteil verschaffte. Wenn sie sie auf einem Boot transportierten, war sie buchstäblich von einem Element eingeschlossen, das sie nicht kontrollieren konnte, und ihre Kräfte verlangten, dass ihr Gefängnis so viele Mauern hatte wie nur möglich.

Als Kreon an Land ging, befahl er seiner Besatzung, auf der Jacht zu bleiben und auf ihn zu warten. Er musste ihnen klarmachen, dass er diese Operation leitete, und dazu musste er sie so weit wie möglich vom Einsatz fernhalten. Schließlich konnte jeder seiner Cousins der Versuchung erliegen, sich in die Annalen der Scion-Geschichte einzutragen und ihm den Triumph zu stehlen. Das durfte Kreon nicht zulassen, nicht einmal, wenn es aus Versehen geschah. Nach all den Risiken, die er eingegangen war, all der Geduld, die er aufgebracht hatte, musste er derjenige sein, der seinem Haus die Ehre erwies, die es verdiente. Er war dazu auserkoren, den Helden der Antike ebenbürtig zu sein, Helden wie Herkules oder Perseus. Vielleicht sogar besser als sie, denn er würde mehr tun, als nur eine Hydra oder eine Medusa zu töten. Viel mehr. Er würde seiner Familie – und seinem Vater – die Unsterblichkeit schenken.

Nur ein Leben stand ihm im Weg, und dieses Leben würde Tantalus übergeben werden, dem Anführer des Hauses von Theben und zukünftigen Herrscher von Atlantis, und zwar von Kreon, seinem Sohn und Erben, dem die Ehre für diese Gefangennahme gebührte. Und vielleicht würde er dafür mit dem wundervollen Preis belohnt werden, den er verdiente – der Tochter seiner Gefangenen.

Ariadne und Helen fuhren schweigend zum Anwesen. Als sie an einer Ampel hinter Matt hielten, winkte Ariadne ihm zu. Er beobachtete Helen. Beide Mädchen konnten seine Augen und seine Sorgenfalten im Rückspiegel sehen.

»Ich weiß, dass du traurig bist, aber du solltest Matt nicht so ignorieren«, warf Ariadne Helen hitzig vor. »Er ist einer der nettesten Menschen, die ich kenne, und du tust ihm weh.«

»Du hast recht. Ich bin egoistisch«, sagte Helen. Sie fühlte sich unglaublich leer. »Ich weiß es, und ich hasse es, aber irgendwie kann ich nicht damit aufhören.«

»Das meinte ich nicht«, entschuldigte sich Ariadne hastig und starrte hinaus auf die Straße. »Ich weiß, welches Opfer du bringst und auch warum. Aber weißt du was? Ich finde, du solltest mal so richtig heulen, wenigstens ein einziges Mal. Vielleicht kannst du alles rauslassen und fühlst dich hinterher besser.«

Helen hatte versucht zu weinen, aber es waren keine Tränen gekommen. Alles, was sie gefühlt hatte, war dieses kriechende *Nichts*, das von ihr Besitz ergriff. Natürlich wusste sie, dass sie sich dafür interessieren sollte, wie Matt sich fühlte, aber es war ihr sogar egal, wie *sie* sich fühlte, selbst wenn sie auf der Matte mit Hector um ihr Leben kämpfte. Jetzt, wo Helen ihre seelische Blockade gegen den Einsatz der Blitze überwunden hatte, lernte sie, diese Waffe zu kontrollieren und Stück für Stück herauszulassen. Auf einen Nahkampf mit ihr konnte sich jetzt nur noch jemand einlassen, dem es nichts ausmachte, gebraten zu werden. Verbunden mit der Macht des Cestus, die sie unverwundbar machte, war Helen mittlerweile praktisch unbesiegbar geworden.

Gegen Ende ihrer Trainingseinheit versuchte Hector, sie zu überwältigen, und sie verpasste ihm den dritten heftigen Stromschlag an diesem Tag. Er fiel bewusstlos auf die Matte. Helen wartete einen Augenblick und stieß ihn dann mit dem großen Zeh an.

»Sind wir für heute fertig?«, fragte sie ihn, als er wieder zu sich kam.

»Du weißt immer noch nicht, wie man kämpft«, murmelte er undeutlich und wischte sich das Blut von den Lippen.

»Du hast dir die Zunge durchgebissen«, sagte Helen ungerührt. »Du solltest lieber eine Pause einlegen.«

Helen ging in ihre Ecke, um etwas Wasser zu trinken, und bemerkte, wie Claire, Jason, Cassandra und Ariadne sie durch den Zaun des Kampfkäfigs anstarrten. Jason war der Erste, der sich rührte. Er nahm zwei Schritte Anlauf, sprang locker über den Metallzaun und landete direkt neben seinem Bruder.

»Das reicht, Hector«, sagte er. »Sie braucht kein Training mehr.«

»Sie kann doch nicht mal eine Gerade schlagen«, protestierte Hector lallend.

»Das braucht sie auch nicht«, verkündete Cassandra entschieden. »Sie muss nicht lernen, wie man boxt, ein Schwert führt oder sich mit Pfeil und Bogen verteidigt. Sie ist schon jetzt zehnmal tödlicher als du, Hector, und wenn du nicht aufhörst, einen Weg zu suchen, wie du sie besiegen kannst, wird das nicht gut für dich enden. Das Training ist beendet.«

Cassandra wandte sich zum Gehen.

»Sie ist immer noch verletzlich!«, brüllte Hector ihr hinterher.

»Es gibt eine Million Möglichkeiten, sie zu überwältigen, sobald man einen Weg gefunden hat, ihren Blitzen auszuweichen!«

»Es reicht, Hector«, sagte Jason sanft. »Cassandra hat recht. Finde heraus, wo sie noch angreifbar ist, und arbeitet daran, aber ihre Kampfsportausbildung ist beendet. Der Nahkampf stellt keine Gefahr mehr für sie dar.«

»Also keine Leibwache mehr?«, fragte Helen und hob den Blick von ihrer leeren Wasserflasche. Die anderen sahen sich an und zuckten mit den Schultern.

»Ich denke nicht«, verkündete Hector schließlich. »Zumindest nicht, solange Cassandra keine akute Bedrohung vorhersieht. Dann erst wird wieder einer von uns auf dich aufpassen, egal, wie tödlich du angeblich bist.«

»Kann ich dann gehen?«, fragte Helen. Sie sah Hector an und wartete höflich auf seine Erlaubnis. Er nickte. Sie verbeugte sich vor ihm und verließ die Arena.

»Warte, Lennie!«, schrie Claire ihr nach. »Wir haben eine Party geplant. Kate hat einen Kuchen für dich gebacken!«

Helen sah Claire an, welche Sorgen sie sich machte, aber sie konnte ihrer Freundin den Gefallen nicht tun. Sie *konnte* nicht so tun, als wäre sie fröhlich. Auch nicht einen Abend lang, während die anderen ihre Geburtstagsparty feierten. Noch nicht mal die fünf Minuten, die es dauern würde, Claire zu erklären, warum sie das alles nicht konnte.

»Hab dich gern«, rief sie ihrer besten Freundin zu, bevor sie wegflog. Sie glaubte, dass Jason etwas sagte wie »Lucas ist genauso«, aber vielleicht hatte sie sich auch verhört.

Helen hatte beim Fliegen kein Ziel vor Augen und auch keine

zeitliche Begrenzung – sie wusste nur, dass sie die Insel nicht verlassen durfte. Sie hatte Lucas ihr Wort gegeben und das würde sie nicht brechen. Vielleicht würde sie niemals mit Lucas nach Patagonien fliegen, aber das Mindeste, was sie tun konnte, um das Vertrauen zwischen ihnen nicht zu gefährden, war, nicht über den Ozean zu fliegen, bis er es ihr erlaubte.

Aber sie konnte zumindest bis an den Rand fliegen. Sie hatte den Strand am Leuchtturm in der vergangenen Woche gemieden – nicht, weil sie Angst hatte zu weinen, wenn sie dorthin flog, sondern weil sie fürchtete, dass sie nichts fühlen würde. Mittlerweile befürchtete sie wirklich, niemals wieder etwas zu fühlen. So steril und leblos zu werden wie die blassen Blumen aus ihrem Albtraum. Sie hatte genügend Verstand, sich zu fragen, wieso sie so reagierte, aber ihr fehlte momentan die Klarheit, diese Frage zu beantworten. Bis sie Lucas oben auf dem Leuchtturm sitzen sah.

Er hockte auf dem Geländer des schmalen Stegs, der um die Glaskuppel herumführte, und sah zu, wie der letzte Rest des Tages hinter dem Horizont versank. Über dem Ozean braute sich ein Gewitter zusammen, und es sah aus, als versuchten sich die leuchtenden Farben des Sonnenuntergangs einen Weg durch die Regenwolken zu bahnen. Lucas' Gesicht erstrahlte in dem Farbenspiel und er sah wie immer wunderschön aus.

Da begriff Helen auf einmal, wieso sich alles in ihr aufgestaut hatte und wieso sie nicht heulte wie ein Wasserfall. Sie war nicht traurig. Sie war stinkwütend.

Als Helen auf ihn zuflog und Lucas sie entdeckte, stand er auf. Helen landete aber nicht auf dem Steg. Stattdessen schwebte sie vor ihm und beanspruchte die Luft für sich allein. Einen Moment lang sahen sie sich tief in die Augen.

»Was machst du hier?«, stieß Lucas schließlich hervor. Helen ignorierte die dumme Frage und sagte das Erste, was ihr in den Kopf kam.

»Warum hast du es mir nicht gesagt?«, fuhr sie ihn gereizt an, obwohl sie gar nicht wusste, was sie eigentlich von ihm hören wollte. »Von Anfang an. Warum konntest du mir nicht wenigstens *erklären*, warum wir nicht zusammen sein können?«

»Wenn du das wissen wolltest, wieso bist du die tausend Mal, die ich dich in der letzten Woche angerufen habe, nicht einmal an dein Telefon gegangen?«, fauchte er zurück, mindestens genauso gereizt wie sie.

»Hör auf damit! Hör auf, mir Fragen zu stellen, obwohl du alle Antworten kennst!«, schrie sie ihn unter Tränen an.

Sie musste so weit von Lucas weg wie möglich. Also rief sie einen der tosenden Gewitterwinde herbei, um sich von ihm forttragen zu lassen. Lucas spürte ihren Leichtsinn. Er hechtete in die Luft und fing sie ab, bevor sie in den Sturm geriet, den sie so leichtfertig unterschätzte. Kaum hatte er sie sicher in den Armen, gab er nach und küsste sie.

Helen war so verdutzt, dass sie zu weinen aufhörte und fast vom Himmel fiel. Lucas, der immer noch der bessere Flieger war, hielt sie fest in seinen Armen und geleitete sie unter seinen Küssen sicher auf den Leuchtturmsteg zurück. Als sie dort landeten, ging gerade das Licht des Turms an und warf ihre Schatten auf das aufgewühlte Meer.

»Ich kann dich nicht verlieren«, sagte Lucas, als er seinen Mund von ihrem gelöst hatte. »Deswegen habe ich dir nicht die ganze Wahrheit gesagt. Ich dachte, wenn du wüsstest, wie schlimm es ist, würdest du mich nicht mehr sehen wollen. Ich wollte nicht, dass du die Hoffnung aufgibst. Ich könnte es nicht ertragen, wenn du uns aufgibst.«

»Ich will uns nicht aufgeben«, rief Helen verzweifelt. »Aber es kann nie ein *uns* geben, Lucas. Das hättest du mir sagen müssen.«

»Nichts ist für die Ewigkeit und nichts ist unabänderlich. Wir werden einen Weg finden.«

»Lucas«, sagte Helen mit einem Stirnrunzeln und löste sich aus seiner Umarmung. Sie setzte sich auf den Steg und zog ihn neben sich, damit sie reden konnten. »Wir würden uns dafür hassen. Und irgendwann würden wir einander hassen.«

»Das weiß ich!«, sagte er verzweifelt. »Ich rede nicht davon, dass wir weglaufen und machen, was wir wollen!«

»Was dann?«, fragte Helen leise, um ihn zu beruhigen. »Was sollen wir tun?«

»Ich weiß es noch nicht«, gab er zu. Er lehnte sich an die Glaskuppel des Leuchtturms und zog Helen an sich. »Aber ich überlebe nicht noch so eine Woche wie die letzte.«

»Ich auch nicht«, sagte sie und lehnte sich an ihn. »Es ist mir egal, wie schwierig es ist, mir dir zusammen zu sein. Dich nicht sehen zu können, ist noch viel schlimmer.«

»Was hast du mir neulich gesagt? Entscheide, was du *nicht* tun kannst und dann mach genau das Gegenteil?«, fragte er mit einem amüsierten Lächeln und küsste sie auf die Stirn. »Wenigstens wissen wir jetzt, dass wir nicht getrennt sein können.«

»Ich kam mir vor wie tot«, sagte Helen zögernd, als würde die bloße Erwähnung dieses betäubten Gefühls es wieder in ihren Körper zurückkriechen lassen.

»Ich auch«, sagte Lucas.

»Was ist mit deiner Mutter? Sie wird nicht erlauben, dass wir uns sehen.«

»Wir müssen mit ihr reden. Und mit der ganzen Familie.«

»Und wenn sie uns immer noch trennen wollen?«

»Dann laufen wir weg«, sagte Lucas ganz ruhig.

Danach sagte eine Weile keiner von ihnen etwas. Sie beobachteten nur, wie der Lichtstrahl des Leuchtturms über die stürmischen Wellen huschte. Helen konnte Lucas' Herzschlag hören, und der Arm, den er um sie gelegt hatte, spannte sich an, als wäre er in Gedanken schon bei der Schlacht, die ihm bevorstand, wenn er sie in seiner Nähe behalten wollte.

»Sie werden uns jagen«, flüsterte Helen. »Sie werden glauben, dass wir den Krieg ausbrechen lassen.«

»Ich weiß«, sagte Lucas. »Aber das werden wir nicht. Wir werden den Waffenstillstand bewahren, auch wenn sie nicht glauben, dass wir das können.«

»Wir müssen nicht denselben Fehler machen wie *sie*«, beteuerte Helen beinahe trotzig. »Es macht mich echt wütend, dass alle denken, wir wären genauso dämlich wie sie, obwohl wir genau wissen, was dann passiert.«

Lucas lachte, aber es war kein freudiges Lachen.

»Es ist fast so, als bräuchten wir unser Leben gar nicht zu leben oder Gefühle zu haben, weil uns sowieso schon jemand vorausgesagt hat, wie alles enden wird«, sagte er verbittert. Sie spürte, wie er vor Ärger die Muskeln anspannte. »Bist du dazu wirklich bereit? Du weißt, dass es bedeuten würde, dass du deinen Vater zurücklassen musst?«

»Ich weiß«, sagte sie und wusste genau, dass sie ihn damit viel härter treffen würde, als ihre Mutter es getan hatte, aber sie wusste auch, dass sie es für Lucas tun würde – für sie beide.

»Ich kann verstehen, wenn du es nicht übers Herz bringst …«, begann er, aber Helen fiel ihm ins Wort.

»Wenn sie uns nicht erlauben, dass wir zusammen sind, haben wir keine andere Wahl. Dann laufen wir eben davon.«

»Es wird nicht für immer sein«, versuchte er sie und auch sich selbst zu trösten. »Nur, bis wir einen Ausweg gefunden haben. Und wir werden einen finden. Es *muss* einen geben.«

»Mir ist etwas eingefallen«, sagte Helen und wurde ganz leise. Sie spürte, wie Lucas erstarrte.

»Ich glaube, ich weiß, worauf du hinauswillst, und ich will es lieber nicht hören«, sagte er unsicher.

»Was würde passieren, wenn ich keine Jungfrau mehr wäre?«, sagte Helen schnell, um es hinter sich zu bringen.

»Ich teile dich mit niemandem, Helen«, antwortete Lucas sofort. »Außerdem würde es nicht funktionieren.«

»Ich meine es ernst. Wir sollten es in Betracht ziehen«, drängte sie und wand sich in seinem Arm, bis er sie losließ und sie ihn ansehen konnte. »Sag die Wahrheit. Würdest du mich noch mögen, wenn ich vorher mit jemand anders zusammen war?«

»Natürlich würde ich«, sagte er und lächelte sie liebevoll an. »Außerdem mag ich dich nicht nur, Helen, ich liebe dich. Das ist ein Riesenunterschied.«

»Dann hör zu. Ich hasse schon den Gedanken daran, aber ich würde es tun«, beteuerte Helen, obwohl Lucas vehement den Kopf schüttelte. »Ich liebe dich auch und würde alles tun, was nötig ist, damit wir zusammen sein können. Was ist los? Wieso schüttelst du den Kopf? Du bist nicht der Einzige, der diese Entscheidung trifft.«

»Tricks wie dieser werden nicht funktionieren, es sei denn, es geht dir nur um das Körperliche. Ist das alles, was du von mir willst? Sex?«, neckte er sie.

»Natürlich nicht, das weißt du genau!«, widersprach Helen gereizt und stieß ihn weg. »Ich habe doch gerade gesagt, dass ich dich liebe!«

»Deswegen wird es nichts bringen«, sagte Lucas. Er nahm ihre Hände und zog sie wieder an sich. »Wenn du und ich so zusammen sind, wie wir es wollen, oder zumindest so, wie ich es will …«, begann er unsicher.

»Und was genau willst du?«, unterbrach Helen ihn eindringlich.

»Ich will alles. Alles, wovon wir gesprochen haben. Ich will, dass wir zur Schule gehen, ein Dutzend Sprachen lernen, überall auf der Welt leben. Aber vor allem will ich, dass wir zusammen sind.«

»Das will ich auch!«, rief Helen begeistert. »Und wir können das alles tun, ohne jemals zu heiraten!«

»Wir würden alles teilen«, sagte er und schüttelte den Kopf, als hätte Helen ihn nicht verstanden. »Und deswegen wären wir in den Augen der Götter ein Ehepaar, egal, wer dir deine Jungfräulichkeit nimmt. Ich will mein ganzes Leben mit dir verbringen, und weil ich das will, wärst du meine Frau. Und ich muss zugeben, dass ich mit weniger auch nicht zufrieden wäre.«

»Du meinst, dass es unsere Liebe ist, die für die Götter zählt, kein weißes Kleid oder ein Trauring?«, vergewisserte sich Helen, obwohl sie die Antwort längst kannte.

»Genau«, bestätigte er. Dann fing er plötzlich an zu lachen. »Allerdings wäre es ziemlich schwer, mit dir zusammen zu sein, wenn ich im Gefängnis sitze.«

»Wovon redest du?«, fragte Helen erschrocken. »Wieso solltest du ins Gefängnis kommen?«

»Wegen dem Mord an dem Typen, der dir die Unschuld geraubt hat«, antwortete er. »Dir könnte ich vielleicht noch verzeihen. Aber dem Typen? Der wäre ein toter Mann.«

Helen grinste Lucas verschmitzt an, als würde sie ihm kein Wort glauben, aber sie war klug genug, seine Ernsthaftigkeit nicht infrage zu stellen.

»Und wie sieht der Plan aus?« Sie seufzte und kuschelte sich an ihn. »Wir können nicht zusammen sein, ertragen es aber auch nicht, getrennt zu sein.«

»Wir bleiben zusammen und spielen nach den Regeln, bis wir sie neu schreiben können. Wir werden einen Weg finden, das verspreche ich.«

»Ist das nicht Hybris?«, fragte sie und sah zu ihm auf. »Zu glauben, wir könnten uns den Parzen widersetzen?«

»Mittlerweile ist mir das egal. Ich muss einfach meiner Hoffnung vertrauen«, antwortete er und küsste sie.

Helen erwiderte seinen Kuss. Doch viel früher, als Helen wollte, zog Lucas sich zurück und löste sanft ihre Hände von sich.

»Hör auf, das reicht«, sagte er und zwang sich zum Lachen.

»Entschuldige. Ich habe noch keine Erfahrung damit«, sagte Helen, deren Lippen immer noch prickelten.

»Darauf wäre ich nie gekommen«, murmelte er, nahm ihre Hände und zog Helen beim Aufstehen mit sich auf die Füße. »Ich glaube, ein bisschen kalte Luft wird uns jetzt guttun.«

»Wohin? Nach Venedig?«, fragte Helen mit einem frechen Grinsen.

»Na klar. Weil das genau das ist, was du und ich jetzt brauchen – eine schöne romantische Umgebung«, antwortete er spöttisch. »Sorry, Sparky, aber bevor ich einen Krieg ausbrechen lasse, bringe ich dich lieber nach Hause zu deinem Vater.«

Er sprang in die Luft, wirbelte zu ihr herum und streckte ihr die Hand entgegen, als wären sie in einem alten Film und er würde sie zum Tanzen auffordern. Er sah so fantastisch aus, dass Helen unwillkürlich aufstöhnte. Dann flog sie an seine Seite, nahm seine Hand und drehte sich in den verspielten Windungen, die er für sie in den Wind formte.

Etwas später landeten sie in Helens Garten und gingen Hand in Hand auf die Tür zu. Helen wollte schon ins Haus gehen, als Lucas sie aufhielt.

»Du hast wirklich gedacht, ich wüsste es nicht?«, fragte er ungläubig. »Herzlichen Glückwunsch.«

»Das habe ich ja total vergessen!«, stellte Helen verblüfft fest.

»Ich nicht«, sagte er und küsste sie. Er warf einen Blick auf das hell erleuchtete Haus und lauschte kurz den Unwetterwarnungen des Nachrichtensprechers im Fernsehen. »Dein Dad wartet auf dich. Du solltest reingehen.«

»Ja. Kate hat mir einen Kuchen gebacken«, sagte Helen. Doch dann fiel ihr wieder ein, wie schlecht sie ihre Familie in der vergangenen Woche behandelt hatte, und sie verzog schuldbewusst das Gesicht.

»Gleich morgen früh komme ich und hole dich ab«, versprach Lucas und gab ihr einen schnellen Kuss. »Dann gehen wir zu mir und sagen es meiner Familie. Zusammen.«

»Stimmt. Wir müssen ihnen sagen, was Sache ist«, meinte Helen. Schließlich zog Lucas sich zurück. Er starrte misstrauisch auf jeden Schatten und wies Helen an, sofort ins Haus zu gehen. Es war dunkel und er wollte sie keinen Augenblick unbewacht wissen. Helen rannte ins Haus, schloss die Tür hinter sich und sah rechtzeitig aus dem Fenster, um Lucas wegfliegen zu sehen. Auf dem Weg ins Wohnzimmer rief sie nach ihrem Vater.

»Jerry ist nicht hier, Helen«, sagte eine Frauenstimme hinter ihr. Helen fuhr herum und rief schon einen Blitz herauf, aber die Frau packte ihre Handgelenke mit eisernem Griff und schüttelte den Kopf.

»Das wirkt bei mir nicht«, sagte sie. Die Elektrizität tanzte um ihr makelloses Gesicht, ließ das lange blonde Haar knistern und umringte die Pupillen ihrer braunen Augen.

»Oh, mein Gott«, stieß Helen hervor und starrte den herzförmigen Anhänger an, der sich perfekt in die kleine Kuhle am Hals ihrer Angreiferin schmiegte.

Die Frau riss Helens identische Kette mit einer Hand herunter und rammte ihr mit der anderen eine Nadel in den Hals. Helen spürte, wie ihre Muskeln schlaff wurden und ihr nicht länger gehorchten. Die Welt versank vor ihr, und obwohl sie etwas zu sehen versuchte, nahmen ihre Augen nur noch die Lichtflecken wahr, die über die Innenseiten ihrer Lider huschten. Sie verlor so schnell das Bewusstsein, dass die Frau ihr eine starke Droge verabreicht haben musste, vielleicht sogar eine tödliche. Das Letzte, was Helen fühlte, war die Tatsache, dass ihre Angreiferin sie sanft auffing, als sie zu Boden ging. Helen konnte nichts sehen und sich nicht mehr bewegen.

»Mein süßes kleines Mädchen«, war das Letzte, was Helen hörte.

Lucas war erst auf halbem Weg nach Hause, als der Wind ihn zu Boden drückte und die ersten Blitze über den Himmel zuckten. Er landete sofort, um nicht abzustürzen oder vom Blitz erschlagen zu werden, und musste den Rest des Wegs zu Fuß gehen. Er fragte sich, ob Helen wohl durch Blitze fliegen und diese beeinflussen konnte, sodass sie gemeinsam auch bei Gewitter fliegen könnten, sollte es einmal nötig werden. Das wäre großartig, dachte er, als er durch die Garage in die Küche ging, durch die vom Blitz erleuchteten Wolken zu fliegen.

Als er die Tür öffnete, spürte er sofort, dass etwas nicht stimmte.

»Hast du Helen nicht mitgebracht?«, fragte Cassandra nervös. »Ich hätte schwören können, dass ich euch zusammen gesehen habe.«

Lucas schaute sich in der Küche um und sah Jerry und Kate, den Kuchen mit den noch nicht angezündeten Kerzen und Claire, die mit großen Augen neben Jason saß.

»Ich habe sie nach Hause gebracht, weil ich dachte, dass

die Feier dort stattfindet«, sagte er und deutete auf Jerry und Kate.

Dann wurde ihm bewusst, was geschehen war, und die Panik ließ seine Knie weich werden. Er stürmte aus der Küche, an den Autos in der Garage vorbei, bevor er in den sturmtosenden Himmel sprang. Jason holte ihn mit einem Sechs-Meter-Sprung ein, packte ihn, zerrte ihn zurück und hielt seinen schwerelosen Körper am Boden fest.

»Nicht in diesem Sturm, Luke. Wir müssen den Wagen nehmen«, sagte Jason.

»Da hat jemand im Haus auf sie gewartet!«, brüllte Lucas und stieß Jason von sich weg.

»Das wissen wir, du Idiot! Heute Nachmittag, während du dein Handy abgeschaltet hattest, hat Cassie gesehen, dass Kreon wieder auf der Insel ist«, sagte Jason und klammerte sich an Lucas, um sicherzugehen, dass er nicht wieder schwerelos wurde und davonflog. »Aber Kreon ist nicht in ihrem Haus!«

»Wer ist es dann?«, fragte Lucas, der sich wieder etwas beruhigt hatte. Er und Jason warteten darauf, dass Hector den Geländewagen aus der Garage fuhr.

»Cassandra hat den ganzen Tag über kleine Bilder gesehen, sie aber nicht verstanden. Eines der Bilder, die sie gesehen hat, war eine Frau, die Kreon verfolgt hat, als er wieder auf die Insel gekommen ist. Sie hatte diese Angewohnheit, sich mit dem kleinen Finger das Haar hinters Ohr zu streichen«, berichtete Jason. Der Geländewagen fuhr vor und die beiden hechteten hinein. Hector raste sofort los, obwohl zum Sturm auch noch ein peitschender Regen gekommen war.

»Dann hat Cass gesagt, dass ihr immer wieder Bilder von verschiedenen Frauen erschienen sind«, fuhr Jason fort. »Sie wusste nicht, wieso sie Visionen von Frauen hatte, die ihr unbekannt waren und die offenbar nichts miteinander zu tun hatten. Es hat eine Weile gedauert, aber irgendwann ist Cassie aufgefallen, dass sie alle auf dieselbe Weise ihre Haare hinters Ohr gestrichen haben, wie eine nervöse Angewohnheit. Da ist ihr klar geworden, dass es sich immer um dieselbe Person handelte, und die klarste Vision war dann, dass eine von diesen Frauen in Helens Haus auf sie gewartet hat.«

»Die Frau hat die Haustür mit ihrem eigenen Schlüssel aufgeschlossen und den Fernseher eingeschaltet, als hätte sie das schon eine Million Mal gemacht, also hat Cass zunächst keine Gefahr gesehen. Vielleicht eine Verwandte, die Helen nie erwähnt hat«, mischte sich Hector ein. »Erst ein paar Sekunden, bevor du zur Tür hereingekommen bist, hat sie sich alles zusammengereimt und erkannt, dass sie den ganzen Tag Helens Angreiferin gesehen hat. Wir haben versucht, dich anzurufen …«

»… aber ich hatte mein Handy ausgeschaltet«, beendete Lucas den Satz und stieß einen erbitterten Fluch aus. »Wie hat die Frau ausgesehen, die Helen aufgelauert hat?«, fragte Lucas eindringlich, um eine Vorstellung von der Gefahr zu bekommen. »War es die Brünette? Oder die Ältere, die Kate angegriffen hat?«

»Weder-noch. Cassandra sagt, dass sie wunderschön war. Wie Helen«, berichtete Jason.

»Nicht so schön wie Helen – du erzählst es ganz falsch, Blödmann«, unterbrach ihn Hector. Er fuhr wie ein Wahnsinniger, ignorierte jede rote Ampel und überholte in waghalsigen Manövern die anderen Autos. »Cassie hat gesagt, dass sie fast genauso ausgesehen hat wie sie. Aber wer immer sie ist, Cass ist sicher, dass sie nicht auf Kreons Seite ist. Er weiß nicht, dass er verfolgt wird, was ein Vor- oder Nachteil für uns sein kann.«

»Verdammt, warum hat keiner ihr Haus bewacht?«, schimpfte Lucas, der zu aufgelöst war, um darüber nachzudenken, was Cassandras Vision bedeuten konnte.

»Es war meine Schuld«, gestand Hector und fuhr hastig fort, bevor sein kleiner Bruder etwas einwenden konnte. »Lass es, Jase, ich war es, der sie nach dem Training allein losziehen ließ. Es war meine Verantwortung, und ich habe es zugelassen, obwohl mir mein Bauchgefühl gesagt hat, dass es falsch war.«

Lucas hätte Hector am liebsten dafür umgebracht, dass er die Schuld auf sich nahm, obwohl er genau wusste, wessen Schuld es wirklich war. Er hätte sein Handy auf Nachrichten überprüfen und sich mehr um Helens Sicherheit kümmern müssen. Lucas rieb sich mit beiden Händen das Gesicht und holte ein paarmal tief Luft. Er brauchte Hector, der sie zu Helens Haus brachte, und er musste sich konzentrieren, um für alles gewappnet zu sein, was sie dort erwartete. Wenn er ihr helfen wollte, musste er den Mund halten und sich beruhigen.

Als sie bei Helens Haus ankamen, waren der Fernseher und alle Lampen ausgeschaltet, und die Haustür war verschlossen. Lucas flog hoch zu Helens Zimmer, weil er wusste, dass sie immer vergaß, es zu verriegeln. Er stieg durchs Fenster ein und ging dann nach unten, um die Haustür für die anderen zu öffnen. Im Haus fehlte nichts und es gab keine Kampfspuren. Es sah so aus, als hätte sich Helen nicht gewehrt.

»Sie muss die Frau gekannt haben und freiwillig mitgegangen sein«, sagte Hector und hob verständnislos die Hände. »Anders ist es nicht zu erklären, dass das Haus nicht total verschmort ist.«

»Es sei denn, wer sie entführt hat, ist besser als Helen«, fügte Jason hinzu.

»Was redest du da?«, fragte Hector verächtlich. »Helen ist mit ihren Blitzen eine echte Kampfmaschine. Es ist mir egal, wer dieser böse Zwilling ist, aber so gut wie sie ist keiner.«

»Zwilling«, wiederholte Lucas nachdenklich. »Es könnte so einfach sein. Sie würde dieselben Blitze, dieselbe Kraft und viel mehr Erfahrung haben.«

Lucas und Jason sahen ihn von der Seite an, als er sich hinkniete und den Boden absuchte. Er griff unter einen Beistelltisch und tauchte mit einer leeren Spritze wieder auf.

»Damit ist ausgeschlossen, dass Helen freiwillig mitgegangen ist. Wer immer diese Frau war, sie kam vorbereitet. Und sie muss gewusst haben, wie der Cestus funktioniert, denn andernfalls hätte sie Helen nie eine Spritze verpassen können«, sagte Lucas. Seine Stimme zitterte, als er ihren Namen aussprach.

Er übergab die Spritze an Jason und suchte den Boden noch einmal gründlich ab, für den Fall, dass er etwas übersehen hatte. Nachdem er nichts mehr gefunden hatte, richtete er sich wieder auf, ging ans Fenster neben der Haustür und schaute hinaus in das tobende Unwetter. Er betrachtete die schlammigen Rinnsale, die die Einfahrt hinunterliefen, und musste feststellen, dass eventuelle Spuren längst vernichtet waren.

»War noch etwas anderes in Cassandras Vision?«, fragte Lucas hoffnungsvoll.

»Als Letztes hat sie gesagt, dass Helen zumindest bis morgen früh sicher ist«, berichtete Jason, doch dabei schüttelte er zweifelnd den Kopf. »Cass hat kurz ein Bild von Helen gesehen, wie sie am Fenster von etwas steht, das aussah wie eines der Hotels hier auf Nantucket, aber ganz sicher war sie nicht.«

»Vielleicht hat Cass noch etwas anderes gesehen«, sagte Hector so zuversichtlich er konnte. Er klappte sein Handy auf, aber auf dem Display blinkte das Zeichen für »keine Verbindung«. »Versucht es mit euren Handys«, sagte er zu seinen Cousins. Aber auch bei ihnen klappte es nicht.

Lucas ging in die Küche und versuchte es übers Festnetz, aber auch hier war kein Freizeichen zu hören. Er war kaum wieder bei seinen Cousins in der Diele, als der Strom ausfiel. Jason ging ans Fenster und warf einen Blick auf die Nachbarhäuser.

»Der ganze Block ist dunkel«, berichtete er. »Und das Gewitter wird immer schlimmer. Ich schätze, wir sitzen hier fest.«

»Ihr beide bleibt hier, falls Helen sich befreien kann und zurückkommt«, sagte Lucas und wollte die Tür öffnen.

»Bist du verrückt? Wo willst du hin?«, fragte Hector. Er packte Lucas an der Schulter und versuchte, ihn aufzuhalten.

»Lass das«, drohte Lucas ihm leise. Sie starrten einander an, bis Hector schließlich nachgab und die Hand von Lucas' Schulter nahm.

»Aber halt dich vom Himmel fern«, warnte er seinen Cousin. »Tot nützt du Helen auch nichts.«

Ohne darauf zu antworten, trat Lucas hinaus in den Sturm. Er hasste es, nicht fliegen zu können, und wusste nicht, wo er mit seiner Suche anfangen sollte. Wenn er fliegen könnte, würde er nach allem Ausschau halten, was verdächtig schien, aber dieses Unwetter hielt ihn am Boden. Plötzlich wurde ihm klar, wenn *er* gerade ein Mädchen entführt hätte, das die meisten Einheimischen dieser winzigen Insel kannten, würde er versuchen, die Insel so schnell wie möglich zu verlassen, und da *er* nicht fliegen konnte, waren vermutlich auch alle Flüge zum Festland gestrichen. Die einzige Möglichkeit, Helen von hier fortzuschaffen, war also ein Boot, und selbst das war eher unwahrscheinlich. Jetzt in See zu stechen, grenzte an Selbstmord.

Er rannte zum Anleger, wo man ihm mitteilte, dass die letzte Fähre vor einer Stunde abgelegt hatte und dass die Küstenwache danach allen Schiffs- und Flugverkehr untersagt hatte, solange das Unwetter tobte. Ganz Neuengland wurde in dieser Nacht von einem Nordoststurm heimgesucht, der bis zum nächsten Morgen anhalten sollte. Als Lucas diese Neuigkeiten hörte, entspannte er sich ein wenig. Er hatte Helen vor weniger als einer Stunde verlassen, nachdem die letzte Fähre schon weg gewesen war. Also standen die Chancen gut, dass sie sich noch auf der Insel befand. Hoffentlich war sie in einem Hotel und halbwegs in Sicherheit.

Er verschwendete viel Zeit damit, in der Nähe des Anlegers in jedes Hotel und jede Pension zu gehen und zu fragen, ob an diesem Abend zwei Frauen dort abgestiegen waren. Doch obwohl durch den Sturm eine ganze Menge Besucher auf der Insel gestrandet waren und die Hotels bevölkerten, war niemand darunter, der Helens Beschreibung entsprach. Lucas wusste, wie sinnlos seine Suche war. Kein Scion war so dumm, mit einem bewusstlosen Mädchen im Arm in ein Hotel zu gehen und nach einem Zimmer zu fragen. Wer immer Helen entführt hatte, war vielleicht irgendwo eingebrochen oder hatte einen Portier bestochen, aber offiziell angemeldet war er sicher nicht. Lucas drehte sich im Kreis, aber trotzdem konnte er nicht einfach so aufgeben. Er ging kurz nach Hause, um zu hören, was Cassandra in ihrer nächsten Vision gesehen hatte, und rannte dann schnell wieder hinaus ins Gewitter, bevor sein Vater anfangen konnte, mit ihm zu diskutieren.

Es stürmte mittlerweile so heftig, dass Bäume umstürzten und sogar ganze Häuser in Mitleidenschaft gezogen wurden. Lucas musste trotz seiner immensen Kräfte in den superschweren Zustand wechseln, um nicht wegzuwehen, während Bruchstücke der Häuser an ihm vorbeiwirbelten. Kleine Teilchen schlugen ihm ins Gesicht und der Regen peitschte ihm in die Augen. Die ganze Nacht über wanderte er von einem Hotel, einer Pension und einem Gasthaus zum nächsten und spähte mit seinen Augen, die sogar in fast vollkommener Dunkelheit etwas sehen konnten, in jedes Fenster, immer in der Hoffnung, einen Blick auf Helen zu erhaschen.

Cassandra hatte ihm gesagt, dass Helen am nächsten Morgen an einem Hotelfenster stehen würde. Er würde nicht aufgeben, sie zu suchen, denn wenn er sie wie durch ein Wunder fand, sie aus dem Hotel holte und zu ihrer Familie zurückbrachte, hätte er bewiesen, dass Cassandra falschlag. Er musste die Parzen nur ein einziges Mal besiegen, um zu beweisen, dass er sein eigener Herr war – keine längst geschriebene Geschichte, sondern ein leeres Blatt, das er mit seiner eigenen Zukunft beschreiben wollte. Wenn er Helen nur finden und nach Hause bringen könnte, wüsste er, dass er die Parzen eines Tages besiegen würde und er und Helen zusammen sein könnten.

Er lief die ganze Nacht.

In Helens Kopf hämmerte es, und sie hatte einen sauren, kalkigen Geschmack im Mund, als hätte sie eine Tablette gekaut und nicht runtergeschluckt. Ihre Augen fühlten sich verquollen an, und ihre Haut war klebrig und verschwitzt, aber sie hatte nicht so einen großen Durst wie sonst nach einem Besuch des trockenen Landes. Das hier fühlte sich anders an. Sie war betäubt worden, fiel ihr plötzlich wieder ein, von einer Frau. Eine Frau, die genauso aussah wie sie, nur älter.

»Nimm einen Schluck«, sagte eine Stimme, und Helen spürte einen Strohhalm an ihren Lippen. Ihre Augen gingen auf, und sie sah die Frau, die sich mit einem Glas Wasser über sie beugte.

»Wer sind Sie?«, fragte Helen mit rauer Stimme. Sie drehte den Mund von dem Glas mit der verdächtigen Flüssigkeit weg und spürte, dass sie ihre Arme nicht bewegen konnte. Sie war an ein Bett gefesselt. Doch da sie immer noch unglaublich schwach von der Droge war, die die Frau ihr verabreicht hatte, war ihr klar, dass es eine Weile dauern würde, bis sie stark genug sein würde, um sich zu befreien. Sie sah sich hektisch um. Sie war in einem Hotelzimmer, das mit Kerzen beleuchtet war. Draußen war es immer noch dunkel, und sie konnte hören, wie Wind und Regen hinter der Gardine ans Fenster peitschten.

»Sieh mich an, Helen! Was glaubst du, wer ich bin?«, fragte die Frau energisch. »Hier, ich weiß, dass du Beweise sehen willst. Das würde ich auch an deiner Stelle.«

Die Frau holte einen Umschlag voller Fotos hervor. Es waren Aufnahmen von ihr selbst mit Anfang zwanzig. Auf einem Bild hielt sie ein Baby im Arm. Auf einem anderen saß sie neben einer jungen Mrs Aoki, während zwei Kleinkinder, ein blondes und ein schwarzhaariges, gemeinsam auf dem Boden spielten. Auf einem anderen war sie schwanger und küsste Jerry über ihren dicken Bauch hinweg.

»Beth«, flüsterte Helen, und ihre Augen huschten über die vielen Fotos, nach denen sie einen Großteil ihrer Kindheit vergeblich gesucht hatte.

»Mein richtiger Name ist Daphne. Daphne Atreus. Ich vermute, es wäre zu viel verlangt, dich zu bitten, dass du ›Mom‹ zu mir sagst, oder?«, fragte Daphne mit einem verlegenen Lächeln.

Helen deutete auf ihre gefesselten Hände. »Das vermutest du richtig«, antwortete sie ärgerlich, denn allmählich kochte sie vor Wut. »Möchtest du mir vielleicht sagen, wieso du mich betäubt und gefesselt hast?«

»Weil uns die Zeit davonläuft und ich annehmen musste, dass du mich so sehr hasst, dass du mir nicht einmal eine Sekunde für Erklärungen zugestanden hättest«, antwortete Daphne. »Es sei denn, du wärst vorher betäubt und festgebunden worden.«

Helen funkelte sie wütend an.

»Was willst du von mir?«

Daphnes Gesicht und Körper begannen zu verschwimmen. Sie änderten ihre gesamte Form. Einen Moment lang betrachtete Helen noch die ältere Version von sich selbst und im nächsten Augenblick stand eine Frau in den Sechzigern mit grau meliertem Haar vor ihr. Noch bevor Helen nach Luft schnappen konnte, war die Alte wieder verschwunden und durch eine brünette Enddreißigerin ersetzt worden. Dann verschwand auch diese Frau und Helen sah wieder ihre Mutter an. Sie hielt Helens Herzanhänger in der Hand und berührte mit der anderen ihren eigenen Anhänger.

»Es gibt vieles, was ich dir darüber erzählen muss, wer du bist und woher du kommst. Dinge, die dir sehr wehtun werden«, verkündete Daphne schonungslos und beinahe brutal. »Aber ich habe keine andere Wahl. Kreon ist auf der Insel und er ist hinter dir her.«

16

Am nächsten Morgen musste Lucas sich schließlich eingestehen, dass ihm die Zeit davonlief. Die Sonne war bereits aufgegangen. Es war der nächste Tag, und Helen stand vermutlich schon irgendwo am Fenster eines Hotels, wie Cassandra vorhergesagt hatte. Ihm war klar, dass es das Beste war, wenn er die Suche aufgab, nach Hause ging und darauf wartete, dass seine kleine Schwester die nächste Vision hatte, auch wenn es ihn fast umbrachte, es zuzugeben. Die Parzen hatten gewonnen. Wieder einmal.

Lucas sah, dass Jerrys Auto noch vor ihrem Haus stand, also würde er sich hineinschleichen müssen. Anscheinend hatte das Unwetter Jerry, Kate und Claire gezwungen, auf dem Anwesen zu übernachten, was bedeutete, dass Jerry und Kate noch nicht wussten, dass Helen vermisst wurde. Sie gingen davon aus, dass Helen sicher zu Hause war und die Nacht über dort mit allen drei Delos-Jungen festgesessen hatte. Lucas war klar, dass sich diese Lügengeschichte nicht viel länger aufrechterhalten lassen würde, aber er beschloss, dass einer seiner Cousins Jerry eine neue Ausrede vorlügen musste. Er selbst konnte seine Gefühle unmöglich so lange unterdrücken, um jemanden davon zu überzeugen, dass es Helen gut ging – und ihren Vater schon gar nicht.

Lucas flog zum Fenster seines Zimmers herein und lief die nächste Stunde herum wie ein Tiger im Käfig. Er war sich vage bewusst, dass er etwas essen, schlafen und trockene Sachen anziehen sollte, aber die einzigen Gedanken, die er im Kopf hatte, galten Helen. Cass würde bestimmt wissen, ob sie verletzt war.

Die Gäste erwachten und gingen nach unten. Lucas hörte, wie Claires Handy sie auf einen Haufen Textnachrichten aufmerksam machte. Die Telefone funktionierten also wieder. Er belauschte von seinem Zimmer aus, wie Jerry und Kate versuchten, Helen anzurufen. Als sie weder ans Handy noch ans Festnetztelefon ging, machten sie sich Sorgen und beschlossen, loszufahren und nachzusehen, ob sie zu Hause war. Lucas wusste, dass ihm höchstens noch ein paar Stunden blieben, um Helen zu finden, bevor ihr Vater feststellte, dass sie verschwunden war und die Polizei einschaltete. Jerry und Kate waren kaum aufgebrochen, als sich Lucas, Hector und Jason auf dem Treppenabsatz trafen, denn alle drei kamen gleichzeitig aus ihren Zimmern, in denen sie sich versteckt hatten.

»Luke, zieh wenigstens ein trockenes Hemd an!«, befahl Hector, als er Lucas sah.

»Ist doch egal«, murmelte Lucas. Er schüttelte den Kopf und wollte an seinen Cousins vorbeigehen, aber Jason versperrte ihm den Weg.

»Meinst du nicht, dass sich deine Mutter auch so schon genug Sorgen macht? Zieh dir was Trockenes an, bevor du nach unten gehst«, riet ihm Jason.

Natürlich wollte er ihm nur Schuldgefühle einreden, sonst nichts. Aber recht hatte er trotzdem. Lucas nickte und zog sich schon auf dem Weg ins Badezimmer das nasse T-Shirt über den Kopf. Später traf er den Rest der Familie in der Küche. Alle starrten ihn an – vor allem seine Mutter, die ein Gesicht machte, als hätte sie ein Gespenst gesehen. Lucas überprüfte seine Konturen und bemerkte, dass sein Umriss total verschwommen war. Es regte seine Mutter immer auf, wenn er das machte, weil sie genau wusste, dass er das nur tat, wenn ihn etwas belastete. Also gab er sich Mühe, sich wieder sichtbar zu zeigen, und setzte sich in eine Ecke, den Blick unverwandt auf Cassandra gerichtet. Ein Streitgespräch am Tisch ließ ihn plötzlich aufhorchen. Claire war anscheinend noch da.

»Was willst du denn noch hier?«, fragte Jason gereizt. »Warum bist du nicht mit ihnen zurückgefahren?«

»Ich gehe nirgendwohin, solange wir Helen nicht gefunden haben«, fauchte Claire zurück.

»Wir?«, schnaufte Jason, aber Claire hob die Hand und zog ihr vibrierendes Handy aus der hinteren Hosentasche.

»Leute?«, sagte Claire nach einem Blick auf die Nummer des Anrufers. »Es ist Helen.«

»Lass mich mit ihr reden«, verlangte Lucas. Er sprang vom Stuhl auf und streckte die Hand nach dem Telefon aus.

»Sie hat mich angerufen, nicht dich«, widersprach Claire sanft.

Sie nahm den Anruf entgegen und überfiel Helen sofort mit einem Schwall Fragen. Dann war sie einen Moment lang still und stellte den Anruf auf Lautsprecher.

»Okay, Len, wir können dich alle hören. Was ist los?«, fragte

Claire und sah den Rest der Familie Delos an. Nur Lucas konnte sie nicht in die Augen sehen.

»Ich bin bei meiner Mutter Daphne und nur bei ihr. Wir werden nicht von irgendeiner Person, Familie oder einem Haus bedroht«, verkündete Helen so monoton, als würde sie die Worte ablesen. »Meine Mutter und ich haben vor, zusammen die Insel zu verlassen, und bitten darum, dass ihr uns in Frieden abreisen lasst. Ich befinde mich nicht in körperlicher Gefahr. Ihr wisst, dass das die Wahrheit ist, weil euer Falschfinder es sonst an meiner Stimme hören würde. Lebt wohl. Ihr werdet mir alle fehlen.«

Die Verbindung wurde beendet. Lucas starrte das Handy an. Claire schaltete den Lautsprechermodus aus, hielt sich das Telefon ans Ohr und rief ein paarmal Helens Namen.

»Das war sie nicht«, behauptete Lucas und schüttelte immer wieder den Kopf. Er spürte, dass etwas nicht stimmte, als wäre irgendwo eine Lüge verborgen. Helen durfte ihn nicht verlassen. Niemals. »Sie hat mich noch nie als ›Falschfinder‹ bezeichnet.«

»Lucas, das war sie«, beteuerte Claire, die ihm jetzt doch in die Augen sah. »Ich weiß, dass sie sich total komisch angehört hat, aber das war Helen. Und das weißt du auch.«

»Hat sie gelogen?«, fragte Castor seinen Sohn.

»Nein«, antwortete Lucas so heiser, als weigerte sich seine Stimme, etwas so Falsches auszusprechen. »Sie hat nicht gelogen.«

»Also ist Daphne noch am Leben«, hauchte Pallas. Seine Augen waren vor Entsetzen groß und starr.

»Wir wissen noch nicht, ob ›Daphne‹ wirklich Daphne Atreus ist«, sagte Castor und hinderte seinen Bruder daran, den Raum zu verlassen.

»Es reicht, Castor. Lass es einfach sein«, sagte Pallas erschöpft. »Als ich Helen zum ersten Mal gesehen habe, dachte ich, *sie* wäre dieses Atreus-Biest.«

»Und Hector sieht aus wie der Zwillingsbruder von Ajax und Lucas wie unser Vater, der aussah wie eines von Poseidons Kindern aus dem Haus von Athen!«, brüllte Castor, der die Geduld verlor. »Wie wir aussehen, hat oft nicht das Geringste damit zu tun, wer unsere Eltern sind. Es geht um unser Schicksal, nicht unsere Häuser. Das weißt du ganz genau! Helens Mutter könnte eine der fünf verschiedenen Daphnes sein, von denen es hieß, dass sie in dem Gemetzel vor achtzehn Jahren umgekommen sind.«

»Du würdest alles tun, um den Frieden zu wahren, stimmt's? Sogar diese Frau entkommen lassen«, fauchte Pallas, drängte sich an Castor vorbei und schüttelte auch Hectors Hand von seiner Schulter ab.

Lucas trat automatisch einen Schritt vor, um seinen Cousin aufzuhalten. Wenn es nötig war, konnte Hector seinen Vater mühelos überwältigen, aber Lucas wollte nicht, dass es zum Kampf kam. Ein Kampf würde kostbare Zeit kosten und er *musste* Helen finden. Sie sollten nicht getrennt sein, und Lucas' Gefühl erhärtete sich immer mehr, dass etwas nicht stimmte.

»Wohin gehst du, Dad?«, fragte Hector und entschied sich gegen einen Kampf.

»Diese Frau suchen, die meinen Bruder ermordet hat«, knurrte Pallas ihn an und ging auf die Tür zu.

»Du wirst nicht gehen«, sagte Cassandra.

Beim Klang ihrer Stimme erstarrten alle im Raum. Sie hatte

einen hallenden Ton, als würde mehr als eine Person auf einmal sprechen. Die Stimmen, die aus ihr kamen, hörten sich gleichzeitig alt und jung an. Lucas bemerkte, wie Claire entsetzt einen Schritt in Jasons Richtung zurückwich. Cassandras Mund glühte und ihre Haare wanden sich um ihren Kopf wie lebendige Schlangen.

»Lucas, der Sohn der Sonne, ist der Einzige, der das Gesicht sehen kann, das er sucht«, setzte sie ihre Prophezeiung fort. »Er wird die Töchter des Zeus finden, jene, die von Aphrodite geliebt werden, und ihnen Schutz im königlichen Haus von Theben gewähren. Oh! Seid gewarnt! Verrat …« Sie brach verunsichert ab. Das Leuchten erlosch und sie begann zu zittern. Sie sah verängstigt aus, aber nicht einmal Lucas traute sich in ihre Nähe.

»Bist du okay?«, fragte er quer durch die Küche und brach damit das unnatürliche Schweigen. Sie nickte und rieb sich mit beiden Händen über Oberarme und Schultern und sah plötzlich viel kleiner aus, als sie war.

»Du wirst Hector und die Zwillinge mitnehmen müssen«, warnte sie. »Ich glaube, es wird zum Kampf kommen.«

»Ich gehe auch«, sagte Castor, aber Cassandra schüttelte den Kopf.

»Wenn Daphne dich oder Pallas sieht, wird sie fliehen«, sagte sie mit einem entschuldigenden Schulterzucken.

»Also sollen sich unsere Kinder ihr ganz allein entgegenstellen? Nein. Daphne ist zu gefährlich. Wir dürfen sie auf keinen Fall in ihre Nähe lassen«, widersprach Pallas, dessen Wut der Besorgnis gewichen war. »Sie hat Ajax verführt und ermordet!«

»Das wissen wir doch gar nicht!«, brüllte Castor gereizt.

Einen Augenblick lang sah es so aus, als würde Castor seinen Bruder schlagen, aber Hector stellte sich unauffällig zwischen die beiden. Lucas war kurz davor loszuschreien, und er fragte sich, wie die Scions so lange hatten überleben können. Ständig gingen sie einander an die Kehle und diese Familienstreitigkeiten brachten ihn Helen kein Stück näher.

»Beruhigt euch! Onkel Castor. Vater«, sagte Hector und sah einen nach dem anderen an. »Wir schaffen das.«

Es ertönte ein keuchendes Auflachen, ein bitterer Laut, der alle aufhorchen ließ. Als Lucas sich umsah, hatte Pandora die Hand auf den Mund gedrückt und ihre Augen waren voller Tränen. Sie sah Hector liebevoll an und sprach hinter der vorgehaltenen Hand.

»Du klingst genauso wie er, weißt du«, sagte sie mit einem gequälten Lächeln. »Wie Ajax. Es ist, als würde das Ganze von vorn losgehen.«

»Nichts geht von vorn los, Tante Dora. Mir passiert schon nichts«, versicherte ihr Hector mit einem frechen Grinsen. »Wir werden in ein paar Stunden wieder da sein, mit Helen und Daphne, heil und gesund.«

»Wo ist sie?«, fragte Lucas Cassandra, erleichtert, endlich etwas unternehmen zu können.

»Helen und ihre Mutter sind irgendwo in der Nähe der Fähre, aber sie bewegen sich so viel, dass ich es nicht genau sehen kann«, berichtete sie.

Lucas spürte, wie sich ihm seine Cousins anschlossen, als er zur Tür ging.

»Wartet! Ich komme mit«, rief Claire und hetzte hinter den viel schnelleren Scions her. »Lennie braucht mich.«

»Du bist wirklich nicht ganz dicht, weißt du das?«, fragte Jason verächtlich, aber Lucas hörte die Bewunderung hinter seiner gespielten Verärgerung. »Du bleibst hier.«

»Aber ich kann mit ihr reden! Auf mich wird sie hören«, argumentierte Claire. Sie hob die Hände und drückte sie Jason auf die Brust, damit er nicht an ihr vorbeimarschierte. Sie sah Lucas flehentlich an, als hoffte sie auf seine Erlaubnis.

»Du bleibst hier, Laufender Meter«, beendete Hector die Diskussion. »Wenn es zum Kampf kommt, wärst du ein gutes Ziel, und ich will nicht, dass jemand verletzt wird, weil er versucht, dich zu beschützen.« Er sah seinen Bruder vielsagend an.

»Keine Angst, ich bringe Helen zurück«, versicherte Lucas Claire. Er folgte seinen Cousins zum Geländewagen. »Aber *bitte* bleib hier in Sicherheit.«

»Ist ja gut, ich bleibe hier«, sagte Claire in ihrem unterwürfigsten Tonfall. Lucas brauchte kein Falschfinder zu sein, um zu wissen, dass sie log.

Er hoffte nur, dass sie nichts Unüberlegtes machte, aber er hatte keine Zeit herauszufinden, was sie plante. Helen stand kurz davor, die Insel zu verlassen. Lucas hatte keine Ahnung, ob er einen Hauch der Begabung seiner Schwester besaß, aber er wusste, wenn Helen ihn jetzt verließ, würde er sie für immer verlieren.

17

Kreon stand auf dem Grundstück, vollständig in Schatten gehüllt. Er wartete, bis seine Cousins mit dem schwarzen Geländewagen losgerast waren, dann rannte er hinter ihnen her. Er konnte problemlos mit dem Wagen mithalten, und solange er sich in seiner Wolke aus Dunkelheit bewegte, würde ihn an diesem trüben Tag niemand sehen. Seit vielen Hundert Jahren hatte kein Scion das Licht so beherrscht wie Kreon und an einem bewölkten Tag konnte nicht einmal ein anderer Sohn des Apoll ihn entdecken.

Kreon war Hector und Jason am Morgen von Helens Haus zum Anwesen gefolgt. Da er nichts Genaues wusste, hatte er beschlossen, den verfeindeten Teil der Familie erst einmal zu belauschen. Sein Vater hatte ihm erzählt, dass der Cestus seiner Trägerin erlaubte, die Gestalt zu wechseln, und daher blieb ihm nichts anderes übrig, als zu warten, bis sich seine Beute zeigte. Er war davon ausgegangen, dass sie irgendwann Kontakt zu den Verrätern aufnehmen würde, und genau das war geschehen. Jetzt brauchte er ihnen nur noch zu folgen und darauf zu vertrauen, dass sie ihn direkt zu ihr führten.

Helen sah aus dem Hotelfenster und suchte die nahezu menschenleere Straße ab, aber sie konnte Lucas nirgendwo entdecken. Sie hatte gehofft, ihn vor ihrer Abreise wenigstens ein letztes Mal zu sehen, auch wenn er sie nicht sehen konnte. Lucas war fort, der Sturm hatte sich gelegt, und sie und ihre Mutter würden schon bald die erste Fähre nehmen, die die Insel verließ.

»Helen«, rief Daphne ihr zu. »Du trägst dein eigenes Gesicht. Du darfst nicht ständig wechseln, sonst werden wir entdeckt.«

Helen wandte sich vom Fenster ab und konzentrierte sich darauf, wieder zu der hübschen Dunkelhaarigen zu werden, auf die sie und ihre Mutter sich für ihre Flucht geeinigt hatten.

»Viel besser«, lobte Daphne. »Ich kann nicht fassen, dass du diese Fähigkeit nicht schon längst entdeckt hast.«

Helen wusste nicht, was sie dazu sagen sollte. Sie war immer noch zu irritiert von ihrer neu entdeckten Begabung und ihrer wiedergefundenen Mutter, um zu entscheiden, ob sie gerade gelobt oder beleidigt worden war. Sie ging zum Ankleidetisch des Zimmers und sah sich die Fremde im Spiegel an. Der Cestus ermöglichte ihr, sich in jede beliebige Person zu verwandeln, aber sie hatte nur ein paar Stunden Zeit gehabt, es zu üben. Sobald sie in Sicherheit waren, wollte ihre Mutter ihr beibringen, wie man sich in jedes Alter und jedes Geschlecht verwandelte. Obwohl ihre Tarnung zurzeit noch recht einfach war, würde sie keiner erkennen – vorausgesetzt, sie vergaß nicht, die Illusion aufrechtzuerhalten.

»Du brauchst deine Hälfte des Cestus nicht als Herzanhänger zu tragen, das weißt du, oder?«, sagte ihre Mutter, die hinter Helen aufgetaucht war und sie im Spiegel ansah.

»Ja, ich weiß. Zumindest das habe ich schon selbst herausgefunden«, antwortete Helen mit der Stimme der Fremden.

Helens Halskette war der eigentliche Gürtel der Aphrodite, die schützende Hälfte, die sie unverwundbar machte. Der Schmuck des Gürtels bildete Daphnes Hälfte, und obwohl er keine Klinge oder Kugel aufhalten konnte wie Helens Anhänger, war das, was Daphnes Anhänger konnte, vielleicht noch unheimlicher. Er machte Daphne unwiderstehlich für jeden, den sie betören wollte.

»Das freut mich. Ich habe meine Hälfte immer als Herz getragen und gehofft, dass du das auch tust«, gestand Daphne verlegen. »Wahrscheinlich findest du, dass es mir nicht zusteht, dir gegenüber so rührselig zu sein. Aber ich bin es nun mal.«

Daphne betastete ihren Herzanhänger und öffnete den Mund, als wollte sie noch etwas hinzufügen. Doch sie tat es nicht und ging ins Nebenzimmer, um zum zehnten Mal ihr Gepäck zu kontrollieren. Ein Teil von Helen wollte ihrer Mutter nachlaufen und sagen, dass auch sie immer gehofft hatte, dass ihre Halskette eine Verbindung zu ihr darstellte. Aber ein anderer Teil von ihr wollte sich das verdammte Ding am liebsten vom Hals reißen und es ihrer Mutter ins falsche Gesicht werfen.

Helen war nicht sicher, wie wirkungsvoll Daphnes Überzeugungskraft war. Sie kam vom Cestus, also war Daphne vielleicht nur sexuell unwiderstehlich, doch Helen war sich schmerzlich bewusst, wie schnell sie eingewilligt hatte, ihr Zuhause und die Menschen, die sie liebte, zu verlassen. Sie folgte einer Frau, an die sie sich nicht erinnern konnte, an einen Ort, den sie nie gesehen hatte, und diese Entscheidung war in weniger als einer

Stunde gefallen. Helen überdachte alles, was sie erfahren hatte, suchte nach einem Hinweis darauf, dass sie manipuliert wurde. Auch wenn sie alle Beweise zusammentrug, wusste sie, dass sie keine Gehirnwäsche brauchte, um weglaufen zu wollen.

»Hast du Hunger?«, fragte Daphne. Helen zog sich schuldbewusst vom Fenster zurück und ließ den Vorhang fallen. Sie hatte wieder nach Lucas Ausschau gehalten.

»Nein«, antwortete sie und starrte auf den Teppich.

»Du musst aber etwas essen, und außerdem sollten wir dein neues Gesicht auf die Probe stellen, bevor wir auf die Fähre gehen«, erklärte Daphne. »Wir gehen frühstücken, bevor wir über diesen widerwärtigen Ozean fahren müssen.«

Helen wollte widersprechen und ihr sagen, dass sie ihr nicht zumuten konnte, nach so kurzer Eingewöhnungszeit die neue Identität beizubehalten, aber Daphne zuckte nur mit den Schultern und sagte, dass es an Land einfacher sein würde als auf dem Wasser. Anscheinend hatte Helen ihre Furcht vor dem Meer geerbt. Daphne verabscheute das Wasser, und Helen musste wieder daran denken, wie Hector ihr erklärt hatte, dass sie das Meer nicht mochte, weil sie es nicht kontrollieren konnte. Und da ihre Mutter das Wasser offenbar noch viel mehr hasste als sie, musste sie ein totaler Kontrollfreak sein. Nachdem Daphne sich vergewissert hatte, dass keine von ihnen Kleider trug, die man erkennen würde, zog sie Helen mit sich auf die Straße.

Das Unwetter hatte das Herbstlaub in einen rotbraunen Matsch verwandelt, der das Kopfsteinpflaster bedeckte und die Rinnsteine verstopfte. Es hatte fast aufgehört zu regnen, und der Wind hatte sich gelegt, aber die Wolken waren immer noch ganz dunkel und das Regenwasser floss in kleinen Rinnsalen über die Bürgersteige in Richtung Meer. Hier und dort lagen abgerissene Äste mit laublosen Zweigen, und die Enden, wo das Holz aus dem Stamm gerissen war, sahen vollkommen zersplittert aus. Sie konnte den Saft der Bäume riechen, die nun nach ihrem verlorenen Kampf gegen den Wind bluteten. Die verstörende Vorstellung von toten hölzernen Soldaten und riesigen hölzernen Pferden nahm ihr schließlich den Rest des Appetits.

»Es ist bestimmt alles geschlossen«, behauptete sie, obwohl sie wusste, dass es nicht stimmte.

»Vergiss nicht, dass ich hier auch mal gelebt habe. Und wenn ich auf dieser Insel etwas gelernt habe ...« Daphne marschierte zuversichtlich an den vernagelten Fenstern der Kunstgalerien vorbei und steuerte das Overeasy Café an, vor dem sich bereits eine Schlange gebildet hatte, »... dann die Tatsache, dass Walfänger nichts mehr lieben als einen richtig guten Sturm«, beendete sie freudig ihren Satz.

Das stimmte. Die Einwohner von Nantucket waren stolz auf ihre Fähigkeit, mit allem fertigzuwerden, was Mutter Natur in ihre Richtung warf. Das ließ sie eng zusammenrücken. Sie lachten gemeinsam über den heulenden Wind, das Eis, den Schnee oder den Regen.

Der Strom funktionierte noch nicht wieder und die Leute fegten die Scherben der zerbrochenen Fenster zusammen. Trotzdem wunderte es Helen nicht, dass bereits Gäste im Café saßen. Sie wusste genau, dass ihr Vater und Kate jetzt sechs Straßen entfernt im News Café waren und es auf Schäden überprüften. Und sie wusste auch, sobald die ersten hungrigen Gäste dort auftauchten, würden Jerry und Kate ihnen die Türen öffnen. Da die Kühlschränke nicht liefen, mussten die verderblichen Sachen entweder gegessen oder weggeworfen werden. Kate würde all die Lebensmittel eher an die Nachbarn verteilen, als sie verderben zu lassen.

Einen Moment lang dachte Helen, dass sie jetzt eigentlich bei ihnen sein sollte, aber dann erhaschte sie einen Blick auf ihr Spiegelbild in dem einzigen Fenster des Overeasy Café, das nicht zerbrochen war. Sie war nicht Helen. Sie war eine niedliche Brünette vom Festland und sie und ihre gewöhnlich aussehende Mutter machten Urlaub auf Nantucket. Diese beiden Touristinnen schuldeten niemand etwas.

Helen setzte sich, legte sich die Serviette in den Schoß und bestellte, was immer das Café auf einem Gasherd zaubern konnte – Eier, Speck und handgefilterten Kaffee. Während Helen ihr Essen auf dem Teller herumschob, kam Matt herein. Helens Augen weiteten sich, als Matt sie direkt ansah, und aus alter Gewohnheit holte sie schon Luft, um ihm eine Begrüßung zuzurufen, aber sein Blick glitt einfach über sie hinweg.

Es war eindeutig, dass Matt auf der Suche nach ihr ins Café gekommen war. Helen stöhnte und rieb sich die müden Augen. Claire musste ihm gesagt haben, dass sie vermisst wurde. Sie kannte Matt und wusste, wie klug er war, und sie war sicher, dass er sich genau wie Claire einiges zusammengereimt hatte.

Einen Moment lang wollte sie, dass er sie fand, aber er suchte den Raum nach Helens blonden Haaren ab. Als er sie nicht entdeckte, gab er die Suche auf. Helen hätte am liebsten ihre Serviette nach ihm geworfen und ihm zugerufen, dass sie doch nur drei Meter von ihm entfernt saß, aber sie musste sich eingestehen, dass sie ihm keinen Vorwurf machen konnte.

Trotzdem tat es weh, von jemandem übersehen zu werden, den sie schon seit ihrer Kindheit kannte. Sie sah Matt nach, als er das Café verließ, und plötzlich hatte sie das Gefühl, gesichtslos und unsichtbar zu sein wie ein Geist. Sie fühlte sich einsam.

»Es ist besser für ihn«, sagte Daphne tröstend und berührte über den Tisch Helens Hand. »Die Sterblichen, die sich in uns verlieben, leben nicht lange. Wir Scions ziehen Tragödien magisch an. Es ist sicherer für sie, wenn wir sie verlassen, bevor der Ärger anfängt. Deswegen habe ich Jerry nicht mehr Zeit gegeben …«

»Du hast meinen Vater nie geliebt«, unterbrach Helen sie verbittert und riss ihre Hand unter der ihrer Mutter heraus.

»Nein, habe ich nicht. Ich werde nicht lügen, um mich dir sympathischer zu machen«, sagte Daphne und griff nach der Rechnung. »Aber ich würde ihm nie etwas Böses wünschen. Vergiss nicht, dass er der einzige Mensch war, dem ich meine Tochter anvertraut habe. Du hasst mich dafür, dass ich Jerry nicht liebe? Schön. Aber du kannst mich wenigstens dafür respektieren, dass ich erkannt habe, was für ein besonderer Mensch er ist, und dass ich dir das Geschenk gemacht habe zu glauben, er wäre dein Vater.«

»Jerry *ist* mein Vater in jeder Hinsicht, die etwas bedeutet«, erwiderte Helen und stand vom Tisch auf.

Sie drehte Daphne den Rücken zu und wartete, bis sie das Geld auf den Tisch gelegt hatte. Auf dem Rückweg ins Hotel, wo sie ihr Gepäck holen wollten, entdeckte Helen auf einmal

Hector. Sein Blick streifte sie nur, wie es bei Matt der Fall gewesen war. Die Zwillinge waren auch da und suchten die Gegend um den Fähranleger ab. Helen hörte, wie Ariadne Matt etwas zurief. Sie klang überrascht, ihn zu sehen, aber Daphne zog sie zurück ins Hotel, bevor sie hören konnte, was die beiden zueinander sagten. Helen hörte nur noch, wie Claires Name genannt wurde, doch dann schlug die Tür hinter ihr zu, und sie bekam selbst mit ihrem Scion-Hörvermögen nichts mehr mit.

Lucas stand in der Eingangshalle. Helen sah sein Gesicht zwar nicht, aber das war auch nicht nötig. Sie hätte ihn sogar erkannt, wenn er einen Kilometer entfernt um eine Ecke verschwunden wäre und sie nur einen kurzen Blick auf ihn erhaschen könnte. Sie wandte sich hastig ab, denn wenn sie ihn ansah, würde ihre Konzentration nachlassen, und ihre Maske würde sich in Luft auflösen. Als sie hinter ihrer Mutter die Treppe hinaufeilte, hoffte und fürchtete sie gleichermaßen, dass er ihren Namen rufen würde, aber das tat er natürlich nicht.

Im Zimmer raffte Helen die paar Sachen zusammen, die sie besaß, und trug sie zur Tür, wobei sie ihre Tränen und ihre gerötete Nase vor ihrer Mutter verbarg, so gut es ging. Sie versuchte, sich das Haar der Fremden vors Gesicht fallen zu lassen, aber dummerweise trug dieses Mädchen einen Pony. Während ihre Mutter nachsah, ob sie nichts im Zimmer vergessen hatten, lachte Helen unwillkürlich auf, weil sie an ihre letzte Fahrt mit der Fähre denken musste. Da hatte Claire ihr zum ersten Mal von der neuen Familie erzählt, die in das große Anwesen in 'Sconset gezogen war. Claire war überzeugt gewesen, dass sie beide ihren Traumtypen finden und sich unsterblich in ihn verlieben würden, und Helen hatte das total albern gefunden. So albern, dass sie das Thema gewechselt und laut darüber nachgedacht hatte, ob sie sich einen Pony schneiden lassen sollte.

»Also, Claire hatte absolut recht«, murmelte Helen und schmunzelte trotz ihrer Tränen. »Ich finde diesen Pony scheußlich.«

Helen riss die Zimmertür auf und rannte direkt in Lucas hinein. Er brauchte nur den Bruchteil einer Sekunde, um Helens Tränen und das geschockte Gesicht der fremden Frau neben ihr wahrzunehmen. Dann packte er Helen am Arm, zog sie von der Frau weg und stellte sich schützend zwischen die beiden.

»Was haben Sie mit ihr gemacht?«, fragte er Daphne drohend.

»Und wer bist du?«, konterte Daphne mit einem breiten Südstaatenakzent. Lucas sah die Frau verwirrt an und schaute sich zu Helen um.

»Helen, wer ist diese Frau?«, fragte er.

»Kommt rein«, sagte Daphne und gab den falschen Akzent auf. »Helen, wir sind aufgeflogen. Er kann dein wahres Gesicht sehen.«

»Wieso?«, fragte Helen entgeistert und schaute hinab auf die Hände, die nicht ihr gehörten, und den Körper, der nicht ihrer war. Dann folgte sie Lucas zurück ins Zimmer.

»Weil er dich liebt.« Daphne schloss die Tür hinter ihnen. »Der Cestus kann das Gesicht einer Geliebten nicht verbergen; er kann es nur enthüllen. Für ihn wirst du nie jemand anders sein als du selbst, weil er dich genau so liebt, wie du bist.«

Daphne massierte sich angesichts dieser neuen und beunruhigenden Entwicklung die Schläfen. Sie sah Lucas an und gab ihre Tarnung auf. Er schnappte nach Luft.

»*Sie* sind all diese Frauen«, erkannte Lucas, der wieder daran denken musste, was Cassandra gesehen hatte. »Helen, das ist die Frau, die dich angegriffen hat. Das hier ist nicht ihr wahres Gesicht …«

»Ich weiß. Ich weiß auch, dass sie es war, die Kate in der Gasse verletzt hat«, sagte Helen. »Ich dachte, dass ich es war – dass ich Kate aus Versehen einen Schlag versetzt hätte.«

»Helen, dich trifft keine Schuld«, sagte Daphne beinahe ärgerlich.

»Sie hat versucht, mich zu entführen, um mich von deiner Familie fernzuhalten, bevor ihr herausfindet, wer ich wirklich bin«, fuhr Helen fort und ignorierte Daphne. »Sie wusste, dass ich ihr nicht trauen würde und dass sie mich buchstäblich festbinden musste, damit ich ihr zuhörte. Und das hat sie dann auch getan. Aber das ist meine richtige Mutter und dies ist ihr wahres Gesicht, Lucas. Es ist unser Gesicht.«

»Das kann nicht sein«, widersprach Lucas und ließ seinen Blick zwischen Helen und Daphne hin und her wandern. »Kein Scion sieht einem anderen so ähnlich.«

»Die Trägerinnen des Cestus sehen immer so aus wie der erste Scion, der ihn besessen hat«, sagte Daphne.

»Helena von Troja«, stellte Lucas leise fest.

Helen nickte und sah nur ihre Mutter an, während sie die Zusammenhänge erklärte. »Aphrodite und Helena waren Halbschwestern und liebten einander sehr. Als die Belagerung Trojas begann, gab Aphrodite Helena den Cestus, damit er sie beschützte. Seitdem ist er von der Mutter an die Tochter weitergereicht worden, zusammen mit dem Gesicht.«

»Welchem Gesicht?«, fragte Lucas.

»Dem Gesicht, das tausend Schiffe in Bewegung setzte«, sagte Daphne. »Es ist unser Fluch.«

»Helena von Troja gehörte zum Haus des Atreus«, sagte Lucas und ließ sich auf einen Stuhl fallen. »Also hat Pallas recht. Sie sind Daphne Atreus.«

»Mit irgendwas muss Pallas ja mal recht haben«, fauchte Daphne bissig, mäßigte ihren Ton aber schnell wieder. »Ich weiß, dass er dein Onkel ist, aber unsere gemeinsame Geschichte ist etwas kompliziert. Dein Vater war anders. Er war sehr nett zu mir – zumindest hat er es versucht. Die Furien haben Nettsein zu einem relativen Begriff gemacht.«

»Die Furien«, sagte Lucas nachdenklich. »Wieso sind die Furien jetzt nicht zu sehen?«

»Aus demselben Grund, aus dem deine Familie sie nicht mehr bei Helen sieht. Ihr beide habt euer Leben riskiert, um einander zu retten, und das hat die Blutschuld aufgehoben. Vor langer Zeit habe ich mit einem anderen Mitglied des Hauses von Theben etwas Ähnliches erlebt. Aber ich kann dir jetzt leider nicht die ganze Geschichte erzählen«, sagte Daphne. »Helen und ich müssen die Insel verlassen, und zwar sofort.«

»Nein«, sagte Lucas und sah Helen an. »Kommt mit mir. Meine Familie …«

»Deine Familie will mich tot sehen«, widersprach Daphne eisig. »Und Kreon ist hinter Helen her. Ich muss sie von der Insel wegbringen, und wenn du sie so liebst, wie ich glaube, wirst du mir dabei helfen.«

»Ich kann Helen vor Kreon beschützen«, behauptete Lucas

trotzig. Er wartete darauf, dass Helen ihn endlich ansah, aber sie tat es immer noch nicht.

»Bist du bereit, deinesgleichen zu töten? Ein Ausgestoßener zu werden?«, fragte Daphne ihn grob.

Lucas' Kopf fuhr ruckartig zu Daphne herum, als sie laut aussprach, was in seiner Familie als größte Sünde galt. Einen Moment lang hasste er sie dafür, aber nur, weil sie recht hatte.

»Du kannst Helen nicht gegen deine eigene Familie verteidigen – nicht bis zum Tod. Ich bin jetzt die Einzige, die sie schützen kann«, beteuerte Daphne, und es hörte sich an, als hätte sie wirklich Mitleid. »Und dazu muss ich sie als Erstes von Kreon wegbringen.«

»Ich werde ihn nicht in ihre Nähe lassen. Es ist mir egal, was aus mir wird«, sagte Lucas, der nur Augen für Helen hatte und nicht verstand, wieso sie ihm auswich. Er nahm ihre Hände.

»Lucas. Lass mich gehen«, sagte Helen leise und zog ihre Hände weg. Er verstummte, weil er spürte, dass etwas passieren würde, das grundfalsch war. »Wenn du mich liebst, wirst du mich gehen lassen. Liebst du mich?« Ihre Stimme war so dünn wie knisterndes Papier.

»Das weißt du doch«, antwortete er verwirrt. »Wenn du Angst hast, lauf mit mir weg, wie wir es geplant haben. Du weißt, dass wir füreinander bestimmt sind. Und ich bin mir sicher, dass du genauso fühlst wie ich.«

»Ich will, dass du mich gehen lässt«, sagte sie, als ihr Blick endlich seinen traf.

Um nicht daran denken zu müssen, wie entsetzt und traurig Lucas aussah, stellte sich Helen ihr Herz als eine Badewanne voll

Wasser vor. Alles, was sie in ihrem Leben empfunden hatte, das Gute und das Schlechte, waren nur Farbwirbel in diesem Wasser, und das ganze bunte Durcheinander floss nun durch den Abfluss. Sie musste jetzt nur noch ein paar Sekunden warten, dann wäre alles vorbei.

»Du hörst die Wahrheit in meinen Worten, nicht wahr?«, fuhr sie gnadenlos fort. »Ich will, dass du mich gehen lässt.«

Lucas hielt den Atem an, während er Helens Worten nachspürte und erkannte, dass sie ihn nicht anlog. Dann nickte er. Sein Gesicht zeigte keine Emotion.

»Ich glaube dir, dass du im Moment wegwillst, aber ich weiß auch, was passieren wird.«

»Das Orakel!«, rief Daphne aus, die sofort verstanden hatte, was Lucas meinte. »Sie hat ihre erste Prophezeiung überlebt? Ist sie noch nicht wahnsinnig geworden?«, fragte sie atemlos.

Er beantwortete ihre taktlosen Fragen mit einem knappen Nicken.

Daphne begann, unruhig im Zimmer herumzugehen, als hätten sich plötzlich tausend Gedanken in ihren Kopf gedrängt. Plötzlich blieb sie stehen und sah Lucas durchdringend an.

»Was hat sie über uns gesagt?«, fragte sie.

»Dass die von Aphrodite geliebten Menschen Schutz im Haus von Theben finden werden«, antwortete Lucas ungerührt. »Also *werden* Sie und Helen mit mir kommen.«

»Natürlich«, versicherte Daphne und hob beschwichtigend die Hände. »Helen, nimm deine Sachen.«

Helens Unterkiefer klappte herunter und sie starrte ihre Mutter fassungslos an. Nach allem, was Daphne ihr erzählt hatte, um sie vom Haus von Theben fortzubringen, war dieser Sinneswandel vollkommen unverständlich.

»Aber wir verpassen die Fähre …«, stammelte Helen unsicher.

»Das Orakel hat gesprochen«, sagte Daphne und schwang sich die Tasche über die Schulter. Ihre Augen funkelten. Helen hatte keine Ahnung, was ihre Mutter vorhatte, aber da sie keinen Grund hatte, ihr zu widersprechen, blieb ihr nichts anderes übrig, als zu gehorchen

Helen und Daphne nahmen ihre Tarnung wieder auf und die drei gingen hinunter in die Lobby. An der Tür bat Lucas sie, einen Moment zu warten. Er rief Hector an und sagte ihm, dass er mit dem Wagen zum Vordereingang kommen solle.

»Bleibt hier«, befahl er. »Ich will erst die Straße überprüfen, bevor ihr rausgeht. Hector sagt, dass Kreon auf dem Weg hierher war.«

»Das ist nicht nötig, Lucas. Solange du dich von uns fernhältst, sind wir gut getarnt«, beteuerte Daphne zuversichtlich. Sie verließ das Hotel und zog ihren Rollkoffer hinter sich her.

Als Helen ihr nach draußen folgte, warf sie einen Blick über die Straße. Dort stand Kreon und starrte mit seinem röntgenähnlichen Blick zu den Hotelfenstern hinauf. Dann fiel sein Blick auf Daphne.

Helen musste sofort an ihre letzte Begegnung mit Kreon denken. Sie spürte immer noch seinen heißen Atem im Nacken, als er ihr vor dem Zustechen *preciosa* ins rechte Ohr geflüstert hatte. Vor allem aber erinnerte sie sich an die erstickende Dunkelheit, die sie vollkommen orientierungs- und hilflos gemacht hatte. Das Echo dieses Entsetzens ließ sie einen Moment lang vergessen, dass die geliehenen Körper sie und ihre Mutter wirksam schützten.

»Mom! Stopp!«, schrie sie unwillkürlich und griff nach Daphne, um sie ins Hotel zurückzureißen.

Helens Aufschrei machte Kreon auf sie aufmerksam. Er sah, wie sein Cousin Lucas herbeisprang und das fremde Mädchen hektisch packte. Kreons Blick wanderte von der hübschen Dunkelhaarigen zu Lucas. Natürlich fiel ihm sofort auf, wie schützend sein Cousin sich vor sie stellte. Dann betrachtete er die gewöhnliche Frau mit dem teuren Koffer und lächelte. Er stürmte mit gesenktem Kopf über die Straße.

»Daphne! Er weiß es!«, schrie Lucas. Er stieß Helen hinter sich und warf sich Kreon blitzschnell in den Weg.

Die Cousins krachten mitten auf der Fahrbahn zusammen, und beide nutzten ihren Schwung, um besondere Wucht in ihre ersten Schläge zu legen. Aber Lucas konnte etwas, womit Kreon nicht rechnete. Im letzten Augenblick verstärkte er die Wirkung der Schwerkraft und nutzte den massiven Zustand, um seinen Widersacher so heftig auf den Asphalt zu schmettern, dass die Straßendecke aufriss.

Den Bruchteil einer Sekunde später schaute Lucas auf und sah Matts zu Tode erschrockenes Gesicht durch die Windschutzscheibe seines Wagens. Er trat mit aller Kraft auf die Bremse, aber es war zu spät. Matt rammte die zwei, die aus dem Nichts plötzlich mitten auf der Straße aufgetaucht waren, und die Front seines Autos faltete sich zusammen, als wäre er gegen eine Steinmauer gefahren.

»Lucas!«, kreischte Helen und versuchte, an ihrer Mutter vorbeizurennen.

Doch Daphne packte sie und hielt sie fest. Im selben Moment kam Hectors großer Geländewagen mit quietschenden Reifen vor ihnen zum Stehen und versperrte Helen den Weg zur Unfallstelle. Noch bevor Hector den Wagen vollständig zum Stehen gebracht hatte, sprang Ariadne auf der Beifahrerseite heraus und stürzte auf die Verletzten zu.

»Los, einsteigen!«, brüllte Hector Daphne zu, bevor auch er auf die qualmende Motorhaube von Matts Wagen zurannte.

Helen zappelte wie wild, weil sie nicht sehen konnte, was los war. Sie rief immer noch nach Lucas, während Jason und Daphne sie auf den Rücksitz des Geländewagens verfrachteten.

»Luke fehlt nichts!«, schrie Jason ihr ins Gesicht und versuchte, sie festzuhalten. »Helen, bitte! Wir erregen auch so schon zu viel Aufsehen.«

Diese Ermahnung reichte. Helen zwang sich zur Ruhe und rutschte an eines der getönten Fenster. Als sie Lucas vor der zerstörten Motorhaube von Matts Wagen auftauchen sah, seufzte sie erleichtert. Er war unverletzt und hielt Hector fest, damit er nicht losrannte. Kreon war verschwunden, also nahm Helen an, dass Hector ihm folgen wollte. Lucas flüsterte Hector etwas zu, das seinen sturen Cousin zu überzeugen schien, denn plötzlich beruhigte sich Hector und nickte.

»Er sieht genauso aus wie Ajax«, flüsterte Daphne hinter ihr und konnte den Blick nicht von Hector abwenden.

Helen drehte sich kurz zu ihrer Mutter um und starrte dann wieder auf die Unfallstelle. Ariadne half Matt aus dem Wagen und musste ihn stützen. Er taumelte, blutete aus einer Kopfwunde, war kreidebleich, und seine Augen waren vor Schreck weit aufgerissen, aber wenigstens schien er nicht schwer verletzt zu sein.

»Wir müssen dich ins Krankenhaus bringen«, sagte Ariadne besorgt, nachdem sie einen Blick in seine ungleich großen Pupillen geworfen hatte.

»Nein«, widersprach Matt energisch. »Das können wir unmöglich erklären. Normale Leute stehen nicht auf und gehen weg, wenn man sie mit dem Auto überfährt.«

Sie wussten alle, dass er recht hatte. Selbst mit einer Gehirnerschütterung war Matt noch ein schneller Denker.

»Du hast dir den Kopf angeschlagen«, warnte Jason, doch die Scions warfen einander unsichere Blicke zu.

»Und ich weiß trotzdem, was ich gesehen habe. Hört zu, ich würde niemals einen Freund verraten, aber wir müssen hier weg«, drängte Matt. »Bevor die Polizei kommt.«

»Ari?«, sagte Jason und sah seine Schwester an. »Ist es lebensbedrohlich?«

Ariadne fuhr mit den Händen über Matts Kopf und aus ihren Handflächen strahlte ein schwaches Licht. »Er ist in Ordnung«, sagte sie einen Augenblick später. Dann wollte sie Matt zu Hectors Geländewagen führen, aber Matt blieb plötzlich stehen und kicherte.

»Wow. Was hast du mit mir gemacht?« Er grinste sie verlegen an.

»Ich hab dich geheilt. Das ist meine Gabe«, antwortete sie lächelnd.

»Danke«, sagte Matt und ließ sich zu Hectors Wagen führen.

»Warte. Wo ist Claire?« Helen war schon aus dem Auto gesprungen und raste auf Matt zu, bevor ihre Mutter auch nur den Arm heben konnte, um sie aufzuhalten.

»Was meinst du mit ›wo ist Claire‹?« Helen ballte so stark die Fäuste, dass ihre Arme zu zittern begannen. »Wo hast du sie zuletzt gesehen?«

»Auf dem Vordersitz«, antwortete Matt schwach und deutete auf seinen demolierten Wagen.

Jasons ganzer Körper erstarrte. Dann bewegte er sich so schnell, dass ihm niemand mit den Augen folgen konnte. Er riss die Autotür heraus und hob Claire aus dem Fußraum des Autowracks. Sie war bewusstlos und blutete.

»Nein«, flüsterte Jason. »Du solltest dich doch von mir fernhalten.« Er hielt seine Lippen eine Haaresbreite über ihre und stand stocksteif da.

»Wie sieht es aus?«, fragte Ariadne eindringlich.

»Sie atmet«, antwortete er nach einem Moment und sah seine Zwillingsschwester an.

»Kannst du sie heilen oder nicht?«, fragte sie ihn gelassen.

Er biss die Zähne zusammen und nickte, sagte aber nichts. Dann trug er Claire in den Geländewagen und hielt sie auf seinem Schoß, während alle anderen einstiegen.

»Ich kümmere mich um Matts Wagen und treffe euch zu Hause«, sagte Lucas zu Hector und fing schon an, das Wrack zu tarnen, indem er das Licht um den Wagen herum beugte.

»Warte«, sagte Daphne. Sie hob die Hand und schloss die Augen. »Das verringert das Aufsehen.« Dicke Nebelschwaden zogen vom Meer herauf und in die Straße. Die ersten Nebelfäden steuerten direkt auf ihre graziös gebeugten Finger zu.

Helen hatte das Gefühl, dass auch der Sturm der vergangenen Nacht kein Zufall gewesen war, und fragte sich, ob ihre Mutter ihn heraufbeschworen hatte.

»Großer Zeus, eine Nebel-Ruferin«, hauchte Hector, der anscheinend dasselbe dachte wie Helen, als die Unfallstelle im Nebel verschwand. Dann sah er Lucas an. »Wo willst du das Auto verstecken?«

»Im Ozean. Wir holen es wieder raus, wenn es dunkel ist«, antwortete Lucas und verschwand im dichten Nebel, um Matts Auto von der Anlegestelle ins Wasser zu schieben.

Alle anderen saßen schon in Hectors Wagen. Die ganze Angelegenheit, von Kreons Angriff bis zu ihrem Aufbruch, hatte nur wenige Minuten gedauert, und sie waren schon weit weg, als sie die ersten Sirenen im Nebel heulen hörten.

Sie fuhren schweigend hinaus nach Siasconset, jeder von ihnen versunken in seinem eigenen Entsetzen und seinen eigenen Sorgen. Während der gesamten Fahrt konnte Helen den Blick nicht von Jason und Claire abwenden. Jason hatte angefangen, die Hände einen Zentimeter über ihrem Körper gleiten zu lassen, und seine Handflächen glühten genauso wie die seiner Schwester, als sie Matt geheilt hatte. Er flüsterte ihr etwas ins Ohr und blies funkelnde Atemzüge auf ihre geschlossenen Augen, als würde er seine Energie direkt in ihre bewusstlosen Träume hauchen.

Was immer er tat, half Claire, aber es bereitete ihm grauenvolle Schmerzen. Auf seiner grauen Haut bildeten sich dicke, glänzende Schweißperlen. Claire bekam wieder etwas Farbe und schien entspannter in seinen Armen zu liegen. Als sie am Anwesen ankamen, war Jason so erschöpft, dass Helen ihm Claire aus dem Arm nahm und sie ins Haus trug.

»Mein Zimmer. Schnell«, krächzte Jason, als Helen mit Claire die Küche betrat.

Sie huschte an den erschrockenen Gesichtern der anderen vorbei und drückte Claire eng an sich, um sie vor neugierigen Blicken zu schützen, bis sie und Jason sicher auf der Treppe waren. Auf halbem Weg nach oben spürte Helen, wie Jason ihr die Hand auf die Schulter legte und sich auf sie stützte. Er war so schwach, dass er kaum einen Fuß vor den anderen setzen konnte. Nur mühsam schaffte er die letzten Stufen.

»Wie kann ich helfen?«, fragte Helen ihn und legte Claire sanft auf sein Bett.

»Kannst du nicht«, antwortete er und streckte sich neben Claire auf dem Bett aus. »Ich habe meine Wahl getroffen, und wir sind miteinander verbunden, bis sie sich erholt. Es ist so etwas wie das letzte Gefecht des Heilers. Entweder wir schaffen es gemeinsam durch diese Wüste oder nicht.«

»Gut«, seufzte Helen, die endlich wieder Hoffnung hatte. »Claire würde nie zulassen, dass jemand, den sie gernhat, einfach losgeht und stirbt – und schon gar nicht bei dem Versuch, ihr das Leben zu retten.«

Sie sah Jason belustigt nicken, denn obwohl es schlecht aussah, hatte er gerade seine Lebensenergie mit einer legendären Kämpfernatur verbunden.

»Ich habe getan, was ich konnte, um sie aus allem herauszuhalten und sie vor uns zu schützen«, flüsterte er und suchte Helens Blick.

»Ja, ich weiß. Die ganzen Streitereien zwischen euch, obwohl ihr doch perfekt zusammenpasst«, sagte Helen schuldbewusst. Jason hatte versucht, Claire abzuweisen, nur damit ihr nichts geschah, aber Helen hatte sie immer wieder ermutigt. »Jetzt verstehe ich das.«

»Du musst dich um andere Dinge kümmern«, sagte er. Ihm fielen bereits die Augen zu. »Geh. Ich geleite sie hindurch.«

»Wenn du vom Weg abkommst, folge ich dir hinab«, versprach Helen und spürte bereits, wie die glühende Luft des trockenen Landes alle Feuchtigkeit aus der Umgebung saugte.

Plötzlich erkannte Helen, was das trockene Land war und wieso sie nie gewagt hatte, sich die Wahrheit einzugestehen, obwohl sie doch offensichtlich war. Die Wüste, in der sie im Schlaf herumgelaufen war, das Land, das Jason nun durchqueren musste, um Claire zu retten, war das Reich der Toten. Einen ganz kurzen Moment konnte sie Claires Geist sehen, verwirrt, verängstigt und lautlos nach Jason rufend. Schnell verbannte Helen dieses grässliche Bild aus ihrem Kopf und sprach direkt in Jasons Ohr. »Ich kenne den Weg durch die Steinwüste, und ich schwöre, wenn du es allein nicht schaffst, steige ich hinunter und trage euch beide raus.«

Jason riss die Augen auf, aber sein Geist folgte bereits dem von Claire, und obwohl er sich dagegen zu wehren versuchte, schlossen sich seine Augen wieder, und er versank in einen tiefen Schlaf. Helen verließ das Zimmer, denn sie vertraute ihm vollkommen, dass er Claire heilen würde.

Auf dem Weg nach unten hörte Helen bereits die Stimme ihrer Mutter. Sie kam ihr schon unglaublich vertraut vor, obwohl sie die Frau erst wenige Stunden kannte. Daphnes Stimme war zugleich die Stimme von Helen, und es kam ihr vor, als hörte sie eine Aufnahme von sich selbst.

Helen zögerte noch einen Moment, um sich zu wappnen, bevor sie das Wohnzimmer betrat. In den paar Minuten, die sie bei Jason verbracht hatte, war bereits ein Streit ausgebrochen.

»Meine Schuld?«, schrie Daphne Pallas an. »Wenn ihr alle in Cadiz geblieben wärt und euch von Helen ferngehalten hättet, wäre das alles nicht passiert!«

»Das war meine Schuld«, gestand Hector im Bemühen, die Wogen zu glätten. »Meine Familie musste abreisen, weil ich beinahe einen von meiner eigenen Sippe getötet hätte.«

»Da wärst du nicht der Erste«, zischte Daphne.

»Was soll das denn heißen?«, fragte Pallas empört.

»Bist du endlich bereit, über den Elefanten hier im Raum zu sprechen?«, fragte Daphne ihn verbittert. »Ich habe Ajax nicht getötet. Es war Tantalus.«

»Du lügst!«, fuhr Pallas sie an und kam drohend einen Schritt auf sie zu.

»Und wieso bin ich dann noch am Leben? Tantalus hat euch doch erzählt, er hätte mich eigenhändig getötet, stimmt's?«

Pallas starrte sie wütend an.

»Beantworte mir nur eine Frage. Wenn ich deinen Bruder Ajax getötet habe, wieso siehst du dann die Furien nicht?«, fragte Daphne und warf die Arme zur Seite, als müsste sie beweisen, dass sie sie nirgendwo versteckt hatte.

Alle sahen einander an, als erwarteten sie, dass jemand eine Erklärung dafür hatte, aber das war nicht der Fall.

»Pallas, weißt du noch, wie Ajax und ich uns gehasst haben, viel mehr, als sich nur durch die Wut der Furien erklären ließ, wir aber gleichzeitig unzertrennlich waren? Weißt du noch, wie es uns immer zueinander hingezogen hat, als könnten wir es nicht ertragen, auch nur einen Moment getrennt zu sein?«, fragte Daphne in einem sanfteren Tonfall.

»Er war besessen von dir«, sagte Pallas düster und warf Lucas einen kurzen Blick zu.

»Und ich von ihm. Schließlich haben wir gegeneinander gekämpft, aber im letzten Augenblick, kurz bevor einer den anderen töten konnte, hatten wir diesen schrecklichen Unfall. Es endete damit, dass wir einander das Leben retteten. Und damit hat jeder von uns seine Schuld beim Haus des anderen bezahlt. Ajax konnte bei meiner Familie sein, ohne dass die Furien auftauchten, und ich bei seiner. Wie sollte ich jetzt vor euch stehen, wenn das nicht die Wahrheit wäre?« Daphne deutete auf Helen und Lucas. »Ihr habt es wieder geschehen sehen, direkt vor euren Augen, und ihr wisst alle, wie es weitergehen wird. Nachdem die Furien verschwunden waren, haben Ajax und ich uns verliebt.«

»Lügnerin!«, fauchte Pandora.

»Nein«, widersprach Lucas und schüttelte geschockt und mit beinahe ängstlichem Blick den Kopf. »Sie sagt die Wahrheit.«

»Ich habe ihn mit meiner eigenen Hand berührt«, kreischte Pandora unter Tränen, das hübsche Gesicht zu einer bösartigen Fratze verzerrt. »Er war tot!«

»Ich glaube, ein paar Sekunden lang waren wir beide tot«,

sagte Daphne mitfühlend. Sie versuchte, Pandora zum Zuhören zu bewegen, was ihr aber nicht gelang. Pandora schüttelte bei allem, was Daphne sagte, heftig den Kopf. »Ajax und ich haben nie wirklich verstanden, was passiert war, aber ich schwöre dir, ich habe ihn nicht getötet.«

Pandora wandte sich abrupt ab und drehte Daphne den Rücken zu. Ariadne ging zu ihr und griff nach ihrer Hand, aber Pandora wollte keinen Trost. Sie zog ihre Hand weg und verschränkte die Arme vor der Brust.

»Das ist wieder mal typisch! Das Haus von Theben bildet sich ein, *alles* zu wissen, weil es das Haus des Orakels ist«, sagte Daphne fast flehentlich zu Pandora. »Und die Ironie dabei ist, weil ihr alles zu wissen glaubt, konnten die anderen Häuser so viel vor euch verbergen – unsere Relikte wie den Cestus –, sogar unsere Existenz. Ihr habt gedacht, das Haus des Atreus wäre ausgestorben, aber hier bin ich. Macht die Augen auf! Ob du es glaubst oder nicht, Pandora, Ajax und ich haben uns in dieser Nacht gegenseitig das Leben gerettet und uns dann unsterblich ineinander verliebt.«

»Ihr beide seid zusammen fortgegangen?«, fragte Castor und schockierte alle mit seinem mitfühlenden Ton.

»Wir hatten keine andere Wahl. Zwar hatte ich meine Schuld beim Haus von Theben beglichen und konnte in eure Nähe, ohne dass die Furien erschienen, aber ihr wolltet trotzdem meinen Tod«, bestätigte Daphne mit einem Schulterzucken. »Ajax war überzeugt, dass Tantalus uns beistehen würde, wenn wir ihm erklärten, was geschehen war. Er glaubte wirklich, euer Bruder würde uns helfen. Wir waren noch so jung, erst siebzehn.« Plötzlich drohten ihre Gefühle sie zu überwältigen, und sie biss die Zähne zusammen, um nicht weinen zu müssen.

»Wie ging es weiter?«, fragte Lucas leise.

»Jax und ich haben auf einem Segelschiff gelebt und uns auf dem Meer versteckt. Tantalus ist zu uns hinausgerudert, weil wir zu viel Angst vor einem Hinterhalt hatten, um an Land zu kommen. Doch als Tantalus mein Gesicht sah, wurde er rasend. Sie haben in dem Ruderboot um mich gekämpft. Ich kann nicht schwimmen – ich *schwöre*, ich konnte nicht zu ihm. Ajax hat den Kampf verloren«, sagte Daphne und sah Lucas direkt in die Augen. »Tantalus hat behauptet, er hätte mich an diesem Tag getötet, was offensichtlich eine Lüge ist. Er hat mich seitdem gejagt, entweder, weil er mich für sich will, oder weil er vorhat, mich zu töten, und den Triumph keinem anderen gönnt. Ich weiß wirklich nicht, was er vorhat.«

»Ich glaube dir kein Wort, egal, was du sagst«, erklärte Pallas und schüttelte ungläubig den Kopf. »Tantalus hat Ajax geliebt.«

»Das hat er. Er hat seinen Bruder geliebt und ihn getötet«, erklärte Daphne. »Und als Mörder von seinesgleichen ist er jetzt ein Ausgestoßener und kann keinen Kontakt zu irgendwem aus dem Haus von Theben aufnehmen, ohne dass die Furien euch von seiner Sünde berichten.«

»Pallas«, sagte Castor sanft. »Hat es dir nie zu denken gegeben, dass sich unser Bruder verborgen gehalten hat, obwohl es keine anderen Häuser mehr gab, von denen Gefahr drohte?«

»Aber da waren noch andere Häuser und sie sind immer noch da!«, widersprach Pallas hitzig und zeigte auf Helen und ihre Mutter. »Er muss gewusst haben, dass sie noch lebt und dass sie jeden von uns verleiten kann, ihr dabei zu helfen, an ihn heranzukommen.«

»Ich habe den Cestus nicht bei dir angewandt, Pallas. Nicht einmal, um dich dazu zu bringen, dass du mir glaubst«, beteuerte Daphne müde. »Ich will, dass du in deinem eigenen Herzen erkennst, wer Ajax getötet hat. Ich will, dass du erkennst, dass nicht ich diejenige war, die meinen Ehemann umgebracht hat.«

»Alles, was sie sagt, ist wahr«, sagte Lucas, und sein Blick traf Helen. »Sie hat den Cestus nicht benutzt. Und sie und Ajax waren verheiratet.«

Helen schaute weg, obwohl sie spürte, dass er sie weiterhin ansah.

»Die Parzen haben das viele Male bewirkt«, meldete sich Cassandra zu Wort. Ihre Augen glühten und ihre Stimme klang wieder ganz fremd. »Unter einem Unstern geborene Liebende sind Kette und Schuss des Musters, und meine Mütter sind gezwungen, dieses Muster immer und immer zu wiederholen. Die Symmetrie muss bestehen bleiben, sonst würde das Gefüge des Universums zerstört. Alle vier Häuser wurden auf diese Weise erhalten.«

»Alle vier?«, wiederholte Lucas und suchte erneut den Blickkontakt zu Helen. In ihm glomm ein Fünkchen Hoffnung auf, aber Helen teilte seine Freude nicht – ihr Gesicht war vollkommen ausdruckslos und sie wandte den Blick von ihm ab.

»Vier Häuser in drei Erben«, verkündeten die drei Stimmen des Orakels in ihrem Singsang. »Die unter einem Unstern geborenen Liebenden haben die Blutlinien bewahrt. Und diese drei werden Atlantis heben.«

Plötzlich herrschte Stille im Raum, ähnlich der Pause zwischen einem grellen Blitz und dem dröhnenden Donner, der unweigerlich folgen musste.

»Sibylle!«, sagte Daphne unerwartet und sprach Cassandra damit mit dem ältesten Titel des Orakels an. »Ich bitte dich, mir zu antworten! Wie können sich die Scions von den Furien befreien?«

»Sie kann sie noch nicht beherrschen!«, rief Castor entsetzt, aber Daphne war so verzweifelt, dass es für sie kein Halten mehr gab. Helen fiel wieder ein, wie schnell Daphne eingewilligt hatte, mit Lucas ins Haus von Theben zu kommen, und sie erkannte, dass es dies war, was sie die ganze Zeit geplant hatte.

Castor packte Daphnes Arm und zerrte sie von seiner Tochter weg, aber es war zu spät. Die Parzen waren in den Körper des Orakels zitiert worden, um eine direkte Frage zu beantworten, und sie ließen sich nicht aufhalten. Cassandras Mund glühte, ihre Haare wanden sich wie ein Nest voller Schlangen, und ihr Kopf ruckte nach hinten. Ihre Augen wurden trüb und die Haut faltig. Eine alte Frau bahnte sich mit Gewalt einen Weg durch die Hülle des Mädchens, als würde sie einen Schleier zerreißen. Krampfartig verwandelte sich die Alte in eine andere und dann in eine dritte und gleichzeitig begannen die vielen Stimmen zu sprechen.

»Der Deszendent muss hinabsteigen zu jenen, die nicht vergeben und nicht vergessen können. Der Deszendent wird die drei von ihrem Leid erlösen und die Häuser vom Teufelskreis von Blut für Blut befreien«, sagten sie und verstummten mit einem Schlag.

Cassandras Kopf richtete sich wieder auf. Die Falten glätteten sich, und die Augen wurden wieder klar, aber die unheimlichen Gestalten waren immer noch in ihr. Daphne befreite sich aus Castors Griff und näherte sich dem Orakel mit verschränkten Armen und ehrfürchtig an die Brust gedrückten Handflächen.

»Das Haus des Atreus steht in deiner Schuld, Sibylle«, verkündete Daphne und erfüllte ihren Teil des Rituals mit einer tiefen Verbeugung.

»Und das Haus des Atreus wird sie begleichen, wenn es gefordert wird«, antwortete das Orakel, bevor das Glühen endgültig erlosch und Cassandra wieder sie selbst wurde. Alle sahen Daphne schockiert und wütend an.

»Es tut mir leid, aber es musste sein«, verteidigte sie sich flüsternd.

»Du hättest sie töten können«, fuhr Lucas sie an und ballte die Fäuste. »Sie ist noch zu jung.«

»Wenn der Teufelskreis der Rache nicht endlich durchbrochen wird, hat sie ohnehin keine Zukunft. Keiner von uns«, murmelte Daphne, die Lucas nicht in die Augen sehen konnte.

»Sie hat recht«, unterbrach sie Cassandra. »Die Dinge werden sich ändern, eine Prophezeiung ist ausgesprochen, und ob es euch gefällt oder nicht, ich bin das Orakel. Ich kann mich nicht länger verstecken.«

»Vielleicht nicht«, sagte Castor. »Aber beim nächsten Mal entscheiden wir gemeinsam, welche Fragen wir stellen wollen und wann sie gestellt werden.« Er zeigte drohend mit dem Finger auf Daphne. »Noch so ein Trick wie dieser, und ich sorge dafür, dass du nicht mehr lange genug lebst, um die Antwort der Sibylle zu hören.«

Daphne nickte. Ihre schuldbewusste Miene beschwichtigte Castor, aber Lucas war nicht von ihrer Reue überzeugt. Er hatte diesen Ausdruck schon bei Helen gesehen und wusste genau, wie unecht er war. Er sah zu Helen hinüber. Ihr war es auch aufgefallen und sie tauschten einen besorgten Blick.

Cassandra war müde und Pandora brachte sie nach oben. Ariadne ging in die Küche, um nach Matt zu sehen, der immer noch ein paar Beulen und blaue Flecke kühlte, während Noel ihm in einem Crashkurs alles über Halbgötter beibrachte. Lucas bedeutete Helen mit einer Kopfbewegung, ihm ins Nebenzimmer zu folgen. Sie schüttelte den Kopf, aber er hatte sich schon abgewandt und ging auf die Tür zu. Sie musste ihm folgen.

Er führte sie in einen Teil des Hauses, den sie noch nicht kannte. Es war der Flügel gegenüber dem Büro seines Vaters. Auf ihrem Weg durch die leeren Flure und vorbei an den unbewohnten Zimmern sah sie, wie Lucas den Kopf leicht zur Seite neigte, als würde er ihre Anwesenheit fühlen.

Sie folgte ihm mit nur wenigen Schritten Abstand und merkte genau, wie sich seine Schultermuskeln anspannten und er heftiger zu atmen begann. Sie betrachtete bei jedem Atemzug die warme Haut seines Rückens unter dem T-Shirt und musste die geballten Fäuste fest gegeneinanderpressen, um nicht die Hand nach ihm auszustrecken und ihn zu berühren. Schließlich betrat er das leere Solarium am östlichen Ende des Hauses und drehte sich zu ihr um. Ihr blieb nur eine Sekunde, um protestierend den Mund zu öffnen, da küsste er sie auch schon. In der nächsten

Sekunde spürte sie, wie er sie sanft auf den Boden legte. Helen hätte sich ihm beinahe hingegeben.

Eine Welle der Übelkeit braute sich in ihrem Magen zusammen und sie presste die Lippen aufeinander und drehte den Kopf weg. Lucas zog sich vorsichtig zurück, weil er fürchtete, ihr wehgetan zu haben. Sie stemmte die Ellbogen gegen den Marmorboden und drückte gegen seine Brust.

»Hör auf«, bat sie.

Er wandte sich sofort von ihr ab und hob beschwichtigend die Hände. Sie setzten sich beide auf und sahen einander an. Er sah so verletzt und verwirrt aus, dass Helen die Tränen kamen, obwohl sie sich in der vergangenen Nacht geschworen hatte, dass sie nie wieder weinen würde.

»Was ist los?«, fragte er verständnislos.

»Wir können das nicht tun«, sagte sie und schüttelte heftig den Kopf.

»Wovon redest du?« Er versuchte, sie dazu zu bringen, dass sie ihn ansah, und griff nach ihren Händen. »Helen, wir sind frei. Es sind noch zwei weitere Häuser da, die den Frieden wahren können. Wir können zusammen sein.«

»Wir können es nicht tun«, wiederholte sie und ballte ihre Hände zu Fäusten.

»Warum nicht?«, fragte er mit erstickter Stimme, denn er spürte, dass Helen ehrlich mit ihm war, auch wenn er den Grund dafür nicht kannte. »Haben sich deine Gefühle für mich in dieser einen Nacht so verändert? Willst du mich denn nicht mehr?«

»Das ist es nicht«, stöhnte sie gequält. »Ich wünschte, ich würde dich nicht wollen.«

»Wie kannst du so etwas sagen?«, fragte Lucas. Es erleichterte ihn, dass sie ihn immer noch liebte. »Ich weiß, dass du heute viel durchgemacht hast und jetzt vielleicht noch nicht bereit dazu bist. Das ist in Ordnung. Ich warte gern, bis du so weit bist …« Er versuchte, sie in die Arme zu nehmen und einfach nur festzuhalten, aber sie stieß ihn weg und wandte das Gesicht ab.

»Wir sind Cousin und Cousine!«, rief sie verzweifelt, und ihr Schluchzen ließ ihre Schultern unkontrollierbar zucken. »Jerry ist nicht mein Vater. Es war Ajax.«

Lucas erstarrte, und plötzlich war es so still, dass Helen nur noch das Prasseln des Regens auf dem Dach hörte.

»Das kann nicht sein«, flüsterte er, obwohl er genau gehört hatte, dass sie nicht log. Er schüttelte den Kopf. »Nein. Wir haben die Furien gesehen, als wir uns begegnet sind. Wir können nicht verwandt sein.«

»Doch, können wir«, versicherte ihm Helen und wischte sich die Tränen aus dem Gesicht. »Kinder mit gemischter Abstammung können nur von einem Haus beansprucht werden und ich wurde dem Haus des Atreus zugesprochen. So war es von Anfang an.«

»Von Anfang an?«, fragte Lucas, der plötzlich wieder an Cassandras Prophezeiung denken musste. »Unter einem Unstern geborene Liebende tauchten im Gefüge der Zeiten immer wieder auf. Wie viele andere Scions mit gemischter Abstammung verstecken sich dort draußen?«

Helen schniefte und bedachte ihn mit dem Anflug eines Lächelns. Er war so klug und erkannte so schnell das kleinste Detail. Es gab so unendlich viel, was sie an ihm bewunderte, und damit auch so unendlich viel, was sie dazu brachte, sich immer wieder neu in ihn zu verlieben. Helen war so traurig, dass sie den Kopf hängen ließ und ihn nicht ansehen konnte, als sie seine Frage beantwortete.

»Daphne nennt uns *Rogues*, und ja, es gibt eine ganze Menge von uns«, sagte sie leise. »Niemand weiß genau, wie viele es sind, aber meine Mutter weiß, wo sich mindestens zwanzig von ihnen aufhalten.«

»Aber wenn diese Kinder nur einem Haus angehören können, ihre Eltern aber aus verfeindeten Häusern stammen, wird eine Hälfte der Familie …«

»… von den Furien in blinde Raserei versetzt werden und versuchen, das Baby zu töten. Daphne sagt, der Drang, es umzubringen, ist so stark wie bei einem Ausgestoßenen, der gerade gemordet hat. Ein Elternteil muss gegen die andere Hälfte der Familie um das Kind kämpfen, was bedeutet, dass einer der beiden entweder von den eigenen Eltern oder Geschwistern getötet wird oder sie töten muss«, beendete Helen den Satz und nickte niedergeschlagen. »Es gibt keine Möglichkeit, vorher zu wissen, ob das Haus des Vaters oder das der Mutter das Kind für sich beansprucht, aber einer von beiden versucht *immer*, es zu töten, was bedeutet, dass nach der Geburt beide Eltern da sein müssen … um einander bis zum Tod zu bekämpfen, damit das Leben des Kindes verschont bleibt.«

»Das ist widerlich«, stieß Lucas hervor. Helen nickte.

»Da hast du recht. Kinder sollten nicht in die Blutfehde hineingezerrt werden. Daphne hat sich geschworen, die Furien loszuwerden, damit *Rogues* wie ich mit beiden Elternteilen aufwachsen können und niemand mehr die Qualen durchmachen muss, sein eigenes Kind töten zu wollen. Sie hat es sich zur Lebensaufgabe gemacht, die Scions für immer vom Fluch der Furien zu befreien.«

Lucas nickte. Jetzt hatte er alles verstanden. Er stand auf und begann, nervös herumzulaufen, als könnte er unmöglich still halten, während sich in seinem Kopf so viele Gedanken überschlugen.

»Was machen wir jetzt? Wir können nicht voneinander lassen«, sagte er und blieb vor Helen stehen, die immer noch zusammengesunken auf dem Boden hockte.

»Ich weiß. Aber wir können auch nicht zusammen sein«, sagte sie und stand mit einem Seufzen auf.

Lucas stöhnte und schlug sich die Hände vors Gesicht. Sie konnten sich nicht ansehen, aber sie griffen blindlings nach einander und umarmten sich. Trost brauchten sie jetzt beide.

»Meine Mutter und ich wollten heute abreisen«, flüsterte Helen.

»Verlass mich nicht«, flüsterte Lucas zurück und drückte sie fester an sich.

»Was sollen wir nur tun?«, murmelte Helen verzweifelt, obwohl sie wusste, dass auch er keine Antwort darauf hatte.

Sie hielten sich in den Armen, und das Prasseln des Regens gegen die Scheiben war das einzige Geräusch, bis sie schließlich besorgte Stimmen hörten, die ihre Namen riefen.

»Ich glaube, ich kann das nicht«, sagte Helen. Sie löste sich aus seiner Umarmung und strich sich das Haar von der glühenden Stirn. »Ich kann das nicht noch einmal erklären.«

»Ich werde es tun«, sagte Lucas und griff instinktiv nach ihrer Hand, doch dann bremste er sich und zog seine Hand zurück.

Hector hatte die Tür gerade erreicht, als Lucas sie öffnete. Sein Gesicht war angstverzerrt und seine Brust hob und senkte sich im Takt hastiger Atemzüge. Sein Blick wanderte ein paarmal zwischen ihren Gesichtern hin und her, bis er begriffen hatte, dass ihnen nichts fehlte.

»Ihr beide seid … am Leben«, seufzte er erleichtert.

»Wir sollten zurückgehen«, sagte Lucas mit ausdrucksloser Miene. Er ging den Flur hinunter und ließ Helen bei Hector zurück.

»Daphne hat es uns gesagt«, berichtete Hector ohne Umschweife. »Es tut mir leid, Cousine.«

Helen nickte nur. Zu ihrer Überraschung legte ihr Hector im Gehen den Arm um die Schultern. Einen Moment lang drückte er sie an sich und gab ihr einen Kuss auf den Kopf. Erst als sie sich dem bewohnten Teil des Hauses näherten, wurde Helen bewusst, wie sehr sie sich von ihm stützen ließ.

18

Im Schatten vor dem Haus der Hamiltons zu warten, war vielleicht nicht sehr Erfolg versprechend, aber Kreon hatte keine andere Wahl. Er konnte sich dem Delos-Anwesen nicht mehr nähern, weil die Verräter jetzt gewarnt und entsprechend wachsam waren. Es war knapp gewesen, sehr knapp, aber seinen Cousin zu unterschätzen, hatte ihn den Triumph gekostet. Lucas war stärker, als er gedacht hatte. Diesen Fehler würde er kein zweites Mal machen, denn es war gut möglich, dass dieser eine schon ausreichte, ihn vom Retter zum Versager werden zu lassen.

Jetzt, wo seine Beute von der eigenen Familie bewacht wurde, blieb ihm nichts anderes übrig, als darauf zu hoffen, dass sie dumm genug war, allein hinauszugehen. Er hoffte, dass sie dann zu diesem Haus kommen würde, das sie als ihr Zuhause ansah.

Sehr gut standen die Chancen zwar nicht, aber er hatte keine andere Wahl. Er konnte nicht auf die Jacht zurückkehren und seinen anderen Cousins mit leeren Händen gegenübertreten. Er musste etwas vorweisen können – eine Spur, eine Gelegenheit zum Zuschlagen, irgendetwas –, bevor er zuließ, dass sich einige der Hundert Cousins einmischten. Wie immer es auch ausging, sein Vater durfte niemals erfahren, wie er vor dem Hotel versagt hatte. Das war zu beschämend, um auch nur daran zu denken.

Tantalus hatte Kreon endlich die Wahrheit gestanden und zum ersten Mal seit mehr als siebzehn Jahren hatte er die Stimme seines Vaters gehört. Es war ihm allerdings nicht erlaubt worden, sich im selben Raum aufzuhalten oder das Gesicht des Vaters zu sehen, weil diese Frau ihn so entstellt hatte, dass er es nicht ertragen würde, ihn anzusehen. Aber wenigstens hatte Kreon nach dieser langen Zeit mit ihm sprechen dürfen und von der schrecklichen Last erfahren, die er trug.

Sein Vater hatte ihn dafür gelobt, dass er all die Jahre so stark und treu gewesen war. Dann hatte er seinem Sohn berichtet, was in diesem Ruderboot wirklich geschehen war, wie seine Gedanken und sein Wille so grausam verdreht worden waren, dass er eine Sünde beging, die ihn für immer gezeichnet hatte – gezeichnet wie die Medusa. Tantalus gab seinen Fehler zu, bedauerte ihn zutiefst und versicherte seinem Sohn, dass er seit jenem Tag versuchte, ihn wiedergutzumachen. Er hatte sich geschworen, das weibliche Böse des Cestus zu vernichten, damit alle Männer, Scions ebenso wie Normalsterbliche, endlich ihre Lust beherrschen konnten. Diese heilige Mission hatte er nun seinem Sohn anvertraut.

Und Kreon hatte versagt.

Er spürte, wie sein Handy zum fünften Mal in seiner Tasche vibrierte. Bisher hatte er es ignoriert und wollte gar nicht wissen, wer ihn zu erreichen versuchte, aber jetzt gab er doch nach und warf einen Blick auf das Display. Es war seine Mutter. Nach kurzem Überlegen nahm er das Gespräch an.

»Wo bist du?«, fragte Mildred mit gedämpfter Stimme.

»Auf der Jagd«, antwortete Kreon vage, denn er spürte, dass seine Mutter beobachtet und vielleicht auch belauscht wurde. Es wäre nicht das erste Mal.

»Eine der Verräterinnen hat mich gerade angerufen«, wisperte sie eindringlich. »Sie hat mir von deinem Versagen vor dem Hotel erzählt und will die Seiten wechseln. Sie will ihre Männer vom Cestus befreien …«

Kreon hörte ein Rascheln, als hätte seine Mutter das Handy in die Tasche oder unter den Pullover gesteckt. Ein paar Sekunden lang hörte Kreon nichts außer dem monotonen Rascheln, während seine Mutter sich einen sicheren Ort zum Telefonieren suchte.

»Bist du noch da?«, fragte sie schließlich.

»Ja. Mutter, was ist los?«

»Psst. Hör nur zu. Die Hundert beginnen, an dir zu zweifeln. Sie dürfen nicht erfahren, dass wir Kontakt zueinander haben«, flüsterte sie eindringlich. »Wo bist du? Sie will sich sofort mit dir treffen, um einen Plan zu schmieden.«

Helen verbrachte eine Viertelstunde am Telefon und versuchte, ihren Vater zu beruhigen. Er hatte gerade zur Polizei gehen wollen und bestand darauf zu erfahren, wo sie die ganze Nacht gesteckt hatte. Sie konnte es ihm unmöglich sagen. Jerry war so wütend auf sie wie noch nie zuvor in seinem Leben. Er befahl ihr, sofort nach Hause zu kommen. Er brüllte sie sogar an, was er zuletzt getan hatte, als sie noch klein gewesen war. Helen war es nicht gewöhnt, ihrem Vater zu widersprechen, aber sie versicherte ihm trotzdem, dass ihr nichts fehlte und sie vorerst nicht heimkommen würde. Dann legte sie auf.

Sie wusste, wie unfair sie zu ihm war, aber sie hatte keine Ahnung, was sie sonst tun sollte. Sollte sie ihrem Vater sagen, dass Daphne wieder da war und dass sie bei ihr leben würde – oder war es gnädiger, wenn sie einfach verschwand? Daphne beteuerte, dass eine saubere Trennung für alle das Beste war, auch für Jerry, aber Helen hatte ein Problem damit. Natürlich wäre es so am sichersten für ihn, aber seelisch würde es ihn zerreißen. Helen ging beide Möglichkeiten im Kopf durch. Keine von beiden fühlte sich richtig an. Wie sie es auch machte, ihr Vater, der es am wenigsten verdiente, würde am meisten leiden. Ihre trübsinnigen Gedanken endeten abrupt, als Noel auftauchte, um ihr zu sagen, dass Claire und Jason wach waren.

Helen ging nach oben. Daphne saß neben Claire auf der Bettkante, hielt ihre Hand und sah sie liebevoll an. Am Abend zuvor hatte Daphne Helen erzählt, dass sie Claire schon als Baby geliebt und sich immer Sorgen um sie gemacht hatte, weil sie mit einem Scion aufwachsen musste. Während des Sturms hatte Daphne im Hotelzimmer den Fluch von Helen genommen und ihr auch berichtet, dass sie Claire als Auslöser der Krämpfe ausgenommen hatte, für den Fall, dass Claire irgendwann einmal Helens Schutz brauchte, auch wenn das die Gefahr erhöht hatte, dass Helen entdeckt wurde. Dafür hatte Helen ihr gedankt, doch davon abgesehen, hatte ihre Mutter ihr in dieser Nacht wenig erzählt, wofür sie ihr dankbar sein konnte.

»Hast du mit Lucas alles geklärt?«, fragte Daphne, als Helen hereinkam. Helen zuckte zusammen, als sie seinen Namen hörte, nickte hastig und lenkte die Aufmerksamkeit schnell auf Claire.

»Hey, Gig. Musstest du mich so erschrecken?«, sagte sie und stellte sich ans Bett.

»Für mich war es auch nicht gerade ein Spaziergang«, sagte Claire und bedeutete ihr, sich zu setzen. Dann bemerkte sie Helens verweinte Augen. »Bist du okay?«

»Nicht so wichtig«, sagte Helen und setzte sich neben ihre Mutter. »Wie geht es euch beiden?«

»Es war einfacher, als ich dachte«, antwortete Jason. »Wir mussten gar nicht in die Steinwüste, sondern brauchten nur die trockenen Hügel hochzusteigen.«

»Oh, gut«, sagte Helen mit einem erleichterten Lächeln. »Das ist weit weg vom Fluss.«

»Ich weiß«, sagte Jason und erwiderte Helens Lächeln, bevor er Claire ansah. »Sie ist wirklich stark.«

»Welche Steinwüste? Welcher Fluss?«, fragte Daphne und sah von Jason zu Helen, aber sie wurde von Claire unterbrochen.

»Das war real?«, fragte sie entsetzt, die dunklen Augen vor Angst weit aufgerissen.

»Ja und nein«, sagte Jason ruhig und berührte Claires Stirn sanft mit den Lippen. Er setzte sich mühsam auf. »Es ist ein realer Ort, aber wir waren nur im Geiste dort.«

»Aber ich hatte solchen Hunger. Solchen Durst«, flüsterte Claire verstört. Sie legte das Gesicht vertrauensvoll an Jasons Hals und er drückte sie fest an sich. Die Verbindung, die im trockenen Land zwischen ihnen entstanden war, hielt noch an, und Helen hatte das Gefühl, dass Jason sie nur ungern wieder aufgeben würde

»Keine Angst, wir sind nur am Rand entlanggegangen und haben es nie wirklich betreten. Nicht einmal die besten Heiler können den ganzen Weg gehen und lebendig wieder herauskommen«, sagte Jason beruhigend. Dann sah er zu Helen auf, als wollte er sie bitten, ihm bei seiner Erklärung zu helfen.

»Der Ort, an dem ihr wart, liegt jenseits von dem, an den du gehst, wenn du schläfst. Er ist nichts, vor dem du Angst haben musst«, sagte Helen und legte Claire tröstend eine Hand auf den Rücken. »Stell es dir einfach als besonders lebhaften Traum vor, wenn das leichter für dich ist.«

»Wohl eher ein Albtraum«, sagte Claire und löste ihr Gesicht von Jasons Hals.

»Nun, du bist fast gestorben«, sagte Helen mit einem Schulterzucken. »So was ist nicht witzig.«

»Helen?«, fragte Daphne ihre Tochter. »Wie oft warst du schon an dem Ort, von dem du da sprichst?«

»Ich weiß nicht. Ich habe irgendwann aufgehört zu zählen«, antwortete Helen mit einem Kopfschütteln.

Daphne starrte ihre Tochter sorgenvoll an. Es klopfte an der Tür und Matt streckte den Kopf herein.

»Tut mir leid, wenn ich störe«, sagte er verlegen. »Hey, Claire. Bist du okay?«

»Komm rein«, sagte Claire und versuchte, sich etwas gerader aufzusetzen. Sie streckte die Hand nach Helen aus, die ihr hochhalf. »Ich bin froh, dass du noch in einem Stück bist«, sagte sie erleichtert.

»Ja, ich auch«, beteuerte Matt. »Aber es gibt noch ein Problem, um das wir uns kümmern müssen. Ich habe ein paar Leute gesehen, die uns angestarrt haben, als wir … äh …«

»Als ihr Luke mit dem Auto überfahren habt?«, beendete Jason seinen Satz grinsend.

»Genau. Ich muss mich darum kümmern, bevor das Ganze außer Kontrolle gerät«, sagte Matt unbehaglich. »Je länger ich hierbleibe, desto mehr Gerede wird es geben. Wenn ich aber alles abstreite und allen zeige, dass ich keinen Unfall gehabt haben kann, weil ich nicht verletzt bin …«

»… dann ist die ganze Sache schon vorbei, bevor sie richtig angefangen hat«, kam ihm Daphne zuvor. »Bist du bereit, unseretwegen deine eigene Art anzulügen?«, fragte sie ihn eiskalt.

»Ich sehe uns nicht als die eine oder andere Art an. Alles, was ich sehe, sind meine Freunde, die meine Hilfe brauchen«, antwortete Matt, und seine Augen verengten sich zu Schlitzen. Er warf Helen einen kurzen Blick zu, als wollte er sie fragen, ob sie sicher war, was diese Mutter betraf, die sie sich neuerdings zugelegt hatte.

»Ich bringe dich, wohin du willst«, sagte Helen und stand auf. »Ich muss sowieso mit meinem Dad reden und kann dich unterwegs absetzen.«

»Du gehst nirgendwohin«, sagte Daphne, die nicht fassen konnte, dass Helen es überhaupt in Betracht zog. »Das ist viel zu gefährlich.«

»Ich kann ihn nicht einfach so verlassen«, widersprach Helen. »Das hast *du* ihm angetan, und ich habe mein ganzes Leben damit zugebracht, die Scherben aufzusammeln, die du hinterlassen hast. Und eines habe ich gelernt: Ich werde deine Fehler nicht wiederholen. Nicht diesen und auch keinen anderen.«

»Ich kann dich nicht jedes Mal festbinden, wenn wir verschiedener Meinung sind, aber ich kann dich bitten, vorsichtig zu sein, Helen«, sagte Daphne wesentlich verständnisvoller. »Die Götter wissen, was Ewigkeit bedeutet, und treiben gern ihre Spielchen mit uns Sterblichen, wenn wir uns etwas für die Ewigkeit vornehmen.«

Helen wandte sich ab und stolperte beinahe in Richtung Tür. Es schockierte sie so, ein Echo von Lucas in den Worten ihrer Mutter zu hören, dass sie einen Moment lang die Orientierung verlor.

»Ich hab dich«, flüsterte Matt ihr zu, nachdem er ihren Ellbogen gepackt und sie sicher durch die Tür gesteuert hatte, damit sie sich die Schulter nicht am Türrahmen anschlug.

»Deine Mom ist ja schräg«, sagte er mit einem Anflug von Angst, als die Tür sicher hinter ihnen verschlossen war.

»Ich weiß noch nicht, ob sie mit allem recht hat, was mir etwas bedeutet, oder ob sie einfach nur ein Biest ist«, gab Helen ehrlich zu.

»Das fragt sich jeder über seine Mutter«, sagte Matt lächelnd und verdrehte die Augen. »Aber Tatsache ist, dass keine Mutter nur das eine oder das andere ist.«

Helen lächelte Matt an und hoffte nur, dass er damit recht hatte. In der Küche trafen sie auf Pandora, die gerade aus der Garage zurückkam.

»Helen«, sagte Pandora überrascht. »Du gehst doch wohl nicht?«

»Matt muss nach Hause und ich will …«, begann Helen, aber Pandora schüttelte den Kopf.

»Du kannst dieses Haus nicht verlassen. Das weißt du«, sagte sie energisch.

»Kannst du ihn dann fahren?«, fragte Helen.

»Tut mir leid, ich kann jetzt nicht«, sagte Pandora und sah auf ihre Hände. »Warum fragt ihr nicht Ariadne? Sie ist in der Bibliothek.« Sie lächelte Helen und Matt kurz zu und eilte dann in Richtung Kampfkäfig davon. Helen brauchte einen Moment, bis ihr auffiel, was anders war als sonst. Zum ersten Mal, seit sie Pandora begegnet war, trug sie keinen Schmuck.

Helen führte Matt zur Bibliothek, wo Castor, Pallas, Hector, Ariadne und Lucas einen engen Kreis um Cassandras Sessel gebildet hatten und diskutierten. Die Unterhaltung wurde sofort beendet, als Helen auftauchte.

»Matt braucht jemanden, der ihn heimfährt«, verkündete Helen nervös. Sie versuchte, Lucas nicht anzusehen, aber ihr Blick ging automatisch in seine Richtung.

»Ich fahre ihn«, bot Ariadne an. Sie kam sofort herbeigelaufen und bedeutete Helen und Matt, den Raum zu verlassen.

»Was ist los?«, hauchte Helen Cassandra zu, die ihre Hand ergriff und sie wegführte. Als sie ein paar Schritte von der Bibliothek entfernt waren, antwortete sie ihr.

»Wir versuchen herauszufinden, was Kreon plant«, sagte sie.

»Wieso habt ihr mich ausgeschlossen?«, fragte Helen empört.

»Komm schon, Helen«, sagte Ariadne ein wenig herablassend. »Lucas kann es zurzeit nicht ertragen, im selben Raum zu sein wie du, und nimm es mir bitte nicht übel, aber er ist ein besserer Kämpfer als du. Wir brauchen ihn, und zwar voll konzentriert.«

Matt warf ihr einen erstaunten Blick zu, stellte aber zum Glück keine Fragen über sie und Lucas. In ein paar Stunden würde das alles ohnehin keine Rolle mehr spielen. Helen würde fort sein und weder ihn noch einen der anderen jemals wiedersehen. Später würde sie in einem anderen Staat in ein fremdes Bett kriechen, und es würde ihr egal sein, ob sie jemals wieder aufstand oder nicht. Aber daran wollte sie jetzt noch nicht denken. Jetzt musste sie sich erst einmal um die Menschen kümmern, die sie liebte.

In der Küche griff Ariadne nach ihrer Handtasche, die über der Stuhllehne hing, holte die Autoschlüssel heraus und sah sich suchend um. Dann ging sie in die Garage und zählte die Autos. »Sie ist wieder da?«, murmelte Ariadne. Aber bevor Helen sie fragen konnte, was los war, waren Ariadne und Matt auch schon eingestiegen.

Helen wartete, bis Ariadnes Auto die Auffahrt verlassen hatte, bevor sie auf den Rasen hinausschlich. Es war noch nicht richtig dunkel, aber Helen hatte trotzdem das Gefühl, als würden die Schatten unter den Büschen nach ihr greifen. Sie rannte ein Stück vom Haus weg, um möglichst schnell in die Luft zu kommen, den einzigen Ort, an dem Kreon ihr nichts antun konnte. Sie flog nach Hause und kreiste einen Moment lang in großer Höhe, um nicht zufällig von einem Nachbarn entdeckt zu werden. Aus demselben Grund entschied sie sich für einen schnellen, steilen Anflug. Sie landete im Garten und hörte, dass ihr Vater nicht allein war. Kate war bei ihm.

Helen sah die beiden durch das Wohnzimmerfenster. Sie saßen auf der Couch und schienen eine wichtige Unterhaltung zu führen. Wenn sie sich konzentrierte, konnte sie wahrscheinlich hören, worüber sie redeten, aber Helen wollte sich nicht in die Privatsphäre von zwei Menschen drängen, die sich offensichtlich gerade ineinander verliebten.

Sie berührte ihren Herzanhänger und wünschte den beiden viel Glück. Sie wusste zwar nicht, ob der Cestus so funktionierte, aber Hauptsache, Jerry hatte jemanden, der sich um ihn kümmerte, wenn sie fort war. Helen begriff, dass seine Beziehung mit Kate vielleicht eine Chance hatte, wenn sie ihn verließ, ohne es ihm zu sagen, und vor allem, ohne ihm zu sagen, dass Daphne wieder aufgetaucht war, und damit eine alte Wunde wieder aufzureißen.

Sie stand noch einen Augenblick vor dem Fenster und überlegte, was sie tun sollte, bis der deutliche Temperaturabfall und die hereinbrechende Dunkelheit ihr verrieten, dass ihr die Zeit davonlief. Sie flog hoch zu ihrem Fenster, setzte sich an ihren Schreibtisch und schrieb ihrem Vater eine Nachricht. Sie sagte ihm, dass sie ihn lieb hatte, dass es ihr gut ging und dass sie nie zurückkommen würde. Sie hielt die Botschaft absichtlich kurz, um keine Lügen schreiben zu müssen. Er war ihr immer ein guter Vater gewesen, und wenn sie nicht vollkommen ehrlich zu ihm sein konnte, war es das Mindeste, was sie tun konnte, ihn nicht anzulügen.

Als sie fertig war, flog sie sofort zurück zum Anwesen. Es tröstete sie ein wenig, dass ihr Vater immer noch ahnungslos sein würde, wenn sie sich später am Abend einfach davonstahl. Sie hoffte nur, dass Kate am Morgen noch für Jerry da sein würde, wenn er ihre Nachricht fand.

Doch noch bevor sie landen konnte, kam Castor ihr auf dem Rasen entgegengerannt und schwenkte die Arme über dem Kopf, dass sie sich beeilen sollte. Es war etwas mit ihrer Mutter passiert.

Daphne musste warten, bis die Familie ihre kleine Strategiesitzung beendet hatte, bevor sie in die Bibliothek schleichen und sich umsehen konnte. Sie brauchte nur den Absender der letzten Briefe von Tantalus an den Zweig der Familie des Hauses von Theben, der nach Nantucket gezogen war. Vielleicht würde es ihr dann nach so vielen Jahren endlich gelingen, Tantalus aufzuspüren.

Ihr fehlten nur noch wenige Informationen – der Name einer Stadt reichte schon, um sie auf seine Spur zu bringen. Und wenn sie Tantalus erst gefunden hatte, würde sie ihn auf dieselbe Weise umbringen, wie er ihren geliebten Ajax getötet hatte. Daphne hatte es bereits eine Million Mal durchgespielt. Sobald er an die Tür kam, würde sie ihm vor den Augen seiner Frau den Kopf abschlagen. Wenn sie Ajax' Tod rächte, würde er vielleicht auf der anderen Seite des Flusses auf sie warten, wenn Atropos ihren Lebensfaden durchschnitt. Aber bis es so weit war, hatte sie noch viel zu tun. Als Erstes brauchte sie den Namen der Stadt.

Daphne überflog die Poststempel der obersten Briefe auf Castors Schreibtisch, stellte aber schnell fest, dass ihre Suche vergebens war. Sie kannte die Handschrift von Tantalus so gut wie ihre eigene und sie konnte sie nirgendwo entdecken. Doch dann wurde ihr klar, dass Castor zwar der Klügste und Tapferste des Delos-Clans war, aber dennoch der Letzte, an den sich Tantalus wenden würde. Also durchquerte sie das Zimmer und setzte ihre Suche am zweiten Schreibtisch fort.

Unter dem Schreibtisch war ein kleiner Tresor. Sie legte ihre Hand auf den Drehknopf für die Zahlenkombination und hoffte nur, dass das Ding nicht von einem Scion entworfen worden war. Sie kniete immer noch vor dem Tresor und wartete auf das Klicken des Schlosses, als ihre Suche abrupt beendet wurde. Sie spürte den schmerzhaften Stich einer Nadel in ihrem Hals und keuchte auf, denn sie kannte den Drogencocktail, den sie bei anderen Scions angewendet hatte. Sie erinnerte sich daran, wie sie Helen betäubt hatte, und auch an die zweite gebrauchsfertige Spritze für alle Fälle, die sie in ihrer Tasche aufbewahrt hatte. Es dauerte nur Sekunden, bis sie das Bewusstsein verlor.

Als Daphne aufwachte, merkte sie, dass ihre Hände mit Handschellen gefesselt waren. Noch halb betäubt, sah sie sich um. Sie lag an einem dunklen Strand. An beiden Unterarmen hatte sie tiefe Schnittwunden, aus denen Blut quoll, obwohl die Heilung schon eingesetzt hatte. Der Blutverlust machte sie sehr durstig, aber sie ignorierte es und rief einen Blitz herauf.

Die Handschellen erhitzten sich rasend schnell, bis sie so hell glühten, dass Daphne den Blick abwenden musste, um nicht zu erblinden. Das Gleißen war beinahe unerträglich, aber die Handschellen schmolzen nicht, nicht einmal, als sie ihre volle Ladung einsetzte. Es gab nur wenige Stoffe, die bei normalem

Atmosphärendruck einer solchen Hitze standhielten, ohne in einen flüssigen oder gasförmigen Zustand überzugehen.

»Wolfram«, wisperte sie mit trockenen, rissigen Lippen und verfluchte sich selbst dafür, dass sie gehandelt hatte, ohne vorher nachzudenken.

Die glühenden Handschellen aus dem nahezu unschmelzbaren Metall waren mit einem Blitzableiter verbunden, der in den Boden eingeschlagen war. Sie war nicht nur bewegungsunfähig, sondern auch entwaffnet, denn ihre Blitze würden wirkungslos im Sand verpuffen.

»Ich hätte nicht gedacht, dass du noch einen Blitz übrig hast«, rief eine Frau, die am Wasser hockte. Sie richtete sich auf und kam auf Daphne zu. »Ich habe extra viel von deinem Blut genommen, um dich auszutrocknen – zumindest dachte ich das.«

»Warum tust du das?«, fragte Daphne gefasst. »Du bist keine Mörderin, Pandora.«

»Das weiß ich«, gab Pandora mit einem Nicken zu. »Ich habe versucht, dich zu töten, als du bewusstlos warst, aber ich konnte es nicht.«

»Dann lass mich gehen«, sagte Daphne mit einem unheilvollen Lächeln. »Ich weiß, warum du das hier machst. Etwas nicht wahrhaben zu wollen, ist ein machtvoller Antrieb, und Trauer kann auch einen guten Menschen böse machen.« Daphne kämpfte sich auf die Knie. »Aber warum glaubst du mir nicht? Oder wenn nicht mir, wieso dann nicht deinem Neffen Lucas? Er ist ein Falschfinder.«

»Lucas hat jeden Grund der Welt, deine Version der Geschichte für die Wahrheit zu halten«, fauchte Pandora und kickte wütend in den Sand, bevor sie anfing, hektisch auf und ab zu gehen. »Seine Liebe zu Helen macht ihn blind, und er würde alles tun, um sie zu behalten. Vielleicht sogar seine eigene Familie anlügen.«

»Zum einen kann Lucas Helen niemals ganz haben«, sagte Daphne düster. »Und zum anderen gibt es einfachere Wege herauszufinden, ob ich Ajax getötet habe. Dazu hättest du mich nicht entführen müssen. Hast du Tantalus jemals gefragt, warum er sich immer noch versteckt?«

»Wahrscheinlich, weil er weiß, dass du dich in jede Person verwandeln kannst, die du willst!«, schrie Pandora sie wutentbrannt an. »Das Einzige, was du nicht fälschen kannst, ist eine Handschrift. Deswegen kommuniziert er nur durch Briefe – um sich zu schützen, weil er weiß, dass du seinen Tod willst!«

»Und wieso sollte ich seinen Tod wollen?« Jetzt wurde auch Daphne wütend. »Wenn es mir nur um den Triumph ginge, hätte ich längst eine von euch Theben-Ratten töten können. Wieso sollte ich Tantalus wollen und nur ihn, wenn er mir nicht etwas genommen hätte, das mir lieb und teuer war?«, fragte sie mit zittriger Stimme.

Pandora beobachtete, wie Daphne sich in den Sand setzte, dem verhassten Ozean den Rücken zukehrte und deprimiert auf ihre eigenen Füße starrte. Pandora entfernte sich von ihr, verschränkte die Arme und hielt ihr Gesicht in den Wind. Sie atmete schwer, und ihr Blick wanderte hin und her, als würde sie den Horizont absuchen.

»Du Schlange«, sagte sie plötzlich wutentbrannt. »Kreon hat gesagt, dass du raffiniert bist, aber das ist etwas anderes. Du glaubst wirklich, was du sagst! Deswegen konnte Lucas deine Lügen nicht entlarven. Du hast dich all die Jahre hinter den Gesichtern anderer Leute versteckt und jetzt ist deine ganze Existenz eine einzige Lüge. Deswegen muss ich dich von Castor und Pallas fernhalten und von allen anderen, die ich liebe. In meinem Herzen weiß ich ganz genau, dass du den Cestus benutzt hast, um meinen Bruder zu verführen. Du hast ihn nie geliebt und er hätte dich niemals lieben können. Ajax war zu gut, er war zu rein …«

»… und zu edel und sanftmütig und großzügig und mutig«, rief Daphne laut, um Pandora zu übertönen. Sie blinzelte mehrmals, weil ihre Augen schmerzten, aber keine Tränen hervorbrachten. Ihr Körper weinte, aber es fehlte die Feuchtigkeit, und irgendwie tat es deswegen noch mehr weh als sonst. »Seit Ajax vor neunzehn Jahren diese Welt verlassen hat, war das Leben für mich ohne Sinn«, flüsterte Daphne.

»Was ist mit Helen? Sie ist ein guter Mensch. Und sie ist zumindest ein Teil von Ajax …« Pandora verstummte, als sich Daphnes Blick in ihre Augen bohrte. »Helens Geburtstag war gestern – ihr *siebzehnter* Geburtstag«, wisperte Pandora schockiert. »Aber warum? Warum willst du sie glauben machen, Ajax wäre ihr …«

Pandora schaute weg und schüttelte betrübt den Kopf. Sie konnte es nicht fassen, wie eine Mutter ihre eigene Tochter so quälen konnte. Aber ihre Zeit war abgelaufen. Kreon kam hinter Pandoras Rücken über den Strand auf sie zu. Daphne hatte versucht, Pandora auf ihre Seite zu ziehen, hatte gehofft, sich retten zu können, aber sie hatte nie wirklich eine Chance gehabt. Jetzt konnte sie nur noch hoffen, dass Ajax ihr in der Unterwelt verzieh.

»Du hast recht, Pandora, Helen ist nicht von ihm. Ich habe nichts von Ajax, und damit habe ich nichts auf dieser Welt, was mir etwas bedeutet. Sogar du, die kleine Schwester, die er so sehr geliebt hat, die zu beschützen er mich versprechen ließ, sogar du bist hoffnungslos vergiftet. Weißt du, es würde Ajax umbringen, dich so zu sehen.«

»Wag es nicht, mir zu sagen, was mein Bruder fühlen würde!«, kreischte Pandora, als in ihrem Innern etwas zerbrach, genau wie Daphne es erwartet hatte. Pandora stürzte sich auf Daphne, die Finger zu Krallen gekrümmt, um ihr damit die Augen auszukratzen. Daphne rollte sich unter Pandora und versuchte, sich zu schützen, so gut es mit den Handschellen ging. Sie wusste, dass sie sich nur einen Moment lang verteidigen musste.

»Rühr sie nicht an, sie könnte noch weitere Blitze haben!«, schrie Kreon und riss Pandora von Daphne herunter.

Daphne wandte sich von ihnen ab, während Kreon seine Cousine wegzerrte. Daphne verbarg ihr Gesicht mit den Armen und kauerte sich ängstlich zusammen. Sie hatte plötzlich kurze schwarze Haare.

»Er hätte sich niemals in sie verliebt!«, kreischte Pandora, die sich immer noch heftig gegen Kreon wehrte. »Er hätte sie genauso verabscheut wie ich, das weiß ich genau!«

Pandora versuchte, sich aus Kreons starken Armen zu befreien, aber er ließ sie nicht los. Eine bessere Ablenkung hätte sich Daphne nicht wünschen können.

»Lass dich von ihr nicht täuschen, Cousine! Sie ist eine der Auserwählten Aphrodites, und man muss kein Mann sein, um ihren Einfluss zu spüren. Sie kann jedem mit einem Blick das

Herz brechen«, sagte er und schaffte es endlich, Pandora ein Stück weit von Daphne wegzuziehen.

Er führte sie am Strand entlang, weg von seinem wertvollen Fang, und redete die ganze Zeit auf sie ein. Sie hatten sich so weit entfernt, dass Daphne sicher sein konnte, dass sie nicht mitbekommen würden, wie sie Pandoras Gestalt annahm. Dann schlug sie sich selbst mit der Faust ins Gesicht und fing an zu stöhnen.

»Kreon!«, schrie Daphne heiser. »Was machst du? Geh weg von ihr. Das ist Daphne! Sie hat uns ausgetrickst! Glaub ihr kein Wort!«

Daphne heulte und schrie, bis sie sah, wie Kreon unsicher wurde und Pandora grob am Arm packte und zu der Stelle zurückschleifte, an der Daphne angekettet war.

»Als ich mich auf sie gestürzt habe …«, schluchzte Daphne und zeigte mit dem Finger auf Pandora, um den Cestus einzusetzen, »… da hat sie die Fesseln abgestreift und sie mir angelegt. Sie ist so stark – das hätte ich nie gedacht!«

»Diese Frau lügt!«, stammelte Pandora. Sie versuchte, ihr Handgelenk aus Kreons Griff zu befreien, aber er ließ nicht locker. Sie sah von ihm zu Daphne und war so geschockt, dass sie nicht wusste, was sie tun sollte.

»Glaub ihr kein Wort!«, rief Daphne und sah Kreon in die Augen, während sie seinen Willen zusammenfaltete wie ein Stück Papier und es in der hintersten Ecke seines Bewusstseins verstaute. »Sie will zu deinem Vater gebracht werden, aber als Pandora, damit sie nah genug an ihn herankommt, um ihn zu töten! Das hat sie von Anfang an geplant und ich bin darauf hereingefallen! Es tut mir so leid, Cousin. Ich hatte keine Ahnung, wie verschlagen sie ist!«

Kreon starrte Pandora hasserfüllt an. Mit einem Ruck renkte er ihr den Arm aus und sie fiel schreiend auf die Knie. Er zog eine kleine Bronzeklinge aus seinem Gürtel und schnitt Pandora die Kehle durch. Sie war schon tot, bevor ihr Blut im Sand versickern konnte.

Helen flog etwa fünfzehn Meter oberhalb von Hector, als er losrannte, um die Strände abzusuchen. Es war unglaublich dunkel, zumal fast überall auf der Insel immer noch der Strom ausgefallen war. Außerdem war es kalt. Alle Inselbewohner waren vermutlich in ihren Häusern, saßen am Kamin oder warfen ihre Notstromgeneratoren an. Der Rest der Familie Delos war überzeugt, dass Kreon die menschenleeren Straßen nutzen würde, um Helens Mutter von der Insel wegzubringen. Cassandra war immer noch zu erschöpft und konnte nichts sehen, und so mussten sie raten, wie er seinen Plan durchführen würde. Vermutlich würde er einen Hubschrauber oder ein Privatflugzeug nehmen. Lucas sollte über Castor und Pallas fliegen, während sie den Flughafen auf der Westseite der Insel überprüften, und Ariadne würde den Fähranleger im Nordwesten übernehmen, für den Fall, dass Kreon sich auf diese Weise mit Daphne aus dem Staub machen wollte. Hector entschied sich freiwillig dafür, den dunklen, verlassenen Strand im Nordosten abzulaufen, was wenig Erfolg versprechend schien.

Helen bot natürlich sofort an, ihn zu begleiten. In den Wochen des Trainings hatte sie eines gelernt: Hector konnte sich in jeden Gegner hineinversetzen und wusste immer, was er als Nächstes tun würde. So logisch die Strategie der anderen Familienmitglieder auch sein mochte, Helen vertraute Hectors Bauchgefühl entschieden mehr als jedem noch so ausgeklügelten Plan. Es hatte eine hitzige Diskussion gegeben, ob man Helen überhaupt erlauben sollte, das Anwesen zu verlassen, aber schließlich konnte niemand aus dem Haus von Theben ihr das Recht absprechen, nach ihrer Mutter zu suchen, dem Oberhaupt des Hauses des Atreus.

Unter sich sah Helen, wie Hector ein paarmal in die Wellen rannte. Sie starrte verblüfft auf ihn hinab. Er hielt jedes Mal inne, breitete die Hände aus und hielt sie ins Wasser, bevor er frustriert wieder hinausstürmte. Sie wusste, dass eine seiner Begabungen mit dem Wasser zu tun hatte, und so, wie er die Wellen prüfte und fast mit ihnen kommunizierte, vermutete Helen, dass er nach etwas auf dem dunklen Ozean suchte. Plötzlich begriff sie, wieso Hector diese abgelegene Strecke gewählt hatte – er suchte nach etwas im Wasser, vermutlich einem Boot, das irgendwo vor der Küste lag. Wieso sollte man Flugpläne ausfüllen oder sich in die Passagierliste einer Fähre eintragen, um eine Insel zu verlassen? Im Dunkel der Nacht brauchte man doch nur ein Ruderboot und ein Schiff, das im tieferen Wasser vor Anker lag, und schon konnte man verschwinden, den Kontinent verlassen, ohne irgendeine Kontrolle zu passieren. Man konnte auch eine entführte Frau mitnehmen, ohne dass es auffiel.

Helen schlug das Herz bis zum Hals und sie suchte das dunkle Meer hektisch nach einem Boot ab. Sie musste immer wieder an diesen bösartigen Blick in Kreons Augen denken, als er ihr den

Dolch ins Herz stoßen wollte. Helen liebte ihre Mutter nicht – sie kannte sie ja kaum –, aber sie wünschte niemandem dieses blanke Entsetzen, das sie selbst empfunden hatte. Da war etwas Böses in Kreon, und Helen vermutete, dass sie bei ihrem kurzen Kampf mit ihm nur einen Hauch davon mitbekommen hatte, wozu er tatsächlich fähig war.

Plötzlich startete Hector durch und raste mit Höchstgeschwindigkeit den Strand entlang. Helen konnte in der Dunkelheit nicht so gut sehen wie er, und sie musste genau hinstarren, um zu erkennen, welche Fährte er aufgenommen hatte. Doch dann erschrak sie so sehr, dass sie beinahe vom Himmel gefallen wäre.

Am Strand waren dunkle Gestalten. Aber da kein Feuer brannte und auch sonst kein Licht in der Nähe war, konnte Helen nicht erkennen, wie viele Personen es waren. Sie beschleunigte, überholte Hector im Flug und musste hilflos zusehen, wie eine Frau von einem großen Mann in die Knie gezwungen wurde. Helen hörte sie schreien, doch ihr Schrei endete abrupt. Helen flog so schnell wie nie zuvor, schoss herab und kam nah genug heran, um Pandoras leblosen Körper vor Kreons Füße fallen zu sehen. Eine zweite Pandora, die an einen Metallpfahl angekettet war, verwandelte sich schimmernd und flackernd zurück in Daphne.

Als Hector den leblosen Körper im Sand entdeckte, brüllte er auf wie ein Tier. Sein ganzer Körper bebte vor Wut und Schmerz, und Helen wusste, dass die Furien Besitz von ihm ergriffen hatten. Hector war immer noch zu weit weg, rannte aber mit Riesenschritten über den feuchten Sand und ließ Kreon nicht aus den Augen, der sich langsam umdrehte und Daphne anstarrte.

Er umklammerte die blutige Klinge und ging in mörderischer Absicht auf sie zu.

»Zurück!«, schrie Helen ihn an, als sie neben ihrer Mutter auf den Boden krachte.

Helens Hände glühten eisblau, denn der Blitz war schussbereit. Kreon wusste, dass er unterlegen war. Er wirbelte herum und rannte landeinwärts. Hector, der nur Sekunden davon entfernt war, ihn zu erwischen, knurrte hasserfüllt und jagte hinter Kreon her.

»Hector, warte! Verfolg ihn nicht allein!«, schrie Helen ihm nach, doch sie konnte ihre gefesselte und verletzte Mutter nicht alleinlassen. Aber Hector hörte nicht auf sie. Von hinten sahen sich die beiden so ähnlich, als wären sie Zwillinge, und für Helen sah es beinahe so aus, als jagte Hector eine schattenhafte Version seiner selbst.

Helen drehte sich wieder zu Daphne um und riss mit bloßen Händen die Ketten von den Handschellen ab.

»Mutter, was hast du getan?«, fragte sie mit zusammengebissenen Zähnen.

»Das hier nicht!«, antwortete Daphne atemlos und deutete auf Pandoras Leiche.

»Ich habe dich aus der Luft in Pandoras Körper gesehen!«, schrie Helen sie an. Sie fuhr sich mit den Händen durchs Haar und begann, aufgelöst hin- und herzulaufen.

»Das habe ich gemacht, um Kreon zu verwirren – ich konnte doch nicht ahnen, dass er sie tötet!«

»Und du hast nicht den Cestus benutzt, um ihn zu beeinflussen?«, fragte Helen misstrauisch.

»Ich habe ihm nie gesagt, dass er sie umbringen soll!«, beteuerte Daphne und stand auf. »Ich wollte nur etwas Zeit schinden und ihn hinhalten, solange ich konnte. Ich hätte nie gedacht, dass er so etwas tun würde!«

»Ich glaube dir«, sagte Helen. Sie zog ihre Jacke aus und legte sie über Pandoras Leiche. »Bist du schwer verletzt?«, fragte sie ihre Mutter.

»Mir geht es gut. Aber du musst unbedingt Hector aufhalten«, wechselte Daphne hastig das Thema. »Geh. Ich bringe Pandora zurück zu ihrer Familie. Dann mache ich mich auf die Suche nach dir.«

Helen nickte ihrer Mutter zu. Sie wusste, dass mehr hinter der Geschichte steckte, aber das musste warten. Sie sprang in die Luft und flog Richtung Westen, dicht über dem Boden, um Hector und Kreon nicht zu übersehen, die in der stockdunklen Nacht landeinwärts rannten. Helens Augen konnten das Licht nicht so manipulieren wie die der Kinder des Apoll – in der Dunkelheit war sie im Nachteil. Sie wünschte, dass Lucas bei ihr wäre. Er würde perfekt sehen können, sogar hier draußen im dunklen Moor. Außerdem würde er wissen, wo er suchen musste, weil er der bessere Stratege war. Vor allem wünschte sie aber, dass er bei ihr wäre, weil sie dann nicht allein mit Hector und Kreon fertigwerden musste.

Sie verdrängte diesen Gedanken schnell wieder und flog von einem Ende der Insel zum anderen, konnte die beiden aber nirgendwo finden. Also machte sie wieder kehrt, denn schließlich war ihr Gegner nicht so dumm weiterzurennen, bis er in den Ozean lief. Kreon saß auf der Insel fest, es sei denn, er steuerte irgendeinen Ort an, von dem aus er sie verlassen konnte, ohne bemerkt zu werden. Helen flog eine enge Wendung und hielt auf den Fähranleger zu.

Die letzte Fähre war längst weg, aber vielleicht war sich Kreon dessen nicht bewusst. Helen würde jeden Moment den belebteren Ortskern erreichen und musste entweder sehr hoch fliegen, um nicht entdeckt zu werden, oder landen und den Rest des Weges rennen. Sie entschied sich für die Landung in einem Bereich, wo niemand sie sehen würde. Dann lief sie auf den Fähranleger zu und lauschte angespannt. Als sie an der India Street vorbeikam, hörte sie dumpfe Schläge, die sich nach einer heftigen Prügelei anhörten. Helens Füße hämmerten auf den Asphalt, als sie den Geräuschen entgegenrannte. Sie wusste genau, wohin sie musste, wohin die Parzen diesen Kampf dirigiert hatten. Zum Athenäum.

Helen schoss um die Ecke und musste feststellen, dass das Ende der Straße in absolute Schwärze getaucht war. Selbst in einem stockdunklen Raum spürt man die Dinge, die einen umgeben, doch Kreons Dunkelheit war so undurchdringlich, dass sie Helen mehr nahm als nur ihr Sehvermögen; sie entwurzelte sie und verwirrte all ihre Sinne. Als Helen in die Dunkelheit vordrang, die er geschaffen hatte, verstand sie, warum die anderen Kreon einen Schattenmeister genannt hatten.

Irgendwo in diesem grässlichen schwarzen Loch konnte sie Hector und Kreon in blinder Wut aufeinander einprügeln hören. Helen wusste nicht, was sie tun sollte. Sie hatte solche Angst vor diesem von Kreon geschaffenen Nichts, das einem jede Orientierung nahm, dass sie nicht hineinzulaufen wagte. Sie schrie

Hectors Namen und ballte verzweifelt die Fäuste, die sofort von einem weißblauen elektrischen Schimmer umgeben waren. Das brachte sie auf eine Idee.

Als sie in ihrem Haus gegen Kreon um ihr Leben gekämpft hatte, hatte ihr Funke die Dunkelheit vertrieben, sodass sie ihn plötzlich wahrnehmen konnte. Er konnte zwar andere Arten von Licht kontrollieren, aber bei ihren Blitzen schien das nicht zu klappen. Sofort hob Helen die Hände und rief einen hellen Funken herauf, der zwischen ihren Händen tanzte, und erleuchtete somit die ganze Szenerie.

Hector lag auf dem Rücken. Kreon war über ihn gebeugt und hämmerte seinen Kopf immer wieder auf die Marmorstufen der Bücherei. Das blaue Glühen zwischen Helens Händen knisterte und wurde immer intensiver. Hector drehte seine zugeschwollenen Augen ins Licht. Er lächelte. Von Kreons Schwärze erlöst, schaffte er es, sich aus dem Griff seines Cousins zu befreien, und die beiden standen sich erneut gegenüber.

Sie gingen aufeinander los, bevor Helen auch nur einen Schritt machen konnte. Sie warfen einander gegen die dorischen Säulen und zerrten an dem Körper des anderen, als wollten sie ihn auseinanderreißen. Helen rannte los und schrie, dass sie aufhören sollten, aber da war es schon zu spät. Sie war noch ein paar Meter entfernt, als Hector es schaffte, hinter seinen Widersacher zu kommen. Mit einem heftigen Ruck brach er Kreon das Genick.

Helen blieb mitten auf der Straße stehen und sah geschockt zu, wie Kreons Leiche die Stufen hinunterfiel. Hector schaute auf ihn herab und sah dann Helen an. In diesem Augenblick hatten die Furien ihn verlassen und er war wieder Herr seiner Sinne.

Hector hatte die schlimmste aller Sünden begangen. Er hatte seinen eigenen Cousin getötet.

Ein dunkler Komet stürzte vom Himmel, krachte in Hectors Körper, trieb ihn durch drei Säulen und brachte sogar das Fundament des nachgemachten Tempels zum Bersten.

»Lucas, hör auf!«, schrie Helen, so laut sie konnte.

Doch Lucas konnte sie nicht hören. Die Furien hatten ihn gepackt. Er hörte nur ihre Befehle, den Sünder zu töten. Lucas prügelte blindlings auf Hector ein und versuchte, ihn totzuschlagen.

Helen flog die letzten paar Schritte auf Lucas und Hector zu. Sie stieg blitzschnell auf und ließ sich dann mit ihrer ganzen Schwerkraft auf die beiden herabstürzen. Dabei stieß sie die beiden Jungen mit voller Wucht in den Schutt der Büchereistufen. Hastig warf sie die Arme hoch und holte zwei Blitze für jede Hand herauf. Bevor einer der beiden reagieren konnte, schoss sie die Blitze auf die verfeindeten Cousins ab. Als die beiden das Bewusstsein verloren, hörte Helen eilige Schritte näher kommen. Der Rest des Delos-Clans war eingetroffen.

»Zurück«, schrie sie und stellte sich Ariadne und Pallas entgegen, die aus unterschiedlichen Richtungen auf sie zugerannt kamen.

Hector war zwar bewusstlos, aber das war den Furien egal. Seine Sünde war so frisch, dass der Drang, ihn zu töten, unbezähmbar sein musste, selbst bei denen, die ihn am meisten liebten. Helen hatte Frieden mit dem Haus von Theben geschlossen, war aber kein Teil von ihm geworden. Deshalb stand sie zum Glück nicht unter dem Zwang, Hector töten zu müssen, der nun ein

Ausgestoßener war. Sie suchte in ihrem Innern nach den Blitzen, spürte aber nur einen mickrigen Funken. Sie war stundenlang durch die Gegend gerannt, ohne einen Tropfen zu trinken.

Mit einem kurzen Blick vergewisserte sie sich, dass Hector und Lucas noch atmeten, und schritt dann hinaus auf die Straße. Sie stellte sich zwischen Hector und seine wutschnaubende Familie.

»Kommt nicht näher«, drohte Helen und zwang die letzten paar Volt, die sie noch verspürte, aus ihren Fingerspitzen zu sprühen. Hoffentlich merkten sie nicht, dass sie kaum mehr elektrische Kraft besaß.

Helen hielt die eisblauen Hände ausgestreckt und ihr Blick wanderte von Ariadnes blutrünstigen Augen zu Pallas' gebleckten Zähnen. Die beiden waren nicht mehr sie selbst, sondern nur noch Werkzeuge der Furien. Mit ihren glühenden Händen versuchte sie, sie zu vertreiben. Doch gerade, als Helen hoffte, dass sie vor ihren Blitzen weichen würden, kam Castor um die Ecke gerannt, getrieben vom Flüstern der Furien.

Sie waren in der Überzahl. Helen hatte keine Ahnung, wie weit sie gehen musste, um Hector vor seiner eigenen Familie zu schützen. Sie konnte niemanden von ihnen töten, aber sie durfte auch nicht zulassen, dass die Familie Hector umbrachte. Wenn seine Familie nicht auf ihren Bluff hereinfiel, hatte sie keine Chance mehr. Sie hatte sich in ihrem ganzen Leben noch nie so allein gefühlt.

»Helen, ich habe Hector! Bleib zwischen uns, während ich ihn wegbringe«, rief Daphne hinter ihr. »Was immer du tust, lass nicht zu, dass sie ihn sehen, sonst verlieren wir diesen Kampf!«

Helen seufzte, als sie die Stimme ihrer Mutter hörte. Sie war so erleichtert, jemanden auf ihrer Seite zu haben.

Es war ihr egal, ob sie den letzten Tropfen Wasser in ihrem Körper verbrannte. Wichtig war nur, den Teufelskreis der Rache zu unterbrechen, bevor er die Familie vernichtete, die sie liebte. Sie warf die Arme hoch und brachte mit einem letzten Aufkeuchen ihren Blitz dazu, in einem großen, grellen Kreis um ihren Körper zu tanzen. Ariadne, Pallas und Castor hielten sich die Hände vors Gesicht, um ihre Augen vor dem Licht zu schützen, über das sie keine Kontrolle hatten.

Helens Blitz war heißer als die Oberfläche der Sonne. Er schmolz den Asphalt unter ihren Füßen und heizte die Luft auf, bis sie buchstäblich zu brennen begann. Pallas, Castor und Ariadne liefen fort von der unerträglichen Helligkeit und der Hitze, aber, was noch wichtiger war, sie liefen auch fort von Daphne, die mit dem bewusstlosen Hector über der Schulter in die Dunkelheit rannte.

Die Schmerzen waren nicht mehr auszuhalten. Helen konnte den Ball aus Elektrizität nur noch ein paar Sekunden aufrechterhalten. Als sie Daphne weglaufen hörte, ebbte der Strom ab wie bei einer durchgebrannten Glühbirne, und sie stolperte verzweifelt aus dem glühenden, flüssigen Asphalt, der unter ihr glomm und dessen giftige Gase sie zu ersticken drohten. Auf allen vieren kroch sie auf Ariadne, Castor und Pallas zu, deren Gesichter sie entsetzt und verzweifelt anstarrten. Aber Helen konnte nicht zulassen, dass sie sich ihrer Verzweiflung hingaben.

»Lucas braucht Hilfe!«, keuchte sie und deutete auf die zerschmetterten Stufen der Bücherei.

»Ariadne«, sagte Castor mit klangloser Stimme. »Hol Lucas. Helen, kannst du gehen?«

»Nein«, gestand sie und schüttelte den Kopf.

»Sterbliche werden kommen«, sagte Castor. Er hob Helen hoch und wollte sie wegtragen, zögerte aber, als er bemerkte, dass sein Bruder ihm nicht folgte. »Pallas! Wir müssen gehen!«

»Mein Sohn!«, wisperte Pallas, der wie angewurzelt dastand.

»Dad, komm jetzt! Du musst Kreons Leiche nehmen!«, zischte ihm Ariadne von den Stufen des Athenäums zu. Sie hatte sich Lucas über die Schulter geworfen und sah sich hektisch nach möglichen Zeugen um.

Die Stimme seiner Tochter riss Pallas aus seiner Erstarrung. Er griff nach dem toten Kreon und folgte Castor aus dem Ort und hinaus aufs Moor.

19

Helen starrte das Glas Wasser an, das vor ihr stand und einen feuchten Ring auf dem Tisch hinterließ. Sie hatte schon so viel getrunken, dass es ihr vorgekommen war wie eine ganze Badewanne voll, und jetzt hatte sie keinen Durst mehr. Sie hielt sich aber trotzdem an ihrem Glas fest, damit sie nicht in die traurigen Gesichter blicken musste.

»Diese Familie ist sein ganzes Leben. Dieses Haus«, sagte Ariadne. Ihre rot unterlaufenen Augen waren weit aufgerissen und ihr Blick war starr. »Wie kann Hector ein Ausgestoßener des Hauses von Theben sein?«

»Ich hätte ihn aufhalten können«, verkündete Jason.

»Du kannst im Moment kaum aufrecht auf einem Stuhl sitzen«, widersprach Ariadne kopfschüttelnd. Jason hatte sich noch nicht von Claires Heilung erholt, und seine Zwillingsschwester ließ nicht zu, dass er die Verantwortung für etwas übernahm, das er nicht einmal gesehen hatte. »Ich war dort. Ich hätte ihn aufhalten sollen.«

»Du warst nicht in der India Street, als Hector Kreon getötet hat, Ari«, sagte Helen, die immer noch ihr Wasserglas anstarrte. »Aber ich.«

»Hör auf damit, Helen«, sagte Lucas. »Du und deine Mutter, ihr habt diese Familie gerettet. Zumindest das, was noch davon übrig ist.«

Alle erinnerten sich schmerzlich an Pandora und jeder dachte dasselbe. Wenn er oder sie an diesem Tag anders gehandelt hätte, müssten sie jetzt nicht diesen Schmerz ertragen. Cassandra versicherte allen, dass keiner von ihnen vorhersehen konnte, was passieren würde, und nahm damit gewissermaßen alle Schuld auf sich. Sie schien nicht darüber hinwegzukommen, dass sie die Einzige war, die fähig gewesen wäre, ihre Familie zu retten.

»Ruf deine Mutter an«, sagte Noel plötzlich zu Helen und riss damit alle aus ihren qualvollen Gedanken. »Ich bin im Moment die Einzige, die es ertragen kann, in Hectors Nähe zu sein, und ich will meinen Neffen sehen. Er wird mich brauchen.«

Helen nickte und holte ihr Handy heraus. Es war das Telefon, das Hector ihr blutüberströmt überreicht hatte, nachdem Lucas ihn verprügelt hatte, aber sie verdrängte die Erinnerung daran und wählte die Nummer ihrer Mutter. Als es zu klingeln begann, stand sie auf und verließ die Küche, um dort hinzugehen, wo es ruhiger war.

Plötzlich hörte sie einen weiteren Klingelton im Haus. Helen machte sich auf die Suche und fand die Tasche ihrer Mutter an einem Haken im Eingangsbereich. Sie schalt sich selbst für ihre Dummheit. Daphne war entführt worden – natürlich hatte sie ihre Handtasche nicht mitgenommen. Helen gab es auf und das Klingeln in der Tasche brach ab. Sie betrachtete die Tasche und griff aus einem Impuls heraus danach. Genau in diesem Augenblick klopfte es ein paar Meter neben ihr an der Haustür.

Hastig öffnete Helen die Handtasche ihrer Mutter und holte das Handy heraus. In aller Eile ging sie die Liste der letzten Anrufe durch. Sie konzentrierte sich auf das beleuchtete Display. Neben ein paar eingegangenen Anrufen mit unbekannten Nummern war nur ein Anruf hinausgegangen – an jemanden namens *Daedalus*.

Helen warf das Handy gerade noch rechtzeitig in die Tasche, bevor Ariadne auftauchte, um an die Tür zu gehen. Einen Moment später erschienen auch Castor und Pallas. Sie waren nervös und rechneten wahrscheinlich mit der Polizei oder jemanden von den Hundert Cousins. Nach kurzem Zögern nickten sie Ariadne zu, dass sie die Tür öffnen sollte. Zur allgemeinen Verblüffung stand Daphne vor der Tür.

»Ich ersuche um ein Gespräch zwischen dem Haus des Atreus und dem Haus von Theben«, verkündete Daphne. Sie hatte die Arme vor der Brust verschränkt und neigte den Oberkörper nach vorn, als wollte sie eine Verbeugung andeuten.

Castor und Pallas sahen sich an. Welchen Hass sie auch immer für Daphne empfanden, sie mussten ihn zügeln, das war ihnen klar. Pallas schluckte schwer, dann nickte er.

»Du bist in diesem Haus willkommen und kannst unserer Gastfreundschaft gewiss sein«, erklärte Castor formell. Er verbeugte sich, trat zur Seite und ließ Daphne als Gast über seine Schwelle treten.

Das offizielle Treffen der beiden Häuser fand in der Bibliothek statt, und wieder nahmen alle rund um Cassandra Platz, die in ihrem gewohnten Sessel saß. Helen setzte sich zu ihrer Mutter auf die Couch und versuchte, Lucas nicht anzusehen, obwohl er ihr direkt gegenübersaß.

»Zuerst möchte ich um Verzeihung bitten, dass deine Sicherheit gefährdet war, während du unser Gast warst«, begann Castor, aber Daphne unterbrach ihn, bevor er seinen Gedanken zu Ende aussprechen konnte.

»Pandora war außer sich vor Trauer. Sie und Ajax hatten eine ganz besondere Beziehung zueinander, und deswegen konnte ich ihr nie vorwerfen, dass sie seinen Tod rächen wollte, vor allem jetzt nicht, wo wir sie verloren haben«, sagte sie und wedelte mit der Hand, als wollte sie diesen Gedanken vertreiben. »Soweit es mich betrifft, ist das Gesetz der Gastfreundschaft nicht verletzt worden.«

Als sie diese Worte aussprach, fiel Helen auf, wie Lucas' Augen zuckten, und sie wusste, dass er eine Lüge gespürt hatte, aber nichts sagte, damit es kein böses Blut gab.

»Ich habe um dieses Treffen gebeten, um zwei wichtige Dinge zu besprechen, die unsere beiden Häuser betreffen«, fuhr Daphne fort. »Zum einen geht es um Hector und seine Zukunft und zum anderen um meine Tochter und ihre Rolle in der Prophezeiung.« Helens Kopf fuhr herum zu ihrer Mutter.

»Meine was?«, fragte sie verständnislos.

Helen war nicht die Einzige im Raum, die nicht wusste, was los war. Castor und Pallas sahen sich verblüfft an, und selbst Cassandra zuckte mit den Schultern und musste zugeben, dass sie keine Ahnung hatte, was Daphne meinte.

Jason stand auf und trat vor seine Familie.

»Helen ist der Deszendent, den das Orakel in seiner Prophezeiung erwähnt hat – es hieß, dass der Deszendent die Häuser vom Teufelskreis der Rachsucht befreien wird. Das ist mir erst heute Nachmittag klar geworden. Helen hat das trockene Land so genau beschrieben, dass ich wusste, dass sie schon dort war. Anfangs hat mich das verwirrt, weil ich weiß, dass sie keine Heilerin ist. Aber dann hat sie versprochen, dass sie hinabsteigen und mich und Claire herausholen würde, falls ich nicht stark genug wäre, die Reise allein zu schaffen. Ihrer Zuversicht konnte ich entnehmen, dass sie meinte, was sie sagte, und ich gehe auch davon aus, dass sie mehr als nur einmal körperlich dort war.«

»Der Dreck an deinen Füßen!«, rief Ariadne aus, die sofort an Helens schmutzige Füße und das Mysterium der nicht klingelnden Glöckchen denken musste.

»Was ist damit?«, fragte Helen und sah in die versteinerten Gesichter der anderen.

»Der Deszendent träumt nicht nur von der Unterwelt, sondern geht tatsächlich mit seinem Körper hinunter«, antwortete Ariadne, die vollkommen schockiert war. »Du warst jede Nacht in der Hölle.«

»Deine Albträume«, sagte Lucas und schaute Helen an.

»In einem von ihnen warst du bei mir«, erwiderte Helen verwirrt. »In der Nacht, in der wir abgestürzt sind, bevor wir am Strand aufgewacht sind, bin ich hinuntergegangen, um dich zu holen, weißt du das noch? Du warst verloren und blind, und ich habe dich dazu gebracht, aufzustehen und weiterzugehen. Mir hinauszufolgen …«

Helen konnte nicht weitersprechen. Lucas zu zwingen, durch die Unterwelt zu laufen, war grauenvoll. Er hatte nicht verstanden, dass sie ihn retten wollte – er hatte nur Angst gehabt, dass sie ihm wehtat.

»Das war real?«, wisperte Lucas.

Helen nickte und wollte nach seiner Hand greifen. Sie musste ihn berühren, um sich zu vergewissern, dass er jetzt keine Angst mehr vor ihr hatte, aber Daphne hielt ihre Hand mitten in der Luft fest und schüttelte missbilligend den Kopf.

»Du hast es gewusst«, warf Lucas Daphne vor.

»Wie Jason habe ich Helens Fähigkeit heute Nachmittag entdeckt«, antworte Daphne. »Das ist einer der Gründe, weswegen ich um dieses Treffen gebeten habe.«

»Und was sind deine anderen Gründe?«, fragte Cassandra eisig, deren Gesicht wieder von der Aura des Orakels erhellt wurde. Daphne verbeugte sich ehrfurchtsvoll vor den verschiedenen Erscheinungen, die angefangen hatten, Cassandra mit ihrer Anwesenheit zu beehren.

»Wie Aeneas wird meine Tochter die Hilfe der Sibylle in der Unterwelt brauchen«, sagte Daphne formell. »Ich bitte darum, dass das Haus von Theben seine Cousine Helen, die Erbin des Hauses des Atreus, aufnimmt, während sie ihre Bestimmung in der Unterwelt erfüllt. Im Gegenzug werde ich, Daphne, Herrin über das Haus des Atreus, Hector Delos, dem Ausgestoßenen des Hauses von Theben, Zuflucht und Schutz bieten.«

Alle sahen sich an, verblüfft von Daphnes Bitte, aber auch von ihrem Angebot. Einen Moment lang herrschte Schweigen.

»Warum solltest du das für meinen Sohn tun wollen?«, fragte

Pallas, hin- und hergerissen zwischen Dankbarkeit und Empörung.

»Weil er einer der stärksten Scions ist, die ich je gesehen habe, aber auch einer der stolzesten. Der Verlust seiner Stellung in diesem Haus wird ihn verändern und ohne Führung könnte er zu einer Gefahr für uns alle werden. Ich habe das schon einmal erlebt«, antwortete Daphne ruhig. Sie sah Lucas direkt in die Augen, als müsste sie ihm beweisen, dass sie die Wahrheit sagte. »Wir sind alle eine Familie, und es wird Zeit, dass wir uns auch so benehmen.«

»Es ist alles wahr, was sie sagt«, erklärte Lucas und sah zu Pallas hinüber, der erleichtert nickte. Lucas hingegen war am Boden zerstört. Er hatte die Wahrheit von Daphne selbst gehört – Helen war ein Mitglied seiner Familie.

Castor und Pallas tauschten einen Blick, obwohl sie längst einer Meinung waren, und sahen dann Cassandra an, damit sie die endgültige Entscheidung traf. Sie nickte nur einmal kurz mit dem Kopf, dann stand sie auf und verließ ohne ein weiteres Wort den Raum.

»Etwas noch«, fuhr Daphne fort und ignorierte taktvoll Cassandras unhöflichen Abgang. »Hector will wissen, was mit Kreons Leichnam geschehen wird.«

»Wir haben Mildred informiert, dass sie kommen und ihn holen muss«, sagte Castor und starrte auf seine Hände. »Sie wird ihn für die Beisetzung zu seinem Vater zurückbringen.«

»Natürlich«, sagte Daphne traurig. »Bitte lasst mich wissen, wenn sie da ist. Hector sagte etwas davon, dass er sie um Verzeihung bitten will …« Sie verstummte unsicher, als wäre sie nicht davon überzeugt, dass das eine gute Idee war.

»Ich rufe dich an«, versprach Pallas und eilte aus dem Raum.

Daphne blieb noch eine Weile und versicherte dem Rest der Familie, dass es Hector körperlich gut ging; sie sagte ihnen aber auch unverblümt, dass er seelisch am Boden zerstört war. Nachdem sie allen versprochen hatte, ihm zu sagen, dass sie ihn liebten, verabschiedete sie sich hastig mit der Begründung, dass sie Hector schon so lange allein gelassen hatte. Helen brachte sie zur Tür.

»Hat Hector dich heute am Strand in Pandoras Körper gesehen?«, fragte sie ihre Mutter an der Haustür leise.

»Nein. Und er darf es auch nie erfahren«, sagte Daphne eindringlich. »Du und ich sind die einzige Familie, die er jetzt noch hat, und er muss mir vertrauen können. Das müsst ihr beide.«

Helen wusste natürlich, dass ihre Mutter ihr Leben riskiert hatte, um Hector zu helfen, aber sie fand, dass Vertrauen etwas war, das man sich verdienen musste, und nichts, das jemand anders einfach von einem verlangen konnte. Nicht einmal, wenn es die eigene Mutter war.

»Ich melde mich in den nächsten Tagen bei dir und sage dir, wie der Plan aussieht«, versprach Daphne, nahm ihre Handtasche vom Haken und öffnete die Tür.

»Etwas noch«, sagte Helen und hielt ihr die Tür auf. »Ich schweige über das, was am Strand geschehen ist, wenn du Jerry vom Einfluss des Cestus befreist. Du hast ihn nie geliebt, aber Kate tut es, und ich finde, es wird Zeit, dass wenigstens eine Person in deinem Leben glücklich wird, meinst du nicht auch?«

Daphne staunte nicht schlecht, dass ihre gehorsame Tochter plötzlich einen eigenen Willen hatte, doch dann sah sie abgelenkt zur Seite, als lauschte sie einem weit entfernten Geräusch.

»Es ist geschehen«, verkündete sie energisch und erwachte aus ihrer kurzen Abwesenheit. »Ich kann nicht versprechen, ob aus seiner Beziehung zu Kate etwas wird, aber Jerrys Herz gehört wieder ihm, und er kann es schenken, wem immer er will.«

»Wurde auch Zeit«, knurrte Helen frostig.

»Ich habe das alles nur getan, um dich zu schützen. Und da es funktioniert hat, tut es mir kein bisschen leid«, erklärte Daphne. Sie lächelte Helen traurig an, dann wandte sie sich ab und ging.

Helen schloss die Tür und ging nachdenklich zurück zum Rest der Familie. Sie hatte das Wohnzimmer kaum betreten, als Lucas' Kopf schon zu ihr herumfuhr. Er winkte sie zu sich. Sie wusste zwar, dass es das Letzte war, was sie tun sollte, aber zugleich war es auch das Einzige, was sie tun wollte.

»Ich muss nach Hause«, sagte sie zu ihm und versuchte, ihr Zittern zu unterdrücken. »Ich habe meinem Dad einen Abschiedsbrief auf dem Schreibtisch hinterlassen, weil ich dachte …«, sie hielt kurz inne, um tief durchzuatmen, »… der muss verschwinden, bevor er aufwacht und ihn findet. Er hat schon zu viel durchgemacht.«

Lucas ballte die rechte Hand zur Faust und steckte sie in die Tasche. Das hatte Helen bei ihm noch nie gesehen, und es dauerte einen Moment, bis sie begriff, dass er es nur tat, um sich daran zu hindern, nach ihrer Hand zu greifen.

»Dann lass uns gehen«, sagte Lucas und wandte das Gesicht von ihr ab.

»Aber ich dachte, wir würden uns voneinander fernhalten.« Sie verstummte.

Lucas schüttelte energisch den Kopf. »Kreon hat Pandora gesagt, dass sie Daphne zum Strand bringen soll, weil er sie mit einem Boot von der Insel wegbringen wollte. Was bedeutet, dass dort draußen auf dem Wasser jemand auf ihn wartet«, sagte Lucas mit eiserner Miene. »Wenn die merken, dass Kreon nicht kommt, werden sie nach ihm suchen, und wenn sie ihn nicht finden, werden sie nach Daphne suchen – und nach dir. Du schwebst jetzt in größerer Gefahr als je zuvor, und es ist mir egal, wie schwer es für uns ist. Ich werde dich keine Sekunde mehr aus den Augen lassen.«

»Und was sollen wir jetzt tun?«, wimmerte Helen verzweifelt. Sie war körperlich und seelisch völlig am Ende.

»Komm mit«, sagte Lucas. Er nahm ihre Hand und zog sie aus dem Raum. Die anderen Familienmitglieder nahmen sie kaum mehr wahr.

»Ich bring sie nach Hause und pass auf sie auf«, rief Lucas Ariadne zu, die still vor sich hin weinte. Draußen sprangen sie beide gleichzeitig in die Luft und flogen davon.

Die kalte Luft wirkte wie eine Ohrfeige. Sie riss Helen aus ihrer Ohnmacht und ließ sie erkennen, dass das, was sie durchgemacht hatte, nichts war im Vergleich zu dem, was Lucas ertragen musste. Es wurde Zeit, dass sie endlich aufhörte, sich selbst leidzutun, und sich um ihn kümmerte.

Wenig später landeten sie auf dem Witwensteg. Lucas sah sie besorgt an und ließ ihre Hand los.

»Geh rein. Ich bleibe hier«, flüsterte er. Helen trat einen Schritt auf ihn zu, aber er schüttelte den Kopf.

»Ich kann nicht mit reinkommen«, wisperte er hoffnungslos.

»Ich habe heute schon zu viel verloren. Ich bin dafür nicht stark genug.«

»Ich weiß«, sagte sie. »Es tut mir so leid, Lucas.«

Helen legte die Arme um seine Schultern und tröstete ihn. Er zog sich vorsichtig von ihr zurück und bedeutete ihr mit einem kleinen Lächeln, dass es ihm bereits besser ging.

»Warte einen Moment hier. Ich muss meinem Dad sagen, dass ich zu Hause bin.«

Helen flog hinab in den Garten und stellte fest, dass Kates Wagen immer noch in der Einfahrt stand. Sie landete und ging zur Haustür hinein, obwohl sie keine Ahnung hatte, was sie tun oder sagen sollte. Sie fand ihren Dad schlafend auf der Couch, setzte sich neben ihn und schüttelte ihn sanft, bis er aufwachte. Jerry sah sie an und seufzte erleichtert.

»Du weißt, was ich wegen dir durchgemacht habe, oder?«, fragte er niedergeschlagen. Helen fühlte sich so schuldig, dass sie ihm nicht in die Augen sehen konnte. Also nickte sie nur. »Ich warte auf eine Erklärung.«

Helen musste daran denken, wie viele Leute bereits wussten, was sie war, und einen Moment lang überlegte sie, ihrem Vater alles zu erzählen. Aber wenn sie ihn in ihre Geschichte einweihte, musste sie ihm auch sagen, dass Daphne wieder da war, und das brachte sie nicht übers Herz. Nicht, nachdem sie ihn endlich von diesem widernatürlichen Bann befreit hatte, mit dem er an sie gekettet gewesen war. Nach fast zwei Jahrzehnten hatte Jerry jetzt endlich die Chance, ein richtiges Leben mit einer Frau zu führen, die ihn wirklich liebte. Und Helen würde ganz sicher nichts tun, was diese Aussicht gefährdete.

»Es geht nicht, Dad. Jedenfalls noch nicht. Ich könnte zwar eine Entschuldigung vorbringen, aber das wäre eine Lüge«, sagte Helen und rieb sich die müden Augen und den schmerzenden Kopf. »Und ich will dich niemals anlügen.«

»Soll das zwischen uns jetzt so weitergehen? Kein Vertrauen, keine Gespräche, kein Respekt?«

»Nein, Dad. Sag so etwas nicht«, bat Helen. Sie schüttelte den Kopf und sah ihrem Vater in die Augen.

»Ich habe das schon einmal durchgemacht, weißt du«, sagte Jerry leise. »Ich habe Nacht für Nacht hier auf dieser Couch auf jemanden gewartet. Aber sie ist nie gekommen. Das mache ich nicht noch einmal durch, Helen.«

»Das verstehe ich, Dad«, sagte Helen zu ihrem Vater. »Und ich will nicht, dass du noch eine weitere Sekunde deines Lebens mit Warten verschwendest. Nicht einmal auf mich. Mein Leben ist im Moment total verrückt, und ich kann nicht versprechen, dass ich nie wieder verschwinde, aber ich kann versprechen, dass ich immer zu dir zurückkomme. Ich werde dich nicht verlassen, Dad. Niemals.«

»Das weiß ich doch«, sagte er liebevoll. »Ich wusste immer, dass du anders bist, und auch, dass du es eines Tages merken würdest. Und das ist die ganze Erklärung, die ich von dir kriegen werde, stimmt's?«

»Zumindest vorläufig.« Helen lächelte ihn warmherzig an. Sie hatte den besten Vater der Welt.

»Würde es etwas bringen, wenn ich dir Hausarrest gebe?«, fragte er schmunzelnd und stand auf.

»Vermutlich nicht«, antwortete Helen lachend.

Sie erhob sich ebenfalls und umarmte ihren Vater. Er erwiderte ihre Umarmung und darin lag mehr als reine Vergebung. Er sagte ihr damit auch, dass er sie genau so akzeptierte, wie sie war – trotz der schlaflosen Nächte, die er ihretwegen hatte. Als sie gemeinsam nach oben gingen, kam Helen ein freudiger Gedanke.

»Gehst du ins Bett?«, fragte sie und sah ihn an. Er nickte. »Ich habe Kates Auto draußen gesehen. Ist sie in deinem Zimmer?«

»Ist sie«, bestätigte er. »Deswegen war ich auf der Couch.«

»Jetzt bist du aber nicht mehr auf der Couch«, stellte Helen unschuldig fest. Jerry hielt an der Schlafzimmertür inne und drehte sich zu ihr um.

»Ist das okay für dich?«, fragte er ernsthaft.

Helen wusste, wenn sie jetzt sagte, dass sie ein Problem damit hätte, würde er sofort kehrtmachen und den Rest der Nacht wieder allein auf der Couch verbringen.

»Dad, es gab noch nie etwas, das mehr als nur okay für mich war«, verkündete Helen ehrlich. Sie ging in ihr Zimmer und schloss nachdrücklich ihre Tür, um ihm zu zeigen, dass sie seine Privatsphäre respektierte.

Sie hörte, wie ihr Dad Kate aufweckte und ihr sagte, dass alles in Ordnung war. Als Nächstes zerriss sie den Abschiedsbrief, der immer noch auf ihrem Schreibtisch lag. Dann flog sie aus dem Fenster, zurück zu Lucas auf den Witwensteg.

»Hast du das alles gehört?«, fragte sie, als sie sein mitfühlendes Gesicht bemerkte.

»Stört es dich?« Er holte den Schlafsack aus der Kiste und breitete ihn aus, damit sie beide darauf sitzen konnten.

»Nein«, sagte sie und schüttelte den Kopf. »Ich hätte es dir ohnehin erzählt. Irgendwie kommt es mir so vor, als wäre nichts von dem, was ich erlebe, wirklich wahr, solange du nichts davon weißt.«

»Ich weiß genau, was du meinst«, flüsterte er.

Sie saßen nebeneinander am Rand des Witwenstegs, hatten die Beine durch das Geländer geschoben und ließen die Füße baumeln.

»Es ist Montag. In ein paar Stunden müssen wir zur Schule«, sagte Helen. »Ich schätze, es würde verdächtig aussehen, wenn wir alle zu Hause blieben, oder?«

»Sehr verdächtig«, bestätigte Lucas. »Außerdem bist du an einem öffentlichen Ort sicherer. Die Hundert werden dich nicht vor einem Haufen Zeugen angreifen.«

»Und was ist mit dir?«, fragte Helen und sah auf ihre Hände. »Sind die Hundert jetzt auch hinter dir und deiner Familie her?«

»Ich weiß es nicht«, antwortete Lucas mit einem müden Kopfschütteln. »Aber was immer sie tun, sie wissen genau, dass sie Ausgestoßene werden, wenn sie einen ihres eigenen Hauses töten, und je mehr Ausgestoßene es gibt, desto schwerer wird es, nach Atlantis zu kommen. Ich denke, sie werden sich auf Daphne konzentrieren. Und auf dich.«

Helen nickte und rang mit sich, ob sie noch weitere Fragen stellen sollte.

»Und morgen – was soll ich sagen, wenn jemand nach Hector fragt? Oder nach Pandora?«, fragte Helen leise, weil sie genau wusste, wie weh es Lucas jedes Mal tat, wenn sie die Namen der beiden aussprach.

»Pandora ist nach Europa zurückgekehrt, um in Paris Kunst zu studieren«, sagte Lucas in gedämpftem Tonfall. »Und Hector bleibt mit einer schweren Grippe die nächsten Tage zu Hause, bis wir mit deiner Mutter einen Plan ausgearbeitet haben.«

»Ich traue meiner Mutter nicht«, sagte Helen und starrte die aufgehende Sonne an.

»Das tut Cassandra auch nicht«, erwiderte Lucas, ohne sie anzusehen. »Sie glaubt, dass Daphne etwas verbirgt.«

»Glaubst du, dass meine Mutter gefährlich ist?«, fragte Helen besorgt.

»Ich glaube, sie ist davon besessen, die *Rogues* und die Ausgestoßenen zu befreien«, antwortete er und wählte seine Worte mit Bedacht. »Solange wir das im Hinterkopf behalten, gibt es wohl keinen Grund, ihr zu misstrauen. Sie hat nicht gelogen.«

Helen nickte und akzeptierte seine Erklärung. »Ich glaube, ich schleppe einfach zu viele Altlasten mit mir herum, um meine Mutter unvoreingenommen zu betrachten.«

»Das ist das Witzige daran, wenn man ein Scion ist«, sagte Lucas und lächelte in der kühlen Luft des rosigen Sonnenaufgangs. »Unsere Kämpfe reißen die ganze Welt in Stücke, aber für uns sind es eigentlich nur Familienstreitigkeiten. Und wenn es um die Familie geht, ist wohl niemand unvoreingenommen.«

Helen lächelte zurück und hätte ihn am liebsten geküsst. Doch sie musste sich immer wieder daran erinnern, wie wichtig es war, dass sie Abstand zu ihm hielt. Sie wandte das Gesicht ab und zwang sich aufzustehen.

»Kommst du klar?«, fragte sie ihn. Er antwortete nicht. Sein Blick war starr auf den Horizont gerichtet.

»Bis morgen, Lucas«, sagte sie sanft und ein wenig traurig, bevor sie zurück in ihr Zimmer ging.

»Bis morgen, Helen«, antwortete er und sah sich nicht um, als sie ihn verließ.

Helen, der Schützling der Göttin der Liebe, ging nach unten und kroch in ihr leeres Bett, während Lucas, der Sohn der Sonne, sich auf die Ellbogen stützte und zusah, wie sein göttlicher Vater die Bretter des Witwenstegs erhellte.

Danksagungen

Ich danke Robyn Shwer, Freundin und Schutzengel gleichermaßen, die mich mehr als ein Jahrzehnt lang immer wieder in den Arm genommen und mir die Treue gehalten hat. Tausend Dank auch meiner Managerin Rachel Miller, die mir so fantastisch die Hand gehalten hat, dass sie dafür eigentlich einen Orden verdient hätte, wie auch ihr Partner Jesse Harra. Ich möchte auch meiner großartigen Agentin Molly Glick danken, ebenso Hannah Gordon und dem Rest der Foundry-Truppe, die mich so sehr unterstützt hat; Tara »the Dope Show« Cole; meiner Lektorin Laura Arnold und allen anderen von HarperTeen, die dazu beigetragen haben, dass meine Story mit jeder Überarbeitung besser und besser wurde. Mein besonderer Dank geht an Dr. Rey »Cookie« Perez, Stephanie Aoki und Liz York. Und natürlich gilt meine ganze Liebe und Dankbarkeit meinem Mann Juan Alberto und meiner großen, verrückten, fantastischen Familie.